U0937929

Staread
星文文化

著

浙江文艺出版社
Zhejiang Literature & Art Publishing House

# 目录

CONTENTS

第一章　小棒槌　001

第二章　雏凤书院　014

第三章　二选　029

第四章　入学　045

第五章　御剑　057

第六章　雷修远　071

第七章　灵吸灵出　082

第八章　花前月下　094

第九章　弹劾　107

第十章　书院禁地　121

第十一章　真相大白　136
第十二章　怀璧其罪　148
第十三章　四人一组　161
第十四章　脱壳　175
第十五章　晴日　189

第十六章　午后二刻　203
第十七章　龙名座　218
第十八章　新弟子选拔　231
第十九章　匆匆　246
第二十章　少年　261

第二十一章　异民墓　274
第二十二章　本源灵气　287
第二十三章　重聚　301
第二十四章　海陨　315
第二十五章　情初　332

CONTENTS

# 第一章 小棒槌

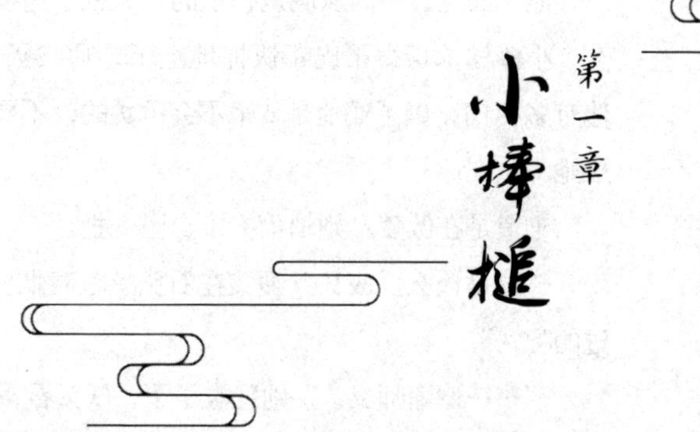

卯时一刻，天边开始泛起淡蓝的光色。小棒槌推开柴门，第一件事就是朝东边那间木屋张望——拴在门上的布条没被人动过，看样子师父又是彻夜不归，不晓得在哪个地方酗酒赌钱。

她叹了口气，摇着头去后院土井打水。

用脚指头想也能猜出，他们上个月好容易赚到的一点银子，只怕已经被师父挥霍光了。他素来逢赌必输，偏偏死不悔改。师徒俩一年到头辛辛苦苦弄点钱，就因为他酗酒赌钱，结果两人怎么过都是紧巴巴的。

院外忽然传来慢悠悠的脚步声，紧跟着是一股呛人的烟叶味。师父满面红光，叼着烟斗笑呵呵地回来了。

“……师父你回来了。”小棒槌面无表情地看着他，声音冷漠。

“哟，你起啦。”师父看上去心情特别好，笑眯眯地歪在他常坐的那张老藤椅上，嘴也合不拢，“忙了一夜，累煞我也。”

小棒槌满心不爽，一面舀水一面咕哝：“又是忙了一夜赌钱而已……”

谁知师父耳朵尖，将她的抱怨听得清清楚楚，“啧啧”两声：“谁给你说师父赌钱了？师父一晚上可是忙着做除妖的大买卖！你看看，钱到手就给你买了新衣裳。”

他一面说，一面从满是补丁的宽大袖子里摸出个油纸包，一把抛过去。

小棒槌惊讶得下巴都快掉地上了，师父买了新衣服？给她？院子里的石头都晓得他有多抠门，赢了钱他是从来不会承认的，不要说买新衣，这十年来连块糖也舍不得买给她。

难道是在做梦？她悄悄掐了自己一把。

“这是什么反应！”师父在石头上敲着烟杆，十分不满，“‘谢谢’两个字师父教过的吧？”

“……谢谢师父。”她犹豫了下，低头看看裙子，抬头再看看师父，来回看了半天，最后怀疑地问，“确定是买给我的？师父你醉了吧？我叫什么你还记得吗？”

师父吐出一口烟，颇不耐烦：“你就穿呗，啰唆什么。”

手里的油纸包怪沉的，她慢慢拆开，纸包里赫然叠着一条粉色的罗裙。绸缎料子，裙角还绣着兰草，又精致又漂亮，以前她只能在远处看几眼的漂亮衣裳，现在正躺在她手中。

罗裙啊……还是粉色的……她长到十岁就没穿过女孩的衣服，更何况是这么漂亮秀气的。把裙子拿在手里翻来覆去地看，她一时摸不透要怎么穿，总觉得这衣服漂亮，却完全不是自己该穿的东西。

小棒槌笨拙地把新裙子套在破衣烂衫外面，可还是太大，袖子老长，裙子也盖过了脚面，走路都不利索。她小心翼翼地将裙摆提起，不太确定地抬头看看师父，疑惑道：“穿好了，怎么样？”

师父目光灼灼地看着她，紧跟着哈哈大笑：“穿了裙子还是野小子！皮厚眉粗脸膛黝黑，什么时候才能像个女孩子家？”

小棒槌摸了摸脑袋，她的头发像男孩子一样全束了上去，这样方便做事，不过配着罗裙……估计看上去就挺可笑了。

“怎么想起要给我买裙子？”她还是忍不住要问。

师父笑道：“想想你已经十岁，这么大了，该给你买点女娃用的东西。唉，时间过得真快，一转眼就十年，那时候把你从河里抱起来，小脸儿还没我半个巴掌大，这会儿都活蹦乱跳了。”

小棒槌愣了一下，他怎么突然感慨起这个来了？

师父吞云吐雾，满面感慨地看着她：“你啊，刚抱来的时候我看眉眼长得挺像我，想或许你我有缘吧，就把你留下自己养了，结果你倒真的越长越像我，不晓得的人还以为你是我孙女儿呢！这可不是什么好事，师父又不是美男子，你一个女娃娃长得像我，一没美貌，二又笨手笨脚没个自保的能力，三嘛，嘴还不甜，连个好听话也不会说，以后怎么办哦！”

一大清早，又提这叫人烦心的事情。

这些年跟着师父走南闯北装神弄鬼，虽然行骗的时候居多，但师父总还是有些真材实料的，偶尔也能出手降服一些作祟的小妖，而她却是死活学不会方术，出门只能给师父打下手。他假扮大仙，她就扮作他身边的采药童子；他假扮得道高人，她就扮作小道童……按师父的话说，她没天赋，吃不了这行饭。

可是，学不会方术，她以后要怎么办呢？师父年纪大了，一旦某天他去了，她靠什么为生？就这样在深山老林里自己种种菜，一个人过下去吗？

小棒槌老气横秋地叹了口气：“什么怎么办，反正我自己种菜自己吃，要美貌和嘴甜有什么用。”

师父若有所思地看着她，道：“师父年纪大了，不可能永远照顾你，你总要学着一个人过活，难不成小小年纪在这深山野林过一辈子吗？唉，你的身世也不清不楚，不过算了，再大些你要是想找爹娘啊什么的，可以叫你大师兄帮忙。”

咦？从哪里冒出个大师兄？！小棒槌的下巴再度要惊得掉下来。

“大师兄……你以前还收过弟子？”

师父得意扬扬地炫耀：“那当然！师父年纪这么大，本事又不小，怎么可能只收你一个徒弟！早些年还没捡着你的时候，我可是收过一个很厉害的徒弟，你大师兄比你聪明多了，方术一教就会，从来不用教第二遍。”

“那他现在在哪儿？”

因为方术都学会所以出去独闯江湖了吗？她一次都没见过这个师兄，甚至师父自己也从来没提过。

“你这个大师兄算是天纵奇才，十岁的时候我已经没东西能教他，他自己有机缘，遇到了仙人，如今应该是另投师门，十有八九是拜了仙人做师父了。”

天纵奇才……另投师门……仙人为师……听起来像是什么传奇，丝毫没有真实感。小棒槌怀疑地看着师父，真的假的哦？师父嘴里真话一向很少，指不定他又是胡吹大话。

“说了这么多，嘴都干了。”师父将抽完的烟叶磕在石头上，起身伸个懒腰，“小棒槌，做饭吧，师父饿了。”

不说了吗？她点点头，拔了几棵萝卜，没别的菜，就做萝卜汤和红烧萝卜吧……

“红烧萝卜多放点盐啊，师父口重。”师父在后面慢悠悠地吩咐。

“嗯。”

小棒槌推开厨房的柴门，冷不丁师父在后面又叫她一声："小棒槌。"

"怎么？"她回头，师父站在柴门前笑眯眯地看着自己。不知是她眼花还是什么，师父眼里似乎极快地闪过一抹不舍。

"哦……没什么。"师父笑笑，"做饭小心点，别把新衣服弄脏了。"

这顿红烧萝卜，小棒槌放了三把盐，咸得可以直接拿来当咸菜了。她盛了一碗，先端去师父的房间，轻轻敲门："师父，吃饭了。"

连叫三遍，屋里没有任何动静。睡着了？可是以前每次叫他吃饭，师父不管有没有睡着，都是立即跑出来的。

她心中一股不祥的预感渐渐扩散开，虽然刚才就有这种感觉。今天的师父很不对劲，突然给她买衣服，突然又说了那么多从来没说过的事，先前她并没多想，可……

小棒槌心中暗暗发惊，一把拉开柴门，屋内青烟弥漫肆卷，门一开便被山风吹得蔓延而出。她冷不防一头扎进青烟堆里，眼珠子被熏得生疼，连连呛咳。

过了好久，烟才被吹散开，小棒槌慢慢走进屋子。屋里空荡荡的，只有一张床，吃饭前还在的师父，已经不见人影。

"师父？"她低低唤了一声，没人答复。

这些青烟她并不陌生，那是师父的遁身法，召唤出大量烟雾遮蔽视线，而人的肉身可以瞬息间遁出千万里。如今他人在哪里？遁到千里之外了吗？

小棒槌的心慢慢沉下去，第一次，不知所措的慌乱骤然攫住了她。

她丢下饭碗，狂奔出去，绕着院子找了一圈，甚至探头朝土井里瞅了瞅，那里面当然不会有人。

师父呢？突然不见了？

小棒槌气喘吁吁地又在林子里找了一圈，最后颓然回到师父住的那间木屋，茫然环顾四周——师父的屋子里除了一张床，什么都没有，粗布被单是她昨晚才洗干净铺好的，上面平平整整，并没有人睡过的痕迹。

床头放着一只青布包袱，她认得，那是师父出门常用的。包袱圆滚滚的，似乎装满了东西。

周围所有的声音突然停止了，小棒槌有种恍然如梦的感觉。她慢慢将包袱拆开，里面滴溜溜滚出几锭白银，银子下是一块血迹没洗干净的玉色旧布，布下压着一封信。

打开信，上面每个字都朝右倾斜，凌厉无比，正是师父的字迹，墨迹尚未干，晕透纸背。

小棒槌，萝卜你自己吃，多吃点，吃饱了才有力气赶路。银子是师父这些年偷偷积下的，分你几块当作路费，你笨得要命，师父所授都没学成，真叫人担心。师父有些事，必须要离开，没法带着你，这些钱带好，去找你大师兄。信后附了你大师兄的画像，他如今应当拜师在无月廷，本事好像挺大的，找他准没错。那块染血的布，是当年包着你的襁褓，留给你当个念想吧。小棒槌，你虽然是个女娃娃，师父相信你一个人也能照顾好自己，一个人过就把自己当男人使唤，但可别真以为自己是男人，女娃娃要多笑，你从来不笑，师父真担心你是不是不会笑。

字迹戛然而止，他连写个告别信都这么漫不经心，停的地方叫人心里空荡荡的。

小棒槌觉得手腕在发抖，早上她还想过，自己方术学不好，倘若师父仙去，自己一个人怎么过活的事情，没想到这一天来得如此迅速。师父不是仙去，他是不告而别，丢下她一个人。

她丢开信纸，从信封里抽出另一张纸，上面画着一张歪七扭八的人像，歪眼歪嘴，画得滑稽极了，师父还特意加了一句话："大师兄大概长这样"。

她"哧"一下被气笑了，谁说她不会笑？死老头。

笑完，忽然有种如梦初醒的感觉，眼里一阵刺痛，她无论如何也无法忍住，大颗大颗的泪水掉下来，晕开墨迹，人像越发滑稽了。

为什么？就算师父有什么要事，她可以跟着一起去啊；就算她笨得要命怎么也学不会方术，她可以在家里等啊。为什么毫无预兆就这样抛下她走了？

眼泪掉在衣服上，也晕开了好大一片。小棒槌急忙用手擦，却越擦越多。这件罗裙是师父给她买的唯一一件新衣，十年来他什么都没给她买过。

小棒槌揪着衣角号啕大哭，眼泪无论如何也止不住。

天色慢慢暗沉下来，夕阳暖暖地照在院落里，林子里安安静静的，只有风声。往常这个时候，师父要是不赌钱不酗酒，就该回来了。

小棒槌像是被惊醒了似的，忽又跳起来，狂奔出门，叫了一声："师父！"

没有人回答她，小小的院落，此时竟显得出奇的空旷，没有刺鼻的烟味酒味，也没有那个喜怒无常的白发老人了。

四下寂静无声，小棒槌感到一种异样的孤独，它们像潮水一样包围住她——从此以后就是她一个人了吗？她如果等下去，师父会回来吗？

到底还是小孩子，眼睛又是一阵刺痛，她还想哭。

小棒槌狠狠掐了自己一把，把没用的眼泪抹掉。她才不要哭，再也不哭了，就像师父说的，她一个人，得把自己当男人使唤，男人是不会轻易落泪的。

冷静下来后，她把师父的信来回反复地看，越看越觉得不对劲。信中他的口吻很含糊，只说有事要离开，可倘若是普通事，师父绝对不至于给她买衣留钱，甚至还留下这样一封诀别信。

所以，他一定是遭遇了极大的祸事，甚至性命攸关，自知活的可能性不大，这才百般作态。

不行，她不能在这里发呆，她得去找师父！可……她什么也不会，方术也没能学成，就算找到师父，她又能做什么？

小棒槌忽然痛恨起自己来，为什么她不像那个大师兄一样天纵奇才一学就会呢？想到大师兄，她心中顿时灵光一闪——大师兄！无月廷！既然他本事那么大，那她就去找他好了！找到大师兄，然后一起去救师父！

但无月廷是什么地方？她跟着师父这些年，见识也不算少，却从没听过“无月廷”这三个字，是什么隐秘门派吗？

在这里干想也于事无补，虽然不知道无月廷在哪里，但她会慢慢问路，慢慢找，先找到大师兄，再跟他商量师父的事。

夜间的山林安静而诡异，远处时不时响起一些古怪的声音，浓密的枝叶将月色遮挡住。四周漆黑无光，小棒槌却背着包袱一路窸窸窣窣走得飞快。

下山的路她不晓得跟师父走过多少遍了，脚程快的话，天亮就可以到镇子上，以前跟师父下山，天黑了总要找个地方生火休憩一夜。师父从来不许赶夜路，如今他不在，她人小胆大，大晚上一个人走山路走得甚欢。

过得半个时辰，眼前忽地豁然开朗，这里是一方寸草不生的悬崖峭壁，深有数百丈，其形似虎口，故而师父就叫它虎口崖。崖边满是嶙峋怪石，小棒槌在怪石堆里找了片刻，很快便摸到一根胳膊粗细的麻绳。

因为这座山地势极其险恶，根本没有寻常的上山路，他们师徒俩往日上下山都是从虎口崖这里走。前几天麻绳刚换过新的，从上到下系着许多小铜铃。小棒槌用力提起麻绳，狠狠摇了摇，叮叮当当的声音从崖底深处一阵阵传来。

很好，绳子应该没什么问题。

小棒槌抹抹汗，她走了大半夜，着实有些累，抬头望天，天边一轮弯月，估摸着是丑时前后，天亮的时候应该可以赶到镇子上。她吃了些干粮，找了块背风的大石靠着坐下，原本只想休憩片刻，谁知吃饱了容易犯困，她又从没熬过夜，凉爽的夜风一阵阵拂过，眼皮子便不由自主地一个劲朝下耷拉。

不知过了多久，熟睡中的小棒槌忽然觉得有一股股热气喷在脸上，似乎还带着血腥气味。

小棒槌一下子被惊醒，睁开眼，却见眼前横着两只惨绿的铜铃大小的兽眼。她不禁倒抽一口凉气，浑身都僵住了。

野兽？不……好巨大……不是野兽。

它高有数丈，满身雪白的长毛，四只脚爪立地，爪钩犹如人腿粗细的利刃，身后九只长尾变幻摇摆，极为壮观。它正低头看着她，瞳色惨绿，两只耳朵高高竖起——狐狸？一只巨大的狐妖？

它惨绿的眼睛静静盯着她，片刻，小棒槌眼睁睁看着它巨大的脑袋朝自己凑近——要吃她？！她僵硬地试图朝后缩，可背部已经紧紧贴着石头了，无路可退。它低下脑袋，在她身上嗅了嗅，充满灵性的眼睛再度盯着她。

直到这时小棒槌才发觉它雪白的毛上满是鲜血，前腿那里似乎有一块极大的伤，大团大团的鲜血正朝下淌。是被人追杀？

悬崖对面有锐利风声呼啸而起，像是千万只竹哨同时吹响一般。狐妖目光灼灼地看着小棒槌，忽然低低吟叫了一声。

“我……”她只吐出一个字，那锐利的如竹哨般的巨大声响眨眼工夫便近在咫尺，一切都在电光石火间，数道黑影闪电般蹿上崖顶，紧跟着剑光一闪，有人大喝一声：“停下！”

锐利的剑光停在小棒槌额前两寸的地方，那刺耳的竹哨似的声音正是从璀璨的剑身上发出的。她呼吸骤停，鼻子上痒痒的，几绺头发被剑风割断，无声无息地落下来。

“是人？！”有人在大吼。

“是个小男孩！普通人？！”

“荒谬！如此深夜，青丘怎会有凡人！”

一只手朝她伸过来，毫不费力地提起，就着惨淡的月光，小棒槌才看清提着她的人是个中年女子。那女子穿着玄白相间的长袍，面容甚美，然而目光十分凌厉，正惊疑不定地打量自己。

中年女子身后两柄长剑悬空而立，剑身如璀璨寒星般散发出光辉，正是方才差点把她脑袋切下的凶器。

“你是谁家的孩子？深夜怎么还在山上？”中年女子放缓了声音询问。

小棒槌没说话，她静静打量着站在面前的众人。一女两男，都是长袍大袖仙风道骨，神兵利器周身环绕。后面那花白胡须的老头脚下甚至踩着一只大葫芦，离地数尺，站得甚是稳当。

他们是什么人？会飞？仙人吗？她又望向地上大摊的血迹，应当是方才那只狐妖留下的，可它去哪儿了？一眨眼就没影了？

“这孩子是吓傻了？怎么不说话？”中年女子伸手在她面前晃了晃，“你看到妖怪了？能不能告诉我们，他往哪里跑了？”

小棒槌有些犹豫，要不要说？她想起那只狐妖眼里的灵性，妖也有心吗？看看面前这几个人，他们是在追杀那只狐妖？

“我来问吧。”

一个白衣青年缓缓走上前，弯腰盯着她的双眼。她只觉此人的眼睛如冰一般寒冷，不由得一颤。他低声道：“小弟弟，你方才有见到一只巨大的白狐妖吗？”

他的声音比眼神还冷，犹如地下十九层的幽泉般，小棒槌乍一听不由浑身发抖，心底情不自禁便生出一股想要顺服于他、说出一切的欲望。小棒槌一下惊觉，警惕地看着他，悄悄退了一步，还是不肯说话。

“震云先生，他不过是一介凡人少年，你何须动用天音言灵大法来对付？”中年女子眉头蹙起，神情颇为不满。

震云子淡淡一笑：“龙静元君言重了，我只是想到吾等数人追赶那穷凶极恶的狐妖累有数月，眼看在青丘快要降服，半途突然出现个古怪小孩，如今狐妖失去下落，我不得不谨慎些。”

他定定地看着小棒槌，轻轻道：“你为什么会在这里？”

又来了，那种不受自己控制的、想要顺从他的感觉越来越强烈。小棒槌抿紧嘴唇，她想逃……

“这么小的孩子，想必是吓傻了，震云先生，且让他缓缓。”

龙静元君想起自己的飞剑方才差点把这孩子的脑袋割了，也难怪这孩子到现在说不出话。她略感愧疚，放柔了声音，轻轻道：“小弟弟，你有没有看到妖怪？”

小棒槌盯着她，就是不说话。她对这几人毫无好感，那女的一出手差点杀掉她，他们居然不道歉，还居高临下地问话，其他人就这么干看着，她才不要帮他们。

谁知那眼神冰冷的震云子忽然过来轻轻摸了一下她的脑袋，他掌心像冰一样刺骨寒冷，她觉得好像有一股冰冷的气从头顶钻进来，冷不丁又听见他幽泉般的声音：“快说。”

那股寒气渐渐下行，像是要包裹住她整个身体，小棒槌不由打个哆嗦，脸色立即白了。

“震云先生。”一直站在葫芦上的那老头忽然发话，声音温和，“他只是个凡人小孩儿，还请不要动怒。”

话音未落，一只手将小棒槌轻轻拉扯过去，刺骨寒意顿时消失了，另有一只手轻轻放在她头顶，暖洋洋的。小棒槌忍不住抬头，正望进一双和蔼含笑的眼睛里，是那个站在葫芦上的老头，他头发眉毛胡须都是花白的，微微带笑，看上去很慈祥。

小棒槌不禁想起师父，心中一热，朝他身上靠了靠。

“不哭了吧？你家人在哪儿？怎么把你这样一个女娃娃一个人丢山里？”老头笑眯眯地低头看她，他刚借着摸头的机会试探了一下她的奇经八脉，才发觉她是个小姑娘。这会儿见她脏兮兮又黝黑的脸，他又有些忍俊不禁。她那师父可真乱七八糟，把个小丫头养得跟男娃似的。

小棒槌嗫嚅半晌，她确实哭不出来了，本来就是装的。

他们问的事解释起来太麻烦了，小棒槌默默把包袱里师父留的信递给这老头。他细细看完信，不由得眉梢微扬，将信递给一旁的龙静元君，众人传看完毕，一时倒也无语。龙静元君笑道：“东阳真人，这孩子要找无月廷，想必她师父是贵派某位高人的弟子？”

老头也笑了：“天下竟有这种巧合，小丫头，你师父叫什么？”

小棒槌摇了摇头，她不知道师父叫什么，师父就是师父。

“那你大师兄叫什么？”

这个她更不知道了，事实上，她也是刚知道自己有个大师兄。

众人见她什么都不知道，也无话可说，龙静元君替她将乱蓬蓬的头发绾好，轻笑：“你师父也太不像样，一个小姑娘给带得像个男孩子。好了，现在不怕了，总可以说说方才那只妖怪去哪儿了吧？”

小棒槌随手朝林子里指了指，神情天真地扯谎：“它往那边飞了。”

众人微微变色。半晌，震云子到底还是愤愤不平地叹道：“青丘是他的老巢，逃入山林深处，再追下去只怕毫无益处，可惜了数月工夫化作流水，还是让他逃走了。”

狐妖逃走倒有大半原因在这小丫头身上，他冷冷看着小棒槌，颇有嗔怪之意：“既然和你师父学了方术，又能一个人走夜路下山，为何见到狐妖还要这般恐惧，话也说不出？”

小棒槌继续转过脑袋不理他，她很讨厌这个冷冰冰的人。

东阳真人笑道：“所谓方术，不过是旁门左道，凡俗民间祓除作祟所用，真要拿来对付那只九尾狐妖，只怕毫无作用。我猜这小丫头的师父也只会些零星方术，就算降妖，收的应该都是些话也不会说的小妖物，她没见过厉害妖魔，害怕也是人之常情。”

说着，他又摸了摸小棒槌的脑袋：“不过你胆子也真大，深更半夜一个人下山，不怕有野兽吗？这里尽是悬崖峭壁，你不会飞，怎么下去？”

“我从来没见过山上有野兽。”她说的是实话，这么大一座山，里面当然不可能没有野兽妖物，可她上上下下无数次，从来也没遇到过，难道说她运气特别好？

走到大石旁，她拾起那截胳膊粗细的麻绳，晃晃上面的铜铃，叮叮当当的声音顿时响起。

众人见那条麻绳一头拴在石上，一头落入深渊，深渊深不见底，望一眼都不由胆寒。她一个小丫头却打算顺着绳子溜下悬崖，光凭这份胆色，也足以让人赞叹。

“狐妖已无踪影，如何？要不要继续再追？”震云子不愿在这里耽误时间，直接开口相询。

东阳真人沉吟道：“数月来一直追赶此妖，虽未能除掉，却也应该伤了它大半元气，十年内它再不能出世，此次也不必再追了吧。”

震云子长叹一声：“也罢，东阳真人、龙静元君，数月来与二位结伴而行，获益良多，二位都是仙法精妙的高人，他日如有机缘，只盼能与诸位切磋一番。今日未能降服狐妖，实乃大憾，既不打算再追，我便先行一步了，告辞。”

此人说话做事毫不拖泥带水，说走便走，长袖一挥，一柄宝剑疾射而出，眨眼便御剑飞得再也看不见。

崖上诸人相顾无言，数月追杀狐妖，眼看便要得手，谁知最后变成这样。龙静元君也低叹一声：“……既然如此，我也告辞了。”

她见小棒槌愣愣看着自己，不由笑了笑，笑容甚是婉约，与她方才那目光凌厉的样子相比竟好似不是一个人：“小姑娘，你想去无月廷，就找旁边那个老爷子。”

语毕，她周身华光骤闪，身上不知何时披了一条彩绸披帛，其上光晕流转，如宝似玉。她轻飘飘地落下悬崖，披帛仿若一双翅膀托着她，眨眼便飞远了。

悬崖上现在就剩她和东阳真人两个人，这老头长袖飘飘，还立在葫芦上，正笑眯眯地打量她，也不说话。小棒槌见着他就想起自己的师父，加上他之前出手相助，这几个人里，她对他感觉最亲切。

怎么办？他好像就是无月廷的人，要不要求他带自己去找大师兄呢？他看上去很慈祥，笑呵呵的，应该很好说话吧？

小棒槌清清嗓子，恭敬地唤了声：“老爷爷，您能带我去无月廷吗？”

东阳真人笑了笑，既不点头也不摇头：“你试试能不能追上我。”

他身形忽然一晃，化作一团清风，眨眼便消失在她眼前。

小棒槌呆了一下，他人呢？她四处张望，悬崖上怪石嶙峋，月光清冷，半个人影也无，只她一人的影子被惨淡月光拉得老长。

崖边忽然人影一闪，是东阳真人的白袍子。小棒槌登时醒悟过来，急忙将麻绳绕在双腕上，纵身跳下悬崖，猴子般攀爬起来。

从崖顶攀爬至崖底，小棒槌只用了一个时辰不到，沿着狭窄的悬崖中间小道快步前行，片刻间便进了山林。夜风呼啸而过，四周漆黑无光，她伸长了脖子四处张望，忽见前方不远处闪过一道人影，她眼尖，一下便认出是方才的东阳真人。

“老爷爷！”她叫了一声，可他却仿佛没听见一般，踩在葫芦上，离地三尺，慢悠悠地往前飘。

小棒槌拔腿便追，顾不得山路崎岖，一路跌跌撞撞，跑出足有三四里，那人影却始终不远不近，无论她怎么拼命追赶也追不近。她喘得眼冒金星，实在跑不动了，扶着树大口喘气。

像是发现她累得跑不动了，飘浮的人影停了下来，依旧不远不近，葫芦上下摇晃，上面的白发老仙人带着笑。这是考验她，还是耍弄她?

她累得要吐血，心里又怕他跑掉，只死死盯着那道白色的人影看。白发，白须，衣袖飘飘，她想起了师父，想起他的不告而别，想起他留信给自己，让她去找大师兄。

她一咬牙，也不知从哪里生出一股凶狠的气力，拔腿又开始追。葫芦上的老仙人也开始慢慢往前飘，重复着怎么追也追不上的恐怖噩梦。

不知道又跑了多久，东方都已经开始泛出淡蓝的光色，小棒槌脚下突然被什么东西一绊，连滚带爬跌了老远，脑袋狠狠磕在石头上。她只觉脑中“嗡”的一响，眼前一黑，晕死过去。

不远处的东阳真人不由停下了脚步，她追着他跑了有五六里路，倒还算是个有毅力的孩子，只是可惜了。

方才试探她的奇经八脉，她的资质不算坏，但也不太好，只能算中流之质，真要带回去当弟子，修到两百年大约就是极限。这种弟子无月廷从来不缺，他们各大仙家门派，如今只缺天纵奇才，毕竟海陨将临，有备无患。

古人总说“勤能补拙”，他们这些得大道的仙人最明白，这四个字只是凡人的自我安慰，资质不行，纵然付出千万倍的努力与汗水，获得的成就却无法与巨大的付出成正比。唯有上佳资质再加上极限的付出，甚至还需要运气，才能修成正果。

而这孩子一丝基础也没有，白纸一张，资质高不成低不就，也绝无达到正果境界的可能，没法带去无月廷。

东阳真人轻轻叹了一声，也罢，做个顺水人情送她去镇上却是可以的，回派中再替她寻那个大师兄吧。

他转身便要飘过去将她抱起，忽觉林中阴风呼啸，群鸟惊飞。他心中不由微微一惊，抬头看天色，正是寅卯交界，阴阳混沌之际，此时群妖出没，夜兽归林，是森林中最危险的时刻。

小丫头毫无防备睡在林中，很危险。

东阳真人疾飞回去，只见小棒槌昏睡在一棵树下。他不由轻轻“咦”了一声，林中弥漫的妖物瘴气在她身周数丈处像是触到了墙壁，纷纷回避，更甚者，她身侧无数虫蚁缓缓避让，她睡在潮湿脏污的泥地里，身上竟没有一只虫爬过。

她身上是带了什么辟邪的宝物吗？不，不像，大凡宝物多有灵气，他却全然感觉不到，绝不是宝物。那便是她体质的缘故？这是什么体质？这孩子似乎是孤儿？莫非是家传的特异体质？

他想起方才在崖上，她说自己住山上却从来没遇过野兽，这根本不可能，但如今见到这番景象，他竟相信了，这是辟邪辟秽的体质吗？

东阳真人陷入沉吟，倘若如此，那即便她资质不甚佳，倒也勉强可以破例一次。

小棒槌乱七八糟做了好多梦，依稀是师父跟她闹别扭，拿烟杆使劲敲她脑袋，剧痛无比。

“嗯……死老头……”她嘀咕着睁开眼，脑袋还是一阵一阵地发疼。她捂住伤处，四下打量，却见身周尽是蓝天白云，一团团绵白的雾气像小鸽子一样——难道她还在做梦？梦见在天上飞？

“你醒了？”一个苍老慈祥的声音从上方传来。小棒槌一个激灵，昨晚各种回忆流水般钻进脑海。她像只兔子似的蹦起，这才发觉自己正站在一只大葫芦上，葫芦在天上飞得稳稳当当，眼前的白云“嗖”一下就被甩在身后老远，可她却感觉不到一丝风。

原来在天上飞是这样的感觉，她怔了半天，这才抬头望向东阳真人，她昨天追了那么久，算不算过关了呢？

“老爷爷，您是带我去无月廷吗？”她小声问。

他摇了摇头，小棒槌的肩膀顿时垮了下去：“是我……没过关？”

东阳真人温言道：“小丫头有股狠劲，也有毅力，能追那么远，我很喜欢，不过你还是没法去无月廷。”

“为什么？”

“就算我带你去，你也看不见无月廷，更进不去。”东阳真人安抚地拍拍她的肩膀，“无月廷乃汇聚天地五行灵气之所，肉眼凡胎无法见，无法进，现在的你不行。”

“我可以在外面等啊。”

东阳真人还是摇头：“你可知无月廷上下多少弟子？数以万计。你既不知大师兄的姓名，也不知他的容貌年岁，修行弟子突破瓶颈需要闭关，资质好的暂且不说，寻常都要闭关数年，你如何等得？更或许他在外修行，漂泊无踪，如何寻得？”

小棒槌终于傻眼了，闭关？在外修行漂泊无踪？刚开始她一鼓作气只想要先找到大师兄，本来以为知道无月廷在哪儿就不难，谁想到要找大师兄简直跟登天一样！

“不过，倒也并非全无办法。”东阳真人见她发愣，不由笑了，“只是大约要花上一年时间，你可愿意？”

一年？她张口就想拒绝，师父随时可能有性命之忧，她如何能浪费一年？

可……就算她一个人到处问到处找，一年内能找到师父和大师兄的机会也是非常渺茫的，就算找到师父，她什么本事都没有，怎么救他？大概只能陪他一起死，甚至成为师父逃命的累赘……

这样算来，倒不如就花上一年时间。至少一年后能找到大师兄的可能性很高，只要能找到大师兄，师父运气再好些一直活着，那就有救他的希望。比起那些虚无缥缈的可能，这条路确实最稳当。

“……我愿意。”

# 第二章 雏凤书院

午时过三刻，正是阳光毒辣之际，陆公镇的祠堂门前停满了各种马车驴车轿子，熙熙攘攘，一路排了十几里远，平日冷清的祠堂里更是挤满了人。人虽然多，却个个缄默，有序地排着队，等待进入祠堂内门。

“这里就是雏凤书院？”

小棒槌一落地便望见这么多人，有些讶异，不是说雏凤书院选拔极其严格，一千个人里才能选中几个吗？而且还听说雏凤书院非常大，景色十分优美，这……看上去不像啊？

“这是初选，这些人都是带自家孩子来参选的。你且去那里拿号，就在院中等吧。”

东阳真人将她领到一处角落，角落里放了只大木盒，小棒槌摸了一块小铜板出来，只见上面刻着“三五九”三字，还未来得及说话，忽听头顶一声怪叫：“三五九！三五九！”紧跟着一只五彩斑斓的大鸟扑簌簌拍着翅膀飞进了内门。

“那是替你记号。”东阳真人摸了摸她的脑袋，笑道，“我走了，盼你能过初选，小丫头，保重。”

小棒槌心中有些不舍，这和蔼的老人总让她想起师父，他也帮了自己良多。她恭恭敬敬地给他鞠个躬：“谢谢您。”

东阳真人从手腕上褪下一串木珠，替她戴上：“你小小年纪孤身在外，只怕会十分辛苦，这串辟邪香珠送给你，就算进不了雏凤书院，有这串辟邪珠在，勉强可以逢凶化吉。”

辟邪香珠色如琥珀，每一个都大小如弹丸。小棒槌低头看了一会儿，再抬头时，东阳真人已经不在了。

此时此刻，或许以后的更长时间，她都只剩自己一个人了。从记事开始，她便与师父相依为命，一刻都没离开过师父，等到真真正正一个人的时候，她才瞬间体味到孤单无助的真谛。

小棒槌抚摸着手腕上的辟邪香珠，茫然环顾四周，庭院里站满了人，大多是父母带着自家的孩子，只有她是孤零零的。偶尔有人望过来，也随即移开视线，没人会对一个脏兮兮的小乞丐似的孩子感兴趣。

“我得加把劲啊……”她喃喃自语，师父生死未卜，她就算拼了命也要进入雏凤书院。

东阳真人给她解释过雏凤书院，像无月廷这样的仙家门派有许多个，都建在天地灵气充沛的地方，肉眼凡胎无法见。但门派总要收纳新弟子来更新换代，派中高层又不可能天天在外面搜罗有潜质的孩子，故而雏凤书院成立了。

这是个所有人都能看见的地方，据说书院建在天险之地，凡人凭双手双脚无法随意进出，每年书院开放甄选，只接收十三岁以下的孩子。凡是觉得自家孩子有潜力的都可以来参加初选，甄选地遍布中土，陆公镇便是其中之一。

双选后，确认有潜质的孩子便会被带去雏凤书院开始一年的基础修行，一年后各大仙家门派会来书院进行新弟子招收，挑选其中优秀的孩子成为门派弟子。这样既省去了各派高层搜罗弟子的时间，又可保证门派的更新换代，更是增加门派间交流的一个绝佳方式。

雏凤书院虽然并没有什么厉害的仙人坐镇，却是最安全的所在，门派间无论发生什么冲突，也绝不会波及书院，外界凡间战乱纷争，血流遍地，也与书院毫无关系。书院是绝对的中立之地。

听起来，这书院像是个非常安宁祥和的地方……小棒槌一面想着心事，一面看着庭院里慢慢变少的人。

刚才有好多人哭着出去了，估计是没被选上。人越少，她越紧张，她好像没见过有通过的，初选就那么难？她能过吗？

“三五九！三五九！”

五彩斑斓的大鸟从内门飞出，怪腔怪调地大叫。是在叫她了？小棒槌紧张得手心冒汗，她慢慢穿过人群，只见内门前放了一张桌子，一把椅子，桌对面坐着一个从头到脚都蒙着黑纱的女人，全身上下只露出一双手，白得耀眼。

“过来，坐下。”黑纱女人淡然开口，声音却十分娇嫩。

小棒槌心脏一个劲地跳，都快蹦出喉咙了，她坐在椅子上，黑纱女伸出手掌放在她头顶，一动不动。

她接下来会说什么？不行？还是留下？小棒槌吞了口口水。

不知是太紧张还是什么别的，耳边突然响起一个陌生而沙哑的声音，十分低微：“屏住呼吸。”

小棒槌一愣，急忙四下张望，身边除了黑纱女就没有别人了，是她在和自己说话？

“不要动。”黑纱女冷冰冰地开口。

与此同时，那个沙哑的声音又一次响起：“屏住呼吸，小丫头。”

算了，管他是谁！小棒槌依言屏住呼吸。不过片刻，黑纱女忽然“咦”了一声，像是不敢相信似的，换了只手又一次放在她头顶。

“屏住呼吸，不要停。”那个沙哑的声音还在提醒自己。

可是，她快憋不住了……小棒槌脸憋得通红，本来就紧张得呼吸急促，还要憋这么长时间的气，她甚至感觉眼前在冒金星。

“居然这么笨。”那个沙哑的声音说了这句后，再也没反应了。

小棒槌觉得自己快到极限了，还好，黑纱女的手终于放了下去，她立即大大吐出一口气，贪婪地呼吸着。

黑纱女娇嫩的声音轻道：“你叫什么？”

“小棒槌。”

黑纱女低头在一张纸上唰唰写着什么，写完后将纸折好放入信封，指甲在上面轻轻抠了一下，信封轻飘飘地飞起来，钻进了小棒槌怀里。紧闭的黑色内门在众人的喧哗声中悄然开启，黑纱女淡淡道：“进去吧，你通过了。”

这就过了？小棒槌一头雾水地慢慢走进内门，她把手放自己脑袋上就是初试？这是什么神乎其神的初试？对了，刚才那个提醒她的沙哑声音是谁？为什么她看不见他？

这一切都太过扑朔迷离，她百思不得其解。

内门后是另一方庭院，许多已通过初选的孩子在庭院里三三两两地围着，低声说笑。东角整整齐齐排放着数辆大车，奇异的是拉车的兽，并非寻常马匹，而是数头身材高大的鹿，头顶的长角像雪一样白，最为奇异的是它们身上的毛皮色泽，犹如虹光般七彩斑斓，极为炫目美丽。

小棒槌第一次见到这样奇异而美丽的动物，情不自禁盯着看了半天，忽听身后不远处传来一阵嗤笑声，有个不大不小的声音讥诮道："哪里来的叫花子，老远就闻到一股臭味。"

哄笑声响起，小棒槌回头，便见庭院一座小亭子里坐着的几个小男孩正盯着自己笑。他们交头接耳挤眉弄眼，一看就知道没说什么好话。

这几个男孩服饰华美，当中那个男孩更是生得唇红齿白仪表不凡，从头到脚贵族气派，单只是那么坐着，就感觉和普通人截然不同，想必是出自什么王公贵族。

多一事不如少一事，她装作没听见，转身继续看鹿。

"土包子，连虹鹿都没见过，你们看，他眼珠子都要看掉下来了。"

身后的讥诮窃笑声还在继续，小棒槌默默朝另一个方向避让开。西北角没人，她走过去坐地上，长长吐出一口气。

对了，刚才出现在耳边的沙哑声音听起来像是个老人家，他是谁？现在有没有继续跟着自己？

"老先生……老先生？你在吗？"她低声叫唤，"刚才谢谢你提醒我。"

没有人回答她。

小棒槌四处张望，始终没发现什么可疑人影，她又开口："老先生？你不在了吗？你让我屏住呼吸是什么意思？老先生？"

依旧没人回答，小棒槌挠挠头发，难道刚才是她幻听了？

漆黑的内门忽然打开，这次却是一连进来三个风尘仆仆的孩子，看上去跟自己差不多大，衣服上都是补丁，虽是比自己干净点，却也好不到哪里去。两个女孩走前面，一个男孩跟后面，好像互相认识，其中一个女孩正叽叽呱呱说个不停。

"啊——"那个叽叽呱呱的女孩忽然大叫起来，奔到虹鹿身旁，兴高采烈，"难道这就是传说中的神兽？！姐！你看！"

这夸张的行为很显然又被亭中那几个富家男孩耻笑了，一个绿衣男孩怪腔怪调地学她："姐！你看！哇，人家从来没见过呀！神兽呀！"

那女孩被笑得涨红了脸，嘴唇翕动，似是想回击几句。旁边的男孩将她轻轻拽到一旁，低声道："别理他们。"

三人转身，望见角落里一身褴褛的小棒槌，都愣了一下，估计没想到会在这里见到同样满身补丁的落魄同类。

"你一个人？"女孩子笑眯眯地走过来，"能一起坐吗？"

小棒槌点点头，用袖子擦了擦身边的砖块："坐吧。"

“我叫百里歌林，今年十岁，这是我姐姐百里唱月，今年十二岁啦。对了，他是我们的弟弟，叫叶烨，哈哈，是不是很怪的名字？”

唱月，歌林，会给自家女孩取如此清雅名字的，应该不会是什么普通农家夫妇，何况姓“百里”，这可是个十分罕见的姓，姐妹俩看上去如此落魄，是什么缘故？

小棒槌默然打量他们三人，姐妹俩虽然衣着褴褛，满身污垢，但容貌秀美，举手投足间自有一股风韵，不像是寻常人家的女儿。那个叫叶烨的男孩也是神清骨秀，与那些乡间浑浊孩童截然不同。

“谁是你弟弟！”叶烨白了百里歌林一眼，“我比你大一岁，你该叫我哥哥才对。”

他朝小棒槌点了点头算作打招呼：“我是一年前才遇见她们的，大家都无处可去，索性做个伴，相互也能照应着。”

“你叫什么名字？”百里歌林挨着小棒槌，自来熟地挽着她胳膊。

“小棒槌，我也十岁。”

“噗……”百里歌林大笑起来，“小棒槌？怎么会有人叫这种名字？你姓什么呀？”

这名字很好笑？小棒槌把被她挽着的胳膊缩了回来：“我没有姓，是被师父捡回来的，名字是师父取的。”

百里歌林急忙道歉：“抱歉，我没恶意……”

“看看，牙尖嘴利，一天到晚得罪人。”叶烨在百里歌林脑袋上轻轻敲了一下，又道，“她说话一向不过脑子，你别想多。你有师父？教你仙法吗？”

小棒槌点头：“嗯，师父教我方术，可惜我天赋不行，没学会。”

“别谦虚啦。”叶烨笑起来，“能过雏凤书院的初选，天赋都不会差的。”

或许是他们这边说笑声越来越大，亭子里那几个富家男孩又开始冷嘲热讽：“叫花子聚一起，真是声势浩大，商量一起讨饭吗？”

百里歌林漂亮的小脸上露出厌恶的神情，低声道：“真讨厌，这些人。”

“何必理他们。”叶烨蹲在她身边，“应该是一些家中有权有势的子弟，就让他们动动嘴皮子好了，说不定一个都过不了二选。”

“二选是怎么样的，你知道吗？”小棒槌见他言谈间似乎对这些很了解，不由发问。

叶烨摇头：“你想想，一个小小的陆公镇都选出这么多人，咱们中土那么多地方，加起来得有多少人？每年能进雏凤书院的，不过寥寥，那岂不是十万、百万里挑一？”

话刚说完，忽见后面一道黑影疾射而来，正砸中他的后脖子，叶烨疼得闷哼一声，撑不住摔在了地上。他身边骨碌碌有个东西滚下来，却是一锭五两重的银子。亭子里几个男孩冲他们手舞足蹈做鬼脸，大笑道：“赏给你们的！一群叫花子叽里咕噜，还不跪下谢恩？！”

欺人太甚。小棒槌眉头皱了起来，忽见方才在一旁一直不说话的百里唱月弯腰捡起了银子，一步步朝亭子那边走去。

“唱月！”叶烨一把抓住她，“我没事，你别去。”

“你被打了。”百里唱月眉头微蹙，语调冷漠，与她那个能说会笑的活泼妹妹截然相反。

“我不疼，你别惹事！”叶烨拽着她不放。

正说话间，漆黑内门又开，进来了一个衣裳华贵容貌绝艳的小姑娘，庭院里的小孩们都忍不住朝她那边偷偷张望。小姑娘神情倨傲，背脊挺得很直，目不斜视走进来，像只小凤凰。亭子里几个男孩也不闹腾了，不一会儿，里面跑出个黄衣小子，不知和她说了什么，将她请到了亭子里同坐。

“这个看样子应该是什么王公贵族的女儿。”叶烨忍痛笑了笑，一把将百里唱月拽得坐回自己身边，“我没事，你这个暴脾气要是冲过去就得打起来了，何必惹麻烦？”

他把银子抢过来丢了老远，看也不看一眼。

“疼不疼？”百里唱月伸手在他脖子上轻轻揉了揉，“肿了。”

“又没断。”他晃晃脑袋，“看，好好的。”

百里歌林哧哧笑起来，冲他做个鬼脸：“皮糙肉厚！”

可能因为亭子里多了个小美人，孩子们都不愿让她不快，那帮富家子弟也暂时消停了。渐渐地，正如叶烨所说，通过初选的孩子越来越多，眼看夕阳西沉，初选很快便要结束。据说这些虹鹿拉着的大车，会将他们这些通过初选的孩子带去另一个地方进行二选，没被选中的再用大车拉回家。

没一会儿，漆黑内门再次打开，走进来一个畏畏缩缩的小男孩，看上去七八岁，同样的衣衫褴褛满面污垢。他却没有百里歌林几人的随意大胆，一路缩着肩膀走进庭院，头也不敢抬，不小心撞到人便一个劲儿鞠躬道歉。

小男孩战战兢兢地找了个角落缩着，没一会儿，大概是发现亭子里坐着一位华丽又美貌的小女孩，连他也忍不住抬头多看几眼。他那畏畏缩缩的样子太引人注目，亭子里的富家子弟们当即坐不住了，有个孩子跳起来大吼：“喂！你的狗眼乱看什么？！”

小男孩突然“啊”了一声，指着那位小美人叫起来。

“你……你……”他结结巴巴，脸都涨红了，像是又气又急，浑身在微微颤抖着。

“你认识他？”亭中一个白衣男孩忍不住询问。

小美人不快地皱起眉头：“我怎会认识这样的乞丐！这乞丐好大胆！竟敢拿手指

着我！”

亭中男孩子们“嗡”一下闹开了，有人捡起一块石头砸过去，大叫：“快滚！”

拳头大的石头刚好砸中小男孩的额头，登时血流出来，疼得他“哇”一声大哭起来，哭得撕心裂肺。

不过，他越哭，砸向他的石头越多，没几下就砸得他头破血流，蹲在地上哭声越来越小。

“真过分！”百里歌林气得两眼冒火，“没人管吗？！”

话音刚落，一旁的小棒槌已经跑过去了，她一把拽起那个号啕大哭的男孩，怒道：“哭什么？！真没用！”

被她一吼，那孩子反而哭得更厉害了，鼻涕眼泪夹着血，把脸上弄得一塌糊涂。

脑后风声响起，小棒槌灵活地躲开砸向她的石头，她转过身，冷冷望着亭中那些男孩。

“今天我替你们爹娘教训教训你们。”她撸起袖子，朝掌心呵了口气，弯腰捡起一块石头，用力扔出去，只听“啪”一声，亭中一个男孩的脸顿时被石头砸肿了，他捂着脸尖叫起来。

众人都惊呆了，大抵谁也没想到这小叫花子敢打亭子里的那些孩子，那里面坐的不是一方豪富的孩子，就是王公贵族的子弟啊！

小棒槌动作极快，她学方术不行，但拳脚功夫着实不赖，拿石头砸人一砸一个准，个个正中脸颊，一时间亭子里哭喊声不断。那个看上去像是头领的贵族男孩气傻了，指着她一个劲手抖，话都说不利索：“你、你好大的胆子……你知、知不知道我是谁？！”

“银子还给你！”小棒槌又拾起方才被他们丢来的那锭五两重的银子，手腕一转，银子“啪”一下甩在白衣男孩脸上，抽得极响。更厉害的是，银子抽他脸上却不落下，反而弹跳起来，刚好落在他头顶，分毫不差。

亭子里除了那个脸色发绿的小美人，已经没人站着了，个个捂脸抱头哀号。小棒槌拍拍手，朝亭子那边挥了挥拳头，冷笑：“舒服吧？”

内门忽然被人推开，黑纱女鬼魅般出现在门前，冷道：“何事喧哗？”

庭院里鸦雀无声，只有亭子里那些男孩低微的哭声和叫痛声。小棒槌长长吸了一口气——她打人了，会不会被取消资格？

虽然浑身都蒙着黑纱，孩子们还是觉得黑纱女仿佛缓缓环视了庭院一周，在亭子那边和小棒槌身上停顿了一下，然后她又开口了：“离初选结束还有半个时辰，半个时辰内，我若是再听见喧哗，无论是谁，可以马上回家了。”

孩子们大气都不敢出，眼睁睁看着黑纱女走出去关上了门。

小棒槌松了口气，她转身看着那个满身是血的小男孩。他还在哭，肩膀一抽一抽的，不敢发出声音，看着又窝囊又可怜。

“你被人打，要么就还手，要么你就快点逃，哭什么？哭破喉咙别人就不打你了？”她反问，问完也不等他回答，拽着他的衣服一路走回去。

叶烨他们三人还在原处傻傻站着，见着小棒槌回来了，百里歌林忍不住冲她吹了声口哨：“小棒槌，你好勇敢！”

不单勇敢，而且厉害，一个人把那些讨厌的富家弟子都揍哭了。她抓起小棒槌的手，满脸佩服崇拜。一旁的叶烨也笑道：“做得好，你比我快了一步，不然我也要冲过去阻止了。”

他见小棒槌身后那男孩满头满脸都是血，哭得一抖一抖的，不由温言：“你怎么样？先把血擦擦，我这里还有些药可以外敷。”

那孩子一面抹眼泪一面哽咽道谢：“谢、谢谢大侠……”

“什么大侠。”小棒槌坐在地上皱了皱眉头，“你真没用，就会哭。”

那孩子嘴一扁，眼看着又要哭，叶烨赶紧把他拉旁边了：“来，先把伤口洗洗。”

百里歌林悄悄拽了拽小棒槌的袖子，低声道：“你刚才真的吓我一跳，我们谁也没想到你会冲出去。”

小棒槌给她的第一印象就是冷漠又不爱管闲事。男孩被打，跳出去的是叶烨或者姐姐唱月，她都不会惊讶，叶烨正义感很强，姐姐外表文静实则是个暴脾气，都见不得恃强凌弱的事，结果第一个跑出去的却是小棒槌。

“只是看不惯罢了。”小棒槌把沾了小男孩血迹的手放在衣服上擦了擦。

她只是从那男孩身上看到了自己未来的影子，假如通不过书院的选拔，又没有了师父，她以后或许也会变成这样：什么都不会，没有谋生手段，只能一个人强颜欢笑地活下去，被生活压迫得奴颜婢膝，见人便害怕。这是她最怕发生的事。

叶烨领着那个洗干净伤口敷好药的男孩走过来，他终于不哭了，原本脏兮兮的脸也洗干净了，虽然伤口交错鼻青脸肿，倒也眉清目秀，只是娇怯柔弱，八九分像个女孩子。他怯生生地走到小棒槌面前，给她鞠躬：“那、那个……谢谢您救了我。”

小棒槌别过脸，声音冷淡：“是你没用，不要谢我。”

小男孩眼眶红了，这次他强忍住泪水，小声道：“是……是，我太没用了。”

叶烨笑着来打圆场：“好了，现在那帮仗势欺人的东西再也不敢来招惹，你别怕。我叫叶烨，这是百里歌林，百里唱月，救了你的是小棒槌，你叫什么名字？”

“我叫雷修远。”小男孩红着脸，很是腼腆，“谢谢大家帮了我，大恩大德，没齿难忘。”

他谈吐颇为斯文，亦有些书卷气，却形容落魄，估计也是来自半途潦倒的书香世家。

“哪里来的什么大恩大德啊！”百里歌林笑起来，“修远，你也是一个人来参加初选吗？”

雷修远点点头。

“那我们可以一起做个伴。”这自来熟的女孩笑眯眯地把他拉得靠近些，她不知想起什么，又问道，“对了，你方才为什么要指着那姑娘叫？”

雷修远面色登时黯然下来，泪水又开始在眼眶里打转，他颤声道：“我认得她……半年前，我和鲁大哥沿街乞食，鲁大哥不小心惊了她的狗，她叫随从把鲁大哥打得半死，当晚鲁大哥就去了！”

众人唯有沉默叹息，这些孩子都饱尝过人间艰辛，此刻面对雷修远的眼泪，任何安慰都是无力的。

谁知他越哭越厉害，好像不会停了，惹得庭院里其他孩子一个劲儿朝这里张望。百里歌林叹道：“那个……修远你别哭了……”

雷修远抽泣着哽咽难言：“我……我忍不住……”

小棒槌极不耐烦，冷道：“你是水做的？动不动就哭。是男人吗？”

雷修远僵了一会儿，终于使劲揉了揉眼睛，脸上还带着泪痕，但已经没有泪珠滚下来了，他低声道：“以前鲁大哥也经常这样说我……我错了，小棒槌大哥，我再也不哭了。”

小、棒、槌、大、哥……

小棒槌一下子忍不住就要喷笑，她第一次被人这样叫！她拼命忍住笑意。旁边的百里歌林已不客气地笑得滚在地上了，叶烨也绷不住开始笑，笑着笑着，连雷修远自己都笑了。

很快，雏凤书院的初选结束了，陆公镇这里一共过了五十六个孩子，有服饰华贵气质高雅的，也有普通农家少年，不过像小棒槌他们这样衣衫褴褛如同叫花子的，却极少见。

黑纱女站在虹鹿旁，她的声音虽然娇嫩好听，语调却始终冷冰冰的。

“现在叫到号的就上车，一个一个来。”

小棒槌见庭院里五十六个孩子，黑压压一片，车却只有四辆，虽然挺大的，但一辆车装十几个人？可能吗？要怎么安排人数啊？

黑纱女叫号极快，眼看第一辆车上了十几个人，车里却一点儿动静也没，孩子们都有些紧张，又有些期待。

很快，黑纱女就叫到了小棒槌：“三五九。”

小棒槌快步走到第二辆车旁，轻轻揭开帘子，里面黑漆漆的，隐隐透出一丝微光，甚至还有一股花一般的香甜味。她一脚踏上车，朝前走了一步，陡然间，场景变幻，眼前光线亮而柔和，竟是一座极大的庭院，亭台楼阁，远处山水淡然，简直如在画中，她站在如雪海般的梨花林里，不可思议地深深吸了一口气，花的甜香沁入肺腑，心旷神怡。

这是在做梦？她笨拙而茫然地四处打量，刚才她好像上的是车，可为什么……车里有亭台楼阁梨花似海？

“三五九，请随我来。”

令人眼花缭乱的梨花树下忽然闪出一个人影，是个年约双十的年轻女子。可她长得不太像人，满头长发是青色的，从肩膀到胳膊，大片的肌肤裸露在外，上面长满了青色鳞片。

小棒槌心中微微吃惊，她是妖怪？为什么这里会有妖怪？

没人回答她的疑问，她一路跟着女妖怪穿花拂柳，很快便进了一座宽敞的院落。院内东西两侧各有小楼，西侧的似乎已经有人入住了。女妖怪领她来到东侧，道：“三五九，请进这间房。”

小棒槌轻轻推开东侧小楼其中一间房的门，里面桌椅齐全，还有一张很大的床，被褥雪白干净。屋里另有一扇竹帘，走进去，里面有一方小浴池，池水清莹碧蓝，旁边梳子、皂荚、鸡蛋、澡豆、木盆一应俱全。

这是让她住的？她从来没住过这么好的房间。

小棒槌正看得发愣，那女妖怪在后面又说道：“请在这里歇息一晚，明日在瑞雪庐进行二选，时辰到了我会叫您的。”

说完她很快便走了，小棒槌左看右看，老实说，鸡蛋、澡豆这种奢侈的东西她从没用过，浴池也是第一次见到，忍不住看了好久。床上的被褥干净得像白云一样，她本来想躺上去感觉一下，可又怕衣服把床弄脏，只能用手轻轻摸一摸，料子柔软光滑，上面还带着松林般的淡香。

如果这真是一场梦，她可绝不愿醒过来。

院落里很快又传来人声，听起来有些耳熟，小棒槌推开门，就见百里歌林他们也跟着个女妖怪走了过来。老远望见自己，百里歌林立即挥手，兴奋地跑过来，大叫大笑：“小棒槌！太好了！我们住这么近！”

“这是车里吗？”小棒槌忍不住把疑问问出来了，“好大，好漂亮啊。”

叶烨说道：“是啊，应该是一种叫袖里乾坤的仙法。我猜，弄得这么大气派，也是雏凤书院宣扬口碑的一个方式吧。通过初选的人都可以来到这座洞天，里面各种奇景，气派十足，这样就算二选没过，回去的人也会把这一切说给别人听，口口相传，原来进书院修行能过上这样的神仙日子，更多的人就来了。”

原来如此，仔细想想，果然大有道理。原本仙人一说高高在上，让凡人觉得遥不可及，可雏凤书院的初选却如此宏大热闹，许多根本没有灵根的人都会想来试试运气，来的人越多，发掘出上佳资质者的概率也越大，确实是个好法子。

几个孩子在院子里叽叽喳喳说个不停，热闹得很。忽然西侧小楼那里猛然开了一扇门，一个白衣男孩气势汹汹地站门口怒吼：“从刚才开始你们这帮刁民就叽里呱啦吵死了！都给本……都给我闭嘴！”

众人一看，这男孩正是方才被小棒槌用银子抽了一耳光的富家子弟，长得十分俊朗，但半边脸现在肿着，显得又狼狈又滑稽，想不到西侧小楼住的人会是他。

小棒槌回头看着他，淡淡道：“你说什么？”

白衣男孩一见是她，脸色顿时涨得像猪肝，指着她张嘴欲骂，可很快又吞回去，哼了一声便进屋狠狠甩上了门。

隔日起个大早，看看院子里，似乎其他人都还没起，小棒槌便在浴池里痛快洗个澡，出来一看，桌上不知何时已经摆好了早饭。饭是稠稠的大米粥，旁边三个小碟子，一碟葱花烧饼，一碟腌渍小菜，还有一碟豆腐干。

人间仙境！小棒槌感动得使劲掐自己一把，不是梦吧？这真的不是梦！

饭毕，院子里隐隐有人声传来，想必其他人也起床了。小棒槌翻开包袱，粉色罗裙叠得整整齐齐压在最底下，或许是压得时间长了，上面有些皱褶。她用手使劲压平那些皱褶，犹豫片刻，终于还是脱下了身上的破衣服。

师父买衣服也不看看她的尺寸，裙子大得离谱，她把拖在地上的裙子使劲朝上面拽，用腰带扎得结结实实。屋里没镜子，她只能凭手感编个麻花辫，还没弄完，外面忽然有人敲门。

“小棒槌，你起了没？”百里歌林欢快的声音在门外响起，“别睡懒觉啦，快起来，咱们逛逛去。”

小棒槌飞快打开门，门口那几个孩子乍一见她，叽叽喳喳说话的声音顿时停了，一片死寂。

“咚”一声，是雷修远的茶杯掉在了地上，他浑身发抖，满脸惊骇，颤声道：“小、小棒槌大哥？！你怎么了？！”

什么怎么了？小棒槌低头看看自己，她有哪里不对劲吗？

百里歌林突然尖叫一声：“你怎么穿女装？！”

“……我没说自己是男的。”

这怎么可能！孩子们都要晕过去了，她不管从言行还是举止包括长相，都跟男的没任何区别啊！就算穿上裙子，那黑黝黝的脸，那浓眉，一切都那么违和！

她是女的有那么惊悚吗？小棒槌终于无奈了，其他人也罢了，连百里唱月都满脸惊骇，雷修远这爱哭鬼眼眶都红了，她真是不能理解他哭的理由。

“大家都换新衣了。”她决定转移话题。

歌林、唱月姐妹都换上了干净整洁的布衣，虽然简朴，但与昨天的乞丐模样不可同日而语。叶烨也穿着半新的布袍，甚至连雷修远都把头发弄得整整齐齐，换了一身补丁少些的衣服。看起来，大家都很重视今天的二选。

叶烨恢复得最快，当即笑了笑：“是啊，初选是没办法，二选可不能那么邋遢。小棒槌，这裙子……挺好看。”

他想了半天才勉强想出个夸奖的话。

百里歌林“哧”一下笑了：“裙子好看，不过穿她身上就不好看了。”她冲小棒槌做个鬼脸，又道，“死丫头，不早说你是女的。”

雷修远也终于恢复了正常，眼眶不红，脸却红了，含羞带愧地低声道：“那、那以后不该叫你小棒槌大哥了……抱歉，我之前不知道……小棒槌大姐头。”

……更难听了。

“什么大姐头？”小棒槌摇了摇头，径自朝前走，“小棒槌就行了。”

百里歌林追上去一把抱住她的胳膊，到底还小，这会儿都忘掉自己少女心饱受打击的事情了，她亲亲热热地低声道：“小棒槌，你皮肤黑，下次别穿粉色的衣服，显得更黑。”

是吗？

“那要穿什么颜色好？”

“唔，蓝色吧？你辫子弄歪了，回头找个地方我替你重编。”

虽说小棒槌是个女孩的真相让大家很震撼，但小孩子很快都忘掉了，一行人有说有笑地去看梨花。百里歌林拉着小棒槌传授了一早上的梳发穿衣秘籍，百里唱月听了一会儿就不见了，这女孩不爱说话，做事也相当我行我素，姐妹俩的性格天差地别。

“不知道二选会是怎样的。”百里歌林一说到二选就有些紧张。

“初选是测试奇经八脉，看资质，灵根上佳的都能过，想必二选是更严格的筛选吧。”叶烨叹了口气，“修行毕竟还是资质最重要。”

资质啊……小棒槌想起东阳真人说过，自己资质一般，而且她始终学不会方术，估计所谓资质一般都是人家安慰自己，很差劲才对，如果没有那个苍老的声音提醒自己，只怕她连初选都过不了吧？为什么闭气了就能过？那个人又是谁？

她有一肚子疑问，却找不到人问，只能放在心底。

悠扬的钟声回荡在庭院里，梨花树下忽然凭空出现一扇门，浑身长满青色鳞片的女妖怪不知从哪里冒了出来，朗声道："已到瑞雪庐，请诸位从这扇门下车。"

孩子们一阵喧哗，到了，瑞雪庐，二选即将开始，几个小男孩霸占在门边，将其他想要下车的孩子都赶去一旁。

"让开！你们这些刁民，谁敢第一个下车！"

正说着，后面施施然走来两人，正是昨天被打的白衣男孩和那位凤凰般的小美人，守门的小男孩们急忙让开。白衣男孩脸上还有些肿，却比昨日好多了，今天也是刻意穿了一身新衣，乌黑的头发，雪白的衣服，小小年纪已经很有些玉树临风的味道了。

"人模狗样。"百里歌林不屑地翻个白眼。

白衣男孩稍退一步，做出相让的手势："远来是客，郡主请先行一步。"

那小美人原来是个郡主吗？孩子们先是哗然，很快又安静了，怪不得她那么漂亮那么高贵。

郡主微微一笑，行了个礼，第一个走出门，华贵的身影一瞬间便消失在门后。白衣男孩紧随其后。

"看样子小棒槌昨天揍的人不是小王爷就是小皇子了。"叶烨突然笑了，"要是放在外面，小棒槌惹的可是诛九族的祸事。"

"你怎么知道？"百里歌林问。

"那女孩是个郡主，他却能走在她身前，身份上必然比她高贵。"

小棒槌有些惊讶："皇族的人还要修行？"

"正因为是皇族，才更要修行，为了永保江山，族中必须有仙人坐镇。陆公镇是越国境内，那白衣小子应当是越国的皇族中人。离陆公镇最近的诸侯国是赵阳，郡主想必是赵阳的郡主，所以他才说'远来是客'。"

小棒槌难得佩服地看了叶烨一眼："……你懂得真多。"

叶烨不以为意地笑："在外面见得多了就什么都知道了。"

很明显这是欲盖弥彰之词，不过人家不肯说，她也不会强求。

很快所有人都从那扇门出去了，小棒槌一跳下车便感觉奇寒彻骨，忍不住打个哆嗦，入眼只见周围白茫茫一片，竟是一座积满白雪的峰顶。鹅毛般的大雪密密麻麻地落下，没一会儿孩子们头顶都白了。

小棒槌冷得直哆嗦，她连一件冬衣都没带，失算了。回头看其他人，叶烨和百里姐妹正盘腿坐在雪地里，虽然冻得脸色发青，但神情都缓和了许多。一旁的雷修远虽是一身补丁单衣，但迎风雪而立，似乎并无异样。其他孩子有人打坐，有人翻出冬衣披上，只她一个人冻得像只猴子跳来跳去。

“小棒槌大姐头，你很冷吗？”雷修远有些讶异，“运起内息灵气便可抵御寒气啊。”

“什、什么内息灵气……”小棒槌冷得舌头都不听使唤。

“这个说不清，但凡是有灵根的人天生就会的，你别急，冷静下来运息，很快就不冷了。”

雷修远见她冷得嘴唇都紫了，急忙握住她的手轻轻搓揉。

小棒槌觉得自己要被如枪如刀的风雪撕裂了，什么内息灵气？她一点也不懂啊！为什么雷修远这爱哭鬼都没事？为什么连那个骄横跋扈的白衣男孩也没事？五十多个人，就她一个狼狈不堪。

正绝望的时候，耳边忽然又响起那个沙哑的声音：“闭气。”

那个老先生还在？小棒槌僵硬地转动眼珠，他在哪儿？为什么总是看不见他？

“闭气啊蠢货！”沙哑的声音不耐烦了。

小棒槌屏住呼吸，渐渐地，不知是冻习惯了还是闭气真有那么神奇，她的身体慢慢停止了颤抖。

“觉得冷了就闭气，不然就直接冻死吧。”沙哑的声音说完这句话便戛然而止，再也没声音了。

小棒槌依照他教的，一冷就闭气，刚开始老是憋得胸口发闷，可不知为什么，很快她就习惯了。彻骨的奇寒她再也感觉不到，风雪刮在脸上，感觉竟像是柔和的春风。

雷修远发觉她的手慢慢变得温热，喜得眼眶又红了：“小棒槌大姐头，你没事啦？刚才吓死我了！”

小棒槌皱眉道：“跟你说了别这么叫我，很拗口。”

“那、那就大姐头。”雷修远揉了揉眼睛，满脸崇拜地看着她。

小棒槌环顾四周，峰顶不知何时已经挤满了人，半空浮着成群结队的虹鹿车，还不停有人从车里出来，一眼望去，黑压压一片脑袋。

这就是整个中土通过初选的人吗？叶烨果然没说错，这里起码有成千上万的人了，这么多人，最后通过二选的能有多少？

过了片刻，小棒槌忽觉包袱里有什么东西蠢蠢欲动，只见一封信从包袱里箭一般射出，缓缓悬浮在自己面前。杏色信封，上面还有几个指甲印，正是通过初选的时候黑纱女给她的。

紧跟着，信封瞬间化作灰烬，一道红光打在她手腕上，朱砂般鲜艳的古老字体从皮肤上显现，却是“二七六”三字。

眼前风雪肆虐的景象犹如水面般微微晃动，峰顶忽然出现一座小小的茅屋。“吱呀”一声，茅屋的门在众目睽睽之下自行开启，空荡荡的屋内别无他物，只有放了炭块的火盆在无声无息地燃烧。

# 第三章 二选

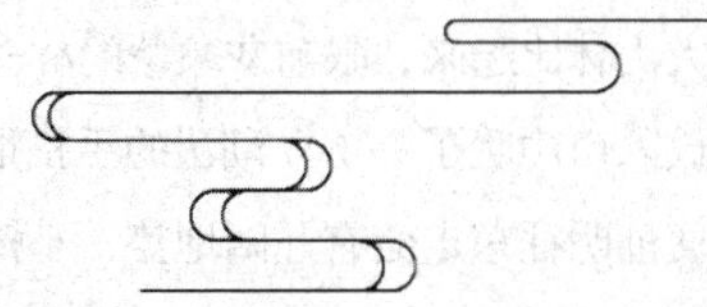

狂风暴雪转瞬间停了，峰顶寂静无声，小棒槌忽然觉得有些不对劲，左右一看，原本挤满峰顶的人居然都不见了，累累白雪的峰顶，此刻只剩她一个人。

她心中一惊，忍不住叫道："歌林？雷修远？……叶烨？"

没有任何回答，密密麻麻的细小雪片仿佛夏日蚊虫一般遮挡视线——这诡异的变故或许又是什么她不了解的仙法。

眼前只剩那个敞开大门的茅屋可以去了，小棒槌犹豫了一下，最后下定决心似的快步走进茅屋。就像昨天上车一样，刚踏进茅屋，周围景象再度发生变幻，从白雪皑皑的峰顶变成了阴云缭绕的密林。

她站在一株巨大的槐树下，光线极暗，被茂密枝叶遮挡住的天空是灰蒙蒙的，不知是雾气还是瘴气弥漫整座森林，似乎连色彩都无法分辨了。

槐树后人影闪动，久违的黑纱女不知从何处悄悄现身，低声道："你们有一天一夜的时间，能在明日午时前安然走出这片森林，二选就算通过。"

说完，小棒槌面前突然多了一只小小的蓝花布包裹。黑纱女继续道："水与吃食都靠你们自己找，包裹里有金木水火土各三枚咒符，酌情使用。记住，时限是明日午时前。"

话音未落，她的人影已然如烟般散开。小棒槌将蓝花布包裹打开，里面果然有一沓符纸，与师父平时用的不太一样，要大一圈，而且颜色各异，咒符的纹路隐隐约约有流光闪烁，一看就知道是比朱砂符纸厉害无数倍的东西。

小棒槌将咒符装好，四周打量一圈，这灰蒙蒙的森林，根本看不出时辰，所谓明日午时前，或许也是考验他们的判断能力。不知道其他人在哪里，槐树下只有她一个，林中没有路，倘若没有一定的方向感，很可能在其中绕圈，好在她是在山林里长大的，和她住的那座巨大山林比起来，眼前灰蒙蒙的林子只能当门前小院子。

她将手指放入口中吮了一下，潮湿的手指很快便可以感觉到微弱的风是从东方吹来的。有风来，便证明往东走会有开阔地势，小棒槌踏着轻快的脚步离开了。

林中十分寂静，偶然有几下声响，也是不知名的鸟在叫，杂乱的树木中，偶尔会长一种叶片极细长的草，这种草根部割开会有大量清水。小棒槌花了好长时间，七七八八凑了一皮囊的清水，足够一天一夜的分量了。

看树木叶片的颜色，想必树上是不会有什么果子的，只有四处找找有没有能吃的草根树根。小棒槌想起早上那碟没吃完的豆腐干，有点后悔为什么没带着，她饿了。

树丛中忽然扑簌簌一阵响动，紧跟着跳出一只肥大的灰兔，后腿那里血迹斑斑，似是受了伤，慌不择路，朝小棒槌这里一蹦一跳地跑过来。

“往哪里跑？！”一个声音骤然在树丛中响起，“唰”一声，一道咒符箭一般射出，刚好贴在灰兔背上，一瞬间，数道金光从天而降，扎入灰兔体内，它打个滚，直挺挺地死在了地上。

“喂！那是我捉到的兔子！”树丛里的声音很骄横，枝叶被人用力拨开，一个服饰华贵的小男孩走出来，两人打个照面，都是“啊”一声——居然是那个被她用银子抽耳光的男孩。

他一见是小棒槌，眼神先是透露出一丝惊慌，可是很快又变成了惊骇，指着她几乎要跳起来：“你居然扮女人？！好恶心！”

他满脸厌恶嫌弃的样子，快步上前捡起兔子，竭力强调：“这是我的兔子！”

小棒槌不想理他，转身继续赶路，谁知他在后面急急叫道：“你、你等一下！”

小棒槌回头。男孩似是想走近些，可看着她身上的女装，他又厌恶地退了几步：“你你你到底是男是女？！回答本……回答我！”

“你眼睛又没瞎。”小棒槌冷冷回答。

男孩脸上神情一下子变得古怪，上下打量她一番，嫌弃的神色反而更重了，过了一会儿，他又道：“你有没有见过其他人？”

小棒槌摇头，转身继续走。

“等一下啊！”他又叫。

“有屁一次放完。”小棒槌不耐烦了，将手指掰得咔吧咔吧响。

男孩急忙大退一步，摇了摇手：“好，你、你别动粗！我的咒符快用完了，你还有吗？我愿意买！”

“我不缺银子。”她一口回绝。

男孩神色微微一黯，紧跟着又晃了晃手里的灰兔：“我拿这个换！”

“我不吃肉。”

男孩彻底无语了，从小到大他就没受过这种气，要在平时他非得用鞭子将这刁民抽个半死。可自从进了林子，半个人都没遇见，之前那些围绕在他身边奉承他讨好他的狗腿子也不知去哪儿了，好容易遇到个人，还是这不男不女的刁民，真真气煞人也！

越想越气，他转身就走，他就不信运气那么坏，除了她遇不到别的人。

还没走几步他就发现自己转运了，对面正匆匆跑来一个小女孩，他急忙叫道：“喂！那边的！过来一下！”

匆匆跑动的女孩子像是没听见，她一面跑，双手一面乱挥，看上去很有些诡异。随着她越跑越近，她细微的哭喊声也变得清晰可闻。

“救命啊！娘！救命啊……”

这诡异的一幕令纪桐周倒抽一口凉气，冷不防一旁小棒槌飞快跑过去，一把攥住了小女孩的肩膀。

“喂……”他下意识地想阻止，小棒槌扳着她的肩膀，将她转过来。骇人的是，从女孩七窍中，有紫黑色的烟一股股冒出来，看上去极为可怖。女孩的哭喊声越来越小，最后身子一软，瘫在了地上。

“……那是什么？”纪桐周颤声问。

小棒槌没说话，她将女孩平放在地上，那些紫黑色的烟还在一股股地冒出，很快又化作林中看不出颜色的雾气——这是瘴气？女孩是抵御不住瘴气！

小棒槌下意识地屏住呼吸，兔子一般跳开。不一会儿，女孩的身体发出微弱的蓝光，渐渐变得透明，最后消失在两人眼前。这就是被淘汰的情景吗？林中原来遍布瘴气，抵御不住的孩子会被瘴气所惑，最终彻底昏迷遭到淘汰。

站在一旁发呆的两个孩子忍不住对望一眼，纪桐周忽然开口：“……一起走？”

小棒槌没说话，不知什么缘故，她对可怕的瘴气毫无感觉，对面这骄横跋扈的孩子也不简单，看来不是那种绣花枕头草包，还是有点真材实料的。

她抽出几张咒符递给他：“五行每样一张，省着点用。”

她默认了两人同行的提议，有瘴气的林中必然有妖物，两个人总比一个人稳妥些。

“你……叫什么？”纪桐周问得有点别扭，从内心深处来说，他根本不屑结识小棒槌这种刁民，可情势所迫，两个人不得不结伴而行，总得互通姓名。

“小棒槌。”

“……真的？”她是在开玩笑吗？世上会有人叫这种蠢名字？

“真的。”

纪桐周还是不信，可他又做不出给自己随便编个“小榔头”“小锤子”这种名字的事，只得说了实话：“我姓纪，纪律的纪，名桐周，桐树的桐，周天的周，字是……”

“不必解释这么清楚，我不会有写你名字的机会。”小棒槌毫不留情地打断。

“你！！”算了，不与刁民做口舌之争，他忍！

不知又走了多久，树木越来越繁密，连下脚的地方都没有，身后男孩儿的呼吸和脚步声越来越沉重。令人意外的是，他居然颇有毅力，始终没叫苦或者嚷嚷着要休息什么的。

小棒槌擦了擦汗，她也累得够呛，先前她小看这片林子了，没想到走了那么久还没看到任何快要出去的征兆。算算时辰，估计天快黑了，这里还是灰蒙蒙雾茫茫，果然看不出天色，照这样下去，可能要连夜赶路才行。

远处传来一阵哭声，怪耳熟的，小棒槌回头望一眼纪桐周，他点点头：“去看看吧。”

越走近越觉得那哭声耳熟，小棒槌拨开面前烦人的枝叶，眼前忽地豁然开朗。对面好像是一块林中空地，空地上躺着三四只浑身冒黑烟的已死去的妖物，而哭声的来源，正是那位爱哭鬼雷修远。他坐在妖物对面哭得上气不接下气，不清楚状况的人还以为死的人是他爹。

“雷修远。”

小棒槌叫了他一声，雷修远茫然扭头，待见到是小棒槌，他哭得更厉害了。

“大姐头……呜呜呜呜……这些妖怪……这些妖怪要吃我……”他控诉得肝肠寸断。

小棒槌实在忍不住叹了口气：“……它们已经死了，是你做的？”

尸体上会冒黑烟，应该是被雷劈的，他明明把咒符用得挺好的，妖也杀了，不晓得为什么要哭成这样，而且哭得还挺有中气的，看样子也很能抵御林中瘴气。

雷修远揉着眼睛点头，好不容易止住哭声站起来，一眼望见小棒槌身后的纪桐周，他又哽咽了一声，喃喃：“你……你……”

纪桐周早就不耐烦了，碍着小棒槌，他又不敢发作，只能皱眉道：“什么？！”

雷修远看看他，再瞄一眼小棒槌，嗫嚅着不知该说什么。

“林中遍布瘴气，可能还有妖物，一起走稳妥些。”小棒槌确认他没受什么伤，又道，“好了，天色不早，找个背风的地方休息会儿再继续赶路。”

纪桐周急道：“不睡觉吗？”

“睡了怕赶不及。”

纪桐周嘀嘀咕咕几句，只能不甘不愿地继续跟在后面。雷修远轻轻走到小棒槌身边，低声道：“大姐头，你饿吗？”

饿，而且快饿死了，但她始终没找到能吃的草根树根。

雷修远偷偷塞给她一片豆腐干：“给你，这是早上我没吃完偷偷装包里的。”

豆腐干！小棒槌忍不住吞了口口水，手里厚厚一片豆腐干，吃下去空荡荡的胃肯定会好受很多，不过……

“你呢？有吃的吗？”

“我吃过了，而且我有这个。”雷修远从鼓鼓囊囊的袖子里掏出一只灰雁，“等下休息的时候烤了一起吃。”

小棒槌摇了摇头：“我不吃肉。”

她回头看看纪桐周，他脸色有些发白，估计也是疲惫不堪，还把手里的兔子捏得死紧，看眼神像是恨不得生吃了。

豆腐干撕成两片，她递给纪桐周一片：“吃点，撑住。”

纪桐周露出不可思议的表情，可看到那脏兮兮的豆腐干，又觉得厌恶，何况还是两个小乞丐给他的。但他实在饿得快眼冒金星了，愣了半天，突然一把抢过豆腐干塞嘴里，嚼也没嚼直接吞了。

“呕……”豆腐干有股怪味，一定是这俩乞丐身上的味道，纪桐周胃里一阵翻涌——这块豆腐干确实有了奇效，他好像不饿了，不但不饿，还有点想吐……

走了没一会儿，小棒槌突然加快脚步，她看见了一株巨大的枫树，枫树的树汁可以吃，虽然没有草根树根管饱，但至少可以缓和一下。

“就在这里休息吧。”

她绕树走一圈，选了个背风的地方，弯腰拾取枯草烂叶干树枝，很快拾掇出两个小堆。纪桐周慷慨地掏出了自己的火折子将两个火堆都点上，灰兔和灰雁被随便拔毛剥皮弄了弄便放在火上烤。孩子们靠树坐着，面前是即将完成的美食，终于可以长舒一口气。

小棒槌摸出小刀在树上用力挖着，挖了半天挖出个洞。很快，淡金色的树汁从洞中缓缓溢出。小棒槌用手捧着，低头喝了几口——不是一般枫树那种甜得发腻的口感，味道有些淡，但很清香。小棒槌精神为之一振，痛快地喝了一肚子树汁，又用叶子将树汁蘸了朝兔子和灰雁身上涂。

“你在我的兔子上涂什么？！”纪桐周吓一跳，急忙把自己的兔子抢过来。

“枫树汁。”小棒槌丢了叶子，“你最好翻个个儿，要煳了。”

他低头，果然发现兔子半边快焦了，急忙笨拙地翻了一面，涂了枫树汁的皮肉随着火烤，渐渐散发出一股极香甜浓郁的气息，连锦衣玉食的他都为之馋虫大动。他从未闻过这么香的味道……可恶，这么粗糙的东西怎会香？一定是因为太饿！

灰雁很快就烤熟了，雷修远撕下一条腿递给小棒槌：“大姐头，不能不吃肉，体力会跟不上的，这个给你。”

小棒槌还是摇头：“我不吃肉。”

她从小就不能吃肉，什么肉都不行，不知是体质还是什么别的问题，小时候懵懵懂懂的，吃饭只要吃到肉必然会把之前吃的东西全吐出来。后来大些，她也逼迫自己吃过肉，可每次含在嘴里，就有一股本能的厌恶，必须马上吐出来，完全没办法控制自己。好在就算不吃肉只吃素，她身体也没什么病弱的地方，反而比其他孩子皮实许多，慢慢地，师父也不管她这古怪的挑食毛病了。

原来她是真不吃肉，不是故意跟自己作对……纪桐周捏着兔子腿啃得正欢，这么野蛮粗俗的吃饭方式他还是第一次，此时此刻千万别有认识的人路过撞见，不然他八辈子的脸都找不回来了。

小棒槌将叶子卷成筒，往里面倒满水，一人分一个。纪桐周今天惊讶的次数过多，已经没力气再惊讶了，他接过水一顿狂饮，水还挺甜，冰凉沁心。

小棒槌将皮囊里的剩水都分给他俩，继续挖草根收集清水，好半天才积满一皮囊，回头一看，雷修远和纪桐周两人吃饱喝足都靠着树睡着了。这树林里暗藏杀机，亏他们还能睡着，她可不能睡，得撑住。

“大姐头……”一旁的雷修远忽然睁开眼，静静看着她，“我能问你几个问题吗？”

原来他没睡着？小棒槌坐在他身边，一旁的纪桐周正发出香甜的鼾声，她低声道：“问什么？”

“那个……你是哪儿的人？”雷修远问得有点胆怯。

小棒槌摇头：“我不知道，之前一直和师父一起，我们住在一个叫青丘的山上。”

说起来，青丘这名字还是从东阳真人那里听到的。

“青丘？”雷修远明显愣了一瞬，如果他没记错，那好像是个妖魔横行的禁地吧？

“嗯，你别问我姓什么，我也不知道。”

“那你的爹爹娘亲呢？不要你了？”

“……我不知道。”她是被师父从河里抱起来的，对父母的事一无所知，而且，不知为何，她也不想知道，有师父就够了。

雷修远见她神色淡漠，顿时急道：“我就是随口问问……大姐头，你多大了？”

“十岁。”

“啊……”雷修远好似很惊讶，“原来比我还小，那不该叫你大姐头。”

怎么可能比他小！小棒槌瞪他，这孩子又瘦又矮，怎么看都只有七八岁，比他小？！

雷修远难得有些得意：“我十一岁，比你大。”

他这些年到底怎么过的，都十一岁了看上去才七八岁？小棒槌怀疑地继续瞪他。

他翻出怀里的初选信纸，展开，上面果然写着“雷修远，年十一”的字样。

“我只比你好一些，我以前有爹爹娘亲哥哥姐姐，后来他们都被杀了，只剩我一个人。”雷修远眼眶微微发红，忽又问道，“你听过高卢国吗？”

高卢国……有些耳熟，在她五六岁的时候，师父好像还带她去了一趟，她只有一些零星的印象，似乎那里的景象十分凶恶残酷。

“我是高卢国的人，而且，如果我没猜错，叶烨和百里两姐妹也都是高卢人，虽然他们的口音都淡得几乎听不出了，但‘百里’这个姓我知道，以前是高卢的贵族。”

小棒槌微微颔首，怪不得总觉得“百里”这个姓耳熟，歌林姐妹举手投足间与寻常人家的女孩不一样，原来以前是贵族。

“高卢国如今已经不在了，四年前被邻国吴钩吞并，高卢人虽然拼死抵抗，但对方有厉害的仙人坐镇……上次叶烨说过，越是皇族越要修行，高卢国正是因为皇族中没有能够坐镇的仙人，才会那么快就被吞并。吴钩用暴政重税试图令百官平民臣服，凡有不顺者，杀无赦。我爹曾是朝中礼部侍郎，因酒后写了一篇讥讽朝政的诗词，便被抄了满门，家中七岁以上者无论男女全部斩首示众……我当时已经八岁了，抄家的官员怜悯我是家中最小的孩子，替我减了一岁留我一条活口……行刑的那天我躲在人群里看，看着我的父母，我的姐姐，我的哥哥……他们都死了……从此我孤身一人漂泊天涯，直到遇见鲁大哥……可是，鲁大哥也被杀了，我……”

雷修远的眼泪扑簌簌掉进火堆里，他在浑身发抖，很快又使劲揉着眼睛像是想把眼泪揉回去。

“还好我遇到了你们。”他勉强笑笑，“大姐头，老是要你照顾我，我真没用，要是我一个人，还不知能不能顺利过二选。”

“现在也还不知道能不能顺利过二选。”小棒槌用树枝拨了拨火堆，“我没照顾你什么，不用这样说。”

两个孩子都不说话了，林中寂静无声，只有火堆发出轻微的“噼啪”声。

不知过了多久，久到小棒槌都快睡着了。忽然，远处传来一阵阵凄怨如泣的啸声，像鸟，又像是一群女人在号哭。林中群鸟骤然被惊飞起来，扑啦啦一大片，遍布的瘴气也开始如水面般轻轻荡漾，泛起一波一波涟漪。

小棒槌立即丢下树枝，旁边一直熟睡的纪桐周也被吵醒了，嘟哝道："什么声音？"

小棒槌将手指放在唇边示意噤声，她侧耳凝神仔细听。声音是从正东方向传来的，那如泣如诉的啸声断断续续，似乎还夹杂着其他人声。东方吹来的风渐渐大了，三人的头发衣服都被吹得摇曳不定。

"去看看。"她迅速扑灭火堆，三人行动一致，朝声响处狂奔。

越向前跑，树木渐渐变得稀疏，最后林中居然开始有明显的小径了，小棒槌心中一喜：有路，就证明快要走出林子了！

前方小路有个陡峭的拐角，三人刚拐过去，却被眼前的景象震撼得停在当场：昏暗的林中，矗立着一只通体雪白如银的巨大狐妖，九条长尾在空中摇曳变幻，美丽到了极致，也恐怖到了极致。它正仰天长啸，啸声如泣如诉，在它身周约有百来个孩子，分成了三堆四堆，有的在一旁乱叫，有的正有条不紊地用咒符攻击。

"这么大！而且是九尾狐妖！"纪桐周语调都变了，"传说中的九尾狐妖！"

小棒槌心中却另有一番惊骇的滋味，这只狐妖，与她那天晚上看到的好像！只是体形要小上一些，是同一只吗？

耳旁有一个人忽然冷冷笑了一声，沙哑的声音，笑声里有不屑，也有恼怒。

"老先生？"她低低唤了一声。

这位神秘的老先生终于给她反应了："这是个赝品而已，并非真妖，哼……"

"你怎么知道是赝品？"她急忙又问。

没有人回答她，他再度陷入无止境的沉默中。

"那边的！还站着看？！"几个忙着用咒符对付狐妖的孩子朝他们怒吼，"快来帮忙！"

纪桐周第一个冲过去，他指间早已捏住一枚火行咒符，火光熊熊而起，在半空划出一道明亮的线，快若流星，正贴在九尾狐妖的腹部，火光膨胀开，将它雪白的毛皮烧焦大片。

"好厉害！"周围响起各种惊讶赞叹声，纪桐周傲然伫立，不可一世，他终于找回点威严了。

"大姐头？你不过去吗？"雷修远见小棒槌在一边发愣，惹得好几个人朝她怒目而视了，急忙拽她一下。

小棒槌苦笑，老实说，她根本不会用咒符，虽然学会了那古怪的吐息法，但她还是不晓得灵气入体是怎么个感觉。咒符要用体内灵气促发，不是简简单单将它丢出去就有效果的。

她慢吞吞地从包袱里抽出咒符，挑一张试探性地一丢，那张纸软绵绵地飘落地上，一点儿气势都没有。其他孩子立即露出了鄙夷的眼神。

“大姐头，不是这样扔的。”雷修远见她被人鄙视，比谁都急，“你先把咒符捏手里，想象它和自己是一体的，等灵气布满咒符的时候才能扔出去。”

要是真有说起来那么简单，她早就会了。

“你别急，慢慢来，我先去帮忙了。”雷修远估计她不愿让别人看到自己没用的一面，立即体贴地走远了。

再慢也没用啊……在一旁站着看实在不是她的习惯，小棒槌捡起许多石头，一个接一个朝狐妖眼睛砸去，可每块石头都在它身前三尺的距离就被弹开，没一块能砸中。

“你在做什么呀！”一旁某个女孩子终于忍不住了，“居然有人想用石头伤到妖物！你故意偷懒吧！”

“啰唆。”小棒槌瞪她一眼，“你还不是一样站在这里不动？！”

女孩子怒道：“那是我的咒符都用光了！”

“那就安静点。”

小棒槌懒得跟她多说，从一开始她就觉得有点奇怪，无论大家怎么用咒符攻击狐妖，它始终站在原地不动，也不攻击人，只做出各种骇人的尖啸，晃晃尾巴而已——莫非是不会动？老先生说它是赝品，非真妖，想来应当是雏凤书院特意准备的，给大家练手用，目的是考验孩子们随机应变的能力。

如果没猜错，只有打倒这只狐妖，才能算真正通过二选。

雷修远不知什么时候跑到狐妖身后去了，他们这些孩子似乎商量了什么战术。忽然间，四五十个人同时抛出水行咒符，水浪化作千层冰，很快便将狐妖的四只爪子冻在地上。

聪明！小棒槌心里赞了一声，但这些冰根本无法困住狐妖多久，挣扎间，没几下大片的冰已经开始崩裂。与此同时，无数张咒符被一齐抛出，有的化作火光，有的变成雷光，有的金光锐利，有的寒光璀璨，咒符被一股脑地砸向狐妖身上。一时间，雷鸣电闪，甚至地面都为之颤抖，浓厚的水雾、火光、黑烟瞬间爆发开，小棒槌急忙捂住口鼻俯身在地。

过得片刻，雾气浓烟渐渐消散开，狐妖雪白的毛皮已经被重创得看不出颜色了，巨大的身体躺在地上，不知是死是活。

“成了！”不知是谁叫了一声，孩子们顿时欢呼起来，雷修远那爱哭鬼又激动得哭了。纪桐周正抱着胳膊得意地笑，回头望见小棒槌站一旁发愣，他感觉自己终于可以扬眉吐气了。

“知道什么叫实力吗？”他已经完全把小棒槌揍得自己鼻青脸肿的事情忘掉了，对她的印象也从凶狠毒辣变成了没用的蠢货，“哈哈！我都看到了，用石头砸狐妖？没实力趁早滚回去吧！”

小棒槌将手指掰得咔吧咔吧响几声，纪桐周立即转身走了。

“看啊！那边有门了！”不知是谁又叫了一声，果然在小路尽头凭空出现了一扇金光闪闪的门，小棒槌心中不由激动起来——午时前穿过森林就算过了二选，只要穿过那扇门，她就可以进入雏凤书院了！

早有许多孩子按捺不住冲向大门，谁知冲在最前的那些人一个个毫无预兆地被弹开后扑倒在地，像是突然之间晕过去了。前赴后继的人立即停下脚步面面相觑——为什么不能出去？

突然，地上那只本该死透的狐妖竟无声无息地站了起来，在孩子们惊恐的目光中，它仰天长啸。小棒槌只觉它的声音竟仿佛是有实感一般，像一只巨手在挤捏心脏，令人喘不上气。

狂风肆卷而起，飞沙走石，迷花人眼，她急忙闭上眼。耳边听得痛呼与惊叫声不绝，雷修远好像在喊她，可他的声音犹如在千里之外，模模糊糊的，怎样也听不真切。

良久，风声顿歇，小棒槌慢慢睁开眼，周围几乎没有孩子能再站着，绝大多数都已经晕倒在地，仅有寥寥数人半跪在地上，似乎还有意识。

“大姐头……”旁边响起雷修远虚弱的声音，他蹲在地上，脸色苍白，神色十分痛苦，“妖……妖气！好强的妖气！”

妖气？小棒槌茫然，什么妖气？她怎么什么也没感觉到？

视线一转，纪桐周也是面无人色，似是在忍受什么极痛苦的压迫，不过他的情况比其他人稍微好些，他在勉强站着。

醒着的人都露出绝望的神情，那应该被他们制服的巨大狐妖又站在了原地。九条长尾变幻摇曳，与方才一样不动，不同的是这次它似乎放出了很厉害的妖气，抵抗不住的孩子都晕过去了。

而且，好像……能自由动弹毫无感觉的人，只剩自己一个了，小棒槌一时也想不明白其中的缘故。

接下来要怎么办？如果不真正把它打倒，没法从门里出去，可她能做什么？普通石头根本打不到妖怪，咒符她又不会用，和它在这里大眼瞪小眼吗？

耳旁那沙哑的声音突然响起："哼，抢了我的东西，居然还敢在这里用……也好，虽然只有不到千分之一，也能派上点用场。小丫头，朝前走，到它面前去！"

又来了，那神秘的老先生，小棒槌开始怀疑自己是不是被什么厉害的老鬼附身了，为什么只有她能听见他的声音？

"发什么愣？你这蠢货！为什么每次跟你说话都要说两遍！"老先生怒了。

"我看不见你，你是谁？"小棒槌低声问。

"这不是你该知道的，想过二选，那就快过去！不然我直接睡了！"

对了，她得过二选。

小棒槌立即迈步朝那只凶悍的狐妖走去，雷修远惊呼："大姐头！不要过去啊！危险！"

她好似没听见，站定在狐妖身下，仰头望着它，嘴唇翕动，不知说着什么还是念着什么。很快，她抬起右手，轻轻按在狐妖的皮毛上。"啪"，像是什么东西轻轻碎裂了，狐妖的身体一瞬间化作无数光点，零零碎碎地散开，半空中飘下一张白纸，纸上画着符文，它果然是人为做出的妖相。

压迫全身的巨大妖力顷刻间化作虚无，雷修远连滚带爬跑过去，眼眶一红，张嘴就要哭。

下一刻他的嘴就被人捂住了，小棒槌按着他的下巴，淡淡道："你敢不敢不哭？"

纪桐周也过来了，他像看鬼一样看着她，眼珠子都快掉出来，其余清醒的孩子只有四五个，也纷纷围了过来。每个人都想说点什么，可又不知怎么开口——她这是什么能力？碰一下，狐妖就被降服了？回想他们辛辛苦苦想战术，把咒符和灵力用个精光，方才所有的自豪热血都被她的轻轻一碰给打得烟消云散。

最终还是没人说话，谁也不知说什么。不知过了多久，终于有孩子动了，他们一个个穿过那扇金光闪闪的大门，这次没有人再被弹开。纪桐周张开嘴，老半天才冒出一句话："……我先走了。"

雷修远还在揉眼睛，不过脸上的神情已经从刚才的惊愕担忧转变为狂热的崇拜了。

"大姐头，你果然是最厉害的！"他眼睛在闪闪发光，"果然是真人不露相！我以后也要像你这么厉害！"

厉害？小棒槌默然不语，厉害的不是她，是那个藏在她身体里的神秘人，他才是真正的真人不露相。

"我们也走吧。"她不想继续讨论这个，两人一起穿过了大门。

穿过金光闪闪的大门，光影交错，一股暖香之气扑面而来，他们回到方才那间放着火盆的茅屋。墙上还挂了一幅字画，画的是白雪皑皑，群山隐隐，与世间题词不同，图上只写了“瑞雪庐”三字，除此之外，既无印章，也无落款。

原来，这座茅屋正是瑞雪庐。

茅屋中除了方才那几个先出来的孩子，另有三个陌生人，两男一女。男的一个看上去二十多岁，容貌憨厚，另一个年约四旬，面容冷峻。女的只有十七八岁的模样，一张圆脸笑眯眯的，很是讨喜。

三人都默然不语凝视着桌上一枚铜镜，没有人说话，也没有人看他们。雷修远喃喃：“大姐头……我们是不是过关了？”

小棒槌摇了摇头，她似乎有什么心事，一句话不说找了个角落蹲着。孩子们原本因为离开林子而狂喜的心情，也被此刻寂静的气氛给冲没了。大家面面相觑，谁也不敢先开口说话。

“刚才林中一切，我们都已看到。”中年男子突然开口，语调甚是威严，“你们是第一批回来的。”说完，他又沉默了。

这、这是勉励？还是什么别的意思？到底二选算不算过关？大家更不安了。

没一会儿，第二批孩子也顺利回到了瑞雪庐。这批人更少，只有两个，其中一个虽然衣服脏污，然而容貌极美，气质高贵，正是那位小郡主。

她进来后先环视一周，待见到纪桐周，立即微微一笑，霎时间艳光大盛，周围的男孩子都不由愣了一瞬。

“王爷果然更快一步。”郡主走到纪桐周身边，“兰雅自愧不如。”

王爷？叶烨没说错，这小子果然是个王公贵族！

纪桐周似乎很享受众人敬畏的目光，朝小棒槌那边瞥一眼，怎么样，吓死她了吧？她一定会后悔之前种种无礼叛逆的行为，那些行为足够诛她九族好几遍了。

小棒槌没管他的意气风发，她躲在角落里，正低声呼唤那位声音沙哑的老先生，她对他的好奇心已经膨胀到无法抑制的地步了。他是谁？是人是鬼？看不见他，而且似乎只有她一个人能听见他的声音，难道他附身在她这里？

刚才面对那只妖气磅礴的狐妖，他说了“抢了他的东西”，又说“虽然不到千分之一，但也能派上用场”，那到底是什么意思？最为奇怪的是，林中狐妖与她在青丘遇见的那只一模一样，师父说过，每只妖有自己独一无二的妖气，假如通过妖气来制造幻相，显现出的一定是妖气主人的模样。这样说来，林中狐妖的妖气是青丘那只九尾狐的？

这么多事放在一起，她脑中忽然灵光一闪，难道当初那只重伤的狐妖并不是逃走，而是附在自己身上了？！可，这也说不通啊，东阳真人也好，震云子也罢，应当都是极为厉害的仙人，怎么会发现不了狐妖附在她身上？

“老先生，你别装睡了。”小棒槌故意拿话激他，“我知道你是谁了，你是那只九尾狐妖！”

他很明显根本不吃这套，理也不理她。

小棒槌又问了好几遍，他始终装聋作哑。忽然肩上被人一拍，百里歌林清脆又带着疲惫的声音在脑后响起。

“小棒槌，你一个人在这边叽里咕噜说什么？”

她摇了摇头：“没什么。”

百里歌林早上刚换的干净衣服又脏得不成样子，她满脸疲惫地坐在小棒槌身边，低声道：“累死了，那只狐妖真可怕，差点就回不来了。”

狐妖？他们也遇到了狐妖？小棒槌很快又释然，那森林甚是广阔，数千人不可能只往一个方向走，想必四面八方的出口都被安排了狐妖坐镇，只有击溃它才能顺利穿过大门回到瑞雪庐。

“叶烨和唱月呢？”小棒槌问。

百里歌林朝另一个方向指去：“那边，躺着呢。”

小棒槌望过去，果然见叶烨脸色苍白地躺在地上，头枕着百里唱月的腿，半昏半睡。从刚认识他们的时候她就发现了，他俩之间似乎有一种微妙的气氛，外人完全融不进去。

显然，一旁的雷修远和歌林都有这感觉，大家相互尴尬地笑了笑，百里歌林扯开话题：“对了，小棒槌，你们是怎么对付狐妖的？”

小棒槌难得支吾起来：“是、是大家齐心协力，然后……”

她实在不知怎么说，歌林他们是自己的朋友，她不愿意随便糊弄，可要把九尾妖狐可能附身的事情说出去，她更加不愿意。

“然后是大姐头一个人把狐妖打碎的。”雷修远自豪地把小棒槌的英姿重复一遍，好像她出风头比他自己出还叫他高兴。

百里歌林听傻了：“真的？小棒槌，你这么厉害！是你师父以前教的方术吗？”

这多嘴的爱哭鬼……小棒槌支支吾吾地蒙混过去，就当是方术降服狐妖的好了。

正说话间，忽见中年男子起身道：“好了，时辰到。”他长袖一挥，铜镜被收回袖中。

已经午时了吗？茅屋里的孩子们顿时精神一振，是不是要宣布到底有没有过关了？

那圆脸的少女笑吟吟地说道：“都听好，现在开始，被我叫到号的人出去，没叫到的留下。”

开始了吗？孩子们都露出了紧张期盼的神情，被叫到号的出去，说明没叫到号的才算通过吧？小棒槌手心里全是汗，她比任何人都紧张，紧张里还带着无穷的心虚害怕——她是靠附身的狐妖才能回到瑞雪庐的，不知会不会被人看出来……她的心脏都快蹦出喉咙口了。

少女念号极快，一下就从一百多号念到了两百多号，当她念到“二六五”的时候，小棒槌呼吸都快停了，她是二七六，下一个会不会是她？

谁知二六五后，少女直接念到“二七六”，小棒槌的心一下就落到了底，有她？她没通过？

她脑子里嗡嗡乱响，各种各样的念头纷至沓来，像是不认识这世界似的，茫然四顾，一旁百里歌林、叶烨和雷修远都安慰地看着她，其他没被点到名的孩子们神情狂喜。

“那、那我先出去了……”她觉得自己的声音都像是从遥远的地方传来，模模糊糊的。

推开门，风雪扑面，外面已经站了好几个孩子，个个面如死灰，还带着不敢置信的神色，想必自己也好不到哪里去。

峰顶还在下着雪，天地之间只有黑白二色，小棒槌不知道自己在看什么，接下来她要去哪儿？回青丘吗？她拼尽全力了，还是没过二选，师父怎么办？

“吱呀”，门又开了，这次出来的是纪桐周，他脸色铁青，像失了魂似的，谁也不看，慢吞吞地与小棒槌擦肩而过，一个人抱臂站在远处，不知想什么。先出来的孩子里有几个他的狗腿子，急忙跟上去像是想安慰他，全被他一个个踢开了。

他也没过吗？

没一会儿，又有几个孩子脸色惨淡地出来，却是方才跟他们一起第一批回来的孩子。小棒槌心里朦朦胧胧突然冒出个念头：会不会被留下的才是被淘汰的？怎么想也不可能把这些先回来而且除掉狐妖的孩子淘汰吧？

像是为了印证她想法似的，零零落落出来的几个孩子都是在午时前回来的，甚至兰雅郡主也在，她一出来就哭了。没一会儿，雷修远也出来了，紧跟着百里姐妹跟叶烨都形容惨淡地溜出来了。

百里歌林也哭了：“怎么会没过关？不是在午时前打倒狐妖赶回来了吗？”

叶烨脸色还有些苍白，紧紧靠在百里唱月肩上。他环顾四周，见站在外面的一共就十几人，还都是比自己先回瑞雪庐的，他沉吟片刻，忽然道：“或许……出来的才是过关的？”

百里歌林睫毛上还挂着泪，听他这样一说，立马又笑开了：“真的？”

几乎从来没说过话的百里唱月忽然点头道：“我们是过关的，我听见了，那女的正在里面说。”

“真是的，这样搞会吓死人的！”百里歌林使劲抱怨，她回头见其他人都还垂头丧气，雷修远哭得好像快晕过去了，她一巴掌拍在他背上，大叫，“别难过啦！我们都是过关的！”

孩子们都抬头看着她，一瞬间，每个人脸上都充满了希望。

百里歌林朗声道：“我们都是午时前打倒了狐妖顺利赶回来的，这样不叫过关，难道后来的那些连狐妖面都没见着的人叫通关？”

这话说得极为有力，孩子们顿时“嗡”一下闹开了，连纪桐周都笑了。他好像还偷偷揉了下眼睛，估计刚才也是在没出息地掉眼泪。

正如众人所预料的，很快，那三个大人就开门让他们进屋了，少女笑眯眯地一人发一个大包裹，柔声道：“你们都是天资上佳、意志与能力极为优秀的孩子，雏凤书院欢迎你们。在此赠予你们弟子服与名牌，包中还有其他必需物品。下月初三前，请一定赶往越国华光郡，会有车将你们集中送往书院。”

小棒槌抱着包裹激动得怎么也止不住颤抖，她甚至在无意识地傻笑，不过没人会注意她。此刻每个过关的孩子都沉浸在狂喜中，百里歌林一会儿哭一会儿笑，雷修远怔怔地看着远处，像是高兴得傻了，连叶烨都激动得脸发红。

接下来的很长一段时间，他们都过得如在梦里。虹鹿车将孩子们送归各自家中，小棒槌他们无处可去，好在他们五人都是从陆公镇通过初选的，便都送回陆公镇。

回到陆公镇的时候，已是三更半夜，镇子上黑漆漆的，只有客栈门口两点灯光在微微闪烁。

五个孩子还处在兴奋状态，一路走一路叽叽呱呱说个没完，毕竟自己的朋友都过关了，以后可以一起在雏凤书院修行一年，不用就此分开。到底还是叶烨稍微老成些，进客栈要了两间房，原本说累了一天一夜早早休息，结果大家还是凑在一间屋里说话。

“小棒槌，修远，你们可有什么事情要先回家处理的？”百里歌林睡在她姐姐腿上，像只猫。

两人都摇了摇头，雷修远早就没家了，四处漂泊，小棒槌也没有回去的念头，她是被东阳真人带来陆公镇的，飞了一上午，要是凭自己两条腿回青丘，鬼知道要走多久，万一赶不上去华光郡怎么办？

“那我们五个人可以一起赶路！”百里歌林笑得嘴都合不拢，“五个人，多热闹！”她举起一只手，面上满是希望与喜悦，“以后我们五个都会成为最厉害的大仙人！”

迷雾瘴气密布的二选林中，忽然出现两道身影，黑纱女弯腰捡起地上已成空白的符纸，看了一眼，才毕恭毕敬地递给身后那位白须老者。

“上面的封印被打破了？”老者略有些惊讶，“是那些孩子做的？”

“是一个叫小棒槌的十岁女孩。”黑纱女简洁地将当日的情形说了一遍，“纸上封印的九尾狐的妖气消失，封印自然也破了。”

老者默然在周围绕了一圈，这附近的瘴气都比其他地方的要少，像是被什么东西净化了似的。据说狐妖是被那个小姑娘轻轻一碰便消失的，封印上的妖气也随之消失，周围还留下了净化的气息，那极有可能妖气是被祓除了。那女孩才十岁？小小年纪居然有如此本事，当真少见。

“她……资质很普通。”黑纱女想了想，又道，“初选时，凭她的资质本无法通过，但不知为何，我感到她体内竟像是灵气充沛的样子，灵气量比寻常孩子要多出数倍，所以便让她过了初选。”

“哦？”老者甚感兴趣地抬起眉头，“她叫小棒槌？呵呵，下次带来让我看看。”

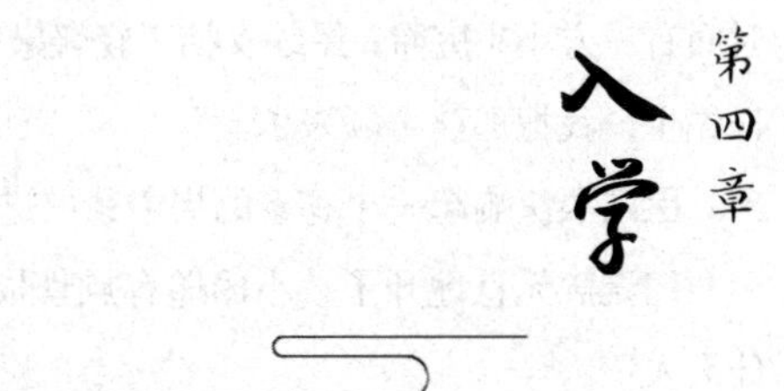

# 第四章 入学

八月初三，华光郡正是一片晴好天气，一大早天还没亮，孩子们就都从客栈出来了。今天正是入学雏凤书院的日子，大家都兴奋得一夜没睡好，一出门就忙着雇车，要在午时前赶到十几里外的赵公祠，虹鹿车会在祠内等候，然后接他们去书院。

路上百里歌林叽叽喳喳说个不停，像只小麻雀：“你们说，书院会是什么样的？建在山上，还是建在海边？要是建在海边就好了，我还没见过大海呢！”

“听说雏凤书院是凡人绝无法到达的天险之地，想必还有极厉害的仙法加持护卫，我猜，应该在海底或者地下。”叶烨也兴致勃勃地加入讨论。

雷修远咕哝：“海底？那不是还没到书院就先淹死了？”

“有仙法加持，应该不用担心这些。”小棒槌插嘴，“我也猜可能在海底。”

他们不厌其烦地猜测着书院的外貌，甚至连教修行的先生是男是女、是美是丑、是老是少，都充满乐趣地讨论着，这是他们有生以来最快乐的一天。未来的一切都那么神秘而充满了美好，他们第一次踏足仙人的境界，即便是一年后正式进入门派，都再没有今天的这种喜悦和期盼。

及至上了虹鹿车，车上依旧是梨花如海，庭院玲珑，小棒槌刚来到梨花树下，却见黑纱女慢慢迎上来道：“你跟我来。”

找她？会是什么事？小棒槌满心疑惑地随着黑纱女在梨花林中穿梭，过了一座木桥，对面有一方小小庭院，黑纱女抬手轻轻敲门，声音比平日里多了十分的尊敬与郑重：“左丘先生，我把那孩子领来了。”

屋内很快响起一个苍老的男声：“进来。”

门无声无息地开了，小棒槌有点紧张，单独叫她过来是做什么？“左丘先生”又是什么人？

黑纱女将她领进门，屋内竹桌后坐着一位白发老者，正低头专心看书，头也不抬朝她们招招手：“过来，坐。”

竹椅无声无息地被拉开，小棒槌大气也不敢出，依言坐在了他对面，老人终于将书合上了。

他看上去极老，然而目光极为清澈，双目黑白分明。小棒槌一和他的眼神接触就紧张得心脏乱跳，感觉什么秘密都无法在这双眼中隐藏似的。

他在看什么？为什么不说话？难道体内那个狐妖被他看出来了？她竭力掩饰自己的心神不宁。

左丘先生心中思量也极复杂，他的眼光何其毒辣，小棒槌资质果然不算上乘，一眼就能看出来，可她在林中的诸般表现着实叫人吃惊。林中瘴气根本无法触及她身周，她周围约有数尺的距离，像是一堵墙，将妖气与瘴气完全隔绝，更有趣的是，他可以隐隐感觉到这孩子体内蕴含了极大的灵气。

这是什么缘故？

说起来，白纸上加持的，可是传说中九尾狐妖的妖气，无数仙家高手追杀了许多年也未曾将其赶尽杀绝，最终也只能收获一些妖气，将其封存起来，在庞大的妖力下能够承受住的孩子，才是真正的天资绝佳，书院挑选的永远是真正的天才。

这小姑娘资质普通，却可为常人所不能为之事，莫非她是什么千年难见的特殊体质？还是说，她身上装了什么厉害的法宝？

他细细打量她，忽然发觉她手腕上套着一串辟邪香珠，眼熟得很，如果没记错，应该是无月廷东阳真人的随身之物。莫非是东阳真人给她的？难道是这辟邪珠护着她？

左丘先生忽然微微一笑：“小姑娘，你手上的珠子很眼熟，能给我看看吗？”

是说东阳真人送她的辟邪香珠？小棒槌顺从地褪下辟邪香珠放在他掌心。他细细摩挲珠子，又不说话了。

“点香。”他忽然吩咐一旁的黑纱女。

黑纱女立即在香炉中点了一支通体漆黑的香。青烟散开，一股怪味，小棒槌实在没忍住打了个喷嚏。

左丘先生静静看着她，又道："不喜欢这支香的味道？"

"还好。"小棒槌摸不透他们搞什么，只能随机应变。

"这是瘴气香。"左丘先生将辟邪香珠放在一旁，又朝她笑笑，"用妖物的皮毛骨髓鞣制而成，二选的时候林中弥漫的瘴气就是出自它。"

所以呢……小棒槌还是搞不懂，他要说什么？

"依我看，让瘴气四处避让的，不是这串辟邪香珠。"左丘先生笑吟吟地看着她，"而是你自己。你从小到大没发觉自己有什么不同的地方吗？没有被蚊虫叮咬过？没有遇过野兽？"

小棒槌吃惊地张大了嘴巴，他一说她才发觉，好像确实是这样，师父身上经常生臭虫跳蚤，唯独她，从来没有蚊虫光顾，她还以为是自己比师父爱干净的缘故。

她屏息等待左丘先生再多说点关于她特殊体质的事，可他又开始沉默不语了。

过得片刻，他忽然道："你的名牌呢？拿出来吧。"

小棒槌把名牌递给他，左丘先生见到上面"小棒槌"三字，又笑了。

"你是孤儿，被你师父养大的，对吗？"

她点了点头，将师父从河上把自己抱来的事和他突然离开的事说了一遍。

"小棒槌这名字便留给你做个小名儿吧，人还是要正正经经取个姓名的。你既为女子，又是被师父养大，养下有女，是为姜。你师父在天初亮之际于河中望见你，天初亮为黎明，你可叫姜黎。但姜黎者，将离也，不吉利，你既希望能找到师父，便不可将离。非者，违也。小棒槌，从今天开始，你姓姜，名黎非。"

左丘先生半文半白说完老长一串话，将名牌放手中，掌心轻轻一拂，"小棒槌"三字顿时不见，名牌正面用篆体整齐地刻着她的新名字：姜黎非。

他将完整的名牌递给她。小棒槌只觉恍然如梦，用手轻轻抚摸"姜黎非"三字，她有名字了？这么一串半文半白她好多听不懂的话之后，名字就有了？

黑纱女见她半天没反应，便轻轻碰了她一下："左丘先生替你取了名字，应当要谢他。"

小棒槌喃喃道："可是我……小棒槌……我师父……"

她总觉得有了新名字，仿佛就要抛弃"小棒槌"这个名字似的，这种感觉就好像是要忘掉师父，她有些难受，还有些不适应。

左丘先生笑着把辟邪香珠戴回她腕上，温言道："姜黎非就是小棒槌，小棒槌就是姜黎非，你师父既然给你取了小名儿，我也可算你半个师父，便替你取个大名儿，以后你师父知道了，也会开心。”

她想了想，默默点头，恭敬地给他鞠躬，朗声道：“多谢左丘先生为我取名。”

左丘先生哈哈一笑，身体忽然化作一股白烟散开，消失处多出根新鲜青竹。小棒槌微微一惊，黑纱女解释道：“左丘先生并非亲临，乃是借了青竹之体现身，他老人家是回去了。”

原来如此，小棒槌……不，现在应该叫姜黎非了，姜黎非抬起头，十岁的这一天，她终于有了正式的姓与名，那个曾经如小乞丐般的小棒槌，永远成为过去。

小小浴池里的水碧蓝清澈，弥漫着一股清凉好闻的气味。黎非仔仔细细洗了个澡，再仔仔细细用巾子把头发和身体慢慢擦干。掀开竹帘，床上正平摊着一件红白交织的衣裳，那是雏凤书院的弟子服。

雏凤书院的弟子服式样古朴大方，内外两件，内层中衣柔软贴身，外衣柔韧飘逸，女弟子服还多一条裙子。

她花了一番工夫才把弟子服穿好，摆正铜镜，镜子里映出一张小女孩的脸。

或许是近两个月都没有风吹日晒，她原本黝黑的皮肤变得稍微白了些，配上浓眉大眼，再也不像之前那么男孩子气了。头发虽然规规矩矩编了条麻花辫，额发和发梢却倔强地翘着，就像主人的脾气一样。

确认自己衣服和头发都没什么问题，黎非背着包袱打开了房门——在虹鹿车上度过二十五天后，雏凤书院终于到了。

今年雏凤书院一共接收了十八名新弟子，听说比往年少了一半多。黑纱女有次说漏了嘴，她说今年的二选是有史以来最难的，言下之意，今年收到的十八名弟子，可谓个个都是良才美玉。

绕过一行梨花树，前面的空地上，孩子们基本已经来齐了。个个都换上了弟子服，映着雪白的梨花和远方的山景，虽说还不算真正的仙人，但那脱俗的仙家气派，却已经初露头角了。

“小棒槌！”百里歌林在前面招手叫她。

旁边叶烨提醒她：“你又叫错了，这么多天还改不过来。”

她嘻嘻一笑，立即改口：“黎非，这里！”

黎非对自己的新名字也正在适应中，最近还好，刚改名那几天，歌林他们一会儿叫她小棒槌，一会儿又叫她黎非，搞得混乱不堪，往往他们叫她黎非，她还愣半天没反应。

“大姐头，你穿这身真好看。”雷修远惊艳地看着她，由衷赞叹，“真是英姿飒爽。”

百里歌林笑眯眯地过来拉她："那当然！黎非是不打扮，打扮了绝对是个美人！黎非你眉毛浓了些，回头我替你修修，还有啊，再教你一些简便的发髻，别老梳麻花辫啦……"

英姿飒爽？黎非低头看看自己，她个子矮，年纪小，生得还瘦，皮肤又黑，不晓得英姿怎么飒爽得起来，估计大家都是恭维话。

倒是百里姐妹二人才是真的秀丽无匹，因为颠沛流离而干枯的头发与嘴唇都恢复了光泽。阳光下，她俩的脸颊都像是半透明的，精致得像两只小妖精。一旁的叶烨也是器宇不凡，虽然年纪还小，但举手投足间已隐隐有一种与旁人截然不同的气度。

最让人吃惊的大概是雷修远，他本来看上去像个七八岁的小孩，大概最近这两个月吃得好睡得好，不知不觉就跟百里歌林一样高了，整个人仿佛开始长开，稀黄的头发变得浓密乌黑，凹进去的脸颊也变得丰盈，眉目疏朗，隽秀清华，漂亮得像个女孩子。

他们才真正是蝴蝶破茧般的美人，光只是站在那边，其他孩子的视线就会时不时朝这边扫一下，惊艳里还带着惊奇。毕竟谁都记得，两个月前他们个个都跟小叫花子没两样。

叶烨忽然想起什么，笑道："对了黎非，你可知那位给你取名的左丘先生是谁？"

黎非摇头："我不知道，他看上去很老了，那个黑纱女好像很尊敬他的样子。"

叶烨道："我也是刚听说，原来他是雏凤书院创立者之一，那可是非常了不起的仙人啊。"

众人都吃了一惊，雏凤书院创立少说也有数百年了，左丘先生年纪该有多大？

"仙人活几百年甚至上千年都是常事，"叶烨给这群无知的孩子补充常识，"像无月廷、星正馆这种名门大派，有些极少出世的长老，上千岁都是有的。你们想想，如果仙人不是寿命绵长，那些皇族又怎会争先恐后把有资质的子孙送来修行？唯有活得长，仙法精妙，才能在后面威慑虎视眈眈的敌国。"

百里歌林苦着脸摇头："我可不想活一千岁，当一千年的老太婆太可怕了！"

大家都笑起来，雷修远红着脸小声道："可我希望大姐头能活一千岁。"

百里歌林取笑他："一天到晚就知道大姐头大姐头，人家都有名字了，你要她活一千岁干吗？"

"我怎么能叫大姐头的名讳。"雷修远急忙摇手，眼里满是崇拜的光芒，"大姐头那么厉害，以后肯定能成厉害的仙人，当然可以活一千岁。"

百里歌林见他一直这样畏畏缩缩，一副小跟班的样子，不由叹了口气："修远，咱们谁也没比谁厉害到哪儿去，都过了二选，进了雏凤书院，你也该有点自信啦！不然以后怎么成大仙人？”

雷修远红着脸使劲摇头：“我哪有什么本事，能过二选都是因为大姐头在！要是我一个人……”

“别说这个了。”黎非打断他结结巴巴的辩解词，她就见不得雷修远这种懦弱无能的样子，“你没用也要有个度吧。”

她已经做好雷修远马上红了眼眶号啕大哭的准备了。谁知他愣了一下，面上竟露出一种近乎苦恼的思索的表情，片刻后，他低声道：“大姐头，你看不起我吗？”

黎非摇头：“没有，我只是觉得你明明天赋上佳，何必这么自卑？”

之前在风雪料峭的峰顶，叶烨他们都要打坐御寒，他却迎风雪而立，泰然自若，他明明有很好的天赋啊，为什么还是那么软弱无能？

雷修远又愣了一下，眉间渐渐舒展开，笑道：“大姐头真会说话。”

百里歌林又取笑道：“是是，你眼里就只有你家大姐头，你敢不敢叫一声她的名字？”

他又开始两手乱摇：“我、我怎么敢！”

唉，说了也没用，黎非摇摇头。

跟随黑纱女穿越过车门后，眼前景象豁然开朗，这里竟是一方极广阔的山顶，对面云海苍茫，上方碧空如洗，下方云层犹如翻卷的海浪一般，极尽壮丽。崖边有一座青石台，上面整齐排放着数十柄石剑，另有一叶形状狭长似叶的碧绿小舟，不知是做什么用的。

“只有初来书院的新弟子才会被允许使用一次载人舟，以后想离开弟子房，自己飞，什么时候会飞了，什么时候才能真正开始修行。”

黑纱女轻飘飘地落在载人舟上，待孩子们一齐上来后，她轻轻一跺脚，小舟像箭一般射出，穿透浓厚的云雾。先入目的，是一座通体雪白的高塔，塔身虹光缭绕，仙鸟环飞，气势磅礴。

黑纱女简洁地做介绍：“这是藏书塔，十层以下是书籍，十层往上存放的是各类咒符。二十层以上只有拿到左丘先生的亲笔信才可去，如果有人擅闯，死无全尸也好，断手断脚也好，全身血液被放干也好，书院一概不负责。”

……有她这样给新弟子介绍的吗？这根本就是恐吓吧！许多弟子脸都吓绿了。

小舟继续斜斜朝下飞，这时众人才发觉那座藏书塔是建在浮空小岛上的。粗粗一看，半空中竟有无数的浮空小岛，岛与岛之间全无任何桥梁联系，想要上去，只能靠飞。怪不得凡人根本无法靠近雏凤书院，不会飞得摔死。

雏凤书院会是什么样？过关的所有孩子都曾想过这个问题，之前的各种猜想，什么海底地底，都不对，雏凤书院竟是浮在空中的。

“你才是走错了吧。”黎非冷冷看着他，扬起信封，“我是‘七’，这边屋子是我的。”

院中朝东的屋子上写着“千香之间”四字，正是书院安排给她的房间，不过此刻房门已经被人打开了，容貌绝艳的兰雅郡主站在门口，高傲地看着他们。

“我喜欢这间屋的名字。”她的声音像黄鹂在唱歌，十分柔软好听，然而语气高高在上，充满了傲意，像是在发号施令，“我要住这间，你另选一间。”

黎非淡淡道：“我不要，请你出来。”

兰雅郡主面色一冷，她自恃身份，不与贱民啰唆，只转头望向纪桐周。

纪桐周有些来火，要与这不男不女的叫花子住一个院子，他一百个不愿意，但自己与她有一起过二选的经历，太难听的话他不想说，不过怎么说自己也是个王爷，此刻佳人在前，狗腿子在后，要跌软也不可能。思忖片刻，他才道：“这院子算是我包下来，你们住别的地方吧，我赔你们一人一千两银子。”

一千两银子，他不信这几个穷鬼不肯走。

果然连百里歌林都动容了，一千两！在外面足以买好几个比这里还漂亮还大的院子了！

黎非丝毫不为所动：“我不缺钱，你，让开。”她下巴抬起，指向兰雅郡主。

郡主又气又恼，低低叫了一声：“王爷。”

纪桐周怒了，真是给脸不要脸！上回在陆公镇他是一时不防，加上她用石头先手偷袭才叫她得逞了，这回他不信治不了她！正要示意自己的狗腿子们来个先手，撂倒这帮不知好歹的叫花子，冷不防黎非把手指掰得咔吧咔吧响，直接朝兰雅郡主走过去了，郡主被她吓得花容失色，不得不从房门前跑开。

黎非进了屋子，只见桌上堆了好些包袱，估计都是那位郡主的，她提起全部丢了出去，无视纪桐周他们铁青的脸，朝百里歌林三人招手：“进来吧。”

门被关上，百里歌林有些担忧：“黎非，你又得罪那个小王爷了，待会儿我们走了，你就一个人，他们那么多人！要不屋子就让给那个郡主吧？”

黎非摇了摇头：“我早就跟他们有了龃龉，这次让了肯定还有下次、下下次。”

要是在陆公镇她没为雷修远出头，指不定这会儿她就让了，可梁子已经结下，再退让不但毫无意义，反而会让别人更看不起自己。更何况，她已经不是以前那个没用的小棒槌，她是雏凤书院的姜黎非，从此要抬起头做仙人的。

“屋子里好香啊。”她四处打量，这屋子不大，跟虹鹿车上庭院中的屋子格局很相似，不过家具一水的全是藤制，外面是炎炎烈日，屋内却清凉无比。薜荔爬了半扇窗，沉甸甸的紫藤花挂在窗檐下，窗台下面姹紫嫣红，蔷薇、紫茉莉、凤仙花……熙熙攘攘开了大片，风一吹过，各种香气糅杂在一处，叫人心醉神迷。千香之间，名副其实。

百里歌林见墙上挂着一柄剑，不由拿在手里轻轻抽出，剑身通体暗淡无光，摸上去十分粗糙，竟是一柄薄薄的石剑。

“怎么有石头做的剑？”她执剑挥了挥，“石头也不能开刃，这剑是装饰吧？”

“不是。”叶烨摇头，这柄剑分明半旧了，不是摆旧的，手柄与剑鞘明显是被摩挲出的白痕，想必是以前书院中弟子常用的东西。

“应该是拿来做御剑飞行的。”

“要飞也不是只有御剑吧。”

“剑乃百兵之君，御剑是最基本的修行，那些运用各种法宝在天上飞的仙人，最先要学的都是御剑。我听说星正馆的长老与弟子从不用法宝，每个人都御剑而飞，越是真正的仙人宝剑，越容易收纳灵气，驾驭起来浑然一体。”

叶烨正说到兴头上，忽见百里唱月眉头一皱，转头望向窗外。下一刻外面院子便传来一阵喧嚣，有个男孩儿在嚣张地嚷嚷：“你这狗叫花子！竟敢擅闯郡主的香闺！非把你狗腿打断不可！”

有个耳熟的声音不知低声咕哝了什么，纪桐周暴怒的声音立时炸开：“你好大的胆子！快上！把他给我打出去！”

狗腿子们立即狗仗人势地跟着嘶吼：“揍他！”

“别以为进了书院就能成龙成凤了！也不撒泡尿照照自己什么德行！”

“哗啦”一阵泼水声，还夹杂着雷修远的惊叫，屋里几个人冲出去，却见纪桐周和兰雅郡主抱着胳膊冷脸站在门外，他那几个狗腿子一个揪着雷修远猛揍，另几个正从井里打水朝他身上泼。

看见有人出来了，纪桐周故意大声道：“用力点洗！臭叫花子！”

真是让人火大！

黎非面无表情地甩上门，把手指捏得咔吧咔吧响，先将那个揪着雷修远不放的男孩撂倒在地，上前一拳正中他鼻梁，打得他鼻血长流，半天直不起来。

孩子们一看见血了，都有些慌，狗腿子们都尝过她的厉害，眼见她这么生猛地一拳撂倒一个，吓得纷纷朝后缩。纪桐周气得一人踢一脚：“没用的东西！遇到事跑得比我还快！”

黎非懒得理他，先把雷修远扶了起来，他方才被那几个狗腿子按住揍，好在没破皮，就是脸肿了，身上湿漉漉的，还在哭着，要多狼狈就有多狼狈。

“没事吧？”黎非用袖子替他擦了擦脸，“好了，来我这边吧。”

雷修远哭得哽咽难言："大姐头……他们……他们抢我的屋子！我真没用……老是要你帮我……"

纪桐周正因为要跟两个叫花子住一个院子而恼火，憋了一肚子气没地方撒，听了他的话当即冷笑："知道你没用还敢惹我！我告诉你，你敢来这里一天，我就打你一天！打得你不敢来为止！"

黎非冷冷瞪他："这话我还给你，你敢动他，我就揍得你住不下去！"

纪桐周觉得自己都快炸了，他气，他怒，可他又打不过她，要是能用咒符烧她个半死多好！可弟子守则又规定不许用仙法玄术私斗，他总不能第一天就破戒吧？

"大姐头，我的屋子……"雷修远拽着她的袖子还在哭，抽抽搭搭。

黎非冷冷望向兰雅郡主。郡主很有些怵她，加上旁边那个被打得鼻血长流的孩子还躺在地上滚来滚去地哭，叫人心惊胆战的，她只能含泪去静玄之间把包袱拿出来，望着纪桐周委屈地唤一声："王爷，兰雅……兰雅无法陪您住在院中了，请您原谅。"

纪桐周一把抓住黎非，身后那些狗腿子见王爷发飙了，立即簇拥上来，给他增加点气势。百里歌林他们也毫不示弱地围上去，一时间两拨人在院中互相对峙，谁也不让谁。

院中忽然响起一个冷冰冰的女声："你们在闹什么？"

是黑纱女，她神出鬼没的，不知又从哪里冒出来了。

黑纱女环视四周，院子地上湿漉漉的，还倒了好几个水桶，一个孩子正在地上打滚大哭，还有个浑身湿淋淋的也在哭。她冷哼一声，又道："这里是让你们修行的书院，再有恣意喧哗者，立即赶出去！都回自己屋！"

纪桐周脸上一阵白一阵红，一言不发掉头进屋，门被他用力甩上，将一众人甩在了门外。其他狗腿子见势不妙，架着那鼻血长流的可怜孩子迅速撤退。兰雅郡主在纪桐周房前敲了好久的门，里面似乎也没回应，她含着泪水愤然瞪了黎非一眼，也走了。

闹剧终于散场，百里歌林他们告辞去找自己的院落，雷修远哭哭啼啼地被黎非推进屋子。本来想问他刚才跑哪儿去了，可她最见不得他这无能样，更想不出什么安慰话，只丢下一句"快洗把脸"就回去了。

庭院恢复了寂静，不知过了多久，静玄之间的房门忽然被人轻轻敲响，门一开，却是百里唱月站在门前。

"唱月？"雷修远怯怯地看着她，"大姐头在东边那间屋……你、你有事吗？"

百里唱月静静看着他，低声道："你过分了。"

"你说什么？"他有些惶恐，很是不知所措。

"小棒槌是女孩子。"她一直管黎非叫小棒槌，始终也没改过来，"她人很好，你不该这样。为什么故意挑衅？为什么自己不还手？”

雷修远缩着肩膀，似乎在微微发抖：“你在说什么……我……我哪里敢……”

百里唱月凝视他片刻，没再说什么，转身走了。

# 第五章 御剑

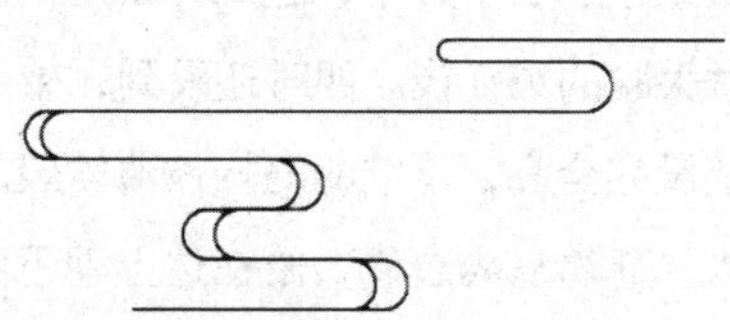

那天晚上孩子们很快见识了什么叫“一两银子一顿饭”。

大约在酉时，桌上忽然出现了满满当当的饭菜。从荤到素，从香喷喷的大米饭到花卷馒头，从咸汤到甜汤，应有尽有，看得人眼花缭乱，但如果不放一两银子在桌上，到死也别想碰到那些美味的饭菜。

也有那些意志坚定的孩子，坚决不买账，奈何不交钱饭菜也始终在桌上放着，香气四溢。饿着肚子，面前却放着佳肴，此等折磨简直不亚于人间地狱，到最后连叶烨都忍不住，被迫交了银子。

大家一起聚在百里歌林的丽莺之间吃饭，个个气愤难平，百里歌林吃一口骂一句：“叫什么雏凤书院，直接改名叫抢钱书院好了！第一天就逼着大家花钱买饭，没见过这样的！”

黎非道：“书院每年免费招收新弟子，没有什么钱财来源，还得给咱们提供弟子服和吃食，还要请先生来教，一顿饭花点钱也正常，何况又不是顿顿花钱，等学会飞了，应该就不用花钱了。”

百里歌林冷笑：“你太天真了，今天能吃饭花钱，下次指不定学个什么心法要花钱，再下次丹药也要花钱，花钱的日子在后面呢！”

不是这么吓人吧？

黎非下意识地摸了摸钱袋，她的钱也不多，师父总共就给她留了五十两，要是以后学个仙法花十两，买个丹药再花十两，五十两能让她学到什么东西啊？

雏凤书院的第一夜，孩子们就在对未来巨大钱财花费的惴惴不安中过去了。

隔日，大家全起了个大早，迟到可就是十两银子一顿了，而且连着三天，连纪桐周都不愿花这种丢脸的冤枉钱。卯时还没到，弟子房前的空地上，人都已经来齐了。

此时天还没完全亮，浮空的岛屿被薄纱般的云雾包裹环绕，碧绿与洁白交织，好似披了一件纱衣。靠着岛屿边缘，俯在边上朝下看，是无穷无尽的云海，云海缥缈翻卷，深不见底，望一眼就令人胆寒。

“你们说，下面会有什么？”百里歌林有些惧高，缩在她姐姐身后不敢朝下看。

黎非就一点儿都不怕，稳稳地站在边缘。风把她的衣服吹得摇曳不休，好像她整个人马上会被风吹下去似的，她说道：“下面就是泥和骨头吧，没什么特别的。”

她住在青丘，每次只要跟师父出门就得攀爬虎口崖，对这些悬崖峭壁一点感觉都没有，虎口崖底到处是摔死的动物的骨头，当然也有人骨头，她都看腻了。

“我猜，下面是海。”叶烨是严谨理智派，“咱们在虹鹿车上飞了二十多天，这么久的时间，早已离开中土了，这种浮空岛规模巨大，建在海上比较合适。”

身后有个陌生男声插嘴：“下面是遍布妖魔鬼怪的禁地，不小心摔下去可就没命了。”

百里歌林吓得尖叫一声，大家急忙转身，便见空地上忽然多出一位红衣青年。他看上去二十岁上下，出乎意料地年轻，腰上系着一条花花绿绿的金线腰带，配上红衣显得很是鲜艳扎眼，不过由于他眉眼生得俊俏，特别是那双眼，不说话都在笑似的，穿得这么鲜艳倒也不难看。

这种时候出现在弟子房的大人肯定是书院的先生了，孩子们立即紧张起来，个个屏息静气，等待先生的教诲。

红衣青年环视一周，笑道：“你们没一个人迟到嘛，真意外……看样子也都把剑带上了，今年的新弟子不错啊。”

“这个先生好像很好说话的样子。”百里歌林跟黎非讲悄悄话，“你看他笑眯眯的，咱们运气真好。”

红衣青年还在说：“既然人都齐了，我就不废话了。先告诉你们，雏凤书院是没有固定先生的，每年先生都不同，都是从各大仙家门派里选出的优秀年轻弟子。我叫胡嘉平，无月廷广微真人亲传弟子之一，眼下你们先跟着我学御剑飞行吧。话说在前头，御剑飞行是最基本的，连修行也算不上，想以后正正经经跟先生学东西，先过这关。”

他抬头看看天色，又道："这样，晚饭前能飞的，自己去北面免费拿吃的，晚饭前还不会飞的，一顿饭二十两银子。三天还学不会的，我直接把你们从这里丢下去。"他指了指身后的云海深渊。

回应他的只有满场死寂。又是要钱！而且是二十两！孩子们都快麻木了。

胡嘉平懒懒叹了口气："好，那我们现在就开始。"

他拍拍手，忽然每个人面前出现一本红皮书，胡嘉平打个呵欠："御剑修行的法子都在书里，自己看自己练，不会的自己想，别来烦我，晚饭前我检查成果。"

说罢他找了棵大树，朝树下一躺，说什么也不肯起来了。

这……这算什么先生……孩子们目瞪口呆。

"我收回刚才的话……"百里歌林泪流满面，这先生岂止不像话，简直就是混账！

来到雏凤书院开始修行的第一天，孩子们就被残酷的现实彻底击溃了，但一顿饭二十两银子的压力实在太大，没人愿意花时间埋怨这个不负责的先生。大家个个开始埋头苦读，时不时比画两下，认真得一塌糊涂。

黎非翻开红皮书，第一页还没看完心就沉下去了。

书上洋洋洒洒写了许多灵气发至剑上的心法，后面还配了图，生动地用图画诠释体内灵气的流向与走动，怎样才能控制御剑飞行的窍门全在这里。

虽然这个确实比先生枯燥地说一大堆要直接明了得多，不过，这些对她来说，全无用处。

她根本不知道怎么控制灵气。

不一会儿，孩子们忽然一阵躁动。原来纪桐周正踩在剑上摇摇晃晃地从空地这头飞向那头，虽然飞得一点儿也不稳，可他确实是在飞。

"哈哈哈！一点都不难嘛！"这个时候不得意就不是纪桐周了。剑在他脚底笨拙地扭动着，一会儿向东，一会儿向西，他坚持了有一炷香的时间，才筋疲力尽地从上面落下来。

他意气风发地环顾四周，见到黎非傻站在那里动也不动，不由更得意了。虽说将这帮低贱的平民都比下去了，风头出得很爽，可最爽的果然还是压了这刁民一头。

"哼。"他朝黎非高傲地冷哼一声，纵身上剑，又开始歪歪扭扭地飞，这次却比上次飞得好多了。

纪桐周确实天赋上佳，一下子就掌握了御剑的要领。这会儿黎非却没空羡慕嫉妒他，她真的没想到，千辛万苦来到雏凤书院，第一天修行就碰壁了。

如果学不会御剑，她只怕连其他岛都去不了，吃饭还得给钱，一顿二十两银子，等银子花光了，她要怎么办？饿死？还是因为毫无资质被赶出去？

她忽然想起自己身体里还附着个疑似九尾狐妖的奇人，登时像找到救命稻草一样，急忙低声叫他：“老先生，老先生？你醒着吗？”

那个神出鬼没的沙哑声音始终没给她任何回应，自从二选后，他就再也没说过话，是睡着了？是不愿理她？还是已经没有附在她身上了？连最后一点希望都破灭，黎非彻底无奈了。

身后一直静默冥思的百里唱月突然长长呼出一口气，站了起来。

叶烨急忙问：“如何？可以控制灵气了吗？”

她既不点头也不摇头，而是先闭上眼似是在回味，半晌，才忽然睁眼：“好，我会了。”

雷修远走过来，腼腆地一笑：“我、我好像也有些领悟了……”

百里唱月静静看他一眼：“那就一起试试。”

雷修远急忙摇手：“不、不……万一摔下去……”

“我会护着你的。”百里唱月不由分说，将剑用力掷出，她的剑仿若一颗流星，在半空划过一道弧线，最后稳稳地回到她身前，悬空横置。

“走？”她盯着雷修远。

雷修远似乎无奈地笑了笑，终于也将自己的长剑掷出。在众多或好奇或艳羡或吃惊的目光中，两人一起纵身上剑，一个清逸一个优雅，仿佛他们不是初学者，而是早已飞过无数次的仙人。

雷修远脚下的剑疾射而出，瞬间化作一道流光，载着他飞向高远的空中。百里唱月紧紧跟在他后面，两人红白交织的弟子服摇曳舞动，像在空中翩跹飞舞的一双蝴蝶。

孩子们发出艳羡的惊呼声，居然有人能这么快学会御剑！而且飞得那么好！他们二人的动作优美而利落，完全看不出是新手。剑在阳光下闪闪发光，穿梭在云雾浮岛间，赏心悦目。

百里歌林激动得完全没法打坐静心了，跳起来一个劲拍手叫嚷，就连平日里冷静的叶烨都忍不住在拍手叫好。方才纪桐周好容易出的一点风头，此刻已经完全被盖下去了。他有些惊讶，也有些不服，眯眼看了一会儿，冷哼一声，找了个树影打坐，对众人的惊呼声充耳不闻。

黎非怔怔地看着他们飘逸的身姿，心里一时都不知是羡慕还是替他们高兴了。连雷修远都飞得那么好，实在是出乎意料。

两人渐渐飞远，大约盏茶工夫又飞了回来，稳稳地落在岛屿空地上。百里唱月怀中鼓鼓囊囊的，不知装了什么。雷修远手里也捏着个纸袋，里面热气腾腾，闻起来像是什么吃食。

“凭名牌可以免费在北面岛屿那边拿吃的。”百里唱月取出怀中的东西，也是个纸袋，掏出几个包子一人丢一个，“都吃点，省得浪费一两银子买饭。”

黎非掰开包子，只觉里面腥气扑鼻，居然是肉包子。她悄悄放在一边，一口也不想吃。

雷修远怯生生地走过来，低声道：“大姐头，对不起，我忘了你不吃肉，没拿素包子……我再去给你拿吧。”

“不用急。”黎非拉着他坐在自己身边，“你不是飞得挺好吗，应该有点信心。”

雷修远急忙摇手：“我、我不行的，我怎么比得上大姐头！你一定马上就学会了，肯定飞得比我好。”

“修远啊……”

黎非叹了口气，定定望着他怯弱的脸。老实说，他真是个很奇怪的孩子，拥有上佳天赋的人，不欺负别人就算好的了，怎么也不该是他这样的。

“大姐头，怎么了？这样看我。”雷修远怯生生地看着她，露出不知自己做错了什么的神情，无辜又懦弱。

黎非很讨厌他这种表情，摇了摇头，起身拍拍灰：“没什么，我走了。”

她自己的事还烦心不过来，没精力去管他。

天快黑的时候，一直在树下酣睡的胡嘉平终于醒了。这不负责的先生居然睡了一整天，动都没动一下，起来的时候还挂了满头的草根叶子。孩子们纷纷用嫌弃的眼神看他，心里那尊敬之感荡然无存。

“你们练得怎么样了？”他慢吞吞站起来，一面打呵欠一面伸懒腰，像没睡醒似的，没精打采地走过来，“能飞的都飞给我看看。”

霎时间，十几柄长剑唰唰飞舞起来。除了少数几个天纵奇才能飞遍整个书院所有岛屿，剩下大部分的孩子都能慢慢从这个岛屿安然飞向北面岛屿了。站在地上一动不动的，只有黎非一个人。

胡嘉平眯着眼看了她一会儿，问：“你是不认字，还是不想飞？”

黎非默然无语，她实在不知道要怎么说，今天真是糟糕透了。

胡嘉平弯腰看她腰上的名牌，一个字一个字念着她的名字：“姜——黎——非，这名字不错啊，你有个文绉绉的名字，却不认字？”

黎非低声道：“我认得字……”

“那你是学不会？”

她又不说话了。

胡嘉平望着她叹了口气："一顿饭二十两，你们听好，谁也不许给她带吃的，否则把你们全丢下去。明天你要是还不会，一顿饭四十两；后天再不会，我只能带你去找左丘先生了。今年的二选是不是太简单，选出来这样的弟子！"

说完，他打着呵欠走向岛屿边缘，忽地纵身跳起，脚下踏着一团小小的白云，眨眼便飞远了。

黎非的脚像是被钉在了地上，她低头死死盯着鞋子前的一点儿，一言不发。

"黎非……"百里歌林靠过去想安慰她，叶烨将她拽住，摇了摇头："……这个时候让她一个人吧。"

空地上的人渐渐散去，惨淡夕阳开始褪色，夜幕降临，黎非还是没有动。

难堪、被屈辱、被同情，这些她都不怕，她可以接受任何训斥，可是胡嘉平的话刚刚好戳到了她的痛处。

她不是靠自己的本事进书院的。

九尾狐帮她过了二选，就此销声匿迹，他这样到底是帮她，还是害她，也已经不重要了，因为残酷的事实就摆在眼前：她找不到任何办法学习御剑。

鼻子里有点酸酸的，黎非使劲吸了吸，茫然四顾，四周黑漆漆的，风声泠泠，空地上只剩自己一个人站着。

拖着酸软的双腿慢慢走回弟子房，院子里门都紧闭着，雷修远的房门也关着，隐约的灯光从窗户上透出来。

黎非怔怔望着他屋里那摇摇晃晃的一点灯光，她心里有种期盼，盼着有人能在乎自己一些？盼着有人可以理解此刻她的无助，鼓励她几句？再或者，发现她，温柔地安慰她？她也不清楚自己期盼什么，只是她难过的时候，还是希望有朋友可以站在自己身边。

像是心有灵犀一般，静玄之间的房门突然就开了，雷修远一眼望见站在院中发呆的黎非，顿时露出意外的表情。

"大姐头。"他轻轻唤了一声，"你回来了……"

黎非勉强笑笑："这么晚你还出来？"

他走到她身边，在袖子里摸了一会儿，摸出一把糖果放她手里，低声道："虽然先生说不能给你带吃食，不过吃点糖果应当没事，大姐头你一定饿了吧。"

黎非又笑了笑，有些意外，还有些感动："你是出来找我的吗？"

他点头："你快吃吧，太晚了，我回去了，大姐头也早些睡。"

静玄之间的屋门很快又合上，院中一片寂静，黎非低头看着手里那些糖果，圆滚滚的，用白纸包得整整齐齐——她无助的情绪因为这几粒糖，稍稍得到了宽慰。

有朋友的感觉真好。

黎非慢慢推开门进屋，屋子里空荡荡的，她的心好像也空荡荡的，无所适从，一切动作都像在梦里，有些不真实。

把铜镜摆正，她对着镜子拆辫子。铜镜里映出一张沮丧的脸，眉毛又浓又密，像是墨水画出来的，下面是两只虽然大却一点儿也不美的眼睛，鼻子不大不小，嘴巴不大不小，脸也不大不小，这是一张再平凡不过的脸，长得跟师父还有六七分相似。

师父……黎非长长叹了一口气，她的眼泪好像要掉下来了。

为了不让无能的眼泪掉下来，她急忙吸了吸鼻子，剥开雷修远送她的糖果，丢了一粒进嘴里——酸！酸得她牙差点掉了，雷修远拿的是什么糖？她的眼泪都酸出来了，急忙吐出来。

“哎哟，几天不见，怎么在哭鼻子了？”毫无征兆地，那个久违的沙哑声音突然在耳畔响起。

黎非一个猛子跳起来，把铜镜都碰倒了。

“老先生！”她都不知道自己是激动还是兴奋。他还在？！他说话了！

“叫什么！”他不耐烦，“大惊小怪。”

黎非此时的心情已经不能用“又惊又喜”来形容了，简直就是溺水的时候突然抓到救命稻草一样。她顾不得擦眼泪，急道：“这几个月你去哪儿了？我一直叫你都没人答应！我以为你走了！”

他哼哼笑了一声：“这些天我终于把那么点妖气消化了，刚醒来就见到你这蠢样，果然没人指导你这蠢货就什么都干不好。”

虽然不想承认，但他其实说得没错，要不是有他的存在，只怕她连雏凤书院初选都过不了，现在哪里还能做书院弟子。

“你已经进这书院了？这房间倒很宽敞，不错。”烛火轻轻一晃，一阵微风盘旋在房内，半掩的窗户忽然被风吹开，沙哑的声音从窗边传来，“只有你一人住？好极好极。”

黎非奇道：“你在哪儿？我怎么看不到你？”

“这里。”

声音徘徊在她身前，黎非四处打量，屋子里依旧空空如也，半个人影也没有，她愕然：“哪里？”

“这里啊，蠢货！”

声音似乎从油灯后传来，黎非不可思议地挪开油灯。只见桌上蹲着一只比拇指大不了多少的白色小狐狸，两只绿豆似的眼睛惨绿惨绿的，却充满了灵性。狐狸虽然有点儿小，却昂首挺胸，脑袋仰得高高的，姿态十分高傲。

黎非惊呆了，这、这小小的狐狸是怎么回事？

“你果然是那只狐妖！”她叫起来。

先前她只是怀疑，现如今见到他的模样，她才彻底认定他就是那只狐妖。为什么？他附身于她，却没一个仙人发觉？不不，现在问题更复杂了，他的声音那么沙哑，她以为会是个面容冷峻的严厉老者，可……这玲珑娇小憨态可掬的模样是搞什么！

白色小狐狸鄙夷又傲然地看着她：“无知蠢货！我乃传说中的九尾狐！可不是普通的狐妖！”

黎非眼睁睁看着他小小的毛茸茸的身体，恐怖又美丽的九尾狐变得跟拇指一样大，反而无端端生出一股可爱劲儿，连那九条尾巴都像九坨小棉球似的。他还偏偏把脑袋仰那么高，摆出藐视众生的模样来。

“噗——”她实在忍不住，一下轻笑出声，笑完又赶紧捂住嘴。

“无礼！”他火了，眼睛瞪得溜圆。

“抱、抱歉……”黎非竭力忍住笑意，“你……这么小。”

她记得在青丘那天，他可是十分巨大的。

他灵性的双眼微微眯起，声音里有一丝懊丧恼怒：“只有不到千分之一的妖气，能让你这寄宿体看见都不错了！其他人是见不到的！”

“寄宿体？”这三个字听起来有种很不好的感觉。

他淡淡道：“这些日子，我一直化作你的一根头发。”

头发？！黎非下意识地摸了摸自己的脑袋，一想到自己的头发里有一根是狐妖变的，她的表情一下子变得很奇怪。

“为什么那些仙人要追杀你？你做了许多坏事吧？”她下意识就把妖当作坏的一方。

狐狸傲然眯眼，冷道：“人有人之道，仙有仙之道，妖亦有妖之道，天下事岂能仅仅用好与坏区分？芸芸众生，不过都为欲望与利益奔波罢了！我乃千年九尾狐，小到一根毛发，大到千年妖力，都是仙人所需至宝，利之所趋，人之常情！我若不是遭遇祸祟之年，又怎会妖力被尽数封存，就凭那几个蠢货，平日根本休想动我分毫！遇到你也算运气不错，我须得找个安全所在慢慢运息冲破封印。”

黎非只觉他的话很是深奥，一时不太能理解，不由发起愣来。

狐狸在桌上安安静静地蹲着，忽然它尖尖的鼻子一动一动不知在嗅什么，问道：“你手里拿的什么东西？”

黎非摊开手掌："哦，是我朋友给我的糖果，我没法御剑，先生罚我不许吃饭，他怕我饿着，给我拿了些糖。"

狐狸鄙夷地哼了一声："这些糖你吃了只会越来越饿，什么朋友这么坏心？你怎么没法御剑了？对了，方才见你在哭，可是遇到什么为难事？速速说来！"

妖就是妖，说话一点都不拖泥带水，干脆利落得很。

黎非长长吸一口气，她的运气实在不赖，正是绝望的时候，便来个柳暗花明又一村。

她将自己不会引灵气入体和运转内息，导致无法学会御剑的事说了一遍。她一面说，狐狸一面哈哈大笑，最后他狂笑起来："那帮蠢货！你跟他们不同，你本来就不需要这么麻烦！"

黎非心中一动，低声问道："我和他们……有什么不同？"

上次左丘先生的问题让她突然发现自己的与众不同，以前她从没注意过这些细节，但如今仔细想想，她自己都能发觉异常：不能吃肉，不会被蚊虫叮咬，不惧怕瘴气妖气，修习截然相反的吐息法……她和其他人差别太大了。

她到底……是什么？

他高傲地冷哼一声："这你不需要管！壳还没脱的奶娃娃，你只需要知道那些修行方法你根本用不上就行了！好了，我的时间不多，每十日能清醒不过一二刻，废话少说，我要传授修行之法了，你听好——"

黎非原本还有一肚子问题想问，但他完全不想谈的样子，她不得不收敛心神，专心致志地听他讲解。

黎非捏着一枚水行咒符，凝神闭目，将全身所有注意力都集中在双目上，这是九尾狐教她的据说是"最简单"的方法。

片刻后，再睁眼，整个世界都变得不同了。她说不出有什么不同，但每一道风，每一棵草，都仿佛充满了活泼泼的气息，莹莹絮絮，可见又仿佛不可见，一切都微妙不可言说。

对面一株五人合抱的大树，她甚至可以望见它细密繁复的脉络，从地底延伸到树冠。

水行咒符在指间散发出惊人的寒气，黎非下意识地对着大树将咒符射出。符纸像离弦的箭一般疾射，"啪"一声贴在一棵树上，寒光乍现，大树一瞬间从上到下都被千层寒冰包裹住。

她缓缓吐出一口气，体内看不见的奇经八脉里像是有温水在荡漾，全身无数的毛孔仿佛在呼吸，不停有温暖黏稠的东西被呼吸进经脉中——从没有过的感觉，却并不难受，不过片刻，这异样的感觉又消失了。

直到此时此刻，她才真正明白，她不是没天赋，她只是……与他们不同。

“有灵根之人，体内贮存灵气的地方便叫炉鼎，你的炉鼎出生开始便是满的，只是不知道怎么运转灵气罢了。何况，你的灵气只要有消耗，身体自己就会吸取灵气为你填满。哼哼，这些蠢货……真是暴殄天物！有眼不识货！”

狐狸昂首挺胸蹲在她肩膀上，滔滔不绝的样子比那个胡嘉平显得更有些先生样儿。

黎非神情复杂地望着对面那株被层层寒冰冻住的大树，他的话让她很在意。

“那个……什么叫暴殄天物？怎么又有眼不识货了？”她憋不住了问出来。

狐狸淡然道：“问这么多干吗？反正你忧心的事都解决了，小小年纪，想太多当心短命！”

他怎么这么恶毒？这是诅咒她？黎非伸出手指，想偷偷弹他一下，冷不防他的身体忽然如烟般散开，倒把她唬了一跳。

“我已到极限，须得再睡十日，下次醒来再见到你哭鼻子的孬种样，就把你头发都拔了！”

他的声音也像烟一样渐渐散开，变得渺然。

黎非急道：“等一下！请问怎么称呼你？”她总不能继续叫他“老先生”吧？

他的声音细若蚊蚋：“叫我日炎吧……”

她等了一会儿，沙哑的声音再也没有响起，估计是真去睡了。她低头看看手里的咒符，再看看被冻住的大树，一种突如其来的兴奋瞬间攫住她的身体——她会了！那些从前怎么也用不了的咒符，那些怎么也运转不了的内息，原来一切是这么回事！

她到底是什么人、什么身份，她已经懒得想那么多了。日炎说得对，小小年纪，想太多会短命，她只要现在高兴就行了。

黎非狂奔回房，一把拽下墙上的石剑，再度转身，冲进茫茫夜色中。

天快亮的时候，孩子们照旧聚集在弟子房前的空地上，百里歌林找了一圈没见着黎非，有些着急：“黎非还没来吗？昨天她肯定是没吃晚饭！修远，你们住一个院子，你没见着她？”

雷修远道：“我怎么知道。”

他的声音听起来很淡定，好像一点也不关心，百里歌林不快地看着他：“你怎么一点都不关心黎非？”

雷修远淡漠道：“你很吵。”

“……你说什么？”百里歌林惊呆了，这个人是雷修远吗？他刚才说了什么？这是雷修远会说的话吗？

雷修远漠然转身：“你又不是聋子。”

后面的叶烨跟百里唱月飞快跑来，叹道：“都找过了，千香之间和附近的几个院子，黎非都不在。”

百里歌林脑子还有些转不过弯，怔怔地看着雷修远。半晌，她才突然回过味似的，登时火了：“亏你一天到晚大姐头大姐头地叫，有事就要她给你出头，她出事你就一点不关心！我至少会去找她！我会问她！你呢？！”

众人都被她突然爆发的怒气吓了一跳，叶烨愕然：“你干吗突然发火？”

雷修远吓得眼眶都红了，大颗的眼泪在里面滚来滚去：“我……我只是……大姐头那么强，我能帮她做什么？”

百里歌林见着他一副要哭的懦弱样，气得火冒三丈：“你装这个样子给谁看？！刚才你是怎么说的？！”

雷修远抽泣起来，哽咽难言。叶烨一时摸不透他们吵架的缘由，只得上来打圆场，将他拉到身后，劝道：“好了，你跟修远这样吵吵嚷嚷有什么用！”

百里歌林怒得脸色通红，一向口齿伶俐的她，这会儿却不知该怎么跟他们说雷修远这个两面派的事。他哭得好像死了爹，旁边不明真相的人个个指指点点，搞得她是个欺负人的泼妇一样。

胡嘉平的声音忽然又在身边响起：“一大早哭哭啼啼的做什么？”

孩子们都吓了一跳，这先生怎么总是神出鬼没的！

胡嘉平环视一周，眉梢微扬：“咦，有个人没来？”

百里歌林登时顾不得跟雷修远生气，急道：“她马上就来了！”

胡嘉平不理会她，自言自语道：“是昨天那个学不会御剑的小丫头？唔……今天还学不会的话就是一顿饭四十两银子，加上她又迟到，五十两一顿，她家里肯定很有钱吧？”

“喂！”百里歌林只觉不可思议，“你不要乱说啊！怎么能这样罚钱！”

“为什么不能？”胡嘉平无辜地看着她，“书院可不会白养米虫。”

“你怎么说话这么难……”百里歌林愤怒的声音被叶烨捂回去了，他低声道：“跟先生吵架，你疯了？冷静点，抬头看看。”

她不由抬头，只见轻纱般的云雾中，一点金光急速流过，不过眨眼工夫，便近得可以看清轮廓了。剑上站着个人，白衣服红裙子，又瘦又小，似乎正是姗姗来迟的姜黎非小姑娘。

胡嘉平眯起眼，“哦”了一声，她飞得好快，这种速度跟寻常仙家门派里的正式弟子也差不了多少了。

再一个吐息的工夫，剑已落在岛屿上，黎非利落干脆地跳下来，一只手捏着个大纸袋，另一手拿着一个吃了一半的包子，脸颊上还沾着碎屑。轻薄柔软的红裙被她粗鲁地掀起来拴在腰上，裙子下露出中裤来，不知道她是不是一夜没睡，眼睛通红，头发也乱糟糟的。大概是饿坏了，她狼吞虎咽地吃，连剑都没工夫收，它就这样悬在她身后。

“我没迟到吧……”好不容易塞下一只素包子，黎非问得有点小心。北面岛屿上食肆一直没开门，她等了好半天，饿得都快前胸贴后背了，终于等到那些长着绿鳞片的女妖怪开了门，她抓了一袋素包子就跑，不过看上去好像还是稍稍迟了。

胡嘉平偏头想了想，俊俏的脸上露出个俏皮的笑，淡道：“没迟到，刚刚好。”

这是包庇！纪桐周愤愤不平地哼了一声，不就是一晚上学会了御剑吗！明明迟到了，先生居然包庇她！

“那就好。”她松了口气，要是迟到的话就是十两银子一顿，还连罚三天，太可怕了。

“黎非！”百里歌林激动坏了，冲过去一把搂住她，“你吓死我了！一夜没睡练御剑吗？眼睛都红了！”

黎非揉了揉眼睛，摇头：“没事，我不累。”

她把纸袋递过去：“我刚拿的包子，还热呢，你们吃吧。”

百里歌林松了一口气，替她把脸上的碎屑掸掉，笑道：“你跟个野小子似的，裙子怎么能掀起来，别人都看到啦。”

裙子里还有裤子呢，黎非低头看了看，她不喜欢穿裙子，御剑的时候它老是贴身上，要么就是扬起来，碍事死了。像以前一样多好，穿着师父改小的衣服，头发盘上去，利落干脆。

雷修远怯生生地走过来，这孩子眼睛发红，水汪汪的，刚又哭了？

“大姐头……”他轻声叫她，“你会御剑啦，恭喜你。”

黎非点点头，想了想，还是忍不住开口：“一大早你怎么又哭了？”

雷修远勉强笑了笑：“今天我起迟了，没来得及找大姐头，我错了，大姐头别往心里去。”

百里歌林怒视他，哼了一声，扭过头不说话了。

黎非见这架势，估计歌林跟雷修远闹别扭了，她不会劝，只能拍了拍雷修远的肩膀：“吃包子吧。”

雷修远幽幽道：“昨天我应当想到给大姐头偷偷带些吃的，毕竟歌林、叶烨他们离得远，我和你住得最近……”

“喂！你刚才是这样说的吗？！”百里歌林火了，“你敢不敢把刚才跟我说的话在这里跟大家重复一次？！你这样挑拨离间有意思吗？”

雷修远啜泣着抹起眼泪：“歌林你别发火……我错了……”

黎非完全搞不清楚情况，这边百里歌林气得脸通红，那边雷修远又哭得烦死了，她简直一个脑袋两个大。好在万能的叶烨又过来打圆场：“歌林，你今天火气怎么那么大？大家都认识这么久了，你不该这样说。”

“你是没听见他刚才说什么！他刚才那个样子……哭哭哭！你以为装可怜一天到晚掉眼泪大家就都会帮你啊？！”

百里歌林简直找不到话来描述方才的雷修远，跟现在的他根本是两个人，可现在他哭得如丧考妣，她这个样子完全像个恶女人在欺负人。她一口气堵在胸口，简直如鲠在喉，一时气得手直抖，又深恨其他人看不穿真相，最后，她把手一甩，直接走了。

百里唱月盯着雷修远看了一会儿，忽然开口：“这是第二次了。”

什么第二次？黎非一头雾水，可是没人给她解释，百里唱月追上了百里歌林，揽着她，两人慢慢走远了。

叶烨朝黎非使个眼色，要她安抚雷修远，他自己跑去追百里歌林。

黎非无奈地看着雷修远。他眼睛红红的，委屈又怯弱的模样，进了书院他还是没变，好像还是陆公镇初见的那个小乞丐一样，甚至变本加厉，比以前更爱哭更懦弱了。

“修远，刚才发生什么事了？”她坐在地上，拍拍草地，示意他也坐，“你和歌林说了什么？”

雷修远哽咽着嗫嚅：“没、没什么……他们怪我没关心大姐头。”

就这点鸡毛蒜皮的事？黎非叹了口气，半天说不出话。

“我和大姐头住得近，应当照顾你的。”他抽泣，“歌林骂我骂得对，他们毕竟住得远，一时顾不到那么多。”

黎非越听这话越有些不对味，她歪头静静看着雷修远，也不说话。

他还在说：“只是我心里一直觉得大姐头那么强，我也帮不上什么……”

“为什么总把自己放在弱者的位置上？”黎非打断他的话，“你有天赋，有朋友，还进了书院，已经比无数人都强了，甚至比我还强。”

雷修远急忙摇头：“我怎么比得上大姐头！”

“你总是这么说，我却没觉得自己有什么厉害的。”黎非望着他，“你的天赋明明比我好多了，何必总是畏畏缩缩？”

“可是在我心里……”

“你心里应该清楚自己的天赋。”黎非打断他的话，“你周围什么都在变，你却始终一成不变，是你自己不想变。”

雷修远沉默了，他垂着头，长长的睫毛上还挂着泪，只是不说话。

“老实说，我根本没照顾你什么，我不喜欢被你捧那么高，因为你是我们的朋友，大家是平等的。”

雷修远低声道：“你……不喜欢被人夸被人崇拜吗？”

黎非想了想：“我喜欢啊，可我要不停提醒自己那些是假的，假的如果当成真的，才真的要完蛋了。”

雷修远似乎笑了一声，不知是不是她的错觉，过了好久，他才轻声开口：“说得真好听。”

“嗯？”她偏头，“你心情好点了？去和歌林道歉吧。”

“不，”雷修远起身，拍了拍身上的灰，声音淡漠，“我走了，不玩了。”

黎非愕然看着他的背影，他怎么了？她说错什么了吗？

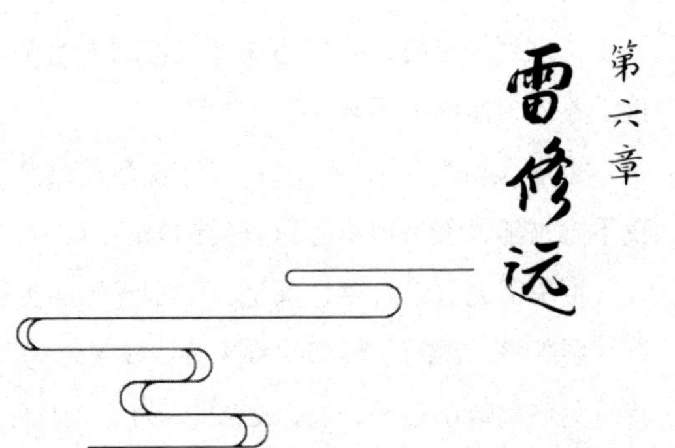

# 第六章 雷修远

雏凤书院的藏书塔在最高处的那座浮空岛上，现在大多数弟子还飞不到这里，岛上空荡荡的，只有几只仙鹤悠闲地绕着塔前的莲花池打圈，池中白莲开得正盛，洁白的花瓣随风轻轻摇摆着。

百里唱月御剑飞上浮岛，甫一落地，便见到了扶在白石栏杆上看花的那个少年，她上前一步，正要说话，他却先开口了："来兴师问罪吗？"

百里唱月淡道："你也知道有罪……为什么突然不装了？"

雷修远微微一笑："方才小小试探了一下，果然，你的听觉比常人灵敏许多，怪不得叫你抓住了破绽。也罢，正好我玩腻了，被人发现便毫无乐趣可言。"

"玩腻了？"百里唱月沉吟片刻，"我有事要问你。"

"哦？"

百里唱月凝视他："雷修远，你是高卢国的人，是雷大人的孩子，对吗？"

他的声音听起来像是鄙夷："你是猜的，还是姜黎非告诉你的？"

"有一半是猜测，另一半是我对你有印象，高卢尚未灭国时，我应当见过你一次。"

他没有说话，像是默认了。

"你一开始就认出叶烨了。"百里唱月又道。

雷修远淡道："是啊，我一开始就认出他是高卢国三皇子，那又怎么样？"

"直到一年前，叶烨还在被吴钩的人追杀。雷大人是个疾恶如仇的铁血男儿，他的孩子不该为他留下污名。"

雷修远抬头瞥了她一眼："你说话真会夹枪带棒……怀疑我为吴钩办事？你们的事我不感兴趣，天下也不是只有吴钩与高卢。"

百里唱月沉默片刻，又道："刚开始遇见你时，我就发现你不对劲儿。被人打，哭得快要断气，你的心跳却始终平静，我曾以为我想多了，不过，前天在小棒槌的院子里，我听见你挑衅小王爷，你是故意的，为什么？你本领这么强，为什么要小棒槌替你出头？她毕竟是个女孩子，为什么找上她？"

雷修远神色淡漠："我为什么要回答？"

"因为她把你当作真正的朋友，你欺骗了她。"

他忽然摇了摇头，将手中的花蕊一把全抛进莲花池，淡淡道："我烦了，你走吧。"

百里唱月默默看了他片刻，什么也没有再说，一路御剑回到弟子房。老远就见到百里歌林踩着剑歪歪扭扭地在弟子房上方飞着，叶烨跟黎非一左一右护着她。

"姐！"百里歌林抬头忽然见着她，一开口灵气就泄了，石剑再也无法悬空，直直坠落下来，好在黎非拽了她一把，这才没摔个狗吃屎。

"你跑哪儿去啦？叶烨都急死了！"她故意戏谑地笑，把叶烨推到百里唱月面前，"好啦，人来了，你看你刚才神不守舍的样子！"

"鬼丫头。"叶烨不爽地在她脑袋上敲了一下，略担心地看着百里唱月，"刚才是去找雷修远？"

百里唱月点了点头："嗯，他什么都知道，不过看样子似乎与吴钩没什么牵扯。"

"别老提那家伙了！"百里歌林对他余恨未消，"我气得到现在都没法飞呢！"

叶烨板着脸道："你飞不起来跟雷修远没关系，是你自己不专心。"

黎非见他们一会儿提到雷修远，一会儿又提到吴钩，不由奇道："你们在说什么？修远怎么了？"

百里唱月想了想，道："说给你听也好，简单来说，就是我们曾怀疑雷修远跟吴钩国有关系。"

黎非吓一跳："不会吧！"

"我与歌林是高卢贵族百里家的女儿，从小修习舞技，百里家被吴钩国灭门后，我带着歌林逃出来，四处卖艺为生。叶烨是高卢国三皇子，高卢被灭后，他一直被吴钩国的人追杀，直到一年前遇到我们。我们三人互相扶持，躲避吴钩的追杀，一路向东，最后来到越国境内才暂时安全了。刚好那时雏凤书院要开始初选，我们三人便赶到了陆公镇，这是遇到你和雷修远之前的事。”

黎非又被吓一跳：“叶烨是皇子？！”

她忍不住望向叶烨，虽说一直觉得他气度不凡，但也想不到会是皇子，那岂不是跟纪桐周差不多？都是皇族的人，怎么一个天一个地呢！

叶烨苦笑：“早就不是皇子了，高卢被灭时我才七岁，为了逃命，连姓名都改了。当年吴钩一直对高卢虎视眈眈，高卢早有警觉，奈何皇族中一直没有发现有灵根的孩子，直到我出生。可惜终究迟了一步，我还未来得及成仙人，高卢已被灭。七岁的孩子纵然有灵根、天赋上佳，也敌不过百来个武将，更何况对方还有仙人坐镇。当年追杀我的人里，有仙家门派的弟子，差点死在他们手上。”

“是因为你有灵根所以一直追杀你？”虽然他说得轻描淡写，但黎非听起来却觉得惊心动魄，七岁就开始逃亡，整整四年，那是怎样的地狱生涯？

叶烨点头：“斩草要除根，吴钩仰仗的是龙名座五丈山的新长老宗权，一旦皇族有仙人可以成为仙家门派中的高层人物，便是扬眉吐气之时。我与唱月她们千辛万苦来到雏凤书院，复国我早已不想，只求早日有自保之力。”

这是他们三人第一次与她说自己的事，其中竟然隐藏了如此多的秘密与血腥。黎非忽然醒悟，他们肯与自己说出这些，便说明他们真的把自己当作可以交心的性命之交了。

她心中一热，低声道：“那我们一起努力修行。”

百里歌林叹了口气：“刚进书院也不能玩两天……唉，眼下果然还是先把御剑学会才是最要紧的。”

叶烨在她脑门儿上弹了一下：“终于明白了？快上剑，继续吧。”他说完就领着百里歌林继续练御剑去了。

黎非见百里唱月似乎欲言又止，不由问：“唱月，这些事，跟修远又有什么关系？”

百里唱月望着她，轻道：“小棒槌，雷修远是个很危险的人，你最好离他远一点。”

危险？雷修远？黎非惊得反而笑了：“你怎么会这样说？”

“他潜力非凡，只怕是今次雏凤书院弟子中名列第一的，我曾怀疑他与吴钩有染，但如今已确信他们并无关系。只是，这个孩子给我一种很不好的感觉，一言一行都是作伪，不知所欲为何，你还是小心点。”

百里唱月甚少会说这么多话，看她的神情也不像是开玩笑，更何况她的性格大概连玩笑是什么都不知道。

黎非不由陷入沉默。

回想起来，自己好像从来没有真正深思过雷修远的事，他看上去懦弱无能，二选表现也平平。可黑纱女也说过，今年二选是有史以来最难的，选出的十八名弟子皆为人中龙凤。她自己姑且不论，叶烨三人，纪桐周与郡主，还有其他那些她还没熟悉的孩子，哪一个没有傲骨？就连纪桐周的那些狗腿子，平日里也是端着架子极为高傲的。

一个人有没有能力，他自己应该最清楚，比常人强大的灵根、巨大的潜力，从小就傲视世人，这样的人不该软弱。

为什么独独雷修远与众不同？甚至他们谁也没觉得他有什么异常，从一见面开始，他就一直是以弱者的形象出现，遇到事只会哭，缩在她身后“大姐头大姐头”地叫着，让他们忽略了他也过了初选、二选的事实。

她忽然又想到二选时，被雷修远杀掉的那几只小妖，个个都死得干脆利落，可见下手之人是如何的心肠冷酷毫不留情。过后他一直坐在地上放声大哭，让她循声而去……难道说，他早就发现了她，故意做出声响引她过去？

黎非越想越是心惊，雷修远身上隐藏的一切她没有深思过的违和点，此刻一一浮现。

他是装的吗？为什么？

她不太敢相信，也不愿意相信。

“不过我看他日后大约也不会再与你我亲近，或许是我多虑了，只不过你最好心里有个数。”百里唱月语毕御剑而去。

黎非在原地发呆，回想与雷修远相遇以来发生的一点一滴，只觉惊心动魄。

第二天还未完全过完，十八名弟子，每个人都已经可以从南面的弟子房稳稳飞到北面岛屿上了。虽说有快有慢，但仅仅两天时间便有如此成果，今年的弟子果然与往年不同。

一直藏身树上待命的黑纱女颇为赞许地点了点头，忽听树下传来一阵阵香甜的鼾声，她无奈地从树影中探出头。只见被请来教导弟子的胡嘉平先生正睡得四仰八叉，不知做着什么梦，笑嘻嘻地流着口水。

旁边走来一个小女弟子，一脸嫌弃地看着他，伸出根指头戳戳他，说道：“先生？先生啊！大家都会飞啦！你快醒醒吧！”

又戳又叫弄了半天，胡嘉平只是笑眯眯地翻个身继续睡。黑纱女实在看不下去了，手指微缩，将一团光点弹向他的额头，他疼得一颤，立时醒了。

“嗯……”胡嘉平迷迷糊糊地捂着额头四处张望，“谁打我？”

女弟子见他终于醒了，立即道：“先生，我们都学会御剑了，请你看下。”

胡嘉平看看天色，离天黑估计还有一段时间，他们这么快都会了？他懒洋洋地打个呵欠，起身拍了拍灰，跟着女弟子走了几步，忽然飞快转身，朝身后巨树的树顶望去。

黑纱女将垂落树干上的黑色纱裙轻轻拽上去，整个人缩在树影中，动也不动一下。

他冷不丁笑了一声，优哉游哉地开口道：“阿慕？终于不躲着我了？”

“啊？先生你在说什么？”一旁的小女弟子皱眉反问。

他只是笑，却不说话，此时空地上弟子们都已来齐，却没一人站在地上，个个御剑飞得高高的，像是用这种高高在上又沉默的态度抗议这位不负责的先生。

胡嘉平“哦”了一声，难得赞许起来：“不错啊，学会御剑至少饿不死你们了。”

“饿不死”？孩子们实在对他无话可说。

胡嘉平笑吟吟地抱着胳膊，道：“今天就到这里，你们这些小鬼头可以滚蛋了！”

说话真难听！孩子们鄙夷地绕过他，纷纷往弟子房方向走，没走几步，便听他在后面又叫：“你还敢跑！阿慕，这次看你往哪儿跑！”说罢他又化作一道狂风，呼啦啦地不见了。

百里歌林哼哼一笑：“这个胡嘉平肯定是喜欢那个叫阿慕的看不见的人！可惜人家不理他！活该！”

黎非奇道：“你怎么知道？”

百里歌林一副“我什么都懂”的模样，笑道：“你没听他说吗？那个阿慕一直在躲他，肯定是看不上他那种流里流气不可靠的样子啦！除非瞎眼了才会看上他。”

黎非更奇怪了：“为什么流里流气不可靠，只有瞎眼了才会看上他？”

百里歌林长篇大论她的渊博知识：“肯定看不上啊，世上的姑娘大多都想要个安稳的归宿，一心一意稳重可靠的夫君，可以为自己遮风挡雨的。这个胡嘉平说话难听，态度轻浮，怎么可能有女孩子喜欢？”

黎非有些佩服地望着她：“歌林，你懂得好多。”

她从来也没想过歌林说的这些事，与其说是想不到，不如说是脑子里根本没这种念头，什么男女之情啊喜欢啊归宿啊，那些好像是大人的事，他们还是小孩子，哪里管得了这么多？

“好男人要从小就开始寻找、培养。”百里歌林感慨地拍拍她的肩膀，“快十一岁啦，应该早点考虑这事，不然等再大一点儿，男人们就更坏更不好管了。黎非，你回头好好打扮下自己，看书院里有没有合眼的，虽然叶烨是最好的，但他已经是我姐姐的人啦，你换个吧。”

旁边一直无言以对的叶烨终于有了反应，一指头敲在她脑门儿上：“胡说八道，信口开河，人小鬼大。黎非你别理她，当心被带坏。”

“我最近一直在努力观察书院的男孩子。”百里歌林逃离叶烨的“魔掌”，朝黎非挤眉弄眼，“有个姓赵的好像挺不错的，看上去单纯不解世事，肯定不会像叶烨这样总敲我脑袋！”

姓赵的又是谁？黎非绞尽脑汁想了半天也想不起来，书院里其他孩子她几乎都不认识，也没接触过。

“反正我决定啦，一定要找个自己最喜欢的。”百里歌林笑着拉起黎非的手，“黎非，你也找个吧。”

“呃？我、我就……我还是算了……”黎非急忙拒绝，一扭头，忽然瞅见雷修远的身影在人群中一闪而过，她下意识地叫他，“修远！”

他好似没听见，一眨眼便消失在人群中，黎非犹豫着想要追，却被人一把拉住，百里歌林道：“别管那两面派了！走，咱们去北面看看有什么吃的。”

她不由分说，拽着黎非御剑朝北面岛屿去了。

弟子房的庭院里寂静无声，大部分的孩子都去北面岛屿的食肆吃饭了。纪桐周静静望着院墙上垂下的紫藤花，他的心情不太好，一整天都没怎么说话。

虽说他很快也学会御剑了，飞得不比那群叫花子差，可说到底，他还是被压了一头，没人家学得又快又好。

他向来自负天纵奇才，在越国皇族中也是备受宠爱，族中虽然有灵根的人不止他一个，可从小到大他永远是最强的那个，即使在参加雏凤书院选拔的弟子里，他也自信自己是最强的。

可这种自信，从参加雏凤书院的初选以来，就开始渐渐崩坏。

比打架，他发觉自己打不过姜黎非；比御剑，他居然连那个一天到晚哭得无能的乞丐也不如。

他身份高贵，从府上的仆从侍女到百官大臣的儿女，甚至各位诸侯国的郡主王子，都对他敬爱有加。到了书院，跟两个叫花子住一起也就罢了，其他弟子居然没人理他，他们宁可跟叶烨他们说话，也不看自己一眼，跟在身边的人只有兰雅郡主和狗腿子们——他曾经自负的一切，都在慢慢离他远去。

骄傲的小王爷一时不能接受这种落差，轻轻叹了一口气。

一旁的狗腿子立即上前宽慰他：“王爷，刚来书院没两天怎么就叹气？要不咱们先去北面用膳吧？人多也热闹些。”

狗腿子之二冷笑起来：“王爷又不缺钱，何必去北面与那些下等平民聚在一处，反倒脏了王爷的衣服！依我看，就在弟子房用膳吧，与兰雅郡主在一处，倒也清雅些。”

纪桐周冷眼看着身边的狗腿子奉承阿谀，要在平时，他心情会很好，但今天不知怎么的，反倒越发烦躁起来。

他们这些人里，又有几个是真心对自己的？或许更多是因为自己的王爷身份吧？这些人从小就被选拔出来陪在自己身边，都是平民里资质上佳的孩子，父母也因此得到大笔的钱财与高贵的地位，假如……假如有一天，自己不能够成为支撑越国皇族的有力支柱，还会有人在乎他吗？

纪桐周有些惶恐，这些问题他不是没想过，可每次刚想起就立即丢在脑后，到现在他也不愿深思这些问题。

院门被人轻轻打开，轻盈优雅的脚步声渐近，书院弟子里能有这种礼仪姿态的，只有兰雅一人，纪桐周不用回头都知道来者是她。她裙角上有兰花的幽香，混杂在薜荔藤蔓的清凉香气中，独一无二。

“王爷，您还不用膳吗？”兰雅郡主笑吟吟地走到他身边，“时辰不早了。”

纪桐周愣了一会儿，忽然道：“不如……去北面岛屿看看有什么吃食？”

兰雅郡主漂亮的小脸顿时一暗，勉强笑道：“王爷，兰雅从未与庶民共食。何况王爷身份不同，去那种地方，只怕玷污了您的清贵。”

纪桐周默默颔首：“走吧……进屋用膳。”

“王爷先请。”兰雅后退一步，半弯腰等他进门。

标准的礼仪，毫无瑕疵的动作，跟其他弟子的随性恣意比起来，他们像是不同世界的人。

院门忽然又响，却是雷修远一个人回来了，纪桐周见到他，心里便一阵阴郁烦躁，昨天他御剑而飞，压了自己一头的事又回到脑海里了。

他眉头一蹙，径自推开门，正要进去，一旁的兰雅忽然怯怯开口：“王爷……”

什么事？他不耐烦地回头，却见自己身边的几个狗腿子不知啥时候过去拦住了雷修远，他们大概是看王爷情绪不佳，便想找这个窝囊的乞丐替自己出口气。

“喂！谁准你进来的！”狗腿子之一张开双臂一拦，嚣张地大声道，“我们王爷要用膳了，臭叫花子进来饭都要变臭！快滚！”

雷修远淡漠地看着他们，既不说话，也不动弹，众人以为他吓傻了，不由更加得意，一人上前用力推了他一把：“叫你滚啊！再不走就揍你！”

本以为这小叫花跟以前一样一推就倒，然后号啕大哭，谁知今天推了两三次，他却动也不动。

“闹什么！”纪桐周皱眉喝止，他今天没心情闹腾，“都给我过来！”

狗腿子们不甘不愿骂骂咧咧地又推了雷修远一把：“王爷今天开恩了，你滚吧！”

冷不防其中一人的手腕忽然被抓住，对方的五指像铁钳一样，疼得他登时怪叫起来，定睛一看，抓他的人居然是那个又窝囊又懦弱的叫花子。

雷修远眉头紧皱，森然道：“正巧我心情不爽，你们就让我解解气吧！”

语毕，只听“咔”一声，被抓住手臂的男孩登时脸色煞白，捂着胳膊滚在地上，老半天才发出惨叫声——他的手、手腕好像要断了！

凄厉的惨叫令院中所有人骤然变色，狗腿子们还未反应过来，只觉面门被人重重踹了一脚，霎时间头晕眼花，个个摔倒在地，半天爬不起来。

突如其来的变故让纪桐周惊呆了，他也还没来得及反应，就见着雷修远一脚撂倒一个，一眨眼将他的狗腿子们踢翻在地。他张开嘴，似是想说什么，却一个字也说不出来。

下一刻，雷修远在衣服上擦了擦手，居然朝自己这里走来。兰雅郡主吓得惊叫一声，缩在自己身后瑟瑟发抖。

纪桐周挡在她身前，终于找回自己的声音：“你……你想做什么？”

雷修远没理他，与他擦肩而过，看样子竟是打算像没事人似的回自己屋子。

纪桐周登时火了，怒道：“站住！你打了人，还想装没事？！”

雷修远还是不理他。他一时忍不住，上前一步拽住雷修远的衣服，用力一拖，冷不防雷修远一掌格开，脚下在他膝弯上一踢，他反倒站立不稳摔了下去。

兰雅郡主惊呼着跑过去像是想搀扶，忽然她只觉脖子一紧，被一只手掐住了领口，另一手抓着她的腰带，她连一声尖叫都没来得及叫出来，就腾云驾雾般被人扔出了院子，狠狠摔在地上，疼得半天爬不起。

“住手！”纪桐周奋力从地上爬起来怒视他，“男人打架，你居然把女人拖进来！要不要脸？！”

雷修远瞥他一眼，在衣服上擦了擦手，像是要擦掉什么脏东西：“跟姜黎非一个女的天天斗气，你倒是很要脸。”

纪桐周登时语塞，在他心里，大概从来没把那个不男不女的叫花子当过女的，他把心一横，怒道：“她算什么女人！你给我去向兰雅道歉！否则今天我绝不饶你！”

雷修远发出一个仿若轻蔑的低笑。这种态度将骄傲的小王爷彻底激怒了，他吸取教训，再不从背后拽雷修远，而是快步绕到身前，抬手便要揪住姓雷的小子。

谁知雷修远再一次格开，“啪”一声脆响，纪桐周只觉脸上一麻，竟是被他利落干脆地甩了一耳光。

这一耳光把他的傲气和滔天怒意都打出来了，纪桐周反手一把抓住他的胳膊，动作快若闪电，一拳砸在雷修远脸上。

雷修远像是被这一拳打蒙了，捂着脸神色阴沉地看着他。纪桐周冷笑起来："道歉不？"话没说完鼻子上就被反击了一拳，他大怒，一脚踢上去。

两个孩子一时间你揍我一拳，我踢你一脚，先时还颇有章法你来我往，打到后来就全然乱套。

纪桐周早把以前学的拳法都丢到九霄云外了，使劲揪着他黏着他，不管他怎么拆招也不放手。雷修远被他缠得没办法，估计火气也上头了，两人索性揪成一团，院子里乒乒乓乓全乱套了。他俩站着打完变成靠墙上打，墙上打完变成在地上扭打翻滚，堂堂雏凤书院的弟子间打架，竟与外面凡尘俗世的顽童们几无二样。

纪桐周从没吃过这种亏，更没跟人这样打过架，一会儿怒火攻心，一会儿又热血沸腾，对面这个男孩是乞丐也好是什么别的怪物也好，他已经没脑子再想清楚了，他心里只剩下一个念头，就是把雷修远揍翻在地上，惨遭牵连的兰雅郡主早就被他丢在脑后了。

他也说不清楚到底是自己的拳头砸在对方身上多，还是对方的拳头砸在自己身上多，雷修远的难缠出乎他的意料，两人都不肯服输似的，越战越勇。院子里好像有什么人在喧哗，他们谁也没注意。

忽然，一个冷冰冰的女声在两人头顶响起："又是你们在闹事。"

紧跟着，哗啦啦一桶水尽数泼在两人身上，纪桐周一个激灵，飘荡九天之外的神魂终于回到了院子里。他这才发觉自己浑身上下没一处不疼，特别是脸，疼得皮都要裂开了似的。跟他互相揪打的雷修远也好不到哪里去，脸上青一块紫一块，嘴角的血都流到脖子上去了。那小子的眼神冷冽又充满鄙夷，像是冰里藏了一把邪火，纪桐周一见到这种眼神就忍不住又想要挥拳相向。

"给我分开。"一只手插在两人之间，一推一送，两个孩子不由自主各自后退三步，纪桐周喘着气抬头，发现黑纱女正站在两人中间，院子外早就围满了看热闹的孩子们。

先前那个被雷修远拧断手腕的男孩已经被人扶起来，他手腕高高肿起，像根紫萝卜。兰雅郡主衣服上全是泥，正低头哭得抽抽搭搭。纪桐周的狗腿子们个个鼻血长流，垂头丧气……忽然，他看到了姜黎非，她在外面怔怔地看着自己——屈辱和愤怒再次充满纪桐周的身体，他倔强地仰高下巴，不服输似的。

"来到书院才第三天，你们已经闹了两次事。"黑纱女的声音漠然，听不出悲喜，"虽然你们不涉及仙法玄术，没有违反弟子守则，但也要受罚。罚你们二人今晚不许吃饭。"

"哼！"纪桐周恶狠狠地瞪了雷修远一眼，此时他心底最厌恶的人从姜黎非变成了这个臭乞丐，恨不得再继续上前跟他斗上一斗，可黑纱女必然会再次阻止。

他用力擦了一把流血的嘴角，大步回到自己屋前，泄愤似的踢开门，进屋后再泄愤似的用力砸上门，墙上的灰都被震下来大片。

黑纱女也不去理他，先看了看手腕肿起的那孩子，道："骨头没断，脱臼而已，不用担心。"

她一把将那孩子提起，脚下不知何时幻化出一把通体漆黑的剑，又道："都回自己屋去，还有你——"她看了一眼雷修远，"对同伴下手不该这么重。"

雷修远像是没听见似的，只低头用袖子擦了擦唇边的伤口。

百里歌林还在震惊中，她轻轻拉了拉黎非的衣服，低声道："你……你跟这种人住一个院子……他肯定是个疯子！"

黎非没说话，她此时的心情已经不能用"大吃一惊"来形容了，简直跟天翻地覆一样。之前跟百里歌林他们在北面岛屿吃饭，才吃到一半就听见有人说弟子房那边打起来了，孩子们岂有不爱看热闹的道理，一个个都飞回去了。她老远听见动静，一路找过来，才发现是雷修远跟纪桐周打架。

和印象中的雷修远截然不同，打架的那个孩子像一匹凶狠的野兽，面无表情，眼神冷冽，下手既重且狠，这样的情形让他们没一个人敢上前阻拦，连她自己也隐隐有些害怕。

雷修远怎么会是这样？他应该是窝囊又爱哭的，哪怕他被打得鼻血长流，哭喊着"大姐头"，都比现在要让她适应得多——虽然她不欣赏懦弱的雷修远，但比这个陌生人要好。

她想起百里唱月的话，雷修远很危险，一举一动都是作伪，要小心他。

那个成天黏在自己身边，又腼腆又柔弱的小男孩儿，居然是这样的。

"小棒槌，你以后睡歌林那边。"百里唱月淡然开口，"离他远点。"

黎非既没点头也没摇头，她眼看雷修远红白交织的身影往院外走去，不知为什么，她情不自禁就追上去了，歌林他们在身后喊了什么她都没注意。

像是听见她的脚步声，雷修远站住了，他捂着脸没回头，只漠然道："我烦得很，有什么兴师问罪的，下次找个闲工夫听你骂一天。"

黎非偏头想了一会儿，突然开口："修远，我们还是朋友吗？"

雷修远还是没有回头，他的声音又轻又淡："我们从来也不是朋友。"

黎非皱起眉头："什么意思？"

"你不是聋子，不要让我一直重复。"他隐隐有些不耐烦了。

黎非默然片刻，道："昨天晚上谢谢你的关心。"

他笑了："我没有关心你，你这么容易感动……糖你没吃？怪不得早上还能生龙活虎。”

黎非浑身一震，她想起日炎嘀咕的那句话，说这糖吃下去只会越来越饿，给她糖的人肯定不安好心，当时她完全没听进去，此时回想，只觉冷汗满身——他要害她？打着关心的幌子陷害人？！是一时的恶作剧？还是隐藏了什么目的？为什么？

她的心一点一点冷下去，半晌，她忽然开口：“你有什么目的？为什么？”

“无可奉告。”雷修远迈开脚步，慢慢往前走。黎非追在后面，她声音微微发颤：“雷修远！你是不是应该给我个解释！我真的把你当朋友！”

这是她第一次交到朋友，大家一起度过初选二选，互相扶持，互相鼓励，一起进了书院，虽然不知道戏文里说的“有福同享有难同当”是什么样的，可她很珍惜这些朋友，有好东西想分享给他们，他们有困难她就想帮忙一起分担——她不想这段纯洁的回忆被蒙上阴霾，更不愿相信里面充满了虚伪和阴险。

他的脚步再度停下，这次，他终于回头了，目光冷淡又讥诮：“你想和那个伪装出来的废物做朋友，是因为他可以满足你的施舍心和优越感吧？少了我这个窝囊废的衬托，你是不是很难受？”

“你在说什么胡话！”黎非火了，“真好笑，原来你一直这样看我？心里有什么不爽何不大大方方痛痛快快说出来，窝在心里鬼鬼祟祟陷害人！你弱没人看不起你，但你虚伪，才真叫人看不起！”

雷修远厌烦地叹了口气：“你是什么样的人和我一点关系也没有，我跟你没有私人恩怨，我不过受人……”

他倏地住口，很快又叹道：“好了，我已经腻了，别再烦我。”

黎非默默看着他的背影，突然，她又道：“雷修远，二选的时候你告诉我的那些事，还有鲁大哥，是真的吗？”

他一面走一面淡漠道：“假的。”

“我们认识到现在，你说过一句真话吗？”

“你猜。”

黎非冷笑一声，再也问不出一个字，转身拂袖而去。

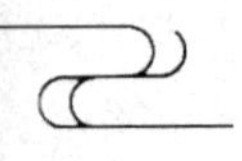

# 第七章 灵吸灵出

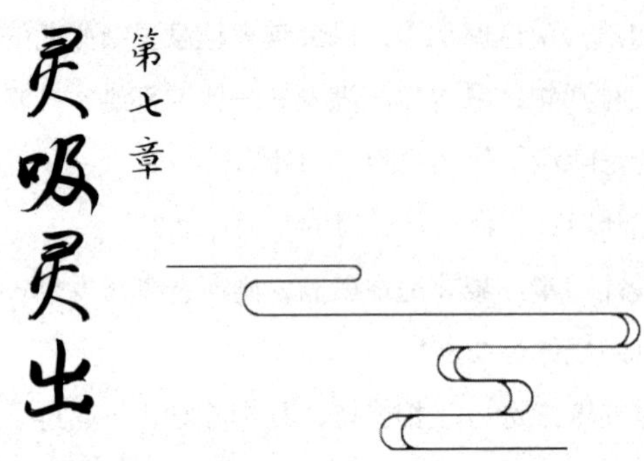

夜已经很深，黎非还在床上翻来覆去睡不着，她一直以为自己跟着师父走南闯北这些年，什么都见识过了，其实说到底，她还只是个不太懂人心的十岁小丫头，所以才会被雷修远这样狠狠戏耍一通。

最后她还是拒绝了和百里歌林同住的提议，此时此刻搬过去，像是认输一样，不管是对纪桐周还是雷修远，她都问心无愧，为什么要搬走？要搬也该是他俩搬。

已经整整两天一夜没睡，黎非累得手都抬不起，可就是无法入睡，一念回转，一念升起，全是雷修远的事。他是单纯的恶作剧？还是早就存着恶意想要陷害她？如果不是唱月发现他的小动作，她现在大概还一厢情愿地把他当朋友，毫无保留地信任他。

人真是太复杂了，雷修远还是个小孩子尚且如此，更何况大人们。

叹了口气，黎非坐起来倒了杯水，睡不着，又无事可做，日炎还要好几天才能醒，夜深了，想找个说话的人都没有。

她干坐在床边发呆，不知过了多久，月光渐渐爬上窗棂，洒在了床边，今晚月色如洗，屋内被映得亮如白昼。就着月光她才忽然发觉自己手腕附近似乎有一道破皮的伤口，大概是白天练御剑的时候不小心划的，她没在意，随手搓了搓，指尖就这么搓下一绺薄薄的皮来。

黎非吓了一跳，不就两天没睡觉吗！累得脱皮了？！

她一把撸起袖子，却见自己的胳膊完好如初，皮肤光滑紧致，不要说脱皮，就连个小口子都没有，刚才被搓下来的皮难道是个幻觉?

黎非傻傻站了半天，赶紧点亮油灯把床上床下翻了个遍，也没找到刚才被自己搓下来的皮——难不成真的是错觉？看样子她还是赶紧睡吧，都累出“脱皮”这种可怕的幻觉了！

隔日，她是被一阵阵敲门声惊醒的，百里歌林在门外大叫：“黎非！你还不起？！真的要迟啦！”

黎非迷迷糊糊睁开眼，她还没睡饱，摇摇晃晃给百里歌林开了门，她揉着眼睛喃喃：“我、我马上好，你稍微等下。”

她飞快地梳洗一番，又飞快地换好弟子服，对着镜子把乱糟糟的头发一通猛梳。

百里歌林见她毫不留情地撕扯着自己的头发，好像跟它们有仇一样，不由赶紧抢下梳子：“我来吧！你这样拽下去，头发都要给你拽没了。”

她手脚利落地给黎非编麻花辫，一面唠唠叨叨讲述自己复杂曲折而又变化迅速的情史：“黎非，我跟你说，那个姓赵的小子昨天晚上非叫我陪他看月亮，真是一点儿都不体贴，太霸道了，我觉得他肚子里没半点墨水，就是一粗人，我呀，才不喜欢这种粗人。不过跟他住同一个院子那姓吴的男孩好像挺斯文的，讲话也好听，还送了我一朵花，就是个子矮了点，希望他以后能长高。”

昨天她好像还说那姓赵的不错，今天就变成姓吴的了，黎非只有干笑：“歌林，你、你真是……那个、感情丰富。”

“才不是呢。”百里歌林噘起嘴，“我只会喜欢一个人，只要我真的喜欢上，就一定喜欢一辈子。”

可是你这样不停地换，到什么时候才能真的喜欢上？这句话黎非没说出口，她总觉得歌林和姓赵的也好姓吴的也好，根本谈不上什么喜欢，歌林像是急切地寻找挑选，急着找到一个喜欢的人似的，这种心态她不太能理解，但也不会说三道四。

窗外突然响起叶烨的声音：“我说你们俩，马上就要卯时了，你们打算迟到罚钱吗？”

“叶烨来了！”百里歌林笑眯眯地拉着黎非出门，冲他做个鬼脸，“这不来了吗！”

歌林一路跟着叶烨有说有笑地走，这种笑容，这种声音，这种态度，她对任何男孩子都没有过，只有在叶烨面前才会呈现出来。虽然黎非还没到审美正常的年纪，但她还是觉得，跟叶烨在一起的百里歌林最漂亮。

或许是因为相处如家人的缘故吧……黎非叹了口气，她想起了师父。

西面岛屿是五座浮空巨岛中最大的一座，其上各种建筑纵横交错，东西南北各有演武场。最小的那座演武场地上铺满白色大砖，呈四方形，东面一条线放置着几十个半人高的石头人偶，人偶身上坑坑洼洼，还有几处裂开了好大的缝隙，想必是之前书院弟子修行时弄坏的。

卯时还没到，弟子们已经一个不落地来齐了，御剑已经学会，想必今天开始就要进入正式修行，大家都很激动，也很期待。

没一会儿工夫，胡嘉平也来了，他今天少见地没有迟到，还正正经经穿了件白衣，头发束得整整齐齐，从头到脚终于有那么些仙家门派精英弟子的味道了。估计是要进入正式修行，这位吊儿郎当的先生也终于要拿出点先生的样子了。

胡嘉平长袖一挥，地上顿时多了五只小小的竹筐，筐内是一沓一沓厚厚的五行咒符。

“现在每人上来领金木水火土五种咒符各一百张。”

终于有点正式修行的样子了！孩子们兴奋地上前，一人拿了五沓厚厚的咒符。

眼见咒符分发完，胡嘉平指着演武场东面那一堆人偶，淡淡道：“自己去选一个人偶，今天天黑前，务必将这五百张咒符全用完，一张也不许剩。剩多少，就多少天不许去北面食肆吃饭。”

五百张！众人惊呼出声，五百张咒符用完，对体内的奇经八脉是个极大的负担，第二天能不能顺利运转内息都是个问题，这样的修行不可谓不残酷。

雏凤书院第四天，正式修行开始，孩子们终于第一次体会到了书院的严苛与残酷。

一连三天，每天都是五百张咒符，孩子们从刚开始的吃力，很快就发展到轻松完成。毕竟这五百张咒符里，真正要消耗灵气的只有四百张，那一百张木行咒符是用来给他们催发滋生灵气的，连这种程度都没法完成也太丢人了。

可雏凤书院毕竟是雏凤书院，而修行也永远不可能轻松惬意。炉鼎修行非但不有趣，反而枯燥乏味，到后来几乎每天咒符的数量都翻倍，而用以补充灵气的木行咒符却始终只给一百张……孩子们体内看不见的炉鼎正在逐渐被雕琢开发，从开始的一天四百张有些吃力，到一天近千张也可以勉强应付。纵然每晚睡梦中，奇经八脉都会剧痛无比，然而更多人是选择咬牙拼命坚持。

到了第十天，每人四属性咒符各一千张，可木行咒符只给了二十张，孩子们顿时一片哗然。

胡嘉平环视面前的孩子，开口道：“今天会有新先生来书院，炉鼎修行也是最后一天。午时前，这四千零二十张咒符，我要看到你们一张不剩地全用完……这是个测试，过了测试的人方能进入下一个阶段的修行，过不了的……就趁现在多看几眼书院吧。”

测试……怪不得。

这一次，没有人惊呼感慨，他们都是千挑万选被选拔出的资质最优秀的孩子，但这不代表进入书院后他们也还是最优秀的，这些天的炉鼎修行，各人资质已经可见高下，十八个人，已有两个孩子被惩罚不许去北面食肆吃饭了。

没有人说话，六组弟子各自谨慎地在人偶身上使用咒符，演武场上只有一阵阵咒符化为五行之力的声响。

经过这些天的残酷修行，四千张咒符配合二十张木行咒符，虽然困难，却不是不可完成之事，尤其是纪桐周和雷修远这两个天纵奇才，四千张咒符甩完，木行咒符他们倒还有大半没用，各自坐在一边补充灵气。

这十天里，他们两个人的进步只能用“神速”来形容，胡嘉平很是赞许地朝他们点点头。

黎非却十分狼狈，她不需要引灵气入体，身体会自动为她汲取灵气，刚开始她明显因为特殊的体质占了优势，可到后期，却渐渐后继乏力。身体吸取灵气的速度永远一个节奏，而她需要消耗的灵气却越来越多，越来越快，其他人因为这些天的修行，引灵气入体的速度与灵气量都甚为可观，她却始终一成不变。

体内的灵气已经快要干涸了，黎非粗重地喘息着，极致的疲惫感笼罩着她，灵气耗尽原来是这样的感觉，比任何身体上的疲惫还要疲惫百倍。

她不知道自己是怎么完成这个测试的，一直到测试完成，她的脑子里都嗡嗡乱响，犹在梦中一般。

书院原本有十八个弟子，测试后被淘汰了两个，孩子们亲眼见着那两个哭哭啼啼的弟子被胡嘉平领去了左丘先生那边，这是真的要被赶走了。虽说被赶出去的人不是自己，但大家朝夕相处也有十来天，同伴被赶走，难免要生出一股兔死狐悲的心情。

午饭的时候，一向热闹的北面食肆也少见地陷入沉默，百里歌林小口喝汤，一面低声道：“就剩十六个人了……你们说，一年修行结束后，这里还会剩几个？”

连一向稳重的叶烨也摇了摇头，叹道：“优胜劣汰，只是……未免太过残酷。”

这仅仅是最初的第一阶段修行，才过了十来天，两个孩子的成仙梦就彻底破灭，想当初他们刚来书院的时候，是多么意气风发充满希望。一转眼，怎么来的又怎么回去了，那种心情，想想都不寒而栗。

“我之前还真以为进来了就肯定不会再出去呢。”百里歌林有些后怕，她也是极勉强才通过这次测试的，说不定下一阶段的修行她也会像那两个人一样，通不过测试被赶走。

她见黎非始终埋头吃饭，一言不发，不由又道："黎非，吃完饭咱们逛逛吧？"

黎非摇了摇头，她没有心思逛，差一点儿，她就和那两个人一样要被赶出去了。

胡嘉平说过，雏凤书院不会白养米虫，跟不上修行进度，被淘汰也是正常，修行就是这么残酷。黑纱女也说过，仙家从来不问出身贵贱，只问实力高下，过了书院初选二选并不等于高枕无忧，成仙乃是逆天之举，实力、毅力、运气，三者缺一不可。

黎非放下筷子，起身道："我吃饱了，先走一步。"

百里歌林奇道："你去哪儿？"

"继续修行。"

"啊？"百里歌林惊讶地看着她的背影，"怎么突然这么拼命了？都修行了一早上，中午休息还要继续？"

百里唱月若有所思："只怕是这次测试给她压力太大了。"

百里歌林一面使劲扒拉饭菜，一面道："姐，要不我们也找个地方继续修行吧？"

"哦？"百里唱月少见地露出一丝笑意，"你也终于知道努力了？"

"我可不想下次再来个测试过不去，然后被赶走。黎非都那么努力了，我才不要输给她！"百里歌林一口喝完汤，起身抹抹嘴，"快走快走！叶烨也一起！"

抱有类似想法的人很多，午休时间，西面的演武场依然有许多弟子在坚持修行。在亲眼见识了书院的淘汰制后，先前一切美好轻松的想法彻底消失，这里不是幻想中的仙境，而是比凡间更加残酷的地方。

黎非在演武场坐了一会儿，身体还在慢慢吸收着灵气。她感到体内空荡荡的，这么慢的速度，不知道什么时候才能让体内充满灵气，假如跟不上以后的修行进展，她一定会被毫不留情地赶出去。

演武场嘈杂声不断，黎非越坐越心烦，索性起身御剑而去，在多如繁星的浮空岛间来回穿梭，最后御剑落在一座浮空小岛上。这座岛不大，也没有任何建筑，一道小小翠嶂环绕，泉水幽幽，地上满是半人高的绿草，这是她前几天发现的浮空岛，又安静又漂亮，适合凝神冥思。

日炎只说了她的身体可以自动吸取灵气，却没教过她如何加快吸取的速度，早上为了通过测试，她将体内所有的灵气消耗一空，直到现在那些灵气还没被填满。黎非索性盘腿坐下，凝神闭目，将注意力放在体内那个看不见的炉鼎上，试着加快吸取灵气的速度。

谁知念头一动，体内的灵气忽然像被一只手搅动一样，开始旋转起来，渐渐形成一个巨大的旋涡。她感到身体里像是多出一股极大的吸力，随着灵气的旋转越来越快，吸力也越来越强，奇经八脉像是忽然膨胀开，连绵不绝的灵气像瀑布般奔涌入体内的炉鼎内，与旋转的灵气化为一体。

不过几个吐息的工夫，炉鼎内的灵气便被填满，旋转缓缓停止，膨胀的奇经八脉也仿佛渐渐瘪了下去，最终，一切回归平静。

黎非忽然睁开眼，方才的……是什么？她的灵气已经满了！

然而睁眼后，所见景象却吓了她一跳，刚才上岛时，满地绿莹莹的，此时那遍地的绿草竟已全部化为干枯的荒草！她惊骇地起身四顾，岛还是那个岛，翠嶂泉水依旧，然而满目枯草，实在叫人心惊——是她做的？！

耳畔冷不丁响起日炎沙哑的声音，他也颇为惊讶："哦？这是……灵吸？你自己领悟的？"

黎非原本就惊骇异常，日炎又突然出现，她吓得差点跳起来："你怎么老是突然出现！"

雪白的九尾小狐狸凝聚在她眼前，昂首挺胸，高傲地看着她："大惊小怪！你居然已经领悟灵吸，哦……看你的模样……开始脱壳了，怪不得……"

脱壳？不要把她说得好像什么虫子一样啊！黎非皱眉看他。

"怎么突然会灵吸了？你缺灵气？"不愧是日炎，一下子就问到了点子上。

黎非无奈地将修行的经过说了一遍。日炎一面点头，一面道："原来如此，眼下你既已会了灵吸，以后的修行倒也不是什么难事。只是……"

他少见地犹豫起来，似是欲言又止。

"只是什么？"黎非受不了他卖关子，这狐狸老是神神秘秘的，什么都不告诉她！

日炎淡淡道："只是这个灵吸，你尽量不要在人前用。你看看这些草，它们是因为你才会变成这样。你们凡人修行之道没有'灵吸'一说，你如在人前展示，只怕对你不是好事。"

"可是，我没有灵气怎么修行？"

"蠢货！你既然会灵吸，难道不会灵出吗？不停地把灵气放出去，来个百来次，你身体就会知道你需要灵气，自然会为你加快吸取速度。"

"灵出"又是什么东西！黎非无奈地看着他，他嘴里老是蹦出她听不懂的词。

"坐下，闭目凝神。蠢货啊蠢货，老子堂堂九尾狐，居然还得拨冗指导你这奶娃娃！"日炎大为不甘，在她胳膊上气势汹汹地蹲着，骂了半天才消气，"还不坐下！"

他脾气真坏！黎非敢怒不敢言地坐下去，依言闭目凝神，像方才一样观想体内炉鼎，很快，那座巨大的炉鼎又出现在眼前。

“把灵气一口气全放出去。”日炎简洁地指导。

她吸取灵气的时候，炉鼎内灵气是按照一个方向旋转，此时要放出灵气，它们便反方向旋转。黎非紧锁心神，不敢有丝毫懈怠，奇经八脉与毛孔再次膨胀开，这次却是将体内的灵气如瀑布般朝外倾泻，不过片刻，炉鼎内的灵气变得一滴不剩，黎非只觉全身上下累得像是翻过了十几座山一样，汗流浃背，喘不上气。

“好、好了……”她睁开眼，却见方才遍地的枯草又变得绿茵茵的，甚至开始结出红色的小花苞——是她放出灵气的缘故？

“不要说话，继续灵吸，再放出——你以后有空就做这个修行，比书院那些蠢货教的有用多了。”

黎非依言再次凝神，炉鼎内的灵气开始旋转，再度使出灵吸。

灵吸，灵出……不知循环了多少次，她那些膨胀开的毛孔与奇经八脉再也没有收缩回原来的样子。黎非吐出一口气，停止了体内灵气的旋转，缓缓起身，顾盼四周，遍地红花已然怒放，似火如荼，笼罩了整座小岛。

她的身体依然为她吸取灵气，虽然比不上灵吸的速度，却也比早上快了许多。

“日炎，谢谢你。”黎非诚心实意地道谢，若没有他，她不知要走多少弯路，说不定还有性命之忧。

胳膊上的白色小狐狸耳朵动了动，沙哑的声音很是不耐烦：“我不爱听这个！下次不许说！你对我有救命之恩，我不过报答恩情而已！”

“你怎么这么别扭。”黎非终于忍不住在他小小的毛茸茸的身体上弹了一下，可他似乎并没有实体，手指轻而易举从他身体里穿了过去。

“哼，你是人，我是妖，妖不讲究人礼尚往来那套。你救了我，我自然用行动报答你，你若是要谢我，便用行动谢我，嘴上说得花里胡哨，有个屁用！”

黎非苦笑：“你都说自己是传说中的九尾狐，那么厉害，我能帮你什么？”

“在你身上隐形匿迹，已是帮我最大的忙了。”白色小狐狸尖尖的鼻子动了动，“哼哼，你若是真想再帮我，就跳下去！”

“跳下去？”黎非大惊，“先生说下面是妖魔鬼怪横行的禁地，跳下去会没命的！”

“那你说个屁！蠢货！”

这狐狸真是又别扭又臭脾气……黎非拍了拍身上的灰尘，御剑而起，午休时间快结束，她得回演武场了。

忽然一阵风呼啸而过，金光骤闪，一个少年御剑落在岛上，红花如火中，两人打个照面，都是一愣。

雷修远？黎非立即警惕起来，默然看着他，这种时候他跑来这个地方干吗？

雷修远四处看了看，因见遍地红花，面上不由露出一丝讶异，半晌，他忽然开口：“哦……你能让绿草开花？”

黎非冷道：“我来的时候已经开花了。”

“你也挺会说谎。”雷修远笑了笑，明摆着不相信，说罢却不等她再说什么，御剑立即飞得再也看不见。

日炎蹲在她肩头，耳朵动了动，开口道：“他是谁？”

“一个虚伪狡诈的坏人。”

日炎默然片刻，又道：“他是……算了……对他，你多个心眼吧。”

黎非御剑回到西面岛屿的小演武场时，通过测试的十六名弟子已经都来齐了。百里歌林在人群中悄悄朝她招手，黎非急忙跳下石剑，低头缩肩一路偷偷小跑过去站定。

“几个新先生都来啦，太好了，我还以为这一年都是那个胡嘉平教咱们呢！那也太郁闷了！”百里歌林兴奋得小脸通红，“你看你看，那个穿白衣服的大哥哥多好看啊！一百个胡嘉平也比不上他一根眉毛！”

黎非伸长了脖子从前面人的肩膀缝隙那里偷窥，便见胡嘉平身边站了三男一女，想必就是新来的先生了。

新来的四个先生里有三个倒不面生，那两男一女都是当初书院二选时，在瑞雪庐等候他们的人。

至于另一个……黎非悄悄把脚踮起来。圆脸少女身边还站着一个身着白色道袍的年轻男子，看年纪跟胡嘉平差不多大，修眉星目，乌发如檀，竟是个少见的美男子，只是此人眉宇间有种极为冷淡清净的气质，好似冰雕一般。

“你看到没？”百里歌林的少女心都快从喉咙里飞出来了，“那个穿白袍子的！天哪他真好看！就算冷冰冰的，还是好看！”

黎非悄悄拉了她一把，虽然周围的女孩子都对这位英俊的先生大行注目礼，但歌林这样还是太显眼了。这先生是挺好看的，不过……也不至于这么疯狂吧？

五个先生似乎聊完了闲话，胡嘉平过来开口道：“这四位便是新来的先生，其中三位你们应该都认识，二选时见过的。这一位穿白衣的美貌大哥哥是星正馆的精英弟子——那边的几个小丫头，再盯着他看，小心眼珠子掉下来。”

被点名的几个女弟子顿时红着脸把头低下去了，白衣男子淡淡看了一眼胡嘉平，胡嘉平朝他笑了笑：“开个玩笑罢了，好了，先生们去自我介绍一下吧。”

神情憨厚的年轻男子第一个道："我叫罗成济，揽天派齐长老门下正弟子，今后我会负责传授你们土行木行的修行方法。"

面容冷峻的中年男子淡道："鄙人苗蓝听，地藏门韩阁主座下第一弟子，日后负责传授金火之法。"

圆脸的少女笑吟吟地走上前，她看上去比这些孩子也大不了几岁，神情亦天真无邪。

"我是林悠，火莲观龙幽元君座下第三弟子，今后你们水行之法由我负责教授。话先说在前面，别看我模样年轻，我可是已经有五十多岁了，比旁边那位大叔还略长数年，谁要是在修行中偷懒懈怠目无尊长，别怪我不留情面。"

五十多岁！百里歌林惊得眼睛瞪得溜圆，老半天才拽了拽黎非，低声道："当仙人真好啊！五十多岁了看上去还像十几岁！"

像是听见了她的话，林悠立即望过来，把百里歌林吓得差点咬住舌头。

"惭愧……我还未成仙人。"林悠笑吟吟地瞥她一眼，"仙人大多以派中道号相称，俗世中的名讳，成仙那一刻起便不复存在了。"

成仙后连名字都没了？那左丘先生还给她取个姜黎非的名字，有什么必要啊？反正迟早都会丢掉的。

最后那位白衣的美男子终于走上前了，他容貌俊美无俦，神情却极冷漠，仿佛没有七情六欲一般，说话的声音也格外淡漠，乍一闻便感觉如浸寒泉，叫人冷不丁地打个寒战。

"墨言凡，星正馆玄山子门下第五弟子，拳剑之法由我传授。"

这个墨言凡，给她一种很熟悉的感觉，无论是冷冰冰的态度，还是那种叫人精神为之一振的说话声音，跟青丘遇见的那个震云子几乎一模一样。因为对震云子没好感，黎非连带着对这位俊美的先生也没什么好感了，他说自己传授拳剑之法，意思是拳法和剑法吗？仙人还要学这些？

"闲话不多说，现在先做灵根属性测试。"胡嘉平长袖一挥，面前忽然多了一张矮桌，桌上有一枚鸡蛋大小的珠子，通体莹澈透明，内里像是饱含清泉，波光潋滟，无人摇动它，内里的水液却缓缓泛起涟漪。

孩子们一听"测试"二字，两腿就打抖，早上才测试过，下午还要测试？！

胡嘉平笑道："怕什么？又不是修行测试，只不过确定你们的灵根属性罢了。叫到名字的上来，站在桌前——林大娘……姑娘，那就拜托你了。"

他一时口快叫了个"大娘"，好在立即改了过来，暗自松了口气。

林悠笑眯眯地站在矮桌对面，朝他瞥了一眼，也看不出她到底生不生气，胡嘉平捏着把汗，翻出弟子名册，开始点名："赵弘毅。"

一个高高壮壮的男孩满脸紧张地走上前，林悠示意他将手按在那颗珠子上，自己一手轻轻放在他头顶，低声吩咐："凝神，引灵气入体。"

不过片刻，赵弘毅按住的那颗珠子里的水波涟漪潋滟不绝，渐渐地，开始像下雨般，水面上出现点点斑斑的落雨之痕。再过一会儿，珠子底部不过指甲盖大小的地方忽然变得碧绿欲滴，那颗珠子就这样维持水面落雨水底碧绿的景象，维持了很久。

"主水，副木之性。"林悠收回手，淡道。胡嘉平立即在赵弘毅的名字下加了"主水副木"四字。

黎非正有些紧张地看着这一切，耳畔忽然响起日炎的声音："咦？这小丫头？"

她微微一惊，轻声道："我以为你睡了，还醒着吗？"

日炎没理她，两只惨绿的小眼睛只上上下下打量林悠，片刻，他突然笑了："好极好极，有热闹看了。"

"你在说什么呀？"黎非被他笑得一头雾水。

日炎又道："这个灵根属性测试，你只怕不好办。按我说的做，待会儿叫到你，这丫头会将自己的灵气灌入你头顶，测试你的属性，顺着她来，被她拍出什么属性就什么属性，别跟她犟。"

到底是什么意思？黎非一时迷惑，一时又有些紧张，是因为她体质与常人不同吗？还是说她的灵根没属性怕被人发现？

很快已经有十来个人经过了测试，大部分孩子是一主一副双属性，说是一主一副，其实那点副属性有跟没有似的，在珠子上的反应都极其细微。只有纪桐周是单一火属性，似乎单一属性的灵根比较罕见，胡嘉平特意问了许多次以求确定。

"雷修远。"

点名点到了雷修远，他慢慢上前，将手放在珠子上，珠子的变化极奇异。内里莹莹絮絮的金光开始一点一滴冒出来，不过一眨眼的工夫，珠子里的水就变成了金色的，甚至开始凝结，看起来好像一块赤足之金。

"哦？"这次连林悠也有些惊讶，"单一金属性？这个罕见了。"

绝大部分的修行者灵根都是一主一副，再劣者甚至有三属性四属性的，灵根属性越单纯，越容易习得该属性的高等仙法，甚至比其他人更容易修习五行组合的高等仙法。

林悠笑道："单一的金属性，我记得揽天派的周先生是。"

罗成济点头："不错，周师伯是我派中流砥柱。"

林悠笑吟吟地望着雷修远："你不错，好好修行，若能被揽天派收为弟子，周先生亲自指导，日后仙途广大。"

雷修远低头说了个“是”，便不惊不喜地转身走了。

最后一个是黎非，她心中忐忑，脑海里一直默念方才日炎交代自己的话，把手轻轻放在珠子上。很快，一股怪异的压力自头顶传来，钻入头皮，侵入奇经八脉，她不由打了个哆嗦。

“别动。”林悠低低说道。

她的灵气在体内穿梭，黎非半点也不敢反抗。忽觉那股灵气似乎确认了什么，紧跟着掌心一热，体内的一小股灵气被她轻轻拍出，落在珠子上。

珠子内的清泉骤然变作了赭色，从底部开始一点一点皲裂。很快，清泉变成了赭色的泥，干巴巴地贴着莹澈的珠子。

胡嘉平惊道：“土？是土？！”

一时间，其他几个先生都被惊动了，纷纷凑过来看。待见到珠子里的泥土，众人都露出不可思议的神情。

“主土，可有副属性？”苗蓝昕到底稳重些，开口相询。

林悠闭目良久，终于睁开眼，同样满脸的不可思议：“单一土属性！这可是千年难见的灵根！小姑娘，你叫什么名字？！”

有那么罕见吗？黎非被吓到了，她只是顺着她没反抗而已，谁知道被拍出来的是土属性的灵气。要是再试一次，被拍出来的指不定是其他四属性之一。

“姜黎非。”

胡嘉平念出她的名字，他难抑激动神色，单一的土属性，这是多么难得的珍贵属性！谁都知道，土行主防御，小到刀枪不入，大到各大仙家门派的结界，都是土行仙法所结，主土副四属的灵根都少见，放在任何一门派都是被大肆招揽的人才，更何况是单一土属性！

苗蓝昕顾不得身份，抢先一步道：“姜黎非？好！你可愿随我前往地藏门？”

“苗先生，你这样就不厚道了！”罗成济将他挡住，“这里是书院，并非凡尘俗世，怎可随意拉人？”

林悠笑道：“他们这些门派，甚至星正馆、无月廷，都是臭男人居多，小姑娘，你清清净净的一个女儿家，何不随我前往火莲观？那里有许多姐姐，定会十分疼爱你。”

这、这是怎么回事？黎非傻眼了，她怎么突然变成抢手货了？

日炎在她耳旁冷笑起来：“一群蠢货，若真是单一土性，哪里会在书院，又哪里轮得到他们！”

说完，他又自言自语地反驳起来：“也不对，这小丫头更古怪，不也出现在书院？”

“你在嘀咕什么啊？”黎非无奈极了，“眼下这局面……怎么办？出这种风头，以后很难混的样子！”

“怕个屁！就算抢人，也轮不到这些门派。那边那个星正馆的小哥还没发话呢！更何况还有个无月廷的人在，怎可能让你在这里被人抢走！”

果然，日炎话音刚落，墨言凡就开口了，他声音中带着一种奇异的冷静，一开口众人都不由自主停止了争执：“诸位少安毋躁，莫忘了这里是书院。人才难得，何不等一年后新弟子选拔，届时正大光明地争取？”

胡嘉平也笑了起来：“不错，咱们来这边是做先生的，可不是来抢人的，叫左丘先生知道了，面子上如何过得去？”

众人听他提起左丘先生，登时不再说话。半晌，苗蓝昕才叹道：“抱歉，失态了。”

林悠微笑道：“只是单一土属性实在罕见，一时失态却也是人之常情。也罢，此事暂且搁置，胡小子，下午怎么安排，你来说一下吧。”

大概是为了报复他刚失口叫她大娘，她毫不留情地倚老卖老，唤他胡小子了。

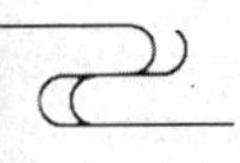

# 第八章 花前月下

最后，先生们商讨了半天，胡嘉平以“诸位弟子上午刚经过严苛的修行测试，姑且让他们休息一天”为由，愉快地给孩子们放了半天假。

黎非没有在演武场留太久，日炎说过，灵吸灵出的修行不可让任何人看见，她在演武场跟百里歌林他们三人说了会儿话，便自行御剑飞走，想找个僻静的浮空小岛继续修行灵吸灵出。

经过那座开满红花的小岛，她还是忍不住多看了一眼。书院的气候与外面凡尘俗世并无区别，此时正值九月中旬，不是百花盛开的季节，那座小岛上的红花盛放便显得十分突兀，须得想个法子不叫更多的人发现才好。

想到此处，她情不自禁掉转方向，轻轻落在小岛边缘。

和风拂过面颊，带来红花淡雅的香味，青天白云，翠嶂流水红花，岛上风景实在是极其美妙。黎非小心地在遍地红花中行走，四处张望，不知会不会又有人突然出现，她得谨慎些。

天边忽然两道金光一闪，黎非想也没想，下意识地扑倒在地，半人高的青草红花一下便将她小小的身影吞没了。

是谁？雷修远吗？她极轻微地动了动，竖直了耳朵凝神细听，冷不防身后突然有一只手攀住了她的肩膀。这一惊非同小可，她张嘴便要叫，那只手突然又紧紧捂住她的嘴，另一手将她紧紧箍住，耳旁一热，一个熟悉的声音幽幽响起：“别动，别叫。”

雷修远？！黎非惊得浑身都僵住了，他一直躲在这里？等她吗？他要做什么？！难不成是打算偷偷把她杀掉？！

一念及此，她下意识地挣扎起来。他在后边扳住她的肩膀，手臂似铁圈般，捂着她脸的手也越收越紧。她感觉下巴都快被捏碎了，鼻子也被他按着无法呼吸，痛苦得更加百般挣扎。

“再动就真的杀了你。”他的声音淡漠，一点感情都没有，她丝毫不怀疑他真能下手，便立即停止了挣扎。

忽听不远处响起黑纱女冷澈娇嫩的声音：“平少，这些天你一直追着我不放，是何道理？”

还有人？莫非刚才天边两道金光，是黑纱女？平少又是谁？

黎非惊疑不定地躺在地上，身后的雷修远也稍微放轻了力道，只是五指还轻轻扣在她脸上，以防她突然惊叫。

胡嘉平带着笑意的声音骤然响起：“阿慕，你躲了我好几年。”

咦？平少是胡嘉平？他之前认识黑纱女？

“此言差矣，我被主人派来雏凤书院做护卫，谈何躲避？”

胡嘉平道：“我没想到师父会将你派来雏凤书院，如果早知你在这里，我宁愿从此只做书院的先生。”

黑纱女冷笑起来：“主人一直赞你天纵奇才，你却为了一个女人说这种没出息的话！更何况这女人连人都不是，只是个器灵！”

他半天没说话，过一会儿，忽然叹了口气：“你说，我就算成了仙人，活个几百上千岁，可一个人孤零零的，我又是何必呢？要是你陪着我，我就愿意继续天纵奇才，不然，当个蠢材也不错。”

“没出息！”黑纱女丢下这句话，似是要走，却不料被他抓住那匹从头蒙到脚的长长黑纱，轻薄布料被撕裂的声音响起，同时传来的还有黑纱女短促的惊呼声。黎非只觉尴尬无比，这两个大人有没有搞错啊！光天化日之下也不收敛点！

在草地里躺得久了，软绵绵的青草扎在脸上又痒又麻，雷修远又一声不吭地贴在她背后，她动也不敢动，要多难受就有多难受。稍稍试着动一下，他扣在脸上的手指立即就会做出反应，她觉得自己的下巴快被掐脱臼了。

“你一点儿也没变。”胡嘉平心情忽然好了起来，笑吟吟的，“嘴里说狠话，眼里却在关心我。”

黑纱女沉默良久，终于开口道：“平少，这些年你始终执迷不悟。砺锋被折断，我从未责怪于你，你不需要因为怜悯我而做这些事说这些话。宝剑既折，我对主人再无用处，无用处的器灵还能得到主人关怀，派我来书院做护卫，我心中已是感激不尽。前尘过往，我已决心忘却，平少，你何不也放开心结？”

胡嘉平笑道：“不要，我就不放开。”

“……你早已不是小顽童了，却怎的还这么任性？”

“我任性也不是一天两天了，你又不是刚知道。”

黑纱女不由无语，却听胡嘉平又道：“我对你是不是怜悯，你自己清楚，大义凛然的话说给师父听就好，对我没用。海陨将临，听闻海外有异火，可开山裂石，我会替你寻来，将砺锋重铸。”

黑纱女大惊失色：“海外异火？！你……天下竟有你这样自不量力的人！”

胡嘉平哈哈大笑：“要是为了你，我觉得明天就成仙的本事都有呢。”

“……你还是这么油嘴滑舌。”黑纱女似是叹了一声，“我并不想砺锋被重铸，书院的生活不错，悠闲轻松，我从没过过这样的日子，刚开始是有些不习惯，可现在，我觉得比以前要好许多。”

胡嘉平低声道：“阿慕，你爱留在书院，就留着；你想重铸砺锋，回到师父身边再做器灵，我也会帮你——你爱做什么，都由着你，所以，不要再躲着我了。我并不想逼迫你什么，你一向了解我这种无赖男人，你越躲，我越要追，你真的生气，我还是会追。”

黑纱女忽然轻轻笑了一声：“你确实是个无赖。”

语毕，很久很久都没有声音，黎非悄悄松了口气，他们是走了吗？她想动动发麻的脚，下一刻雷修远的手指又发力扣住她的下巴。他声音压得极低：“别动，人没走。”

总觉得她的下巴真要被捏脱臼，黎非怒火攻心，掐住他扳在自己肩膀上的手，指甲使劲挠在他皮肉里，把吃奶的劲儿都用上了，指尖都感觉到他手上开始流血了，他却一动不动，一声不吭，任凭她使劲用指甲挠自己。

忽然，胡嘉平的声音又响起了，他似是摘了一朵红花，柔声道：“明明是九月时节，这里的红花却开得正艳，倒给了我个机会。香花送美人。”

黑纱女的声音有些慌乱：“我……方才不该……我走了，怕是左丘先生要有事交代。”

脚步声轻盈而起，胡嘉平突然又唤她：“阿慕，晚上可以再见你吗？”

也不知她是否答应了，风声呼啸而过，想必她已御剑飞远。胡嘉平在原地静默良久，突地又开口道：“那边偷听的两个小鬼，还不出来？是等我把你们揪出来吗？”

被发现了？！黎非只觉雷修远飞快地放开自己，乍一得自由，她立即起身活动手脚，她的半边身体都麻掉了！

胡嘉平看上去心情极佳的样子，皱着眉头装严厉的样子都像在笑，他走到两人面前，见他俩满身草叶花瓣，黎非从鼻子到嘴都通红，不由微恚："小小年纪不学好，修行还没成点样子，情情爱爱倒纯熟得很！"

什么情情爱爱！黎非张嘴就要辩解，忽听雷修远问道："先生，你怎么发现我们的？"

胡嘉平竭力摆出斥责的模样，奈何他心情太好，眼睛里是藏不住的笑意，看起来一点儿都不可怕："那边灵气一会儿涌动一下，鬼才发现不了！看在你们年纪还小，修行又勤勉的分上，暂且饶你们一次，下次要谈情说爱，找个没人的地方！"

什么谈情说爱！黎非急道："我不是……"

"知道了。"雷修远打断她的话，忽然握住她的手，神色温柔而羞涩，赧然道，"先生，对不起，我和非非实在是一见钟情难以自抑，下次一定不会这样了。"

非……非？黎非狠狠甩掉他的手，怒道："他胡说！先生，我才不是在谈情说爱！"

胡嘉平一点都不相信的样子，漫不经心地笑："哦？那你俩躲在草丛里做什么？翻跟头，还是捉虫子？对了，这里的花为什么突然开了？你们有见到什么异象吗？"

雷修远大声道："哦，那个花开啊，是因为……"

"我们什么也没看到！"这次轮到黎非打断他的话。

他俩互相都有不可告人的秘密，雷修远借着谈情说爱的借口打消胡嘉平的疑心，倘若她强行反驳揭穿，他必然要反咬一口，闹到这个地步实在非她所愿，这个雷修远阴险狡诈行事诡秘，远超预料，她不得不打起十二分的精神。

黎非挽住他的袖子，垂着头结结巴巴地开头："我们……我们忙着谈情说爱，什么都没注意，是吧……修远？"

雷修远红着脸点头："是啊，先生。"

胡嘉平见他俩小小年纪却又恩恩爱爱的黏腻模样，不由大摇其头，现在真是世风日下人心不古，十来岁的小屁孩都开始谈情说爱了！倒令他陡然生出一股自己已经老了的感慨。

"不早了，快点回弟子房吧。"他摇着头，"别在这里杵着了。"

两人默然御剑离开，各自落在南面弟子房的岛屿上。雷修远落地后一言不发拔腿就走。黎非心中恼怒羞愤郁闷好奇诸般情绪都在沸腾，忍不住叫道："你等一下！"

他停下脚步，回过头面无表情地看她。

这人真会变脸，说哭就哭，说脸红就脸红，他到底怎么练就的这本事？

“你去那座岛，到底想干什么？”她还是忍不住问了。

雷修远淡道：“那你呢？去那座岛，要做什么？”

黎非不由语塞，她只是怀疑他盯着自己，并没有确信，总不能直接把自己的秘密问出来吧？

“好疼。”雷修远摸了摸被她挠破的手背，瞥她一眼，“你是猫爪子吗？”

说罢转身离去，黎非怔怔看着他的背影，一时只觉这孩子神秘莫测，实在无法捉摸。

他有什么目的？现在仔细想想，他会去那座岛，似乎并不是为了等她，假如他有什么话或者对她有什么举动，机会非常多，并不需要专门在那座浮空岛上碰运气，更何况他们是住在一个院子里的。会一而再再而三地在岛上遇见他，只能说明他另有要事须得上岛。

会是什么事？他对她隐隐约约总有种与别人不同的态度，叫人不得不多想。

“天快黑了，还不回去？”

一只手突然按在黎非头顶，她正走着神，倒被吓了一跳，回头一看，却是打扮得玉树临风的胡嘉平笑吟吟地站在那里。

黎非一见他就想起刚才的丢人事，一时愤怒羞愧丢人等诸般情绪再一次涌现，她真想为自己的清白好好辩解一下，可事过境迁，此时再提不过徒增笑耳，也只好咬牙忍下来。

“你那个小情人呢？”他左看右看，“你们俩一个金一个土，资质都难得得很，以后要不要一起来无月廷啊？无月廷很好玩哦！”

黎非无奈地看着他，这个人下午还振振有词地叫别人别乱拉人，这会儿他自己就食言了。

“开个玩笑，哈哈。”

他心情实在很好，揉了揉黎非的脑袋，便意气风发地要去找他的黑纱女。

“先生。”黎非突然叫住他，她想起大师兄的事了，一直没机会问他。

胡嘉平奇道：“还有事？”

“先生是无月廷的弟子，我想问您认不认识一个人，他应当也是无月廷的弟子，以前拜过一个只会零星方术、喜欢装神弄鬼骗钱的白胡子老头儿为师的。”

他猛然一怔，神色变得有些复杂，低头看了她老半天，也不说话。过了好久，他突然笑了笑，问：“你找这个人有什么事？先告诉你，无月廷上下弟子有数万，我可不会个个都认识。”

黎非将自己被师父养大，师父忽然留信离开叫她找大师兄的事简单说了一遍，胡嘉平面色沉静，看不出他在想什么。等她说完，他沉吟片刻，道："我知道了，我不认识这人，但回去后我可以帮你问问。"

好吧，虽然没什么希望，但好歹也是条路子，黎非朝他鞠个躬，正要走，胡嘉平突然又叫她："你……"

什么？黎非回头。

他不说话，盯着她上上下下只是打量。黎非被他看得浑身发毛："怎么了？"

胡嘉平淡淡地移开视线，轻语道："不，没什么，你走吧。"

秋去冬来，孩子们在雏凤书院已经过了两个月。十一月时，书院下了第一场雪，与酷寒一样突如其来的，还有胡嘉平的预告：十日后进行五行基础仙法测试，依旧是优胜劣汰，通不过测试的人书院绝对不留。

虽说众人都早已有了心理准备，却依然没想到这么快就要测试，一时间人人自危，当日没通过测试被赶走的孩子的哭声犹在耳边，每个人都恨不得一天能有一百个时辰来修行。

这日一早起来，外面又飘起鹅毛大雪，黎非运起火行仙法环绕周身抵御寒气，一路御剑赶往演武场。其实当仙人学仙法还是有好处的，譬如冬天到了也不用穿臃肿的冬衣，随便施个仙法，光着身子走在冰天雪地里也不冷。

今早是墨言凡先生的拳剑课，刚到演武场，便见地上满是白雪。先到的弟子们自动自觉地管女妖们要了簸箕铁铲扫帚粗盐等物，将演武场的白雪清理得干干净净。

卯时一到，墨言凡雪白的身影便出现在演武场。和其他那些随心所欲爱迟到的先生比起来，这位墨先生简直是好先生的典范，从不迟到，从不随意责骂，甚至学生身体不适还可以请假，孩子们最喜欢上他的课。当然，女孩子们更喜欢。

"哎，怎么看都是一幅画，怎么动都那么好看。"百里歌林痴痴地看着墨言凡，她的少女心完全被这位冷若冰雪的俊美先生俘虏了，"我要是再大几岁多好啊……"

旁边有女弟子笑道："大几岁也轮不到咱们，你忘了那个林悠先生……"

一起生活修行两个月，弟子们都熟悉了。百里歌林性格开朗，很容易就交到许多朋友，女孩子们个个跟她亲密，开什么玩笑都不顾忌。

百里歌林四处打量，奇道："她还没来吗？往常这个时候应该到了吧？"

说起来这也算雏凤书院的大谣言之一了，那位笑眯眯少女模样的林悠先生，给他们上课的时候动不动就迟到，一迟就是一个时辰，脾气还坏，老是罚不许吃饭。偏偏她脾气又喜怒无常，谁也摸不准她的标准是什么，连雷修远、纪桐周他们都吃过她的苦头。

偏偏也就是这位爱迟到脾气坏的林悠先生，每次只要是墨言凡的课，不管是早上卯时还是下午未时，她都会准时出现在演武场，也不说话，就在那儿看着，一直看到下课，再一言不发地走掉。大家都猜她是暗恋玉树临风的墨言凡，只是他俩外表看上去没啥区别，实际年龄却相差太多，放在外面就是母子甚至祖孙的差距，想来墨言凡也不会愿意委身于一位大妈，故而她看她的，他教他的，墨先生从来都是心如止水，浑不在意。

“来了啊不是！”有人朝角落指了指，果然一刻不差，林悠藕色的身影准时出现在演武场角落。

“何故喧哗？”墨言凡冷澈的声音一响起，孩子们不由自主都安静了。

拳剑课比起雕琢炉鼎之类的仙法修习要有趣得多，至少对这些十来岁的孩子而言，他们还都是好动的年纪，故而每次轮到墨言凡的修行课都个个兴奋。

黎非握着石剑一路舞过来，这剑法软绵绵的毫无力道，想必只是用来练身的而已，倘若跟人近战，这跳舞似的剑法还没出招估计就要被人把剑抢了。

正舞到转折处，忽听后面有个弟子惊叫起来：“啊！你在流血！”

孩子们吓了一跳，纷纷回头，却见雷修远的袖子上血迹斑斑，半只袖子都被血洇透了。虽说修行了几个月，孩子毕竟还是孩子，见到血就慌，当下忍不住纷纷惊叫起来：“先生！他受伤了！流了好多血！”

墨言凡走过去将雷修远的双手抓起，却见他双手连同两只胳膊都包紧了绷带，此时绷带从上到下都已被血浸透，连墨言凡也觉得有些触目惊心，当即问道：“怎么回事？谁伤的你？”

雷修远将袖子放下，淡然道：“没什么，是我自己。我近来身体不适，家乡有个土方子，身体不适放些血便能好了。”

墨言凡默然片刻，将他双手的绷带拆下，只见他手背手心乃至两条胳膊上满满的全是又深又长的伤痕，一看便知是用利器划出。他皱起眉头：“老实说，是谁伤的你？这里是书院，你什么也不用怕。”

雷修远从怀中取出一柄小小的短刀，笑了笑：“先生，你看，真的是我自己，我第一次放血，难免紧张，多划了几刀，下次不会了。”

墨言凡见他坚持不说，便也罢了，叫来女妖们替他重新清洗伤口、上药包扎，挥挥手，宅心仁厚地给他放假了。

百里歌林哼了一声：“他嘴里就没一句真话！我从没听过高卢有什么放血的治疗方法！”

既然不是土方子，那是谁伤的他？难道是书院先生下的手？看起来不像，先生们不可能做这种损人不利己的事。难道是其他弟子弄出来的？也不可能，雷修远的资质每个人都清楚，找他麻烦不是自讨苦吃吗？

难不成真的是他自己弄出来的？这个人身上的事永远那么神秘莫测，黎非百思不得其解。

是夜，黎非昏昏沉沉睡到半夜，突然被渴醒了，爬起来摸茶壶。忽听院中一声细微的开门声，紧跟着一串脚步声响起，像是有人朝外走。都什么时辰了，还出去？她走到窗边探头一看，却只望见一个纤瘦的身影一闪就出了院门，不知是纪桐周还是雷修远。

黎非好奇心大盛，瞌睡虫全跑光了，当即披上外衣推开门，无声无息地追了上去。

今夜月色如洗，亮得四下里仿若白昼，刚出院门，黎非便见石头小道上走着一个人，步伐虚浮不定，如同梦游般。他穿着白色中衣，长发披散，袖子上血迹斑斑——雷修远！

黎非心中又是好奇又是惊讶，她不敢发出声音——好在赤脚踩地上不会发出声音，就这么一路慢慢跟在他后面走。他竟完全没回头看一下，以雷修远的警惕程度来说，有些不对劲。

出了弟子房的大庭院，便是曾经练习御剑的那块空地，黎非见他脚步虽然虚浮无力，却走得甚快，很快就穿过空地，看方向，竟像是要往岛屿边缘的悬崖那里去。

忽然，仿佛梦被惊醒，他猛地停下，缓缓打量四周，紧跟着支撑不住地半跪在地上，在怀中摸索半天，竟摸出那柄小小的短刀来。黎非死死咬住嘴唇，惊骇地看着他狠狠在胳膊上刺了一刀，鲜血一下迸发四溅。他好似在与什么看不见的梦魇做斗争，无声无息，却恐怖至极。

雷修远颤抖着在怀里继续摸索，最后却取出一张薄薄的信纸，揉成一团，奋力朝崖底扔出去——今夜无风，那团被揉起的信纸却在半空打了个旋儿，稳稳地又落回他脚边，再扔，再回，继续扔，继续回，最后一次，那张信纸回到他面前，揉成团的信纸忽然展开。仿佛受到蛊惑，雷修远不再触碰那张诡异的信纸，他慢慢站起来，脚步又开始虚浮不定，慢慢朝悬崖处走去。

看起来他像是中了什么魔术！用刀划自己是想用剧痛抗拒魔术吗？黎非骇然发现他的动作似乎是打算跳下悬崖，她无法再静静看下去，当即叫道："等一下！雷修远！"

那道单薄的人影似乎震了震，脚步却依然没停，艰难缓慢，被逼迫般朝前迈。

黎非疾奔过去，一把拽住他的领子，将他拉得狠狠摔在地上，滚了好几圈。他挣扎着爬起来，竟仿佛还要不顾一切跳下悬崖。黎非扑在他身上，又将他推倒在地，因觉他在剧烈反抗，她索性一屁股坐他身上，扬手就甩了他一巴掌——师父说过，中了魔术的人，得狠狠打一下才能醒。

雷修远被打得剧烈咳嗽起来，咳了半天，最后虚脱似的仰躺在地上，湿漉漉的眼睛盯着她，半天不说话。

“醒了没？”黎非问。

他声音有些无力，却依然冷冰冰的：“你起来。”

“你方才是要跳崖。”黎非把事实告诉他，“你这是中了魇术。”

“你起来，压着我胸口疼。”

黎非怀疑地看着他，该不会魇术还没解除吧？她把手指掰得咔吧咔吧响，打算再给他一下子。

身下的男孩子突然用力坐起来，架着她的胳膊，一推一格，黎非不由自主就轻轻摔地上了。她见他弯腰捡起那张信纸，不由又道：“那张信纸上有古怪！”

雷修远不说话，将刀与信纸塞回怀里，竟打算继续没事人一样回去睡觉。黎非有些恼火，起身一把拽住他：“你把事情说清楚！要不然我现在就带你去找先生们！”

她的手被用力甩开，雷修远冷道：“这是我的事，与你无关。”

黎非火了，上前一步，一拳砸在他脑袋上。雷修远万万想不到她说动手就动手，这一拳砸得他眼前金星乱蹦，趔趄着差点摔下去，冷不防衣服又被她拽着。她的手在他怀里一阵乱搜，刀和信纸一下就全被她拿走了。

“还来！”他一把捉住她的手腕，这卑鄙的丫头居然一掌毫不留情打在他胳膊的伤口上，疼得他不得不放手。闹了半天，他似乎累了，索性喘着气坐在地上，叹道：“你是熊养大的吗？”

黎非警惕地退了几步，将他的短刀塞进袖子里，这才小心地展开信纸——不晓得他神神秘秘搞什么鬼，要是对书院不利，这信纸是关键证物。

她低头看了一眼信纸，耳边响起雷修远的急叫：“别看！”

信纸上密密麻麻写着许多字，可每个字都仿佛是活的一般，蝌蚪般簇簇而动。这些蠕动的字一入目，黎非便觉一阵头晕目眩，身体仿佛不受自己控制，竟和方才的雷修远一样，一步步朝悬崖走去。

身体被人大力抱住，然后天旋地转，黎非反应过来时，自己也已经仰躺在地上，雷修远默默从她手中将信纸拿过去折好。

“今晚的事，你就当一个梦吧。”他将信纸重新放回袖中。

黎非猛然坐起，惊道：“是有人要杀你！”

雷修远默然不语。

她急道：“是谁？！你为什么不告诉先生？”

他淡道："此事的一切，我不能说，也说不出，这是言灵之术。"

言灵？她好像在哪里听过？

雷修远忽又一笑，自嘲似的，他湿漉漉的眼睛静静看着她，像是苦恼的无奈，又像是里面藏了一层雾气："此事因你而起……也罢，怪我不谨慎。"

他又要走，黎非急忙追上去："等一下，雷修远！什么因我而起？你不明不白骗了我那么久，现在又不明不白要被人杀掉，还说是因我而起！你不觉得应该把话说清楚吗？"

"我说了，不能说。"

他忽然偏头侧耳倾听片刻，紧跟着一把抓住黎非的袖子："过来！有人来了！"

黎非被他扯进树丛中，眼看他又要捂住自己的嘴，她不由抬头怒视，他只得把手放在唇边，做了个噤声的姿势。

没过一会儿，风声呼啸，一个白衣男子御剑停在空地上。此人修眉星目，面容俊美，竟是墨言凡，他一向没表情的脸上此时眉头微蹙，竟好似有什么苦恼。

再过一会儿，金光一闪，又有一人落在空地上，竟是林悠。她收起肩上的五彩披帛，笑眯眯地看着墨言凡，开口道："墨少侠，让你久等了。"

墨言凡淡淡道："林先生，不知深夜留信邀我，是何缘故？"

林悠笑道："我有些私人的事想问问少侠，白日人多口杂，怕会落了口实。"

墨言凡道："既会落人口实，还是不说为好。夜已深，林先生虽为长辈，但孤男寡女私下相会终是于您清誉不好，还请早些回去吧。"

林悠呵呵笑起来："少侠果然如外界传闻一般冷心冷情，对任何女子不假以辞色，当真是正人君子本色，叫人钦佩。"

墨言凡见她好像并没有离去的打算，也只得拱手侍立一旁，静观其变。

"我听闻星正馆三位玄门长老门下弟子皆修习的是绝情断欲的仙法，但仙路漫漫，孤身一人何等寂寥，眼下我有一桩好姻缘想要说给少侠听。我有一位师侄，生得容貌端丽，品行娴雅，数月前与少侠有过一面之缘，就此难忘，少侠如不嫌弃……"

"林先生，还请慎言。"墨言凡淡淡打断了她的话，"我自幼跟随师父修行，师门戒律绝情断欲，绝不会考虑姻缘之事，多谢先生美意，恕难从命。"

林悠微微一笑："少侠何必如此推脱，我早已听闻，半年前少侠与东海万仙会的妖女有过接触，更有人撞见你二人赤身露体言行亲密……绝情断欲之说，从何而来？"

墨言凡脸色骤然变了，紧紧盯着她，良久，忽然颤声道："你、你是……"

林悠笑道："我是火莲观林悠，少侠糊涂了吧？也罢，夜已深，我不打扰少侠赏月雅兴，这便告辞了。”

她说来就来，说走就走，五彩的披帛像翅膀般托起她，眨眼便飞远了。墨言凡留在原地，神色惊骇，竟好似个木雕。

这两人是怎么回事？黎非完全摸不清状况，好像跟胡嘉平不是一回事？怎么一下说要介绍姻缘，一下又走了？

忽然，雷修远袖中那张折好的信纸像活物一般蠕动起来，呼啦一下飞出他的袖子。黎非吃了一惊，急忙伸手去捉，冷不防雷修远突然紧紧握住她的手，无声无息地朝她摇了摇头。

不管的话，会再中魔术的！

黎非惊惧地看着那张诡异薄软的信纸蝴蝶般翩跹飞起，绕着两人转了一圈。她竭力阻止自己去看信上的字，可耳边却似乎传来一阵阵歌声，既美妙，又悠远，叫人心醉神迷，周围寒冰遍地，枯枝荒草一瞬间变成了开满鲜花的仙境……她无法自控地朝前走了一步，突然间，心底灵光一闪，她张嘴狠狠在舌头上咬了一口，剧痛之下，魔术幻境顷刻消散，身边雷修远已经被魔术所控，摇摇晃晃地往悬崖走。

黎非死死拽住他，但这孩子看着瘦弱，力气却极大，她拼尽全身的力气也拉不住，反而被他带着朝前踉跄。

情急之下，她挥拳重重打在他脑袋上，谁知这次不管她怎么打，好像都没什么用了，雷修远固执而沉默地一直朝悬崖那里行进。黎非再也顾不得什么噤声，掐着他的脖子一脚踢中他膝弯，右手用力一推，他便摔了下去。她一个翻身骑在他身上，奋力按住他的肩膀，急道：“雷修远！快醒醒！”

这两个人在树丛里又打又闹又叫，终于惊动了一旁心事纷杂的墨言凡，急忙上前查看。却见两个只穿了中衣的小孩在地上滚着，男孩衣服上血迹斑斑，女孩身上全是冰雪泥水。两人头顶有一张信纸无风自动，蝴蝶般翩跹环绕飞舞。

他立即伸出两指轻轻一拈，那张信纸不由自主飞入他手中，刚一入手，他不由“咦”了一声，这上面有星正馆的字灵魔术？他正要打开信纸仔细查看，忽然那张信纸无火自燃起来，只一眨眼工夫，薄薄的信纸便被烧成了灰烬。

这是……墨言凡皱起了眉头。

男孩开始剧烈咳嗽，半晌，才喘了口气，有气无力地开口：“好重，下去。”

墨言凡上前将他轻轻拉起，心中惊疑不定，稍稍理了下思路，方问道：“三更半夜，你二人怎会出现在这里？”

黎非急道：“先生！那张信纸！有人要杀他！”

墨言凡固执地问："先回答我的问题。"

"我听见……"黎非刚说了三个字，就被雷修远打断了。

"我和非非见今晚月亮好圆，就和她一起在院子里赏月。"雷修远略带赧然地开口，"忽然见一只白色大蝴蝶飞来，后面的事……我就不知道了。"

他又撒谎吗？黎非这次索性不辩解了，就看看他到底想做什么。

白色大蝴蝶？是说那张附了字灵魔术的信纸吗？这种东西怎会出现在书院？何况字灵魔术是星正馆的独门仙法，星正馆与书院并无龃龉，就算真有什么自己不知道的龃龉，也绝不可能做出这种事，书院地位特殊又超然，无论怎样，强劲庞大的仙家门派只要对书院出手，必然引来众仙家的讨伐。杀敌一千却自损一万的事，没有人会做。

那就是这两个孩子撒谎？墨言凡静静打量面前的两个小孩，男孩瘦弱清秀，一脸老实单纯的样子，女孩也是满脸焦急无助——这女孩，是那个单一土属性灵根的弟子？

单一土属性灵根千年难见，灵根属性测试后，这件事早已传遍各大仙家门派，虽然此刻书院一片平静，但外面却是暗潮汹涌，哪个门派不想将这样的天赋者纳入自己门下？加上这男孩也是极珍贵的单一金属性灵根，难道是自己派中某位激进的长老等不及一年后新弟子选拔，罔顾书院戒律，悄悄下手抢人？

墨言凡越想越觉此事可能性极高，顿时疑心消除，反倒对面前两个孩子生出了一丝愧疚之心，男孩手上血迹斑斑，是因为想用剧痛抵制魔术吧？伤口今早就有，也就是说，昨天魔术已经生效了。

"手别动。"墨言凡将雷修远伤痕累累的双臂轻轻握住，片刻，冰蓝色的网状灵气从他掌心逸出，轻轻罩住了雷修远的双臂。再过片刻，网状灵气消散，雷修远双臂与手上的斑驳伤口竟已全部痊愈消失。

"此事我会仔细调查，给你二人一个交代。"墨言凡右手轻轻一转，将方才信纸烧尽的灰烬纳入袖中，"夜已深，速速回房歇息，明日修行不可迟到。"

今夜之事太过离奇，黎非都记不得自己是怎么回到院子里的了。

雷修远始终一言不发，推开静玄之间的门就要进去。黎非急道："雷修远，你等一下！"

发生了那么多事，他还想像个无事人一样什么都不说继续躲开吗？

"我很累，胸口也在疼，有什么事下次说。"

他声音虽然和以前一样淡漠，但似乎带了些鼻音，还有些沙哑，听起来倒像是病了。刚才也是一直咳嗽，难不成受凉了？有仙法加持怎会受凉？黎非转念一想，他中了魔术后自然不可能运行仙法抵御严寒，大半夜只穿着中衣在冰天雪地里光脚跑，不受凉才怪。

黎非挡住他的门，看着他苍白的脸色，说道："说完了就让你休息，我和你一起进屋，你躺床上说。"

雷修远面上有些不耐烦："我说了，不能说，要我重复多少次？"

"我问，你说，不能说的你就沉默。"黎非不为所动。

谁知面前这个男孩比她还难缠，他不说话，只靠在门框上看着她。两个人沉默固执地对峙了好久好久，久到她脚都站酸了，左脚换右脚，右脚又换左脚，腰也站痛了，脖子僵僵的，她换个姿势继续和他对峙。

雷修远眼里有一种疲惫的无奈的近乎笑意的神色，他问："你不累？"

黎非毫不示弱："你不累？"

"我累。"他老实承认，"让我进去休息。"

"那你把事情都告诉我。"

他又不说话了，黎非继续左脚换右脚，右脚换左脚地跟他僵持。不知过了多久，对面麒麟之间的门突然打开了，纪桐周一出来看这两人只穿着中衣跟柱子似的对峙着，倒吓了一跳。

"你们……"他神色一下子从震惊变成鄙夷，自鼻子里发出哼声，"不知廉耻！哼！"他满脸嫌弃地飞快走了。

纪桐周会出来，说明已经快卯时了，结果居然一夜没睡跟这小子僵了一晚上。算他狠，宁可生着病一夜不睡也不肯说半个字。

黎非也无计可施，抬头再看一眼雷修远。他的额发挡住了眼睛，风吹过，她才发觉这人居然靠在门框上睡着了！睡着了！站着也能睡着？！她一夜没睡傻子似的跟一个睡着的人对峙？！

她简直不知道该拿他怎么办，又是怒又是无可奈何，最后只有长叹一声，落败似的转身回自己屋子梳洗，卯时了，再困也得咬牙忍着，修行可不能迟到。

# 第九章 彈劾

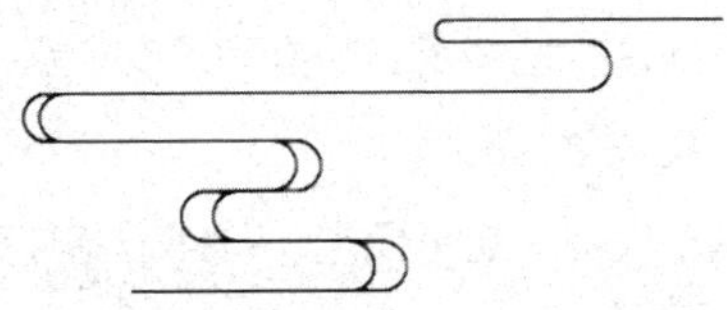

对峙一夜的结果是雷修远病倒了。上午是罗成济的课，讲到一半的时候，雷修远毫无预兆地晕倒在地，倒让这位先生好一阵担心。他一直很关心雷修远，企图走人情路线感化这个孩子，将来选择为揽天派效力。

由于修行弟子会生病这种事几十年也没发生过，仙家门派的弟子更不会有感染风寒病倒的经历，雷修远这一病反倒让先生们少见地有些无措起来。

左丘先生临时有事不在书院，先生里又没有精通岐黄之术的，罗成济只好输了几股木行灵气去他体内，木行灵气有催发滋生的效果，希望对他的病有所裨益。

将雷修远抱回静玄之间，先生们好一阵感慨。苗蓝昕咳了一声，叹道：“这孩子应当不是富贵人家弟子，我虽不通岐黄，但方才把脉发觉他禀性柔脆，想必小小年纪吃了不少苦，日后须得好好调养。”

胡嘉平往香炉里点了一把安神香，低声道：“左丘先生不在，我们不通医术不敢胡乱诊断，先等一天，如果明天见好也罢，不见好的话，由我出去请个大夫来。话说回来，这孩子昨天不是好好的，仙家修行弟子，平日里仙法护身，不惧寒暑，怎会感染风寒？”

墨言凡默然半晌，雷修远病倒的原因，在座之人大约只有他知道，但事关师门清誉，他亦不好言明，思忖片刻，忽然道：“胡兄，可否容我告假数日？我有紧要事，须得赶回门派。”

胡嘉平有些讶然，告假？被请来做书院先生之前，左丘先生应当与他们都说好了，执教期间无论如何也不许告假的吧？

“我知道此次告假极为鲁莽，但实在有情非得已的理由，等左丘先生回来，我定会向他请罪。”

人家都说到这个地步了，胡嘉平只有点点头：“还有几天就是测试，尽快赶回。那你的拳剑课，我来替几次吧。”

墨言凡拱手致谢，起身便走，看样子竟打算现在就离开。林悠忍不住上前一步，急道：“你这就走……”

墨言凡低声道：“数日内我便回，你……保重。”

林悠神色又惊又喜，忽地垂下头，轻微地“嗯”了一声。

罗成济没什么心眼儿，回头奇道：“墨先生跟林先生什么时候这么要好了？”

苗蓝昕摇着头离开了，没理他。胡嘉平笑眯眯地勾着他的肩膀，一面走一面道：“罗兄，别人的事咱们就别管了，话说回来，你真该长长心眼儿了。”

一路出了弟子房，这会儿正是午休时间，弟子房却一个人都没有，大概因为就快测试了，孩子们午休都忙着修炼，没人回来睡觉。

胡嘉平老远望见黎非一路慢慢走过来，不由转了转眼珠，迎上去笑道：“丫头，看你的小情人儿？”

黎非无奈地看着他，什么小情人儿！这个先生怎么说话这么轻浮！跟弟子说话能用这种态度吗？不过她确实是为了雷修远回来的，也懒得辩解，点了点头。

“小小年纪倒是有情有义。”胡嘉平继续口无遮拦，“他在屋里睡着，你看看他，别吵醒了他，端茶倒水什么的便靠你了。”

黎非简直不想跟他多说一句，加快脚步赶回院子。静玄之间的门虚掩着，轻轻推开，一股安宁淡雅的香气扑面而来，想必有人点了香。这是她第一次进雷修远的房间，忍不住四下打量一番，屋中诸般家具与其他屋子并无什么不同，然而桌上除了茶壶茶杯之类书院配给的器皿外，竟一无他物，他一件自己的东西都没有。

雷修远正安静地在床上熟睡着，黎非蹑手蹑脚走过去，坐在椅子上盯着他看——还以为他会醒，看样子是真的睡着了。

大概是因为病着，他的脸色有一种病态的苍白，额上汗水涔涔，长长的睫毛微微颤抖，秀气得像个女孩子，睡着了，黑色的头发贴在脸上，更像了。

黎非盯着他看了半天，他还是没有醒过来的意思，她决定就在这里耗着，等到他醒，然后把事情都问清楚——趁他病，来硬的。

屋里的香气渐渐浓郁，闻起来暖洋洋的，黎非只觉脑袋一个劲儿朝下点，她也是一夜没睡，香炉里的安神香太好闻，瞌睡虫全叮上来了，雷修远还没醒？她迷迷糊糊看了一眼，他的眼睛是闭着的。黎非实在撑不住，在香气中陷入了梦乡。

不知睡了多久，忽然听见敲门的声音，黎非茫然睁开眼，她在哪儿？现在什么时辰了？四处顾盼，床帐好像不是自己屋里的？她撑起身子，这才发觉自己坐在椅子上趴着床沿睡着了。

似乎有人在看自己，她转头，正对上雷修远湿漉漉的仿佛藏着雾气的眼睛，倒把她唬了一跳，一个趔趄从椅子上翻了下去。

“你们这对不知廉耻的……”大概听见屋里有动静，门被人推开了，纪桐周像是看到什么脏东西，眼珠子都快掉下来，赶紧嫌弃地别过脑袋不再看，“光天化日！你们、你们竟然……”

黎非飞快从地上爬起来，纪桐周怎么会在这里？啊——对了，她好像是为了盘问雷修远所以专门在这里等着的，结果被安神香熏睡着了。眼看外面晚霞都出来了，她的心差点碎掉——下午是墨言凡的拳剑课！她这可是逃课啊！

雷修远披着外衣倚在床头，漠然道：“你在胡扯什么，谁让你进来的？”

纪桐周像踩到什么脏东西一样皱眉走进来，怒道：“你以为我愿意来？胡嘉平叫我来的！”

墨言凡突然告假，拳剑课就由胡嘉平暂时代授，结果他根本就不打算好好教的样子，吩咐大家自己练剑，他就满书院找那个黑纱女谈情说爱去了。下课的时候他又不知从哪里钻出来，把纪桐周叫住，吩咐道：“你们住一个院子的三人组一向不和睦，如今那什么雷的病了，小姑娘去看他了，你也该去看看……对了，就买点吃的带过去吧。”

纪桐周跟吃了苍蝇一样，冷道：“我不去！”

胡嘉平在他肩上一拍，笑道：“不去的话，这次测试就别参加了，书院不要没资质的孩子，更不要没良心的孩子。”

如此这般，纪桐周不得不随便拿了份吃食，硬着头皮来静玄之间敲门，敲了半天没人开门，他正暗自窃喜，冷不丁听见里面有动静，一时没忍住推开门，就见着黎非俯在床沿上、雷修远躺在床上的景象了。

“这个给你！”他将吃食丢在桌上，厌恶地皱了皱眉头，“也是胡嘉平逼迫的！”

他转身就走，黎非急忙叫住他：“等等！下午、下午的课我没去……”

她无意逃了课，不知道会不会给什么惩罚，比如十天不许去北面食肆吃饭什么的……

“你没去关我屁事！”纪桐周丢下这句话，摔门走了。

黎非愣愣站了一会儿，索性豁出去了，反正逃课已成事实，还不如暂时不管它，眼下重要的是雷修远醒了！

她走到床边，居高临下看着他，冷冷道：“你醒了？”

雷修远虚弱地靠在床头，声音无力：“你也醒了？”

黎非懒得跟他耍嘴皮子，把椅子拉近一点，一屁股坐下，直截了当地开口：“现在可以说了吧？你不说，我是不会走的。”

雷修远偏过头，面无表情地看着她，片刻，他低声道：“我饿了，把吃的拿来。”

“先说，说了再吃。”

“不吃东西我没力气说。”

“……”黎非只得替他把吃食拿过来，却是一份玉米羹外加两只馒头。

雷修远颤抖着端起玉米羹，用勺子搅了搅，还未来得及送嘴里，由于手上无力，汤羹倒洒了许多在袖子上。黎非咬牙忍耐着看着他吃一勺漏一勺，好容易吃了一点，又丢下玉米羹开始小口小口吃馒头，小半个时辰过去，半个馒头还没啃完。

“你敢不敢吃快点！”他肯定是故意的！

雷修远有些无奈地看着她，那湿漉漉的眼睛，显得无辜又虚弱：“我是病人。”

黎非强忍怒气，索性起身在屋子里走来走去，跟头困兽似的，又等了小半个时辰，天都黑了。雷修远嘘出一口气，将剩下的吃食放在床头柜上，淡道：“麻烦你回避一下，我要换件衣裳。”

黎非气极：“说完再换！”

他不理她，直接把沾了玉米羹的中衣给脱了，黎非不得不背过身去，心里也不知将这混账骂了多少遍。

等了一会儿，他半点动静也没有，黎非急道：“你换好没！”

没人回答，她立即转身，却见雷修远换好衣裳又倒床上睡着了。她再也按捺不住，扑上去将他一把揪起来，森然道：“你再不说，我就把你丢出去！病到死好了！”

雷修远看了她一眼，轻声道：“我说了，你想知道的，我不能说，也说不出。”

“我不信！”虽然不知道那个耳熟的什么言灵术究竟有多大威力，但师父说过，一个仙法就算再强横，也不可能面面俱到，总有空子可钻，不可能存在绝对完美的仙法。

雷修远淡淡道：“信不信是你的事，说不说是我的事。那人来头极大，即便说了，也毫无意义，徒增烦恼而已。”

“我不管这些，你必须告诉我！”黎非毫不退让。

雷修远失笑："为什么必须告诉你？"

"你欠我的！"她直视他，"你欺骗了我，必须偿还我！"

他露出一种近乎苦恼又无奈的神情："真的把那个窝囊废当朋友？"

黎非没有回答，她固执地盯着他，一定要他在此时此刻给她一个说法。

雷修远挣了挣："好吧，我说，让我坐好。"

黎非松开他的衣领，冷不防他忽然凑过来，张嘴在她面上轻轻喷了一口气。黎非只觉一股奇冷的香气钻入肺腑，当即头晕眼花，一头栽倒在床上，昏睡过去。

"真是难缠……"雷修远伸指在她脸上轻轻弹了两下，随即默然不语。

隔日黎非醒在自己的千香之间里，不知为何，这一觉竟睡得极沉极舒服，叫人神清气爽。她疑惑地爬起来，好像有什么怪怪的？昨天她好像在雷修远房里，什么时候回自己房间了？

她记得自己在盘问雷修远，他最后也终于松口要说了，然后……然后？她突然睡着了？

匆匆梳洗一番换好弟子服出门，天还没亮，估计离卯时也有一段时间，静玄之间的门虚掩着，黎非不甘心地推门进去。屋里却空空如也，昨天吃剩的馒头和玉米羹还在床头柜上放着，雷修远人不知跑哪儿去了。

正在发愣，忽听日炎沙哑的声音在耳畔响起："你不睡觉在干吗？"

黎非微微一惊，却见久违的每十日才能醒一会儿的白色小狐狸出现在眼前，他四处打量，鼻子微微翕动，奇道："这不是你的房间？"

黎非犹豫了片刻，她实在要被雷修远的那句"因你而起"膈应死，又连着几次盘问未果，小小年纪装了一肚子问题，她都快炸了，此时日炎忽然出现，她终于找到可以说话的人了。

她回到自己的屋子，关上门，将雷修远的事情简单说了一遍，最让她困扰的是言灵术到底是什么东西，她好像听过，却想不起。

日炎的耳朵晃来晃去，反倒若有所思的模样，道："哦，那小子心肠倒不坏嘛。"

"心肠不坏？"黎非想不到他会有这种结论，"他一直在骗人，弄虚作假，玩弄人心，这叫心肠不坏？"

日炎道："你们人的弯弯绕太多，又是人心啊又是感情啊，在我看来你什么也没损失，而且以后也不会因为知道太多而陷入危险，何必纠结。若是冒冒失失把秘密说给你们这群奶娃娃听……哼，路都不会走，还以为有自保的能力吗？有时候不知道反而对你好！"

真是歪理三分，好像这狐狸自己也是有一堆事情瞒着她似的。黎非摇了摇头："我真的把他当作过朋友，付出过关心和感情，结果他什么都是假的，这不是欺骗是什么？他之前所作所为明显是要害我，不是心肠坏是什么？”

“我不懂什么真心与感情，所以说你们的弯弯绕太多。你现在没有缺胳膊少腿，也没丢掉小命，他就不算害了你。他三缄其口，对书院都保持沉默，说明他后面的那个人来头必然相当大，一来他被下了言灵术不能说，二来，就算能说，说了也没人信。他告诉你这个蠢货又有什么用！”

黎非被他的振振有词说得目瞪口呆，日炎又道：“所谓言灵术，就是将灵气灌入所要说的话中，或许是禁止某人说一些秘密，也或许是强迫某人说出什么秘密。言灵术虽然驳杂，但如今应当是星正馆的天音言灵大法与字灵魔术最为精纯。前者可令任何秘密无所遁形，后者杀人于无形。你忘了？当日在青丘，那个震云子就曾用天音言灵大法对付你。哼哼，他想必最不甘心，他修行到了瓶颈，须得我的皮毛骨髓炼制法宝才能更进一步，当日没捉到我，他脸上不露声色，心里肯定气得吐血吧！哈哈哈！活该！他越想抓到我，修为就越无法前进……嘿嘿嘿，绝情断欲，绝不了断不得，如何能进？”

黎非奇道：“什么绝情断欲？”

“天音言灵大法与字灵魔术修习起来很麻烦，修行者必须经历一种古怪的修习过程，你们人叫它绝情断欲，先隔绝自己的诸般情欲念想，心中空空如也，这两个仙法才能显出威力，如今星正馆愿意修习这两个仙法的仙人应当也不多了。”

黎非脑中模模糊糊掠过一些念头，却抓不住关键，她叹了口气，虽然知道了言灵术是什么，可对雷修远的秘密也没什么帮助，该不知道的还是不知道。

雷修远又不知跑哪儿去了，以他的狡猾警惕，真想躲她的盘问，只怕等他病好了她也找不到的。她叹了口气，又挫败又无奈，既然问不出、想不出，索性暂且将这件烦心事丢在脑后。

“先不说这些了。日炎，趁着今天还早，我带你逛逛书院好不好？”黎非御剑飞起，朝他笑了笑，“来书院后，你还没见过它长什么样呢。”

白色的小狐狸摇着耳朵不屑一顾的模样：“一个小破书院，有什么好看！”

说着，他却蹦上了她的肩膀，耳朵摇个不停。

明明很期待的样子，真是一只口是心非的狐狸。黎非脚底的石剑化作一道金光，飞向星光璀璨的苍穹。

带日炎逛了一圈书院，眼看天边暗沉之色变淡，估计快卯时了，黎非御剑飞往小演武场，日炎少见地称赞了她一声：“你御剑倒挺快的，在书院里算是出类拔萃的吧？”

黎非故意跟他开玩笑：“不光御剑出类拔萃，其他修行都是出类拔萃呢！”

日炎晃了晃耳朵，傲然道："蠢货！沾沾自喜个什么劲！不知是靠谁才走到今天！"

就知道他会这么说，黎非好气又好笑："是，都是仰仗您老的栽培。对了日炎，我发现你现在清醒的时间越来越长了，刚开始只能说一会儿的话。"

他淡淡道："这是自然，此地灵气充沛，我又睡了那么多日，妖气总该略有回升。"

"那要怎么样你才能一直醒着？"

白色狐狸绿豆似的眼睛警惕地眯起来了："哦？你想让我一直醒着？干吗？"

"不干吗，只是希望你能一直出现，我喜欢和你说话。"

日炎冷笑起来："这个简单，你跳下去就行。"

又是跳下去？黎非无奈地看了他一眼："跳下去不等你醒，我先没命了。"

"那你说个屁！老子不吃你们甜言蜜语的那套！"

谁跟他甜言蜜语了？黎非摇头，果然人与妖的思路是天壤之别，一个在意过程，一个只重结果。

"等以后我厉害了再跳吧。"黎非御剑落在演武场上，一跃而下。

"小丫头，你这句话是认真的？"白色九尾小狐狸突然严肃起来，虽然看不懂狐狸的神色，但他的语气从未有过的认真。

黎非点头："是啊，等我厉害了，我会跳下去的。不过，为什么要跳下去？下面有什么？"

日炎突然发起火来，怒道："你连下面是什么都不知道，却说要跳下去！你信口胡诌哄大爷开心呢？！"

黎非被他突如其来的火气冲得一愣一愣："你又不告诉我下面是什么，我怎么知道？"

"那你就不要说什么跳下去！人妖有别，你无心的一句话甚至会引来祸祟！下次再信口雌黄，把你头发全拔了！"

黎非也有点火了，皱眉道："我不是信口雌黄！等我厉害到能下去，我会去的！"

日炎冷道："你干吗要下去？"

他们这是在说绕口令吗？

黎非叹了口气，低声道："日炎，我师父离开了，身边虽然有朋友，但那感觉和师父是不一样的……"

之前她不晓得有朋友是什么滋味，自从遇到百里歌林他们，她第一次尝到友情的味道，有人可以一起笑一起闹，一起努力，一起诉苦。可她也渐渐明白，朋友和师父那种家人般的感觉是不一样的。

她狼狈、依赖、什么都不会的一面是不会给朋友看见的，无助的时候，她需要的是师父，无论是责骂还是关怀，才真正让人安心。师父走了，她最无助的时候，遇到了日炎。

他脾气和嘴巴一样坏，总爱骂人，动不动就发火，还总是故作高深，什么都不告诉她，可他也在切实地帮助她关怀她，虽然他绝不会承认这点，只会用报恩来当掩饰。

“就像你说的，我是人，你是妖，你不懂我，我也不懂你直来直去那套。在我心里，你像我师父，像个长辈，还像朋友，是可以让我依赖的人，我帮你完全是心甘情愿的，所以我要下去完全不需要什么理由吧？你想我下去，等我厉害了，我会下去的，你等着。”

白色狐狸从肩头上跳下来，化作了烟雾，日炎沙哑的声音傲然响起：“哼！甜言蜜语！我不听！”

黎非摇摇头：“这算什么甜言蜜语，真的甜言蜜语我还一次都没说过呢！”

“不听！闭嘴！我睡了！”

“日炎？”黎非低低叫了几声，他总也不说话，估计是真睡了。

上午是林悠的课，两个月以来，她除了刚开始的时候教了个水行的凝冰术，然后就再也没教过其他的法术，到现在上她的课依然是不停地对着人偶用凝冰术，孩子们闭着眼睛都能用出来了，她就是不教别的。对这一点，大家也无可奈何。

不过今天这位喜怒无常的林悠先生似乎很不对劲，墨言凡先生告假后，她心情倒好起来了，一直笑眯眯地，有个孩子不小心迟到，她居然没骂人，还温柔地让他赶紧站好，太反常了。

俗话说，事有反常必为妖，不晓得林悠先生葫芦里卖的什么药，孩子们非但不受宠若惊，反而个个心惊胆战。

“她今天是不是吃错药了？”百里歌林悄声问，“你们仔细看看，是她本人吗？”

有个女弟子偷笑起来：“难不成还真是墨先生给了她好脸色？不可能吧！”

正说着，林悠忽然转头朝正殿方向望去，只见天边数道金光闪烁，风声呼啸而过，孩子们纷纷捂住头脸，片刻后风声稍歇。众人定睛一看，却见大演武场上忽地多出数人，正中那人白发如银，气度旷达，黎非一下就认出他是久违的左丘先生。

他身边还站着数人，昨天早上才走的墨言凡居然也在，他这个告假也太短了，才一天就回来了。墨言凡身边是胡嘉平，他不知看着什么，一脸心不在焉的模样。

左丘先生身边还有一个青年男子，青衣磊落，仙风道骨，面容冷峻，仿若冰雕一般。黎非一见着他便觉眼熟——这个人，是不是那天在青丘追杀日炎的仙人之一？是叫……震云子？

林悠乍一见墨言凡，既惊又喜，上前一步道：“墨……左丘先生，这位是？”

左丘先生淡然道："这位是星正馆的震云子先生，我回书院的路上与震云先生偶遇，震云先生听闻今年书院有几位奇才，便来看看。"

林悠听见"震云子"三个字，脸色有微妙的改变，又朝墨言凡看了一眼。

震云子微微颔首，他声音犹如幽泉般，乍一响起，弟子们都忍不住打了个哆嗦："贸然打扰已是于心难安，承蒙左丘先生愿意成全我的好奇心。那位单一土属性灵根的弟子，想必……是这个小姑娘？"

黎非被他冰冷彻骨的眼神看了一眼，身体便不由自主抖了一下，她还记得这个人，还有他身上让她讨厌的感觉。她下意识地朝后缩去，避开了他的眼神。

震云子道："这可真是巧合，我与这位小姑娘倒曾有一面之缘。"

左丘先生奇道："哦？不知震云先生在何处见过这位弟子？"

震云子淡然一笑："不过数月之前，追杀那九尾狐妖时与她偶遇。说来惭愧，当初完全没发现她竟有如此天赋，否则，小姑娘今日该是我星正馆的弟子了，天意弄人，真真叫人无话。"

左丘先生道："震云先生何必遗憾，书院弟子都是为各仙家门派而栽培，人才难得，届时新弟子选拔，先生何愁没有机会招揽？"

震云子环视四周，问："听闻还有两位单属性灵根的弟子，不知是哪位？"

纪桐周神情复杂地上前行礼，胡嘉平介绍道："这位是单一火属性的弟子，还有一位单一金属性的弟子，如今正感染风寒，卧病在床……"

"感染风寒？"左丘先生有些讶异，"仙家弟子，如何会感染风寒？"

胡嘉平叹了口气，他哪里会知道！

震云子上前一步，朝纪桐周微微颔首，语气略温和了些："英王爷，许久不见。"

纪桐周蹙起眉头，低声道："震云仙人太客气了……不知玄山先生近况如何？"

震云子道："玄山师兄已是修为大成，伤势并无大碍，多谢王爷挂心。玄山师兄一直为未能将王爷带入星正馆一事而叹息，如今他得知王爷勤勉修行，必然也会欢喜欣慰。"

纪桐周微微变色，最后还是垂头说了个"是"。

震云子又道："还是让弟子们继续修炼吧，我不该在这里叨扰太久。左丘先生，咱们一起去看看那个金属性灵根的弟子如何？仙家弟子会感染风寒，想必体质不佳，还须好好调养才是。"

左丘先生思忖片刻，颔首道："正是，走吧。"

众人当即转身离开演武场，一直没说话的林悠突然忍不住轻叫一声："墨言凡……先生。"

墨言凡回头看了她一眼，淡淡道："林先生有何指教？"

林悠没说话，只是看着他。墨言凡垂下头，道："既无事，在下先行一步。"

胡嘉平笑道："墨兄，既是叫你，想必有事，何不留下？"

墨言凡没回答，步伐渐渐远去，孩子们惊恐地发现一上午都温柔可亲的林悠先生突然眼冒寒光，不由个个胆战心惊起来。

不祥的预感果然成真了，左丘先生他们走后，林悠就没再说过话，之前那个迟到的弟子不小心把凝冰术丢错了地方，她竟一把将石剑劈断了砸在他头上，一面森然道："如你这般蠢货，竟还想当仙人？你们所有人，十天不许去北面食肆吃饭，散了！这课上下去也无意义！"

说罢，她竟然先走了，留下一群惶惶不安的小孩子面面相觑。

"书院怎么会让这种情绪化的人来当先生！"百里歌林小声抱怨，"动不动就罚不许吃饭，我们又没犯错！这根本就是不负责任！"

她这样一说，孩子们平日里对林悠的怒气全被激发出来了。一个男弟子大声道："就是！说是教我们水行仙法，结果教了两个月还在用凝冰术！她根本什么正经东西都没传授，还喜欢迁怒责罚。算什么先生！"

"我们去找左丘先生说！我们不要这种先生！"

不知谁起了个头，孩子们顿时群情激昂地集合起来去找左丘先生了，先前听他们说是去弟子房看雷修远，当下一群弟子御剑浩浩荡荡往弟子房飞去。

"黎非我们也去吧！"百里歌林一见有热闹可看，赶紧乐颠颠地拽着黎非。

"弹劾先生一事闻所未闻，只怕未必能成，还是不要去了。"叶烨拦住她。

百里歌林急得一个劲儿跳脚，有热闹不给她看，才真是要人命："我就要去！没听过法不责众吗？总不能把咱们一起赶出去吧？"

百里唱月道："我也有些想去，这个林悠先生，每次见到墨言凡，心跳声都很大。奇怪的是，方才墨言凡见到她，心跳声也变大了，以前没有过的。跟上去看看，兴许会有什么变故。"

几个人御剑飞往弟子房的时候，黎非所住的小院里已经满满当当全是人了。弟子们围住左丘先生，群情激奋地抱怨着，你一句我一句，越说越激动。

左丘先生神色如常，不知在想些什么。胡嘉平却有点尴尬，左丘先生因为有事不在书院，特意委托过他多关照书院的大小事，结果却闹出了弟子们弹劾先生的笑话，他亦要负些责任。

苗蓝昕叹道："两个月都只教凝冰术？她在搞什么？"

先生们一般独来独往，更何况他们所授的课业截然不同，平日里也不怎么询问进度，谁都想不到两个月了林悠居然一点儿正经的水行仙法也没教过。

左丘先生忽然开口：“嘉平，将林悠先生请来一叙。”

事情闹大了……

胡嘉平不得不去找人，弟子们弹劾书院先生，这事听都没听过。对他们这些仙家门派的弟子来说，来书院执教也是个极佳的修行机会，新晋弟子的朝气蓬勃总归能唤起他们昔日的热情，甚至就此突破长久以来的瓶颈也不是不可能。凡是被选中的，哪个不是倍感荣耀？再怎么顽劣的性子，授课过程也必然是倾力而为，绝不会有任何保留，闹到被弟子们弹劾，林悠先生真是与众不同。

没一会儿，林悠被胡嘉平带来了，她神色平静，看不出什么异常。孩子们见到她，难免又恨又心虚，有胆大的继续告状，剩下的人也立即跟风，一时间院子里又开始吵吵嚷嚷。

左丘先生举起手，孩子们的声音不由自主低了下去，他开口道：“林先生，弟子们进书院已有两个多月，御剑与炉鼎修行已完毕，你与罗、苗二位先生负责教授五行基础仙法，请问，你的执教是否有所偏误？”

林悠冷冷一笑，面对左丘先生她竟然也毫无敬意：“这帮小鬼都是蠢货，什么也学不会！对着朽木，我能雕出什么凤凰？！”

孩子们登时不满，纷纷朝她怒目而视。

左丘先生转向一旁的苗蓝昕与罗成济，温言道：“罗先生与苗先生如何看今年的新弟子？”

这两人也想不到闹成这样，都有些尴尬。到底苗蓝昕年纪大些，当即道：“今年的弟子资质都堪称良才美玉，修行亦是十分勤勉刻苦，作为先生，我不敢苟同林悠先生的评价。”

罗成济也点头道：“不错，其中甚至很有几个天纵奇才，假以时日，必能成为门派的中流砥柱。”

左丘先生含笑望向林悠：“林先生，你的看法是否过于偏颇？”

林悠淡淡道：“既然如此，这个先生我便辞了吧。承蒙左丘先生看得起我，如此大任我却担当不起，我这便离开书院，告辞。”

她居然说走就走，当下转身，不过数步已到庭院外。

雷修远的房门忽然被打开，震云子冷澈如幽泉般的声音忽然在门口传来：“林先生，请稍等，我有一言相询。”

林悠停下脚步，冷道："震云先生有何指教？"

震云子缓缓向前走了几步，墨言凡跟在他身后，脸色漠然，看不出悲喜。黎非眼尖，见着墨言凡身后还跟着雷修远，他神色平静，微微垂着头，精神倒比病中要好些。

"林悠先生，你说自己是火莲观龙幽元君座下第三弟子，那我请问你，你为什么会用我星正馆的天音言灵大法和字灵魔术？"

林悠转过身，表情有些惊愕："你怎么知道？这个……哼，自然是有人曾经教过我！"

她望了一眼墨言凡，这位墨先生却始终眼观鼻鼻观心，动也不动。

震云子将雷修远轻轻拉到身边，森然道："那你为何要用我星正馆的仙法，对付这位书院弟子？"

林悠有一瞬间的错愕："你在说什么？！血口喷人！我不过学了点皮毛，怎可能对他用？！"

震云子又道："左丘先生，我今日冒昧前来书院，其实为的正是此事。墨师侄欲回师门刚好遇见我，便将这孩子被人下了字灵魔术的事说与我听。书院一向是清净之地，却如何会出现星正馆的字灵魔术？此事我如不查清，难还星正馆清白。林悠，你无须再装，我知道你是谁。"

林悠退了几步，冷笑起来："震云子，你想把言灵大法栽赃到我身上？你休想！"

不等她说完，震云子突然厉声道："你是谁？速速招来！"

这句话声音虽然不响，听在诸弟子耳中，却不啻平地惊雷，灌注了灵气的言灵大法响彻庭院。一时没有防备的弟子们纷纷被震得晕倒在地，黎非也觉一阵剧烈的头晕目眩，差点跪在地上。

对面的林悠虽然早作防备，却依然抵抗不住他突然一袭，口鼻被震得流出血来，目光有一瞬间的涣散，喃喃道："我、我是东海万……"

话突然断开，她似是挣脱了言灵的束缚，当即也不多话，身体忽然化作一股狂风，呼啸而去，震云子如何会让她逃掉，袖中一道白光疾射而出，瞬间化作万千道薄而透明的刀刃，将那团狂风团团围住。

风中只听林悠痛呼一声，狂风消散开，她浑身上下满是鲜血，藕色的衣服忽然化成紫色长裙，盘起的发髻也变成了披散的长发，障眼法被打散，她竟变成了另一个模样。

她恨恨地朝墨言凡看了一眼，厉声道："你……哼！我做鬼也不会放过你！"

冰刃将她团团包围，竟是要将她束缚住的模样，她冷哼一声，一口血喷在冰刃上，举起长袖蒙住头脸，强撑着一口气撞破冰刃包围，紫色的身影断了线一般朝悬崖下落去。

震云子急急追到悬崖边上，朝下望了一眼，皱眉道："让这妖女逃脱了——左丘先生，我记得底下是书院禁地？”

自变故发生以来，左丘先生始终一言不发，也无任何举动，此时被询问，也只是淡然道：“不错，下面是禁地。震云先生，多谢你揭穿假扮先生之人，不过此事乃是书院内务，不敢再劳烦先生相助。阿慕……”

他唤了一声，下一刻，黑纱女便青烟般出现在众人面前，垂首道：“先生有何吩咐？”

“去禁地一探究竟。”

“是。”

震云子被他这样不软不硬地说了一句，当即退了一步，不再言语，一旁的墨言凡忽然上前低声道：“左丘先生，此女以星正馆仙法害人，为正师门之名，请左丘先生容我同去一探。”

左丘先生背着手走回庭院，声音淡漠：“那就有劳墨少侠。”

弹劾先生的事情突然变成拆穿凶手的身份，这巨大的变故让黎非半天反应不过来。百里歌林被方才震云子的天音言灵大法震得晕过去，到现在还没醒，不止她一个人如此，大半弟子都承受不住强横的天音言灵，此时地上躺了一片。

还好，叶烨和百里唱月还勉强站着，黎非抱着百里歌林过去，叶烨摸了摸歌林的脸，低声道：“没事，只是晕过去了，很快能醒……唔，那个震云子还是避开了我们，不然根本不会只是晕过去那么简单。”

左丘先生和其他几位先生都在给晕过去的孩子们灌输灵气，平稳受到震荡的炉鼎。震云子似是有些愧疚，上前一步行礼道：“是我鲁莽了，还请左丘先生莫怪。”

左丘先生浅浅一笑：“震云先生助我书院抓到冒充先生的贼人，感谢还来不及，怎会责怪。只是弟子们如今晕睡未醒，还请震云先生稍候片刻，待他们醒转，再送先生离开。”

震云子根本没说要走，左丘先生却说“送他离开”，已经是明白至极地赶人了。震云子脸上有些挂不住，拱了拱手，转身便走，经过黎非身边时，朝她点点头，声音少见地有些温和：“小姑娘，好好修行，仙家门派需要你这样罕见的人才。”

好像、好像他也不太坏的样子……黎非默然点头。

震云子望向百里唱月，唱月被他的目光一接触，情不自禁打了个哆嗦，竟朝后退了两步。

叶烨上前朝震云子行礼：“震云前辈，我们有位朋友至今未醒，可否请您相助？”

震云子大方地将手放在百里歌林脑袋上，轻轻摸了一下。下一刻她就醒了，神色茫然，犹在梦中。

“告辞。”震云子又望了百里唱月一眼，再也没说什么，很快便走了。

人走后，叶烨立即问：“没事吧？你是不是听到了什么？”

百里唱月摇了摇头，神情疑惑，低声道：“我居然记不起他的心跳声……似乎是听见了什么，却偏偏想不起，那个人一看我，我心里没来由地就害怕起来……好生奇怪。”

叶烨笑了笑：“毕竟是星正馆的高层人物，岂会让你随意偷听。”

百里唱月神情依旧疑惑，半天没说话。

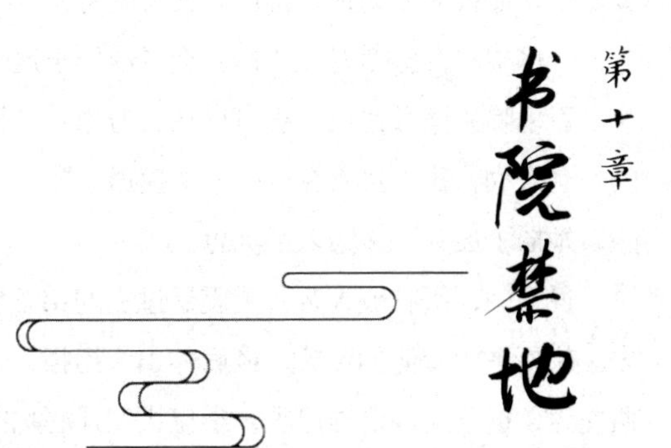

# 第十章 书院禁地

“林悠跳下去的时候，墨言凡的心跳声从没这么大过。”终于恢复正常的百里唱月开始回忆方才的情景，“他们是什么关系我不知道，但这两人一定相当熟悉。”

百里歌林还在一头雾水中：“你们刚才说什么魔术啊雷修远啊，是怎么回事？那个林悠要害雷修远？她的魔术是偷学的？她干吗要害雷修远？她怎么又是假林悠了？我怎么糊涂了！”

叶烨解释道：“我看林悠对墨言凡的态度大异常理，她假扮先生来书院只怕是为了墨言凡，先前她言语中怨恨多过愤怒，想来这二人只怕有些暧昧不清，只不知她的身份，震云子叫她妖女，想必是那些修习旁门左道的门派中人。估计天音言灵大法之类的星正馆仙法，是墨言凡教给她的吧，她却要害雷修远，其中缘由无法捉摸，或许问雷修远才明白。”

百里歌林厌恶地皱起眉头：“问他？他嘴里能有一句真话都谢天谢地了！”

黎非深有同感地默默点头，她还有件事想不通，害雷修远的那个凶手身份暴露了，可他曾与自己说过，事情是因她而起，她却对那个林悠毫无印象，不知到底是怎么个“因她而起”的缘故。

她回头望向雷修远，他神色平静，静静倚在门框上，不知想些什么。害他的人明明暴露了，他看上去却并无喜色，真有些奇怪。

叶烨望向百里唱月：“你怎么看震云子这个人？”

百里唱月微微蹙眉，思忖良久，方道：“他言语只怕不尽实，但他毕竟是一代大派的长老人物，我、我实在……无法摸透。”

她摇了摇头，又陷入了沉思。

说话间，所有被天音言灵震晕过去的弟子纷纷醒了，左丘先生勉励了几句，便即离去。胡嘉平望着他们苦笑，最后伸出大拇指：“你们厉害，弹劾先生最后反倒弹劾了个假先生，这下测试要推迟了，小鬼头们开心吧？”

孩子们先时还迷茫着，待听到测试推迟，个个都开心起来。

苗蓝昕温言道：“他们原本就学得比往年的弟子快许多，推迟一两个月也无妨，基础夯实些，日后方能更好地修习高等仙法。”

唯有罗成济还在状态外，一脸震惊地喃喃：“林先生是假的？那真的林先生去哪儿了？假的那个又是谁？”

胡嘉平叹着气拍拍他：“既然那妖女冒充了林悠先生，想必真的林悠先生已经为她所害。方才她中了天音言灵，虽然话没说完，却也能猜到，她是东海万仙会的人吧。”

“东海万仙会？”显然其他人都没听过这名字，满脸迷茫。

胡嘉平道：“我是听师父说的，天下之大，修行成仙的法子也是千奇百怪，那些沿海靠海的地方，许多仙家门派的修行方法跟咱们这些靠山的大相径庭，好像还分成什么‘山派’和‘海派’，咱们算山派，东海万仙会算海派吧。想来因为靠着海，总会有些海外闻所未闻的修行方法流传过来……他们走他们的独木桥，我们走我们的阳关道，向来是井水不犯河水的。他们会招惹书院，真是叫人想不透。”

他见这些小孩子因为要推迟测试都兴高采烈、吵吵嚷嚷的，不由板着脸开口道：“上午的修行还没结束，个个在这边聒噪！速速去演武场自己修炼！先前的劲头去哪儿了？”

孩子们纷纷答应，有说有笑地走了。

对了，那个中了魔术的孩子在哪儿？胡嘉平四处张望，他叫雷修远吧？一会儿是生病，一会儿又是中魔术，他的事还真多。中魔术的事他居然完全不知，不晓得墨言凡是怎么发现的，还把震云子给请来了。

“雷修远。”他朗声叫他的名字，魔术之事还得要这孩子与左丘先生交代一下。

院子里静悄悄的，难不成雷修远已经走了？溜得真快！

黎非他们跟着其他弟子一起御剑飞向西面的演武场，百里歌林一路还在叽叽呱呱地问：“黎非，你说雷修远中了魔术要跳崖是怎么回事？什么时候的事啊？”

黎非正要说，忽见雷修远御剑从斜下角飞蹿上来，他的病好了？莫非是背后害他的那个人被抓住，终于松了口气？

雷修远飞得极快，黎非眼见他的架势竟像是要朝自己撞来，立即让开，怒道："你做什么？！"

他的肩膀与她的衣角一擦而过，风声中，只听他急切地说了一句："快让开！"

黎非愕然看着他的剑像电光般蹿向高空，他从没飞这么快过，不，应该说，没有人能飞这么快。几乎是一眨眼，他的身影就消失在高空云层中，倒让一旁的其他弟子啧啧赞叹了好久。

正看着，忽听百里歌林惊叫起来："姐！你往哪儿飞？！"

唱月也出问题了？黎非急忙转头，却见百里唱月脚下的石剑像匹疯马一般上下左右跳跃甩动，一会儿快，一会儿又慢下来，百里唱月额上满是汗，似是在艰难操纵剑身。

叶烨急道："唱月！稳住！你别动！我来接你！"

他急向百里唱月飞去，谁知她脚下的剑突然翘起，笔直地朝上飞蹿，快若闪电，蹿了一段忽地又停下，继续左右摇摆，百里唱月的身形渐渐不稳，眼看就要从上面摔下去了。

叶烨扑了个空，正要再追，却见她的剑流星般撞向岛屿的崖体，照这个速度，就算她不掉下去摔死，也会被撞掉半条命。可惜此时再赶去也迟了，百里唱月的身体像一只无助而柔软的小鸟，狠狠撞在坚硬的山崖上，脚下的石剑再无灵气包裹，摔落深渊，她整个人也软绵绵地摔下去了。

"姐！"百里歌林尖叫起来，毫不犹豫也跟着跳下去。黎非急急伸手去拉，却没拉住。对面的叶烨忽然从石剑上纵身而下，一把接住摔落的百里唱月，脚下再无石剑驾驭，他紧紧抱住她，三人一起摔落。旁边好几个弟子来不及躲避，被砸个正着，一时间竟有两三人被撞得跌落剑身，摔进深渊。

变故来得实在太突然，黎非浑身都僵住了，等反应过来时，忽见三道身影闪电般冲向深渊，扑入云雾之中，片刻后，又蹿了上来。却是胡嘉平他们三个先生，他们每人手里提着两个弟子，个个都惊得面如菜色。

"你们这帮小屁孩儿搞什么！"胡嘉平破口大骂，"御剑学了多少天了怎么会摔下去！"

孩子们都吓傻了，谁也说不出话。苗蓝昕看了看手里提着的百里唱月，叹道："她受了重伤，须得马上医治。"

胡嘉平急道："重伤？她没摔地上怎么重伤？你们这些小鬼头别犯傻啊！快说说刚才发生什么了！"

黎非扑过去，歌林、唱月、叶烨三个人突然都差点摔下深渊，她一口气喘不上，差点也一个冲动跟着跳下去，此时乍见朋友们暂时无事，一时竟忍不住哭了，她素日里的老成稳重倒有大半是强撑出来的，此时眼泪潸潸而下，脑子里只剩一片空白。

“哭什么！方才是怎么回事？”胡嘉平最怕小丫头哭哭啼啼，“别哭啦！刚才是……小心！快让开！”

黎非还未来得及反应，忽觉头顶风声响动，一片阴影落下，她急忙抬头，身体却被一股大力狠狠击中，脚下的石剑弹飞老远，她竟也被撞得跌飞出去。电光石火中，她只觉自己后背好像也狠狠撞中了一个人，一片惊呼声中，她什么也来不及看清，就被浓密的云雾吞没了。

“该死！”胡嘉平急得想御剑下去追，奈何三个先生手里都已经先提了弟子，还没来得及放下，等放下了再追，哪里还能追得上！

“弟子们都在演武场集合！谁也不许动！”他厉声吩咐，一面回头道：“苗先生罗先生，这几个孩子麻烦你们带去弟子房，请左丘先生来看！”

这接二连三地发生变故，谁受得了！今年的书院到底怎么了！

孩子们惊恐万状地聚集在演武场，有些胆小的女孩子甚至吓哭了，方才发生的事情太过可怕，谁也想不到御剑竟会摔下去，这下谁也不敢再御剑了，全部躲岛屿边缘远远的。

胡嘉平拿出弟子名册开始点人，连点三遍，确认弟子房和其他地方并无弟子滞留后，终于确定了摔下去的三个弟子，这三个人……唉，这才真是祸不单行。

虽然百里唱月他们摔下去的情景他没亲见，但姜黎非摔落的情形却很清楚，雷修远自高空坠落，撞在她身上，这瘦小的女孩子当场就被撞飞出去，正巧纪桐周御剑路过，不明不白被她撞上，三个人就这么全摔下去了。偏偏这三个人都是罕见的单属性灵根，一个出事都足以让人捶胸顿足，更何况是三个一起？！

现在的问题是，雷修远为什么会摔下来？还有那个百里唱月，怎么会受重伤？

胡嘉平百思不得其解，结果弟子们因为刚摔下去那么多人，吓得谁也不敢御剑回弟子房了，他索性也不去管，吩咐他们在演武场稍候，自己往弟子房飞去。

左丘先生已经在查看百里唱月的伤势了，她的衣服都被血染红了，看起来竟像是撞在什么硬物上一般，全身骨头碎了大半。

胡嘉平一言不发地走过去，他实在不晓得要说什么，左丘先生刚回来就发生这么多事，说是巧合的话，也未免太巧了。

木行灵气很快将百里唱月全身包裹住，冰蓝色的治疗网架在她身上，丝丝缕缕的水行灵气为她治愈受损的身体。左丘先生回头看了看其他几个晕过去的孩子，开口道：“只她一个人受了伤，万幸。苗先生，这孩子的剑你拿来了吧？”

苗蓝昕默然递上三把石剑，有些惭愧：“我不知哪一把是她用的，只来得及抓到这些。”

左丘先生接过石剑，凝神将灵气灌注其上，连试两把，到了第三把时，脸色微微变了。

“这柄石剑内部供灵气流动的脉络被破坏了。”他将这柄剑握在手中仔细查看，“下手之人对灵气的控制极为精准细微，寻常精英弟子都做不到。看来，这是人为的。”

胡嘉平登时变色：“是谁？针对书院吗？”

左丘先生却没有回答，只道：“这小女孩的伤是撞在崖体上的缘故，石剑灵气脉络被破坏，她无法控制剑身，才致此惨祸……还有三个弟子也摔下去了？”

胡嘉平迅速将自己方才所见讲了一遍。左丘先生沉吟半晌，开口道：“看样子，那个雷修远也是同样石剑脉络被破坏才摔下来。此次事件似是挑衅，细思却并非如此。雷修远先前不是还中了魇术吗？想必这次亦是针对他。”

胡嘉平奇道：“可凶手不是那个东海万仙会的女子吗？她也摔落禁地了，不可能这么快出来吧？会不会是他们还有后应？东海万仙会在挑衅？还是他们跟雷修远那小子有龃龉？”

左丘先生笑了笑，淡道：“东海万仙会都是低调行事之人，海陨将临，他们忙自己还忙不过来，怎可能来招惹我们山派。雷修远不过一介小小孩童，身世一清二白，如何与海派扯上关系？那东海万仙会的女子的修为并不高深，做不出切断石剑脉络的事。何况，虽然只说了寥寥数句，但她分明是个性急粗糙之人，断不会如此细致，还用什么魇术。下手动剑之人，是个非常谨慎小心的家伙，这一点儿脉络的切断，若非极其细心，只怕体会不出。魇术与切断石剑脉络的，应当是同一人。”

胡嘉平见他说得有理有据，条理分明，不由问道：“先生莫非已猜到是何人？对方目的是什么？”

左丘先生没有回答，只是低头默然抚剑。

胡嘉平细细一思索，忽然惊而变色：“莫非、莫非是方才那位……”

本来震云子这种地位的仙人会突然来书院就很奇怪，星正馆一代名门大派，向来自恃清高，就算今年书院有几位天纵奇才，他们也绝不至于小家子气地派个人来看。何况震云子不明不白地来了之后，又以雷霆之势将林悠揭穿，还牵扯到雷修远中魇术的事，看似一切都是顺其自然的巧合，仔细想来却有诸多不自然之处。

更何况，以灵气将石剑脉络切断一事，胡嘉平知自己无法做到，在场那么多先生只怕也没人能做到，除了左丘先生，便只剩震云子了。

只是……为什么？星正馆对书院出手有什么好处？

左丘先生面沉如水，低声道："无证据指证，一切不过是猜测，你不可妄言。依我看，大约是私人恩怨居多……书院不可先挑争端，此人所属门派势力极大，白白引起门派间的内讧未免不值。今日起，书院上下架起灵气网，一只飞鸟、一只小虫也不许再进出，我即刻作法召集其余创立者，商讨此事。至于那三个摔落禁地的弟子，应该不会有性命之忧，何况墨少侠与阿慕都在下面。嘉平，你用载人舟将弟子们送回弟子房后，便下去搜寻吧，你一个人去。"

眼前阴影徘徊，摇摇晃晃，像是个不知名的境界，黎非昏昏沉沉中，仿佛见到了许久不见的师父。他身上还穿着那件老旧的补丁长袍，背个酒葫芦，明明形容猥琐，却偏要摆出仙风道骨的模样来。

"师父！"她心中喜不自禁，急忙奔至他面前，埋怨起来，"你怎么突然丢下我一个人跑了？"

师父笑眯眯地看着她，忽然伸手摸了摸她的脑袋："小棒槌啊，找到你大师兄没？"

黎非心中忽然一惊，对了，她得找大师兄，她就是为了找大师兄才会进入书院的，可是她问了所有能问的人，谁也不认识大师兄。仙人的世界比想象中还要大，她还要找多久才能找到？

"快了，我一定赶紧，师父你要等我！"她急道。

师父捏了一把她变得粉嫩嫩的脸颊："谁要你找我，老子天天喝酒，眠花醉柳，不知道多逍遥！多你这个累赘才烦人！找到大师兄后，你这个烫手山芋就交给他吧！哈哈，我可轻松了。"

说完他竟转身便走，黎非赶紧追他："师父你等一下再走！我、我还想和你说说话！"

可他的身影还是渐渐远了，只伸出一只手晃晃："你是个好孩子，自己保重。"

她怎么也追不上他佝偻的背影，一时竟又急哭了，滚烫的眼泪落在脸颊上，脸上的皮肤竟如同白雪遭遇烈焰般，一寸寸融化开。黎非惊惧之下急忙捂住脸，谁知手上的肌肤也在寸寸皲裂破损，震骇之下，她忍不住大叫一声，忽然就醒了。

梦中身体上的皮肤寸寸碎裂的疼痛麻痒仿佛还残留着，黎非又大叫一声，慌乱地摸着手脸，摸到的地方都光滑紧致，连块小破皮都没有……她终于渐渐平静下来。

好可怕的梦……

她坐起来，四处张望，入目是深浅不一、或浓郁或清淡的青翠之色。她坐在一片极浓绿极茂盛的青草中，周围是深邃的森林，既无虫鸣也无鸟啼，与二选时那片森林大有相似之处。所不同处，这片森林树木绿得极其耀眼，而且周围的迷雾瘴气比二选时要重得多，到处流窜着莹莹絮絮的瘴气光点，风似乎都变得黏稠了，一举一动仿佛被包围在稀薄的糨糊中似的。

这里就是深渊下的书院禁地？她记得自己好像被人撞下石剑，跌了下来？而且依稀是三个人一起摔下来的，不知其他两人是谁，摔在哪儿了？日炎一直叫她跳下来跳下来的，谁想她这么快就真的下来了。从那么高的地方摔下来，她居然没受伤，连擦伤都没有，想必是这些浓稠瘴气减缓了落势之故。

“有人吗……”黎非问了一声，浓稠的瘴气里似乎连声音都传得特别慢，随着她突然开口，身后的树丛草丛里一阵窸窸窣窣之声，她顿时感觉无数道视线集中在自己身上。

黎非情不自禁打了个寒战，她急急四下张望，那些浓厚的瘴气后面，草丛树丛里，藏了无数她看不见的东西，或浑浊或冰冷的视线落在她身上。她猛然起身，鼓足勇气又叫了一声：“是谁？出来！”一面说，一面朝草丛那边走去。

窸窸窣窣的声音更大了，随着她靠得越来越近，十几道黑影自草丛中蹿出，纷纷逃逸而去，像是惧怕她的靠近一般。黎非眼尖，一瞬间看清其中一个黑影头角狰狞，莫非竟是妖物？

她想起胡嘉平说的，这里是妖魔鬼怪横行的禁地，她顿时有些害怕，强撑着倒退回去，蹲草丛里摸了半天。幸运的是，石剑没跌太远，被她摸到了。她立即作势抛出石剑，想要御剑而去，谁知石剑一点反应也没有，被她一扔“噗”一下又摔草丛里了。

怎么回事？黎非大吃一惊，为什么不能御剑？她试着又抛了几次，石剑依然毫无反应，怀里还有几张咒符，她运起体内灵气作势射出，符纸也没反应，软绵绵地飘在地上——灵气仙法在这里不起作用？

就算在这里用出灵吸，灵气的吸纳也特别慢，天地间的五行灵气仿佛被这些浓郁的瘴气都阻绝了。

那无数道妖物浑浊的视线还盯在自己身上，这感觉绝对不好受，黎非将石剑紧紧捏在手中，转身飞快离去。

莹莹絮絮的瘴气光点像数不清的小虫绕着身边飞舞，沿途过来，青草都有半人高，甚至有些茂密之处，比她还高。树木更是难以想象的粗大，她曾试着用小刀在树干上划了一下，这些树长期为瘴气所养，树皮比钢铁还要坚硬，连个印子都没法留下。

怎么办？她要往哪里走？会有人下来找她吗？好像黑纱女和墨言凡都在禁地，会不会遇到他们？是找个宽敞的地方等候，还是继续走下去？

忽然，极远处响起一阵咆哮之声，凄厉凶猛，竟分不出是虎吼还是狼啸，风一下就变大了，叶片青草都被吹得哗啦啦作响，浓郁的瘴气水波般荡漾开。四周那些无形的视线忽然消失了，藏在暗处的小妖物们纷纷开始逃窜，看样子号叫的应该是个厉害妖物。

黎非正打算避开，突然又隐隐约约听见有人在叫嚷，只是听不真切。她急忙往声响传来的地方奔去，及至翻上一个土坡，便见对面空地上竖着个高有数丈的巨大蜈蚣精，比上回师父降服的那只还大好多。更可怕的是，它身上的硬壳与密密麻麻的脚都是碧绿色的，看上去丑恶无比。

蜈蚣精盘旋起伏，号叫不断，它的一只眼似是刚被戳瞎，妖气震荡，鲜血遍地，在它对面站着个男孩，居然是纪桐周！他手里捏着一根长树枝，正艰难地与它无数只脚缠斗，这小王爷打架也不安静，一面斗一面还在厉声大叫："好恶心！快滚远些！"

那些树枝都比钢铁还硬，也不知他怎么弄到的，蜈蚣精瞎了一只眼估计是拜他所赐。黎非见他招架困难，想要上前相助。纪桐周听见脚步声，乍见是她，神情也不知是喜还是怒，只这一愣神的工夫，被蜈蚣精的长尾一扫，他登时滚了无数圈，狠狠撞在树上，抱着右腿痛得大叫起来。

"纪桐周！"黎非捏着石剑便冲了过去，平时虽然跟他有些龃龉，但她怎么可能坐视他被妖怪杀掉，脑子一热便冲上去了，结果她才想起自己不会剑诀，墨言凡教的都是强身健体的剑法，能降妖除魔才有鬼。谁知那只蜈蚣精竟好似十分惧怕她，她一靠近，它便连连后退，却又不甘心就此离去似的，离了她十几丈远，凄厉地号叫着，剩下的独眼目光灼灼地盯着她。

黎非横剑挡在纪桐周身前，急道："哪里受伤了？"

纪桐周抱着右腿疼得脸色煞白，汗水涔涔，勉强道："你……你这个祸害……要不是你突然出来……我右腿好像骨折了！"

黎非将他的胳膊绕在自己脖子上，奋力将他扶起："快！先离开！"

他的伤腿根本不能吃力，刚一站起便又摔下去，连黎非也差点被他带得摔倒。纪桐周颤声道："我不成了！逃不掉！你先走吧！闹这么大声势，说不定墨言凡跟那个黑纱女能听见，如此尚有一线生机，不然两个人在这里就是一起死！"

黎非想也没想，一把将他拽起，他个高腿长，却像个破麻袋似的被她扛在肩上，要多难受就有多难受，偏偏她扛着人跑得又慢，妖怪还没追过来，他就先要被颠吐了。

"快放我下来！"纪桐周大吼，"要吐了！"

"你吵死了！"黎非皱起眉头，她扛着人本来就很吃力了，他还在旁边叽叽呱呱，"有工夫鬼叫，不如看看它有没有追过来！"

纪桐周不由大怒，但这会儿也不是显摆王爷威风的好时机，他只得忍痛回头，那只巨大的蜈蚣精始终停在原地，似乎并没有追来。他登时万分惊奇："它居然没追！什么缘故？"

"以前无月廷的东阳真人给过我一串辟邪香珠，估计是这件法宝让它害怕吧。"

"无月廷东阳真人？！"纪桐周见识明显比她广，"他这么厉害有名的仙人会给你法宝？！"

"有话等下说，闭嘴。"

他又是大怒，当下把嘴闭得死死的，一个字也不说了。

那些妖物烦人的视线始终如影随形，黎非吃力地扛着纪桐周跑了好久，忽见前方似有一座山洞。越往前走，尾随的视线越少，来到洞口时，身后那些附骨之疽般的视线终于都消失了。

黎非松了一口气，小心打量周围，山洞前堆满了枯叶树枝，不知多少年未曾清理，更没有人来过的痕迹，洞内阴气弥漫，倒没有什么凶恶的感觉。她扛着纪桐周进洞，刚把他放下来，他"哇"一声扶着墙就吐了。在她背上忍了这么久，到现在才吐？她都快对这位小王爷改观了。

纪桐周吐了半天，最后终于有气无力地瘫在地上，喘了半天，才虚弱地开口："……不成了……我无法引灵气入体……这里的瘴气好重……"

他一面说，一面闭上眼睛，像是要沉沉睡去的模样，那些紫黑的瘴气像活物般开始围着他缠绕，从他七窍中钻进去，这恐怖的模样立即让黎非想起二选时那个在他们面前被淘汰的女孩子。

她立即解下腕上的辟邪香珠戴在他手上，虽说不惧瘴气是她体质的缘故，但东阳真人给她的法宝总不会一点用处也派不上吧？不然叫什么法宝。

果然，那些瘴气又惧怕地远远离纪桐周而去，他昏睡了不过一炷香的工夫，突然又被惊醒，大约是触动了断腿，疼得嘶声低吼起来。

"你忍着点，我要替你正骨绑好，不然以后会歪掉。"

黎非将他手里那根树枝拿过来看了看，这树枝坚硬似铁，所幸生得也很直，她在他断腿处摸索良久，纪桐周疼得几欲晕过去，难得的是他居然没叫一声，始终咬牙忍着。等树枝绑好，他嘴唇都被咬烂了，鲜血淋漓。

不知过了多久，他才缓过一口气，声音虚弱："你、你怎么也在……啊！莫不是你把我撞下来的！"

黎非淡淡道："我也是被人撞下来的，这是个不幸的巧合。"

他总疑心她话里有话，微妙地嘲讽自己，但他这辈子都没现在这么狼狈过，王爷威风说什么都显摆不出来，停了半天，他才道："这里什么仙法都用不了，我醒来发现周围全是妖物，还好都只是小心谨慎地在旁看我，没有上来骚扰的，谁想遇到了那只蜈蚣精……"

其实算是她救了自己，但他从没对人道过谢，何况还是这个自己讨厌至极的叫花子，他无论如何也说不出道谢的话，索性不说了。

两人默然坐了一会儿，忽听洞外不远处又响起妖物嘶吼的声音，两个孩子脸色都一变，纪桐周急道："会不会是住这洞里的妖怪回来了？！"

方才要进山洞时，他便感觉到了山洞附近残留有十分强横的妖气，所以附近的妖物才不敢靠近，要是洞里的妖怪回来了发现他们鸠占鹊巢，估计这回真的要死了。

黎非做个噤声的姿势，摇了摇头，自己悄悄往洞口那边探望过去，却见外面树顶的绿叶如波浪般被妖气吹拂得翻来滚去。忽地，有个穿着红白交织弟子服的男孩从树丛中闪电般蹿出——雷修远？！他也摔下来了？之前他御剑飞得那么古怪，肯定是他把自己砸下来的！

黎非正要叫他，忽见紧随着他身后，有一只浑身毛皮斑斓，体型巨大的虎妖咆哮而来，这只虎妖比方才那只蜈蚣精还凄凉，不但眼睛瞎了，身上还血迹斑斑，耳朵也被割掉一只，看它对雷修远穷追不舍的样子，想必下手的人就是他。

雷修远跑得极快，似是瞅准了这个阴冷的山洞，微妙地避开虎妖的巨爪，他就地滚了一圈，刚好进了洞。乍见黎非正准备冲出去的模样，不由一愣，紧跟着却低声道："快进去！"

他用力将她一推，自己也飞奔进山洞深处。那只虎妖发疯般在外面嘶吼了半天，却终是不敢进洞，恨恨离去。

洞里三个小孩各自惊魂未定，唯有相顾无言。这古怪的地方，什么仙法咒符都用不了，堂堂仙家弟子，落得跟武夫一般只能与妖物肉搏，真是狼狈。

过了许久，纪桐周咳了一声，情况特殊，大家不能就这么沉默下去，他身为王爷，自然要起个表率作用。如今大家一起跌落禁地，可算是一条绳子上的蚂蚱，只能暂且将往日恩仇丢在一旁，先把事情都弄清才行。

"先说说都是怎么摔下来的。"

纪桐周用衣服下摆遮住右腿，稍稍整理了一下仪表，他素来注重这些，无论何时都尽力维持整洁。

"我先说，我御剑飞往演武场的时候，被人撞下来的。考虑到这里是书院，暗杀加害的可能性不高，我认为是突发事件。你们呢？"

黎非盯着雷修远，他始终面无表情，只坐在角落里不知想些什么。到了这个时候，他还要装聋作哑！她心中有一股无名火，当即冷然道："我也是被人撞下来的，撞飞后还撞到了一个人，如今此地只有我们三人，想来王爷是被我牵连的，而罪魁祸首是雷修远。雷修远，我问你，你为什么会突然摔下来？"

纪桐周立即朝雷修远怒视："原来又是你小子！"

这笔账可算不完了！他本来对雷修远就充满恶感，他俩打架不分输赢在前，修行不分高下在后，一个臭叫花子而已，居然敢与他争高下！这次居然是把他撞下禁地，是可忍孰不可忍！

雷修远淡淡瞥了他一眼，道："因为有人要杀我灭口，在石剑上动了手脚。"

咦？他、他这是愿意说了？！黎非一下呆住，纪桐周倒是吓了一跳："你说什么？！杀你灭口？怎么回事！这里可是书院！谁敢对你出手！话可不能乱说！"

雷修远微微一笑："那就当我是乱说的好了。"

"你……"纪桐周登时怒了，这卑贱的叫花子居然敢戏耍他？！

"是怎么下来的不重要。"雷修远声音淡定，"眼下重要的是怎么出去，这里灵气稀少，即便上面有人来救，不能御剑，不能用仙法咒符，要找到咱们只怕须得花上许多时间，与其等人救，不如自救。"

这几句大义凛然的话一说，连纪桐周都有点不好意思追问责骂了，雷修远又道："王爷的右腿只怕行动不便，不如先在洞中休养一下，等体力恢复再走不迟。"

他、他这是为自己着想？纪桐周咳了一声，他可不能因为这叫花子的花言巧语就被迷惑！

"这山洞里还残留有妖气，久留恐生不虞。"纪桐周决定不跟他们计较过往恩怨，雷修远说得对，眼下怎么出去才是最紧要的，他们三个人就算不情愿也是被绑在一处了，不是闹别扭的时候，"现在天亮着，洞里的妖怪没回来，等天黑了它要是回来，怎么办？"

"这股妖气的味道很是久远了。"雷修远在洞壁上轻轻摩挲，"方才我在禁地中醒来，只觉朝这个方向的视线与妖气最少，想来应当是个安全所在。然而洞口落叶枯枝纷杂，洞内灰尘寸厚，看起来应当许久没东西进来过了，留在此处应当不会有什么危险。"

纪桐周见他思路清晰，言语淡定，心里竟隐隐有一股佩服的感觉，只不过一瞬间又被他压下去了。

山洞内光线昏暗，三个小孩各自找了个角落坐着，洞里安静无比，只有纪桐周与雷修远粗重的喘息声此起彼伏。黎非朝雷修远望过去，他额上满是汗水，脸色也不太好看，似乎很吃力的样子，不由问道："你的风寒是不是还没好？"

雷修远微微苦笑："你不觉得难受吗？这里瘴气浓得吓人。"

黎非默然摇头，她朝他那边挪了挪，挨着他坐下，问："现在觉得好点没？"

雷修远神情愕然："压力突然轻了……你身上带了辟邪法宝？"

她还是摇头，并不说话，其实就和他有许多秘密一样，她自己也有无数秘密不能说出来的。

洞中无声无光，不知过了多久，纪桐周只觉浑身发烫，昏昏沉沉快要睡去，他方才将早上吃的全吐了，这会儿又渴又饿，不光是嗓子发干，他浑身上下都有种快要干裂的疼痛。姜黎非给他的辟邪香珠虽然可以阻绝瘴气，却无法为他引灵气入体，骨折的地方还在剧痛，他自小何曾吃过这种苦，先前是咬牙硬忍，此时晕睡中，便情不自禁低低呻吟出声了。

恍惚中，感觉有人把自己的脑袋轻轻捧起来，然后冰冷的水灌入口中，他精神一振，如遇甘霖般一气喝了许多，头顶有个人在说："别喝太多，只有一皮囊。"

纪桐周撑开滚烫发胀的双眼，入目只见一张女孩子的脸，不知是光线还是什么别的原因，那张脸双目黑亮，虽谈不上漂亮，但也有几分清秀。他只觉眼熟，好容易眨眨眼睛，眼前迷雾散去，那张脸竟是姜黎非的。

他一口水顿时呛在喉咙里，咳得差点晕过去。黎非赶紧把皮囊收起，就这么点水，被他糟蹋光了可怎么办！

"你……你……"纪桐周一面咳一面想说话，他觉得自己一定是眼花了，姜黎非不是个叫花子吗？皮黑瘦小，粗手粗脚，七八分像个男人，他肯定是出现幻觉了吧？！

"你什么你。"黎非皱眉，"有精神说话不如快点睡，等你养足了精神要走呢！你想在这里待多久啊！"

纪桐周又是大怒，姜黎非就是今天突然变成个仙女，在他心里也还是那个讨厌的没上没下的叫花子！他翻个身闭上眼，再度沉沉睡去，眼前不知道怎么又浮现出她的脸，原来，她果然是个女的。不知为啥，想到她是个女的，他浑身都不对劲了，好像之前跟她打架啊吵架啊都没劲得很，他堂堂越国英王爷，居然跟个女的过不去，这不是自损身份吗！

转念再一想，她是个女的，不就意味着自己连个女的都比不上吗！

纪桐周就这么在纠结郁闷中慢慢睡着了。黎非偏头听着他渐渐平稳的呼吸声，确定他是睡着了，这才走到雷修远身边，将水囊丢给他。

"这里是书院，平日不缺吃的，也不会有人害你，你身上还随时装着水囊吃食，我该说你有先见之明，还是该感谢这种巧合？"黎非冷冷看着他。

雷修远收好水囊，瞥了一眼熟睡的纪桐周，低声道："你是想等他睡着了才找我盘问？"

怪不得方才纪桐周醒着的时候，她一句话也没说。

"我猜你不想让更多人知道。"黎非坐在他身边，盯着他，"现在能说了吗？我相信你说的，既然有人要杀你灭口，这次没杀掉，肯定还有下次、下下次，你什么都不说，最后只能带着秘密死掉，甘心吗？"

雷修远摸了摸胸口，沉吟良久，才道："此地瘴气浓厚，几乎没有灵气，天音言灵的效用也几乎等于无。确实，在这里，很适合说出一切，天时地利人和。"

"你说，我洗耳恭听。"

雷修远却神情疲倦，似是无声地叹了一口气："我问你，你知道一切又如何，冲过去找他算账？还是从此后对他藏着戒备企图日后报复？你能保证见到他平静如初？有时候，蝼蚁般的人知道得越少，反而越安全。"

这句话似乎日炎也说过，知道太多容易短命，每个人都是这样，摆出"这个你不用知道"的态度，师父也是，日炎也是，雷修远也是。

黎非慢慢道："你说过，事情是因我而起，所以我有权知道一切。至于知道后会不会后悔，会做怎样的决定，那是我的事。我不想被蒙在鼓里，假装不知道一切就这么过下去。"

雷修远朝她笑了笑："说话还是这么冠冕堂皇。"

"别废话了，要害你的人是谁？他似乎不光想杀你，唱月的剑也被动了手脚，他想杀你们两个？"

"她天生的能力本就容易惹事，偷听到太多不该知道的东西，迟早惹来杀身之祸。"

偷听？是说唱月听觉特别灵敏吗？黎非不由陷入沉思，她也是最近刚知道百里唱月这个天生的特殊能力，她似乎可以很轻易地听见别人的心跳声，一定距离内，无论对方说话有多小声，哪怕近乎耳语，她都可以听得一清二楚，雷修远的装模作样被那么快揭穿，也正是因为她灵敏的听觉发现了破绽。

"她听见了你的事，难道是你动的手脚？"

雷修远讥诮一笑："我若是有切断石剑灵气脉络的本领，何至于此？"

"那……到底是谁？"

雷修远默然良久，忽然开口："在我被百里唱月发现继而选择放弃后，便隐隐有种预感，他必会杀我灭口，所以我做了许多准备，包括水囊与吃食。我只是想不到，他会这样直接来到书院，直接对我与百里唱月下手……兴许是做得太过明显，反倒叫人不好抓他把柄。”

来书院？黎非大吃一惊，差点蹦起来：“你是说——震云子？！”

雷修远淡淡道：“你可以再叫大声些，把这个蠢王爷叫醒，他那位皇族中的血亲前辈正是星正馆的人。”

黎非立即闭嘴，晃了半天手，最终还是颓然垂下：“他让你跟踪我？害我？为什么？我与他之前只有一面之缘！何来仇怨！”

雷修远道：“你知道吗，不是说成了仙人便万事无忧了，仙人也有强弱高下，只要踏上修行的路，便永无停止之日，不进则退，退到无可退处，下场比凡人还惨。震云子便正处在瓶颈时，五十余年过去，始终毫无进益。星正馆这种名门大派，人才辈出，修行毫无进益如何能长执高位？他急需一只厉害的妖炼制法宝，后来，他终于找到了一只最合适的九尾狐妖。”

黎非只觉数月前的往事流水般从眼前流逝而过，当时她踌躇满志地想要离开青丘去往无月廷寻找大师兄，谁知遇到了被追杀的日炎，还有那些追杀他的仙人。后来，日炎化成她的一根头发，不知用了什么法子叫仙人们再也发觉不了他的踪影，仙人们虽然失落不甘，却也不得不就此放弃，各自散去——

“是青丘那次，狐妖突然消失……”她脑中一片混乱，手抵着额头，努力回想一点一滴的细节，“震云子对我用了天音言灵，迫我说出狐妖下落……”

当时他这个做法引起了其他仙人的不满，幸得东阳真人相护，否则还不知要怎么收场。

“他苦苦追寻九尾狐妖的踪影，追了十来年，后来又费尽心思说动其他门派的高层与自己一起追杀，眼看便要得手，狐妖却突然不见了，如你是他，你会甘心吗？”

怪不得，当时觉得他言语可憎，令人恐惧，但他走得最快，她就没多想，原来他故意走那么快，是想黄雀在后吗？狐妖既已消失，杀意最重的那人也走了，其他人本就是被他说动来的，主事都走了，他们岂有留下的道理。

“他一路在后追着你，只盼从你身上问出狐妖下落。他一直疑心狐妖消失与你有关，这唯一的一个线索，他怎会放弃。奈何东阳真人始终在你身边，将你送到了书院，他无法可施，便找到了我——我要做的，不过是接近你，观察你身上是否有狐妖的痕迹，然后，找机会下手令你被书院送出去。震云子一直在书院不远处候着，不然为何墨言凡那么快就能找到他带来书院？”

原来如此，原来如此！真相大白！黎非只觉掌心中满是冷汗，先前想不通、不明白之事，至此茅塞顿开。

日炎说过的那句“利之所趋，人之常情”忽然浮现在脑海里，仙人比凡人的名利心还要浓烈。日炎身为千年九尾狐妖，毛发骨髓甚至妖气都是这些仙人所求至宝，希望就在眼前，要放弃谈何容易。天下芸芸众生，都不过是为利益奔波忙碌。

她一时又想起日炎还说过，这个震云子越是想得到九尾狐，功力就越无法进益。天音言灵大法与字灵魔术威力极其霸道，如此厉害的仙法必然也有相应的艰苦修行，所谓“绝情断欲”方能大成，意思是摒弃那些名利欲望与俗世之情吗？怪不得星正馆如今愿意修习这两项仙法的人不多，这其实是个死局啊。既要功力进益，又不能摒弃一切，震云子就是陷入了死局，怪不得他忍不住来到书院放手一搏。

“你说唱月听见了不该听的东西，所以震云子也要杀她？”

雷修远似是有些累了，闭目靠在洞壁上，道：“纵然她的能力特殊，在大派长老面前，却不过雕虫小技而已。当时震云子在我房中以言灵法与我谈及此事，墨言凡都发觉不了破绽，而她在偷听，震云子岂有不发现的道理。此人一向多疑且性急，如今你天赋绝伦，为众仙家门派所求，他更是一丝破绽也不能留下，否则又怎会为了遮掩事实几度欲杀我灭口？羽翼尚未长出便该收敛锋芒，不然便是杀身之祸。”

语毕，他忽又睁眼朝她讪诮一笑：“你想知道的，我已经告诉你了，从此你再也不能当作不知道，除了增添烦恼，你还能做什么？”

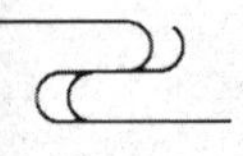

# 第十一章 真相大白

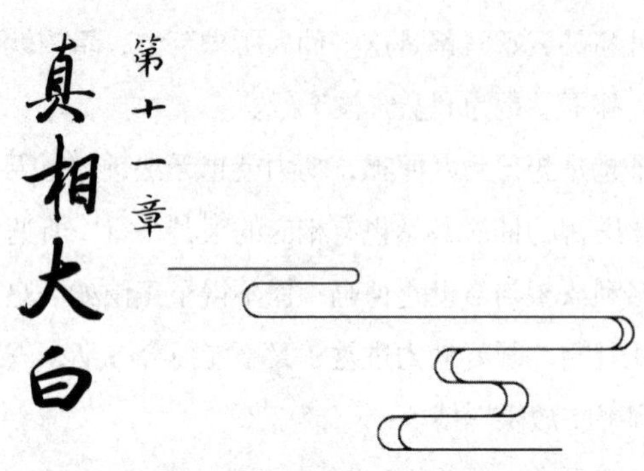

黎非不由沉默了，片刻，她低声道："知道真相总比被蒙在鼓里强，至少我知道他的目的，知道他要杀什么人，可以提前做好防备。"

"做什么防备？"雷修远笑得更讥诮，"和我一样日夜提防，寝不安眠，食不知味，最后和你们一起摔落禁地吗？"

她无话可说，力量相差过于悬殊，确实什么防备也没用。

"你也不用想着将真相告诉书院其他先生，甚至左丘先生。这种私人恩怨，他们不会管的，一旦书院插手，就变成门派之间的问题，身在其位，顾虑的比我们多太多。更何况，九尾狐妖是何等巨大的诱惑，知道的人越多，你反倒越危险。你以为会有仙人对九尾狐妖不动容吗？"

这话说得，好像根本就是确定日炎被她藏起来了一样。黎非硬着头皮冷道："我根本不知道九尾狐妖在哪里！是、是震云子自己瞎怀疑！"

雷修远轻轻"哦"了一声，一笑不语，黎非极为不爽："你哦什么？你奉了震云子之命来跟踪观察我，他会来找麻烦，一定是你跟他扯谎了！"

他只是笑，声音很轻："何须我跟他说什么，你资质分明十分普通，进书院后却表现耀眼，个中理由，旁人不知晓也罢，你让震云子心中怎么想？"

黎非怀疑地看着他："说得好像你什么都没告诉他一样。"

雷修远淡道："我只是厌烦了，你有九尾狐也好，有什么闻所未闻的妖魔鬼怪也好，与我何干？我们本就是毫无关系的陌生人。"

又出现了，他这种表情……当初他骤然离开自己，露出的也是这种表情，嘴上说着玩腻了，可神情却仿佛厌烦了一切，想要远远离开。

黎非静静看着他，她心中始终有个疑团，与震云子和日炎没关系的，只关于他。

"雷修远，其实你有很多机会把我弄出书院，被唱月怀疑也不是什么大事，你抵死不承认也行，为什么后来干干脆脆地放手了？为什么一个人什么也不说？"

他静静一笑："是啊，为什么呢？"

黎非看了他一会儿，忽然又低声道："你为什么会帮震云子做事？你跟他……不是一路人。"

雷修远有些意外地扬高眉梢："我是哪路人？"

"我不知道，你自己说的，之前告诉我们的都是假的。但你跟震云子不一样，我说不出哪里不同，反正不一样。"

雷修远愣愣地出了一会儿神，半晌才道："震云子算是……我半个师父吧。"

师父？还是半个师父？半个师父是什么意思？黎非疑惑地望着他。

"我不是高卢礼部侍郎雷大人的亲生儿子。"他淡淡道，"差不多六岁的时候吧，我被收养了，六岁之前的事我全然没有记忆。被收养也是因为我有灵根，就像这个小王爷周围有许多修行伴读一样，我当时也是为了给三皇子叶烨做伴读而被收养的。"

"那……你以前见过叶烨？"黎非有些吃惊，怪不得叶烨和唱月他们会怀疑他是高卢雷大人的孩子，想必之前都见过的。

"见过，包括百里姐妹，我都见过。但当时叶烨是身份高贵的三皇子，百里姐妹又是贵族的女儿，我一介伴读，谁会记得我？后来高卢国灭，雷大人让我冒充三皇子，献给吴钩，以保全皇族血脉。我在吴钩的大营中，因为周围有许多修仙弟子，我无力反抗，当场就要被斩首，是鲁大哥救了我。"

鲁大哥？黎非又愣住了，他不是说，鲁大哥的事是假的吗？

雷修远微微眯起双眼，陷入回忆中："鲁大哥是星正馆的弟子，他刚好路过，发觉我天赋很好，舍不得让我就这么死掉，便偷偷把我救下来了。吴钩那里不知从何处得到了消息，发现我是假的，雷大人因此事暴露而被灭门，吴钩对我的追杀便渐渐缓了。我被救下后，鲁大哥虽然修行繁忙，却也时常抽空来照顾我，拳剑之法亦是他所传授。他总叹息自己修为低微，在派中没有地位，没有权力将我引荐入星正馆。他是个好人，可惜好人往往不长命，一次出行猎妖制法宝，他被妖物重伤，临死时将我托付给了他师父震云子，震云子见我天分高，便有意收我为徒，正式带入星正馆。

“不过，刚好那时他突然有了九尾狐确切的行踪，就将我的事暂时搁置，我在星正馆的山下等了近半年，他终于来了，却满脸不甘。原来因为九尾狐突然消失，他怀疑与一个小女孩有关，但那个女孩被东阳真人送到了雏凤书院的初选会场上，他没有下手的机会。巧的是我还没成为星正馆的弟子，年纪也够小，他便叫我帮他一个忙，进书院跟踪观察那个女孩。”

黎非睁大眼睛听得认真，一个字也不想漏掉。

“震云子是鲁大哥的师父，将来或许也是我的师父，我又正好闲得无聊，便答应了。我当时想过无数种接近你的方法，可叶烨他们在你身边，只怕迟早会发现我的真实身份，思来想去，我决定扮作小叫花模样，将身世真真假假地告诉你。原本想在华光郡对你下手，可书院其实暗中派了人保护入选的弟子，寻不到下手的机会，只得让你进了书院。之后震云子在离书院不远的地方候着，我与他通过飞鸟传信，飞鸟送信都在那个开满红花的浮空小岛上，直到被百里唱月发现我的破绽——整个事情，就是这样。”

黎非又一次听得呆住了，整件事的个中缘由，竟是这样。怪不得在那座岛上三番两次遇见雷修远，怪不得他会中字灵魇术，书院地势险恶无法通信，震云子又不可能不顾身份潜入书院，原来他们竟通过飞鸟传信。

不过，以震云子的谨慎，难以想象他会把整件事告诉雷修远，毕竟他并非心腹，只是个不算熟悉的小孩。

像是看出她的疑惑，雷修远道：“他并没告诉我一切，只说了部分。我知道他这些年在尽力追查一只大妖怪，我也不过偶然得知那是九尾狐。他修行遇到瓶颈早已不是秘密，至于东阳真人与狐妖消失的事，是你自己说的。我只是根据得到的这些消息做个推测罢了，不过应当八九不离十。”

根据一些零碎的消息就能推测出这么多，他说的已经完全是真相了。黎非心底暗暗有些钦佩，这孩子真是聪明，再大一些不知会成为怎么样的人才。

“还有什么想问的吗？”雷修远看着她。

黎非想了半天，忽然问：“那个震云子有没有教过你修行的东西？”

雷修远大概没想到她会问这个，反倒愣了一下：“还没，我还不算他的弟子。”

“那叫什么半师之恩！你知不知道啊，师父就是师父，什么半师！教了你做人的道理、修行的道理，照顾你，这样才是师父！他利用你，过后又要杀掉你，算什么师父！鲁大哥都比他堪当你的师父！”

雷修远忽然笑了，他望着她，轻轻道："或许你说得对，我想报答鲁大哥的恩情，最后却变成一个面目可憎的人。人既已死，做什么都无法报答了。"

这个孩子从认识他到现在，嘴里几乎没说过什么真话，她也不知道这一次他说的是不是真的，可她又不愿相信这次他说的是假话。话语是可以骗人的，可是眼神不会骗人，虽然他提起鲁大哥的时候很淡漠，眼神却从没这么温和过。

可能日炎说得对，他心肠并不坏。

"为什么突然收手了？你心里知道震云子会杀你灭口，为什么还要忤逆他？"她又问了一遍相同的问题。

雷修远轻道："你为什么要这样问？"

黎非愣了会儿："我不知道，就是问了。"

他偏头笑了笑："我也不知道为什么，就这么忤逆了。"

真是雷修远风格的狡猾回答，黎非摇了摇头，心里对他的芥蒂却开始渐渐消散了。

"你恨叶烨他们吗？"她低声问。

他被雷大人收养，不到一年又送去替叶烨死，从雷大人的立场来说，忠君报国，力保皇族血脉，大义上并没有错，可是从人情冷暖来说，实在是叫人寒心，简直就像收养他就是为了让他去死一样。凭雷修远的天赋，其实不用被人收养，也可以过得非常好，任何仙家门派都会抢着要的。

他摇了摇头："恨这种感情太强烈，往往因为投入的感情过多，而遭到了背叛，才会恨一个人。我没什么好恨的，高卢已灭，一切都已过去了。"

黎非不由默然，雷修远再一次问道："我说了那么多，你知道了一切真相，得到的却只有烦恼与无望，你后悔吗？"

她出了一会儿神，喃喃道："我也不知道，但被蒙在鼓里总是不好的，至少我知道背后的人是震云子，知道他为了什么。"

雷修远漠然道："你将有很长一段时间，甚至一辈子都会有种如芒在背的痛苦，他未必动你，你却会杯弓蛇影。哪怕他可以找到别的妖怪炼制法宝，他也不会忘记你身上或许有只九尾狐。只要他活着，你就不会有安宁的那天。"

黎非咬唇不语，良久，才低声道："我不怕。"

"那你的朋友呢？百里唱月被灭口只是早晚的事。"

"那你呢？"她反问。

他沉默片刻："想杀我，没那么容易的。"

还说她说话冠冕堂皇，他自己还不是一样，什么叫想杀他没那么容易，之前中魔术差点儿摔下悬崖，这次御剑又摔下来的人不晓得是哪个。要不是这里瘴气浓郁黏稠，他们三个早就摔成肉饼了，哪里还有工夫在这里探讨真相。果然师父说得没错，只要是男人，别管他什么千奇百怪的性格，爱面子爱逞英雄都是通病。

“现在想这些太早，想了也无用，趁着一年时间好好修行。我会把一切告诉唱月，她向来聪明，叶烨也足智多谋，不会那么容易死的。”黎非道。

雷修远似是不想再说这些，他从怀中取出水囊与干粮，分了她一些：“等吃完我出去找找有没有水。”

黎非正饿得发慌，当下一面吃一面说：“还是我去吧，我不怕这些瘴气。”

“是九尾狐的缘故吗？”雷修远冷不丁丢出一句话，炸得她跟方才的纪桐周一样，开始连连咳嗽。

“你你你不要、不要乱说……”黎非咳得脖子都红了，“什么九尾狐！我要是有那么厉害的妖怪，我还在书院干吗！”

他又轻轻“哦”了一声，一笑不语，黎非见着他的笑就讨厌，索性把剩下的干粮全塞嘴里，拍拍手出了山洞。

雷修远说得没错，这座山洞附近的妖物非常少，它们似乎对这里有避讳，远远地避开了。

说起来，纪桐周他们都能感觉到妖气，唯独黎非，修行到现在了，也不晓得妖气到底是什么感觉。偶尔遇过的几只妖怪，包括二选森林中那只赝品九尾狐，它们泛滥强横的妖气对她来说就像一阵风，连什么“异味”“异样”都没有。

是体质的缘故，还是她修行不到家？

黎非在附近找了半天水源，忽然，头顶响起数声怪叫，她吓一跳。紧跟着数道黑影落在面前，离她不过数丈远，她不由大惊失色——都是妖怪！而且个个长得古怪无比，头角狰狞！

黎非倒退数步，一把抽出石剑，一面计算这里到山洞的距离，离得有些远，只怕来不及跑回去。她将剑横在胸前，警惕地瞪着这几只妖，冷不防它们怪叫几声，朝地上丢了些树叶果子，然后又飞快地跑了。

呃？她愣住了，丢下树叶果子是什么意思？

还没明白过来，又是几声妖物的嘶吼，这次是数只半大不小的豹妖，每只妖嘴里叼着个粗糙的石碗，里面盛着清澈的水。它们默然地将石碗放在地上，又跑了。

这是……给她送水送吃的？黎非彻底糊涂了，她小心翼翼走过去，先将一只石碗端起，凑上去轻轻闻了两下——没有异味，其实这也不是石碗，只是凹进去的石头而已。

地上三四只石碗，虽然水不多，但至少可以保证她不会渴死了。

再捡起那些树叶果子，树叶是她从未见过的形状，像一只膨胀的小船般，捏上去软软的，稍微用点力，树叶就破了，里面流出许多清澈的水来。黎非手忙脚乱地将树叶摆正，她一时还不敢尝试这些水，只得先放着。

树叶下面还有好几粒果子，紫黑紫黑的，拳头大小，看上去就让人没食欲。黎非小心剥开一片皮，里面的果肉也是紫黑的，然而汁水甚多，闻起来很是香甜。

这个……真的能吃能喝吗？为什么妖怪会给她送东西？

黎非纠结了半天，但她实在渴得厉害，方才干粮吃下去后干得好像还卡在嗓子眼里，难受死了。她不敢动树叶的水，只将石碗端起，想喝，还不敢，然而转念一想，一来自己好像体质特殊，二来妖怪们真要害她完全可以一拥而上把她撕碎了事，何必这么麻烦送毒果子毒水，它们只怕也没这样的灵性。

念及此，她索性豁出去了，小小喝了一口石碗里的水，碗中水冰冷彻骨，也谈不上清甜可口，但确确实实是水。黎非精神一振，一气喝了一碗，又将那些饱含清水的树叶捏在手中，小小尝了一口——树叶中的水有股涩味，一般草木根部或树叶中所含之水大多带着这种气味，她稍稍放下心来。

接下来是果子，此时她已放下一半的心了，这果子虽然看相不好，但味道甚是香甜，咬上一口果然满口清香，汁水极多。黎非不由大快朵颐，狼吞虎咽了一颗，吃完抹抹嘴起身大声道："谢谢你们！"

话音刚落，呼啦啦，头顶树上落下好几只同样的果子，砸了她满头满脸。她又是惊又是奇，赶紧将那些果子捡起兜在衣服里，粗粗一数，有十几个，足够他们三个小孩吃一天了。

"谢……呃，还是谢谢了。"黎非一头雾水地道谢，可惜这里的妖物似乎都尚未开启灵窍，不能像日炎那样说话，而且它们好像很怕她，都躲得远远地，在草丛或树丛后偷窥她。

黎非愣了半天，动手将石碗和树叶中的水倒入皮囊里，干瘪的皮囊很快就被装满，莫名其妙就收集到了吃喝的东西，还是妖怪们给她的，这事放在以前，她想破脑袋也想不到。是她体质的缘故？还是妖物感觉比仙人灵敏，发觉她身上附着日炎？

算了，光在这里杵着也没意义，等日炎醒了问他吧。

黎非将东西收好，起身正要走，忽听有个男孩叫道："姜黎非，快回来！洞里有状况！"

她微微一惊，便见雷修远拨开枝叶疾步走来，他神情有些凝重，拽了她的袖子快步往回赶，一面道："纪桐周摔洞里了！"

摔洞里？黎非大为不解，山洞里还有洞？

"方才扶他去解手，往洞内又走了一段，却发现洞壁上多出个石门。"

原来黎非走后没多久纪桐周就醒了，挣扎着想自己找僻静地方解手。雷修远难得发了善心去扶他，谁知这山洞深处竟有个石门，须知这山洞怪石嶙峋，俨然是天生而成，洞壁上那个石门虽然古旧积尘，却明显是人力而为。

两个孩子见到这古怪的景象，都有些吃惊，纪桐周试着推了推那石门，门似乎被什么机关卡死，纹丝不动。他犹是孩子心性，见到新奇的东西便忍不住想要一探究竟，然而此时腿脚不便，也只得罢了。

两人找了个角落，纪桐周见角落里漆黑无光，抬手不见五指，心里有点发慌，低声道："我去了，你、你别走远！"

雷修远没说话，只是从鼻子里发出个"哼"声，听起来大有不屑一顾、鄙夷他是胆小鬼的味道。骄傲的小王爷最吃不得这种激将，当即拄着石剑慢慢蹭进去撩衣小解。

事毕正在抚平衣服，忽听地面咔咔数声，紧跟着脚下的地居然开始剧烈震荡，纪桐周行动不便，当即摔在地上。他只觉脚下的泥土似是形成个旋涡般，整个人正朝下陷落，不由吓得大叫起来。

雷修远伸手去拉，但里面漆黑一片，他下坠之势又甚快，哪里拉得到，惊骇中只听得纪桐周摔在地下的声音。下个瞬间，洞壁上似是有什么机关被触动般，咔咔拉拉响了一阵，方才那扇紧闭的石门无声无息地开了。

石门既开，雷修远只觉一股强横霸道至极的妖气扑面而来，加上那些黏稠的瘴气，两相交杂，他像是被一只巨手拍在地上般，半天爬不起来。

"喂！"他急急叫下面的纪桐周，"你怎么样？！"

纪桐周虚弱的声音很久才从下面传上来："好强的妖气！我……暂时无妨！"

他声音十分虚弱，断腿伤势未愈，他又摔进洞里，也不知那洞到底有多深，会无妨才怪。雷修远咬牙强撑起来，却见尽头处如今已坍塌，地面多出个方圆数尺的洞，他急忙凑近探头张望，好在这个洞并不很深，幽暗的光线下，勉强能看清纪桐周红白交织的弟子服，他抱着腿躺在洞底，别提多狼狈了。

"你在这里暂且等着。"雷修远勉力起身，强抗遍布的妖气与瘴气，朝洞外快步走去。

黎非赶到岔道深处时，立即望见了地上那大坑，她叫道："纪桐周！你现在怎么样了？"

坑内响起纪桐周似在强忍痛楚的声音："死不了！别管我！你们点火也好怎样也好，弄出点声响，叫墨言凡他们早些发现我们啊！"

"我没火折子。"她望向雷修远，他也摇了摇头。

"你别急，我这里有些吃的，你先吃点儿。"黎非朝洞里丢了几个果子。

纪桐周正是又渴又饿的时候，她抛下来的东西又硬又滑，他也顾不得许多，张口就咬了一大口，果子香甜汁水又多，他精神顿时为之一振，仿佛断腿的剧痛也减轻不少。

雷修远脱下外衣，撕成两条，绑在一处打了个死结。黎非登时醒悟，急忙也脱下自己的外衣撕开。两件衣服绑了条长绳，丢进洞里，她又叫道："纪桐周你快抓住，抓牢点，别松手！"

手上的绳子被扯了三下，外面两个人立即开始奋力地拉，纪桐周很快被拉到洞口，雷修远揪住他的领口，用力提出。大概扯到了他的头发，纪桐周连连叫痛："你能不能轻点？！"

说话间他人已在洞外，一落地踉跄数步，三个孩子不由都愣住了。

"咦？我的腿？"纪桐周自己也傻了，呆呆地跷起本该断掉的那只右腿，踢踢，再踏踏，它好像完全没受过伤似的，既不疼也能走了。

雷修远反应最快，当即道："把你方才拿着的果子给我看看。"

黎非将果子递给他，雷修远放在面前嗅了嗅，紧跟着剥开皮，浅尝一口。没一会儿，他撩起袖子，先前被虎妖抓伤的伤口已然痊愈，一点伤疤也没留下。

这果子？！黎非惊呆了，纪桐周早解下正骨的树枝，在一旁兴奋得又蹦又跳。雷修远问道："果子是从哪里摘到的？"

黎非支吾了一会儿，她总不能说是妖怪们给自己的吧？

正为难时，忽听洞外似是传来争执声，有个女子厉声道："想杀就杀！痛快点！你以为我会怕吗？墨言凡，算我眼瞎！看错你这个人！"

墨言凡？三个小孩难耐兴奋地对视一眼，总算遇到书院先生了！不过说话的女子又是谁？

很快，墨言凡冷澈的声音便在洞外响起："你所受都是皮外伤，莫要再动，好好疗伤。"

皮外伤？疗伤？孩子们原本兴奋奔出的脚步顿时停下了，互相惊疑地打量着。雷修远轻声道："是那个假冒林悠的女人？"

纪桐周皱眉道："那女人冒充书院先生，还用星正馆的魔术害人，墨言凡怎会……"

"他二人似乎有什么隐情，先听一会儿。"雷修远的提议得到其他两人的赞同，孩子们猫在洞壁上，个个拉长了耳朵偷听起来。

那女子开始冷笑："这些伤还不是你那位师叔给的！山派星正馆，哼！好大的名头！胡乱栽赃嫁祸！以为我东海万仙会会害怕吗？！我也不用你假惺惺！你跟你那个师叔根本是沆瀣一气！男子汉大丈夫，敢做就敢当！你既然敢把我的事告诉他，就别再回来跟我装好人！"

她爆竹似的噼里啪啦说了一大串，说到后来大约牵动了伤口，疼得一个劲儿吸气。

墨言凡听起来像是在苦笑："疼不疼？叫你别动了。"

"你乱摸什么！给我滚！"啪，清脆的耳光声。

对面半天没声音，隔了许久，墨言凡才淡淡道："我没有将你的事告诉震云子师叔，亦不是特意带他来书院揭穿你，信或不信，在你。你如实在恨我，也先将伤养好，离开禁地，日后要杀要剐，随你。"

"可笑！你不说，他怎会知道？我看他的天音言灵也没那么强横，可以向你逼供！"

墨言凡道："震云子师叔这些年修行遇到了瓶颈，天音言灵与字灵魔术威力已大不如前，否则你以为自己能那么轻易逃脱？至于他如何知道的，师叔不过是套你话而已，你却一怒之下自己将事情全说出来，原本书院就有弟子因为魔术一事与星正馆脱不开干系，你承认自己会天音言灵岂不是让他抓个正着？"

那女子怒道："你的意思是怪我自己了？！"

"不……阿蕉，你也太胡来了。"他轻轻叹了一口气，"为什么冒充林悠来书院？倘若被人发现，此事必然不得善终，山派海派之间更是要生出罅隙。"

被称作阿蕉的女子嗔道："我高兴！你管得着吗？！"

纪桐周见她言辞激烈态度蛮横，早已不喜，当即皱眉不悦地低声道："这女人好生无礼！哼！堂堂大男人居然被一介小女子欺负！真没用！"

这位小王爷似乎很不能接受女人压在男人头上，黎非奇道："她这不是欺负他吧？他们俩不是一对爱侣吗？"

"爱侣？"纪桐周嗤笑，"开什么玩笑，墨言凡可是星正馆玄门的精英弟子！玄门专修天音言灵与字灵魔术，怎么可能找道侣！就算找，也不会找这种坏脾气的女人！"

他笃定墨言凡必然会捍卫星正馆精英弟子的尊严，接下来肯定会翻脸无情然后将这女子抓起来。

墨言凡淡淡道："今日变故也有你自己一部分责任，当初认识你时，你并不是这样鲁莽。师叔的事，我替他向你赔不是。伤好后你速速离开书院吧，我会向师叔澄清你的事。"

阿蕉声音中忽然带了一丝哽咽："你……后悔认识我了？"

墨言凡道："不是，但你无故伤害林悠，只为混入书院，授课亦是乱七八糟，耽误了那些孩子，这样只顾一己之私，我实在无法苟同。"

阿蕉忽然哭了："言凡，我知道自己这样做不好，可你……半年前走后，我再也没见过你，我只是忍不住……"

他又叹了一声，良久，低声道："先不说这些，脱衣吧。"

事情发展显然大大出乎纪桐周的预料，他目瞪口呆了半天，脱衣是怎么回事？！他忽然又满面通红，低声道："哼！光天化日！不知廉耻！"

这小王爷真吵，就不能安安静静地偷听吗？黎非无奈地瞥了他一眼。纪桐周只觉尴尬，想看，又不敢往外偷看，手脚都不自在了，见黎非看自己，他便想起上回她伏在雷修远床上睡觉的事。哼！都是不知廉耻的家伙！

又过了许久，阿蕉的声音变得温柔起来，语调甚至带着娇媚的俏皮："上次也是这样，不过是你受伤，我替你疗伤，言凡，你还记得吗？"

他似是低低一笑，没有回答。

"我当时怎么就鬼迷心窍喜欢上你了，又扭捏又假正经，跟我们东海的爽朗男儿完全不同！我勾搭了好久你都不动容！真叫人挫败！"

"你后悔吗？"

"你猜？"

他又没回答，阿蕉忽然又道："哼，还在怪我？你以为我真会杀林悠吗？我才不会乱杀人！"

墨言凡奇道："那你将她藏哪里了？"

"回头再告诉你，反正她不会有性命之忧！等伤好了我就把她放走！这个书院的破先生，谁爱做！你还冤枉我，我可没有乱教，只不过你们山派的修行方法与我大相径庭而已！"

他失笑："两个月只学凝冰术？你们东海万仙会这样修行？"

阿蕉的声音忽然有些严肃："你们山派总觉得高等仙法才有威力，其实未必。越是低等的五行仙法，用起来反倒有单纯的天地威力。我东海万仙会的弟子，入门后五年内每日只修习五行基础仙法——你看那棵树，你现在用凝冰法将它冻住，须得三个吐息的时间，所结之冰不过三寸，我万仙会的弟子却可在半息用出凝冰法，而冰层可厚有丈余。"

墨言凡沉吟片刻："如此修行方法还真是第一次听闻，竟大有道理。"

阿蕉笑道："天下之大，修行方法之多，你们山派的修行方法未必是正统。你那个师叔狡诈凶狠，鼠目寸光，竟叫我妖女！我看他的瓶颈一辈子也过不去啦！"

“牙尖嘴利。”墨言凡的声音少见地带了一丝愠意，“不过师叔今次所行之事确实古怪……他近年的脾气越发古怪了，我原本想回师门询问师父，谁知在书院不远处竟遇到了师叔，我并未诉说魇术一事，他却好像自己猜到了故意问我，我瞒不过，只得告诉他。”

阿蕉冷笑起来：“要我看，指不定是你那个好师叔自己下的手！”

“这话不可乱说。阿蕉，你在我面前怎样胡闹都可，但下次不许这样任性了。”

阿蕉的声音温柔得似乎可以滴出水来：“好，我都听你的。”

这一趟偷听简直可谓峰回路转，刚才这女的还气势汹汹要杀人似的，没一会儿工夫又变得柔情似水了，两个大人一无所觉在前面说着情话，三个小孩在后面尴尬得不行。

“要不……我们还是别听了吧？”黎非咳了一声，“那个，现在要不要出去叫墨先生？”

纪桐周脸红得都快炸了，雷修远道：“再等等。”

墨言凡忽然道：“此地妖气甚重，只怕是历代书院创立者封印妖物的地方，我们不可久留。方才我刻意避开那黑纱女，但她迟早会找来这里，我们先走吧。”

历代书院创立者封印妖物的地方？意思石门后都是被封印起来的妖物？纪桐周忍不住回头看了一眼，谁知这一回头却吓得他差点晕过去。他们身后不到三尺的距离，有一团浓墨般的黑影无声盘踞着，他张嘴正要叫，那团黑影忽地缠住他，他只觉身体像是被一条巨蟒缠住般，口鼻也被封住，霎时间身体像是要裂开般痛苦。

“现在出去。”雷修远抬手推纪桐周，不料推了个空。他愕然转头，却见一团巨大的黑影将纪桐周团团缠住，正朝山洞深处拖去。

“纪桐周！”黎非情急之下大叫一声追了上去，孰料那团黑影缩得极快，眨眼工夫便消失在岔道尽头，两个小孩飞奔过去，却见纪桐周被它拖进石门内，眨眼便被黑暗吞没了。

两人正要冲进石门，冷不防被后面赶来的墨言凡挡住，他如冰似雪的面上终于有了一丝堪称惊疑与尴尬交杂的表情，急问：“你们怎么会在这里？来多久了？”

黎非急道：“我们的朋友被妖怪抓走了！快进去救他！”

墨言凡见黎非他们还要朝门内冲，他又拦住：“里面是封印妖物的地方，很危险，你们修为低，不可擅入。”

“纪桐周被妖怪抓走了！”黎非火了，“你要看着他死？！”

墨言凡摇了摇头：“我去，你们在门口等着。阿蕉，看好他们。”

他一闪身进门，他身后那位紫衣美人上前一步挡住门口，似笑非笑地看着黎非，道：“几个小娃娃不学好，专门躲后面听人说话，上回在书院，也是你们俩吧？我没揭穿，这次又来。这里是你们书院的禁地，你们几个小东西是怎么来的？再不说，我把你们的耳朵都拧下来。”

她紫色的衣衫式样十分古怪，露出一双玉似的肩膀，长发如墨，宛然垂背，容貌娇媚光艳，是个十分出众的美人，与那个寡淡似水的林悠简直是天壤之别。

雷修远淡淡道：“我们御剑的时候忽然灵气流动不畅，三个一起摔下来了。”

阿蕉不由沉吟，片刻后才道：“御剑摔落，必然要破坏石剑内部灵气脉络，能做到这种事的人修为一定十分高深……哼，肯定是那个浑蛋震云子！他鬼鬼祟祟不知做了什么坏事，却全部栽赃在我身上！”

说罢她又盯着雷修远打量：“中字灵魔术的人是你吧？一次害你不成，这次又是切断你石剑的灵气脉络，他这是非要你死！你还居然由着那浑蛋血口喷人！你们这些小鬼也讨厌得很！”

话音刚落，却听石门内传来一阵惊天动地的嘶吼声，其声切金断玉般，竟是从未听过的兽声。阿蕉脸色登时变了，拔腿便冲进石门后。黎非与雷修远对视一眼，雷修远点点头：“我们也进去看看吧，如有不对，立即出来。”

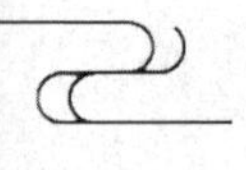

# 第十二章 怀璧其罪

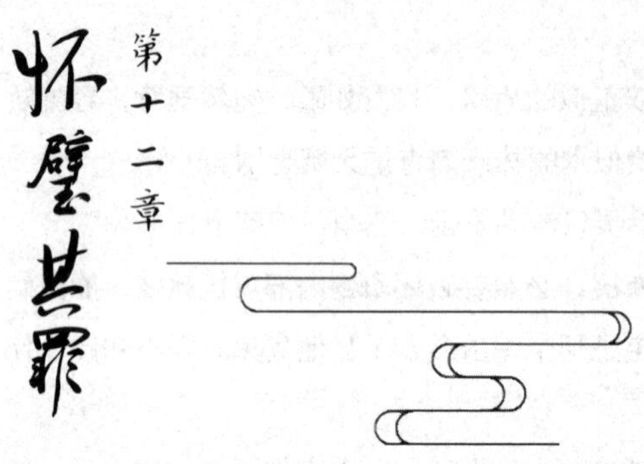

刚一踏进石门，便觉仿佛进了另一个天地，这感觉与二选时从瑞雪庐忽然进入瘴气树林一模一样。眼前是一片荒芜之地，半个人影也无，遍地竖着窄窄的长石碑，粗粗一瞥，竟好似无边无际一般。

雷修远一进来便皱起了眉头，轻道："这里无数股妖气，果然是封印妖物的地方。"

黎非见那些窄窄的石碑上似是有刻字，不由上前细看。石碑上所刻与凡间的墓碑大不相同，甚至各自的字体也不同，有的是篆体，有的却是狂草。

"金凤湖，蛇妖施战，封二百年，一百八十三。"她看完一个石碑上的字，再看另一个，写的也类似这些，都是地名加上妖怪名，还刻着封多少年，最后是几个数字，想必是已经封印的年份。

雷修远道："这些妖有名字，了不得。"

"什么意思？"

他道："我曾看过一些志怪逸闻，天地间妖物虽多，但能口吐人言者却少，通常须得修行到一定境界，方可吐人言，生灵智，自口吐人言之时起，便会有名字，此名独一无二，乃是天所赐。这里被封印的妖大多有名字，可见全是有一定修为的大妖。"

黎非不由想起了日炎，他会说人话，也和人一样聪明，或许比人还聪明些，他的名字叫日炎，但不晓得是不是他的真名。

“他们是干了坏事才被封印的吗？”

雷修远摇了摇头：“不尽然，更多是为了炼制法宝吧。妖物修行往往要食人精血，仙人炼制法宝也离不开妖物的皮毛骨髓妖气，互相掠夺而已。”

食人精血？！意思是吃人？黎非不由打了个寒战，纪桐周这会儿还活着吗？

雷修远朝前走了一段，却见前方有个大坑，封印的石碑落在坑中，已断成了两截，看断裂的切口，似是刚断没多久。他抓起一把土嗅了嗅，其上附着的妖气腥臭异常，让人欲呕。

这里被封印的妖物太多，偶有封印期结束破封而出的妖物，想来书院创立者也管不过来，平日以机关石门锁住封印地，这次被他们误打误撞打开了石门，正巧有只妖物破封逃逸出来。纪桐周先前因为摔落坑底，身上伤口最多，想必衣衫上尚未干涸的血腥味将这只妖物吸引了，将他摄去。

“妖气往东而去，还夹杂着东海万仙会那女子身上的香料味，既已追上，纪桐周应当不会有性命之忧，我们追上去看看。”

两个孩子往东面疾奔而去，跑了许久，忽见前面不远处立着一只巨大的金狻猊，满身金线般的毛皮油光水滑，光那几根爪子就比人的大腿还粗，这只金狻猊竟然比青丘初遇的日炎还要巨大！

更诡异的是，金狻猊背上三尺处虚虚悬浮着一座小巧玲珑的黑色石塔，与遍地的石碑不同，那座石塔上似乎加持了极强的封印术，在黑暗的禁地中发出五彩斑斓的光华。

它口中衔着一团黑雾般的物事，正是方才将纪桐周捉走的那只妖。更可怕的是，它脚边瘫着三人，居然是刚刚进来寻人的墨言凡与阿蕉！这两个先生跟纪桐周一样，都仰面躺着，面色如纸，七窍中细细的鲜血正汩汩而出，不知死活。

黎非惊得僵住了，只听金狻猊喉中发出切金断玉似的低吼，齿关忽然一合，黑雾妖发出惨叫声，被它直接吞下了肚。它冰冷的金色眼瞳忽然转过来，笨重巨大的身体竟一纵而起，沉沉落在她面前，尘土四扬，两个孩子被震得站立不稳，狠狠摔在地上。

“快跑！”

雷修远拽着她转身便要逃，却哪里来得及！金狻猊张开了嘴，血盆大口中，两排獠牙似刀，看上去十分恐怖。它突地大吼一声，声势浩大至极，简直像平地突然落下无数道惊雷一般，偏偏这吼声还绵长不绝，浩浩荡荡，足吼了一炷香的工夫才骤然停下。

黎非耳朵差点炸聋了，一直死死捂住耳朵，没一会儿，忽觉肩上一重，雷修远软绵绵地倒在了自己身上，她一把扶住：“你怎么……”

话未说完，低头一看，却见他五官中的血水汩汩而出，脸色惨白，竟好像受了重伤一般。黎非倒抽一口凉气，惊道："喂！你怎么了？雷修远？！"

他睫毛痛苦地颤了几下，缓缓睁开眼，气若游丝："快、快走……这只狻猊好厉害……"

一语未了，他再度晕死过去。

黎非惊骇地四处顾盼，来这里的每个人都扑倒在地上，不知是生是死，这一切……就因为那只金狻猊大吼了一声？她自己怎么没事？怎么又是她一个人没事？！

眼看那只狻猊朝这边走来，黎非情急之下也干脆倒在地上装死，她一颗心都快蹦出喉咙了，接下来要怎么办？就剩她一个人清醒着，眼看着这里所有人被它咬死？还是独自一人逃命？

金狻猊傲然漫步至雷修远身边，低头在他身上嗅了嗅，喉间又发出不悦的低吼，尖利的牙齿开始龇出，看样子竟打算把他跟那只妖一样一口吞掉。

真的要咬死他？！黎非再也无法忍耐，猛然跳起叫道："停下！"

金狻猊被吓了一跳，金线般的毛一下炸开，黎非乍与它冰冷毫无感情的金色眼睛一对上，不由打了个哆嗦，后背顿时冷汗涔涔。

她、她是不是太冲动了？它会不会一怒之下把她吞掉？

她眼睁睁地看着这只庞然大物朝自己走来。然后，它低头，小心翼翼地在她身上嗅了嗅。

黎非见它不停地嗅，一面嗅一面还有大团的口水滴落。她顿时有种魂不附体的感觉，颤声道："我、我不好吃！没肉！"

金狻猊谨慎地盯着她看了一会儿，鼻子里喷出一口气，低低吼叫数声，最后似是打了个呵欠，歪在地上竟就这么睡了。睡了？她没被吃掉？黎非只觉心啊肝啊胃啊都快一起从喉咙里跑出来了，两只脚软得一点儿力气也没有，软绵绵地跌坐下去。

这、这真是劫后重生一样的感觉……

黎非惊魂未定，她试着动了一下，金狻猊忽又起身，厚重的大爪子拍在她身上，她全然没有反抗余地，被拍得摔下去，肉饼似的贴在地上——这是要踩死她吗？！黎非恐惧到了极致，谁知那只比她整个人还大的爪子并没有使劲儿。它像是只要求她不许动一样，爪子轻轻压着她，打个呵欠，重重躺在她身边，居然还要睡！

黎非脸贴在地上，后背还轻轻压着一只肥大的肉掌，动都不能动，要多难受就有多难受。正绝望时，耳畔忽然响起一个再熟悉不过的沙哑声音，此刻这声音犹带睡意，含糊不清，语意喃喃："我感觉到了……是我被夺去的一部分妖气，在这里？"

这时候听见日炎的声音简直像暗夜忽然出现阳光一样，黎非都快哭了："日炎！这里就是你一直想来的禁地啊！这个狻猊……那些人……我……”

她语无伦次，简直不知道要怎么告诉他眼前的情况。日炎似乎是因为没睡醒的缘故，无法幻化出白色小狐狸，他沉默了片刻，忽然道：“这只狻猊怪背上封印着我的妖气？蠢货！你居然当真跳下来了？！”

这些事说来话太长，黎非只得简短地将情况匆匆说了一遍，日炎声音听起来也十分虚弱，他冷笑起来：“这里被封印的妖气甚是可观，哼……往日我只是觉得崖底有熟悉感，应当是有妖气被封存在这里，想不到……让我想想，应当是好几年前的事了，当时那几个仙人相当厉害，我并未遭遇祸祟之年却也觉难缠，只得舍弃部分妖气逃遁，这样算来，那几人是这书院的创立者吧？居然把我的妖气封印在这种看门灵兽背上！真真可笑！”

黎非艰难地把脑袋换个方向：“你看，这只狻猊压着我不让我动，怎么办？”

日炎哼哼一笑：“它相当喜欢你，也难怪，我的妖气纵然被封印，却难免有些许溢出，这些妖气弄得它暴躁难安，有你在，妖气被净化，它怎么舍得放你走！”

黎非大惊失色：“我走不掉了吗？！”

他又是半天没说话，过了许久，才道：“若你能破开这个封印……不，还是算了，你莫担心，你们这些人在这里耗不了多久，上面总有人来救，既然有人能养得住这只狻猊，自然也有法子制住它。”

黎非只觉他少见地语带犹豫，似是颇为可惜，不由想起他数次说让她跳下来的事。这里封印着他的妖气，而且数量甚为可观，近在手边却不能拿，他的遗憾不甘可想而知。这个曾经叱咤风云的千年九尾狐，遭遇祸祟之年妖气被封存，只能蜗居在一个小丫头的体内苟延残喘，每十日才能清醒片刻，该有多痛苦。

“日炎。”她忽然开口，“我愿意破开这个封印，你告诉我怎么做……还有，先帮我想想办法让这狻猊放开我。”

日炎停了一会儿，忽道：“这次与二选不同，封印妖气丢失，你难辞其咎，我劝你别动。”

“除了那只狻猊，不会有人知道吧？”

“蠢货。”日炎冷笑起来，“你以为这封印是外面那些乱七八糟的纸片吗？只要你的手指一触动，下封印的人立即知道是谁动了他的封印，你有本事碰碰看，找死！”

“那你怎么办呢？”她无奈。

他的态度顿时变得十分粗鲁：“你这蠢货自身难保，还管我那么多！谁叫你没事跳下来了？！我日炎的东西，就算落入旁人手中，总有一天我也会取回！你这狗屁小丫头插什么手！”

黎非被他突如其来的火气骂得瞠目结舌，分明是他自己以前老让她跳下来跳下来，这会儿怎么变成她自作主张跳了？她想着想着，忽然又觉得好笑，一时忍不住嗤一下笑出声了。

日炎更是勃然大怒："笑个屁啊！"

"没什么。"黎非继续找个舒服的姿势躺着，"你再等几年吧日炎，等我再厉害点，厉害到就算破开封印也不会被人知道，我一定会再来的。"

"谁要你来！"

"你真别扭，说句谢谢会死啊？"

"谢你个大头鬼！"

"那就我说谢谢吧，你为了保护我，宁愿放弃唾手可得的东西，我好感动……"

"呸！我不听这些甜言蜜语！给我闭嘴！"

"你与其恼羞成怒，还不如帮我想想办法，怎么让这狻猊放了我。"

"谁恼羞成怒了！你……等下，你怀里是什么东西？味道有些熟悉。"

黎非艰难地动了动，怀里有些硬邦邦的东西硌着她怪疼的，她想了想："哦，好像是那些妖怪给我的果子，吃下去什么伤都好了。可惜我现在不能动，不然给他们吃了果子，兴许还能逃掉。"

日炎道："这里的妖怪倒会讨好卖乖，把妖朱果送给你，是求你赶紧走吧！"

"妖朱果？"黎非喃喃念着这个从未听过的名字，"对了，它们给我吃喝，是为了让我走人？什么意思？"

"废话！你在这里阻绝净化瘴气妖气，它们修行能进益才有鬼！不赶紧求你走，难不成还敢杀掉你吗？！"

黎非奇道："我阻绝净化瘴气妖气？那你怎么还能藏我身上？"

日炎不耐烦了："那些低等妖物怎敢与我相比！你问那么多好烦！想离开，把妖朱果丢一颗出去！"

黎非还是不得不问："妖朱果……又是什么？"

日炎怒道："你这蠢货怎么老是这么多问题！烦死人了！你管它什么东西！反正吃了不会死！哼，那边几个晕过去的蠢货，是被金狻猊的狻猊吼震晕的吧？连只金狻猊都对付不了，还个个受重伤，什么玩意儿！抽空把果子给他们吃了，然后赶紧上去吧！看着就碍眼！"

墨言凡他们又不是什么修为精深的仙人，最多算精英弟子，离成仙还早呢，日炎用自己的标准来看人，自然个个是蠢货。

黎非摇了摇头，继续艰难地试图在金狻猊的爪下活动手脚，想要从怀里取出个妖朱果，比登天还难。

日炎声音变得飘忽起来，似乎疲倦到了极限："于沉睡中惊醒，对我是个损伤，这次须得多睡数日，我去也，到时候再把今天的事情全部说给我听。"

一语未了，他的声音已袅袅散去。

他永远是这么来去匆匆，不知什么时候，他才可以时时刻刻清醒着。黎非叹了口气，继续努力往怀中摸索，指尖快要摸到妖朱果了，但那果子甚滑，极难取出，她急得满头汗。

后面忽然传来一阵急促的脚步声，有人来了？！黎非如蒙大赦般努力仰高脑袋，却是胡嘉平与黑纱女二人。他俩见着满地晕死的人，脸色都变了，再见到被金狻猊压着的黎非，胡嘉平的脸一下就绿了。

"小丫头！"他声音微微颤抖，"你怎么样？你别动！我马上救你！"

黎非道："我没什么……先生，这金狻猊好厉害，你们打不过它的！先救其他人吧！"

"阿慕，你将其他人先挪远些。"胡嘉平小声吩咐，眼睛紧紧盯着那只打盹的金狻猊，似乎因为压着黎非，它对突然闯入的两个陌生人也懒得管了，"怪不得下来前左丘先生给了我一枚符纸，原来是要用在这里。"

说着，他从袖中取出一张通体漆黑的符纸，其上咒文如血，密密麻麻，与寻常咒符大为不同。

符纸刚一取出，金狻猊立即有了反应，它警惕地盯着那张符纸，喉间隐隐有不悦的低吼。

黎非急道："你别惹它了！它刚才一吼大家都差点没命！"

黑纱女将众人挪到门口处，这才折返，轻声道："金狻猊会狻猊吼，防不胜防，寻常仙人都无法抵抗，平少，你莫要莽撞。"

胡嘉平恍若未闻，他将那张符纸轻轻抛出。奇怪的是，所有咒符在禁地内都无法作用，这张符纸却轻飘飘地自己飞起来了，慢悠悠地朝金狻猊飘去。

金狻猊如临大敌，它猛然起身，张开血盆大口，又是一阵惊天动地的吼声炸开。好在它这一起身黎非得到了空隙逃开，她又一次差点被炸聋耳朵，急忙死死捂住头脸。谁知这阵恐怖的吼声却好似突然撞上了一面墙，竟没能对胡嘉平他们生效，那张符纸将狻猊吼尽数吸纳过去，还在慢悠悠地朝它身上飘来。

金狻猊目中流露出一丝恐惧，朝后退了数步。胡嘉平眼明手快，捞起黎非就跑，这举动登时将它真正激怒了，当下再也不管符纸，狂吼着朝他追来。它体型巨大，跑几步便追上了胡嘉平，当头一爪拍下。

胡嘉平动作比猴子还灵活，就地打个滚躲开，一面狂奔一面叫道：“阿慕！”

黑纱女身体忽然化作一股黑烟，待烟雾瞬间散去，半空却多了一柄通体漆黑的细剑。胡嘉平纵身而起，凌空抓起那柄黑剑，寒光乍现，长剑出鞘，剑身竟与剑鞘一样是通体漆黑的，然而这柄剑却并不完整，剑尖部分断开了——原来当日他们说的砺锋便是这柄剑吧？所谓折断砺锋，原来是剑被折断了。

附着器灵的宝剑纵然被折断，也与寻常武器截然不同，砺锋刚一出鞘，便是龙鸣幽幽，周围浓密黏稠的妖气与瘴气也被一剑劈开。胡嘉平躲过金狻猊的第二爪，出手如电，一剑削在它腿上。霎时间，血花四溅，砺锋竟能将金狻猊厚实的皮毛一剑切开。

金狻猊痛吼一声，它来来回回只会两招，狻猊吼与狻猊抓，两招都没什么用，反而被人伤了皮肉，眼下终于有些怕了，低吼着朝后缩去，金色的眼瞳却依依不舍地盯着黎非，甚是可怜。

日炎说，因为它背上封印的九尾狐的妖气溢出，导致这只狻猊暴躁难安，所以它才会想将黎非留下，这样说来，它确实也怪可怜的。黎非原本打算摸一颗妖朱果给它，谁知手一滑，怀里果子滴溜溜有大半都掉在了地上，十几枚果子滚到金狻猊脚下，它低头闻了闻，又是一声低吼，也不知是喜是怒，但追逐不舍的脚步却渐渐缓了。

砺锋又化作黑烟，片刻间，黑纱女再次出现。两人一鼓作气离开了封印妖物的禁地，一出石门，胡嘉平才真正松了口气。

“这石门怎么关？”他问。

黑纱女跳进岔道尽头的坑里，不知她做了什么，石门再度无声无息地被合闭，她的身影也被一个小小石台托上来。原来那个洞里有一座石台，一旦触动机关就会陷落，再触动机关，才会升起。

胡嘉平查看了一下众人的伤势，唯独纪桐周伤得最重，前有瘴气感染，后被狻猊吼所伤，这可怜的少年面色惨白，呼吸已是气若游丝。胡嘉平摇头叹道：“你们往哪儿跑都行，怎么偏偏闯进封印禁地了？”

黎非此番连连遭遇变故，如今骤然逃出生天，顿时觉得浑身从头到脚都酸软下来，眼前阵阵发黑，竟有些意识不清。

黑纱女将阿蕉背起，又把黎非轻轻抱在怀中，低声道：“有什么事上去说，此地不宜久留。”

黎非醒来时，全身都暖洋洋的，骨头仿佛都变得又轻又软，她缓缓睁开眼，入目是陌生的屋顶，不是自己的千香之间。不远处好像有人在轻声说话，她意识朦朦胧胧的，只是听不真切。

偏过头，她发觉自己是躺在一张小床上，这间屋子很大，放了许多张床。黎非一眼就看到了躺在对面的百里唱月，她全身上下被一层冰蓝色的治疗网罩住，衣服上有大团大团干涸的血迹，整个人还在昏睡不醒。

唱月？黎非愣了一会儿，突然一个激灵，迷迷糊糊的瞌睡虫顿时全惊醒了。她回到书院了？大家都没事吧？她猛然坐起，却见屋中其他床铺上都有人，纪桐周和雷修远都被冰蓝色治疗网笼罩，除了她谁也没醒。

小床靠窗，窗外的说话声还在继续："……书院并非自成一门的仙家门派，先生们也都是从其他门派中请来的精英弟子，阿蕉姑娘，林悠先生被你藏匿的事，即便是我，也没有立场为你开脱。林悠先生是火莲观的人，此事传出去，山派海派之间又要生出罅隙。"

阿蕉娇媚又轻快的声音响起："我可没害她，而且请她好吃好住了这几个月，你们山派的人这么斤斤计较，真是小气！"

左丘先生温言道："姑娘此言差矣，无故出手将人藏匿，与挑衅何异？更何况姑娘是海派中人，身份特殊，做事前莫非不仔细想想吗？"

阿蕉急道："那怎么办？我给他们赔不是行不行？这事是我自己任性妄为，与山派海派无关！我马上就把林悠放了！"

墨言凡也道："左丘先生，此事确是阿蕉有错在先，而且事情也是因晚辈而起，晚辈愿同阿蕉姑娘一起，向火莲观的诸位前辈赔礼，任由责罚。"

左丘先生笑了起来："墨少侠是星正馆的人，你与阿蕉姑娘大剌剌地去给火莲观道歉，却让你的师门如何作想？年轻人，做事单凭一股热血冲动，未免有失稳妥。"

片刻后，他忽又道："阿蕉姑娘以星正馆字灵魔术伤害书院弟子的事……"

话未说完，墨言凡便急道："左丘先生，晚辈愿以性命担保，此事绝非阿蕉所为！"

左丘先生又笑道："说了你们冲动却还不听——阿蕉姑娘以星正馆字灵魔术害人，为星正馆震云子先生所伤，如今已逃遁不知何处，书院既不知其来历，也不知其姓名，唯独可确认她绝不是星正馆之人。墨少侠为正师门之名一路追捕，未能将妖女抓捕，却意外将林悠先生救出，火莲观承了星正馆的情，此为一喜；山派海派不必生出罅隙，此为二喜；星正馆洗脱嫌疑罪名，此为三喜；你二人情深爱笃，自此不必担惊受怕，此为四喜。四件喜事临门，你二人还要这般苦大仇深吗？"

"左丘先生……"墨言凡声音微微颤抖，他显然体悟了左丘先生的这番安排，书院愿意将这件事隐藏不发，保全阿蕉的海派身份，实在是卖给星正馆与东海万仙会一个极大的人情，此时说什么感谢的话都是多余，他只有深深低下头，心底对这位书院的创立者又是钦佩，又是感激。

阿蕉轻声道："左丘先生，今日你这番恩情，我必会铭记一生。回去我就和爹爹说，今年万仙会也来参加书院的新弟子选拔吧。"

左丘先生不由哈哈大笑："海派的人愿意来，书院自然欢迎至极，只是山派海派修行方法各异，你们或许看不上书院的小弟子们。"

几人又说了些闲话，墨言凡便带着阿蕉离开书院，去找林悠了。屋内安静了片刻，门忽然被打开，却是前厅的左丘先生走进来。黎非见着他就难免尴尬，她老是做这种无意间偷听的事，真不是故意的。

好在左丘先生并不在意，先看了看其他几个孩子的伤势，这才扯了把椅子坐在黎非对面，温言道："你觉得如何了？"

她摇摇头："我没事，一直都很好。"

他道："这两个孩子都有被瘴气所伤的迹象，而且内伤极重，方才墨少侠和嘉平将事情经过都告诉我了，你们会摔落禁地也是书院的疏忽，因此闯入封印禁地的事书院便不追究了。"

黎非点头不语。

左丘先生神情柔和地看着她，又道："你确实一切都好，上来的时候虽然昏睡，却毫发无伤，倒把嘉平吓个半死，他说你被金狻猊压着，还以为你要断手断脚。"

黎非暗咳两声，喃喃："是先生们来得及时，当时我……也是吓得不轻。"

"你的体质甚是特异。"左丘先生笑眯眯地看着她，"东阳先生会把你送到书院初试会场，想必也是这个缘故吧。你的体质邪祟不近，禁地浓稠的瘴气无法靠近你的身体，还被你净化了不少，狻猊吼也伤不到你——还有这些……"

见他从袖中取出两枚干瘪紫黑的果子，黎非下意识摸了摸怀里，衣兜中空空如也，原本装着的妖朱果不见了。先时那些妖怪给了她十几枚妖朱果，后来被她不小心掉了大半在金狻猊脚下，剩下的两枚居然变得这么干瘪了，看着就不能吃的样子。

"你知道这是什么吗？"左丘先生温和地问她。

她知道这个叫妖朱果，但此刻也只能装作不知道，摇头道："不知道……不过纪桐周吃了它骨折就好了。"

左丘先生道："这个东西，叫妖朱果，对凡人和修为不高的妖与人来说，有起死回生大幅提升妖气的神效。妖朱果并不算珍稀，难在它生长的地方，必然是瘴气极浓郁之处，你看，它一上来就瘪了。呵呵，你看上去那么惊讶，是不是觉得瘴气这种脏东西里面为何还会生出灵物？其实灵气瘴气不过是我等修行之人的称呼罢了，天地既分阴阳，两者互斥却又不能分开，阴阳甚至必须维持一种平衡，就像仙人与妖，互相掠夺，互相排斥，最终却还是互相依存。这妖朱果，只有妖物才能采摘，是禁地的妖怪们给你的吧？”

黎非大吃一惊，掌心一下就汗湿了——他怎么会知道？！他知道了这些秘密，会把她怎么样？！

左丘先生柔声道：“你莫怕，个中缘由并不难猜，你体质特异，阻绝净化了瘴气，于禁地中那些妖物是个大威胁，它们既然怕你，自然要送上最珍贵的东西求你离开，这是妖的道理，我们人不懂。只可惜妖朱果离开瘴气便枯萎干瘪，变成这样，可再也不能吃了，只能丢掉。”

黎非还是惊魂未定，她紧紧抱着自己的膝盖，在这个老仙人面前，她感觉自己的秘密像暴露在日光下的冰雪般，被一点点挖出来看穿。假如他还发现日炎在她体内，那该怎么办？禁地中还封印着日炎的妖气，他们如果知道了，一定会把日炎抢走的！

一直以来，都是日炎护着她，指点她，她不可以让他落入这些仙人手里，她得保护他。

左丘先生见她浑身僵硬的模样，便又道：“有些话我在第一次见到你时便想说。你自己知道吗？比起单一土属性灵根，你的体质才是最珍贵的东西，但正因为珍稀，才容易惹出祸事。你虽年纪小，却很懂事，没有将体质的事到处宣扬，须知匹夫无罪，怀璧其罪，太过珍稀的东西却存在弱小者的身上，往往带来的是极大的灾难。姜黎非，我希望你特殊体质的事，从今天开始谁也不要告诉，有朝一日，等你成长到足够能保护自己，这个秘密才可以不是秘密，否则，一个字也不要说。”

这是……告诫提醒她？黎非不禁抬起头，左丘先生含笑的眼睛藏在雪白的须发后，温和而又慈祥，叫她又想起了师父。第一次有人这样循循善诱地提点她体质的事，她明白，他是为了她着想，不由心中微微发热，用力点了点头。

“那么，从今天开始，单一土属性的女弟子姜黎非，由于上次测试灵根属性的先生是冒充的，所以你的灵根测试做不得准。”他从袖中取出一枚鸡蛋大小的珠子，珠子中的水面斑斑点点皆是雨痕，唯有底部一点点的黄土。

左丘先生眯眼笑了笑，居然有些俏皮：“如今经我亲自测试，发觉你是主水副土的灵根，也算稀奇了。”

他这是？黎非愣了一下，忽然又醒悟过来，单一土属性的灵根实在太耀眼，众多目光都集中在她一人身上，难免会被人发觉她的特殊体质，如今左丘先生对外宣布灵根测试出错，是为了转移旁人的目光，好教她不那么显眼，这样更安全。

黎非心中对他的感激之情无法言说，眼眶渐渐红了。左丘先生忽然从怀中取出一串弹丸大小的珠子，却是东阳真人给她的辟邪香珠，之前在禁地，辟邪香珠由于瘴气太过浓烈而裂开再无效用，不知左丘先生用了什么法子将它们还原了，此刻清灵之气再度附着其上，比往日还要浓烈。

他把辟邪香珠套在黎非腕上，道："以后旁人问起，就说是辟邪香珠的作用。我猜，东阳真人也是这番打算，才会将这珠子送给你。"

黎非摸着珠子，眼泪不争气地掉下来了，她赶紧抹掉，低声道："谢谢您……"

左丘先生微微一笑："你既已痊愈，便回自己的房间吧。这三个孩子只怕要明日上午才能痊愈，不必着急。"

黎非出来的时候，书院已是半夜三更，弟子房庭院中空荡荡的，几摊残雪，满地枯枝。她一眼就望见了徘徊窗前的叶烨，急忙叫了一声，谁知他竟好似没听见一般，黎非连叫三声他都没反应，她忍不住走过去，却发现他丢了魂一样，两眼只是盯着窗户缝隙，动也不动。

他的弟子服上还残留着干涸的血迹，应当是百里唱月染上去的，难道说他醒了之后一直没走就待在这里等着？

黎非想过去碰碰他打个招呼让他别担心百里唱月，可不知为啥，却觉得他整个人都充满了一种拒绝任何人靠近询问的气息。她犹豫了一下，目光一瞥，忽又望见离他不远的地方，百里歌林正坐在台阶上发呆。

"歌林。"她走过去，这次又是叫了好几声，百里歌林才忽然听见般，抬起头来。

"黎非！"她轻叫，紧跟着眼圈却红了，她咬着嘴唇低声道："太好了，你没事……我之前……真是，先是以为姐姐会死，后来醒了知道你也摔下去了，我都不知道该怎么办。"

"我没事，手脚都在。"黎非握住她的手安抚，"我在里面见到唱月了，左丘先生说明天上午她就能痊愈，没事的，你别担心。"

她见百里歌林眼里满是血丝，头发衣服都乱糟糟的，显然是因为忧心姐姐和朋友，连平日最在乎的仪表都顾不上了。

"你怎么一个人坐这儿发呆？别太担心，唱月明天就好了。"

百里歌林没说话，她怔怔地望着地上的残雪，似乎又出起了神。

黎非心中隐隐有些奇怪，他们都怎么了？

"叶烨是太担心唱月吗？"她轻声问。

百里歌林默然片刻，勉强笑道："是吧，他和姐姐感情一直很好。她出事，最担心的人就是他，摔落悬崖也是，他直接跳下去接住姐姐了……”

她停了一会儿，又道：“黎非，姐姐掉下去的时候，我魂儿都快吓没了，只想着陪她一起下去。”

黎非点点头，她自然能理解这种心情，要是师父在自己面前出什么事，她也会毫不犹豫跟着一起去的。

“后来叶烨也下去了，他接住了姐姐。”百里歌林顿了顿，“我一面往下掉，一面脑子里只是想，他们俩要是死了，我也活不下去，三个人一起死也好。”

黎非轻轻环住她的肩膀，低声道：“你们是亲人啊，我懂。”

“嗯，是亲人。”百里歌林默然片刻，“现在知道大家都没事，我真的很开心，特别开心。”

开心？可她为什么在哭？黎非不能理解，这是喜极而泣吗？

“黎非你知道吗？我们是一年多前在卖艺路上遇到叶烨的，那天是我先发现叶烨的，他被人追杀，身上全是血，就躺在小巷子里，雪已经把他埋了一半了……我靠近他，想要救他，却被他咬了一口……”

百里歌林喃喃轻语，似是陷入回忆中，她眼中有一种奇异的光辉。

“我脑门儿上一个坑，左手虎口上一道疤，都是他弄的……他那时候好凶，不但咬了我一口，还把我狠狠推墙上，我脑袋被撞破了，流了好多血……后来他给我道歉，说如果破相了他会负责的……他负了什么责呀？我可是真的破相了……再后来我问他你怎么不负责？他说，我怎么没有负责？哥哥会负责养你一辈子的……他想做我哥哥，可我不想要哥哥呀……”

黎非越听越心惊，她突然说这些做什么？歌林好像很奇怪……

“我知道他喜欢姐姐，我一直都知道，那我现在怎么了？我们三个人一直在一起，一直在一起……会不会在一起一辈子呢？他们会不会一直要我？”

她还在呢喃，不知是问黎非，还是问自己，忽然，她又笑了笑，似是回过了神，轻道：“黎非，你是我最好的朋友，我跟你不知道为什么，就是特别投缘。现在有你在这边，真好。

“我啊，会好好修行，当个厉害的仙人。”百里歌林轻轻说着，“我会没事的，我没事，你别担心……我就是太高兴了。”

黎非又是疑惑又是讶异：“歌林，你……”

“我没事。”百里歌林声音很轻，“你走吧黎非，早点休息。我想一个人坐会儿，好不好？”

此时此刻，她身上有一种和叶烨一样的、拒绝任何人靠近的气息，黎非实在想不出什么话，只得起身慢慢走了，想想还是不放心，回头望去，残雪冷月倒映中，百里歌林脸上满是泪水。

她忽然有种自己撞破了什么秘密的感觉，急忙转身。好像隐隐约约明白了什么，可她似乎又不是真的明白，一时有些悲伤，还有些迷惑。

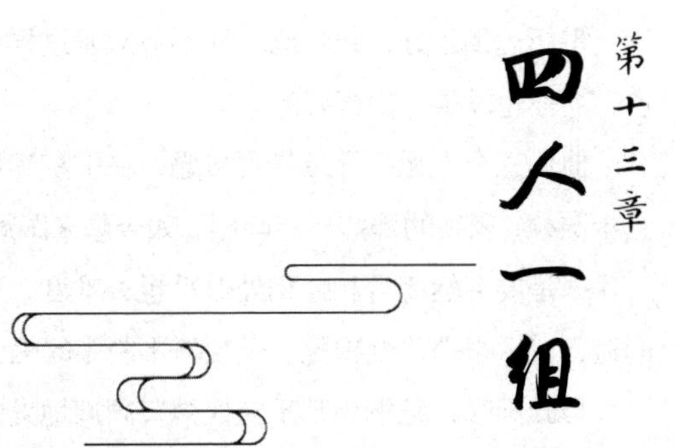

# 第十三章 四人一组

隔日，黎非起了个大早，其实她根本没怎么睡好，百里歌林满是泪水的模样一直在脑海中盘旋，她实在不知该拿什么话说给歌林听，她只能隐隐约约猜到些什么。歌林看上去嘻嘻哈哈活泼开朗，但她不想说的心事，谁也问不出来，甚至唱月也不能，黎非又怎能妄言？

来到昨日的庭院，出乎意料，门已经开了，雷修远跟纪桐周站在一旁，左丘先生不知和他们正在说些什么。另一边，叶烨紧紧抱着满身血迹的百里唱月，歌林站在离他们很远的地方，没有过去。

黎非本想过去看看唱月，但她与叶烨紧紧抱在一起，过去像是打扰了他们似的。对叶烨他们来说，这是一次生离死别般的经历，会这样倒也不难理解，只是歌林孤零零站在一旁的模样，不知为何，总让她感到酸楚。

左丘先生似是交代完了事情，一面走一面温言道："你们几人虽然内外伤都已治愈，但消耗的精力却回不来，这几天先生们都忙着架灵气网，修行暂时中止，趁这机会，好好休息。"

孩子们恭恭敬敬地说"是"。

目送左丘先生离开，黎非将面前两个男孩打量一番，大大方方地开口道："你们都没事，太好了。”

雷修远倒还好，纪桐周明显不适应她这样和颜悦色，满脸尴尬，支吾半天，才小声道：“你也没事……挺好的。”

他们三个人无论开始是否自愿，在书院禁地都齐心协力共渡了一次难关，互相帮助互相照顾，以往的那些恩怨龃龉，如今想来跟顽童胡闹没什么区别，再去计较未免可笑。

只是要突然变得和睦相处似乎也有难度，三个人默然无语站了一会儿，雷修远开口问道：“后来那只金狻猊，是胡嘉平制服的吗？”

与此同时，纪桐周几乎与他异口同声地发问：“金狻猊是怎么回事？背上真的封着一座黑色石塔吗？”

说完，两个人对望一眼，忽然间诡异地都不说话了。

黎非索性将他们晕过去的事情从头说了一遍，说到自己被金狻猊爪子拍倒，连雷修远都绷不住变色了。纪桐周更是惊道：“你说的那个金狻猊那么大，被它拍一下，你没重伤吗！”

黎非道：“还好，当时胡嘉平和那个黑纱女赶来了。黑纱女是什么器灵，可以变成一把剑，之前墨言凡用普通的武器伤不了金狻猊，胡嘉平用那把剑就可以伤到它，这样才逃出来的。”

两个孩子听到器灵，都有种恍然大悟的感觉。雷修远沉吟道：“怪不得最初在陆公镇见到那黑纱女，便觉她身上气息怪怪的，原来不是人。”

纪桐周也道：“我听说只有真正的神兵利器才能养出器灵，黑纱女的原身必然是一把真正的宝剑。”

“好像那把剑叫砺锋，不过已经断了。”黎非第一次听说器灵的事，颇感兴趣，不由问道，“器灵到底是什么东西？”

“砺锋！”纪桐周到底是个王爷，见识比常人广博些，他满面惊讶之色，“砺锋可是无月廷广微真人的宝剑！听说两百年前作祟的梼杌就是广微真人用砺锋斩杀的！砺锋怎么会断？”

雷修远道：“神兵利器年代久远才会生出器灵，不过生出器灵对这些神兵来说有时未必是好事，上下总有五十年左右，由于灵气大多被用于孕育器灵，神兵本身反而会变得脆弱，如果这个时候动用神兵，会折断也正常。”

两个男孩你一言我一语，说到一半，忽然觉得像是在比拼谁知识渊博似的，又一次诡异地停下了。

纪桐周还有些放不开，姜黎非就算了，她是个女的，好男不跟女斗，可这个雷修远样样不输给自己，他还是有些不服气，当即哼了一声："你继续说啊！你懂的蛮多的嘛！"

雷修远淡淡道："王爷懂的也不少，叫人意外。"

雷修远说话总像带着软刀子，纪桐周极为不爽，他们两个总也没办法和睦相处，他张口又想说点讽刺的话回敬雷修远，冷不防后面有女孩子哽咽道："王爷！您终于醒了！"

纪桐周转身，却见兰雅郡主跟几个狗腿子站在后面看着自己，可怜的小郡主两只眼又红又肿，估计是哭的，跟两颗桃子似的。见到纪桐周安然无恙站在那边，她含着泪扑过来，先紧紧抱住他，没一会儿，又自觉失仪，急忙退后，颤声道："太好了！王爷！我、我还以为您……"

纪桐周一见着姑娘哭就手足无措起来，皱眉道："我好好的，哭什么！"

兰雅郡主使劲抹眼泪："我、我不哭了。"

说着不哭，眼泪还是不停从桃子似的眼睛里掉下来，纪桐周越发窘迫，索性不去理她。

他刚才跟姜黎非他们正说到兴头上，还有些舍不得，其实跟他们在一块儿挺自在的，谁也不对他毕恭毕敬阿谀奉承，虽然开始很讨厌，但不知道为啥他慢慢地又不觉得讨厌了。相比较狗腿子们的马屁、兰雅郡主的无条件的顺从，他还是觉得有人自由自在斗嘴聊天更舒服点。

结果他的狗腿子们一拥而上，阿谀奉承马屁声不绝，都把他绕晕了，再看姜黎非他们两个，早就让到了一边。

他忽然有点失落。

"后来你有没有被金狻猊弄伤？"雷修远突然开口问道。

黎非摇了摇头，她不好把实话都说出来，只得转换话题："我打算等下把震云子的事告诉唱月，虽然防不胜防，但心里有个准备总比什么都不知道、莫名其妙被害死的好。对了，你中的天音言灵又恢复了吧？"

在禁地他可以说出一切，是因为那里瘴气浓郁，诸般仙法在那里都起不了作用，此时回归书院，想必他又要做回那个守口如瓶的雷修远了。

雷修远道："左丘先生已替我去掉了天音言灵的印记。"

"看样子书院确实知道这件事的罪魁祸首了，最终还是选择隐忍不发。"他抬头望向头顶蓝天，那里隐隐约约有无数道细细的光线密密交织成网，"灵气网也已开始架起，至少接下来在书院的日子可以安心些了。"

黎非正要说话，忽见纪桐周走了过来，神态有些忸怩，停了一会儿，他忽然低声道："那个……你、你们……"

说了一半他又卡住了，老实说，他没想到姜黎非和雷修远在禁地中会那样帮自己，之前他跟他们的关系简直可以用“水火不容”来形容。雷修远是个男的姑且不谈，都说女人的心特别小，姜黎非居然不记仇还反过来不顾自身安危地救他，他心里又感激又疑惑。

憋了半天，他才蚊子似的哼哼道：“那个……嗯，谢谢你们了。”

说完他转身便走，黎非反倒愣了半天，那没头没脑的谢谢，是谢他腿断时，两人对他的照顾？这小王爷别别扭扭，道个谢都不爽快。

“左丘先生，确认那孩子中的是星正馆的天音言灵大法？”书院正殿中，一个须发花白的老者开口问道。

书院正殿中此刻少见地聚集了数位创立者，由于事情牵扯到星正馆这种名门大派，众人都十分慎重。

左丘先生淡淡道：“言灵印记已被我去掉，度其功力，应当是长老级别的仙人。”

另一位容貌极为年轻的男子沉吟道：“如此说来，果真是震云子下的手了。那孩子可有说什么？”

左丘先生轻叹：“这孩子甚是坚忍聪慧，我猜他心中知晓一切，只是不肯说，想必他也明白，说出来亦无用处。”

“门派间的斗争想必不至于，那震云子徘徊瓶颈五十多年，只怕没有余力招惹是非，私人恩怨的可能极大，此事我等插手反倒要引起门派震动，暂且搁置吧，只是委屈了那几个孩子。”须发花白的老者摇了摇头。

“你昨日传信，提及东海万仙会又是怎么回事？”另一位创立者问道，“山派海派虽无仇怨，素日却是井水不犯河水，你卖了万仙会一个人情，可是心中有甚度量？”

左丘先生笑道：“五百年一次海陨，往昔无论海派还是山派，都因此元气大伤，如今海陨将临，山海两派何不联手相抗？两派修行方法虽有异，但也不是全然没有相交的机会。”

面容极年轻的男子讶然道：“此事太过浩大，山海两派各路仙家多如繁星，单凭书院之力，如何促成？”

“凡事要开头，总须得一双手轻轻推动，其后的发展，谁也决定不了，只能静观天意，书院何不做一次那推动之手呢？”

众人沉吟半晌，一人道：“先看今年新弟子选拔的情况，万仙会如果肯收了这份情，必然会有所表示，我等静观其变。”

又有一人叹道："五百年一次的海陨，诚为祸祟。昔日各大仙家纷纷派人调查海外的情况，多少年过去，却没了任何消息。"

左丘先生亦叹道："也罢，多说无益，到此为止。书院灵气网尚需两日方能架好，还请再多留两位创立者在书院，以防万一。明日新先生将来书院，后续修行事宜，我会安排。"

雏凤书院的灵气网足足架了三日才算完整，弟子们因此放了三天假。自来书院后就没这么闲过，虽说个个还是每日自己修行，却也难免比先前懈怠了些。

此次御剑摔落的影响也渐渐淡了下去，书院重新给弟子们配备了石剑，剑身内部的灵气脉络由三位书院创立者分别验过，确认万无一失，这才一一分发。

听说墨言凡将林悠救回了火莲观，不晓得阿蕉到底用了什么手段藏匿她，最终在某个极繁华的大城客栈里把她找到了。倒还真像阿蕉说的，好吃好住养着她，找着人的时候，林悠都胖了一圈，而且对自己要来书院当先生的事似乎全无印象，也不晓得自己为啥会在客栈里耗上那么久，更记不得是谁把她带来的。

鉴于林悠毫发无伤还胖了一圈，书院又提供不出下手之人的线索，火莲观也只得大事化小小事化了，勉强将此事揭过不提。

只是如此一来，林悠当书院先生的事也只得作罢。这次被请来教授水行之法的，是火莲观另一位女弟子，言语温柔，性格腼腆，与当初那位假冒的林悠简直天壤之别。

隔了三日的修行终于又重新开始，胡嘉平一面翻着面前的弟子名册，一面道："上回的林悠先生是假冒的，所以灵根属性测试也作废了，如今给你们重新测过，有两名弟子的灵根属性有变动，很可惜，那个单一土属性灵根是个幻觉，大家都忘掉吧。"

后面的罗成济、苗蓝昕都叹息着摇头，还以为出现个千年难见的单一土属灵根，原来测错了，假林悠当真害人不浅。

胡嘉平又道："除了水行之外，金火土木的基础仙法都已授业完毕，今日开始正式分组，日后四人一组，每个先生带领一组针对修行。两个月之后水行之法授业完毕，进行五行基础仙法测试，为了避免再一次重新分组的麻烦，也为了给我省点力气，你们这帮小鬼最好能都过测试。过不了的不用出去，我直接把你们扔下面吧。"

关于分组，其实十分讲究，四人组除了要搭配金木水火土五行外，还要考虑各自的资质问题，比如太弱的就不能配到太强的那组，否则两边都不好受，尽可能按照资质与五行搭配分好四人组，结果黎非和纪桐周、雷修远、百里歌林分在一起。

他们四人中，纪桐周是单一火属，雷修远单一金属，黎非主水副土，百里歌林主木副火，刚好凑齐了五行。

黎非听见自己跟百里歌林在一组，心中顿时一喜，百里歌林更是笑眯眯地跑过来握住她的手甩啊甩，连声道：“太好啦黎非！我们在一组！”

她好像蛮开心的，脸上一点阴霾都没有了。黎非稍稍放下心来，她喜欢歌林这样开开心心，无论之前为了什么难过，她都希望歌林可以摆脱那些阴影。

纪桐周抱着胳膊不客气地瞪她俩：“以后在一组，谁也不许拖我后腿。”

百里歌林朝他做个鬼脸：“你才别拖我们后腿。”

骄傲的小王爷没理她，只朝黎非那边扬了扬下巴，盛气凌人：“特别是你。”

黎非恼了，正要反驳，冷不丁后面的雷修远忽然道：“那个当日在禁地被蜈蚣精弄断了腿的人……”

话没说完纪桐周就飞快打断了：“刁民住口！”

正嚷嚷着，叶烨和百里唱月也过来了，叶烨笑眯眯地敲了敲百里歌林的脑袋，道：“好啊，这次跟黎非一组，可别拖人家后腿。”

百里歌林朝他做个鬼脸，笑道：“我知道你最开心！我这个碍事鬼走了，你可以跟姐姐单独相处啦！”

“人小鬼大。”叶烨又敲了她一下，正要说话，后面突然来了个男弟子，脸上红红地跟百里歌林低声说了几句什么，歌林立即道：“姐你们先聊，我有事走啦。”

众人默然看着她挽着那男孩的手走远，百里唱月沉吟道：“歌林好像有些不对劲，看到那男孩，她心跳声好大。”

叶烨嗤一下笑了，握住她的手，悠然道：“小丫头也到了这天，果真是人小鬼大。”

百里唱月神情还有些疑惑：“不，我的意思是……她以前没有过。”

叶烨笑道：“她多交些朋友总是好事，你莫要操心这么多。”

说罢向黎非点点头，拉着百里唱月走开了。纪桐周还在跟雷修远吵个没完，黎非被吵得头疼，索性躲远些，她看到百里歌林的背影，歌林正远远地站在那边，跟那个男孩喁喁细语，一会儿笑，一会儿抿唇，表情从没这么鲜活灵动过，前几天的眼泪，像是一场梦。

没一会儿，胡嘉平笑眯眯地走过来，在黎非肩膀上拍了拍，小声道：“怎么样，给你安排的都是老熟人，开心不？”

果然是他故意安排的，黎非有点无奈，还有点好笑，这个先生总是没正经。

“先生，谢谢您在禁地救了我。”她想起自己还没给他道过谢，这会儿正好有机会了。

胡嘉平又是一笑：“往后你们四人组是我带，辛苦的日子在后头呢。你们谁要是修行不努力，我就把你们丢下去，这次可不会有人救你们了。”

黎非小小吃了一惊：“先生教我们什么？”

胡嘉平愣了一下：“我教你们……呃，五行分别单独教导，怎么了？”

黎非小小“哦”了一声，脸上不免流露出不甚信赖的神情，她还以为他只会教御剑和炉鼎修行，之前没见他干过别的。

胡嘉平顿时有种被鄙视的感觉：“喂！你这是什么表情！我可是无月廷广微真人的亲传弟子！你小脑瓜里想什么？你别不说话啊！”

没办法，这位先生两个月来无所事事，她真把他当成北面食肆里做饭的蜥蜴女妖一样的身份了。

“算了，不开玩笑了。”胡嘉平咳了两声，摸摸鼻子，思索了一会儿，忽道，“对了，关于你的师父，你有没有更多的事能说？”

一提到师父，黎非立即激动起来了，急道：“是不是有师父的线索了？还是大师兄的？”

“没有，不是。”胡嘉平飞快否定，他露出一丝为难的神情，“只是关于你师父的消息太少了，你多说些，也方便在无月廷里问。”

上次她确实说得太含糊，黎非将自己被师父收养的事情详详细细地告诉他：师父是个糟老头儿，爱喝酒，烟杆不离手，一天到晚嬉皮笑脸，会点零星方术，成日带着她在外头招摇撞骗冒充大仙……

胡嘉平听得出神，直到她说完，他有很久都没说话，最后，他像是自言自语似的：“十年前……从河里捞起……”

他陷入沉思，默默凝视她，一言不发。

“先生，你有什么印象了吗？”黎非焦急地发问。

胡嘉平默然片刻，最后低声道：“这些事，除了我，你可还有说给旁人听过？”

这个……知道的人可就多了……黎非一时也数不清有多少人知道。

他又道：“有关你被收养的种种细节，我记下了，我会尽快替你询问。还有……”他犹豫了一下，最后还是再度开口，“这些事以后别和其他人说。”

“为什么？”

胡嘉平道：“只怕你师父是被仇家追杀，他离开你是怕你被连累吧。你到处和人说他的事，万一叫有心人听见，将你擒去作为要挟，又当如何？”

这个她还真没想过！黎非想起一路过来自己跟许多人提过师父的事，虽然都没今天说得细致，却还是不妥，她急忙点头：“先生说得对，我以后再也不说了。”

他抬手摸了摸她的脑袋，手掌放在她头顶，摩挲很久。不知为何，黎非觉得他面上似乎掠过一丝哀伤，快得像个错觉。

“别担心，大师兄既然是天纵奇才，必然能保得你平安无事。”

他的声音很低，放在头顶的手掌很快离开，他转身走了。

黎非藏在一株树后，灵气被催动，薄薄的一层雾气笼罩在她周围，她的身形渐渐消失在雾气中，这是水行基础仙法之一的雾幻之术，也是最基本的障眼法。

凝神细听，似有极轻微的脚步声从西面传来，黎非不着痕迹地探头望去，便见百里歌林从树林深处缓缓走出，她满面警惕，四处顾盼，似是确定周围没有人，这才将目光落在林中空地的一座黑石架上。

黑石架上放着一只锦盒，这是胡嘉平给他们的演练，四个人谁先拿到锦盒里的东西谁就赢，输的三个人得去藏书塔找本书，从头到尾抄一遍。

眼看百里歌林的手要摸到锦盒，黎非正要动，忽听纪桐周大喝一声，紧跟着火光乍现。这霸道的火光瞬间膨胀到自己面前，障眼法再也维持不住，黎非不得不撤法躲避。片刻后，烈焰散去，便见纪桐周正冲向黑石架，百里歌林周身寒冰缭绕，掌心绿光吞吐，一扬手，一行翠绿的小叶片朝他射去——这东西看着小巧无害，其实哪怕被缠上了一片叶子，立时就有无数藤蔓钻出将人捆个结结实实，纪桐周吃过几次苦头，当即险险避开。

趁着他俩斗得欢，黎非看准时机，打算先将锦盒抢在手中，谁知脚底泥土突然一阵震颤，紧跟着数道金光自土中蹿出，头顶亦有金光射落。黎非认得这是雷修远的太阿之术，金行仙法无坚不摧，冰墙挡不住。黎非心念意动，唤出一圈赭色光晕将自己罩了个结实，叮叮当当一阵乱响，太阿术的金光打在土行的防御光晕上，赭色的光越来越暗，渐渐趋近于无，便在这时，黎非的手也摸到了锦盒。

同时又有三只手一起摸在锦盒上，纪桐周怒道：“都放手！还想四个人一起抄书吗？！”

百里歌林瞪他一眼：“你怎么不放手！”

纪桐周懒得跟小姑娘啰唆，他傲然望向雷修远：“喂！放手！”

他俩的关系好像总也融洽不起来，动不动就要争两下子，雷修远淡淡道：“是我先摸到锦盒。”

纪桐周怒了：“明明是我！我的手指先碰到锦盒！”

“那我比你多，我是手掌全放在上面。”

“你胡说！哼，那我是整条胳膊都在！”

雷修远瞥他一眼："你怎么不说你整个人都站在锦盒上。"

站在锦盒上？黎非差点气乐了。唉，看样子今天又是四个人一起抄书，她痛苦地揉了揉手指，这段时间天天抄书，她手指都快断掉了。

胡嘉平的身影浮现在黑石架前，他看看锦盒，再看看对面四个孩子。他们谁也不服输，这个把锦盒抓过来，那个就把锦盒拽回去，吵吵闹闹，乱七八糟。

"看样子今天又是不分胜负。"他笑眯眯的，"那就只好全部再抄一本书了。"

果然又是一起抄书！孩子们的脸一下全变成了苦瓜，个个垂头丧气地离开了特殊演武殿。胡嘉平忽然想起什么，道："对了，明天有测试，巳时开始，特殊演武殿前集合，都别迟到啊。"

四人都唬了一跳，什么什么，测试？怎么之前一点预兆都没有？！

"都忘了吗？"胡嘉平摇摇头，"五行基础仙法测试，以及灵根属性仙法测试，两个一起考。好了，都散吧，明天别忘了交抄好的书。"

纪桐周惊道："明天要测试还得抄书？！"

"不抄也可以。"胡嘉平嘿嘿一笑，"跟我过过招，撑过两炷香就可以了。"

四个孩子二话不说全部御剑飞走了，他们才不想跟这个讨厌的先生过招！上回是百里歌林抱怨抄书累，胡嘉平就提出过招，撑过两炷香的工夫就再也不用抄书，然后他们四个人雄心壮志地答应了，再然后……

一想起当时的情景就觉得浑身发痒，他们谁也摸不到胡嘉平哪怕一根头发，反倒是被他的仙法痒痒术弄得个个滚在地上大笑，笑得差点都哭了，从此后，谁也不敢提过招的事。

午休时其他人都在北面食肆吃饭，就他们四个苦兮兮地跑来藏书塔找书。其他弟子吃完饭要么修行要么休息，就他们四人组还在食肆里埋头对着书抄抄抄。其他先生带的弟子太幸福了！

特别是后来那个顶替林悠的火莲观女弟子，说话轻轻软软的，叶烨跟百里唱月的四人组就是她带，据说她从来不发火，有什么不会的都可以问她。反观他们这组的先生胡嘉平，动不动就让抄书，简直惨无人道。

抄书的时候有个男弟子来来回回找百里歌林好几趟，她都不理，最后一趟她急了，大叫："你帮我抄书吗？！不帮就快走！"

那个男孩红着脸道："好、好啊，歌林，为了你，我愿意帮你抄书。"

百里歌林立即把笔塞他手里，笑靥如花地走了，留下那位呆若木鸡的可怜男孩，白白帮她干活。

这种事四人组里其他三人早就见怪不怪了，百里歌林身边就没断过男孩子，这两天跟姓赵的说笑，过两天跟姓吴的看风景，没几天又变成了姓洪的，书院里的男弟子几乎都没逃过她的“魔掌”。

老实说，现在黎非都快不记得以前的百里歌林是啥样了，反正不是现在这个样子。她还是会和自己说笑谈心，会和叶烨他们亲亲热热地开玩笑，可是，确实有什么东西变了。这种改变对百里歌林来说究竟是好是坏，黎非也不知道，但歌林每天都在笑，再也没哭过……或许是个好事。

眼看其他人都吃完饭了，他们还没抄完一半，纪桐周抄书抄得手抖，狠狠把笔扔出去，发脾气似的走了，估计又是回弟子房买饭吃。

之前他一直一个人在北面食肆吃饭，后来好像那个兰雅郡主哭求他好几次，他才答应以后每天中午跟她一起在弟子房用膳。来书院快半年，这位高贵的兰雅郡主始终维持皇亲国戚的架子，不肯与平民共食，也算一大奇观了。

一旁替百里歌林抄书的那个男孩满脸幽怨，左右看看，放下笔喃喃道：“那个……歌林去哪儿了？她什么时候回来？”

雷修远一面写字，一面心不在焉似的轻声道：“和别人花前月下去了吧。”

那男孩顿时眼眶里充满了泪水，用一种无助又疑惑的眼神望着他。

俗话说，一句话说得人笑，再一句话说得人跳，指的就是雷修远这种人，天知道那个鲁大哥是怎么把他教成这样的，冷不丁使下坏，叫人讨厌也不是，喜欢也不是。

男孩哭着跑了，书都没抄几行，估计百里歌林回来又要暴跳如雷。黎非把笔墨收好，端了一份素食开始吃，吃到一半，却觉有人盯着自己看，她抬头，正好对上雷修远黑白分明的眼睛。

“怎么了？”她问。

雷修远道：“你自己没发现吗？你比之前变了太多，像换了个人似的。”

什么意思？是说她性格变了还是别的？黎非不由微微一愣。

他漂亮的眼睛转向她身侧，黎非跟着转头，却见旁边桌上有个面生的男孩正盯着自己，一被她发现，他立即脸红地垂下头再也不敢看了。

她还是一头雾水，这个人看她？他认识她？

“算了，没察觉也是好事。”雷修远冲她笑了笑，没再说话。

到底什么意思啊？黎非完全糊涂了。

结果后来雷修远也没给她说清楚，那天他们四人足抄到月上枝头才把那本书给抄完，个个累得面无人色手指抽筋。纪桐周眼看着都快倒地睡着了，偏偏今天又轮到他去还书，胡嘉平这没人性的先生非逼着他们当日抄完当日还书，否则直接痒痒术伺候。

纪桐周揉着干涩的双眼，神志不清地嘟囔：“今天谁替我去还书，我给他一千两报酬。”

结果连说三遍也没人理他，他只得歪歪倒倒地往外走，肩膀在门框上撞了一下，还差点被门槛绊个狗吃屎。黎非见他们几个都困得眼都睁不开，她自己有些心事反倒睡不着，当即道：“给钱就不去。”

纪桐周茫然地看着她，显然这位小王爷已经犹在梦中了，根本没听懂她说啥。

黎非从他手里接过那本书，笑了笑：“替朋友还可以，给报酬我可不去。”

纪桐周愣了半天，迟钝又迷蒙地点点头，在她肩上拍了拍：“多谢。”

月色苍茫，书院浮空岛遍地皑皑白雪，雪与月双色交织，四下里亮得恍若白昼。黎非独自一人御剑飞往藏书塔，她最近心里始终惦念着日炎，毫无睡意。从禁地回到书院，已经两个月，日炎还没有醒。

她抬手，手指插入发间，慢慢梳理，日炎说过，他化身成自己的一根头发隐匿行踪，她别的不多，头发最多，编个麻花辫都比旁人的粗，他到底是这千万根头发里的哪一根呢？

那天他被金狻猊背上封印的妖气惊醒，勉强说了一会儿话，很快又陷入沉睡，她以为他大约比以前多睡个三四天就能再次醒来，可他就这么睡着再也没醒过。一晃眼两个月过去了，她发觉自己居然很想念那只白色的、比拇指大不了多少的狐狸。

他会不会就此一睡不起？黎非心底掠过一丝恐慌，这些天她总是不经意就想到这件事，这种害怕又伤心的感觉，她实在不想再体会第二次。

就像师父突然离开的那天，她有一种类似的被忽然抛弃的孤独感，就算有朋友，每天都说说笑笑开开心心，可朋友和日炎还有师父是不一样的。不知道什么时候开始，日炎在她心里成了师父的替身，虽然老是乱发脾气，却是可以让她依赖的，正因为有他在，她才能渐渐适应书院的修行，她的人生是因为遇见他才有了崭新的开始。

日炎，你什么时候能醒？

晴朗冬夜寂静无风，黎非落在藏书塔前，正要推门进去，忽听身后风声呼啸，她错愕间转身，却见雷修远缓缓落在地上。

“你怎么也来了？”她好奇地开口。

雷修远没说话，只是走上前先推开了藏书塔的大门，门后漆黑无声，黎非从没这么迟还过书，想不到夜里藏书塔居然一点灯火也没有，怪吓人的。她后背寒毛一根根竖了起来，刚到书院时黑纱女的恐吓忽然浮现脑海——怎么办，她好像不太敢进去了。

“走吧。”雷修远走在她身前，朝内跨了一步。

黎非下意识地朝他身上靠了靠，他的袖子拂过她的手背，又被她本能地紧紧攥在手中。

“你很害怕？”黑暗里，雷修远清冷的声音听起来像在嘲讽一样。

她急忙反驳：“哪有！”

雷修远又淡淡道：“听说这种存放古籍的地方最容易生出精魅，以种种幻象惑人，然后剥皮抽筋饮血啃骨……”

他一面说，黎非一面心惊肉跳并着恼火，把他的袖子攥得更紧：“你、你别说了！我才不信！”

“是真的，听闻几十年前星正馆的藏书楼便死过好些人，鲁大哥当年还亲眼见过尸体被人从藏书楼里抬出来，皮都没了。”

“好了别废话了，快点还书！”

“听说他们最喜欢年纪小的人，肉嫩骨酥……”

“你、你有完没完……”

黎非都不记得那天自己怎么把书给塞回去的，她本来没那么害怕，可雷修远老是吓她，结果回去后她做了好多噩梦，全是书里蹦出怪物要吃自己，一整夜都没睡好。

隔日测试她差点迟到，好不容易匆匆赶到特殊演武殿，人都来齐了，黎非远远望见雷修远气定神闲地站在那边。望见她两只大大的黑眼圈，他反倒笑了，那单纯无害的笑看在她眼里根本就是不怀好意。

黎非气得牙痒痒，转过头不理他。她就知道这小鬼不是什么好东西，满肚子坏水！

今天这两个测试，书院似乎也极为看重，重楼百殿正中的高台上香烟袅袅，往日积雪冰冷的巨大青铜鼎不知何时被清理得一尘不染，悠远淡雅的香气弥漫楼宇间。而高台下，书院的五位先生比弟子们来得还要早，每个人都换上了正式的冕服，连平日里完全没半点仙家弟子风范的胡嘉平此刻看上去都平添一股仙风道骨的味道。

巳时正，洪亮的铜钟声响彻书院，高台上犹如水墨晕染般，忽然出现了数道身影。黎非眼尖，一下就认出里面有左丘先生的身影，剩下几个人大多童颜鹤发，亦有面容极年少者，然而观其气度举止，与众不同，想来这些便是雏凤书院的其他创立者。

胡嘉平回身行礼，朗声道：“见过各位前辈，巳时已到，是否开始测试？”

左丘先生微微颔首：“开始吧，此次测试尤为紧要，还请五位先生严谨仔细。”

胡嘉平长袖一振，弟子们只觉一阵清风拂面而过，十六座特殊演武殿的大门忽然便消失了，门内黑咕隆咚，什么也看不见，倒叫人有些发慌。

他抬头看了看天色，道："未时前，未能自蒹葭山离开的弟子，视为淘汰。"

说罢长袖又是一振，孩子们只觉背后像是被一只手突然推了一下似的，不由自主一个个分开朝十六座特殊演武殿奔去。黎非一脚刚迈进演武殿大门，眼前景象陡然转换，冷风夹杂着雪花扑打在脸上，她穿过门，站定在一方荒芜的雪原中。

这里就是蒹葭山？山在哪里？她细心打量了一下周围，这里居然不像二选的树林与禁地里遍布瘴气，而是寒风似刀，不过味道却清爽。远方无数陡峭险峰似无数笔直线在灰色的苍穹中染开，鹅毛大雪落在她头顶肩上，除了风声，别无一点儿声响。

四面八方的风吹得她站立不稳，唯有西面来的风微弱些，还带着一些山林的气息。黎非解下腰上的石剑一抛而出，御剑往西面疾飞而去。

时间不多，只有两个时辰，通过的要求是离开蒹葭山，就此可以推断跟二选差不多，必须要完成某个条件，门才会出现。无论如何，先找到其他弟子，人多力量大。

飞了片刻，只觉雪原连绵不绝，天险峭壁望之胆寒，青丘的虎口崖跟这里的险峰比起来，简直像个小土坡。黎非正四处顾盼，试图找出其他弟子的踪迹，后方突然传来一阵阵鸟妖的怪叫。她回头一看，便见一个少年御剑飞在不远处，十几只鸟妖将他团团围住，黑烟喷吐，他总能巧妙地躲过去。

"雷修远！"黎非乍见同伴，不由激动起来，倒把方才对他的恼火都忘了。

他似是听见了她的叫声，摆摆手，像是叫她快走。她怎么可能走！他后面追了那么多鸟妖，一个人怎么对付？

黎非向他疾飞而去，灵气运转，在他周身罩了一层土行防御。因见离他最近的那只鸟妖张嘴又要喷吐妖毒烟，她立即抛出数片翠绿的小叶片，这是木行基础仙法，藤缠。

叶片贴在它的长喙上，瞬间变成无数藤蔓，将它的嘴捆了个结结实实，下一刻，又是无数道金光射出，将这只鸟妖打得如破布般，不甘心地化作白纸碎裂散开。

黎非飞到雷修远身边，正要说话，冷不防他忽然上前一把勾住她的腰身，往地面急速飞去。眼看快要撞在雪地上，他忽地从石剑上一跃而下，连带着黎非也站不稳，两个小孩狠狠摔在柔软的雪里，滚了好几圈。

"喂！"黎非滚得头晕眼花，当即火了。

"等下说。"雷修远起身闭目凝神，金光在他掌心吞吐凝聚，渐渐地，竟像是握了一个小小的太阳在掌中一般。

"去！"他轻叱一声，那团金光骤然碎开，化作无数金屑飞向半空，眨眼工夫，无数的金屑变成无数道金光，下雨般落下，笼罩了方圆数里。原本穷追不舍的那些鸟妖被金光贯穿，瞬间全部变作白纸，林中隐隐还传来其他妖物嘶吼的声音，想来这方圆数里的妖物都被他的金行仙法——金箭雨一扫而光。

这是针对修行中，只有雷修远这个金属性灵根才能学到的仙法，金行仙法素来无坚不摧，论起攻击力，是五行中最上等的。

雷修远长长吐出一口气，回头朝黎非笑笑，道："要不是你来，我本想引更多妖物一起杀掉，可惜了。"

黎非顿时无语，她的好心反倒成了累赘？这家伙真是叫人讨厌，昨天也是……

想到他昨天种种恶行，她起身拍拍身上的雪，淡淡道："看样子你一个人也能行，不需要帮忙，我找其他人同行吧。"

# 第十四章 脱壳

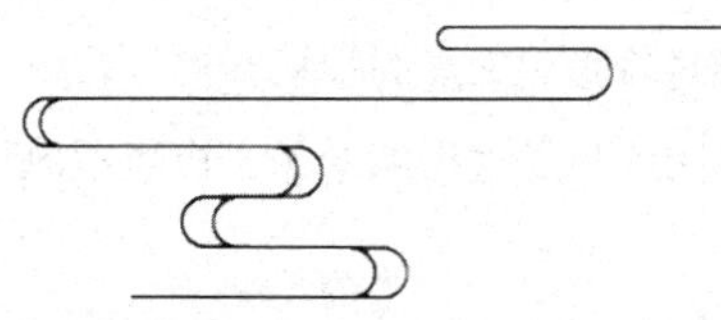

她正要走，忽觉身后的雷修远慢慢蹲下去，她到底还是没忍住回头看一眼，只见他捂着脚踝，似有痛楚之色。

“你怎么了？”黎非赶紧凑过去，“还是受伤了？”

雷修远声音很轻：“脚踝好像扭伤了，看起来，我还是需要你帮忙呢，怎么办？”

黎非又无语了，这孩子的别扭程度简直连日炎都比不上，不想她走就直说嘛！想跟纪桐周一样卖弄本领也直说嘛！

她一面摇头，一面还是脱下他的鞋袜，果然他的脚踝有些轻微的红肿，想必是刚才从剑上跳下的时候扭伤的。

她放出冰蓝色治疗网，罩住他的脚踝，四人组里，由于她被左丘先生定成主水副土的灵根属性，这种水行的治疗网只有她学过。

忽然，一只手把她额前的头发拨了拨，黎非愕然抬头，却见雷修远冲她微微一笑：“头发乱了。”

她也没好气地拨了拨他的头发：“你也是。”

他又不说话了，湿漉漉的仿佛藏着雾气的眼睛一直看着她。黎非先时还疑惑地与他对望几眼，他仍是不说话，只看着她。

渐渐地，她被看得浑身发毛，到底忍不住急道：“你看什么？！”

雷修远又盯着她的脸看了一会儿，才淡淡地移开视线，道：“你变了许多，忍不住就多看了几眼。”

又是变了许多？她下意识地摸摸自己的脸，自小她长得就跟师父像一个模子里刻出来的，师父长得不好看，她能好看到哪里去？就因为知道自己不好看，她很少照镜子，没事谁也不愿对着张黑如炭的脸吧？

后来大概因为日子过得顺遂了，再也不风吹日晒，她就是白了点，这样也能叫变了许多？

黎非忽又想起昨天在食肆偷看自己的那个男孩，被她发现他还脸红了，这种神情她只在认识百里歌林的那些男弟子脸上见过，难不成……

她一个激灵，也不知是高兴还是不敢相信，奇道：“你是说我变好看了？”

雷修远别过脑袋，从鼻子里发出轻轻的“哼”声，声音冷冰冰的：“变得像个陌生人，还不如以前。”

黎非有些不爽：“你才是变得最多的，还说别人！我这是女大十八变，你那个是性格扭曲！”

他嗤一下笑了，女大十八变？才几个月就大了？

笑个鬼啊！黎非越发不爽，虽说对他没什么芥蒂了，但总觉得没法融洽相处，他身上有一种“不欢迎蠢货靠近”的排斥感，而且这种感觉让每个人都觉得自己在他眼里像个蠢货。

他脚踝上的红肿很快被治愈，黎非收了治疗网，冷道：“好了，起来吧。”

雷修远动了动脚踝，轻道：“还是疼。”

“怎么可能！”黎非火了，他这是质疑她的治疗网？“已经治好了！不可能疼！”

他无辜地看着她：“确实疼，你不是我，自然不相信。”

他这是故意找碴吗？！黎非气得搓了个雪球砸他身上，怒道：“那你自己坐着吧！”

她转身正要御剑飞走，冷不防他居然还手了，雪球砸在她后脑勺上，冰冷的雪滑进脖子里，虽然有仙法护身，还是冻得她一哆嗦。黎非不可思议地回头，却见他坐在雪地里，手里捏着两个大雪球，貌似挑衅。

这小子绝对是在找死！

黎非脑子一热，把测试什么的全给忘了，当下搓了个更大的雪球狠狠还给他。他也毫不客气地还个更更大的给她。两个人有来有往，你砸我一下我砸你一下，没一会儿个个满身白雪。黎非累得气喘吁吁，见他还要弯腰搓雪球，索性扑上去，两个人又在雪地里滚了好几圈。

她使出以前市井流氓扭打纠缠的气力，狠狠按住他的两只手，狞笑："服不服？！"

雷修远也累得大口喘气，雪白的皮肤泛出晕红，原本就湿漉漉的眼睛里更是水光流转。倒也怪不得他以前装可怜，谁都被他骗了，这种弱质纤纤的感觉，倒比她更像个女孩子。

"不服。"他低声说，一个翻身便要起来，黎非差点压不住他，她抓了两团雪揉他脸上，冷不防他也一把雪撒在自己脸上，她一下被迷了眼，被他推翻过去，两个人在雪地里扭打了半天，一会儿你砸我一个雪球，一会儿我扑一把雪进你领子里。

黎非自小架打得不少，但跟同龄孩子这样的嬉闹却从没有过，打着打着居然觉得十分好玩。两个小孩满身都是雪，跟两个雪人似的在雪原上滚了好久，最后终于累得躺地上不想动了。

黎非喘得差点背过气，又好玩又新奇，开口道："我这是第一次打雪仗。"

雷修远轻道："我也是第一次。"

黎非哼道："我看你动作灵活得很，脚还疼吗？"

他好像笑了一下："嗯，不疼了。"

就知道他是装的！要是还有劲儿，她真想继续把雪球拍他脸上。

黎非手脚张开，仰躺在雪地上，仙法护身，肆虐的风雪吹在脸上感觉像是柔和的春风。不知道是不是方才打闹过一场，她突然觉得雷修远没以前那种疏离清高的感觉了，不管怎么别扭，他还是个跟自己差不多大的小孩儿。

"雷修远，你是几月的生日？"莫名其妙，她就问了一句，他们认识的时间也不算短了，她对他的事情知道得却一点都不多。

他回问道："你呢？"

"我这个月廿五就要十一岁了。"

他眨了眨眼睛："我十月便已十二岁了，小鬼头。"

是可忍孰不可忍！黎非跳起来抓起一把雪又要朝他脸上盖，被他笑着挡住，道："走吧，还在测试。"

对，还在测试，未时前得离开蒹葭山，仙家弟子必须分得清轻重。黎非对他有点牙痒痒，不服气，还有点依依不舍方才的玩闹，这会儿看他居然没以前那么讨厌了。

雷修远掸掉身上的残雪，见她像只小狗一样瞪着自己，倒撑不住笑了。

"先过了测试。"他伸手，替她把肩上的雪轻轻拍掉，"来日方长。"

两人再度御剑飞起，越过茫茫雪原。迎着风雪朝上飞了一段，黎非眼尖，只觉远处一座险峰顶似有什么东西在闪闪发光，凑近一看，却是一扇金光璀璨的门，与二选时离开树林的那扇门一模一样。

“这……就可以出去了？”黎非只觉不可思议，让书院如此慎重的测试就这么简单？

雷修远没说话，他落在那扇门前，绕了一圈，轻道：“我猜，这扇门未必是通向书院的。法门挪移可以开向任何一个地方，既然我们在这里飞了那么久也没找到别的出路，那可以初步断定这扇门是出路之一，不如试试。”

黎非点点头，两个孩子一前一后御剑飞进金色大门，一瞬间，满目苍茫雪色忽然变作了深绿浅绿。门后竟然有一汪方圆不过丈许的小池塘，池水碧绿，这里似是一个不算宽敞的地洞，高有数丈，沿着洞壁往上密密麻麻爬满了各类藤蔓，灿烂的日光洒在洞中，与方才的冰天雪地一个天上一个地下。

黎非深深吸了一口气，除了池水的涩气，洞外还有一股山林特有的味道，想来洞外应当是一片森林，看样子这里才是真正的蒹葭山。

两人御剑飞起，正要飞出洞口，冷不防像是撞上一层透明墙似的，反应不及，都从剑上摔了下去，好在这地洞不深，摔得不疼。黎非惊疑不定地跳起来，仰头张望，为什么飞不出去？洞口明明没东西挡着啊！

雷修远再度御剑而起，不过这次飞得极慢，快到洞口的时候，他伸手轻轻摸了摸，指尖堪堪伸到洞口齐平，便再也无法上去一丝一毫，像是有什么看不见的东西挡住了洞口一般。

他凝神闭目，无数道金光猛然射向洞口。只听“叮叮当当”一阵乱响，太阿术的金光纷纷被弹落，两个孩子的神色顿时凝重了。须知太阿术是五行基础仙法中攻击力最强的，无坚不摧，洞口的结界连太阿术都无法打破，只能说明凭他们现在的能力没办法破洞而出。

“会不会是往下？从池塘里走？有通往外面的水道吧？”黎非试着跨入池塘，谁知一脚踩下去，连池水也沾不到，池塘上居然也有结界？

雷修远思忖片刻，道：“书院不可能安排这种完全没法突破的困境给我们，是不是有什么条件没满足？方才雪原上的妖怪没杀光？进错门了？”

黎非怔怔地发了一会儿呆，突然灵光一闪：“是不是人没齐？”

雷修远眼睛一亮：“很有可能。我们是一个组的，又在同一个结界里遇见，说是巧合的话，未免太巧了。说不定纪桐周和百里歌林也还被困在那个结界里寻找出路，眼下只能等他们来了。四人组凑齐，大概才能出去。”

万一他们一门心思只在那片雪原上晃荡，到未时也没找来这里，那又怎么办？

黎非没把自己的担忧说出来，估计雷修远也能猜到这个隐忧，说出来毫无意义，徒增焦急烦恼而已。她绕着地洞走了一圈，抬头看看洞外的阳光，从日色来判断，现在应该快午时了，还有一个时辰，不知来不来得及。

回头看看雷修远，他正安安静静坐在地上，方才他们弄了满头满身的白雪，这会儿全化了，他头发衣服都湿漉漉的，估计自己也好不到哪里去。反正干等也是急，不如说说话。

黎非坐在他身边，问道："雷修远，鲁大哥多大了？他长什么样？"

他却不回答，瞥了她一眼，似笑非笑地："你问这么多，对我感兴趣？"

好像确实有点儿感兴趣，但黎非总觉得要是承认了就会被他嘲笑似的。她没遇过他这样的男孩子，认识的人里，叶烨稳重得像个大人，纪桐周骄横自大，偶尔接触的其他男弟子要么天真，要么寡言，反正没有他这样的。

"不能说吗？"她问。

他偏头望她："那你呢？你说以前住在青丘，青丘风景怎么样？"

明明是她问他，可到最后老是变成被他问，黎非正要说话，忽见池塘对面有个人影一晃。百里歌林凭空出现在两人面前，她神情还有些茫然，呆呆地盯着黎非和雷修远看了半天，又看了看这个地洞，突然惊道："黎非？你们……这里是……？我们不算过关吗？"

黎非急忙迎上去，看样子推测没错，必须四人组凑齐才能出去。她匆匆将情况说了一遍。

百里歌林怪叫一声："意思是我们还得等那个小王爷？这要等到什么时候？！"

话音刚落，便见对面又有个人影一闪，纪桐周同样带着满脸茫然的神情出现在了众人面前。

"意思是，现在我们四个人凑齐，就能出去了？"

终于把情况弄清楚的纪桐周急得像热锅上的蚂蚁，简直停不住，当即便要御剑飞出去。黎非急忙拽住他："这个只是推测，先别急，越是这种时候越要稳妥点。"

说话间，百里歌林已经御剑飞起，及至洞口，她谨慎地抬手摸了摸，脸色变了："还是有结界，出不去。"

"搞什么啊！"纪桐周火了，"四个一起上，把结界打破算了！"

要能打破，刚才他们早就打破出去了，黎非无语地看着他跟百里歌林两人五行仙法轮着用，一波一波招呼在结界上，除了消耗灵气，一点进展也没有。

闹了半天，结界还是纹丝不动，纪桐周累得气喘吁吁，想找个地方坐，但见这满地泥泞，又恐污了衣裳，想起池塘上亦有结界，他索性朝池塘上坐下，一面道：“上不去下不去，有这么为难人……”

话未说完，他只觉坐了个空，刹不住势头，“扑通”一声摔进了池塘里，喝了好几口水这才挣扎着抓住岸边藤蔓，只觉不可思议：“不是说池塘有结界的吗？”

黎非倒是又惊又喜，池塘结界在四人凑齐后突然消失，那就是说下面必然有水道通向外面！她顾不得说话，一脚跨进池中。这池塘很浅，她身材矮小，池水也不过没到腰间，然而越往池中心走，水越深，黎非罩了一层土行防御，深吸一口气，一个猛子扎进去。

池水碧绿浑浊，根本无法看清池底的景象，她伸手在淤泥里乱摸了一阵，只觉池底中心似乎有个洞，不宽不窄，大概刚好可以让他们这些小孩子钻进去。

“水中浑浊，视线多有被遮蔽之处，不知里面藏着什么，须得谨慎点。”黎非往每人身上丢了个土行防御，“相互别离太远，遇到变故别一个人乱跑。”

这话是对纪桐周说的，这位小王爷总把自己当作四人组的老大，他大概根本不懂“齐心协力”四个字怎么写。

四个孩子钻进池塘，池底果然有个洞，手探进去只觉水温比池中要寒冷许多，洞内漆黑一片，什么也看不见。纪桐周凝神结印，下一刻，薄薄的一层明亮火光忽然将他整个人包围住，看起来像个火人似的。

这也是其他三个非火属灵根弟子还没学到的火行仙法，浮魅之火，此火与凡火不同，不惧凡水，在水中依旧熊熊燃烧。

既有光亮，池底的景象便比先前看得清楚多了，黎非做了个手势，自己第一个钻进洞内。这个洞狭小无光，仅仅能让身材还未生长完毕的孩子们穿梭，换个大人在这里估计就要卡死了。

好在水中握住剑柄运转灵气，比凫水要快许多，水道曲折多弯，游了一阵，洞壁渐渐不像先前那样几乎贴在身上了，越向前越宽敞，不需要纪桐周的浮魅之火也能看清一些景象，有光线自前方隐隐传来。

身后的三个孩子突然停下，水里不能说话，只能各自用眼神和表情传达要说的内容。黎非见他们几个挤眉弄眼，似有惊惶之色，不由万分好奇。雷修远游到她身边，指尖在她掌心一笔一画写着什么。

前方妖气强横，小心戒备。

又是妖气？黎非心情有点复杂，为什么他们都能感觉到妖气，自己却一无所知？

黎非驱使着手中的石剑放缓前行速度，再行一段，忽地豁然开朗，竟是从水道中出来了。此处水域宽旷，水质十分清澈，水草纠结盘生，竟好似是一个湖泊。

百里歌林忽然上前一把拽住黎非的袖子，神情惊恐，朝前面指了指。黎非眯眼看了老半天，除了水草什么也没看到，正疑惑时，忽觉原本平静的湖水似是被一双巨手翻搅，湖底的淤泥翻卷而起，清澈的水一下就变得浑浊不堪。

雷修远急忙指向头顶，四个孩子惊慌失措，拼命朝湖面升去，然而湖中的水像是起了巨大的旋涡一般，无法抗拒的拉力使得他们如同风中碎叶，上下颠覆。

一种十分可怕的、从未听过的嘶吼声自湖底传来，黎非只觉浑身鸡皮疙瘩都起来了，陡然生出一股不祥的预感。她竭力控制石剑上的灵气流转，试图稳住身体，然而旋涡的拉力却越来越强，伴随着那恐怖至极的低吼声，更有无数小旋涡蒸腾而出，像是要撕碎湖中一切般。

黎非都不记得自己是怎么钻出湖面的，她第一个飞出来，摔在湖畔的草堆里大口喘气，惊慌中才发觉这里果然是一方湖泊，此时湖水跟沸腾了一样，上下翻卷，巨浪不休。没一会儿，雷修远架着纪桐周从湖里飞了出来，小王爷惊恐下呛了水，倒地咳得惊天动地，动也动不了了。

百里歌林很快也手忙脚乱地浮上来，她似乎十分精通水性，游得飞快，眨眼就上了岸，颤声道："你们刚看到没？！湖底有门！被那个大妖怪压在身后！"

纪桐周好容易缓了口气，虚弱地说道："该、该不会叫我们打败这妖怪才能过关吧？"

四个孩子谁也不敢靠近那片湖泊，御剑飞起在远处等了一会儿，沸腾般的湖水却翻腾得越来越剧烈。忽地，一只庞然大物自水底一蹿而出，百里歌林吓得惊叫一声。

这只妖怪大得难以想象，生得更是奇形怪状，鸟头鱼身蛇尾，两只巨眼血红，像是要滴出血来一般，贪婪地注视着这几个孩子。

突然，它长长的蛇尾一下竖直，跟个杆子似的，紧跟着张嘴尖厉地叫了一声。众人只觉飓风卷着湖水袭面而来，不由纷纷躲避。那条原本竖直的蛇尾一瞬间又变得柔若无骨，无声无息地卷向雷修远。

雷修远脚下石剑猛然刹住，险险避过这一卷，然而巨尾带起的狂风却一下将他吹得如风中落叶般飘了好远。众人不敢久留，纷纷避开。百里歌林脚都软了，语无伦次："这是蛇精，还是鱼精？我们……要跟这种东西打？能不能不打？"

纪桐周怒道："不打怎么过测试？！"

雷修远脸色还有些苍白，方才他避得极巧，只要差一点儿就会被蛇尾卷中，不用想都知道被那条尾巴缠一下是什么滋味，只怕身体瞬间就会被绞成肉泥，再来一次也不知道能不能顺利避开。他轻道："这东西看上去不像是普通妖物。"

除却那些天生的妖兽神兽灵兽之类，世间大凡妖物都是鸟兽鱼虫成精而来，模样一看即知，却从没见过这种怪模怪样的东西。

纪桐周低头想了半天，突然叫道："我想起了！总觉得眼熟！原来曾在凶兽录上见过！鸟首鱼身蛇尾，这是凶兽虎蛟！"

凶兽？！众人不禁悚然变色。

凶兽大多是天地间凶煞之气凝结而成，天生妖力强横，比妖物要凶恶百倍，更有几个惊天动地的巨大凶兽曾在世间惹出无数祸端，昔日被广微真人斩杀于砺锋之下的，便是四凶之一的梼杌。

就算墨言凡、胡嘉平他们在这里，也没有把握能对付一只凶兽，更何况他们这些堪堪入门的弟子？

百里歌林的退堂鼓打得更响了："我、我看还是算了吧……"

雷修远思忖片刻，道："虎蛟虽为凶兽，但我看它行动缓慢，叫声凄惨，似乎原本已经受了重伤。这不过是书院的一个测试，我想应当还是有一战的机会。"

"我们轮流上！车轮战把它累死！"纪桐周不甘心就这么认输，当即捏印要用出离火术。

黎非一把拽住他的袖子，摇头道："车轮战耗到明天也打不完，我觉得这里不能单打独斗，应当四个人一起。四人组原本五行就有搭配，我想这样分组肯定有道理的。"

雷修远忽然道："方才那只虎蛟，只要发出吼叫，必然伴随飓风巨浪，一定要及时躲开。它行动间似乎一直护着肋下，想来肋下一定是要害了，我和纪桐周主攻，不要打脑袋和尾巴，只攻击肋下。它那条蛇尾很危险，吼叫后便会攻击，无论是被卷住还是被拍一下，只怕我们都没命，百里你一定要注意牵制住它的尾巴。万一有什么闪失，黎非你记得立即上土行防御和治疗网。"

他言辞清晰地交代完，一时三个孩子倒有些无话。思前想后，与其躲避，不如就硬碰硬试试，何况雷修远这一番战术安排思路清楚，分配到位，他平日里那种看谁都是蠢货的态度反倒在这个时候叫人感到莫名其妙地心安起来。

纪桐周有点恼火，他一向把自己当作四人组的老大，结果方才从水里出来多亏雷修远帮忙，这会儿又被这小子抢了风头，怎么能甘心？但不甘心归不甘心，他心底也实在有些佩服，自己一时半会儿还真想不出这种战术。

"就这么办。"他没有废话。

四个孩子商定完毕，雷修远与纪桐周就一左一右朝虎蛟疾奔而去。一时间，火光金光漫天炸开，巨响不断。那只虎蛟早已怒不可遏，张开嘴又是一声长长的尖啸，数道飓风呼啸着卷来，将浓烟火光瞬间卷走。

雷修远急道：“就是现在！”

百里歌林早已趁他们造出大声势时悄悄飞近了虎蛟的尾部。果然那条尾巴竖得笔直，飓风出来后，它忽然又变得柔若无骨，盘旋扭曲，蓄势待发，只等躲避的身影过来便一击而中。

她扬手射出无数片小叶子，噼里啪啦全贴在了它尾巴上。叶片瞬间化作粗长而极具韧性的藤蔓，将它的长尾牢牢捆住。

纪桐周与雷修远一左一右，离火术与太阿术分别打入它两边肋下，虎蛟这一痛吼可谓惊天动地，剧痛挣扎下，藤蔓尽数断裂。百里歌林躲得快，早已避开它的蛇尾范围，再一次凝神结印。这一次叶片却变作了无数粗长尖利的木桩，一根根将它身体钉在湖畔，教它再不能遁入湖底。

这一连串动作可谓电光石火，孩子们个个惊魂未定，恐惧之余，竟又觉得有一丝兴奋。因见虎蛟血流如注，挣扎的势头越来越弱。四个孩子在远处等了许久，那只虎蛟终于再无声息，估计彻底死透了，他们这才御剑飞过去。

纪桐周飞在最前，他以往只在图册上见过凶兽，一直以来都对仙人们腾云千万里，上天入地斩妖除魔、除凶祓秽的逸闻热衷无比，方才太过紧张以致没仔细看看凶兽虎蛟。此时靠近了，方觉它委实大得惊人，一张嘴估计把他们四个都吞下去还不够塞牙缝。

除去刚才他和雷修远攻击的肋下，虎蛟的腹部还有一条极长的伤口，这才是真正的致命伤，果然被雷修远说中了，它早已身负重伤，书院不可能给他们超出能力范围的测试。

其实仔细想想，这只凶兽并不算特别难对付，没有铜皮铁骨，也没有什么厉害的妖法，关键在于对战术的布置与时机的把握，四个人心照不宣的默契更是关键，有一个人慢一步，就难免重伤，甚至丢掉小命。

能杀掉虎蛟，还是雷修远的战术布置功劳最大，纪桐周愣了半天，突然抬脚朝他腿上重重一踢，怒道：“你不错嘛！以前那个窝囊废哪儿去了？”

百里歌林也毫不客气一脚踹上去：“你个两面派还挺厉害！”

雷修远回头看了看他俩，轻轻笑了起来。大家都以为他又会说点儿什么让人气得跳起来的话，可他什么也没有说，只是笑，笑着笑着，其他人也忍不住一起笑了。

这是他们四人组第一次真正意义上的齐心协力，没想到一击即中打倒了凶兽，原来大家一起行动比单独一个人逞英雄的感觉好多了。原本看不顺眼的人，此刻又觉得以前的一切都没什么大不了。

雷修远笑着转过头，黎非对上了他漂亮的眼睛。之前他也笑过很多次，可她觉得他现在是真的开心，虽然脸上满是汗和泥，头发也黏在上面，衣服上到处是灰还有血，她却觉着这样的雷修远比以前任何时候都要神采飞扬。

“辛苦了。”她难得笑眯眯地拍了拍他的肩膀。

雷修远勾起嘴角：“原来你会笑。”

“……”说得好像她从来没笑过似的，黎非懒得和他辩，耸耸肩膀：“谁说我不会。”

“很少见你这样笑。”

她哼哼两声：“那是不想对你笑。”

这下连他也无语了，百里歌林笑吟吟地扑过来：“咱们走吧？出去了要好好吃一顿！对了，我见北面食肆有酒呢！咱们偷偷拿一坛尝尝？”

黎非正要拒绝，忽然，异变骤生，原本应该死透的那只虎蛟张开大嘴，阴森又凄厉地长啸起来，它残余的最后那一丝妖力彻底释放，飓风卷着湖水呼啸而至。四个孩子反应不及，登时被卷了进去，激烈旋转的水流与飓风像锐利的刀片一样切割着他们，若不是之前黎非给他们一人一个都套上了土行防御，这会儿只怕个个都碎了。

黎非只觉晕头转向，高高被抛起，转了半天，又被狠狠弹飞，跟她一起被弹出来的还有一柄石剑，不知是他们谁的。她急忙伸手抓住，勉力运转灵气，翻身跳上石剑，再一转眼，其他三个人都被飓风白浪弹飞出来，虎蛟的蛇尾柔若无骨地朝最近的纪桐周拍过去，他的石剑早已被大浪卷走，尽管仍有神智，却如何能避开，只能眼睁睁看着这条长尾当头朝自己打来。

黎非立即放出一道透明的土行墙挡在他身前，只听一声巨响，蛇尾拍在透明的墙上，仅一瞬便将那面墙拍得碎成了粉末。她心念意动，调动全身灵气，连罩了数堵墙抢在蛇尾前拦住，她自己疾飞而去，顾不得许多，一把捞住纪桐周的头发。

本想拽着他逃离蛇尾范围，然而凶兽的垂死挣扎比想象中还可怕得多，又是数声巨响，那几面墙轻而易举被蛇尾拍碎，根本来不及逃离。

黎非再也不敢保留，将全身灵气尽数释放，两层土行防御将两人裹住，紧跟着只觉当胸一阵奇痛，一股全然不能反抗的大力砸中她的身体，她当时就觉得眼前发黑，下意识地紧紧握住纪桐周的头发。两个人被撞飞数里外，将林中树木都撞倒大片。

纪桐周好半天才缓过劲，全身上下像散了架一样，不过这些和头皮的剧痛比起来简直不算什么。他用手摸了摸脑袋，居然摸了满手血！他的头发该不会被扯光了吧？！

身上重重地压着一个人，他用尽全力才将那人推开，吃力地转头一看，却见姜黎非胸前血肉模糊一片，脸上也鲜血淋漓，看上去像是死了一样。

纪桐周惊得魂都飞了，急忙轻轻推了推她，她动也不动。他颤抖着把手放在她鼻前，只觉气若游丝，而且出气多入气少，只怕再过一会儿就真的没气了！

她是为了救他！纪桐周一颗心瞬间就沉到了最底，他居然让一个女孩子救了！而且这个女孩子可能会死！

纪桐周轻轻把她抱起来，好在石剑落在一旁，当即御剑朝湖泊疾飞而去。此时那只虎蛟是真正死透了，原本漆黑泛光的身体也变得灰沉暗淡，湖面上随着水波上上下下浮动着两个人，正是百里歌林和雷修远。他们离虎蛟最近，飓风大浪惊人的力道将他们伤得遍体血痕，早已晕死过去。

方才还好好的，一下子就只剩他一人站着了。纪桐周将水里两人都捞上来，粗粗查看了一下伤口，幸好都不是什么致命伤，只有姜黎非的伤最重，随时可能死掉。

纪桐周在她身上加持了一层浮魅之火，奋力抱起三人，这时哪里还管会不会凫水，手忙脚乱地沉进湖底，果然前方有一座金光璀璨的大门。他都不知道自己是怎么游过去的，一穿过大门，入目便是熟悉的重楼百殿，巨大的青铜鼎里，香仍未冷。

胡嘉平几位原本待在高台上的先生早已疾驰而来，纪桐周只来得及说了一声：“快救救他们！”

一语未了，人已栽倒在地。

到后来纪桐周才知道，他们这组居然是最早通过测试的，却也是伤得最重的。特别是姜黎非，左丘先生说，再迟来一会儿，她必死无疑。

推开门，外面已是夕阳西沉，刚好望见匆匆赶来的胡嘉平，他冕服都未来得及换下。因见纪桐周出来了，他眉梢顿时一扬。

“你们过得很精彩。”他走到这个神情沮丧的男孩面前，拍了拍他的肩膀，“不用难过，几个创立者都在里面，他们都不会有事。”

纪桐周沉默很久，忽然哑声问：“姜黎非……真的不会死吧？”

她是为了救他，四人组只有她会土行防御，要不是最后她拼尽全力将灵气尽数释放架了两道防御，他只怕也要重伤。

胡嘉平难得温言抚慰：“仙家弟子怎么会那么容易死？你莫要担心，此次测试你们都通过了，放下心来，先去休息吧。”

纪桐周摇了摇头：“我想等他们。”

“百里歌林和雷修远要明天才能痊愈，至于那个小丫头，大约要等好几天了。你脸色很差，快回去，明日再来。”

纪桐周被他轻轻一推，不由自主出了庭院，远远地，望见兰雅和几个狗腿子正匆匆赶来。一见他，兰雅的眼圈又红了，抽抽搭搭地哭起来，狗腿子们围上来，阿谀奉承的话又响起来，他却只觉得厌烦，一个字也不想听，一个字也不想说。

胡嘉平轻轻推开房门，无声无息地走进去，内室的两张床上分别躺着百里歌林和雷修远。他们所受皆是皮外伤，主要是与凶兽的妖气直接接触，身体受不了，至此才始终昏迷不醒。

严重的是最里面那个小丫头，三四位书院创立者神情凝重地立在床前，一团团柔和的白光正莹莹絮絮地落在她体内，这是高等水行治疗仙法玉雪术的光芒，然而从诸位书院创立者的神情来看，似乎情况并不怎么乐观。

胡嘉平悄悄捏紧拳头，自觉掌心中全是汗水，不由苦笑起来。

"左丘先生。"他轻轻唤了一声。

那位须发皆白的老者微微点头，低声道："她受伤太重，胸骨全碎了，内脏也破损八成，若非体内灵气浑厚，当场便要气绝。我已将太液金丹给她服下，然而仙丹也好，灵气复苏治愈也好，终究不过是微薄人力，能否活命，依旧看天意。"

胡嘉平口中微微发苦，喃喃："这次是我的失误，不该选择凶兽虎蛟，事先该提醒他们……"

凶兽虎蛟有假死之术，防不胜防。

左丘先生叹道："每一个弟子都需经历真正九死一生的修行方能成长，吃一堑长一智。你这次提醒，却不能以后次次提醒，时时处处的庇护，终究不过培养出禁不起风雨的娇花罢了。从书院出来的，无论去往什么门派，都是精英弟子，甚至亲传弟子，这正是书院创立的意义。你走吧，留在这里也是心焦，莫要感情用事。"

胡嘉平静静看了一眼床上的黎非，她满身鲜血，胸口凹进去一大块，呼吸极其微弱。他心跳一下急促起来，不敢再看，咬牙转身便走。

这样，也能叫保她平安无事吗？

不知过了多久，忽有一位创立者开口道："是活是死，只看今夜，我等也只能静待答案了。"

诸人皆是长叹一声，左丘先生默然片刻，道："诸位先回，今夜我在此留守，有何异常，我会即刻告知。"

屋内很快陷入安静，只有时急时徐的呼吸声缓缓流淌。黎非觉着自己好像是睡着，又像是醒着，身边发生的一切她都可以听见看见，可就是不能动，不能给出任何反应，身体毫无知觉……这样说或许不确切，她其实根本感觉不到自己有身体的存在。

难道，这就是死的感觉吗？她的魂魄离体了？为什么没有去地府？

想到自己或许死了，忽然之间感到一丝悲哀，她还有许多事没做，师父、大师兄、修行、她的朋友们……四人组的关系终于融洽起来了，她却死了。不知为何，想起这些心中更多的却是麻木，或许是因为死已成定局？悲伤遗憾都再无意义，余下的只有麻木了。

突然又想起日炎，他一直化作她的一根头发隐匿行踪，她现在死了，他要怎么办呢？

眼前的光线骤然一暗，她有一种在下沉的感觉，这就是坠入黄泉的感觉？

坠落，再坠落……不知过了多久，面前忽然出现了一只巨大的九尾狐，他蜷缩着庞大的身躯，九条长尾包裹住自己，似是正在沉睡。

日炎？黎非心念一动，便已到了他面前，他起伏的脊背上有一道血红的封印一样的东西，随着他的呼吸一亮一暗，难道这个就是他说过的、因为遭遇祸祟之年而将他妖气封存的封印吗？

她想伸手摸摸这只狐狸丰盈雪白的皮毛，心里这样想着，她仿佛忽然就有了身体。她慢慢走近他，伸出手，在他毛茸茸的脸上抚摸了两下——和想象中的一模一样，柔软而温暖的皮毛。

九尾狐的大耳朵忽然晃了晃，惨绿狭长的眼睛缓缓睁开，盯着她看了好一会儿，忽地，他眼中充满了惊愕："你怎么了？"

黎非朝他笑笑："日炎，我大概要死啦。可惜师父和大师兄都没能找到，我死了，你一个人能逃走吗？"

他眼睛顿时瞪得溜圆："死？你怎会死！你知道这里是什么地方吗？"

她摇摇头："可是我好像受了很重的伤，治不好了，今天测试，我们遇到凶兽虎蛟，我被它的尾巴打中了。"

日炎怒道："开什么玩笑！那种低等凶兽怎么可能把你打死！"

这只狐狸死活不肯接受真相的样子也怪好玩的，黎非又摸了摸他毛茸茸的脸，现在终于能摸到他了，可惜她死了。

"我死了，你一个人赶紧逃，书院里有好多创立者，他们要是抓到你，你可真活不成了。"

日炎似是再也无法忍受这愚蠢的对话，忽地一下立起，九条长尾如梦似幻地摇摆起来，他低头目光灼灼地盯着她，道："这里不是地府，而是我的意识中。你进入了我的意识，和我相见了。我只说一遍，你自己听好——第一，你还没脱壳，不可能死；第二，能进入我的意识，说明你因为身体受到重创，即将被迫彻底脱壳；第三，现在完全脱壳对你来说绝不是好事，你有空在这里跟我瞎扯，不如赶紧抑制。"

黎非不由怔住，她没死？脱壳？

她呆呆看着他，忍不住道："你……还是不肯告诉我……我到底是什么吗？"

日炎道："现在知道这些，对你有什么好处？你是中土人，除了体质特殊些，与常人无异，好好成你的仙，将来你的作为绝不会在这些书院创立者之下。"

这是在夸她？今天太阳莫非是打西边出来的！日炎居然会夸她！黎非想扶住自己的下巴，省得它掉下来。

"看你的蠢样！"巨大的白色九尾狐鄙夷地瞥她，"现在不过是个蠢材罢了！快滚回去！"

她急道："等一下，你什么时候能醒？我、我有什么能帮你的吗？"

"尚需几日，你想帮我？哼，先管好你自己吧！"

他傲然说完，长尾突然一扫，黎非只觉自己被一股大力强行驱逐，似是要将自己赶离这片黑暗，她又急得大叫："怎么抑制脱壳啊？你又不告诉我！"

他的声音变得袅袅："我怎么知道！我又不是你！"

一语未完，再也听不见他的声音，黎非只觉身体一重，像是撞在什么硬邦邦的东西上，不由"啊"一声叫了出来。睁开眼，是有点熟悉的屋顶——是上回摔落禁地回来后睡的那间弟子房吗？她就这么被弹回来了？

巨大的治疗网架在自己身上，灵气来回灌输流窜，胸口那里木木的，一点儿感觉都没有，明明那里受了致命的创伤。她试着想抬手，可身体却无比沉重，原本灵活的四肢，如今像是外面套了一层沉重的躯壳，她甚至有种冲动想要甩脱这具沉重的壳。

莫非这就是日炎说的脱壳？她动也不敢再动，闭目静静躺着，她不知道怎么抑制脱壳，只能一遍遍自言自语似的对自己说"这是我的身体这是我的身体"。也不知过了多久，胸口的伤居然开始疼痛起来，渐渐地，从轻微的疼痛变成了剧痛难耐，她实在忍不住，痛叫出声。

在外屋的左丘先生立即听见了，他疾步走来，面带喜色："醒了？"

黎非疼得脸色煞白，喃喃道："好疼……我……受不了了……"

他伸手摸了摸她汗湿的小脸，黎非只觉他的手温暖而柔软，忽然间疼痛仿佛就远离她而去，她的意识渐渐变得模糊——糟糕，该不会又要开始脱壳了吧？可是这具身体会困，或许不是脱壳？

"睡吧，醒来就不疼了。"左丘先生的声音模模糊糊，听在耳中更加深了困意，她无意识地偏过脑袋，但见窗外晨曦微露。

天快亮了，这是她最后一丝意识，然后便陷入了黑甜的沉睡。

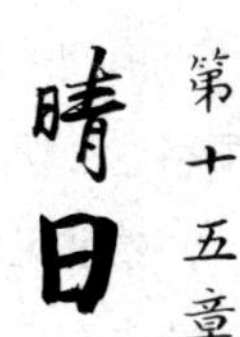

# 第十五章 晴日

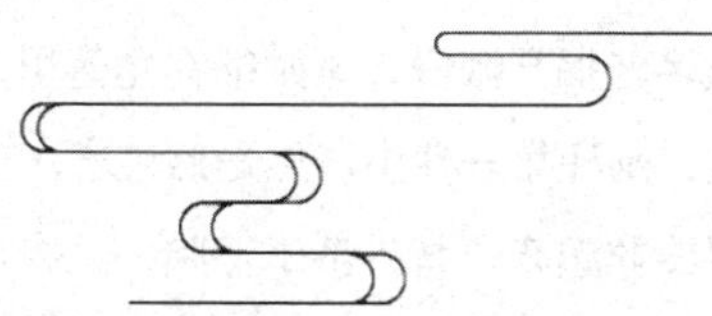

再度醒来时，冰蓝色的治疗网已经消失，床上不知何时架了帐幔，淡淡的莲青色，十分素净。

黎非只觉身体似乎比以往轻快不少，她慢慢坐起，后背忽然有种像是要裂开般的剧烈麻痒感，她伸手用力一抓，却抓下一把薄纱般轻柔的皮。她吓得怪叫一声，没命地将手里的东西甩出去，那层雪白的皮落在地上，转瞬间又消失不见。

她惊慌失措地揭开被子，这才发觉自己根本没穿衣服，又是一阵惊恐。红白交织的崭新弟子服正放在床头，她一把抓过来，缩进帐幔深处，手忙脚乱地开始穿。

是又脱皮了吗？！这个难道就是日炎说的脱壳？这样一层层脱壳，那到最后她会变成什么样？完完全全的陌生人吗？

急匆匆系好腰带，黎非抢过床头柜上的铜镜，这一看却让她松了口气，还好还好，还是原来的鼻子眉眼，就是好像又白了那么一丝丝。

她很少这样照镜子仔细打量自己，此时巨细靡遗地端详，到底还是觉得自己确实与刚下山的那个小炭块判若两人，或许是皮肤变白太多的缘故，又或许不仅仅因为变白。

她的脸曾经与师父的像是一个模子印出来的，看自己就像看见了师父，可现在，这张脸上师父的影子慢慢在变淡。五官并没什么变化，连眉毛里的陈年旧疤都还在，可凑在一处看，却越来越不像师父了。

房门忽然被打开，满身青鳞的蜥蜴女妖端着水盆走了进来，声音中有些惊奇："你醒得这么快？"

黎非见着是女妖，又松了口气，太好了，看样子帮她脱衣服的是女妖，如果是先生们或者左丘先生那样的老头子，她可不知该有多尴尬。

蜥蜴女妖轻轻揭开帐幔，见她缩在角落里，手里还拿着铜镜，不由嘻嘻笑了："小姑娘就是爱美，刚醒第一件事居然是照镜子。放心吧，漂亮着呢，还香喷喷的。"

女妖招呼黎非起床，替她擦了擦脸，又在后面替她梳发绾发髻。刚梳好，房门忽又开了，左丘先生与胡嘉平走进来，见她起了，两人都面带喜色。

"醒了？可还有什么不适？"左丘先生摸了摸她的脑袋，神情欣慰，"那样的重伤能这么快痊愈，你的身体素质相当好。"

黎非急忙道："我都好了，完全没事，谢谢您。"

左丘先生笑道："好的只是身体上的伤，精神与消耗的元气却回不来，今天暂且好好休息，修行的事明天再说。"

他事务繁忙，匆匆说了几句便走了。胡嘉平凑过来在她小脑袋上敲了敲，叹道："丫头，这次真的是九死一生啊。"

黎非见他眼底有些阴影，大概是由于担心没睡好，心里倒有点感动，这位先生虽然吊儿郎当，其实人很好。

"先生，我们测试过了没？"现在她最担心的就是这个。

他笑了："都过了，你们是第一组通过测试的。不止你们，这次十六人全过了，倒真是罕见，往常这种测试都要刷掉一半多人的。"

居然所有人都过了，这可真是件大喜事，黎非见他满脸轻松，不由笑道："先生也轻松了，不用再费力分组。"

胡嘉平在她粉嫩的脸颊上掐了一把，因觉手感很好，忍不住又多掐两下，一面道："你们还是太粗心大意了，这次是个教训，不到最后一刻，都不可放松警惕，下次再不能这样疏忽。"

先生说得对，他们还是疏忽了，没有仔细观察虎蛟是否真的死透了，还好这是测试，倘若以后再这么粗心大意，真的活不成。

黎非点头道："先生说的是，我记住了。"不过他能不能别再掐她脸上的肉了？

胡嘉平拍拍她，温言道："你睡了五天，新的修行已经开始了，得空了追下进度，不必急在一时，今天先歇歇吧，你的朋友都在外面等得心焦呢。"

五天？！这么夸张？怪不得起来后总觉得腰酸背痛，躺了那么久不累才怪。

胡嘉平推开门，果然外面站了好几个小孩，正是百里歌林他们。一见他出来了，纪桐周比谁都急，连声问：“先生，她怎么样了？醒了没？”

胡嘉平把黎非轻轻推出来，眨眨眼睛：“好了好了，这几日天天在我耳边絮絮叨叨，人给你们送来了，小屁孩们自己乐呵去吧！”说罢，人一眨眼便消失了。

众人见黎非笑眯眯地站在门边，衣服穿得别别扭扭，似是比先前又清瘦了些，大约是重伤初愈，肤色尤为苍白，平日里那种粗鲁的男孩子气登时大减，终于像个秀秀气气的漂亮小姑娘了。

百里歌林第一个扑上来，抱着她都快哭了，一个劲叫：“黎非！黎非！吓死我了！我醒过来的时候见着你全是血，他们还说你可能活不了！”

黎非赶紧动动手脚：“没事没事，你看，我好好的，有那么多书院创立者在，我哪会这么容易死？”

她抬头，见叶烨和百里唱月，还有雷修远、纪桐周他们几个都在，个个关切地看着自己，心中只觉暖洋洋的，有朋友的感觉真好。

“我没事了。”她又强调一遍，“让你们担心啦！”

纪桐周尴尬道：“谁、谁担心你了……不过是过来看看你醒没醒。”

百里歌林咯咯笑了起来：“这个小王爷又开始撑面子，方才最急的人不晓得是哪个。”

“多嘴。”纪桐周瞪她一眼。

黎非笑道：“谢谢了，对了，最后我们是怎么过测试的？”

纪桐周道：“你们都晕了，就我醒着，那只虎蛟闹了一阵也死透了，我将你们送回来的。”

他犹豫了一下，又望向黎非，她又瘦又矮，脸色还那么苍白，居然又一次让这小丫头救了自己一命，他实在不知是什么滋味，脸色又变得黯然。这次测试，最没用的人就是他了，幸好姜黎非现在没事，她如果因为救他而死，这个阴影一定一生都如影随形，到死也忘不掉自己的无能。

“那个……你救了我，谢谢你。”他小声道谢，虽然尴尬得耳朵都红了，到底还是没像上次一样转身就走。

“客气什么。”黎非拍了拍他的胳膊，跟好哥们儿似的，“你后来不是把我们送出来了吗？扯平啦。”

她粗鲁得像男人似的动作又让他有些惊讶，可转念一想，她要是像兰雅一样温文尔雅，自己好像也有点吃不消，姜黎非果然还是这样最自然。

他也笑了笑，在她胳膊上轻轻一捶：“还活着，太好了。”

“别在这里说啦！”百里歌林笑眯眯地抱住黎非的胳膊，“正好是吃晚饭的时候，咱们去北面食肆大吃一顿吧！黎非睡了这么久可算醒了，这一顿就算迟来的庆祝，祝贺咱们都过了测试！”

孩子们兴高采烈地御剑飞往北面食肆，也不管吃不吃得完，拿了一桌子菜。百里歌林瞅着角落里还堆着酒坛，本想偷拿一坛尝个鲜，却被叶烨发现了，在她脑门儿上弹了好几下：“胡闹！才多大就喝酒？那些酒只有先生们才能拿，叫人发觉咱们偷来喝，你一个人挨骂吗？”

百里歌林急道：“偶尔喝一次怎么了？堂堂仙家弟子连酒都不会喝，丢不丢人？”

正说着，却见一旁的蜥蜴女妖端了一只酒坛过来，道：“这是胡嘉平先生交代给你们的，说只有一坛，给你们尝个鲜。”

孩子们顿时乐得大叫，胡嘉平太够意思了！绝世好先生！

百里歌林一把撕开封纸，一股甜香的酒气漫溢而出，她闻了闻，奇道：“这是米酒吧？切，米酒算什么酒！”

叶烨从她手里抢过酒坛，一人倒了一杯，杯中酒浑浊而香甜，果然是米酒，他笑道：“米酒已经出格了，明天还要修行，莫要太过忘形。来，先贺黎非重伤痊愈，大家干杯！”

众人嘻嘻哈哈地干了这一杯，这里的孩子大多是第一次喝酒，之前又没吃饭，一大杯米酒下去，酒气居然就这么漫开了。黎非倒是面不改色，她跟着师父在外面混了这些年，不要说米酒，再烈的酒都尝过，不过都是浅尝辄止，师父也不许她多喝的。

叶烨再次举杯，道：“来来，再贺我们都过了测试！再干一杯！”

两杯酒下肚，气氛顿时热烈起来，连百里唱月话都多了，扭头跟雷修远不知说什么，叶烨和纪桐周居然也开始聊天，他俩一个是前高卢皇子，一个是现越国英王爷，意外能谈得来。

黎非夹了一块萝卜，正要吃，百里歌林忽然凑了上来。她酒量极浅，两杯米酒下肚连脖子都红了，眼神迷离，拽着黎非嘀咕：“我跟你说，你睡的这些天，纪桐周丢了魂一样，昨天见你还没出来，他都快哭了……”

“你又在胡扯什么！”纪桐周急了，一把将她拽下来，她怎么就那么喜欢添油加醋！姜黎非因为救他差点要死，他不担心的话还是人吗？

百里歌林好像已经快醉了，瞥他一眼，哼哼一笑：“小王爷，你的小郡主呢？这次不陪她在弟子房吃饭了？”

纪桐周皱眉道：“我不过中午与她一同用膳而已，她是诸侯国郡主，于情于理，我不可冷落她。”

“冠冕堂皇！”百里歌林摇头，忽又凑到他身边，笑道，“我们黎非不比那个兰雅好？人家还救了你呢！”

姜黎非？兰雅？这俩是一类人吗？居然能把她们扯一块！纪桐周懒得搭理她，闷头喝酒。

他也是第一次跟这些平民一起吃喝，以往不是独来独往便是跟兰雅一起吃，他们这些皇族讲究食不言寝不语的训诫，起先他只觉他们吵，可渐渐却又觉得有趣极了，叶烨十分健谈风趣，百里歌林也活泼爱闹，席间欢声笑语不断，他的心情也慢慢变得好起来。

多了心事的小王爷偷眼朝姜黎非那里看，她笑眯眯地喝着米酒，头也不抬，大概是夜色外加烛火的缘故，她跟之前那男人气十足的小叫花简直像两个人。由于重伤初愈，脸色苍白，在灯下像玉一样，清瘦的脸庞、秀致的轮廓，下颔尖尖，眼波流转，竟有一丝十分别致的韵味。

小王爷看着看着突然有些发窘，急忙移开视线，一时觉得窘迫，一时还有些疑惑。

她为什么要这样拼命救自己？上次在禁地也是，这次又是，甚至差点搭上一条小命，他实在不懂，在王爷短短十二年的人生经历中，讨好马屁者无数，可这样为了他搏命相护的，却只有一个姜黎非。

而被她这样不顾一切地付出，他竟有种说不出道不明的得意。对了，前几天也是，他不想还书，大晚上的她居然二话不说就帮他还了，她、她这样……难不成……难不成是喜欢自己？

想来想去，她会这样帮自己，肯定是对自己有好感吧？自大的小王爷只能想到这个理由了，以前王府的侍卫也说，女孩子喜欢一个人的时候就爱跟他吵架作对。想到姜黎非因为喜欢自己才这么拼命，他顿时感到一切疑惑都迎刃而解。

原来如此，果然如此！

但他没可能给她任何回报，没办法，他俩根本不是一个层次的人，这份情他记着了，以后一定还给她，再对她好些吧。

想到这里，高傲的小王爷望向黎非的眼神难免有种高高在上的怜悯，他忽然举起酒杯朝黎非手里的杯子上碰了一下，带着些许施舍般的温柔，道：“来，我敬你一杯。”

黎非浑然不觉，笑眯眯地跟他干了一杯米酒，却听纪桐周咕哝：“那个……谢谢你了……总之，你的心我懂了……但我没法回报你什么……”

他说什么啊？黎非不明所以地看着他，忽听旁边“扑通”一声，百里歌林跟唱月说着说着忽然歪在桌上，酒杯都翻了。

叶烨把她扶起看了看，不禁又好气又好笑："这丫头居然醉了，不能喝酒还成天嚷嚷着要喝！"

众人不由大笑，说话间，百里歌林又醒了，迷蒙地看了一眼叶烨，忽地一把推开他，喃喃："你别碰我。"

百里唱月勾着她的肩膀，让她靠自己身上，笑道："下次还逞能不？"

百里歌林嘴里叽里咕噜不知说了些啥，说着说着靠在她肩上睡着了。叶烨脱下外套披在她身上，又坐回去跟他们说笑。

黎非数杯米酒下肚，耳朵也渐渐热起来了，再看看纪桐周，他早就离得远远的跟叶烨说话去了。自己身边的雷修远只默默喝酒，菜也吃得很少，话说得更少，她不由问："你怎么只顾着喝酒？"

雷修远放下酒杯，忽然坐得近了些，扶着下巴望她，半晌，低声道："还有哪里不舒服吗？"

黎非敲了敲胸口："没事，好着呢。"

他握住她的手腕，又放回去："好了也不用敲，万一以后一直平着怎么办。"

他、他说了什么？！黎非觉得自己的下巴差点要掉了，是不是她喝多了产生了幻听？！

雷修远见她瞠目结舌的样子，倒笑了："你倒是奋不顾身地救小王爷。"

好吧，就当方才是幻听好了！黎非瞪他一眼："什么奋不顾身？我不救他，他岂不是要死掉？能救为什么不救？难不成眼睁睁看着同伴死在自己面前？"

"事实是，他没事，你却差点死掉。"

黎非叹了口气："我也没想到虎蛟那么厉害，一切太快了，来不及反应。不过，我不是好好活着吗？"

"差点死了。"雷修远看着她，"我问你，不管是谁，你都会救吗？"

黎非摇头："怎么可能……我没那么大的本事。"

事实上，她也没那么热心肠，可能换个情况她未必就会出手了，虎蛟那次，真的是一个冲动，之前以为一切都圆满完成，大家高高兴兴的，忽然发生变故，谁受得了？

话再说回来，纪桐周是同窗，还是同组的，虽然骄横自大不讨喜，但大家都一起修行那么久了，感情总是有的，难道可以淡定地看着他死在自己面前？她不至于如此冷血。

"那时候是你或者歌林，我都会救的。"她摸了摸脸，酒喝多了，有点发烫，"可如果是其他人，我就不知道了。"

她见雷修远还是盯着自己看，不由皱眉："你到底看什么？"

他移开视线，浅尝一口米酒，道："你上回没说完呢，青丘的风景怎么样？"

黎非愣了一下，这才想起他指的是测试中被打断的话题，都隔了五天，他居然还记着，她笑道："我才不说，是我先问的，鲁大哥长什么样？多大啦？"

雷修远也笑了，轻道："他看上去有二十来岁，不过仙家弟子，年纪不可光看外表，我也不知道他真实年纪。他长得……嗯，就是个普通人，可一看就知道是个好人。"

"他教你拳剑之法吗？为什么不教你仙法呢？"

"仙法不可随意传授给外人，否则是门派中的重罪。书院请来的先生，传授的也都是最基本的东西，再高深的仙法，只能等进入门派后才由师父传授了。"

黎非俯在桌上，看着他低头喝酒，他怪能喝的，没吃多少东西，酒倒喝了不少，而且好像没半点醉意。

"雷修远，你想好要去哪个门派了吗？"她问，这问题她也是最近才开始考虑的，再过半年多他们就要离开书院了，曾经一起修行的同伴或许就此天各一方，仔细想想，有些不舍。

他又一次反问："你呢？"

真是狡猾，每次都不肯正面回答她的问题，黎非摇摇头："我大概会去无月廷吧，你知道的，我得去找大师兄。"

他轻轻"哦"了一声，喝干杯中酒，忽然微微一笑："那我也去无月廷吧。"

黎非有些惊喜："真的？"

"嗯。星正馆肯定不能去了，其他门派我又看不上，也就无月廷顺眼些。"

看不上？黎非再一次失笑，他可真是大言不惭，可这话由他说出来，居然一点也不违和，雷修远确实有说这个话的资质与本事。

见他杯中没酒了，黎非捞起身边的酒坛，替他斟满。

"倒好啦。"她推了推他，一面又道，"对了，你刚才回答了我的问题，那现在轮到我了，青丘很大的，风景也好，就是地势太险恶，普通人根本无法上下，我跟师父在虎口崖那边挂了麻绳，每次都从那边上下……"

她说了半天，渐渐竟有些困了，左丘先生说得没错，就算伤势痊愈，可精神与元气不是那么快就能恢复的，她睡了五天，才醒过来，这会儿居然又困了。

一只手扶住了她的脑袋，紧跟着身上一暖，似是有人披了件衣服上来，黎非睁开眼，这才发觉自己不知何时靠在了雷修远肩上，他的外衣正披在自己身上，见她睁开眼，他道："睡吧，等下我送你回去。"

她揉了揉眼睛："没事……我能撑住。"

他伸出手，在她脸上轻轻拍了拍：“睡吧。”

他好像……真没那么讨厌，黎非靠着他的肩膀，衣服上全是雷修远的味道，说不出的味道。和他从朋友变成了敌对，又从敌对变成朋友，想想，居然有点儿高兴，如果能一直做朋友就好了。

剩下的半坛酒很快就被喝完，纪桐周醉倒在桌子上，叶烨笑道：“挺晚了，今日喝得尽兴，下次若有机会，再一醉方休。”

他见纪桐周不胜酒力，只怕根本没法回去，黎非也靠在雷修远身上睡着了，便道：“我送王爷回去吧，唱月，你能御剑吗？”

百里唱月扶着额头轻道：“有些头晕，你先去，我吹吹冷风在这里等你。”

自上次御剑坠崖之后，一向大胆的她也开始谨慎了。

雷修远将黎非轻轻抱起，她似是真的累了，只“嗯”了一声，居然没醒，一路御剑飞回千香之间。他推开门，将她放在床上，想了想，还是帮她脱了鞋子，正要盖好被子，忽然有一股幽幽的异香钻入鼻腔，与花香香料截然不同的一种香味，清而不冷，暖而不腻，勾魂夺魄。

雷修远四处嗅了嗅，只觉这股香气若有若无的，忽淡忽浓，寻了一阵，忽然发觉什么似的，低头凑近熟睡的黎非，果然那香气自她领口吐息中漫溢出来，虽然极淡极清幽，却销魂蚀骨。

他愣了一会儿，扯过被子将她盖好，奇怪，以前怎么没在她身上闻过这种香气？

转身要走，却又有些舍不得似的，他坐在床边，凑近她的领口，深深吸了好几下，骨头仿佛都要被这股异香熏酥了。

灯光下，她的嘴唇微微翘起，神情无辜。他突然没来由地感到无措紧张，急忙起身，头也不回地走了出去。

百里歌林骤然自醉中惊醒时，叶烨刚把她扶进丽莺之间，见她茫然地眨着眼睛，不由笑道：“醒了？下次喝酒再不能叫你了，酒量太差。”

她却不答，只是四处看，忽地又低声问：“姐呢？”

叶烨扶着她坐在床上，道：“她在隔壁，也有些醉了。”

他蹲下来，替她解开绑腿，动作又轻又稳。百里歌林低头静静看着他，一言不发。直到他替她脱了绑腿鞋子，将她推得躺下去，替她盖上被子，这才摸了摸她的脑袋：“好了小丫头，快睡吧，明天别迟了。”

正要走，衣衫下摆却被她轻轻拉住了，她用一种从未有过的眼神看着他，轻道：“叶烨，跟我说说话吧？”

他不由失笑，坐在床边拍拍她的手：“这么大了还孩子气？要哥哥给你说个故事哄你睡吗？”

百里歌林摇摇头，声音还是很轻，像做梦一样：“我们……我们和以前一样好不好？我还可以回来吗？”

叶烨有些讶异：“我们不是一直和以前一样吗？”

他见她脸上通红的，眼睛也水汪汪的，估摸是说醉话呢，他掖了掖被角，柔声道：“你醉了，快睡吧。”

她蹙眉喃喃：“你、你等下再走……”

“别孩子气了。”他轻轻掰开她的手指，“唱月也醉了，我得去看看她，快睡。”

她瑟缩似的缩回手，垂下眼睫，低声道：“好，我睡了，你快去看看姐姐。”

他一口吹熄油灯，门被轻轻合上，屋内陷入了无边无际的黑暗。百里歌林躺了好一会儿，忽然像是无法忍受似的，猛然从床上跳起，推门便要出去，院中百里唱月的窗户还亮着，叶烨隐隐约约的说话声传来：“睡吧，我等你睡着。”

她又猛地关上门，茫然地望着屋内大片大片的黑暗，它们想要吞噬她，让她窒息。

她飞快地穿好鞋，一把抓起石剑，逃离般飞奔出丽莺之间，没有人发现她，也不会有人发现她，不会有人注意她，不会有人。

她记不得自己是怎么跑到千香之间的，那么多庭院，那么多屋子，她原本认识那么多人，可最后好像只有这里能来。轻轻推开门，屋里油灯还亮着，黎非安安静静地睡在床上，没有醒。

百里歌林蹑手蹑脚地爬上床，贴在她身边，低声叫了一句：“黎非。”

她似是听见了，嗯了一声，翻过身，伸手在歌林脑袋上摸了摸。

歌林的眼泪再也忍不住，潸潸而下，打湿了头发。

隔日黎非醒过来时，只觉自己被挤到了床铺边缘，一手一腿都掉下床了，只差一点便要翻下去。她回头一看，愕然发觉百里歌林居然睡在身边，不单把被子全抢了，还把她逼得差点掉下去。

她是什么时候跑来的？而且这睡相，可真糟糕……黎非打个呵欠，睡眼惺忪地正准备起床，床边忽然响起一个熟悉的沙哑声音：“哼！小小年纪就不学好，喝什么酒！”

黎非一个激灵，便见那只雪白的小小的狐狸蹲在自己的鞋子上，正傲然抬头瞪她，她激动得直接从床上滚下去了。

“日炎！你醒啦？！”顾不得脑袋摔得剧痛无比，她大叫。

还在熟睡的百里歌林发出无意识的哼哼，吓得她急忙捂住嘴，眼里却全是兴奋的笑意，笑吟吟地盯着这只小狐狸。

日炎晃晃耳朵："我要是不醒过来，还不知你要堕落成什么样！满屋酒臭！"

"只是偶尔喝一点嘛。"她伸手想摸摸他小小的脑袋，可惜手指再一次穿了过去，果然只有在他的意识中，才能摸到他。

"你觉得怎么样？还有什么不舒服吗？会不会下次又睡两个月？"她一口气问了许多。

日炎淡道："我的事你操心那么多干吗？多管管自己吧，香气提前溢出来了。"

香气？她拉起衣服闻了闻，什么香气？

"叫旁人说给你听吧，倒也不是什么大事。"日炎动了动鼻子，"谁叫你那么作死，自己都顾不过来，管其他人死活？"

黎非晓得他是指自己救纪桐周的事，当即道："反正救都救了，大家都是同一组的人，我怎么能见死不救？"

日炎哼了一声："让他死掉有什么？你年纪还小呢！一天到晚跟男孩子混在一处干什么？给我专心修行！要是胡想乱想，我把你头发都拔了！"

他这是提前操的什么长辈心啊！黎非简直无语："我们四个人在一组，怎么能不成天混在一起？"

这只狐狸傲然把脑袋别去一旁，摆出懒得搭理她的样子："好了，少废话，我这次睡了太久，先把上次禁地中的事情说给我听，再把这次突然要脱壳的事详详细细告诉我，一个字也不许漏！"

说罢他索性伏在地上，耳朵一阵乱晃。

他这是准备听故事吗？黎非不由一阵好笑，当下还是原原本本把发生的事情都说给他听。她不是舌灿莲花之人，叙述也极为简洁直白，本来可以说得高潮起伏的事情给他讲了一会儿就讲完了。

日炎晃着耳朵哼哼笑道："便宜了那只狻猊，十几颗妖朱果，它做梦也要笑醒了！哼哼，书院创立者果然厉害，竟想联合山海两派对付海陨，此事倒也不是没人做过，不过你们人心太过复杂，所谓联手，到最后只怕又是破碎支离猜疑不断……"

说到这里，他似是有些困了，淡道："不说了，我去也。"

黎非愕然："你才醒就睡？睡那么多你累不累啊？"

"谁告诉你我是刚醒？昨天晚上我可就醒了，你睡得跟猪一样！"

昨天晚上就醒了？那怎么不叫她？黎非笑道："日炎，你现在醒着的时间越来越长，真是太好了。”

他哼道：“我倒宁可多睡会儿，省得醒了总要收拾你这蠢货的烂摊子。”

黎非想起在他意识中的九尾狐原身，他脊背上有个巨大的血红的封印，应该就是他说的遭遇祸祟之年妖气尽数被封印的那个封印了。她问道：“对了日炎，什么叫祸祟之年？你的妖气是被别人封存的吗？能找人解开吗？”

本来以为他不会说，谁知他居然答得很快：“不是被别人封存，而是修行时走了岔道，忽然妖气尽数被封存。就像仙人时常要渡劫一般，妖亦有祸祟之年的说法。随着修为逐渐高深，劫数也会变得非常难渡，今年便是我的祸祟之年。那个封印只能靠我自己冲破，无法依靠外力。”

黎非奇道：“渡劫？我听说仙人都是被天雷劈，你们不是吗？”

他冷笑一声：“这是什么无知之人的传闻？真有那么简单，人人都是仙人，鸟兽鱼虫个个都成大妖怪了！正因为劫数古怪不可预测，才可叫劫数，往往在不经意间到来，等魂飞魄散时，方能醒悟那是劫数。”

古怪不可预测？黎非有些紧张了，她成仙的时候会遇到什么劫数？

像是看出她的想法，日炎道：“还不会爬呢，先想着飞了！你这会儿担心什么劫数？只怕头发都白了，你还没成仙呢！”

他这绝对是在咒她！头发都白了还没成仙，意思是她成仙后也只能当个老太婆？她一下想起百里歌林曾说过，不想做个鸡皮鹤发的老太婆仙人活一千年，那会儿还没多想，现在想想，那确实怪可怕的。

正说着，突然床上熟睡的百里歌林哽咽了两声，不知做了什么噩梦，呓语连连，含糊不清。

日炎又是一哼：“看看，小小年纪心事太多！这蠢材将来即便成了仙，以她这种性子，也难逃情劫！你可别学她！”

“情劫？”黎非一头雾水，“什么意思啊？歌林怎么了？”

日炎冷道：“所谓劫数，虽不可预测，却往往映衬了心中最恐惧最在意之事，而诸般劫数以情劫最为凶险。你们俗话说，人心难测，人情亦难测，无论男女之情也好，友情亲情也好，太过重情绝非善事。这丫头小小年纪，心窍开得太早，又是个偏执的性子，过早沉溺男女之情中痴缠徘徊，绝非福兆。千年来我也见过无数惊才绝艳的仙人却黯然而终，多半为情劫所误。人既为万物之灵，修行自有一段妖所不及的天分，然而人心太复杂，亦太脆弱，到最后成就大道者只得凤毛麟角。你若是想有成就，就少沾染这些东西！爱人朋友家人哪里比得上成就大道？”

怎么感觉歌林被他说得很危险的样子？

“那……怎么能帮到她？”黎非问。

他又冷笑：“帮？人在爱欲中，犹如暗夜孤身逆风执烛，苦痛自知，谁能帮到？人之情，举凡思慕、恐惧、依赖种种，不过是人心脆弱的缘故。你也不要对我产生依赖，我们不过是互相利用，你助我隐匿，我助你修行，如此而已！”

又来了，又是什么互相利用。

黎非低声道：“你们都是我重要的人，人活着没有家人可以依赖，没有朋友可以谈心，甚至连怕的东西都没了，就算成就大道也寂寞得很吧？怪不得成就大道的人只有凤毛麟角，有这种执着心的人肯定不多。日炎你老是强调什么互相利用，我不想问你心里真正的想法，可我绝不是这样想的，以后也绝不可能这样想。”

他惨绿的小眼睛眯起，怒道：“真是朽木不可雕也！”

她笑道：“我这块朽木，你不是雕得挺好吗？我修行很顺利哦。”

“又在这里甜言蜜语！”他尖尖的鼻子忽然一动，“她要醒了，我去也。总之你给我注意点！别跟那些臭小鬼靠太近！”

他的语气倒像是操心外面的坏孩子带坏自家孩子似的，不甘不愿地化作青烟消失了。

这只狐狸总是神神道道的。

黎非刚坐在床边，百里歌林便睁开了眼，她神情里带着茫然，看看黎非，再看看屋顶，呆了半天才道：“咦？我昨晚喝醉居然跑你这里了？”

黎非佯怒道：“是啊！你不但霸占我的床，还把被子都抢走了。”

百里歌林打着呵欠起身，忽然用力嗅了嗅，奇道：“好香啊！又是那股香味！我上次来也闻到的！”

香味？黎非一下想到方才日炎说的香气开始溢出的话，她苦笑：“什么味道？我怎么没闻到？”

百里歌林巴在她身上嗅了半天，笑道：“好香啊，黎非，我听说有体香的人可是很少见的！你之前没有，现在忽然有了，一定是天赋异禀！”

黎非实在不想多讨论这件事，索性跳下床：“起床吧，应该快卯时了，可别迟到。”

两个女孩子匆匆梳洗一番，刚推门要出去，便见院中雷修远和纪桐周也约好了似的一起推开了房门，四人打个照面，纪桐周奇道：“你怎么也在这里？”

百里歌林笑道：“我昨天喝醉了，跑来蹭了黎非的床。你们也刚起？那正好，一起走吧。”

四个孩子有说有笑地御剑赶往特殊演武殿。如今，他们这四人才算是真真正正的四人组，再无往日的芥蒂纷争。

“姜黎非，这个给你。”纪桐周忽然递给黎非一本薄薄的簿子，脸上神情有些忸怩，她对自己一番心意，他也只能靠这些事来还给她了。

黎非翻了翻，上面的字迹甚是工整漂亮，齐齐整整地写着一些崭新的修行要点，她不由愕然：“这是？”

“你睡了五天，为了不让你拖后腿，我特意写了这五天中先生教的要点，给我好好看看。”纪桐周抱着胳膊，眉头皱紧，“一定要看！”

想不到这小王爷居然也有细致的时候，黎非有些感动，小心地把簿子放怀里，笑道：“好的，谢谢你纪桐周，我一定好好看。”

他轻轻哼了一声，傲然转身，御剑一个人飞在前面。百里歌林朝他的背影做个鬼脸，嘀咕：“他肯定对你有意思，哈哈。”

黎非失笑：“你在说什么啊？难得大家关系近了，可别再闹什么纠纷才好。”

百里歌林正要说话，忽然后面有个男孩殷勤地叫她：“歌林！我给你带了豆沙包！”

众人回头，便见歌林“魔掌”下的那个姓赵的男孩红着脸飞来了，他递给她一个冒着热气的纸袋，一面又道：“那个……今天要是你们组的先生还罚你们抄书，我会帮你抄的！”

百里歌林笑靥如花：“真的吗？谢谢你啦！你吃了早饭没？来，包子我们一人一个。”

她递了个包子给他，两人并肩而飞，有说有笑边吃边聊地飞远了，留下默默无语的黎非在原地发呆。

总觉得歌林以后一定会成为一个非常厉害的姑娘，嗯，非常厉害的。

可日炎说的情劫，到底是什么意思呢？

“趁卯时还没到，你先看看修行要点吧。”雷修远忽然御剑与她擦肩而过，“我先走了。”

黎非赶紧追上去：“雷修远，昨晚是你送我回去的吧？谢谢你。”

他瞥了她一眼，淡淡道：“你好重，害我胳膊到今天还在痛。”

黎非顿时无语了，跟这孩子说话，真的需要强大的忍耐力才行。昨天晚上不是挺正常的吗？今天又开始犯老毛病了，前一刻还和颜悦色文质彬彬，后一刻就突然说一句叫人气得想炸的话。

她也淡淡道：“我跟你说，你再这么下去，当心没朋友。”

“你腰带上还沾着饭粒。”

“好吧……先不说这个。其实我刚才的意思是……”

“辫子扎歪了。”

“……”

说话声渐渐远去，风雪渐止，今日或许会是个晴天。

# 第十六章 午后二刻

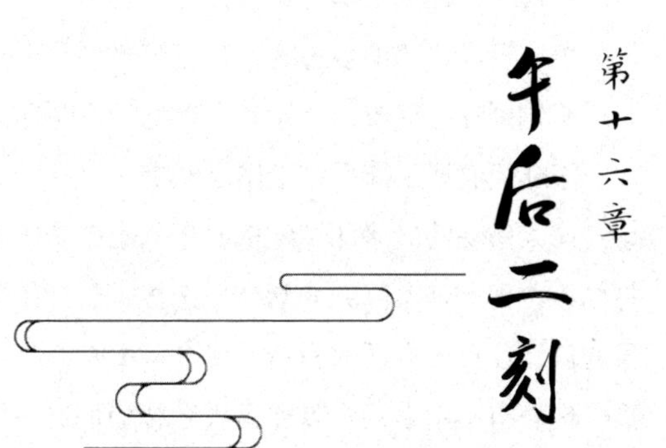

冬去春来，春尽夏至，一眨眼，在书院的修行期将满一年。

一年前的八月初三，十八个孩子聚集在华光郡，被虹鹿车带来了雏凤书院，对未来的生活充满期盼与憧憬；一年之后，同样的八月初三，十八个人经过各种难以想象的艰辛修行、千锤百炼后，还剩下十六个真正的人中龙凤。

盛夏烈日，书院被满目的深绿浅绿覆盖，弟子房的庭院墙壁上爬满了枯黄老绿的藤蔓，紫藤花沉甸甸地坠下，一如一年前他们初到书院所见的景象。

黎非系好腰带，对着铜镜照了照，镜子里的小姑娘穿着一件合身的粉色罗裙，梳了根粗粗的麻花辫，又清爽又整洁。这条罗裙是一年前师父买给她的，那时候穿着显得特别大，今年再穿就刚好了，合身得很。

床上摆着收拾好的小包裹，其实她没带什么东西来书院，就几件旧衣服并几锭银子而已。推开千香之间的门，便见院子里大大小小堆了许多箱子包袱，纪桐周两手空空倚在门上，老神在在地指挥狗腿子们帮自己收拾行李。

见到黎非，他愣了一下，有些出乎意料，见惯了她穿弟子服，如今穿了件正常的粉色罗裙，好像认不出似的。去年她穿裙子，难看得让人无法评价，今年简直判若两人。

女为悦己者容，想不到她打扮一下怪好看的，小王爷得意扬扬地嘘了口气，提醒她：

“八月初十在越国王都会合，你可别忘了。”

黎非笑道：“不会忘的，我还等着见识王爷府邸呢！”

纪桐周哼哼笑道：“还有山珍海味，叫你们见识见识皇族的气派。”

黎非笑着挥了挥手，走出了庭院。

前天书院的最终测试结束，十六个弟子全部通过了测试，意味着一年的书院修行即将结束，各大仙家门派的新弟子选拔也要开始了。新弟子选拔前，书院给了弟子们十五日的假，让孩子们回家看看，毕竟来书院修行一年，这里地势险恶，连书信也无法通，孩子们哪有不想家的？就连百里歌林他们这些已经国破家亡的孩子，也想回到故土缅怀一番。

不过由于叶烨他们前有龙名座五丈山的追杀，后有震云子的虎视眈眈，原本打算遗憾地放弃这个难得的假，后来雷修远说，新弟子选拔前的非常时期，每个弟子都备受瞩目，谁也不敢选在这个时候动手，加上左丘先生也知晓他们的恩怨，自然有所防范，孩子们还是决定开开心心地回去一趟。

黎非沿着庭院的小路一路慢慢走，像是第一天刚来的时候一样，一点一滴将书院的风景映入眼底，沿途有许多弟子都选择双脚步行，谁也不愿在即将离别的时候御剑。

拐个弯，弟子房前的空地上，已经聚集了很多人，每个组的先生也都在，先生们都是满面欣慰，感慨地与自己组的弟子们告别。一年的修行，像是雕琢玉石般，将弟子们内敛的光华打磨出了雏形，还有什么比这些让先生们更有成就感呢？

胡嘉平满脸笑意地跟百里歌林他们说着什么，他是先生里最早接触这帮小鬼的，那时候他们连御剑都不会，个个青涩稚嫩，身高还不到自己胸口，一年过去，个个都蹿高了许多，叶烨都快到他肩膀了。

见黎非走近，胡嘉平大手一伸，按住她的脑袋一顿揉，笑道：“你行啊，顺利通过最终测试了。”

黎非赶紧护住好不容易弄齐整的辫子，一面道：“那、那还是多亏了先生你教导有方……”

千穿万穿，马屁不穿，果然胡嘉平脸上都快笑出草纸花了：“你可真会说话！小丫头，要不要来我们无月廷啊？无月廷很好玩哦，跟你的雷修远一起来，这样你俩不用分开了。”

他又在这边仗着先生的特权乱拉人了，再说，都过去多久了，他怎么还记着这件窘事啊？

胡嘉平笑眯眯地看着眼前的小姑娘，起初那个连御剑都学不好的小姑娘，如今骄傲地坚持到了最后。日光下，她洁白的脸秀致而细嫩，像玉似的，粗粗的麻花辫搭在肩上，黑若鸦羽，周围好几个小男孩儿时不时拿眼偷瞄她，要不是天天看着她，真不敢相信她与一年前那个粗鲁的好似男孩般的丫头是同一个人。

吾家有女初长成，就是这种感觉吧？

百里歌林这小丫头也凑过来问：“先生，就放我们十五天的假，御剑来得及吗？上回虹鹿车从华光郡飞到书院，可是飞了二十多天啊！”

胡嘉平故意板下脸：“虹鹿飞多快？你御剑又飞多快？连虹鹿都飞不过的弟子，索性也别回来参加选拔了。”

百里歌林朝他做个鬼脸，又拉住黎非的手：“黎非，你真不跟我们去高卢看看吗？我好想带你看我以前住的地方啊！虽然现在成了废墟，哈哈！”

黎非摇摇头：“抱歉啦，我想回青丘看看师父有没有回来。”

已经一年了，不知道师父有没有回过家，会不会留下什么蛛丝马迹，她必须要回去看看。

叶烨笑道：“黎非，我们先走了，别忘了八月初十在越国王都会合，桐周兄的山珍海味美酒佳酿气派王府可不能错过。”

黎非不由笑出了声，如今倒是叶烨跟纪桐周交情最好，他俩都是皇子，很能谈得来，加上叶烨遭遇过人情冷暖世态炎凉，处世十分稳重宽和，纪桐周的坏脾气跟他在一起久了居然收敛很多，他俩没事就称兄道弟，常常被百里歌林拿来笑话。

和歌林他们道别后，黎非四处看了看，连纪桐周和兰雅郡主都收拾了大批大批的东西出来了，雷修远却不见人影，难不成他先走了？招呼也不打？

黎非快步走回弟子房，敲了敲静玄之间的门，等了半天也没人开门，她索性自己推门进去了，但见屋内整整齐齐，并无人影。这间屋子一如其名，十分安静，外面的喧嚣一点也传不到这里来。

桌上床上干干净净，除了衣架上挂着换洗用的弟子服，房间里居然什么私人物品也没有，他平时就这么过的？

弟子服还在，说明他人没走，黎非离开静玄之间，索性御剑而起，在弟子房的岛屿上来回寻找。没一会儿，却在最深处的开满紫藤花的架子下见到个穿着弟子服的少年。

全书院能把弟子服都穿得这么飘逸清癯的人，也只有他了，黎非跳下石剑叫了一声：“修远，原来你在这里！”

雷修远转过身，面上有一闪而逝的讶异，他看了看她肩上的包袱，道：“东西都收拾好了？你不走吗？”

黎非见他还穿着弟子服，更奇怪："你呢？你不回去？"

他声音很淡漠："我没什么可回的地方。"

怎么会没有？黎非正想反驳，忽又觉得不对，他并非雷大人的亲生孩子，而且身世多舛，只怕他也不愿回高卢那个伤心地。至于鲁大哥，人已死，他一个人回到旧时居处不过增添伤感罢了，星正馆山下更是不可能回，他还真是没什么可回的地方。

她顿时不知该说什么，愣愣地看着他，雷修远却朝她微微一笑，温言道："这条裙子你如今穿来很合适了。"

她低头看看大小刚好的罗裙，摸了摸脑袋，道："修远，要不要和我一起去青丘？"

他似是有些意外她的邀请，神色愕然，没回答。

黎非又道："你可以亲眼看看青丘的风景，我还可以带你去虎口崖，对了对了，山里的菌子和竹笋很好吃。咱们去过青丘后，再顺路到越国找纪桐周，他家有钱，可以吃到各种山珍海味。"

雷修远看了她一会儿，想了想，轻道："你为什么邀请我？"

为什么？黎非耸耸肩膀："这有什么为什么，我请朋友去家里玩，还要理由吗？"

他笑了一声："确实不需要理由。"

黎非笑道："是吧？那咱们走？"

雷修远低头做出考虑的样子，漂亮的眼睛微微眯起，想了好久好久好久，久到黎非抬手作势要打："痛快点，来不来？"

他握住她的手腕，笑道："嗯，我去。"

黎非顿时喜笑颜开，她甚少这样笑得脸都嘟起来，最近她笑的次数明显多了，曾经的她老是板着僵尸脸，加上皮肤黑，说话简洁，七八分像个男孩子，后来变白了，像是蝴蝶破茧般，倏忽间就成了个小美人。只是还不像其他女孩子那样表情丰富，看上去总有种不好亲近的气质，许多男弟子只敢偶尔偷偷看她几眼，不太敢近前搭讪。

不过她笑得脸都嘟起的样子实在可爱，雷修远都有冲动想伸指戳戳，他忍住这股冲动，直接御剑飞了起来。黎非见他像是说走就走，不由奇道："你不收拾东西吗？就穿着弟子服？"

书院的弟子服红白二色交织，式样也不同寻常，老实说，穿着去外面实在有点显眼。

"我没东西，而且旧衣服都穿不上了。"

唉，这就是穷人家孩子的悲哀，来时两袖空空，去时同样两袖空空，连衣服都带不走了，看看人家纪桐周，收拾出来的东西能装一马车，王爷就是不一样。

黎非摸摸包袱里的银锭，来时师父留给她五十两，来书院后几乎没花钱，剩下的足够给他俩添补些新衣服新鞋子之类的。

“咱们先去陆公镇吧，买点衣服鞋子。”她笑着拽住雷修远的袖子，大步朝外走，“好久没回家，估计什么东西都不能用了，我这是第一次带朋友去家里，可不能太寒酸，顺便再买些必需品。”

时隔一年，青丘山水依旧，万木葱秀，峰峦跌宕，可人的心情却与当初离开时截然不同。

进入熟悉的林间小道后，黎非索性从石剑上跳了下来，虽然背上背着沉重的包袱，全是他们在陆公镇添置的必备品，可回到家就连步子都变轻快了，一步步走在曾经走了无数次的熟悉的泥路上，熟悉的山林的味道，风的味道……她生活了十年的家。

“你看，这林子我以前常来的。”黎非兴致勃勃地拽着雷修远给他介绍小时候的趣事，“树根下可以挖到一种野山菌，和笋片在一起用油炒，可好吃了。”

雷修远四处看了看，原本隐隐约约感觉到的妖气此刻全数消失，这里是绝对的荒山野岭，看树木的长势与道路都可发现，只怕整个青丘都极少有人来，然而此时此地，风的味道却少有的干净。

他回头，忽见黎非挖了许多山菌兜在怀中，不由奇道：“你挖它们来做什么？”

她面上有少见的纵情开心，眼睛都眯成缝了：“做菜请你吃啊，你也尝尝我的手艺。不过只能委屈你跟我吃几天的素了，我不会做肉。”

看来回到青丘，她整个人都放松了，与在书院时大有不同。雷修远笑了笑，把她怀里那些脏兮兮的带着泥的山菌接过来：“再有什么好吃的，可别小气，只管弄来。”

对黎非来说，这是第一次带朋友来自家玩，又新奇又兴奋，自然要大大地尽一番地主之谊。好在山中野菜菌子极多，不一会儿就采了满满一捧，沿着早已杂草丛生的林间小道向前走，便进入了悬崖间的狭道。

两面的悬崖高耸入云，岩壁似刀般锋利险恶，狭道中遍地白骨，粗粗一看，竟是人骨更多些，想必是那些试图攀登险峰却不幸失足摔落的凡人。

黎非走了片刻，忽然面上露出一丝期盼与紧张交织的神情，她一言不发跑了几步，抬头一看，却见一年前自己离开时拴在凸出石块上的麻绳还在，连位置也没动过，伸手取下，麻绳上的铃铛早已锈死，麻绳也如败絮般，一搓就断裂了。

看样子，没有人回来。

黎非心中不知是失落还是难受，停了片刻，低声道：“看，以往我和师父就用这条麻绳攀上攀下。”

雷修远仰头极目眺望，只觉这片悬崖险峻惊绝，倘若不仰仗腾云御剑之力，实在无法想象单凭人力如何攀爬。

他见黎非面上满是掩饰不住的失落，想必是因为师父没回来的缘故，便低声道：“不是要尽地主之谊吗？我可快饿死了，你这个东家怎能饿死客人？”

黎非嗤一声笑了，将石剑抛出：“走吧，麻绳烂了可不能用，咱们飞上去吧。”

那座简陋的林中小院一点也没变，院外一圈篱笆，院内三间木屋，几块薄田曾经种着萝卜、地瓜，后来黎非离开前，将它们全挖了，如今田内只有杂草。

黎非推开自己屋子的柴门，门檐上扑簌簌落下一串灰来，她尴尬一笑：“呃，太久没回来，好脏。你先把东西放下，四处逛逛去，我收拾收拾。”

雷修远按着她的脑袋把她推出去：“我来，你给我做饭去。”

他会收拾吗？别跟师父一样胡乱把脏东西往床底下一扔就算打扫干净了！黎非追着他进屋，见他脱了外衣撸起袖子，拿起扫帚熟门熟路地开始扫，扫了一半，他回头看她：“再不做饭我可走了。”

黎非赶紧出门打水，一年没回来，水缸脏得不成样子，土井也被尘土杂草淹没了，清理了许久，这才烧火淘米切菜做饭。小小的厨房里热气腾腾，饭香四溢，久违的炊烟袅袅升起，她忽然有种其实从未离开过青丘的错觉，又怀念，又伤感。

雷修远在这里，真是太好了，要是她一个人，这时候一定会哭出来的。

院子里晒着洗好的床单被单，尘封一年的被子也被雷修远拿出来晒太阳了，这孩子真是出乎意料地能干。没一会儿，他忽又翻着一本发黄的书走来，一面道：“你师父屋里的书倒有些意思。”

“什么书？”黎非凑过去一看，却见封皮上写着“海外逸闻录”五字，不由奇道，“从哪儿找到的？”

“收拾屋子的时候发现他床底下有个箱子，便打开看了看。”他下巴点了点门外，果然地上放着个打开的破烂木箱，里面的书大多发黄发霉，全被他放在石头上晒了。

“我看了下，全都是讲海外传闻的。”雷修远笑了笑，“你师父倒是个有意思的老头，海外的事很少有人相信。”

海外？黎非也有些疑惑，她从未听师父提过这些事，师父屋里有书她倒是晓得，可大多是小时候教她识文断字的东西，什么时候床底下有一箱子的书了？

她随便捡起一本，翻了翻，果然里面讲的大多是些海外的传闻，什么东海外有海外异民，全身漆黑，手里还握着蛇之类，看起来完全是不可信的传说志怪。好奇怪，和师父在一起这么多年，她居然刚刚才知道这些书，他一直藏在哪里？莫非是临走时翻出来放在床下的？

“想不通先别想了。”雷修远又按着她的脑袋把她推进厨房，“饭好像要焦了，我闻见了煳味。”

啊！真的要焦了！黎非手忙脚乱地把饭锅端出来，因见雷修远老是在旁边指手画脚，她不爽地把他推出去：“你出去自己玩。”

一年没做菜，有点手生，好在三菜一汤还是弄出来了，黎非把饭菜端到大屋桌子上，雷修远早就坐在旁边一面看书一面等着了。她给他盛了满满一碗饭，先夹了一筷子笋片山菌放在他碗里，嘿嘿一笑：“来，请吃。”

他吃了一口笋片，眉梢微扬，没说话。

黎非第一次做饭给师父以外的人吃，不由充满期待：“味道怎么样？”

不过估计雷修远也不会说什么好话，想从这孩子嘴里听一句夸奖，比要日炎夸她还难。

谁知他居然点点头，微微一笑，声音很温和：“嗯，好吃。”

黎非不由一乐，给他夹了满满一碗冒尖的菜：“那就多吃点！长壮实点！”

他夹了一筷子茭白给她：“你更要多吃些，矮得要命。”

她有些恼：“我还在长身体！以后会高的！”

“那也改变不了你现在矮的事实。”又是一筷子山菌放在她碗里。

好吧，跟他比确实比不过，这一年大家都开始蹿个子，最夸张的是叶烨，都到胡嘉平的肩膀了，雷修远也长高许多，以前跟百里歌林差不多高，现在比自己还要高一头，只是他比起叶烨、纪桐周他们，还是显得清瘦，不过以前那种女孩子般弱质纤纤的味道倒是没了。

这顿饭雷修远很给面子地把菜全扫光了，连汤都没落下，饭后一起收拾好碗筷，吃饱的两人坐在洒满阳光的小院子里背靠青石块翻阅木箱里的书。

雷修远看了很久，箱子里的书每一本讲的都是海外的各种逸闻，有民间收集的流传已久的传说，也有十分夸张的杜撰。关于海外，始终是个未知的谜团，很少有人会相信它真的存在，为何黎非的师父要收集这些？单纯的兴趣吗？

“黎非，你师父没有和你说过海外的事情吗？”他低声问，然而等了一会儿却不见她回答，转头一看，却见她竟倚在石上睡着了。

吃饱了就睡，真像猪。

虽是盛夏，然而山林间风依然带着凉意，他脱下外衣罩在她身上，低头继续看书，这些书虽然传说杜撰居多，但也比书院藏书塔里那些枯燥的仙法玄术来得有意思，他看得很入神。

风过，淡幽的异香若有若无弥漫开，雷修远的注意力忽然再也无法集中在书上。

他转头看了看身边的姜黎非，她睡得很沉，脸上细碎的绒毛被阳光映得像镀了一层金边，嘴唇还是那么无辜地翘着。他的外衣盖在她身上，显得十分宽大，这样一看，平时倔强绝不肯低头的姜黎非，倒少见地有了些纤细柔弱的味道。

她变了太多，要不是天天都能看见，肯定会以为是个陌生人。幸好，内在还是那个姜黎非。

午后二刻的山林小院，交织着风声，树叶沙沙声，还有黎非呼吸的声音，明明是荒无人烟的地方，却意外地让人安心。这里就是她的家，她住了十年的地方。

雷修远盯着她粉色罗裙上的兰草，风把她的裙子吹得一飘一飘，她大概在做吃东西的梦，咂了咂嘴，意味不明地嗯了两声，忽然翻个身，长长的麻花辫梢落在背后，又粗又黑，油光水滑。

他有些好笑，又新奇又带了些恶作剧的心态，伸手把她的辫梢握住，绕在指间慢慢把玩，头发软而滑，摩挲在掌心里又麻又痒。

这里好安静，好闲适，像梦一样。

大概是因为回到家了格外安心，黎非这一觉足睡到夕阳西沉才醒过来，睁开眼发觉自己不知什么时候被人挪到床上了，身上还搭着刚晒好的被子，软绵绵香喷喷的。她伸个懒腰跳下床，探头一看，雷修远还在院中整理那些书。

见她出来了，他脸一板，道：“你是猪吗？睡到这会儿，让客人无聊还挨饿。”

黎非笑眯眯地走过去：“中午吃那么多，你这么快就饿了？”

她蹲在他身边，见他将书一本本整理好往箱子里装，先前发黄发霉的书晒了一天，上面的灰和霉都被弄干净了，难得的不是他如此能干，而是他对待师父的东西有这份细心。她心中有些感激，轻声道：“谢谢你啦，你这赖皮鬼。”

雷修远茫然：“赖皮鬼？”

黎非笑道：“有时候把人气个半死，每次我想再也不要跟你做朋友了，你又变得那么好，总是把我拉回去，这赖皮的功夫肯定不是鲁大哥教你的吧？”

他像是忍不住想笑，却又忍住笑意，别过脑袋淡淡道：“好了，快把书装好，然后赶紧做饭，我要吃肉，给我打只兔子来。”

要求这么多！黎非瞪他一眼：“兔子打来你自己烤，我可不会做。”

结果当晚他们真的打了一只野兔，雷修远在院子里架了火堆自己烤，时不时翻两下，撒点盐，弄得像模像样的。

黎非把桌子搬到院子里，一面看他烤，一面笑道："师父就没你聪明，他想吃肉只能下山。"

雷修远忽然问："他一个人下山？再一个人上山吗？"

"是啊，师父攀爬虎口崖可快了。别看他年纪大，手脚比我还灵活。"

他不由沉吟，其实刚到青丘的时候，他已经有种违和感，这里果然如传闻般，是妖魔横行的深山野林，纵然有辟邪香珠在，也掩饰不了横行霸道的妖气，应该说这里的妖物比想象中还多。那么，在没有辟邪香珠的时候，她师徒二人究竟如何安然在这地方过日子的？

假如黎非的师父真如她所说，是个只会零星方术的老头，他一人带着个小女孩儿在妖魔横行的青丘生活也很奇怪，难道没遇过妖怪吗？这种只有些许灵气、本领不强的人，食人精血的妖物是最喜欢的。

先姑且将妖物的问题放在一边，进入青丘后，他观察过这附近的地势，各种险峰悬崖，也就虎口崖稍微矮点，就算要系麻绳，也总得先赤手空拳爬上来，虎口崖中间崖体内凹，滑不留手，就算是猿猴也爬不上来，凡人如何攀爬？他只能推测她的师父会飞，至少第一次是飞上来的。

会飞，又能在妖物横行的青丘安然度日，她师父十有八九是仙家门派的人，而且本领一定不弱，而他避世而居，隐藏身份，扮作只会零星方术的骗子，说明他必然在躲避着什么人。一年前骤然留信离家，只怕是被人发现了，又让黎非找她大师兄，似是有此后将黎非托付给她大师兄照顾的意思。

他越想越觉她师父活着的可能性不大，只怕里面还藏着什么仙家门派的内部纠纷。

看看黎非一无所知的笑容，雷修远还是没将心里的话说出来。

她对自己师父的来历从来没想过，这也能理解，至亲之人自然不会有丝毫怀疑，那他何必将一切讲明白，徒增她伤感而已。更何况如果牵扯到仙家门派的纠纷，最好不要沾染上一星半点，想必她师父也是这么考虑的。

"你怎么突然不说话了？"黎非给他盛好饭端过去，自己也捧着饭碗坐在他身边看他烤兔子。

雷修远将兔子翻个面，道："我要吃笋片。"

黎非淡定地夹了一筷子笋片送到他面前："来。"

趁他张嘴要吃，她又把手缩回来，将笋片塞自己嘴里了。他瞥她一眼，她得意扬扬地冲他笑，因为嘴里塞满饭菜，脸颊鼓鼓的，像只松鼠。

他撑不住又笑了："呆子。"

当晚睡在久违的木板床上，虽然床硬硬的，被子也硬硬的，没有书院的舒适，对黎非来说却怀念无比，几乎一沾床就安心地睡着了。

不知睡了多久，忽觉一个熟悉的声音在耳边大喊大叫："……床！蠢货！快给我滚下床！"

黎非迷迷茫茫地睁开眼，却见日炎蹲在被子上，绿豆大小的惨绿眼睛气势汹汹地瞪着自己，他极为恼火："老子叫了你好久！你是猪吗？！"

她打个呵欠翻身喃喃："啊，日炎你出来了……我好困，有什么事明早说……"

"给我滚下来！"日炎大怒。

"什么事啊？"黎非叹了口气，不得不坐起来，揉着眼睛看看窗外，月亮还挂在树梢上呢！根本是三更半夜吧！

"你什么时候回青丘的？为什么不告诉我！"他声音里少见地含了一丝焦急。

黎非喃喃："上次你醒着的时候我也不知道书院会给我们十五天的假啊，既然有假，我就回来看看喽。"

日炎愣了片刻，忽然哈哈大笑起来，笑得前俯后仰，黎非不由骇然："你怎么了？"

"天助我也！"他轻飘飘地落在地上，耳朵尾巴一齐摇起来，"快！速速跟我来！"

看他的样子竟是要往门外奔，黎非愕然："这么晚了要去哪儿？"

"少废话！快滚下来！"

黎非一头雾水，见他火急火燎的模样，她不得不穿好衣服鞋子推开门，夜半山林的冷风一吹，她顿时清醒不少。

对了，说起来，她和日炎正是在青丘虎口崖相识的。她心中忽然一动，低声道："日炎，青丘你住过？"

他蹦上她肩头，耳朵一个劲儿晃："不错，早先我便知道祸祟之年即将到来，将妖气封存了一部分在青丘甘华之境，以备不时之需。"

黎非倒吸一口气，喜道："在哪里？我马上去！"

日炎怒道："噤声！你叫那么高声，是要让隔壁那狡猾的小子听见吗！"

黎非立即闭嘴，回头看一眼，师父房间的灯火已经灭了，想必雷修远早已睡下。她运转灵气，无声无息地跃上石剑，一飞冲天。

"日炎，我们做过十年邻居啊，你以前见过我吗？"她一面飞，一面好奇地问。

日炎道："青丘何等广阔，我自修行得果，已有数百年不曾住过青丘了。往西飞。"

黎非掉转剑身，往西一路疾飞，他时不时指下路，飞了许久，忽见对面拔地而起两座相连的高峰，诡异的是，山体中心竟然是空的，黎非在这里住了十年，竟从不知青丘有此等奇景。

“现在的你，应当可以看到甘华之境了，对着那个豁口飞吧。”

甘华之境？是指山体中间的那个大缺口？黎非忽又想起当初东阳真人拒绝带自己去无月廷，说是她根本连无月廷在哪里都看不到，她轻轻道：“日炎，甘华之境是不是类似无月廷那种天地灵气聚集的地方啊？我以前看不到吗？”

日炎心情出奇地好，居然和颜悦色起来：“哦？不错，你也猜到了。你以前体内虽有灵气，但各处灵窍未开，与凡人无异，这些天地灵气或瘴气聚集处，你是看不到的。”

天地灵气汇聚之处……居然长这么奇怪？山体缺口不管怎么看都太诡异了吧？

黎非一路疾飞到山体中心，对准了那个缺口正要冲进去，忽听日炎开口道：“等一下，后面有人。”

有人？难道雷修远跟在后面？她怎么完全没发觉？

黎非急急停住，回头一看，却见群山重影中，远远的似有个黑影一晃而过，躲进了山林之中。她眼睛虽尖，却只能看清此人身高腿长，绝非雷修远，看体型似乎是个成人。她顿时紧张起来，低声道：“果然有人！怎么办？要进去吗？”

日炎闭目凝神片刻，忽然睁开眼冷笑道：“还是那个不死心的家伙，好耐性，居然一路从书院追到这里，一直隐忍不发，就是想等这个机会吗？”

黎非细细一思索，一下子冷汗就下来了，她小声道：“难道……是那个震云子？”

不是吧！他一路跟着他们？他不怕成为众仙家的众矢之的吗？

日炎呵呵冷笑：“利之所趋，他想必亦是不可再忍，箭在弦上不得不发。不用管他，这蠢货今日必然要丢半条命在这里。”

黎非简直无奈：“日炎，我觉得会丢半条命的是我们。他要是跟着进了甘华之境怎么办？”

日炎冷道：“我日炎的地方是想进就能进的吗？若是没有这种法子，那些仙家门派岂不早就被仇家炸得支离破碎了？”

意思是，这些天地灵气汇聚之所，就算能被修行者看见，一旦被开辟了洞府，却仍是需要得到洞府主人的允许才可进入吧？

“好了，快进去。”日炎催促道。

黎非急道：“我们进去了，修远怎么办？他还在睡觉！震云子会杀掉他的！”

日炎怒道：“让他杀就是了！跟你有什么关系！”

“当然有关系！他是我朋友！”黎非也怒了。

日炎恨铁不成钢："就你这样，一万年也别想成就大道！也罢，你也不用担心那小鬼，此刻那什么狗屁子的心思根本不会在他身上，我们进去多久，他就会在门口心急如焚地等多久，更何况螳螂捕蝉黄雀在后！你快给我滚进去！"

黎非无法，只得驱剑钻入山体缺口，忽然之间身体像是挤进一团温暖黏稠的水中一般，眼前光线大亮，竟是一座巨大无比的山洞，洞壁上点缀着数枚明珠，映得洞中亮若白昼。

洞内一方小小的湖泊，湖泊上有一座石台，台上有一块人头大小的黑色石头，看不出是什么质地，除此之外，洞中居然空荡荡的什么都没有。

黎非有些傻眼，甘华之境名字这么气派，她还以为起码该是个气派华丽的洞天，这简陋又空荡荡的山洞是怎么回事？那台子上的破石头又是怎么回事？千年九尾狐的洞府就这样？

"你以前……就在这里修行？"黎非问得小心翼翼。

日炎还在生气："只有你们这些蠢货才会在意洞府的气派！修行只需要天地灵气充沛就行了！天下只有人才如此浮躁，修行还要讲究洞天的气派，还要吃还要穿！更甚者还贪图男女美色！如此多的杂念将修行的执着心都冲散了，能修成什么东西！"

好吧，是她浅薄了。

黎非驱剑飞向湖中的小石台，越往前越觉得此地灵气浓郁至极，就像书院禁地瘴气黏稠一样，这里刚好相反，灵气黏稠得连剑也飞不快。

她又奇道："日炎，不是说妖物修行要瘴气吗？为什么你的洞府开在灵气聚集之处？"

日炎傲然道："我乃千年九尾狐！怎会与那些低等妖物类似？"

千年九尾狐又怎么了，还不是妖？黎非搞不懂他的道理，摇摇头。

一靠近小石台，白色小狐狸便迫不及待蹦到台子上，尖尖的鼻子对着那块石头一动一动的，眼里满是喜悦。黎非摸了摸那块黑石，手感粗糙，仔细望去，可见石面上有点点金斑，看着有些眼熟。

她忽然抽出石剑，果然石剑剑身上也有细细密密的金色斑点，需要十分仔细才能看出，莫非封存妖气的石头与造石剑的石头是同一种东西？

"这是存灵岩，只长在灵气与瘴气浓郁之地，可以用来封印存放灵气与妖气。你的石剑、禁地金狻猊背上的石塔，都是这种石头所造。"日炎哼了一声，"罢了，只封存了这么点妖气，不过也够了。丫头，摸着石头别松手。"

大概因为妖气唾手可得，这只善变又暴躁的狐狸突然心情变好了，黎非在他嘴里的称呼也从"蠢货"变成了"丫头"。

他可真是喜怒无常。黎非摇摇头，将手掌轻轻按在存灵岩上。

她心里还是担心雷修远，震云子只是想要她体内藏匿的九尾狐罢了，一时未必杀她，可他却是一心要杀雷修远，他们躲进甘华之境的工夫，足够他回去杀掉雷修远了。要是他因此死在震云子手上，怎么办？

不知过了多久，日炎忽然道："好了，走吧。"

黎非立即御剑疾飞出去，忽听他又道："我吸收了石中封存的妖气，须臾间便要陷入沉睡，此去须得睡上许久，你自己凡事多加小心。"

什么？！这么快就要睡？！外面还有个震云子呢！黎非急道："睡许久是多久？你怎么这么快……"

他的耳朵晃了晃，沉吟道："数月，很可能数年。"

数年？！黎非见他说走就走，小小的身体马上就要化作青烟，不由又叫道："等一下啊！日炎！"

他的耳朵又晃了晃，沙哑的声音里第一次带了些暖意："多大的人了，还什么都要靠我吗？和你说了不用担心，你只管出去，只管御剑飞回去，死不了！这次吸收妖气倘若顺利，便可时时清醒了。莫要再扰我，我去也。"

这次他再也不犹豫，身体瞬间化作青烟散开，黎非又叫了他好几声，再无回音，她只觉不可思议。

他居然走这么快！外面的震云子怎么办？什么叫死不了？谁来保他们死不了？！他以为我和雷修远跟他一样是千年老妖怪吗！震云子在他日炎眼里是个杂碎，可在他们两个小孩儿面前根本就是金甲巨神一样的存在啊！

何况，如果他一睡就是好几年，她岂不是要好几年见不到他？为什么不早说？

黎非茫然四顾，空荡荡的山洞，跟她此刻空荡荡又惶恐的心一样。她想要依赖的人，又毫不犹豫地消失了，这一次要离开多久？

她怔怔地在山洞里发了很久的呆，心里也不知是什么滋味，还是出去吧，她不可能在这边躲一辈子，该来的总要来，当初她选择了了解一切真相，就该做好这样的准备，逃避不是办法。

黎非强行打点精神，御剑从甘华之境飞了出去，外面凉风习习，新月仍在中天，四下里树影幢幢，山峦跌宕，半个人影也看不到。

她只觉一颗心快从喉咙里蹦出来了，怎么办？震云子还在吗？他是在这里等着，还是先回去杀掉了雷修远？她想回去，可又不敢，假如震云子仍在，他一路尾随，岂不是要将雷修远陷入危险中？

她御剑乱飞了一阵，打起十二分的精神，将注意力集中在五感上。四周安静异常，林中虫鸣枭啼一概不闻，她始终感觉不到任何人——他既然没跟着她，那一定是去小院找雷修远了！

黎非心中大急，当即御剑疾驰回山林小院，落在院中时，只见房门紧闭，屋内没有烛火，也不知雷修远是不是还安好。她顾不得许多，用力推开房门大叫："修远！你在不在？"

下一刻便见雷修远穿着中衣，长发披散地坐了起来，他显然很吃惊，愕然看着她衣着整齐还佩带石剑的模样，半天，他才低声道："你……有事吗？"

黎非全身上下的骨头都松了，又是激动，又是放心，扑上去拽住他的袖子，快哭了："符纸带了没？快！穿好衣服！我们回书院！"

雷修远扶住她的胳膊，按了两下，他清冷的声音有种奇异的让人安心的力量："你冷静点，发生什么事了？"

黎非拽起他的外衣披在他肩头："总之快点走！"

雷修远正要说话，忽觉不对，他一跃下床，将黎非挡在身后，紧紧盯着房门。房门外一道人影缓缓浮现，很快，门口出现了一位青衫男子，面容冷峻，正是许久不见的震云子。

他心中也暗暗吃惊，震云子居然罔顾书院戒律，真的选在这个时候对他们动手？看来他错估了震云子对黎非的执着。

雷修远站直了身体，定定望着震云子。

他将黎非紧紧挡在身后，开口道："震云子先生，想必你一直尾随其后，之前没有下手，怕是还顾虑着书院。你如今不顾一切想要将书院弟子带走，难道不怕各路仙家讨伐吗？"

震云子漠然道："左丘既已知晓我的目的，却并未声张，自然是因为星正馆的缘故。你二人不过是半只脚踏入仙门的最低等小弟子，纵然要讨伐，未免太过小题大做。修真界以实力为尊，我成仙多年，处置两个小弟子，又有何人敢管？"

他似是并不打算与雷修远啰唆，伸指一弹，黎非只觉身体忽然像是被一只大手捏住，眼前一花，人已在震云子身边。她心中大骇，拔腿想逃，然而全身上下像是被绳索牢牢捆住一般，半点也动弹不得。

她眼睁睁地看着震云子凑过来，冰冷的眼睛盯着自己，藏在那一抹绝情断欲目光下的，是一种叫人恐惧的狂热。

"你方才去了九尾狐妖的洞府，是吗？你拿了什么？他在哪里？"

黎非只觉他九幽冷泉般的声音似是问到了灵魂深处，全然不能起一丝撒谎的念头，情不自禁便要回答出来，忽地脑中又是灵光一闪，她猛然合嘴，狠狠咬住了舌头，剧痛让她回过神来，险险躲过了他的言灵。

她舌头被咬破，口中漫出血来，说话也是含糊不清："我不知道你在说什么！"

震云子无声长叹："我遭遇瓶颈已有五十余年，如今功力退化，竟连你这样的小姑娘也能抵抗我的天音言灵了。"

黎非怒道："你的瓶颈是你自己太执着！"

日炎说过，修习天音言灵须得绝情断欲，而震云子遭遇瓶颈，急于寻求妖物炼制法宝的心反而令他身陷囹圄，更加寸步难行，这是他的死局。

震云子眼中精光闪烁，冷冷一笑："是那只九尾狐妖告诉你的？果然，我早已猜到，那只狐妖一直附在你身上。他在哪里？"

黎非只觉他两只手钳住自己的肩膀，手指像铁钳一样卡在骨头上，掐得她几乎要碎了，她脸色惨白，颤声道："我不知道什么狐妖！你没法突破瓶颈，是你自己活该！"

震云子将她提起，森然道："身陷瓶颈，寸步难行，这等痛苦你如何能懂？仙妖原本就是互相掠夺，你既身为人，为何要庇护妖物？"

黎非只觉肩骨几乎要被他捏碎，痛得大叫起来，他又冷道："你跟我走吧。你一天不说，我便敲碎你一寸骨头，等你全身骨头寸寸断裂，求生不得求死不能，看你还说不说。"

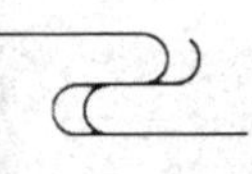

# 第十七章 龙名座

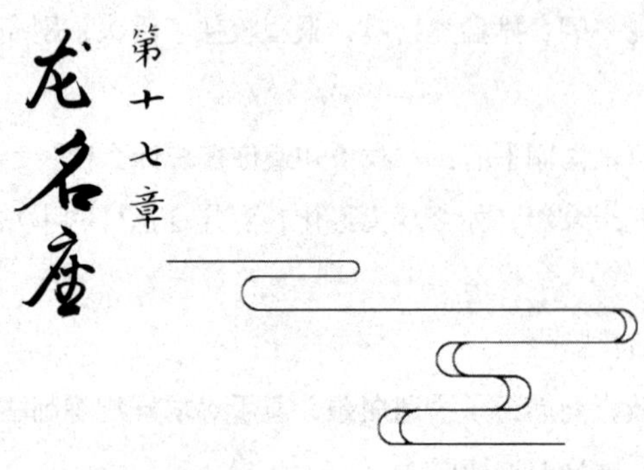

他提着黎非，转身走出门，黎非痛得说话都在结巴：“你……你就算把我切成一片片，剁碎了……你也永远找不到什么狐妖！”

震云子恍若未闻，天外新月如钩，夜风阵阵，他忽然想起一年前也是这样的夜晚，也是在这里，自己追杀九尾狐妖数月，眼看便要得手，却失之交臂。而此时此刻，藏匿九尾狐妖的女孩儿终于还是落在自己手中。

他心中浮现无限感慨，狐妖说他身陷死局，他又何尝不知。星正馆玄门专修天音言灵与字灵魔术，两者皆为极高等的仙法，最为寻常的言语与书写化为利器，需要何等的毅力与代价？玄门中人人绝情断欲，这四字说来容易，个中滋味何人能懂？

修仙者的执着心比凡人要炽烈万倍，也正因为这等坚不可摧的执着，方能成就大道，自己初入星正馆投入玄门座下，师尊就曾赞他心似烈火，必成大道。直到他遭遇瓶颈，这可撼天地的执着心反倒成了一座牢笼，愈求进，愈不得。

事到如今，唯有靠这只九尾狐妖打破死局。

他捂住黎非大叫大嚷的嘴，忽地想起屋内还有个雷修远，他心神激荡之下，竟忘了要先将这孩子杀了灭口。

震云子转过身，便见雷修远静静看着自己，他的身体为仙法束缚，丝毫也动弹不得，原本以为这小男孩遭遇巨变必然会哭闹诅咒不休，可这孩子神态冷静，稳若磐石，若非遭遇瓶颈，自己平日里也是惜才的长辈，否则不会起了要将雷修远带入星正馆的念头，杀他十分可惜，然而命运弄人。

雷修远忽然开口道："震云子先生，你不顾一切掳走、杀害书院弟子，就没有想过，万一狐妖炼制法宝也不能突破瓶颈呢？"

震云子微微冷笑："你一个小小孩子，也想用言语动摇我的心神？胆识虽好，然而无用。"

"我所言是否属实，你自己清楚。"

震云子看了他一会儿，轻轻摇头："可惜了，你。原本想要收你为徒，将来你必有大成就……昔日我若收你为徒，你进了玄门，便会明白今日之我，即是明日之你。你体会不到不进则退的残酷，我已无路可退，你与鲁山华在九泉之下莫要怪我。"

他忽然提到鲁大哥的名讳，雷修远的脸色终于有了些许变化。震云子长叹一声，面上甚有惋惜的神情，毫无预警地，他袖中忽然射出无数冰刃，它们发出刺耳的呼啸声，眼看便要让雷修远横尸当场，谁知那些冰刃竟只穿透他身体的残影，尽数钉在了墙上。

震云子微微一怔，便见雷修远纤瘦的身形轻轻一闪，脚下一寒，无数道巨大的金光自地底扎出，震云子终于有些吃惊，化作一道狂风避开他的太阿术，冷不防头顶又有金光乱窜，他再度避开，衣服到底还是被金光扎破，半截袖子落在了地上。

雷修远正要上前，忽听身后一个低沉而陌生的男声响起："不要动。"

雷修远大吃一惊，只觉一阵冰冷的风自身后呼啸而起，他披散的长发被吹得翻卷乱飞，两道冰冷的蓝光自身后闪电般忽然袭向震云子，快得看都看不清。震云子亦是骤然变色，眼见那两道寒光自己无法躲过，他竟把黎非提起挡在身前。

两道寒光似是有灵性一般，骤然绕过黎非的身体，当空一旋，削向震云子的手臂，这般迅极而冷冽的动作绝非人力所能为。震云子心中一沉，知是遇到了厉害的，急忙将黎非丢开，化作一股狂风呼啸而去。

那两道寒光比他快了数倍，疾追而上，绕着那团狂风急点数下。只听震云子痛呼一声，斑斑点点的鲜血自半空滴落，那股狂风不顾一切地逃窜，终究还是逃远了。

这一番变故不光是黎非，连雷修远都看得瞠目结舌。两个孩子愣愣地看着那两道寒光疾飞而归，凝在半空，竟是一对光华璀璨的双剑。双剑在他二人面前悬浮竖起，剑尖微点，像是打招呼般，紧跟着宝剑立即化作青烟消失在二人面前。

黎非呆了很久，僵硬地转头望向雷修远。他脸色苍白如纸，也是满脸茫然震骇。她喃喃开口道："修远……刚才那是……"

话未说完，只听“扑通”一声，雷修远忽然一头栽倒在地，全身蜷缩起来，剧烈地发抖。

黎非大吃一惊，顾不得双肩剧痛，扑过去扶起他。却见他脸色惨白，面上满是痛楚之色，豆大的汗珠一粒粒从身上钻出，不一会儿薄软的中衣都湿透了。

她吓得声音都变了：“你伤到哪里了？！”

方才震云子的无数道冰刃，那么狭小的地方，那么快的速度，他居然能躲开，现在想来简直是个奇迹，莫非还是伤到了？她匆匆检查一番，雷修远身上并没有伤口，可他分明痛苦至极，五指在地上狠狠抓着，指甲都崩裂了。他目光昏乱，忽然颤声道：“没事！没……”

一语未了，他晕死过去。

黎非想把他抱回房内，奈何她左臂痛得连举也举不起，想必不是骨头碎裂便是脱臼了，右臂也用不上力气。她挣扎了半天才把他弄到石剑上，运转灵气，石剑轻轻抬着他送进屋内床上。

冰冷暗淡的月光洒在窗棂上，这一夜还未过去，却已发生如此多的变故。

黎非靠在墙上，双肩架了治疗网，疼痛稍减。她先看了看雷修远的情况，他身上没有任何伤口，但很可能是受了什么严重内伤，不然不会突然晕过去。她也给他罩了一道治疗网，又灌输了几道木行灵气去他体内，也不知有没有用。

她怔怔望着他苍白的脸出神，方才那双剑神出鬼没的景象又浮现在脑海中。

日炎说螳螂捕蝉黄雀在后，莫非他早已察觉这对剑的存在？怪不得他叫自己只管回来，不会死，还说震云子今日要丢半条命在这里，这对剑竟能将震云子伤到。

这双剑究竟是什么？和黑纱女一样，是神兵利器生出的器灵吗？那又是谁的器灵？一直藏在暗处护卫他们吗？

床上的雷修远忽地轻哼一声，缓缓睁开眼，他脸上汗水纵横，定定望着屋顶，不知在想什么。黎非凑过去急道：“你没事吧？哪里还疼吗？”

他摇头，可脸上仍有痛楚之色，嘴唇都是苍白的，喘了许久，才低声问她：“你呢？”

黎非叹道：“我没事，你先关心下自己，震云子伤到你了吗？可我找不到伤口，是内伤？你刚才怎么突然能动了？怎么又突然晕过去？”差点吓掉半条命，她一时忍不住问了一大串。

雷修远面上浮现一层疑惑茫然的神情，半晌才道：“我……不知道。”

看样子他也是全然搞不清前因后果。

黎非轻语道：“是不是突然将炉鼎用到了极致？师父说过，在九死一生的时候，人往往会爆发出意想不到的潜力，但过后身体会承受不住负担遭受重创。你好好躺着别动，明天要是还不舒服，我带你回书院找左丘先生。”

说到这里，她想起方才的险象，又出了一身冷汗：“震云子只是要带走我罢了，未必杀我。倒是你，你不要命了！居然和他动手！”

要不是双剑突然出来，他这会儿肯定早死了。

雷修远疲惫地闭上眼，良久方道：“好了，我没事了。”

黎非叹了一口气：“还好没事……”

雷修远喘了几声，呼吸渐渐趋于平缓，终于恢复平日里的精神，思索片刻，忽然又道：“那双剑出来时，曾让我不要动，既然会说话一定是器灵了，一路暗中跟随，关键时刻出手相助，必是有人命他这样做，出其不意击敌制胜才能叫撒手锏。我猜，即便不是左丘先生的器灵，必然也是书院创立者之一的器灵。”

说到这里，他再度陷入沉思。

双剑器灵一直跟随其后，不知有没有将震云子的话听在耳内，以震云子的谨慎，想必天音言灵一定是时刻护身的，他想要独吞九尾妖狐，自然不会将黎非的事情泄露出去。不过凡事总有万一，九尾狐妖可能在黎非体内藏匿的事假若传出去，对她来说绝不是什么好事，今天有震云子为狐妖如癫如狂，明天也会有别的仙人为之穷追不舍……这孩子前途或许相当多舛。

正思忖时，忽见黎非凑过来，小心翼翼看着他，犹犹豫豫不知想什么，隔了半天，才小声道：“那个，修远啊……震云子说的那个狐妖……嗯，就是……狐妖吧……”

雷修远忽觉一阵好笑，直接打断她的结巴：“不用说，我也不想问，懒得听你拙劣的借口。”

黎非不由默然无语，日炎确实是她难以启齿的事情之一，而方才发生的一切，她也真的想不出任何完美借口，其实雷修远那么聪明，又怎会猜不到这些？

她替他掖好被角，笑了笑：“算了，你睡吧。震云子受了伤，又有器灵在，应该不会回来了。”

她起身要走，雷修远忽然低声道：“我胸口疼。”

他的意思是让她别走吗？黎非又默然无语地坐回椅子上，他就不能简洁明了地说一声“别走”吗？

“还有哪儿疼？”黎非盯着他的脸，问。

他想了想，自己也觉好笑似的，索性用被子蒙住头，缩下去：“全身都疼。”

八月初十，越国王都端涂一片晴好。

辰时刚过，街上已是车水马龙，熙熙攘攘，这个有星正馆仙人坐镇的强国王都，繁华程度超乎想象：商铺鳞次栉比，正中的王都大道极宽敞，街边房屋色彩鲜明艳丽，风格大气，多为三层以上的高楼，一眼望去，立时便能让人感受到越国的强盛与繁华。

虽说黎非以往跟师父也算见过不少世面，但端涂的气派还是很少见，她一下就能理解为什么纪桐周老是那么盛气凌人骄横霸道的模样了，身为越国英王爷，又是天纵奇才，他不骄傲才有鬼。

英王府坐落在端涂城东南，围墙高且厚，只有修行之人方能看出那一条条罩在王府周围的极细的光之线，那正是灵气网。有玄山子坐镇后方，纪桐周又是下一个可能成仙的皇族人，皇宫与王府戒备必然极其森严，架上这灵气网，连一只寻常飞鸟都莫想飞过王府上空。

王府大门紧闭，只有偏门开了一半，侍卫们甲胄明亮，目不转睛地守在门前。

华贵的马车停在了王府门前，侍卫们立即毕恭毕敬地迎上来将车门打开，一面道："两位贵客请进，王爷早已恭候多时。"说罢，诸侍卫打开半掩的偏门，小心翼翼地将二人请进王府。

两个清秀小厮引着二人走了一段，又穿过一道门，对面迎来两个二十岁出头的美貌婢女，一左一右给他们行礼，声若莺呖："恭迎贵客，请随奴婢们来。"

黎非何曾见过这种排场，这英王府好大，里面还有这么多小厮婢女！现在想想，纪桐周在书院里的日子，对他来说可算简朴至极了。不过身边的雷修远却很淡定，也对，他以前也算个贵族，什么没见识过，自然不为所动，就她一个人在这边暗暗讶异。

继续往里走，但见王府内绿树盈盈，层楼叠嶂，说不出的气派，再穿一道门，又换了两个只有十一二岁的小婢女给他们领路，没走多久，便见对面有个华服少年快步而来，雍容玉立，不是纪桐周是哪个？

"你们可算来了！"纪桐周满面笑容，说罢挥了挥手，那两个小婢女立即躬身退了下了。

直等两个婢女走得再也看不见，纪桐周突然当胸一拳就朝雷修远身上砸来，两人噼里啪啦有来有往打了半天，纪桐周又突然收拳退开，怒道："又是平手！这衣服太碍事，待会儿跟我去里面练练仙法！"

雷修远掸掸身上的灰，淡淡道："书院弟子禁止仙法玄术私斗。"

"那就再比拳剑之法！"

"千里迢迢跑这里来累死了，不想打。"

"不行，必须打！"

黎非对这情况早就见怪不怪了，反正他们两个人从来就没和睦相处过，以前在书院修行，墨言凡的拳剑课上，这两人从开始打到结束，仙法修行更是乱打一通，每次都被胡嘉平骂。

对这位骄傲的小王爷来说，雷修远与其说是朋友，倒不如说是个想尽力压倒他的对手，毕竟书院里能跟他相抗的人，也就一个雷修远了。

他俩在那边吵吵嚷嚷，她一个人四处看王府风景，忽然感慨道："纪桐周，你这个王爷当得真气派。"

纪桐周得意一笑："你总算见识到王爷的气派了吧？走吧，带你们进去。"

他在前引路，沿着光滑的石子小路走了半炷香的工夫，忽然眼前豁然开朗，是一座十分华美的庭院，庭院前又是两个眉目如画的十四五岁的美貌婢女给三人行礼，莺声呖呖，姿态婉妙，都是难得一见的美人。

黎非被这奢靡香艳的人间富贵景象晃得忍不住叹了口气。

这金尊玉贵的小王爷也太幸福了，他还修什么仙啊，当王爷不是比修仙舒服多了？

进了屋子，富丽堂皇自不必说，纪桐周进内室没一会儿，居然又换了套衣服出来，依旧华贵雍容，等他挥手把婢女们都遣走了，黎非才开始惊叹："你一天里是不是要换几百次衣服？"

这出来一套，见客又是一套，该不会吃饭还要换一套吧？

纪桐周歪在椅子上喝茶，半点方才的王爷仪态都没了，一面道："皇族礼仪如此，哪有书院那么随便。叶烨他们还没到吗？我以为你们会一起来。"

"再等等吧，说不定一会儿就到了。"

黎非坐不住，推开窗看外面的景色，身后的纪桐周跟雷修远又开始争起来了，不知吵什么，吵着吵着就变成喝酒的问题了，这个说如今酒量大如牛，那个说你分明喝两杯就睡……

她懒得搭理，因见窗帘上的刺绣十分精致，连挂窗帘的钩子都是玉做的，她忍不住把玩了半天，这一趟来王府，她可真是开了眼界。

争执声不知什么时候停了，纪桐周口干舌燥，喝了口茶，见黎非左右打量，处处透着新奇。他又得意，又觉得好笑，果然还是小叫花子，连个窗帘钩都要看半天。他从袖中摸出一只紫玉做的蟋蟀，走过去递给她："玩这个吧，窗帘钩有什么好看的。"

黎非见这只蟋蟀跟真蟋蟀一般大小，雕得十分细致，栩栩如生，更难得的是摸上去竟隐隐生出一股清凉之意，盛夏季节握在手中实在舒服极了。

"这个好！"她毫不掩饰自己的喜爱，"跟真的一样！"

纪桐周见她满脸喜爱之色，两只眼睛一眨不眨地盯着蟋蟀，心中忽然有种说不出的高兴，当即得意扬扬地开口："你喜欢，就送给你了。"

黎非将紫玉蟋蟀摩挲一番，最后却还到他手上。

纪桐周有些讶异："送你了，不要吗？"

黎非笑道："所谓礼尚往来，我可没这么值钱的东西送给你，多谢你的心意啦。"

纪桐周更奇怪："我的东西，我爱送谁就送谁，什么时候管你要回礼了？"

到底是金尊玉贵的小王爷，任性起来一塌糊涂，大方起来也是一塌糊涂，怪不得他以前身边连个真心朋友都没有，全是狗腿子，不了解他的人肯定以为他是存心炫耀。

黎非想了想，终于还是把紫玉蟋蟀拿回在手里把玩，一面道："那就先借我玩两天，给我是糟蹋，指不定就磕坏了，多可惜。"

纪桐周见一只紫玉蟋蟀就让她爱不释手，更觉好笑——小叫花子就是见识少，他兴致勃勃地开口："你等着，我给你拿更有意思的来。"

他回内室一番折腾，藏在箱底的幼年玩的东西都给他翻出来了。他自小就是被捧在掌心呵护大的，多少稀奇东西皇帝宁可自己不要也会给他送一份过来，从小到大不知堆了多少箱，他向来是玩几天就叫人收起的，谁知姜黎非对这个也赞叹，对那个也惊奇，连他都开始觉得好玩了。

没一会儿桌上就堆满了各种各样稀奇古怪的玩意儿，最精巧的是一件青铜做的小黄鹂，只有拇指大小，栩栩如生地立在白玉鸟架上，面前放着个小水盆，每个时辰它便会自己低头做出饮水的样子来，饮完还会嘀哩哩地叫，声音清脆悦耳。

黎非捏着这只青铜黄鹂颠来倒去看了老半天，怎么也不相信它不是仙法加持的。纪桐周正要给她解释内里精密的诸般构造，忽听外面传来一阵急促的脚步声，紧跟着有个人在外面低低叫了声："王爷。"

纪桐周打开门，却见王府三管家躬身在门口。见着他，三管家立即行礼跪下："启禀王爷，在驿站等候贵客的众小厮方才送来一封信，说是几个修仙门派弟子给的，他们不敢怠慢，立即送来了，请王爷过目。"

信？难不成是叶烨他们？纪桐周心中疑惑，接过雪白的信封，匆匆将信看了一遍，面上忽然浮现一层惊怒神色，怒道："岂有此理！居然在我越国境内如此嚣张！你速速传信星正馆素泉先生！请他立即来一趟！"

三管家答应着立即飞快地走了。

黎非将信纸接过来，仔细一看，信上内容倒没什么，不过问候一声，又提及将王爷几位贵客暂且请走，耽误几日云云，要命的是落款——龙名座五丈山长老宗权座下弟子。

龙名座，正是灭了高卢的吴钩国背后所仰仗的仙家门派，如今这门派中势力如日中天的五丈山长老宗权就是吴钩皇族人。不用想都知道，这封信虽然看似措辞优雅谦卑，实则是挑衅，叶烨他们肯定是遇到危险了！

“我们先去驿站看看！”

黎非拔腿就往外跑，纪桐周哪里肯落后，奈何自己一身华服长袍，走个路都累，等换好轻便衣服出来，黎非二人都已经到驿站了。

驿站外站了两个身着道袍的修仙弟子，正是龙名座的人，而王府守在驿站门口的马车此刻车门大开，几个王府小厮无助又惶恐地缩在一旁，看着另外几个龙名座弟子将马车里里外外搜了个遍。

黎非有些意外，这些龙名座的人也太嚣张了，这里可是越国境内，光天化日之下围堵驿站，搜查王府马车，不怕与越国结下仇怨吗？更何况越国背后有星正馆玄山子坐镇，龙名座虽然也是大派，却如何能与星正馆相提并论？

黎非正要说话，忽听后面大片杂乱的脚步声响起，纪桐周阴沉的声音也从后面传来：“将驿站围住，可疑人等一律不许出入！等素泉先生来了之后，再好好盘问究竟所为何事！”

众人回头，便见后面呼啦啦涌上一群重甲持刀的侍卫，里三层外三层将驿站围了个水泄不通。纪桐周远远站在外面，一言不发，看也不看那些龙名座的弟子。

龙名座数名弟子对望一眼，为首那人上前笑道：“这位一定就是越国英王爷了，鄙人龙名座五丈山宗权长老座下弟子，我等绝无意冒犯……”

话未说完，纪桐周身边的管家便直接打断了他的话：“还请诸位仙门官人静候片刻，星正馆素泉先生来后，一切自然能说个清楚。”

这位小王爷怒火滔天，竟高傲得一句话也不屑与他们说，只让管家传话。

龙名座的弟子听见“素泉先生”几个字，不由微微变色。这位素泉先生是星正馆玄门长老玄山子座下第一得力弟子，听闻马上便要突破境界成就仙人，在人才济济的星正馆也是极受看重的弟子之一，实在不好得罪。

一时间场面竟僵在这里了，黎非越想越觉得整件事不对劲，怔了半天，低声道：“歌林他们不知道在哪里了……是不是……”

一旁的纪桐周听见她的话，脸色更加阴沉。雷修远见他俩都是一副如丧考妣的模样，不由摇头：“他们自然是还未落入龙名座五丈山弟子的手中，否则何必还要围堵驿站搜查马车？”

此事十分怪异，龙名座的人就算不顾忌书院，也总要顾忌越国背后星正馆的势力。

此番挑衅，却又言语谦和，细细想来，竟好似故意滋事，其中大有深意。

本以为那位厉害的素泉先生很快会来，谁知一等竟等了一个多时辰，半个人影也没见，那几个龙名座的弟子面上渐渐露出意味不明的笑意。没过一会儿，街角急急奔来一个人，却是王府另一位管家，他附在纪桐周耳边轻语数句，纪桐周的脸色又变了，当即道："你们继续守在此处。"

说罢纪桐周转身就要回去，冷不防身后龙名座的弟子忽然道："英王爷，不知素泉先生能否拨冗相见？我等早已恭候多时。"

纪桐周还是不说话，身边的管家急道："还请诸位再等片刻，莫要心急！"

龙名座弟子笑道："抱歉，我等亦有要务在身，只怕等不得了。英王爷，你这是要回府邸吗？可否让我等同去？吴钩逃犯只怕会潜入府内，我等岂能让逃犯打扰王府清净？"

管家登时大怒："虽然仙家并不重凡间身份，然而王爷毕竟是王爷！你们是否太过无礼！"

那几个龙名座弟子不等他说完，个个腾云而起，眨眼便远远飞在了前面。周围密密麻麻的侍卫们又怎能拦住腾云驾雾的修行者？只能眼睁睁看着他们飞远，看方向竟真的像是往王府飞去。

纪桐周怒不可遏，当即御剑追在后面，他周身火光闪烁，恨不能马上出手，可无论如何，此处是越国王都，身为越国英王爷，绝不可自失身份在这里方寸大乱。很快，他周身的火光又渐渐收敛了下去。

黎非二人自后追上，纪桐周低声道："叶烨他们来了，所幸没受伤。"

赶回英王府时，果然见门口挤了许多人，小厮与侍卫们神情戒备地守在大门前，他们身后是叶烨和百里唱月。对面五六个龙名座的弟子，团团将一个女孩子围住，仔细一看，正是百里歌林。

黎非难抑激动，冲上前急急叫了一声："歌林！"

百里歌林回过头，正要说话，立即有个龙名座的弟子按住了她的肩膀，道："你最好别动，也别说话，不然休怪我们不客气。"

百里歌林大怒，脸涨得通红，咬紧牙关一言不发。

纪桐周脸色铁青，跳下石剑，终于开口道："这位乃是本王的贵客，还请放开她。"

龙名座的弟子道："英王爷，这几位是我等搜寻数年的高卢逃犯，王爷不至于窝藏要犯吧？"

纪桐周皱眉："本王不管他们是哪国哪派的逃犯，这里是越国，他们是书院弟子，龙名座在越国境内无缘无故抓本王贵客，是什么意思？”

那弟子笑道：“王爷此言差矣，我等追捕要犯，王爷身为书院弟子，更应协助，为何反倒要为难我等？”

纪桐周再也无法忍耐，怒道：“龙名座这是在挑衅我越国吗？！这是英王府门前！你等身怀利器，挟持王府贵客，当真欺星正馆无人？！”

那几个弟子依然含笑，神态轻松：“我等早已等候素泉先生多时，不知他何时能到？对了，听说玄山子前辈伤势至今未愈，宗权长老亦担心不已，不知玄山子前辈现今状况如何？素泉先生莫不是侍奉师尊，一时赶不来吧？”

此言一出，纪桐周心中就像平地打了个惊雷一样，脑子里嗡嗡乱响。果然如此！果然如此！玄山子重伤始终未能痊愈的事还是没能瞒住！这位坐镇越国后方的仙人一旦式微，周边无数有仙家支撑的强国立时便要蠢蠢欲动！越国只怕迟早要重蹈高卢的覆辙。

怪不得这些龙名座的弟子今日来势汹汹，言语间颇多挑衅，所谓抓捕要犯不过是个借口，更重要的应当是来试探深浅，看星正馆的反应！而素泉先生并不像往常那样一请即到，已足够他们确认许多东西了。

纪桐周张开嘴，想傲然回击点什么，可此时此刻却什么也说不出来。

玄山子的重伤一直是越国皇族心中的隐忧，五年前这位越国皇族的仙人长老被凶兽混沌所伤，伤重濒死，从此后修为一落千丈，原本说好等纪桐周十一岁便将他收入星正馆的事也只能搁下了。若非如此，天赋过人的小王爷又怎会浪费一年时间在书院？

玄山子伤重的消息始终被星正馆和越国皇族封锁，皇兄日夜为此事忧心，可他纪桐周又能做什么？他才十三岁，无论怎样天纵奇才、拼死修行，也无法立即变成仙人庇护越国后方，眼下挑衅已经临门，他还能做什么？素泉先生若始终不来，他能让侍卫们继续包围这些修仙弟子吗？简直是个笑话。凡人对上修行者是怎样的结果，白痴都知道。难道让他自己上阵对付正式的仙家门派弟子吗？更是个笑话，他们这些书院弟子加起来只怕也斗不过人家一个。

他实在是什么都做不了。

被侍卫们护在后面的叶烨终于开口了，他上前一步，淡淡道：“此事因我一人而起，桐周兄，是我连累了你。你们把歌林放了，我是高卢三皇子，把我带走吧。”

他越过挡在身前的诸多侍卫，款款走到龙名座数名弟子面前，厉声道：“放了她！”

他朝百里歌林悄悄使了个眼色，让她立即进王府，只要等她进了王府，他们三人立即运转灵气触发符纸，便能即刻回到书院，也省得给纪桐周添麻烦。

谁知百里歌林像是傻了一样，只怔怔盯着自己。叶烨惊愕异常，几乎忍不住要开口提醒她，冷不防胳膊被人用力一抓，那几个龙名座弟子瞬间将他制住，他骇然发觉自己居然无法运转灵气了。

为首的龙名座弟子失笑道：“倒省了我们的力气！将他们三个一起带走！”

黎非他们再也按捺不住，个个运转灵气准备出手。冷不防人群中骤然响起一个冷若玄冰却又十分娇嫩的女声：“书院弟子，不敢劳烦龙名座的诸位代为教训。”

众人吃了一惊，下一刻便见一条巨大的火龙呼啸而来，烈焰熊熊，炽热逼人。龙名座数人急忙躲开，纷纷怒道：“是何人？！包庇逃犯，莫非要与龙名座作对？！”

一团黑烟乍现在百里歌林身后，转瞬间凝成一个从头到脚都披着黑纱的女子，她将百里歌林和叶烨轻轻一提，再一抛，两人不由自主飞了出去，最后却又稳稳地落在黎非等人身边。黑纱女上前一步，挡在弟子们面前。

她冷道：“不敢，我乃无月廷广微真人所佩砺锋之器灵，现今担任雏凤书院护卫，新弟子选拔即将开始，左丘先生命我暗中沿途护卫这些弟子，不容许出任何差错。龙名座有何意见，请去书院向左丘先生说。”

她把左丘先生和书院都搬出来，这些龙名座弟子一时也不好说什么，黑纱女又道：“今年共有十六名书院弟子，每一位弟子的详细事宜，书院都已寄往各大门派，想来龙名座应当还未收到？否则怎会做出追杀我书院弟子的行径？这件事，我会仔细向左丘先生请教。”

这话说得更重了，龙名座的几名弟子只得干笑道：“确实还未收到，想不到他们竟已是书院弟子，我等消息有误，想必是误会一场。”

黑纱女道：“此地乃越国境内英王府，诸位扰了王府清净，不知叫玄山子先生作何想？”

她刚说完，半空便有个冰冷彻骨的男声淡然道：“今日乃揽天派周先生四百岁寿辰，师尊业已赴宴，在下忙于事务，来得迟了，多谢灵者相助。”

众人还未来得及抬头，眼前一晃，一个身着皂衣的青年男子便凭空出现在面前，其面容冷峻，目光清冷，俨然是修习天音言灵才会有的姿态。纪桐周一见他眼睛便亮了，上前毕恭毕敬地行礼，唤了一声：“素泉先生，扰了您的清修，过意不去。”

素泉先生微微颔首，回眸看了一圈。龙名座数人与他冰冷彻骨的目光一对上，便情不自禁后退数步，急忙行礼：“龙名座五丈山宗权长老座下弟子，拜见素泉先生。”

素泉先生依旧淡淡地说道：“师尊伤势幸得终南君相助，近日已是大愈，多劳诸位挂念，改日师尊定会亲自登门拜谢宗权长老的一片心意。诸位若无事，这便请吧。”

龙名座诸弟子此时再也不见方才的气势，当即讪讪离去，刚刚腾云而起，忽听素泉先生朗声道："摔！"

这几个刚刚腾云而起的龙名座弟子竟全然不能抵抗，不约而同自云上狠狠摔下来，个个摔得滚了好几圈。

素泉先生冷道："在我星正馆门人前放肆，替宗权长老教训你们一次。走吧！"

那几人如何敢回头，当即再度腾云而起，眨眼便飞得没影了。

这一场风波终于消弭于无形，黑纱女向素泉先生拱手行礼，转瞬又化为黑烟消失在众人面前。纪桐周上前恭敬道："素泉先生，请入内一叙，容桐周奉上清茶聊表歉意。"

素泉先生面上浮现一丝笑意："英王爷，你如今进益许多，师尊见了必定欢喜。马上便要新弟子选拔，王爷倘若为师尊收入门下，你与在下便是同门师兄弟了。"

纪桐周喜不自禁，方才提起的一颗心，此刻终于是稳稳落了回去。

他轻声道："不知玄山子前辈的伤势……"

素泉先生淡淡道："如今已是大好，应当不日便可恢复当年修为，王爷尽可安心。"

纪桐周狂喜难抑，尽管竭力想要掩饰脸上的喜悦之色，然而他终究只是个十三岁的少年，如何能掩饰得住，嘴角都快咧到耳朵了。

素泉先生又道："在下事务缠身，今日便不叨扰了，新弟子选拔尽可再见。"

他说走就走，当即御剑疾驰而去。

纪桐周此时激动异常，恨不得狠狠叫几声或者跳几下才好，转头见自己的朋友们都在一旁含笑看着自己，他几乎是飞扑过去，傻笑得像个三岁小孩儿。这时他哪里还管什么王爷仪态，连声道："进去进去！今晚不醉不归！"

叶烨他们这次还专门从高卢带了当地酿的美酒，圆桌摆在庭院中，皓月当空，清风拂面，桌上诸般山珍海味几乎晃花人眼，婢女小厮们早已被纪桐周遣得远远的，几个小孩子在桌子边喝得七倒八歪，全没形状。

百里歌林还是一两杯的量，这会儿喝多了，一个人靠在栏杆上看月亮，不知想什么心事。

叶烨、唱月和雷修远低低说着这些天各自的遭遇。原来龙名座五丈山的长老宗权近日似是炼制了极厉害的法宝，在派中威名大震，所以吴钩近来更是嚣张，对周边各国虎视眈眈，甚至觊觎到越国头上了。此次派了弟子追赶要犯是假，试探玄山子虚实是真，若非素泉将他们震慑走，还不知要出什么乱子。

黎非听了一会儿，见旁边的纪桐周一杯接一杯地灌酒，显然人逢喜事精神爽，往常一两杯酒就倒的小王爷今天居然越喝越兴奋起来，还拽着自己要碰杯。

“姜黎非，新弟子选拔后，可要分开了。”小王爷舌头打结，眼睛却亮晶晶地望着她，“你想好要去什么门派没？跟我一起去星正馆如何？”

星正馆？黎非愣了一下，不光因为小王爷突然这么和颜悦色地邀请，还因为那星正馆可是震云子的地盘啊！

“呃……多谢你的好意。”她绞尽脑汁婉言谢绝，“不过星正馆还是……还是算了，我想去无月廷。”

纪桐周有些意外，也有些恼火，漂亮神气的眉毛皱了起来：“我是一定要去星正馆的，你不去那就是跟我分开了，你乐意吗？”

天底下哪里有男人依附女人的道理！就算她喜欢他，他也不打算回应她，可女人就该乖乖追随男人，这是他纪桐周的铁则。

黎非被他说得一愣一愣的，分开？她啥时候跟纪桐周关系亲密到这地步了？她答道：“天下没有不散的宴席，分开又怎么了？”

纪桐周突然有点气急败坏，怒道：“和我分开你居然说得这么轻描淡写！你就这么点良心？”

黎非越发一头雾水，茫然道：“什么良心？你在说什么啊？”

“哼！不可理喻，你别后悔！”骄傲的小王爷毫无保留地发挥他的大男子风范，大怒转头，再也不理她。

他该不会喝糊涂了吧？黎非玩着辫子盯着他看了会儿，醉酒的小王爷歪着脑袋冲她高傲地笑：“改变心意了？”

她用力摇头：“没有没有。”

“死鸭子嘴硬。”他恶狠狠地举杯朝她酒杯上一撞，差点把杯子撞碎。

那天晚上他们这几人喝得酩酊大醉，连雷修远都醉倒了，没人有力气回房，个个七倒八歪地横在院子里呼呼大睡。

黎非睡到一半只觉不远处似有啜泣之声，她迷迷糊糊睁开眼，只见百里歌林伏在叶烨身边默默垂泪，叶烨早已熟睡，全然不觉。黎非茫然起身，四处看看，其他人都睡得正香，她下意识地唤了声：“歌林？”

歌林像是没有听见，也或许听见了，但并不想回答。

黎非醉得厉害，半梦半醒间又躺回去继续睡了。

或许，这只是一场梦吧？

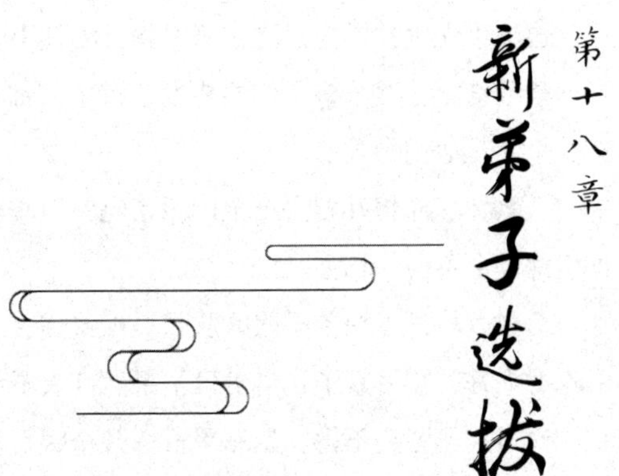

# 第十八章 新弟子选拔

八月十九，细雨。

原本架在书院周围的灵气网今日已尽数撤去，空中各路仙人往来不绝，隔着好远都能听见西面大演武场上人声鼎沸。这是一年一度的书院盛会，只有各大仙家选拔新弟子这一天书院才会如此热闹。

辰时还未到，弟子们依依不舍地离开住了一年的弟子房，眼睁睁看着蜥蜴女妖们关门锁院，这里将被仔细地打扫一番，迎接即将到来的新弟子。

十六名弟子聚集在弟子房前的空地上，没有人说话，个个缄默地聆听着从西面岛屿传来的诸般热闹。十五日的假让孩子们暂时忘却了离别的伤感，而此时此刻，愈是热闹，孩子们心中反倒愈是有种说不出的滋味，离别的后劲儿到现在才渐渐显露。

胡嘉平今天又穿上了冕服，笑眯眯地站在岛屿边缘眺望。书院五位先生只留了他一个人下来，其余四人都回到自己门派继续修行了。

“怎么一个个都跟闷葫芦似的？”他回头，望着沉默不语的弟子们，“趁现在多笑笑多看看，下次再来书院，可就是当先生了。”

一席话反倒把孩子们说得更加伤感起来，甚至好几个女弟子眼眶都红了。

胡嘉平不由失笑：“难过什么？应该开心才是，看看，对面那么多厉害的仙人，名门大派，都是为你们而来。以后成为正式的仙家门派弟子，更有趣的事情多着呢！下次来这边当了先生，再把自己在这里修行的趣事告诉他们，不是很好吗？”

蒙蒙细雨打湿了孩子们的头发，每个人都在看着西面岛屿，那里众多仙家门派，总有一个会是他们的归宿。

“歌林，你想好要去哪个门派了吗？”黎非小声问，叶烨决定要去地藏门，不知她们姐妹俩会不会一起去。

百里歌林松了松弟子服的腰带，淡淡道：“还不知道呢，看看吧。唉，这几天在王府吃得太好，腰带紧了。富贵日子果然害人不浅。”

说得黎非哭笑不得，忽然平日里几个跟百里歌林关系甚好的男孩子一齐过来了，神情都挺严肃的，当头那个姓赵的开口道：“歌林，我打算去揽天派，你跟不跟我去？”

另几个男孩子也纷纷说出自己想去的门派，问她愿不愿意一起，百里歌林愣了半天，却没回答，只是望着他们几个甜甜地笑，笑得几个男孩子再也不争了，你看我一眼，我看你一眼，最后那个姓赵的男孩被推出来，支吾道：“歌、歌林……你到底喜欢哪个？愿意跟谁去一个门派？都最后一天了，你好歹定下来啊。”

几个小男孩大概回家这几天终于从歌林的迷魂阵里想通了，此刻一一跟她摊牌，拒绝再玩小孩子的过家家。

百里歌林笑吟吟地柔声道：“谁对我最好我就跟谁去一个门派，你们说是谁？”

小男孩们又互看一眼，这次却没像以前一样被她糊弄过去，姓赵的男孩皱眉道：“你跟人人都好，根本不是真心的！你心里谁都不喜欢才会说出这种话！你是个坏姑娘！”

百里歌林神色淡漠下来，过了一会儿，冷冷道：“是啊，我是坏姑娘，你们爱走不走，又不是我逼着你们跟我好，真好笑。”

小男孩们都没想到她会说这种话，一时忍不住开始围着她争执起来，百里歌林皱眉道：“做什么？不服气？我有求过你们吗？不高兴大可离开，谁叫你们讨好我了？”

黎非在一旁手忙脚乱，不知道该怎么劝架，是安慰男孩子们，歌林是真心喜欢他们？还是安慰歌林，男孩们都是喜欢她的？总觉得有什么地方不对……

叶烨在一旁摇头：“真是乱七八糟！”

他向来看不惯歌林这种样子，索性把手一甩不管她。

几个男孩争吵了一阵，最终还是都散开了，百里歌林一个人站在岛屿边缘，耳边湿漉漉的小辫子被吹得一动一动的，她人却一动不动。黎非有些担心，凑过去低声问：“歌林……你没事吧？”

百里歌林回头淡淡一笑：“你看，这些人都说喜欢我，最后又一个个吵着闹着离开我。”

黎非犹豫了一下："这种……根本不是喜欢吧？"

喜欢难道不该是一对一的相互的吗？

"是啊，根本不是喜欢。"百里歌林还在笑，"虽然下着雨，书院风景还是那么漂亮。你不多看看吗？以后可看不到了。"

她这样一说还真是，黎非站在她身边，两人并肩欣赏雨中的书院美景。

胡嘉平忽然扶了扶头顶被淋湿的礼冠，起身腾云而起，道："好了，跟我走吧。"

孩子们个个兴奋得屏息静声，一一排列整齐，御剑飞向演武场，但见偌大的演武场此刻全是人，连纪桐周都有点紧张了，喃喃道："有这么多仙家门派？"他看了半天也没法从密密麻麻的人群里找到星正馆的人，只得放弃。

巨大的演武场沿着边缘一圈圈向内排满了白石桌椅，十六名弟子整齐地落在演武场正中央，眼见周围黑压压的全是人，不由个个紧张得腿肚子打战。不知道新弟子选拔是怎么个选拔法？该不会让他们这些弟子互相打几场吧？

胡嘉平笑道："看看，这么多人，今天都是为你们而来。"

今年弟子只有十六名，人数虽少，却个个良才美玉。各大仙家门派近些年早已不怎么收普通弟子，海陨将临，目下只需天纵奇才，有些资质绝佳的孩子，甚至只需短短数十年便可成仙。记载了十六名弟子详细事宜的簿子早已被各位长老翻烂了，雷修远与纪桐周二人自然成为众仙家眼中的抢手货。此刻弟子们一来，顿时话语声如浪似潮，个个都在找雷修远和纪桐周的身影。

之前听说有个单一土属性的女弟子，曾让各路仙家摩拳擦掌，蓄势待发，可惜后来左丘先生又亲自为她测试灵根属性，变成了主水副土的平庸属性，叫人白白欢喜一场。

无月廷与星正馆两个名门大派今年来的人最多，都有上百号，多是派内各个分支分部的长老，每个长老还会带一男一女两名弟子。

东阳真人把十六名弟子一一看个遍，却没看到当日被自己送来的小丫头，他大为诧异，回头拽住左丘先生问道："那个小丫头呢？不是说今年有她？"

左丘先生望向黎非，微微一笑："那个不是？"

东阳真人见她神清骨秀，面容秀美，纵然是一代厉害的仙人，还是忍不住大吃一惊："怎的变了这么多？！"

他还没老糊涂，才一年而已，从青丘被他送到书院的小姑娘分明皮黑如炭，七八分像个男孩子，怎么一年就变成这样了？虽说细看五官确实有些相似，俗话亦有女大十八变一说，但这孩子变得也太多了吧？

左丘先生哈哈大笑："书院风水养人。"

说话间，十六名弟子已经散开了。新弟子选拔既不是互相比试，也不是站在那边任人挑选，门派可以选择弟子，弟子亦可选择门派。今日各大仙家诸位长老来了许多，也是为了让孩子们了解都有哪些门派，从中选择最适合自己的。

“长老们都是和气之人，想问什么只管问。”胡嘉平的话还回荡在脑海里，“看中哪家，便要过他们的测试，通过了才算门派中人。你们每人有三次机会，三次可选不同的门派，不过三次都过不了人家给的测试，那可没办法了，收拾收拾回家种田吧。”

孩子们胆怯地散开，各自茫然走向不同方向，谁知“呼啦”一下，对面许多仙家门派的长老们团团围上来，不过大多数仙家门派的长老们还是自恃身份，端坐原地不动。

黎非在人群中张望许久，忽见不远处有个白胡子老仙人笑眯眯地看着自己，他脚下还踩着个大葫芦，正是无月廷东阳真人。

她眼睛一亮，急忙朝他奔去，开口唤了一声：“东阳先生。”

东阳真人温言道：“小丫头能顺利通过书院的诸般测试，很叫我吃惊。”

先前听说她是单一土属性，他还为此扼腕了一阵，后来左丘先生重新测试，她的灵根属性变成了最寻常的主水副土，顿时让各路仙家兴趣大减。

老实说，无月廷这种门派，什么奇才没有？他对黎非的特殊体质所知也只有能让妖气回避而已，书院禁地中发生的事他并不知道，故而只觉也不是什么十分稀奇的资质，收这小丫头入门下，实在是有些鸡肋。

但他一年前既许下了承诺，又怎能对一个孩子食言，当下又道：“你想进无月廷，须得先通过长老的测试，看你想要去哪个分支了，想拜入我门下的话，你……”

话未说完，他忽然察觉什么似的，藏书塔顶楼的铜钟悠扬地响起，又有仙家门派到来了。

一时间，演武场上诸般喧嚣皆沉淀了下去，众人一齐回头望去，却见高处浩浩荡荡飞来十几人，服饰极为怪异，一看即知不是中土内陆的风格。更诡异的是，每个人身下都骑着诸般灵禽走兽。

为首那男子年约四旬，一双精壮的胳膊赤裸在外，腰带长而宽，十分华丽，他面容甚是俊逸，眉间却隐有严厉的纹路，正是东海万仙会的掌门人沈先生。这位中土人却能在东海大派担任掌门，威名赫赫，实在是十分难得。

左丘先生面上浮现出一丝喜色，快步迎上，拱手笑道：“沈先生，东海万仙会来我书院参加新弟子选拔，荣幸之至。”

沈先生自鲜红蜈蚣精的背上跃下，那只巨大的妖怪居然柔顺地俯下身体，动也不动地守在演武场角落。也不知道他们怎么能把妖怪驯得如此听话的，海派果然古怪异常。

“左丘先生，当日一别，如今已有数十年了吧？小女顽皮，给你添了不少麻烦，我带她来给你赔个罪。”沈先生拱手还礼，面上笑意盎然，先前略显严厉的神色消退不少。

他身侧赫然站着一位红衣美人，正是久违的阿蕉姑娘。今日她的服饰依旧怪异，不露肩膀，却改露出一截雪白的小臂，粉嫩修长，引得不远处许多年轻男弟子拿眼偷瞥。

她朝左丘先生嘻嘻一笑，悄悄道：“我还是把爹爹说动了。”

左丘先生但笑不语，将东海万仙会众人请进入座。

他们居然真是来选弟子的！各路仙家大为惊异，书院是想做什么？撮合山海两派吗？两派修行风格大为迥异，此事如何轻易促成？

东阳真人思忖片刻，忽然道：“丫头，你且先去随意逛逛。”

黎非愕然，看着他朝左丘先生那边去了——这仙人是不是不太想收她去无月廷啊？

她茫然四顾，雷修远和纪桐周两个人身边也不知围了多少人，他们每去一个地方，那边就人声鼎沸，相比较而言，自己这边好像有点惨淡。

她只好一个人沿着演武场边缘随意闲逛，路过许多小仙家门派，倒颇有招揽的诚意，个个和颜悦色的。

走了一会儿，忽觉对面香气扑人，她被熏得打了好几个喷嚏。抬头一看，前方不远处或坐或站着五六名十分艳丽的女子，个个领口都开得极低，露出大半雪白的胸脯，周围的男弟子们总忍不住朝她们这边张望。那几个女子眼波流转，微微浅笑，十分撩人。

因见黎非一个小丫头盯着她们看，其中一名女子迎上前柔声道：“小妹妹好容貌，可愿来我瑶玉门？灵根属性我们不在乎，只要漂亮女孩子。”

黎非见她领口快要开到肚脐，身上薰香的味道大得刺得眼睛都疼，慌得赶紧摇头：“我……谢谢，我还是算了……”

那女子凑近黎非，只觉她身上自有一股淡幽清新的香气，更是喜悦，拽着她的胳膊就是不放手，连声道：“你小小年纪就如此善制香料，身上薰的什么香如此好闻？小妹妹，你一定要来我们瑶玉门。”

黎非连连后退，忽觉一只手扶住了自己的肩膀，雷修远的声音在头顶响起：“瑶玉门？我也能去吗？”

那女子看见雷修远眉清目秀的模样，甚是喜欢，笑眯眯道：“瑶玉门不收男子，可惜了。不过这小姑娘来了我瑶玉门，以后你二人还是可以时常在一起的，只怕到时想分也分不开呢。”说罢嘻嘻一笑，神态暧昧。

雷修远拽着黎非快步朝后走，一面道：“那算了，她一定和我去一个门派的。”

他把黎非拽开了老远，眼见那些瑶玉门的女子再也望不到，才放开她的胳膊，皱起眉头："你……要去那个门派？"

黎非急忙摇手："怎么可能！是她们自己拽着我不放！"

雷修远又道："那个瑶玉门，一看就知道是专习双修的，名声只怕不大好，最好别去。"

双修？那是什么？黎非本来想问，不过看雷修远满脸完全不想谈的表情，她只好笑道："你可真是抢手货，我还以为你半天出不来呢。"

雷修远淡淡道："不是要去无月廷吗？你乱晃什么？"

黎非苦笑道："好像东阳真人不太看得上我，他在跟左丘先生说话，我就四处看看了。"

雷修远摇摇头："原来仙人也会有眼无珠，跟我来。"

他拽着黎非的袖子，一路穿过人群，便见对面端坐着数十位仙风道骨的仙人，每个仙人身后还有一男一女两名弟子侍立，弟子们身上的服饰甚是飘逸，袖边与领边皆为黑色，其余一色淡白，显得分外素净。

"这里是无月廷的其他长老。"雷修远把黎非往前一推，"何必非要拜入东阳真人门下？"

黎非往前走了几步，仙人们的目光在她身上流连了一圈，最后却都落在她身后的雷修远身上……好明显啊，这就是普通弟子和抢手货的区别。

黎非鼓足勇气，朝一个看上去甚是慈眉善目的中年女子走去，行礼道："弟子姜黎非，愿加入无月廷。"

那女仙人微微一笑："孩子，你的天赋一般，只怕无月廷不适合你……"

她见黎非面上露出失落之色，心中倒有些不忍，当即又道："你问问旁边的广微长老，或许他愿意收你。"

广微长老？是胡嘉平的师父广微真人吗？那个用砺锋斩杀梼杌的厉害仙人？

黎非望向一旁的另一位老者，广微真人笑了笑，偏头看着身边的另一个身似铁塔般的壮硕老人，道："白浮长老，人你收吧？"

不等他说完，白浮长老连连摇头："这孩子身子骨哪里禁得起在我这里修行，我这边可都是壮汉，让她找别人吧。"

黎非心中突然有些恼火，更多的却是窝囊，她又不是皮球，被踢来踢去，要不是大师兄在无月廷，她何必在这里忍耐？早已拂袖而去了。

忽听远处有个醇厚低沉的男声笑道："你们这些人，何必将仙家的势利眼用到这种地步？"

话音一落，一个白衣男子款款行来，他看上去约有三旬，容貌只算普通，然而双目却极明亮极动人，像是会说话一样，有着与左丘先生截然不同的另一种通透。

广微真人苦笑道："冲夷，你又何必如此说。"

无月廷这种名门大派，各种分支分部，普通弟子多如牛毛，早已不收新弟子了，今年也只打算从书院选一两个天纵奇才，名额极少，姜黎非天赋不出众，自然人人都不愿将名额浪费给她。

冲夷真人走到黎非面前，笑吟吟地低头打量她，与左丘先生不可直视的明亮目光不同，这位仙人的目光叫人舍不得移开视线，里面满是通透世事的笑意，显得又豁达，又俏皮。

他忽然在黎非头上轻轻拍了拍，道："我看这孩子倒是极好。小姑娘，你可愿随我去无月廷？"

黎非想不到会突然出现一个仙人愿意把自己收进无月廷，她反倒愣住了。

她想了想，方问道："弟子资质不佳，仙人为何……"

冲夷真人笑道："你因为别人嫌弃你资质不佳，便自己也觉得不佳了？你觉得我是因为同情你，才会替你解围？"

黎非一下被说中心事，顿时大为尴尬，张开嘴不知该说什么。

冲夷真人又道："你的资质，依我看原本连雏凤书院都进不了，而你不但进了，还能来参加新弟子选拔，可见资质一事，并非时时准确，我不知你有何长处，因此想要收你为徒，细细替你找出来。"

第一次有人这样说她，黎非心中竟不知是什么滋味，怔怔出了一会儿神，才道："弟子自己也不知……有何长处。"

冲夷真人不由得失笑："所以才更需要师父替你找出来，如何，你看我可堪当你师父？"

她又想了片刻，恭敬地躬身行礼，朗声道："弟子姜黎非，愿拜入先生门下。"

周围一片哗然，冲夷真人可算是无月廷中最古怪的长老仙人了，曾有过整整一百年没收弟子的记录，据说是因为找不到合眼的，多少天纵奇才他也看不上，收徒的口味极其古怪，这小姑娘到底哪点被他看上了？

一直没有说话的雷修远忽然道："冲夷前辈，弟子雷修远，愿拜入前辈座下。"

此言一出，才是真正叫人大吃一惊，无月廷其他长老顿时坐不住了。

广微真人叹了一声，道："冲夷长老的修行只怕不适合你。"

雷修远是单一金属性灵根，极擅斗法，是一块攻击力卓绝的料子，冲夷真人绝非靠斗法成名，人跟他可真是糟蹋了。

冲夷真人细细看了看雷修远，也摇头："你不行，依你的资质，该去星正馆。"

白浮真人怒了："冲夷！你怎么把弟子往外面推？！雷修远，他不要你我要！跟我走吧！"

雷修远低声道："弟子体质柔脆，只怕负担不起仙人的修行。"

白浮真人一下想起自己方才为了推脱姜黎非，说自己门下全是壮汉，顿时扼腕不已。

广微真人温言道："雷修远，金属灵根卓绝刚硬，星正馆仙法大多霸道，确实更适合你。然而，这世间的道理便是过刚易折，刚柔并济方能长久，你仔细想想是不是这样。"

过刚易折，刚柔并济——雷修远不由陷入沉思。

黎非之前问他有没有想去的门派，他没告诉她，其实他心中最想去的，还是星正馆，不光因为资质适合，更因为鲁大哥，星正馆于他而言有极特别的感情。然而有个震云子在，他只有断了这个念想，去不了星正馆，去哪里也都无所谓了。

而广微真人的话却叫他越思索越觉颇有趣味，这是他修行至今从未有过的想法，金行仙法虽然无坚不摧，却往往不能像其他四行那样绵长持续，确然是过刚易折。何谓刚柔并济？莫非这位仙人有什么崭新的修行路线给他吗？

他原本只是抱着随遇而安的心态，此刻竟悄然发生了变化。

雷修远闭上眼，片刻后又睁开，对上广微真人温和却又仿佛了然一切的眼神，似是下定决心般，他躬身下拜："弟子雷修远，愿拜入广微先生门下。"

广微真人长声一笑，甚是开怀，望向旁边满面笑容的胡嘉平，温言道："嘉平，你今日从先生变成师兄了。他资质不输给你，你这个昔日的先生，可别被弟子超越过去啊！"

胡嘉平笑得合不拢嘴："师父，我怎会被这种小鬼头超越，您莫要埋汰我。"

正说着，却见东阳真人踩着大葫芦飞来了，因见黎非和雷修远都拜入无月廷，结果两个人谁也没入自己门下，不由连连扼腕叹息："我不过跟左丘老儿闲聊两句，你们就把两个人都抢走了！你这小丫头，性急成这样！也不等等我！"

早知道这丫头跟雷修远关系亲密，他干脆两人都收入门下多好？倒便宜了广微！

黎非心中对这位仙人还是十分感激的，若不是他，自己至今还不知在何处流浪；若不是他送了自己辟邪香珠，特殊体质的事不知要被多少人发现。

她上前恭敬行礼："东阳先生，谢谢您，姜黎非能有今日，都是您有心相助。"

东阳真人微微有些动容，他把姜黎非带去书院，不过一时兴起的举手之劳，送她辟邪香珠也是心血来潮，这孩子资质一般，他原本对收她入门甚是犹豫，此时竟真的有些后悔了。

怀有感恩之心的人，将来必然有所成就。

他笑叹一声，摸摸她的脑袋："你很好，来无月廷后，要好好修行。"

广微真人将雷修远收入门下，心怀大慰，他早已看出雷修远是为了黎非而来，加上本来也不愿为难他，当即道："你的测试……冲夷，你的弟子你给什么测试？"

冲夷真人如何不明白他的意思，笑道："你二人找左丘先生要亲笔信，然后上藏书塔三十层看看，一人取一件三十层的任意物事回来，这便算过了测试。"

藏书塔三十层？如果没记错，刚来书院的时候，黑纱女就说过，藏书塔二十层以上严禁弟子进入，除非拿到左丘先生的亲笔信。结果整整一年的修行都没人上去过，谁知道原来在新弟子选拔的时候才让他们去。

两人行礼离开，没走一会儿，黎非突然一把挽住雷修远的袖子，喜笑颜开："修远！我们真的一起去无月廷了！"

原本一直觉得雷修远说要去无月廷只是随口讲讲，这孩子从来不会把心里的真正想法说出来，谁知他竟真的来了，她简直高兴坏了。

雷修远见她笑得脸又嘟起来，不由也跟着弯起嘴角："无月廷确实是个好地方。"

一路走到左丘先生那里，便见纪桐周居然也在，这位小王爷满脸郁闷的神色。黎非问道："你怎么了？没能进星正馆吗？"

纪桐周瞪她一眼："进了！不过……"

不过没能拜入玄山子门下。

他之前一心以为自己肯定能进玄门，被玄山子收为徒，谁知这位皇族的前辈却说他"性烈如火，乃是多情之人"，不适合修习玄门的仙法，让他转投星正馆华门无正子门下。

性烈如火也罢了，多情之人是怎么回事！十三岁的小王爷完全不能理解这句话，是说他容易喜欢上人？可他根本没有喜欢的人啊！喜欢他的人面前倒是站着一个，他打心眼儿里就没打算给姜黎非什么回应，这样也能叫多情之人？真是冤屈！

不过玄门的弟子越来越少，绝情断欲的修行方法太过严苛，已经很少有人愿意进玄门，这次连玄门三大长老之一的震云子都没来。对纪桐周自己来说，天音言灵与字灵魔术也不是太有吸引力，他更喜欢星正馆霸道而强大的其他仙法，可不能投入玄山子门下依旧是个大遗憾。

见黎非居然和雷修远两个人一起去无月廷，不晓得为什么，纪桐周心里突然有点不爽，他冷笑一声："你走了什么狗屎运，还真的有无月廷的仙人愿意收你做徒弟。以后可要好好修行，别丢无月廷的脸。"

黎非皱眉道："你才是，别以后成了震云子那种人。"

纪桐周奇道："震云先生怎么了？"

黎非耸耸肩膀："没什么……你也是来拿左丘先生的亲笔信？叶烨他们呢？"

刚说完便见叶烨和百里唱月御剑而来。一见众人都在，叶烨笑道："看起来所谓仙家门派测试都是去藏书塔了，我和唱月刚过了测试，简单得很，你们别担心。"

黎非见百里歌林没跟他们在一起，不由四处看了一圈："歌林呢？"

叶烨皱眉摇头："这丫头不知又跑到什么地方乱逛了。"

他跟百里唱月都决定去地藏门，本来跟歌林说得好好的，她也答应了一起去，谁知忽然她就跑得没影了，怎么也找不到。

"你们先去测试吧，我和唱月在这里等她。"叶烨摆摆手。

拿到左丘先生的亲笔信后，孩子们纷纷御剑飞向藏书塔。藏书塔内弟子们在做仙人们给的测试，演武场上，长老们也在用铜镜观测他们的情况。

藏书塔二十层以上原本就是为了仙家测试准备的空地，新弟子选拔当日，书院会挑选一些封在禁地内的妖物放入二十层以上，所形成的妖气，既不会让弟子们当场晕厥，也不至于轻轻松松就通过。

与其说这是测试，倒不如说是让各路仙家长老看看弟子的真实情况，书院给出的介绍再详细，也不如亲眼一见。

藏书塔三十层构造曲曲折折，全是回旋盘绕的回廊，回廊两旁皆是牢笼，内里关押着从书院禁地运上来的各种妖物，整条回廊妖气冲天，瘴气迫人。

无月廷众长老见回廊上的妖气纷纷回避黎非，不由都有些惊讶，白浮真人眼尖，早已瞥见黎非腕上的辟邪香珠，当即道："东阳，那是你的辟邪珠？这到底是辟邪香珠的功效还是她自己的本事？"

东阳真人笑道："这孩子的体质有些特殊，妖气瘴气近不得身。"

众人啧啧赞叹一番，然而妖气近不得身的体质也算不得十分稀奇，斗法中更是没什么用处，众人看了一阵，到底还是把目光专注在雷修远身上了。

冲夷真人仔细看了片刻，忽然一笑，他最擅长的便是观察和感知灵气妖气的微妙差别，这孩子哪里是妖气近不得身，是在净化祓除吧？这才是真正了不得的。

他微一思索，立即明白为何左丘先生要替她重新测试灵根属性。这孩子年纪尚小，还未成材，所谓匹夫无罪，怀璧其罪，单一土属性灵根与珍稀的体质出现在同一个人身上，若是被广为流传，她势必此生都得不到平静。

测试到了最后，会安排一只妖物交给弟子们打倒，这对经历了千锤百炼的书院弟子们来说，实在是简单至极。黎非都没出手，雷修远几个太阿术一放，那只妖怪就死得不能再死了。

三十层藏书塔空空如也，根本没什么东西能拿，他们俩每人拿了颗妖物的獠牙，有说有笑地出来了。

回到演武场时，叶烨他们还在左丘先生那边等百里歌林。眼看其他弟子纷纷通过测试，叶烨的脸色也越来越不好看了。

“这丫头搞什么！”叶烨抛出石剑，“我去找找。”

话音未落，突然一道金光闪过，似是一个弟子御剑疾飞而来，来人从石剑上跃下，正是叶烨他们等了半天的百里歌林。

众人大大松了口气，正要叫她，却见她款款上前，躬身向东海万仙会的沈先生行礼，脆声道：“弟子百里歌林，愿拜入东海万仙会门下。”

周围顿时一片哗然，居然真有弟子愿意去东海万仙会？山海两派修行风格迥异姑且不说，东海万仙会与中土相距何止千万里，她小小年纪孤身一人背井离乡去那么远的地方，如何舍得？

叶烨与百里唱月更是变得脸色铁青，唱月上前便要阻拦，冷不防沈先生回头瞥了她一眼。此人面容虽然俊美，然而神情十分冷厉，百里唱月竟被他看得退了几步。

一旁的左丘先生开口道：“弟子选拔，旁人不得相扰，你们都退下。”

几个孩子虽然万般不愿，却也不得不退出数步。

沈先生目光灼灼地望着百里歌林，这道目光曾让唱月畏缩，却没有让她后退。她额上满是汗水，却仍在勉励自持，不在他咄咄逼人的目光下露出畏惧的神情。

沈先生看了她一会儿，忽然笑道：“小姑娘勇气可嘉，你们这里的规矩，入门还得经过我测试是吧？”

他四处一看，伸手指向不远的石头人偶：“五行基础法术丢上去，让我看看。”

百里歌林答个“是”，上前凝神结印，众人只觉眼前寒光一闪，却是凝冰术将整个人偶都包裹住，快得出奇。她结印极快，仙法释放更快，不一会儿，火光吞噬，再一会儿，金光璀璨，不过眨眼工夫，五行基础仙法被她一一施展完毕。

阿蕉奇道：“你的基础仙法怎么这么好了？”

百里歌林垂头答道：“弟子每日勤勉修行。”

沈先生含笑看着百里歌林，回头对左丘先生道：“想不到，这次来书院竟真能收到合意的弟子！左丘先生，不瞒你说，我原本可是一点希望都没抱的。”

左丘先生含笑道：“能得到沈先生的青睐，亦是她的荣幸。”

沈先生哈哈大笑，大掌在百里歌林身上重重一拍，拍得她半边身子都垮了，他朗声道：“你叫百里歌林？我很喜欢！今日起，你便是我东海万仙会的弟子！”

百里歌林清脆地答了个“是”，无视周围一地聒噪。

孩子们这时才能一拥而上，百里唱月面色铁青，上前便要打，冷冷道：“这次你过分了！任性妄为也要有个度，为什么不提前告诉我？”

百里歌林苦笑着躲开，紧跟着却又道：“姐，我就是觉得……觉得他们都能骑着妖怪飞很有意思，我也想骑个妖怪飞飞看，没想到真的能被收下，我现在跟做梦一样！”

百里唱月伸手还想打，黎非赶紧拦住她，可歌林的理由太孩子气了，连她都听不下去。

“歌林，选门派可不是玩笑，你……你可是真的要去东海万仙会了啊！”黎非焦急地看着她，“要不我们都去问问左丘先生能不能反悔？”

“弟子选拔何等重要的大事，如何能儿戏！”叶烨眉头紧皱，亦是强忍怒气望着百里歌林，他沉声道：“东海万仙会距离中土极远，你这一去，不知有多久不能相见，你不后悔？”

百里歌林嘻嘻一笑，指着演武场角落里的巨大蜈蚣精：“你们看那个，我也想骑个蜈蚣精看看是什么感觉。”

纪桐周对蜈蚣精有阴影，皱眉道：“有什么意思！长得恶心死了！”

百里歌林笑道：“以后我骑蜈蚣精回来，你们不见我吗？”

纪桐周想象了一下那场面，脸色有些难看：“那你别把它牵到我面前！”

百里歌林哈哈大笑。

各大仙家的新弟子选拔，终于在淅淅沥沥的雨声中结束了。

十六名书院弟子最终都有了归属的门派，叶烨与百里唱月去了地藏门，雷修远与黎非去了无月廷，纪桐周拜入星正馆。兰雅郡主没能被星正馆选上，反倒被火莲观的龙幽元君看中，虽是百般不情愿，她却也只能答应下来。

至于纪桐周那些狗腿子，也没一个能被星正馆看上的，都去了别的门派，甚至还有个人去了龙名座。不过似乎因为前几日在端涂的龃龉，龙名座五丈山长老宗权和震云子一样，都推辞不来参加新弟子选拔。

书院正殿内此刻开了宴席，各路仙家齐聚一堂，欢声笑语不断。相比较仙人长老们的笑谈，坐在一桌上的弟子们似乎都有些伤感。

宴席散后他们就要各自跟着新师父去门派了，此时才明白为何书院会提前给他们十五日的假，原来新弟子选拔后，竟是立即便要去新门派，根本不会给他们回家的时间。

兰雅郡主一直拽着纪桐周的袖子不放，这位小郡主对自己没能被星正馆看上的事始终耿耿于怀，哭得珠泪满面，哽咽道：“王爷你千万莫要忘了兰雅，得了空一定要来看看兰雅。”

纪桐周最怕看到女孩子哭，她一哭他就一个脑袋三个大，当即皱眉道："进了门派忙着修行哪里还能像在书院一样随便出来！再说，我又不认识火莲观在哪里！"

兰雅郡主哀声道："那兰雅愿去星正馆看王爷！"

纪桐周简直无话可说，他向周围其他人投去求助的目光。一直埋头喝酒的叶烨面上终于露出一丝笑意，开口道："郡主何必伤感，王爷早已和修远定下十年之约，十年后放手一战论输赢，十年后尽有相见的机会。"

纪桐周大为愕然："我什么时候跟他约战……"

冷不防雷修远忽然轻轻一笑，望着他道："你要十年才能学成吗？真弱。"

纪桐周立即火了。他一直都在跟雷修远争，从仙法争到拳剑之法，他虽然一次都没输，但也一次都没赢过，马上便要各自去新门派，想想怎么都不服气。叶烨虽然编了个约战的借口来安慰兰雅，但竟真的激起了他的战意。

"六年后书院演武场，不见不散！"他立即下了战书，连地点都定好了。

众人一听定在书院演武场，顿时忍俊不禁，百里歌林笑得把酒杯都撞翻了。

叶烨笑道："你以为六年后还是书院弟子吗？换个地方吧！约战不是都在群山之巅吗？找个高点的山峰！"

黎非道："不如就约在陆公镇吧？大家就是在那边相识的，陆公镇好像有座土山。"

土山是怎么回事？！纪桐周正要反对，众人都纷纷拍手叫好起来，叶烨终于抬手在百里歌林脑门儿上一敲："你也要来！多远也得给我飞来！"

百里歌林一直在笑，好像去了东海万仙会真的得偿所愿般，她整个人开心得不像话，旁人跟她说什么她都点头叫好。

他们每个人都闭口不提先前的种种不快，说了六年后聚会，可今后便是独自一人面对一切，独自一人艰苦修行。或许正因这种对前路的惶恐，众人反而聊得越发热火朝天，一遍遍地确定六年后的约定，仿佛这样就能给自己增添希望和勇气。

黎非一个没注意就喝多了，扶着墙出正殿，想回弟子房睡一会儿，走到门口被冷风冷雨一打，方想起弟子房早就落锁，再也回不去了。

她心里没来由地一阵惆怅，靠在墙上凝望暗沉夜空。没一会儿，忽听一阵脚步声，却是胡嘉平拽着黑纱女出了正殿，估计这两人也是分别在即，趁这会儿酒正酣出来说点话。

因见黎非站那边，胡嘉平"咦"了一声："你一个人杵这边干吗？"

黎非不想打扰他俩，摇摇头就准备进去，冷不防胡嘉平笑道："小丫头，现在成了我师妹，连声师兄也不叫吗？"

黎非因酒醉而迷糊的心骤然一个激灵，终于让她想起这件顶顶重要的事了，她回身急道："对了，我大师兄……"

"嗯，这声大师兄叫得好听。"胡嘉平哈哈大笑，揉揉她的头发，牵着黑纱女就要走。

黎非一把拽住他的袖子："先生，我现在已是无月廷弟子，可以自己找大师兄了吗？"

胡嘉平轻轻一笑："你不是已经找到了吗？方才还叫过了。"

黎非猛然一怔："我、我不是开玩笑……这个大师兄不是那个师兄……"她都不知道该怎么说清楚，喝多了，舌头和脑子都是一团糨糊。

"小棒槌啊。"胡嘉平忽然叫了一声她以前的名字，笑得漫不经心，"师父一代成名仙人，岂会被人追杀至死，你与其操心他，不如把自己拾掇好。师父叫我带话给你：大人的事根本轮不到你管，不许再找他。"

他说罢，牵着黑纱女疾驰而去。黎非哪里能追得上，她本来就醉酒，御剑都踉踉跄跄的，追到一座浮空岛上，灵气却运转不定，从石剑上摔了下去，在草地上滚了好几圈。

黎非大口喘息，仰躺在湿漉漉的草丛中，方才胡嘉平的话在她心里简直激起了惊涛骇浪——胡嘉平是大师兄？他是玩笑还是认真？抑或只是敷衍她这个总是追着问大师兄的小丫头？可他知道她以前的名字，来书院前她就改了名，若非师父告诉他，他又怎么会知道？

其实他早就认出她了吧？在她第一次问大师兄的事时，为什么那时候不告诉她？为什么不认她？他说师父是一代成名仙人，怎么可能！那个只会零星方术的老头儿！他只是不想惹麻烦去救师父而已吧！

黎非猛然从草丛中坐起，可最后又颓然躺回去。

整个世界好像都变成了一片茫然，她脑海里一段段与师父共同生活的回忆反复来回地闪现。其实早就该发现一些蛛丝马迹了，对不对？师父怎么可能是只会零星方术的骗子？她已是半只脚踏入仙门的弟子，不再是当年懵懂无知的小棒槌。

胡嘉平告诫过自己不要把师父的事情说出去，方才又说师父带话给她，让她不要再寻找，是师父不想认她吗？留信给她，让她来无月廷，其实就是想把她托付给胡嘉平照顾吧？他不想再做她师父了？他回去做他的成名仙人了？他是谁？

身后传来细微的脚步声，黎非没有回头，很快，一幅红白交织的衣衫下摆出现在视线中，雷修远低头看着她，面无表情。

黎非勉强笑笑："我喝多了，上来吹吹风。"

雷修远未置可否，他轻轻坐在她身边，蒙蒙细雨打湿他的头发和脸庞，他伸手按在她湿漉漉的额头上，声音像风雨一样轻："笑得真丑，别笑了。"

黎非沉默半晌，忽然低声道："修远，你在青丘是不是就猜到师父他……"

她没能说完，不用问其实也知道答案，他那么聪明，怎可能猜不到师父绝不会是江湖骗子？可他也什么都没告诉她，他们每个人都是，什么也不告诉她。

他的手还按在她额头上，声音还是那么轻："也别哭，哭了更丑。"

黎非声音沙哑："你能说点儿好听的吗？"

他似是笑了笑，手指在她脑门儿上弹了弹，却没说话。

宴席进行到一半，沈先生带着东海万仙会的一众长老提前告辞了。

他向左丘先生抱拳笑道："海陨将临，左丘先生一番苦心安排我都明白，然而谋事在人，成事在天，你我姑且只能先迈出第一步，此后如何，连我也不可预料。"

他说走便走，一直柔顺地伏在演武场角落的巨大蜈蚣精骤然立起，恭敬地让他跳上自己头顶，他望向百里歌林，朗声道："小姑娘，速速道别！我东海万仙会的弟子，不得拖泥带水优柔寡断！"

百里歌林正要说话，忽觉身体被唱月紧紧抱住，一向坚强又我行我素的百里唱月，第一次在众人面前哭了出来。

从此以后，千山万水相隔，只言片语难留，说是六年后重聚，但世事无常，不知何年何月才能真正再相见。

叶烨扶住百里唱月，他静静看了百里歌林一会儿，笑笑："你一贯是不按常理行事的，以后一个人孤孤单单，可别哭鼻子。"

百里歌林微微一笑，回头望向身后的三人，再后面还有那些以前和自己很亲密的男孩子。他们都看着自己，她也一一望着他们。

"黎非和修远居然先溜出去了。"她笑起来，目光温柔又伤感，"我可要走了，也不来送送我。"

她摸了摸唱月的头发，替唱月把长发理顺，柔声道："不过这样也好，一个个告别未免烦冗。姐，你跟叶烨要好好的，别叫我在外面担心。"

语毕，她轻轻挣脱唱月的怀抱，抛出石剑，眨眼便化作一道金光，落在沈先生身边。

"说完了？"沈先生含笑问。

"啊。"百里歌林低低答了一声，忍了许久的眼泪，终于潸潸而下，和冰冷的雨水混在了一处。

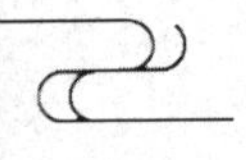

# 第十九章 匆匆

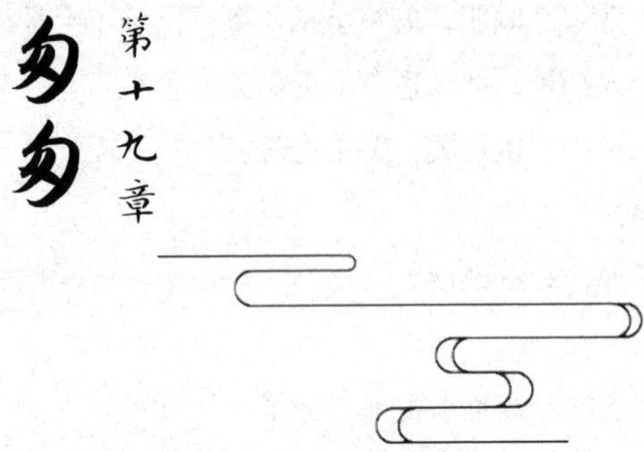

朦朦胧胧，似乎有中正平和的琴声袅袅徜徉而来，琴音幽古而清雅，似淡墨山水，缓缓晕染开。黎非缓缓睁开眼，入目只觉窗外是一片无边无际的雪白，飞雪，飞雪，还是飞雪……

八月哪里来的飞雪？她脑中忽有灵光闪现，睡意顿时全无，一骨碌爬起来了。

她身在一个完全陌生的房间里，而且居然是睡在地上的！地面铺着柔软的草席，窗户大开，外面风雪肆虐，封霜万里，深渊千仞，天地上下唯有一片白——这是什么地方？无月廷吗？

黎非惊呆了，脑壳还有点宿醉后的隐隐作痛，她扶着额头努力回想，新弟子选拔后书院正殿开了宴席，她喝多了，后来遇到了胡嘉平……大师兄，师父，雷修远……

她倒抽一口凉气，她后来竟醉得在浮空岛上睡着了？就这么被带来了无月廷？她甚至没能跟歌林他们道别？！

幽古的琴音还在流淌，闻之渐觉胸中一片旷达洗练，黎非紊乱的思绪也终于渐渐平静。她犹豫了一下，推开房门，但见外面是一条悬空回廊，竟是建在万丈悬崖之上。风雪不停扑来，却仿佛被什么柔软的东西挡回去，无法聚积在回廊上。

与甘华之境一样，这里的天地灵气浓郁稠结，叫人举步维艰。

黎非循着琴音而去，拐过回廊，探头一望，便见中厅之中香炉青烟袅袅，冲夷真人正端坐蒲团上抚琴。他面前那张古琴色泽暗红，琴身比寻常古琴要大一倍，看起来竟不像是木料所制，不知什么材质。

他身后站着一个身着无月廷弟子服的女子，看上去有二十多岁的模样，容貌甚美，姿态傲然，昂首挺胸的样子倒叫黎非想起那个兰雅郡主了，她们站着的姿态真像。

一曲奏毕，冲夷真人十指压在琴弦上，余音顿止，他睁眼望向不远处探头探脑的黎非，微微一笑："为何探头探脑？过来吧。"

黎非有些紧张，虽说拜了他为师，但她对这个师父可一点儿都不熟悉，不晓得他脾气怎么样。她轻手轻脚走过去，恭恭敬敬地给他行礼："弟子姜黎非，拜见师父。"

冲夷真人微微颔首，盯着她看了一会儿，忽然道："方才的曲子叫《九韶》，乃上古流传下来的，传说是天神所作。"

哦，这样子啊……黎非茫然点头。

冲夷真人忽然忍俊不禁，回头道："昭敏，看看你小师妹如何？"

叫昭敏的女弟子恭敬地答了个"是"，姿态优美地走到黎非面前，低头静静端详她。黎非只觉她目光深邃，甚是冷漠，不由悄悄后退了一步。

昭敏忽然道："饮酒，宿醉，拜见师尊衣冠不整，发如鸟窝，探头探脑，姿态粗鲁，胸无点墨。"

……什么？黎非傻眼了，这个师姐要不说，她还完全没发觉自己原来这么差劲！低头看看，衣服好像确实皱巴巴的，她赶紧抚平，再摸了摸头发，醒来后太过诧异，以至于她完全没想到仪表问题。

昭敏双手扶上黎非纤瘦的肩膀，忽然微微一笑。她容貌甚是美艳，这一笑如百花绽放，春风明媚，叫人心里暖洋洋的。

黎非被她这样一笑，情不自禁也牵扯起自己的嘴角，冷不防听她道："你记住，女孩子要有女孩子的样，端庄委婉才是正道，你的仪态实在糟糕，我须得好好教导你一番，这难看的发辫不许再扎。"

黎非再度傻眼了。

"什么、什么委婉端庄？"她结结巴巴地问。

昭敏淡淡道："沐浴更衣妆容，弄好你的仪表，女孩子就算心里想着'我要杀死你们'，也该干净漂亮地笑着。"

"哦……"黎非向冲夷真人投去询问与求助的目光，这个师姐好像不对劲啊这位仙人！

昭敏指责："眼皮是在抽筋吗？实在难看，快停下。"

冲夷真人笑道："黎非，这是你师姐昭敏，她是卫国的五公主，平日里最讲究礼仪姿态的。你跟她处久了，必然受益良多。"

公主？！黎非无言地看着她，再无言地看着面前的冲夷真人，忽生一股前途艰险的畏惧。

"好了，昭敏，你先退下，我有事要和你师妹说。"

昭敏恭敬地答个"是"，起身安安静静地走了。

黎非看着她走出中厅，冷不防冲夷先生忽然抬手，把她戴着的辟邪香珠摘了下来，开口道："这串辟邪香珠清灵之力已不足以掩饰你的体质，法宝器量有限，以后不要再戴了。"

黎非吓得差点跳起来，浑身上下瞬间就被冷汗浸透了。他看出来了？！他是怎么看出来的？

冲夷真人从怀中取出一面半个巴掌大小的琉璃镜，镜子呈六角形，其上还点缀着数枚粉色水晶，被一串银链拴着，纤尘不染，十分精致。其上清灵之力磅礴浩渺，比辟邪香珠不知强了多少。

他将琉璃镜递给她，微微一笑："你的体质实乃珍稀至极，想必告诫的话左丘先生都和你说过，我便不再冗叙。这面镜子就挂脖子上，千万不可遗落。"

这是第二个了解她体质特异之处，却循循善诱的仙人了。黎非对他陌生的感觉忽然就消散了许多，取而代之的是一种亲厚与感激。原本这位仙人收自己入门，她心中并没有太过期待，当时一心只想来无月廷找大师兄，但此时此刻，她忽然就有一种真的要把他当作师父的想法。

冲夷真人又开始轻轻拨弄琴弦，幽古的琴音再度响起，他道："昨夜你醉倒在书院，是嘉平将你一路抱来无月廷的，他说了很多遍希望我多照顾你。"

黎非深深吸了一口气，心中百味纷杂。很明显，这位大师兄并不欢迎她的追问，他不想与她多谈一点师父的事，可至少，师父没危险，光这一点就足以让她放心了。

"雷修远已被广微长老带到了尧光峰。"冲夷真人还在抚琴，声音淡然，却又隐隐带着善意的笑，"此处为坠玉峰，在无月廷最北面，尧光峰在最南面。天地灵气汇聚之处与外界不同，灵气浓郁稠结，你们这种小弟子，御剑飞行慢如牛车，若要相见，须得飞上一年。"

飞一年？！黎非惊得瞪圆了眼睛，意思她现在根本别想见到修远？

冲夷真人又道："你如今首要之事，便是学会怎么飞。"

又是飞。

黎非满心感慨，就像刚到书院那天一样，一切仿佛都从头开始了。

“黎非。”冲夷真人的声音忽然变得郑重，悠扬的琴音也停了，“你为何而修行？”

她想了很久，犹豫着不知该说什么，她也说不出自己为什么要修行。当初去书院只是为了来无月廷找大师兄救师父，而如今一切都与所想背道而驰，她更不清楚自己修行的目的了。

“修行者都要有一颗执着心。”冲夷真人凝视她，“这颗心可逆转天地，纵然天雷火海，万劫无期，也无法撼动其分毫。修行本就是逆天之举，倘若没有执着心，到最后便只得黯然收场。你须得早日明白，自己的执着在何处。”

黎非沉默了，她凝思良久，终于缓缓点头。

窗外风雪飞肆，在这片飞雪的尽头，雷修远已经也在尧光峰聆听新师父的教诲吧？叶烨和唱月有没有到地藏门？纪桐周一个人在星正馆又怎样？而歌林，有没有到东海万仙会？她这个做朋友的太鲁莽了，什么忙也帮不上歌林，等她再长大一些，是不是就能体会歌林的心情了？

黎非怔怔听着冲夷真人中正幽古的琴音，神思早已飞翔九天之外。

坠玉峰在无月廷最北面最荒芜的地方，是一座雪山。

相比较那些桃李满天下的厉害仙人，冲夷真人的坠玉峰终年都是冷冷清清，冰天雪地。换句话说，在坠玉峰修行，跟被打入冷宫差不多，这是个无人问津的角落，全然没风景可看，还偏僻得要命，平常弟子们闲逛都不愿逛到这边来。

来到坠玉峰三个月后，终于极难得地遇到了第一个晴日。黎非早上醒来后推开窗望见外面久违的太阳，激动得差点泪流满面。

匆匆梳洗完毕，她换好弟子服。无月廷的弟子服式样都差不多，一色茶白，领口与袖边纹绣黑边。不同的是普通弟子服袖子上有一道黑边，精英弟子服袖子上有两道黑边，亲传弟子则是三道黑边。

黎非了解了这些规矩后，曾偷偷观察过师姐昭敏的袖口，她和自己一样也是两道黑边，居然不是亲传弟子。听说师父收她入门已有三十余年了，修行三十多年还没成为亲传，怪不得他们都说胡嘉平是天纵奇才，那么快就成了广微真人的亲传弟子。

黎非对着镜子把衣领扶正，腰带系得整整齐齐，这才开始绾发髻。

来了无月廷后，她再也没梳过利索简单的麻花辫，皆因昭敏师姐不允许她扎这个“难看的发辫”，看一次拆一次。无奈之下，她只得学着绾一些简单的发髻，三个月过去，大部分发髻也弄得像模像样了。

梳妆台上有个小木盒，里面放着许多精致珠花，全是昭敏师姐替她挑选的。这位师姐对她非常好，体贴又关怀，绝对是理想中的姐姐，唯一不足的大概就是对她仪态上的挑剔了吧？

戴好珠花，仔细看看仪表，确认没什么问题，黎非推门快步走出去。还没到中厅，昭敏的声音就响起了："就算要迟了，也不许走这么快。"

又来了……黎非绕到中厅，果然昭敏师姐已经先到了，正端坐在小案边吃饭。黎非一见到她立即在脸上挂出贵族淑女的笑容，一路莲步轻移"飘"到她面前，大大方方地行礼："见过昭敏师姐。"

昭敏满意地点点头，将身边的小案朝她面前推去："用膳。"

早饭是清粥小菜，在无月廷吃饭就得花钱了。和无月廷的普通弟子不同，她是被长老直接从书院收入门的，入门便算精英弟子，他们这些精英弟子每个月有三两银子的膳食补贴，不然真是连饭都吃不起。黎非小口小口地吃饭，她再也不敢像以前一样大吃大嚼，不然昭敏会直接把她的饭收掉不给她再吃了。

食不言寝不语，吃完早饭，昭敏才细细打量她今天的仪表，看了一会儿，微微一笑，柔声道："黎非今日打扮得极好，你又白了许多，轮廓也长开少许，这朵妃红芙蓉映着你的肌肤容色，再合适不过。"

昭敏师姐什么都好，就是说话文绉绉的，其实黎非反倒更欣赏刚开始那个利落干脆地告诫自己"女孩子即使心里想着要杀死你们也要在脸上笑"的师姐。

"师姐谬赞，黎非愧不敢当。"连她也被逼着这样说话。

"难得今日天晴，你来了三个月，都没好好看过无月廷云海的景致，上午修行的时候可以仔细看看了。"

昭敏起身走出中厅，黎非急忙跟在她后面，继续莲步轻移。

现在黎非上午跟昭敏师姐学腾云飞行，下午才跟师父学仙法。倒是没见师父教导过师姐，她曾问过这问题，师姐说师父能教的都教了，剩下的只能靠自己突破，到了下一个层次，师父才会继续教导。

这就是所谓的瓶颈，修行者每个阶段都会遇到瓶颈，有些人很快就能突破，有些人则需要很久，甚至此生就只能停留在瓶颈处，寸步难进。昭敏的瓶颈已经卡了九年，突破这个瓶颈后，她才能从精英弟子转为亲传弟子。

云雾在脚下聚集，很快，黎非脚底出现一朵小小的白云，这个比书院的御剑要灵活有趣多了。其实腾云飞并不难，难的是要在这灵气郁结浓稠的无月廷来去如风，比当初学御剑辛苦太多。她飞了三个月，只能用一个上午的时间从坠玉峰往最近的如之峰飞三个来回。

跟着昭敏飞上坠玉峰顶，但见眼前千里云海，万里绵延雪山，初升的朝阳华光万丈，映得云海中仿佛有千万种斑斓颜色，云海之上更有无数或雪山或翠嶂跌宕起伏，云海之下还有无数楼层殿宇。

这种气势磅礴辽阔无际的壮丽景致，让黎非震撼到无言，这哪里是仙家门派，简直是一座城！来了三个月，因为晴朗日她才第一次窥见无月廷全貌。

“云海之上是我等精英弟子、亲传弟子，还有长老们修行的地方。”昭敏指向云海，“云海之下是普通弟子修行的地方。每十年门派会办斗法大会，普通、精英、亲传弟子无一例外都要参加。所以不要认为此刻身在云海之上便万事安心了，倘若不求精进，修行始终止步不前，迟早要被赶到下面去，而普通弟子倘若有优异的，也会被选上来。”

所谓普通弟子，其实无月廷之前也一直在招收，大多是有一点灵根，资质一般，家里又有钱的。云海之上的弟子每个月还有膳食补贴，这种好事普通弟子是享受不到的，非但没钱拿，每年还要缴纳一定的钱粮，以保证不被门派赶走。

每一个仙家门派都是这样，世上的天才毕竟稀少，大多数有灵根的人资质都很普通，纵然当个仙家门派的普通弟子如此苛刻，每年想要进来的人依然多如牛毛，毕竟成仙的诱惑太大。之前胡嘉平所说的无月廷弟子“数以万计”，指的是下面的普通弟子，云海之上的弟子其实并不多。

“好了，开始吧。”昭敏用手绢拭去青石上的积雪，姿态优雅地坐下去，“今日午时前要在坠玉峰与如之峰之间飞四个来回。”

黎非运转体内全部的灵气，脚下的小白云慢悠悠地向前飞去，虽说比三个月前的寸步难行好很多，但还是慢，她已经好久没体会过以前那种御剑疾驰的感觉了。

如之峰是距离坠玉峰最近的一座山峰，尚未有长老在上面结庐修行，整座山同样被冰雪覆盖，却显得十分荒芜冷清。

黎非落在峰顶，歇了片刻，正要一鼓作气再飞回去，忽觉前面似乎有个小黑点在固执又不快不慢地朝这边飞来。是无月廷弟子吗？这还真少见了，来了三个月，她就没在这附近见过有人来，连鸟都不愿飞过这里，更何况人。

她眯眼细看，只觉那小黑点越来越近，没一会儿，已可以看出是个弟子，而且身材清瘦，身量不高，应该年纪不大。黎非忽觉胸膛里的心脏开始狂跳，她眼睁睁地看着那个清瘦的身影固执地靠近，少年的轮廓越来越清晰。

最后，他轻轻落在她对面。

“这里怎么到处是冰雪？”他一落地四处看了看，虽然满头大汗，却笑得仿佛那根本不值一提，“你就住在雪山里？”

黎非不知是大笑一声还是欢呼一声，她扑上去拽住他的袖子，什么仪态优雅全丢到了天边。

“修远！修远！”她一个劲儿大喊大叫，“你能飞过来了？你已经能飞那么快了？”

雷修远在她脑袋上按了一下，低头打量她一番。见她发髻优雅，还戴了一朵妃红芙蓉，三月不见，肤色白了不少，容貌又与三个月前大有不同，此时刻意装扮过，更添无数清丽。

他微微一笑：“怎么变了个人？刚看见都认不出了。”

“都是我那个师姐……等下，你还没说，你能飞那么快了？你是来看我的吗？”黎非一把拂去石头上的积雪，拽着他坐在身边，笑眯眯地看着他。三个月不见，他好像长高了一点，显得更瘦了，无月廷的弟子服穿在他身上还是那么清癯飘逸。

雷修远没说话，任她盯着自己看了一阵，他忽然起身道：“好了，我该回去了，不然赶不上午时。”

午时？黎非看看天色，这会儿才辰时不到吧？而且他这不是刚来吗？

她忽地一个激灵，不可思议地看着他：“你飞来花了多久？”

他但笑不语，又在她脑袋上按了下：“矮得要命，下次来争取长高点。”

黎非拽住他：“等一下，修远……你、你……”

她结结巴巴不知该说什么，他辛辛苦苦飞了几个时辰来坠玉峰附近，是为了看她吗？坠玉峰到尧光峰有多远她虽然不知道，可无月廷有多大，一个在南一个在北，他又要花同样的时间飞回去，一定很累吧？

她突然沉默，心中又是震撼又是感动，眼睛一下就红了。

“再不走就要被唠叨了。”雷修远少见地露出一丝无奈神情，“尧光峰吵得很，全是人。回迟了一人说一句，说到晚上也不能停。”

黎非忍不住笑了：“广微长老肯定有好多弟子吧？”

“几十个师兄师姐。”雷修远腾云飞起，他飞得比她要快多了，一晃眼就出去了十几丈。

她急忙追上去，叫道：“修远！下次别这么辛苦赶来啦！”

他摆了摆手，也不知是答应还是没答应。

“下次我去尧光峰看你！”她用力大叫，雷修远的身影已经变成了个小黑点，不知他能不能听到了。

黎非停下脚底白云，怔怔地看着他的身影越来越远，最后再也看不见。此刻从未有过的不舍与失落充斥心头，为了来看她一眼，他要飞上多少个时辰？三个月，从举步维艰到勉强能飞，再到跨越整个无月廷，还得做其他修行，该有多辛苦？

雷修远总是这样，不管遭遇什么，做了什么，他永远是这副满不在乎的模样，好似全是风轻云淡不值一提的小事，还任性妄为，好像赶了几个时辰的路就为了来说她矮似的。

“黎非？”昭敏师姐的声音在后面骤然响起，黎非这才猛然回神，她竟站在峰顶上发了许久的呆。

“我见你迟迟没有回，怕是出了什么意外。”

昭敏款款行至黎非面前，见这小姑娘满面傻笑，她不由微微愕然，转头又见翻卷流动的云海还残留着一道远去的痕迹，她细细一想，立即醒悟过来。

早先听师尊说过这桩趣事，若不是黎非要来无月廷，广微长老门下今年也不会新晋一位不输给胡嘉平的天纵奇才。对了，那孩子叫雷修远吧？听说天赋奇佳，广微长老每日连门也不出，就专心留在尧光峰指导这新弟子了。

她陪着黎非站了一会儿，忽然一笑：“黎非，方才是雷修远来了？”

黎非点头，紧跟着又摇头：“师姐，他飞了好久才来，就说了一两句话，不算偷懒，你可别跟广微长老他们说啊！”

她担心雷修远偷偷飞来坠玉峰的事万一给广微长老知道，说不定要责罚他。

昭敏笑道：“雷修远天纵奇才，入门后修行更是刻苦，这点根本不算出格的事，谁会怪他？倒是你，黎非——”她颇为严肃地看着黎非。

每次师姐露出这种眼神，就意味着又要教训她了，黎非屏息静气，只等师姐说自己不专心修行在这边乱晃。

“我猜你一定跟他说了，下次要去尧光峰看他，对不对？”

黎非倒被问得愣住：“是、是啊，怎么了？”

他来看她，她肯定也该去看看他，有来有往才叫朋友啊！

“不许去。”昭敏看了她一眼，声音淡漠，“一个女孩子被一点小恩小惠感动，怎能谈矜持？他想见你，让他自己来，这点付出都不肯让他做，还指望以后他帮你挡风挡雨吗？”

黎非又一次被自己的师姐弄傻眼了：“什么、什么挡风挡雨？”

昭敏淡道：“男子自当为自己的女人遮蔽风雨，护她如娇花。你如今只需专注自己的修行与仪表，其他杂事不许多想。”

黎非愣了半天，突然忍不住哈哈大笑起来："师姐，你是不是搞错了什么？我和修远是朋友，朋友当然要互相关心爱护，只有一方付出，根本不算朋友吧？"

昭敏若有所思地看着她："朋友？那你更应当专注自己的修行，势均力敌才能叫朋友。他能在午时前来回南北，你能吗？你为了回馈他的情谊，把自己的修行弃之不顾，叫长辈为你操心，这样的朋友，不要也罢。"

黎非最怕这位师姐教训人，她什么都好，就是爱说教，当下连连点头："师姐说的是，我这便修行了。"

说罢黎非赶紧招出小白云，一路连飞带滑赶着往坠玉峰奔，生怕昭敏再说出什么让她头昏脑涨的话。

冷不防师姐还是开口："你浪费了快半个时辰，今日午时前须得在两峰间来回五趟，否则便不许吃午饭。"

又是不许吃午饭！黎非脚下的小白云立即开始飞驰，为了午饭，她也要拼命啊！

时光匆匆，一转眼便到了四月间，无月廷云海之上的无数长老结庐的山峰早已是鸟语花香、春光明媚，只有坠玉峰依然苦寒冷清，冰封雪掩。

一大早，黎非推开门，面对满眼的风雪肆虐，只有摇头叹气，在这冰天雪地里待了大半年，她都快忘掉红花绿树长什么样了。

一路走向中厅，昭敏师姐依然是第一个在里面用早膳的，见黎非来了，她忽然取出两封信放在小案上："黎非，这是你的信。"

信？黎非愕然拿起那两封信，却见落款是叶烨和纪桐周，她顿时大喜，急忙拆开叶烨那封。原来叶烨和唱月在地藏门修行大半年，表现颇为优异，才被各自的师父允许与外界通信，信是地藏门特有的传信鸟送来的。

再拆开纪桐周的信，这位小王爷显然是收到了叶烨的信之后才想起要给他们来信，信上用依旧傲慢的口气诉说自己在星正馆如何天纵奇才，备受师尊无正子的喜爱云云，顺便鄙夷了她的没眼光，当初居然不选星正馆，最后问候了雷修远，让他勿忘六年之约。

黎非喜上眉梢，急忙要写回信，忽又想起什么，急忙问道："师姐，我能回信吗？怎么寄给他们？"

昭敏想了想，颔首道："倒是可以，你跟我来。"

无月廷亦有自己的独门传信法，须得知道修行者的姓名与所在地，以及附上修行者身上的某个东西，最常见的便是头发。只要有一根头发，再将姓名与所在地写在封皮上，点火将信纸与头发一起焚烧，下一刻，信便会直接出现在收信者的面前。

黎非顿感为难："我可没他们的头发，那怎么办？"

"那就用最常见的传信鸟。"昭敏抽出一张符纸，灵气运转间，符纸立时变成了一只白头小鹰，"写信吧，传信鸟飞到地藏门须得四天，到星正馆须得十天。"

黎非立即提笔写信，更不忘在信中提醒他们回寄给自己头发，洋洋洒洒写了好几页，这才交给传信小鹰送出去。

四月的尧光峰遍地鲜花，绿树成荫，诸般美景不输给书院。

胡嘉平一大早就躺在树下睡觉，他每天上午负责教导新来的小师弟雷修远腾云飞行，奈何这位小师弟天赋太好，什么东西都不需要自己指导，来了才半年，好像很快就能来去如风了，比他这个做师兄的当年还强。

说不定再过几年真的要被这小子超越过去，师兄压力很大。

胡嘉平在地上翻个身，便见雷修远脚下白云凝聚，绕着尧光峰飞快地飞了两圈，终于有些驰骋晴空的味道了。他歪着身子没什么诚意地称赞："不错不错，再加把劲儿，修行就是要这么专心。"

雷修远飞回他身边，瞥了他一眼："师兄每日上午酣睡，修行果然专心。"

胡嘉平顿时哑口无言，以前怎么没发现他这么牙尖嘴利惹人讨厌？

"方才颂风师弟他们好像找你有事，"胡嘉平打了个呵欠，"大概又叫你挑水洗衣，你自己一个人应付去吧。"

雷修远自来了尧光峰，广微真人指导他可谓无微不至，各种照顾各种偏爱，以前动不动便要出门的，为了这小子已经半年都留在尧光峰了。以前除了胡嘉平，谁有过这种待遇？

胡嘉平是师兄，颂风他们也不能怎样，雷修远年纪小，生得又清瘦，一副好欺负的模样，偏偏态度冷淡，说话带刺，十分不讨喜，颂风他们不折腾他折腾谁？今天叫挑水明天叫洗衣，反正也不算欺负，本来这些就是新晋弟子该做的杂活。

胡嘉平有时兴趣来了会管管，大多数时候却是懒得管的。如何与旁人相处也是这些小鬼头该适应的东西，年少轻狂固然难免，不过总是浑身带刺可就不好了。

见雷修远一言不发要下去，胡嘉平忽然道："修远，刚柔并济可不光是修行中才要记住的道理。"

雷修远低头想了想，忽然一笑："多谢师兄指点。"

多谢师兄指点？胡嘉平也笑了，这小鬼要是能一直这么讨喜该多好。

与冲夷真人不同，广微真人成仙极早，名气极大，尧光峰也算是无月廷最大的一座山峰。广微真人座下光亲传弟子就有十人，精英弟子更有数百人，相比较苦寒清冷的坠玉峰，人来人往的尧光峰才更有名门大派的味道。

雷修远沿着山路腾云而行，刚进弟子房，便见颂风他们几个正往水井边搬脏衣服，数数足有三四个大盆。见他来了，颂风笑道："修远师弟，来得正好，近日天晴和暖，你将这里的衣服都洗洗，尽快些，等着换呢。"

颂风比他早来八年，如今已是壮硕青年，似乎也是某国的贵族出身，平日里行事相当浮夸，因为有钱，倒也收拢了几个精英弟子时常跟在身边转。

和书院不同，无月廷这里修习到后期，倘若资质不够，师父便不会传授更高等的仙法，若想学，便只能花钱买，因此即便是精英弟子们，资质不够的也往往为缺钱而烦恼。一个月就三两膳食补贴，藏书楼中的仙法秘籍一本就要几百两，谁买得起？故而有钱人身边总是不缺狗腿子。

雷修远微微一笑，他原本生得就眉清目秀，此时笑起来更是十分纯善讨喜，声音也温和了许多："还要麻烦颂风师兄亲自搬出来，放在屋里就是。"

颂风难得见他说话和气的样子，倒愣住了。因见他款款走来，撸起袖子就要打水搓洗，爽快得很，颂风只觉不可思议："你开窍了？今天如此乖觉？"

雷修远笑道："我只是发现个赚钱的法子，想想高兴得很。"

跟在颂风身边的都是贪图他钱财的弟子，一听有赚钱的法子，顿时来了兴趣："什么法子？你倒是说说。"

雷修远并不作态，当即爽快地说道："我上回见有几个师兄在云海下指导普通弟子修行，想想数万普通弟子，每三日才有长老集合指导，难免心焦得很，花些钱请云海上的弟子们指导也是可以的。"

颂风冷笑道："我还当你要说什么，果然是刚来的不懂规矩，擅自传授不相应的高等仙法给普通弟子可是要受到重罚的！你说的师兄是谁？我倒要去问问师尊了！"

雷修远讶然："可我没见他们传授高等仙法啊？只是点拨普通弟子也要受罚？"

颂风身边的众弟子立时陷入沉思，这果然是个赚钱的好法子。无月廷泾渭分明的构造与修行方法，让云海上下的弟子们几乎没什么交集，上层的弟子绝不屑下去，若无师尊长辈吩咐，随便去到普通弟子的地方，实在是有失身份。下面的普通弟子也绝不会奢望上面的人会给什么好脸色，想必所谓点拨指导也都是私下悄悄进行，不会叫旁人知道。

普通弟子多是有钱人家甚至王公贵族，挑几个有钱的点拨一下也不是难事，不知雷修远说的"几位师兄"是谁，只盼这法子别叫更多人知道才好。

雷修远慢慢搓洗衣服，一面道："我修为尚低，不敢去云海下擅自传授，不过诸位师兄可以一试，回头我再问问别的师兄们有没有此意，倘若此事能成，也算两全其美。”

众弟子急忙笑道：“修远师弟，此事还是不要广为流传为妙吧？”

雷修远淡淡道：“我每日洗衣挑水，寂寞得紧，若连话都不能说，修行也太无趣了。”

早有人把那些衣服搬开，将他扶起，还掸掸他身上的灰，笑言：“这些小事本就该我们自己做，修远师弟刚来无月廷，该专心修行才是。”

雷修远朝脸色难看的颂风微微一笑，柔声道：“颂风师兄何不也去试试？师兄们功力深厚，必能钱途广大。”

颂风气得脸色铁青，本想打压他一下，谁知竟被他哄走了身边的人。颂风本就是个直肠子，当即忍不住想要说点儿难听话，忽然眼前一花，一个穿着精英弟子服的小姑娘落在面前。

这小姑娘看上去才十二三岁，然而肤白如雪，乌发似云，发髻上簪了一串琉璃珠，说不出的好看讨喜，她一落地就用好奇的眼神打量自己，随之又有一股淡幽清新的香气扑鼻而来。颂风下意识地把嘴合上了。

“修远。”她唤了一声。

雷修远一向没什么表情的脸上终于露出一丝惊诧，他急忙回头，快步走过去：“你怎么来了？”

黎非笑道：“找了你半天，原来在这边。我现在飞得比以前快多啦，终于能来看看你。”说罢她从怀里掏出叶烨他们寄的两封信，又道，“看，叶烨、唱月还有纪桐周都给咱们寄信了，我拿来给你看看。回头等他们头发寄来了，我分你些，就可以时常通信了。”

她还是第一次来尧光峰，这里风景真好，半山腰还开了桃花，跟终年冰雪的坠玉峰比起来，简直是人间仙境。

她匆匆打量一番，见周围许多男弟子盯着自己，想必都是雷修远的师兄，她友好地点点头。颂风微微一动，正要说话，雷修远忽然握住她的袖子，拉着她迅速飞远：“跟我来。”

一路飞到半山腰的桃花林，黎非差点儿被满目缭乱张狂的桃花晃花了眼，但见山下绿意纵横，桃花十里如火，在青丘也没有如此旖旎秀致的景色。

“这里风景真好。”黎非深深吸了一口气，又暖和又香喷喷的。

雷修远匆匆将信看完，又折好放回去，低头看了她一会儿，忽然笑了，在她脑袋上按了下：“几个月不见，倒是长高了些。”

“说不定再来就比你高了。”黎非笑，“我得走了，飞到这儿可累死我了，午时前还得赶回去呢。”

小白云在脚底凝聚，她说走就走。

“等一下。”雷修远忽然抬手，折了一枝开得极艳的桃花，掌心绿意吞吐，施加了一层木行灵气在上面，这才递给她，“拿回去玩吧。”

黎非心中突然莫名一动，慢慢接过那枝桃花，摸摸柔嫩的花瓣，抬眼望他，他湿漉漉的好像藏着雾气的眼睛也看着自己，不知道为什么昭敏师姐上回说的话忽然就出现在脑海里了。

她一下子没来由地紧张起来，对面的少年早已十分熟悉了，她见过他最落魄的模样，也见过他最狡猾的模样，但现在的他仿佛突然又变成个陌生人，她移开视线——好像不太能够再直视他，怪怪的。

“你什么时候起的？”雷修远忽然问。

黎非出着神，下意识地答道：“卯时差一刻。”

雷修远道：“卯时就开始往这里飞了，对吧？”

黎非干笑一声，被他说中了。进了门派后修行繁重，他们俩其实没那么多闲工夫你看我我看你，雷修远也就来看过她两次。这次她终于飞得快些了，刚巧叶烨他们又寄了信，便过来看看他，半年多就见了三次……或许就是因为这样才觉得他陌生吧？

雷修远没有再说话，他长长的袖子拂过她的胳膊，轻飘飘的，还有一股冷冷的香气，像是厅堂正殿中常点的那种香。

黎非只觉越站越傻，明明来之前一肚子话想说，可这会儿怎么全忘掉了，眼看时间不早，她索性晃了晃桃花，朝他笑笑：“我先回去了，等飞得再快点儿，我再来看你。”

雷修远回到弟子房的时候，颂风他们居然还在。因见他来了，颂风和颜悦色地问道：“修远，方才那位小师妹是新来的吗？哪位长老座下弟子？”

雷修远偏头看了看他，忽然问：“颂风师兄，请问你今年贵庚？”

“十九，怎么了？”颂风莫名其妙。

雷修远淡淡道：“她还要大半年才十三岁。”语毕他就踏着小白云飞远了。

颂风愣了半天，想了半天，最后茫然地问身边其他弟子：“他方才是什么意思？还有大半年才十三岁？怎么了？”

众人不由忍俊不禁，一个弟子笑道：“颂风师兄，修远师弟是提醒你不要老牛吃嫩草，那位小师妹年齿尚幼，才十二岁。”

这位颂风师兄也真是够呛，人家小姑娘还那么小，他这是什么古怪兴趣？

颂风终于回过味儿来，一时间脸涨得通红，此时气急败坏想去找雷修远，却哪里能找得到，只气得满地乱窜。

叶烨和纪桐周的回信又过了一个多月才收到，他们三人都附了头发，里面还多出一绺嫩黄柔软的头发，用红绳系紧的，唱月在信中提到那是百里歌林的胎毛。

“胎毛都寄过来了……”黎非有些无语，继续看信，才明白，原来山海两派根本没有通信的法子，传信鸟也无法飞到东海万仙会。叶烨他们没人有法子跟歌林通信，听说无月廷的传信术有头发就能通信，百里唱月便把歌林的胎毛寄过来了。

黎非心中难抑激动，急忙提笔蘸墨，铺开信纸，然而笔在手中，内心有千言万语，一时却不知要怎么跟歌林说。

问歌林为什么要一个人去千山万水之外的东海万仙会吗？黎非现在大了些，也差不多更能猜到歌林离开的理由了，越是如此，越问不出口。歌林瞒得那么好，只在她一个人面前流露过脆弱的神情，一定是不想让唱月和叶烨都被牵扯进来。

歌林现在一个人在东海万仙会，是不是修行得很辛苦？辛苦些，大概就能把那些愁绪丢在脑后了。时光还漫长，他们年纪还小，以后一定能遇到更好的人——可这样的话，她也说不出口，这肤浅的安慰有什么用？

想了半天，黎非还是提笔写了自己的修行，每天跟师姐在灵气郁结的无月廷腾云飞行，从开始的“牛车爬”到现在可以一个上午来回南北……下午跟着冲夷真人雕琢炉鼎，在五个人偶上维持五种仙法，常常累得晕过去。

她绝口不提叶烨的事，匆匆写完，捻了根胎毛在信纸中，施法点火一烧，信纸眨眼被火焰吞没，消失在面前。

不知过了多久，忽见桌上烛火的阴影开始攒动，紧跟着变成了几个字，又秀气又端正，正是百里歌林的笔迹：一切安好，勿念。

黎非又惊讶又狂喜，这是东海万仙会的传信术吗？阴影变成文字？可比无月廷的传信术有趣多了！

她急忙又写了好几封信一起烧过去，信中终于提到叶烨他们寄来胎毛的事，然而这一次几乎等到天亮，歌林再也没有任何回音。

黎非推开窗，外面风雪肆虐，万里冰封，她实在不知要不要把这件事告诉叶烨他们。或许歌林并不希望她说出去，否则不会一直不回信。

不知为何，黎非忽然想起在王府那一夜，歌林伏在叶烨身边默然垂泪，无望的感情让她选择远遁千山万水之外。黎非觉得好像终于可以稍稍理解歌林的心情了。

可能离开才是最好的，面对陌生的无边无际的东海，歌林的内心会不会得到稍稍的平静？

黎非叹息着合上窗，天快亮了，她低头吹灭蜡烛，忽见桌上不知何时多出一行阴影拼成的字：黎非，我想你们，别告诉叶烨和姐姐。

她竟一时愣住，慢慢跌坐回椅子上，鼻子里微微发酸，只觉心神恍惚，种种悱恻，难以言表。

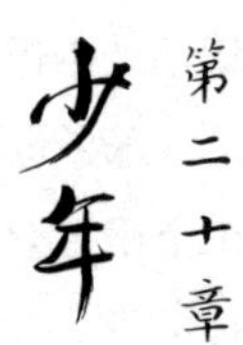

# 第二十章 少年

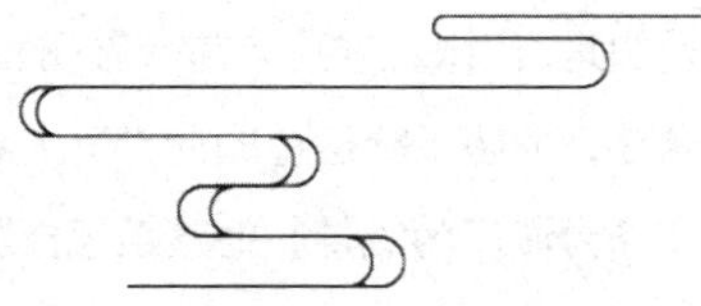

春去秋来，夏去冬至……五度寒暑交替，此时正值七月盛夏，无月廷云海之上无数山峰绿意葱葱，唯有坠玉峰依旧苦寒彻骨，风雪交加，然而，却已不似从前那么冷清了。

自午时开始，不停有弟子飞来坠玉峰，待一会儿，再失落地飞走。昭敏用完午膳，刚从中厅出去，便见又是几个尧光峰的男弟子等在风雪回廊中，她已经连问都懒得问了，直接道："师妹近日不在坠玉峰，诸位师弟速速回去专心修行。"

那几个男弟子慌忙行礼告退。这位传说中的昭敏师姐两年前突破瓶颈，成了冲夷真人唯一的亲传弟子，加上她身份高贵，为人冷漠，架子端得极高，时常来坠玉峰的弟子们都有些怕她。

真是烦不胜烦，昭敏摇摇头，这些弟子修为尚浅，终日还沉溺美色，日后能有什么成就?

昭敏有点儿后悔，不该因为黎非能腾云飞行后就任由她往来无月廷南北。随着年纪渐长，这孩子像脱茧的蝴蝶般一天一个样，要不是天天跟她在一起，真难以想象同一个人的外貌能发生如此巨大的转变。

刚开始能腾云飞行后，黎非往雷修远所在的尧光峰跑了几趟，自此坠玉峰便再无清净。尧光峰大多是男弟子，年长些的也就罢了，偏偏雷修远当年是新晋弟子，跟他在一处的也都是新晋弟子，个个十来岁，摸清黎非所属师门后，有事没事都要往坠玉峰来一趟，午休和晚饭前后来得最频繁。

来了也不敢打扰，跟做贼一样偷偷窝在回廊上偷看几眼黎非，偶尔跟她说上几句话，个个语无伦次，简直是一群蠢材。虽说“知好色则慕少艾”乃人之常情，但如此作为还是过了。

更叫人意外的是，广微长老三年前带着胡嘉平和雷修远一起去了尧光内峰丹穴修行。尧光峰没有长老在，而坠玉峰这边的冲夷真人素来怪诞放纵，对这些事从来不管，听闻黎非美色之名在尧光峰广为流传，他甚至还挺骄傲的。就因为没有个靠谱的长辈阻止这种荒谬行径，才变成如今这种境况。

昭敏在回廊上拐了个弯，正要进自己屋子，忽闻身后风声流动，又有人降在坠玉峰，顿时皱眉冷道：“没事都好好回去修行！总往坠玉峰跑成何体统？！”

语音刚落，便听一个老者笑道：“昭敏小丫头的脾气越发坏了，这是在斥责谁？”

昭敏讶然转身，便见东阳真人与清乐真人在回廊上好笑地看着自己，她顿时有些窘迫，急忙躬身行礼：“弟子昭敏拜见东阳长老、清乐长老。弟子方才不知是二位长老，言语多有冒犯……”

东阳真人摆摆手：“啰里啰唆，你还是老样子。你师父呢？还有黎非那丫头呢？”

“十日前师尊带着师妹去了沙翠坞修行，要晚些才能回返。”

清乐真人慈祥一笑：“哦？沙翠坞？那里凶兽甚多，入门五年就带过去了？”

昭敏内心隐隐有些自豪，笑道：“师妹修行极为勤勉，天赋亦甚佳。”

天赋甚佳？清乐真人与东阳真人不由失笑，当年他们可都因为黎非天赋一般才犹豫着不想收她入门，想不到，真的让冲夷给教出个良才出来了。

东阳真人最为感慨，黎非没收到，连带着也错失了雷修远这个天纵奇才，这孩子真正惊才绝艳，入门两年便突破了第一道瓶颈，一时震撼整个无月廷，故而广微真人才决定带他进入丹穴修行。

丹穴内灵气比云海之上还要浓郁，对于修行者来说，灵气并不是越浓郁越好，丹穴这种灵气郁结的发源地，一个不慎便会引得炉鼎受损，从此再也不能修行。广微带着胡嘉平，两个人一起陪同雷修远，在里面一耗就是三年，可以想象其对雷修远的重视程度。

见冲夷还没回来，两位长老正准备走，忽见极远处飞来一个小黑点儿，倏忽间便到了眼前。来人双目光华璀璨，通透含笑，不是冲夷是哪个？

东阳真人“啊哈”一笑：“你这家伙总算来了，小丫头呢？”

冲夷真人笑道：“她去丹穴外了，怕是雷修远这两天要出来。”

东阳真人道："人未来也罢了，冲夷，依你看，你的小弟子修为如何？"

冲夷真人早知他们必然是无事不登三宝殿，微一思索，立即明白来意，当即笑道："是去栗烈谷的事？早就该去了。"

清乐真人见他这等口气，不由惊道："你口气好大！栗烈谷跟沙翠坞可不同，可别为了充面子将来后悔！"

冲夷真人微微一笑："我的弟子，我自然了解，栗烈谷必定能去。"

和沙翠坞一样，栗烈谷也不在无月廷门派内。中土极其辽阔，一个仙家门派再大，也不过九牛一毫，总有无数遍地妖物或凶兽的凶险之地适合给弟子们修行，又不可能把它们搬到门派里，故而这些地方大多被加持了封印，一来防止凡人误闯，二来也为了圈住凶地中的各种妖物凶兽，不叫它们到处乱跑。

这些凶险之地有些为中土各仙家共有，时常一起派弟子在里面合并修行，有些是只为单独某个门派所有。栗烈谷便是无月廷独有的修行之地，距离无月廷千里之外，是给突破了第一道瓶颈的优秀年轻弟子做试炼的地方，想要开启栗烈谷的封印，至少要二十名弟子。

东阳真人叹了口气，老实说，要不是今年可去栗烈谷的弟子太少，他们也不会来找冲夷。姜黎非来了五年，未见有突破第一道瓶颈的迹象，这样的弟子去栗烈谷还是太吃力了，万一在谷里出了意外，远隔千里，谁能救得了？

然而，今年各峰长老零零落落推荐的门下弟子加起来不到二十人，连栗烈谷的封印都打不开，不得不过来问问情况。

"既然你这样说了，那便算上小丫头一个。"东阳真人摇头，"广微这几天应当就要从丹穴出来了，他那边人多，如果加上雷修远，便有五人，刚好可以凑齐二十个弟子。唉，近年新晋弟子天纵奇才实在太少，真叫人忧心。"

清乐真人还想说，忽地发觉了什么，回头望去，便见一个纤细的人影自外疾驰而来，眨眼便落在回廊上。还不及看清其容貌，冲夷真人便突然出手了，数道金光往来人身上砸去，快若闪电。

好快！东阳与清乐不由微微一惊，这弟子只怕不妙！

谁知数道太阿术的金光砸在来人身上只是"叮叮当当"响了数声，便散落一地。来人身形一晃，化作烟雾，霎时不知去向。冲夷真人左臂微微一抬，但见数丈火光拔地而起，其余数人早已腾空飞在外面，眼睁睁看着这两人斗法。

火海烈烈，转瞬间忽又被凭空降落的淅淅沥沥的春雨浇熄，烟雾滚滚中，数道绿光无声无息地袭来。冲夷真人微微一晃，险险避开那数片小叶子。东阳见他身后青烟骤然凝聚，眨眼间便化作一个人影，不由“哎”了一声。

冲夷真人摊开手，望向啧啧赞叹的两位长老：“可是能去栗烈谷？”

两位长老还都有些不可置信，谁能想到五年时间，那天资普通唯有体质特殊的小姑娘竟被教导到如此地步？

虽然不知冲夷真人究竟怎么指导黎非的，但她方才的表现有眼睛的人都能看见，那种应变和对五行仙法了然于胸的运用，寻常弟子绝对做不到。

对修行者来说，仙法的霸道强劲并非至为重要，在最适当的时机释放最适当的仙法才是重中之重——精密准确地分配自己的灵气，绝不浪费。了解到这一步，才是真正的修行者。

姜黎非已经算是一个真正的修行者了，正是这点叫人惊讶赞叹。奇怪的是，为何到了这个地步她还没突破第一道瓶颈？难不成她已经突破了他们却没发觉？可突破瓶颈总会有各种迹象，譬如灵气的波动震荡，这孩子完全没有，而她这身隐隐超越第一道瓶颈的修为是怎么回事？

冲夷真人长袖一挥，被仙法弄得乱七八糟的回廊中厅顷刻间恢复原貌。而他身后那个袅娜的人影也迈出一步，从容行礼：“弟子姜黎非，拜见东阳长老、清乐长老。”

其声清若林间风，不妖不腻，叫人十分舒服。

语毕抬头含笑，只觉其肤白赛雪，微笑间眼波流转，和煦灵动，到底年纪还不大，脸颊丰盈，还残留些稚嫩的孩子气，叫人心生欢喜，忍不住想亲近。五年过去，那个绑着麻花辫的小姑娘不知去了哪儿，眼前的姑娘发髻端秀，身量纤细袅娜，耳畔一串水晶珠微微摇曳，站姿、仪态、面上浅浅的微笑，都无可挑剔。

两个长老反倒愣了一下，仔细看半天，只觉不像，印象里五年前那个小女孩虽是眉目秀致，但绝不是这般轮廓。五年过去，她竟像是变了个人，不光容貌变了，好像连气质也变了，再也找不出曾经的一丝痕迹。

东阳真人左看右看，女大十八变，变成这样也太离谱了，这孩子身上总有这么多叫人匪夷所思的事情，他低声道：“丫头，你如今真是……你是姜黎非吗？”

他还不敢相信这端庄委婉的小淑女跟多年前的“麻花辫野小子”是同一人。

黎非取出辟邪香珠：“东阳长老送我的辟邪珠，我还一直留着。”

还真是他的辟邪香珠，东阳真人接过珠串，忍不住失笑。回头看看清乐真人，她亦是惊愕欢喜并有之，赞道：“这孩子……如今竟生得这般好！”

东阳真人在黎非肩上拍了两下，又笑又叹：“昔日的假小子出落得这般水灵，我都不敢叫我的弟子同去栗烈谷了……冲夷，你看看，你家弟子过几年再去栗烈谷，如何？”

这当然是句玩笑话，黎非不说话，只是抿着嘴微笑。

清乐真人见她笑得又甜蜜又可爱，怎么看怎么讨喜，心中喜不自禁。大凡女修行者，十个里面六七个性格都十分高傲，连动不动就训诫黎非微笑微笑再微笑的昭敏平常都端着冰山脸，像这样爱笑的姑娘，难免叫人心生欢喜亲近之意。

东阳真人揪着冲夷真人不放，非要他交代到底怎么教导黎非的，资质稀烂的小丫头给他教成这样，难不成他有什么秘密修行方法不成?

冲夷真人笑道：“东阳，天下有灵根者无数，修行并非一定遵循某条路才是对的。大部分人都要一道道瓶颈突破，并不表示每个人都必须走这一道。黎非的修为如今已经在瓶颈之上了。”

修为在瓶颈之上？简直闻所未闻！

冲夷真人也颇为感慨，刚开始收黎非入门，只是想了解这孩子资质一般却为何能通过雏凤书院的试炼，谁知这五年教导下来，他越发感觉到她与旁人截然不同的体质与修行方法。

收她做徒弟，对他来说，也算是一个视野的开拓，不再拘泥陈旧的修行方法。而视野的开拓，对仙人来说，有时候可算巨大的提升。这几日炉鼎隐隐震撼，似有突破瓶颈之兆，若是突破了这道缠绵数十年的瓶颈，他的修为又可精进一步。

“怎么教的可不能告诉你们。”冲夷真人呵呵一笑，黎非体质与灵根的特殊乃是至关紧要的秘密，越少人知道越好，“我近日便要在峰顶闭关，东阳，送她去栗烈谷的事，便麻烦你了。”

两位长老面上顿时有艳羡之色，须知成了仙人，闭关便意味着有所突破，到了他们这样的修为与地位，有一丁点儿的突破都极为困难了，君不见星正馆震云子一个瓶颈卡了快六十年，功力反倒开始倒退。冲夷能有所突破，实在叫人羡慕之极。

“那我二人便预祝你早日出关，修为更加精进。”

两位长老满心感慨地走了，看样子收对一个徒弟，对师父本身来说也是件极有益的事，今年书院弟子情况不知如何，须得尽心挑一个才是。

黎非见人走了，这才一屁股坐地上，还没喘口气，昭敏不满的声音就响起：“这成什么样子？坐直了！”

教了五年，改得了外在改不了内在，在外人面前倒是乖巧得很，一回来就原形毕露！

黎非苦笑：“师姐，我快累死了，让我歇歇再摆淑女姿态。”

这十天跟师父在沙翠坞几乎就没怎么睡，听名字怪好听的，谁知沙翠坞是片沼泽地，连块稍微干爽、能睡觉的地方都找不到。沼泽里还藏着各种凶兽，妖物怕她，凶兽可不怕，稍不小心就要被生吞，十天来一个安稳觉都睡不到，累得都快晕过去了。

昭敏见她一脸昏昏欲睡的样子，当即皱眉摇头："成何体统！天还亮着，师尊还在这里！快起来！"

冲夷真人低声道："让她回房睡吧，今天暂不修行。"

说到底还是个十六岁的小丫头，几天不睡觉肯定撑不住，她已经非常努力，他这个做师父的还不至于苛责到如此地步。

黎非在房内一觉睡到大半夜，硬生生被饿醒了，桌上放着几个素包子，肯定是昭敏师姐特意给她留的。还是师姐好啊！虽说师父对她也好，但终究是个男人，不可能事事体贴，若坠玉峰没有昭敏师姐，她不知该有多孤独。

想到昭敏师姐的好，黎非决定一个人独处的时候也绝不狼吞虎咽，用最淑女的姿态把一盘包子全吃掉了。

痛快地打个嗝，忽见桌子上阴影攒动，那是百里歌林的传信术。这丫头刚开始几乎不会给她写信，亏得她隔几天就写几页信纸烧过去给歌林，烧了两年多两人的互动才渐渐多了起来。

黎非凑到桌前一看，却见上面洋洋洒洒写了一行话：收了一只蜈蚣精当坐骑，下次骑给你们看。

她不由忍俊不禁，这丫头还真的收了个蜈蚣精当坐骑，不晓得纪桐周看到会不会脸色发白地避开。

说到纪桐周，他似乎也跟着自己的师父去了什么特别的地方修行，已经半年多没消息了，最后寄来的信还在鄙视雷修远在丹穴待了两年多都没出来的无能行径。

油灯旁还有一封信，是叶烨和唱月刚寄来的，他们几个如今也都学会了门派的传信术，再也不用传信鸟飞来飞去那么累地送信了。两年前歌林不单与自己开始频繁通信，也和叶烨他们开始通信，言语间开朗依旧，想必早已放下当日介怀，叫人放心不少。

叶烨信中提及他与唱月也即将被各自的师父带去不同的地方潜心修行，只怕有一段时间不能通信，望各自珍重云云。对他们这些新晋弟子来说，入门五年是个十分重要的阶段，资质好的在这期间便会突破第一道瓶颈，师父们自然相当重视。

其后第二道瓶颈则因人而异，有的人一两年便可突破，而有些人则要数十年。越到后期，弟子们资质的良莠越发一目了然，被收进门派时个个资质优异，可那优异里也要分拔尖与普通。接连突破三道瓶颈，就有了成为亲传弟子的资格，胡嘉平当年便是在十年内连续破了三道瓶颈，自此成为广微真人座下最年轻的亲传弟子，名噪一时。

不知道修远这次从丹穴出来会变成什么样，三年了……

黎非怔怔地发了会儿呆，不知道修远变成什么样了，有时候会梦见他忽然从丹穴里出来，可梦里怎么也看不清他的样子。想来他应该又长高许多，最后一次见他，她个头蹿得快，都跟他差不多高了，如今修远快十八岁，要是还跟自己一样高，那可有些丢脸。

不过，想必修远见到她只怕更认不出，这三年来，她变得太多。

十三岁后，不知道怎么搞的，每个月她都会脱一次皮，早已从开始的惊恐无助发展到习以为常，然而随着脱皮，她的容貌也一个月变一些，连她自己都能看出显著的变化。渐渐地，又换了一张脸似的……直到十五岁，虽然每月还有脱皮，容貌上的变化却终于开始慢慢变少，直到最近，再也没变过。

他见着她会是什么表情？跟尧光峰那些男弟子一样傻兮兮地张大嘴吗？还是和以前一样，毫不在意云淡风轻？

她已不是以前十一岁的懵懂丫头，对自己的容貌总归是开始在意了，一时想到雷修远马上快出来，便兴奋得不行；一时想到怕他认不得自己，又有些担心失落……思前想后，再也没法继续睡，索性铺开信纸给各人写回信。

过得两日，一上午的修行刚结束，黎非抹着汗往回走，眼前一花，又有几个尧光峰的弟子落在回廊外——午饭都不吃就过来？太夸张了吧？黎非瞥了一眼，没搭理他们，这几年她对这些人的态度也从刚开始的排斥厌恶变成了无视，之前要不是师姐不许她发火，她早就要动手揍人了。

后来师姐跟师父提过，希望他管束一下尧光峰的弟子，别把好好的修行地弄得这么乌烟瘴气，结果那生性怪诞放纵的师父说："爱慕美色实乃人之天性，管得了十个，管不了一百个一千个，他们也没什么非分之举，看看有什么大不了？我冲夷的弟子长得绝色，就该大大方方给人看。"

师父既这样说，她们也只有继续无视。

黎非正要推门进屋，忽听一个男弟子轻声道："黎非师妹……你今天不来尧光峰吗？修远师弟早上从丹穴出来了。"

她差点跳起来，急道："真的出来了？"

那几人才点了点头，便见这素日里文静爱笑的小美人连滚带爬不顾形象地腾云飞起，可从没见人飞这么快过，一眨眼就消失在天边。他们原本想趁这机会能与她同行，这下全傻眼了。

黎非连饭都没来得及吃，一路风驰电掣般飞到尧光峰，却见弟子房那里空荡荡的半个人也没有。雷修远不在吗？难不成吃饭去了？还是在睡觉？

忽闻峰顶似有人声喧嚣，她急忙疾驰而去。便见尧光殿前聚集了许多弟子，广微真人也在，正与几个亲传弟子交代什么，久违的胡嘉平也在旁边，三年过去，他好像一点儿都没变，笑得毫不正经。

她匆匆看了一圈，始终没找到类似雷修远的男弟子，倒被好几个男弟子发现。他们立即团团围上，个个欢喜异常，连声道："黎非师妹怎么突然来了？吃过了没？"

黎非烦不胜烦，眼见周围的男弟子越来越多，她倏地沉下脸，怒道："都让开！"

忽听后面不远处有个人笑了一声，她回头，便见一个穿着弟子服的少年站在坡上望着自己，依然是那双熟悉的湿漉漉的仿佛藏着雾气的眼睛，只是如今略带一丝锐利之意。许是三年在丹穴中不见天日，他肤色略显苍白，然而整个人却毫无病态。三年过去，当初弱质纤纤仿佛女孩般的少年早已成人，如今身量修长，疏朗清逸，虽是与以前的轮廓极像，却又显得十分陌生，那个浑身是刺、看谁都像蠢货的小男孩不知道被藏到什么地方了。

黎非拔腿朝他走去，走了一半，又不知为何停下，她偏头盯着他，小声道："修远？"

在梦里怎么也看不清的雷修远，如今清清楚楚地站在自己面前，他变了许多，可又不是自己想的那种改变。她脑子里有点糊涂，心里一下高兴，一下又觉陌生，反倒僵在原地。

雷修远缓缓行到她面前，低头看了她一会儿，忽然又是浅浅一笑，抬手在她脑袋上按了一下，和小时候一模一样的动作："怎么又变矮了？"

黎非仰头看着他，还有些不敢相认，三年来她想过无数遍雷修远会变成什么样，无非是个子长高了，脸成人化了，然而千万种想象在他真人站在自己面前时，全都支离破碎。

弟子服穿在他身上没有曾经清癯空荡的味道，他长高那么多，再也不是小豆芽菜。印象里的那个十四岁的雷修远和眼前玉树临风的少年重叠在一处，像，却又不像。长眉入鬓，仪态翩翩，昔日的少年已变得那么卓尔不群，精致得像一幅画。以前那目空一切的高傲也已被收敛，变成了一种淡淡的疏离，依旧让人觉得不好亲近，却难以心生反感。

他又会怎么看她？觉得陌生吗？像变了一个人？

雷修远低头凝视她，叫人捉摸不透的目光，黎非有种前所未有的手足无措，他既没傻兮兮地张大嘴，也没装作她什么都没变，他在想什么？她的衣服没歪吧？发髻也没歪吧？不过一上午修行流了许多汗，都没擦一下就飞来了，会不会显得很邋遢？

"咳咳。"她咳了两声，试图让自己显得自然点。

雷修远忽然抬手，手指拂过她耳畔的水晶珠。

"变成淑女了？"他又笑，十四岁时因为变声而粗嘎沙哑的声音此刻也全然成了男子的低沉嗓音。

黎非一下笑了："看起来像吗？"

他又在她脑袋上按了一下，声音轻松："也只有看起来像。"

方才她沉着脸的一声怒吼可是震惊四座，没见下面那群男弟子一脸震撼，还在那儿心碎地杵着不敢过来吗？

黎非见他丝毫不提自己面容上的改变，不由有点紧张地问："你、你没觉得我变了许多？"

"啊，变了个人。"雷修远毫不讳言地承认，淡淡道，"我会习惯的。"

她心中忽生感慨，他的回答她想过多少遍，却也想不到他会这样说，年少时的往事一一在眼前掠过，这别扭又聪明、高傲又坚韧的男孩子，他知道许多事，可他从来不问。三年不见的陌生感忽然消失，她上前挽住了他的袖子——这也是她以前的习惯动作。

"那我也会习惯的。"她抬头，朝他微微一笑。

雷修远只觉她靠近一步，霎时间异香满怀，那张十分陌生的千娇百媚的脸凑近过来，他情不自禁想要朝后让开，忽又硬生生止住。果然还是需要再习惯习惯，他罕见地有些窘迫。

"修远。"广微真人在殿前唤了他一声。

雷修远答了声"是"，忽又低头道："你等我吗？"

说罢不等她回答，径自飞向殿前，躬身下拜。

黎非不由失笑，她来尧光峰就是为了他，怎么可能不等他？她慢慢走过去，路上许多男弟子却不再来聒噪她了，只远远地看着她，大部分人知道她与雷修远认识，此刻人已经离开丹穴回到了尧光峰，他们自然不好再黏着不放。

广微真人正与雷修远说去栗烈谷试炼的事，忽见对面远远站着一位面生的少女，容姿艳光竟让人不可逼视，不由微微诧异——是尧光峰弟子？他怎的全无印象？

像是发觉他的视线，少女立即上前恭敬下拜："弟子姜黎非，拜见广微长老。"

姜黎非？广微真人也愣住了，她……以前是长这样的？老实说，他也记不清，在书院时，他注意力全放在雷修远一个人身上了，姜黎非是圆是扁都没在意，但肯定不是现在这样。而且……他凝神细看，只觉她虽然未能突破第一道瓶颈，一身修为竟早已超越瓶颈，甚至隐隐迫近第二道瓶颈了。

他心中十分疑惑，然而不是他的弟子，他不好多问，只得点头笑道："冲夷收了个好弟子啊，你今年也要去栗烈谷，对吧？"

黎非恭敬地答个"是"，广微真人看看她，再看看雷修远，不由莞尔，他还记得自己这个弟子当初就是为了这姑娘才来的无月廷，想不到三年没见，他二人还是如此亲密。

他不欲让这姑娘等太久，匆匆交代完毕，正要走，一直垂头守在旁边的胡嘉平突然道：“师父，弟子在丹穴三年，已突破第四道瓶颈，如今卡在第五道瓶颈。在无月廷闲着也是闲着，今年能让弟子再去书院做先生吗？”

再去书院做先生？众人马上就明白他的第二层意思：他要去找黑纱女。

广微真人暗叹一声，胡嘉平是他心爱的弟子之一，偏偏跟自己的器灵搅在一处，当初苦恋得死去活来，可这弟子又跟别人不同，越顺着他的意他修行越勤快，稍微给点儿重压就不行。跟这弟子磨了许多年，广微才摸透这道理。

纵然不愿，他还是点头了：“也好，在书院做先生亦不可懈怠。”

胡嘉平的脸立马笑成了草纸花，眉毛恨不得飞上天，一路走到黎非身边，和五年前一样，漫不经心地在她脑袋上拍拍，忽然正色道：“丫头你……切了脑袋换过新的了吗？”

雷修远嗤一下笑出声，黎非简直无语，这位大师兄还是这么吊儿郎当。

“大师兄你倒是一点儿都没变。”她瞪他一眼。

“哈哈哈，玩笑而已。”胡嘉平心情好得不能再好，“小丫头长大了，好好修行，师兄去也。”

他竟连一刻也不肯久留，刚从丹穴出来就迫不及待往书院赶，隔了三年，想必早已是相思刻骨。

不知为何，想到相思刻骨，黎非心中忽又一动，扭头望向雷修远，他也正巧低头望过来。与她的目光相撞，他再度有些窘迫地移开视线，隔了一会儿，像是忽然气恼似的，拽住她的袖子：“走吧，吃饭去，饿死了。”

这会儿正是午饭的时候，大厅里全是人，黎非一进去，无数男弟子的目光立即就定在她身上了，许多人蠢蠢欲动，结果又见她拉着一个少年的袖子，言谈神态间极为亲密，这是她从没有过的举动，众弟子的心瞬间碎了一地，然而再看清被她拉着的人是雷修远，大厅中瞬间寂静了。

今天早上雷修远从丹穴中出来后，他突破第二道瓶颈的消息也瞬间传遍了整个无月廷。

这是真正的天纵奇才。弟子们艳羡地看着他，修行者家财万贯、权倾一时、绝色道侣，都没什么，唯有这犀利卓绝的天赋与修为，才能让人真正心服。

黎非与雷修远亲密无间的样子都叫人看在眼里，此时此刻，再也没有弟子过来聒噪。雷修远若是普通精英弟子也罢了，偏偏人家是个天才，年轻弟子里没人能夺其光彩，美人与天才在一起，让人无话可说。

黎非精神全放在雷修远身上，根本没注意大厅里有什么异状，大概因为尧光峰男弟子多，饭菜分量也多，各种大鱼大肉，她拿了两个馒头并一份素汤，见雷修远面前堆满各种荤素菜，想来他在丹穴三年估计都没吃上什么好东西，出来后第一顿肯定狼吞虎咽。

“丹穴里面什么样？”黎非最好奇这个，“你在里面怎么修行？”

雷修远动作虽然斯文，却吃得飞快，没两口一碗饭就没了，一面添饭一面道：“丹穴有九层，这三年我不过到了第三层，越往上灵气越浓稠，这些年和胡嘉平在里面斗了不少法。”

他的修行就是斗法吗？想想也是，金属性灵根本来就是攻击力卓绝，除了斗法也没什么更适合的修行方法了。

黎非饶有兴趣地盯着他看，饭都不想吃了，三年不见，男孩子的变化真能这么大？捏着筷子的手也变大了，手指修长，指甲剪得整整齐齐。她从手盯到胳膊，再从胳膊盯到肩膀，最后目光滑回他脸上，看得目不转睛。

雷修远终于被看得没法坦然吃了，叹了口气：“我还没吃饱，等下闲了再让你慢慢端详。”

好吧……黎非自己也觉得有点儿好笑，她把馒头掰碎小口吃，冷不防有个男声惊喜地在身旁响起：“黎非师妹！你今天有空来尧光峰了？”

她回头，便见几个男弟子立在旁边，个个满头大汗，似是刚刚结束修行，为首那叫她的男弟子长得还算端正，略眼熟，她记不起他的名字，正思索间，他居然凑过来坐在她身边，显得十分亲密：“你吃的什么？”

黎非的脸立即沉下去，她没动，只是冷冷看着他，那男弟子竟有些心悸，再不敢造次，讪讪起身。

雷修远看了他一眼，忽然微微一笑：“颂风师兄？好久不见。”

颂风等人倒愣住了，细细看他，只觉轮廓跟三年前那让人讨厌的小鬼很相似……雷修远？那讨厌的小鬼头长这么大了？

“你……从丹穴出来了？”颂风刚修行完毕，还没得知这消息。

雷修远道：“数年不见，师兄风采依旧，越发老成，如果我没记错，今年是师兄三十寿辰？”

颂风登时大怒：“我今年才二十四！”

雷修远冲他歉意一笑：“抱歉，原来是师弟我记错了。”

他绝对是故意的！这是变着法子说他长得老，配不上黎非师妹？他真的长得很老吗？！颂风想发火，可雷修远毕竟不是从前的新晋弟子，虽然说话带刺，但人家一直和和气气的，他骤然发火成何体统？他无助的眼神望着自己身后其他弟子，结果他们纷纷避开视线，不与他对望。

“师兄们请坐。”雷修远起身，朝颂风他们微微颔首，“我们先行一步，告辞了。”

一路飞到半山腰，黎非还笑得东倒西歪，以前她就发现了，雷修远绝对有一句话气死人的本事，方才那个颂风的脸色简直绝了。

“我……我不行了……”她捂着肚子，笑得肚皮都疼。

“笑得真难看。”雷修远瞥她一眼，“不是想看我吗？现在闲了，你只管使劲看。”

黎非又是一阵好笑，偏头打量他片刻，忽见他束发的带子松了半截，几绺不听话的头发落在耳下，仔细一看倒有点滑稽。

她拨了拨他的头发：“头发松了，快重绑。”

他头发还有点湿，想必从丹穴中出来时肯定蓬头垢面，洗干净了才出来见她。是不是太着急了，头发都没绑好，出来没一会儿全松了。想到一向镇定自若的雷修远手忙脚乱绑头发的样子，她越想越觉有趣，忍不住哈哈笑起来。

雷修远没有说话，他找了块青石坐下，抬手轻轻扯下束发的带子，满头乌发立时为山风吹得摇曳不止。

“我不会。”他的声音淡得像一阵风。

又来了，这别扭的小鬼，想让她帮忙不能直说吗？三年过去，还是老样子。

黎非摇着头，用手轻轻按住他被风吹散的长发，从袖子里取出木梳，慢慢地将它们理顺抚平，他的头发漆黑却柔软，摸上去像猫毛一样，明明是个脾气古怪的人，头发却生得那么温顺。

午时烈日的阳光洒满桃林，远处隐隐有弟子们说笑嬉闹的声音，除此外，只有幽幽风声。山崖上不知开着什么花，斑斓一片，甜蜜的香气充斥胸腑，叫人心旷神怡。

黎非一面替他束发，一面道：“好香啊，那是什么花？”

他停了一会儿，才低声道：“我只能闻到别的香气。”周围只有她身上淡幽的异香，铺满整个天地。

别的香气？黎非愣了一瞬，终于反应过来他是指自己身上的味道。自脱皮后，她身上的香气也越来越明显，被很多人说过，可突然被雷修远提起，想到他也在闻着这股香气，她就特别紧张特别不知所措，差点儿把他头发束歪。

来之前她明明有一肚子话想跟他说的，三年中他没能参与到的一切趣事，每发生一桩，她就想着以后一定要说给他听，可现在脑子里忽然变成糨糊一片，连带着手脚好像都不听使唤了，他的头发怎么都束不好，急得她背上一片汗。

不知过了多久，雷修远忽然轻声问：“你确定去栗烈谷吗？”

黎非差点激动得哭了，可算被他提醒起自己想说的一堆事了！她连连点头：“是啊，你呢？”

他轻轻“嗯”了一声：“那我也去。”

她有些讶异：“你不用去吗？”

雷修远淡淡道：“突破第二道瓶颈，去不去都无所谓了。”

这是在炫耀自己是个天才吗？黎非又好气又好笑：“那你还要去，你以为是玩？”

“去栗烈谷，和我组队。”他忽然笑了笑，“看看你这几年修行得怎么样。”

黎非顺利把雷修远的头发束好，笑道：“修远，你要跟我组队，不怕我拖后腿吗？”

他没有回答这个问题，抬手摸了摸束好的头发，忽道：“绑得不好，重来。”

“重来你个大头鬼！”

黎非翻他个白眼，坐在他身边，远方云海苍茫，山峰隐现，时隔三年，又与他一起眺望这片景色。

“你在丹穴修行的时候，纪桐周和叶烨他们都跟自己的师父去别的地方修行了。还有啊，歌林前几天说抓了只蜈蚣精当坐骑，下回见面，要不要一起骑上面看看？对了对了，我师姐……”

她叽里呱啦将这些年他没能一起经历的事情都告诉他，整个午时的半山腰，只有她清如风的声音响起。

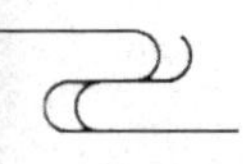

# 第二十一章 异民墓

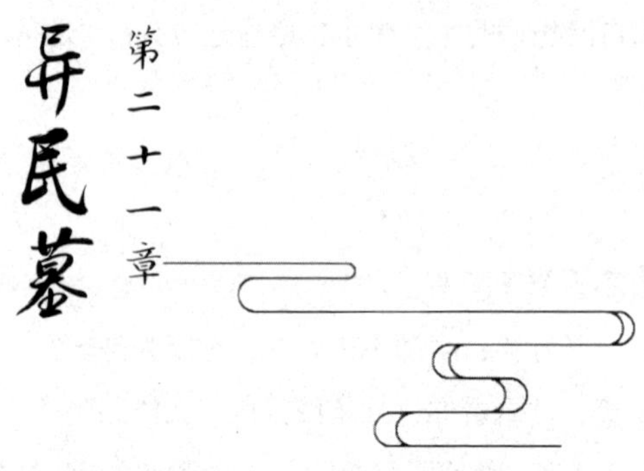

很快，去栗烈谷的二十个弟子都被敲定下来，三日后在两位长老的带领下，众人出了无月廷，一路往南飞，以他们这些突破第一道瓶颈弟子的腾云速度，很快就可到栗烈谷。

这是黎非来到无月廷五年后第一次出来，没有浓稠灵气的压迫，一时间竟有些不习惯了，脚下的白云无比轻，像是全然不需要花费心思操控一样，无数山川河流瞬息掠过，以前在书院的御剑比起现在来，简直慢得像牛车。

她四处张望寻找雷修远的身影，冷不丁发现他周围围着一群弟子，有男有女，说说笑笑还很开心！他居然能和陌生人说笑？！而且里面还有女孩子！

他以前可是丝毫不讨喜，不要说男弟子，连女弟子都特别不喜欢跟他亲近，只因他身上总有那种“靠近我的都是蠢货”的感觉，说话也不中听，除了自己还有叶烨他们还能跟他说得来，书院其他弟子一般都是对他又恨又有些畏惧的。

这三年在丹穴中发生了什么？莫不是天天跟胡嘉平待在一起，被熏陶得改了性子？变得和气点是好事，但胡嘉平有没有教他什么奇怪的东西？总觉得他身边两个姑娘笑得特别豪爽，他在讲笑话吗？

黎非一肚子好奇，忍不住便要凑过去听听，忽听旁边一个男子开口道：“这位师妹，能冒昧问一下你的灵根属性吗？”

她急忙转头，便见身边站着几个面生的男弟子，想必都不是尧光峰的，为首那男弟子十八九岁，仪表堂堂，举止稳重大方，很有叶烨的风范。见她似是疑惑，那男弟子笑道：“栗烈谷辽阔且危机四伏，一个人只怕难以跋涉，故而冒昧想问一下师妹的灵根属性，方便到时候组队。在下应元恺，东阳真人门下，灵根主水副土。”

翘楚弟子毕竟不同，绝不会像尧光峰那些人一样语无伦次，应元恺面对她时神情自若，举止大方，让人很有好感。黎非也含笑道：“我叫姜黎非，冲夷真人门下，灵根也是主水副土，只怕无法与应师兄组队了。”

几个男弟子难免要露出些失望的神色，但并无人纠缠，很快便离开另询他人。看起来，弟子们都明白栗烈谷试炼需要组队完成，而组队是需要先认识的，趁着询问灵根属性，也算相识之道。应元恺数人问过黎非，转而又飞向另一边一位女弟子。

不过此刻被询问的女弟子很明显没有黎非好说话，女修行者的冷若冰霜被她发挥得淋漓尽致，正眼也不看他们一下，转身就避了过去，真正是傲若寒梅。

眼看应元恺数人神情尴尬，黎非也有些好笑，忍不住多看了那女弟子几眼，她也就十六七岁的模样，容姿清婉，幽若清兰，是个极美又极冷傲的女孩子。

黎非情不自禁又多看几眼，忽然两位长老开始朝下降落，栗烈谷居然这么快就到了。

这里和青丘虎口崖的狭道有点像，两旁都是高耸的悬崖山壁，然而狭道中却似有黑雾盘旋，那正是无月廷的封印术。

山壁下还有一座光秃秃的石碑，上面没有字，好像长年累月被人摩挲，石碑显得十分光滑。

“你们二十人都触摸过石碑，封印便会开启。谷中已被架设灵气源，五日后黄昏，每人最少猎杀两只妖物或凶兽，取獠牙为证，在灵气源集合出谷。猎杀不到两只的，三个月膳食补贴减半。”

二十名弟子没人说话，也没人惊讶，拿膳食补贴做惩罚是仙家门派一贯的手段，入门到现在他们早就习惯了。

白浮真人的大嗓门骤然响起：“不但三个月膳食补贴减半，猎不到两只的，统统给我去云海下思过楼面壁三天！”

顿时众人纷纷震撼，去云海下思过楼面壁简直是丢人丢大发了，除了那些缺钱到极致的，否则哪个弟子愿意没事去云海下？更何况还是去思过楼，那是普通弟子才会被罚去的地方，云海上的弟子要是进去了，以后都没法在师门抬头做人了。

一时间弟子们纷纷生出紧迫感，先前还有些蠢蠢欲动的猎艳闲心一下子烟消云散。

石碑被二十名弟子触摸过后，笼罩狭道的黑雾顷刻间裂开一道缝，内里磅礴的妖气立时扑面而来，弟子们都禁不住有些动容。

“各自小心……别指望自己一个人就能完成试炼！”

东阳真人到底还是忍不住提醒了一下，话音刚落，众弟子只觉一股极强的吸力将自己的身体吸向那道裂缝中，紧跟着眼前一花，再定睛时，已在栗烈谷内。

眼前是一道狭长幽深的悬崖间道，越往前飞越开阔，飞到尽头处豁然开朗，脚下是大片浓绿起伏的森林，倘若仔细观察，可见天边隐隐有数道光之线，互相连接着，最后落入森林深处，想必那就是收集獠牙后可以出去的灵气源。

黎非正观察地形，雷修远忽然在她脑袋上轻轻一拍：“愣什么？过来。”

他领她停在石崖边，黎非愕然：“修远？你不会打算就我们两人组队吧？”

雷修远道：“也可以，但费力些，还是需要五行配合。方才我大致了解了他们的灵根属性，你在这里等一下。”

黎非目瞪口呆地看着他又飞回去，大致了解？他刚才跟人有说有笑，原来也是去了解人家的灵根属性了？

没一会儿，雷修远便领着一男一女两个弟子过来了，见着黎非，他俩都有些惊讶，那男弟子甚至绷不住满面喜色，两只眼一个劲儿朝她身上看。

“雷修远，单一金属灵根。”雷修远一句废话也没有，简单明了地介绍了自己。

那女弟子爽朗一笑，她有十七八岁，细腰长腿，发髻斜斜绾在耳边，又漂亮又利索，堪称真正的英姿飒爽，连声音也十分爽利：“苏菀，广微真人门下，单一火属灵根。”

黎非细细打量一番，她也是广微真人门下？那跟雷修远算是同门了，一个女孩子有如此霸道的单一火属灵根，黎非情不自禁开始想象她尽情释放仙法的帅气模样了。

似是察觉到黎非的目光，苏菀又是友好一笑，黎非心中顿时对她生出许多好感来，也立即还她一个亲热的笑容。

另一个男弟子十八九岁，看上去甚是活泼，他笑道：“我叫邓溪光，白浮真人门下，主木副火灵根。”

黎非刚开口：“我是……”话还没说完，邓溪光就兴致勃勃地插嘴道：“我知道你！姜师妹，你是冲夷真人门下吧？”

他怎么知道的？黎非有些错愕，她好像不认识他吧。

邓溪光得意扬扬地笑道：“既然都是来栗烈谷试炼的，所以我都小小调查了一下。不过姜师妹，冲夷长老把你的事保密得太好，我几乎什么都没查到……”

还没说完，雷修远就打断了他：“五行搭配你们都知道，不用多说。我与苏菀主攻，邓溪光负责牵制，黎非辅助。如遇到特殊情况的凶兽妖物，先不要攻击，我与苏菀试着与之缠斗一番，将攻击套路摸透后再布置战术。”

他们都是千锤百炼过的弟子，这番安排十分合理，自然无人有异议，苏菀伸了个懒腰笑道：“走吧！猎妖猎妖，我今天说什么也要尝尝妖怪肉是什么味道！”

吃妖怪？！连雷修远都有些被她吓到了，三个人瞪圆了眼睛盯着她。苏菀龇牙一笑：“大惊小怪，妖怪能吃人，难道我们不能反过来吃它们吗？”

这姑娘真是……真是口味独特，邓溪光顿生畏惧仰望之心，半点想要勾搭的兴趣都没了。

这次来栗烈谷，每个人要猎两只妖物或凶兽才算完成试炼，他们一组四人，就是八只。

雷修远闭目凝神，放出水行仙法四处试探，过了许久，他才道：“我方才搜寻了一下附近的妖气，四面八方都有硕大的妖气团，不过往东那一团妖气极为强横，我们暂时不要硬碰硬。我们这个队是刚刚组好，正好趁这个机会看看各自的修为与反应。先往西飞，我感应到那里的妖气适中，适合练手。”

语毕他掉转云头，率先往西飞去。

苏菀和黎非很是投缘，一路叽叽喳喳说了许多，最后索性连师姐师妹的称呼都省了，直接叫上了对方的名字，邓溪光见两个姑娘说得热闹，忍不住就要凑过去：“苏师妹，那个……刚才说的妖怪肉……”

苏菀哈哈大笑起来：“邓师兄，亏你是个男人，‘妖怪肉’三个字叫你念到现在！算了，方才你不是说对这次来栗烈谷的弟子们都做过调查了吗？趁着还没到地方，你先说来听听。”

邓溪光见有了听众，不由眉飞色舞：“我可是查到很多有意思的人，有个特别漂亮的女弟子，是清乐长老门下，叫乐采苓，听说是被清乐长老亲自带入无月廷的，资质特别好。清乐长老有一个独门绝技，以乐律载动仙法，十分厉害，她就是被清乐长老选中继承这个独门仙法的弟子，将来若是成仙，便是要继承清乐真人紫兮峰长老一职了。”

黎非奇道：“乐律载动仙法？是不是跟星正馆的天音言灵有点像啊？”

邓溪光老毛病再度发作，赞了一声：“姜师妹好博学，连星正馆天音言灵都知道！不过清乐长老这门绝技比起天音言灵还差了些，言灵有束缚对方意志的能力，乐律却只能杀人，你想想，一个人好好地听着曲子，听着听着就死了，此仙法不是很厉害吗？”

听着听着就死了？！黎非和苏菀立即对这个乐律仙法起了敬畏之心。

前面的雷修远忽然开口道：“修习这种仙法，必有巨大代价要付出，况且真要到杀人于无形，并没那么容易吧。”

邓溪光摇摇头：“这个我就不清楚了，个中修行秘密，我可打听不到。不过这个乐师妹为人很冷傲，清乐长老门下多是女弟子，自然平时有许多男弟子会去那边闲逛，听说乐师妹让无数人碰壁，至今没有开口跟男弟子说过一个字。”

一个字都不说，确实厉害了。

“还有谁？快都说说！”苏菀俨然当作听故事了，兴致勃勃。

邓溪光乐得滔滔不绝，叽里呱啦说了一串，讲的全是女弟子。苏菀不禁失笑：“邓师兄，你是把来的女弟子都了解了一遍吧？”

邓溪光摸了摸鼻子，毫不脸红：“这是自然，我没事了解男人做什么？”

为了表示天下男人都一样，他还特地朝雷修远使个眼色：兄弟，你说是不是？

雷修远未置可否，邓溪光说到兴头上，大着胆子热情地望向黎非，赞道：“不过依我看，这些美人师妹师姐里，没一个真比得上姜师妹，师妹，你……”

雷修远回头瞥了一眼邓溪光，毫不留情地打断了他的热情：“邓师兄，你下巴上黏着碎屑，吃了早饭没擦嘴吗？”

有碎屑？！邓溪光心碎地捂住脸，他丢人丢大了！

苏菀不由哈哈大笑起来。

正说笑间，只觉周围白色的雾气渐渐弥漫，四人立即停下说笑，雾气中飞在天上十分危险不利于隐蔽，众人飞快落在地上。黎非眼明手快先上了铜墙术，再上一层隐匿，四处打量一番，轻轻道：“有异常吗？”

雷修远凝神放出水行仙法试探，片刻后摇头：“没有妖气，但也不是寻常雾气。”

他抬头望向天空，烈日当头，煌煌其明，根本不是会起雾的天气，这片雾气来得十分突然。

四人立即紧紧凑在一处，雾气越来越浓，不一会儿五步之外已经再也看不清东西，渐渐地，竟将日光都遮蔽了去，四下里暗如黑夜，忽然，不远处星星点点亮起两串灯火，灼灼跳跃，一路迤逦延伸，不见尽头。

邓溪光眯眼看了半晌，低声道：“刚才那边有山坡吗？”

众人望去，果然见那两串灯火迤逦伸展，斜斜向上，原本林中空地处，竟忽然多出一个山坡。

苏菀上前一步，这胆大的姑娘对突如其来的异状不但不害怕，反而兴奋得两眼放光，压低声音道：“咱们过去看看吧！”

邓溪光连连摆手，俗话说事出反常必有妖，栗烈谷遍地妖物凶兽，根本没人居住，怎么会有灯火？何况这个山坡，这片灯火，都是被雾气忽然带来的，谁知道那里藏了什么恐怖的东西？万一是什么千年老妖，他们几个就得交待在这儿了。

苏菀急道："在这里干等着有什么用？迟早要去看看的！"

雷修远四处看了看，这片雾气似乎无边无际，将树林都吞噬了，他沉吟道："去看看，四个人一起走，别离太远。黎非，隐匿法一定要一直保持。"

说罢，他忽然握住了黎非的手，低声道："跟上，别迷路了。"

邓溪光见状，不免心痒痒，居然忘了害怕，朝苏菀笑了笑，清清嗓子："苏师妹，牵着我的手你不会迷路……"

话没说完，苏菀早已一马当先走在了最前面，把他丢在了脑后。

四人一路无声无息走到坡前，果然见两排细细的石烛台顺着山坡往上延伸，坡顶影影绰绰，似有楼宇建筑。四周半点妖气也感觉不到，也没有一点声音，安静无比。

这时谁也不敢腾云，只怕灵气波动破了隐匿法，一路沿着山坡慢慢上去。坡顶果然是一栋楼宇，看着倒像是殿堂庙宇一般，只是没有匾额，殿内亦是空空如也。殿前两尊巨大的铜牛，栩栩如生，然而头顶只有独角，双眼内幽蓝的火焰簇簇跳跃，想必牛身内被灌了油。

"这里有字。"苏菀指着铜牛身侧的石碑，上面密密麻麻被刻满了字，然而谁也认不得上面写着什么，谁也没见过这种字。

走到石碑背后，上面疏疏落落只刻了几个字，这回倒是能认得了。苏菀一个字一个字念："海、外、千、洲、万、岛、异、民、墓……什么意思啊？"

这问题没人能回答，再去大殿内看，里面空荡荡的，然而地上残留着无数痕迹，像是曾经摆放过大小不一的箱子。

雷修远看了一阵，低声道："这里曾经摆的全是棺材吧？异民墓，殿里以前是摆着海外千洲万岛异民的尸体？"

邓溪光茫然道："海外千洲万岛异民是什么东西？"

雷修远偏头想了许久："是传说中的海外人？我看这里没有妖气，反倒有一股清灵之力，想必是无月廷的仙人们曾经封印墓地的地方，现在里面的异民墓大概已经被搬走，封印还在。或许因为年代久远，封印松动，不小心让我们进来了。"

众人听他分析得竟大有道理，顿时没方才那么紧张了。邓溪光见殿前两头巨大的铜牛十分逼真，忍不住伸手拍拍，笑道："这两头牛做得真好，是看守墓地的神兽吗？"

话音刚落，只觉两股滔天妖气骤然迸发而出，他大吃一惊。正无措间，只听头顶铜牛发出惊天动地的嘶吼声，一低头，锐利的独角朝他狠狠撞来。

黎非眼明手快，瞬间加注了数道铜墙术在他身前。只听数声巨响，铜墙术在这一撞之下竟然全部碎裂，邓溪光被牛头撞得像断了线的风筝似的倒飞出去，竟不知飞了多远。

三人不由大惊失色，但见方才还屹立不动的铜牛像是活了一般，眼中幽蓝的火焰此刻变得血红，周身上下黑气缭绕，十分凶恶。

黎非射出无数叶片，巨大的藤蔓钻地而出，将两头独角牛捆住。雷修远急道：“苏菀，去救邓溪光！”

苏菀答应一声，腾云消失在雾气中。

又是一阵惊天动地的嘶吼，那两头铜牛竟轻而易举地挣脱了韧性十足的藤蔓，四只血红的眼睛牢牢定在黎非身上。

她的冷汗顿时涔涔而下，急忙驾云而起，脚下的小白云带着她疾电般蹿出去，谁知身后嘶吼声不绝。她回头，便见那两头铜牛踏着黑气穷追不舍——不是吧，追这么快？！

雷修远忽然飞至她身边，将她拦腰一抱，低声道：“抓紧。”

他的身体骤然化作一道金光，眨眼便已在数十里之外，几个起伏，便将两头古怪的铜牛甩得再也看不见，周身雾气也忽然消失，似是已经出了封印。

连续纵驰出不知多少里，黎非只觉耳边风声尖锐，周身景致快若流水而逝。雷修远终于慢了下来，他胸膛剧烈起伏，似是累极，正要找个空地停下，忽听四周怪叫之声顿起。但见十几尾生着翅膀的长蛇盘旋四周，尖信吞吐，偶尔发出几声怪叫，看上去十分狰狞。

黎非急忙要下来，这些是凶兽鸣蛇，动作轻盈迅捷，还有毒，必须要放铜墙术。

忽见雷修远摊开右手，掌心金光吞吐，一柄光泽暗淡造型古朴的剑自掌心缓缓凝聚——太阿术造出的剑？

下一刻耳边风声再度尖锐起来……不，不是风声，而是这柄剑发出的犹如竹哨般的尖厉的声响，霎时间剑身光华大盛，璀璨不可逼视，疾射而出，宝剑犀利无匹，鸣蛇的身体稍稍被擦中一下便立即碎裂开。

黎非忽然想起师父说过，金行仙法的极致，便是无须炼制神兵利器，仅以太阿术便能造出无数媲美神兵利器的宝剑，雷修远竟已能初窥门径了？虽然只有一柄剑，然而大战八方，神勇无敌。那锐利的竹哨般的响声叫她想起当年在青丘，龙静元君的那柄宝剑，神兵利器似乎都会发出这种呼啸声，仿佛有生命一样。

那柄剑流畅自若地飞舞一圈，忽又飞回来，绕着两人上下左右盘旋，最后化作一道金光消逝在面前。方才包围四周的鸣蛇寸寸断裂，破碎的身体纷纷坠落，仿若下了好一场黑色血雨。

雷修远缓缓落地，将黎非放开，自怀中取出一枚传信火弹。这是长老配给他们的传信火弹，一人三枚，方便落单后呼救传信。

传信火弹被抛出，“嗖”一声，苍蓝的火焰冲飞上天，久久凝聚不散。

雷修远长长吐出一口气，慢慢坐在地上，脸色苍白，低声道："暂且别担心，以邓溪光二人的功力，不至于出人命。我须得休息片刻。"

"没事吧？"黎非蹲在他身边，试探了一下奇经八脉，好在没受内伤，只是灵气消耗过多。

他总是这么爱逞能，纪桐周比起他只是嘴上不服输，他却是什么都不说，直接做给人看，不晓得这两种哪个更不讨喜些。

黎非抬手上了一层隐匿法，又轻轻握住他的手腕，往里面缓缓灌输木行灵气，用以滋生催发他的灵气。过了片刻，只觉他的视线似乎一直胶着在自己身上，她抬头看了他一眼，道："怎么了？"

雷修远忽然笑起来，低声道："你的修行……嗯。"

"嗯"是什么意思？黎非皱眉："我的修行你不是看到了吗？怎么样啊？"

雷修远低头见她满脸不爽期待赞许的样子，忍不住笑了一声。

"还不错。"

"喂，什么叫还不错？"黎非有点不满意，"很厉害就说很厉害，不厉害就说不厉害，还不错听起来像敷衍一样。"

雷修远在她脑袋上按了按："真的要听长篇大论？"

"不要，你省省吧。"从他嘴里肯定说不出什么好听话。

他果然不再说话了，可视线一直定在她身上，黎非被看得忽然紧张起来，好像以前也发生过这一幕——他一直盯着自己，可那时候她只觉得浑身发毛，这会儿被他这样凝视，她居然一点儿也不反感了。

为什么？她甚至突然有了一种期待，也不知道自己在期待什么，他在用什么眼神看她？为什么要看她？如果她现在抬头，会看到怎样的一片目光？

她想起他飞了整整一个上午来看自己，摘了一枝桃花给她，他衣袖中那股幽冷中正的正殿香气，还有他们一起过的这些年……

不知道自己期待着什么，可是她心底仿佛已经给出了肯定的回答。

如果是他，可以，真的可以。

黎非紧张了许久，终于鼓足勇气抬眼跟他对视，可没有任何预料中的情形发生，雷修远很快把眼光移开了。

……真是个讨厌的人。

黎非说不出这会儿心里是什么滋味，好像有点埋怨，又有点失落，盼着他给个确切的热烈的肯定的答复，他却回避开的那种感觉。地点不对，时间不对，其实不该这样胡思乱想，可真的忍不住，甚至隐隐约约有些委屈。

雷修远是个讨厌的人，她心底默默给他下了评价，可仿佛又有另一个声音在轻声问她：你真的讨厌他？

她也说不出，她自小行事做人都利落干脆，合则来不合则散，他欺骗她，陷害她，却又保护她，一直追随着她。按理说她不该跟这城府深重行事诡异的人靠太近，可凡事遇到雷修远就马上变得一团糟，清晰的条理原则都被揉成乱麻，她弄不清究竟是排斥这种感觉，还是被其深深吸引。

不知过了多久，她的木行灵气快要被用光，雷修远忽然开口道："方才那两只应该不是铜牛，想是被使了什么古怪仙法定在殿前做看守，只要被人触摸感应到灵气，立即就会暴起伤人，是为了对付侵入者吧？异民墓大概类似书院禁地，不许擅入，不过只要出了封印应该就没事了。"

黎非愣了一会儿，他就这么突然又自然地把话题转到正事上去了，她的脑子跟着转，心却还没转过弯，茫然地答应了一声，想不起下一句该接什么话。

忽然，极远处也蹿起一道苍蓝火焰，看方向，似是苏菀他们那边。

雷修远立即起身："走吧，去和他们会合。"

黎非又答应了一声，她实在不知还能说什么。

两人腾云而起，果然在极远处又有一道苍蓝火焰至今未散。飞到焰火处，但见林中一块空地中，苏菀满身是血地靠在树上，她身边躺着邓溪光。他右腹被开了个血洞，治疗网架在伤处，正疼得一个劲儿哼哼。

黎非当即架起治疗网，她毕竟专修辅助，治疗网十分出色，苏菀身上的几道伤口眼看着就痊愈了，连邓溪光右腹的血洞也以肉眼可见的速度缓缓愈合着。

苏菀起身活动手脚，一面道："我刚找到邓师兄，那两头铜牛就追过来了，我带他飞了许久才逃出封印，出来后又撞上两只妖，幸好都不强，都被我杀了。"

她还想再说，忽觉西南方有一股张狂霸道至极的妖气正急速靠近，众人反应奇快，立即腾云上天。

那股妖气来得极快，眨眼便要到近前，狂风呼啸，烟尘迷眼，黎非立即放出铜墙术与雾幻。忽听后方林中传来一阵阵张狂的大笑声，一个厚重沙哑的声音边笑边道："你一个人一路追我到这里，我怜香惜玉不欲与你相斗，你莫非以为我怕你？"

一听见说话声，每个人脸色都变了。

能开口吐人言的妖意味着已生出灵智，妖生出灵智，便为大妖怪，绝不是他们这种年轻弟子能单独应付的。不知他口中的人是谁，居然一路一个人追赶大妖？她疯了吗？

只听林中忽然琴声铮铮，曲调婉转却又饱含凛冽杀气，幽幽低音徘徊数下，似水波般荡漾开，中间夹杂几缕高音。众弟子听在耳中，只觉心惊肉跳，内息竟有点紊乱。

林中大妖继续大笑："没用没用！清乐那老女人亲自来说不定还有些用！凭你？"

林中数声巨响，大片大片的树木倾倒，枝丫叶片乱飞，四人只觉心惊胆战，这声势太可怕了！

除了琴声和那只会说话的妖物，林子里还有几个弟子在胡乱嚷嚷着："是乐师妹！乐师妹快走啊！我们没法对付这个！"

"乐什么师妹！还管她做什么！我们先跑！"

只听那只大妖又狂笑数声，沉声道："外面还藏了那么多小老鼠？索性都过来让我乐乐！"

四人一时来不及奔逃，只觉身体像是被一只无形的巨手握住。浓厚霸道的妖气紧紧束缚住他们，毫无抗拒的办法，一阵头晕眼花，都被妖气拉入林中，狠狠摔了一片。

黎非浑身剧痛无比，好半天才艰难地撑起身体。眼见对面立着一只数丈高的怪物，生得像只猿猴，那双眼金色煌煌，充满了灵性，从头到小腿都披着一层莹莹白毛，唯有一双脚又长又大，色如烈火。

这是什么？猿猴妖？

好几个弟子七仰八叉地躺在空地上，个个呻吟不绝，竟是应元恺他们几个。而这只怪物的对面坐着一个清若幽兰的美女，正是乐采苓，她看也不看众人，只盯着对面的猿猴怪物。她腿上放着一张样式古怪的琴，像是什么东西的骨头雕成，其上五弦鲜红似血，发出的音色叫人不寒而栗。

琴声铮铮又响了数段，曲不像曲，调不成调，只觉凄婉凛冽。那只猿猴似是厌烦了，大掌在地上一拍，地面顿时震颤不休，烟尘四溅。乐采苓依旧端坐不动，纤指轻撩，浪潮般的琴声徜徉流淌，烟尘在她身前三丈处分开，半点也沾染不到她身上。

这时其他弟子们也终于都挣扎着站了起来，一看清面前的怪物，下意识地都凑在了一处。黎非悄无声息地上了数道铜墙术与隐匿法，罩住众人。

应元恺见到黎非，立即轻叫："是姜师妹！"

他身后的男弟子们怒道："色迷心窍！这下好了，都快死了你还这样！被你害死了！"

应元恺亦怒道："既是同门，遇见乐师妹有难，怎能不帮忙？！"

众人摇头叹道："她分明是自不量力，这东西我们一起上也对付不了，难道我们做陪葬？"

他们几个男弟子在后面争执不休，苏菀悄悄扯了扯黎非的袖子，低声道：“这是凶兽朱厌，凭我们几个绝对对付不了。”

这一向胆大的女孩子居然也打了退堂鼓，破天荒第一次。

朱厌的名字连黎非都听过，这是传说中招来祸祟的一种凶兽，虽然没有梼杌那种凶兽震惊天下，却也是相当了不得的东西。遇到它，要是二十个弟子一起攻击或许还能制服，就他们几个，只有送死。

众人悄悄后退，正要腾云逃走，冷不防朱厌忽然笑道：“来了还想走？”

众人只觉又被什么东西束缚住，身体情不自禁被拉扯回去。朱厌忽然“咦”了一声，大掌一抓，黎非躲避不及，被抓了个正着。它用力捏着她，她只觉胸口气血翻涌，痛苦不堪，忍不住痛呼一声。

眼前一花，朱厌巨大的脸出现在她视线中，它金色的眸子凝视她片刻，低声道：“你好奇怪，你是什么？”

黎非闭目不答，她忍着剧痛强运灵气，骤然间，周身射出无数金色利刺，根根扎入它掌心。朱厌吃痛，急忙放手，黎非立即招出白云。只听竹哨刺耳的声音再度响起，光华璀璨的飞剑呼啸而来，在朱厌面前虚晃一招，将它莹白的毛削去一片。趁这个空当，黎非立即滑飞数十丈，满身冷汗瞬间浸透衣衫。

这只凶兽好厉害！

朱厌嘿嘿一笑，凝视身边飞舞的宝剑：“这个有点儿意思！”

它倏地伸手，轻轻松松地捏住了那柄剑。雷修远立即撤法，剑身化作金光消失在朱厌指间。它似有些不满，金色的眼睛盯着雷修远，看看他，再看看后面的黎非，忽然捶地大笑数声，紧跟着纵身一跃，庞大的身躯朝雷修远扑来。

雷修远当即化作一道金光，但闻头顶风声锐利，他倏地就地一滚。朱厌的大掌当头拍下，“砰”一声巨响，却是拍碎了数面铜墙术。雷修远被它的蛮力推得滑出十几丈外，一个翻身落在地上，后背血迹斑斑，还是被朱厌伤到了。

黎非抛出治疗网，旁边的邓溪光与苏菀也立即出手相助，藤缠藤舞，火龙火莲一起丢上去，将朱厌逼退数步。

苏菀见应元恺众人看得目瞪口呆，不由大怒：“你们几个就看着？！懦夫！”

应元恺被骂得满脸愧色，因见朱厌对雷修远穷追不舍，他忽地大吼一声，凝聚全身灵气，唤出一道透明的光墙，只得半人高。朱厌一时不察，被绊了一下，又是巨响绵绵，光墙碎成粉末，它庞大的身躯也跌了老远。

众人立即放出木行仙法藤绊，金箭雨火莲再度像不要灵气似的丢出去，朱厌雪白的毛被烧焦大片，剧痛令它状若疯狂，暴吼一声，转头再度冲来。黎非立即唤出光墙，这次却是出现在半空。朱厌再次不察，一头撞上去，又被弹了个趔趄。

雷修远早已唤出宝剑，呼啸着一剑扎入它的一只眼，又从另一只眼中飞出，朱厌血流披面，哀号数声。便在此时，一旁的乐采苓也开始弹琴，她的琴音凄迷冷厉，加注仙法在其中，听得众人烦躁无比。

应元恺急道：“乐师妹！别弹琴了，朱厌双目已瞎，快过来大家一起对付他！”

她恍若不闻，指尖微微一颤，一个尖细的高音骤然迸发出。邓溪光伤重初愈，元气大伤，被她这个高音勾得顿时耳与鼻中流出血来，其余弟子也难受无比。然而无论与她说什么，她都像没听见一样，琴音一阵阵流出，如刀似枪。朱厌被这阵琴音迷惑得原地打转，雪白的毛被琴音一缕缕削下，下雪一般。

忽地，朱厌又回过神来，它双目被刺瞎，脑中亦是剧痛无比，狂怒难以言表，此番却不再扑上，而是用力一掌拍在地上，地面顿时寸寸裂开，十几株三人合抱粗的树被它的蛮力耍得好似牙签一般，朝众人砸来。

众人纷纷闪避，谁知那闹人的琴音还在骚扰，叫人灵气怎么也不能流畅运转。黎非忽地腾云落在乐采苓身边，一言不发，抬脚将那面琴踢飞出去。

乐采苓面上寒霜笼罩，盯着她看，目光极为凌厉。

黎非怒道：“你不帮忙也可以，但别捣乱！”

乐采苓冷道：“朱厌本就该我一人追杀，谁叫你们中途出来搅局？”

“既然已经被牵扯进来，说这些废话有什么用？”黎非毫不退缩地看着她，“现在已经不是你一个人的事了！”

乐采苓与她对视良久，转身捡起琴，竟是打算拂袖而去。众弟子顿时大为不满，他们在这边辛辛苦苦对付朱厌，这个肇事者居然打算一个人跑？

雷修远化作一道金光落在她身后，毫不客气地拽住她的后领子，淡淡道：“你招来的凶兽，想一走了之？”

乐采苓何曾被人这样无礼对待过，更何况还是个男人，她勃然大怒，倏地开口道：“放手！”

两个字一说出，她自己先面如死灰，竟然愣在当场。

雷修远正欲离去，冷不防背后风动，他纵身避开，却见乐采苓一掌劈来。朱厌还在那边发疯，这姑娘居然朝自己人动手了。

黎非一掌格开她：“你讲不讲理！居然对同门弟子动手！”

乐采苓森然道：“这贼子无礼破了我的功法！此仇不共戴天！让开！”

苏菀也有些恼了："这说的是什么话！你敢在清乐长老面前这样说吗？"

乐采苓激动至极，似哭似笑，凄声道："在师父面前？在师父面前我更会杀了他！我的功法第三层须得三年不与男子说话方能完成！如今被他一举破功，是你们，你们能忍得？！"

黎非"啊"了一声，破了她的功法？原来她不和男弟子说话是因为要修行乐律仙法？！

她喃喃道："破了功法怎么办？修为都没了？"

说到底是乐采苓自己没忍住开口说的话，她方才的所作所为实在叫人忍不住想发火，雷修远不过做了大家都想做的事罢了。可功法被破听起来好像很严重，万一她一身修为尽数消失，那岂不是糟糕之极？清乐长老那边只怕也不好说吧？

雷修远瞥了乐采苓一眼："最多重练三年，不至于功法被破那么严重。"

乐采苓怒得脸色铁青："三年不是时间？你赔给我三年？"

这边正闹个不停，后面瞎了眼的朱厌忽然停下动作，变得安静无比，被折腾去半条命的弟子们顿时警惕起来，再度聚在一处，连乐采苓也不得不含恨与他们站在一起。

应元恺与黎非架起铜墙术，每个人都捏着召唤小白云的印，只等情况不对立即闪人。

朱厌慢慢仰起头，双目中鲜血汩汩流下，它骤然张开口，发出悠长凄厉的啸声，众人耳膜都快被这凄厉的啸声震破，捂住耳朵也没用，灵气运转不动，痛苦万分。这啸声足足吼了半盏茶的工夫，邓溪光撑不住，第一个晕死过去。

众弟子早已被这啸声吼得脸色惨白，此时再要腾云逃离却已不能，体内灵气居然完全不能运转，四周的瘴气与妖气潮水般涌来，眨眼便将灵气冲散。

这感觉黎非并不陌生，书院禁地就是因为瘴气太过浓稠，导致什么仙法都不能用，而此时此刻，这里的瘴气比禁地还要强悍无数倍，突如其来的强横瘴气像无形的巨手，将大部分弟子瞬间按在地下，哼都来不及哼便晕了过去。

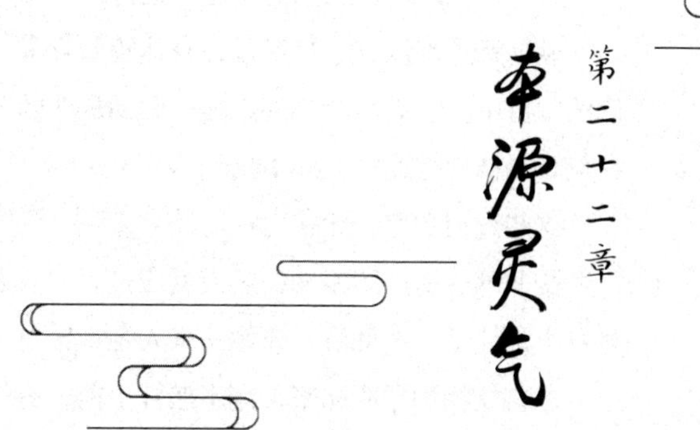

# 第二十二章 本源灵气

林中窸窸窣窣，无声无息聚集了数不清的妖物与凶兽，无数双眼睛犹如鬼火，灼灼地盯着地上的弟子们，流露出贪婪的神色，朱厌的啸声竟招来了无数妖物凶兽，一齐聚集在这片林中。

黎非情不自禁退了数步，体内灵气像是被凝固了一样，半点也用不出来，怎么逃？大家都晕死在地上，她又怎么能一个人逃走？

后背忽然撞上了什么，她惊得差点跳起，忽觉自己的身体被一双手臂紧紧抱住，甚至勒得她发疼，雷修远低沉的声音在头顶轻道：“快跑。”

跑？黎非转头迷惘地望着他，他的脸靠得那么近，沉重的呼吸都喷吐在她耳边。

这次他再也没有回避她的目光，静静看着她，藏着雾气一样的眼珠，里面只印着她一个人的身影，只有她一个。

黎非心中一阵茫然疑惑，嘴唇翕动，想说点什么。他却忽然朝她笑笑，目中掠过一道金光，紧跟着，天上忽然落下一柄光华无匹的巨剑，他抬手扶住巨剑，用力一拍，巨剑骤然碎裂，化作无数细如牛毛的金色光刃。

那些金色细小的光刃氤氤氲氲莹莹絮絮悬浮在她身周，像雾气般团团笼罩住全身。

这是什么？他是怎么能用出仙法的？

黎非正惊愕时，忽觉他将她一把抱起，用力抛掷出去。

她这辈子都没这么惊讶过，身体腾云驾雾一般被他扔了很远，最后狠狠摔在密密麻麻的凶兽中，她周身金色的光雾一触到那些凶兽，立即旋舞起来，黑色血雨爆发开，凶兽们眨眼被切得连骨渣都不见。

这些光刃竟有如此威力？

黎非脑子里一团糨糊，还没反应过来究竟发生了什么。她被雷修远扔出来了？他在她身上加注了什么仙法？让她一个人跑？！

凶兽妖物们号叫起来，潮水般扑上前，有的被她身上的金色光雾切成碎片，更多的却绕过她，向晕倒的众弟子那里冲过去。

他让她一个人逃，然后让她坐视他死？他疯了？

黎非拔腿没命地朝他那里赶，可是不行，赶不上！他们会被群妖撕成碎片！

她只觉脑子里“嗡”的一声，一阵剧烈的眩晕袭来，顿时站立不稳，狠狠摔在地上。体内有什么东西滚烫而沸腾，想要宣泄而出，这陌生的感觉让她痛苦无比，在地上不停翻滚尖叫。

忽然，体内那些滚烫的东西不知从何处决堤，一下在身周膨胀开，满眼所见，只有白色，无边无际的白色，周围一切喧嚣忽然静止了，死寂无声，只有柔和的白光笼罩整个世界。

不知过了多久，黎非忽地动了一下，像是从梦中惊醒一样，那些白光又开始飞速收拢，最后，白色的光回到她身体内，笼罩在她身周，缓缓归于虚无。

周围先是没有一点声音，可渐渐地，风声回来了，叶片舞动的声音也回来了，四下里青草绿树一无二样，晕倒的弟子们还躺在地上，缠绕周身的瘴气却消失无踪，而那些密密麻麻的妖物与凶兽也早已不见踪影，唯有朱厌还坐在对面，嘴巴半张着，流血的金色眼瞳也张得大大的。

它忽然合上嘴，声音像是叹息般：“……好厉害。”

一语未了，它庞大的身躯像沙一般渐渐散开，被风卷走吹散，再也不留一丝痕迹。

她怔怔看着这一切，心中似明非明，这是一种十分玄妙的感觉，无法言说，仿佛她从出生起就知道自己是什么，可念头一转，又想不起自己究竟是什么，她一面为自己眼前的一切震撼惊愕，一面又觉得理所当然。

这座谷中有一个令她十分怀念的地方，那块被封印圈起的墓地。它在哪儿？它现在在哪儿？

黎非情不自禁拔腿便要走，忽然，她看见了雷修远，他躺在地上，动也不动，身下鲜血淋漓，染红了土地。

她猛然回过神，狂奔过去，将他的身体紧紧抱在怀中，他双目紧闭，气若游丝，冰冷的脸颊贴着她。好冷，他身上好冷，他竟然差点死掉。让她一个人逃？她一个人逃出去有什么意义？如果他死了，她逃走又有什么意义？

黎非下意识地一抬手，连印都没有结，一张治疗网落在他身上，那冰蓝的色泽比平日里亮了数倍，灵气也充裕了许多。

她怔怔地看着雷修远，还有那张陌生的治疗网。

方才发生了什么？

她觉得自己在剧烈地发抖，是太过害怕，还是太过震撼？她是不是在做梦？

忽然，耳畔响起一个久违的沙哑的声音，他在暴怒："是你这蠢货做的好事？！被你的本源灵气一激，害我现在就醒了！"

黎非迷惘回头，却见一只巨大的雪白的九尾狐立在身侧，狭长惨绿又充满灵性的双眼此刻饱含怒意，恶狠狠地瞪着自己。

"……日炎？"她轻轻唤了一声。

真是在做梦吗？

这只狐狸怒火滔天，还想继续破口大骂，忽见她目光迷乱，指向自己，紧跟着却一头摔倒晕了过去。

昏昏然不知睡了多久，黎非骤然睁开眼，却见残阳如血，晚霞万里，四下里只有清朗的风声流窜。

原来，真的是在做梦……她悄悄松了口气，忽听身边一个熟悉的声音轻道："醒了？"

转过头，便见雷修远蹲在自己身边，脸色苍白依旧，他望着她，一向淡定自若的面上竟然有一丝掩饰不住的激动与喜悦。

黎非呆呆看了他半天，下午发生的一切一瞬间统统回到了脑海里。回想起方才他把自己抛出去，叫她一个人逃走的事情，她喉中顿时像是被人塞满了沙子一样。

"雷修远！"她厉声叫他，"你疯了！你刚才是疯了吧？！"

她一把揪住他的领口，但见他身上一条条的血迹，伤口痊愈，血迹却还未干涸，她眼前顿时一片模糊，大颗大颗的眼泪滚了下来，她真的以为他会死。

身上忽然一紧，他再度紧紧抱住了她，他身上血的味道，汗的味道，尘土的味道，铺天盖地笼罩整个世界。他什么也没说，只是按住她的后脑勺，把她湿漉漉的脸按在怀中。

自始至终，他一个字都没说。

这样最好，她现在什么也不想听。

不知过了多久，黎非只觉快要窒息一般，他的衣襟上湿漉漉的，又是眼泪又是血，他胸膛里的心脏急速又有力地跳动着，她渐渐清醒过来，这才发觉自己是在他怀中，一时间，尴尬羞涩欢喜害怕诸般情绪纷至沓来。

“怎么不说话？”她低声问，声音有点沙哑，还带着点鼻音。

现在她又盼着他能说点什么。

他的声音也极低：“说什么？”

她也不知道，却又不甘心这样沉默下去似的，怒道：“下次如果再这样，也不用妖怪动手，我先把你切碎吧！”

雷修远笑了一声，在她脑袋上轻轻拍拍：“脏死了，全是鼻涕。”

黎非恼火地抬头，忽听旁边响起几声干咳，她这才发觉，苏菀、应元恺他们一干人全都在不远处，个个盯着旁的地方目不转睛，假装没注意他俩抱在一起说悄悄话。

她一阵奇窘，急忙起身整理了一下头发和衣服，应元恺终于干笑着凑过来：“那个……雷师弟，方才……发生了什么？我们醒来后发觉瘴气全无，朱厌也不见踪影……”

而且不远处有大摊的黑血，一看即知是凶兽的血迹，难不成有人在瘴气稠结的地方能动用仙法一个人杀了朱厌？说起来，附近似乎一点妖气与瘴气都感觉不到了，以前数里外的妖气总能感觉到一些的，如今方圆十里好像都变得十分干净，好奇怪。

雷修远摇头：“我们不知，都是刚醒。”

是啊！刚醒就抱在一起了！众男弟子又是心碎又是遗憾又是羡慕，最漂亮的师妹啊，就这么被这臭小子勾走了！

众人在附近搜寻了半天，也没找到朱厌的尸首，这桩变故，来得突然，去得也十分突然，叫人摸不着头脑，百思不得其解。

头顶忽然风声呼啸，急速落下一人，却是方才一醒来就腾云飞走的乐采苓，她脸色灰白，一落地便急道：“朱厌呢？！谁杀了朱厌？我找了许久都没找到它！”

没人回答她，这事一过，大家对这位乐师妹都没什么好感了，人长得再美，没个好性格也没用啊！

倒是苏菀见她惊慌失措的模样有点不忍，开口道：“大家都是刚醒，谁也不知道发生了什么事。你我都是年轻弟子，本就不该招惹朱厌这种凶兽，此事说来还是因你而起，你不觉得该给我们个解释吗？为什么要一个人找朱厌？”

乐采苓停了一会儿，似是明白不会有人回答自己的问题，只得道：“我需要朱厌之心，对功法大有裨益。我回答你的问题了，快告诉我朱厌是逃走还是死了？它在哪里？”

朱厌之心对功法大有裨益？苏菀摇摇头：“我们都不知道它在哪里——你真是荒唐，

就算朱厌之心对功法大有裨益，被杀了还谈什么功法？不自量力也该有个度，临行前清乐长老没有告诫你？”

乐采苓不耐烦听她说教，索性腾云而起，她冷冷望着下面众人，最后目光落在雷修远身上，森然道：“废话不必多说！今日你们几人我都记下了！雷修远，特别是你！”

她不等众人再说什么，转身疾驰而去。

苏菀登时大怒：“记住我们？她是想暗杀我们吗？！”

清乐长老那么慈祥和蔼的一个人，怎么会有这种弟子？！

应元恺数人也唯有苦笑，又在附近找了一遍，确认再也找不出什么，应元恺上前拱手道：“邓师弟，雷师弟，苏师妹，姜师妹，我等猎妖完成，这便先走一步。预祝诸位师弟师妹早日完成试炼，出去我们再叙。”

他们齐心协力对抗朱厌，也算有了过命的交情，虽然这几个男弟子有点儿不靠谱，花花肠子太多，但人都不坏。苏菀当即笑道：“多谢师兄们，告辞。”

黎非怔怔站了好一会儿，忽然想起什么似的，四处张望，晕过去前，日炎是不是出来了？她那会儿脑子很混乱，一切都似梦非梦，此刻回想，实在不敢确定到底是幻觉还是真的见到他了。

“没事了吗？”雷修远低头看她。

她急忙摇头：“没事了，走吧，继续猎妖。”

没见到日炎的身影，可能真的是幻觉。

邓溪光苦笑道：“好师妹，你不看看现在天都黑了，我们刚才伤的伤，晕的晕，哪里还能猎妖？还是先找个地方睡一觉吧！”

雷修远与苏菀都没有反对，治疗网只能治好伤口，可损失的元气却回不来，如今的状态绝不能猎妖，必须休息。

这附近方圆十里，一点儿妖气也没有，别处的妖物似乎也没有往这里凑的意思，四人寻了半天，终于还是选定在水边休息。邓溪光的木行仙法就派上用场了，当即施法建了座不大不小的木屋，里面空空如也，只用木板隔开两间，一间给男，一间给女。

鉴于四人组其余三人都受过重伤，故而黎非坚持自己来守夜，其余三人犟不过她，只得各自进去休息。黎非给整栋木屋都上了隐匿法，只要妖物不撞上来，即便凑得极近也不会发现他们。

眼看月上中天，林中万籁俱寂，黎非忽然长叹一声。

不知为何，她十分不愿去想下午发生的那些事情，心底宁愿它没发生过，这是第一次，她对自己的身世一点儿也不想了解。如果不去想，她就还是那个普通又有点特殊的修行弟子。有师父，有师姐，有一切给她温暖关心她的人，还有雷修远……

她从没像现在这样渴望自己只是个普通修行弟子，她有一种直觉，如果被人知道自己的秘密，她会失去目前所拥有的一切，失去那些温暖的人心，这是她心底深处最恐惧的事。

可她终究是个异类，与其他人截然不同，栗烈谷封印地那座殿宇，如今竟让她隐隐约约有十分熟悉、怀念的感觉。

海外千洲万岛异民……她忽然紧紧抱住自己的膝盖，像是想把自己所有秘密都藏起来那样，紧紧抱着。

“男欢女爱结束了？”

一个熟悉又沙哑的声音骤然在耳畔响起，黎非一个激灵，正对上日炎狭长惨绿的眼。这双充满灵性的巨大双眼此刻饱含怒意，恶狠狠地瞪着自己。

“日炎？”

刚才不是做梦？原来是真的？他怎么这么大了？

这只狐狸忽然开始破口大骂：“你这蠢货只会误事！成事不足败事有余！老子附在你这蠢货身上就没遇过什么好事！”

黎非又被骂得一愣一愣的，有多久没见到这只狐狸了？又有多久没人骂她蠢货了？此时骤然听到，她心中竟有千般感慨。

“日炎！”她激动地叫了一声，朝他毛茸茸巨大的身体上扑去，结果从他身体里穿过去扑了个空，险些摔个狗吃屎。

她茫然抬头：“你睡了五年还没睡出实体？”

“五年你个大头鬼！”九尾狐一下子站起，九条长尾激动地甩来甩去，“今天你本源灵气爆发，把我惊醒了！本来还需两个月才能彻底吸收妖气，这下好了！如今妖气动荡，无法控制，半点规律也无，鬼知道多久醒一次！当初就不该附在你这蠢货身上！”

他堂堂千年九尾狐，先是每十日才能醒一次，现出的体型也细小无比，委实狼狈至极，现如今眼看要恢复往日巨大狐妖的风采，却被横插一脚，个中滋味，岂是千言万语的骂人话能说尽的？

黎非又被他滔滔不绝的话说得一愣一愣的，停了半天，才小声道：“意思是你还是要时不时沉睡？”

“我倒宁可一直睡下去！”日炎怒视她，“为什么突然爆发本源灵气？！你不怕被众仙家发现把你剁成一片片的吗！”

黎非茫然：“本源灵气？”

“少废话！周围十里都被你的本源灵气净化了！别给我装不知道！”

那些白光是本源灵气？就是她特殊体质的缘故？黎非疲惫地合上眼，又睁开，勉强笑了笑：“日炎，我们不说这个，我不想知道。”

日炎瞪圆了眼睛，忽地狂笑起来：“不想知道？在你们人来说，你如今也算半个大人了，到了可以知道的时候，你却又不想知道？哈哈哈！老子要被笑死了！这就是人！脆弱！善变！你早晚死在这个上头！”

黎非发了一会儿呆，不要让她失去这些……她眼中忽然充满泪水，低声道：“我不想知道，不要告诉我。”

这只狐狸终于不说话了，巨大的身体缓缓伏下来，九条长尾款款摇曳，良久，他突然开口：“那小子居然与你在一处？”

黎非疑惑：“那小子？是说雷修远？”

“鬼知道他叫什么名字！就是那阴坏阴坏的小鬼！小小年纪，一肚子心眼儿！你与谁男欢女爱不好，非要与他！”

黎非见他这话说得大有恚怒，好似老丈人看不上女婿似的，倒不由乐了：“他怎么了？不是挺好的吗？还有啊，什么男欢女爱，你会不会用词啊？”

日炎双眼微微眯起，不知想些什么，忽道：“这大概也是天意……也罢，不谈这个，你为什么突然爆发本源灵气？我看此地妖气众多，莫非是什么仙家门派的试炼场所？”

这只狐狸睡了五年，不知道的事太多了，黎非兴致勃勃地把五年里发生的各种趣事一件件说给他听。他的大耳朵不停晃，听到最后反倒冷笑：“人心难测，今日对你好，他日兴许就要啃你骨、食你肉！你这蠢货还是那么天真！”

这句话刚好触动黎非的心事，她再度陷入沉默。

日炎忽然起身，淡淡道：“既然进了无月廷，便好好修行吧，你如今灵气大盛，必然有所成就，我去也。”

这么快就又要睡了？他睡了五年还没睡饱啊！

黎非急道：“你这次又要睡多久？”

他提到这个还是怒意难平：“妖气躁动震撼，或许两三日，或许九十日！都是你的错！”

说着，像是怕她再啰唆，他巨大的身体骤然散开，再也不见踪影。

黎非心中没来由又是一阵失落，抬头看看夜色，夜还长，漫漫长夜一个人度过，她只能竭力不让自己去想那些烦心事。

木门忽然“吱呀”一声，黎非愕然回头，却见雷修远推门走出来，他面上还带着些许酣睡之意，朝她身边一坐，声音沙哑："你方才在与谁说话？"

"没有啊，我什么也没说。"黎非故作自然地否认掉。

他"嗯"了一声，似是不信，低下头，藏匿雾气般的双眼紧紧盯着她。

黎非只觉心跳忽然变得急促起来，他又这样看她了，这一次，他还会回避她的目光吗？她鼓足勇气，抬头与他对望。

他没有避开，漆黑的瞳仁里，只映着她一个人。

她的身体好像要被一双无形大手拧出什么来似的，一阵阵发软，心底忽然害怕起来，想要躲开他的目光，可又舍不得。她觉得自己像是要向他祈求什么，求他不要再这样看她，或是求他给自己一个肯定痛快的答案。

她希望他来引导自己，可他永远什么也不说，她心底有一阵阵的失落，胆子再大也不敢问他为什么，她不懂男人，他心里想的和她一样吗？

忽然，雷修远的胳膊环在了她单薄纤瘦的肩膀上，他怀中的暖意侵袭而来。

黎非僵在他怀里，只听他的声音在耳畔轻道："睡一会儿，我来守夜。"

她要是能睡着就见鬼了。

黎非干咳两声，试图让自己看上去不要那么紧张，搭个肩膀而已，没什么。

"那个，修远啊……"她绞尽脑汁想话题，忽然想到下午在群妖面前，他唤出的那柄巨剑，立即问道："你那个仙法是什么？怎么能用出来的？"

他们这些年轻弟子，实力的底限也不过是之前的太阿术唤出飞剑，但她明显能感觉到最后瘴气密布时他所用仙法的区别，还有那恐怖的杀伤力，与之前的仙法绝对不在一个层次上。更何况当时瘴气郁结，根本没有灵气，他到底是怎么施法的？

雷修远默然片刻，轻道："我不知道，下意识就用了。"

下意识？就像五年前在青丘面对震云子时一样吗？过后他因为剧痛晕了过去，那是将潜力爆发到极致的后遗症吧？

两次爆发，两次都是为了她。

黎非喉中又像是被人揉了一把沙子，她将脑袋轻轻靠在他肩上，低声道："修远，下次不要这么逞能拼命了。"

他在她脸颊上轻轻弹了两下："好了，睡吧。"

黎非摇头："睡不着，我们说说话。对了，那个乐采苓好像特别恨你的样子，你要怎么办？"

雷修远淡淡道："恨我的人太多，一个个想怎么办，会累死。"

就是这种口气，藐视他人，"全天下人都是蠢货"的那种感觉！从丹穴中出来后，他比以前柔和了不少，原来内在性子一点儿也没变。

黎非不由笑出声：“你还是老样子。”

以前在书院，她就对他又恨又羡慕，恨他叫人讨厌的性子，羡慕他卓绝的天赋。如今恨没了，羡慕却一点儿也没少，她心里说不出的羡慕，他是正常的人，有着最好的天赋，将来前途广大，他的傲慢与疏离来源于他理直气壮的天赋。

她永远也不能这样理直气壮，必须遮遮掩掩，将秘密小心雪藏起来，装作一个正常人。

黎非喉咙里一阵阵发紧，凝视远处模糊的夜景，低声道：“修远，下午……那些妖，还有朱厌……我……”

她想倾诉出来，可心中隐隐有种恐惧，这种说不清道不明的恐惧让她什么也说不出口。

“我知道。”雷修远的手忽然罩住她的脑袋，用了点儿力气，让她靠紧他，“不要说。”

黎非眼中一阵热辣，他说：他知道。

“我要是和别人不一样……”她呢喃细语，“我和你们都不一样……怎么办？”

他忽然又低头，在她额上轻轻印下一吻：“你那点儿不一样，一下就被我压下去了，没人能看到。”

她嗤一声笑了，这就是天纵奇才的口气？好狂妄，好自大，好不讨喜。

笑着笑着，她脸上又开始发烫，刚才，他亲了一下她的额头，是吧？

“咳咳……”黎非咳了两声，“你、你刚才……”

“嗯？”他故作不知。

“没什么……”她继续孬种地缩回去，不敢问。

停了很久，雷修远突如其来问道：“那只狐妖，叫什么名字？”

黎非下意识地答道：“日炎。”

说完她一下捂住嘴，又恼怒又吃惊地瞪着他，他套话？！他居然在这种时候套话！她不小心上当了！

雷修远见着她瞪得圆溜溜的眼睛，忍俊不禁，揪着她的脸轻轻拉两下：“这下我俩算扯平了。”

扯平？他是指因为日炎而被震云子追杀的事？都五年了，这孩子一直记在心里吗！

“跟你说话真要打起一万分的精神。”黎非有点郁闷，这是她第一次在外人面前提起日炎的事。

雷修远只是笑，笑着笑着，靠在木屋上，轻声道：“明天一早我就全忘了。”

黎非心中一震，痴痴看着他，她觉得眼泪好像又要掉下来了，最近老是这么容易就哭。她急忙低下头，把脸藏在膝盖里。

他什么也没有再说，她也没有再说一句。天还没亮，夜风微凉，远方树影幢幢，近处水流湍湍。黎非方才心中烦恼的一切早已烟消云散，她绷紧的身体渐渐放松，任由自己靠在雷修远身上，他身上的暖意让人眷恋，也让人惶恐。

明明觉得自己有时候特别讨厌他，可却又被他深深吸引，是的，她已经被这个人吸引了，从身体到灵魂，全然情不自禁。她开始盼着他再靠近一些，给她一个肯定而有力的明确话语，他却什么也不说。

黎非心中一阵甜蜜，又是一阵无助，还有一丝迷惘与彷徨。

他对她，到底是怎样的心意？

四人组栗烈谷的试炼很快就完成了。不知道是不是弟子们的错觉，总觉得第二天开始遇到的妖物和凶兽都有点儿蔫蔫的，不见往日威风，直接导致这次试炼大部分弟子都提前完成。

穿过灵气源，众人只觉眼前光影转换，一瞬间便从栗烈谷来到了一座大殿中，正是无月廷文古峰的正殿。

苏菀赞道："好厉害，竟然可以将法门架在这里，省了回来的路。"

忽听前面有个熟悉的声音颤巍巍地叫了他们一声："雷师弟，邓师弟……你们、你们可算来了。"

众人转身，却见应元恺一行四人脸色发青地坐在石柱下，个个泪光闪闪地望着他们，而他们前面，又站了三人，其中一个便是面罩寒霜的乐采苓。

她身后一男一女，袖子上的黑边都是三道，竟不知是哪位长老门下的亲传弟子。黎非疑惑地打量眼前情景，看这样子，莫非是乐采苓叫人特意把应元恺他们堵在这里了？是在等他们几个？

乐采苓身后那位亲传女弟子上前一步，仪态优雅地拱手行礼。她看上去二十来岁，面容甚美，然而与乐采苓一样，冷若冰霜。

"我乃清乐长老门下亲传弟子洪舜英，乐采苓是我师妹。诸位师弟师妹，乐师妹在栗烈谷中只怕多有得罪，还请诸位念在同门分上，莫要责怪她。"

她这一番话说得倒大是委婉，叫人出乎意料，看他们气势汹汹的样子，还以为是来兴师问罪的。

邓溪光摸着鼻子傻笑，连声道："没什么没什么，我们也有不对的地方，怎么会责怪乐师妹。"

洪舜英看也不看他，又道："乐师妹修习的仙法须得三年不与男弟子说话，兴许她性子亦有些孤傲，同门弟子一起试炼，相互有摩擦也是常情。她不讨喜，你们不理她便罢，然而令人破功，这却有些不好了，还请诸位给我一个交代。"

这弯弯绕的话一连串说出来，众人想了半天才明白原来她还是来兴师问罪的。

苏菀望向应元恺，他们几个眼泪汪汪低声道："把我们困在这边两天了，就是不让走，非要等人齐了将事情说清楚！"

苏菀皱眉道："洪师姐此话偏颇，她不说，谁知道她修习闭口仙法？莫非反倒要怪责我们蓄意陷害？当时情形特殊，我们遭遇了凶兽朱厌……"

她将那天的事原原本本说了一遍，越说洪舜英脸色越阴沉，最后回头瞪了一眼乐采苓，怒道："与先前这些师弟说辞一致，你还有何可说的？不看看自己的修为！居然擅自取什么朱厌之心！这番更是赌气连试炼也不完成便出来了，我必须要将此事告知师尊，由她裁夺如何责罚你！"

这话说得乐采苓眼圈一红，两行清泪潸潸落下，满面委屈不甘。

她身后那位亲传男弟子忽然开口笑道："洪师妹，这世间众口铄金一事并不少见，清乐长老门下弟子怎会是一惊一乍之人，想来是男弟子见乐师妹姿容绝艳，使了什么诡计也未必。此事大有玄机，先不要尽信他们所说。"

苏菀简直气笑了："一个人要不要开口说话，只能由她自己决定，你们强词夺理，未免有失亲传风范。"

男弟子微微一笑，忽然，他唤了一声："乐师妹。"

"嗯？"乐采苓正呆呆看着他为自己出头，冷不丁被他叫一声，愕然之下便答应了。

他悠然道："正如师妹所见，有些时候开口说话并非靠自己决定，我突然叫一声，别人理所当然会答应。若有人恶意以诡计陷害，各种手段更是防不胜防，你说，是谁强词夺理？"

苏菀登时大怒，可他这番歪理居然叫人一时想不出怎么反驳，只气得脸色铁青。

黎非上前一步，冷道："你是谁啊？像你这样胡言乱语颠倒黑白，世上还有公正吗？"

那男弟子见后面突然又走出个绝色师妹，比乐采苓不遑多让，更兼言语间有一股勾魂摄魄的异香，不禁双眼一亮："在下秦扬灵，正虚长老门下亲传弟子。这位师妹是？"

"我是谁不关你的事。"黎非冷冷看着他，"我对乐采苓的美色一点儿兴趣也没有，更不会用什么诡计，她招来朱厌，又在我们对付朱厌的时候横加干扰，她的琴就是我踢飞的，不然估计她也不会破功。你有什么要说的？亲传弟子把人堵在这里，我竟然不知道有这样的道理，不知清乐长老会怎么想？"

秦扬灵想不到她看上去和煦温婉，言辞居然这么犀利，一时竟笑了。

洪舜英秀眉微蹙："秦师兄毕竟是亲传弟子，你怎可如此无礼？"

老实说，她原本就不大愿做这种堵人的事，但乐采苓是清乐长老最看重的弟子，日后要继承紫兮峰长老的衣钵，她修习的闭口仙法被人破了，叫清乐长老知道必然也会十分震惊遗憾。乐采苓又将自己说得一点儿错也没有，她这个做师姐的怎么也不能不管。

至于秦扬灵，这人这些年一直黏在自己身边，想是颇有追求之意，事发后他自告奋勇要做个见证，有两个亲传弟子在，堵人的事也叫她心安点儿。

可一来，雷修远是广微长老最心爱的弟子；二来，此事弄清楚后他们这边实在不占理；三来，如果真的把长老们惊动来，此事只怕无法善终。

她不想闹大，当即叹道："采苓，这事你也有错，以后不可一意孤行。"

乐采苓眼泪掉得更凶了，极为不甘地说了个"是"。

秦扬灵走到乐采苓身边，见她即便哭得珠泪满面，却依旧不失仪态、我见犹怜，忍不住轻轻在她肩上一拍："乐师妹，不用为那小人生气，反倒气坏了身体，我自会替你讨回公道。"

乐采苓只觉他风采迫人，举止稳重温柔，与素日缠着自己的那些男弟子截然不同，加上他还帮自己说话，心中不由十分感激，默默点了点头。

秦扬灵问道："哪一位是雷师弟？"

一直没有说话的雷修远拱手行礼："不知秦师兄有何指教？"

秦扬灵定睛打量他，这少年清绝冷傲，神情淡定，举止姿态与其他弟子大为不同，他当即微微一皱眉："雷师弟，此事终要有个了结，说到底，乐师妹辛苦三年的闭口仙法被你所破，你怎能一言不发？"

雷修远淡淡道："秦师兄想要我给一个怎样的交代？"

秦扬灵看了看洪舜英，她未置可否，他又望向乐采苓，柔声道："乐师妹，你想怎么做？"

乐采苓低声道："给我赔罪。"

秦扬灵笑道："乐师妹果然大人有大量。雷师弟，你先给乐师妹赔罪，再去向清乐长老赔罪，求得她二人的谅解，此事方可善了，如何？"

雷修远声音淡漠："若是我不愿呢？"

秦扬灵想不到一个年轻弟子居然口气这么硬："雷师弟是广微长老门下，你如此行事，置广微长老与清乐长老于何地？"

雷修远笑了笑："我猜师父不会为了她怪罪我。"

“你……”乐采苓又是大怒，秦扬灵安抚地在她肩上又拍了拍，转身道：“雷师弟，我素日听闻你是天纵奇才，难怪如此孤傲不群。然而说到底，你不过是入门五年的新弟子，修行之路还很漫长，如今这样高姿态，不怕日后栽跟头吗？”

雷修远没有看他，忽然道：“秦师兄，不必用你的圭臬告诫我，我乏了，若是定要我赔罪，那便恕我不能奉陪。”

秦扬灵脸上终于有点儿挂不住，好个刻薄利嘴的小鬼！

后面一直坐着的应元恺数人见他们几个态度强硬，毫不相让，不由也来了勇气，纷纷起身道：“干脆把长老们叫来裁夺吧！我们试炼一行累得够呛，还在这边被堵了两天，累都累死了！”

洪舜英见事情往最糟糕的方向去了，急忙道：“堵了诸位两天，很抱歉，师弟们这便回去休息吧，改日我……”

话未说完，便听殿门前清乐长老的声音骤然响起：“舜英，采苓，你们在这里做什么？”

两人脸色顿时惨白，师父来了！她怎会突然来？！她二人急忙转身跪下。却见门口不光是清乐真人，东阳真人与白浮真人居然也在，洪舜英心中暗叫不好，不由自悔不该听信乐采苓的话为她强出头。

她的衣服忽然被拉了两下，方才那贼眉鼠眼的小男弟子正冲自己笑，她心中一阵厌恶，急忙移开目光。

邓溪光笑眯眯地低声道：“洪师姐，乐师妹，我的木行仙法还成吧？”

说着，他掌中忽然多出两只木头做的小鸟，小鸟很快被他上了一层雾幻，隐匿了身形。二人心中登时恍然大悟，原来是他偷偷通风报信！

邓溪光挤眉弄眼地笑：“雷师弟叫我做的，我还怕被你们发现呢！对了，洪师姐，乐师妹太骄横跋扈，连我都不喜欢啦！这脾气以后可要好好改改！”

乐采苓怒得浑身发抖，偏偏师父来了，她动也不敢动，想到自己未完成试炼就跑出来，三年闭口仙法还被破，不知要被怎样责罚，她害怕极了。

三位长老收到木头鸟的报信，立即便赶来了文古殿，听应元恺他们说了一遍经过，清乐长老一向慈祥的脸第一次沉了下去，又是失望，又是心痛，低声道：“采苓，不顾修为挑衅朱厌是一错；不顾同门死活擅用乐律仙法是一错；未完成试炼是一错；胡言乱语栽赃他人又是一错！你太让我失望了！”

乐采苓哽咽道：“弟子苦修三年第三层闭口仙法，突然被破，实在不能甘心……”

清乐长老淡漠道：“你不必再修习这仙法，你的性子不适合我的仙法。白浮长老，试炼的责罚由你负责，你不必留情。”

白浮真人叹了几声，终于厉声道：“乐采苓，清乐长老门下，未完成栗烈谷试炼，今日起三个月膳食补贴减半，明日卯时随我去登云台，下去思过楼面壁思过三日。”

一语未了，乐采苓早已痛哭出声，其声哀哀，令人动容。

清乐长老狠心背过身不看她，一路走到殿门处，道：“你自己在下面好好想想，怪我往日太过宠你，将你宠得失去本来面目！”

三位长老很快便走了，洪舜英实在不愿再待在此处，师父虽然没有当众责罚她，但回去后必然会狠狠责骂，她没心情安抚痛哭的乐采苓，径自腾云回去了。

一直默立一旁的秦扬灵忽然朗声道：“雷师弟，我有一事相询，你可知十年一次的斗法大会？”

四人都是一愣，他忽然提起斗法大会是什么意思？斗法大会说起来是普通、精英、亲传弟子无一例外都要参加，但他们这些入门时间都没满十年的新弟子一般是不用参加的，这是早已为门派上下所默认的不成文规定。

雷修远深深看了他一眼：“我知道，秦师兄想说什么？”

秦扬灵温言道：“还有半年便是斗法大会，雷师弟可有意参加？”

苏菀顿时沉不住气：“哪有让新弟子参加斗法大会的道理？”

秦扬灵笑道：“雷师弟天纵奇才，不参加岂不可惜？”

雷修远勾起唇角，道：“秦师兄相邀，我怎能不从？”

“到时我愿以三分修为与雷师弟切磋。”秦扬灵拱了拱手。

三分修为？黎非三人都有些骇然，他是拿亲传弟子的修为来施加压力？

雷修远不为所动：“尚有半年，秦师兄莫要着急。”

见秦扬灵一时没有离开的打算，没人愿意跟这讨厌的师兄待一起，四人很快一齐出了殿门，文古殿再度陷入寂静，只有乐采苓的小小啜泣声回荡。

功法被破，第一次被师父这样责骂，甚至还要被赶到云海下思过，她的脸面早已荡然无存，此时除了哭什么也做不到。

肩上忽然一暖，秦扬灵的大掌又轻轻拍在上面，这位温厚和蔼的师兄朝她一笑，柔声道：“乐师妹，别哭了，师兄相信你，一定帮你找雷修远讨回公道。”

乐采苓摇头，面如死灰：“我……我还能讨什么公道……我要去云海下思过楼……这耻辱一辈子都抹不掉……以后会被所有人耻笑……”

秦扬灵摸了摸她的头发，低声道：“不用怕，师兄陪你一起去云海下，你不是一个人。”

她浑身一震，感激至极地看着他，见他目光清朗，似和煦春风，她情不自禁垂下头，面上慢慢红了。

# 第二十三章 重聚

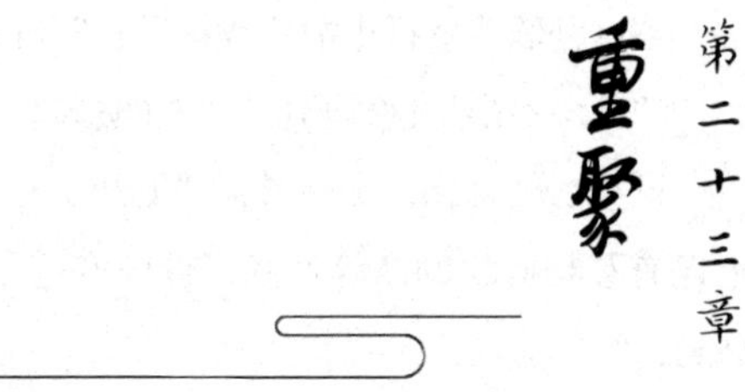

积雪的庭院角落，整齐地排放着高大的石头人偶，黎非站在人偶前，闭目凝神。

许久之后，她忽然动了，一时间，竟快得人影也看不清，只见人偶身上骤然闪烁起五行仙法的光辉，瞬间，铜墙术、治疗网、铁木钉、赤火龙、金箭雨，五种仙法齐齐落在五只人偶身上。

一阵惊天动地的巨响，烟尘四滚，被三种攻击仙法击中的人偶竟纷纷碎裂，散落一地石块，不过人偶很快又恢复如初。黎非深深吸了一口气，望向另两只人偶，治疗网冰蓝的色泽十分艳丽，灵气磅礴，铜墙术更是范围比以前扩大数倍，连放三次太阿术才能将其击碎。

她静静站了许久，日炎说得不错，她的灵气确然大盛，以前施展仙法总有力不能及的吃力感，再怎样也做不到如今这样顺畅，行云流水般。

看来，爆发了一次本源灵气，对她的影响不小。

黎非擦了把汗，回头望向一旁俯卧的巨大九尾狐，笑道："日炎，你看怎么样？"

这只狐狸只把眼睛撑开一道缝，鄙夷地瞥了一眼，一言不发。

"这么不给面子！"黎非搓了颗大雪球丢过去，雪球穿透他的身体，砸碎在回廊上。

这几天昭敏师姐在外试炼，师父又在峰顶闭关，天天就她一个人修行，好在日炎今早醒了，让他指导自己修行，他却一直趴在旁边睡觉，眼睛都不肯睁，真过分！

“这种低等修行也配让我指导？”日炎不屑一顾，“闭着眼都能放出来的东西！”

“仙法不都是这样吗！”黎非皱眉。

日炎别过脑袋，鄙夷道：“无知小儿，你才学了多少东西？你们人的修行，五行之上还有互相搭配的高等仙法，否则五行相生相克，遇到个仇家是自己的克星，还斗个屁啊！”

“那我要什么时候才能学到？”

“我怎么知道？不过当日那小子在栗烈谷放出的仙法，便是高等仙法金水龙啸，金行与水行结合，这种五行搭配仙法对灵气的微妙控制要求很高，差一丝也不行，这才是修行！你现在这个只能叫消耗灵气罢了！哼，没用的东西，那小鬼都能用高等仙法了，你还在这边丢石头！”

黎非又丢了颗雪球：“他那是为了救我拼了命才爆发的！你不要说得好像很轻松一样。”

“啰唆！”九尾狐款款起身，优雅地伸个懒腰，“无聊的修行结束没？快出去逛逛！这冰天雪地的看着烦死了！”

“好吧……”

黎非擦了把汗，正准备腾云带他去尧光峰看看风景，忽听回廊上一个女孩子叫了她一声，是苏菀的声音！她急忙回头，便见苏菀在回廊上朝自己招手，邓溪光鬼鬼祟祟地缩在她身后，四处顾盼，做贼一样。

“午休来看看你。”苏菀帅气地翻身跳下回廊，踩在积雪上吱吱有声，“雪山原来是这样，怎么什么都没有？你在这边住着无不无聊啊？”

“无聊死了！还要应付你们这群蠢货！”日炎冲她大吼，奈何别人根本听不见，也看不见，他一甩尾巴，“我走了！”

黎非简直哭笑不得，算了，只好下次补偿他，带他好好逛逛无月廷。

苏菀打量景致，因见邓溪光还在那边鬼鬼祟祟的，不由皱起眉头：“邓师兄，你这是干吗？”

邓溪光看了一圈也没见着昭敏，顿时松口气，心有余悸：“姜师妹，你那个师姐不在？真是太好了！”

上回他无聊跑来坠玉峰看黎非，结果正撞上昭敏心情不佳，将他当作尧光峰那些时常来骚扰的男弟子了，一顿大骂不说，还威胁以后不许再来。邓溪光结结实实地见识到了昭敏的凶狠，吓得不轻。

黎非忍不住哈哈笑起来："师姐这几日在别处有试炼，暂时不在，邓师兄莫怕。"

她见雷修远没来，奇道："修远呢？修行还没结束吗？"

"师父说有话交代他，今天可能来不了。"苏菀一面说，一面开始搓雪球，没一会儿便堆了个老大的雪人在庭院里。

他们从栗烈谷回来也有一段时日了，各自修行依旧繁忙，难得今日有空聚在一处吃饭，少不得一堆话。

邓溪光满嘴塞得全是饭菜，说话都含糊不清："我听师父说，今年无月廷只从书院领回来一个弟子，还是个女孩子，被清乐长老收进紫兮峰了。你们还记得乐采苓不？上回清乐长老说闭口仙法不再给她练，原来竟是真的！上回我撞见她跟秦扬灵师兄有说有笑，这两人居然搅在一处，想来被清乐长老新收进门的弟子是要代替乐师妹学那个什么闭口仙法了。"

苏菀忽然想起什么似的，道："我也听师父说过，好像去年雏凤书院请了几个新先生，是什么海派的，教导方法十分古怪，结果今年好多书院弟子都被海派的仙家门派带走了，咱们无月廷今年就收到一个弟子，听说星正馆连一个都没收到。邓师兄，你成天自诩万事通，你知不知道海派是什么？"

邓溪光干咳两声："这个……我、我真不知道。"

黎非赶紧吞下饭："我知道！"

她匆匆将山海两派的事情说了一遍，苏菀越听越惊奇："入门五年只修习五行基础仙法？这叫什么修行啊！不是说山派海派井水不犯河水吗？书院这是想做什么？"

黎非沉吟道："我也只是听说，左丘先生好像有意联合山海两派，不知道他的心思。"

正说着，忽觉耳畔一阵清朗的钟鸣之声，她愕然转头，便见一道符纸落在自己身边，一团白光笼罩其上，一看便知是加持了高等仙法。

邓溪光两眼一亮："咦？这是长老召唤令？姜师妹，有长老在召唤你。"

长老召唤令？黎非捏着符纸翻来覆去地看，她只在弟子戒律册中见过这玩意儿，这还是第一次见到实物。

下意识地运转灵气，下一刻眼前突然一花，黎非骇然发觉自己不知什么时候从坠玉峰跑到了文古峰正殿里，这会儿殿内居然有十几个弟子，殿前还站着几个长老，因见有人突然出现，人人都盯着她看。黎非有点尴尬，她正吃着饭，嘴上不会有油吧？

东阳真人的声音很快响起："小丫头来了？快过来。"

黎非急忙快步上前，躬身行礼："弟子姜黎非，拜见诸位长老。"

东阳真人笑道："小丫头，是我将你召唤来，一则，为了切磋互通的事，二则，我说你已有第二道瓶颈的修为，诸位长老都不信，你且让他们看看清楚。"

切磋互通是什么意思？黎非只觉对面数位长老都目光灼灼地看着自己，立即躬身，屏息静气。

片刻后，广微真人开口道："数月前我见过这孩子一次，那时是突破第一道瓶颈的修为，想不到这么快便突破了第二道。"

另一个黎非没见过的长老奇道："可她并未有突破瓶颈的灵气震荡，这一身修为是怎么回事？她的师父是哪位？"

东阳真人道："她的师父是冲夷，如今正在坠玉峰顶闭关。"

原来是那个冲夷的徒弟！怪不得有点邪门，诸位长老瞬间释然了。

一位长老笑道："既然她修为足够，先前又有同僚之谊，那再合适不过。"

众长老纷纷颔首。

黎非一声不吭，满头雾水，这些长老葫芦里到底卖的什么药啊？

她偷偷回头打量其余的十几名弟子，居然一个都不认识，而且这些弟子年龄明显比之前去栗烈谷的人要大，最大的那个看上去有三十多岁了，他们每个人脸上也都是疑惑重重，看样子摸不着头脑的不是她一个人。

东阳真人忽然上前一步，朗声道："你们听好，明日卯时，此处集合，出发前往试炼地。此去难免与别派弟子切磋互通，你们背后是无月廷，务必要倾尽全力！此事极为重大，即日起一律不许与外界互通书信往来！门派内也一样，无论是谁问起，一律不许说！违者立即逐出无月廷！"

众弟子顿时哗然，所谓切磋互通，其实就是"可能遭遇斗法"的文雅说法吧？！

话说，各大仙家门派面子上和谐，内里却有无数暗斗，这都能想象得到，不过让他们这些才突破第二道瓶颈的弟子参与斗法，是不是、是不是有点太早了？

广微仙人见弟子们面露犹豫胆怯的神情，不由皱眉厉声道："怕什么！一只脚已经踏入修行界，进来了就没有回头路可走！谁要是没有这种觉悟，趁早离开无月廷！"

一席话说得下面鸦雀无声。

黎非又看了一圈，同去的弟子里没有雷修远的身影，难道他不去？她心里难免有点失落。此次同去争夺试炼地的弟子们都是二十来岁的成人，就她一个十六岁小丫头，总觉得格格不入。

她满腹心事地离开文古峰，一下午的修行都有点儿心不在焉，晚饭时分特意赶去尧光峰，找了许久也没找着雷修远，只好跟苏菀闲聊几句回去了。

隔日一早，黎非特意给昭敏师姐和雷修远留了两封信，这才勉强抖擞精神，一路腾云飞向文古峰。

昨日的十几名弟子都已来齐，东阳真人也先到了，弟子们个个又紧张又期盼，他们入门十余年，也只有平日里跟同门修行时有仙法切磋，真正的斗法谁也没经历过，想到此去怕是要遭遇各种争斗，一时害怕得不行，一时却又忍不住对自己斗法时的英姿浮想联翩。

“小丫头。”东阳真人踩着葫芦笑眯眯地过来，“怎么，怕得脸都青了？”

黎非赶紧摇头：“弟子只是有些紧张……”

东阳真人微叹：“中土仙家门派的弟子，都是斩妖除魔的能手，但若论与人斗法，却个个落了下乘，修行界原本就是与人相争的时日最多，我们这里老旧的修行习俗，如今也该改改了。”

黎非只觉他的感慨中似乎另有深意，正仔细思索时，忽听身后风声呼啸，两道人影转瞬间落在殿前。当先者白须如银，仙风道骨，正是广微真人，而他身后那个弟子，清绝隽朗，居然是昨天失踪一整天的雷修远。

黎非顿时心中一喜，可长老在前，她不敢过去，只得盯着雷修远看。似是察觉到她的目光，雷修远微微转头，与她对望，目中露出一丝笑意。

人已来齐，东阳真人道：“此去共有无月廷十五名弟子，但愿回来的时候，也是十五名。”

被他这样一说，弟子们更是噤若寒蝉，个个都僵在那里了。

广微真人忍不住笑道：“东阳，你这家伙，坏心眼儿恁多。”

东阳真人哈哈一笑，当先腾飞而起，众弟子急忙跟上，一眨眼便飞出了无月廷大门。

黎非刚飞起，便见雷修远浮在前方不远处等自己，她急忙拽住他的袖子，自己都没发现话语里带了一丝撒娇的怨气：“昨天一直没找到你。”

雷修远微微一笑：“嗯，我快要突破第三道瓶颈，可以做亲传弟子了，师父交代了许多。”

亲传弟子？！黎非差点跳起来，他也太快了吧！有这种近乎怪物的天才在，难怪长老们对她的异常体质兴趣缺缺，所有人都忙着看他去了！

黎非盯着他，也不知是笑还是叹，她又想起那天他说的话了，自己的那点儿不寻常，很快就会被他压下去——他这么拼命，是为了她吗？她握着他的袖子，半天说不出话。

雷修远忽又道：“这次试炼，怕是要与人斗法，倒也有趣。”

黎非叹道：“长老都说了，可能会丢命呢。”

雷修远不由失笑："长老说什么，你就信什么？就算为了斗法送命，也轮不到我们，没有仙家门派会蠢到将年轻有为的弟子葬送出去，这是任何门派也承受不起的损失。此事被严加保密，怕是不想让外面的其他门派知晓，由此可见参与的门派必然不多。我也听说了，最近书院的动静很大，加上长老们的含糊其辞，我猜，大概这次是山海两派有意接触，又不愿先将家底儿都兜出来，只是派出一些精英弟子互相试探，这次或许能见到百里歌林。"

见到歌林？！黎非倒抽一口冷气："真要撞见了，难不成和她斗法？"

隔了五年没见，再次见面不是聚会而是斗法，这也太荒唐了！她忽又想起昨天长老说"有同僚之谊"，莫非真的指歌林？他们这六个出自书院的朋友，本来约好了明年八月在陆公镇重聚，结果还没到重聚的时候，却得先跟歌林打一架？

"正好见识一下海派的风格。"

雷修远眼里居然有十分期待的神色，不愧是单一金属灵根，提到斗法就兴奋。黎非暗暗摇头，她可不想跟歌林打，她只想看看歌林现在是什么样，有没有还像以前那样，把真正的心事都藏起来，脸上永远无忧无虑。

此次腾云飞了足有三四天，远得让人无言以对，渐渐远离中土后，感觉似是往东海那里靠近，难道是要飞到东海万仙会？那雷修远还真的猜对了，这次十有八九能见到百里歌林。

到了第五天，两位长老忽然降落云头，这次不是暂时休息的山顶，居然是一座繁华的城镇。

此地风土人情与中土大为不同，房屋墙壁与屋顶有各种烦琐雕花，色泽各异，十分鲜艳夺目。商铺鳞次栉比，所卖的东西也极其古怪，什么骨头盘、青铜面具……各种闻所未闻的东西，全然不知有何用途。

而街上行人的服饰装扮，甚至面容长相也与中土大异，几乎个个肤色黝黑，浓眉高鼻，身量也比普通中原人要高出些许，女子服饰不是露出肩膀就是露出胳膊，无论男女每个人腰间系的带子都五彩斑斓，一路在后面迤逦着拖了老长，随风舞动。

更有甚者，有些路人胯下骑的不是马或驴子，而是老虎豹子之类的野兽，招摇过市，却无人惊讶。那些野兽坐骑也十分温顺，连一声吼叫都不闻。

无月廷众弟子个个讶异到了极致，谁也没想到飞了五天却飞到一个城镇里。他们自进了无月廷，每日专心修行，几乎再也没接触过外界的繁华，如今骤然再见，竟恍如隔世，何况此地种种超越常理之处，叫人看得眼花缭乱，好在此次来的都是二三十岁的弟子，稳重者居多，虽然目驰神迷，倒也都能勉强维持面上的淡定，大多数都目不斜视。

黎非到底年纪轻，忍不住看得一步三回头，以前跟师父走南闯北，也算见识过不少，但那毕竟是小时候，时隔多年，记忆已经有些模糊了。此地靠近东海，与中土又大为不同，她左看右看，只觉津津有味。

忽听前面的弟子发出惊叫声，黎非急忙转身，却见东阳与广微两位长老停在了一栋巨大楼宇前，这座楼宇居然高有十几层，每层瓦片的颜色都不同，虽然色泽明快，却难免有浮夸之感。

楼宇的层楼屋檐上停了许多稀奇古怪的妖兽，甚至还有两只满身青火的毕方鸟落在翘起的檐翅上悠哉四顾。

更叫人惊讶的是，楼宇大门前左右端坐着两只虎妖，光坐着就比人还高，足下踏火，肋间生了肉翅，看上去无比狰狞可怕。街上人来人往，楼宇前还有他们这群人在围观，两只虎妖却目不转睛，十分淡定，看起来就像两只称职的看门狗。

众弟子乍见市集中突然出现这么多妖兽，再也淡定不了，激动得议论纷纷。

广微真人见弟子们惊诧呼叫，顿时皱眉道："天下之大，你们没见过的东西多了，个个跟井底之蛙似的！出门在外你们就是无月廷的脸面，还不快肃静！进来！"

众弟子顿时收起惊骇的神色，小心地从两只虎妖之间穿过去，见它俩一点儿反应也没有，胆子都大了许多。

"修远，一会儿有空了我们要不要出来逛逛？"黎非见这里古里古怪十分有趣，不由起了兴致。

问了两声却没人理她，黎非愕然回身，这才发觉雷修远不知什么时候蹲在楼宇外面的一个小摊前，正翻看摊位上的各种货物。

别看他平日里装得云淡风轻，其实骨子里满是孩子气，还大胆得很，一个人跑出来先逛了。黎非笑眯眯地凑过去，好奇道："你在看什么啊？"

这摊位上居然摆的全是面具，有青铜做的，也有木头做的，五官凹凸，栩栩如生，与中土的大有差异，而且面具上人脸的表情十分凶恶，怒眉咧口，满是杀意，看上去诡异得很。

"这是什么面具？"黎非也忍不住拿起个青铜面具摩挲，这么凶的面具，买来怎么戴？戴出去吓人吗？

雷修远低声道："不知道，看着奇怪得很。"

摊主见这一对少年男女又干净又俊俏，不由笑道："你们俩不是本地人吧？这些都是各种凶神的脸谱。"说着，他又捡起几枚面具，个个凶神恶煞，解释道，"修罗、猛鬼、夜叉、罗刹，都是各地传说的凶神。"

黎非正要说话，忽听不远处又传来一阵惊呼声，有人惊道："是虎妖！这里居然有人用虎妖看门！"

两人抬头望去，便见方才那座楼宇前此刻又来了十几名弟子，有男有女，个个穿着白衣，式样与无月廷的弟子服大有不同，他们的衣服嵌着金色的边，颇有飘逸清贵之感。

惊讶的弟子们很快就被一个看上去像是长老的老者斥责了："你们一举一动都代表了星正馆，谁准你们大呼小叫？！"

星正馆？！黎非猛地站起来了。

"修远，你刚听见了吗？"黎非晃了晃雷修远的袖子，"星正馆也有弟子来！纪桐周会不会在里面？"

雷修远起身眯眼看了半晌，时隔五年，他们这群小孩长大成人，再也不复当年的稚气模样，就连他也看不出里面哪个是纪桐周。

正打算走过去看看，身后突然有人唤道："是修远吗？"

回过头，便见后面立着一对少年男女，男子俊美无俦，气度稳重，女子秀若芍药，蓬松的乌发绾了两条辫子垂在胸前，两人面上都欣喜含笑，居然是久违的叶烨与百里唱月。

叶烨上前一步拍了拍雷修远的肩膀，笑道："果然没看错，真的是你！五年不见，好小子，长了这么高！"

雷修远少见地惊讶起来："你们也来了？"

"说是发现了新试炼地，刚好我与唱月堪堪突破了第二道瓶颈，便被选上了。"叶烨细细端详他，又笑，"你比先前变了许多，方才还不大敢相认。对了，黎非呢？她没有来吗？"

他一早便发现了雷修远身边的绝色少女，两人神态亲密，想来关系应该不寻常，如今他们都不是小孩，这种私事也不好过问，叶烨只朝她微微颔首。谁知这姑娘突然哈哈大笑起来，上前拉住百里唱月的袖子："叶烨，唱月，好久不见！你们变了这么多！"

这两人大吃一惊，仔细盯着她看了半晌，又疑惑地抬头望向雷修远，雷修远难得笑出声："她就在这儿了。"

百里唱月惊道："……小棒槌？"

她怎么看也看不出眼前的姑娘跟五年前的姜黎非有一丝一毫的相似之处，然而她的心跳声还是那么欢快，也还是那个熟悉的声音。

"真的是你！"百里唱月禁不住动容，一把捧住她的脸，仔细端详。

黎非"哎哟"一声，笑得合不拢嘴，张开双臂抱住唱月，她真是高兴坏了："想不到能见到你们！太好了！”

百里唱月露出笑意，忽然抬手摸了摸她的脑袋，温言：“长高了，不再是矮冬瓜。”

黎非抓着她说个没完：“刚才我们还看到星正馆的人，很可能纪桐周也来了！对了，这里靠近东海，我们还能看到歌林呢！这下六个人都齐了！”

叶烨笑道：“我现在相信她是黎非了，方才结结实实被吓了一跳。”

雷修远与叶烨并肩而行，两个少年都是风度翩翩，面如冠玉，后面两个少女也是千娇百媚，引得周围路人纷纷注目。

进了门，但见大堂内满当当全是人，个个都盯着他们。他们也把大堂里的人看了个遍，叶烨低声道：“似乎没见到桐周，他居然没来？”

以纪桐周的资质，不应该啊。

东阳真人忽然道：“我等将在这客栈中盘桓三日，人齐后再出发。此地靠近东海，与中土大为不同，谨记，绝不许与此地任何人或是妖发生冲突，我中土仙家门派的弟子，须得有大派风范！出门在外，谦和守礼方是第一！”

还要住三天？不是说去试炼地吗？两位长老把他们带来这古怪又繁华的城镇，还找客栈住，真叫人摸不着头脑。弟子们本来都提心吊胆，生怕路上遇到其他门派的弟子，一言不合便要斗法，谁知在这里遇到了星正馆的人，各自一派和气，完全看不出要斗法的意思，搞什么？

黎非拉着百里唱月在门外招手：“修远，叶烨！走吧！我们逛逛去！”

这座城大得出乎意料，感觉比越国王都端涂也不遑多让，叶烨跟雷修远被卖各种图册书籍的商铺吸引了过去，百里唱月又不知一个人跑哪儿去了，五年过去这姑娘还是这么我行我素独来独往。黎非见旁边有个卖各种稀奇古怪玩意儿的摊子，她忍不住拿了一只小小的琉璃球端详。

琉璃球里有一朵拇指大小的嫣红的花朵，眼看着从盛开到枯萎，再褪去残败的花瓣重新焕发新生，如此循环往复，永无止境。

摊主见她看得入神，便道：“姑娘，我这里都是传说中的海外宝贝！你看的那个花，就是海外千洲万岛才有的。”

黎非一听“海外千洲万岛”几个字，顿时手一抖，险些把琉璃球砸了，赶紧小心地放回去。

她自然不信这种小摊上会有什么海外的东西，花从盛开到凋谢也只是加持了最简单的障眼法而已，她笑了笑，忽见旁边还有一个十分古怪的用树根雕凿的人像，约有巴掌大小，十分精美。

人像与常人一模一样，然而面上神色十分凶恶狰狞，杀气腾腾，耳朵上方三寸处各生一只角，看起来又诡异，又神秘。

她正准备拿起来看看，忽觉身旁好像多了个人，她随意瞥了一眼，便见一个白衣少年站在自己身边，正充满趣味地扫视摊位上的各种货物。

黎非越看越觉得他眼熟，这人十八九岁的模样，乌发垂肩，一身简单的弟子服穿在他身上就好像变成了华服一样，分外雍容华贵，更兼长眉星目，身量修长，是个极出众极贵气的俊逸少年，不是五年未见的纪桐周是哪个？

“纪桐周！”她情不自禁叫了出来。

他微微一惊，低头望着她，神情十分迷惘。

这女孩子是谁？方才他没注意，如今仔细一看，才发觉她肤色莹白赛雪，眉眼灵动和煦，竟是个绝色美人——她认识自己？

黎非笑得眉眼顿开：“你果然来了！刚才客栈那么多星正馆的弟子，我们都没看见你，你跑哪儿去了？”

纪桐周越发错愕：“在下确实是纪桐周，请问姑娘是哪位？”

黎非笑得差点仰过去，还“在下”！还“姑娘是哪位”！这骄横跋扈的小王爷五年不见居然文质彬彬了？

“桐周！”后面又有人叫他，纪桐周更加迷惘地望过去，却不可思议地见到了叶烨——等下，是叶烨吧？他旁边那个人……雷修远？！

他的神情一下变了，嘴巴下意识张开，满面狂喜错愕，怔怔地看着他二人走过来，忽然惊道：“是你们？！你们怎么也来了？”

他还怕自己看错，一个个望过来，这两人确然是书院里隔了五年不见的朋友。他一掌拍在叶烨肩上，另一拳狠狠砸在雷修远身上，瞬间喜上眉梢：“叶烨！雷修远！我没看错吧？”

两人一齐还了他一拳，叶烨笑道：“好小子，你居然也长这么高！看着比先前稳重些，这几年修行如何？”

纪桐周惊喜万分地打量他们，叶烨变化并不特别大，雷修远却变了许多。印象里的雷修远好像有点病恹恹的，而眼前的少年却隽朗丰神，个头也高了，居然和自己不相上下，没想到眉眼轮廓长开后，他竟是这般模样！

“就你一个人？姜黎非呢？你这小子！总算从丹穴出来了？如今修为怎么样？回头我俩练练！不，现在就找个地方练练手！”

一席话说完，三人又是忍俊不禁，纪桐周的性子真是一点儿都没变，见着雷修远永远是要先跟他打架。

“纪桐周，我可是第一个叫你的。”黎非忍不住笑，他倒是还记得找雷修远问自己，可人站在面前他却不认得。

纪桐周皱眉盯着她端详良久，忽地一惊，不敢确定似的，低声道：“姜……黎非？”

黎非笑吟吟地仰头道：“总算猜对了，你变了不少啊！”

变得最多的是你才对！纪桐周下巴差点掉下来，这是一个人吗？她切了脑袋换了颗新的？！还是重新投了个美人胎？！那个言辞粗鲁的假小子被她藏哪儿去了？！

“姜黎非？”他又叫一声，下意识想揉揉眼睛，是不是眼睛出了什么问题……

叶烨体谅地拍拍他肩膀：“确实是她，方才我们也吓了一跳。”

纪桐周还在惊骇中，半天说不出话。黎非凑过去晃了晃手：“难道吓傻了？”

随着她凑近了说话，他鼻前顿时闻到一股勾魂摄魄的异香，低头见着她极其陌生却又姿容绝艳的模样，纪桐周忽觉一阵奇窘，急忙移开视线，下意识退了两步，定了定神，若无其事地换话题：“你们也是来争夺新试炼地的？什么时候来的？”

叶烨笑道：“刚到不久，倒是你，我们还以为你没来，刚才跑哪儿去了？”

“之前一直跟着师父在景云台修行，没赶上他们，我与师父二人迟了些才赶到。”

正说着，百里唱月从街那头慢慢走了过来，一见纪桐周，她了然一笑：“王爷一点儿也没变。”

纪桐周对百里唱月一向还是比较敬重的，当即微微颔首，因见街上人来人往，叙旧多有不便，便道：“去客栈说吧，安静些。”

叶烨抱着胳膊笑：“原来还是长进了些，还当你要一直缠着修远斗法。我看对面有个酒肆，如何，尚能饮否？”

“还想两杯灌倒我？”纪桐周扬眉冷笑，“我星正馆弟子可个个都是酒豪！”

酒豪？众人大笑起来，当年这两杯就倒的小王爷，难不成专门为了变成酒豪天天喝酒？

五年不见，他们的话多得简直说不完，一路从街边说到酒肆，在酒肆又从天亮说到天黑。雷修远与叶烨依旧千杯不倒，倒是纪桐周的酒量果然有长进，面前堆了三四只空酒壶，依然笑谈爽朗，谈吐分明，无甚醉意。

黎非饶有趣味地看他斟酒，估计还是有点儿喝多了，手腕在微微发抖，酒液洒了一些出来，她顿时笑道：“你可别逞强了，不然又要叶烨把你扛回去。”

纪桐周又觉那股异香扑面而来，方才只有些微醺，然而被这异香一笼罩，竟真像是要醉了一样。那几乎全然陌生的女子在灯下笑吟吟地看着自己，烛火幽明，她简直像玉做出来的，笑靥浅浅，说不出的娇媚可爱。他再度感到一阵奇窘，下意识地朝后让开。

糟糕，她刚才说什么？他全没注意，威风八面的王爷立即窘得更厉害。

这个女孩子不像姜黎非，而像个完全陌生的人，他还不能适应。

在纪桐周心里，女孩子是兰雅那种类型的，姜黎非之前在他心中等同于男人，后来变成了不男不女的，再后来他就完全无视了她的性别。到最后，他觉着她是喜欢自己的，才又把她当作了一个女孩子来看，然而她这个“女孩子”跟其他女孩子总有些不一样，他说不出有什么不一样，反正就是相处起来特别轻松，不用顾虑太多东西。

过了五年，她突然强烈散发出一种让他没法忽视的“淑女”的味道，小王爷顿时再度无措了。

他需要时间适应适应……纪桐周扶着额头避开黎非的视线，咳了一声再度若无其事地转移话题：“既然这里是东海，又说山海两派弟子会有接触，怎么不见百里歌林？”

他一提百里歌林，叶烨和百里唱月眼睛顿时亮了。叶烨笑道：“既然人已在东海，迟早也能见到，只是不晓得她会不会专心修行，别弄得修为不够，那这次可见不到了。”

“歌林修行一向很努力的。”黎非赶紧为她辩解，“在书院也没偷懒过。”

叶烨失笑：“她成天就知道贪玩，心思根本没放在正事上。”

黎非不由默然，叶烨其实并不了解真正的歌林，或者说，他从来也没了解过，更没有试图去了解，歌林在他心中始终只是个妹妹，他关心她，体贴她，可以为她遮蔽风雨，心却一点儿也不在她身上，这才是让歌林下定决心离开的缘故吧？

百里唱月出了一会儿神，忽然低声道：“她的蜈蚣精不知长什么样。”

这话一说，众人都笑了，叶烨望向纪桐周，打趣道：“桐周，如今还怕蜈蚣精吗？”

纪桐周板着脸：“谁说我怕过？”

雷修远淡淡道：“上回在书院禁地，被蜈蚣精弄断腿的……”

话还没说完，纪桐周“啧”一声，抬手就去掀他的酒杯，雷修远手腕一转，巧巧避开，另一只手却在桌上轻轻一拍，纪桐周的酒杯立即弹跳起来，他正要将这只酒杯弹飞，纪桐周早已接住，两个人一瞬间过了好几招，悄无声息，动作又快又轻。

说着说着又打起来了，黎非将桌上的菜挪了挪，省得遭殃。

对面两个青年五年不见，方才文质彬彬地装了半天君子，如今一动上手就停不下来了，手上招式斗了半天，奈何酒肆狭小，不能全身而动，何况都有长老警告过，不许在外面擅自动用仙法私斗。雷修远掌心金光忽然一闪，一柄指甲大小的玲珑小剑飞蹿而出，光华莹莹，十分纤细可爱，一面盘旋飞舞，一面发出细微的嗡嗡鸣声。

纪桐周手掌摊开，亦有一朵极小的斑斓火莲在掌心凝聚，忽地轻飘飘飞出去，跟那柄小飞剑缠斗在一处，你追我赶，一忽儿上一忽儿下，看着不像斗法，倒像游戏。

正玩得开心，忽听酒肆门口传来说笑声，似是有好几人边说边笑走了进来，一见他们这桌的人在用小飞剑小火莲玩闹，说笑声顿止。

片刻后，一个男子忽然冷笑道："小打小闹，如同儿戏！有什么可看的！"

众人回头望去，便见酒肆门口站着几个服饰怪异的年轻人，三男一女，个个身上灵气波动，俨然是仙家门派的修行弟子。

五个人立即先朝那女孩子望去，见她容貌艳丽有余，却略显粗糙，并不是众人以为的百里歌林，顿时都有些失望。

那几个人见他们回头就盯着姑娘看，看完还个个露出失望的神色，登时大怒。那女弟子性烈如火，上前一步怒喝："看什么看？！"

叶烨起身拱手赔礼："抱歉，因为我们有故友正在东海万仙会修行，数年不见，不知她有没有来，故而方才失态了。"

为首一个男弟子冷笑道："东海万仙会？可笑，你们这些中土的土包子，以为东海附近只有万仙会一个修行门派吗？"

众人见他这种挑衅姿态，纪桐周眉头一皱，到底还是按捺了下来。这边是人家的地盘，长老们亦是早已严厉叮嘱过绝不允许在此地发生任何冲突，五个人索性都装作没听见。

谁知那人又道："此方圆千里之城，海域千里数岛，都是我广生会的地方！好好记住了！"

五人依旧装作没听见，见那几人趾高气扬地找了个桌子要酒，叶烨低声道："海派风格果然怪异，修行门派竟与凡尘俗世走得那么近，难不成每个门派还有城池海域吗？"

雷修远沉吟不语，这些人是广生会的弟子，认出他们是从中土来的，却并无惊讶之色，想必海派各家门派弟子也知晓山派要来的事。在此处盘桓三日，等的不光是山派弟子，只怕还有海派弟子……他大约能猜到所谓斗法是指什么了。

那几个广生会的弟子几杯酒下肚，说话声更响了，一人大笑道："在我们广生会的地方提什么东海万仙会！依我看，这次万仙会那帮没用的东西只怕连来也不敢来呢！"

那女弟子亦笑道："上回还跟我们抢妖朱果，结果不是个个被打得哭爹喊娘？"

"东海万仙会怎么哭爹喊娘了？你学一个来看看？"

一个女子的声音忽然在酒肆门外响起，说不出的魅惑柔软，叫人听了心中一跳，紧跟着门帘一掀，一个少女款款而进。酒肆的暗淡灯光下，只见她长发如云，垂在腰下，一身浅红衣裳，露出了双臂和一截雪白的腰，身段婀娜至极。

那几个广生会的男弟子谁也想不到接口的居然是个美人，东海附近人人肤色黝黑，她白皙如玉的纤腰与玉臂实在是勾人魂魄，他们几个立即不说话了。

那姑娘一路走进来，偏着脑袋，扫视他们一圈，忽然微微一笑："广生会在背后说坏话的本事，东海万仙会确实赶不上，甘拜下风。"

那女弟子怒道："万仙会偷听墙根的本事也不小！谁让你进来的？！"

那姑娘冷笑："我不过路过偶然听见罢了，怎么，这酒肆是你家开的？我进不得？"

她神态自若地顾盼一周，转到黎非五人这边时，火光忽地一跳，但见她一张芙蓉面，梨涡浅浅，显得又俏皮，又妩媚。

# 第二十四章 海陨

众人一时竟都愣住了。

百里唱月猛然起身，惊道：“歌林！”

那姑娘也愣住了，她慢慢转过身，凝望百里唱月，良久，她忽然笑了笑，轻道：“我的天，我是在做梦吗？”

每个人都极震撼地看着面前的姑娘，五年前那个成天笑得毫无烦恼、一天到晚叽叽喳喳的女孩子浮现在眼前，与面前妩媚的少女差别太多太多了，看五官极相似，然而神情举止气质早已变了个人。

百里唱月快步上前，张开双臂一把抱住她，颤声道：“歌林！”

她抱得极紧，怀中熟悉的味道让百里歌林终于发觉这不是梦，歌林倏地一惊，盯着唱月看了许久，声音极低：“姐？”

叶烨也难抑激动，疾步走到她身边，似是想像从前一样抬手敲她脑门儿，然而眼前的少女身姿婀娜，再也不是五年前不懂事的小女孩，他复又收回手，极欣喜地看着她，半晌，才低声道：“你这死丫头……”

百里歌林微微眯起眼，又盯着叶烨看了良久，声音更轻：“叶烨？”

百里唱月激动得泪流满面，恨不能将她揉进身体里。歌林禁不住动容，反手轻轻搂住她的脖子，面上又露出五年前离别时的温柔神色，轻声道：“姐，你成大美女啦，哈哈，叶烨也成美男子了，看到你们真像做梦一样。”

“不是梦！”唱月哽咽，“终于见到你了！”

百里歌林哈哈一笑，抬眼将面前五人一一打量过来，见到黎非时，怔了片刻，目光中带着探究，最后像是发觉什么似的，笑道：“黎非？”

黎非满心震撼感慨，她低声道：“你……认出我了？”

百里歌林慢慢走过去，挽住她的手，笑得甜甜的：“傻子，你的眼神一点儿也没变。你怎么变得这么好看？我都快嫉妒了！”

黎非“嗤”的一下笑出声：“你才是大美人呢！这衣服真好看！”

“好看吗？回头我送你们一人十套。”百里歌林轻飘飘地转着看过来，每个人都看了一遍，笑得像一朵盛开的花，“你们怎么会来这边？不是说明年聚会吗？来了怎么也不告诉我？”

“中土好多仙家过来，是要跟我们海派弟子斗法分个高下，姑娘，你堂堂海派弟子，怎么竟与山派的人亲亲热热？大战前先低了士气，这样可不好啊！”

后面广生会的男弟子忽然插了句嘴。

百里歌林笑眯眯地瞥了他一眼，那男弟子面上顿时红了，低头喝酒，再也不说话。她不理他，开口道：“乌烟瘴气，我们换个地方。这里我还算熟悉，带你们去个好地方。”

“你说谁乌烟瘴气？！”广生会的女弟子见她笑靥如花、娇俏妩媚的样子，将同桌几个男弟子的魂都勾了三分去，气就不打一处来。

百里歌林仿佛没听见，一把揭开门帘，当先走了出去。

那女弟子大怒道：“你们几个有没有点血性？！让万仙会的人在我们广生会的地盘耀武扬威？！”

为首的男弟子低声道：“她一个小女子，我们怎能以多欺少，坐下喝酒吧。”

女弟子登时火冒三丈，森然道：“见色起意！什么东西！”

百里歌林回眸朝那男弟子又是一笑，笑得他心花怒放，起身道：“歌林姑娘，我是广生会的施承天！”

一语未了，佳人身影早已远遁。

走了许久，果然还有一家更大的酒肆，里面已有许多客人，粗粗一看，竟全是修行弟子，有山派也有海派。

百里歌林有些意外，沉吟道：“还真的来了许多人，我来之前，师父只交代说是与广生会他们切磋斗法而已，难不成真的要让山海两派一起斗法？”

“东海万仙会只有你一个人来吗？”黎非有些好奇。

“当然不可能。”百里歌林叫了些小食，又上了一坛酒，“还有一些师兄师姐，我不过一个人出来逛逛罢了。”

叶烨赞叹：“海派的仙家门派竟有这样的凡俗城池，果然与中土大为不同。”

“这些地方其实就等于是弟子房和食肆，随便让人进出的。那些灵气浓郁、凡人看不见的地方，是修行部，修行完了弟子也不许待里面。”百里歌林拿了六只大碗，满满地倒上酒，“来来，喝酒！我做梦都想不到能在这里见到你们！先干这一碗！”

众人纷纷干下一碗酒，因见百里歌林也不像从前那样一杯就要睡，百里唱月摸着她的头发，温言道：“如今也成酒豪了？”

百里歌林笑道：“姐你不知道，东海这边的人，不论男女都特能喝，会喝酒的女人才是好女人！”

众人一阵好笑，这番一边喝酒一边痛说五年种种往事，不知不觉竟喝了三四坛酒下去。黎非眼见这些人五年不见个个成了酒豪，自己实在撑不住，只得把酒放在一旁，摸摸脸，烫得吓人。

“醉了？”雷修远的手忽然抚上她的脸颊，黎非急忙要躲，谁知他忽又揽住了她肩膀，低声道，“靠着睡一会儿吧。”

“不、不用。”黎非有点尴尬地摇头，她正试着想起身，忽然酒肆的门帘又被掀开，一个身材高大的东海男子走了进来，此人肤色黝黑，双眉斜飞，极为英武迫人。

酒肆里的人见他气度不凡，下意识多看了两眼。百里歌林望见他，立即含笑招手：“陆师兄，你也来啦？”

是歌林的同门？众人一齐望过去，那人瞥了一眼百里歌林，淡漠地转过头，像是没听见一样。

“陆师兄！”百里歌林款款走到他面前，挽住他的袖子，魅惑又柔软的声音此刻更是温柔得可以滴出水来，“来和我们一起坐吗？”

那人毫不留情将她的手推开，淡淡道：“不必，百里师妹请自重。”

他径自走进了酒肆深处，百里歌林偏头望着他的背影，似笑非笑。因见众人都望着自己，她嘻嘻笑道：“这是陆离师兄，脾气有些怪。他既然不肯来，那就算啦。”

黎非静静看着她，她曾猜想过许多与歌林重逢时的情景，她大约会激动得号啕大哭，又或者是快活得大笑，可她此刻的高兴都十分恰如其分，仿佛被刻意控制在一个范围里，一丝一毫也不会僭越。

唱月一直用爱怜欣喜的目光凝视她，而她，默然接受这片目光。叶烨扯着她说笑，许是酒喝多了，又像小时候一样，总是弹她脑门儿，她就这么让他弹，脸上笑嘻嘻的。

看着看着，黎非自己都开始觉得难受，他们的突然到来没有让歌林感到幸福，反而好像打扰了她的平静一般。她的心结比自己想的要深太多，不是写几封信、说几个笑话就能轻易忘却的。

百里歌林忽然起身似是要出去，唱月急忙问：“你去哪儿？”

歌林做了个手势，要解手的意思，唱月又放心地坐回去，出了一会儿神，道：“她变了许多。”

叶烨有些醉了，扶着下巴笑：“哪里变了？不是和以前一样胡闹吗？惹得她那个师兄都不敢理她。”

黎非再也坐不住，推开雷修远的手，摇摇晃晃地道：“我、我也解手。”

她不管其他人什么反应，踉跄着奔出酒肆，出门只见天边一轮将满之月，大若银盆，远处山影浓黑，近处每一栋房屋上都挂着灯笼，照得四下里亮若白昼，百里歌林正靠在墙上，怔怔地望着灯笼下随风摇曳的流苏。

见黎非出来了，歌林轻笑道：“你也来解手？”

黎非此时酒劲儿上头，只觉心口突突乱跳，她定了定神，忽然道：“歌林，我很想你。”

百里歌林柔声道：“啊，我也很想你们，每天都想。”

她别过头望向远方浓黑的山影，不知过了多久，她才低声道：“黎非，我一个人在东海这里孤零零的，谁也不认识，什么也不熟悉，你觉得这样很可怜吗？”

黎非摇了摇头：“不是可怜……歌林，我只是希望你快活些。”

百里歌林长叹：“我和姐姐还有叶烨，我们是一家人，可我在这个家里，比一个人来东海万仙会还孤独，总是一个人孤零零的。我总想，我要做姐姐听话的好妹妹，做总是让叶烨烦心的小丫头。可是啊，那天叶烨跳下去了，他要和姐姐同生共死，我就明白了我为什么总觉得孤零零的。今天我见到姐姐和叶烨，突然发现这五年对我来说像是完全没留下什么东西，原来我还是孤零零的。世上为什么没有另一个我想要的人呢？我一直在找，一直找不到，我觉得我会喜欢那些男人，但又可以轻易丢掉，我是坏女人吧？不错，我已经是个坏女人了。”

她忽又抬头朝黎非微笑：“黎非，还好有你听我说这些废话，你能一起来，太好了。”

门帘忽又被掀开，纪桐周从里面走了出来，见她俩在门口站着，他只微微点了点头，转身朝前走去。黎非奇道：“纪桐周你这就要回去了？”

他有些恼火地回头瞥了她一眼，老半天才低声道：“解手罢了。”

百里歌林笑道：“那你可别找那块阴影地，里面藏着我的蜈蚣精呢！可不能让它吓着我们的王爷。”

蜈蚣精简直成了他人生中一个污点，被他们拿来反复取笑，纪桐周瞪了这俩笑得花枝乱颤的姑娘一眼，慢慢走远了。回来的时候，却见门口只站着黎非一个人，她正靠在墙上用手把玩灯笼下的流苏。

她真的变了好多，简简单单的无月廷弟子服，合适的发髻，琉璃珠坠在耳畔，虽然没有任何奢华精致的装扮，可光站在那里，肤色如雪，仙姿玉质，就像个月下仙子般。

纪桐周不禁放慢了脚步，小时候他狂妄地觉得姜黎非是喜欢自己的，这念头随着他长大也慢慢被淡忘。可不知为何，此时此刻，早已被他遗忘的这个念头突然又毫无预兆地回来了，密密麻麻的，顷刻间占据了他整个脑海。

他早已不是小孩子，自然也明白这念头的荒谬与可笑，一个女人是不是喜欢他，这些年在星正馆他已很清楚。星正馆有许多师姐师妹都对他抱有好感，可他却谁也没注意过，一心只想着修行的事。

今天晚上大约是喝多了，又遇见多年不见的老友，叫他变得有些不对劲。

纪桐周镇定心神，走过去道：“你在这边站着做什么？”

黎非也有些喝多了，笑眯眯地跟他开玩笑：“我等你啊，万一你被蜈蚣精吓到，我好去救你。”

能不能不要再提蜈蚣精了！纪桐周下意识地抬手想掐她脸蛋一把，她此刻因为醉酒满面红晕，可爱极了，可手伸出去，他忽又觉得不对，赶紧再缩回来。

“多嘴。”小王爷的眉头皱起来了，“你醉了，进去。”

黎非揭开帘子，迈步跨进去，结果因为醉酒蹒跚，在门槛上绊了一下，踉跄着便要摔下去。纪桐周一把拽住她的胳膊，将她一扯，谁知这丫头如今竟这么轻，被他这样一拽竟直接摔他身上了。

不对啊……记忆里的姜黎非分明拳头粗硬，粗鲁有力，一拳就能把人打出鼻血来，还能扛着他跑好几里路，比力气自己可能还比不过她，如今这柔弱纤细的感觉是怎么回事？他根本没用力她怎么就摔过来了？

黎非拽着他的袖子努力站直身体，不过她确实喝得有点多，这会儿酒意冲头，感觉周围的东西都在跳啊转啊，根本没法站稳，索性半靠着纪桐周，好在她还留着些理智，低声道：“先进去，我头有点儿晕。”

纪桐周扶着她的后背，隔着衣服，感觉到她柔若无骨的身子靠着自己，勾魂摄魄的异香笼罩整个天地，他的手情不自禁下滑，勾住了她纤细的腰身。他忽地如梦初醒，五年过去，他们早已不是小孩，不管姜黎非小时候怎么厉害，她终究是个女人。

男子的本能让他箍紧了她，黎非醉眼蒙眬地挣扎了一下，咕哝："你是要勒死我吗？"

纪桐周恼羞成怒，哼了一声："啰唆什么，快走！"

他将她一路连推带拽，好不容易在人满为患的酒肆中找到了他们那一桌，扶着她的双肩正要把她按坐在自己旁边，对面的雷修远忽然拽住了她的胳膊。

"过来这里。"雷修远声音平淡，表情也平淡。

纪桐周微微一愣，只觉身侧那个柔若无骨的袅娜身体慢慢离自己而去，被雷修远轻轻一扯，跌进了他怀中。

"醉得这么厉害。"雷修远揽着黎非坐在椅子上，她醉得不停地晃，他便揽住她的肩膀，让她靠在自己肩上。

黎非似梦非梦，身边人的气息十分熟悉，她知道，那是雷修远，她禁不住低低唤了声："修远。"

"什么？"他的头低下来，近得几乎要贴在她脸上，带着馥郁酒液的浓香。

趁着酒意，她有好多话想问他，譬如他心里对她到底是什么感觉，是朋友？还是、还是喜欢她？如果喜欢她，为什么他什么也不说呢？他不说，也不问她的心，不给她任何肯定，这种被吊在半空惶恐的感觉，很不好受，真的不好受。

不知是不是醉酒的缘故，她的心比平日里要敏感太多，为什么他什么也不说？没有甜蜜如诗的话，没有重若山峦的承诺，他宁可为了她拼命流血，却总是在关键的时候沉默。

如果这是雷修远爱戏耍人的恶作剧，那这个恶作剧的时间也太长了。

她想和他说清楚，可她还是问不出口，她舍不得这些丝丝缕缕的暧昧和亲近，如果……如果他说"这是你的错觉"，她要怎么办？

更何况，她与他并不一样，雷修远是天纵奇才，以后必然能大放异彩，而她，却是一个需要雪藏自己秘密、小心翼翼生存的异类。

黎非心中忽然掠过一种悲戚，她失落地垂下头，耳畔是雷修远低微的呼吸声，他身上的温暖让人如此眷恋，好像真的可以这样依靠一生一世似的。

"没什么。"她勉强一笑。

纪桐周给自己倒了一杯酒，匆匆瞥了一眼坐在对面的那两人。

靠得真近，他们。

对了，他俩都在无月廷，五年中朝夕相伴。

回忆的大门像是被打开，在书院的许多过往潮水般涌现在他脑海中。一直以来，他都是个以自我为中心的人，从没关注过别人的事，可这会儿不知怎么的，想起的全是姜黎非。他想起在书院时，姜黎非和雷修远两个人就十分亲近，被他撞破好几次。

怎么会想起这些？纪桐周不悦地皱紧眉头，想要将突如其来的回忆赶出去，顺便也将心底缓缓溢出的恼怒与不爽赶走。

莫名其妙！姜黎非跟谁在一起和他有什么关系？小王爷烦躁地喝干杯中酒，一定是他今天喝多了，索性再喝多点儿，醉了狠狠睡一觉，明天就会把今晚这些乱七八糟的心思给忘了。

三日一晃而过，越来越多的山派与海派弟子聚集在这座城中，到了第四日午时，山海两派弟子终于被各自的长老们领着，颇有些依依不舍地离开了这座城。

飞了一个多时辰后，所有人都落在一片广阔而无人的银白沙滩上，对面的海水无比平静，然而蔚蓝清澈的海水中隐含着黑色雾气，弟子们一眼便认出那是结界的仙法之力，难道所谓试炼地，竟是在海里吗？

雷修远放眼眺望四周，但见山派站了一边，海派站另一边，各自有一百来名弟子，对多如繁星的修行门派来说，山海两派总共就派出两百名弟子互通接触，实在是少得可怜，看来初次接触，双方都十分谨慎。

没过一会儿，只听头顶风声呼啸，一眨眼便有三位鹤发童颜的仙人落在众人面前，山海两派众多长老立即上前拱手行礼。黎非眼尖，早已看出其中一位仙人正是久违的左丘先生，她顿时一阵激动。

东阳真人笑眯眯地说道：“左丘先生，你看山派一百名弟子如何？按照你的说法，选出的都是突破了第二道瓶颈的最优秀的弟子。”

东海万仙会的沈先生亦笑道：“不错，我海派一百名弟子，也是千锤百炼出来的最优秀的弟子！”

左丘先生还礼，温言道：“如此极好，多劳诸位费心，诸位有心相助，左丘感激不尽。”

广微真人含笑道：“左丘先生高瞻远瞩，你既有意牵线，我等何乐而不为？此番前来东海，果然是大开眼界，让我山派弟子见识一下海派的种种气派，好过成日做井底之蛙。”

海派数位长老急忙客气了两句，眼看诸位长老笑语晏晏，很是融洽，黎非不由扯了扯雷修远的袖子，低声道：“你看，左丘先生都来了，肯定不是让我们跟海派斗法。”

雷修远想了想：“既然要互通，又要摸清对方的底，还不能伤了和气，那便是山海两派一同进入试炼地，自由组队了。”

“你的脑瓜是什么东西做的？”黎非抬手在他脑壳上摸了摸，“这也猜到那也猜到，快拆开让我看看里面装了什么。”

雷修远想笑，偏又忍住，也在她脑壳上摸了摸，低声道：“总不会像你，装了一脑瓜白水。”

黎非立即掰动手指，想似小时候一样发出咔吧咔吧的声音威胁人，奈何好几年没做这种市井无赖的动作，关节不给面子，一点儿声音都没有。

雷修远再也忍不住“嗤”一下笑出声：“笨蛋。”

黎非还在忙着掰弄自己的手指头，真的发不出声音，她以前那些犀利的近身肉搏功夫只怕也忘得精光了，怎么越长大反而越比以前弱的样子啊？

手被雷修远用力握住，她心中忽地一动，只听东阳真人朗声道：“我山派诸位弟子听好了，马上送你们去东海的试炼地，试炼地诸般种种与你们熟悉的东西全然不同，不得以常理度之。此次试炼，山海两派将共同举行，此乃山海两派一大盛举，务必严谨，不许掉以轻心！”

众弟子又“嗡”一声炸开了锅，在这边盘桓三日，眼看山海两派弟子聚集此处，再蠢的人也能稍稍体会此次试炼的真相了，果然山海两派这是要开始互通往来的意思吗？

“此试炼地妖魔丛生，险恶无比，试炼地内共有三十枚妖朱果，出来后，每组最少收集三枚，没有收集到三枚的，算作失败。妖朱果只有妖物才能采摘，不要妄想凭人力获得。”

东阳真人的话音刚落，山派弟子们又闹成一团，那什么“妖朱果”，只能让妖物采摘？他们有什么办法叫妖物采来妖朱果？能驱使妖物的，只有海派的人吧？

山派弟子们闹哄哄炸成一团，另一边海派的沈先生也开口了：“此次试炼，每组获得三枚便算过关。不过，倘若组中只有海派弟子，也算失败。”

海派的人顿时也闹腾开了，组里只有海派弟子就算失败，意思是必须跟山派的人组队？他们两派修行方法迥异，怎么搭配合作啊？！

“肃静！”沈先生骤然大吼一声，惊得海派弟子们纷纷噤声，这位东海万仙会的掌门人为人十分冷厉，在海派中赫赫有名，就连不是万仙会的弟子们都有点儿怕他。

“此地是东海，你们算东道主！客人千里迢迢赶来，是东海好男儿好女子，便要做出主人的模样来！心里只惦记输赢，只顾着自己，这种弟子赢了也是废物！我东海人该怎样招待客人，难道还要我提醒吗？！”

一席话说得海派弟子们顿时激动起来，应答声高响震天。

该交代的事宜都已交代完毕，山派众长老纷纷退开，左丘先生笑道：“沈先生，送两百名弟子进试炼地的事，便麻烦你了。”

沈先生颔首：“应该的。你们听好，这次试炼，以一个月为期限。不到最后一天，谁也不能放松警惕，到手的妖朱果都抓牢一些！抢夺是被允许的！”

他长袖忽然一挥，原本平静的海水陡然涨高数丈，蔚蓝的海水墙中黑雾盘踞，蠕蠕而动。众人正觉心悸，冷不防身体像是被人狠狠推了一把，情不自禁朝海水墙中跌飞而去。黎非的手被雷修远紧紧握着，他的手劲之大，捏得她剧痛无比，再加上巨大的拉力拉扯着他们，她觉得胳膊都快被拉断了。

下一刻眼前一花，冰冷的海水灌注口鼻间，黎非顿时呛了好几口咸涩的海水，视线所见只有深浅不一的蓝色。又不知过了多久，淹没身体的海水忽然又消失了，周围一片浓黑，什么也看不见，她像是坠入深渊，身体一直朝下急落。

左手还被雷修远紧紧抓着，她心中忽然一安。紧接着，雷修远周身泛起一层浮魅之火，明亮的火光霎时照得四下里大亮，两人脚下凝聚起白云，下坠之势立即缓住了。

这里似乎是个狭长漆黑的洞穴，洞壁的石头漆黑无光，看上去似是时常被海水浸泡，上面有无数孔洞，摸上去坑坑洼洼却偏又滑不留手。

雷修远抬头望去，却见头顶只有一线白光，他们就是从上面掉下来的。再朝下望，脚下十几丈处，是黑灰翻卷的海水，临近海水的洞壁上，另有一个洞穴。

“先从下面走。”

雷修远拉着黎非朝那洞穴飞去，飞了半盏茶的工夫，眼前忽地豁然开朗，但见头顶极高的地方，深蓝的海水似天空般盘踞上方，居然没有一滴落下，而洞外是海底空地，比人还高的珊瑚丛立，海草满地，细细的白沙绵软柔腻。

若非雷修远身上一层浮魅之火，三步之外的景象都望不见，这里不知是海底多深处，漆黑无光，死寂无比。黎非立即架起两道铜墙术，身上也现了一层浮魅之火。

她紧紧抓着雷修远的袖子，下意识朝他身上靠了靠——这死寂无光的海底绝不是让人愉快的地方，更何况他们大多数人都是第一次见到海，更遑论到海底来，她心中难免有些悚然。

“袖子要被拽烂了。”雷修远低声道。

这种时候他还要恶作剧！方才死死拽着她不放手的是哪个！黎非狠狠朝他瞪一眼。雷修远忍着笑，伸出手：“给你这个。”

黎非心里又是一动，是让她握住他的手？她忽然有些欢喜，然而那欢喜中，却又带了一丝犹豫，她怕自己一头扎进去……然而心底的欢喜却不能骗人。

她情不自禁伸出手，带着期待，却又有些害怕似的，握住他一根手指头。

下一刻他的手一握，将她的整只手都握在掌中。

黎非只觉欢喜无限，可她又害怕着什么，她只有将视线移开，望向远方深邃的、什么也看不见的黑暗，那里仿佛藏着雷修远的心——她看不清的，他的心。

巨大的藤蔓自沙底喷射而出，瞬间将妖物死死缠住，下一刻，太阿术的金光纷纷落下，将它扎成了破皮球一般。

海底深处深邃黑暗，死寂无声，妖物们不是藏在珊瑚林里就是埋在沙子里，个个奇形怪状硕大无比，这地方实在叫人一刻工夫也不想多待。

百里歌林回头望了一眼，她身后，寡言少语的陆离师兄正走马观花似的跟着，连个防御也不上。她不由叹了口气："陆师兄，你是不是有哪儿不舒服啊？"

他们被师父推进结界后，偶然遇见了，便结伴同行。这位陆师兄她平时不怎么熟，虽然看上去英武不凡，然而为人沉默寡言，好像对她还没什么好感。她一般懒得招惹他，上回在酒肆不过是憋得难受才找上他，果然碰了一鼻子灰，他实在半分面子也不给她。

不过，既然组队同行，他总不能始终一言不发吧？让她出头杀妖，他在后面袖手旁观是怎么回事？如果她没记错，这位陆离师兄好像是主金的灵根，不是应该他动手吗？

陆离淡淡道："我在搜寻妖朱果的气息，这海底并无妖朱果。"

"哦，那就往上走呗。"

百里歌林见他始终冷冰冰地，看也不看自己一眼，心中又好笑，又有些不服，见他招出蟹妖，她忽然轻轻一个纵身，跳上蟹妖背，柔若无骨地依向陆离，腻声道："陆师兄，你怎么总这么冷淡？真那么讨厌我？"

陆离移开数步，冷道："百里师妹，请自重。"

百里歌林笑着挽住他胳膊："我重不起来，你教教我？"

陆离别过脑袋，神情冰冷，眼神中充满了厌恶："放手。"

百里歌林笑眯眯地松开他，柔声道："别的师兄师弟都跟我有说有笑的，就你爱理不理，难得今天我们撞见了，你怎么还是爱理不理？我可没欺负过你，你连看也不愿看我一眼吗？"

陆离低头静静看着她，对她面上娇俏可爱的笑容视若无睹，良久，开口道："我九凤族有训，不得与轻佻放荡之人结交。"

他忽又唤出另一只巨大的蛤蟆妖，翻身跳了上去，将蟹妖让给她，再也不发一言。

这话其实说得非常重了，就算东海民风豪爽开放，可评价一个女人放荡轻佻，特别还是从男人嘴里说出的，实在是非常伤人也非常过分。

百里歌林不禁哈哈大笑，歪着脑袋端详他："陆师兄，我哪里放荡又哪里轻佻啦？你既然这样评价我，总该列出个一二三四来，好教我反省自愧嘛。"

他还是不说话，足下那只蛤蟆妖一蹦一跳地腾飞，看起来倒有些滑稽。头顶深蓝的海水近在眼前，陆离双手一张，一只半透明的、气泡一样的东西套在了他头上，蛤蟆妖骤然钻入海水，进水后它蹦得更快，仿若离弦的箭一般，嗖嗖往上蹿。

百里歌林驱使那只蟹妖追上来，一面还在问："陆师兄，九凤族是什么？我第一次听说。"

他依旧不理会，像是她完全不存在一样。百里歌林见他好像是真恼了，索性闭嘴不再说话，真禁不起逗啊这位陆师兄，不解风情，刻薄寡言，跟东海豪爽男儿截然不同。

蟹妖蹦出水面，百里歌林只觉海面上妖气肆虐，她立即上了两层土行防御。但见蔚蓝海面上一座小岛悬浮，岛上瘴气浓稠郁结，像是笼罩了一层紫黑色的浓雾，浓雾里盘踞了一只硕大无朋的章鱼妖，柔软的触手比三人合抱的大树还要粗。

情况特殊，陆离立即开口："岛上有妖朱果的气息。"

岛上瘴气郁结，内里用不出仙法，百里歌林正要驱使蟹妖登岛，将章鱼妖逼离瘴气，忽听浓雾内嘶吼声不绝，紧跟着岛上盘踞的章鱼妖居然一跃而起，"扑通"一声跳进海中，逃命似的头也不回地钻入海底了。

两人顿时摸不着头脑，互相疑惑地对望一眼，百里歌林轻道："妖朱果的气息还在。"

陆离从怀中取出一枚通体漆黑的符纸，运转灵气迎风一晃，符纸立即变作一只巴掌大的小猴子，吱吱叫着，闪电般钻入小岛浓厚的瘴气中，没一会儿，忽听一个女孩子的声音急道："猴妖？啊，它来抢妖朱果了！"

雾气骤然破开，小猴妖抱着一只拳头大小、通体紫黑的果子慌慌张张地蹿回来，跪在陆离的胳膊上，毕恭毕敬地将果子双手捧着献上。而岛上很快又追出一男一女两个山派弟子，离开瘴气后立即腾云而起，四人打了个照面，都是一愣。

百里歌林开心地大叫起来："黎非！雷修远！原来是你俩在取妖朱果！天啊！太好了！咱们组队吧！"

"歌林！"黎非也满面笑容地朝她招手，见那只猴妖蹲在陆离的胳膊上，龇牙咧嘴，又害怕又想挑衅的样子，不由忍俊不禁。

陆离驭使蛤蟆妖凑近，将那枚妖朱果递给她："抱歉，这应当是你们的。"

黎非笑道："既然要组队，谁拿都一样。"

妖朱果只有在瘴气郁结之地方能生长，此时一离开瘴气，立即开始枯萎，陆离抽出一张空白符纸，咬破手指匆匆写了一行符文，将妖朱果一包，还是递给了她："抱歉，我不打算加入队伍。"

百里歌林"啧"了一声，皱眉道："陆师兄，这样就没必要了吧？"

摆谱儿也要有个度，这么不给面子也太过了。

黎非突然干笑两声，轻道："你能保存妖朱果那再好不过，这里还有……"

她从袖子里摸出四枚妖朱果，都已经快枯萎了，百里歌林眼珠差点掉出来："你居然拿了这么多？！"

"山派的朋友，请问你们是怎么取到这么多妖朱果的？"

陆离也震撼不已，急忙行礼相询。

"呃……这个……"黎非绞尽脑汁试图想个完美的借口，一旁的雷修远淡淡道："是我取到的，但法子不方便透露，还请谅解。"

"你又搞得这么神秘兮兮！"百里歌林最不喜欢雷修远这德行，她将四枚妖朱果包好，又递给黎非，笑道："这下我们有五枚妖朱果，齐啦！想不到第一天就全齐了！"

黎非还是只有干笑，这些妖朱果的来历，她实在不知道怎么讲。

她跟雷修远这次试炼简直轻松得无话可说，所到之处，群妖纷纷避之不及，好像是上回在栗烈谷爆发了本源灵气的缘故，群妖们更怕她了，上一座被妖物盘踞的小岛，立即有妖物给他们送上妖朱果，害她简直有种在当土匪霸王的错觉。

她这样，算不算投机取巧啊？

陆离眼见他们居然将妖朱果全取齐了，而且还多拿了两个，心下难免犹豫，他若是离队再找，确实须得花一番工夫，而且队中还必须有山派弟子。妖朱果一共就三十枚，只会越来越少，越到后面取到的机会越渺茫，虽说可以斗法抢夺，但山派弟子的仙法精妙无比，未必就能那么轻松抢到。

他心中厌恶百里歌林，便更不愿因为她而导致试炼失败，加上黎非一人分了一枚妖朱果，他不由微笑："姑娘有心，将妖朱果分开藏，便不怕被人一齐抢夺了。"

百里歌林白了他一眼："跟别人这么和和气气的，跟自家师妹反而冷个脸像仇人一样。"

黎非记得这男弟子，那天晚上他毫不留情地拒绝了歌林，好像是叫陆离吧？看他的模样，好像对歌林很是厌恶。又是一个不了解她的男人！

陆离并不理她的娇俏挑衅，只道："离试炼结束还有一个月，不能放松警惕，随时会有人来抢夺妖朱果，越到后期，抢夺的人会越多。妖朱果在身，我们不能在一个地方待太久，否则会有人寻过来，这便走吧。"

百里歌林唤来自己的蜈蚣精，笑吟吟地拉着黎非跳上去，得意极了："怎么样？就是这只蜈蚣精！好看不？"

黎非端详它巨大坚硬的壳，那碧绿得叫人心慌的颜色，还有那密密麻麻的脚和丑恶至极的脑袋，她觉得自己实在不能昧着良心说"好看"，只能含糊地点点头："你、你真厉害。"

"还有呢！"百里歌林抽出一张漆黑的符纸，先前在城中不允许用仙法玄术，连坐骑也不许牵出来，可憋死她了，这会儿终于有了炫耀的机会，她献宝似的把身上稀奇古怪的玩意儿都献了出来。

那张漆黑的符纸一下变作了一只通体嫩黄的小黄鹂妖，它只有拇指大小，圆圆的鸟喙色泽鲜红，一双眼也是妖物才有的红色，十分艳丽可爱。

百里歌林伸出手指，它立即拍着翅膀飞上来，张嘴莺声呖呖地啼叫，好听至极。

"这是我的妖兽。"歌林用手指摸摸它的脑袋，"我亲手驯服的。"

黎非也摸了摸它的脑袋，触手只觉冷冰冰的，果然不能用外表度量妖物，看着像只黄鹂，其实它还是妖。

"你们是怎么驯服这么多妖物的啊？"黎非好奇极了，在山派眼里，妖物与仙人就是互相掠夺，互相杀戮，撞见了不是你死就是我活，到了海派这边居然能和妖物共处，实在是颠覆。

百里歌林低声道："我们五年来每日只修行五行基础仙法，剩下的时间全用来修习驯妖的法子。差不多就是让它们怕你，不敢伤害你，而且心甘情愿听你指示。它们都靠我们身上的灵气修行，所以我们越强，它们也会越强。"

黎非心中忽然一个激灵，让妖物怕自己、不敢忤逆自己，她是不是也能做到？

"听说这法子是从海外流传过来的，不过谁知道呢？海派这边每个门派都说自己有海外流传过来的神秘的修行套路，谁知道是真是假？我可不相信真有什么海外。"

不，真的有。

黎非沉默了，她自己大概就是海外千洲万岛的人。海外的存在一直被当作传说，然而，她实实在在地站在这里，她不是什么传说，而且她也不用像海派还要修习才能叫妖物害怕驯服，她的体质，天生就让妖物害怕。

"无风不起浪，海外的传说延续千年，自然有道理。"一旁的雷修远忽然开口道，"海外应该是存在的。"

百里歌林耸耸肩膀："看不见的东西我才不信。"

陆离忽然道："山派的朋友们，不知你们是否听说过海陨？"

海陨？黎非只觉有些耳熟，她是不是在哪里听过？

雷修远沉吟道："我先前听师父闲谈时提起，好像隔五百年会有一次海陨，东海海水倒灌入归墟，将中土与东海外相连，可以由此去到海外。"

归墟？那不也是个传说吗？这些都是传说才有的东西，根本没什么人相信，不过雷修远的师父——那个广微仙人，他肯定不会闲得没事说这种胡话。难道"归墟"与"海外"真的存在？

"五百年，也不长啊，怎么没听长老们提过？"百里歌林也迷糊了，"难不成真有海外？那下次海陨，我可要去海外见识见识！"

"哼，蠢货，想去海外？那天雷地火劈死烧死，死一百次也不够去的！"

日炎沙哑的声音突然出现在耳畔，黎非吃了一惊，急忙转身极小声道："你怎么这个时候出来？我可没法跟你说话！"

"谁要跟你这蠢货说话！"

日炎甩了甩尾巴，他巨大的身体悬浮在蜈蚣精身上，比整只蜈蚣精还大，他四处顾盼，忽然目中罕见地露出一丝怀念的神色："这里是东海？好地方。"

他这是在畅想往事？

陆离温言道："既然听过，那便好说了。听说只有海陨降临，海水进入归墟，中土的人才能去到海外。平日里东海相隔，十分凶险，海上有天雷劈打、地火焚烧，更有无数极其凶猛的妖物与凶兽盘旋，无论多厉害的仙人也飞不过去。"

百里歌林怀疑无比："真的假的？我怎么没听过？"

陆离像是没听见她的质疑，又道："听闻海陨降临是一大灾难，无论山派海派都为之焦虑不已，如今山派海派更有意接触，想来，五百年一次的海陨应当快来了，我们山海两派一定要联手抗敌才行。"

日炎听他这样说，不由冷笑起来："蠢材！路都走不好，海陨跟你有个屁关系！"

百里歌林连声问："海陨是灾难？那海陨什么时候来？陆师兄你知不知道？"

日炎开始翻白眼："白痴！五年过了一点儿长进也没有！与其担心海陨，不如担心你自己的情劫！"

黎非见别人说一句，日炎就要骂一句，不由无奈地看了他一眼。这只狐狸嘿嘿冷笑数声，忽然跃起，高高悬浮，眺望远方海面，也不知想些什么，再也不说话了。

陆离就是铁了心不肯跟百里歌林说话，她的问题他继续装没听见。雷修远淡淡道："海陨连众仙人都烦心，跟我们有什么关系？操心也是无用，不如专心修行。"

"哼！死小鬼这句话说得还算中听！"高高在上的日炎又丢下一句评价。

众人兴致勃勃地讨论传说中的海陨与海外，黎非心中也不知是什么滋味，海陨降临，连通东海之外，是一大灾难，难道说，海外千洲万岛的异民们会侵略中土？那时候她要怎么办？封印在栗烈谷的千洲万岛异民墓，难道是曾经海陨降临时，死在中土仙人们手上的异民？为什么要封印起来？留着当战利品吗？

还有师父……他说她是从河里被捞起的，这不过是个谎言吧？大师兄说他是早已成名的仙人，难道他横渡四海，将她从海外抱来中土？仙家门派那么多仙人，书院创立者也个个都是惊才绝艳的厉害仙人，他们都无法横渡四海，师父是怎么去的？他到底是谁？

手忽然被人捏了两下，黎非抬头，对上雷修远的双眼，他微微一笑，低声道：“妖怪们乖乖送上妖朱果给女大王，你还不开心？”

黎非撑不住，一下子笑了，之前妖怪们闻风而逃，害得雷修远连个太阿术都没能放出来，后来妖怪们又当着他的面丢下妖朱果，他就打趣她是女大王，下来搜刮民脂民膏。

“上回在书院禁地，那些妖朱果也是妖怪们送的？”雷修远轻声问。

黎非默然点头。

他当即笑了笑，忽又忍住，轻道：“原来你从小就是女大王了。”

这人真讨厌，老在她想心事的时候逗她笑！黎非使劲掐了掐他的手，冷不防百里歌林贼笑着过来挽住她，哼道：“我可看到了！黎非，你跟雷修远眉来眼去嘀嘀咕咕什么？我早就发现你俩不对劲儿啦！老实交代！这五年都发生了什么？”

“哪有什么！”黎非急忙心慌意乱地否定，“你别乱猜！”

百里歌林哪里肯信，当她的目光如炬是假的吗！

“雷修远你说。”歌林笑眯眯地望向他，“你跟黎非是什么关系啊？”

她又在这边惹事！黎非手忙脚乱地想要拉开她，百里歌林灵活地躲避，一面朝雷修远挤眉弄眼：“放心大胆地说！”

雷修远似笑非笑地看着她，黎非虽然一直在阻止，这时却也忍不住竖直了耳朵想听他怎样说，却听他低声道：“也没什……”

这三个字让她的心瞬间沉了下去。

雷修远还没说完，忽见远处急急飞来一只巨大的豹妖，豹妖背上坐着一个浑身血迹斑斑的女弟子，她一见这里有两个海派弟子，目中骤然一亮，当即嘶声道：“救命！救救我！山派的那些浑蛋要抢妖朱果！”

众人都是微微一惊，黎非见她满身是血，当即抛了一张治疗网在她身上。那女弟子一见她是山派的着装，怒道：“谁要你们这帮浑蛋假好心！两位海派的朋友，请听我说！不要和山派的贼子们组队！他们拿到妖朱果后就会将我们赶出队！我方才和师姐与四个山派弟子组队，取到妖朱果后他们居然动手伤人！师姐和我拼死逃出，如今却走散了！请帮帮我！”

那女弟子说完，忽然晕了过去，陆离将她抱上自己的坐骑，众人上前打量她的伤口，好在都是些皮外伤，大约是太阿术划破的，在治疗网的笼罩下，伤口很快便痊愈了。

百里歌林见这姑娘大约二十岁，身材修长健美，肤色虽然黝黑，然而面容甚美，额上文着黑色的花纹，身上穿着露出胳膊的短打，当即低声道："是文济会的弟子，东海这里与万仙会齐名的仙家门派。"

众人顿时默然，这事要传出去，山海初会的意义全没了，只怕还会生起各种争端。

那女弟子晕得快，醒得也快，"嘤"的一声复又醒转，见四人都望着自己，她顿时流下泪来："想不到山派的人竟这般卑鄙无耻！"

百里歌林柔声道："你叫什么？"

"我叫燕飞，东海文济会弟子。"

果然是文济会！

陆离正要说话，但见前面腾云驾雾追来四个男弟子。一见那海派女弟子，一个男弟子立即怒道："将妖朱果交出来！"说着便要释放仙法。

陆离驭使蛤蟆妖挡在前面，森然道："诸位这是要做什么？挑起山海两派的争端吗？"

那四个男弟子瞥了他一眼，又见对面有两个山派的弟子，顿时轻蔑地笑了："让她把妖朱果交出来，我们便相安无事！你既然能驭使妖物，自己再找就是了！"

黎非见他们这副嘴脸，顿时心生恼火，山派居然真有这种败类！

陆离低声道："此次试炼，旨在山海两派互通合作，你们如此作为，不怕结下仇怨吗？"

一个男弟子冷笑起来："合作互通？你说什么梦话！你们长老自己说的可以抢夺！"

雷修远看了看他们身上的弟子服，了然道："龙名座的人，怪不得。"

龙名座弟子森然道："怎么，你也想横插一脚来抢妖朱果？"

"说对了。"

雷修远骤然化作一道金光，快得叫人无法反应，那四人只觉一阵风掠过一般，金光忽又蹿回，雷修远手中捏着一枚妖朱果，晃了晃："这是从她师姐那里抢来的吧？"

龙名座的数名弟子顿时大惊失色，然而此时情况对他们不利，对方也有四个人，而且这个男的好像十分厉害，快得根本看也看不清，如果方才不是拿妖朱果，而是要杀人的话，他们这会儿已经死了。众人当即后退，怒道："我龙名座一定会记住今日抢夺妖朱果之仇！”

百里歌林更怒：“你们应当当心龙名座跟整个海派结仇才对！山派的名声都被你们败坏了！”

说话间，雷修远已经将妖朱果抛给那个海派女弟子燕飞，她十分意外，瞪圆了一双眼睛看着他，目不转睛。

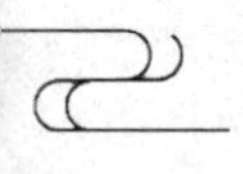

# 第二十五章 情动

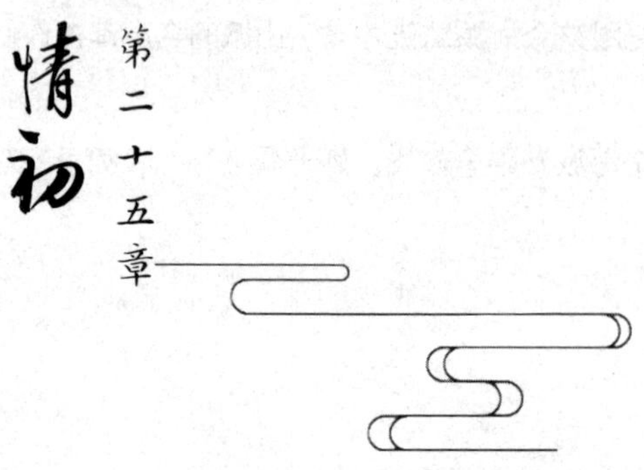

此时龙名座数人已经认出雷修远与黎非身上的弟子服是无月廷的，他两人年纪都不大，便证明必然是年少天才，门派中的长老肯定极为看重，在这里硬碰硬估计也讨不到什么好处。

当先一个年纪最大的弟子沉声道：“此次试炼刚刚开始，鹿死谁手尚未知！诸位最好小心些！须知仙法无眼！”

说罢，龙名座众人转身飞走，走得十分干脆迅捷。

百里歌林还在发火：“他们是什么意思？威胁我们？难不成打算一路跟着伺机偷袭？！我早知道龙名座都没什么好东西！炼了几个法宝还以为自己称霸天下了！”

燕飞此时伤势已愈，激动的情绪也慢慢平复下来。她满面感激神色，起身将妖朱果恭敬地双手奉上，低声道：“多谢诸位救命之恩，方才我激愤之下说了许多难听话，还请勿要见怪。这枚妖朱果多亏了山派的师弟抢回，我无力回报，愿意将它转赠山派两位朋友。”

陆离温言道：“你不如加入我们，还可一路寻找你师姐，妖朱果还是你自己放好吧。”

燕飞自是感激不尽，忽然起身抱住陆离，在他错愕的面上亲了两下，复而又转身抱住一脸震惊的百里歌林，在她脸上也亲了两下。黎非也被她热情地一把搂住，狠狠在脸颊上亲了两口，燕飞又要去抱雷修远，他淡笑着退了一步，摇摇头，婉拒的意思十分明显。

燕飞嘻嘻一笑，也不介意："山派的朋友果然害羞得紧。"说罢，她抱拳躬身，行了个礼以表谢意。

黎非摸着被亲的脸，喃喃："我第一次被女孩子亲……"

百里歌林笑道："我也是。黎非，难不成你的意思是被男孩子亲过？谁？雷修远吗？"

怎么话题又绕回来了！黎非登时涨红了脸："你别乱说啦！我和修远是同门而已！"

百里歌林哈哈大笑："同门？我跟陆师兄也是同门，可不见他跟我态度有多好，也没有天天黏一起，更没有眉来眼去窃窃私语。"

这话一说，黎非心中反而没来由地伤感起来，方才雷修远的话虽然没说完，可她已经知道他要说什么了。

她也不知道自己跟雷修远算什么，他们不是唱月与叶烨那样公认的爱侣关系，甚至，什么关系也谈不上。

那些情深爱笃的爱侣到底是怎么在一起的？雷修远为自己做了那么多，如果这还不是喜欢，那是什么？如果这是喜欢，为何他要否认？

黎非不由望向雷修远，他站在蜈蚣精头部前方，与陆离和燕飞不知聊些什么，正浅浅含笑。

"我们什么关系也没有……"黎非移开视线，低声道。

百里歌林心细如发，早已发觉她微妙的神情和语气里的变化，她轻轻握住黎非的手，一本正经地轻声问："黎非，你真的喜欢他？"

黎非没有回答这个问题，她紧紧抿着唇。

昭敏师姐总是要她矜持，可她却在一个什么都不说的男人身边被各种冒犯，甚至一点儿也不生气，每一次想要拒绝，却每一次都情不自禁，她没法骗自己说与他在一起不开心，她分明欢喜得整个人都轻了。而一次次的欢喜后，便是无法抽离的惶恐。

她痛恨这感觉，却无能为力。

百里歌林拍拍她的肩膀，笑了笑："东海这里有句话，男人一万句甜言蜜语，抵不上他做的一件小事。有的人就是这样，肯做事，却不肯说出来。从小我看雷修远这个人就是心里有自己的一套主张，从不肯附和任何人的，有时候出乎意料的聪明，有时候又出乎意料的笨拙。你这是当局者迷，先不要想那么多，他肯对你好，你坦然接受就是了。咱们的黎非如今是个绝色美人，还怕没男人要吗？"

黎非怔怔地听着，见她先前还说得言之有理，说到后来却开始胡说八道，不由又涨红脸作势要打。

百里歌林笑着挡住她的手，两人说笑了一阵，忽见悬浮高处的日炎又落了下来，百无聊赖地打着呵欠："男欢女爱聊完了？"

黎非见百里歌林凑过去跟燕飞他们说笑，这才背过身轻道："日炎，你以前在东海待过？"

这只狐狸难得感慨："不错，东海是个好地方。"

这是他第二遍说东海是个好地方了，更兼眼中满是怀念的神色，他以前在东海有过什么样的经历？

日炎忽然长叹一声，喃喃自语一般："人心脆弱，可成大道者不过凤毛麟角，明明是那般惊才绝艳，为何却又自甘堕落？人！人！人！唉，惜余年老而日衰兮，岁忽忽而不反！念我长生而久仙兮，不如反余之故乡！"

黎非见他喃喃念着什么艰涩古奥的词句，不由似明非明，他是想起了什么人吗？

"你刚才说的是什么？"她问。

日炎淡道："是一个仙人执迷不悟的送死之词。小丫头，你也该长进些！这些情情爱爱不过石头泥土，人就是因为执着情之一事，往往自误！纵然有百年佳偶、千年知己，也永远无法真正心意贯通，大道孤寂，只容得下一颗修行心。"

连他也绕回以前的老话题了，黎非笑着摇头："可是，一个人孤零零的，真的得享大道，又有什么乐趣？"

日炎缓缓说道："倘若有一日，身边佳偶要你命、知己要你死，身边每一个至亲至爱之人，每一个与你共诉过衷肠的知己朋友，都想要杀死你，你便不会这样说了。修行道中，人心杀人，何足为奇？人就是这样！"

黎非被他说得毛骨悚然，一时又触动了自己身世的回忆，只觉一颗心慢慢冷下去，半晌，她低声道："他们不会。"

"不会？那你为何心神不宁？你的秘密为那小鬼尽数得知，而你又知道他的什么事情？他什么也不用做，便足以叫你食不能安，寝不能眠，消耗了你的心神与感情，不是杀人是什么？"

黎非默然良久，她想起在栗烈谷他的那个吻，还有将自己抛出去的动作，他说：你那点儿不一样，一下子就被我压下去了……

她摇头："他不会，我相信他。"

"冥顽不灵。"日炎长叹一声，巨大的身躯化作烟雾消散开，"此地有极凶恶的凶兽盘踞，你们自己小心。"

黎非轻道："你这么快又要睡了？"

日炎怒道："跟你这蠢货无话可说，还不许我睡觉吗！"

黎非笑起来："别睡啦，我不吵你就是，你不是喜欢东海吗？好好安静地看风景吧。对了，你说的凶兽是什么？别总这么卖关子，快告诉我，我们也好提前防备。"

"不可说，此凶兽不似其他，提及它，连我也要受影响。总之，你记好，镜花水月，黄粱一梦，不可身陷其中。"

黎非见他说完后半天没声音，忍不住又唤他："日炎？你还在吗？"

他低低"嗯"了一声，果然在看风景。

黎非笑着起身，走到众人身边，燕飞正在叽叽呱呱地说笑，这东海的本土女孩子十分活泼率性，很快和歌林他们混熟了，她站在雷修远面前，亲亲热热地给他说东海这里的风俗，手很快挽住了他的袖子。

黎非忍不住多看了几眼，上前道："这试炼地中有没有厉害的凶兽？大家可有听说？"

燕飞笑道："东海这边没见过什么厉害的妖物，不过体型大而已，不像你们中土，妖物凶兽个个厉害。与其担心凶兽，还是担心其他人来抢妖朱果更要紧。对了，雷师弟，你也给我说说中土有什么风俗人情吧？我刚才给你说了那么多！"

呃，都叫上"雷师弟"了。

雷修远不着痕迹地避开她的手，淡淡道："等有朝一日师姐有机会亲眼一见便知。"

燕飞双眼一亮："你是请我去中土玩吗？"

雷修远微微一笑："中土弟子成千上万，何须我来邀请。"

他忽然抬手在黎非脑袋上一按，把她推着朝前走了数步，然后手臂又落在她肩上，轻轻将她揽住了。黎非轻轻避让开，没退两步又被他近乎强硬地拽回去。

燕飞有些失望："咦？他俩原来是爱侣？我方才做错了，别惹得那姑娘不开心就好！"

百里歌林拊掌大笑，拍拍她："燕飞，这男人真的不是好东西，不是那种外表冷漠内心狂热的假坏男人，他可是真坏，你弄不过他的！放弃吧！"

还没说完，这位热情的燕飞姑娘又开始两眼发光地跟陆离说起话来了，东海的女孩子也太热情了吧！这个不行立即换一个吗？！

百里歌林摇着头不管她了，让她在陆离那边吃苦头吧！

这座位于东海海面上的试炼地出乎意料地广阔，沿途无数细碎的小岛，大的有方圆百里，小的来回走一圈儿不过一刻，并非每座岛上都有妖物盘踞，也并非每座岛上都有妖朱果。

三天过去，外围这圈岛屿上的寥寥几枚妖朱果早已被采摘一空，参加试炼的两百名弟子大部分都转移去了海域内圈，黎非五人反倒留在外围，难得过了几天悠闲日子。

百里歌林赤脚在沙滩上跑了一圈，把裙子一挽，露出一双雪白的小腿，快步奔向碧蓝的海水，掌心金光吞吐，一条海鱼被她的太阿术刺穿，翻着白肚浮了上来。

她举起那条大鱼欢呼着跑回来，将正在搭火堆的燕飞和收集枯木的陆离都惊动了。

“看！这条鱼怎么样？”她献宝似的把鱼丢在两人面前，得意极了，“比昨天陆师兄你抓的大多了吧？”

陆离的目光只在鱼身上停留了一瞬，又掠过她露出的小腿和胳膊，眉头再度皱起，一言不发地转身而去。燕飞看着他的背影，尴尬地笑道：“他怎么了？”

百里歌林耸耸肩膀：“谁知道？假道学！抓鱼不露胳膊露腿怎么抓？东海满大街都是露出胸脯的女人呢！他不如把眼睛戳瞎算了！”

燕飞劝道：“歌林你不是东海本地人，可能陆师兄也是为你好。你们中土的女孩子皮肤多白呀，露出来难免招人看。”

正说着，黎非与雷修远两人也从岛屿树丛中走了出来，一个抱着满怀的野果，一个提着满满的五只水囊。

百里歌林一见雷修远来了，便两眼发亮：“雷修远！快生火把这鱼烤来吃！就等你呢！”

雷修远烤鱼烤肉的本事堪称一绝，同样的东西，经过他的手，吃起来就跟别人烤的味道不同，以后他要是不修行了，改做个厨师绝对也能赚大钱。

他也不磨叽，当下生火，将海鱼的内脏尽数剔除，剖成两片架在火上慢烤，没多久，腥气与香气一起蒸腾而起，连陆离也撑不住凑了过来，一行人眼巴巴地盯着那两片鱼，只等开吃。

黎非洗了两颗果子，坐沙滩上一边啃一边看风景，但见碧空如洗，蔚蓝的海水无边无际，岛屿边缘的银沙如绵般柔软，海边的美景叫人心醉神迷，可惜日炎又睡了，不然他也能看到这么宁静美丽的海景。

手边的野果忽然被人拿走一个，雷修远端着一串烤好的鱼肉坐在她身边，先咬了那只果子一口，眉头微微一蹙：“……好酸。”

哪有！明明很甜！黎非抢过那颗果子也咬一口，瞪了他一眼：“喂，明明是甜的。”

雷修远笑起来，又将那果子抢回，淡淡道：“嗯，这下就甜了。”

果然又是故意的！黎非恨不得跳起来暴打他一顿，这样做很好玩吗？很好玩吗？！

她别过脑袋不理他，本来怪甜的果子，此刻吃在嘴里好像也有点发涩，脑袋上又被他轻轻敲了几下，黎非还是没有回头，她默然望着远处深蓝浅蓝混在一处的海水边际，不知过了多久，忽觉那边好像有几个小黑点在朝这边急速飞来。

黎非骤然起身，眯眼望了一会儿，惊道："有人来了！"

正在吃鱼的众人立即警惕起来，燕飞即刻扑灭火堆，百里歌林上了一层障眼法，掩饰住沙滩上有人的痕迹，黎非一抬手再上一层隐匿法，将众人的灵气与妖朱果的气味全部藏起。

没过一会儿，果然风声呼啸，两个人影落在沙滩上，居然是叶烨与纪桐周。叶烨满身是血，神情涣散，纪桐周扶着他满面焦急："你怎么样？！"

百里歌林几乎要惊叫出来，正要冲过去，忽觉头顶风声锐利，紧跟着，一只巨大的蟹妖从天而降，它身上还站着数人，看服饰像是海派弟子。

纪桐周扶着叶烨退了数步，森然道："想不到海派的人如此凶狠狡诈！突然出手伤人是何故？不怕两派起争端吗？"

蟹妖身上一个女子怒道："是你们山派先出手伤人！我师妹至今下落不明生死未卜！我们不过有样学样罢了！"

燕飞惊道："是师姐的声音！她没事！"

蟹妖上又有人道："何必与他们废话！山派没一个好东西，见一个杀一个就是！"

那只蟹妖忽然举起大螯，朝两人劈下。纪桐周忍无可忍，一朵火莲凝聚在胸口，正要抛出，忽见旁边不知何处又钻出来一只巨大的碧绿蜈蚣精，要多丑恶就有多丑恶，他这么多年对蜈蚣精还是不能释怀，当即浑身一僵。却见蜈蚣精挡在他们身前，百里歌林伸手一拽，将他俩都拽了上来，她脸色铁青，森然道："想以多欺少？我来奉陪！"

话音未落，但见沙滩上藤蔓纷纷冲出沙砾，遍地似巨蛇一般纠结，那只蟹妖被藤蔓死死拽住，百般挣扎不得。她正要放出离火术，冷不防胳膊被人一把拽住，陆离冰冷的声音在耳后响起："你疯了？对海派的自己人下杀手？"

百里歌林一把甩开他，正欲说话，却见黎非撤了隐匿法，燕飞激动地奔出去，挥手大叫："师姐！师姐！我在这边！"

蟹妖上立即跳下一个同样黝黑短打的俏丽女子，额上同样文了大片的黑色花纹，一见到燕飞安然无事，她立即流下泪来："老天保佑，你没事！我还一直担心你被那群浑蛋杀了！"

燕飞急道："师姐你误会了！山派也有好人的！是他们救了我！还帮我抢回了妖朱果！你看——"她从怀中摸出两颗包好的妖朱果。

那女子怀疑地打量着黎非数人，冷冷一哼，并不言语。

黎非早已丢了一张治疗网在叶烨身上，他比先前燕飞伤得要重得多，右腹被贯穿一个血洞，性命垂危，这些海派的人下手真重！她心中难免恼火，然而此事说到底是山派龙名座先挑起的，她问纪桐周："怎么回事？"

纪桐周乍见黎非他们都在这里，还有些反应不过来，半晌才道："我和叶烨与这些海派弟子偶然遇见，便组队同行。结果今早遇见这女的，不知和他们说了什么，他们突然暴起伤人，叶烨一时反应不及，被重伤成这样。他们人多，我担心叶烨的伤势，只得带着他一路奔逃至此。"

陆离眉头紧皱，上前道："冤有头债有主，同为海派的弟子，你们怎能伤害无辜的人？"

蟹妖背上忽然又跳下四个海派弟子，其中一人冷笑道："中土的贼子，又有什么好的？是他们先挑起了这个争端，自然要承担这个后果！"

百里歌林越看他们越觉眼熟，像是上次遇见的那几个广生会的人，她忽地也从蜈蚣精头顶跳下，上前数步，笔直地站在那几人面前："我还以为是谁，原来是你们。"

众人见她穿着东海服饰，露出大片雪白的肌肤，艳光四射，竟然是那天在酒肆遇到的万仙会美人。

为首的广生会施承天立即笑道："原来是歌林姑娘，你怎么还和这些山派贼子混在一处？不如来我们这边吧！我们已有了两枚妖朱果，再得一枚便算完成，到时候随便抓两个山派人出去，试炼岂不轻轻松松？"

百里歌林目光灼灼地盯着他，忽而嫣然一笑，低声道："你好威风，是你打伤了他？"

施承天先时笑而不语，然而见她虽然笑得娇俏，眼里却寒光闪烁，他心中微微悚然，沉声道："歌林姑娘，你何必为了几个山派贼子动怒？你如今身在海派，莫要忘了自己的立场。"

百里歌林迈开脚步，一步步朝他走过去，施承天见势不妙，碍于面子，他不能退，可要真和她斗法他既舍不得，又不甘愿，明明山海两派的矛盾，弄成海派内斗，成何体统？他立即唤出土行防御，警戒地盯着她。

百里歌林一直走到他面前，几乎贴着他，抬眼仔细端详他。施承天没想到她居然整个人贴上来，霎时间幽香满怀，她雪白的脸近在面前，叫人心生畏惧，偏又心猿意马。

她细细看着他的眉眼、鼻梁、嘴唇、下巴，忽然朱唇轻启，低声道："你的脸，我记住了，再也不忘。"

记住他的脸？什么意思？

百里歌林冷笑着转身，一面走一面道："总有一天，他所受的痛楚，我必然加倍还给你！要命的就乖乖龟缩在广生会，别出来！"

这话一说，海派众人登时大怒，那广生会女弟子上前一步厉声道："这是威胁？！你有本事今天就做个了结！我来陪你耍耍！"

她抛出一张符纸，落地化作一只通体遍布火焰的巨大虎妖，低吼如雷，十分狰狞。

百里歌林头也不回，径自跳上蜈蚣精的背，坐在叶烨身边，见他嘴唇青白，面上满是鲜血，几绺长发被血迹黏在眉间，她不由轻轻拨开，慢慢用手指替他拭去面上干涸的血迹。

那广生会女弟子更怒了，人家根本不理她，那只虎妖形单影只站在沙滩上，怪可怜的，但此刻收回，她的脸面往哪里放？

"不敢吗？你这胆小鬼！"她怒骂，虎妖腾空而起，朝百里歌林扑来。

一道巨大的冰柱忽然从天而降，将那只虎妖结结实实冻在其中，陆离掌心寒光闪烁，他冷道："海派何苦在这里内斗？虎妖还请姑娘收回吧，希望此事到此为止，今次山海初会，莫要忤逆了长老们的苦心。"

言毕，冰柱散开，那只虎妖落在地上，被广生会女弟子收回符纸内。她回头望向施承天，他摇了摇头："走吧。"

这几人身上都有妖朱果的气息，这才是最让他惊悚的，对方不过四人，居然能取到这么多妖朱果？可见个个身手不凡，闹下去吃亏的不知是谁。

燕飞左右看看，十分为难，她师姐揽住她："燕飞，我们走吧，以后须得仔细看人，莫要再着了那些坏山派人的道。"

燕飞十分不舍，然而却也不得不走，事情忽然闹这么大，还是她师姐引出来的，把歌林气成那样，她也没脸面继续待着。她从怀中取出一枚包好的妖朱果，递给陆离，低声道："抱歉，我走了，谢谢你们。这个送给你们。"

陆离眼见他们纷纷离去，暗暗松了口气，回头望一眼百里歌林，他眉头一皱，便要上前斥责，袖子忽然被黎非捉住，她朝他摇摇头："你别过去，让她一个人待着。"

叶烨的伤虽然被治疗网治愈，然而人却一直没醒。百里歌林怔怔看着他苍白的脸，这次乍然再会，她甚至还未能够像现在这样仔细地、好好地看看他。

为什么姐姐没和他一起？他把姐姐一个人丢下了？居然不找她？

她看着叶烨的脸，思绪却仿佛回到了多年前那个下雪的清晨，她在小巷里发现了被雪掩埋了一半的男孩子，伸手去扶他，却被他在手上狠狠咬了一口，她疼得当场大哭起来，又被他一把狠狠推在墙上，把脑门儿磕破了。哭声惊动了姐姐，她过来用力捶了叶烨一拳，那一拳让他清醒过来，也让他从此心里眼里只有姐姐一个人。

他们三个人一直在一起，一直在一起，他们是一家人。可是姐姐被叶烨抢走了，心里最在意的人再也不是她，他们两个一起，把她孤零零地丢在后面，她每天笑啊追啊，却怎么也追不上。

有时候她虽然站在他们中间，却又觉得离他们俩好远，她有姐姐，又多了个叶烨，应该再也不孤单才对，可那样的次数越来越多，明明和他们说着，笑着，一起生活着，她却仿佛不属于这个家。

姐姐原本是她一个人的，却被叶烨抢走了。

是她先发现叶烨的，可他却没看见她，他被姐姐抢走了。

事到如今，她不是曾经那个迷惘又强颜欢笑的小姑娘，也早已分不清究竟是因为对叶烨的感情太深，还是因为惧怕孤独。她一生的时间都好像停在那个下雪天，到了今日，她还是那个被吓哭的懵懂丫头。

她再也长不大了，姐姐和叶烨的世界里再也不会有她，她永远是那个孤零零的、在雪地里号啕大哭的小女孩。

百里歌林骤然起身，像是被刺伤一样，连退数步，飞快纵身跳下蜈蚣精的背，一言不发地走向海边。

"百里师妹。"

陆离迎上前，却见她双目通红，脸色一阵红一阵白。他微微一惊，她已经像个影子一样从身边擦了过去，陆离下意识地抓住她，轻道："百里师妹，你方才……"

冷不防她忽然开口："你喜欢我吗？"

陆离只觉匪夷所思："你说什么？"

"放开我，或者抱住我，你自己选。"

陆离飞快地放开了手，无言地看着她走向海边，停在沙滩上。他有些想过去，可仿佛又有什么东西在阻止他过去。

百里歌林在海边站了许久，像一尊雕像似的，忽然，她动了一下，陆离只见她浅红的衣袂晃了晃，紧跟着整个人就被海水卷走了，他大吃一惊，她这是要做什么？！

陆离疾步赶到海边，望着平静翻涌的海面怔怔发呆，她怎么突然跳下海？捞鱼？还是戏水？修行弟子有避水法护身，根本不用担心被淹死，可他总有种不祥的预感，方才她说的话是什么意思？还有那个表情，她是想寻死？！

他在岸边等了许久，海水早已将脚印冲刷得干干净净，却始终不见她出来，他心里的怒意也渐渐大盛，这个百里歌林实在是莫名其妙！他就没见过这么乱七八糟又任性又讨厌的女人！

陆离再也顾不得其他，纵身跳入海中，唤出避水法与蟹妖，还没游出一段儿，却见百里歌林头上套着避水法，正用刀撬贴在海底岩石上的贝壳，因见他足踏蟹妖气势汹汹地游过来，她反而诧异地瞪圆了眼睛，用疑惑的眼神询问他。

那一瞬间陆离尴尬无比，他在胡思乱想什么啊？这种轻佻放纵的女人，他做什么要担心她？跳海寻死？他居然会有这种荒谬的念头！一时间，羞愧恼怒尴尬诸般情绪纷至沓来，他窘得简直不知道该怎么办才好，只有装作什么也没发生，驭使蟹妖转身便走。

下一刻百里歌林忽然似鱼一般轻盈迅捷地朝自己游来，挽住他的胳膊。陆离狠狠甩开她，他现在什么也不想听，什么也不想说，只想找个地方冷静一下，他的脑子有点糊涂。

"陆师兄，你看那个！"

百里歌林又急急拽住他，朝后面指了指。

陆离定定神，因见她神情不似作伪，他回过头，却见对面海底深处郁郁葱葱，竟像是有一座小岛屿沉没在这里一般。奇异的是，岛屿上的树木居然没有被海水泡死，反而生长得十分茂盛。

"那个岛是不是很奇怪？我们要不要去看看？"百里歌林露出兴奋的神情，跃跃欲试，刚才下海前那个萧索似鬼的姑娘像是个幻觉。

陆离冷冷瞥了她一眼，抽回自己的胳膊，一言不发驭使蟹妖浮上海面。这次试炼后，他再也不要跟这个女人有一丝一毫的交集。

"哎，陆师兄？"

百里歌林抱着满怀刚撬下的贝壳追上去，刚浮上海面，却见黎非他们几个都站在岸边，连一直昏迷不醒的叶烨也醒了，坐在岸边等着他俩上来。

"叶烨！"百里歌林下意识地叫了他一声，快步走到他身边蹲下，上下打量他一番，她忽地皱眉一哼："你个蠢货可算醒了！"

叶烨在她脑门儿上用力一敲："这是什么态度！你成天就是贪玩，这会儿下水捞什么贝壳？"

百里歌林笑道："捞来吃啊，一条鱼哪里够塞我牙缝的。你看看你，脸色还那么白，看你还吹嘘自己厉害不，被人打成这样，差点死了。"

"他们突然出手，实在反应不及。方才桐周将事情经过都说给我听了……你们已经有六枚妖朱果？"

"什么你们我们，我们都是一组啦！对了，你把我姐丢到哪里去了？"

叶烨眼中漫起失落的神色，低声道："一直没遇到她，找了许久也没见到。"

陆离见他二人言语举止十分亲密，此刻百里歌林全副心神都放在这个叫作叶烨的男人身上，这种异常的专注，他从没见过。原来她心有所属，是他？原来，她看似轻佻多情的眼睛，也会这样专心认真地看人。

他忽又想起她方才说"放开我，或者抱住我"，只觉一阵可笑，她将旁人当作什么？轻佻放纵地接近，其实根本没把任何人放在心上。既然已经心有所属，为何不专一以对？他隐隐有种愤怒，这种愤怒让他一刻也不愿在这里多待，便无声无息地退了开去。

叶烨醒来自然又是一大乐事，应当弄点儿好吃的大快朵颐。纪桐周捡起那些贝壳，大概被妖气感染的缘故，贝壳硬如钢铁，强行用太阿术打碎也可以，但里面的肉肯定也烂糟糟的。他豪气万千地将贝壳一一放好，准备直接放离火术："我看直接用火烤烤就行了！"

雷修远一脚踹他背上："不会做就别动。"

纪桐周翻身跳起，还了他一脚，两人又开始乱打一通。黎非坐在沙滩上一面啃果子一面看他俩打来打去，忽然纪桐周袖子里掉出个东西，轻轻落在沙里。她捡起一看，居然是久违的紫玉蟋蟀，登时惊喜万分："咦？这个蟋蟀你一直带在身上？"

纪桐周避开雷修远的拳头，退开数步摸了摸袖袋，果然空空如也，也不知它怎么会掉出来。

"哦，我后来也觉得怪喜欢的。"他有点儿心虚。

本来他没觉得这有什么稀奇，但姜黎非那么喜欢，他被感染得也觉得这蟋蟀特别好玩，一直就这么带在身边，五年来都成习惯了。这种典型的小孩心态很丢人，他伸手想拿回来，结果见她过了五年还那么喜欢，捧在手里看个不停，便道："你既然那么喜欢，当初送你干吗不要？"

黎非笑吟吟地把蟋蟀放在他掌心："君子不夺人所爱，何况这东西太贵重，我没什么值钱的东西还礼，要不得。"

纪桐周哼了一声："我的东西，我爱送给谁就送给谁，谁管你要回礼了？"

呃，没想到过了五年，他的回答居然一个字都没变。

"你是金尊玉贵的王爷。"黎非含笑看着他，"随便一出手送的东西都价值千金，所以你才不能随便送人东西，不然感觉像用钱压着人似的，叫人不舒服。"

她见他表情愕然，估计是从没想过这回事，不由自悔失言。纪桐周一向是直率之人，喜怒都十分明显，这种弯弯绕的花花肠子他没有，估计也不屑有，她说得这么明白，反而不好。

黎非索性又伸手打算把那只蟋蟀抢过来："再借我玩两天，回头还你。"

纪桐周将手一藏："谁要借你！"

"喂，你这个大方的王爷怎么又变得小气了？借我玩两天又怎样？"

"现在我不高兴借你了。"

黎非伸手去抓纪桐周的胳膊，冷不防雷修远忽然一胳膊勾在她脖子上，朝后带了几步。她踉跄着撞在他身上，头顶传来他清冷的声音："你以为你还是十岁吗？"

黎非有些恼火，正要挣扎，他忽又放开她，冲她纯善一笑："你这么闲，不如帮我洗贝壳。"

纪桐周皱眉见他俩在光天化日之下拉拉扯扯，今天他明明没喝酒，那恼火不爽的感觉居然还在。他愤然扭过脑袋，不去看不去听，可他没法阻止自己不想。

这是怎么了！小王爷腹中窝着一团无名火。

"姜黎非！"

他突然叫她一声，抬手将那只紫玉蟋蟀轻轻抛过去。黎非手忙脚乱赶紧接住，还好还好，这精致的小玩意儿没摔坏，她松了口气。

纪桐周发脾气似的道："给你玩！记得还我！"

黎非捧着紫玉蟋蟀自己玩去了，现在她不想和雷修远靠太近，或许她需要冷静一下，不能老被他牵着鼻子走。

后面雷修远早已将贝壳处理好，连壳架在火上烤。腥香咸涩的味道随风飘远，一旁的百里歌林和叶烨都被吸引过来了。歌林见陆离一个人远远站在海边发呆，立即挥手叫他："陆师兄！来吃啦！"

叫了好几声，他仿佛都没听见，反而一步步朝海里走去，先时走得很慢，似乎在犹豫，可渐渐走得越来越快，一眨眼海水就淹到他腰部了。

"陆师兄？"

百里歌林有些讶异，他不会也想下海捞点儿什么贝壳海鱼吧？而且他没上避水法，就这么直接下海？

雷修远突然起身，眯眼看了片刻，低声道："有些不对劲，你们看海面上，是不是起雾了？"

众人仔细看了一会儿，此时天蓝海碧银沙白云，正是极晴好的下午，海面上却有薄薄的一团雾气，不十分仔细看是看不出来的。百里歌林早已奔过去将陆离拽住，他一直在用力挣扎，面上神情茫然，双目死死盯着远方，执着地要往海里去。

百里歌林渐渐制不住他，急得大叫："快来帮忙！他好像中了什么魔术！"

众人急忙奔过去。雷修远忽见不远处的黎非也神情木然地凝望着海面，拔腿要往海中行。他一把将她抱起来，紧跟着腾云而起："这地方有古怪，快走！"

话音刚落，却听海面上传来一阵阵极缥缈极动听的女子歌声，海面上那团雾气骤然变浓，急速向岛屿漫溢而来。众人谁也不敢回头，虽然感觉不到妖气，但正因如此才更可怕，能隐藏妖气的妖物或凶兽都极其难缠。

海水发出巨大嘹亮的翻涌声，百里歌林立在蜈蚣精背上，忍不住急急回头望了一眼。却见原本平静无波的蔚蓝海面此刻变成了黑灰色的，浓雾肆卷，海水白浪滚滚翻腾不休，一座郁郁葱葱的小岛自海底缓缓浮了上来。

众人再也不敢多待，疾飞了约有半刻，只觉后面海水翻腾的声音渐渐听不见了，才松了口气。雷修远怀中的黎非也渐渐停止挣扎，失神的双眼忽然恢复神采，疑惑地四处打量："那些美女呢？唱歌的呢？"

后面的陆离也恢复了神智，同样是满面迷惘。

叶烨心有余悸，回头看了半天，确认没什么异状，才道："是妖物？居然没有一丝妖气！"

雷修远正要说话，脸色忽又变了，脚底的海面不知何时，出现了一座郁郁葱葱的小岛。众人这一惊非同小可，急忙继续疾飞奔逃。然而那座岛就像是影子一样，以为甩脱了，低头一看，它又会出现在脚底，这情况实在诡异恐怖至极。

不知飞了多久，忽见前方一座巨大的岛屿，他们居然不知不觉飞来了海域内圈。

"往岛屿中心飞。"雷修远简洁明了地说道。

众人又是一阵疾驰，紧跟着纷纷落在岛屿中心的林间，但见许多山派海派的弟子正在斗法，五行仙法的光芒到处乱闪，乍见他们几个人一闪落地，不由都愣了一下。

叶烨见他们敌意甚重，急忙道："我们只是路过，马上就走。"

话音一落，忽觉一股幽香擦过身侧，紧跟着，一个衣衫半褪的近乎赤裸的女子与他擦肩而过。叶烨顿时有些发窘，然而这窘迫很快又变成了骇然。但见周围不知何时出现了许多半裸的艳丽女子，摇曳款款，从他们这些呆住的修行弟子身边行过，且舞且摇，身段曼妙，极尽妖娆之能事。

一阵阵缥缈动听的女子歌声似是从极远处传来，又似是近在身边。雷修远骤然抬头，却见阴影笼罩，那片岛屿居然悬浮在半空，此时再要逃，早已来不及。浓雾瞬间盘踞整座巨大的中心岛屿，将岛上的修行弟子们都吞噬了进去。

纪桐周只觉眼前白茫茫一片，什么也看不见。他急忙先上了一层防御，记得左边站着的是叶烨，他下意识朝左边挪了数步，谁知却没碰到人，惊愕之下，他不禁开口道：“叶烨？”

没有人回答他，除了那一阵阵动人心魂的歌声。

纪桐周不由大骇，朗声道：“叶烨？姜黎非？！雷修远？！”

依旧没有人回答他，然而对面窸窸窣窣，似是有人踏草款款行来，纪桐周急退数步，一朵火莲凝聚在掌心，警惕地望着浓雾里足音踏来的方向。

忽然之间，浓雾被一只纤纤玉手拨开，久违的兰雅郡主居然穿着宫廷华服，优雅华贵地立在他面前，如今她已是亭亭玉立的少女，艳丽不可逼视，面上带着温婉深情的笑，柔声唤他：“王爷。”

纪桐周惊呆了，兰雅怎么会在这里？她这衣服……不对，他分明记得先前在结界外，火莲观的女弟子说兰雅有话带给他，由于她还未突破第二道瓶颈，这次测试是来不了的。那眼前的人是谁？幻觉吗？

兰雅郡主乳燕投林般，扑入他怀中，霎时间，软玉温香满怀，她楚楚动人地抬头望着他，声音魅惑而柔腻：“王爷，你有没有想兰雅？”

纪桐周忽觉心中一阵糊涂，好像兰雅确实来了似的，怀中的身体柔软而轻盈，出于男子本能，他忍不住紧紧箍住了她。

他已经不是小孩子，兰雅对他的心意，他如何不知？

可是不行，不是她。

曾几何时，他心中忽然多出一把模模糊糊的尺子，他总是会用这把尺子衡量身边的每一个女人，兰雅不是他心底深处想要的那个女人。他也不知自己喜欢谁，真的想要谁，可不是她。

怀中的女子再度抬头，却又变了个模样，是星正馆一位以美貌闻名的女弟子，她同样妩媚又渴求地看着他，目光融融似春水。

不，也不是她。

怀中女子不停变换面容，都是他有生以来遇过的各种绝色佳人。可还是不对，不是她们。

纪桐周闭上眼，他心中似明非明，想要抗拒这怪诞不经的幻象。忽然，怀中的身体变得柔若无骨，鼻前嗅到一股勾魂摄魄的异香。他浑身大震，情不自禁睁开眼，却见姜黎非柔婉地依附在自己怀中，此刻她目中满是柔媚渴求的神色，像是求他抱住她、亲吻她。

她手中捧着一只栩栩如生的紫玉蟋蟀，巧笑倩兮。

纪桐周下意识推开她，全天下那么多女人，为什么她会出现？他已经够烦了，每次见着她就烦，又想靠近，又想远离这一切深渊困惑。

“纪桐周，你喜欢我吗？”对面的女孩柔声问着。

“我不……”纪桐周只说了两个字，面前的少女双目中已然泪光闪烁，泫然欲泣，眼怔怔地看着自己。

这种神情竟叫他无可奈何，心底一切清明与强硬好像都顷刻间化为虚无了，只觉喉中一阵干涩，像是有火在烧，浑浑噩噩，迷惘至极。

“喜欢我吗？”她颤声问。

他……不知道。他拿那把尺衡量了无数女人，却从没衡量过她，为什么？他心底最深处，模模糊糊的，连他自己也不知道的那一抹纤瘦身影——何时开始的？他竟全然不察。

脑海里仿佛有个声音在问：是她吗？

没有人替他回答这个问题，柔若无骨的身体再度依偎在怀中，纪桐周已经痴了。这荒诞不经的幻象，他竟丝毫不想反抗了。掌心的火莲无声无息地熄灭，他的双腕在微微发抖，慢慢抱住她的纤腰，慢慢收紧。

是的，是的，是她。

他倒抽一口凉气，眼前一花，浓厚的白雾早已消失，变成了他在端涂的王爷府邸。啊，对了，他已经成仙了，鏖战天下，所向披靡，再无人胆敢来犯越国。怀中柔软异常的女子穿着越国宫廷的华服，长发绾成华丽的望仙髻，额发也早已拢上去，露出洁白如玉的额头。她满面娇羞，星眸璨璨，浓密的睫毛垂下，怯怯地叫他：“王爷。”

她带着异香的吐息就在身前，简直让人神魂颠倒。

纪桐周只觉唇上一软，她的手臂软绵绵地勾住自己的脖子，樱唇宛转相送，怀中的女体仿佛变成了赤裸的，每一寸柔腻滑软的肌肤贴着他，磨蹭着他。他全身的血液都要沸腾了，近乎野蛮地将她抓抱而起，手指陷在她软玉一般的肌肤里，本能地摩挲她，搓揉她。

下一刻，漫天扑地的玄白二色笼罩了整个乾坤，她的肌肤映着墨黑的被褥，像月光一样皎白。

床头的烛火在烈烈燃烧，他早已心驰神迷，茫茫然不知今夕何夕。

Staread
星文文化

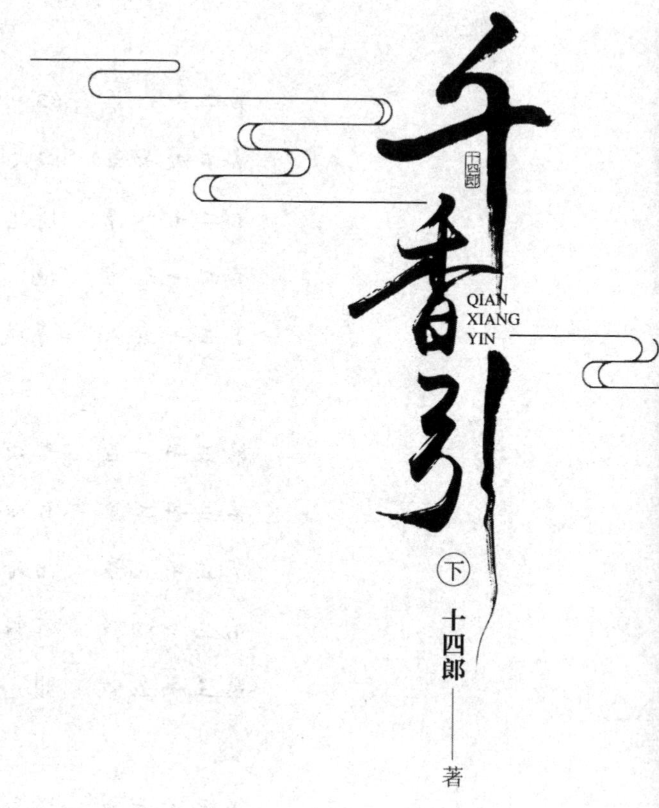


浙江文艺出版社
Zhejiang Literature & Art Publishing House

# 目录

CONTENTS


第二十六章　幻·蛩　001

第二十七章　心火　013

第二十八章　情怨　025

第二十九章　她　036

第三十章　青城　050

第三十一章　喜欢　062

第三十二章　本心　073

第三十三章　凶兆　083

第三十四章　百魅夜行　095

第三十五章　腹内　106

第三十六章　烙印　117

第三十七章　异香骨　130

第三十八章　疑心　141

第三十九章　一网打尽　152

第四十章　角　163

第四十一章　伤逝　175
第四十二章　记忆　186
第四十三章　夜叉　200
第四十四章　燎原　211
第四十五章　末路　222

第四十六章　焚身以火　234
第四十七章　明灭　245
第四十八章　天雷火海　256
第四十九章　不许忘　268
第五十章　五十年冬　279

第五十一章　两件遗物　289
第五十二章　回忆之林　300
第五十三章　十二世　310
第五十四章　一世一梦　321

番外一　明镜　332
番外二　山鬼　338
番外三　最美即是遇见你　351

CONTENTS

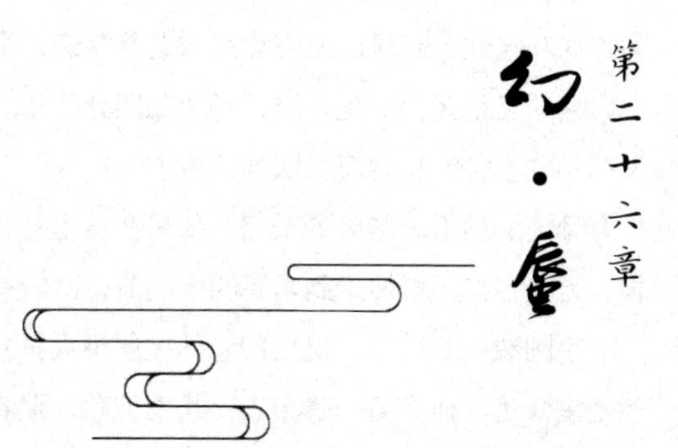

# 第二十六章 幻·蜃

浓厚的白雾遮蔽了视线，原本在身边的人影忽然都消失了。

黎非下意识上了两层铜墙术，四处打量，一面叫：“修远？歌林？你们在吗？”

回答她的只有那一阵阵缥缈虚幻的歌声，身边暗香浮动，许多半裸女子摇曳生姿地舞蹈着。黎非伸手去推去抓，却碰不到她们，虽然有香气，仿佛近在眼前，可她们却是虚幻的。

黎非挥袖放出离火术，一时间火光大盛，那些半裸女子顷刻间消失，连带着那虚幻缥缈的歌声也消失了。

雾好像渐渐散开了一些，黎非快步向前走去，高声叫着同伴们的名字。

猜想歌林和她一样，不会被裸女迷惑，不过他们组剩下的都是男人。叶烨对唱月倾心专一，大概也没事；陆离看上去严肃正经，但愿他没事；纪桐周身为金尊玉贵的王爷，想必见过无数美女，那些看不见脸的女人应该不至于让王爷魂不守舍；雷修远……

一想到雷修远，她的身体里像是有什么东西坠下去了，禁不住停下脚步。

他这个人，一向眼高于顶，从没见他对其他女子假以辞色过，应该、应该不至于被那些衣衫半褪的女人诱惑吧？理智上，黎非清清楚楚地明白雷修远是个什么样的人，可一旦牵扯到他，她就乱套了。

浓雾终于彻底散开，但见夕阳西下，倦鸟归林，深秋傍晚冰冷的风拂过脸庞，漫山遍野枫叶已红，起伏山峦间鲜红与老黄交织，仿若斑斓锦缎。

黎非又是迷惘又是惊骇，她急急四处张望。这里是青丘？！她和师父住的那个朴素又简陋的小院？！她怎么回到这边了？！

她怔怔地看着紧闭的柴门，如果在这里打开这扇门，能看到师父吗？她像中了邪一样，无法自抑，慢慢走到木屋的柴门前，屋内有烛火跳跃——有人在，真的是师父？

手刚放在柴门上，这扇门忽然被屋中人打开了，出乎意料，立在自己面前的人，居然是雷修远。他穿着一袭布衣，长发披散，藏着雾气般的双眸温柔含笑地看着她，忽然伸手握住她的胳膊，柔声道："你跑哪里去了？这么晚才回来。"

黎非一阵恍惚，迷迷糊糊地，只觉仿佛真的一直和他住在青丘一般。她反手紧紧握住他的袖子，抬头怔怔看他：浓密漆黑的长发，挺直的鼻梁，清癯的脸庞，还有那双湿漉漉的眼睛，他面上的神情总有些"生人勿近"的味道，像一只孤傲的鹤。

黎非下意识喃喃唤了他一声："修远。"

他笑着将她拉进屋，柴门在身后静悄悄合上。一室幽然烛光，桌上早已摆好饭菜，全是她爱吃的素菜。

"又去等师父了？"雷修远替她夹了一筷子竹笋，"他还要几天才回来，不要急。"

是啊……师父出门办事去了，还得过几天才能回来，特意嘱咐她和修远好好看家。黎非迷惘纷乱的心渐渐沉淀下来，小小吃了口饭。雷修远给她夹了满满一碗的菜："多吃点儿，矮得要死。"

黎非也给他夹了许多菜，讥诮地笑："你才要多吃点儿，长壮实点儿！"

话一出口，忽觉熟悉，她是不是在什么地方说过这话？意识深处总觉得自己仿佛忘了什么。慢吞吞吃完饭，她看着雷修远捧了一罐盐撒在屋外，雪白的盐粒拼成一圈古怪的花纹，她记起这是驱妖的方术。师父在的时候每天晚上都要撒一遍，确保晚上睡觉不被妖怪们偷偷吃了。

黎非奇道："你驱什么妖？有我在，根本不会有妖物来找麻烦啊？"

雷修远失笑地看着她："连方术都学不好的小丫头，说什么胡话？"

她心中一个激灵，对了，她并没什么特殊的，资质也不好，都十六岁了还不知道怎么引灵气入体。师父一天到晚骂她无能，还好收了雷修远这个天纵奇才，否则方术后继无人。一想到自己只是个普通人，她不知道为什么会感到无比欣慰与安心。

夜色笼罩了整座小院，雷修远从后面轻轻抱住她，低声道："睡觉吧。"

不知怎么搞的，她今天好像老是心神不宁。这美好又宁静的生活，像梦一样，她内心看不见的罅隙都被温暖地填补上，可这反倒叫她害怕起来了。她再度抬头看着雷修远，他眉梢一扬："怎么，还不想睡？"

黎非心底深处有一个惶恐的问题，已经近在嘴边，她轻声道："修远，你……你喜欢我吗？"

他微微一笑，双手把她扳过来面对自己："当然喜欢，我喜欢你。"

她觉得自己好像等这一句话等了很久，等得心力交瘁。此时终于从他口中说出，她忍不住浑身都在微微发抖，眼中一片热辣，急忙捂住眼睛。

手被他轻轻握住，黎非被迷惑似的痴痴看着他。他的脸凑近，温热的嘴唇轻轻印在她额上。陌生的吻，唇的热度仿佛不该是这样，好像应该是更炽热的，滚烫的，像是会灼痛肌肤那样……黎非下意识地闪躲开。

雷修远有些意外："你今天怎么了？哪里不舒服？"

黎非慢慢推开他，心中七上八下，只觉得乱糟糟的，她勉强一笑："我去睡了。"

她转身推开自己的房门，雷修远一把拽住她："那是放杂物的屋子。"

杂物？黎非定睛看向那一室暗沉，但见屋子里空荡荡的，只有窗下放了一张小小的木床，崭新的，刚刷过桐油，在银白的月光下闪闪发亮。

好熟悉，她在哪里见过这场景？

黎非挣脱雷修远的手，一步步走过去。小木床上铺着干净的棉褥，上面只有一张血迹斑斑的玉色襁褓，除此之外，并无他物。

电光石火间，她脑海中掠过什么景象。窗外骤然响起一个沙哑冷傲的声音，又熟悉又陌生："蠢材！蠢材！惊才绝艳又有何用！到头来还是被这些累赘事缠身！你这是一心求死！瞒得一日、一年，甚至一百年，又如何瞒住一生？"

另有个苍老的声音慨然一笑，忽地长啸一声，似吟似唱："惜余年老而日衰兮，岁忽忽而不反！念我长生而久仙兮，不如反余之故乡！"

黎非如遭雷击般，几乎要跳起，她急急回头望向身边的雷修远。他面上挂着温柔的微笑，渐渐地，身体像沙一样散开消失了，而房屋、小院，青丘的一切……也在顷刻间化作沙砾消散而去。

她周身泛起一层柔和的白光，昔日在栗烈谷爆发的本源灵气，此时忽然笼罩周身，无论如何也无法将这层白光掩饰下去。黎非惊慌失措地四处顾盼，想要找个地方躲避起来，她不想让任何人见到这样的自己。

然而浓雾已经散开，方才被浓雾吞噬的所有人忽然都出现在周围，每一个人都在看着她——她的秘密暴露在众目睽睽之下。黎非惊恐万分，她找不到任何可以躲藏的地方，她心底最恐惧、最想隐藏的事终于发生了。他们全部在看着她，歌林、纪桐周、叶烨、唱月……他们的眼神都那么陌生，像看着一个不属于这里的异类。

她喉咙像是被什么东西扼住了，眼前一片模糊，连连后退，后背忽然撞上一个人，那个人张开双臂，温柔地抱住她。

“不要怕。”他贴着她的耳朵，温热的吐息尽数喷在她的耳郭，“有我在。”

黎非失魂落魄地回头，雷修远正含笑凝视自己，她像是在铺天盖地的狂浪中抓住了救命的浮木，畏惧又依赖地蜷缩在他怀中。

“帮帮我，修远！”黎非祈求地唤着他。

雷修远却轻轻推开她，他温柔的笑渐渐变得讥诮尖刻，低声道：“你这个异类，我怎会真的喜欢你？”

黎非踉跄着倒退数步，周围原本有无数潮水般的嘲笑声、唾骂声、愤恨声，可一瞬间忽然变得安静了，她再也听不见。

他方才说她是“异类”……

世间一切的唾骂声，竟及不上雷修远的淡淡两个字，令她几乎神魂俱裂；所有排斥的目光，都比不上他眸中一抹讥诮来得伤人。黎非怔怔看着这个忽然变得陌生的少年，他正扬手挥剑朝自己刺来，面上带着冰冷的笑意，低斥道：“非我族类，其心必异！”

黎非定定地看着那柄寒光四溢的利刃刺入自己的胸膛，她竟不觉得痛，只觉胸腔内一片彻骨的冰冷——这是死亡？还是万念俱灰？

一只滚烫的手忽然按在她额头上，紧跟着重重拍在她的脸上，疼痛让她猛然一惊，霎时间诸般荒诞不经的幻象潮水般消失。黎非大口喘息，身体被人粗鲁地一把抱起，她惊恐地仰头，对上雷修远焦急的双眸。他额上满是汗水，见她醒了，他瞬间露出一丝欣慰的神情。

“这是凶兽蜃，喷吐雾气制造幻象，以此吸收人的精气。”雷修远贴着她的耳朵，声音极低，滚烫的吐息再一次喷在她耳畔。黎非只觉悚然，不自觉起了一身鸡皮疙瘩，她急忙躲开。

她心有余悸地打量四周，却见浓雾中无数弟子都躺在地上仿若熟睡一般。那丝丝缕缕的雾气像是有生命一样，钻入每一个弟子的七窍中。

葱葱郁郁的小岛悬浮在头顶数丈处，若有若无的浓白雾气从上面不停歇地溢出。

她已分不清什么是真，什么又是假。黎非低头看了看自己的身体，并没有白光笼罩。她想要站起，腾云离开这里，可手脚一点儿力气也没有。黎非艰难地挣脱开雷修远的双臂，费力朝前爬了数寸。

“黎非？”

雷修远一把拽回她。她浑身虚软无力，全然没有反抗能力，被他按在地上，被迫惊恐地与他对望。

“你方才看到了什么幻象？”他凝视她。

黎非别过脑袋闭上眼，这里或许又是另一个幻境，她已经不想再受一次伤。她两只脚吃力地在地上蹬着，试图挣脱，结果好容易往上挪一寸，他却立即跟上，步步紧逼。

“你看到什么了？”他又一次问。

她不想听见他的声音，双手捂住耳朵，在地上蜷缩成一团。

不知过了多久，悲叹般的风声骤然呼啸而起，星星点点的，像是有什么发烫的东西细细落在身上。黎非缓缓将眼皮撑开一道缝，却见密密麻麻的黑色灰沙下雨般落下，那座悬浮的小岛不知为何顷刻间化作细小的碎末，风吹过，莹莹絮絮地落在所有人身上。

随着那些细灰坠落，黎非只觉酸软无力的身体终于有了一些力气，她挣扎着想要起身，忽然，一双脚出现在视线里。黎非不用抬头也知道是谁，她用力坐起来，踉踉跄跄，手脚并用地要跑，后领子忽然被人一提，她身不由已地被摆在了雷修远的面前。

他蹙眉看着她，不知是不是黎非的错觉，总觉得他双眼内仿佛藏着锐利的金光，甚至皮肤里都透出一层冰冷璀璨的金色，这种光泽让雷修远看上去十分陌生。

“蜃已经没了，你还想跑？”雷修远两只手“啪”一声夹住她的脸颊。黎非疼得扬手就是一巴掌，重重打在他的耳畔。他没躲，只静静看着她：“疼？疼就不是幻觉了，刚才你看到的一切都是假的。”

他将最后“假的”两个字咬得特别重，黎非纷乱的神智终于渐渐平静下来。她望向四周，满地都是晕倒的修行弟子，浓雾尚未来得及完全散开。蜃将全岛的修行弟子都吸引来了这里，每个人都还沉浸在美梦或噩梦中。

她又将目光移到雷修远脸上，还是那张脸，还是那样的神情……动不了，利刃刺胸的那一抹冰冷还横亘在体内，她忘不了雷修远的那个目光，忘不了他吐出的那几个字。

都是假的吗？她闭上眼，浑身都开始无法抑制地发抖。

幸好，那些是假的。

黎非勉强露出一丝笑容：“你敢不敢……不要打那么重。”

雷修远又在她脸上掐了一把：“不重不晓得疼，你看到了什么？”

黎非回想起那些填补了内心罅隙的温暖的美梦，还有那些将她最恐惧的事情血淋淋摊开在光天化日之下的噩梦。在幻象中，她问了一个一直想问的问题，得到了最想要的答案，然而，那些都是虚幻的、不存在的。

黎非心中掠过一丝悲戚，她最希望的，在幻象中已经得到了，她最恐惧的，也在幻象中经历过了。她与他终究不一样，雷修远是天纵奇才，以后必然能大放异彩，而她，却是一个需要雪藏自己秘密、小心翼翼生存的异类。

可即便如此，她却还是想要将那个叫她心神不宁的问题问出来。

你喜欢我吗？

多么希望问出来后，他会像梦中的雷修远一样给予她肯定而温暖的答复。其实他那么聪明，又怎能看不出她笨拙的忐忑与期盼？可他还是什么都不说。

胸膛里的心忽然开始急剧跳动起来，说不出是紧张还是害怕，黎非只觉整个人在微微颤抖着。她上前紧紧地握住他的衣袖，这个动作她做过许多遍，从未有哪一次像此刻般忐忑。

"修远……"她的声音也在发抖，像是快要哭出来了，"你……你……"

雷修远凝视她片刻，忽然长臂一伸将她轻轻环在怀里，安抚似的在她后背轻拍。他的声音里有种奇异的、让人镇定的清冷："冷静点儿，一个噩梦而已。"

真的只是噩梦？他暧昧不明的态度已经给了她极大的伤害。他明明知道的，她那些试探期盼的眼神、永远追随他的目光，可他总是装作不知道。

"不要再想那些噩梦了，当我没问。"雷修远声音低柔道。

黎非摇了摇头，慢慢将拳头放松，原来她一直不自觉地捏着手，指甲都被捏得生疼。她深深吸了一口气，像是豁出去一般，含糊地低语："我能问你一个问题吗？"

雷修远低下头，一时并没有回答，只静静望着她。她还是读不懂他目光中的深意，他分明是专注地看着她，却又仿佛在抗拒她、躲避她，不愿正面肯定地回答她。

"和方才的幻境有关？"他忽然笑了，手指在她脑门儿上轻轻一弹，"都是假的，别当真，也别再想了。"

黎非还是摇头："你听我……"

"现在不是闲聊的时候。"雷修远打断了她的嗫嚅，令她一怔，"雾气将散，这里的弟子快醒了。"

黎非一阵恍惚，茫然地看着他抬手指向前方。他没有再看她，而是望着雾气深处，声音低而稳："那是百里歌林他们吧？"

黎非觉得自己的反应突然被放慢了许多，有些不能理解目前的状况，不由嗫嚅道："修远……"

雷修远第二次打断她："有什么话空了说，先去把他们叫醒。"

"我……"黎非还是没有反应过来，她眼睁睁地看着雷修离她而去，背影消失在渐渐稀薄的雾气中。

很明显的抗拒与回避，甚至比以往生硬了无数。他是不想听，还是不想回答？抑或两者兼有？他知道她想问什么。这些暧昧的、即将突破顶峰的时光，那些叫她惶恐却又欢喜不已的情，好像忽然之间滑落万丈深渊似的。

他依旧什么都不说，淡定地看着她日渐崩溃。

或许是雾气又开始凝聚了，她眼前那么模糊，什么都看不清，盛夏火热的风灌在袖中，却像是寒冬腊月的狂风，令她不由自主地瑟瑟发抖。

黎非竟笑了两声，不知是笑那些幻象，还是笑自己。

纷乱的找不到出路的感情，翘首企盼着永远没有答案的人——她现在看上去一定愚蠢无比。她希望的，已经在幻象中得到了，或许，让一切停在这里就好。

黎非移开视线，炽热的黑灰还在落下，凶兽蜃的身体早已成了灰，再也看不出是什么形状，那葱葱郁郁的小岛，想来也是个幻象。浓雾此时还没有散开，数百名弟子七倒八歪地睡在地上，有的人面上幸福地笑着，有的人则是咬牙切齿。多可怕的凶兽，怪不得日炎说，连他也会受影响。蜃不需要强盛的妖力与恐怖的战斗力，它只需放出种种幻境，便杀人于无形。

这么厉害的凶兽，雷修远是用了什么手段那么快将它切成这种碎末？日炎说得一丝也没错，他从来不说自己的秘密，却对她了若指掌，她傻得无可救药。

黎非很快看到了歌林他们，大家几乎是凑在一处晕倒的，百里歌林俯趴在地上，正在低声哭泣，不知呓语着什么。黎非急忙过去在她脸上重重拍了两下："歌林！快起来！"

百里歌林骤然睁开眼，大颗的眼泪滚下来，她两眼通红，满是绝望，忽地一把抓住黎非，颤声道："姐呢？她怎么样了？她要是出事，我……我……"

黎非揽住她，轻轻在她背上拍了拍："没事，都没事，只是幻象而已。"

百里歌林抱着膝盖哭了很久，才渐渐反应过来方才一切只是一场幻象，她通红的眼睛盯着昏迷不醒的叶烨看了半晌，最后落下一颗泪，长叹一声。

"我去找姐姐。"她丢下一句话，便起身走了。

黎非又拍醒陆离，他醒后茫然四顾一圈，只问了半句话："歌林她……"

还没问完，这聪明的男子似乎发现了什么不对劲，立即闭嘴不语，然后就坐在一旁动也不动，不知在想什么心事。

黎非见纪桐周躺得最远，而且身体在微微发抖，只怕是在做什么噩梦。她先凑过去，正准备一嘴巴将他抽醒，冷不防他突然睁开眼猛地坐起，满头满脸的冷汗。他转过头望着她，目光炽烈至极，却又仿佛藏着无穷无尽的伤心。

她急忙安慰道："没事吧？都是做梦……"

话还没说完，纪桐周忽然伸臂紧紧抱住她，他的心跳十分急促，呼吸亦十分急促，连声音都在发抖："你没走！太好了！你没走！"

黎非尴尬地推他："纪桐周，你做了什么梦啊！快醒醒！"

他汗湿滚烫的手掌抚在她脸上，黎非忽觉他落了一颗泪在自己脸上，这还留在幻象中不可自拔的王爷紧紧抱着她落泪了。她震撼得浑身都僵住——哭了？！纪桐周会哭？！他到底做了什么梦？难不成梦到她了？

黎非觉得自己快被他勒断了，他的力气大到可怕，她使劲挣扎了几次，却一点用也没有，只好捶着他的背，急道："快放开！你只是做了个噩梦而已！不是真的！"

他恍若不闻。

万般无奈之下黎非只得张嘴在他胳膊上狠狠咬了一口，纪桐周疼得一个激灵，终于把她给松开了。黎非兔子似的蹦起，连退数步，警惕又无奈地瞪着他。他先是怔怔望着她，可是慢慢地，像是被惊醒了似的，缓缓扭头四处张望，最后僵住了。

是梦？原来只是个梦？

纪桐周不知是该庆幸还是该痛苦，那个荒诞不经的幻象，给了他最美好的一切，又硬生生将一切美好砸碎在他面前——越国被灭，爱侣抛弃他，他一个人站在茫茫雪原里，无处可去。

幸好只是南柯一梦……纪桐周疲惫地捂住额头，他喉间还残留着痛苦的哽咽与撕裂般的痛楚。他下意识地抬头寻找姜黎非的身影，却见她早已走了。他心中又掠过一丝痛楚，为何只是个梦？他分明与她在梦中爱恨纠缠，体验过三千世界的极乐，也体验过黄泉十九层的极致痛苦，然而倥偬浮生，大梦一场，醒来后竟一切成空。

至少，他在幻象中拥有过她……醒来却连一个拥抱也得不到。

纪桐周仰起头，只觉要窒息般，看不见的漫山遍野的狂火在焚烧他的心和身体。他深陷幻境，无法解脱，真真假假的纠葛，浮生一梦，他却像是已经活过了一生，念念再不能忘。

浓雾渐渐散开，沉入各种幻象的修行弟子们也终于稀稀落落地醒来几个，大多神色茫然，还沉溺在方才的幻象中不能自拔。

叶烨被叫醒后，第一件事便是去找百里唱月，最后在一株树下找到了沉睡的唱月和蹲在她身边的百里歌林。他急忙上前道："怎么不叫醒她？"

百里歌林脸色苍白，一言不发，似是畏惧般退了一步。

叶烨愕然看着她，见她脸色白得像纸一样，不由更加错愕，低头再看唱月，她虽然双目紧闭，然而面上居然满是哀伤欲绝的神情，细细的两行泪顺着睫毛汩汩而落。

他又是惊讶又是心疼，轻轻将百里唱月抱紧，她在幻象中经历了什么？为什么要哭？唱月一向坚强，小时候三人流浪，被人追杀到满身是血性命垂危，她都从没哭过。

百里歌林只觉浑身都在发抖，她乍见到唱月的神情与眼泪，便怕得再也不敢叫她。

姐姐在幻象里看到了什么？她会不会终于发觉自己的秘密？歌林心底最恐惧的事，不是叶烨的无心，而是姐姐终于明白一切，如果姐姐因此对她警惕防备，甚至讨厌她，更甚者为了她而要放弃叶烨，那她宁可从没出生在这世上。

她见叶烨将姐姐拍醒，她无论如何无法说服自己走过去，反倒惶惶然退了好几步，冷不防撞在一人身上，她像受惊的小鸟一样蹦了起来。

陆离一把抓住她，可是很快又放开手，他顺着她的目光望过去，却见叶烨正与另一位面容与歌林十分相似的女子携手相望。他心中暗暗吃惊，那男子不是百里歌林的爱侣吗？

忽觉百里歌林扑进自己怀中，他这一惊更是非同小可，她在自己怀中剧烈发抖，一面用无比卑微的声音乞求他：“抱住我，求求你，抱住我！”

陆离只觉荒谬透顶，她这是在做什么？拿他当挡箭牌？他心中怒意陡生，想要用力推开她，可胸口的衣服居然已经被她的眼泪打湿了。他神色复杂，低头看着她的头发，一时怒到了极致，一时又怨到了极致，一时偏又隐隐觉得欢喜。

他慢慢张开双臂，将她护在自己怀中。

为什么要给他那么意气风发、十全十美的美梦？这里明明什么都没开始，他竟然已经输得一败涂地。

“叶烨，唱月！”

黎非找了许久总算找了过来，忽见陆离紧紧抱着歌林，她不由怔了一下，小心绕开他俩，走向叶烨二人。叶烨正紧紧抱着百里唱月，两人喁喁细语，不知在说什么。

黎非停在他们不远处，叶烨很快便发现了她，挥了挥手，她笑着走过去。叶烨笑道：“这傻瓜，到现在也没找到人组队，一个人在这边晃了好久。要不是突然出现那个凶兽，只怕试炼结束也遇不到。”

黎非见百里唱月的眼睛有些发红，想必在幻境中也经历了什么不快的事情，她正要说话，却听唱月问道：“歌林呢？”她顿觉十分为难，不晓得该怎么说。

百里唱月早已听见微微的啜泣声，见陆离和歌林在不远处紧紧相拥，她有些愕然，更多的却是若有所思。

忽听头顶风声呼啸，雷修远不知从何处腾云而来，低声道：“其他人开始醒了，我们先撤，待久了恐生不虞。”

叶烨将百里唱月扶起，见这里人人脸色都不对：纪桐周双目通红；陆离抱着歌林眉头紧蹙；黎非面无表情；雷修远眺望远方一言不发……叶烨心中诧异，却又不好问，只得装作不知。

此时此刻，没人有心情去想蜃突然消失的事，个个都沉浸在方才的一场幻梦中。直到飞离海域内圈，回归外圈的小岛屿上，还是没有一个人说话。天已经黑了，漫天繁星，多得像他们现在的心事。

叶烨见气氛实在太沉闷，便笑道：“幻梦一场而已，都是假的，何必念念不忘。”

他在幻象中不但光复了高卢国，灭了龙名座，还成了一代豪杰仙人，与唱月携手到老，这些都是他平日藏在内心最深处的各种欲望，幻境中诸般所想都成现实，而后一切又都摧毁在自己眼前，痛苦不堪，醒来方知是大梦一场，反倒觉得解脱。

“都是假的”四个字像石头一样重重砸在众人心中，陆离和纪桐周的脸色都变了。

百里歌林还靠在陆离怀中，他猛地一把将她推开，不去看她错愕的表情，低声道：“够了吧？”

歌林勉强笑了笑：“陆师兄，对不起啊，谢谢你。”

对不起？谢谢？陆离简直想要冷笑，为何现在又要说“对不起”？

她的任性并不是那些轻佻放纵，也不是那些软弱的哀求，而是她这样想来就来、想走就走的可恶。将别人弄得乱七八糟，然后再轻飘飘的一句“对不起”，转身走开，像是从没认识过。

或许也不能怪她，只能怪他自己，是他自甘堕入幻象，为一团虚幻的过往意乱情迷，一切苦楚业障，都是他自己的。

陆离骤然转身，他也觉得自己再待不下去，若不离开，真的会疯掉。

百里歌林默然看着他离去的背影，低低长叹一声。

“歌林。”百里唱月忽然在后面平静地唤她。

百里歌林瑟缩了一下，半晌才慢慢回过头，她勉强笑道：“姐，怎么了？”

百里唱月静静看着她：“你和我来一下，我有话想说。”

或许该来的总是要来，百里歌林深深吸了一口气，她心中感到一种深切的悲戚，这种悲戚反倒让她变得从容起来，回身浅浅一笑：“什么事？”

她亲亲热热地挽住了唱月的胳膊，她不知道自己两条腿是怎么迈开的，它们像踩在云上，一切都那么虚幻。繁星漫天，她又觉着那些星子像雪片一样朝自己身上坠落，每落下一颗，便让她一个瑟缩。

百里唱月将她拽到海滩无人处，按住她的双肩，两人一起坐在海边礁石上。百里唱月很久很久没有说话，周围只有海风与海浪的细微声响。

“歌林……”唱月忽然低低开口了，声音里却带着一丝笑意，“从小你喜欢的东西总是会抓着不放，表现得特别明显。你以前就喜欢缠着叶烨，后来忽然又离开，我早该发现的。”

百里歌林哈哈一笑：“姐，你在说什么？叫陆师兄听见他可是会生气的，我跟叶烨哪里有什么！”

百里唱月摇了摇头，声音很轻：“方才我在幻象中，其实没有发生什么，只不过将我如今的人生重新走了一遍。可我总觉得好像少了什么，我一贯总是想着自己的事，好像忽略了什么。后来，我见着你一个人在哭，不是对我，而是对叶烨，我忽然就明白了。”

歌林还在笑：“你别乱说了好不好，姐？”

百里唱月低声道：“你的心跳忽然快了，你在紧张，我说中了，对不对？”

百里歌林凄然一笑，她再也瞒不住，她会被怎样对待？被彻底排斥在这个家之外吗？

“姐，”她轻轻开口，“你猜我在幻境里看到了什么？”

百里唱月眉头微蹙，欲言又止，最后却缓缓摇头：“我不知道……无论如何，那不过是一场幻象，歌林，不要当真。”

百里歌林还是笑，声音低柔：“我梦见回到小时候了，爹爹娘亲都还在，没有国破家亡，也没有四处奔逃，我们俩就在院子里那棵树下面练舞，从六岁跳到十岁，从十岁跳到十六岁……好开心，好轻松，只有我们两个。”

说到这里，她闭上眼，声音更加轻微：“后来又多了叶烨，可我却没有喜欢他……原来我从心底盼着从没喜欢过他，我竟连自己都骗过去了，真可笑。”

喜欢叶烨的那段时光，几乎大部分都是灰暗的，她从来也不知道自己究竟要的是什么。想要取代姐姐？想要他从未喜欢过姐姐，而是一开始就和自己在一起？

直到此时此刻，她才终于明白，心底最希望的，居然是从没喜欢过叶烨。

“姐，你这个人看着聪明，其实迷糊得很，做事又常常撑着一股孤勇，小时候你护着我不被人欺负，可更多时候还是我照顾你。我老是担心叶烨照顾不好你，不过我白担心了，你被他照顾得很好，比以前好多啦，你再也不需要我照顾你了。”

下一刻，她忽然被唱月紧紧抱在怀中。唱月的声音在哽咽，微微发抖：“对不起，歌林，我这个做姐姐的太不称职，我总是顾着自己的事，总是觉得你还小，居然到现在才明白。是我的错，让你一个人跑来东海，吃了那么多苦。”

百里歌林心中缓缓升起一股久违的暖意，她柔声道："在这里挺好的，我从小就爱看新鲜风景，东海好玩的地方多着呢，我反而觉得比中土好。"

唱月紧紧抱着她，大颗大颗的眼泪打湿了她发辫上的玫瑰。百里歌林揽住她的肩膀，轻轻抚摸她的脊背，低声道："姐，你别担心，我早就不喜欢叶烨啦，我现在已经有喜欢的人了，谁还记得小时候那点儿事。"

唱月闭上眼，摇了摇头，许久，她道："歌林，喜欢他不是罪，不值得你离开那么远。"

百里歌林鼻子里一阵发酸，她轻笑："那你还要我吗？"

唱月在她脑袋上捶了一下："说什么？我们永远是姐妹，不管在什么地方，你都会想我，我也会想你，什么东西都切不断，叶烨更不能。"

百里歌林眼前一片模糊，她咧开嘴，想笑一声，可眼泪却掉下来了。姐姐熟悉的味道充斥整个世界，从小她一直被这样的气味熏陶保护，家破人亡后，因为有姐姐在，她才能继续笑，姐姐的味道她到死都不会忘记。

这里是她的家，她永远属于这个家，没有任何一句话比这句更让她感到幸福，多年的心结忽然烟消云散。她只是抱着唱月一直哭，记不得哭了多久，嗓子都哑了。

百里唱月替她擦去眼泪，捧着脸看了看，难得俏皮地笑了一下："眼睛都哭肿了，傻孩子，为那个蠢蛋可不值得，叶烨其实蠢得很。"

百里歌林"嗤"一下笑了，声音沙哑，带了一丝撒娇："谁说我为他哭？我是太高兴了。"

"入门六年后，我们就可以随意离开门派了。"百里唱月替她将凌乱的长发绾好，"以后我常来看你。"

百里歌林依偎在她肩头，用力点了点头。

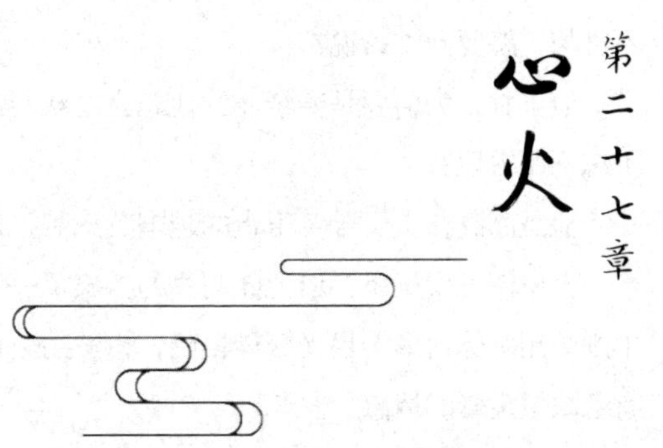

# 第二十七章 心火

夜色渐渐深沉，沙滩上架了火堆，海浪声与火舌舔舐枯木的噼啪声相互交织，除此之外，没有一个人说话，四下里一片死气沉沉。

叶烨环顾四周，黎非一个人坐在沙滩上啃果子，雷修远默然不语神色阴郁地在火上烤鱼，鱼肉都焦了他也没发现……陆离远远地坐在树干上发呆，纪桐周也远远地坐在礁石上想心事。

这样的气氛实在糟糕，叶烨索性起身朝纪桐周那边走去，坐在他身边，拍拍他的肩膀，温言道："桐周，一场梦而已，想开点儿。"

是啊，一场梦而已，那些爱恨情仇都是虚伪的，他不甘心被这虚幻的假象摆布，他怎能被那些镜花水月的幻觉戏耍？他比任何人都不甘心。

可他心底有火在烧，贴着夜与海的边缘，他快要被烧成灰了。

它们不仅仅是假象，那是他藏在心底最深处的欲望与恐惧，在他不知道的时候，统统被无情地摊开，建了一个华美的梦，再砸碎在自己面前。

那些肆虐的感情要怎么办？告诉自己都是虚幻的，然后丢弃忘记？他要是忘不掉怎么办？就这么任由心火焚烧吗？

纪桐周猛然起身，一脚踢飞无数沙砾，他觉得自己快要疯了，甚至有冲动再度回到那个幻象中，完成那些爱恨。为什么要让他经历极乐与地狱？梦醒是空，他满腔残留的不甘与愤怒要向谁诉说？

他不甘，为何要是姜黎非？他怎会喜欢她？怎会在梦中被她无情背叛？又怎会念念不忘不愿去恨？

他是高高在上、金尊玉贵的越国英王爷，自小见过的绝色美人无数，他怎甘心臣服于一介卑微民女裙下？但他此刻真的要疯了——喜欢她，原来他竟有这样喜欢她。在梦中她曾用脉脉含情的目光凝望自己，也曾用刻骨仇恨的眼神凌迟过他，无论是哪种，都有着浓墨重彩的情感。

然而真正的姜黎非望着他的眼神是那么平淡，平淡到他瞬间便能明白她心底对他全然没有一丝情动。

怎能甘心？如何甘心？一切都是假的，除了一颗快要被焚烧殆尽的心！他什么也没得到，她什么也不知道，那种无辜的不知令他更加痛苦。他不想告诉她，不想叫她发觉，这是他仅有的傲气了。

无处发泄，纪桐周掌心凝聚无数的火莲，狠狠砸向大海。无数道火舌舔舐海水，万丈火光，却抵不过他心中的那团烈火——狂乱，无处可去。

情怨业障在凌迟他——性烈如火，多情之人，玄山子前辈一点儿也没说错。他快要被幻象与真实的罅隙逼碎了，喉咙中又有种撕裂般的痛楚。

他再也无法在这里待上片刻，甚至一瞬间也不愿意，他御剑而起，眨眼便飞远了。

叶烨无奈地摇了摇头，幻象给他的刺激太大，到现在也无法甩脱，只能让他一个人缓缓，或许等想通就好了。

黎非还在一个人怔怔地啃果子，忽觉肩上被人轻轻一拍，回过头，却见百里歌林两只眼睛红红的，面上却在笑。

“发什么呆呢？”百里歌林挽住她的胳膊。

黎非有些愕然：“你和唱月聊完了？”

百里歌林笑得平静：“多余的话没必要说，她永远是我姐姐，这就够了。”

她像是卸下了看不见的重担，整个人都显得神清气爽起来。黎非欢喜地握住她的手，捏了捏：“歌林，你以后也要快快活活的才好。”

百里歌林哈哈一笑：“我就是操心的命，没人宠我，可不敢太快活。”

“总会有那个人的。”黎非拍了拍她的背，“不要急。”

百里歌林在她脸颊上戳了戳：“我比你懂事多了，要你劝？先管好自己的事吧！雷修远呢？他怎么把你一个人丢在这里？”

黎非摇摇头，她现在不想谈这个，笑道：“歌林，不说这个，我累了，先去睡。”

她不等歌林说话，寻了一棵树腾云而上，架起一层隐匿法，消失在枝叶中。

茫茫然中，她仿佛又回到了青丘的小院，她像一缕幽魂，飘进自己的屋子，屋里空荡荡的，只有窗下的一张小木床。月光遍洒窗棂，外面有人在说话，巨大的影子落在地上，一双惨绿狭长的眼睛透过窗户看了她一眼，紧跟着，那沙哑又熟悉的声音长叹一声：“蠢材！蠢材！”

又有人慨然一笑，像是要将平生意气都付诸笑声中一般……

黎非忽然惊醒了，只觉后背冷汗涔涔，天色已然大亮，叶烨他们的说话声从沙滩上传来。她僵硬地扶住额头，她方才梦到了什么？好像一瞬间又忘掉了，怎么也想不起来。

耳后风动，她急忙伸手一接，摸在手里滑溜溜的，是一只果子。她低头，却见雷修远在树下站着，他手里也捏着一枚果子，正在啃。

“你是猪吗？快午时了。”

从枝叶间漏下的阳光有些刺眼，他眯眼看着她，昨日眉间眼底的阴郁与抗拒已经消失，又恢复了往日的淡然。

还想和以前一样暧昧地说笑亲热吗？

黎非没说话，从树干上纵身跳下，一面打呵欠一面与他擦肩而过，冷不防手腕又被他握住了。她没回头，道：“我要梳洗。”

雷修远蹙眉笑了，有些无奈：“昨天想问我什么？现在有空了，接着问。”

接着问？黎非也笑了，摇头：“没什么，忘掉吧。”

她已经什么都不想听了。

雷修远长长地“嗯”了一声，靠着树将她轻轻拽到身边，道：“好吧，那我告诉你我在自己的幻象里看到了什么，要不要听？”

……她确实有点想听，怎么办？！

雷修远清了清嗓子：“幻象里，我先解了腰带，然后脱了外衣，再然后脱下中衣……”

“你在胡扯什么？！”黎非终于扭过头来，瞠目结舌地瞪着他。

“还没说完，然后脱了中衣，又脱了裤子……”

“算了，你还是别说了。”黎非扶住额头，她觉得头更疼了。

雷修远微微一笑：“真的不想听后面的？我说的每一个字都是真的。”

这种恶劣的谎言有什么可听的？黎非摇摇头，挣脱他的手，径自朝前走。

她最讨厌他这种态度，似真似假，半带玩笑，油滑无比，看不懂他到底在想什么。心里的幽火在灼灼跳跃，灼痛她双眼，她只能一遍遍熄灭它们。

雷修远眉头蹙起，他一把钳住她的双肩，将她拖回自己面前，黎非疼得毫不留情地重重踢在他的小腿上。若是小时候，这一脚早已踢得他一个趔趄，她就可以趁势压住他一顿暴揍了，谁知一脚踢上去他一点儿反应也没有，反而笑起来。

“我们都不是十一二岁了。”雷修远将她一扯，黎非居然丝毫不能反抗，不由自主朝他跌过去，“你如今那点儿力气，挠痒痒也不够。”

黎非一头撞在他胸膛上，额角撞得生疼，右眼也是一阵发花，半天看不清东西，金星乱蹦，她下意识捂住眼睛，好久都说不出话。

雷修远捧着她的脸，掰开手，见她右眼落下一行泪，他用拇指慢慢抹去。

冷不防她身上忽然金光乱窜，削断了他一绺长发，他急忙避开。黎非掌心金光吞吐，退了两步，冷冷看着他，正要说话，忽听沙滩上百里歌林惊叫起来：“纪桐周？！你怎么成这样了？！”

黎非转身腾云而起，转瞬间落在沙滩上。

却见纪桐周站在对面，满面满身的黑色妖血，他没有看任何人，忽然纵身跳入大海，黑色的妖血一圈圈荡漾开，很快被海浪冲刷得干干净净。

百里歌林有些骇然，他跑出去大半天，就是杀妖去了？杀了多少？居然满头满身都是血！

很快，纪桐周又从海里走了回来，一层离火附在他身上，头发与衣服瞬间便干了，他低头抹了抹脸，将盐粒抹掉，还是什么也没说。

经过黎非身边时，他停了一下。黎非愕然抬头看他，却见他目光灼灼地看着自己，两只眼中像是藏了漫天的火焰，这目光看得她浑身发毛，情不自禁退了几步。

纪桐周忽然冷笑一声，声音有些沙哑：“怕什么？”

他转过身，不再看她，径自走开了。

叶烨暗暗摇头，看样子一夜过去，对他一点儿用也没有。他见众人都齐了，索性开口道：“我们走吧，这地方待了太久，换个岛。”

百里歌林哀叹起来：“还没吃饱呢！这就要走？”

百里唱月拍了拍她的肚皮：“两条鱼吃下去还不饱？你的肚皮是无底洞吗？”

叶烨不由一笑，忽听头顶风动，众人立即警惕，黎非架起大铜墙术。却见呼啦啦飞来十几个人，粗粗一打量，居然全是山派弟子，里面只有一个脸色不太好看的海派弟子，被一个高大的男弟子揪着后领子，很有些狼狈。

“这里妖朱果的气息最浓了。”那海派弟子弱弱地说着。

来抢妖朱果的？黎非再加一道铜墙术，冷不防坐在一边的纪桐周忽然起身，慢慢走过去，冷道：“本想找你，你却自己送上门，好得很！”

十几个弟子里，有个站在最后面的人不禁退了几步，黎非众人这才发觉十几人里面居然还有上回那几个龙名座的弟子。怪不得，沆瀣一气，聚集一群臭味相投的人，又逼迫海派弟子带路，来抢妖朱果了。

那几个龙名座弟子的脸色都不怎么好看，想不到找来找去还是找到他们头上，不过这次他们这边人多，没什么好怕的。纪桐周的那个狗腿子也稍稍收敛了惊惶的神色，他避开纪桐周刀锋般的视线，朗声道：“抢夺是被允许的！你们不会忘了吧？将妖朱果交出来，看在同为山派弟子的分上，我们不动手！”

话音未落，纪桐周早已出手，万丈火光拔地而起，他手里捏着御剑用的宝剑，剑身此刻火蛇盘踞——心底的狂火在焚烧他的魂魄，幻象中的仇恨在屠戮他，他清楚地记得，是背后有龙名座撑腰的昊钧灭了越国。

纪桐周心中的杀意无法抑制，他伸指一弹，剑身上的火蛇化作万条火龙，呼啸而出，顷刻间冲散了对面的布阵。他整个人也疾电般射出，一剑刺向龙名座的弟子。

所有人都想不到他说动手就动手，星正馆霸道的仙法威力此时终于展现出狰狞的一面。无数火龙盘旋嘶吼，整座沙滩都被烈焰吞噬了，就算架起防御，也顷刻间被破坏。

纪桐周一剑刺中对方身上的防御，发出刺耳的碰撞声，对面十几个气势汹汹来抢妖朱果的弟子都大吃一惊。却见他掌心火莲凝聚，一掌又拍在防御上，土行防御再也支撑不住，化为虚无，数条火龙疾飞而来，将那个去了龙名座的狗腿子一口咬住，高高抛起，烈焰焚身，狗腿子的惨叫声令人毛骨悚然。

不好，他是真的要杀人！两边的弟子都慌了，一时间上冰墙的上冰墙，落春雨的落春雨，那狗腿子早已被人救下，春雨术熄灭了身上的火焰，他大半个身体都被烧黑了，神志不清。

一眨眼工夫就重伤了一个人，对面十几个弟子有些心惊胆战，眼见他浑身火光滔天，跟地狱里冲出的修罗恶鬼一样继续朝这边疾飞而来。众人都是又惊又怒，既然对方都下了狠手，他们更不好保留，当即数道无形的土行墙疏疏落落地挡在他面前，更有人抛出无数水龙……几番盘旋，海滩上的滔天烈焰被压下去不少。

“不能让他在这边杀人！”叶烨也挥手放出水龙，与对方的缠斗在一处，“黎非你护着桐周，必要时困住他别让他发疯！”

虽然人人对龙名座的人没好感，叶烨三人更与龙名座有灭国之仇，但杀人就不一样了，最起码不能在这里。弟子间旨在点到即止的斗法，伤及性命如何与长老交代？

纪桐周身前两朵火莲盘旋，视土行墙如无物，他忽地一旋身，漫天火雨倾泻而下，火点落在铜墙术上，立即变成无数火蛇，对面众人不得不再次被炽热惊人的烈焰冲散开。下一刻纪桐周早已一剑挑起另一名龙名座弟子，掌心火莲正要拍出，忽觉头顶金光乱窜，金箭雨疾射而下，他继续视若无睹，火莲拍在那人身上，将他最后一层防御烧穿，那人痛得惨叫连连。

“叮叮当当”无数声响，金箭雨没能扎穿纪桐周周身的铜墙术，金光纷纷落在他脚边，他早已杀得性起，全然没注意这些。只见那被火莲吞噬的弟子身上落下春雨术，火焰顷刻间被浇熄，那人已被烧得奄奄一息，软绵绵地摔下去。纪桐周看也不看他，再度杀向其他人。

早有人发觉黎非是众人中最重要的辅助，在后面偷偷给纪桐周他们上防御，仗着自己这边人多，一面有大部分弟子拖住纪桐周几人，一面另有人上前试图骚扰她。黎非当即化作一团青烟避开，眼角余光发觉左右两侧无数小叶片袭来，头顶又有金箭雨落下，脚底更有烈焰滔天，她只得四面都架起铜墙术，硬生生接下这一串攻击。

然而还是有来不及挡住的金光，黎非左脸上一阵剧痛，鲜血顺着脖子染湿了衣服。她甚至不能给自己上治疗，对方的人比他们这边多出一倍有余，四五个人只攻击她一个，她实在应接不暇。叶烨他们又被十几人缠住，无法救助她。

黎非抹了把脸上的血，再度化作青烟避开射向自己的太阿术，忽见纪桐周还在大肆挥霍火光，他后背血迹斑斑，方才架的铜墙术想必已经被打破。黎非当即结印要给他再上防御，冷不防手被人掐住，雷修远隐含怒意的声音在耳边响起：“管好你自己！”

她吃了一惊，忽觉身体一轻，被他拦腰抱起，一瞬间疾飞十几丈之外。

雷修远神情阴郁，一把推开她，摊开手掌，璀璨呼啸的飞剑立即凝聚乍现，竹哨般刺耳的呼啸声骤然响起。他匆匆顾盼四周，但见叶烨他们几个被人缠住，原本攻击黎非的几个人见他来了，立即转回头攻向纪桐周。后方有个身材高大的龙名座弟子，一直躲在雾幻后面不动，想必是他们的辅助。

雷修远的手轻轻一抬，飞剑疾射而出，化作一道金光，倏地消失在众人眼前，紧跟着瞬间穿透那层雾幻。

那名辅助的弟子一时竟呆住了，眼睁睁看着自己的右胳膊被一剑切断，他居然觉不到痛，只觉创口炽热难耐。下一刻，鲜血忽地飚射而出，惊恐之下，他终于感到无法忍耐的剧痛，当即惨叫起来。雾幻再也维持不住，他甚至连腾飞也做不到，脚底雾气散开，直直朝沙滩上落去。

惨叫声让对方十几人悚然而惊，但见金光乱窜，那锐利的呼啸声忽远忽近，不可捉摸，忽地又消失在众人视界中。紧跟着最后一个龙名座的弟子也是惨叫一声，他的左腿膝盖以下的部分瞬间被飞剑贯穿，也狠狠摔落云头。

这神出鬼没的飞剑瞬间斩断了两名弟子的手脚，叫人防不胜防，辅助的弟子也被它所伤，没有土行辅助架设防御，一个一个干掉他们也花不了多久。围着纪桐周缠斗的那几人见飞剑朝自己这边飞来，急忙纷纷避开。困住叶烨他们的那几名弟子见势不妙，也匆匆避让。众人聚在一处，低头看沙滩上瘫着四个龙名座的弟子，个个重伤，惨叫声不绝于耳，不由个个心惊。

飞剑飞回雷修远身边，绕着他盘旋数周，最后化作一道金光消散开。他见纪桐周满身鲜血，却像是被恶鬼附身一般，竟还要上前斗法，顿时疾飞过去，抬脚便将他踹了个趔趄，紧跟着欺身而上，一拳揍在他脸上。纪桐周一时竟被打得蒙住。

“做了噩梦就干脆躲起来哭。”雷修远森然看着他流血的脸庞，还有他仿佛藏着鬼火般的眼睛，“分不清真假是你自己蠢。”

纪桐周面色阴沉，毫不退缩地与他对望。纪桐周猛然起身，挥拳便要揍回去，后面的叶烨早已过来将他拦住：“桐周！冷静点！”

话还没说完，雷修远一掌劈在纪桐周颈侧。纪桐周方才灵气消耗不少，也受了不少伤，这一劈终于叫他支撑不住，瘫软晕在叶烨身上。

激烈的斗法戛然而止，两边的弟子沉默地互相对峙，谁也不知接下来要怎么结束这一切。

雷修远上前冷道：“这是我们和龙名座的私仇，如今私仇已结，你们若还想再打，我等乐意奉陪。”

那十几个弟子见龙名座四人伤得人不人鬼不鬼，更关键的是，里面还有两个是辅助弟子。没有土行防御辅助，对方还有飞剑，对他们十分不利。他们原本就只是想仗着人多抢夺妖朱果，谁知果子没抢到，反而啃上一块硬骨头，崩了几颗牙，当下退意顿生。对方既然借与龙名座有私仇的名义给他们台阶下，最好就舒舒坦坦地下去。

早有人下去给那四个龙名座弟子架了治疗网带回来。一人道：“今日之事就当没发生过，诸位仙法精妙，预祝各位早日完成试炼。”

言毕，十几人立即腾飞远去，还不忘将那看傻的海派弟子带上。死心不改，估计还是想抢别人的妖朱果。

海滩上肆虐的火海也渐渐烧尽，黎非数人对望一眼，再看看晕过去的、满身是血的纪桐周，一时都有些无语。

叶烨将纪桐周背起，叹道："此地不宜久留，先换个地方。"

这次虽然没出人命，但重伤龙名座四个人，雷修远更切断了他们的手脚，有残肢在倒还不至于从此残疾，但治好只怕要几天的工夫。梁子结得比想象中还大。

众人又寻了一处隐蔽小岛，只觉岛上妖气纵横，阴云惨雾密布，唯一可喜的是，此地地形崎岖，易于躲藏。

叶烨找了个背阴凹地将纪桐周放下，细细查看伤势："他灵气消耗过多，其余倒无大碍，让他睡吧。此地妖气肆虐，只怕有妖物。黎非你留下照顾桐周，我们其他人先将此地巡逻一番。"

纪桐周一天一夜没睡觉，情绪波动又过于激烈，刚才还把灵气消耗太多，身上的伤口大多又深又长，这次只怕对他是个不小的损伤。黎非架起治疗网，慢慢往里面灌输灵气。左脸剧痛无比，她这才想起自己也受伤了，居然还伤在脸上，要不是有治疗网，这可是被毁容的灾难。

黎非皱眉摸了摸那道伤口，正要放治疗网，忽见躺在地上熟睡的纪桐周竟又醒了。他刚醒便暴跳起来，像关在笼中的野兽忽然被放出一样，拔腿就走。

黎非急忙拽住他："纪桐周！你够了吧？人早就走了！你先躺下来等伤治好！"

纪桐周看也不看她，用力甩脱她的手。黎非想不到他的力气会那么大，当即踉踉跄跄后退数步，见他迈步继续往前走，她登时火冒三丈，一挥手放出藤绊。纪桐周猝不及防，被藤蔓缠住两条腿，摔了个狗吃屎，一眨眼又被藤蔓捆了个结结实实，被拽得滚回她脚下。

但见他身上火光乍起，那些藤蔓瞬间枯萎。他居然还有力气用仙法！

她急了，一把按住他，骑在他身上，挥拳就打，怒道："蠢货！停下来！"

纪桐周下意识抓住她两只手腕，忽然往下一拉。黎非一下子磕在他胸口，疼得眼冒金星，忽觉他一手掐住她的后脖子，另一手却捏着她的下巴抬起来。

他冷冷看着她，满脸是血，眼里也满是血丝。这鬼火般的目光竟再度让她感到浑身发毛，她情不自禁朝后缩。

"谁叫你关心我？"他声音里像藏着冰，冷得令人发抖，"怎么，难不成喜欢我？"

黎非又惊又怒，她已经够烦了，这任性妄为的小王爷还要找事！

"松手！"她奋力挣扎起来，却无论如何也挣脱不开他的钳制，"再不松手我不客气了！"

纪桐周陡地笑起来，像是发怒，又像是自嘲："你对我何尝客气过！"

让他愤怒的根源正是她，没有人知道他突然发觉的感情，他也不愿相信，而她的无知无觉更令他焦躁难安，无论如何也不能像曾经那样面对她。他甚至恨她，恨她会叫自己动感情，恨她什么也不知道，更恨自己不甘叫她知道。

她纤细的脖子近在咫尺，真想就这么掐死她。这个女人什么时候都那么可恶，从小时候就是，自顾自地救他，自顾自地把他当傻瓜，连幻象里都那么自私地背叛他，他却对这么恶劣的人动了心。

真是不甘心。

纪桐周咬牙切齿，伸手便要掐住她，可脸上淅淅沥沥有什么温热的东西落下来。他微微一颤，却发觉是她脸上的血。

凌乱的思绪渐渐回到他的脑海，是了，她的伤是为了保护他，他又叫她为自己受伤了。

纪桐周忽然将她用力推开，起身背过去，声音沙哑："你的脸跟鬼一样，快治好。"

黎非警惕地瞪着他，纪桐周从幻境中出来后就跟变了个人似的，她简直不晓得要怎么跟他相处。她忽然扬手架了五道土行墙，把他困在里面，这才怒道："你给我乖乖坐下来养伤，有本事你再动一下试试！"

他没说话，只是慢慢坐下去，方才一番折腾，他身上的伤口又崩裂，鲜血滴滴答答地落在地上。黎非急忙凑过去继续往治疗网里灌输灵气，见他动也不动，背对自己坐着，只有呼吸急促粗重，浑身还在微微发抖。

不知道他在幻象中究竟经历了什么，让他至今无法摆脱，比起这个恶鬼附身般的纪桐周，她还是更想念以前那个骄横跋扈的小王爷。

黎非叹了口气，低声道："纪桐周，幻象都是假的，老想着它，你就迷失了。"

他冷笑一声，没有说话。

黎非又道："让你愤恨的事情从来就没发生过，你为那些发疯没道理。"

纪桐周猛然转头，森然看着她："你什么也不懂，闭嘴。"

他的执念真深！黎非摇摇头："其实你换个方面想，这也是好事，你在幻象里知道了自己最害怕的事情，回到现实就可以避免它们发生，至少不会像在幻象里那么无助。我不知道你在里面看到了什么，但你现在就对龙名座的人出手，只会让仇怨提前扩大，本来没事都给你惹出事来了。"

纪桐周怔怔地听着她的声音，只觉那是从极远的地方传来。他早已分不清到底是恨她入骨，还是爱她入骨。那些经历都是假的，可他肆虐的感情却不假，它们在啃噬他的身体与魂魄。

她近在身边，她是无辜的，也是一无所知的。

纪桐周骤然出手，一把抓住她的手腕，张嘴狠狠咬了一口。黎非疼得一脚踢过去，拼命要把胳膊抽回来，却怎么也抽不动。他用力把她拽向自己，像幻境中做了无数次的那样，将她不停挣扎的身体紧紧抱在怀中。

在这里，她不属于他。

黎非掌心绿光吞吐，正要驱使藤蔓将他拉开，忽觉脖子上落下几滴滚烫的泪水。他轻轻说了一句什么，她没能够听清，一语未了，他已经瘫软在她身上，居然就这么晕过去了。

黎非急忙推开他，见他双目紧闭，长长的睫毛被泪水打湿，贴在眼下。

他到底是怎么了？

她小心翼翼地把他放正，低头看着自己的手腕，他咬得真够重的，皮都破了，留下两行深深的牙印。正要给自己上治疗网，忽听头顶风声呼啸，先前出去巡逻小岛的人都回来了，见纪桐周睡得香甜，众人当即放轻脚步。

“找了一圈也没找到妖物，妖气却渐渐散了，想是妖物忽然离开了。”叶烨满面奇怪的神色，“我还是第一次遇到这种事。”

黎非干笑两声，不用说，这是她的丰功伟绩。

众人方才经历一场斗法，都受了些轻伤，此时终于可以安心聚在一处。黎非一一给他们上治疗网，刚坐下来喘口气，手腕又被雷修远握住。他低头看了一眼她腕上的牙印，面无表情，一言不发。

黎非急忙把手抽回来，悄悄上了一道治疗网，用袖子盖住。

众人都累得很，没人注意他们的小动作。叶烨见纪桐周睡熟了，其他人的神色也都比昨日要好很多，这才压低声音笑道：“我想了想，昨天那个凶兽应当是蜃，通过制造幻象迷惑人，以此吸取精气。要不是被人叫醒，我们只怕都要死在那边。不过醒来后却没见蜃，不知被谁除去了。”

陆离沉吟道：“我也听过蜃的传闻，这凶兽其实不难杀，只要能摆脱幻境，用最基础的仙法就可以杀掉。”

叶烨望向黎非：“黎非，是你叫醒我们的，你杀了蜃？”

黎非正要说话，雷修远忽然开口道：“是我杀的，我没见到什么幻象。”

没见到幻象？不止黎非，其他人都盯着他看。叶烨看看他，再看看黎非，忽然有些不怀好意地笑：“我可不信，陆兄，你信吗？”

陆离怔了一下，立即明白他指的什么，也不由失笑，摇摇头：“我也不信。”

百里歌林见他俩笑得大有猥琐之意，奇道：“你们怎么笑成这样？什么意思？喂，什么意思啊？为什么不信？”

叶烨在她脑门儿上弹了一下："小孩子家问那么多做什么？吃你的干粮去。"

百里歌林回头抓住陆离的袖子："陆师兄你告诉我。"

陆离立即抽回自己的袖子，离她远远的。百里歌林一下想起之前求他抱住自己的事，顿时讪讪，她也知道自己的老毛病，心中有些愧疚，只有等以后给他好好道歉了。

妖气渐渐散开，阴云惨雾也渐渐被海风吹散，黎非醒来后就没吃东西，甚至还没来得及梳洗，她起身开始寻找岛上有没有清水溪流。腾云飞了一段，忽听不远处有水流声，果然一弯蜿蜒小溪自岩石小山上汩汩而下，溪畔更有一片树林，树上结了许多通红的果子。

她摘了一个小小地咬一口，入口略有些酸涩，还算能吃，当下摘了三四个果子泡在水中，随即挽起袖子蹲在溪水旁洗手洗脸，又将长发拆开用木梳细细梳理，刚梳到一半，忽听身后踏草之声渐近。她不用回头都能猜到是谁，淡淡道："我在梳洗，你走开。"

他仿若未闻，一直走到她身边，坐了下来。黎非立即起身，袖子忽又被他拽住。雷修远低声道："你是在生气？"

黎非用力撕扯袖子，可他抓得太紧，她只得放弃，转过身毫不回避地望着他。他眉头微蹙，眼神阴郁，良久，又道："回答我。"

黎非长长吸了一口气："我不是在生气。"

他轻轻笑了一声："是吗？那过来。"

他将她一扯，黎非被迫跌坐在他面前。雷修远面无表情地看着她的脸，目光又顺着她的肩膀滑到胳膊，最后定在手腕上——那两行牙印已经没了。

发觉他在看自己的手腕，黎非急忙用袖子遮住。

他又笑了一声，低声道："上次那个幻境，我还没说完。"

"我已经不想知道了。"黎非打断他。

雷修远眯起双眼，盯着她看了片刻，道："真的不想听？"

黎非默然不语，过了很久，才开口："我饿了，放手，我要吃东西。"

雷修远又看了她一会儿，慢慢把手松开。黎非心中也不知是失落还是庆幸，她起身走到溪边，将泡好的果子拿起，正要腾云离开，忽听他又唤了她一声："黎非。"

她不想回头，只"嗯"了一声，一双手忽然从后面伸来，将她紧紧抱住，她觉得自己快被抱断了。他滚烫的吐息落在耳畔，声音很低："对不起。"

对不起？黎非愣住，他为了什么道歉？

"我已经道过歉了，所以，等一下别怪我。"

什么？黎非又呆住，雷修远忽然将她用力扳过来，滚烫的嘴唇落在她唇上。

她整个人完全僵住了，生平第二次这么惊讶，连躲避都忘了，脑子里嗡嗡一阵乱响，半天回不过神。不知过了多久，她一下子反应过来，连连朝后退，两只手使劲推他胸口。她还有些茫然，连斥骂都忘了，只是连声道：“等、等一下……”

等？雷修远抓住她另一只没被咬过的手腕，在唇边用力一咬，他咬得比纪桐周重多了，黎非疼得大叫起来，想也不想扬手就是一巴掌，这一次却没能打到。他早已截住她的手，借力一拉，黎非踉跄着撞在他身上，他顺势拽着她倒下去，她额头狠狠跌在他胸口，顿时一阵头晕目眩。

他忽地翻身将她压在身下。黎非大惊之下立即要结印，谁知两只手腕又被他钳住按在头顶，脉门被拿捏，她再也用不出仙法。

雷修远拉过方才那只被他狠狠咬过的手，果然手腕那里咬得十分重，斑斑点点的血迹把袖子染红了。他用力握住那圈伤口，忽然冷笑起来：“我一直都是你一个人的。”

什么？他是她一个人的？黎非惊得忘了反抗。

他低头第二次吻上来，这一次却吻得十分重，唇瓣用力厮磨，急切燥热又生涩。他的手抓着她的，又顺着胳膊往下，托住了后脑勺，迫使她贴紧他。

她甚至有种要窒息的错觉，心脏要从喉咙里蹦出来，浑身的血液都在往脑子里狂奔，身体反而变得虚弱无力，像是要往下坠。雷修远托着她，抱着她，揉着她，她又觉得自己快变成碎末了，真的马上就要瘫软一地。

他在她唇上轻轻咬了一口，喘息着离开数寸，他漆黑眼睛里的雾气越发浓郁，里面藏着炽热滚烫的金色，看了她许久，轻声道：“你也必须是我一个人的。”

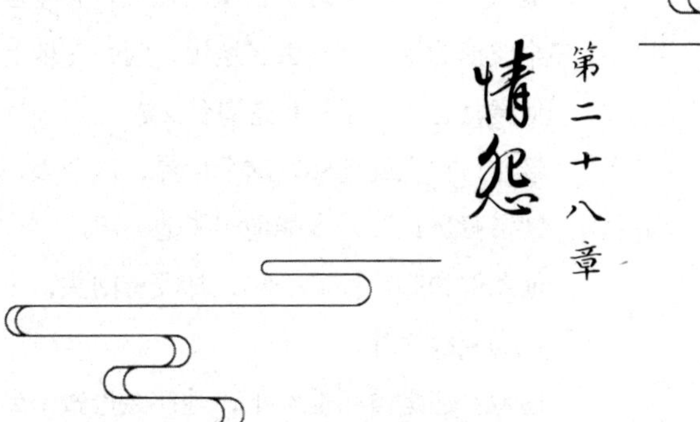

# 第二十八章 情怨

黎非已经完全傻了，怔怔地看着他，半个字也说不出来。

他将她瘫软的两条胳膊拽起，勾住自己的脖子，俯下身体，又一次吻住她。他像是爱上了这种耳鬓厮磨的亲密，不再像先前吻得那么急切生涩，这一次带着试探，含住她的唇，舔舐吮吸，轻一下重一下，时不时还咬一下。

黎非只觉天旋地转般，鼻间发出近乎颤抖的呻吟，她快要被这紧窒的拥抱与缠绵的亲吻烧化了。有一种深邃而陌生的愉悦从身体深处倾泻而出，叫人头晕目眩，意乱情迷。

他的手插入她头发中，指尖抚摸着她后颈的肌肤，渐渐又情不自禁向下。黎非觉得自己在发抖，她忽然害怕起来，飞到九霄云外的神思终于一点儿一点儿回来了，随之而来的还有极致的震惊。她开始剧烈挣扎，两只手拼命推他。

雷修远按住她两只手，撑起身体凝视她。黎非从未见过他这种眼神，像是冰中藏着一团炽烈的火，漆黑的瞳仁里映着两个她，只有她，专注而炙热。她甚至不能分辨那到底是因为强烈的情感，还是极致的占有欲。

这近乎可怕的眼神令她一时忘了羞怯，情不自禁瑟缩了一下。

雷修远粗重的喘息声忽然停了下来，动作也停了，在她身上俯了许久。在她以为他还会做更过分的举动时，出乎意料地，他却缓缓松开她的两只手腕。

他口中发出一声近乎自嘲的低笑，朝她怪异地笑了笑，紧跟着起身便走，竟就这样将完全傻掉的她一个人丢在这里，僵卧在地上。

他竟就这样走了？！这算什么？

黎非只觉天旋地转，这个世界，这个人，她好像突然一点儿都不认识了。

“雷修远！”她本能地叫了他一声。

他急促的脚步停了一瞬，却没有回头，下一个瞬间他已化作一道金光，眨眼便消失在了她的视线之外。

追他？还是再叫他？不，她什么也做不到，什么也做不到了，她居然只有僵直地躺在地上，像个白痴一样。

昭敏师姐说过，女孩子一定要自重自爱。她却一而再再而三地因为他给的一点点暧昧而让他占尽便宜，拥抱、亲吻……他是怎么能够对她做出这些事之后，再残忍地回避她？

嘴唇上还残留着微微的痛感，是雷修远的气息。黎非抬手擦了擦，擦不去，她狠狠搓揉着嘴唇，直到擦破了皮，雪白的袖子上印了几点红。

不是梦，不是幻象，都是真的。

他吻了她，说了最动听暧昧的话，将她捧上了高空，现在又突然转身离开，一言不留，摔得她粉身碎骨。

如果不喜欢，为何要一次次为她拼命？如果不喜欢，为何要对那个齿痕这般在意？

可是，如果他喜欢她，又怎会让她此刻陷入这般尴尬狼狈的境地？

曾有人说过雷修远比恶鬼还要可恶，直到如今，她才明白，他真的是恶鬼。

天快要黑了，百里歌林用枯枝拨了拨火堆，四处张望一番，叹道：“黎非那家伙跑哪儿去了？一下午都没见人影。雷修远，你也不去找她？”

她瞪着坐在火堆旁烤鱼的少年，心上人不见踪影，他居然还能淡定地在这边烤鱼，男人的心可真大！

雷修远慢慢将鱼翻了个身，默然不语，像是没听见似的。旁边的叶烨笑道：“肯定是在哪儿采果子吃吧？她又不吃荤腥，还不许人家开小灶？”

正说着，黎非纤细的身影便远远地出现在夜色中。果然被叶烨说中了，她怀里抱了满满一捧果子，红的紫的青的，各式各样，吃三四天都足够。

百里歌林笑眯眯地跑过去，挑了颗果子用力咬了一口，酸得差点儿蹦起来：“这能吃？！黎非你都不挑挑的？根本还没熟吧？！”

黎非心不在焉地扫了一眼怀中的各色果子，含笑道："会吗？我觉得还行。"

她好像有点怪怪的，神情中有种十分微妙的异样。百里歌林愣了一下，低声道："你怎么了？"

黎非摇头："什么怎么了？"

百里歌林看看她，再看看埋头烤鱼的雷修远，这会儿她才发觉他们两个都有点儿怪。虽然雷修远和黎非还没像姐姐与叶烨一样成为公认的爱侣，但之前他们两个可几乎是形影不离的，雷修远这鼻子翘天上的家伙跟谁都冷淡寡言，好脸色永远只给黎非一个人，她可从没见过他不搭理黎非。

"你们吵架啦？"百里歌林挽住黎非的胳膊，压低声音问，"雷修远欺负你？"

黎非微微一笑，塞了一枚紫红的果子在她嘴里："从小到大谁能欺负得了我？吃你的吧，话那么多。"

百里歌林满肚子疑问，却问不出口。黎非和她们姐妹俩不一样，自己跟姐姐时常会说些心里话，亲亲热热，但黎非从小就不爱跟任何人说心事，她只会埋头做，或者沉默，像个男人似的默默扛起一切。

没有人发现她们俩的悄悄话，叶烨正在说纪桐周的事："桐周到现在还没醒，我只担心他醒后还是那暴躁样儿，试炼还有许多天，他这样子难免惹事，我们先做好每天斗法的准备，像白天那样可不成。"

纪桐周真要豁出命找人斗法，靠黎非肯定制不住他。她是重要的辅助，让她陷入危险境地，这法也别想斗了。

叶烨正要继续说，忽觉身后灵气震荡，波动十分剧烈。众人都有些惊讶，却见纪桐周睡着的地方似有微风拂动，他的头发与衣服都在缓缓摇曳，身下的青草骤然长高数寸，开出数朵洁白的小花来。

所有人都惊愕万分，这个……好像是突破瓶颈的征兆？纪桐周在睡梦中突破第三道瓶颈了？

睡梦中突破瓶颈，这事不是没有，可众人都是第一次亲眼见到。

第三道瓶颈突破的灵气震荡比前两次要激烈得多，微风拂面足有半个多时辰。岛上的灵气几乎全部聚集在纪桐周身边，莹莹絮絮，像是会发光一般。

突破第三道瓶颈，意味着有资格成为亲传弟子，才能够修习五行配合的高等仙法。在修行门派中，三道瓶颈过了才算真正踏入仙门，真正体会到高等仙法的奥妙深邃，变化无穷。

这小王爷不知走了什么狗屎运，居然睡着睡着就把瓶颈突破了。

叶烨见他虽然睡着，面上神情却是千变万化，时而悲戚，时而阴鸷，不由暗暗心惊。

虽然纪桐周没说自己在幻象中经历了什么，可猜也能猜到七八分，必然与越国和龙名座有关。看他对龙名座那几人的态度便能看出，此事只怕一直是纪桐周的一块心病。

纪桐周和他不同，高卢国灭，他才六七岁，不甚懂事，后来遇到百里姐妹、进书院、进仙家门派……一路顺顺利利。这么多年过去，从小孩变成大人，他心底的滔天恨意早已淡了许多。

纪桐周却一直顺遂，如今更不是懵懂小儿，越国真要出了什么事，他发再大的疯都有可能。就算明知幻象中一切都是虚幻，这顺风顺水从未真正吃过苦头的小王爷只怕也迟迟不能解脱，特别是他这个人看着粗疏爽快，内心却并不坚韧，吃不得重压。他们这几人中，蜃的幻象对他的影响也最大。

百里歌林忽然叹道："他醒了之后要是再闹可怎么办啊？我们一起上吗？这可没人能制住他，要不干脆现在就捆住他好了。"

"胡闹。"叶烨瞪了她一眼，"我们几个今天就睡这边吧，黎非架好土行墙，这样他醒后要是再闹，声响也总能把咱们惊醒。"

纪桐周又在那片雪原徘徊，茕茕孑立，无处可去。

国灭，人去。欲要报仇，却有心无力；欲要寻人，天下之大，千山云海，又去何处寻得到？

不知为何，他忽然想起很久以前在书院时，新弟子选拔，他满心期待地找到玄山子前辈。玄山子却看着他摇头："你性烈如火，乃是多情之人，进不得我玄门。入我玄门者，皆是有缘法勘破情欲迷障之人。而你，没有此段缘法。"

他当时十分错愕委屈："多、多情之人？可是，我根本还不知道什么情情爱爱……"

"情之一字，岂是简单的男女之情？诸般爱怨情仇，红尘万丈，心火难灭。你是入世之人，并非出世超脱者。去华门吧，星正馆华门最适合你。"

而如今，他回味"红尘万丈，心火难灭"八字，竟是百味纷杂。放眼天地间，茫茫飞雪，数道薄云惨雾，他已经失去了一切，心仍不能死。

冥冥中，似是有声音在说，这一切都是虚幻泡影。纪桐周忽然放声大笑，是真如何？是假又如何？他的记忆中已经被烙印了这一段过往，念念不休，如痴如狂，他心底所有沉睡的狂野欲念都因这一场幻梦而醒，眷恋巍峨江山，眷恋美人如玉，眷恋那叫人意气风发、如梦如醉的每一天。

他得到了太多，再也回不到那个连自己要什么都懵懂的从前。

纪桐周长叹一声，背手眺望，茫茫飞雪顷刻间消失。眼前浮空岛千万，却是记忆中的雏凤书院，弟子房墙壁上蛇一般的藤蔓密密麻麻地蜿蜒攀爬，紫藤花一团团地坠落下来，一切所见之物只得玄白二色。

他沿着弟子房外围的墙壁慢慢向前走，来到一扇熟悉的院门前，门上还刻了“七、八、九”的编号。他凝视多年未见的“麒麟之间、千香之间、静玄之间”几个字，心中少见地浮现一股温暖之意。

伸手推开院门，却见一个穿着书院红白交织的弟子服的小女孩儿站在院子里，抬头看那些攀爬茂盛的藤蔓。听见他开门，她迅速转身，粗长的麻花辫甩了个漂亮的弯，平淡的五官，晶亮的双眼。

万般色彩从她站立的地方开始延伸迸发，瞬间吞噬了这玄白二色的单调世界。她皱着眉头，一点儿也不委婉地看着他，又像个男人似的粗鲁地在他肩膀上捶了一下：“不是说四个人一起抄书？你跑哪儿去了？”

纪桐周看着她黑白分明的眼睛，心中忽然万般感慨，身后又有人叫他：“桐周！”

他回头，叶烨、百里歌林、百里唱月、雷修远……他的朋友们和对手都在，都还是青涩小孩。炽烈的阳光刺着他的眼，这五彩斑斓、无忧无虑的世界，一切都那么美好。在没有认识他们的时候，他的人生是多么单调。千万种颜色，都是与他们认识后才有的。

而带给他这一切的最初的那个人，是姜黎非。

他在陆公镇若没有挑衅她，便不会结识这些色泽——他生命中美丽的颜色，是她带给他的。

纪桐周骤然睁开眼，但见天色暗沉幽明，一缕薄得透明的浅蓝之色嵌在天际尽头。正是拂晓时分，万籁俱寂，四下里只有此起彼伏的呼吸声。

他慢慢坐起来，默然顾盼。叶烨他们几个七倒八歪地熟睡在离自己不远的地上，除了隐匿法和铜墙术，还有透明的土行墙架在周围，大概是怕他醒来后再跑走。

只是没见姜黎非。

凭着那一丝熟悉的灵气波动，纪桐周抬头朝树上望去，繁密的枝叶间，果然坠下一截茶白的裙摆。这姑娘自小就像个男人般粗鲁豪放，睡个觉也不肯安安稳稳地在地上，非要学猴子爬树。

他情不自禁一跃而起，身体轻得像一片羽毛，无声无息落在了树干上。

姜黎非正在熟睡，不知做着什么梦，两道眉毛绞在一起，满面阴郁，看起来像是刚刚才睡着似的，眼睛下面有着深深的阴影。

这样可不好看。

纪桐周凝望她良久，忽见她眉头一蹙，口中不知喃喃呓语着什么，两颗大大的泪珠一忽儿便从浓密的睫毛里滚落下来。他僵了半日，像是被蛊惑似的，屏息用一根手指极轻微地在那条泪痕上触碰了一下。

下一刻她浑身骤然绷紧，倏地睁开眼，周身灵气波动，一抬臂便格开了他的手。纪桐周见她张嘴欲叫，立即捂住了她的嘴。

“嘘，是我。”他摇了摇头，声音低哑。

黎非惊愕地瞪圆了眼睛，纪桐周？他居然醒了！他可是足足睡了三天三夜！谁都想不到他居然能睡这么久，叶烨解开他的衣服看过，伤口早已痊愈了，她也试探过他的奇经八脉，一切都正常。可他就是睡着不醒，甚至推他拍他叫他，他都全然没反应，找不到任何原因。

她朝树下望去，其他人还在熟睡，百里歌林的脚都伸到陆离肚子上了，他们所有人这几天睡觉都不敢离开，全守在这边。

“你醒了？有没有什么不舒服的地方？”黎非压低声音问。突破第三道瓶颈后又睡了三天三夜的人，不晓得会不会有什么问题。

纪桐周朝她淡淡一笑，却没说话。

黎非心中讶异，细细打量他。他此刻的神情很陌生，也很平静，这种平静和以前的又不太一样，她说不出有什么不同。这样的神情让他看上去成熟了很多，也收敛了很多。

“纪桐周？”她轻声疑惑地叫他。

纪桐周还是不说话，只是深深看着她，不再是藏着鬼火般的眼神，却依然看得她浑身不舒服。他忽然握住她的手，撩开袖子低头看了一眼，她的手腕皮肤光滑紧致，半点儿疤痕也没留下来。

难不成他又要咬一口？！黎非用力把手抽回。纪桐周按在她肩上，笑了笑，显得有些忧郁：“怕什么？”

说罢，他站了起来，像是不认识这里似的，四处顾盼一圈。忽然，他笑了一声，面向晨曦伸了个大懒腰，又大大地打了声呵欠。其他人都被他吵醒了，各自睁眼茫然地看着他，老半天才反应过来。

叶烨一蹦而起，急道：“桐周？”

纪桐周拨拨披散纠结的头发，笑着回头，见人人都像呆头鹅似的瞪着自己，他眉头一皱，骄横跋扈的王爷语气又回来了：“突破第三道瓶颈感觉真好。”

他得意地朝雷修远瞥一眼。雷修远冷淡地移开视线，打了个呵欠又倒回去，他还没睡饱。

众人见他醒了不再发疯暴虐，个个都松了口气，这当口谁也不愿再提什么幻象来刺激他。百里歌林指着他哈哈大笑：“纪桐周，你可得好好洗洗了！王爷怎么能这么邋遢？脏兮兮的。”

他受了伤后一直睡到现在，身上满是血迹尘土，长发纠结，脸上也脏得要命，一点儿也不像那个爱整洁、注意仪表的小王爷了。

纪桐周有些懊恼地摸了摸头发，来东海这一趟出了各种意外，随身装着换洗衣物的包袱早就不知丢哪儿去了，连把梳子都没有，要叫他顶着鸡窝似的乱发度过剩下的试炼时日，可不是什么愉快的事。

黎非见他无措，便大方地将袖中的木梳递过去：“不嫌弃的话，用我的吧。”

纪桐周伸手接住木梳，这梳子一点儿也不精致，而且旧得很，看着就用了好多年的样子，上面的雕花都模糊了，不过很干净，看得出主人十分爱惜。他用指尖细细摩挲那些雕花，又拨了拨梳齿，最后却轻笑一声：“送我？”

要在平时，黎非心情好可能会跟他调侃说笑两句，可她今天心情实在糟糕至极，又不想叫别人看出来，只得强颜欢笑：“这么简陋的东西你也看得上？”

是啊，简陋。纪桐周自嘲一笑，像没听见似的，转身径自走远了。

等浑身清爽的小王爷回来的时候，黎非等了半天不见他把梳子还自己，只得披着头发找他：“我的梳子呢？”

纪桐周眉头一扬：“不小心被我梳断了，我就扔海里了。”

扔了？！黎非简直瞠目结舌：“你怎么能随便扔别人的东西？”

纪桐周笑了笑：“不必生气，回头我买一把赔给你就是。”

果然还是那个财大气粗又骄横跋扈的王爷，黎非不知道为什么想笑，抑郁的心情稍稍平复了些，她像个男人似的拍拍他肩膀：“你……这样也挺好。”

纪桐周忽地抄起她一绺长发，再轻轻一放，低声道：“你是个女人，下次别用这么轻率的态度拍人。”

黎非愣了一下，这话要是从昭敏师姐嘴里说出，她一点儿也不奇怪，可居然是从纪桐周嘴里说出的，简直无比怪异。

纪桐周高高在上地哼哼一笑：“有空教教你怎么做个优雅的女人。”

黎非皱起眉头，不想搭理他。他自己又有多优雅？还不是没什么王爷的样子！

纪桐周见她抱着胳膊，手腕从袖子里露了出来，一只光滑无瑕，一只却有斑斑点点的刚结疤的牙印。他忽然出手，将她的手腕拉到眼前，盯着手上的牙印面无表情地看了一会儿。

黎非用力抽手，却挣不过他的气力。手腕上是雷修远咬出来的牙印，她昨夜心神激荡，竟全没注意，这会儿被纪桐周翻出来看，方觉难堪，尴尬耻辱等诸般情绪纷至沓来。

“放手！”她低斥，有种不欲为人知的秘密忽然被人发觉的狼狈。

纪桐周盯着那斑斑点点的齿痕看了片刻，忽然冷道：“雷修远？”

黎非心中恼怒更甚，她奋力挣脱开，倒退数步，森然道：“与你无关。”

纪桐周冷笑，上前一把抓住她的胳膊：“你喜欢他？”

是了，之前他俩一直黏黏糊糊，暧昧得很，她看着雷修远的眼神都跟看别人不同，他怎么到现在才反应过来？他心底骤然升起一股无法抑制的狂怒，甚至还掺杂了一种被伤害到的脆弱和不服输的倔强。为何是雷修远？她一定是瞎了眼，竟然选择他。

黎非沉下脸，正欲催动仙法给他个教训，冷不防后面又有一双手伸过来，将她的肩膀一抱，轻易就拖离了纪桐周的桎梏。

“做了春梦就躲远点发浪。”雷修远冰冷的声音在她头顶响起。

纪桐周冷冷看着他，面前的少年面上犹带睡意，眼睛里却已有了猫一般的警惕寒光。他俩的关系从来没有好过，从小到大，彼此间明里暗里总要争个高下，亦敌亦友。

姜黎非喜欢雷修远这件事，比起她不喜欢自己，给他带来的愤怒要多得多。这世上，他最不想输的人，就是雷修远。

他忽地出手，又将黎非狠狠拽回身边，淡淡道：“我看你醒着也时时在做春梦。”

黎非怔了一会儿，她像个皮球似的被两人抢来抢去，他们把她当什么？一个玩具？她忽觉心中一股怒意怎么也无法遏止，狠狠挣脱开。看看雷修远，再看看纪桐周，她森然道：“都离我远点！滚开！”

语毕，她拂袖而去。

心情从没这样糟糕过，她是怎么变成这样的？简简单单喜欢上一个人而已，喜欢的人却吊着她的胃口，始终不给任何肯定的答复。看似远离了，却又会忽然靠近；看似亲近无比，却又隔着一道天堑般遥不可及。

伤心、难堪、疑惑、心灰意冷……她什么样的情绪都有过，却从未像现在这样感到深深的疲惫。

她累了，只想一个人静静待着。

远处有两个人影快步而来，黎非正打算悄悄避开，却见陆离怀中抱着数把枯木，正往回走。百里歌林正一路小跑在他身边跟着，又是行礼又是鞠躬，怪狼狈地急急追着他。他始终像没看见她一样，不停地快步向前走。百里歌林最后像是气急了，拽住他的胳膊。他复又挣脱开，依旧一言不发地快步离去。

……这是怎么了？黎非愕然看着百里歌林仰天长叹的无奈样，她得罪了陆离？

似是发现她在不远处，百里歌林挥挥手，慢吞吞地走过来，面上笑容尴尬："叫你看到丢脸的事情了。"

"陆师兄怎么了？"黎非轻声问。

百里歌林干笑两声："就是个别扭讨厌的男人罢了。"

她好像不愿多说，见黎非披头散发，索性拉着她坐在青石上，从怀中取出自己的梳子替她绾发，一面低声道："黎非，雷修远欺负你了？"

歌林的感觉还是这么敏锐，一点点蛛丝马迹她都能发觉，这点儿细心与她平日里咋咋呼呼大大咧咧的模样截然不同。

黎非默然片刻，忽然开口道："那你呢？想对陆师兄怎样？"

百里歌林的手腕微微一颤，哈哈笑起来："你说什么呀！我能对他做什么？他是大男人，我是小女子，难不成我还会骑到他头上揍他？"

黎非摇摇头："陆师兄是个正经人，有些玩笑开不得。"

作为老朋友，黎非太清楚歌林性格上的缺点。眼下歌林又要故技重施，她忍不住便要提醒下，陆离与书院那些青涩小毛头可完全不同，玩弄火焰，最后的下场不要是引火焚身就好。

"哼，我也是个正经人呢！"百里歌林避重就轻半开玩笑，将手里的小辫子轻轻一挥，笑道，"好啦，这个发髻果然适合你，我想的没错，你把额头露出来才漂亮，以后别弄额发啦！"

怪不得她觉得额头上凉凉的……黎非摸了摸额头，冷不丁又被百里歌林推了一把，银铃似的咯咯笑起来："让你的亲亲修远看看这样美不美！"

黎非几乎要苦笑，她拽住歌林的袖子，轻轻道："别乱说，我和他好歹是同门，留点余地。"

百里歌林笑道："女为悦己者容，天经地义，再说，我可不信你们只是同门。"

她故意把"同门"两个字咬得特别重。

黎非喉中一阵酸涩，定定望着远方起伏的海浪。倘若是昨天的她，此刻一定会找个拙劣的借口靠近雷修远。无论如何，她也是个姑娘家，女为悦己者容，确实天经地义。

想让他看见更好的自己，想听他的评价，想看他欣赏的眼神——她多么想和他再靠近一些，她曾以为他们两情相悦。

"黎非？"百里歌林轻轻唤了她一声，有些犹豫地握住她的手，"你是不是不开心？雷修远真的欺负你了？"

每个人都以为他们是一对，可……不是的。黎非的心底在狂喊，面上却露出笑意，像个男人似的道："世上有谁能欺负小棒槌大姐头？"

从师父离开青丘的那个晚上开始，她便决定要像个男人一样坚强，不流泪，不软弱，不依赖。是的，没有人能够伤到她，除了他。

黎非起身痛快地伸了个懒腰，回头朝愣愣的百里歌林粲然一笑："走吧，摘点果子吃，饿坏我了。"

这一次山海两派共同进行的试炼终于到了尾声，试炼过半的时候，每天抢夺妖朱果的人便开始络绎不绝。越往后，来的人越多，而抢夺的手段，也慢慢从偷袭群架，变成了一对一地切磋，谁赢了妖朱果就归谁。这又快又友好的方式得到了大多数山海两派弟子的推崇，纵然还是有龙名座或广生会那样巧取豪夺的人存在，然而毕竟只是少数。

无论如何，这次试炼对山海两派来说，都算是一个良性的互通。山派的精妙仙法，海派的灵活驭妖，彼此之间都有了一定程度的了解。

一个月期限已满，海域内圈的巨大岛屿上空落下灵气源，两百名弟子自灵气源出去，回到了进入试炼地之前的那片广阔的沙滩上。

黎非看着黑色雾气弥漫的海水，心中忽有无数感慨。进去之前，她和雷修远是彼此紧紧牵着手，她惶惶不安，他淡定自若。此刻面对同样的风景，他们却站得那么远，一个发愣，一个沉默。

那天她发火后，便再也没和雷修远说过话。回顾曾经暧昧亲密的点滴，眼看此时仿若陌生人的关系，想不到，世事竟有这般无常。

两百名弟子开始将妖朱果上交给长老，三十枚妖朱果一颗不少，此次试炼结果比较惨淡，山派共有四十二名通过者，海派共有四十五名通过者，一半的人都没通过。

众长老见这些弟子的组队最多不过十来人，没通过的个个神色茫然郁闷，反倒笑起来了。沈先生更是失笑道："一群蠢材，组队非要人这么少吗？我可不记得自己有设下组队人数的限制。"

众弟子先是迷惑不解，随后又个个恍然大悟，张大了嘴——怎么不早说！他们一贯试炼组队都是最多四五人，五行搭配好就行了，人太多反而不好分配，你不服我我不服你，根本没法共同进退，结果试炼结束出来了又告诉他们没有组队人数限制！难不成是告诉他们，哪怕耍赖哀求玩手段，也要磨进有妖朱果的队伍吗？

东阳真人见他们个个如梦初醒，亦感慨起来："时常在门派里埋头苦练，不出来接人待客，都如同呆头鹅一般，只会听长老们安排，你们自己没脑子吗？都不懂得变通。"

山派弟子们都十分郁闷，平日里什么事都叫他们听长老的，结果这会儿又怪他们没脑子，做弟子怎么就那么难呢？

好在试炼失败的也没见什么责罚，妖朱果被回收，山海两派长老与书院创立者们在讨论试炼的后续事宜。弟子们聚在沙滩上，各自闲聊说笑。试炼结束，长老们方才又说了那样一番话，试炼中有些小摩擦的山海两派弟子也都放下了先前的心结，凑在一处谈笑起来。

被提起最多的还是那场巨大的幻境，当时在海域内圈大岛上的弟子们都被蜃的雾气吞噬了，大梦一场后醒来，脚下只有层层黑灰，是蜃被切成碎末的身体。对海派弟子们来说，大多数是第一次见识到凶兽的厉害。东海这里的凶兽很少，妖物也大多除了块头大之外一无长处，谁也想不到试炼地中居然会有蜃。

原本在讨论要事的长老们听见他们提起蜃，沈先生的神色先变了：“试炼地中居然有凶兽蜃的存在？”

他冷厉的目光立即望向海派几位长老。试炼地是他们东海几个仙家一齐选出来的，弟子们进入前长老们早已将里面彻底勘察过，确认没有厉害的妖物凶兽，才能让他们进入。而如今弟子们竟然遭遇了蜃，好在没出事，若是出事，便是死伤惨重，让他们如何与山派交代？

那几个海派长老也颇为后怕惊疑。广微真人笑道：“诸位不必多想，蜃这种凶兽与别个不同，没有妖气缠身，平日里化为各种幻象，根本无法看穿。幻境虽然可怕，但蜃并不难杀，有心智坚定之人脱离幻境，便能轻易诛杀之。如今弟子们无恙，便能说明一切。”

不过听弟子们所说，蜃死的时候被切成了碎末，这倒有些稀奇了，凭这些弟子们的本领，如何能做到？

正思忖间，广微真人忽见龙名座两名长老神色阴沉地带着四个弟子走了过来。龙名座三丈山长老宗利拱手道：“广微真人，此次试炼旨在切磋，不在伤及性命。我龙名座弟子或许行事稍有不慎，然而妖朱果抢夺却并未违反规则，不知令高徒为何下此狠手，将我派两名弟子手脚切断？”

广微真人吃了一惊，但见那四个龙名座弟子脸色惨白，其中有两人胳膊处和衣衫下摆都被切断，他一眼便能看出接回的手脚灵气流动并不顺畅，若是不进行进一步的精妙治疗，只怕这两个弟子的修为再也无法精进。更严重的是另外两人，虽然身体的伤处已被治愈，然而奇经八脉火毒流肆，要治愈更须花费大量工夫，这是被火行仙法所伤的缘故？

他当即回头唤道：“修远，过来一下。”

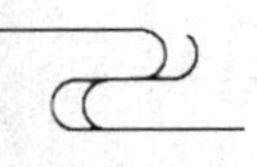

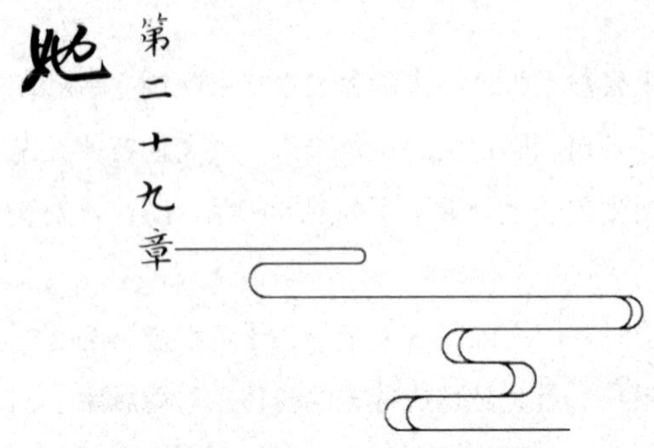

# 第二十九章 她

雷修远神色平静，他慢慢走过去躬身行礼：“弟子雷修远，拜见师尊。”

出乎意料地，广微真人和颜悦色，温言问：“你与龙名座的几位弟子可是发生了什么龃龉？”

他这个弟子性子与胡嘉平截然不同，素来稳妥，从来没什么事叫他操心过，他相信雷修远绝不至于无缘无故出手伤人。更何况，就算这孩子真的因为抢夺妖朱果伤人，那也必然是无心之过，金行仙法无坚不摧，弟子切磋难免有闪失。他一向是个护短的师父，雷修远还是他心爱的弟子，这个错，他说什么也要替弟子护下来。

雷修远淡淡道：“当日这几位师兄师弟来抢夺妖朱果，一言不合便开始斗法，弟子飞剑之术尚未熟练，情急之下伤了他们，心中很是过意不去。”

广微真人呵呵笑道：“你就是太过要强，飞剑之术还未熟练便不该用，去给他们赔个不是吧。”

说罢，他见宗利长老神色难看，便又笑道：“宗利先生，仙法切磋受伤在所难免。我无月廷正虚长老颇善水行治疗之法，一定会将他四人彻底治愈。”

广微真人这个短护得太明显，摆明了不愿责罚自家弟子。宗利长老冷道：“不愧是堂堂无月廷，名门大派，教出来的弟子斩妖除魔的本事真是高！把斩妖除魔的飞剑之术用在切磋上，也真是高！”

广微真人浅浅一笑：“宗利先生客气了，能把小徒逼得用上飞剑术，贵派四位高徒也颇不简单。”

宗利勃然大怒，森然道：“郑铎，你把当日的情形仔仔细细一字不漏地说给广微真人听！”

那身材高大的龙名座弟子立即答了个“是”：“我四人与另外十几名山派弟子组队，偶遇雷师弟数人，原本是想切磋斗法抢夺妖朱果，谁知雷师弟他们忽然先出手，接连重伤孙师弟、王师弟二人，我们正恼火地团团围上时，雷师弟便使出飞剑术，削断了我与蒋师弟的手脚。”

宗利冷笑道：“仙法不及人，无话可说，但趁乱用飞剑偷袭，可耻至极！”

广微真人见他们态度强硬，摆明是非要闹大，不由皱起眉头，忽听身后一个少年淡淡道：“用火行仙法伤了那两个人的，是我。”

众人转身，便见纪桐周跟在一位星正馆长老身后款款走来。广微真人与宗利立即向那位长老拱手：“原来是星正馆的无正先生。”

无正子一面还礼，一面淡然道：“此事是我弟子一时冲动，以至酿成祸事。桐周，你去赔个礼。”

又是赔礼？！宗利脸色已变，却见纪桐周面无表情地上前鞠躬行礼，冷道：“弟子纪桐周，实非有意伤人。那位姓孙的曾是弟子的奴仆，他言语挑衅，弟子一时未能按捺住火气，还望宗利前辈宽宥。”

这话说得龙名座所有人脸色都变了。无正子又道：“小徒顽劣，他做惯了王爷，不免傲气些，见不得挑衅，宗利先生念在他年纪小的分上，还请莫要动怒。”

星正馆这师徒俩说的话比广微真人的难听一百倍也不止，都说星正馆无正子为人狂傲，目下无尘，今日总算见识他的傲气了。宗利只怒得脸色铁青，然而纪桐周虽然年纪这么轻，周身灵气动荡，居然已突破第三道瓶颈，必然会被星正馆重视。更何况他身为越国皇族，与龙名座有过龃龉，自己非要向他讨个说法，只怕会叫有心人多想。

宗利只得勉强笑道：“无正先生，高徒果然年轻有为，恭喜星正馆又得一位天纵奇才。”

无正子微微一笑：“客气了，比不上龙名座诸位高徒，能言善辩，甚是聪明。”

宗利忍无可忍，陡然变色：“你弟子伤人在先，出言不逊在后，是谁能言善辩？你身为师父，不但不能明辨是非，以身作则，居然这般趾高气扬，莫非以星正馆的名气压人不成？”

无正子冷笑起来："何谓明辨是非？龙名座叫了十几个弟子围攻寥寥七人，仙法过招，无眼无情！打不过逃走也罢，事后还要恶人先告状，你这个做长老的不问缘由替他们出头，便叫作以身作则？"

他们在这边弄得声势过大，周围许多弟子都不禁围在远处观望，很快便惊动了其他山海各派长老。

星正馆另一位南星子长老上前打圆场："大家都是山派中人，何必在此闹得不愉快？反倒叫海派各位看笑话了。"

其余各位山派长老也纷纷上前打圆场。黎非看了一会儿，又开始心不在焉地出神，忽觉有人拉自己的袖子，回头一看，却见一张黝黑俏丽的脸庞，正是久违的燕飞师姐妹。

"黎非！"燕飞欢快地抱着她又啃了两口。她那位师姐似是对上回的事有些歉意，讪讪地朝她笑笑，微微颔首。

"你们山派的长老们吵架了？"燕飞也想凑过去看热闹，"咦，雷师弟怎么站在那边？"

黎非急忙拽住她："长老们说话，别……"

叶烨忽然过来拍了拍她的肩膀，朝她使个眼色。黎非一愣，想了一下，立即明白了他的意思，当即把手放开了。燕飞欢快地跑到雷修远的身边，张臂便要抱住他亲一口，这东海的热情女子显然还记着上回没能亲到他的事。

雷修远急急退了两步，又朝她笑笑，拱了拱手。燕飞一笑，正要说话，忽见对面站着四个龙名座弟子，她愣了一下，顿时柳眉倒竖，指着他们怒道："是你们这几个浑蛋！"

正在争执的长老们立时不再说话，山派弟子素来被训得十分守礼，绝不敢这般咋咋呼呼。众人见她服饰怪异，额头上还有黑色纹路，便知是海派弟子了。

广微真人正因龙名座纠缠不休非要雷修远和纪桐周给个说法的事头疼，见这海派女弟子突然怒骂龙名座四人，他脑子素来转得最快，当即温言道："哦？你这女娃娃认得他们？"

燕飞怒道："当然认得！我和师姐好心跟他们组队，结果取到妖朱果后，他们突然出手伤人，将我和师姐重伤，还把妖朱果抢走了！"

众人顿时哗然，燕飞师姐也立即出来指责那几个龙名座弟子，原本打算袖手旁观的海派长老们见事情扯到自己头上，文济会两个长老很快便过来了。问清缘由后，文济会长老不禁哼哼冷笑道："好一个抢夺不违反规则！当真叫人大开眼界！"

宗利见事情突然扯上海派，只怕这样纠缠下去讨不到什么好处，当即拱手道："此事还是我龙名座管教弟子不严所致，回去后我必重重责罚，告辞！"

他与另一位龙名座长老领着四名弟子拂袖而去，经过纪桐周身边时，见他昂首傲然伫立，突破第三道瓶颈的灵气震荡，令他在众弟子中鹤立鸡群般。宗利眉头一皱，道："还请王爷代为问候玄山先生，不知他修为可有恢复。"

纪桐周立即转头盯着他，目光似刀剑般。宗利笑了笑，他自是不屑再与一个年轻弟子多说什么。龙名座数人腾飞而起，竟直接走了。

纪桐周神色阴沉下来，默默站了许久。直到叶烨过来拍了拍他的肩膀，低声道："桐周，晚上咱们好好喝一顿。"

纪桐周的面色渐渐缓和，回头朝他一笑："不醉不归。"

回到广生会的那座城镇时，午时刚过一刻，回到各自的客栈后，长老们都交代了明日便启程回门派，意味着这次相聚，很快便要结束了。

这一趟奇妙的东海之行让弟子们大开眼界，恋恋不舍，相互间都约了喝酒谈天。一时间城镇中每家酒肆都人满为患，弟子们都打算从白天喝到晚上。

黎非将桌上的铜镜竖起，镜面中一下便映出一张少女的脸庞。她怔怔地看了一会儿，忍不住抬手在冰冷的镜面上摩挲——这些日子她寝食难安，又竭力不让任何人看出来，竟憔悴了不少，曾经面颊还带着些丰腴，如今再也不见，清减了许多。

才短短十几日而已。

难怪歌林和唱月时常用担忧的眼神看着她，即便一个字都不说，她这模样也能叫细心的人看出端倪。

黎非在珠宝匣中翻了一会儿，她一向不会用胭脂水粉，出门更不会带着，现在竟盼着能用胭脂水粉遮掩一下苍白的脸色。她最不想让雷修远看出自己的憔悴，在他面前，她仅剩这么点儿傲气了。

她拆开长发细细梳理一番，犹豫了片刻，最终还是选了一朵妃红芙蓉，这是昭敏师姐送她的第一朵发饰，她一向嫌戴着显得太娇媚而不怎么用。

妃红芙蓉簪在耳边，映得面色更加苍白，黎非匆匆收拾了一下，决定去歌林那里借些胭脂水粉。刚推开门，便见客栈回廊上，一个穿着星正馆弟子服的少年正扶着栏杆发呆。似是听见门响，他回过头，正是纪桐周。

乍见她悉心打扮的模样，他竟愣了一瞬。姜黎非素来不怎么打扮自己，以前就是个假小子的模样，此次东海再见，她虽然比先前要精致得多，却依旧不怎么注重细节，特别在他这个王爷眼里，简直跟村姑没啥区别。

原来她也有梳妆装扮的时候，不华丽，也不奢侈，简单的茶白子弟服，整齐的发髻与耳边一朵艳丽芙蓉，反倒衬得她清灵若仙，不染一丝世俗之气。

纪桐周下意识地退了一步，竟有些发窘，略略移开视线，回避她锋利的艳光。

黎非见着他也有点窘，因为雷修远的事，她连带着也不怎么搭理纪桐周了。从蜃的幻境中醒来后，这位骄横跋扈的王爷很是古怪，她没心思询问他的变化从何而来，只有视而不见。

此时狭路相逢，无话可说，她不太自然地点了点头算作打招呼，正欲快步离开，却听他叫自己："姜黎非，过来一下。"

好一个会颐指气使的王爷，黎非犹豫着看了他一眼。纪桐周背靠着栏杆，贵气十足地指着自己身边："过来。"

她到底还是过去了，皱眉道："什么事？"

纪桐周面上掠过一丝微妙的神色，似是窘迫，又仿佛不甘不愿般，从袖中摸出一个纸包递给她："这个……算我赔给你的，你看看喜欢不。"

赔给她？黎非一头雾水地拆开纸包，却见里面包着一把十分精致的漆木梳子。她这才想起自己的木梳被他扔掉的事，当即失笑："你居然还记得？我都已经忘了。"

纪桐周低低"嗯"了一声："自然是记得的。"

黎非见这柄漆木梳子十分精致，上面用金粉画出百鸟朝凤的图案，格外华丽。而且梳子很重，摸上去质地比普通的木梳要好许多，凑近了还能闻到一股淡淡的幽雅香气，想必价值一定不菲。

她立即就要拒绝，冷不防纪桐周开口道："别说不要，你知道我不是用钱压人。"

黎非摩挲着漆木梳，她更想不到，纪桐周还记着那天她无心的一句话，这小王爷也有细心的时候？其实她能理解，他一贯金尊玉贵，锦衣玉食，对所用东西的要求与眼界自然远在她之上，肯定不能指望一个王爷会买市集上最便宜的梳子赔人，只怕他甚至也不知道市集在哪儿。

黎非笑了笑，将漆木梳装进袖子里："好，那就谢谢你了，我很喜欢。"

纪桐周眉间微微舒展开："喜欢就好。"

黎非也伸手入怀摸索，似是在找什么，翻了半天最后苦笑："你等我一下，那只紫玉蟋蟀我没放在身上，我去拿。"

纪桐周忽地轻轻拽住她的袖子，低声道："急什么？我没有问你要。"

黎非没注意他这稍显亲昵的举动，只道："明天要各自回门派了，只怕遇不到你，还是现在还给你才能放心。"

这急于撇清般的态度令他微微恼火，飞快地甩开了她的袖子，皱眉一言不发地背过身去，忽见雷修远抱着胳膊倚在对面的回廊上。不知他在那里看了多久，既不过来，也不走开，只定定望着纪桐周。

他们无须像女人那样说很多话，一个眼神，一个表情，便能懂得对方的目的。男人对男人的了解，永远比女人对女人的了解要多。

纪桐周毫不回避地直视他的目光，片刻后，姜黎非轻盈的脚步声再度响起。他立即转过身，挡住了她的视线。

“给你。”黎非将紫玉蟋蟀轻轻放在他掌心，“谢谢你，它很有趣。”

百里歌林的声音在楼下响起，黎非急忙跑去下面了。纪桐周没有追，他若有所思地摩挲那只紫玉蟋蟀，刚从她掌中取出，它甚至还是温热的。他缓缓将这只蟋蟀放在鼻端轻嗅，一股极淡的异香附着其上，勾魂摄魄。

他将它放在唇边轻轻一吻，没有去看雷修远的神色，径自下楼了。

酒肆中早已挤满了人，说笑声喧哗无比，黎非六人几乎是挤在一起坐着，围着一张小圆桌。这还算好的，来得更迟的那些人，只能搬几张椅子坐门外喝了。

叶烨四处看了一圈，道：“陆离不知去了哪儿，我找了许久都不见人影，可惜了，原本想叫他一起来喝酒。”

他对这东海男子很有好感，东海这边民风开放豪爽，陆离却十分严肃正经，很是对他胃口。关键是这人跟歌林好像关系匪浅，歌林成天胡闹，容易惹事，倒要拜托他多照顾一下为好。

“叫他干吗？他来了，酒都臭了！”百里歌林心虚似的，声音反而特别大，皱着眉头倒了六碗酒，举起道：“来来，喝酒！咱们明天就要分开了，顺利的话，明年八月陆公镇能重聚。不顺利的话，可不知啥时候再能坐一处喝酒了。今天晚上谁也不准说不喝，黎非，特别是你，不许叫雷修远替你喝，醉了有他背你。”

说罢，她自己先哈哈大笑起来，六人将碗中酒一干而尽。这一个月试炼并不紧张，大家时常凑在一处说笑，五年来能讲的趣事都讲光了，然而分别在即，总还有些未尽之言想说。

黎非竭力不让自己去看雷修远的方向，心不在焉地端起酒碗猛灌一口，直到腹中犹如火烧才惊觉。她酒量不坏，但也不大好，人在有心事的时候偏偏还特别容易醉，没一会儿腹中那团火像是烧到了脑子里一般，眼前的人和物都变得蒙蒙眬眬的。

她心中暗悔，急忙将酒碗推开，换了一杯浓茶。冷不防旁边忽然伸出一只手，又替她斟了满满一碗烈酒，却是纪桐周。他今晚酒兴似乎特别好，早已喝干了两壶酒，轮着敬了一圈，这会儿轮到她了。

他举起酒碗在她碗上轻轻一碰，也不废话，只微微一笑："干。"

黎非不好拒绝，只得干笑着勉强自己再喝一碗，喝到一半时，她的手腕已经在微微发抖，酒液泼出，溅湿罗裙。

手腕被人轻轻握住，纪桐周从她手中拿下酒碗，低声道："喝不下不要勉强，给我。"

黎非头昏脑涨地看着他就着自己方才喝的位置，大口地喝光了剩下的烈酒。此时她已近乎大醉，神魂都要飞上天，那些忧郁的心事仿佛一时也被忘却，不知为何，反而冲他咯咯笑起来："你不怕醉？"

纪桐周扶着下巴低头凝望她，也微微笑了："我倒觉得今天我不会醉。"

黎非憨态可掬地冲他傻笑："为什么？"

他悄悄靠近她，暗淡的灯光中，她的肌肤像是玉做的，泛出艳丽的红晕，目光融融如春水，鼻前异香淡幽，销魂蚀骨。他想起梦中的缠绵，目光骤然变得炽热，声音也沙哑起来："你真想知道？"

黎非正要说话，一旁的百里歌林整个人都靠过来，缠着她叽叽呱呱也不知说什么，又笑又叫，酒碗差点被歌林弄翻，她的心思一下就被分散了。

迷蒙间，歌林刻意压低的声音在耳边回荡："黎非，你要是真喜欢雷修远，以后可得注意一下自己的言行。"

黎非茫然望着她，全然不解。

百里歌林摸了摸她滚烫的脸颊，叹了口气："你虽然不说，但我知道你有心事，不说便不说吧，我只想谈谈自己的想法。就算我不喜欢雷修远那家伙，但我知道，他心里一定有你，你们两个大概有什么误会。你看看，他看你的眼神都跟旁人不同，要说他没想法，打死我都不信。"

她大约也是喝高了，话多了起来，之前一直避而不谈的事此刻被她滔滔不绝地说出来："你就记着我的话，男人甜言蜜语都是假的，他为你做了什么才是真的。"

黎非醉得脑子里嗡嗡乱响，理智与反应早就飞了有十万八千里远，下意识朝雷修远那边望去，冷不丁对上他清冷的目光，她心中骤然一惊——他竟一直看着自己，她始终读不懂他目光中的深意，像是专注浓烈无比，又像是在把她往外推。

她一时忘了回避，只愣愣地与他对望，百里歌林笑着贴过来，对着她耳朵小声道："看看，他吃醋了吧？别跟纪桐周那么亲密，你不喜欢桐周的话，这样对谁都不好。"

纪桐周？怎么又跟这小王爷扯上关系了？黎非摸不着头脑，可她已经没有能力再去多想，她第一次喝到这样醉，感觉跟做梦似的，恍恍惚惚，眼前什么东西都在跳，再也坐不直，整个人快要滑到桌子下面。

百里歌林急忙扶住她，大笑起来："这丫头是真的醉了，雷修远，你送她回去吧？"

黎非艰难地摆手："不……不用他……"

她还残留着最后一丝神志，本能地要回绝歌林的提议。

身体忽然被一双手稳稳地扶住，纪桐周的声音从头顶传来："我送她。"

酒桌上骤然安静了一瞬，百里歌林无奈地笑着，不知该怎么接口，这些天她早看出纪桐周的不对劲。大家都是从小到大的朋友，不意竟落到这种尴尬境地，她又不好多嘴，只得左看看右看看，苦思对策。

黎非正求之不得，只要不是雷修远，谁都可以，她攀住纪桐周的胳膊，摇摇晃晃地往外走："我先告辞……"

醉眼蒙眬，她一句话都说不齐全，歪歪倒倒地走出酒馆，下一刻就被纪桐周一把抱了起来，她下意识地挣了一下。纪桐周低声道："你醉得厉害，别动，很快就到客栈。"

黎非面颊贴在他胸前精致的纹绣上，这个人不是雷修远，他怀中有名贵香料的气息，心跳声也比雷修远要快而嘈杂——不是雷修远，她的本能都在抗拒。

这种抗拒令她感到突如其来的伤心，她和他明明什么都不是，却已做了许多爱侣才能做的事，说不伤及自尊是不可能的。纵然她素日里豪爽好似男人，可她毕竟不是真的男人。

夏夜凉风拂面，面颊上冰凉一片，黎非赫然惊觉自己竟已是泪流满面，急忙用袖子掩住脸。

摇晃而缓慢的脚步停下了，不知过了多久，纪桐周低沉的声音轻轻响起："你脑子有病吗？为他哭？有什么好哭的！"

黎非只觉疲倦而伤心，累得一句话也不想说，无法控制的泪水倾泻而出，打湿了半面长袖。

纪桐周突然发火似的一把揪起她的领口，怒道："我叫你不许哭！烦人！"

此时的姜黎非再也不神采飞扬了，也不会刻薄地与他针锋相对。她像只受伤的小兽，无力地瘫软着，在他面前，为了另一个男人哭，哭得那么狼狈。

骄傲的王爷无法忍受，她把他当什么？一个摆设吗？他扬手便要抽她一耳光，这不知好歹胆大妄为的人！竟敢这样对他！

指尖擦过她的耳郭，他却打不下去，以前那个男人似的姜黎非早就消失了，脖子那么纤细，肩膀也窄窄的，他一耳光抽下去，她软玉似的脸只怕要鲜血淋漓——他有什么理由迁怒她？因为她先行喜欢上另一个人？还是因为在荒诞的梦境中，她背叛了自己？

他知道，现实中，她心里甚至完全没有他。

心底的愤怒和不甘无处可去，为什么要是她？他真的要开始恨她。

纪桐周抿起唇，神色阴沉，一言不发，毫不客气地揪着黎非的领口，粗鲁地将她一路拖回客栈，推开房门直接扔在床上，紧跟着转身摔门便走。他要一个人静静，不能再看到她。

那天晚上，黎非乱七八糟地做了许多梦，零零碎碎，全是关于雷修远。

这内敛而冷淡的少年，怀着一身的秘密，总是突如其来地吓她一跳。她对他，从起初的排斥厌恶，到渐渐被吸引，再到沦陷，似乎并没有花多久。对他的感情仿佛顺理成章，在刚好的年纪，遇到刚好这样一个人。他温柔却又狡猾，体贴却又若即若离，为了她拼命相护，嘴上却从来不说——每一个人都觉得他难以亲近，为人怪诞，她却发现了他独一无二的美好。

可她直到现在也还是没能够完全地了解雷修远，他从不说自己的事，即便她问，也大多是被他风轻云淡地回避。在这方面他比她要强得多，聪明得像个鬼。

想要从他这里得到火热而肯定的答案，比登天还难。她那么多青涩的心思、默默无言的期盼，他真的不懂吗？还是假装不懂？

她有太多的话想和他说，太多的心情要和他分享，也有太多的疑问要倾诉。小时候什么也不懂，她活得反而潇洒利索，可她已不再是十岁，她已经长大了，大到明白了什么叫脆弱与感情。

他究竟用什么样的眼光看着她？愚蠢的自己上钩的猎物？还是想要捧在掌中呵护的花？为什么要对她说那样的话？为什么要吻她？为什么可以决绝地离开？

有生以来第一次，那些恋慕的美好的感情，她不想让它们变成黑色的怨愤，不想恨他。

也许她恨的人是自己，懦弱而胆怯，只会被动地等待别人的答案。

她的胆子并没有别人想的那么大，也只有在这片刻的醉意中，方可恣意一番。

凌乱的梦境渐渐变得平静下来，她梦见自己站在尧光峰半山腰的桃花林中，那天雷修远折了一枝桃花送给她。这场景她梦过无数遍，不知为何始终忘不掉，倘若她会画画，一定会把雷修远发丝上流动的光都一丝不苟地勾勒出来。

或许就是从那天开始，她喜欢上了这个冷傲却细心的少年。

黎非静静望着面前的雷修远，十四岁的他身量还未长开，清秀的脸庞有几分像个女孩子，风把他宽大的衣袖吹得摇摇晃晃，他怀中有一种清冷的殿堂熏香般的气味。

我喜欢他，黎非对自己说。

醉意令她大胆而奔放，她忽然握住了少年的衣袖，在他微微含笑的目光中，鼓起勇气大声说："雷修远，我喜欢你，你呢？"

没有人回答她，少年清瘦的身影化作千万片花瓣消散而去。黎非怔怔地立在原地，不知为何，伤心欲绝。

原来她已经有这么喜欢他了，得不到回应与肯定的感情，竟会让她如此伤心。

冰冷的泪水顺着脸颊落在枕头上，深邃的夜色中，她依稀听见一声轻叹。一根手指触在她面上，将泪痕拭去。

黎非迷蒙地睁开眼，恍惚间像是有一个人端坐身侧，怀中清冷而熟悉的气息充斥鼻间，可是再一个恍惚，周围只余单薄的黑暗。

是梦耶，非梦耶？

她已醉了，再不能思考。

百里歌林揭开酒肆的帘子，一出门只觉夜风冰寒刺骨，她略有些昏沉的脑子终于被激得清醒了几分。

叶烨怀中抱着唱月也走了出来，见她神色中还有些依依不舍，他笑着摸了摸她的脑袋，柔声道："歌林，以后别总是胡闹，该稳重些了。"

马上便要分别，百里歌林也不愿再和他斗嘴，当即笑着点点头。她见唱月睡得正香，便故意板着脸道："我要跟你一起送姐回去，省得你不老实。"

叶烨失笑着在她脑门儿上重重一弹："人小鬼大，赶紧回去了。别再和陆离斗气，他为人稳重，你该多和他学学，有他照顾你，我们也放心。"

怎么又提陆离！百里歌林无奈至极，当下敷衍地点头："知道了，快回去吧，好好照顾我姐。"

她默然看着叶烨和唱月的背影消失在夜色中，不知为何，有一种淡淡的孤寂笼罩心头，又剩她一个人留在东海了。曾经她心结难解，孤身一人背井离乡的孤独并未放在心上，此时多年心结放下，家人乍离，她终于体味了一丝涩然离愁。

百里歌林叹息着转身慢慢离开酒肆。天上月银辉万里，四下里所有的屋檐下都系着灯笼，照得这座城镇亮如白昼。

她沿着狭窄的街道慢慢踱步，回想前事，一时莞尔，一时沉思。忽觉对面一行人迎面而来，她下意识避让，却听有人叫她："百里师妹！"

百里歌林愕然抬头，却见对面是几个万仙会的师兄，叶烨之前怎么也找不到的陆离，正在里面。她看到这个人就烦，当即随意点头，笑笑算作打招呼。另一个师兄笑道："你怎么一个人？早知你是一人，该与我们一同喝酒才是，听陈师弟说过，你是女酒豪！”

百里歌林干笑着敷衍几句，这几个师兄也不相强。他们毕竟年纪比她大了八九岁，不会像十几岁的年轻弟子那样没分寸，几个人说说笑笑地与她擦肩而过。百里歌林下意识回头望了一眼陆离，他面无表情，依旧把她当透明的。

她实在看不惯他这种姿态，眉头忽然一皱，停下脚步道：“陆师兄，能否拨冗与我说几句？”

夜色渐渐沉淀，弟子们酒醉的说笑声也渐渐远去。百里歌林静静看着面前的陆离，或许是因为不想叫其他同门师兄弟发觉他俩的矛盾，他最后还是一言不发地留下来了，但一眼也不看她，沉默如山地站在那边。

她蹙起眉头，第一次这么认认真真地打量面前的男人，仔细看看，他跟别的东海本地人确实有一丝不同，肤色更为黝黑，轮廓也更深一些。东海附近各个部族多如天上繁星，想来所谓九凤族应当也是其中之一，怪不得他脖子上总挂着一块九头鸟的挂坠。

百里歌林沉思片刻，开口道：“陆师兄，我对九凤族全然不了解，如果我做了什么事违反了你们的族规，还请你原谅我的无知。”

陆离的目光始终凝聚在她身后的灯笼流苏上，动也不动，沉默不语。

百里歌林退了几步，毕恭毕敬给他躬身行礼：“我知道我的轻佻态度让你厌恶，我也知道上回我是强人所难，这是我最后一次向你诚心道歉，我的歉意是真心实意的。这次之后，我再不会烦你。”

她等了一会儿，不见他回答，最后长长出了口气，回头望着天边月，转身便走。

“你们中土的女人，都喜欢将自己的意志强加在旁人身上吗？”

陆离忽然在后面冷冷开口了，相隔一个月，他第一句话居然类似指责。百里歌林愕然回头看着他：“你的话很高深，我不太懂。”

陆离抱着胳膊望向她，半晌，才低声道：“为何一直追着我道歉？你希望我原谅你什么？”

百里歌林想了一阵：“我得罪你了，所以你把我当透明的，所以我才给你赔罪。”

陆离淡道：“你没有得罪我什么，你强求我的原谅，不过是想让自己心安而已。”

百里歌林的眉头又蹙了起来，沉思良久，轻道：“既然我没有得罪你，那就是道不同不相为谋了，看来我确实自以为是了。陆师兄，你真的讨厌我？”

“你希望我怎么回答？希望我怎么做？”陆离问得平静之极。

“我当然希望大家能像正常同门一样说说笑笑，变回以前的关系，不过只‘我希望’是没用的，这些事应该由你决定。”

陆离忽然快步向她走来，最后停在她面前，几乎要贴着她似的，低头紧紧盯着她的双眼。百里歌林默默回望，只觉他眸光幽深，竟好似望不到底一般，她不由暗暗心惊。

他看了一会儿，忽然笑了一声，伸手按在她肩上，低声道："一直故意追着我道歉，现在又说一些似是而非的暧昧话，我们以前说笑过吗？你是介意我的态度？怎么，很在意我？你想从我这里得到什么让你心安的东西？觉得可以利用我的好感来安慰自己？以前你就是这样盘旋在男人之间？卑鄙的小丫头，你不过十六七岁，真以为对人心了若指掌？"

百里歌林登时勃然大怒，森然望着他，良久，她才冷道："陆师兄，话不投机半句多，从此桥归桥路归路，我不会再与你说半个字。"

她转身便要走，陆离按着她的肩膀将她扳回来，漆黑的眼睛带着讥诮地看着她："既然要谈，索性一起谈开，被我说穿心事，又要假借发怒逃避，你的胆量不过如此。"

百里歌林脸色铁青："我不知道你在说什么东西！栽赃嫁祸很有趣吗？"

"我说的是不是真的，你自己清楚。"

她冷淡地避开他尖锐的视线，然而心底最深处，却有种被戳破秘密的狼狈。

其实，他说得没错，她就是这么卑劣的女人。她不是黎非那种木头脑袋，陆离对她迥异的态度，时间长了，她自然心中渐渐有数了。她也说不清自己总追着他要道歉是出于什么样的心态，因为知道他喜欢自己，所以希望他给自己的寂寞以抚慰吗？还是想利用他远离自己对叶烨的心结？

当初会求他抱住自己，也是出于这种心态吧？她心底最深处知道，陆离不会拒绝，他喜欢自己。

她的潜意识里，竟然真有这么卑鄙，叫她不敢相信、不愿相信、更不肯多想的那种卑鄙。

百里歌林有些疲惫地揉了揉额角，她的声音低哑柔倦："抱歉……"

"这世间所有的道歉，都不过是求得自己的心安。你可以猜猜我会不会原谅你。"

百里歌林苦笑："你要怎么不原谅我？揍我一顿吗？"

陆离没有说话，他放在她肩上的手忽然抬起她的下巴，轻声道："你想从我这里听到什么？我喜欢你？我心甘情愿被你糟蹋，呼之则来，挥之则去，像卑微的奴仆一样宠爱你？"

百里歌林躲开他的手，眉头紧皱："何必再说？从此继续各自做路人就好。"

陆离静静地看着她，突然抬手在她下巴上掐了一下，什么也没说，冷笑着走了。

纪桐周推开窗，天边依旧是那抹薄到透明的蓝色晨曦，他对着铜镜细细理好衣领和腰带。星正馆的弟子服一色茶白，衣领与袖口嵌着金边，有一种华贵之感，穿在他身上分外合衬。

他从怀中取出一把半旧的木梳，细细梳理着长发。一夜未眠，他眼底有一层薄薄的黑色阴影，让镜中映出的那个十八九岁的少年看上去带着一丝阴霾。

束好长发，他推开门，情不自禁朝楼上回廊望了一眼。无月廷的弟子住在楼上，她也在。

纪桐周停下脚步，扶在栏杆上，怔怔地发了许久的呆。客栈楼上楼下的人声渐渐开始喧嚣，天色已然大亮，来东海的山派弟子们到了该回去的时候，不停有其他门派的弟子从楼梯上下来。

很快，他便看到了姜黎非。

她大概昨晚没睡好，一直在揉眼睛，走路也歪歪倒倒的。纪桐周看了很久，终于还是慢慢地跟在她后面下了楼。

黎非眼睛里一阵阵发涩，她昨夜酩酊大醉，感觉几乎是刚睡着就被长老召集令拖起来，困得走路都要睡着。回门派还得飞四五天，这下可糟了，要是飞着飞着掉下去怎么办？

客栈大堂里全是人，黎非倚墙而站，脑袋一个劲儿往下沉，这里明明人声鼎沸，她却觉得马上又要睡着。

两只油纸装着的素包子忽然被送到她面前，黎非愣了一下，转头一看，却见纪桐周在旁边靠墙而立，一只手拿着包子，另一只手端着一碗热茶。

她顿时惊愕，四处看了一圈，不太敢确定似的，低声问：“这个……给我的？”

这一向心里眼里只有自己的小王爷居然会给她买早点，今天太阳从西边出来的吗？

纪桐周的眉毛又皱起来了，神色恼火，语气却很平静：“你吃不吃？”

黎非索性不客气地接过来大咬一口。她正饿得慌，昨天喝了太多酒，饭菜根本没吃几口，夜里好像乱七八糟地还做了好多怪梦，起来后浑身无力精神也欠佳，这份早点简直是雪中送炭，难为他有心了。

“你吃过没？”黎非一面咬包子一面问，下意识地在人群中寻找另一个身影，待看到雷修远站得远远的，正跟广微真人说着什么时，她心里到底还是泛起些许苦涩。

他们两个，再也回不到以前了，可能做陌生人更好。

纪桐周抱着胳膊，没有回答，只低头一直看着她。黎非被看得浑身发毛，稍稍离他远一些，干笑着没话找话：“那个……今天要回门派了，下次再见要一年后……呃，好好修行。”

他还是不说话。黎非恍恍惚惚想起昨天好像百里歌林跟她提过纪桐周的什么事，她吃包子的动作渐渐慢下来，忍不住抬头望向他。

“不吃了？”纪桐周没什么好脸色，冷冰冰地反问。

这人从来没给过自己什么好脸色，肯定是她想多了。黎非干脆三两口把包子吞下去，痛喝一口热茶，精神顿时一振，笑道：“多谢你了，我这会儿才真的醒过来。”

纪桐周冷哼一声：“你还需要再清醒清醒。”

黎非正要说话，忽听外面长老们喊无月廷的弟子出发。说走就走，利落干脆，正是修行门派的作风。她朝纪桐周笑笑，挥了挥手：“我走了，回头写信，好好修行啊！”

她转身便走，胳膊忽然被他用力拽住，黎非愕然回头：“怎么了？”

纪桐周的目光顺着她的手落在她脸上，她形状漂亮的嘴唇，修长秀气的眉毛，黑白分明的眼睛。她马上要走了，这一去要一年见不到。

周围有人在笑，有人在说，外面有人在叫“星正馆的弟子要走了”，这一切听在他耳中，仿佛都变得很遥远。这一生到现在，从没有他想而不得的东西，他已经在幻象中失去过她一次，这只手，此时此刻要不要再放开？她不是他的女人，她心里有别人，那个人亦敌亦友。

纪桐周觉得自己在犹豫，他说不出自己想做什么，这些天他一直在想，也想不出。他不甘，不甘心喜欢的人是她，不甘心她心里的人竟不是自己。

要不要，将她抢过来？

纪桐周看了她良久，忽然开口：“姜黎非，你会记着我的吧？”

黎非想不到他突然这样说，反而呆了一下：“什么意思？我当然会记着你。”

纪桐周笑了笑，放开了手，起身往外走：“我回星正馆了，告辞。”

黎非也笑了笑：“去吧，明年再见。”

纪桐周一脚跨出客栈，抬头定定地看着天边一丝流云，长老们还在催促着他。他忽然飞快转身，一把钳住黎非的双肩，低头重重吻在她错愕的唇上。

周围的声音淡了下去，可很快又变得喧嚣起来，纪桐周激烈地吮吻她的唇瓣，他的时间实在不多，他想要的又有太多太多。藏在他身体深处被唤醒的诸般狂野的欲念，它们像毒蛇一样噬咬他，炽烈的心火已经被点燃，谁也不能熄灭它，谁也不能！

他狠狠一口咬在她的下唇上，她的唇几乎一下子就被咬破了，鲜血四溢。

“记得更牢些……”纪桐周朝她古怪一笑，将紫玉蟋蟀放进她怀中，转身便走，再也没回头。

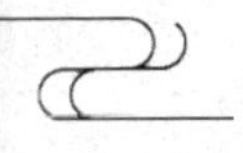

# 第三十章 青城

飞雪茫茫，冰峰矗立，一个月未见坠玉峰，此时终于回到这里，黎非居然有种恍然隔世的感觉。

她急急将云头降落在回廊上，下一刻昭敏师姐便从中厅快步走了出来，黎非还是第一次见她走这么快。一见黎非笑眯眯地站在回廊上，昭敏神色一喜，又是欣慰又是放心，温言道：“可算回来了，我听说这次试炼十分艰巨，可有受伤？”

先前黎非留信忽然离开，言辞十分含糊，只说被广微和东阳两位长老带着参加试炼，时间地点一概不提，倒叫她好一阵担心。后来又听说这次试炼艰巨异常，还涉及斗法，随时有性命之忧，昭敏这些日子就没睡过什么安稳觉。

黎非上前握住她的手，心中暖洋洋的，笑道：“师姐，我一切都好，放心吧。”

昭敏见她双目清亮，这一趟出远门，先前的稚气居然大减，整个人似是又长开成熟了许多，当即点头微笑：“看来你受益匪浅，来和我说说这次试炼的缘由。”

此次山海初会比预想中的还要顺利与融洽，山派海派相互间接触的消息也不会再被封锁，在此之前山派各路仙家都已听说了此事。据说海派能够驭使妖物，且弟子们个个擅长斗法，中土仙家们不由个个蠢蠢欲动，早有人偷偷跑去找诸位书院创立者牵线，希望也能和海派的人互通一下，左丘先生最近似乎忙得很是焦头烂额。

黎非把试炼中遇到的听说的各种有趣事都说给昭敏听，及至说到广生会那座城镇中小摊上贩卖的各种海外物品，昭敏忽然接口道："那些凶神面具应该是早先靠海那边人做祭祀用的，我听师父提起过夜叉。五百年前海陨，无月廷曾有一位仙人斩断了一只夜叉角，可惜那仙人也因此重伤难愈，说是去寻找仙草灵药，这一去就再也没回来过，师父每次提起他都要叹息呢。"

黎非惊道："世上真有夜叉这些凶神？师姐你也知道海陨？"

昭敏微微颔首："我比你早来了几十年，自然知道的事情多得多，师父又是个喜欢钻研这些稀奇古怪东西的仙人。那些东西与其说是凶神，倒不如说是海外的异民吧，海陨降临后，不知道这次又能活下多少人。"

昭敏见黎非脸色发白，以为她是害怕，当即笑道："年轻弟子无论在哪里都是最为重视最为保护的，你怕什么？怕的人应该是那些长老和仙人，何况我听说海陨降临前，天地间会有无数异象，总能提前做些准备，别想太多。"

黎非原本只想与师姐说东海的趣事，却不承想引出这些叫她心神不宁的话来，她又想听，又怕听见。正准备换个话题，忽见昭敏脸色一冷，猛然站了起来，袖子一落将她挡在身后，低声道："别出来。"

黎非一愣，忽听外面风声呼啸，似是有人落在了回廊上，紧跟着一个有些耳熟的男子声音唤道："昭敏师妹，我前日得了一根白呙的树枝，想来你一定喜欢。"

昭敏皱起眉头，慢慢走出中厅，双手合起，拱手行礼："多谢秦师兄一番心意，无功不受禄，还请你收回。"

秦师兄？黎非努力回想，总觉得好像有印象？

那位秦师兄含笑道："昭敏师妹，你怎么总是冷冰冰的？不过我晓得你心里不是这样，不然上回不会对我笑得那么温柔。"

昭敏淡淡道："秦师兄请自重，若无事，还请速速回去，我不便奉陪了。"

秦师兄声音变得十分温柔爱怜："昭敏师妹，只要你能再对我笑一下，叫我做什么都可以。"

昭敏眉头皱得越来越紧，冷道："此乃酉末戌初之时，天色已暗，师尊还在闭关，秦师兄孤身一男子来我坠玉峰，是何道理？明日我一定会向正虚长老禀告此事。"

秦师兄退了两步，声音居然还是那么温柔："是我唐突了，昭敏师妹冰清玉洁，我岂敢冒犯？不过，这中厅内明明还有人，昭敏师妹莫非有客在？想来是我打扰了二位私会的雅兴，实在抱歉。"

昭敏并没发怒，居然还浅浅笑了一声："秦师兄果然雅人识雅趣，那我不送了，告辞。"

秦扬灵终于悻悻而去，昭敏皱眉走回来，见黎非盯着自己，她面上少见地出现了一丝鄙夷刻薄的神色：“黎非你记好，正虚长老门下有个叫秦扬灵的男弟子，此子荒淫无稽，万万不能接近。”

黎非干笑两声，将之前与秦扬灵和乐采苓的纠葛说了一遍。昭敏越听鄙夷之色越重，最后摇头叹道：“那位乐师妹，可惜了，怕是以后再也没机会修习清乐长老的天琴之法。女人最怕便是遇到这种男人，半辈子都要被毁。”

黎非奇道：“为什么不能修习了？那个闭口仙法，再从头练就是了。”

昭敏低头想了想，面上有些赧然：“你既然大了，也该知道一些事。清乐长老的天琴之法必须以处子之身修习，一旦开始修习，零零总总共有三十年不能与男子说话，此后一生到死都不能与男子亲近。听说秦扬灵此人颇通一些双修之法，那个乐师妹跟他在一处，只怕早已……

“我等修行者虽说不拘世俗之礼，但女子对自己的清白大多还是看得比较重，若遇到两情相悦的道侣，倒也罢了。最怕遇到那些狼心狗肺之人，若是用情太深，怕是这等遭遇会纠结成为情劫，便糟糕了。”

黎非不由默然不语。

手上一暖，昭敏握住她的手，低头仔细打量她，忽然轻道：“黎非，你有心事。”

黎非勉强一笑：“只是赶路有些疲惫罢了。”

昭敏凝视她，良久，方又道：“我听说雷修远近日又要闭关修行，欲突破第三道瓶颈，他倒是个会拼命努力的人。”

又要闭关？黎非心中说不出的失落，她竟不知道。以前他们多么亲密，他所有的事她都是第一个知道的，再也想不到自己会有这么一天。

闭关，便意味着有很长一段时间见不到他了，即便他们后来几乎没有再说过话，可总还是每天能见到他。见到他，她心中纵然难过，却到底是欢喜居多，然而他说闭关就闭关……难道他们就突然断在这里吗？从此后要假装对方是陌生人？

一只手轻轻抚在了她的脸上，昭敏的目光了然而又带了一些怜爱，声音也变得温柔：“傻孩子，要哭了。”

黎非摇头：“怎么会……”

昭敏没有说话，她分明是一副快要哭出来的样子，却还要咬牙撑着，这么倔强，也不知是好是坏。

“多关注一下自己才是正道。”昭敏轻轻拍了拍她的手，“女人无论什么时候，都该把自己的事放在第一位。雷修远既然为你拼命至此，你就更不能心猿意马。”

黎非几乎要苦笑，她还是摇头，低声道：“不是……师姐，他、他不是……不是为我……”

昭敏反而轻轻一笑：“是吗？我倒不这么想。”

她不等黎非再说什么，姿态优雅地起身，道：“不早了，你连日赶路想必十分疲惫，早些休息吧，明日还要修行。”

虽然很疲倦，可黎非却并没有一丝睡意。小时候就是这样，只要心里有事，她就没法安然入睡，所以特别羡慕歌林，这家伙不管有什么天大的事，到了该睡觉的时候立即就能睡着。

窗外的风雪似乎停了，黎非推开窗，将半湿的长发披散在窗台上晾着。雪峰寂静，明月如钩,不知道雷修远此刻在尧光峰做什么,是不是已经睡了？是不是偶尔会想起她?

他们在无月廷的一南一北，相隔千万里，曾经她一点儿也不觉得远，现在才发现这段距离是如此遥远，见不到他，听不到他，异样的孤寂和失落令她茫然无措。

袖袋中忽然掉落一只紫玉蟋蟀，黎非脸色一下就变了，下意识捂住嘴唇，被咬的剧痛好像还残留着。她愣了半天，忽然将那只紫玉蟋蟀抓起，走到梳妆台前打开首饰盒，最底层放着一把漆木梳，她将蟋蟀跟梳子放一起，再重新盖上盒子，彻底封起来，眼不见心不烦。

真是不愿回想，黎非不由自主叹了口气，她这次是结结实实被纪桐周吓个半死。他直接走了，留下她捂着满嘴血，衣服上手上都是血迹，周围无数人看着她，那瞬间她真的恨不得找个地洞钻进去。

最后治疗网还是雷修远给她架的，她以为他会说点什么，可他什么也没说。

黎非怔怔地坐在床沿，心中一时恼怒异常，一时疑惑异常，一时遗憾，一时还难受，她也说不清自己是个什么心情。

在她的印象里，纪桐周一直是跟三岁小孩挂钩的，任性妄为，还喜欢显摆王爷威风。起先她也挺讨厌他，可随着了解加深，渐渐又挺喜欢这爽朗得像太阳似的小王爷。但那单纯是朋友的喜欢，她甚至完全没有意识到纪桐周的异样。

老实说，她根本没太留意过纪桐周的事。在东海朝夕相处一个月，她的心思全在雷修远身上，以至于对小王爷先前的各种怪异举动没做任何深思。

什么时候开始的？他对自己有别样想法？蜃之幻境的缘故？

她已经够烦了，实在不愿再多想纪桐周，这些错综复杂的关系令她头疼欲裂。黎非一口恶气堵在胸口，发泄似的用力吹灭灯火，管他什么雷修远、纪桐周，管他什么喜欢不喜欢，爱谁谁，明天开始她要通通忘掉！

推开演武殿的门，但见外面红叶漫漫，远峰峻峭，这里是南时峰，无月廷的演武殿大多集中在这里。由于平日里山派弟子斗法切磋并不多，所以大部分时候南时峰都静悄悄的，人迹罕至。

自从听说海派的弟子擅长斗法后，苏菀顿时来了兴致，她这两天刚突破第二道瓶颈，总想找人练手，正巧黎非擅长防御之法，就委屈她当了活靶子。邓溪光牵制，苏菀负责攻击，三人每天午时休息便在演武殿内练习斗法半个时辰。

这额外的修行效果未知，倒让三人的感情越来越好，一路走着笑着，都想听黎非讲在东海试炼的经历，谁也舍不得腾云飞。上回她还没说完，邓溪光缠着她非要她多说点：“姜师妹，上回你说到几位朋友在试炼地齐聚，后来遇到了凶兽，是什么凶兽啊？讲完再走！”

黎非笑道：“听说只在海边有的一种凶兽，叫蜃，没妖气，也看不到长什么样，只会吐雾气给人制造各种幻觉，然后吸取精气。蜃制造的幻象完全分不出真假，现在回想起来，还有点儿毛骨悚然呢！”

苏菀两眼发亮，连声问：“那你们后来怎么脱身的？对了对了，你看到什么幻象了？”

“蜃会制造人心底最想要和最恐惧的幻象，每个人都不一样，就看你心里想什么了。”

苏菀不由沉吟，最想要和最恐惧的东西，如果真的不辨真假，那确实难以从幻象中脱身。邓溪光在一旁连连庆幸：“还好我没被选上！我要是去了，肯定陷在美女如云酒池肉林的幻象里死也不肯出来！”

两个女孩子都骇笑，还美女如云酒池肉林，这位邓师兄说得真直白。

邓溪光一面说一面手舞足蹈，足尖忽然踢中一个东西，怪沉的，他低头一看，却是一块弟子名牌。他立即捡起，翻过来一看，不由惊道：“这是……乐师妹的名牌？”

黎非和苏菀急忙凑过去，果然名牌上镌刻着乐采苓的名字，她的名牌怎么会落在南时峰演武殿附近？她最近有来过？

邓溪光四处看了看，林中红叶遍地，树木疏朗，没见半个人影。他忽然又开心起来，将名牌放入怀中，得意道：“回头我亲自还给她，说不定她还要谢谢我。”

苏菀嫌弃地看着他：“人家乐师妹跟秦师兄成双成对，你凑什么热闹？还个名牌人家就正眼看你了？”

邓溪光“啧啧”两声，摇摇手指：“所以说，女人永远不懂男人的心，能与这样的美女说两句话，对男人来说已经是好事了。”

苏菀笑起来：“你去紫兮峰，指不定看门的人连弟子房都不给你进，看你贼眉鼠眼就不像什么好人。”

邓溪光正要反驳，忽听头顶风动，正说着乐采苓，这位乐大美人就到了。她直直地落在众人面前，看也不看他们一眼，只顾着低头找东西。

邓溪光急忙赔笑道：“乐师妹，你是找名牌吗？”

乐采苓还是不看他，冷冷地把手伸到他面前：“还给我！”

邓溪光立即不争气地将名牌双手送上。苏菀见她拿了名牌一个字也不说，很是不快：“你连个谢谢也不会说吗？”

乐采苓招来小白云立即就要走，头顶忽然响起一个温柔的男声：“采苓，名牌找到没？”

语毕，一个穿着亲传弟子服的青年男子踏着一只碧绿的玉箫缓缓落下，风采迫人，丰神俊朗，正是久违的秦扬灵秦师兄。乐采苓见着他，眼圈反而红了，背过身不理他。

秦扬灵笑吟吟地伸手，本打算温言安抚她一下，忽见对面三人中有一个少女，居然是上回见了后再也没遇过的绝色美人，他伸出的手立即变成拱手行礼：“这位师妹，我们又见面了。”

黎非冷冷看着他，又看了看后面背着身的乐采苓。秦扬灵极擅察言观色，见她眼中似有鄙夷之色，顿时柔声道：“这位师妹，可否将姓名告知我？我总不能总是‘这位师妹这位师妹’地叫你吧？”

苏菀对这个人也没好感，当即拽了拽黎非的袖子，耳语道：“我们走吧。”

黎非点点头，三人默然不语地转身便走。这里离坠玉峰不远，下午修行时辰快到，她和苏菀二人告辞，急急飞回坠玉峰，正要落在回廊上，忽听耳后一个人贴得极近，轻笑道：“哦？原来你是昭敏的师妹？”

黎非惊得一个疾驰落在回廊上，周身立即架起防御。秦扬灵笑吟吟地站在碧绿玉箫上，悬在半空细细端详她，越看越觉活色生香，有别于乐采苓幽美的另一种灵动娇憨，看着就叫人喜欢。

“你叫什么名字？”

他落在她身前，步步逼近。黎非扬手便要攻击，谁知他浑身一阵白光闪烁，她的防御竟瞬间全碎了，这是亲传弟子的本事？她疾步后退，唤出小白云立即又飞起，他紧紧跟着，伸手去拉她的胳膊，一面笑：“跑什么？”

黎非急急折了个圈让过他，闹这么大动静，师姐还没出来，那只能说明师姐不在坠玉峰。她情急之下，索性停了下来，回头冷冷看着他，也不说话。

秦扬灵也停了下来，见她黑白分明的双眼冷冰冰地看着自己，他便退了一些，含笑道：“何必要跑？师兄不会吃人，只想问问你的名字而已。”

黎非淡道：“我是冲夷真人门下，姜黎非。秦师兄知道了名字，可否离开？我须得修行了。”

秦扬灵道：“你和昭敏说话都冷冰冰的，还真像。你师父师姐都不在，一个人孤零零的，怎么修行？不如我指点你一下吧。”

黎非冷道：“不用……”

一语未完，忽听坠玉峰顶传来一阵阵浑厚至极的长啸之声，两人都情不自禁望向那冰封雪埋的冰峰之巅。那长啸之声连绵不绝，时而清朗，时而浑烈，一波波剧烈的灵气震荡自峰顶荡漾而下，两人都被推得站立不稳，秦扬灵还能勉强扶柱而立，黎非被推得直接倒飞出去。她急忙唤出小白云，还未来得及站稳，身后又被人扶了一把，东阳真人笑呵呵的声音在头顶响起：“小丫头，你师父要出关了。”

黎非惊喜万分，眼前一花，但见十几名长老都已飞来坠玉峰，个个艳羡地望着那冰封雪埋的峰顶，还以为冲夷这次闭关起码要数年，想不到三个月便出来了！他们成仙之人，早已不能这么轻易地在数月之内突破瓶颈，冲夷实在叫人羡慕。

啸声足足持续了一炷香的工夫，灵气的震荡也越来越激烈，方圆千里的浓稠灵气都被带动着翻卷不休，接连又有数十位长老仙人集中在坠玉峰，专注地望着峰顶。

忽地，风停，雪停，灵气震荡停，众人只觉眼前一花，一个白衣男子伫立在回廊上，双目含笑，目中似有磅礴的清光在流肆，片刻后才渐渐收敛。他拱手向周围的长老们行礼，长笑一声，正是冲夷真人。

数十名长老立即上前将他团团围住，个个放声大笑，道喜者有之，羡慕者有之，向来冷清的坠玉峰此时难得热闹了起来。

秦扬灵立即揣度出这是冲夷真人出关了，悄无声息地御使玉箫想要飞走，然而在数十位长老的眼皮子下，哪里能让他这样静悄悄飞走？正虚真人一眼便认出他是自己的亲传弟子秦扬灵，当即皱眉道：“扬灵？你不在泰冒峰修行，来坠玉峰做什么？”

秦扬灵当即躬身行礼：“弟子拜见师尊。弟子与姜师妹聊了几句修行的事，不意迟了些，刚巧冲夷长老出关，弟子并非有意冲撞。”

正虚真人也早望见那如花似玉的小姑娘，他一直晓得自己这弟子的习性，风流成性，处处勾搭年轻女弟子。本来修行界不拘世俗之礼，双修的人也甚多，但秦扬灵似乎并非打着双修的由头勾搭女子，以情惑人，往往叫人痛不欲生。他这个做师父的责骂过许多次，只是看重他的资质，一直不忍心真正责罚他。此时见黎非满面厌恶排斥之色，她是冲夷长老这么多年来收的第二个弟子，必然心爱至极，加上冲夷这会儿刚出关，弄清缘由后难免尴尬。

想到这里，正虚真人面色一冷，森然道：“跪下，退到一边去！等下再与你理论！”

秦扬灵只得远远退开，缓缓跪了下去，只觉连头也抬不起，丢人至极。

黎非看也不看他，见冲夷长老看着自己微笑，她立即上前跪下行礼：“弟子恭迎师尊出关。”

冲夷真人将她拉起，低头仔细打量，三个多月不见，这孩子身量又长高了些，以前脸上的稚气淡了不少，一身修为更是已经到达第二道瓶颈的顶峰。他欣慰至极，颔首道：“长高了，修为也有长进，看样子昭敏把你照顾得很好，你师姐人呢？”

他眯眼四处张望，忽然一伸手，一封信立即蝴蝶般从中厅飞了出来，翩跹落在他掌心。众长老纷纷赞叹起来，冲夷并非靠斗法成名，他的灵气感应精妙至极，无论多么细微的灵气妖气瘴气变化也能瞬间被他捕捉，如今一趟出关，感知更加敏锐了，信纸上残留的那一丝丝根本无法捕捉的灵气，他居然也信手拈来。

原来昭敏早已留了一封信，说明自己被选中去东海参加数个月的试炼，自从上回黎非他们与海派的弟子切磋互通十分顺利后，山海派类似的互通开始变得十分频繁，这次变成亲传弟子间的切磋了。

冲夷真人了悟一笑：“哦？看来与海派开始接触了，好事。”

诸位长老道喜寒暄一番，很快便各自离开坠玉峰。冲夷真人见秦扬灵远远跪在一旁，目中不由露出好奇的神情。正虚真人上前拱手道：“小徒顽劣，惊扰令徒，我必带回去狠狠责罚。”

冲夷真人看看黎非面无表情，再见秦扬灵垂头丧气的模样，心中已猜到七八分，当即笑道：“我的徒儿脾气不好，个个带刺，可要小心些。”

正虚真人将秦扬灵带离坠玉峰，这座雪山终于再度恢复清净。冲夷真人的目光落回黎非的身上，他在闭关中也不停思索要怎样雕琢这个小弟子，她一如自己所想，五行平衡发展至今，假如再强求她做辅助，难免有些浪费了。

沉吟半晌，冲夷真人忽然道：“黎非，为师闭关中一直在思考修行之人的瓶颈限制，修行者之所以突破第三道瓶颈后方能修行高等仙法，是要等炉鼎能容纳数种灵气的交杂配合，而你的炉鼎容量本就比旁人要大许多，其实已可以开始修习高等仙法。”

黎非愣了一下：“可是师父，弟子听说只有成为亲传后方能传授高等仙法。”

成为亲传再传授高等仙法，一来方便师父们针对各个弟子制定不同的修行方法，二来，也避免有心之人偷师。仙家门派偷师者素来不少，特别是无月廷这种名门大派，各种独有的修行心法玄术，叫人垂涎不已。

冲夷真人展眉一笑："你是我弟子，我爱怎样传授就怎样传授，与旁人何干？"

他抬起手，黎非只见他掌心诸般灵气光芒闪烁，最后变成了雷电般的光团，虽然只得极小一团，却隐隐有雷动九天的威势，叫人心生敬畏。

"天地灵气有五行，金木水火土，五者相互搭配，五行各自灵气量微妙的不同，搭配出的高等仙法也是变幻无穷。这雷光之法便是水火金三道灵气搭配糅合而成。成名的仙人都有各自的绝招，雷修远的师父广微真人便是以九天玄雷大法名震天下。我派千年之前还有一位惊才绝艳的仙人，能以五种灵气搭配在一处，只是那变化多端的森罗大法至今无人能继承。黎非，我却相信你最终能继承这传说中的森罗大法。"

师父真是对她太有信心了……黎非暗暗抹了把汗，她连第三道瓶颈都还没突破，他就想着森罗大法了。

"师父，那个惊才绝艳的仙人……就是斩断夜叉角的仙人吗？"她忽然想起昭敏师姐说过的话，情不自禁轻声问。

冲夷真人终于有些意外，他感慨起来："你也知道？昭敏说给你听的？不错，那位仙人道号青城，眼看便要真正得就大道，从此脱离生死轮回之关，却因与夜叉鏖战一场重伤难愈。夜叉角为他斩断，就此遁逃。青城真人离开门派寻找仙草灵药，从此再也没回来过……这些都是数百年前的往事了，当时的无月廷仙人如今陨灭的陨灭，活着的也大多隐藏在派中不问世事，这么多年，我无月廷再也没出过那样惊才绝艳的仙人。"

黎非听得入神，不禁又问："师父，夜叉长什么样？那个……海外异民都长什么样？"

冲夷真人笑起来，甚是宠爱地在她脑袋上摸了摸："怎么，你去了一趟东海，对这些传说逸闻也感兴趣了？我也未曾见过海外异民，五百年前那次海陨，我还只是个刚入门的小弟子，不过有所耳闻罢了，海外异民有奇形怪状者，也有与我们长得一模一样者。夜叉就是头上长了两只黑色的角，其余与凡人一无二样，然而来去如风，攻击力惊人。五百年前海陨，只出现过两只夜叉，却已叫中土仙家门派死伤惨重，倘若这个部族倾巢而出，中土仙家门派早已不复存在了。海陨至今神秘难解，海外何等模样，也只有传闻，也只有等即将来临的海陨后，方能再解开些谜团吧？"

他见黎非听得一愣一愣地，不由又笑道："这些事与你无关，海陨来临，前面会有无数仙人与长老替你们挡着，天塌下来也必然替你们挡好，你只管专心修行。你今天先试试这个巨石法。"

冲夷真人袖子一抬，黎非只觉一块比人还高的巨石从天而降，快疾无比，要不是她躲得快，只怕已经被砸成肉饼了。冲夷真人手掌张开，架起一道土行墙，道："还有，看好了。"

他掌心火行灵气微微一闪，那块巨石顷刻间爆裂而开，碎裂的石片像刀刃一般，外面还包裹着熊熊烈焰，无数石片狠狠撞击在土行墙上，黎非骇然发现那道土行墙的光芒迅速变得暗淡。冲夷真人立即又架起一道土行墙，如此反复，连架三道后，尘埃方落定，淅淅沥沥的春雨落下。黎非惊得下巴差点掉下来了，院子的地面居然被炸开一个巨大而深邃的洞！还有周围密密麻麻数不清的小洞，想必是石片炸出来的，这方圆数十丈的地面竟再无完好的地方。

高等仙法的威力竟有这么可怕?

“五分的火行灵气，五分的土行灵气，糅合一处后，以三分火行灵气引爆。听起来不难吧？你这几天就先将这巨石法学会。”

……听起来是不难，可是做起来难得一塌糊涂。

黎非吃力地控制着灵气的分量，差一丝一毫巨石都不能成形，她想起日炎以前说过，高等仙法的修行才能叫修行，她那时候做的只能叫释放灵气。这会儿她总算明白他的意思了，相比起来，之前对着石头人偶丢仙法，真的就是单纯在消耗灵气而已。

好容易唤出了石头，她默默推算三分火行灵气的分量，估摸着应该准了，正准备释放，忽听耳旁日炎沙哑苍老的声音响起：“哟？终于开始学高等仙法啦？”

她吓一跳，火行灵气一下子没掌握准，丢出去只听“砰”一声，那石头从中间裂成了两半，碎得还挺光滑整齐的。

黎非无奈又恼怒地回头望向这只狐狸。他狭长惨绿的目中流露出一丝不屑，从鼻子里哼了一声：“连个巨石法都放不好，蠢材一个。”

冲夷真人走过来，摸了摸那块裂成两半的石头，但见切口光滑炽热，他反倒笑了起来：“这是火行灵气不足的缘故，高等仙法即是如此，失之毫厘，谬以千里。灵气的精妙控制才是修行者的重中之重，你不用急，慢慢来吧。”

黎非答了个“是”，再度集中精神开始推算灵气用量。

这次熟练了些，很快将三分火行灵气推算出来，谨慎地释放出去，那块石头瞬间炸裂开，眨眼就将土行墙炸碎了。黎非手忙脚乱，铜墙术防御丢了一大堆，还是被崩裂的刀锋般的石片擦伤了胳膊，弟子服被石块上的火焰点燃，她立即落下春雨术。一切终于平息下来的时候，便见地上被炸出无数深深的坑，虽然比不上方才冲夷真人巨石法的声势威力，却也十分触目惊心。

“好！”冲夷真人目中满是赞叹，这孩子对灵气的控制有种本能般的优势，第二次就能将巨石法成功释放出来，已可算是奇迹了。新接触高等仙法的弟子，连续好几天不能成功推算灵气的，也是大有人在。

他见黎非胳膊上的伤口深可见骨，立即丢了一张治疗网，一面道："下次莫急，铜墙术与土行基础防御挡不住高等仙法，你须得时刻维持土行墙。方才做得很好，就这样继续。"

黎非见他欣慰地转身离去，直等他走远了，才回头冲日炎笑道："怎么样啊，刚才那下？可不会再说我浪费灵气了吧？"

有一段日子没见着这神出鬼没的狐狸了，偏偏这期间发生了太多的事，幸好他不知道，若是知道，还不知要怎么讥笑她。黎非索性提也不提，省得他啰唆起来更头疼。

日炎晃了晃耳朵，悠闲地伏在地上，哼哼一笑："刚刚起步而已，这只是两种灵气搭配出的高等仙法，再往上还有三种四种，乃至五种灵气灌注一处的森罗大法，那才算接近五行极致的真正的仙法。"

"你也知道森罗大法？"黎非有点讶异。

日炎目中再度流露出那种近乎感慨，甚至有些伤感的目光，他淡淡道："此法赫赫有名，也就你这一脑瓜白水的蠢货不晓得，还能被自己的仙法炸伤，老子尾巴都要被你笑掉了！"

尾巴笑掉？黎非撑不住哈哈大笑，好久没这样开怀地笑了，还是和日炎在一起轻松。

"你看着我修行吧，回头休息了，我带你四处逛逛。"

这只狐狸少见地犹豫了一下，他转头望向远方淼淼云海，半晌，低声道："啊，去胡射峰看看。"

胡射峰是无月廷最东面的一座山峰，尚未有长老结庐，不晓得日炎怎么知道的，估计问他也不会说。论起玩神秘，这狐狸比雷修远还拿手。

眼下已是深秋十一月，天黑得很早，赶到胡射峰的时候，天色已经暗了下来。黎非有些讶异地打量这座险峻却又古怪的山峰。无月廷云海之上无数山峰，有被长老占据结庐的，也有没结庐的，这座胡射峰分明没有长老结庐，半山腰却建着房屋，一色白墙黑瓦，十分朴素干净。

日炎停在半空，长叹一声："果然长得像根棒槌。"

黎非对"棒槌"两个字特别敏感，当即回头看他："什么棒槌？"

日炎居然笑了："你看这山的形状，可不像根棒槌？"

他静静飞向那一行半山腰的房屋。黎非赶紧追上去，她谨慎地四处打量："这里没有结庐长老，却有房屋，只怕不好乱逛，还是别进屋子了吧？"

"以前有，只不过结庐主人不在了而已，想不到房屋还被留着，人啊……真搞不懂他们。"

黎非一头雾水地跟着日炎落在半山腰的小院中，这里虽说没人住，然而院落中十分干净，地面纤尘不染，角落的青铜鼎也未曾积灰。沿着山壁放了数尊老旧的石头人偶，式样十分古老，山壁上有太阿术劈砍的痕迹，也有离火术焚烧的痕迹，想来这里曾有弟子修行过。

日炎对着紧闭的院门轻轻吹了口气，那扇木门无声无息地开了，他当仁不让飞入了内院。黎非胆子也渐渐大起来，快步走进去。但见内院有一株十分粗壮的樟树，十来人大约才能合抱，叶片碧绿如新，气息芬芳。四面瓦屋排列齐整，连门环上都一尘不染，若不是庭院寂静无声，窗内更无半点烛火之光，真以为是有人一直住着。

“你那个小师父有心了，还记得时常来清扫。”日炎高高飞起，俯视这座不大的庭院，还有那株樟树，目中感慨万千，“真有这树，五百年已过，如今竟已亭亭如盖。”

今天这只狐狸怎么看怎么不对劲，黎非仰头望他：“日炎，你该不会来过这里吧？这里以前住着谁？”

日炎低声道：“我没有来过，只是听人说过。这里以前住着一位惊才绝艳的仙人，可惜如今他已不在。”

黎非灵光一闪：“你说的不会是那个青城真人吧？！”

日炎哼笑起来：“哦，知道他道号了？不错，这座胡射峰曾是青城的结庐之地。”

“你认识他？！”黎非顿时惊愕，“你们怎么认识的？”

难不成他在东海提起那个“送死的仙人”也是青城真人？这是无月廷的仙人，怎么又跟东海扯上关系了？

“老子干吗要告诉你！”日炎恼火地绕着樟树飞了几圈，“别吵我，滚远些。”

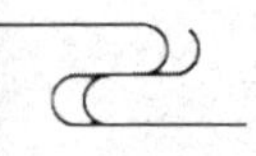

# 第三十一章 喜欢

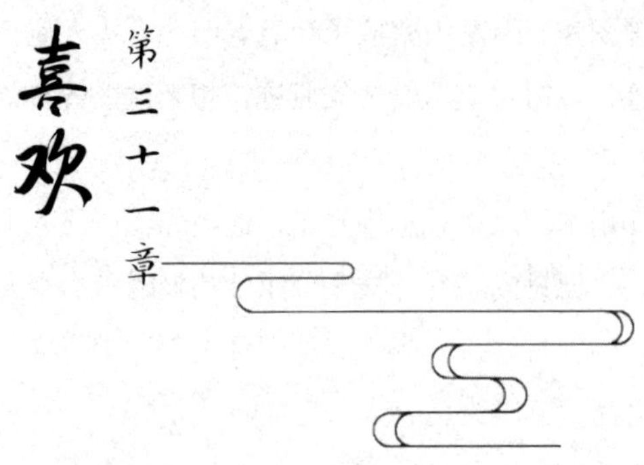

黎非想捡块石头砸过去吓唬他一下，忽听远处似有争执声传来。渐渐地，争执声越来越近，停在外院处。一个女子冰冷的声音骤然道：“我不进去！你休想再碰我！你尽可找你其他那些师妹师姐去玩乐！你我已无甚干系！”

紧跟着，秦扬灵的声音也温柔响起：“采苓，你总爱跟我使小性儿，我哪里有什么师姐师妹？我对你如何，你难道还不清楚吗？”

怎么又遇到这一对了？黎非抬头看看日炎，他专注地盯着樟树，不知想着什么古旧的心事，想得那么入神，这些动静丝毫没能惊扰到他。

乐采苓冷笑起来：“你的甜言蜜语我已经听腻了，我知道你想要什么，我也早已告诉你，没可能！我还盼着师尊回心转意传授天琴大法，断不可失身！你嘴上答应，却总把我往无人的地方带，动手动脚！我一忍再忍，忍到今天！”

秦扬灵叹了一声：“采苓，那是情难自已，我绝非有意轻薄，你若不喜欢，我再也不碰你一根手指头便是。你冷静些，方才那女子只是熟人，绝非你想的那样，我们找个地方坐下来让我好好解释，行不行？”

乐采苓声音十分淡漠：“秦师兄，我乐采苓并非无情之人，但也绝非傻子！你若待我情深如斯，哪怕成不得仙又如何？可你不过拿我当作无脑可欺之女子，这数月来，我恼过，恨过，你是怎样的人，我今日也算彻底明白了。今后你我便如路人，只当没认识过！就算我这数月瞎了眼！”

这是……闹崩了？黎非有点窘，她想走，可这会儿再走也迟了，只怕会惊动外面两人，反而尴尬。

秦扬灵还在柔声安抚：“采苓，我心里自始至终只有你一个人，此心可昭日月。”

好肉麻……黎非撇了撇嘴。

“放手！”乐采苓冷喝一声。紧跟着却传来一声布帛撕裂的声音，乐采苓惊呼起来，然而那惊呼之声很快又断开。秦扬灵温柔的声音听起来像在颤抖：“采苓，我真的对你情难自已！别怪我！”

黎非眼见两个人影摔摔打打地从院门那边进来，她立即腾云藏在樟树枝叶中，但见秦扬灵一手掐着乐采苓的脉门，一手拖抱着她往里面带。她在拼命挣扎，喉咙里发出惊恐的声音，却毫无反抗能力，像被老鹰捉住的小鸡一般，一下子就被他拽进了内院。

这下可不好了！黎非背过手，运转木行灵气，掌心立即出现数只木头小鸟，无声无息地飞了出去。日炎终于被惊动，猛然回神，见秦扬灵推开屋门，把乐采苓拖进去，他森然道：“无耻之徒！居然要在青城故居行这等苟且之事！”

黎非见乐采苓满脸恐惧绝望，一只手用力抓在门框上，指甲都崩裂了，一下子又被秦扬灵拖进去，狠狠摔在地上。她实在没法再让自己这样看下去，只怕长老们赶来时也来不及，她当即重重咳了两声，屋内的两人立刻僵住了。

黎非淡道：“秦师兄，这样不好吧。”

秦扬灵夺门而出，一眼便望见藏在樟树枝叶中的那个少女，他不可思议般盯着她，片刻，居然还能露出一丝笑容：“姜师妹，这样巧，你怎会来这种无人之峰？”

黎非心中暗暗警惕，这个人是亲传弟子，比自己早来几十年，修为不知比自己高多少，万一他怒发如狂不顾一切暴起伤人，她可挡不住。

“我闲了出来逛逛而已。”她低声道，“你呢？”

秦扬灵见她语气平淡，吊起的心略微放下了一半。若是叫人知道他强迫女子，只怕师父这次再也不会饶他。他见乐采苓双臂反折，像是晕了过去，当即将她抱起，笑道：“和乐师妹闹了些矛盾，叫你看笑话了。我送她回去，天色已晚，你也早些回去吧。”

黎非又道：“乐采苓还好吧？”

“想是方才吓到了，我并非有意。姜师妹，今日之事，还得麻烦你替师兄保密了。”

黎非皱了皱眉头，忽听头顶风声呼啸，她心中一松，便听正虚真人严厉地喝道：“扬灵！你在这里做什么？！”

秦扬灵吓得魂飞魄散，当即跪下，脑中一片空白，一个字也说不出来。师父怎会突然来？他眼角余光瞥见姜黎非落下云头，心中顿时恍然大悟，是她？！

正虚真人见他脚边躺着个衣衫凌乱的少女，双臂反折，也不知是断了还是脱臼，登时怒气攻心。他只当这个弟子风流成性，喜爱与女子勾勾搭搭，谁想他竟在青城仙人的故居中意图暴力侵犯女弟子？！

他正要森然开口，头顶风声再度呼啸，却见清乐真人急急落在院中，一见乐采苓凄惨的模样，她倒抽一口凉气，急忙上前抱起，细细诊断一番，发觉只是吓晕了过去，并未受到什么真正的侵犯。清乐真人立即放出治疗网罩住她被折断的双臂，回头怒视秦扬灵，看了片刻，又望向正虚真人，一个字也没说。

正虚真人见她的目光森寒，清乐长老素来为人和蔼温柔，她此时必然是怒到了极点，虽然没说话，可这目光叫人心中悚然。他晓得，这件事绝不能再姑息包庇下去，秦扬灵的做法已是大大触犯弟子戒律。

正虚真人心中又是失望又是极度的愤怒，当即淡淡道："泰冒峰弟子秦扬灵，触犯弟子戒律，当赶下云海。明日卯时前往戒律堂，召唤三十位戒律长老商讨具体责罚。"

清乐真人冷笑一声，依旧一言不发，抱着乐采苓疾飞而去。

被赶下云海的责罚算是非常严重了，特别秦扬灵还是来了几十年的亲传弟子，还要召唤戒律堂三十位长老，意味着这事明天一下子就会传遍无月廷，他的脸面将尽数丢尽。

黎非见秦扬灵面无人色，正虚真人也是满面压抑的怒意，他必然还有什么话要训斥弟子，她立即躬身行礼，腾云疾飞回坠玉峰。

日炎大是不甘心，怒道："叫一个无耻之辈脏了我的念想！无月廷真是一代不如一代！教出的什么狗屁弟子！"

黎非回想方才的事，也觉惊心，秦扬灵竟有这般大胆！只怕他这样的作为，也与正虚真人的放纵脱不开干系。他们这些修行弟子，年纪小小就进入书院或仙家门派苦练仙法，一切都以修为强说话，天分高的弟子就被百般宠爱，做什么错事师父也舍不得责罚，难免就被宠出秦扬灵这种人。

她见日炎还在气得嘟嘟囔囔，不由道："日炎，你真的认识青城真人？他是活着还是已经不在人世了？"

他对人修行的步骤出乎意料的了解，还知道胡射峰，言谈中分明对青城真人有一股怀念感慨之情，他俩莫非关系匪浅？

日炎默然半晌，忽然长叹一声，巨大的身体渐渐化为虚无，沙哑苍老的声音听起来也不可捉摸："即便活着，也已是生不如死了吧？莫要扰我，让我静片刻。"

生不如死？是因为被夜叉重伤吗？这么多年还没治愈？

日炎再也没说话，这狐狸跟着去了一趟东海回来就特别容易伤感。黎非怔怔地在回廊上站了一会儿，想起海外海陨这些事，也忍不住伤感起来，一时浮想联翩，一时又自伤身世，久久不能回神。

戒律堂三十位长老很快便决定了对秦扬灵的具体责罚，禁足泰冒峰一年，除非有长老相随，否则不得随意离开。

这样的责罚简直等于没罚，想来正虚真人必然有在其中斡旋过，清乐真人自然十分不满。乐采苓醒后连着哭了三天，见到人就慌，更不能见到男人。前几天一个男弟子冒冒失失去了紫兮峰的弟子房附近，乐采苓见着他竟吓晕了过去。想必秦扬灵的事给她的伤害极大，不光是受到了惊吓，更是因为曾经倾心的温润君子，忽然变了一副嘴脸，叫她感到恐惧吧？

清乐真人倒是特意带着乐采苓来了一趟坠玉峰，若不是黎非偷偷放出木头鸟通知长老们，乐采苓的遭遇只会更惨。尽管冲夷真人不在坠玉峰，但乐采苓出来后依然战战兢兢的，看起来十分可怜，见到黎非，她只有垂泪道谢。

黎非心里对她的厌恶也淡了不少，低声道："以后要小心点儿，还好这次没真出事。"

乐采苓面色苍白，含泪道："不会有以后了。我决心继续修习天琴大法，此生再不与男子有任何瓜葛。"

语毕，她又向黎非盈盈下拜，轻声道："上回在栗烈谷，我多有得罪。曾经心高气傲，只顾着自己，师妹不计前嫌，救了采苓一命，此恩今生绝不敢忘。他日若有机缘，愿为师妹赴汤蹈火，在所不惜。"

黎非一把将她扶起来，笑道："什么赴汤蹈火在所不惜？不至于。"

清乐真人含笑看着这两个姑娘，忽然道："黎非，上回我听广微长老说，雷修远打算参加这次的斗法大会，是真的吗？"

好久没听见"雷修远"三个字，此时清乐真人忽然提及，黎非竟恍惚了一瞬。

"是的，他与秦师兄有过约战。"她压下胸中漫溢的淡淡酸涩，回答得恭敬。

清乐真人提到秦扬灵犹有怒容："这个秦扬灵实在无稽！居然向入门才五年的弟子约战！黎非，虽然我不想这样说，但等雷修远离开丹穴后，你还是劝劝他，秦扬灵即将突破第四道瓶颈，绝非你们能对付的。入门未满十年的弟子本就不用参加斗法大会，莫要因为一时赌气而冲动。雷修远的脾气我看是十分傲气，半点也不肯落后，倘若败在秦扬灵手下，只怕对这孩子是个打击，倒不如暂避锋芒。”

在这些长老心中，已经默认他俩是一对，只因当年雷修远正是为了她才来的无月廷，此事一度是长老之间的笑谈。

黎非又是一阵恍惚，一时竟不知该如何接口，清乐长老只当她是担心心上人，反而安抚了好一会儿。

雷修远……清乐长老走后，黎非一个人在窗边发了很久的呆，反复咀嚼着他的名字，他如今正在丹穴努力修行吗？算算时日，他在丹穴中待的时间其实不长，才两个多月，可她却觉得仿佛已过了许多许多年，时光是那么漫长。

她不愿自己总想着雷修远的事，然后心情低落，可师父不见踪影，师姐在外修行，苏菀、邓溪光都有自己的修行，连日炎都继续沉睡着完全没有醒过来的迹象，她找不到排解的方法。连天气都在跟她作对似的，外面的风雪大得惊人，满目苍白。

黎非一个人孤零零地在窗前待了大半个时辰，磨墨提笔想要给歌林他们写信，话到嘴边却又无从说起。闷闷闷，一个雷修远竟让她这般颓废，她像是和自己生气似的，一掌扑灭烛火，索性连衣服也不脱，蒙着被子就睡。

睡到一半，忽觉周围灵气波动十分异常，黎非对灵气的感应比一般人都要灵敏许多，当即惊醒过来，却见黑暗中一团人影立在床边，身上的灵气波动很是陌生。她又惊又骇，体内灵气流转，正欲化作一团青烟避开，冷不防那人出手如电，一把便掐住了她的手腕，十指扣住脉门，流转的灵气一瞬间断开了。

“什么人！”黎非厉声高喝，出脚踢向那人的膝盖。

谁知此人动作比她麻利迅速了不知多少倍，她踢出的脚反而被他用腿牢牢压制，紧跟着那人重重压在她身上。双手双脚都被钳制，陌生的体重和气息令她惊恐交加，正欲怒吼，却听那人冷笑一声，开口道：“一个人留在这鬼蜮一样的坠玉峰，姜师妹，你胆子挺大的。”

秦扬灵？！黎非惊骇更甚。他不是被禁足在泰冒峰？正虚长老竟放纵他到这般田地！

桌上的烛火无声无息地被点燃，秦扬灵俊秀的面容清晰可见。或许是黎非太过惊愕的神情取悦了他，他不禁笑出了声：“没想到我会来？姜师妹，我该说你天真，还是不解世事？”

黎非试着挣扎了一下，脉门被掐，不能运转灵气，她的气力与男人比起来简直微不足道，索性放弃了无用的动作。她竭力让自己冷静下来，直直瞪着他：“半夜潜入女子卧房，你不怕这次被赶到云海下？”

此言一出，秦扬灵反倒笑得更开心了：“傻孩子，这里是修行界，一切只凭天赋实力说话。我再犯下更严重千百倍的错，也不会真的被惩罚，你知道为什么吗？因为我的天赋足以弥补一切，不然你以为我怎么离开泰冒峰的？”

果然如此！果然是正虚长老的放纵，他竟真有这样天大的胆子。

黎非渐渐有些慌乱，那天乐采岑的惨状犹在眼前，若不是情急之下她出手相助，乐采岑只怕要遭遇更惨烈的事。再也想不到，才短短几天，自己的遭遇更加可怕。秦扬灵心胸狭窄，一定对她的通风报信怀恨在心，所谓的责罚形同虚设，他还不知要怎么折磨她。

“你再不放开我，我要叫师父了！”她色厉内荏地大吼。

秦扬灵失笑，她这鼓足了勇气威胁的模样反倒十分可爱，灯火朦胧，映得她仿若玉人一般，淡幽的异香流动，销魂蚀骨，她的身体软得好似没骨头——他真是瞎了眼，绝世佳人是她才对，此时此刻，此情此景，乐采岑根本是黯然失色。

“你这个小骗子。”他非但不怕，反而在她脸上暧昧地轻轻嗅了一口，“把你师父叫来，师姐也叫来，让他们看看我们怎么恩爱好不好？”

黎非连连躲避，只急得肝胆俱裂。坠玉峰此时只有她一个人，哪怕明天被人发现他的恶行，就算马上把他赶出去，这一夜她还是逃不过他的魔掌，他正是笃定了这点，加上正虚长老的包庇，才敢这么放肆。

秦扬灵一只手按住她两只手腕，另一只手沿着她的肩膀下滑，暧昧地勾勒她纤细的腰肢曲线。他真是喜欢她此刻的神情——怕到了极致，却又强撑着，又脆弱，又强悍，叫人爱不释手。

“好香……”他低头在她唇边深深吸气，柔声道，“听说你和雷修远是爱侣，果然是个毛头小子，竟放着你这样的天香国色碰也不碰。也罢，风雅情趣只怕他半点儿不通，倒折腾坏了你。”

“啪”的一声轻响，黎非浑身不禁一颤。她的腰带被他用指尖搓断了，他的手老练地顺着缝隙探进来，指尖触到她光滑赤裸的肌肤，令她几乎要尖叫出声。

“不怕。”秦扬灵见她脸上流露出恐惧的神色，不由柔声安抚，“不会叫你难受的。”

一言未了，紧闭的窗户忽然大开，狂啸的风雪顷刻间疯狂地灌了进来。秦扬灵不由一怔，只听一个清冷的声音骤然响起：“子时三刻，秦师兄在坠玉峰所欲何为？”

黎非乍一听见这熟悉的声音，竟僵住了——雷修远？！她是在做梦吗？

秦扬灵亦是大吃一惊，以他的修为，不可能感觉不到雷修远的灵气波动。方圆百里，任何人的接近他都能立即知晓，雷修远是怎么避开的？更何况他不是在丹穴修行？什么时候出来的？！

心念电转，他立即放开黎非，身形一闪便立在了卧房正中。

窗户大敞着，肆虐的风雪不停灌入房内，一道修长的身影立在窗边，神色淡漠，竟真的是雷修远。他的表情叫人无法捉摸，看不出喜怒，漆黑的眼睛内却好似有金光在翻滚，令人悚然。

“秦师兄。”他忽又开口，声音冷静，“回答我。”

秦扬灵毕竟老练，当即不惊反笑：“那你又所欲何为？”

雷修远看了他片刻，忽然朝他慢慢走过来。秦扬灵下意识地退了一步——总觉得这小子和以前有些不同，他眼尖，一下便看清了他身上与往日不同的服饰，袖口与领口的三道黑边，这是亲传弟子的服饰。他竟真的突破了第三道瓶颈，短短两个月而已！

秦扬灵暗道不好，突然长笑一声：“三更半夜，确实不合礼数，那我先告辞了！”

话未说完，他早已狡猾地化作一团狂风，飞快地从大敞的窗口窜了出去。雷修远没有阻拦，他倚窗站了片刻，慢慢抬手，将窗户轻轻合上。

黎非僵硬地看着他，只觉恍然如梦，再也想不到，最危险的时候，雷修远竟会突然出现。为什么会来？从丹穴中出来了，特意来看她的吗？

她脑中一片混乱，半个字也说不出，只能这样眼睁睁地看着他——他看不出喜怒的神情，他令人看不懂的心。

一时间，难堪、羞愧、庆幸、愤怒、恐惧……千万种复杂滋味汹涌而来，使她无所适从，瑟瑟发抖。黎非紧紧抱住膝盖，将自己蜷缩起来。止不住颤抖，她止不住，因为他的出现，让她如此软弱，她对这样的自己无能为力。

宽大的被子忽然笼罩在她身上，她被包裹起来。紧跟着一双手臂轻而易举地将她抱起，她连人带被，被他锁在怀中。

熟悉的气息，熟悉的呼吸，熟悉的力道。像是做最后的挣扎一般，黎非颤声道：“别……”

剩下的脆弱抗拒再也没能说出口，它们尽数化作眼泪滚滚而下。

雷修远紧紧抱住她，在她低垂而凌乱的发间细碎地落下亲吻，声音低沉道：“我来了。”

是的，他来了，又一次像天神一样降临在面前。他已经成了无月廷最年轻的亲传弟子，前程远大，万众瞩目。可他还是最先出现在她面前，拯救她的狼狈不堪。

她已经累了，疲惫地与那个懦弱被动的自己抗争，与疲惫与汹涌的感情做抵抗。她不顾一切地将脑袋埋进他怀中，像乞求一般不断喃喃：“别离开我……”

雷修远张开手掌捧住她湿漉漉的脸颊，指尖替她拭去泪水。过了很久很久，他才轻道："好，我永远陪着你。"

真的吗？黎非抬眼望向他，她还是看不懂他的神情，明明是专注而炽烈的眼神，却又在隐忍抗拒着什么。她想起那天的梦，那个大胆的自己，剧烈震荡的情绪令她突如其来有了无比的勇气。她紧紧攥住他的领口，一个字一个字地告诉他："修远，我喜欢你，你……你呢？"

他的目光骤然变得明亮，像是落了一颗太阳似的，可是很快，那炫目的光芒迅速暗淡下去。他合上双目，浓密的长睫簌簌颤抖，又过了很久，他忽然开口，声音比往日任何时候都要低："我不知道……"

黎非近乎茫然地看着他，他方才说了什么？不知道？那又是什么意思？他说的每一个字她都懂，却又全然不能理解。

"你是说……不喜欢我？"她慢慢问着。

他摇头："不是。"

"那就是喜欢？"

他犹豫了一下："我不知道。"

又是不知道。

方才近乎沸腾的血液在缓慢地、一寸寸地变凉，从头到脚，像是有人在用冰水一遍遍浇淋她的身体。黎非眨了眨眼睛，忽然变得无措而笨拙，不知是问他，还是问自己，她含糊地开口："你……为了我拼命，为了我进无月廷，刚才还说永远陪着我……你、你不喜欢我？"

她好像闹了个笑话，挺不得了的笑话，而且还正在把这笑话往更滑稽的地方发展。这么多年，每个人都把她和雷修远凑一块儿。他也没表示反对，还时不时跟她来点儿暧昧进展，说点儿爱侣间才会说的话，做点儿爱侣间才会做的事。然后她忍不住向他表白了心意，再然后，他说他不知道。

荒谬的是他，还是她？她已经完全弄不懂了。

雷修远没有说话。他的沉默令她恐慌，像是要失去他似的，黎非慌乱地想要逃离这种感觉，急急开口换话题："对、对了，你上次想和我说幻境的事，你在幻境中看到什么了？再说一遍好不好？"

雷修远明显怔了一下，眉头蹙起，片刻后淡淡道："我已经忘了。"

忘了？其实是不想说吧？

前所未有的失望笼罩住她，黎非静静看着面前的少年——说了永远陪着她，却又和她撇清关系；撇清了关系，却还是要这样暧昧地抱着她不放手。

她喜欢这个人，一心一意地爱着他。曾经的一切也不是梦，他真的为她拼命过，告诉她：你的那点儿不一样很快就被我压下去了。他真的爱护过她，像爱护一朵花，心里眼里只有她。他还说：我一直是你一个人的，你也应该是我一个人的。

他真的做过那些，可他最后却说："我不知道。"

面对险恶的世界，她有最厚的盔甲，什么也不怕，可面对他，她却只有脆弱的身心，毫无防备。

黎非忽然缓缓推开他的手，她没有说话，不知道说什么，也不能再说什么，哪怕一个字，都会让她当场崩溃。

她慢慢离开他的怀抱，慢慢起身抚平衣服，拉开房门，慢慢走了出去。

师姐的房间宽阔而清冷，她点亮油灯，把自己埋在冰窟一样的被褥中。好冷，好冷啊，风雪之夜，冷得她心脏都要结冰。

她盯着案上幽然跳跃的一点儿灯光，四下里一片漆黑，现在，只有这一点儿微弱的光亮陪她度过漫长的黑夜了。

正月廿一，无月廷十年一次的斗法大会也终于正式开始，这是除了入门不满十年的新晋弟子外，每一个弟子都必须参加的试炼，也算是一种测试。挑选最优秀的弟子永远是仙家门派最重视的事。

虽然无月廷有"入门未满十年的新弟子不必参加斗法大会"的不成文规矩，可如果有新弟子自愿参加，长老们也绝不会阻拦，例如今年的雷修远。

当年广微真人的弟子胡嘉平成为最年轻的亲传弟子一事，震惊门派，被视为无月廷第一天才。想不到没几年，他的师弟青出于蓝而胜于蓝，竟比他还早几年成为亲传，令人震撼不已。

听说这位天才打算参加斗法大会，云海上下都是万众瞩目。也有人通过一些小道消息得知他与秦扬灵的约战，弟子们更加兴奋，甚至有人开始押宝赌局，不知是经验老到的秦扬灵能获胜，还是这位冉冉升起的新星能获胜。排战的日期早已被弟子们摸得烂熟，比起索然无味、点到即止的斗法，大家还是更期待看他俩怎么解决恩怨。

斗法大会的演武场在云海下，与云海上层浓稠郁结的灵气截然不同，下方的灵气要稀薄得多，更兼亭台楼阁连绵不绝，人潮熙来攘往，竟还有商铺成衣铺，跟广生会那座城镇也差不多了，不像仙家门派，倒像一座城。

这座城的最北面排列了十几座巨大的演武场，每一块雪白的地砖都像新的一样，纤尘不染。此刻演武场周围地上、天上都已挤满了弟子，人声鼎沸。云海上的弟子们都在更高的地方腾云等候叫号，普通弟子们谁也不敢上去。云海上下，泾渭分明，这就是无月廷。

雷修远看了看掌中的纸片，上面写着“丙卯”二字，想来应该是演武场的名称。周围偶有路过的普通弟子，见着他身上的亲传弟子服饰，立即敬畏地避让。不知不觉他周围居然空出一小块儿空地来。

“雷师弟！”不远处的邓溪光兴奋地朝他挥手。他跟苏菀两个人腾云站在高处，他指了指脚下的演武场，想必那就是编号丙卯的地方。

雷修远飞过去，但见丙卯的演武场上早已有两个弟子在斗法，飓风烈焰，雷光闪电，乒乒乓乓，声势十分惊人，一个无月廷长老腾云在演武场边缘凝神细看。长老们作为评判人，一刻也不能松懈。仙法无眼，特别是这种高等仙法，一个不留神可不是断手断脚的事。

“跟雷师弟对战的都是突破第三道瓶颈的弟子，我特意勘察过，雷师弟的对手有这些——”

邓溪光早已做足了功课，哗啦啦取出一沓纸，上面全是突破第三道瓶颈弟子的名字。苏菀又惊又笑：“我的老天，邓师兄你这个、这个勘察了多久？等下，该不会上面又全是女弟子的名字吧？”

邓溪光顿时受伤似的捂住心口：“苏师妹！在你眼里我竟是这样的色魔吗？！事关雷师弟比试，我怎么可能只调查女弟子！”

苏菀反而笑得更大声了，重重在他背上一拍：“别废话了，快说说都要注意谁。”

邓溪光哀怨地看了她一眼，下意识离这位比汉子还汉子的姑娘远一些，一面嘟哝：“再这样当心没人敢要……咳咳，我昨天晚上仔细钻研过，其实这上边的人都没啥可怕的。最需要注意的，还是那位秦扬灵秦师兄，他已经在第三道瓶颈顶峰，还差一步便可突破第四道瓶颈。听说他这个人非常精通牵制之法，最有名的是他脚下那根邪骨箫，是用妖物的脊椎炼制成。那个妖物呢，当时被他困了三天三夜不能动弹，最后被他一点儿一点儿用太阿术磨死了，可见这位秦师兄的心理是多么扭曲……”

弟子们斩妖除魔，除了要取妖物的身体炼制法宝之外，一般都是利落干脆地杀完走人，能用高等仙法的就用高等仙法。而喜欢用低等仙法太阿术一点儿一点儿地把妖物折磨死的秦师兄真是太可怕了。

“雷师弟啊……”邓溪光语重心长地劝他，“能不比还是别比了，你只要被他牵制住一次，就别想脱身，他修为还在你之上，咱们要不认输算了吧？”

雷修远笑了笑，正要说话，丙卯擂台上先前两个弟子已经比试完，长老正朗声叫他的名字：“雷修远，顾文生。”

邓溪光惊道：“这么快！等下啊，我看看这顾文生有什么本事……”

他手里的纸被雷修远一把盖住，雷修远笑道：“邓师兄，安安静静看着就好。”

说完，他腾云落了下去，向长老与对面的顾文生拱手行礼：“弟子雷修远，请顾师兄指教。”

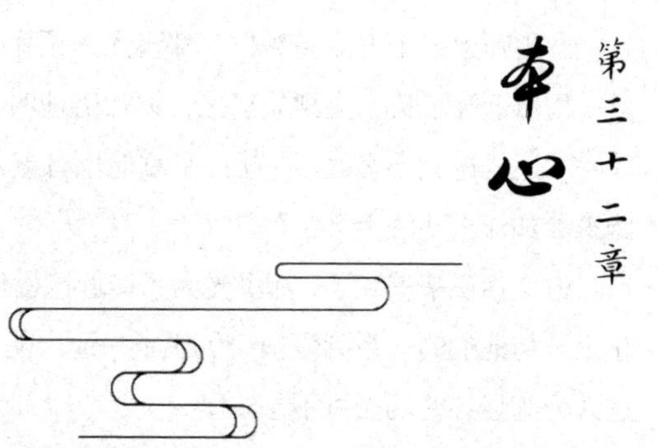

# 第三十二章 牵心

“哦？雷修远这小子都成亲传啦？”

一个略显轻佻的男声在背后骤然响起，苏菀二人吓一跳，急忙回头，却见一个服饰艳丽容貌俊俏的年轻男子抱臂笑眯眯地立在后方。他身后三步处，一个全身蒙着黑纱的窈窕女子足踏一柄黑色宝剑，风将她满身黑纱吹得摇曳不休，周围许多弟子都忍不住朝她望过来。

苏菀二人立即认出他是那位传说中的“旧”天才胡嘉平，当即恭恭敬敬地行礼：“见过胡师兄。”

胡嘉平全无师兄模样，随便摆了摆手，四处张望一番，奇道：“姜黎非那小丫头呢？难不成还在睡懒觉？”

苏菀答道：“姜师妹被冲夷长老带出去猎妖，要制什么法宝，早些日子已经离开无月廷，说是两三个月才能回来。”

猎妖？带入门才五年的弟子猎妖制法宝？那小丫头连第三道瓶颈都没突破吧？

胡嘉平转了转眼珠，目光又落在演武场内斗法的雷修远身上，凝神看了片刻，见他行动间与往日大有不同，心中忽地一动——原来如此，这小子大概想起点儿什么了，怪不得小丫头受不了要出门散心。

他摇摇头，没说话。台上雷修远已轻松赢了一场，神态悠闲，连口大气都没喘一下。

“雷师弟，干得漂亮啊！”邓溪光一顿乱夸，比他自己赢了还开心似的。

雷修远笑了笑，见到胡嘉平，只敷衍地叫了一声：“师兄。”

“还是这么不客气。”胡嘉平拿他也有点儿没辙，“你成亲传弟子了，不好好修行，跑来参加什么斗法大会？”

这个话说来就长了，邓溪光为了接近这位传说中的天才师兄，自告奋勇地把秦扬灵、乐采苓与他们的一系列爱恨情仇说了一通。胡嘉平一面听一面嗤笑：“原来是秦扬灵，这人死缠烂打的功夫可不差。”

“胡师兄跟他斗过法吗？”苏菀见他说得笃定，不由问了出来。

“十年前斗过一次，他烦得要命，所以最后我用痒痒术把他撂倒了。”胡嘉平得意扬扬道，“这可是我人生中十大精彩斗法排名第五的一场。”

还人生十大精彩斗法……苏菀忍俊不禁。

“不过呢……”胡嘉平神色忽然一凝，语气也慎重了许多，“那是十年前的事了，那会儿我们都是刚突破第三道瓶颈的修为，十年过去，秦扬灵早已不是当年的青涩弟子，更何况他如今已快突破第四道瓶颈。”

胡嘉平左思右想，终于决定还是要有点儿师兄的样子，张口提醒道：“修远，秦扬灵学了正虚长老的独门绝技，名为阴阳劫波镜，那玩意儿非常难对付，你看你……”

胡嘉平望向雷修远，见他满面冷淡，目中却有一丝奇异的狂热。这种神情胡嘉平不陌生，三年来跟雷修远一起在丹穴中修行，每一次与自己斗法前夕，他便有这种眼神。雷修远这个人，心底藏着一股粉身碎骨也不肯低头的孤傲，即便平日里竭力做出冷静理智的姿态，胡嘉平却知道他最渴望的还是与强者相争。在被允许的范围内，大肆胡闹，他就是这种人。

老实说，雷修远这种神情他并不喜欢，甚至有种隐隐的担心。黎非不在，他俩之前肯定闹过什么事，心绪不稳的情况下，他不能眼看着雷修远做出可怕的事情来。

不过，要怎么阻止？

胡嘉平犯了难，正犹豫时，忽见东阳真人踩着葫芦飞进了演武场，看来下一场斗法是他做评判。他从袖中取出册子，低头看了一眼，朗声道：“雷修远，秦扬灵！”

怎么下一场还是雷修远？！胡嘉平不由愣住。

一时间，所有人的目光都集中在这二人身上。斗法大会旨在切磋，所以弟子们的斗法难免带着小心，既要顾着自保，又要谨慎不能伤到人，斗起来难免束手束脚，一点儿都不酣畅淋漓，大家心里到底还是希望斗法大会来点儿刺激的东西，老是软绵绵地互丢仙法多没意思，希望这两人能来点儿厉害的。

秦扬灵面无表情地先落下云头，抬眼望向雷修远。一片哗然中，他伸出手，毫不客气地指着雷修远——这是在赤裸裸地挑衅！弟子们顿时沸腾了！

雷修远似是没看见他的挑衅，正欲下去，胡嘉平忽然拽住他的袖子，犹豫着低声道："修远，不要逞强，他修为高深，输给他不丢人。"

雷修远笑了一声，轻轻拂开他的手，淡淡道："我不会输。"

他最担心的事只怕十有八九会发生……

胡嘉平皱眉看着雷修远降落云头，茶白的弟子服款款摇曳，一派从容地抱拳行礼。

东阳真人看了看这两个弟子，见秦扬灵满面冷笑，雷修远神色淡漠，与寻常斗法弟子的神情大为不同，他当即皱眉道："你们听好，斗法旨在切磋，不可恣意妄为伤害同门。若是让我发现恶意伤害的行为，无论是谁赢，这场比试立即作废！"

东阳真人语毕，当即御使脚底的葫芦腾空而起。下一刻，秦扬灵长袖一扬，无数巨大的冰镜落在擂台中，密密麻麻，一圈套一圈，刺骨的寒气立即四溢开。

周围无数弟子都禁不住惊呼出声，这一招也算正虚长老的一个成名仙法，叫阴阳劫波镜。但凡被一面冰镜照中，倘若不绕去冰镜背面，三个吐息内便会被冻住，任凭多大的力气也无法挣脱。在牵制的仙法中，阴阳劫波镜亦算上乘的。他竟已将阴阳劫波镜练到这种地步，可算极厉害了。

远处的正虚长老一阵长叹，心中又是欣慰又是难过，他看中的正是秦扬灵的这种天赋。单一水属灵根的秦扬灵，可以将阴阳劫波镜的威力发挥到极致。他何尝不知秦扬灵的劣性，纵然万分不喜，却还是对这个弟子的天赋爱不释手。

阴阳劫波镜的威力毋庸置疑，秦扬灵款款走到演武场中心，竟坐了下去。

他这么多年一直苦练这一招，自然对自己的牵制之法自信无比，不要说雷修远这种刚突破第三道瓶颈的弟子，就连突破第四道瓶颈的弟子们也不敢小看它的威力。他单凭这一招，便足以叫各位长老舍不得放弃他，单一水属性灵根的人不少，但不是每个人都像他秦扬灵一样能将阴阳劫波镜练到这个境地的。

秦扬灵静静坐着，甚至看也不朝外面看一眼。纵然劫波镜有画地为牢之嫌，然而他知道，雷修远一定会进来。金属灵根所学的仙法，大多需要近身，只要雷修远一进来，就必输无疑。

所有人的目光此时都集中在雷修远身上，猜测他会用什么招数。却见他抱臂在阴阳劫波镜的范围外站了片刻，忽然一扬手，刺耳的竹哨般的声响骤然响起，一柄光华璀璨的飞剑在他掌心凝聚，倏地化作一道金光消失在众人视线中。

那刺耳的声音忽远忽近，迅捷不可捉摸，然而刚飞进劫波镜的范围内，不过三个吐息的工夫，只听“铿铿”数声，飞剑竟被寒冰瞬间冻住。纵然它锋利无匹，眨眼便刺穿了寒冰，却架不住无数镜面的反射，不过片刻，飞剑便被牢牢冻在了数丈厚的寒冰中，再也无法动弹。

金光一闪，雷修远撤了法。冻住飞剑的寒冰顷刻间也消弭于无形，秦扬灵忍不住冷笑起来，悠然道：“雷师弟，劫波镜范围内，神兵利器也要被冻住，区区飞剑术，你未免太小看我！”

话音未落，刺耳的竹哨声再度响起，这次飞剑却是从后方盘旋而来，直接将一面冰镜切成了碎片。然而不过三个吐息的时间，新的冰镜再度重新出现，飞剑再次被撤法。雷修远摸了摸下巴，似乎正在沉思什么。

在上方观战的众人此刻都捏了把汗，雷修远连续两次用飞剑术试探阴阳劫波镜的威力，结果却不尽如人意。越是这种画地为牢的仙法大招，反而越难破，若像方才雷修远那样大开大阖用仙法砸碎冰镜，秦扬灵很快又可以建起新的，那时反倒陷入了劫波镜的范围。

胡嘉平也颇为伤脑筋，是他的话，自然可以用持续的大招将镜面打碎，令其三个吐息内来不及复原，但雷修远应该还没学到这地步……

忽然，雷修远动了，他凝神结印，下一刻无数道巨大的金光自地底翻腾冲刺而起，脆弱的冰镜立即碎了一地。秦扬灵早已腾云避开了这地穿金龙的威力，正要再度架起冰镜，谁知这地穿金龙竟连绵不绝，迟迟不停，演武场的地砖早已碎得不像样。秦扬灵吃了一惊，忽觉脑后风动，他反应奇快，当即四面架起土行墙。又是“铿”的一声巨响，雷修远手里的金色光剑刺穿了土行墙，炽热的剑尖堪堪抵在他肩上。

秦扬灵大惊之下化作一团雾气直蹿出十几丈远，堪堪架起土行墙，但见眼前金光乱窜。雷修远化作一道金光急追而来，扬臂一剑劈碎土行墙，凌厉的剑风将他胸前的衣服都划破了。

被他近身了！秦扬灵掌心忽然光影一闪，一面小小的冰镜出现在掌中，谁知他怎样也无法照中他。雷修远的动作迅疾而不可捉摸，金行仙法的锐不可当和疾若闪电叫人眼花缭乱。一时间演武场上仿佛有无数道金色的人影，真真假假，莫测难辨。

秦扬灵连架数道土行墙都被瞬间劈碎，他后背忽然一痛，剑尖刺进他背心半寸，他痛得大叫一声，再度架起土行墙，紧跟着数面冰镜围绕身周，镜面朝外排了一圈。金色的人影早已退到远处，数团金色光雾氤氲而出，将冰镜绞成了碎片。雷修远双臂一张，那些光雾忽然化作一张金色的网，兜头便将秦扬灵罩住，牢牢困死在网内。

雷修远掌中金色光剑化作一张金色的长弓，弦上三支金色的光箭光华灼灼。他骤然拉开长弓，弓弯似满月，三箭急若流星，呼啸着射向被金网困住的秦扬灵。

前两支箭将最后两层土行墙强行击碎，秦扬灵再也无法反应，肩上一阵剧烈的痛楚。那支箭穿透他的锁骨，疾飞向天，他整个人都被这股霸道锐利的力道带得倒飞出去。

这一连串的仙法快到了极致，也凶猛到了极致，周围无数弟子早已连惊呼都顾不上，个个儿看傻了。这才叫斗法，这才是真正的斗法！方才那些比试相较而言，简直像在儿戏。

雷修远正要再度追上，忽觉脚底一凝，像是被什么东西冻住了，他心中微微一惊，但见一面只有手掌大小的冰镜正落在自己身后。他一剑劈碎那面冰镜，但见眼前一花，无数面冰镜再次被架起。他化作金光急退而去，却仍是迟了一瞬，无法躲避的寒冰顷刻间将他的双腿冻住，冰块中刺骨的寒意叫人渐渐失去气力，连仙法也用不出来。他手里的金色光剑慢慢失去了光泽，最后化为虚无。

秦扬灵慢慢从地上爬起来，他看上去极为狼狈，弟子服上东一块西一块血迹，肩上更是被贯穿了一个血洞。他痛得脸上肌肉乱跳，急忙架起治疗网，神色狰狞地瞪着被冻住的雷修远。

“雷师弟，你还是太嫩了。”他恨恨地开口，喘息了片刻，又缓缓坐回在地上，“这数剑之仇，我慢慢还给你。”

他掌心忽然也出现一柄小飞剑，却只得食指大小，嘤嘤有声。小飞剑盘旋而起，忽然疾射出去，擦过雷修远的面颊，他脸上很快出现一道红痕，过了很久，鲜血才缓缓溢出。

东阳真人忽然开口：“我之前说了，只要有恶意伤害的行为，这场比试就马上作废！”

秦扬灵笑了几声：“东阳长老，我只是冻住他，划破一下脸而已，这样也叫恶意伤害？您没注意到我的伤吗？”

东阳真人心中隐隐有了怒意：“比试中途可以认输，你们都记好这规则！”

他意在提醒雷修远不要逞强，秦扬灵修为本来就在他之上，被阴阳劫波镜冻住更是绝无逃脱的可能，认输没什么丢脸的，要是撑着一口气死活不认输，他这个做长老的也不能强行终止比试。秦扬灵说得没错，小飞剑根本只能算儿戏，算不得什么恶意伤害，如果一定要找一个发怒的理由，那便是他这扭曲的猫耍耗子般的行径。弟子斗法居然用小飞剑来折磨对手，已近乎屈辱。

雷修远一言不发，他始终没有说一个字，任由那柄儿戏般的小飞剑在周身飞来蹿去，一剑一剑割破衣服与皮肤。飞剑的划伤只能算最轻微的破皮，可是伤口密密麻麻排列在一处，他的弟子服也渐渐有了一块一块的血迹。

胡嘉平眉头紧皱，这小子难道真的死撑着不认输？方才那一场打得极漂亮，在这里认输也不至于怎样，反倒会成为一段佳话，斗法大会多少年没出现过这么精彩又凶猛的真实斗法了。死撑下去半个时辰后还是要强行结束比试，那时候输得才真叫耻辱。

难道说，他还有什么后招？想到这里，他脸色又变了。

秦扬灵心中正得意至极，这种得意与昂扬的快感，是任何绝色女子的肉体也给予不了的。他掌心忽又多了一柄小飞剑，嘤嘤地飞过去，割落雷修远的束发带，他的长发立即披散下来，遮住了流血的脸颊。

“雷师弟，我早已告诫过你。”秦扬灵哈哈大笑起来，“姿态越高，日后跟头栽得便越惨。你认输吧，我都懒得折腾你了。”

雷修远还是不说话，他忽然动了一下，一脚迈开，脚下尺厚的冰块竟轻轻碎裂成渣，他一步一步朝秦扬灵走了过去。阴阳劫波镜的反射寒光箭雨般落下，却不知为何没有一道能击中他的身体。他走得不快，动作却有一种异样的轻盈迅捷，仿佛身体里蕴含了一种叫人恐惧的力量。

秦扬灵忽觉头顶一暗，大团大团的乌云吞噬了他，雷修远纵身钻入云团，乌云翻滚肆卷，谁也看不见里面发生了什么，只有秦扬灵的惨叫声一阵接一阵，叫得人毛骨悚然。

东阳真人震骇之下厉声道：“雷修远！雷修远！立即撤去乌云蔽日！”

每个人都看傻了，不太能明白这一瞬间突然发生了什么，导致战局一下被扭转过来。胡嘉平面色发白，双眼一眨不眨地盯着那团乌云，最后忽然松了一口气似的，苦笑着轻道：“还好……还以为他要……唉，想不到竟是用这种小仙法……”

话音一落，却见一个人从大团的乌云蔽日中滚了出来，正是秦扬灵。他满地乱打滚，也不知是哭是笑，惨叫声连绵不绝，眼泪和鼻涕糊了满脸。

东阳真人急忙落在他身边，细细一看，顿时有些哭笑不得，这个……这个是痒痒术吗？看样子这痒痒术丝毫没留情，秦扬灵浑身痒得满地翻滚，一会儿哭一会儿笑，跟疯子似的，不要说仙法，估计他连站也站不起来了，滚得满身泥泞。

浓密的乌云渐渐散开，雷修远的身影出现在破碎不堪的演武场上，依旧面无表情，忽地一扬手撤了秦扬灵身上的痒痒术。这位可怜的秦师兄终于停止了惨叫，气若游丝地晕了过去。

雷修远赢了！四周先是一片死寂，可很快便爆发出巨大的喧嚣声，震撼得整座城池都在颤抖一样。他拱手行礼后，腾云飞了起来，前面许多人都在向他迎来——手舞足蹈、语无伦次的邓溪光，一直在转圈乱蹦乱跳的苏菀，下巴快掉下来的胡嘉平，还有尧光峰的许多弟子。

他四处寻找一个人的身影，这里有这么多人，可偏偏没有她。

雷修远少见地怔忡了，一旁的邓溪光叽里呱啦和他说了什么，他再也听不见。数万人的欢呼雷动，却也及不上她的默然微笑，为何会将她逼迫得离开？他心中暗叹一声，没有理会周围的喧嚣，竟径自离去，只留一片哗然。

“明明赢得漂亮，怎么看上去还不开心？”

一个油腔滑调的声音忽然在背后响起，雷修远慢慢转身，便见胡嘉平笑得贼兮兮地望着自己。

雷修远没有说话，只静静望着这位一向没大没小的师兄。这里是云海之上的如之峰，与方才的演武场相隔何止千万里，胡嘉平却能丝毫不差地找来。

雷修远停了片刻，突然开口道：“我觉得你很熟悉。”

胡嘉平笑得眼睛眯起：“废话，老子从小看着你长到现在，什么叫觉得很熟悉？你高兴得话都不会说啦？”

雷修远摇了摇头，师兄应该明白他的意思。所谓的熟悉，不是这些年相处的熟悉，而是……而是一种近乎同类的气息，他也是刚刚才发觉。

胡嘉平老气横秋地拍拍他肩膀，淡淡道：“一个男人想太多不是什么好事，赢了就好，何必管用什么手段赢。对了，我听说姜黎非那个小丫头被你气走了，你就不打算挽回一下？”

雷修远竟笑了一声，没有回答。

没有记忆，没有来处，也不知去处，他是畸零之人。这世间的一切，他都冷眼旁观，不为所动。人心是有所予，便必须有所得，如此才能平衡，他深谙此道。

可总会有些值得怀念的人与地方——星正馆山下小屋里，每日清晨的日光，那被照得闪闪发亮的星正馆仙人的画像，还有山脚下歪脖子的树，黄昏的色彩，等待的心情与呼吸……这些他怎样也忘不掉。

还有书院里那些缠绵的紫藤花的香气，那粗鲁如男人般的小姑娘。起初她可真是糟糕，动不动便皱眉，毫不客气地指责他的懦弱无能，动辄冠以“是不是男人”的严厉言辞，好几次连他也按捺不住想掐死她。

后来她问他，为什么忽然又不做坏事了。他真的不知道，决定放弃的时候，心情就像不愿忘记鲁大哥一样。有些人有些事，是不该用冷酷的规则去对待的。黑白的人心中，他们是色彩，不可被抹杀。

喜欢她，真的好喜欢，一时一刻也不想分开，不想看她有一丝丝的苦恼，为了可以靠近她，再多靠近一些，他可以为之拼命。

可不知什么时候开始，这想要爱护到极致的心情，慢慢成了想要独占，越往后，恨不能将她软禁在身体中的欲望便越强烈。不想她有一丝一毫自己的想法，不想她的眼睛望向别处。倘若可以将她藏起，让她永永远远只属于自己一个人，那样多好。

他甚至渐渐不能分清究竟是喜爱她，还是想要将她作为禁脔。这诡异的本能冲动让他警惕，也让他疑惑，更让他无能为力。

有时候他觉得自己似乎一直在寻找着什么，却又想不起究竟要寻找什么，只有和她在一起才能平息那潜意识中的躁动。藏匿她，护住她，为她除去一切阻碍，把她完完全全变成自己的。她什么也不用想，更不用烦恼，只要看着她属于他就好。

他在偏离最初喜爱她的那份心。喜欢她，原本是想她变得更好，而不是要她成为自己的禁脔。

为什么？他什么时候变得这样两难？在爱和占有中辗转反侧。

他想念多年前青丘的那个午后，喜欢她的心是纯粹的，一个少年想要对一个女孩子好，和身世无关，和占有欲无关。

他只是想要她无忧无虑而已。

可是我的姑娘，现在要怎样才能再让你重新展露笑靥呢？

在东海的时候，蜃的幻觉让他们每一个人沉沦，念念不得解脱，他一次也没说过自己的幻境。在此之前，他从不知自己最恐惧的东西，不是失去她，也不是她不爱自己，而是这世间从未出现过她。

他梦见自己一个人坐在一株横贯天地间的巨树下，永世孤零，所求皆不得。

梦既醒，百思不得其解，徒留万般疑惑。

他是谁？从何而来？为何而来？

雷修远抬眼望向胡嘉平，直觉告诉他，这个人可以回答他的所有问题，可这个人会不会说，愿不愿说，这才是重中之重。

“师兄你这趟回来，不打算去拜见师父？”他悠然换了个话题，果然见到胡嘉平苦了脸色。

他任性妄为不肯留在无月廷修行，非要为了黑纱女跑去当什么书院先生，广微真人虽然嘴上没有责怪，心里其实十分不满。胡嘉平这个人和别人有一点不同——所有的斥责教训对他一点儿用也没有，有的弟子越骂越能成才，他是越骂越不行，非得捧着顺着才像样子。广微真人不是不想严苛，而是不能严苛，越逼他，他越糟糕，这叫人如何是好？

“管好你自己先。”胡嘉平瞪他一眼，“我要等突破第五道瓶颈后再去拜见师父，省得他聒噪我，成天拿你跟我比，麻烦得很！”

雷修远从善如流地背过身，含笑道：“你现在就可以走，我会和师父说没见到你。”

胡嘉平“啧”了一声，本来是他高高在上给这小子劝诫，这会儿反倒变成他来为自己圆场了，真是个叫人讨厌的鬼灵精。

胡嘉平本来也没打算久留，此番特意找来，不过试探下雷修远究竟想起多少而已，看这小子的模样估计前尘往事还是一团乱麻，暂时还不用担心。他转身正要走，冷不丁雷修远闲话家常般问道：“我们的族人现今如何了？”

胡嘉平顺口道：“哪里还有什么族人，早就……”

话说到一半，胡嘉平差点跳起来，回头瞠目结舌地指着他，半天说不出话。

套他话？！这小子居然套他话？！他居然就这么上当了！

雷修远又是一笑，没有胡嘉平料想中的得意，他甚至笑得有些阴郁：“我们果然是同类。”

胡嘉平索性破罐子破摔，抱着胳膊冷道：“你不要想再从我这里打听到任何事！方才的话最好当作没听见！这对你有益无害！信不信随你！”

说罢他甩手便走，一刻也没有多留。

斗法大会接近尾声，在雷修远与秦扬灵那场精彩绝伦的斗法后，再也没出现过相同的斗法。雷修远也没有再参加后面的比试，更叫众人失望的是，秦扬灵也没再出现。

有小道消息说，秦扬灵第二天被正虚真人带着暂时离开了无月廷，据说一向不问派中小事的四位掌门专门找正虚真人聊过。秦扬灵与雷修远可算彻底结下仇怨，日后必然无法安生共处，倒不如让长老先带走一个，让各自冷静一下。

四位掌门人的偏向很明显，实力胜于一切，技不如人的秦扬灵，自然只能被暂且雪藏，这正是修行界的铁律。

此时数百长老都集中在巨大的演武场上，对面躬身立着六名弟子，分别是第一瓶颈到第六瓶颈修为组的第一名。身为弟子中的佼佼者，赢得了斗法大会的头名，门派自然要发放丰厚奖励。

场内忽然多出一张不太大的木案，此刻木案上灵气流肆，六只拇指大小的苍玉瓶悬浮在案上，不知里面装着什么灵丹妙药。东阳真人笑道：“上回咱们跟海派一起互通试炼，无月廷分到两只妖朱果，带回来后委托洞云仙人炼制了六枚妖朱果灵丹，这个奖赏可不算长老们小气了吧？”

他长袖轻挥，六只小玉瓶分别落入六名弟子掌中。早有弟子按捺不住拔开瓶塞轻嗅，一股清甜醉人的香气氤氲而起。妖朱果的功效他们自然都知道，而洞云仙人更是无月廷中超越长老的一位著名老仙人，极擅炼药，妖朱果灵丹必然是可以白骨生肉、起死回生的奇药。

这个奖赏何止是不小气，简直是大方至极了，六名弟子立即躬身道谢，纷纷行礼退下。广微真人忽然上前道："修远，你上来，为师有一物赠予你。"

他从袖中取出一枚空空的剑柄，其色淡如玉，通体润白光滑，看起来像是玉石所制。诸位弟子见这空剑柄倒有些摸不着头脑，一旁的东阳真人却惊道："广微，这个东西你也舍得送人了？"

广微真人笑道："我早已不用此物，留着何用？修远，这是神兽白虎的一截尾骨，昔日我无月廷掌门人之一与白虎鏖战时，将白虎尾斩落炼制而得。白虎应天地金行灵气而生，你拿着，自然便知道它的妙用了。"

雷修远双手接过，那白虎尾骨握在手中，忽地嗡然鸣动，连鸣九声，方渐渐安静了下来。他心念意动，将灵气灌注剑柄内，但见金光陡然暴涨数尺，烈烈跳跃，不可逼视。

广微真人欣慰至极，温言道："看起来，这法宝很喜欢你。"

这是比妖朱果灵丹实用且珍贵百倍也不止的法宝，雷修远撤了灵气，双手恭敬地捧着剑柄，半跪下去，低声道："弟子谢师尊赏赐。"

广微真人细细凝视他，这少年清傲昂然，似一匹出鞘的宝剑，光华璀璨。他不禁微微眯眼，想起五百年前那个惊才绝艳的身影，久远的回忆一时间侵袭而来，他长长一叹。

过刚易折，前几日掌门人之一也告诫过他，务必好生教导雷修远，惊才绝艳再难得，但莫要再弄出第二个青城来。

广微真人轻道："修远，昔日我收你入门，便与你说了'刚柔并济'四字。你莫要忘记，过刚易折，刚柔并济方能长久，这不光是修行仙法的道理。此次你与秦扬灵相斗，超越潜能之举可一不可再，否则体内迟早暗伤遍布。修行弟子可进可退，来日方长，不必争那一时的意气。"

雷修远思忖片刻，方答了个"是"。

# 第三十三章 凶兆

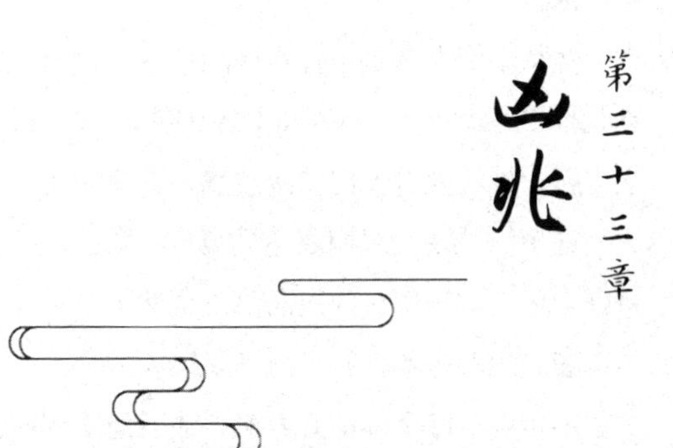

破旧的油灯旁忽然出现一个雪白的信封，左下角玄白二色的仙法标记熠熠生辉。

是星正馆的来信。

黎非顿了一下，慢慢将那封信捏在手中，却没有打开。原来今天已经是十五，时间过得真是飞快。

她起身推开小客栈破旧的木窗，窗外莺歌燕舞，一片明媚春光，正是三月暖春。三月十五，她跟随冲夷师父离开无月廷，竟已过了半年。纪桐周每个月十五给她写一封信，不多不少，也写了大半年。

他写来的信，她再也没有拆开过一封，她一点儿也不想知道他会给自己写什么。其实时间过去很久，现在黎非也已经能比较心平气和地想起纪桐周这个人了。

在陆公镇第一次见到纪桐周的时候，他是个蛮横的小王爷，身边一群狗腿子前呼后拥，处处惹是生非，恨不得鼻孔翘到天上，要多讨厌就有多讨厌。

后来在书院一起经历了很多事，黎非慢慢发现这直率又喜欢端着王爷架子的少年，不过是把喜欢与讨厌都毫无保留地表现在脸上而已。讨厌他们，便毫不留情地挑刺找碴；喜欢他们，便丝毫不掩饰地率性相交。

叶烨后来与她通信时会提到纪桐周，觉得他变了许多。可她现在却知道，这个人其实丝毫也没变。

他从小到大都是这样直率而任性，突然就翻脸，突然就做出种种匪夷所思的事，一点儿也不考虑别人的感受。因为他的迷障，她便要在大庭广众之下受辱；又因为他的心事难解，她就要看着他忽冷忽热，喜怒无常。

许多年过去，纪桐周还是当日在陆公镇的那个小王爷，习惯为所欲为，张扬跋扈，将好与坏完全倾倒在别人面前，全然不在乎他们的评价。

黎非想着想着，眉头渐渐紧锁。

不是世上每个人都会宠着、让着他脆弱的任性，至少她不会，永远也不会。

黎非打开床头的包裹，里面整齐地排列着许多信封，都是她离开无月廷后，叶烨他们寄来的。纪桐周新发的信被她放在一摞尚未拆封的雪白信封内，虽然不看，可她并没有丢弃。

在心底，她还是希望大家能够回到以前从容自若的朋友关系。

“晦气，一醒过来就看到这蠢货一张苦瓜脸！”

日炎不耐烦的声音骤然在身后响起，黎非倒被他吓一跳，猛然回头正对上日炎毛茸茸的脸，一双惨绿色的眼珠子正恶狠狠地盯着她。

“老子早跟你说那小子不是好东西了！你还非要往火坑里跳，现如今好不容易从火坑里蹦出来，又成天摆个晚娘脸，你们人真是莫名其妙不可理喻！”

黎非只有苦笑，这些抱怨话她耳朵都听出老茧来了，日炎一直都不喜欢雷修远，得了空就在她耳边唠叨雷修远的坏话。可那天她真的决定暂时离开他，一个人出来散心时，日炎却只叹息了一声。像是为了安慰她，他那一整天都团在屋内陪着她，一句多余的话都没有说。

这只狐狸总喜欢说绝情冷酷的话，和所有人撇清关系似的，其实就是嘴硬心软，是的，他有一颗比人还要柔软的心。

黎非笑道：“这个不叫苦瓜脸，叫没表情，我没事傻笑才奇怪呢！”

“谁管你傻不傻笑！”

日炎嫌弃地瞥她一眼，扭头望向自己的后背，雪白的毛皮上，血红的祸祟之年的封印还在一明一暗地闪烁着。他恼火似的哼了一声：“居然还没解开！什么玩意儿！”

“这个封印一直都没冲破半点儿？”黎非系好包袱，回头问他。

日炎没理她，自言自语：“不应该啊……如今我一派坦荡逍遥，为何封印始终缠绵？”

黎非“嗤”的一下笑了，坦荡逍遥？他可真会自卖自夸，分明是暴躁难耐才对。

“笑什么！”日炎长尾一甩，巨大的身体已在窗外，“今天要是还学不会土主护身，老子以后再也不教你任何仙法了！”

一语未了，他早已消失不见，大概又不知跑哪里乱逛去了。不知是不是封印渐渐松动的缘故，日炎醒着的时间越来越长。自从不用时时陷入沉睡，他成天就是出去乱逛，一去就是一整天，两三天不回来也是常见，他绝对是一只闲不下来的狐妖。

土主护身啊……黎非叹息着走到桌边，日炎的教导根本就是心血来潮胡乱传授，她这种阶段用两种灵气搭配的仙法就差不多了，他却每次都教她三四种灵气搭配的高等仙法，她一时学不会他就暴跳如雷，真是够了。

看看天色，已近辰时，冲夷师父应当要起身了。黎非将包袱背好，推开房门，毕恭毕敬地守在外面。这客栈虽然又破又小，客人却甚多，狭窄的过道上人来人往，每个经过的人都会连连驻足回头看她，个个惊艳。

五六年的修行生涯，已经让她改头换面，无论是举止还是姿态，都与普通人截然不同，令人只敢远远地欣赏，却不大敢上前搭话。

辰时过一刻，冲夷真人的房门终于打开了。这放荡不羁的仙人打着呵欠睡眼惺忪地出来，没一点仙人样，一面走还一面揉眼睛，语带慵懒地开口：“昨天是在什么地方休憩的？”

黎非一阵无奈地好笑，冲夷师父永远记不住地名，每到一个新地方都要问她，她恭敬地答道：“见过师尊，昨日黄昏弟子与师尊来到临瑞，往西再两百里便是大城端明了。”

“端明……”冲夷真人显然还是没清醒，不住地喃喃念着这两个字，隔了半天才想起什么，吩咐道，“离中土中心越来越近，到了端明后切记不可独自行动。”

黎非垂头答了个“是”。

中土的妖物分布很有趣，从东海开始，越往中土中心，妖物越厉害，听说中土的正中盘踞的都是传说中才有的凶兽妖物，就连仙人都不敢单枪匹马独自擅闯。

半年前她以想亲自炼制法宝为借口，求冲夷师父带她出来。其实以她区区第二道瓶颈的修为，根本炼不了什么法宝，可冲夷师父似是一眼便看穿了她的心事，爽快地答应了。

本以为只会在无月廷周边随意猎几只小妖，但冲夷真人像是早有准备一样，从无月廷一路向西，直奔中土中心的方向，竟是雄心壮志要给她猎个大妖炼法宝。

黎非有时候也会问他究竟在等什么妖怪，沿途过来遇到那么多大小妖，他一个都没看上，像游玩似的也不急，慢悠悠地西行。要不是他亲口答应猎妖炼法宝，她都以为他是找借口出来玩的。

而每次被问到这个问题，冲夷真人都会神秘一笑：“等遇见，你就知道了。”

结果一晃就是半年，黎非都能想象得到，昭敏师姐一个人留在坠玉峰会是什么脸色，肯定又会责怪师父纵容她胡闹。

出了客栈，刚刚腾云疾飞而起，黎非只觉狂风扑面而来，差点被这阵狂风从云头上吹落。她立即站稳身体，却见烈日当空，犹如盛夏正午骄阳。这才辰时吧？何况阳春三月会有这种大日头，实在少见，方才她分明记得暖阳和煦，短短几刻钟，太阳竟变得这么毒辣。更远处天际线竟隐隐带着一丝血红之色，狂风不停地拍打肆卷，外界稀薄的灵气一会儿浓，一会儿又变得稀少，动荡不休。

冲夷真人也被这突如其来的异象弄得有些诧异，他停在半空四处顾盼，忽然抬手抬住一串风尾，轻轻一嗅——风中隐隐带着妖气的腥味，比往日要浓厚许多。他的神色渐渐凝重起来，沉吟片刻，忽道："不好，这是天灾预兆？怎来得这般早！"

黎非见他言辞含糊而古怪，不由奇道："天灾？"

冲夷真人顿了顿，颔首道："不错，就是海陨。此乃中土第一大灾祸，来临前会有诸般怪诞异象，预警灾祸将至。"

黎非心中一颤，没来由地竟有些心虚，她是海外的异类，这个秘密冲夷师父不知道。如今他骤然提起海陨，她不由自主便联想起自己的身世——海陨要来了？她怎么办？怎么来得如此突然？她曾以为还有无数时光可以挥霍，它却说来就来。

冲夷真人又道："五百年前的海陨也是如此，群妖往中土中心逃窜，气候异变，甚至天现二日，震雷落雪，种种闻所未闻的怪诞之事层出不穷……"

他见黎非面色发白，以为这孩子心中害怕，便宽慰道："真正的海陨来临时，你们这些年轻弟子根本不会接触到。何况海陨尚有许多时日，这些不过是预警先兆，无甚特别，不必介怀。"

黎非勉强笑了笑："弟子……弟子只是奇怪……怎么海陨说来就来……"

"天灾非我们所能猜度。"冲夷真人沉思片刻，又道，"猎妖一事倒是要缓缓，群妖已开始往中土中心逃窜避祸，端明大城是必经之路……你且随我往端明去，住上几日再说。"

卯时三刻，无月廷文古峰正殿的门悄然开启，雷修远沿着白色方砖款款走入正殿内。但见殿内满满当当竟早已聚集了十几位长老仙人，他心中微微诧异，忽听广微真人的声音响起："修远，过来。"

雷修远立即上前跪拜行礼："弟子雷修远拜见师尊，拜见各位长老。"

广微真人笑道："还有翠玄仙人与守中仙人。"

雷修远早已发现殿前端坐着两名仙风道骨的老仙人，十分眼生，然而一望即知这二人的地位必超然于长老之上。在无月廷六年，这还是第一次见到长老以外的老辈仙人，他心中讶异更甚。

今日一早，广微真人便用长老召集令将他召唤来文古峰正殿前，他起先猜测是出门试炼，此刻见殿内只有他一名弟子，便知事情不太简单，不由垂下眼睫静观其变。

身着蓝衫的翠玄仙人撑开半闭的睡目，他满面昏睡样，然而那细小的眼缝中透出的光芒竟叫人心惊胆战。他面带笑意地细细将雷修远打量一番，开口道："好得很，居然已是第三道瓶颈中后期，青城之后，再无惊艳，你莫要输给他。"

雷修远恭敬地答道："仙人谬赞，弟子愧不敢当。"

一旁童颜鹤发的守中仙人笑道："小小年纪，从容自若，是块好料子。广微，你确定要带他同去？如今异象乱生，我等又另有要务，恐怕无法回护周到，若出了什么意外，岂不是终生遗恨？"

广微真人拱手道："广微自然竭力回护，绝不松懈。"

翠玄仙人缓缓起身，从怀中取出一面小巧的铜镜，低头随意看了一眼，紧跟着又放回去。雷修远只觉那铜镜内传来一股极其熟悉的微弱灵气波动，他的身体不禁猛然一震——他知道这股灵气波动，曾经在栗烈谷感受过，千洲万岛异民墓！

那面铜镜竟是这仙人开辟的小千世界，以铜镜为依托，里面藏着另个规则的日月天地，真正的异民墓就在里面。

微弱的断了线一般的异香仿若有意识般，从深邃的小千世界中缠绕而来，异样的、令他全身血液都要沸腾的灵气波动。那座异民墓里，藏着叫他魂牵梦萦的东西。

雷修远僵硬地立在原地，怔怔地望着翠玄仙人的方向，竟好似痴了。

翠玄仙人长叹，没头没脑地说了一句："一个祸祟之物，还要劳师动众地安置，麻烦得很。也罢，各自回去准备吧，午时会合。"

语毕，他的身体渐渐化作光点，消失在众人面前。

广微真人见雷修远还望着翠玄仙人消失的方向发呆，不由笑着低声道："回去收拾东西吧，要准备走了。"

雷修远问道："师父，弟子冒昧，可否告知欲往何处？"

广微真人捻须笑道："你素来广闻博知，想必听过白边之崖。这是无月廷在中土最中心的试炼地，是为即将突破第六道瓶颈的弟子准备的。此次派中有要务须得往白边之崖去一趟，试炼地你是去不了，不过中土中心有许多厉害的妖物凶兽，猎几只妖炼制法宝也是不错。"

炼制法宝？雷修远心中一动，忍不住抬眼望他，广微真人目光温和，隐隐含笑，他随即恍然。黎非跟随冲夷真人，以猎妖炼制法宝的理由离开无月廷，一去就是半年，音讯全无。广微真人只当是这对小情侣闹了什么别扭，他素来疼爱弟子，只怕雷修远心胸不畅，索性趁着这次机会也带他出去，兴许能在途中遇见黎非。

雷修远垂下头，罕见的暖流在胸臆间升腾，正是这些零星的关怀温暖，才令他灰白的人生有了色彩。

一向千伶百俐的少年此时竟有些赧然的无措，广微真人笑着拍拍他的肩膀："去吧，好生收拾。"

端明城是靠近中土中心最大的一座城池，刚落入这座城中，但见满街红墙绿瓦，黎非只觉眼熟。她小时候似乎跟随师父来过这里，那会儿师父扮成大仙，还从这城中某个富贵人家骗了几十两银子。

几十两银子对那时的他们来说简直是天降横财，她就惦记着路边的糯米团子，师父有钱了，她盼着他给自己买一串尝尝，不给买她就赖着不走，又哭又闹。师父简直拿她没办法，最后只得买了两串，趁她一面吃，他就一面数落她：除了吃就是睡！平日里跟个闷葫芦似的，连句好听话都不会说，待会儿跟我挣钱，要是说漏了嘴把词念错，看我怎么收拾你！

想起这些旧事，黎非不由莞尔。

冲夷真人忽然贴了张符纸在她身上，一面交代："千万不要揭下符纸，谨记！也绝不许在城中用任何仙法玄术。"

黎非只觉符纸贴在身上后，周身的灵气波动立即消失，甚至连外貌服饰都变了——粗麻衣，脑袋上还裹了块花布，她顷刻间成了个路边最常见的村姑。

这是比最低等的障眼法高级许多的变形术，只要不揭开符纸，寻常的长老级别仙人都看不出任何端倪。往常她只听过，今天是第一次见识变形术，一时觉得新奇，把粗麻衣和简朴的发髻花布摸个不停。一抬头却见冲夷师父也变成个农家老汉的模样，捋着花白的胡须，还在慎重地交代："近日只怕城中妖物不绝，此地仙家都会收敛灵气以免引来祸害。你年轻贪玩，但莫要胡来，以后玩耍的日子多得很。"

修行者的灵气波动最易吸引妖物凶兽，此是非常时期，更兼端明城中凡人无数，若是修行者不小心引来什么妖物，后果不堪设想。

黎非慎重地答应下来。

虽说小时候跟师父来过端明城，可时间过去太久，记忆早已模糊，城中景象处处似是而非，当年卖糯米团子的小摊也不知藏在哪个角落。黎非倚在客房窗边，极目远眺，沉浸在久远的往事中。

三月的风呼啸而来，带着人间城镇才有的烟火气息，异变的天气在短短几个时辰内又恢复了正常。夕阳西下，黄昏的风料峭微寒，黎非发了半天的呆，忽觉腹中饥饿，正要合窗下楼吃饭，忽见街对面款款行来一众穿着粉色罗裙的年轻女子，举止、姿态与路边匆匆行人截然不同，一望即知是修行门派的人。

领头的是两位看上去像长老的中年女子，一路行至客栈下，长老之一交代道："近日夜间山林异象百出，不方便露宿，今日暂且在此处休憩一晚。戌时后一律不许外出，谨防灵气波动招引妖物。你们谨记，莫要招惹是非，出门在外，惹是生非丢的是我火莲观的脸。"

火莲观？黎非精神一振，如果她没记错，书院的那个郡主是不是在火莲观修行？

火莲观只收女弟子，那一行十几人全是年轻姑娘，看修为都在二三道瓶颈之间的模样，想必是出来试炼的。虽然全是年轻女子，却个个敛眉噤声，神情孤傲，全然没有少女的娇俏气。十几人行动如一，连一声话语也不闻，鱼贯而入客栈。过得片刻，却见一个女弟子走了出来，端立客栈前一动不动，似是在等什么人。

黎非一时顾不上吃饭，眯眼看了半晌，越看越觉眼熟。夜色昏暗，那姑娘的容貌虽然不甚清楚，然而往那边一站，背挺得笔直，像只凤凰似的，姿态高傲而清丽，往昔所见者，只有兰雅郡主如此。万万想不到，端明城中竟因缘巧合地遇上了故人。

黎非犹豫了一下，不知该不该下去相认。她跟这位郡主的关系十分一般，刚开始还因为争夺弟子房闹得不太愉快，后来纪桐周跟他们交好，这位小郡主看在王爷的面子上偶尔也会敷衍他们几句，根本谈不上什么交情。即便在这里叫住她，她俩也无话可说。

过得片刻，兰雅郡主忽然动了一下，像是见到了什么人，三两步走上前，盈盈下拜，莺声呖呖，语气中有掩饰不了的欣喜："兰雅见过王爷。"

黎非愣愣地看着她对面端立的少年，那一身星正馆的弟子服饰，那雍容华贵的仪态……真是见鬼了，纪桐周怎么会在这边？！

客栈前的数盏灯笼被点亮，晕黄的灯光照亮了灯下一对少年男女，一个修眉俊目，一个容貌昳丽，或许是因为都出身高贵，气质与别个不同。两人站在一处光看着都觉赏心悦目，简直是天造地设的一对。

黎非心中忽然升起一种荒谬的感觉——这位小王爷被蜃祸害得不轻，这样如花似玉的郡主就在身边，从小就跟着他，他竟放着不要，他脑子里都是糨糊吗？

兰雅郡主神色喜悦，然而那喜悦里也带着端庄的姿态，不肯有一丝差错，她柔声道："王爷百忙中愿意抽空来一趟，兰雅十分欢喜。"

纪桐周笑了笑，虽然面对他们这群朋友的时候，他没什么王爷架子，可面对兰雅郡主，他到底还是个高高在上的王爷，与她有着相似的温文尔雅。

“我随师父出来猎妖而已，路过此地刚好收到了你的传信术，便来看看，你长高不少，越发端庄了。”

兰雅面上微微一红，大有羞意：“王爷谬赞，王爷才是真的长高许多，已成真正的伟男子了。”

说罢，她忽从袖中取出一只细长的檀木盒，双手捧着恭恭敬敬地送上：“王爷，这是父王托我转赠的贺礼。王爷天赋惊人，成为无正长老的亲传弟子，将来必定前程远大，我赵阳多蒙庇护之恩，还请王爷千万莫要推辞。”

纪桐周心中有些诧异，诸侯的贺礼按理说不该送到他这里。修行弟子不与凡尘俗礼有牵连，纵然他贵为王爷也不例外，贺他成了亲传的俗礼都应当送到皇兄那边才对。

他不动声色接过那只檀木盒，缓缓揭开盒盖，霎时间珠光宝气氤氲而发，但见满满一盒晶莹剔透的珍珠，粗粗一看竟不下数百枚，个个都有拇指大小。纪桐周见惯了奢华珠宝，乍见这一盒珍珠，也不禁微一挑眉——贵重得有些过了，珍珠不稀奇，稀奇的是数百枚个个大小一致，且质地上佳，可谓价值连城。

盒底铺着一层丁香色的丝缎，奇异的是，丝缎已是半旧之物，下角绣了一枝梅花，绣工很是稚嫩，其下还坠着一块紫水晶，虽然半旧，却依然精致绝伦。

纪桐周有些摸不着头脑，不由沉吟，却听兰雅含羞低声道：“那块手绢，是我幼年所用之物……绣工简陋，王爷自然看不上眼，兰雅惭愧。”

纪桐周瞬间便了悟其中的深意，这哪里是贺礼，分明是诸侯赵阳的撮合之意。越国婚俗，定亲者交换幼年用物充为信物。这一盒珍珠，怕也不是送他的，珍珠可串作珠链，是叫他转赠给兰雅。

此事赵阳必然不敢独断，肯定有皇兄从中牵线。

纪桐周眉头皱起，隐隐不悦。他知道，和兰雅在一起是皆大欢喜的事，无论身份还是才貌，她都是最佳人选，何况她从小便对自己一片心意，他又不是傻瓜，怎会不知。如今二人都是修行者，年纪又相当，倘若结为道侣，将来越国便等于有两位修行者庇护，确实是美事一桩。

若是从前，他只怕会将就着顺其自然答应了，虽然对兰雅没有那份心思，可利益上，她是最好的选择。

现在，他实在不能，纵然理智明白该这样做，可当东西送到手上时，他全身上下都在拼命抗拒。他不要，他要的人不是她。

纪桐周的心情忽又低落下去，方才见到故人的些许欣喜早已变作索然无味。他每月十五都会给姜黎非写信，却从未收到一封回信，他怎会不气恼？他何曾低三下四待过任何人！然而越是气恼，就越是不甘，不知是和她赌气还是和自己赌气，她不回信，他就非要一封封写，那口气不能平，就要一直写下去。

他不懂，也不会那些柔情万种的追求方式，从他认定不放手那天，姜黎非他就势在必得。

这世上从来没有他得不到的，不管是东西，还是人。

然而与兰雅之事，一有皇兄从中插手，二碍于赵阳情面，他无论如何也不能生硬回绝。更何况，兰雅爱慕自己，他面对她总有种男子本能的爱怜，不愿叫她太难受。

纪桐周的目光从珍珠转向兰雅，她含羞带怯地回避他的目光，螓首低垂，万般娇媚。这模样忽然让他想起在东海经历的幻象，那时候，幻境中的姜黎非也是这般姿态，他不禁怦然心动。

“你……”他只开口说了一个字，似是在斟酌该怎么措辞。

兰雅微微抬起头，胆怯似的望了他一眼。她的目光中，有狂热，有期待，有紧张……万般复杂心绪交织在一处，便显得十分火热。

纪桐周又愣了一下，炽热的目光他并不陌生。自小他接触的人，对他都有类似的目光，或是畏惧他的权势，或是想要攀附，可这种目光不该出现在兰雅脸上，她以前也是这样看他的吗？她以前……想到这里，他有些茫然，他记不起兰雅是怎样看自己了，从来也没在意过。

可他知道在这种时候，一个女人应该有着怎样的眼神，因为他曾在幻境中体验过其中的极致。

他忽然发觉，他一点儿也不喜欢兰雅看着他的目光。

纪桐周慢慢地将盒盖盖上，转递给兰雅，淡淡道：“此礼太过贵重，我收不得，何况修行弟子不收俗礼，多谢美意。”

兰雅满面羞怯霎时间变成了错愕，紧跟着，面色变得苍白，像是受到什么屈辱似的，颤声道：“王爷……莫不是兰雅有什么……”

纪桐周飞快地打断她的话：“我说了，此礼太过贵重，我收不得。”

兰雅眼中泪水莹然，凤凰般的姿态无力地耷拉下去，竟有几分卑微。她声音很轻，语气却急切：“兰雅自知蒲柳之姿，怎敢与日月同辉，兰雅只盼可以常伴王爷身侧，为王爷赴汤蹈火……”

纪桐周忽觉一阵厌恶，这些好听话他早已听腻了，他再度打断她的话：“你看中的，是……”

话说到一半，却又不好再说下去。她看中的，是他纪桐周这个人，还是什么别的？他一直以为兰雅是倾心于自己，可他发现自己好像错了，她眼里看的是越国英王爷、星正馆的亲传弟子……那些显赫的闪闪发亮的东西。

纪桐周吸了一口气，有些不耐烦：“以后不要说这些好听话，我不爱听。”

好听话？他指的什么？兰雅一时竟怔住了，她对他说过无数好听话，仓促间哪里想得起来。从小她就习惯对他说各种顺从又好听的话，一丝丝也不会忤逆他。可他要的是什么？为什么他从不对自己真正地笑？佳人如玉，一国之势，为什么他还要拒绝？她一点儿也不清楚这位王爷心里想要的是什么。

“王爷莫不是已有了意中人？”兰雅怯生生地看着他，见到他骤然紧蹙的眉头，她的珠泪又滑落脸庞，轻道，“兰雅甘愿服侍王爷，绝不敢独占……”

纪桐周忽然扶起她的下巴，低头凝视她：“一个女人如果心里真正有喜欢的人，她的眼神你见过没？”

那种叫人魂为之夺的回肠荡气，倾注所有灵魂的专注——这片目光他在梦中得到过，清醒后又眼见着那个人用同样的目光凝视其他人。

只要见过一次就会明白，原来真的爱上一个人，会有这样的专注。

“我走了。”

纪桐周轻轻推开她，转身便走，白衣缓慢地消融在夜色中。

兰雅郡主痴痴在客栈门口站了许久，才颓然回客栈。黎非也愣了半天，没有想到事情会变成这样，她原以为纪桐周会答应。他毕竟是王爷，顾虑的事比她这种闲云野鹤般的人要多得多。

他还是那么任性，任性地想要得到一段真正的感情，为此宁可放弃眼前的倾城美色。

可谁不想要一段荡气回肠的感情呢？

黎非合上木窗，怔怔地发着呆，她又想起了雷修远。

每个人都渴望爱与被爱，最后又有多少可以如愿？她长叹一声，只觉精神恹恹，连饭也不想吃，索性吹熄烛火蒙头便睡。

不知睡了多久，黎非忽然被一种奇异的心悸惊醒。她骤然睁开眼，但见满屋黑暗，伸手不见五指，窗外风声幽咽，时而凄厉，时而轻缓。

她立即起身，正要推窗，却又觉不妥，冲夷师父说过，近日异象乱生，行事须得谨慎为上。小心地戳破窗纸，黎非透过拇指大小的破洞朝外张望，这一看却惊得非同小可——但见夜空中无边无际，满是妖物凶兽，它们如潮水般自各个方向汹涌而来，将整个苍穹都遮住了，一齐向着中土中心的方向疾飞而去。那一阵大一阵小的古怪风声，是无数妖物振翅的声响。

这便是冲夷师父说的妖物迁徙吗？天灾将至，妖物凶兽的感觉比人要灵敏得多，纷纷往中土中心的方向逃窜，试图避祸。

海陨真的要来了，不是猜测，也不是做梦。黎非震骇地望着漫天妖物，现在是妖物，之后呢？海陨来临时，会有无数海外人也像潮水般袭来吧？那里面一定有她的同类……

她平日里一直在逃避这些事，此刻却不由自主地一遍遍想着，直到远处传来一阵喧嚣，似是有人在惊叫。黎非不由一惊，再也顾不得什么，急忙推开窗，只见城镇北面火光冲天，哭喊与尖叫声连绵不绝。天空里汹涌的妖物凶兽此时都纷纷停下振翅声，像是从迷梦中惊醒般，发觉这里是个城镇，有无数血肉饱满的活人可供饥肠辘辘的它们食用。

城镇里的人都被声响惊醒了，一时间四面八方都吵吵嚷嚷的。街上的灯笼一盏盏被点亮，人们一齐走出来查看究竟，待看到漫天狰狞古怪的妖怪，不由个个都失声僵住了。

不好，若是让这些妖物侵袭端明城，城里的凡人只怕要死个大半！黎非飞快地披上外衣，推门便奔了出去。

记得冲夷师父说过，在城中必须灵气内敛，以免惊动诱惑妖物，倘若城内没有修行者灵气波动，妖物迁徙的时候根本不会注意。毕竟凡人的血肉对它们而言并不是那么具有诱惑，难不成是有什么修行者在妄动灵气，惊醒了它们？

客栈走廊早已满当当挤了许多客人，个个迷惘，还不太明白发生了什么事，单纯的恐惧攫住了这些凡人，反而让他们无比安静而柔顺。黎非拨开人群，朝冲夷师父的房间疾奔，冷不防对面忽然响起冲夷真人的声音：“黎非！待屋子里！千万不要出来！”

黎非急忙奔至他身侧：“师父，是不是有修行者惊动了它们？”

冲夷真人拽着她的袖子将她拽进自己客房内，关上窗户，又在上面加持了一层仙法，正色交代：“应当是刚刚进城的修行门派弟子。你修为不够，千万不可出去，无论发生什么事，你只待在这里！”

说罢他早已步出客房，房门被飞快合上，黎非拽了拽，居然纹丝不动。这是要把她锁在屋里？她又试着推窗，依旧纹丝不动。外面出乎意料的安静，没有惨叫，没有哭号，忽然遭遇无数妖怪的凡人们根本来不及给予任何反应，只有凄厉的风声时而急，时而徐。

很快，仙法释放的响动开始一波波传来。像是约好的一般，突然之间，妖物们的嘶吼，人们的尖叫痛哭，连绵不绝地侵袭而来。远处肆虐的火光渐渐近了，客栈内也开始号哭连连，乱成一团麻。看样子人们终于反应过来是怎么回事了，没有人安抚他们受惊的情绪，他们只有不停地哭。

黎非在客房里没头苍蝇似的绕了半天圈子，无可奈何，无事可做，她也只好坐在被子上发呆，听着外面诸般喧嚣，心惊肉跳。

突然，窗外响起一声凄厉的哀号，紧跟着“咣”的一声巨响，像是有什么东西用力撞在窗户上，整个屋子都因此而震颤，灰尘四溢。

黎非急退数步，随即又是“咣”的一声，重物狠狠砸在墙壁上，地板都抖了起来，整个屋子像是要被撞碎似的。这样大的声势，只怕窗户上的仙法也撑不住。

她再也顾不得师父的告诫，抬手便要架起土行墙。突然又是一声巨响，加持了仙法的窗户瞬间破碎，连带着碎裂的，还有整面墙壁，一只庞然大物狠狠撞进客房内，朝黎非身上砸来。

土行墙可挡不住这种东西！黎非连滚带爬地避开，却见屋内家具尽数被撞碎飞溅，连与别的客房连接的墙都被撞破数道，一时间客栈里惊呼号哭声又响了数倍——这客栈该不会被拆碎吧？！

黎非忽觉身侧一阵炽热，但见两条火蛇盘旋着疾飞而来，将那庞然大物缠住绞死朝外面拉拽。她这才看清这东西居然是一只巨大无比的凶兽天狗，它苍灰的毛皮上黑血斑斑，满身创口，被火蛇缠住后又是连连惨号。

一道白色身影闪电般蹿入破碎的客房，那人手中执着一柄幽蓝色的火刃，足有丈余长。火蛇将天狗死死缠住，他扬手毫不留情，一剑利落干脆地斩下了天狗的头颅，黑血四溅，染湿了他的白色衣摆。

黎非张开嘴，差点儿就叫出了他的名字——纪桐周！他竟在杀妖？而且如此胡来！客栈的墙都被撞碎了，他不管凡人死活吗？！

似是发觉房里有人，纪桐周回头看了一眼，见屋里只有一个吓傻了的村姑，当即冷道：“别待这里。”

他收剑入鞘，那柄极长的火刃竟就这么被收入普通的剑鞘内，幽蓝火焰渐渐褪去，看起来只是一柄普通宝剑。

纪桐周一个转身，宝剑被抛出，他纵身而上，御剑飞了出去。

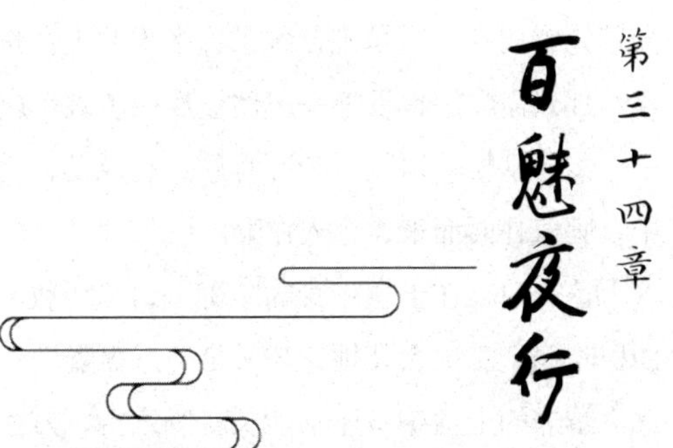

# 第三十四章 百魅夜行

黎非眼睁睁地看着破碎支离的客房，实在无语。不但外面的墙被撞裂了，连着三间客房的墙也被撞裂了，这座客栈没事吧？能撑住吗？会不会突然塌掉？

她探头从碎裂的墙壁处望出去，但见城中遍地火光，漫天妖物乱舞，地上满是鲜血，人与妖混在一处，人的尸体与妖的尸体也混在一处。

从未见过这么惨烈的景象，简直是触目惊心。

头顶忽然风声犀利，黎非朝后一缩。但见一只巨大的黑色爪子擦着自己的鼻尖抓过去，比刀还锋利，利风甚至切碎了她一绺长发。

她连退数步，只听外面响起一阵阵刺耳的婴儿哭泣般的号叫声。一只狰狞的、比墙壁还大的脑袋撑进了墙壁裂口中，双目血红，尖喙中腥气扑鼻，是一只巨大的凶兽蛊雕。

不好，要让它闯进来，这客栈就真的要塌了！黎非唤出飞剑，一剑穿透它的眼睛，蛊雕立即惨叫着把脑袋缩了回去。她再也不敢待在这间客房，可也不能离开太远——墙壁被撞破，万一有妖物闯进去，一客栈的人可都没命了！

她化作一团青烟疾飞出去，唤出金水龙啸，一团团金色光雾顿时笼罩住破碎的墙壁裂口。这仙法还是日炎传授她的，之前看雷修远用她觉得可威风了，可惜她毕竟不是金属灵根，金水龙啸没有他用得那么犀利无匹，金色的光芒都暗淡不少。

一只眼被戳瞎的蛊雕怒发如狂，拍打着翅膀再度扑来。黎非凝神结印，橘色的暗淡光芒笼罩周身，这是她苦练了许多天的土主护身。紧跟着，数枚一人高的巨石被唤来引爆，那只蛊雕哼也没哼一声便被炸成了破布窟窿，重重摔了下去。

黎非刚松一口气，忽闻耳后又有风动，她躲避不及，半边身体被咬在一张血盆大口中，腥气扑面而来，令人作呕。

这一口咬在土主护身的防御上，咔咔数声，血盆大口中的獠牙竟被崩断数颗，那只凶兽吃痛，急忙丢开她，却又是一只蛊雕。

黎非的土主护身还不能长时间维持，方才一番斗法，又被蛊雕咬了一口，那层橘色的光芒已经变得十分暗淡，随时会散开。她架起数道土行墙，正要唤出巨石，忽觉头顶又是一阵风动，土行墙竟被瞬间撞碎。她急急化作青烟避开，便见四五只蛊雕都朝自己这里扑来。

怎么都朝这里来了？！黎非腾云绕开这群蛊雕的攻击，冷不防身后突然又蹿出一只蛊雕。胳膊上一阵剧痛，一股全然不能反抗的大力将她拉扯出去，整个人被抓着胳膊吊起急速飞了一段。

她的攻击仙法比不上雷修远那么犀利无匹，而此时用攻击仙法也没什么用，她强行唤出土主护身，忽觉身后一阵炽热，无数条火蛇呼啸而来，将那些嘶吼旋飞的蛊雕瞬间缠死绞紧。黎非得以逃脱桎梏，立即腾云疾飞避让，但见烈焰漫漫如山，万道火舌吞吐，那群凶兽竟一眨眼便被烧成了黑灰。

这么霸道的火行仙法，她认识的人里，只有一个人能用出来。

黎非转过身，隔着明亮的火光，对面的纪桐周正皱眉看着她，说不出那是什么眼神，她竟下意识地想要回避。一低头，一张破碎的符纸从她袖子中掉落，她急忙捞起，这是之前冲夷真人给她的，方才蛊雕抓伤她的胳膊，符纸已被扯碎。

坏了，原来是变形术消失了。

她低头看看自己，村姑装已经变成了无月廷的弟子服，她再回头看看纪桐周，他还是皱着眉头，双眸幽深无波，定定地望着自己。

黎非忽觉无比的尴尬，她既不能像以前一样心无旁骛跟纪桐周打招呼说话，也不能把他当陌生人，要怎么做？大眼瞪小眼？

下一刻，白衣少年动了，缓缓穿过火海。他正朝她飞来，慢，却咄咄逼人。

黎非定定地看着他向自己靠近，心底不知为何，陡然生出一股畏惧而心虚的情绪。她想起了在东海最后一天，他突如其来的吻，还有在唇上狠狠咬的那一口，让她鲜血淋漓，在众目睽睽下无地自容。

这任性蛮横的小王爷实在是什么事都能做得出来。

她下意识地朝后退，可是她退，他进。身后婴儿般尖锐的号叫声此起彼伏，回头一看，还有许多凶兽蛊雕正汹涌而来——大约是被她的灵气波动吸引过来的，个个贪婪而且兴奋。

无路可退，黎非猛地停下。紧跟着，火光再度拔地而起，这次是从她身后迸发，烈焰将蠢蠢欲动的凶兽们挡住，也阻绝了她的去路。

白衣少年已来到了她面前。事已至此，黎非反而镇定了下来，抬头坦然直视他。

纪桐周看了她半晌，鼻子里忽然发出类似讥诮的笑声："想跑？"

黎非淡淡道："不然呢？你以为我会高兴地扑过去？"

他冷笑起来，一把抓住她的胳膊，朝自己身边一拽："跟着我，你那点儿本事只有死的份。"

黎非登时火了，可她却又无力反驳，他说得没错，她独自在外面，真的只有横尸当场的份。她奋力甩开他的手，冷道："我自己回客栈，不劳烦你。"

纪桐周见她挣扎，心头火起，索性将她用力一扯，黎非登时踉跄着朝他摔过去，被他揽住肩膀，五指紧扣，肩骨几乎都要被他捏碎。她疼得脸色发青，毫不客气一脚踹在他膝盖上。

他们两个好像总也避免不了肢体冲突，从小时候就是这样。

纪桐周任她恶狠狠地踹了几脚，不避不让，没一会儿，反而恶意地笑起来，好像她这样反倒令他心情很好似的。

"没有五行结界，待在屋子里更是不要命。"他揽着黎非转身便走，"你不在无月廷好好修行，偷偷跑来端明城做什么？来看我？"

自大的王爷理所当然地认定这个理由，他先前给她写的信里提到要来端明城的事，她从不回信，他以为她不会理会，想不到她千里迢迢竟亲自来了。想到这里，他一扫先前的阴郁，心情倒变好了。

黎非被他拖着拽着，不得已地在半空踉跄，比气力她又比不过他，这座城中到处是妖物凶兽，处处险恶。迫于形势，她不好用仙法偷袭他，只得缓和一下："你放开我，我自己走。"

出乎意料，他爽快地松手。黎非退了三步的距离，不远不近地腾云跟在他身后，一言不发。

"回答呢？"纪桐周眉头皱起来了，"没礼貌的东西！我在问你话！"

黎非声音十分冷淡："我跟随师父出门猎妖炼制法宝，已有半年多了。"

纪桐周瞥了她一眼："为什么不回信？"

黎非毫不畏惧地回瞪他："为什么要回？"

"乡野莽夫。"他居高临下地给她下了结论。

黎非又是大怒，本以为再见到纪桐周，她会尴尬死，可实际情况是她快被他气死——丝毫不懂尊重人，不知道谁才是乡野莽夫！

"打算什么时候回无月廷？"说话间，纪桐周挥舞烈焰火刃，连斩数匹撞上来的妖物。

黎非不想说实话，便道："这两天就要回去了。"

他不说话了，白衣翩跹，动作利落干脆，任何胆敢靠近三丈之内的妖物凶兽都会立即被他斩于火刃之下。黎非看着他的背影，火气慢慢消了下去，尴尬再度浮上心头。

在东海的时候，她满脑子想的全是雷修远，对纪桐周的异状全然没在意，直到临走的那天突然被他强吻，才赫然反应过来——他的种种异样，都与她有关。他一定是在幻境中经历了什么跟她有关的事，才会这样。

可，她要怎么跟他说？她和这小王爷从小到大就没有几次正正经经好声好气地说过话，她实在不知该用什么表情什么语气，才能告诉他，他幻象中经历的姜黎非是假的，他迷恋的不过是个幻影。真正的她既不温柔也不体贴，不是他追逐的那个人。

他不提，她也尴尬得不想提。

追随灵气波动而来的妖物越来越多，渐渐地，纪桐周也有些应接不暇。他忽地将火刃横于胸前，缓缓划了个漂亮的弧度，火刃之上的幽蓝火焰顷刻间盘龙绕蛇般猎猎而起，在他周身一丈的范围结成一圈幽蓝的火墙。刚好有一只鸟妖呼啸而来，鲁莽地一头撞在火墙上，连哼都没哼一声便被烧成了黑灰。

"你师父在哪里？"纪桐周急问，城内妖物太多，指不定会遇到十分厉害的，单凭他一人之力，只怕没法将她回护周全。

黎非正要说话，忽听远处铮铮数声，竟是古琴的声音，其声调极为凄迷冷厉，纵然远在数里之外，听起来竟像是在身边弹奏般。犀利的灵气夹杂在乐律中，似密密麻麻的无形箭向四面八方疾射而出。霎时间以琴声为中心，方圆三里的妖物纷纷被琴声切割得支离破碎。

这是天琴大法！清乐长老竟然也来了？

另一方忽又有仙人清叱一声，一柄精光璀璨的飞剑骤然飞起，在空中转了个圈，闪烁一瞬，下一刻便出现在数丈外，飞剑化作一道清瘦人影。一时间只见满眼清光乱晃，所到之处无坚不摧，不过眨眼工夫，天际悬浮的密密麻麻的妖物竟少了无数。

黎非见那人满头白发，形容枯槁冷厉，竟是广微仙人现今佩剑断水生出的器灵，不由惊愕更甚，连广微真人都来端明城了？那……那雷修远是不是也来了？

她下意识地四处张望，漫天漫地的肆虐妖物在横冲直撞，火光雷光奔腾不休，端明城中先前隐匿行踪的众仙家都已露面，与数量磅礴的迁徙妖物们斗得惊天动地。许多人在号哭，又有许多人在没命地奔逃。那么多人，就是没有雷修远。

黎非心中竟不知是松了口气还是失望。

纪桐周乍见城中出现许多无月廷的长老仙人，不由微感诧异。像无月廷这种名门大派，一举一动都比旁人要谨慎无比，十几个长老仙人突然集中在端明城是什么意图？要说是应对凶兆，也未免太快了些，此事传出去，难免要被有心人大做文章。

由于长老们的干涉，局势瞬间反转，淅淅沥沥的春雨在屋顶一丈处浇下，城中肆虐的火光终于慢慢暗淡下去。巨大的灵气网被架设在城镇上方，网外的妖物凶兽们纷纷开始撤退避让，网内的妖物们也慢慢被仙人们斩杀殆尽。

纪桐周的白衣被绵密的春雨术浸透，头发湿漉漉地黏在脸上，很不舒服，他皱眉在脸上抹了一把。身旁的姜黎非安静得有点诡异，他转头望去，却见她好似在发呆，眉宇间一丝失落之色若隐若现。

“姜黎非。”他唤了她一声，他不爱看她露出这种神情，死气沉沉。

黎非回过神：“什么？”

她虽然说话了，眼睛也望着他，却依旧死气沉沉。纪桐周的心情变得有些暴躁，她在雷修远面前可从不这样，有说有笑的，怎么和他一起就成了死人脸？

他背过身，冷道：“算了。”

黎非将湿润的额发拨开，局势已然翻转，她也不愿再和这阴阳怪气的小王爷待在一起，便道：“我见到师父了，多谢你一路相护……告辞。”

被妖物遮蔽的天空渐渐恢复清朗，苍白的月光洒遍大地，她早已见到不远处的冲夷真人，当即腾云欲飞，还没飞几步，意料之中的阻拦果然出现了。她的胳膊再度被纪桐周攥在手里，很显然，他绝没有放手的意思。

或许是极度的失望，让她骤然变得冷酷起来，黎非指尖翘起，在他脉门处轻轻一弹，尖锐的灵气疾射入他手腕的脉门中。

早在书院的时候，他们就都学过，被别人的灵气强行灌入脉门会造成怎样的痛楚。纪桐周的手臂顿时一颤，五指不由自主地弹开，她冰凉柔软的衣袖似流水般从掌中逃逸，他没有办法抓住。

黎非没有回头，没有意义，也没有必要。她继续向冲夷真人飞去，谁知，袖子再度被人抓住。

可能她活到现在从没这样冷酷决绝过，同样的手法再度被她用出来。她避，他进；她攻，他还是进。她柔软的长袖被他紧紧用手指缠绕，执着地、无论如何也不放手。黎非的身体在微微发抖，分不清是因为愤怒还是因为震撼。

身体忽然一紧，纪桐周从后面紧紧抱住她，还是那种几乎要勒碎她的可怕力气。他什么也没说，只有压抑粗重的呼吸声在她耳畔回荡，一阵阵，盖过了漫天奔腾的雷声。

黎非觉得自己的声音也在颤抖："你不要逼我……"

纪桐周的声音听起来像是怒到了极致，阴鹜，还带着一丝豁出去的疯狂："怎么不用飞剑术？！把我的胳膊斩断，杀掉我！你不是做过一次吗！"

她残忍转身的背影仿佛与幻境重叠，他也像如今这样伸手拦她，却被飞剑斩断了双臂。激荡的感情令他无法分清幻象与真实，重来一次，他竟还是会紧紧抱住她，放不了手。

黎非深深吸了一口气，垂下手："纪桐周，我不管你在幻境里经历了什么，但是在这里，我没欠你分毫！任性也要有个度！"

他呵呵冷笑起来，双臂将她牢牢钳制在怀中，恨不能揉进血肉中："没欠我？你欠我的太多了！"

她欠了他那么久的魂牵梦萦，怅然若失，想要反抗却又无可奈何的愤懑；欠他这么多年金尊玉贵的王爷的自傲，欲忘不能忘，欲断不能断，他既厌恶她，又无法抑制地相思。

已经回不到过去，他再也不是那个连喜欢是什么都懵懂的纪桐周，心底潜伏的狂野欲望已经苏醒，饥渴难耐。

现在，她又一次要离开他，和别人声色犬马，笑容甜蜜。

他死也不会放手。

不可理喻！黎非神色骤然阴沉下来，她没有心思在这种时候跟他争执莫名其妙的亏欠问题。周身金光忽地一亮，密密麻麻的金刺从她体内扎出，试图将他逼开。

纪桐周只觉双臂被数道炽热的金刺贯穿，剧痛让他浑身发抖，双臂再也用不出一丝气力。他忽地低吼一声，如同负伤的野兽，张嘴一口咬住了她的衣领。

除非她将他的脑袋切下来，否则别想走。

突如其来的荒谬局面令黎非悚然而惊，他滚烫的气息喷在她后脖子上，双臂鲜血四溅，大片大片的血迹染红了她茶白的衣裳——他竟这样豁出命拦她，他真的疯了？

城中的妖物越来越少，周围的仙人越来越多。许多人都在看着他们，里面甚至有她熟悉的长老，广微真人、东阳长老、清乐真人……还有冲夷师父，他们每个人都在望着她，看着她被纪桐周这样死死抱住，她甚至不敢看他们的眼睛，那里面闪烁的会是什么？鄙夷？震惊？还是嘲笑？

没有人教她要怎么面对此时此刻，杀了纪桐周？还是哀求他？抑或在大庭广众之下撕破衣衫强行离开？

黎非僵在半空，离开东海那天的窘迫与无地自容再度袭来。如此荒谬的局面，她要怎么办？

尖锐凄厉的呼啸声自前方骤然响起，黎非只见眼前数道金色光箭流星般朝自己这边疾射而来，擦着脸朝后方飞去。锐利而炽热的风切割在她肌肤上，一阵剧痛。

身后传来妖物的哀鸣，两只身形庞大的妖物被金箭贯穿，号叫着摔了下去。

黎非怔怔地看着前方不远处那抹忽然出现的茶白修长身影，他端立半空，手中执着金色的长弓，漆黑的眼睛定定地望着她。他乌黑的长发有些凌乱，衣服下摆染满了黑色的妖血，应该是杀了不少妖，可看上去似乎并不狼狈疲倦，傲然站立的姿态像一只鹤。

雷修远。

他面无表情地凝视她，冷冰冰的眼睛，里面隐有金光翻涌，像是冰里藏了无数欲迸发的烈焰。

周围的喧嚣声好像突然消失了，黎非怔怔地抬手，手指轻轻按在脸上——那里有一道不算深但也不算浅的伤，细细的鲜血似眼泪般缓缓流下，是他方才射出的金箭擦伤而致。

疼痛过了很久才绽放开，黎非像个傻子一样按着伤口——她在做什么？而他又在做什么？

雷修远看了她很久，摊开手掌，掌心灵气吞吐，化为三支金箭，被他搭在长弓之上。箭尖毫不留情，指向了她。

弓弦如满月，锐利的呼啸声再度袭来，金光须臾间落在眼前，这次是右边的脸颊，像是一片火焰燎过。金箭擦着她，朝斜后方飞去，凶狠地贯穿了正与其他仙人缠斗的妖。

黎非僵立着，像一尊石像，眼前忽地一黑，一只血湿的发烫的手盖住了她的双眼。纪桐周含糊沙哑的声音传来，口中热气喷在她肌肤上，甚至令她战栗：“不许看他。”

雷修远瞥了他一眼，第三次搭箭于弓，拉满如月，箭尖却是对准了纪桐周。旁边的广微真人再也忍不住急道：“修远！”

这孩子一向冷静，从未做过如此出格之事，今日竟为了个姜黎非大失常态。抱住姜黎非的男弟子穿着星正馆的亲传弟子服，在东海他们都见过的，正是华门长老无正子的爱徒。他在，便证明无正子肯定也在附近，此人又是出了名的护短。群妖夜袭本来就一团乱麻，若是放任他出手伤人，还不知会闹出什么龃龉来。

广微真人身形一闪，伸手按住了金色长弓，朝雷修远缓缓摇头。

雷修远顿了片刻，忽将手一放，长弓与金箭犹如烟雾般散开。他毫不犹豫地转过身，再也没往这里看一眼，自始至终，他一个字也没说。

“放开我。”黎非忽然低声开口。

纪桐周只是冷笑。

她的声音渐渐有了一丝令人恐惧的寒意：“放开我。”

“你、做、梦。”纪桐周一个字一个字缓慢而清晰地给了她决绝的答复。

黎非心念一转，身体立即便要开始汲取周围的灵气。日炎曾经极严厉地提醒过她，绝不可在人前使用灵吸，她恪守了许多年，但是现在她只能这样，愤怒像毒蛇一样噬咬她。脸颊上撕裂的疼痛反而令她格外冷静，甚至使冷酷。

然而，没能等到她用出灵吸，身上忽然一重，纪桐周沉重的身体如山一般压了下来，瘫软在她肩头。被紧紧咬住的领口终于松开，用尽所有气力的钳制也终于消失，他竟是失血过多晕死过去。

黎非一个箭步挣脱，转身高高抬手，掌心灵气吞吐，一柄光剑飞快地出现在掌中，毫不留情便朝着纪桐周劈下去。

耳畔传来一声冷哼，紧跟着，一道迅捷至极的黑影忽然疾窜而来。“叮”一声脆响，她手中的光剑被两根手指轻而易举地夹住，来人一身玄袍，胸口有玄白二色的纹绣，正是纪桐周的师父无正子。

剑尖被他双指一搓，竟像纸做的一般断裂开。他背过身，一把将浑身是血的纪桐周抱起，先低头查看了一下伤势——这丫头好狠的心肠，金刺术不但贯穿了他的双臂，甚至连身前也有无数细小的血点，若不是长老们都在此地，她是打算把他杀掉吗？！

无正子心中十分恼火，他对自己的弟子一向护短，自己可以打骂，却绝不允许旁人说上一句。更何况，纪桐周是他生平第一得意弟子，竟被个小丫头弄到这等地步，他不禁回头森然地瞪了黎非一眼。

“你不喜欢他说清楚就是，何必伤他？”无正子语带寒意，事情经过他在远处看了个大概，纪桐周纵然有什么不妥，在他眼里也是至情至性。他喜爱这弟子，所以完全没觉得有什么大错。

黎非在他眼中不过是个无月廷最普通的弟子，资质稀烂，修为区区第二道瓶颈，根本配不上纪桐周，她还这般不知好歹！虽说做长辈的不该与小辈置气，他到底还是忍不住要发火。

黎非没有说话，她狂乱的心跳渐渐平缓下来，方才由于怒到极致而麻木的思绪也慢慢被拉回现实。身上黏腻不堪，大部分是纪桐周的血，她怔怔地看着纪桐周苍白的脸，僵硬紧扣的手指忽然一松，手里的光剑“咣当”一下摔落地上，化为虚无。

“无正先生，还请息怒。”冲夷真人柔和平稳的声音响起，他含笑上前将黎非轻轻拉在身后。他也是几乎从头看到尾，不过他素来放诞不羁，全然不觉此事有什么了不起，少年男女谁人不为情苦恼？再正常不过。黎非有倾城之色，绝色美人又岂能安安静静过上一辈子？

“小孩子之间都是今天喊打喊杀，明天又和好如初，我等都经历过这段荒谬岁月，无正先生何必为这些事介怀。”

冲夷真人安抚似的在黎非僵硬的肩头拍了拍，身后其余的无月廷长老也纷纷上前抱拳行礼。这件事哪方占理姑且不论，堂堂无月廷弟子，怎能叫外人训斥？只是无正子脾气古怪，处理不好怕两派间要多出龃龉来。清乐真人当即上前细看纪桐周的伤势，掌中白光莹然，轻抚他的伤口，白光似落雪般莹莹絮絮沁入他体内，不过眨眼工夫，所有的大小伤口都愈合了。

无正子面色稍和，清乐真人所用仙法名为玉雪，乃高等水行治愈仙法中见效最快、却也最耗灵气的。对方痛快地给了个情面，他也不好再黑着脸，微微一笑，抱拳还礼：“想不到会在端明城与诸位相遇，我近日闲来无事，带小徒出来猎妖。谁知恰逢凶兆骤起，妖物迁徙，若非诸位来得及时，端明城怕是伤亡更惨重。”

广微真人听他话里有话，似是在质疑为何十几个无月廷长老聚在一处出现在端明城，索性假装不知：“无正先生客气了，我等略尽绵薄之力而已。倒是令高徒真正天纵奇才，方才我见他独身一人斩杀无数妖物，仙法当真精妙至极，无正先生有此高徒，实在叫人羡慕。”

对方连着送几顶高帽子，无正子脾气再怪，也不好意思继续话中带刺，客气道：“广微真人谬赞，令高徒才是惊才绝艳。与诸位有缘在此地相见，本该好好叙叙，不过端明城内妖物尚未尽除，我先将小徒安置好，再与诸位一同降妖。”

说罢，他抱着纪桐周，一个纵身便消失在数丈之外。

广微真人眯眼望着他的背影，轻叹一声，回过头神色复杂地望着黎非，见她满身鲜血，面色苍白，整个人好似在发愣，再看看不远处的雷修远，白衣猎猎，始终没有转身朝这边望上一眼。他张开嘴，却欲言又止，最后只叹息着离开了。

冲夷真人又拍了拍黎非的肩膀，温言道：“你先去客栈，好好清理一下，不必担心，妖物很快就能除掉。”

黎非愣愣地转过身，冷不丁清乐长老颇为不悦地在后面叫了她一声：“黎非，你过来一下。”

旁边的东阳长老轻轻拽了一把清乐长老的袖子，似是示意她别这样，她却恍若未觉。黎非慢慢走过去，躬身行礼："弟子在此。"

清乐长老低头看了她片刻，到底给她留了点面子，将她拉至一旁无人处，低声道："年轻人谈情说爱在所难免，可不该弄到这般田地，无论你喜欢哪个，都该和旁人说清楚，闹得这么血淋淋的好看吗？何况你们是修行弟子，修行才是重中之重。四位掌门人都颇为看重雷修远的资质，我们也不想看到他因为这些情情爱爱的琐事耽误了前程。你和他自小一块儿长大，一起来了无月廷，两小无猜，他待你如何你比谁都清楚，你若无心，还是与他说清楚，叫他断了念想，莫要为这种事郁郁寡欢，成何体统。"

黎非痴痴听着，还是没有说话。

又是这样的目光，虽然没有无正子那么直白犀利，但长老们眼中蕴含的深意都是一样的——她不过一介天赋普通的小小弟子，怎敢勾三搭四，叫无月廷第一天才弟子大动肝火？

她不配。

她是个海外异类，她不配；她是个乡野莽夫，她不配；她是个连身世都要逃避的懦弱者，她不配。

她忽然生平第一次对所有的一切感到厌烦。已经不愿去想纪桐周突如其来的纠缠，也不愿深思明确表示过拒绝态度的雷修远，为何做出威胁举动。

他们每一个人都在逼她，昭敏师姐逼她做个温顺有礼的好孩子，整个无月廷逼她做个规矩的好弟子，师父逼着她不得不踏足修行界，纪桐周逼她，雷修远逼她……现在，她自己也开始逼迫自己承认，一切都是她的错。

她这十几年像一颗滚来滚去的雪球，每个人都试图将她捏个形状出来。她一直顺从而听话，因为舍不得那些温暖的人心，她不想让任何人失望，总是努力回馈一切。

现在，她落到了这样举步维艰、尴尬至极的境地。

是她自己懦弱吧！缩在壳中，好像自欺欺人她就真的是个普通人了，好像真的有人能保护她一辈子似的。

喜欢她的人大庭广众之下折辱她，她喜欢的人，却用利刃指向她。而她得到的，只有所有人责怪的眼神，每个人都在对她说：你凭什么？

黎非唇角忽然弯起，她笑了，垂头行礼，她的回答恭敬有礼："弟子明白了。"

她转过身，一步步朝客栈走。经过雷修远身边，他毫无动静，她像一片无声的云，从他身旁飘了过去。

客栈里依旧哭喊声一片，没有人给他们解释这地狱般的景象是怎么回事，没有人会在意这些普通人的无助……做普通人？她曾经多么天真。从踏足修行界的那天起，就陷入了凭实力说话的规则里，她的愿望是建立在别人相护的虚幻之上，先是师父，后来是日炎和雷修远，一旦他们离开自己，她的生活立即变得支离破碎。

衣服上大块大块的血迹已经干涸，沾在皮肤上，黎非甚至要用点力气才能把它们拉扯下来。没有热水，冰冷的巾子抹在身上，像冰一样，她有条不紊地将狼狈的自己整理干净。换下的血衣堆在角落里，她指尖弹出一团离火，瞬间将它们烧成了灰烬。

外面的喧嚣越来越稀疏，苍白的月光从破碎的窗檐流淌下来，凝聚在桌边少女的手臂上。铜镜里映出一张惨淡玉颜，额发湿润，无论怎么看，都带着几分落魄样。

百里歌林说过，她露出额头会精神些。

黎非用木梳将凌乱潮湿的额发全部拨上去，仔细绾好发髻，晶莹剔透的琉璃珠串挂在耳边，点点细碎的光屑在脸上摇晃，像泪水似的。

“外面成什么样了！你这蠢货还坐在这边照镜子？！”

一个沙哑苍老的声音忽然在窗边炸开，永远像是在发火一样的语气。黎非静静转过头，便见失踪了两天的日炎正在窗边怒瞪自己，九条长尾摇摆不停。

她开口，声音平静：“我出去能帮上什么忙？”

“没出息的东西！”日炎一天不骂她几句就不舒服，“怎么带回你这么个没用的蠢货！随便什么小凶兽都敢吃你！简直越大越差劲！刚抱回来还……”

说到这里，他忽地停住，像是发觉自己性急下说错了话。

黎非盯着他，半晌，她一个字一个字问道：“抱回来？你说的是什么意思？”

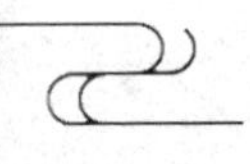

# 第三十五章 腹内

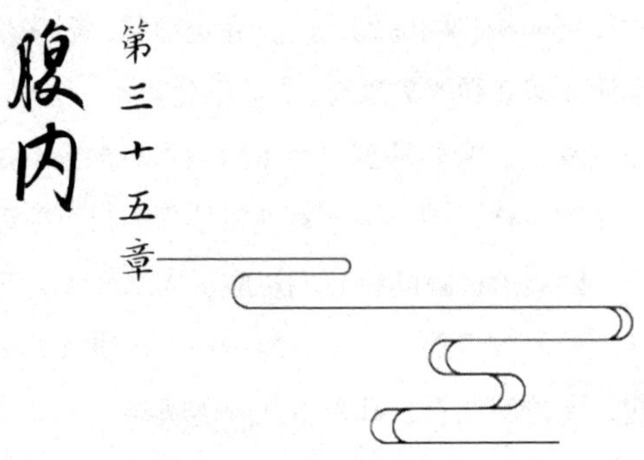

不小心说错话，日炎不但不磕巴，反而更生气了似的，怒道："老子什么也不知道！当初是谁求我不要说身世？！你要我说就说，要我不说就不说？！你以为这是儿戏？"

黎非还是盯着他，她霍然起身，一步步朝他走过去："你认识我师父？六年前在青丘遇到不是巧合？你刻意找来的？我师父现在在哪儿？"

日炎心中暗暗吃惊，她突如其来的咄咄逼人与聪敏倒让他一时不知如何作答。这丫头从小就有些随遇而安的性子，遇事时常逃避，不愿深思，实在想不到他不小心说漏的一句话竟让她瞬间领悟这么多。她不是不懂，原来只是不想懂，沉醉在自己的梦境中，一旦她想要醒来，问题忽然就变得棘手了。

日炎沉吟片刻，道："你是真的想知道所有，还是在赌气？"

"什么意思？"黎非还是盯着他，她的目光中竟罕见地带着一丝精光。

日炎冷笑一声："你们人的喜怒哀乐生离死别，与我无干，告不告诉你都无所谓，看我心情罢了。当初是你求我不要说，我答应了，现在你忽然想知道，又来问我。我的意思是，你把这一切看得太轻描淡写！你以为是说故事吗？听了就忘？"

黎非低声道："你没否认，那就是你真的认识我师父……他是谁？青城仙人？"

她从来没有深思过这些问题，但此时无数狂乱的感情淡下去，心却如明镜般纤尘不染，在东海时日炎对青城仙人的喟叹，后来回到无月廷他在胡射峰的感慨……诸般回忆流水般掠过眼前，令她心惊肉跳。

日炎摇了摇头，淡淡道："我说了，告不告诉你，与我都无甚干系，一切看你自己。你曾说想做一个普通人，你丢不下这里的诸般情谊，在人来说自然很好，然而万事从无两全其美。倘若丢不下这里，我劝你什么也不要问；若是告诉你一切，你便再也不可能留在中土。你我相伴数年，情分还是有的，我再给你最后一次机会，说还是不说，你想好了。"

黎非面色变得苍白，离开中土？那就是要她回归海外，离开这叫人留恋却又残酷的地方。或许这样也好，从此再也没有隐藏身份的提心吊胆，没有居高临下的批判，没有若即若离的冰冷。可是，从此也再没有师长的谆谆教导和循循善诱，没有朋友的嬉笑体贴了。

青丘小院里的雨和阳光，无月廷变幻莫测的风云，她再也看不到了。斩断过往一切，无论是爱是恨，可以吗？

日炎惨绿的眼睛紧紧盯在她脸上，凄迷的月光融进她双目中，过了很久，化作大颗的泪水，静悄悄地顺着她的脸庞滑落。

他长叹一声，走过去，将身体团起，趴在她身侧，九条尾巴款款摇晃，轻轻道："又不是什么了不得的事，哭什么，没用。"

黎非静静望着模糊的前方，低声道："让我想想。"

日炎将尖尖的嘴巴埋进毛皮里，合上眼，身体渐渐变得虚幻："随你。"

巨大的雪白狐狸消失在屋中，再度陷入她的意识中沉睡。黎非痴痴在窗前站了很久很久，苍白的月光缓缓被幽蓝晨曦替代，端明城中最后一点儿喧嚣也彻底安静下来。

一夜的灾祸，纵然有仙家出手竭力挽回，这座城还是变得满目疮痍。无辜遭到灭顶之灾的凡人们，横尸遍地，鲜血染红了土地；侥幸活下来的人也不再号哭，只有麻木地低声啜泣。

敲门声打断了黎非的沉思，她轻轻拉开破裂的房门，便望见冲夷真人略带关切的脸庞，在所有人都责怪她的时候，师父还在担心她。见她精神还算好，冲夷真人微微一笑："准备走了，计划有变，我们得跟着广微长老他们去一趟白边之崖。"

黎非默默颔首，什么也没问。

出了客栈，意料之中地遇到了无月廷其他十几名长老，雷修远站得远远的，还是背对着众人。

长老们似乎在商讨什么要事，东阳长老说道："妖物夜间屠城非同小可，海陨将临，此事怕是会一而再再而三，越到后面，厉害的大妖都出来了，众门派须得尽早商量个对策出来。”

一个昏昏欲睡的苍老声音忽然从后方传来：“这些都不是要紧事，当务之急是赶去白边之崖，人都齐了没？”

说着，两个童颜鹤发的老仙人款步而来。众长老立即恭敬行礼：“翠玄前辈，守中前辈，晚辈们无用，此时才堪堪将妖物除尽。”

黎非见这些平日里高高在上的长老居然对这两位老仙人这般尊敬，不由微微诧异。翠玄仙人走过她身边，昏睡的双目瞥了她一眼。与他没精打采的模样相反，这位老仙人有着极其犀利的眼神，令她悚然。

冲夷真人低声提醒她：“这二位是我无月廷的前辈仙人，经历过五百年前那次海陨，地位十分超然，速速行礼。”

经历过五百年前的海陨！黎非的身体不禁一震，缓缓躬身行礼，下意识地把头垂下去。

翠玄仙人四处看了一遍，道：“妖物迁徙，惊动了无数仙家，我二人不便露面。广微，你来。”

广微真人立即上前躬身等候吩咐。却见翠玄仙人双手合十，很快，一道古怪的缝隙在他掌心的距离中缓缓裂开，像是他双掌之间藏着另一个世界一般。

黎非忽觉一股极熟悉极亲切的气息自那裂隙中传来，甚至不用想，她一瞬间便知道在这裂隙中，藏着那座令她心神不宁的异民墓。她心中又惊又疑，栗烈谷的异民墓是空的,原来真正的异民墓在这里！这么多长老出动,是想把异民墓带去白边之崖？为什么？

裂缝越来越大，像是这个世界被一柄看不见的刀突然切开了两半，内里光华灼灼，隐有万千物事，影影绰绰，只是看不清。

守中仙人慨然一笑，回头道：“我们两个老家伙只得先躲一步了，好在这一路妖物都是懵懂之辈，无甚威胁，你们足以应付。待到了白边之崖，封印一事再交给我们便是。”

说罢他直飞进那裂隙中的小千世界，翠玄仙人紧跟其后。人一闪入，裂隙顷刻间合拢，变作一面铜镜，被广微真人恭恭敬敬地双手捧好，放入了怀中。

黎非心中惊疑更甚，早先她听说过仙人修行到一定境界，便可以开辟小千世界，山河日月，千云万海，其中一切世间规则都由仙人来约束制定，无论是谁也无法强行破开仙人的小千世界。她一次也没见过传说中的小千世界，还以为只是个传闻。谁知这看上去昏聩的老仙人竟可以开辟小千世界，他将异民墓放在自己的小千世界里，怪不得她之前一丝一毫也察觉不到。

正沉吟间，忽听广微真人唤了一声：“修远，此去白边之崖甚是艰险，为师身负要责，只怕无法全心回护，你这便回去吧，正好也可将端明城之事传达一下。”

刻意叫雷修远回去，是不想叫他继续看到她感到烦心吧？毕竟在长老们心里，是她辜负了这位无月廷的天才。

雷修远躬身行礼，面上平静无波，沉声答了个“是”，他漆黑的眼睛忽然朝黎非这里望过来。她双肩一颤，缓缓移开了自己的视线。

冲夷真人忽道：“不急，等一下。”

他神色有些凝重，抬头望着尚未变亮的灰色天空，又道：“现在是什么时辰了？”

众长老都有些不解，清乐真人从袖中取出沙漏看了看，道：“卯时过三刻，怎么？”

冲夷真人道：“寻常这个时辰，天已该大亮了。”

东阳长老失笑：“我还当什么事，天亮得迟些又如何了？”

冲夷真人缓缓摇头，众人看着他上前数步，忽然双手叠起，闭目凝神，身上的灵气似波浪般荡漾开。这是冲夷真人最拿手的成名仙法“灵明笼”，放出自身的灵气感应方圆十里内所有最细微的诸般妖气灵气。只是这种时候忽然用出灵明笼，实在叫人摸不着头脑。

过了约有盏茶工夫，磅礴的灵气释放终于渐渐式微，冲夷真人骤然睁开眼，“咦”了一声，紧跟着疾步朝前走去，忽又停了下来，奇道：“若有若无……这妖气甚是奇异。”

语罢，他回身道：“我感到一股奇异妖气，却摸不准位置，谨慎为上，还是不要让弟子独自离开为好。”

众人里只有冲夷对妖气最为敏感，他既然这样说了，广微真人只得吩咐：“修远，先留下。”

正说着，忽闻头顶风声呼啸，数道人影瞬间落在众人面前，却是火莲观的两位长老，再后面还有一老一少，正是星正馆的无正子长老与纪桐周。

仿佛感觉到纪桐周望向自己的目光，黎非淡漠地转过身，回避了他。

“想不到无月廷竟有这么多长老来了端明城，先前未曾察觉，有失礼数，还望诸位莫怪。”

火莲观一位女长老上前行礼，语气虽然客套，言辞却略有些犀利。无月廷一下子出动十几个长老，阵仗不可谓不大，此时天地初现异象，他们这种大门派有点儿风吹草动都会引起轩然大波。此地又离火莲观甚近，她们比旁人要警惕得多。

无正子也上前行礼，却没说话，有火莲观出头，他自然不必质问，省得伤了星正馆与无月廷的和气。

广微真人笑道："是我等唐突了，近日异象横生，我无月廷在中土中心的试炼地白边之崖结界似有不稳，加上东海妖物开始迁徙，四位掌门人便派我等前来查看。原本不想惊扰诸位仙家，不过昨夜情况特殊，少不得今日给诸位赔罪了。"

火莲观众人见他说得头头是道，白边之崖是相当高等的试炼地，结界出问题自然需要许多长老修补，更兼十几个长老后面还带了两个弟子，想必是想趁着妖物迁徙给弟子猎妖炼制法宝。若真有什么异动，应当不至于牵扯上年轻弟子。念及此，两位长老的神色顿时缓和了，当即也笑道："昨夜多亏诸位出手，光凭我们，只怕杀到现在也杀不完，端明城伤亡要更加惨重。"

长老们立即客气了几句，一瞬间气氛又变得和谐无比。

无正子见冲夷真人神色凝重，不住地四处观望，他晓得无月廷这位仙人虽不擅斗法，对灵气妖气的感应却十分强悍，不由问道："冲夷先生，可是城内还有妖物尚未降服？"

冲夷真人沉吟道："说不好，此地只怕不宜久留，诸位最好尽快离……"

话未说完，在众目睽睽之下，他整个人突然便消失了。

众长老登时大吃一惊，东阳真人一脚踏在大葫芦上，葫芦嘴中立即喷涌出无数浅碧色的沙，在地上铺了薄薄一层。他凝神结印许久，到底还是露出了一丝惊骇与愕然："……没有妖气和灵气？什么东西？！"

又一次话音刚落，他整个人也消失在了众人眼前。

广微真人一把拽过雷修远与黎非，他腰间佩着的长剑突然化作清光一道呼啸而出，绕着两人周身盘旋不休，护得密不透风。他朝清乐长老使了个眼色，对方立即会意，当即席地而坐，取出古琴。谁知那凄迷琴声只响了一下，清乐长老的人也如青烟般骤然消失。

这下可真的是遇到麻烦了……诸位长老再度对视，每个人都从旁人眼中读出了惊骇与警惕。倘若遇到什么战斗力卓绝的妖物凶兽，还没这么头疼，最难对付的反倒是那些战斗力十分孱弱，甚至一个太阿术就能劈死的那种，它们大部分都擅长隐蔽，或者擅于蛊惑人心，防不胜防。

无正子骤然从腰间抽出一条数丈长的黑色长鞭，凌空"啪"地一甩，霎时间一条狰狞的火蛇便出现在他身周，他连甩无数次，周身顿时密密麻麻围满了火蛇。他化作一道火光，疾若闪电般在周围飞了一圈，眼看正要落地，下一个瞬间，他也突然消失了。

众人正惊骇时，忽然之间，原本晨曦微露的天空变得墨染一般的黑，好似黑夜重新降临了一般。广微真人只来得及说了声"不好"，头顶突地传来一股全然无法抗拒的吸力，一整座端明城像是木头做的玩具般，拔地而起，城中无数人惊叫着被吸力吸得漫天乱飞。众仙人先时还能勉力维持动作，谁知那吸力越来越强，腾云御剑一概用不出来，情不自禁被吸向头顶墨水般的天空。

黎非只觉身体像是被拽入了狂风的中心，上下乱翻，飞沙尘土迷眼，耳边只有无数惨叫狂吼声。她紧紧用袖子捂住脸，突然，手腕被人紧紧拽住，她勉强睁开眼，却见纪桐周近在咫尺。他死死捏着她的手腕，指节因为巨大的吸力与拉扯力都泛出了青白，却怎样也不放手，紧跟着他奋力一拉，黎非与他撞在一处，他张开双臂将她紧紧锁在怀中。

她使劲挣扎，却哪里挣扎得开，双臂被他箍着，一丝一毫也无法动弹。

下一刻，天旋地转，那股吸力变得十分混乱，他们像一片树叶被狂风牵扯甩动，耳畔只听得风声犀利尖锐，周身无数灵气在冲撞碰击，如刀似枪般擦刮着身体，剧痛无比。眼前忽又变得漆黑一片，黎非只觉身体撞在什么坚硬的东西上，五脏六腑都要被撞出来。吸力还在拉扯，她被拽着、拖着，忽而被拉起，忽而又狠狠撞在什么东西上，终于再也承受不住，晕死过去。

疼，无与伦比的疼，全身的骨头血肉像是尽数碎裂一样。

好疼，好冷……为什么她动不了？

黎非微微呻吟一声，缓缓睁开眼，入目却只有满眼暗沉的血色，天是血红的，大地也是血红的。她想要动一下，全身的骨头却仿佛都碎了，连一根小指头都无法控制。剧痛折磨着她，腹部更是一团混沌，一丝灵气也无法催动。

这是哪里？她怎么了？

一个低哑的声音在耳边响起：“醒了？不要动，你伤得非常重。”

是谁？黎非努力想要转头看，这么简单的动作却无论如何也做不到。浑浑噩噩，她的身体微微发抖，剧痛令她神志不清，严寒让她快要崩溃。

“冷……好冷……”她颤声低吟。

那个人停了一下，解开身上的衣服将她包裹起来，小心翼翼地抱在怀里。明亮的火墙在身周一丈处灼灼跳跃，炽热的风渐渐驱散了寒意。

“还冷吗？”他低声问。

黎非没有回答，她的意识再度陷入黑暗中。

混乱的色彩和场景跳跃般地在眼前晃动，一会儿是和师父在青丘小院的琐碎日子，一会儿又是在无月廷修行的片段……最后，所有杂乱的人与物都变作纯白一片。面前只有一个人，穿着茶白的无月廷弟子服，身量修长而挺拔，胸前垂着几绺不听话的长发。

这个人的头发总是绑不好，似乎天生就欠缺了些动手的天赋，他就那样站着，纵然头发绑得随意，却一点也没有邋遢的味道，清傲昂然，好像所有人在他眼里都是蠢货似的。

现在，他那双漂亮的湿漉漉的眼睛不知在看着什么地方，脑袋微微歪着，挺直的鼻梁，弧度平稳的唇。

在无月廷的时候，她时常去尧光峰找他，也时常能遇到躲在远处偷看他的年轻女弟子。因为他脾气古怪，十分不好亲近，纵然有心存爱慕的人，也不敢上前搭讪，她们只能在远处凝望他。

有关这方面的事，她旁敲侧击地问过他，他的回答直截了当又让人绝望：尧光峰有女弟子?

仅仅一句话，她觉得自己简直能听见那些姑娘心碎的声音。

后来他的名声越来越响，不单单是尧光峰，整个无月廷云海上都有了倾慕者，其中不乏胆大的，就算知道有她的存在，也知道雷修远脾气古怪，还是会找机会接近他。

他长了一张好孩子的脸，清秀，俊逸，还有那么一丝丝正经，不了解的话，谁也想不到这张脸下面藏着恶鬼一样的灵魂。紫兮峰有个女弟子很喜欢他，几乎天天午休的时候都会去尧光峰，时而是送自己做的吃食，时而是送些亲手做的鞋子衣服。

她的温柔与积极，曾让黎非感到过恐慌，相比较下来，她除了脸生得好看些，没一样东西比得上人家。

送东西，他从不拒绝；送衣服，他也照收不误；和他说话，他也和和气气地应着。然后有一天，那姑娘似是觉得一切该水到渠成了，在午休吃饭的时候，她当着黎非的面，向雷修远表白了心意。

她忘不了那天的情景，或许也正因为那一次，她才会在之后的时光中不断催眠“雷修远是喜欢自己的”这个想法。

彼时雷修远正端着一碗汤，一言不发听完了那姑娘的心意后，他连碗都没放下，只淡淡告诉她：我喜欢绝色的。

那姑娘面色发白，大抵想不到他说得这么直白而残酷，她愤愤不平地指着黎非反问：你喜欢她？除了脸，我有什么做得不如她好?

雷修远只笑了笑，道：就算不比脸，你也没一样及得上她。

他的拒绝非常残忍，而且丝毫不留情面，就像他曾经对待的每一个人每一件事一样，冷酷，彻底的理智。那姑娘哭得很狼狈，在完全了解雷修远的狠毒后，很少有人还能对他抱有好感。所以她愤愤不平地指责他，既然全无心意，为何对她送的东西来者不拒?

雷修远连眼皮也没抬，只道：东西都在尧光峰储物柜三行第四格中，一样不少，你记得取回。

他就这样精准而不留余地地打碎了所有爱慕者的心，从此再也无人敢抱有幻想。

黎非静静看着纯白背景中的少年，心中万般感慨，她曾以为他恶毒的一面永远也不会对自己展现，可她也错了，愚蠢地错了。

她一定是那千万分之一的蠢货，见识他的无情后，还不能死心。

这一生她也忘不掉，栗烈谷那一夜，少年温热的亲吻，他那句：你那点儿不一样很快就被我压下去了。

是骗人也好，随口一说也好，是她自己心甘情愿，所以现在她也会将苦果一口口吞下。

那双漂亮的眼睛忽然望向她，片刻后，他脸上露出一丝笑意。

“我的头发乱了。”他轻轻扯下束发的丝带，像只慵懒的猫，高傲地看着她，半命令半撒娇般，“我不会绑。”

黎非慢慢走过去，接过束发的丝带。冷不丁他手中忽然多出一柄剑，利刃毫不留情地贯穿了她的身体。她怔怔地看着他面上温柔的笑意，他说：“你这么好骗。”

剧痛从伤口处蔓延开，黎非痛呼出声，霎时间诸般幻梦褪尽，她喘息着睁开眼。入目是灼灼跳跃的火墙，血红的天空，血红的大地，天与地之间是无边无际的断壁残垣，灰白的雪花莹莹絮絮飘落，一派荒芜景象。

腹部传来一阵阵令人崩溃的剧痛，黎非忍不住呻吟出声，勉强低头，却发觉身上披着一件白色的星正馆弟子服，两道治疗网架在身上，一个在腹部，一个在左肩。她试着动了动左臂，肩膀登时传来阵阵痛楚——左肩的骨头似是碎了。

她竟伤得这么重，连灵气都不能运转，怎么回事？

“不要动。”纪桐周低哑的声音忽然在耳畔响起。黎非又是一惊，这才发觉自己半躺在他腿上，被他抱在怀里，她下意识地便要挣扎。

纪桐周小心避开她破碎的左肩，双臂用了点儿力，语气里多了一些恼火：“叫你不要动！想不想疗伤？！”

黎非痛得面色发白，喘息着颤声道：“……放我下来，躺地上……”

纪桐周冷道：“你肚子被开了个洞，运转不了灵气，睡地上是想冻死吗？”

被开了个洞？黎非实在想不起自己到底是怎么受伤的，咬牙用勉强能动的右手将盖在身上的衣服揭开。只见身前鲜血淋漓，弟子服被扯碎摊开在两旁，肚脐上方果然有一个深邃的血洞，虽然有治疗网架在上面，可治疗的效果十分微弱。

“我醒来的时候便发现你奄奄一息。”纪桐周替她盖好衣服，“不知何处的剑插在你身上，想是被吸力扯过来的，你的左肩也碎了。不过治疗网好像效果不太好，没办法，更厉害的治愈仙法我不会。”

黎非出了一会儿神，紊乱的思绪渐渐平静下来，她重伤成这种模样是意料之外，现今竟只有依赖纪桐周才能活命。

“……这里是什么地方？”她刻意让自己不去注意他暧昧的拥抱，低声问。

纪桐周摇了摇头：“我不知道。”

看景色这里像是一座城的废墟，可饶是他饱读群书，却也认不出这究竟是哪座城。从倒塌的破碎房屋的形状来看，竟像是十分古老的式样，也不知是多少年前的废城。

“你受伤不轻，先在此地休养，师父和长老们应当会找来的。”

黎非没有再说话，她静静望着身周一丈的火墙，刺骨的寒风穿过火墙，拂在面上便成了暖风，她知道，这是纪桐周的仙法。这荒芜的地方，难道只有她与他两个人？先前她分明见到整座城的人都被吸上来了，连长老们都不例外……还有雷修远。

她疲倦地闭上眼，治疗网效果虽然缓慢，可剧烈的痛楚还是正在慢慢减轻，至少不会让她失去意识。当前最紧要的还是先让伤口愈合，可以运转灵气，否则她只有跟纪桐周绑在一块儿，毫无自理能力。

纪桐周将脚边的包袱翻开，窸窸窣窣摸了片刻，取出一只半鼓的水囊，并着两片干粮。他将水囊送到她干裂的唇边，吩咐：“喝点儿水。”

黎非别开脑袋，声音平淡：“我不用。”

他低头望着她，分明人在怀里，她给他的却是忍耐的神情、隐藏着厌恶的回避的眼神。

纪桐周没有说话，他将水囊放在自己唇边灌了一大口，紧跟着忽地一把捏住她的下巴，将唇狠狠印了上去。

她挣扎了几下，最后却又无力地瘫软下去，被迫饮了数口，水顺着她的下巴滑落。他沿着水痕的弧度暧昧地舔舐，像是故意借着这种羞辱性质的举动折磨她、激怒她。

也可能最终被激怒的人是他自己，她那种令人发疯的疏离和排斥，让他真恨不得将她捏碎在手里。

黎非被他强行喂了几口，呛得连连咳嗽，一动又牵连了腹部与左肩的伤口，痛得她面色惨白，眼前金星乱迸。她再也无力反抗什么，任由他猫玩耗子般摆弄她。他在她唇上时而温柔地亲吻，时而重重咬一口，直到血腥味蔓延在整个口腔中，他才慢慢放开她。

纪桐周的呼吸有些粗重，盯着她红肿带血丝的唇，方才一番折腾，她像是要喘不过气，陷入了半昏迷。

报复般的快意只出现了一瞬，很快他便隐隐有些后悔，醒来后，她又要用怎样的眼神凌迟他？明明想要好好疼惜，却总掺杂了恨意，傲慢令他不甘低头。

纪桐周再度将她抱入怀中，这荒芜的废墟，杳无人烟，死寂无声，天地间只有她和他了。这样或许也好，此时此刻，她完完全全是属于他的，没有人来打扰。他甚至盼着师父、长老们不会找来这里，就他们两个，直至天荒地老。

脚下的道路洁白似玉，宽敞而精致，甚至每一块铺地的石砖上还文着古老而繁美的花纹，道路两旁繁花似锦，绿树成荫，风景如画。

雷修远停下脚步，环视四周，这里似乎是一座十分庞大的城镇，城中诸般房屋道路的排列都非常古老，闻所未闻——这是什么地方？清醒后睁开眼，他便身处这座古怪的城池中，至今未能找到离开的路。

他记得，之前他们是在端明城中突然遭遇巨变，整座城都被不可抗拒的吸力吸上了天空。但此地明显不是端明城，这是哪里？

沿途过来，街上有无数人，或醉卧墙角，或欢歌笑语，大部分是普通人，更有许多人穿着修行门派的服饰，竟是修行者。最诡异的是，每个人脸上都带着笑意，大有此地极乐不思乡的味道。

雷修远心中疑惑更甚，欲要找个人来询问，可目中所见之人都浑浑噩噩，好似醉酒般沉浸在自己的世界里，对周遭一切都视若不见，他只有继续沿着脚下白玉般的道路向前走，一路暗暗留心。

忽然，一股极其诱人的饭菜美酒香气从一座深宅大院中漫溢而出，街边无数人嗅到香气，个个露出贪婪垂涎的神色，手脚并用争先恐后地朝大院狂奔而去。

雷修远更加诧异，他不动声色地跟着那些人进了大院。却见宽敞的露天庭院中早已挤满了人，无数张桌子摆在柔软的草地之上，桌上满满的全是闻所未闻的美酒与佳肴，周围更有无数的人在大吃大嚼大喝。

这诡异的充满欲望的场景令他震撼了，每一个人都在醉生梦死，面上的神情又满足，又空虚，又仿佛渴求不尽。他甚至在人群中见到了一个无月廷的长老，他端着一坛美酒朝嘴里灌，衣服头发早已被酒淋湿，他却毫无知觉。

突然一个人抽搐着倒在雷修远脚边，那个人口中塞满了肉，却又分明瘦得只剩一把骨头，骷髅般的脸上满是不足与渴求。他的手紧紧攥住雷修远的脚踝，一阵阵地发抖，声音也在一阵阵地发抖：“我……我吃了七十只鸡……为何、为何我还是那么饿？”

七十只鸡？！

雷修远低头看着他剧烈抽搐了数下，然后再也不动，竟像是就这么死了。过得片刻，那个人的身体渐渐悬浮起来，像是有一双无形的手托着他的尸体，将他托向高空中，忽地化作一团黑烟，消失在眼前。

而周围这无数的人，竟看也不看那个人一眼。有人在他们面前死了，竟没有一个人警醒过来。

雷修远皱眉走向那位无月廷长老，躬身行礼，开口道："长老，此地是……？"

这位长老恍若不闻，抢夺一般又抢过一坛酒，打开了猛灌，喝得两眼通红，一面还喃喃自语："好酒！好酒！为何越喝越不醉了？我还要喝！"

雷修远默然望着他，再转身望着周围沉浸梦境般的人，他们分明面黄肌瘦，饿得都脱形了，这里何曾真有什么美酒佳肴？或许连这座没有边际的城池都是假的。

雷修远记得曾经在书上看过很多稀奇古怪的记载，有一本书上说：中土中心处，有凶兽，名饕餮，贪食，一夜可啖数千小国。曾有人被吞进了饕餮腹内，在所有人以为他就此丧命时，数月后，此人又活生生地回来了，提及饕餮腹内，光怪陆离，诸般怪诞，幻象不绝。

如果他没猜错，这里应当就是传说中凶兽饕餮的腹内，无形无气，行踪无定，一夜啖下数千小国——整座端明城正是为饕餮吸入了腹中，城里所有人，都将在这美妙的幻境中垂死挣扎，直到被榨尽最后一丝生命。

雷修远骤然转身，腾云疾飞而起，他的心跳如擂鼓般，焦灼的情绪渐渐被点燃。黎非也在这里，他绝不能让她变成这般模样，必须要尽快找到她。

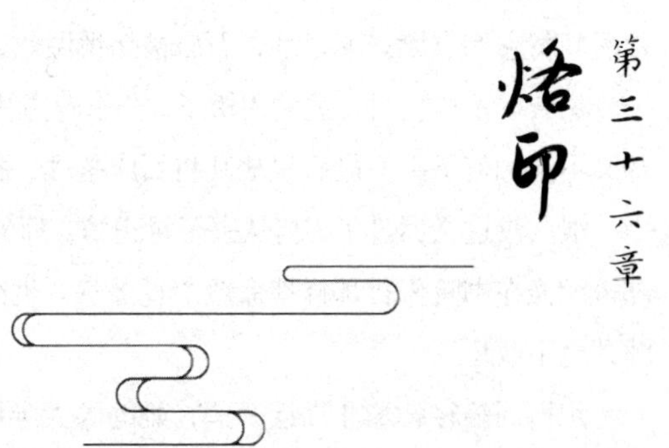

# 第三十六章 烙印

灰白的雪在地上积了一尺有余，纪桐周疲惫地吐出一口气，白雾沿着他憔悴的脸庞散逸开。

粗略估计一下时辰，大约已过了一日一夜，他体内灵气的运转也已濒临极限，奇经八脉犹如针刺一般隐隐作痛，再也无法维持身周的火墙。失去火墙的庇护，狂暴的风雪立即将他二人吞噬，奇寒彻骨。

怀里虚弱昏迷的黎非在瑟瑟发抖，腹部受到的重创令她无法运转灵气抵御严寒，再这样下去，不要说休养伤口，只怕要被冻死在这里。

纪桐周将上衣都脱下，将她包得严严实实，连中衣都给了她。可这些单薄的衣物对刺骨的严寒来说，一点儿用场也派不上。

他将黎非轻轻抱了起来，四处极目眺望，顺着飓风的风向走了一段，忽见前方有一座尚未坍塌的石屋矗立在废墟中，几乎大半个屋子都被灰雪掩埋。他犹如见到救命稻草般，快步走过去，一脚踹开屋门，灰尘与雪粒瞬间扬起，过了许久方才缓缓坠落。

这座石屋也不知有多少年无人居住，家具早已腐朽不堪，屋里空空如也，只有数截枯骨尚未风化。金尊玉贵的王爷从未吃过这种苦，他嫌弃地打量着屋内，用脚将那些枯骨拨去角落，忽见里屋有一张石床，其下被掏空，砖面上还留着被烧灼的焦痕。他心中一喜，急忙将黎非放在石床上，又取了那些腐朽的家具丢进石床下方的凹槽里，用离火术瞬间将它们点燃。渐渐地，石床被烤得温热，驱散了刺骨的寒意。

见黎非不再发抖，纪桐周松了口气。这屋里满是积尘，又脏又破，他有心弄干净点，却又不知如何下手，最后只胡乱将石床整理一番，自己也坐上去昏昏欲睡。

很久没这么累过了，自从去了星正馆，师父讲究劳逸相辅，他的修行虽是一日千里，却再没像在书院修行那样搏命般消耗灵气。他想睡，心底却始终有一根弦绷着，舍不得睡，也不敢睡。

纪桐周轻轻朝黎非靠近一些，她的脸大半埋在他的衣服里，昏暗的光线里，苍白的肌肤像一段冰冷的白瓷，所幸呼吸还是温热的。

他凝视着她，纷乱的前尘往事都成了过眼云烟，他和她的今生今世好像都在这里了——倘若她爱的人是他，被她爱着的那个自己会是什么模样？

黎非粗重的喘息声唤回了他飘荡的神思，他忽然发现她面色潮红，红得有些怪异，细碎的汗珠遍布她脸上，吐出的气也是滚烫的。

纪桐周在她额上轻轻按了一会儿，她的皮肤烫得吓人，竟是发烧了。失去灵气护体的修行者反而比普通人更加吃不得苦，大概是忽冷忽热叫她染了风寒，偏偏在这种时候这种地方发起热来。

纪桐周有些无措，他已经光着上身，再也没有衣服能脱给她了，他又半点儿岐黄之术也不懂，就这么眼睁睁看着她发烧？她会不会就这样病死？

他伸手将她揽入怀中，咬牙切齿地运转灵气，将木行灵气灌注在她体内。

这样会好些吗？纪桐周凝视她汗湿的脸，不错过一丝最微妙的变化。奇经八脉像造反一样的疼痛，他皱起眉头，强迫自己去背各种枯燥的修行心法，把注意力从剧痛上转移开。

浓重的黑暗里，黎非呼吸的声音一阵大一阵小。他不由自主地想起在书院时，她为了救自己重伤欲死，接着之后的好几个夜晚，他都像现在一样，无法入睡，一闭眼就想着她。

原来从那个时候，他心里已经有了这个人，为什么直到现在才发现？

他有太多的为什么要问自己，遗憾的，恍然的……如果那时候向她表白了心意，一切会不会有不同？

只可惜，这世上从来没有“如果”。

黎非就这样在石床上被烤了一夜，醒来后只觉喉咙里干得要冒火，她茫茫然翻个身，只当自己还在坠玉峰，伸手摸了半天，却什么也没摸到。错愕之下她睁开眼，入目却是陌生的脏乱石屋，她衣衫凌乱地躺在热烫的石床上。更可怕的是，纪桐周半裸着身体，正睡在自己身边，一条胳膊还毫不客气地揽着她。

这一惊非同小可，她几乎要叫出来，被针扎一般一跃而起，下一刻腹部和左肩的剧痛又令她无力地摔倒。她惊恐地抓紧领口，慌不择路一般，咬牙朝床下蠕动。腹部的伤口因为动作牵扯，令人疯狂的痛楚吞噬了她，这种疼痛令她想要尖叫，却也意外地让她忽然冷静下来。

黎非小心翼翼地低头看了看，虽然衣衫破烂，但腰带还在，而且打的那个结还是昭敏师姐教给她的，很是别致，想来纪桐周是打不出这种结的。

她骤然松了口气，满身冷汗地离纪桐周远一些，虚弱地躺回石床上。纪桐周还在沉睡，鼻息深邃绵长，她方才那么大的动静都没把他吵醒。她闭上眼，竭力让自己冷静，虽然不能运转灵气，但她可以感觉到澎湃的木行灵气在经脉中流动，是谁？纪桐周？

昨夜断断续续的片段划过脑海，她已经记不清什么。昏睡中只一度迷迷糊糊觉得非常冷，后来又觉得非常热，在最难受的时候，平和的木行灵气灌入经脉中，安抚了她的苦楚，也正因此她才能安稳睡着。

黎非缓缓回过头，纪桐周熟睡的脸映入眼帘，他满面倦色，素来神采飞扬的王爷难得这样憔悴。

是他。

黎非神色复杂地凝视他，他浓密的睫毛微微颤抖，不知做着什么梦，一脸发号施令的跩模样，这种神情反倒让他看上去有种单纯的无辜。

老实说，她对这个人从来就没有真正关注过，从小到大，他一贯的幼稚任性，成天只记得自己是个王爷，然后要他的威风。所以后来他突然对她做出种种侵略性的可恶之事，还摆着理所当然的脸，叫她一丝愧疚也生不出。

那天在端明城，她怒到了极致，那个瞬间她真的有杀掉他的冲动。或许她只是迁怒于他，将对雷修远残酷举动的愤怒与绝望全部发泄在他身上罢了。

黎非忽地苦笑一声，她简直是条丧家之犬，惶惶然，胡乱发泄。

身旁的纪桐周像是醒了，他半睁着眼，迷惘地看着她。过了一会儿，他忽然手臂一伸，将她揽入怀内，半睡半醒地在她脸上亲了数下，滚烫而干燥的唇渐渐落在她耳畔和颈部，忽又张口在她脖子上吮吸舔咬，一面含糊地唤着她。

黎非没有动，她静静望着积尘的屋梁，过了片刻，忽然低声道："纪桐周，醒了没？"

她清冷而平静的声音让纪桐周微微一愣，春梦幻象飞快逝去，他伏在她肩窝上僵了一会儿，才将脑袋抬起来，定定地看着她。

黎非的目光移到他脸上，大方地与他对望，不再有回避和排斥。她这样冷静深邃的目光反而让他有些不爽，皱眉道："看什么？"

黎非想了想，又道："谢谢你替我疗伤，还有火墙，还有……昨夜的木行灵气，真的多谢你，我好多了。"

令人摸不着头脑的道谢，而且还充满了诚意，纪桐周眉头皱得更紧，没有说话。

"你救了我一命，这份恩情我一定会还给你。"

淡淡的一句话，却令他瞬间暴跳如雷，他一把掐住她的胳膊，森然道："你敢再说一遍？"

黎非没有反抗，任由他掐着自己，几乎要将臂骨捏碎。她平静地看着他，目光中甚至有一丝令他狂怒的怜悯和愧疚，她低声道："纪桐周，你好好看着我，我和你在幻境中遇见的不是一个人。我们从小一块儿长大的，你仔细想想，我不温柔，也不体贴，什么礼仪都不会——我不是你喜欢的那个人。"

纪桐周神色阴郁地盯着她，他忽地冷笑起来："所以？你想说什么？我喜欢的人是假的？我不肯直面现实？这样你就有理由居高临下、充满慈悲地拒绝我？然后再做什么愚蠢的朋友，你需要我的时候我就该像狗一样跟着你，不需要的时候我就该离开得利落干脆？"

说到这里，他笑得更加讥诮："你把自己看得太高高在上了。"

他总有这种本事，让她原本满脑子的愧疚变成一肚子邪火。黎非有些冒火："我这样高高在上惹人生厌，那你何必一路跟着我？我求你了？"

纪桐周还是笑，他掐着她胳膊的手骤然收紧，可是很快又松开，讥诮的笑也渐渐变得像是在自嘲。

是啊，假如她真有那样令人生厌，那该多好。他心底突然泛起一种无助的脆弱，只是不愿叫自己认输，他这单方面的感情令他惶恐，所以才要去激怒她，好像这样就能赢了似的。

那些高高扬起的锐利傲气也终于虚脱地坠落，种种不满，种种不甘，千言万语，只是因为得不到她的感情罢了。他无法接受自己是失败者，更无法接受自己是败给了雷修远。无论将来他过得怎样风光，鏖战天下，举世无双，在这场感情里，他终归是输得像狗一样，颜面尽失。

怨恨与期望在心里盘根错节，他忽然低声而缓慢地开口："因为我喜欢你……姜黎非，我喜欢你，在我自己都不知道的时候。"

黎非面色苍白，她逃避似的别过脑袋，再一次不敢与他直面。本以为可以冷静利落地点醒他，而此刻她准备好的一肚子大道理，在他脆弱的言语下，显得那么无力而可笑。

她默然片刻，忽然小声道："对不起……我……喜欢的人不是你。"

纪桐周骤然抬眼盯着她。她说不出他此刻的眼神是怎样的意味，好像有什么东西清脆地碎裂了，碎在他眼里。她逃避一般不去看，她不想看他的表情，一点儿也不想。

定定神，她又道："我对你，从来也没有朋友以外的感情，以后也不会有。"

长痛不如短痛，这种事一向只有快刀斩乱麻，给予最快最狠的一刀，以绝后患，对她和他来说，这样都是最好的。

可她还是不敢去看他一眼，胸口有说不出的窒闷，原来不只是被人拒绝才会这样难受，拒绝别人竟也不好受。

纪桐周的手忽然扣紧了她的脖子，手指猛地收紧，他似是恨到极致。黎非一点儿也不怀疑他真能做出杀死自己的事，正要反抗，下一刻，他的手忽又离开了她。

他的目光狂乱而惶恐，她从没在纪桐周脸上见过这种眼神。渐渐地，那令人绝望的光像是变成了实质的，在他浓密的睫毛上凝聚，最后变成两颗泪水，无声无息地滑落。

前所未有的后悔与愧疚，瞬间将她吞噬。

"对不起……"黎非喃喃开口，慌乱地别过脑袋，不敢面对他此刻的表情，"我、我先离开一会儿……"

她转身朝破裂的大门走去，正欲开门，一只脚却先于她将门踹开。巨大的一声，腐朽的门框带着门倒在面前，灰白的漫天漫地的雪像是找到出口般，争先恐后地灌入石屋里，和它们一起进来的，是一个身穿无月廷弟子服的少年。

尖锐刺骨的寒风几乎要将黎非扯碎，她却动也不能动，任由风雪拽曳单薄的衣服。

这可能是个荒谬而不能醒的梦，她居然在这种时候见到了雷修远。他看上去不大好，衣服上血迹纵横，遍布尘土，左边脸颊上更有一道深而长的伤口，血流披面。大团大团的白雾顺着他苍白的脸颊四下散逸，他像是随时会倒下一样。

他的眼神很奇怪，说不出的意味，直勾勾地盯着她，像是喜悦，又好像在暴怒。她第一次见到雷修远有这样激烈的目光。

雷修远在她脸上看了半晌，目光渐渐下滑，落在她凌乱的衣物上。她的衣服可谓荒唐至极，被裹在最里面的无月廷弟子服血迹斑斑，衣不蔽体，外面胡乱拢着十分宽大的星正馆弟子服，甚至还有一件中衣。

他的目光慢慢扫过破旧积尘的房间，最后在半裸的纪桐周身上停住。

没有人说话，时间好像突然静止了，只有石床下烧了一夜的腐朽木炭，呻吟似的噼啪作响。

雷修远目光阴郁，忽地出手如电，一把抓住黎非的领口，几乎要将她提起来。黎非如梦初醒，强忍疼痛奋力挣脱——这算什么！他这算什么？！那一脸捉奸在床、遭人背叛的表情又算什么？！

雷修远老鹰捉小鸡似的将她提起，一手捂住她的嘴防止她尖叫唾骂，转身便走。冷不丁纪桐周在后面慢慢开口道："我已经玩腻了，让给你也无妨。"

黎非不可思议地盯着他，方才那忽然流露出无比脆弱的少年，在她面前第一次落泪的少年，亲口说出喜欢她的少年，他在说什么？

纪桐周森然扫了她一眼，眉宇间满是无法压抑的恨意。雷修远来了，他知道，她会毫不犹豫地跟随雷修远而去。正像她说的，她喜欢的人不是自己，也不会喜欢自己。无论他怎样狂乱地在心底呐喊，她终究是一个字也听不见。

和雷修远抢人吗？打一架？打个你死我活？赢了的人就得到她？

他已经不是十岁，她也不是谁赢了谁就能得到的东西。更何况，他是越国英王爷，出身高贵，锦衣玉食；他也是星正馆华门长老无正子的第一得意弟子，天纵奇才，前程远大，这些被世人或艳羡或追随的光环，令他有着无与伦比的傲气。

他不屑，也不会做出俗世莽夫般当面和人抢女人的举动来。

曾经心底抱着的那一丁点儿侥幸，也终于被残酷的现实打碎，他从没像现在这样失望过，也从没这样恨过她。她就这么毫不留情地，将他那点儿脆弱的期盼揉碎在地上。

纪桐周冷冷一笑，慢条斯理地将垂落胸前的长发拨去身后，不再看他们："滚吧。"

雷修远停了片刻，提着黎非转身快步走入风雪中，破败的石屋很快便陷入了死寂。

纪桐周愣愣地坐在石床上，灰色的石头上还残留着星星点点的血迹，她的数根秀发遗落在床角，发烫的石床热气熏人，她的香气还在缠绵环绕——她只留给他这些痕迹。

他想起小时候与她的种种龃龉，想起她曾经难看到死的样子，想起她茅坑石头般又臭又硬的性子。她不过是个叫花子而已，就算两情相悦，也拿不出手。

倘若没有东海一梦，他一定不会这样被折磨，也可能现在已经接受了兰雅的那盒珍珠，平静地迎接自己的道侣。

为什么要给他打上烙印？为什么会让他自混沌中惊醒？幻境中让他体验了有生的极致，惊醒后回顾真实过往，简直是一片废墟。

早知今日，何必当初。

热气蒸腾中，她留下的香气变得若有若无，纪桐周像是忍耐到了极致，忽地从床上一蹦而起，迎着剧烈的风雪御剑急追。

不要走！他可笑的傲慢将局面弄得无法挽回，却还在奢望她可以停下来再看他一眼。

这世上再也没有第二个姜黎非。倘若能够追上她，他愿意俯在她脚边忏悔，乞求她一丝垂怜的温柔，只要她能留下，只要她回头。

纪桐周不记得自己追了多久，血红的天，灰白的雪，死寂的一切，像是被遗弃的鬼蜮。他感觉不到一丝他们的灵气波动，好像从一开始就只有他一个人被遗忘在此地，短短的一日一夜，犹如梦幻泡影。

他终于力竭，从宝剑上狠狠摔下，在冰冷的雪地里翻滚了十几圈，最后像是死了一样仰面躺着，一动不动。

漫天风雪，洪荒死寂，这里只有他一个人。或许，从端明城遭遇巨变的那个瞬间，他就已经死了。这里是地狱，叫他辗转反侧、求而不得的地狱。

凄厉的寒风切割着黎非的身体，不能运转灵气，单凭几件弟子服，她与赤身露体站在冰天雪地里没有区别。

雷修远提着她，像提着一条死狗，冷漠而残酷。可她好像已经不会为这种小事伤心愤怒了，他这个人本来就是这样狠毒的，她不是第一次见识，也不是第一次亲身体验。

她只是不懂，不懂他，不懂纪桐周。

小时候有一年跟师父出去招摇撞骗，刚巧遇上城里演戏折子，华美的服饰，悠扬的唱腔，吸引着年幼的她移不开目光。那部戏依稀说的是欢喜冤家，最终结为佳侣。师父看得还挺投入的，摸着胡须摇头晃脑。

她当时只觉得奇怪，为什么那一男一女两个人，一开始互相看对方不顺眼，成天吵吵闹闹的，突然又变得恩恩爱爱了？

师父对她这个幼稚的问题不屑一顾：“这不废话吗！有感情就恩爱了呗！”

有感情才会对对方那么温柔，事事先想到他；有感情才会为了对方奋发图强，想要变成更好的人配得上他；有感情才会舍不得叫对方伤心难过，无论如何都要他笑得大大方方。

所以，在她心底，喜欢一个人是绝对不会去伤害他的。

雷修远喜欢她吗？他为她做了很多很多，却回绝了她的感情。在她绝望放弃的时候，他忽然摆出受害者一般的姿态，仿佛是她背叛了他一样。

纪桐周喜欢她吗？他亲口说出来了，可他却一直在折辱她，用居高临下满怀不甘的眼神看着她，仿佛是她不识好歹。

那些恩爱亲密的爱侣是怎么在一起的？她一直以为这件事应该不难，互相喜欢，互相扶持，不需要什么震撼动听的山盟海誓，只要这一生有他相伴，大家平平淡淡地走下去，即便偶有争吵，也会懂得互相谦让——真的有那么难吗？她一度疲于猜测雷修远的心，而现在，是为这无解而纠结的局面感到绝望。

刺骨的风雪渐渐消失，黎非疲倦地看了一眼四周。依然遍地废墟，血红的土地中稀疏地生长着灰褐的荆棘，数匹饿红了眼的野狼正对着他二人发出威胁的低吼。

她累得眼睛也睁不开，腹部伤口处的剧痛好像也慢慢消失了，此刻只觉虚脱般的疲惫，很想就此睡去。

雷修远眸中金光翻涌，金色的光雾无声无息地笼罩在周身，他竟不用运转灵气结印便可使出金水龙啸这种高等仙法。

饿极的野狼们不顾一切地扑上，顷刻间被光雾切成大片的血水，在他脚下铺开。黎非昏昏沉沉地被提着缓缓走了一段，忽然被他朝地上一丢——地上似乎有一层枯萎的干草，硬而坚韧，她在上面滚了几圈，不省人事。

鲜血染红了她身上凌乱的衣物，雷修远怔了片刻，终于蹲下去将她的衣服撩开。她雪白的腹部上鲜血淋漓，不知被什么利器贯穿了一个血洞，大约由于方才一路颠簸，伤口再度裂开，鲜血汩汩而出。

这种伤治疗网几乎没有用，雷修远摊开掌心，团团白光莹莹絮絮地落下，沁入她的身体。这是他成了亲传弟子后，向广微真人学的第一个高等仙法，名为玉雪术。

这要求一度使得广微真人非常诧异——雷修远是单一金属灵根，无数个无坚不摧强悍至极的攻击仙法等着他领悟，可他竟要学一个水行治愈仙法，实在叫人摸不着头脑。

雷修远静静释放着灵气，她腹部的血洞正在以肉眼可见的速度飞快愈合。他的目光顺着她凌乱的衣物慢慢上移，忽然，停在了她纤细的脖子上——星星点点的红痕暧昧地点缀在白皙肌肤间，任何人一眼便能看出这是怎样的行为弄出来的。

纪桐周冷笑的声音在脑海回荡：我已经玩腻她了。

雷修远骤然伸出手，五指扣住了她的脖子。本应属于他独占的东西被旁人染指，令他有一种近乎疯狂的愤怒，这种愤怒使他恨不得将她摧毁。

就这样杀了她？！对他来说，她是活是死本来就不重要，只要留她在身边就行。

她正昏睡着，只需要轻轻掐断她的脖子，她会死得无声无息，毫无痛苦。

雷修远定定地看着黎非昏睡的脸庞，她睡着的时候还是会微微噘着嘴唇，好像跟谁赌气似的。他的眼前忽然便浮现出那一年的青丘小院，阳光与风都刚好，她睡在自己身边，也是同样的神情。

他飞快地将手抽回，疲惫地揉了揉眉间。

随着时间的推移，他已越来越分不清自己是喜欢她，还是想要霸占她，也或许最初的喜欢便是因为那本能的独占。无时无刻不想着她，想要和她在一起，想要靠近，再靠近，无论用什么手段，无论她是笑还是流泪。

若是能将她藏在自己胸膛中多好，从生到死，她永远只属于他一个人，脑海与思想里也永远只有他一个人。他可以为她做一切，拥抱她直到双臂断裂，亲吻她直到嘴唇破碎，只要她从灵魂到身体永远只属于他一个人。

他是为了这个人万里迢迢而来，辗转千万里，黄泉碧落，天雷火海，他们得以相遇。如果这是缘分，为何他们不能真正在一起？如果不是缘分，为何彼此又是这样的关系？

雷修远俯下身体，犹豫着，小心翼翼用指尖触碰她的脸颊，花瓣一般的触感。

必须要极致的克制与专注，他才能够不失去理智地靠近她。每接近一分，克制便要多一分，他能够感觉到体内汹涌而起的力量，无穷无尽，永不干涸，这一切都是因为有她在。

低下头，他像是在竭力忍耐，干燥的唇在她额上轻轻吻了一下，曾经从容自若的动作，对如今的他来说却无比艰难。

他一度活得浑浑噩噩，不知自己出身何处，要去何处，即便遇见鲁大哥，及至去书院、无月廷，也大多是随波逐流。只是心底存着一股不服输的狠劲儿，一半为了她，一半却是为了自己，他凭着过人的天赋，成了万众瞩目的天才。

很多时候他都试图摸索自己过往的痕迹，六岁以前的事为何全然没有记忆，他的实际身份是什么？

东海一梦，令他恍然有所悟，当被遗忘的事情记起得越多，他反而越生出胆怯之意。他们终究没有办法在一起，倘若强行纠缠在一处，只会像过往发生的无数惨剧那样，不是你死就是我亡。

坠玉峰的那个晚上，她急切慌张地表白心意，那一刻他开心得几乎不能自已。他是喜欢她的，他们两情相悦，可他偏偏不能与她像正常的爱侣一样相处。倘若为了她好，他应当离开，回到最初的来处，老死不相往来。

可这一点他也做不到。

他离不开她，无论是身体还是本能，只有她能令他变得坚不可摧，天下无敌。一旦尝过至上力量的滋味，便再也无法抽身。对他来说，对他们这一族来说，她既是神明，也是毒药。

僵持的局面给黎非带来什么样的伤害，他很清楚。他不是女人，没有太多敏感微妙的感情和心事。她可以犹豫，可以徘徊，可以依依不舍，他不可以。

拖得越久，事情只会越糟糕，必须要速速有个决断。

雷修远解下自己的外衣，将她身上乱七八糟的星正馆弟子服毫不客气地丢掉——她身上有别人的气味，哪怕只是衣服，连这一点他也不能够忍耐。

玉雪术很快便治愈了她的伤口，他握住她冰冷的手，缓缓灌入木行灵气。

多少人爱而不得，因爱生恨，至少，他曾与喜欢的人两情相悦过，已是最大的圆满。

神仙眷侣，终成一世奢求。

雷修远握紧她的手，低低叹了一声。

黎非睁开眼，入目依然是血红的天空，却不见漫天风雪。身体意外的轻松，全然没有先前伤重的不听使唤，她下意识地运转灵气，毫无阻碍。几乎致命的伤，就这样被治愈了。

她在伤口处摸了一把，触手却摸到一块冰冷的石饰，低头一看，才发觉自己身上穿着一件无月廷男弟子的外衣。

想都不用想，这件衣服肯定是雷修远的。她记得他毫不留情地拖着她离开石屋，而自己因为伤重，意识模糊，其后的事已记不起了。

她怔怔地坐了一会儿，拢着过于宽大的外衣起身——她有心脱掉它，奈何里面的衣服实在破烂得不能见人，只得用腰带将宽大的外衣牢牢系紧，这才认真地观察四周的景致。

这里依然是无边无际的废墟，倒塌的房屋碎石间，长满了荆棘野草，遍地枯骨累累，更有无数饿红眼的野狼在暗处徘徊，畏惧地看着她，不敢上前。

看了一圈，没见到雷修远，是走了吗？

黎非扬手唤出一柄飞剑，绕着周身盘旋穿梭，一面缓缓向前走了几步。她早就觉得这地方有种说不出的不对劲，虽是头顶罩天，双脚踩地，却又那么不真实，血红而浑浊的天空令她有种十分不祥的感觉——那不是真正的天空。他们大约是被困在了什么诡秘的结界里，感应灵气的仙法被释放到最极致，收到的，却只有一片荒芜。

黎非沉吟半晌，索性腾云飞起。那天整座端明城都被吸上了天，城内逗留的诸仙家应当也都在这里，她与其一个人冒冒失失乱走乱撞，倒不如保留体力先把冲夷师父和长老们找到。

不知飞了多久，忽见前方出现了一座巨大的城池，占据大半边荒原，黎非猛地停下云头，心中惊疑。但见城中红雾氤氲，仿佛整座城都被血海烈火吞噬，这景象诡异到了极致。

带着腥气的风拂过，也带来了无数隐隐约约的人声，有的呓语呻吟，有的狂喜，有的妖娆，有的充满诱惑，有的在不停地笑——全都是从那座古怪城池中传来的。

直觉告诉她最好不要靠近，黎非当机立断换了个方向。飞了没多久，但见前方平地而起一株巨树，通体血红，巴掌大的血色叶片密密麻麻层层叠叠，茂盛如盖。树下还有一方清澈的小池塘，周围乱石丛生，竟好似有人影在其中穿梭。

黎非谨慎地靠近一些，冷不丁差点撞上一层仙法防御。池塘乱石旁霎时间涌出十几个人，个个杀气腾腾，饱含敌意地瞪视她。

黎非不禁吃了一惊，这些人身上穿着的服饰虽然没怎么见过，但一望便知是修行门派弟子。他们各自穿着不同的弟子服，居然来自不同的门派，有十五六岁的，也有看上去四十来岁的，只是个个都面黄肌瘦，憔悴不堪。

众人见来者是个美貌少女，倒也有些意外，当中一人上前沉声道："你是什么人？怎么来的？"

黎非落下云头，拱手行礼，温言道："我是无月廷冲夷真人座下弟子姜黎非，见过诸位师兄师姐。我近日随师父出门猎妖炼制法宝，行至端明城后忽遭异变，如今与师父、长老们失散，还请诸位师兄师姐明示，此地乃何处？"

话未说完，早有人凄厉地怪笑起来："端明城？连端明这种大城都被吞了？！哈哈！哈哈哈！无月廷这种名门大派也遭殃了？！我们还能出去吗？我们一定会死在这边吧？！"

所有人都跟着苦笑，原本便憔悴颓败的众弟子，此刻看上去更是与死人没什么分别。

黎非惊疑更甚，斟酌片刻，又小心问道："诸位师兄师姐可是对此地略有了解？"

连问数声，却无人搭理她，一旁有人冷笑道："早知全无退路，倒不如趁死前多享乐一番！死也做个快活鬼！"

黎非听这说话女子的声音十分妖娆妩媚，不禁多看了两眼，却见池塘畔有三四个粉色衣衫的年轻女弟子倚石而坐，但不是火莲观的人。她们的衣服从胸前开衩到胸口，露出大半雪白高耸的胸脯，下面的裙子也撩开一道缝，修长的大腿若隐若现，显得十分撩人。

她记得这暴露的服饰，在书院选拔新弟子时遇见过，如果没记错，好像是叫"瑶玉门"，派中弟子专习男女双修，当年她险些被活生生抓过去。

此时见那几个女弟子容貌艳丽，眼波如水，暧昧地扫视着这里的男弟子们，黎非不由悄悄退了数步。

对面又有人怒道："说的什么话！我可不愿留在这边坐以待毙！等了这么多天，我等不下去了！等人救不如自救！我们这么多人，难道不能齐心协力逃出去吗？！"

那瑶玉门女弟子还是冷笑："这位师弟说话好生天真，要是能逃，我们早就逃了。"

说罢她又朝黎非望过来，似是对她的容貌艳羡不已，一面又道："这位小师妹，你可知这是什么地方？知不知道我们被困在这里过了多少时日？姐姐好心告诉你，省得你做个枉死鬼。这里是凶兽饕餮的腹内，我们这里最早被吞进来的人，已经不吃不喝撑了七天啦！"

凶兽？饕餮？黎非的眉头紧紧皱了起来，是那个传说一夜能啖数千小国的四凶之一吗？想不到这近千年来神龙见首不见尾的凶兽竟忽然出现，也是为了躲避海陨灾祸？这些弟子一定是跟随门派长老出来试炼，不意遭遇了饕餮，等了七天，他们的长老也没能找到他们……想到此处，黎非的心慢慢沉了下去。

怪不得她总觉得这里诡异，原来整座端明城都被饕餮吞了。他们这些修行者仗着有灵气修为，还能撑上一段时日，被吞入腹内的普通人怕是要受尽折磨方才绝望而死。那些废墟枯骨不是幻觉，竟是曾被饕餮吞下的古老的国与人。

"好饿啊……"有人虚弱地在地上躺着，喃喃自语，"七天没吃东西了，我宁可去那座城……去街上吃那些东西，死也想做个饱死鬼……"

此言一出，竟然有许多附和声。黎非不禁回头望向远处那座仿佛被血海吞噬的城池，他们说的是那座城？

瑶玉门女弟子哧哧笑着："那都是假的，越吃越饿，不过是这凶兽想叫我们多活上几日，令它慢慢享用罢了！这池塘里的水也是假的，喝上一口就再也离不开啦！什么都是假的，只有我们几个是真的……喂，你摸摸我，我可是真正的女人，你要不要试试？"

她似蛇一般，柔若无骨地依附身旁的男弟子。那人似是还有些犹豫，片刻后却又放弃抵抗，伸臂抱住她，两人滚在一处。

周围的弟子们见他二人这般大胆放纵，不由都呆了，但闻暧昧的呻吟喘息声层出不穷，池塘边的无数乱石不知何时变成了许多赤裸的男人女人。他们仿若浑身无力一般，瘫软地躺在草地上，或蜷缩，或伸展，将身体每一个地方都大方地展露在天地间。

从未见过的活色生香与荒淫奢靡，让弟子们忽然安静下来了。无数赤裸的美人睡在地上，摆出各种匪夷所思大胆挑逗的动作，离得最近的几个男弟子颤抖着，将她们抱住，衣衫落了一地。

黎非只觉荒谬透顶，这是什么幻术？！她当即唤出冬雪，饱含了清灵之力的片片飞雪搓绵扯絮般降落在池塘畔，落在那些近乎疯狂的弟子身上，他们却毫无反应，丝毫没有醒转的兆头。

黎非望着那些由乱石变成的男女，掌心忽然金光一闪，一柄飞剑呼啸着飞了出去，瞬间将一个摆出魅惑姿态的裸女切成了两截。没有血肉横飞，也没有惨叫，两截断裂的身体落在地上，顷刻间又变成两个一模一样的美女，朝她妩媚而笑。

此地不宜久留！黎非见此事怪诞超出常理，立即萌生退意，正欲腾云而起，却见池塘畔那株血红的巨树轻轻摇晃起来。无数血色叶片无风自动，像是无数双手掌在拍动一般。

下一刻，那些巴掌大的叶片一片片直直坠下，变成数不清的血色手掌，朝黎非挥舞而来。她化作一团青烟，急急闪避，飞剑在身前三丈处利落干脆地划了一个圈，血红的手掌纷纷碎裂，可是只一眨眼，又重新凝聚在一处，锲而不舍地追逐着她。

正躲避时，忽觉衣衫下摆被重重扯了一把，黎非急忙低头，却见数只血手攀附上来，手指蠕动扭曲，顺着小腿朝上爬动。

她又惊又惧，挥剑便斩。突然，一只手搭在她肩上，将她用力一拽，黎非还未来得及惊呼出声，便一头撞在一个人的胸口上。那人伸臂将她揽住，低声道：“不要动。”

雷修远？！黎非骇然地抬头望着他，他什么时候来的？为什么她一点儿灵气波动也没感觉到？不……即便是现在，他靠着她那么近，她竟也感觉不到一丝灵气的波动——他是幻觉？还是真实？

雷修远漆黑的眼眸中金光流动，掌心金光吞吐，霎时间金色的光雾照亮了四周，将那些血红的手绞了个粉碎。

他抽出白虎尾，金色光剑暴涨数丈，急若流星般划过一道巨大的弧度。那株血色巨树似人一般哀号起来，轰然倒地，密密麻麻的血手挣扎着，扭曲着，最后不甘地变成一团血雾，绽放在池塘边。

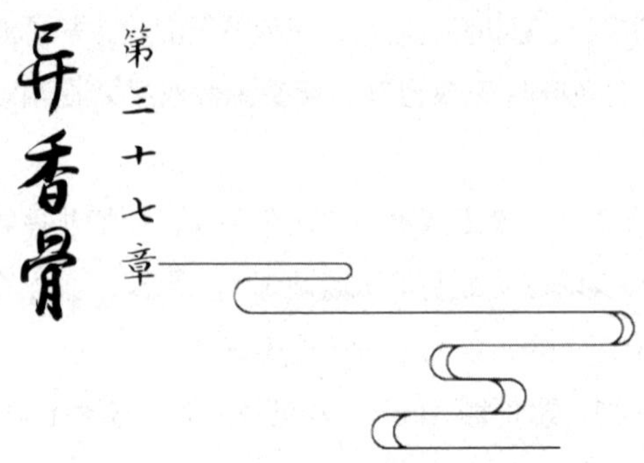

# 第三十七章 异香骨

尘埃落定。

参天巨树最终尽数化为血色的雾气，渐渐被风吹散开，诸般荒诞的景象也终于露出它的真容——没有池塘，也没有乱石，地上只有一张巨大的嘴，白牙森森。

似是因为方才被雷修远伤到了，这张巨口倏地合拢，无声无息地消失在二人面前。而那些陷入癫狂的弟子，也终于彻底安静下来，衣衫不整地昏睡在地上。

黎非愣了半日，忽听雷修远的声音自头顶响起："这里是饕餮腹中，除废墟外一切繁华景致皆是饕餮之口引发的幻象，小心些。"

他的手还环在她肩上，黎非低头看了一眼，将身体微微一让，离开了他的怀抱。

现在她才能感觉到他身上的灵气波动，很熟悉，不是幻觉，他就是雷修远。想必他是一路暗暗跟在她身后，否则不会这么凑巧忽然出来救了她。

黎非有些疲倦地吸了一口气，她搞不懂这些男人，若即若离，忽冷忽热，在她动心的时候离去，在她放弃的时候又回来。他是只将她当作自己的所有物，而不是一个人吗？

她已经不想跟他辩解什么，说多了只会暴露自己的脆弱，何况眼下情况诡异而凶险，纠结这些情情爱爱的破事不过是给自己添堵，对她和他都毫无裨益。

黎非四处看了一圈，回过头道："你一路过来，还有看到别的人吗？"

她的平静与主动开口让雷修远很意外，他顿了一下，才道："有遇到过一些凡人，都困在饕餮口中，我虽将饕餮口重伤，却救不回他们。"

怪不得刚见到他的时候满身伤口，应该是与饕餮口相斗时被伤到的。黎非极目远眺那座巨大的城池，心里隐隐有些焦灼，不知冲夷师父和长老们会不会正被困在其中。

"那座城……"黎非想了想，又道，"也是饕餮口幻化出来的吗？"

雷修远默然颔首。

饕餮这种凶兽与别个不同，与只生在东海的蜃也大为不同。蜃是喷吐雾气诱发人心底最向往与最恐惧之事，每个人不同，幻境也千差万别，故而令人深陷其中无法自拔。然而只要能醒过来，蜃这凶兽本身却十分好杀。

而饕餮身为四凶之一，本就十分棘手，传闻其没有身体，浑身上下只有密密麻麻无数张嘴，其饥饿时，一夜吞下数千小国也是常事。被吞入饕餮腹中的人往往不能自知身在何处，又因没有食物和清水，一般撑不了多久。饕餮喜吞食人心欲念，只有活人才会有诸般欲望，所以饕餮口往往幻化种种幻象，或美酒佳肴诱惑饥火燎心者，或金山银山诱惑贪财者，又或美女佳人引诱好色者。

就算能在其腹内幡然醒悟，明白了自己身处何处，得到的也只有绝望——谁也不知如何从饕餮腹内出去。即便曾有自饕餮腹中逃出的人，叙述得也十分含糊，全然无法作为参考。

黎非低头沉思对策，假如像雷修远说的那样，将饕餮口打伤，被困在城内的人便可自幻象中脱身，然而那座城池如此庞大，谈及破坏又如何容易？她自问没有那种本事。

正想得出神，后背忽然一暖，雷修远从后面环住了她的身体。

黎非没有动，只淡淡道："放开。"

雷修远没有动，他抱着她的力道不轻也不重，是一个刚好足够贴近，却又可以让她轻而易举挣脱的距离。

先是拒绝了她，然后见到她与纪桐周在一处，便是用金箭射她。被饕餮吞入腹中后，他找到她，却又毫不留情地拖着她走了很远，令她几乎死去——她真的不懂他，一点儿也不懂。

他像猫耍耗子一样，将她团团玩弄于掌心，对她的百般挣扎视而不见。一定很好玩吧？这恶鬼般的人！

黎非定定地望着远处的血色天空，缓缓开口："放手，我不想浪费灵气在这种无谓的事情上。"

等了很久，他还是没有放开。她正要运转灵气，雷修远忽然低低叹了一声，他的声音低迷犹如耳语，竟有一丝痛楚：“黎非，其实我……”

他只来得及说了这几个字，忽然，远处巨大的城池内发出震耳欲聋的爆炸声，惊天动地。黎非悚然而惊，急忙转身望去，却见整座城被熊熊烈焰与雷光吞噬，空中更有无数流星般的火雨纷纷坠落，万雷奔腾呼啸，像是要震碎这座荒淫而浮华的城。隔那么远，都能听见城内那些人的惨叫与号哭声。

这样暴戾嚣张的天来火，只有一个人能用出来。

黎非的目光胶着在漫天火光雷光中，下一个瞬间，她便见到了纪桐周白色的衣角。他端立在烈焰滚滚的城池上空，动也不动，身旁还有一个身穿玄色长衣的人，正是他师父无正子。

她不确定纪桐周是否朝自己这个方向看了一眼，随着烈焰越升越高，地面也忽然跟着剧烈震颤起来，几乎令人无法站立。黎非当即腾云飞起，只见血色荒原上无数沙砾像沸腾般跳跃滚动，越来越激烈。随后翠玄仙人苍老的声音骤然响起，像是从天际传来般，响彻云霄：“承蒙诸位小友相助，感激不尽。唉！我派中十几小辈，竟连一只饕餮还要我们这些老家伙出手，他日如何放心将门派交给你们！”

话音一落，但见天边忽地裂开一道巨大的缝隙，血红的天地被撕裂，裂口内光华万丈，不可逼视。黎非捂住头脸，避让那团刺目的光彩，却听翠玄仙人又道：“派中两个小弟子何在？还不速速过来！”

派中小弟子，是指她和雷修远吗？

身旁风声呼啸，紧跟着自己被人紧紧抱住。黎非在刺目的光亮中勉强睁眼，只见到雷修远的双眸，他似乎微微笑了笑，低声道：“别动，好吗？”

这句淡漠的请求竟令她鬼使神差般听从了。

身体被打横抱起，说不出是冷还是热的风剧烈地擦过脸庞，黎非忽然想起在栗烈谷的那次，雷修远也是这样抱着她躲避两只凶兽的追击。她心中说不出是什么滋味，只有把脸别过去，不去看他。

纵贯天地的裂隙越来越大，血色荒原忽然化为虚无，变成了一团团无边无际的血色浓雾。雾气中无数人在欢笑哭泣悲叹呻吟，又有无数双染血的手从里面伸出来试图拉扯他们。

雷修远的动作迅捷而灵活，几下起伏便来到了裂隙处，纵身一跃，钻了进去。

“在里面待着！待我们杀完饕餮！”

翠玄仙人说完，裂隙立即合拢。黎非只觉眼前一亮，但见此处似是一座不大的山峰，奇异的是，头顶还有一座倒过来的山峰，其上一草一木都与他们所站的峰顶一模一样，就像有一面巨大的镜子将风景倒映其中一般。

这里灵气磅礴清灵，莫非是翠玄仙人开辟的小千世界？一正一反两座山峰是怎么回事？

正四处打量，雷修远忽将她轻轻放下，开口道：“你待在这里别动。”说罢，他快步朝前走去。

黎非下意识叫了他一声：“修……雷修远。”

他的脚步停下，却没有回头：“什么？”

黎非犹豫了片刻，终于下定决心似的，问道：“方才在下面，你没说完的话是什么？”

雷修远回答得很快：“没什么，忘掉吧。”

没什么？叫她忘掉？黎非倔强的性情一下被激发，忍不住追上两步，又道：“有话何不痛痛快快地说完？”

雷修远腾云而起，淡淡道：“因为我有更重要的事。”

黎非神色阴沉地看着他高高飞在半空，缓缓绕着头顶那座反过来的山峰转圈。日炎说得没错，她的所有秘密都被他知晓，他却全然没有一点儿将自己的事情说出来的意思，无论是突如其来的神威，还是他那些莫测的心思。

她怔了片刻，忽然咬牙腾云追上他，厉声道：“雷修远！今天就在这里把所有的话说清楚如何？！”

雷修远抬起手，竟是示意她噤声。他的注意力像是被倒转山峰中的什么物事吸引了过去，头也不回，看得目不转睛。

黎非此时满腔愤懑，冲过去一把抓住他的袖子，正欲说话，忽觉一股极其熟悉亲切的气息自前方传来，她浑身的寒毛都不禁竖起——她知道这是什么，那是同类的气息，倒悬的山峰内，藏着真正的异民墓！

她情不自禁放开雷修远，朝前走了两步。

异民墓熟悉的气息在呼唤她，诱惑她，她所有的注意力都被无法抑制地拉扯过去，再也没有余力去注意雷修远。

倒悬山体的边缘有个缺口，缺口内悬浮着一座大殿，殿门紧闭，两头巨大的铜牛守在门前。其中一头铜牛身侧同样插着一块石碑，正面写着无数看不懂的字，背面刻着“海外千洲万岛异民墓”几个字。

一切都与栗烈谷的异民墓遗迹一模一样，分毫不差。

黎非停在殿门前，抬手贴在殿门上。门内的气息是如此亲切而值得怀念，她下意识用力推了一把，沉重的殿门发出刺耳的“吱呀”声，被推开了一道缝。

一股清而不冷，暖而不腻的异香透过缝隙幽幽地钻入鼻腔中，黎非从未闻过这股味道，然而这香气却叫她感到浑身颤抖，她甚至说不出任何理由。

殿门慢慢被完全推开，但见殿顶上嵌了数颗鸭蛋大小的明珠，将内里照映得无比明亮。宽敞的大殿中满满当当，摆放的居然全是大小不一的水晶棺，不知是否有人时常清扫，大殿的地面与这些水晶棺都纤尘不染。

异香缠绕，从来没闻过这种叫人浑身舒坦的异香，偏偏它若有若无，香气似冷非冷，似暖非暖。闻久了，黎非心中竟无缘无故升起一股熟悉又怀念的感觉，仿佛她应该对这种香气十分了解一样。

她缓缓走到一具水晶棺前，低头一看，却吓了一跳——棺中平躺着一个身材极高大的人，足比正常男子还要高出半个身子。他肤色黝黑，体格极其强壮，身上仅盖了一层薄软的绢布，然而最可怕的是，他脸上其余五官皆与常人无异，唯独眉间仅有一只眼。这只独眼比寻常人的眼睛大上数倍，虽然是睁着的，但毫无神采，想必是因为这人已经死去的缘故。

他头边有一枚青铜牌，上面用篆书仅书二字：独目。

这、这就是海外异民？！他明明有着人的身体和五官，偏偏又生得这么怪异，青铜牌上的“独目”二字，是因为不知道姓名与种族，所以仅仅描述了特征？

旁边的水晶棺中也躺着一个死人，身材却矮小得多，胸口自锁骨至肚脐，整整一大圈竟是空的，看起来并不像是被挖空，而是天生的。其头边同样有青铜牌书：贯胸。

大殿外围无数水晶棺，里面全是奇形怪状闻所未闻的人，连名字也极古怪，什么独手、独脚、长臂……更有甚者，浑身长毛，人身兽头，各种匪夷所思。

黎非只觉一颗心快要蹦出喉咙了，她对这些异民丝毫没有熟悉感，反倒有些悚然。若棺中放着什么恐怖的妖怪，她也未必会觉得毛骨悚然，偏偏他们都生得那么像人，要么是五官生得稀奇古怪，要么是四肢与常人大相径庭，实在叫人吃不消。

这些真的是她的同类？不是吧？她心底毫不犹豫地否决了这个想法，不用理由，她就是知道。

那股仿佛勾魂夺魄的异香越来越浓郁，这气味是如此亲切，如此熟悉，她觉得自己本该张口就能说出这香气的名字，不知为何，偏又怎样也记不起。

黎非像被召唤般，朝放在最里层的两具水晶棺走去，耳畔忽然响起日炎苍老的声音：“你这蠢货跑到什么地方来了？！”

她微微一惊，急忙转头，便见日炎正立在自己身边。他看上去十分紧张，甚至有一丝暴怒，浑身雪白的毛都竖了起来，九条长尾激烈地甩动着，这让他的体型看上去又大了一大圈。

“我……”黎非只说了一个字，她的喉咙竟不知为何干涩得难以言语。

“这里有他的味道……”日炎的声音从没这么急切愤怒过，“那些渣滓将他怎样了？！”

他的话听在她耳朵里，却全然没听进心里，黎非只瞥了他一眼，又回头慢慢向那两具水晶棺走去。

靠左的水晶棺内铺着一层洁白的锦缎，缎上是一只黑色的角，长有三四寸，十分纤细。

棺内青铜牌上写着三个字：夜叉角。

这就是夜叉角？当年被青城仙人斩断的？果然封存在异民墓内。

勾魂摄魄的异香从右边的水晶棺内隐隐漫溢而出，黎非心中忽然有种澎湃的东西，又熟悉，又陌生，她下意识地靠过去。却见那具棺中居然只有一根雪白的人骨，像是臂骨，骨头莹润洁白，竟好似玉雕出的。

棺内青铜牌上只有二字：不知。看样子无月廷的仙人们得到了这根异民的臂骨，却不知它究竟是什么。

黎非怔怔地看着那根臂骨，她隐隐约约想起什么，可那些骤然出现在脑海里的画面像是海市蜃楼般，一瞬间又碎开。异香浓郁得像是有了灵性一般，在她身前徘徊不舍，她甚至感觉到，香味正是从这根臂骨上散发出的——一根骨头也会有香气？

忽然，不远处传来一阵凄厉而悠长的野兽般的哀号声，黎非恍惚的心神一下被打回原位，是日炎？！

她急急转身，险些撞上身侧的雷修远，竟不知他是什么时候来的。他直挺挺地站在自己身边，两只眼睛也直直盯着水晶棺内的臂骨，仿佛在出神。层层暗淡的金光从他发间皮肤里渗透出来，甚至他两只漆黑的眼珠都变成了暗金色的。

黎非一时顾不上他，她朝日炎那里快步而去，谁知日炎暴怒凄厉的声音再次从那重重帐幔后炸开：“别过来！滚！你给我滚开！不许过来！”

黎非眉头蹙起：“日炎？你怎么了？”

他只是号哭：“早知今日，你可后悔当初？！”

哭一阵，他又怒发如狂地长声尖啸，似哭非哭，似号非号，似吟非吟，竟好似疯了一般。

黎非再也忍不住，一个箭步冲上前，扯开帐幔，急道：“到底什么事？”

帐幔掀起，内里光线阴暗，她一眼便望见日炎，他惨绿的双目中泪水滚滚而下，身体还在剧烈地发抖，显然是狂怒悲伤无法自已。在他身前影影绰绰似是站着个人，身上穿着破旧的看不出颜色的袍子，瘦得如同骨架。

她不由骇然，正欲细看，冷不丁外面响起翠玄仙人的声音："速速出来！给你们开开眼界！"

黎非突如其来一阵心虚，若是叫这位老仙人发觉她偷偷潜入异民墓，只怕麻烦。她低声道："日炎，要出去了，你……"

话刚说到一半，她的胳膊忽被人抓住，用力拽了一把。她一时不察，被雷修远一路强行拽着，跌跌撞撞出了大殿。

"我自己会走！"黎非皱眉甩开他的手。

他不为所动，手掌在殿外轻轻一挥，殿内残余的数道极其细微的灵气被他尽数握在手中。殿门随之轰然合闭，日炎凄厉的哭声瞬间被阻隔。

黎非从来没见过这一手，居然还是雷修远用出来的，不由惊呆了。

雷修远眼里极快地闪过一丝暗金之光，快得像个错觉，发觉她在看自己，他回避般转过身，低声道："出去了，不要再进大殿。"

不等她再有任何反应，他先她一步跨出小千世界的裂隙。黎非愣了片刻，回头望了一眼大殿，日炎还在里面，他一定还在号哭，是为了那个骨瘦如柴的人？那是谁？

她犹豫了一下，到底还是没有回大殿。虽然不知道雷修远方才那一手是什么，但大殿内他们残留的灵气波动应当都已被清除，再进去难免要留下蛛丝马迹，只有等日炎出来再好好询问了。

黎非闪身飞出裂隙，但觉眼前骤然一花。外面天色竟已暗了下来，而天空中密密麻麻布了数层灵气网，几十个无月廷与其他门派的长老腾云在半空围了一个圈子。守中与翠玄二位仙人双臂张开，不停有灵气自他们掌心溢出，灌入灵气网中。

冲夷真人悬浮在圈正中，磅礴的灵气正自他身上倾泻而出，他额上满是汗水，显然灵明笼这种仙法相当消耗体力。东阳与清乐两位长老一左一右立在他身侧，不停地向他体内灌输木行灵气。忽然，冲夷真人指尖伸出，一道细而尖锐的灵气倏地射出，不知射中了什么看不见的东西，其他长老立即对着灵气射出的方向尽情释放攻击仙法。但听一阵惊天动地的狂吼声，在无数犀利的仙法攻击下，半空忽然出现一张脸盆大小的嘴，两片嫣红的唇，唇内白牙森森，正是饕餮口。

这张嘴瞬间被打得粉碎，化作一团黑灰散开，紧跟着半空像是什么东西破裂一般，骤然落下几十个神志不清的人。东阳真人将葫芦轻轻一踏，浅碧色的沙将这些人裹住，轻轻送到一旁。黎非这才发现旁边一块空地上已经睡满了人，粗粗一看竟已有成百上千。

这些人几乎个个面黄肌瘦，憔悴无比，想来已经在饕餮腹中困了许久。黎非很快便看见之前在城池中遇见的那些弟子，还有火莲观的女弟子，甚至那个不停喝酒的无月廷长老也在，不知他醒来后会不会羞愧难当。

黎非细细打量这些昏迷之人，忽见角落里躺着一个眉头紧皱的美貌少女，居然是兰雅郡主。她急忙过去，忽觉头顶风声呼啸，紧跟着，纪桐周落在她身前。

黎非不由退了数步，本以为他又要上来抓人发疯，正暗自警惕，谁知纪桐周站在她面前，很久都没说话。她低头静默良久，最终还是抬头望向他，平静开口："你也出来了。"

纪桐周还是不说话，只定定地看着她，说不出的眼神，令她本能地想要逃避。

"没事的话我先……"黎非说着便要转身离去，他忽又上前一步挽住她的长袖，沙哑地唤了她一声："姜黎非。"

他那些翻涌的澎湃的感情，早在她离去后慢慢被消耗干净，所余者仅剩空虚。乞求她吗？还是继续羞辱折磨她？明明就在眼前，她却仿佛远在天边一样，他甚至有种穷其一生也无法追赶上的感觉。

"……给我一个机会。"纪桐周缓慢而近乎笨拙地开口，"请你给我一次机会。"

如果在最初发现心迹的时候，他没有选择用可笑的傲慢来掩饰，这一切还会发生吗？如果那个时候他便这样乞求她了，她会答应吗？

他静静地看着她白瓷般的脸庞，她明澈似水的双眸，那里面连愧疚都是淡漠的。

"抱歉。"黎非轻声道，"纪桐周，抱歉。"

纪桐周低沉地笑了两声，骤然放开她。从认识以来，她第一次用这样轻柔温顺的态度对待他，可是，这样的态度，却是因为拒绝他。

他转过身一步步走远，脑海中浮现的全是她——小时候在书院，长大后去了东海，还有那个幻境中的完美的姜黎非。如何形容现在的心情？无奈？还是愤怒？又或者，是讥诮？他的心已经变成一把刀，在苏醒狂野的欲念与现实之间被捶打成型，此刻，它寒光乍现。

雷修远正站在不远处，似有心事般眺望远处。

像是察觉有人在看自己，雷修远转过头，对上了纪桐周的双眼。

纪桐周没有说话，雷修远也没有说话。他们之间本就很少说话，互相排斥，互相争斗，他们像是一路人，可又截然不同。

这世上，他最不想输的人，就是雷修远，偏偏在不知不觉的时候，他早已输得一败涂地。他的傲气不允许自己在雷修远面前低头，而实际上雷修远却真的压在他头顶。所以，至少在修为上，他绝对不会再输给雷修远。

对雷修远，他甚至不能说出自己是怎样的心情，嫉妒？羡慕？不甘？后悔？他放纵这些情绪的毒蛇啃咬自己，不去收敛它们，那么，他心底的火焰会烧得更加旺盛，燎天燎地，或许终有一天会将他自己也烧毁。

纪桐周移开视线，不再看雷修远，他御剑飞起。无正子早已等在前面，见自己心爱的弟子来到面前，微微一笑："你性子暴躁激烈，我曾担心你在饕餮腹中被蛊惑，不过，你很好，没叫我失望。"

这个弟子近期进步之快，简直叫他惊讶，或许是终于明白了自己的修行心在何处。一个人只有清楚地知道自己要什么，才会为之搏命。

"那女子既然无心，也就罢了。"无正子瞥了一眼黎非，他很是不喜欢她，当日她出手欲伤纪桐周的举动令他十分不满，"如今一切应以修行为重。"

作为师父，无正子怎会看不出纪桐周郁结于心，闷闷不乐。他本是个飞扬跳脱的性子，去了一趟东海回来便有些不对劲。起先不知缘由，如今才恍然大悟。

当年玄山师兄对纪桐周的评价是：性如烈火，多情之人。无正子本颇不以为然，现在忽然佩服起玄山子的目光精准。他真是不动情则已，动情后便一发不可收拾。

纪桐周垂下眼睫，摊开掌心，一团只有指尖大小的黑色火焰在掌中幽幽跳跃。无正子登时大惊，大惊后又是大喜，大喜后却又是大大摇头，摇头后再不禁长叹。

想不到，这一趟出来，却叫他生出了玄华之火。

玄华之火是火属灵根求也求不来的天赋，传闻星正馆的创立仙人正是因为能使玄华之火，星正馆才分为玄门与华门。此火与施法人的心境有关，就像在走绳桥，差一丝便要遭遇覆顶之灾。昔日能操控此火的仙人，大多至情至性，如癫如狂，而性情太过外露且放纵绝非修行之人的正道。

"你的时间还有很多很多。"无正子看着自己心爱的弟子，"数百年，甚至数千年，年少的心结，千年后回顾，不过一笑置之，不要走这条路。"

纪桐周捏紧拳头，那枚黑火被他揉碎在掌心，他的声音很低："师父，这个便是弟子的修行心了。"

他是落入幻梦与现实罅隙的人，被迫上一种绝境，所苦所乐，只有他一人知道。

无正子长叹数声，转身御剑而去。

饕餮的最后一张嘴也被彻底打碎，半空中狂风陡然大作，一阵阵似悲叹似哀号的声音随风而至，紧跟着半空突然喷涌出无数道黑色腥臭的血。东阳真人眼明手快，早已将浅碧色的沙抛出，将整座山头包裹住。黑色的饕餮之血瀑布般顺着沙壁落在了山下，所到之处，树木花草瞬间枯萎，山中万妖奔腾，群鸟疾飞。

黑血足足喷射了一炷香的工夫才停下，一切安静下来，再无声息。依旧不见饕餮尸体，它的真正模样，到现在也没有露出端倪。

清乐真人见这整座山几乎都被饕餮血伤得生气全无，不由暗暗摇头惋惜。凶兽之血饱含凶煞之气，各大仙家走后，这里很快就会变成凶兽的聚集之地。曾经的大城端明顷刻间不复存在，生还者寥寥无几，饕餮之肆竟如斯。

“拜见守中老仙人，翠玄老仙人。”

其他门派十几位长老刚落在地上，立即上前恭敬行礼。论起辈分，无月廷的这两位老辈仙人比他们高了不知多少，一只饕餮居然惊动这两位老仙人特意从无月廷赶来相助，叫人羞愧难当。

翠玄仙人撤去灵气网，他的昏睡眼又耷拉下来，只是微微颔首。倒是守中仙人笑了两声：“天现异象，我们这些老家伙也不能再袖手旁观。这次是饕餮拦路，下次却又不知是什么出大乱，各位须得小心谨慎才是。”

众长老只有喏喏称是，这些老辈仙人都是经历过五百年前海陨的人物，而这一次的海陨，主要战力将是他们这一辈的年轻仙人长老，结果一个凶兽就把他们都困住，怨不得旁人话中有话。

那些昏迷的受害者在治疗网的抚慰下也开始慢慢清醒过来。翠玄仙人忽然冷哼一声，开口道：“那个被饕餮所惑的人，如何敢自称是我无月廷长老！”

众人见他发怒，其他门派的长老知道这是无月廷要处理自己的内部事务了，当即纷纷退让到远处。无月廷的长老们立即躬身行礼，谁也不敢出言相劝。先前在饕餮腹中饮酒狂欢的长老满面惨白，更是半个字也说不出来。

翠玄仙人森然道：“五百年的太平日子叫你们惫懒了太多！难不成以为成了仙个个都能做长老？这长老未免太过廉价！昔日青城一人便可劈断夜叉角，他那时也不过是个长老！而如今看看你们，十几个长老居然能被饕餮吞下大半！海陨来临后，是打算引颈待戮吗？！”

长老们屏息静气，羞愧难当自不必说，这话连其他门派的长老听着也极为刺耳。平静无波的日子确实会消磨掉斗志与野心，而今天现异象，海陨将临，他们倘若还抱着以前那种得过且过逍遥度日的心态，这一次怕是真的难渡劫难。

守中仙人上来打圆场：“异象突现，莫要太过苛责他们。依我看，回去让此人闭门反省也就罢了，非常时期，多一个战力总是好的。”

翠玄仙人冷道：“越是非常时期，越要比往日严苛！此人即日撤去长老职务，回无月廷后再行发落！今后若再让我发觉这等惫懒之人，心怀叵测之人，休怪我们这些老家伙不留情面！”

语毕，他像是有些倦了，眼皮耷拉着走去一旁，再不说话。其他各门派长老见他们这里似是说完了，这才上来纷纷道谢兼告辞。异象已生，各大仙家要开始联手处理这些异象带来的各种影响，谁也不愿耽误。长老们将各自门派中还在昏迷不醒的弟子们一一带走。

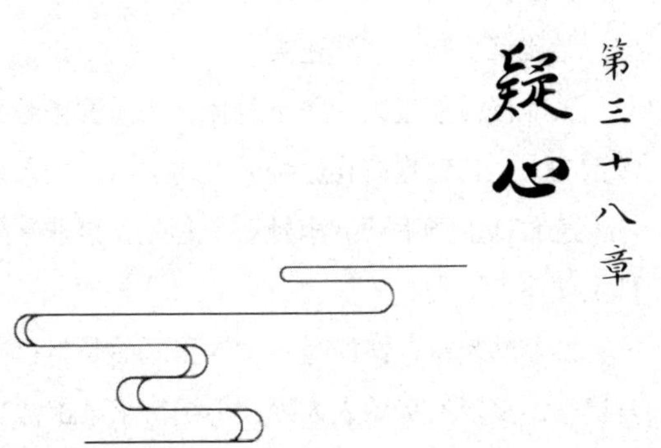

# 第三十八章 疑心

黎非正握着兰雅郡主的手腕往里面灌输木行灵气，冷不防她忽地一把掐住自己的手腕，五指狠狠地扣在她臂骨上，痛得她一个哆嗦。

“我都听见了……”兰雅郡主不知何时竟已睁开双眼，目中满是血丝，森然瞪着她。

黎非只当这位郡主爱慕纪桐周心中生出妒意，她不想与其多说，一掌将兰雅的手劈开，淡淡道：“既然醒了便自己起来吧。”

兰雅语带怒意：“你竟敢这样对王爷！如此无礼！如此蛮横！”

黎非不可思议地回过头，她在说什么？难不成不是妒忌，反而怪她没答应纪桐周？！

“王爷看上你，是你天大的福气，你竟然装腔作势！”兰雅恶狠狠地盯着她。兰雅早已记不得姜黎非是长什么模样的，眼前的姑娘姿容绝艳，清丽无俦，令她本能地升起一种攀比之心——论容貌她不信自己会输给姜黎非，为何王爷会看上她？

黎非愣了半天，忽又觉得荒谬得可笑，这些日子她经历的荒谬的事情太多了，多到超过她的承受范围，她反而失声笑了出来。

兰雅郡主面色铁青：“你竟敢发笑？没教养的平民！”

黎非一面笑一面看着兰雅，若是小时候，她指不定会抽这高傲的郡主一巴掌，可是现在的她不会这样冲动而锋芒毕露了。她笑道：“我只是觉得可笑，因为他是王爷，所以他喜欢我，我就必须该感恩戴德吗？”

兰雅沉下脸：“你还笑？”

黎非慢慢靠过去，蹲下身体，面对面望着她，慢慢开口：“世上有你这样只为权贵倾倒的人，自然也有我这种天大的傻瓜。如果我能像你这样，也未尝不是件好事。”

兰雅郡主扬手便欲扇她一个耳光，黎非平静地挡住她的手，轻轻一推，这位高贵的郡主便摔了下去。

黎非站起身，淡淡道：“这里既然是修行界，大家就都是道友，郡主以后还是要谨言慎行，莫要仗势欺人为妙，不是每个人都像我这样会给你些薄面。”

她转身便走，再没有回头。

凶兽饕餮一事一夜之间传遍整个修行界，端明城被吞下，生还者不过寥寥近百人，此等惨事已经数百年没有出现过。一时间震惊四座，诸仙家各自派遣人手前往各大城镇驻守不提。

解决了饕餮后，翠玄与守中两位老仙人没有再回到小千世界，兴许是为了防止再出现类似饕餮的凶兽，长老们格外小心。

从饕餮腹内出来后，黎非与雷修远反而比先前还要淡漠，非但一句话都不说，连看都不看对方一眼了。冲夷真人有心替徒弟挽回一下，便趁着众长老收拾行装准备离开时，笑道：“广微，你可想好为你弟子猎个什么妖炼法宝？”

广微真人反应何其快，立即明白了他的用意，心底反而暗叹一声——雷修远跟姜黎非这小丫头这次龃龉闹得似乎不小。这些年与雷修远朝夕相处，这孩子平日里怎样待姜黎非，他身为长辈也算十分了解，不是闹得非常僵，这孩子绝不至于这样冷冰冰地对待她。

他有些为难，一方面不想让心爱的弟子老是为这些儿女情长烦神，一方面又不好驳了冲夷的面子，再一方面，他也想叫这对两小无猜的小爱侣重归于好。思忖片刻，他便道：“我倒是想猎个旋龟，此物炼制防御甲甚好……”

话未说完，却见雷修远款款行来，躬身行礼，不卑不亢地说道：“师父，弟子留下来也只会给诸位长老拖后腿，请求先回无月廷。”

这……这如何是好？他竟是打算回去了。广微真人只得颔首：“也好，前途凶险，你先回派中，免得我回护不周，另外也可将饕餮一事详细告知派内。”

雷修远又是躬身一礼，转身头也不回地腾云飞走了。广微真人回头朝冲夷苦笑一下，摇头无言。冲夷真人见情况变成这样，只怕一时无法挽回，也只得一笑罢了。回头看看黎非，这孩子神色平静，像是全然没注意这边的小事一般。冲夷真人心底亦是微微叹息，她从小就是这样，不肯人前示弱，越是遇到伤人的事，反倒越是要摆出无所谓的模样，也不知如此是好是坏。

此后一连数日赶路，离白边之崖越发近了，众人本以为中土妖物强悍者甚多，都暗地里捏着把汗。谁知沿途过来，妖物纷纷避让，偶有胆大的凶兽前来挑衅，也会眨眼被收拾掉。

见此奇况，东阳真人不禁笑道："想不到这女娃在，连中土中心的妖物都会避让，倒让我们轻松许多。冲夷，你不如教她练练这本事，以后成仙了，也算个厉害的仙法。"

冲夷真人亦笑道："这天生的本事怎么练？我可束手无策，你老是喜欢提这些心血来潮的鬼点子。"

"哦？天生的辟邪去秽？"一言不发飞在左侧的翠玄仙人忽然抬起昏昏欲睡的双眼，目中精光四射，盯着黎非看了许久，"她身上那是什么法宝，清灵之力如此磅礴？"

冲夷真人道："这是晚辈昔日刚成仙时炼制的琉璃宝镜，小徒用着十分合适，便赠予她了。"

翠玄仙人的双目一直胶着在黎非身上，他的目光压迫感十足，令人悚然。黎非微微垂首，心底悄然起了一丝警惕。

"海派的修行中，有一项驭妖之术，与五行灵气无干，算不得仙法，应当算作玄术。"翠玄仙人缓缓移开视线，开口又道，"驭妖玄术便是要叫妖物产生畏惧之心，方能顺利降服，听闻是海外传来的法子。这女弟子天生体质特异，来我无月廷，倒有些大材小用了，去海派想必更加合适。"

不愧是老辈仙人……黎非把头垂得更低。

翠玄仙人忽又道："你是哪儿的人？家中父母可还健在？"

黎非沉声答道："弟子不知身世家乡，自小由师父抚养长大，一直与师父住在荒山野岭，以方术驱妖为生。"

翠玄仙人笑了笑："方术？想来你师父也是一位不出世的高人了，却如何来我无月廷修行？"

这是在盘问身世来历？黎非想了想，道："师父一日忽然留信离家，弟子出来寻找。因缘巧合之下遇见了东阳长老，被带去书院初选，自此踏入修行之门。"

翠玄仙人又望向东阳真人，见他点头称是，便温言道："那如今可寻到你师父？"

"还未曾。"

东阳真人想起她最初说是要来无月廷寻找什么大师兄，当即笑道："师父没找着，你大师兄也没找着吗？来无月廷可有六年了。"

翠玄仙人目光一动："六年？"

东阳真人呵呵笑起来："是啊，这孩子有趣得很，刚见她时黑得像炭块，这会儿却成了千娇百媚的小美人，要不是冲夷告诉我，我挖了眼珠也不敢相信是她。她那会儿才十岁吧，一个人大半夜的在青丘出现，倒叫我们大吃一惊。"

"哦？青丘？你先前竟住在青丘？"翠玄仙人也笑了，"那里妖魔横行，你师徒二人胆子倒大。"

黎非也只得笑着谦虚了几句，心中暗暗埋怨东阳真人话多，斟酌着答道："弟子在无月廷受益匪浅，这些年潜心跟随师父修行，小时候的事其实记得不是很清楚了。"

翠玄仙人"嗯"了一声，便不再言语。黎非躬身御使小白云后退数丈，惊疑不定，翠玄仙人突然问她那么多话是什么意思？虽然接触时间很短，但她也能看出这位仙人十分倨傲，对年轻弟子根本是当作尘埃，突如其来对她的盘问，实在叫人心里没底。

正思忖时，眼角余光忽然瞥见旁边多了一团巨大的白影，她急忙回头，果然见日炎回来了。他惨绿的眼中布满血丝，好在没像前几天那样如癫如狂。

"日炎……"她低低唤了一声，"你……怎么样了？"

他却没有回答，只悬浮在她身边，目光灼灼地看着她，半晌忽道："我心魔已开，祸祟之年的封印也已开始松动，不日便可摆脱封印困扰。"

黎非浑身一震，不禁望向他后背上的封印，果然见那血色的封印颜色暗淡了许多。她又惊又喜，压低声音道："你的封印快解开啦！太好了！"

日炎看上去却毫无喜色，只淡淡道："上次那个问题，你想好选什么了吗？"

上次的问题？黎非一下想起他说过，如果想要了解身世与师父的一切，便要做好回归海外的准备，从此再也不能留在中土。她一时哽在那里，出不得声。

日炎不等她回答，忽地喟然叹道："世上人人都盼两全其美，却哪有这么多好事。此生我亦有憾，而遗憾不可一而再——小丫头，你本可天下无敌，但如今为情所惑，变得软弱。须知这世间一切天真和简单都是被宠爱出来的，只因有人可以依赖，才能肆无忌惮地柔弱。那些心思与行事万般玲珑坚韧之人，都是吃过苦头方能磨炼至此。你一路过来被人照顾得太好，不是什么好兆头！至于那个小鬼，谈何情情爱爱，他不过要你做他的禁脔罢了！话我便说到这里，你脑子清醒时自己好好想！"

说罢，他长尾一摇，竟要陷入沉睡。

黎非不禁大急，反而语无伦次："等一下！那个问题，我还没……还有异民墓里那个人，那根臂骨……"

日炎瞥了她一眼："我须得沉睡运功，最快两三个月便可恢复巅峰，有何话到时再说清楚——如果你下定决心的话！”

再也不等她说什么，他雪白的身躯一晃如青烟般散开。黎非一颗心差点儿沉下去，偏偏在这种时候，他要沉睡，留她一个人面对这艰难的局面……她狠狠咬住下唇，有些狼狈地强迫自己扭过头。他说得没错，她习惯了依赖，一路总有人照顾，以前是师父，后来是日炎，再后来变成雷修远。

她还打算继续依赖谁？纪桐周？还是冲夷师父？昭敏师姐？

“这世间一切天真和简单都是被宠爱出来的”——黎非面色有些苍白，深深吸了一口气，惊惶无措的情绪终于渐渐沉淀下去。她已经是一个人了，没有错，其实从师父离开的那一刻开始，她就只是一个人，没有人会为她的人生负责，除了她自己。

翠玄仙人远远看着黎非，她似是一个人自言自语了片刻，随后便定定出着神。风将她的衣衫吹得翻卷翩跹，姿态婉妙，盈盈若仙，更有异香淡幽不可捉摸，销魂蚀骨。他灵光忽地一动，想起了派中十分久远的记载。

他回头问广微真人：“这弟子来无月廷是为了寻找什么大师兄？”

广微真人摇头：“这个晚辈不甚清楚。”

翠玄仙人若有所思地看着他：“当日在端明城，我见她与你弟子及一个星正馆弟子暧昧不清，雷修远年少而有大才，你身为师父竟不过问这些事？少年情爱最消磨心智，若为一个女子堕落，成何体统？”

广微真人不禁愕然：“这个……晚辈怎好过问？修远与她一起从书院来的，若非她执意要来我无月廷，只怕修远那孩子未必跟来。他二人两小无猜，前辈是否过虑？”

执意要来无月廷？翠玄仙人昏昏欲睡的双眼眯成了一条缝，淡淡道：“你们这些小辈仙人，问起事不是不知道，就是不好过问，想是好日子过久了，全然没有半点忧患心。上回出了个秦扬灵，如今这女娃的事也不甚了了，无月廷招收弟子竟是这般随便？”

广微真人竟不知如何回答，翠玄仙人这些老辈仙人早已不问派中弟子之事，他突然这么关注姜黎非，倒十分罕见。

“青丘……六年……体质特异……”翠玄仙人合上双目，似在喃喃自语，过了许久，他挥了挥手，道：“你去吧。”

广微真人只得拱手行礼，转身欲走，却又有些心事，低声道：“敢问前辈……可是姜黎非这孩子有甚不妥之处？”

翠玄仙人呵呵一笑：“我们这些老家伙当年经历了太多风浪，行事难免加倍小心谨慎，你只当是我这老家伙的一点儿疑心难解就好。不必多问，也不必和旁人提及，去吧。”

广微真人心中疑惑，但不好多问，只得默默点头。

翠玄仙人静默良久，方开口道："守中，你怎么看？"

一旁的守中仙人垂头凝思良久，道："驱邪避秽的体质并非十分罕见，无甚稀奇，但依我这数日冷眼相看，她绝非驱邪避秽这么简单，能令群妖这般恐惧，应当另有什么大本领。其体内灵气也异常充沛，冲夷给她法宝琉璃镜是想替她掩饰吧？倒是用心良苦。"

翠玄仙人目光闪动，喃喃道："她六年前在青丘，那个人，也正是六年前在青丘抓住的。却不知她要找的大师兄是何人，难不成派中竟已被插入异心之人？"

守中仙人笑道："你的疑心病过了数百年还是这样重，我等静观其变就是，现在妄动，可不就打草惊蛇？更何况，倘若与那人无关，岂不是寒了小弟子的心？于我无月廷声誉也不好。"

翠玄仙人长叹一声："我总是想起五百年前海陨的惨状，这些年日日夜夜都忘不掉……守中，你看这小丫头容貌如何？可算美若天仙？"

守中仙人有些意外，怎的突然提到容貌了？他回头望了一眼黎非，因见她神清骨秀，不染一丝尘俗之气，便赞道："确然美若天仙，那又如何？"

"你可记得当年海陨后，各派元气大伤，我们数人在藏书楼中彻夜翻阅典籍，试图找出海陨缘由的事？那卷破旧的竹卷，你还有印象否？"

守中仙人思忖一番，有些骇然地望向翠玄仙人："你觉得她是……怎可能？过去何止数万年！"

翠玄仙人道："竹卷记载，某日东海海水忽然下降，海外有一绝色女子乘风踏雾而来，汲取山川海水中无数灵气，淼淼然竟似无底洞。仙人们恐惧她的能力，群起将其杀死。女子死后，天雷火海便降临在中土，此后每五百年海陨来临一次——有关那女子的记述，便是美若天仙，体含异香。"

守中仙人连连摇头，失笑："你太过荒唐，一是一，二是二，怎会将那小丫头与这些传说混淆在一处？天底下身怀异香美若天仙的女子难道还少吗？"

翠玄仙人自己也觉荒谬，笑叹："大约事情牵扯到那个人，倒令我胡思乱想起来……无论如何，暗处观察一段时日再说。"

不日赶到了白边之崖，此地位于中土中心位置，传闻有无数凶悍的妖物凶兽盘踞，谁知竟是一片一望无际、绿意盎然的草原，原野上开满了各色鲜花，十分灿烂。而在草原的中心地带，突兀地耸立着两座高峰，高峰顶端一线山岩相连，最宽处目测也不过才五六寸。山峰上寸草不生，岩石通体漆黑，唯独那一线相连的山岩洁白似雪，怪不得要叫作白边之崖。

“这里面是给即将突破第六道瓶颈的弟子准备的试炼地。”冲夷真人道，“与你先前去的有极大的不同，进去后我师徒二人只在结界入口处等候，莫要乱走一步。”

黎非立即恭敬地答了个“是”。

众人开启结界入口处的石碑，黎非只觉一股柔和却不能反抗的力道瞬间将自己拉进结界，眼前一花，却见自己立在一座峭壁边缘。而峭壁前方云海滚滚，空中竟悬浮无数金碧辉煌的大殿与巨大的岛屿，比书院的浮空岛要华丽无数倍，其景象之恢宏、之端丽，生平第一次见。

冲夷真人又道：“这里以前是一个仙家门派，五百年前海陨，这个门派被灭门，自此成了群妖与凶兽盘踞之所。”

仙家门派被灭门！这是何等凄惨的境况！这门派的气势看上去一点儿不比无月廷差，居然被灭门?

翠玄仙人望了一眼冲夷真人：“跟小辈弟子也能这般口无遮拦?”

冲夷真人含笑道：“晚辈只是觉得无甚必要刻意隐瞒，该知道的总会有知道的那天。”

“那便留到该让他们知道的时候再说，你冒昧了。”翠玄仙人双掌合起，再度开启时，小千世界的罅隙已裂开在他双掌之间，“守中，随我进去一趟，看看一切无恙否。”

黎非不禁提了一口气。果然没一会儿翠玄仙人便飞快地从小千世界里出来了，他昏昏欲睡的双目撑得十分大，精光四射，一言不发地盯着黎非看。她立即做出惶恐不明所以的模样躬身行礼。

“冲夷，随我进来。”翠玄仙人声音森然。

冲夷真人也是一头雾水，急忙跟着翠玄仙人进了小千世界。他也是第一次见识小千世界，见里面一正一反两座山峰，立即醒悟这是镜面之法，倒悬的山峰才是小千世界真正的中心。

进了异民墓，却见守中仙人正蹲在大殿深处一具干尸前，一寸一寸地释放搜寻仙法，似是想从他尸体上找寻什么。冲夷真人心中惊疑更甚，却不好相询。

“用你的灵明笼，看看大殿内可有可疑的气息。”翠玄仙人又刻意加了一句，“一丝一毫也不要放过。”

冲夷真人立即开始凝神释放灵明笼，异民墓中满是海外异民的尸体，最古早的在这里已经存放上千年。过去了一千年，尸体上还会残留极其细微的灵气痕迹。他一道一道慢慢剔除，突然，他感觉到一股十分熟悉的细微灵气。

这种灵气他曾在无月廷胡射峰体验过许多次，那位曾经惊艳了整个中土仙家的仙人的气息。冲夷真人骤然睁开眼，望向灵气的来源，居然是那具根本看不出容貌的干尸!

他心中震骇太过，灵明笼一下停了。

翠玄仙人闭着眼淡淡道："继续，那是青城的尸体，无须惊愕。"

冲夷真人深深吸了一口气，他何等伶俐通透，心中已隐隐猜到一些缘故，当下勉强镇定心神，继续释放灵明笼。整座异民墓中除了海外异民残余的些许灵气，便只有两位老辈仙人与刚刚去世不久的青城仙人三股灵气，除此之外干净异常，什么也没有。

他连续试探了三四遍，这才停下灵明笼，拱手道："晚辈并未发觉任何异常。"

翠玄仙人笑了一声："当真一点儿也无？"

冲夷真人正色道："晚辈以性命担保，确实并无任何蛛丝马迹。"

翠玄仙人昏昏欲睡的眼皮再度慢慢耷拉下来，轻声道："既然如此，那便是青城命里该绝。可惜了，他这般刚硬卓绝，至死也一个字不说，果然丝毫未变，青城啊青城……"

说到这里，他反倒陷入沉思，过得片刻，忽然问道："那个女娃，是你的弟子？我看她大有异于常人之处，你这个做师父的，可还发现了什么她与别个不同的地方吗？"

冲夷真人思忖良久，青城仙人死得离奇而残酷，这位翠玄仙人往昔又以酷辣手段闻名，他对黎非起疑，只怕这孩子要很有一段时间不得安生。她一向勤勉乖巧，他身为师父，无论如何也须得护好自己的徒弟。

他当即开口道："小徒未见有何太过异常之处，倒是十分勤勉刻苦，叫晚辈心中十分欣喜，故而这次带她出来猎妖炼制法宝，盼她修为能更精进些。"

翠玄仙人"嗯"了一声微微颔首："既然如此，那你出去吧。"

眼看冲夷出去，翠玄仙人面色渐渐沉下，良久方道："守中，你有何发现？"

守中仙人在水晶棺前停留了半晌，惊道："你来看！这里少了个东西！"

翠玄仙人快步过去，却见那靠右的水晶棺内空空如也，只剩一块孤零零的青铜牌，上书"不知"二字。他登时大惊失色，急转身，望向左边的水晶棺，其内封存的夜叉角倒还在，一如既往。

守中仙人沉声道："水晶棺未破，方才我仔细查看，连一丝裂缝也无，棺内的东西莫非自己消失了不成？"

封存了上千年的东西，怎会凭空消失？翠玄仙人伸手仔细摩挲空空如也的水晶棺，他的脸色从未这么难看过："我记得棺内封存的是一截臂骨？"

这座异民墓并非无月廷收集，而是原先白边之崖那个被灭门的修行门派千年来收集而成，这数百年来异民墓由他保管。水晶棺内无数海外异类都有名号，唯独那根臂骨空白一片，他亦翻阅过无数海外记载，始终找不到来由。

此次来白边之崖，就是为了将异民墓封印在此。自出了无月廷到这里十几日，能进出小千世界的只有他与守中，除此之外，便是雷修远与姜黎非两个小弟子进来过。偏偏他们进来后，青城便死了，棺内臂骨也消失无踪，殿内还找不到一点儿蛛丝马迹——做得这么干净，反而更容易叫人起疑心。

翠玄仙人沉吟许久，终于又道："算了，先出去，从长计议。"

其他长老很快都跟着两位老仙人一起去试炼地中心封印异民墓。黎非师徒二人在峭壁边缘站了许久，她忽然道："师父，方才出了什么事？可是与弟子有关？"

冲夷真人凝视她片刻，道："刚才与你说，这白边之崖曾有一个修行门派，还有没说完的。我们此趟来白边之崖，是为了封印海外千洲万岛的异民墓，这座异民墓原本并非我无月廷之物，而是为这个已被灭门的仙家门派拥有。所谓海外千洲万岛，指的是海外有千万洲、千万岛，统称便叫作千洲万岛了。海陨一事你已知道，届时天地间各种异象乱生，天雷火海都会自海外渡来我中土，海外异民更有令中土群妖凶兽雌伏的能力，种种匪夷所思都不足为奇。

"这个修行门派曾是中土最大的名门，千年前的海陨他们收集了许多海外异民的尸体，封存在派中，取名异民墓，如今它正封在翠玄仙人的小千世界内。对他们来说，这些尸体与其算战利品，倒不如说是中土之人对海外想要了解的心态。呵呵，到今天还是如此，中土仙家对海外的未知力量既恐惧，又向往。只可惜，这个修行门派被灭，也与这异民墓有关。

"五百年前的海陨，中土仙家真正伤亡惨重，只因海外来了两个凶神夜叉，直奔这个仙家的异民墓。两只夜叉，一夜之间便屠尽了这个门派，他们来去如风，凌厉无比，许多仙人还未看清便已死在夜叉爪下。所以，你应当明白，为何我们对待异民墓如此慎之又慎了。

"此次海陨将临，异民墓绝不能留在无月廷，只能将它封印在白边之崖，我们不能重蹈这门派的覆辙。然而夜叉凌厉无比，今次海陨又是一场苦战，我等仙家门派的长老不知要战死多少。这些事，本来等你们这些小弟子突破第六道瓶颈成仙后才该知晓，不过我向来对此不以为然，越早知道真正的危险，方能越早做好准备。弟子时期的修行乃至心境对成仙至关重要，上一辈的遮遮掩掩便弄出了我们这一辈的懦弱无能，我不想下一辈还是如此。"

黎非恭敬聆听，却又有些摸不着头脑，冲夷师父这算答非所问吗？

似是看出她的疑惑，冲夷真人叹道："你问我的事，一时半会儿说不清。告诉你这些也是叫你明白，我们中土仙家曾有过怎样惨烈的处境……你可还记得我提过的那位斩断夜叉角的青城仙人？"

黎非低垂的睫毛不由一颤：青城仙人？

“数年前，是我无意中听见的，那些老辈仙人说发现了青城仙人的踪迹，要去生擒他。我心中已猜到一些端倪，青城仙人说伤重难愈寻找灵药只怕都是借口，他的真正意图，这些年我方能渐渐体会。在与夜叉经历了那样惊心动魄的斗法后，他定是对海外产生了无与伦比的好奇之心，所以我猜，失踪的那么多年，他应该……是在海外。”

说到此处，他再度叹息：“翠玄仙人那一辈的仙人伤亡太过惨重，行事自然酷辣谨慎。青城仙人去了海外，不回来也罢，他偏又回来了，如何不令人多想？他伤重难愈是怎样去的海外？海外又是何等景象？他避世而居，可是有什么筹谋？连我都有这些疑惑难解，更何况经历过海陨的老辈仙人们。只可惜，这些疑惑一生也无法解开了，落在翠玄仙人手中，青城仙人又极其刚烈，以致造成这般惨祸……”

他见黎非目不转睛盯着自己，便摇头苦笑：“你不是问我方才发生了什么？方才我见到了青城仙人的尸体，想是被翠玄仙人他们捉住后百般刑罚追问，刚刚才仙去。”

黎非霎时间想起日炎在异民墓中的哀号恸哭，她忽觉心惊胆战，原来那个人是青城仙人？她转念复又想起在端明城日炎说漏嘴的话，一时几乎站立不稳，眼前阵阵发黑。

死的人是青城仙人，难道、难道真的是她遍寻不着的师父？

她还想起日炎说，如果知道一切，便再也不能留在中土。是啊，如果师父是死在无月廷仙人的手下，她如何还能留在这血海深仇之地当一个默默无闻的弟子？她如何还能平静面对这些中土仙家？

手脚忽然变得冰凉，她整个人也像被投入了冰水中一般，只剩胸口一丝气，苟延残喘。

是他？不是他？她竟僵住了。

冲夷真人没留意她的异样，他犹在为青城仙人惋惜：“惊才绝艳，终究化作一抔黄土！当年他若不硬撑着与夜叉相争……唉，过刚易折！徒留我半生疑惑难解，此恨难消，难消啊！”

正感慨间，入内封印异民墓的长老们都回来了，连翠玄、守中两位仙人在内都显得有些疲惫，显然封印异民墓并不轻松。

“冲夷，你在说什么？老远就听见你长吁短叹的。”广微真人半开玩笑着落下云头。

冲夷真人默然不答。翠玄仙人瞪了他一眼，开口道：“封印事既了，我等便先回无月廷了。冲夷，眼下外界乱象已生，你还带着弟子，莫要在外逗留太久，早些回去。”

他不等冲夷真人回答，转身径自先行离去。腾云飞了半刻，他忽又低声道：“守中，此事你如何看？”

守中仙人摇了摇头：“甚是怪诞，一无头绪。”

翠玄仙人微微冷笑："依我看，那小丫头大有玄机，她体质诸般特异，我又特意看了下她的修为，没有突破瓶颈的灵气波动，却又有一身超越瓶颈的修为，这般人物，居然蛰伏无月廷数年，默默无名，想来必然是有意为之。冲夷身为她师父，对她的情况一定了若指掌，却始终隐瞒不报，个中缘由很是值得推敲。你我果然是老了，派中暗潮汹涌，竟到今日才发觉。"

守中仙人还是摇头："翠玄，我明白你心有忧虑，但若无证据，还是莫要擅自行事，我等身份如此，行事不可鲁莽。"

翠玄仙人笑道："要证据？这简单！"

他抬手将袖中一枚尺余长的短刀抛出。那柄短刀在空中悬浮，顷刻间化作一个满头红发的男性器灵，伏跪于地，等候吩咐。

"跟在姜黎非身边，无论她去哪儿。莫要叫任何人发觉，所见一切，一字不漏地说给我听。"

器灵应了一声，眨眼化作一团雾气消散开。

翠玄仙人朝守中仙人摊开手："不打草惊蛇，也不擅自行事，我倒要看看她何时露出破绽。"

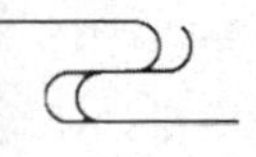

# 第三十九章 一网打尽

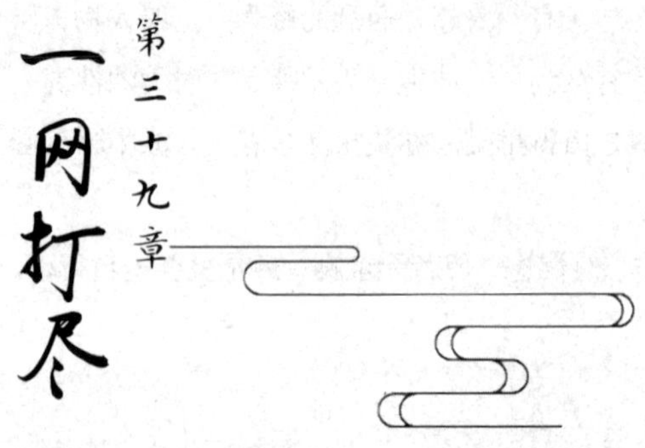

磅礴的灵气被缓缓收敛入体，黎非疲惫地睁开双眼，静静看着悬浮在自己面前的一截通体洁白的小角。由于五种灵气充沛其间，尚未彻底封入，它周身散发出夺目的五彩光辉，极其绚烂。

片刻后，光华收敛，小角落在她掌心，只有中指长短，洁白似玉，莹莹光润，看上去倒像是一件浑然天成的饰品。

真是难以想象，刚得到这只兕之角时，它比她整个人都高，而且通体黑红交织，看起来十分狰狞。经过她三个月从生疏到熟练的灵气淬炼，它成了这么玲珑的模样，与她浑然一体，感觉十分玄妙。怪不得师父说，只有自己炼制的法宝才能将其效用发挥到极致。

数月前的猎妖，冲夷真人带着黎非在中土中心的荒山野岭中足等了一个多月，才等来了凶兽兕。刚见到兕的时候，她还吃了一惊，两次到异民墓，大殿前封印的铜牛就是它。据说这种凶兽十分奇异，头顶仅有一只巨大的独角，其上却不附着凶煞之气，反倒不惧五行，可攻可守，十分厉害，不枉费她和师父耗在林子里的那一个多月。

黎非心念一动，兕之角立即盘旋而起，忽而变得数丈长短，忽而又细小若一根绣花针，随心所欲，变化万端。她指尖轻触角尾，峰顶密室中的灵气立即被它鲸吞水般吸食而来。

她自己亦有些被吓到，一把将兕之角握紧，汲取灵气的势头立即停了。

记得小时候在书院，她在浮空岛上第一次用灵吸，随后就被日炎严厉地警告过，绝对不能在人前用这本领，她也一直谨记这点。一晃过去数年，若非刻意去想，她都快忘记自己会灵吸，谁知今日炼制出的法宝竟同样能够汲取灵气，还比灵吸要快上无数倍。

她原本只想炼制一个自保的法宝，不意结果却出人意料。

黎非捏着兕之角陷入沉思，总也想不透其中的奥妙，过了许久，才叹着气起身。一把推开大门，峰顶白雪反射着刺目的日光落入这间阴暗的闭关室，好一阵耀眼，三个月不见日光，她都有点儿不适应了。

“黎非。”三个月不见的昭敏师姐正立在闭关室前，面带欣慰地含笑凝视她，“原以为你还要再花上数月工夫，想不到出来得这样快，法宝炼制得如何？”

黎非急忙行礼，一面将兕之角捧在手中，道：“这个……应当算炼成了吧？”

昭敏见兕之角光滑莹润，娇小玲珑，更兼灵气内敛，便又笑道：“什么叫应当？这就是成功了。你这孩子，自己炼的法宝都不确定吗？”说罢，她又上上下下细细打量黎非，颔首道，“你的修为也提升了许多，竟已过了第三道瓶颈。看来师父带你出去这一趟，还是有益处的。”

黎非但笑不语，昭敏师姐对冲夷师父带黎非一出门就是大半年的行径很有意见，回来后她絮叨了很久，眼下法宝炼好，她终于不说了。

昭敏又盯着兕之角看了一阵，问：“这法宝是你第一个亲手炼制的，可有什么厉害之处？”

黎非反倒不知如何回答，总不能告诉她兕之角可以疯狂汲取灵气，甚至包括修行者体内的灵气吧？

昭敏见她脸上露出为难的神色，立即摆手：“我不该问，忘了吧。”

修行者的法宝效用往往保密至极，绝不肯轻易叫人知晓，她先前一问其实是僭越了。

黎非摇了摇头，将兕之角轻轻抛出，它迎风便长，转瞬间变作三尺长短，像一座玲珑舟。她裙摆轻摇，轻盈地跃上，笑道：“它飞起来应当比腾云御剑要快许多，还可以再变大，里面更能贮存灵气，也算可攻可守吧。”

昭敏抬手将她拉下来，慈爱地将她凌乱的长发别去耳后：“师父出门去了，等他回来再禀告法宝一事。你辛苦了三个月，今日先好好沐浴净身，好好歇息，修行的事明日再说。”

黎非犹豫了一下，低声道：“师姐，我也想出门。”

昭敏愣住：“出门？你要去哪儿？”

黎非勉强笑道：“我和书院的朋友们有个六年之约，就是这些日子。”

昭敏恍然大悟："我记得你曾提过的，你入门已满六年，自然可以随意出入，回头去文古峰拿个出入令牌便可。不过莫要贪玩在外逗留太久，最近外面乱得很，自己一定要谨慎小心。"

黎非一一点头答应下来，心神却早已游移，去向如今被封印在白边之崖的异民墓中。

她不记得自己这些日子是怎么熬过来的，一闭上眼，异民墓中那枯瘦如柴的身躯便在面前晃。她拼了命地在脑海里搜寻师父的音容笑貌，自己也不知是要个怎样的结果，盼着那个人不是他？还是盼着青城仙人正是睽违七年的师父？

不可以露出一丝异状，哪怕她焦灼得心底在滴血，也不可叫任何人看出来。只过去四个月，却又仿佛过了四辈子。现在，无名的恐惧与无比的期望在令她浑身无法抑制地发抖——她要去异民墓，马上就去。

其实，之前就已得到过无数提示：成名仙人、胡射峰那像棒槌般的山峰、日炎似是而非的话语……一直没有仔细想过，但如今它们被她串在一处，呼之欲出的答案却让她万念俱灰。

黎非竭力镇定心神，一件件收拾着衣物。她的东西实在不多，连梳妆台上的头饰发簪都是昭敏师姐送的，她一样没动，整齐地放在原处。珠宝奁底层还放着一柄漆木梳与一只栩栩如生的紫玉蟋蟀，她也没动，就让它们静静的、永不见天日好了。

小小的包袱很快收拾好，黎非起身，在自己住了六年的屋子里打量一圈，游移飘忽的目光最后落在墙角花瓶里插的一枝粉色桃花上。

她已经将这枝桃花悉心保管了五年，她不在无月廷的时候，昭敏师姐也会替她照料。丰盈的木行灵气滋润着桃花，令它永远维持在最娇嫩新鲜的那一刻，仿佛刚刚才由一个少年亲手摘下递过来。

黎非张开五指，萦绕桃花上的木行灵气顷刻间烟消云散。她静静看着这枝桃花变成一杆枯枝败絮，不再娇嫩粉红的花瓣似纸片般散落一地——这一幕有些刺痛她，令她猛然合上双目。过了许久，她才睁开眼，目光淡漠一片，转身便走。

要出入令牌的过程很顺利，三个月过去，外界本应是盛夏酷暑，然而一出无月廷正门，扑面而来的却是狂风暴雨，甚至夹杂着冰雹。黎非猝不及防，被雨淋湿了半幅衣衫。

她有些错愕地望着异变的天气，西面的天空分明烈日炎炎，东面却黑如墨染，狂风冰雹肆虐不休。山中群兽蛰伏，千禽哀鸣，情况比三个月前糟糕太多。

这说明海陨越来越接近，届时东海海水灌入归墟，阻绝中土与海外相通的天雷火海及无数凶恶的妖物都会侵袭中土，随之而来的还有被茫茫大海阻隔的海外异民——五百年一次，中土与海外相通的机会。或许日炎叫她做选择，也正是此用意。

黎非默然擦去脸上的雨水，她的答案，要在去过异民墓后才能确定。

正欲驱使兕之角向中土中心方向疾飞，眼前忽地清光一闪，紧跟着一封信悬浮在她面前。黎非不禁一愣，传信术？

信封上鲜亮的橙黄色仙法标记明灭闪烁，正是地藏门的标记，应当是叶烨和唱月寄来的，只怕是商讨陆公镇相会的具体时日。

黎非犹豫着拆开信封，却见上面字迹凌乱潦草，居然是用血写的，信纸上甚至还有一团团的血迹，叫人触目惊心。她登时大惊，然而待看清内容后，她一颗心都沉下去了。

信是叶烨寄来的，提到他和百里唱月在前往东海的途中忽然遭遇偷袭，对手虽然只有一人却十分强悍，两人加起来居然不是他的对手。逃了好久，最终唱月还是被那人生擒走，他在后追了一段却失去了灵气的踪迹，如今在阳曦城盘桓。

她猛然将信纸揉成一团，脸色苍白。东海？叶烨和唱月怎会突然要去东海？不是马上临近陆公镇相聚了吗？

去？还是不去？为什么偏偏在这种时候？

黎非咬紧牙关，异民墓中那道枯瘦如柴的身影一直在脑海里晃，然而很快又变成叶烨、唱月浑身鲜血的凄惨模样——她觉得自己快崩溃了。

她飞快掉头，驱使兕之角往东海方向飞去。暗沉肆虐的风雨中，她身下的兕之角如一叶轻舟，眨眼消失在了天边。

法宝比御剑腾云都要快上无数，黎非赶到阳曦城的时候，天还未黑。

这座中土与东海接壤的大城内有无数灵气波动，在此盘踞的仙家有很多，皆因近期妖物迁徙，为防止上回端明城的惨事再次重演，中土各大仙家都派了人驻守照应。

城内灵气繁驳，黎非费力地在其中寻找叶烨的灵气波动，顺着残留的一丝丝蛛丝马迹摸索，竟渐渐地离开了阳曦城，最终来到一座山崖前。

黎非眼尖，早已望见山崖树下躺着个人，一动不动，身下有大摊的鲜血。她大吃一惊，疾奔近前将他翻过来。但见他满面血迹，根本看不出五官，然而残留的一丝灵气波动十分熟悉，果然是叶烨。

他满身都是血，简直可谓血肉模糊，衣服甚至都成了碎片，连一片完整的皮肤都看不到，什么人下手如此狠毒？！黎非忍住惊骇，见他尚有一丝鼻息，急忙先释放灵气试探他的奇经八脉，只觉他体内寒毒流肆，十分凶险，而呼吸中都已带上了刺骨的寒意。仿佛会传染一样，她的半边身体立即冻僵了。

黎非立即运转灵气，扬手罩了一道治疗网在他身上。那些血肉模糊的伤口看起来可怕，却并非致命伤，真正致命的是叶烨奇经八脉中流肆的寒毒，倘若无法治愈，轻者重伤缠绵，再不能修行，重者受尽苦楚而亡。

她四处打量一番，既没看到可疑人影，也没察觉到什么可疑的灵气波动，却不知百里唱月在何处？叶烨已是命悬一线，只有先将他带回阳曦城疗伤才能知晓经过了。

黎非刚将叶烨抱上兕之角，忽然感到阳曦城方向正疾飞而来一团熟悉的灵气波动，没多久，便见一个长身玉立的少年御剑疾驰到近前。似是因为出来得非常匆忙，他的外衣都敞着，头发也散着，一截束发的带子被他攥在手里——极少见这样不修边幅的纪桐周，他一贯是不管遭遇什么，都竭力维持光鲜形象的。

乍见黎非，他不由一怔，随后双唇抿紧，沉着脸落在她身侧，低头去看叶烨。待见到叶烨的惨状，他脸色更阴沉了。

“怎么回事？”他的语气好像在质问，说罢又要用手去扶叶烨。

黎非抬手阻止他靠近：“先别过来，他中了寒毒，你离远些不要受影响。他受伤很重，得先带回阳曦城，从长计议。”

纪桐周竟也来了，看样子叶烨的血书不光是送到她这里，他们这些朋友应当都有收到，或许雷修远也……黎非皱眉驱除脑海中忽然浮现的少年身影。兕之角托着叶烨，一路风驰电掣般赶回阳曦城。

由于海陨将临，阳曦城这种靠近东海的大城比往日警戒了无数倍，连客栈都有修行门派驻守，倘若叫他们见到叶烨被重伤的模样，怕是要引来各种麻烦。最后还是纪桐周掏钱强行租下一间民宅。

叶烨的伤势被黎非翻来覆去地查看，最后她似是下定了什么决心般，凝神运转灵气。一团柔和的白光在掌心凝聚，很快又似纷纷落雪般坠下，沁入叶烨体内。

“能救活吗？！”纪桐周焦灼不安地来回打转。他自小便没有什么知己好友，书院结识的这些人里，女子偏多，只得两个同性，偏偏他又跟雷修远不对付，只剩个叶烨与他关系最亲密。更何况叶烨为人甚是稳重冷静，时常可劝慰他的暴躁，故而收到叶烨的血书时，他简直像晴天霹雳般，衣服都来不及穿好便冲了出来。

“你用的什么仙法？！”纪桐周还是不放心，“怎么见效这样慢？不如我写信给师父……”

“安静些。”黎非冷冷开口，“这是玉雪术，这个还治不好，你把星正馆掌门请来也没用。”

这玉雪术却不是冲夷师父传授，而是之前日炎无聊的时候教的。那时候他大约是闲得无聊，每天都教她一个新的高等仙法，也不管她能不能学会能不能用。这个玉雪术便是那时的她怎么也用不出来的仙法，对灵气量的微妙控制要求非常高，直到最近她修为达到第三道瓶颈才勉强可以用。然而玉雪术对灵气的消耗十分庞大，没一会儿黎非便感到筋疲力尽。

她悄悄唤出兕之角，它仿若有意识般悬浮胸前，内里收纳的无数灵气汩汩传入体内，玉雪术的光芒立即变得极亮，吞噬寒毒的速度也快了许多。

饶是如此，叶烨的伤也还是花了两个时辰才治愈。他身上的衣服早已破损碎裂，纪桐周脱了外套盖在他身上，眉头紧皱："到底是谁能下这种毒手……"

叶烨为人和善，不可能有什么仇家，难道是龙名座的人潜伏多年，定要对这位高卢国的旧皇子斩草除根不成？更诡异的是百里唱月竟不在他身边，他们两人从来都是形影不离的，倘若唱月是被人擒了去当人质，那才真是糟糕至极。

黎非疲惫地揉了揉眉间，淡淡道："叶烨身中寒毒，伤他的人应当是水属灵根者，而且实力相当不俗。"

水属灵根者数量庞大，能轻而易举将叶烨伤成这样，也只有长老级别的仙人了，可偏偏龙名座五丈山与三丈山的几位长老都不是水属灵根。他二人苦思半日也想不出可疑的人选，只能摇头叹气。

正说话间，叶烨忽地微微一抖，似是要醒了，两人立即围上去。

"你怎么样了？谁做的？！百里唱月呢？"纪桐周一口气问了数个问题。

叶烨神色似有痛楚，他疲倦地喘息许久。黎非捏着他的脉门灌入许多木行灵气，他才有气力开口，声音断断续续，一开口却是问："歌林呢？你们有见到她吗？"

纪桐周眉头皱得更紧："她不是在东海万仙会吗？几个月没写信，谁知道她现在在哪儿！先不说这个，你到底怎么回事？"

叶烨面色灰白，喘了数声，道："她……她已有数个月毫无音讯……我们写了无数封信都石沉大海……唱月担心她，刚巧入门满了六年，我们便一齐来东海寻她……却不想……忽然遇到一个蒙面人……此人好生厉害，用的仙法不知是什么……许多面冰镜，被照了便无法逃脱……"

"冰镜？"黎非心中一动，她好像在哪里听说过这仙法，只是一时想不起来，"你身上的伤口也是被他弄的吗？"

叶烨目中流露出极愤怒的神色，森然道："不错……"

倘若一剑杀了他也罢，技不如人，死有余辜，此人却偏要像猫玩耗子般缓缓折磨，用一柄小飞剑切割得人体无完肤，简直叫人怒发如狂。

纪桐周沉吟半晌，问道："他忽然出手伤人？之前有没有对你们说什么？"

叶烨喘息了许久，才将整件事完完整整地叙述出来。

他与百里唱月二人在东海万仙会的外围城镇中等了数日，没见到百里歌林，却见到一个意想不到的人——震云子。

事隔多年，他二人不再是当年的小孩，容貌有变，想必震云子没认出来。叶烨和唱月却不敢久留，只得暂且退到阳曦城附近。震云子在东海万仙会那边徘徊，他俩担心歌林出事，不愿离开，正徘徊时，那个蒙面人便忽然出现了。

“那人脸上戴着一个青铜面具，望不见容貌，一双眼却极亮，一直盯着唱月看。”叶烨神色中有少见的冷厉，“我们都能感觉到此人灵气波动剧烈，远在我二人之上，像是突破了第四道瓶颈的样子。”

因这人修为高深，他俩不愿惹麻烦，正欲避让，那人却忽然抛出一面冰镜。叶烨冷不防被镜面照中，霎时间全然动弹不得，百里唱月立即折返回来相救。那人见她回来，便又将冰镜撤了，放叶烨离开。

此后的数日简直像噩梦一样，眼看着逃走了，没一会儿那人便又能找来，抛出冰镜将叶烨冻住，然后再笑呵呵地放他俩离开。最后一次，百里唱月终于无法按捺，上前冷道：“要杀要剐你动手就是！这样屈辱旁人，实在叫人恶心！”

那人呵呵笑了两声，声音居然十分斯文温和，听起来亦十分年轻：“原本我对自己说，这小子若是能成功逃脱一次我的冰镜，我便放你们这对小爱侣离开，可惜了。这位小师妹，你如此风华，何苦与这无用的东西混在一处？世间从来都是美人配英雄，你一个美人却与狗熊在一处，实在大煞风景。”

说到这里，叶烨脸上终于有了痛苦后悔的神情，低声道：“我技不如人，亦无法逃脱那人的冰镜束缚，被他折辱了三日。唱月本欲自尽，那人却突然出手将她擒去。我追了数里，实在支撑不住，晕倒在山崖上。”

这件事对他来说可谓人生第一大耻辱，他话未说完，忽然长叹一声，转过头去，一行泪水从紧闭的双目中缓缓落下。

黎非一时不知该怎样安慰他，这么痛苦的叶烨她第一次见，所有安慰的话语对现在的他来说，只怕也毫无作用。她只有默默握住他的手腕，往里面灌注木行灵气，缓解他受创身体的疲惫。

纪桐周面色铁青，怔了半日，忽然道：“你方才说的震云子师叔……他、他是怎么回事？”

这位王爷并不知道震云子的事，在书院时因为他要去的正是星正馆，所以大家都好心瞒着他，以免他卷入麻烦。而此时叶烨心神激荡，竟忘了纪桐周不知此事，脱口将震云子说了出来。黎非也不知怎样解释，只得含糊带过：“我们与他……在书院时便有些龃龉……现在重要的不是震云子，而是那个蒙面人的身份，我觉得有些熟悉，却想不到是谁。”

纪桐周冷冷望了她一眼：“你自然觉得熟悉，那冰镜我曾听师父提起过，他对这仙法赞不绝口。你们无月廷有一位正虚长老，他有一个独门绝技，称为阴阳劫波镜，乃是牵制仙法中最最上乘的，看样子打伤叶烨的正是你们无月廷的人。”

正虚长老！黎非心念电转，立即明白那股熟悉感是怎么回事了，是秦扬灵！蒙面人好色且狠毒的作风与秦扬灵如出一辙！

有关秦扬灵的事她是回到无月廷后，从苏菀那边听说的。在斗法大会上他惨败给雷修远，那一战也引起了四位掌门人的注意，一来是为了责罚秦扬灵之前的所作所为；二来大约是想安抚雷修远这位天才，掌门人下令让正虚长老将秦扬灵带出无月廷，以让他冷静反省为理由，实际上是想将已结大恨的两个弟子分开，以免生出更多麻烦。

黎非只是不明白为何秦扬灵会突然朝叶烨二人出手，他看上了唱月的美貌？那出现在东海的震云子又是怎么回事？她隐隐有种不祥的预感。百里唱月既然落在秦扬灵手中，不死也要脱层皮。时间已过去一天，唱月现在的情况她根本不敢想，只觉毛骨悚然。

“我确实认识那人。”黎非思忖片刻，慎重地开口，“那人叫秦扬灵，是正虚长老最得意的亲传弟子，为人嗜色如命……叶烨留在此处静养，我们先去找寻唱月的踪迹，越快越好。”

她起身正欲出门，纪桐周忽然抬手将她拦下：“你留下照看叶烨，我一个人足矣。”

一个人？黎非差点失笑：“秦扬灵数年前已是第四道瓶颈的修为了，阴阳劫波镜更是出神入化，你一个人？”

她脸上若隐若现的讥诮笑意激怒了他，纪桐周森然道：“那你去又有何用？被他扒光衣服凌辱？”

黎非猛然转身，直直瞪着他。

一旁的叶烨忽然艰难地从床上坐起，低声道：“我也去，黎非留下，此地离东海万仙会甚近，兴许会遇到歌林……”

黎非深深吸了口气：“一起吧，无论如何，多一个人多个照应。何况我对阴阳劫波镜还算了解。再说，这里大约只有我能找到唱月。”

若论对灵气感应的灵敏，有时候连昭敏师姐都不如她，冲夷师父更夸过她“天赋异禀”，将来足以继承坠玉峰衣钵。

她并不多言，推开窗将自己的灵气散逸到极致，一点儿一点儿搜索百里唱月的痕迹。过了约莫盏茶工夫，她才睁眼道：“找到了，往东海万仙会的方向。”

秦扬灵带着百里唱月前往东海万仙会？众人都是摸不着头脑。叶烨心急如焚，顾不得元气大伤，穿好衣服便走。

一路顺着唱月留下的极微弱的灵气波动，曲曲折折，看似飞向东海万仙会的方向，可最后又偏离开。在山林中徘徊一夜，拂晓时分，三人停在一个山洞前。

“是在里面？”叶烨话音未落，人便要朝里冲。

黎非急忙将他拦住，一贯冷静的叶烨冲动起来也够呛。

山洞里地形不开阔，越是狭小的地方，劫波镜越容易困住对方的动作，然而相对的，秦扬灵自己也更容易被人近身。会停在这里面，他显然对被近身有所准备。更叫人不安的是，山洞明显是故意安排的，他竟是在这里等着他们自投罗网。

黎非越想越觉得此事没有那么简单，可事到临头，唱月更是被捉走，就算前面是天大的陷阱，也只能硬着头皮闯。

她朝纪桐周看了一眼，他会意地微微颔首——以火行仙法的霸道威力震碎劫波镜，令其没有复原的机会。她与叶烨趁机抢人，能逃便逃，绝不硬抗。

黎非镇定心神，一脚踏入山洞。下一刻洞内骤然响起一个男人的笑声，沿着洞壁阵阵回荡，正是秦扬灵的声音，他一面笑，一面道：“姓姜的小丫头果然来了，来得好！正好腻了这木头似的女人。”

紧跟着，传来衣衫碎裂的声音，秦扬灵叹了口气：“这样瞪着我，你真是让我提不起兴趣，我更喜欢有点儿反应的女人。呵呵，罢了，一声不出，像个死人，你可真叫人倒胃口，来点儿声音给他们听听。”

一声闷响，像是骨头被折断的声音，而百里唱月居然始终倔强地一言不发。

是可忍孰不可忍！纪桐周周身黑色的火焰骤然闪烁开。空气中像是有什么东西在炸裂震动，一瞬间这炸裂震撼的声响遍布整个狭窄的山洞，只听里面冰镜碎裂声不断响起。

众人狂奔入内，便见狭小的山洞最深处满地冰镜碎片。秦扬灵面戴青铜面具，手里提着唱月，足下踩着一支碧绿的玉箫，悬浮在半空，他身侧一左一右各有一只海螺似的法宝，释放出浅蓝色的水墙。纪桐周霸道的山火之震将整个山洞都震颤得阵阵摇晃，却好似对他一点儿影响也没有。

“唱月！”叶烨急叫一声，只见百里唱月衣衫褴褛，双手双脚均被折断，似是已经不省人事。

他压抑许久的怒意终于爆发，不顾一切地运转灵气，两条狰狞的冰龙自他身后呼啸而出，狠狠撞击在秦扬灵身前的水墙上。巨大的碰撞声与山火之震的震颤炸裂声混在一处，洞壁上不停地有碎石滑落。

黎非化作一团青烟，一眨眼便凝聚在秦扬灵面前，她动作疾若闪电，抬手在那震荡不休的水墙上轻轻按下。水墙被她一触之下立即开始结冰，不一会儿就成了透明的冰墙，被她一掌击得粉碎。

纪桐周的黑火乘隙而入，似一张狰狞的大口，立时便要将秦扬灵吞下。

秦扬灵冷笑一声，将不省人事的百里唱月狠狠掷出，自己却闪身去了另一边。两只法宝寸步不离地跟着他，再度放出蓝色水墙。

叶烨早已抢先接住百里唱月。黎非唤出兕之角将秦扬灵逼退数丈，自己也闪身退回，一层治疗网罩在唱月身上。她释放仙法极快，几下起伏便将土主护身与数道防御架设起来，紧跟着一推，一股无形的力道将叶烨和唱月两人推至众人后方。至此，众人心中终于暗暗松了口气。

“走！”黎非抓起叶烨的后背，将他和百里唱月一起丢上兕之角，冷不防纪桐周忽地惊呼一声：“小心！”

黎非仗着自己有土主护身，竟不回头，只一掌重重拍在兕之角上，它仿若有灵性般，掉头径自朝洞口疾飞。便在此时，只听“当”一声，一股大力击中她的身体，黎非险些摔飞。她立即稳住身体，再唤出一层土主护身，紧接着数道透明的土行墙被架在洞内，防止秦扬灵追上前面两个伤者。

“你不错啊。”秦扬灵忽然笑了两声，面具后两只眼目光灼灼地盯着她，“放了那么多仙法，灵气还够吗？要不要师兄教教你怎么控制灵气量？”

黎非回身望着他，这人在纪桐周令人无法喘息的黑火攻势下，竟能游刃有余地躲闪，还可以优哉游哉地同她说话，确实厉害，她不得不佩服。

只是有些奇怪，她本以为要救出唱月会更困难一些。秦扬灵的表现也很奇怪，除了方才给自己的那一下，他根本就没有出过手，只是不停躲闪，是打算留着灵气放劫波镜？还是另有所图？

金色光剑在掌中凝聚，黎非出其不意地将它掷出。秦扬灵躲闪不及，被一剑将脸上的青铜面具挑飞。出乎意料，他脸上也没什么变化，那戴着面具何用？他身边两个海螺似的法宝更是十分突兀，他自己炼制的？浅蓝色水墙能挡住纪桐周的山火之震，不像是他能炼出的东西。

秦扬灵笑吟吟地看着黎非，柔声道：“姜师妹，你的小脑瓜里在想什么鬼点子？想怎么逃吗？哈哈，既然来了，那就再没有离开的道理，前面那女人叫人好生无趣，你可得多给我些乐子才行。”

他话音未落，人已闪现在黎非面前。这姑娘生得真是好，虽是满面惊骇，却也掩不住天生丽色。他本欲撕破她衣服，听她尖叫两声，然而被这艳光一摄，竟有些舍不得，他骤然伸手，打算在她胸前轻轻摸上一把。

手腕忽然被人一把抓住，秦扬灵终于吃了一惊，错愕地看着黎非敏捷的动作。她五指如钩，扣住他的脉门，中指高高翘起，在脉门处重重一弹，尖锐的灵气被强行灌入经脉，痛得他大声嘶吼，半边身体霎时没了气力。

黎非周身金光猛地大亮，密密麻麻的金刺从她体内爆射而出，眨眼就将他扎成个刺猬般，哼也没哼一声地摔在了地上。

叶烨紧紧抱住百里唱月，她伤得非常重，纵然有治疗网罩在身上，鲜血还在不停地流。秦扬灵手段残酷，她偏生又十分硬气，不知这一天被怎样折磨，竟一声不吭。他心里有无数种暴戾的冲动，想要回去将秦扬灵亲手杀死，然而最后还是紧紧地将她抱在怀中。

身体上的创伤终有一日可以彻底治愈，可心理上的创伤会缠绵很久，甚至终生如附骨之疽。是他没有保护好自己心爱的女人，所以他再也不会放手，哪怕下一刻是死。

兕之角载着他们飞得极快，眨眼便到了洞口。忽然洞口人影一闪，又有一个戴青铜面具的人出现在面前，身上的灵气波动竟与秦扬灵一模一样。

障眼法？叶烨心中惊诧，冰龙呼啸着从身后迸发，意图将那人撞开，冷不防腿上突然一麻。张狂的寒冰自地底喷溅而出，一瞬间将他二人下半身冻了个结实，冰块中的寒意令人瑟瑟发抖，甚至说不出一个字。

叶烨惊骇得几乎僵住，他没见到劫波镜，这是什么时候施放的？！这人是谁？

# 第四十章 角

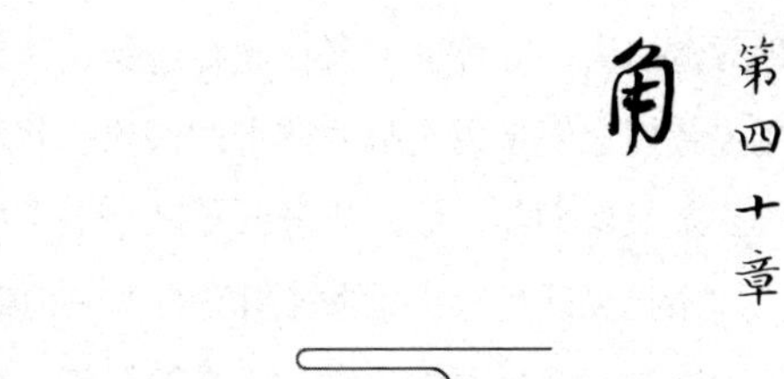

黎非眉头皱起，低头望着地上血肉模糊、气息断绝的人。方才死在她手下的分明是秦扬灵，她绝不会看错，也绝不会认错他的灵气波动，可地上那尸体竟不是秦扬灵，而是白发苍苍穿着无月廷长老服饰的正虚长老！

纪桐周急急落地探他的鼻息与脉象，片刻后却惊骇地回头："他死了。"

洞口那戴着青铜面具的男子一面笑一面道："姜师妹，你怎可这般大逆不道，竟然下手将长老杀了，以下犯上，这可是重罪。"

一瞬间被调包？不可能，秦扬灵没这个本事。难道刚开始就是障眼法？正虚长老怎么可能会被自己的弟子制服？秦扬灵不过刚突破第四道瓶颈而已！

黎非见叶烨他们被冻在寒冰中，越发惊疑不定，没见劫波镜，他怎么冻住他们的？还是说，原本就没有什么障眼法，在洞内与他们打斗的从头到尾都不是真正的秦扬灵？

遭遇的奇事太多，反倒令她冷静下来，她看了看正虚长老的尸体，再看看秦扬灵，忽然开口："是震云子在帮你？"

那两个海螺似的法宝，他身上那层坚硬如铁、极难打碎的防御，还有这难分真假的障眼法，不是秦扬灵的水准能弄出来的，必定有人相助。原本以为是正虚长老溺爱太过放任他胡来，如今看来，正虚长老竟已惨遭自己心爱弟子的反噬，不明不白死在自己手下。

就算秦扬灵有滔天的狠毒之心，单凭他一个人也不能将正虚长老弄到这步田地。此地靠近东海，叶烨他们又在此处遇见过震云子，一切很巧，人为的各种巧合。先造成秦扬灵色性大发将百里唱月掳走的假象，将他们引入这狭窄的山洞中，叫他们与中了魔术的正虚长老相斗，他好与震云子来个瓮中捉鳖？

秦扬灵只是冷笑，他将洞内的人一一望过来，冷然开口："雷修远那小畜生没来吗？哼！便宜了他！可恨那些仙人有眼无珠，将一个怪物当作天纵奇才，却将真正的天才驱逐出派！我本想在这里与他做个了断，看看他到底是什么怪物，他竟没来！"

他讥诮地哼了一声："果然是个冷血怪物！看样子他根本没把你们当朋友，姜师妹，你也莫对他一厢情愿，你不知道吧？他根本不是人，不知道是什么东西！所以才会不敢来！"

黎非趁他说到兴头上，将手中悄然唤出的飞剑无声无息地抛出。下一刻周围黑火滔天，纪桐周一把抽出宝剑，那柄剑化作数丈长短的黑炎刀刃，黑色的细小火焰像雨点般密密麻麻落下。他在剑身上轻轻一弹，那些细小的火点顿时震裂开，漆黑的万道火舌吞吐，那两只水属的法宝竟畏惧起黑色的玄华之火来，忙不迭地躲避。

好厉害的黑火！秦扬灵一时想不到这黑火如此厉害，飞剑已落在眼前，他躲无可躲，眼前金光一闪，左眼骤然一痛，他的左眼竟硬生生被光剑刺穿。秦扬灵惨号一声，急退数丈。黎非正要追上，忽觉双脚一麻，劫波镜的寒冰竟已将自己冻住——镜子在哪里？！

她紧紧盯着秦扬灵，他捂着左眼正在痛声惨叫，他的右眼里寒光闪烁，竟将劫波镜架在眼中？！身后的纪桐周急急冲上，黎非想要提醒，却发不出声音，只能眼睁睁看着纪桐周也被劫波镜定在原地，满面错愕。

秦扬灵架了治疗网在左眼上，他满面血汗，扬手便抽了黎非一耳光。目中剧痛无比，他何曾吃过这种苦头，恨不得立时抽出短刀将这丫头扎个稀烂。

黎非毫不畏惧地直视他。方才那一巴掌将她半边脸都抽肿了，鲜血顺着嘴角流下，虽是狼狈不堪，却又有种凛然的森冷，叫他无端端生出一股心虚来。

秦扬灵缓缓抬手，众人只觉眼前一花，无数面巨大的阴阳劫波镜密密麻麻排满了整个山洞，甚至洞顶都布满了冰镜。随着冰镜增多，他们身上的寒冰也在一层层叠加着，不过一眨眼的工夫，整个地面都被冻住了。

"我盼着这天已经很久了。"秦扬灵捏着黎非的下巴，将她僵硬的脑袋扭过来面对着自己，"只可惜你的小情人没来，否则我会叫他尝够痛楚发狂而死！"

被无月廷送出来，口头上说让他反省冷静，而实际上与被驱逐有何分别？他这么多年的苦练与努力，还有傲慢与野心，都被一朝击碎！在这个一切以实力说话的残酷世间，他不甘心，他是堂堂正正的修行弟子，雷修远是什么东西？他那天可是看得清清楚楚！可恨的正虚，他将所见一切告诉正虚，正虚却斥责是胡说！

秦扬灵目光灼灼地盯着黎非，冷笑："不过也好，你落在我手里，倒能令我乐子更多些！我把你玩够，手脚都割了，一刀刀切你的肉，我就不信雷修远那小畜生不来！"

他掌心凝聚出飞剑，小如指甲，嗡嗡鸣响，却快得惊人，嗖一下飞出。黎非只觉胸前一凉，衣领竟被利风切碎，大片雪白的肌肤暴露在众人眼前。

秦扬灵目中射出一股奇异的狂热，他对姜黎非这丫头垂涎很久了。论容貌她是一等一的，虽是差了些风情，然而她身上有一种与别个不同的凛然与倔强，反倒更令他想要征服蹂躏。

小飞剑嗡然飞回，这次是切断了她的腰带，宽大的无月廷弟子服敞开，露出里面薄软近乎半透明的中衣。这种时候她竟还不花容失色地尖叫，而是淡漠地盯着自己，这神情令他厌恶，却也叫他陡然生出一股戾气。

秦扬灵正欲出手将她的衣服彻底撕烂，一旁的纪桐周忽地森然开口："你若是动她一根指头，他日我必千倍奉还！"

秦扬灵不屑地一笑，嗡鸣的小飞剑忽然变大数寸，在空中打了个旋儿，疾电般射向纪桐周的脑袋——今天这里所有的人，他本就没打算叫他们活着出去。

谁知背心忽觉一凉，像是有利器刺来，他本能地一缩，让过要害，在地上打了个滚，不可思议地回头。却见原本该被冻住的姜黎非居然不知何时破冰而出，她手执光剑无声无息地刺来，动作奇快无比。

一剑不中，她反手又是一剑。秦扬灵眉间寒意侵袭，眼睁睁看着那一剑向自己双眼之间刺来。

情急之下，他猛然向后仰去。光剑擦着他的眉间，削断了他数绺长发，额上先是冰凉，紧跟着又变得剧痛无比。

秦扬灵在极度惊骇下顾不得血流披面，本能地以手撑地，抬脚踢向她的手腕，冷不防眼前赭黄色的光芒一闪，他整个人不由自主张开双臂，数道仙法锁链将他牢牢捆在十字形的土行架上。锁链卡在他脉门处，竟叫他一丝灵气也运转不了了。

这是土行高等仙法囚龙锁，他们每一个人都不陌生，无论山派海派，入门弟子守则上都会有对这个仙法的详细描写。但凡严重触犯门派戒律的人，无论长老还是弟子，都会被囚龙锁捆住等候处罚。灵气无法运转，再厉害的仙人也与普通人一无区别。

秦扬灵只觉迷惘而震撼，为什么劫波镜困不住姜黎非？他对阴阳劫波镜下的心血只有他自己知道，如今他突破第四道瓶颈，它的威力更胜从前数倍，甚至可以让它存在于眼中，在灵气可支撑的程度中，他看向谁，谁就会被冻住。灵气被剧烈消耗完之前的那段时间，他应该是近乎无敌的。

他付出无数心血，先是被雷修远挣脱了劫波镜的束缚，给了他从未有过的耻辱。这次有震云子前辈的相助，他做了万全的准备，设想好了一切被近身后的反击，可他的心血又一次成了白费，这次是姜黎非破冰而出。

他对阴阳劫波镜的信心忽然彻底消失，对自己付出的一切努力也只剩心寒。

为什么？为什么？！秦扬灵愤怒地瞪着正虚长老的尸体，是他告诉过自己，阴阳劫波镜是最强的束缚牵制仙法！三番两次被人破冰而出，他根本是被骗了！

黎非不去管他激愤之下的破口大骂，被唤回的兕之角滴溜溜在身前旋转不停，方才她强行令兕之角将劫波镜的灵气吸纳走，身体才勉强能动。顾不上体内寒毒流肆，她将洞中无数阴阳劫波镜震碎，被寒冰冻住的三人终于脱离束缚。然而除了纪桐周勉强能站着之外，剩下两人都已晕死过去，百里唱月只怕更是命悬一线。

黎非正要过去，忽见眼前黑影一闪，霎时间众人被一股全然无法抗拒的大力抓起狠狠抛向洞壁。只撞了一下，黎非的土主护身居然全碎了，纪桐周立即被震得晕死过去。那道闪电般的人影在秦扬灵面前停了一瞬，一个冰冷彻骨犹如幽泉般的声音响起："几个小家伙就把你弄得这么惨，报仇的心还在吗？"

久违的声音，震云子。

秦扬灵绝望中乍见震云子来了，他狂喜却又狂怒，染满鲜血的面容看上去有种异样的扭曲——震云子明明可以早些来！就这么看着自己被一个小丫头耻辱地捆住？！可震云子毕竟是个长老仙人，自己数件法宝与防御仙法都是他所授，甚至正虚那老贼都多亏他才能除掉。

因缘巧合之下遇见震云子，他才有机会这么快就报仇。

"请前辈让我再亲手报仇！"秦扬灵嘶声道。

震云子一时未答复他，他扫视一圈，当年书院五个小家伙只来了三个，不过不要紧，最重要的那个小丫头在，一切都圆满。

六年了，自己的功力也已退化到再也不能够做玄门长老，个中滋味，除了他自己，无人懂。他冷若玄冰的目光从他们每个人的脸上扫视而过，他等这一天等了很久，为此也筹划了很久。

书院弟子进了门派后，六年内不许随意出入，其间出入身边总有长老仙人跟随护卫，就算是功力尚未退化的自己，也不能够在数名长老身边毫无声息地抓走弟子。他唯有忍耐，销声匿迹，忍辱负重。六年时间对仙人来说不过弹指瞬间，对他来说却是度日如年。

与九尾狐的数次失之交臂，让他念念如魔；失去长老的位置，也让他痛苦不堪。是的，修习玄门的天音言灵与字灵魔术须得绝情断欲，他比任何人都明白，可欲壑怎样填？他每夜每夜地辗转难眠要如何？想起便要长叹又如何？向上，一直向上，要变得最强，这一直是他最坚定的、无可摧毁的修行心。丢弃了修行心，他还怎样修行？

最绝望之时，他甚至只身来到东海之畔，也想像无数仙人曾经做过的那些壮举一样，索性死在横渡东海的旅途中，那样也干净洒脱，可他终究还是不舍。直到某天，他在东海一座不知名的山崖上，发现了青城仙人曾经留下的印迹。

这位传说中斩断夜叉角的著名仙人不知所终了数百年，谁能想到，他竟是与九尾狐结伴前往海外了呢？山崖巨石上留下的字迹那么深邃潇洒，铁骨铮铮，充满了虽千万人吾往矣的豪迈——癸丑年三月廿一，东海曼山始行，沧海漫漫，余去矣。

让他吃惊的不是这些，而是下面的署名：无月廷胡射峰青城留。青丘九尾日炎留。在青丘九尾日炎的笔迹下，是数道尖利的爪痕。

青丘九尾，青丘九尾日炎……那一刻，震云子简直想仰天长笑，原来这只九尾狐竟与青城仙人是旧交！它竟去过传说中的海外！他看上的竟是这样一只厉害的大妖怪！他甚至能够想象到，当他将这只九尾狐捉住，他便可以得知无数海外的秘密，而用它珍贵无比的皮毛骨血炼制法宝，自己的修为会有怎样可怕的提升！

他再也舍不得离开东海，时常以猎妖为借口在附近试图寻找出青城仙人与九尾狐更多的蛛丝马迹。后来，他遇到了被正虚长老带出无月廷的秦扬灵，得知他与雷修远的纠葛，便有心利用这个弟子那十分厉害的阴阳劫波镜。以智谋制服正虚长老后，一切计划便已制定完美，只等这些愚蠢的小家伙上钩了。

震云子想起这些往事，心中一时激愤难耐，一时又感慨万分，他的目光在秦扬灵身上停住。这小鬼输给雷修远后便一派鬼话，说什么他眼冒金光，是个妖怪，在自己看来，这不过是秦扬灵为他自己的惨败找借口罢了，叫人不齿。事成之后，此狼心狗肺之辈绝不能留！

他一个人一个人地望过来，最后又望向地上晕过去的纪桐周。

震云子自然是认得他的，越国英王爷，他没能进得玄门，反倒拜了华门无正子为师，听闻天赋奇佳，是千年难遇的好苗子。

面对纪桐周，他终于犹豫了一下，这是他星正馆的弟子，他心底有一万分不愿杀他。

震云子长袖一挥，一柄通体洁白的宝剑出现在掌心，囚龙锁被他轻轻劈断。秦扬灵跌落在地，立即盘腿端坐，凝神运转吸取灵气。

“我给你机会报仇，若是再不行，那便是你命该如此！”

震云子语毕，掌中金光一闪，人已在叶烨二人身前，一剑便要刺入百里唱月的胸膛——这两个小鬼知晓太多事情，也留不得。

眼前忽然多出一只巨大的玉也似的兕之角，那一剑劈在角身上，发出极刺耳的声响。他骤然转身，一把掐住黎非的脖子。她全然无法反抗，被抓着朝洞壁撞上去，只觉浑身的骨头都像被撞碎一般，后脑上剧痛而发烫，鲜血缓缓溢出。那只手死死掐着她，她无法呼吸，甚至灵气也无法运转，此生从未有过这种痛苦。

黎非两只手本能地乱抓，却什么也抓不住，模糊凌乱的视线只能看清眼前男人冰冷却又充满狂热的双眸，那不是看人的眼神，而是在看一件物品。

黎非拼命张口，嘶声道："我……我跟你走！你别杀人！不然我立即死在这里！你死也别想拿到九尾狐！"

震云子冷笑一声，见她口中流出血来，竟是在咬舌，他立即掐住她的下巴，提着领口将她拽起。身后的秦扬灵再度放出无数阴阳劫波镜，将众人重新冻住。震云子身形一动，纪桐周被他一脚从冰中踢出。显然纪桐周承受不住这一脚，从昏迷中骤然惊醒，紧跟着口中鲜血狂喷，半跪在地上，神情涣散。震云子一手提一个，唤出一道法门，闪身而入，眨眼便消失在洞内。

震云子居然把姜黎非那个小丫头带走了，秦扬灵十分不满。他素来好色如命，早已对姜黎非的美色垂涎不已，纵然心底恨不得要将她碎尸万段，然而杀之前得先一亲芳泽才能罢休。

最大的乐趣没了，秦扬灵也不敢跟震云子计较什么，他回过头，慢慢扫视被寒冰冻住的二人。百里唱月先前一直跟个死人似的，不管他怎么撕衣服，言语凌辱，甚至动手折断她的骨头，她都能一声不吭，实在叫人倒胃口。

至于她旁边那个小子，居然还有胆回来，倒也叫人有些钦佩。他想起前几日戏耍这一对的经历，倒生出些兴趣来。

秦扬灵抽出短刀，在叶烨的脖子上试了试——是一块一块慢慢地割他的皮，享受鲜血与恐惧，还是把他利落干脆地戳出几个血窟窿？

正趣味盎然地思索，忽听山洞内响起一阵缓慢而稳重的脚步声，从洞口至洞内，一步一步，走得慢，却仿佛踩在他心尖上一样。秦扬灵立即警惕地起身，扬手唤出无数劫波镜，眯眼盯着拐角处。

脚步声越来越近，忽然，一道茶白身影出现在他视线内——领口与袖口三道黑边，身姿挺拔，气质清傲，长发垂肩，正是之前没有出现的雷修远！

他果然来了！秦扬灵狂喜难抑。半空中无数面劫波镜飞快地旋转起来，密密麻麻的寒光像下雨般疾射而去，一时间雷修远站立的地方竟被寒光吞噬，半晌看不清人影。

有上回的惨痛经历，秦扬灵不敢托大，劫波镜足足转了数圈，寒冰几乎要将整座山洞填满，这才令它们停下。定睛一看，却见雷修远的身体被封在层层寒冰中，动也动不得，他不禁得意地狂笑出声。

“雷师弟，”他悠然开口，“这次你会变成什么怪物叫我开眼界？哼，到最后还不是乖乖落在我手上？你以为无月廷那些仙人偏向你，你便从此高枕无忧春风得意了？我这次要把你切成一片一片的，看看你是个什么东西！”

他没有忘记斗法那天，雷修远突如其来的强势。无月廷那群无眼的仙人一定不明白为何雷修远会突然唤出乌云蔽日，只有他一个人知道！在那边伸手不见五指的黑暗里，他亲眼看见雷修远双目中有璀璨的金光在闪烁，甚至不只是双目，他浑身都透出一层璀璨而冰冷的金光。

这人一定是什么妖怪！所以他才能短短几年就突破第三道瓶颈，种种天才，皆因他不是人！

小飞剑再一次变大，最后变成光华灼灼的大飞剑，发出刺耳的竹哨般的声响。这一次，他绝不会再出一丝差错，再也不会，他要先将雷修远的手脚全部切断。

飞剑无声无息地扎入冰块，眼看锋利的剑尖便要贯穿雷修远的肩膀，却不知为何忽然停住了。秦扬灵急急御使飞剑，它却无论如何也无法再刺下去，像是触到了钢铁般。

璀璨的金光一层层透过冰块，渐渐变得耀眼而不可逼视。秦扬灵忽觉这被冻住的少年动了一下，然后抬起头，金色又冰冷的瞳仁一下便攫住了他。

怪物!

秦扬灵心中大骇，弃了飞剑急急后退，灵气涌动，一枚劫波镜在右眼中缓缓浮现，顷刻间数丈厚的寒冰吞没了雷修远的身影。然而那层金光再度透出冰层，比上回在斗法大会上还要明亮，洞内的寒冰都被那层金光映得变成了金色。

秦扬灵想起上回的惨痛遭遇，玉箫立即在脚下凝聚，此地不宜久留！震云子在哪里？！他若多留一刻，便能看到这小子的模样了！这不是妖怪是什么？！秦扬灵朝洞外疾飞而去，刚出洞口不过数丈，便听内里冰块碎裂的声势惊人，他一颗心几乎要蹦出喉咙，哪里敢回头，只没命地朝前狂飞。

但见山中群鸟惊慌失措地纷纷腾飞而起，无数妖气涌动，方圆百里的群妖竟然都在朝远处疯狂奔逃。秦扬灵正惊愕时，忽觉一股大力抓住自己的腰带，他全无半点儿反抗能力，被老鹰捉小鸡般抓回了山洞之中，狠狠摔在碎裂的冰块上，几乎背过气去，眼前阵阵发黑。

一只脚出现在模糊的视线中，其上金光肆虐，竟像是一层厚厚的金色火焰覆盖般。神情涣散的秦扬灵缓缓抬头，对上了雷修远金色的瞳仁，他周身都覆盖着那璀璨冰冷的金光，叫人感到异样的悚然。秦扬灵心中升起一股无上的恐惧——他不是人！是什么？

雷修远看了他一会儿，又转头四处望了一圈，突然开口道："黎非在哪里？"

秦扬灵喘息良久，颤声道："我告诉你，你不要伤我！"

雷修远淡漠地凝望他，身上肆虐的金光渐渐淡了下去，被收敛在身体内。他看上去与平时一无二样，可似乎又有什么微妙的无法言说的不同。

秦扬灵骇然看着雷修远被束好的长发忽然散开，两只纤细的黑角从他脑侧缓缓生出，生了约有三四寸的长度，服帖地顺在耳朵上。

黑角？他、他好像在哪里见过这模样……

秦扬灵怔怔地望着雷修远蹲在自己身边——一绺长发落在他脸上，脑侧的两只纤细黑角让他看上去多了一丝妖异感，他面无表情的脸显得那么可怕，叫人从灵魂深处便生出无法躲避的恐惧。

秦扬灵的眼角余光瞥见先前自己戴的那只青铜夜叉面具掉在角落里，他骤然张大嘴，失神地看着雷修远，他一个字也说不出，真的，一个字也说不出。

"你说，我不伤你。"雷修远的声音很平静，听不出喜怒。

秦扬灵恐惧地捂住脸，声音抖得像是在哭："她……她被震云子带走了！还有、还有，震云子还带走了一个人！穿着星正馆弟子服的！我都说了！我不知道他要做什么！从见到他开始，他就什么都没告诉我！只是愿意帮我罢了！我不知道他去哪里了！我真的什么都不知道！"

秦扬灵等了半天，却没听见任何声音，他颤巍巍地透过指缝偷窥。却见雷修远一把抓起正虚长老的尸体，轻轻抛起来，他的身体忽然化作一道金光，疾射而起，只一瞬间又落回地上。秦扬灵惊恐地发现正虚长老的身体化作一蓬血雨，哗啦啦洒了一地，连骨头渣滓都没剩下。

雷修远张开手掌轻轻一抓，不知是抓了什么在手中，轻轻捏碎，然后他冰冷的双眸再一次望向秦扬灵。

"我说过不伤你。"他声音很低，"我是个守诺的人，所以，我只杀你。"

秦扬灵心跳都停了，浑身瘫软地任由雷修远将自己像正虚长老一样抛起，他在这个人世间听见的最后一句话是："放心，一点儿也不疼。"

黎非浑身骨头像是都碎了一样，这种恐怖的剧痛折磨着她，甚至令她晕过去又立即痛醒过来。她的视线混乱而模糊，恍恍惚惚，感觉震云子提着自己似是来到了一块开阔的地段，海风吹拂，海的气息包围住她，令她脑中渐渐清明。

她迷惘地望着头顶蓝天，这里似乎是一处开阔的山崖，崖边立着一块巨石，天生而成，其上字迹斑斑，被刻了许多字，只是无法看清。

下一刻她的身体忽然被随意抛出去，囚龙锁将她捆住，她被悬空困在十字形的土行架上，鲜血一滴一滴落下来，染红了脚下的土地。黎非吃力地抬眼，却见纪桐周被震云子轻轻放在地上，他身上也是血迹斑斑，面色苍白，双目紧闭，像是受了重伤。

震云子架了一层治疗网在他身上，看样子是不打算杀他，黎非暗暗松了口气。眼见震云子起身走向那块巨石，抚摸着上面的字迹，喃喃道："昔日有青城仙人带了九尾狐去了海外，今日有我震云子将九尾狐炼制成法宝，从此上穷碧落下黄泉，无论修为还是博学，再也无人能及得上我震云子！"

青城仙人带九尾狐去海外？！黎非一个激灵，忽然更清醒了一些。

震云子喃喃自语片刻，指尖金光攒动，竟然抬指在那块巨石上刻字：星正馆玄门震云子炼制九尾狐日炎于此！

黎非骇然看着他朝自己走来，他手中握着一柄通体雪白的宝剑，出鞘后只见剑身极细，剑光鸿鸿，湛然若神。震云子在剑身上轻轻一弹，它发出冷冽的嗡鸣声，紧跟着他的灵气附着其上，寒光一闪，这一剑毫不留情地刺入了黎非腹中。

附着了灵气的细剑无声无息在她身体内吞吐着灵气波动，震云子竟是打算硬生生把一个活人也炼制起来？！

仙人的灵气霸道张狂，何况他是在将她活生生地炼制。黎非只觉四肢百骸奇经八脉无一不痛，这种疼痛闻所未闻，像是将她整个身体不停地绞碎碾压，先前全身骨头欲碎的疼痛比起来简直就像在挠痒痒。

她禁不住惨叫起来，浑身剧烈地痉挛。两只手死死卡在囚龙锁上，腕骨一瞬间便被她剧烈的挣扎弄脱臼了，可她已经什么也感觉不到，只有那种被绞碎般的惨烈的剧痛在不停地折磨摧残她。

震云子狂热地看着她，终于到手了！九尾狐！他盼了近百年！他已隐忍沉寂太久，久到都快忘却站在巅峰的至上愉悦！失去的一切，如今终于要重新回到手里！失而复得与得而复失都是这世间的极致，不过一个是喜悦，一个是痛苦。他已体验过这两种极致，法宝炼制后，修行心更加稳固，修为必然要精进无数。

"震云子前辈。"身后那个昏睡的王爷似是醒了，见到一个活人被炼制，居然没有动容惊呼，还算沉稳。

震云子没有回头，一个小弟子罢了，再天纵奇才，也不可能对自己造成任何威胁，他淡淡道："醒了？你体内寒毒流肆，不过你是火属灵根，应该能自己设法驱除吧。"

纪桐周慢慢走到他身边，耳边是黎非一阵阵惨烈的哀号，他没有抬头去看，只低声问："请问您这是……"

震云子微微冷笑："看在你是玄山师兄的族人，又是无正师兄的爱徒，我才留你一条命。你是我星正馆的弟子，什么东西更重要你自己清楚。懂事的，今日之事只当不知，自己离开，我放你走。"

纪桐周躬身向他行礼，当即御剑而起。震云子笑了笑，还算懂事！谁知下一刻，漆黑的火焰刀刃竟将囚龙锁一刀劈开，万道火舌吞吐在眼前，竟是漆黑的！这孩子居然有玄华之火？！

连他也不敢与玄华之火硬碰，当即抽刀回避，纪桐周一把将黎非揽起便要逃走。震云子哪里能让一个小辈弟子在眼前逃走，他手中雪白的剑骤然伸长。纪桐周背心一阵刺骨的寒意，他避开要害，硬生生吃了一剑。

黎非只觉体内剧痛忽然减轻不少，她气若游丝，神志不清地睁开眼，晃动的视线内，只觉纪桐周的脸离自己极近，他唇上鲜血淋漓，正一滴滴落在自己脸上。他忽地蓄力，将她一把抛出，紧跟着御剑回转。巨大的黑色火墙架设在山崖上，响亮的炸裂声喧嚣起来，山火之震笼罩了整座山崖，漆黑的火焰将视线遮蔽，她再也看不到他了。

灵气呢？她的灵气呢？！快些运转！黎非再也顾不得什么，直接用出了灵吸，霎时间灵气充斥体内，她心念一动，兕之角立即出现在身下，托住了她下坠虚弱的身体。她身体里还残留着那种被绞碎般的剧痛，内脏像是寸寸被拧碎似的，她死死按住腹部，疼得尖叫一声。

咬牙接好脱臼的手腕，兕之角载着她疾飞回山崖，她大声道："震云子！我在这里！"

漆黑的火焰与浓烟缓缓散开，纪桐周暴怒的脸出现在视线里，他大吼："回来做什么？！"

话音未落，震云子的细剑穿透了他的右胸，他口中鲜血喷出，再也支撑不住，栽倒下去。黎非将他扶住，罩了一道治疗网在他身上，她按住他的脑袋，厉声道："躺着别动！"

震云子甩干剑上的血迹，目光灼灼地看着她，不说话，似是打算结印放囚龙锁。

黎非森然地回望他，这个人，从小就一直追着自己，犹如附骨之疽。雷修远真的没说错，即便他什么也不做，她这一生都会活在杯弓蛇影中——他永远会记得自己有一只九尾狐，躲在暗处伺机待动，然后像今天这样，突然来袭，粉碎一切平静的假象。

“不需要囚龙锁了！”黎非忽然张开双臂，“我不躲也不逃，继续炼制我！”

震云子若有所思地看着她，似是在揣摩她的真意。老实说，囚龙锁将她的灵气都封住，他炼制起来也不是很方便，不过小丫头该不会要使什么诈吧？

黎非冷道：“还不来？”

震云子自己也忽然觉得好笑，一个第三道瓶颈的小弟子而已，她就算使诈又如何？他手中细剑陡然暴涨，再度插入她腹中。

黎非但觉那股绞碎般的剧痛又一次肆虐，她咬牙一把握住剑身，兕之角在她掌心浮现，她指尖在角尾轻触。霎时间，它鲸吞水般将震云子磅礴霸道的灵气尽数吸了过来。

追逐姜黎非的这些年，震云子设想过无数次要怎样从她体内将九尾狐取出的方法。

当日那只九尾狐被重伤，眼看便要束手就擒，却突然消失在众仙人面前。而姜黎非也从一个资质寻常的孩子，成了短短数年便可突破第三道瓶颈的优秀修行弟子。这种转变，若说没有九尾狐从中相助，他绝不信。

妖物附身于人的事并不算罕见，可无论怎样精心藏匿，妖气却是藏不住的。但他就是思量不出姜黎非用了什么法子将九尾狐藏得这么好，直到今天也叫人察觉不到一丝一毫的妖气。

事到如今，这些也不重要了，他早已等不及，没有那些细致的工夫将九尾狐从她身体中剥离出来，就这样直接炼制，他不信九尾狐还能继续安稳地藏匿在她身体里。只要它有任何举动，他就会立即发现！

他的灵气顺着宝剑灌入姜黎非腹部，可渐渐地，灵气从身体中越流越快。震云子眉头微蹙，他立即试图控制，却又骇然发觉自己竟全然不能控制体内灵气的流泻。

怎么回事？这是那只狐妖的本事？！吸取灵气？这是什么可怕的本领！

震云子抬眼望向黎非，她半跪在地上，低垂着头一动不动，也不知是不是被炼制的剧痛逼晕过去了。他的灵气还在流泻，而且越来越快，这样下去要糟！震云子立即试图抽剑，谁知那柄剑被她死死攥着，他一时竟拔不回来。

他身上每一个毛孔都在向外喷吐灵气，无论他怎样试图运转灵气、将它们锁在炉鼎内都毫无用处，即便自头顶引入灵气，也很快又被吸走，直到他发觉再也无法引入半丝灵气。

震云子震骇得丢了剑倒退数步，那可怕的吸力居然还在。眼看他的灵气已被吸走大半，他忽地醒悟过来什么，森然望向姜黎非。她的手掌一直虚虚握着，不知藏匿了什么。

震云子怒吼一声，袖中忽然射出无数冰刃，薄如蝉翼的冰刃在她身前三尺的地方便化为虚无——仙法皆是灵气凝聚糅合而成，灵气被兕之角疯狂地吸取着，仙法自然无法维持。

他心中忽然感到一阵恐惧，可随之而来的又是无法言说的狂热，是那只九尾狐弄出来的吗？他看中的究竟是一只怎样的大妖！它就近在眼前，一切他失去的和即将得到的都在眼前。他想要采撷，占为已有，可他的灵气却在疯狂地流逝。

震云子猛然朝后退，像是想要躲开什么。这座山崖附近仿佛多了一个巨大的旋涡，将灵气毫不留情地吸入。他犹如快要渴死的旅人，在沙漠中蹒跚而行，却找不到一滴能喝的水。

他陡然大叫一声，转身想逃，可九尾狐还在！他这么多年难填的欲壑！梦想的极致！它像沙漠中的海市蜃楼，近在眼前，他却靠不近它。他不甘！如何能甘心？分明已经将它捉在手里了，他那些如水的绝望和如火的希望……又要眼睁睁看着它们如沙般离开自己吗？

震云子转过身，怔忡地盯着黎非，他的灵气已近干涸，只能慢慢地、犹如最虚弱的凡人般一步步向她走过来。

# 第四十一章 伤逝

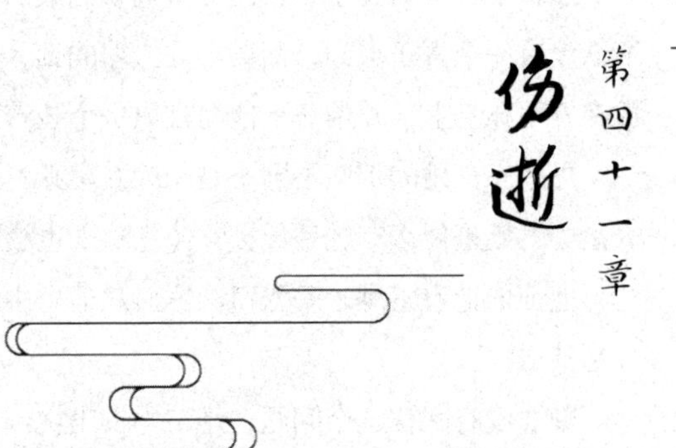

黎非忽然将兕之角抛出，吸纳了一个仙人的灵气，她再也无法令它维持玲珑。兕之角飞上天，陡然暴涨了无数倍，深邃仿若黑洞般的角口笼罩着这座山崖，贪婪无度地吸收着这里残余的一切灵气。

她缓缓将腹中的宝剑抽出，剔骨般的剧痛让她脸色惨白。

黎非在这叫人忍无可忍的痛楚中慢慢起身，宝剑上沾满了鲜血，她用力甩开，森然望着震云子，她会亲手结束这一切。

寒光一闪，她人已到震云子面前，一脚将他踢翻在地，失去灵气的仙人比凡人还要虚弱，他不会有一丝反抗的能力。黎非欺身而上，剑尖对准他的心口，正要狠狠刺下，却听他低声道："它在哪儿？让我看看它！"

黎非淡淡道："你是说日炎吗？你永远也别想见他。"

震云子狂热地看着她："它果然、果然在你……它居然可以吸取灵气……"

"他一直都在。"黎非握紧剑柄，讥诮地与他对视，"吸取灵气的，是我。"

她一剑狠狠刺入他心口，鲜血四溅。她定定地望着震云子苍白又震撼的脸，他像是僵住了。这个附骨之疽，最终还是被她亲手剔去，他那些欲望与冷酷、疯狂的修行心，也将终结在此地。

震云子叹息着握紧了自己的宝剑，到最后，竟然是自己的剑杀死了自己。他的所想所欲没有一个真正得到，而姜黎非方才的话，让他又在意，又迷惘。一直以来他的心只放在九尾狐身上，姜黎非于他而言只是个装着九尾狐的容器罢了。

可原来，她的那些不同不是因为九尾狐？可以完美藏匿狐妖是因为她？吸取灵气的人是她？她是什么？她是什么？他竟从来也没留意，更没想过这个方面。

他怔怔地看着她，一张口，鲜血从他口中缓缓溢出，他的声音在微微发抖："……你是什么？"

黎非没有回答这个问题，她奋力抽出宝剑。寒光再度闪烁，他的脑袋瞬间被切下，骨碌碌滚了很远。

沉重的宝剑慢慢被她松开，响亮地摔落在地上，黎非只觉一颗心蹦得极快，这是她第一次杀人，这被欲望纠结、不择手段的家伙，终于死在了自己手里。她静静望着他残缺的尸体，过了许久才慢慢转过身。兕之角早已停止吸取灵气，又变作食指大小，静静依偎在她身边。

纪桐周不知什么时候坐起来了，他两只漆黑幽深的眼睛一直盯着她，眨也不眨。

黎非笑了笑，朝他走了几步，双脚忽然一软，扑倒在地上，剧痛让她想要尖叫。不知什么缘故，她体内的灵气无法运转，它们明明还在，可她就是无法像以前那样运用它们。

有个人紧紧抱着她，黎非喘息着抬头，脸贴在一个血湿的胸前，血腥气与名贵的香料气息充斥整个世界。

她闭上眼，低声道："放开我。"

纪桐周没有放手，他的身体在微微地发抖，唇上的血还在溢出，一颗颗落在她脸上，他的声音很轻："我以为你会死。"

死的人不是她，而是震云子。黎非又笑了笑："我……和你们不同，没那么容易死。"

他怔怔地看着她，声音低而轻，像是在做梦一般："你……是什么？"

黎非没有回答，他应该知道了——她和他们每个人都不同，她是个异类，藏匿九尾狐，吸取人的灵气，甚至将他的师叔杀死在他眼前。

还不死心吗，纪桐周？

抱着她的两条胳膊渐渐收紧，他滚烫的呼吸落在她脖子上，声音在微微发抖："我管你是什么！姜黎非！你活着吧？你敢死给我看？！"

黎非反而苦笑出声，不在乎吗？他还是不在乎？她感到极致的疲惫，可同时又有一种欣慰。她爱的人拿她当猴子一样耍，可这里又有一个爱着她的男人，方才为了她几乎送命，最大的秘密叫他知道了，他却说"管你是什么"。

她不是圣人，这样还不能令她动容的话，那一定是说谎。

像是放弃抵抗，她吃力地抬手，缓缓环住纪桐周的身体——没有拥抱爱人的幸福与满足，她只觉得空虚，空虚而欣慰。

唇上一热，他像是发泄般吻上来，纠缠着她的唇瓣。整个世界霎时间被他的味道充斥，属于纪桐周的味道，执着、蛮横、不讲理。

黎非静静闭上眼，任由他近乎蹂躏般地亲吻噬咬。渐渐地，他的吻变得温柔起来，仿佛从噩梦中惊醒，发觉现实是一场美梦。他的手臂几乎将她从地上凌空抬起来，滚烫的嘴唇也不甘再徘徊在她唇间，而是下雨般落在她脸上、脖子上。

“幸好你活着……”每落下一个吻，他便轻喃一句，乞求般，“回答我，姜黎非，回答我……”

她还是没有说话，只是温柔又冷漠地环着他，不反抗，不挣扎，却也不靠近。

天空好像有一道金光一闪而过，依稀是个人影，在她想要看清的时候，一切又消失了，快得像个幻觉。

剧烈的痛楚终于渐渐平息，黎非的呼吸也趋于平稳，她低声道：“该走了，叶烨他们很危险。”

“叶烨”这两个字让纪桐周瞬间清醒过来，秦扬灵还跟他们在一处，只怕叶烨二人是凶多吉少。他缓缓起身，怅然四顾，悬崖上焦痕遍地，是被他的玄华之火烧灼而成，方才他心神激荡，脑子里只有姜黎非一个人，直到此刻才正视地上震云子身首分家的尸体。

虽是亲眼所见，他却仍不敢相信，姜黎非能如此轻而易举杀了震云子。震云子身为玄门长老，修为之深厚不遑多言，就算他遭遇瓶颈功力退化至再不能当长老，可要对付他们几个小弟子，实在是跟杀死蝼蚁没什么区别。

黎非淡淡道：“是我杀的，我杀了你们星正馆的长老，此事是我一人所为，和你没有一丝关系。”

纪桐周皱起眉头：“你说什么？！”

她望着他，继续道：“他日若有人追究恩怨，我一力承担。”

一力承担？纪桐周怒得冷笑一声，扬手唤出黑火，一瞬间便将震云子的尸体吞噬其中。

“废话少说，我会把这里烧得一干二净。”

张狂的黑火在整座悬崖边蔓延绽放，坚硬的岩石都被烤化，浓烟滚滚而起。暗淡的黑色火光中，盘踞悬崖边缘的巨石被烧得骤然泛红，其上雕凿的字也变得明亮起来。黎非随意望了一眼，但见其上青城仙人数字凌厉而利落，字体朝右倾斜，竟是说不出的眼熟。

她一颗心顿时沉了下去，情不自禁想要靠近再看清些。纪桐周却拽了她一把：“危险，别过去。”

不，让她过去，她还没有看清……是师父的字迹吗？是他的吗？！

没有人回答这个问题，巨石眨眼就被烧得裂开，碎了一地，仙人的字迹也化作黑灰，永远地消逝在这个世间了。

“走。”纪桐周不由分说拽着她往回飞。震云子莫名其妙死了，可还有一个秦扬灵留下，阴阳劫波镜要怎么对付，才是当前最重要的。

此处距离山洞竟有千里之遥，纪桐周一路疾飞进洞，双袖一振，便要先放出玄华之火震慑冰镜。谁知洞中静悄悄的，遍地冰屑，鲜血凌乱，叶烨紧紧抱着百里唱月蜷缩在角落中，除此之外洞里全无一人。

纪桐周急急落地，冲到叶烨身边，见他除了面色苍白，倒未受什么重伤，不由心中稍安。

“秦扬灵呢？”他急问。

谁知连问数声都没有人回答，纪桐周更是疑惑，再一次低头望向叶烨。却见他脸上神情木然，像是失了魂一般，双眼一眨不眨望着怀中的百里唱月，猩红的血色在他的衣服上缓缓晕开，越来越大。

纪桐周倒抽一口凉气：“她怎么了？！”

依旧没有人回答他，便在此时黎非也急急赶了回来。叶烨见着她，惨淡的双眸骤然一亮，绝处逢生般嘶声道：“你救救她！”

黎非此时更是心乱如麻，洞内秦扬灵和正虚长老都已不见踪影，徒留地上大片大片血迹，而百里唱月……黎非冲到叶烨身边，蹲下身用手试探她的奇经八脉，指尖刚触到她，心就凉了半截。

起先她受的伤虽然重，却不过是些严重的外伤，骨头断了可以重新连接，皮肉破了可以用治疗网治愈，寒毒流肆可以用玉雪术驱逐，可百里唱月是心脉被震断了，应当是方才震云子那一下抛掷的缘故。

黎非只觉手腕在微微发抖，叶烨还在祈求殷切地看着她，盼着她可以将唱月治愈。她没有将实情说出的勇气。

一团团柔和的白光沁入百里唱月体内，却仿佛泥牛入海，仅仅能令她外表的伤势复原，对她断裂的心脉却毫无作用。黎非眼内一阵刺痛，她强忍着别过脑袋把泪意逼回去，低声道：“此地不宜久留，我们先回阳曦城。”

这一场浩劫来得极其突然，结束得也十分诡异，震云子死在自己手上，秦扬灵却不知所终。然而现在这些疑惑都已不算什么，最令人想要发疯的，是百里唱月不断流逝的生命。保不住她，黎非没有办法挽回好友的性命。

到最后，还是她害了他们——若不是震云子对日炎那么执着，若不是他们与自己成了朋友，这场无妄之灾原本不会降临。

是她太懦弱，舍不得那些温暖的人心，想要做一个普通人，可从她被震云子盯上的那天起，靠近她的人都会被卷入灾难。如今，震云子死在她手下，其中盘根错节，又会牵扯出无数恩怨与灾祸，加上身世被人怀疑，师父的身份呼之欲出……她已不能留在这里，留下来，只会把过往珍视的一切都摧毁罢了。

夜色笼罩了整个天地，窗外又开始刮风，海陨将临，天气异变，盛夏七月便开始飞雪。黎非在肆虐的风声中紧紧握住百里唱月的手腕，徒劳无用地释放着玉雪术。灵气干涸，她的精神也像是快要断开的弦，被绷得极紧。

叶烨在望着她，纪桐周也在望着她，他们每个人都希望着她可以救活唱月。

可是不行，她真的没有办法，她没有起死回生的本领。

掌中冰冷的手腕忽然微微一动，黎非的身体也随之一震，抬起眼，正对上百里唱月的双眸。自认识她以来，这淡漠又我行我素的姑娘从未露出过此刻的眼神，充满了伤感与遗憾，还有无数的温情。

她轻轻拍了拍黎非的手，张开嘴，声音低哑："……不必再消耗灵气，我知道自己不行了。"

叶烨低声道："不要说话，别让黎非分神。"

百里唱月朝他微微一笑，另一只手无力地握住他的手，与他五指交缠，她眷恋地望着他的眉眼，好像在一起的这么多年都还没有看够，要将此后的无数年都看在眼里一般。

"活下去。"她的声音出乎意料地平静低柔，"替我照顾歌林，虽然没见到她，可她没有被震云子、秦扬灵他们抓到，我也就放心了。"

叶烨面色惨白，语气忽然变得暴躁："你一向不会说这些胡话！一切都是那丫头弄出来的！你叫我照顾她？你自己去照顾！你活着去照顾她！"

百里唱月还是含笑望着他，低低唤了他一声："叶烨。"

他整个人像是在那一瞬间忽然死去了，面色由白变灰，最后却张开双臂，紧紧地将她抱在怀中。

"你很好。"她贴着他的耳朵低语，"这些年，我也很好。"

她渐渐散漫的目光移向身旁的黎非和纪桐周，看了片刻，开口道："雷修远没来吗？

我先前依稀听见了他的心跳……小棒槌，你心事太多了，该和我学学，什么事都只为自己考虑，这样轻松些。”

黎非再也忍不住落下泪来，急忙用袖子遮住眼睛。

百里唱月朝纪桐周笑了笑，道：“小王爷，别和小棒槌吵架，让着她些。姑娘家是用来宠爱的，不是用来争执的。”

纪桐周脸色铁青，突地站了起来，怒道：“百里歌林呢？！这里就是东海！我去找她！把她找过来！”

他一脚踢开窗户，御剑疾冲出去，徒留风雪灌入，洒满窗台。

百里唱月合上眼，长长出了口气，低吟一声：“歌林……”

一言未了，气息已绝，芳华正茂的少女，带着遗憾悄然而逝。

叶烨低头在她脸上轻轻吻了两下，他出乎意料地冷静，用手指将她凌乱的长发梳理齐整，再轻轻拭去她脸上干涸的血点，静静看了她许久，忽然轻道：“黎非，帮她收拾干净些好吗？”

她素来是个爱洁净的姑娘，绝不会喜欢这样狼狈地死去。

替百里唱月洗去一身血污，换上干净的白衫，黎非从袖中取出木梳，坐在床边细心地替她梳理长发，绾成两条辫子，再配上她素日最喜欢的玫瑰发饰。她躺在床上，又干净又漂亮，像是睡着了一般。

眼泪又一次无法控制地溢出，太弱了，她太弱了，谁也保护不了，眼睁睁看着师父离开，眼睁睁看着自己的朋友惨死在花样年华。

狂风拍打在单薄的木门上，飞雪连天，风声像是千万匹妖魔鬼怪在嘶吼。黎非怔怔地望着烛火光影在唱月脸上跳跃，此生从未陷入过如此无助痛楚的境地，没有人，没有一个人，只有她独自面对惨淡的现实。

叶烨伏在床边，用指尖轻触百里唱月的面颊，痴痴看了一阵，低声道：“你先出去，让我和她单独待一会儿。”

黎非低头拭去泪水，停了片刻，才道：“还没有见到歌林，莫忘了你答应过唱月。”

叶烨与百里唱月自小就情谊深厚，上回在书院，唱月不小心摔落悬崖，他那时便已是毫不犹豫地随她一起跳下去，更何况现在？唱月死了，他怎可能独活？只怕是一心求死。

她不好说破，只稍稍点了一下，叶烨一向聪明，不会不明白她的意思。

叶烨怔怔地望着唱月，整副心神好似都离开了身躯，昔日翩翩佳公子，此刻竟像个迷惘的小孩，彻底的无助。

沉重的脚步声忽然自门外传来，紧跟着房门被一把推开，纪桐周剧烈喘息着走进来。他从头到脚都被白雪覆盖，也不知跑了多少路，累得面色苍白，然而在见到唱月的尸体后，他的脸更白了。

“我没找到百里歌林。”他别过脑袋不去看唱月，身体似是在微微发抖，“东海万仙会不许外人进，那座外围城镇我找了一圈，也没见着她……抱歉。”

黎非将血衣和染了血迹的被褥丢在角落，忽然开口道：“我去找，我应该能找到她。”

她朝纪桐周使了个眼色，叶烨现在很不对劲，必须要有人看好他，劝慰他，她毕竟是女子，有些话无从说起。纪桐周与叶烨关系最亲密，兴许能帮他缓和下。

纪桐周立即会意，微微颔首，见她转身便要走，他到底忍不住唤道：“外面风雪很大……你、你小心些。”

黎非不在意地摆了摆手，纤细的身影一晃便与漫天风雪交融在了一起。

明明上一次来东海，每个人都那么开心，那浅蓝明澈的天空、一望无际的海水、银白的沙滩，像画一样镌刻脑海。此时此刻的东海却像一只发疯的妖兽，漆黑的海水卷起高楼般的浪涛，没有星光，没有月光，只有惨淡的密密麻麻的雪片拍打在脸上。

六年之约，永远也不能实现了。

黎非将灵气释放到极致，凝神在驳杂的灵气波动中寻找属于百里歌林的那一丝波动。不知是因为异常的风雪，还是因为巨大的悲伤，她对灵气的灵敏感应比以往要强了许多，几乎是一瞬间便捕捉到百里歌林微弱的灵气波动，她立即掉转方向疾飞而去。

黎非心里有一丝怒气，更多的却是悲哀。歌林一向任性，在书院的时候便擅自决定一人前往千山万水之外的东海，去了东海又擅自断了音讯，这一次又是莫名其妙失去联系数月。她该怎么告诉歌林发生的这一切？在见到唱月的尸体后，作为妹妹的她又会有怎样的表情？

人已死，无论有多少悔意，都无法挽回，歌林，这一次你又是为了什么？

黎非骤然停在一座玲珑小院前，这里残留着百里歌林的灵气波动，她却无法感觉到歌林的确切位置。她在半空停了半晌，忽然大声叫道：“歌林！你在哪里？出来啊！”

连着叫了十来声，院内一扇房门忽然被打开，一年不见的百里歌林就这样缓缓走出来，落入她的视界。歌林看上去瘦了许多，竟显得十分憔悴，见着漫天风雪中的黎非，她露出做梦般的神情。

“黎非？”她眨了眨眼，清瘦的脸上缓缓漾出一抹笑，最后那笑越来越大，无比欣喜，“黎非？！我的天！我没看错吧？！你怎么来了？来看我的吗？”

黎非忽然哽住，她实在没有办法将残忍的事实告诉歌林，只要一说，这丫头脸上那梦幻般的喜悦笑容这一生都不会再出现了。

黎非落下去握住百里歌林的手，紧紧攥住，不敢去看她的脸，低声道："你和我来，大家都在阳曦城。"

百里歌林脸上的神情变得有些古怪，她苦笑着挣开，摇头："我……去不了。"

"为什么？"黎非直直盯着她。

歌林狼狈地回避开，声音更低了："我……现在灵气用不了。"

被她这样一说，黎非才发觉她身上竟没有一丝灵气波动，不由骇然："你的灵气呢？！你是受了什么伤？"

百里歌林更加狼狈："不，没有……有些别的……缘故。我去不了，可是我好想你们，好想姐姐，让大家一起来看看我好吗？"

黎非喉中骤然一痛，她顿了许久，终于没能压抑住语气中的一丝哭音："唱月来不了……永远也来不了了。"

百里歌林目中流露出惊疑之色，渐渐地，惊疑变成了惊恐，她死死抓住黎非的袖子，声音发颤："什么意思……我姐怎么了？"

黎非将她往兕之角上一推："你飞不了，我带你飞。"

百里歌林还在惊惧地连声问："我姐呢？黎非！到底什么意思？！我姐怎么了？！"

黎非御使兕之角高高飞起，她刻意不去看歌林的眼睛，轻声道："随我去，很快就到了。"

那之后的一切，黎非过了许多年，仍不忍回想，她忘不了百里歌林见到唱月尸体那一瞬间的神情，是懊悔？是愤怒？是绝望？还是悲伤？本以为歌林会号啕大哭，又或者当场晕死过去，可她没有，她只是怔怔地望着百里唱月，过了很久很久，才问："谁做的？"

纪桐周面色铁青地盯着她，饱含怒意："若不是为了寻你，他们怎会……"

黎非一把拽住他，阻止他的迁怒，她急忙开口："是震云子。"

黎非粗粗将震云子与秦扬灵勾结在一处的事说了一遍，最后又道："震云子已经死了，秦扬灵不知所终……歌林？你在干什么？！"

她骇然看着百里歌林发疯似的撕扯着脖子上的一枝挂坠，也是直到这时，她才发觉歌林脖子上多了一块古怪的九头鸟挂坠，式样古朴却诡异，九只鸟头上每双眼睛都是血红的，令人不寒而栗。

百里歌林正狠狠拽着它，直扯得手上和脖子上血迹斑斑，那挂坠却怎样也拽不下来。

黎非使劲抓住她，先放了治疗网，这才按住她的双手急道："你干什么？冷静点儿！你想让唱月死都不安心吗？！她最担心的人就是你！"

百里歌林双目发红，脸色却惨白，她颤声道：“你不知道……不是我不愿……我实在……我不该……”

一语未了，她的脸忽又变得潮红，紧跟着骤然喷出大片血沫，直挺挺地朝后倒下去。

黎非急忙抱住她，试探了一下她的奇经八脉。奇异的是，歌林体内似是有一股诡异的力量在抗拒她的试探——与那块挂坠有关？

黎非想不通其中的道理，只有将歌林抱去另一间房。好在歌林似是急怒攻心以致气血翻涌，只躺了片刻便苏醒过来，也不说话，只愣愣地望着屋梁，面色由红变白，又从白变红，反复数次，很快又有血水顺着她的唇角缓缓溢出。

黎非紧紧握住她的手，柔声道：“不是你的错，是我，是我牵连了你们。你先冷静下来，别叫唱月为你再操心。”

百里歌林声音极低：“不，是我的错，被假象蒙蔽了双眼，自取其辱，还害死了姐姐……黎非，你帮帮我，帮我把这挂坠取下来，我没有办法……”

黎非小心地捧起那块九头鸟挂坠，仔细看了半日，才发觉这链子没有结扣，紧紧贴在歌林的脖子上，竟不知当初是怎么挂上去的。将灵气灌注指尖，她试着用力扯了扯，链子纹丝不动，坚韧无比，她只得摇头：“我……弄不下来。”

百里歌林缓缓合上眼，轻道：“那算了。”

黎非见她闭眼似是睡着的模样，然而眼皮颤动，神情苦涩，不由低低唤道：“歌林？”

百里歌林没有回答，她的思绪缓缓飘向刚从东海试炼地回来的那段时光。

那真是她这一生最美好的时光，多年的心结解开，对叶烨的执念也淡了无数，修为也因心结解开而精进了许多，她的未来是充满希望的。

而自从和陆离彻底翻脸后，他们也再没说过话，彼此见了也像不认识似的。不知道陆离心里是怎样想的，可是她在面对他的时候，总会有一丝奇异的心虚，还有一点点小小的不服。

从小到大，她百里歌林身边从来不乏追求者，她也从来不拿他们当一回事，难受了，寂寞了，就去撩拨他们，高高在上地享受旁人对自己的付出。陆离是第一个撕毁她虚伪面具的男人，也令她忽然发觉自己的一贯行径是多么叫人痛恨。

她内疚过，惭愧过，见着他便感觉抬不起头，可她也不甘心。他的所作所为，后来的一言一行，无一不在打击她身为女子的自负。有时候她甚至会解气般地想象自己去征服他，叫他彻底跪在石榴裙下。

然而，那也只是想想而已。

回到万仙会继续修行了近两个月的时候，沈先生带着他们外出试炼。老实说，那次试炼并不难，安排好路线与应对妖物的计策，即便是一个人也能顺利完成。可她贪图效率，为了多拿几枚妖朱果，引来太多的妖物，后果自然十分惨重。

她至今还清楚地记得当时的每一个细节：周围层出不穷的厉害妖物，她渐渐干涸的灵气，刺痛的奇经八脉，还有身上无数伤口里渗出的汩汩鲜血……

本以为会死在那里，忽然之间，大片腥臭浓稠的妖血泼洒了她一身。她茫然睁开眼，只见遍地都是妖物残破的尸体，救她的那个人像突然出现的天神，凝然端立，数道弯月似的银光绕着他周身盘旋而舞——竟然是陆离。

百里歌林傻了，半天说不出话，瞠目结舌地看着陆离将弯刀收起，然后一步步朝自己走过来。那一瞬间，她的心跳都快停了。

英雄救美，这种老套的戏折子里的东西她十岁就不爱看了，可原来看戏是看戏，现实是现实，当它发生在自己身上时，她竟会为之战栗。她不能骗自己，将她从绝望境地拉出来的陆离，真的像天神一样。

陆离已经走到她面前，蹲下来面无表情地打量她的伤势，低低问道："能走吗？"

百里歌林倏地合上嘴，静止的心跳没来由地开始如擂鼓般跃动，她极力掩饰慌乱，故作自然地点头："没、没事，我能走，那个……谢、谢谢你。"

她想勇敢地站起来，可悲的是，腿软得跟面条似的，加上右小腿骨折，发了半天力都站不起来。正焦急时，忽觉陆离双手托着她腋下，毫不费力地将她托起，紧跟着反手一抱，她人便落在了他怀中。

"引这么多妖物，找死吗？"陆离的声音很冷淡，眼神与表情都如冰一般，可她的心跳怎么也停不下来，反而越跳越快。

她低下头不太敢看他的双眼，只喃喃道："我也没想到……"

陆离打横抱着她，在遍地妖血中低头找了片刻，只找出两颗干瘪的妖朱果。这东西倘若没有妖气笼罩，很快就会枯萎，杀死了妖物没来得及封印，结果这些妖物是白杀了。

百里歌林失望地叹了一口气。陆离忽然问道："你还差多少颗妖朱果？"

"我只有一颗。"说出来怪不好意思的，试炼还剩三天，她忙活这许久，差点儿连小命都搭上，却只拿了一颗妖朱果，不知道出去要怎么被沈先生责骂。

陆离淡道："我有两颗，加上你就是三颗，剩下的三天再弄一颗就成了。"

百里歌林骤然抬头望着他，有些不确定："你、你的意思是……我们组队？"

试炼的目标是每人取到两颗妖朱果，他的任务已经算完成，完全没必要与她这个拖后腿的组队。

陆离未置可否，只抱着她跳上了蟹妖的背。

后来在疗伤的时候，她到底憋不住，还是问了他：“陆师兄，和我组队……万一害得你也完不成任务，怎么办？”

他只低头替她往断骨处的治疗网内灌注灵气，像是没听见似的。

百里歌林伸手到他面前摇了好几下：“陆师兄，陆师兄？”

他终于被叫得不耐烦，抬头冷冷地瞥了她一眼，跟着却移开视线，淡淡道：“有空废话，不如闭目休息，早些恢复元气，早些完成任务。”

百里歌林哪里肯放过他，还是问：“你跟我组队，会不会后悔啊？你不怕完不成试炼被师父骂？”

陆离的视线移回她脸上，她看不懂他的眼神，从来没有人用这种目光看着她，让她有些害怕，却又觉得晕眩。

“你想我怎么回答？”他反问。

她一时反而语塞，她一直在想陆离为什么要这样拼命救自己，想到最后每一个结果都是因为他喜欢自己。动了心的女人是不能把一个问题翻来覆去掰碎了思量的，因为想着想着，总会往自己希望的那个方向去，越想越沉迷。

她想听他说出来，盼着他能说出来，而不是冷淡地装傻。

她看着他，一个字一个字地问：“为什么要救我、帮我？”

陆离很平静：“我救你还需要理由吗？”

她愣了很久，这模棱两可、暧昧难解的答案竟让她心底雀跃，连身上伤口的疼痛都瞬间减轻许多。

“你可是会被我拖后腿的。”百里歌林笑起来，还是忍不住要讽刺一下，“不是说要做路人吗？谁要你这样做了？”

陆离半晌没说话，最后缓缓合上眼：“该睡了，你脸色很差。”

她确实有些撑不住，便躺下去，没一会儿忽又坐起来盯着他：“我睡了，你会不会跑掉？”

“为什么这么问？”

她嘻嘻一笑：“怕你跑掉啊，陆师兄那么厉害，可别把我一个人丢下不管。”

“……睡你的。”

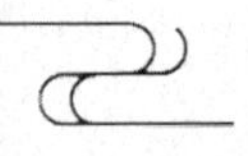

# 第四十二章 记忆

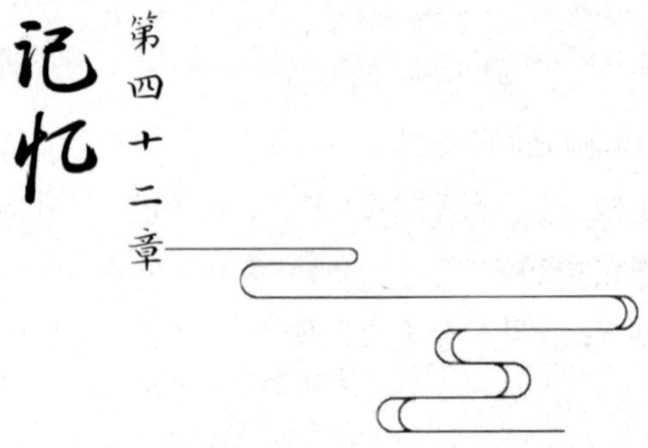

那真是一段美好的时光，她下意识和陆离越走越近，总是习惯性地黏着他。她再也没有和师兄师弟们暧昧地嬉笑玩闹，眼里心里只有一个陆离，像是那时候刚认识叶烨，她眼里心里也只有一个他。

她一直渴望有一个人像爱自己的生命一样爱她，把她从旧时的泥淖中拉出来，她也想认认真真地去爱一个人，两情相悦。

这个人，会是陆离吗？

陆离没有拒绝她的靠近，他谨慎而温和地与她相处，有时候她便想，他们真像是一对爱侣，两情相悦是这样的感觉吗？她没有经历过，只能凭空臆想，可她每天都很开心也很轻松，睡觉前回味那些与陆离说过的话，他的表情，他的声音……她都是笑着睡着的。

他们两人与往日截然不同的亲密，很快便让周围的人发现了。沈先生似乎对他二人的亲近乐见其成，加上有个大嘴巴的阿蕉师姐在，她自己跟墨言凡情投意合，闲得没事，就爱撮合旁人，有点什么事都喜欢把歌林和陆离凑在一处。渐渐地，整个万仙会都晓得沈先生有两个得意弟子感情很好，而且郎才女貌，天生一对。

一时间，派中曾经与百里歌林暧昧过的众多男弟子纷纷扼腕，也有人试图横插一脚，奈何以前跟他们笑嘻嘻调情的百里师妹如今眼里好像真的只有陆离一人，对他们的撩拨视而不见，时间长了，他们也只能黯然放弃。

歌林记得那是和文济会的一次切磋斗法，他们遇见了燕飞师姐妹，热情的燕飞依旧一见面就扑上来亲脸，亲完歌林又去亲陆离。看着他一点儿也没有躲避的打算，百里歌林心里忽然有点儿不舒服。

她想起了雷修远，虽然这家伙一贯都跩得鼻孔朝天，叫她很不喜欢，但唯独跟女人能撇清关系这点儿值得赞扬，他不会叫黎非为这些事难受担忧。若是叶烨，一定也会拒绝的，他也不会叫姐姐为这种事吃醋。

可陆离是东海的男人，这些方面毕竟和守礼的中土人不同，她为这些事烦心只怕以后都烦心不过来，索性就当作没看见。

她等着陆离与燕飞寒暄完来找自己，而不是像以前那样由她黏在他身边叽叽喳喳，或许是出于小小的矜持？还是小小的妒忌心？她也说不清，大约只是想看到陆离更重视自己的那面吧？

可她始终没等到陆离的回顾，他与燕飞聊得很是融洽，连头都没回一下。百里歌林孤零零地站在不远处，从左脚换到右脚，从东面转到西面，等得渐渐气闷，还是没等到他过来找自己。

隐隐约约能听见他们聊到写信之类的事，她竟不知道陆离与燕飞有通信！他们的关系有这么亲密？陆离平时与她几乎算是形影不离，可也寡言少语，连表情也甚少，还以为他天生冷淡，原来他与别人能聊得这么欢快。

百里歌林越站越糊涂，干脆慢慢走开了。想着她和陆离的那些事，她突然觉得脑子里乱糟糟的。

他们两个，是她缠着他比较多，现在好好回想，陆离一次也没有主动来找过她。她拽着他说话，也是自己叽里呱啦地说以前在中土的趣事，他一次也没和自己提过九凤族之类的事。

有关陆离的一切，她都会往对自己有利的那方去想，不由自主，无法控制。她觉得他是喜欢自己的，可她忽然发觉，会不会是因为她希望这样，所以他的一举一动，一言一行，才会被她诠释成“喜欢”？

这惊醒梦中人般的想法叫她感到惶恐无措，下意识地去否定。

肩上忽然被人一拍，百里歌林吓了一跳，急忙转身，却见安继明那小子笑眯眯地望着自己。这少年是继她之后，第三年被万仙会从书院挑回的中土弟子。由于他性格活泼，加上跟她一样都是从中土来的，歌林难免多照顾些，关系与其他人比起来更亲密。

“歌林师姐怎么一个人在这边发呆？哎？眼睛还红红的，在哭？”安继明哪壶不开提哪壶，故意凑近去看她的脸。

百里歌林皱眉推开他：“胡扯什么？”

安继明朝陆离那边望一眼，又笑道：“我知道了，你在吃醋。那个东海姐姐挺好看的，跟陆师兄有说有笑的……咦？我还以为陆师兄为人冷淡寡言，他跟那姐姐聊得不是挺好的嘛！”

她已经够烦了，这小子还火上浇油，百里歌林狠狠瞪他，冷道：“你哪只眼睛看到我吃醋？”

安继明笑道：“两只眼睛都看到了。歌林师姐，你心里不爽就要主动点啊，男人可不喜欢玩什么猜心，你大大方方告诉他才最好。”

百里歌林更不爽了：“我主动？我跟他屁关系都没有，你少胡扯。”

安继明奇道：“没关系？你们俩不是爱侣吗？”

她眉头皱得死紧：“都是谣言罢了，什么爱侣！我怎可能与这种人……”

安继明“扑哧”一笑，暧昧地凑近她，揽住她的肩膀，低声道：“不是最好，那我有机会了。不是我自夸，我比陆师兄那个闷石头好多啦，至少不会叫你一个人孤零零地发呆。”

他这话自卖自夸的成分居多，百里歌林忍不住笑了两声，正准备反唇相讥，身后忽然响起陆离的声音：“继明，你的试炼对手不在这里，为什么乱跑？”

安继明立即收敛起玩笑嘴脸，恭敬地行礼。陆离为人严肃，修为又高深，他素日里对这位陆师兄敬畏得很，一句玩笑也不敢开：“陆师兄说的是，我只是偷空过来与歌林师姐说笑两句，这便走了。”

百里歌林有些好笑地看着他夹着尾巴一路小跑地离开，道：“他还是那么怕你。”

一语说完，却无人回应，她回头望去，正对上陆离凝视的双眸。她依旧看不懂他的眼神，或许是夕阳太红，他眼里像是藏了一团火焰，穿过她的双眼，要将她身体点燃一样。

这眼神令她感到战栗，甚至有些恐惧，她不禁退了一步，低声道：“你看什么？”

陆离很快移开视线，片刻后，他什么也没说，转身离开了。

那一天和文济会的切磋结束得很晚，百里歌林可能是有心事的缘故，输了好几场，被沈先生严厉地责骂了许久。她连平日水准的三分之一都没拿出来，整个儿就是心不在焉，这是沈先生最讨厌看到的事情。

她被骂得垂头丧气，一个字也不敢辩解，好容易从修行部出来，行至外围城镇时，已是夜半三更，四下里寂静无人。

正欲叫出蜈蚣精，她忽又发觉对面不远处有一条被拉长的人影。百里歌林慢慢抬头，陆离正迎着月光的银辉一步步朝她走过来，每一步都好像踏在她灵魂上一般。

他……竟是一直等着她?

一整天的怨气突如其来消失一空，百里歌林抱着胳膊站在原地，静静看着他靠近自己，看着他开口说话：“很晚了，我送你回去。”

她想笑，还不甘心就这样原谅他，索性板着脸：“这里是万仙会外围城镇，能有什么危险？谁要你送。”

话虽这样说，她还是本能地挽住了他的胳膊，本能地依向自己心爱的人。

他们没有飞，一步步踏着月光走回小院。路很长，可她觉得今天它意外的短，好像一会儿就走完了。推开院门，她又忍不住回头看他。他站在后面动也不动，似乎也没有想要离开的意思。

“陆师兄，要不要进来坐坐？”百里歌林小声问。

陆离望了她一会儿，点头：“好。”

小火炉上的水很快就被烧开了，百里歌林给他泡了一杯茶，平常她叽叽喳喳话很多，今天不知为何有点儿不知道从何说起，他也不说话，气氛有些尴尬。

她绞尽脑汁地想话题，油灯下忽然出现一个信封，封皮上橙黄色的仙法标记闪闪发光，她眼睛一下就亮了。

飞快地拆开信封，先看姐姐的，她的话始终简洁明了，要歌林照顾好自己之类；而叶烨的话总是那么多，讲了许多他修行时的趣事。歌林一面看一面笑，看完立即起身去找影墨给他俩写回信。

“叶烨这家伙，居然想三个月内突破第三道瓶颈，哈哈，这蠢货！”她用笔蘸了影墨在桌上写回信，“陆师兄，你有没有话想跟他们说啊？我帮你转达。”

陆离看起来有些僵硬，他端着茶浅啜一口，道：“不必在意我。”

百里歌林开始专心地在桌上写回信，可陆离的视线始终胶着在她脸上，她被看得有些慌张，不禁稍微侧过身体躲避。

“字歪了。”陆离平静地开口，“陆公镇是什么？”

百里歌林颇不好意思地将写歪的字擦掉：“是以前我们去书院进行初选的地方，我们所有人都是在那边认识的。刚开始叶烨的脖子差点儿被纪桐周用银子砸断呢！就是那个睡觉突破第三道瓶颈的家伙，他还是个王爷，小时候可嚣张了！”

陆离忽然道：“你和叶烨怎么认识的？”

百里歌林愣了一下，停笔歪着脑袋仔细回想。好久没想过叶烨的事了，这些曾经鲜明的记忆，她以为一辈子也不会忘掉的记忆，竟不知不觉开始淡去。

“那会儿他被人追杀，晕倒在小巷子里，被我发现了。我想救他，结果被他狠狠咬了一口，还把我推墙上。你看你看，我脑门儿上的一个坑还在呢！”

她把额发拨开，低着脑袋将那个坑指给他看，冷不丁他的手指轻轻抚上来，按在这个旧日伤疤上。百里歌林顿时一颤，下意识地再度躲开。

气氛忽然又变得尴尬，百里歌林再也没法集中精神写信，她把毛笔在手上转来转去，就是不太敢抬头看他，隔了许久，她低声道：“陆师兄总是问我的事，却从来不说自己的，为什么？”

陆离的声音也很低：“你想知道什么？”

他的意思是愿意说？百里歌林终于笑着抬头看他，虽然同样穿着万仙会的弟子服，他的装扮还是与其他弟子有些许的不同——额上会戴额饰，脖子上也有个古怪的九头鸟挂坠，裸露的胳膊上，在他运转灵气的时候会有一层黑色的古怪文身浮现。东海这边部族多如繁星，有的喜欢文身，有的每个月专门有几天不能食荤喝酒，她从没听过九凤族，对陆离所属的这个部族很是好奇。

“九凤族在哪里啊？”她笑眯眯地问。

陆离回答得快而且简洁：“在东海最西部。”

“是个大族吗？”

“数千人而已。”

“有什么规矩吗？”她问完，忽又失笑，“那个什么不得与荒淫之人结交的不算。”

“忠于伴侣，一生不得背弃。”

百里歌林垂头笑了笑：“那陆师兄你以后的爱侣真幸运。”

他没有说话，见她盯着自己脖子上的九头鸟挂坠看，他顿了顿，抬手将它摘下放在她掌心。

百里歌林摩挲着这块挂坠，它约有半个巴掌大小，质地似金非金，似石非石，捧在手里沉甸甸的。那九头鸟的雕工古朴而神秘，每个脑袋上都有一只眼，里面空空的，居然什么也没嵌，故而看上去倒像是一件半成品。

她奇道：“俗话说画龙点睛才是重中之重，它们本来就没嵌眼睛吗？还是被你弄掉了？”

陆离默然半晌，忽道：“你想看眼睛？”

百里歌林愕然：“这个……难道想看就会有眼睛？”

陆离将挂坠取回，放在掌心重重捏了一下，又将它塞进她手中。她只觉他握住她的五根手指并起，用力一捏，挂坠上竟像是有个尖利的凸起，一下刺穿了她的手掌。她疼得大叫一声，手指忽又被松开，只见这九头鸟的挂坠忽然亮了一瞬，紧跟着那九只空空的眼睛竟缓缓浮现出一层血红的色泽——是方才他们被刺穿手掌后的血凝聚而成的？！

她骇然地看着这诡异的挂坠，再抬头看看陆离。他面无表情，淡淡道："有眼睛了。"

百里歌林只觉不对劲，说不出的不对劲，他们两人的血将挂坠的眼睛点亮？诡异的亲密举动，陆离诡异的冷漠，她没来由地有些惶恐，将挂坠放在他手里，喏喏起身干笑："好像……好像挺有意思的……那个，挺晚了，陆师兄你……"

"我还没说完。"

陆离忽地起身逼近她，百里歌林被他迫得连连后退，直被逼到墙角，退无可退。他抬手，将那块九头鸟挂坠在她胸前轻轻一按，那沉甸甸的挂坠竟就这么挂在了她脖子上。

她又是惊又是迷惘，急忙摸索，谁知那链子细却又没有绳结，紧紧贴合在脖子上。她摸了半天不由更加惊惧急躁起来，一面不可思议地盯着他，一面开始用力拽。

可无论怎么用力，那链子居然纹丝不动。她手指都拽疼了，脖子更被磨得剧痛无比，她脸上渐渐掩饰不住惊恐之意，颤声道："你做了什么？！"

陆离依旧面无表情，眼神却有些冷厉，他将她双腕抓住，用力按在墙上，低头看着她白皙脖子上的九头鸟挂坠，良久，开口道："百里歌林，我以九凤族的名义起誓，今生绝不背弃你，生死相伴，福祸共受，一心一体，永不分离。"

这甜蜜的山盟海誓非但没有荡气回肠之意，反倒叫她感到毛骨悚然，她骇然无语地看着这个陌生的陆离。他不对劲，真的不对劲！发生了什么？

陆离用手指弹了弹那块挂坠，声音淡得像一片云烟："我会抚慰你，来，我以后都是你的人。"

他低头去吻她，百里歌林惊得连连躲避，下巴却被他用力掐住，他丝毫没有温柔之意的吻落在她唇上，粗暴地研磨着她的唇瓣。这不是亲吻，而是近乎泄愤的蹂躏。她被吻得气都喘不过来，奋力挣扎，却一丝一毫也挣脱不开。

他的手顺着她的肩膀向下，利落干脆地去解她的衣带，这一下才真的吓到她，急忙运转灵气想要将他迫开。可灵气只运转了一周，那挂坠上忽然散发出一股无形的阻力，将她的灵气牢牢锁死在身体里，一丝一毫也动弹不得。

为什么运转不了灵气？！百里歌林僵住了。

陆离的唇离开她红肿的嘴唇，粗暴地落在脖子上。她竭力让自己冷静，急道："这挂坠是什么？！陆离！你说话！放开我！放开我！"

他全然不理会她的话语和挣扎，他的手已经将衣带解开，毫不留情地摩挲在她赤裸的肌肤上。失去灵气的修行者和凡人没有任何区别，他的侵犯她全然没有反抗的余地，异样的恐惧令她发出微弱的尖叫声，不顾一切地将身体蜷缩起来。

陆离将她一把抱起，狠狠压在床褥上，他笑得阴鸷："这不是你希望的吗？拽着我，牵着我，好打发你那些'唯我独尊'的无聊寂寞……你不过是个懦弱的人，心底想要的不敢争取，只懂得践踏旁人。我不相信你这种女人会喜欢谁，你根本没有心。"

百里歌林脸色惨白，他这样看她？原来他一直竟是这样看她？那为什么要接近她？为什么任由她放纵那些少女怀春的心思？他对她的态度从来也没变过，从去年的夜谈，直到今天。

她怎么会蠢到以为两情相悦？他冷眼旁观她，看她像看一个愚蠢的笑话。他只是伺机待动，报复她先前的撩拨与轻佻。

她所有的气力一瞬间好像被掏空了，再也动不了一下，眼睁睁地看着他将她的衣服粗暴地扯开，眼睁睁地看着他带着一丝厌恶与十分的冷酷，打量她的身体。

"我喜欢你。"她突然愣愣开口，"陆离，我喜欢你。"

他顿了顿，目光阴沉地看着她，淡淡道："我什么也不信，不过没关系，想要我怎样抚慰你？你这样送上门的肉，我早就该吃了。"

送上门的肉？百里歌林再也忍不住，大笑数声。

他真的没说错，她就是一块送上门的廉价的肉，还以为自己是颗珍珠，还以为会被捧在掌心。

百里歌林短短十七年的人生，活得像个悲惨的笑话。这是她咎由自取，无话可说。

陆离看了她一会儿，一言不发，忽然起身走了出去。她像个死人一样躺了很久很久，久到终于发觉这不是梦，是真的，于是再度摸向脖子上的挂坠，发了狠劲儿去拉扯挣扎，直到把自己拉得鲜血淋漓，它还是纹丝不动。

鲜血顺着脖子流下来，她好像也没觉得痛，不痛，可是她想尖叫，却发不出声音。

像是寻求一个救赎，她爬向桌子，提笔给姐姐他们写信求救。可无论她怎样运转灵气控制影墨，它们都一点儿也不听使唤。

没有人，没有声音，没有光，她被遗弃在黑暗的深处。

手中的笔最终颓然落在地上，她的人也落在了地上。好奇怪，居然没有眼泪，只有一颗快裂开的心，撕扯胸膛，她要被撕碎了……

百里歌林缓缓睁开眼，现在，姐姐死了，她的双眼还是那么干涸，依旧流不出一滴泪水。

胸膛里仍然是一颗要裂开的心，身体被碾压搓揉成了齑粉，疼得撕心裂肺。她应该找一个人来恨，恨陆离，恨他残酷的报复手段，恨他让她失去音讯，害得姐姐身亡；恨黎非，恨她惹来震云子，横祸天降，摧毁一切。

可最恨的还是自己，死的人应该是她这个懦弱无用的东西。

一旁的黎非再一次握住她的手，很担心她，两只眼眨也不眨地看着她。

百里歌林不知从哪里生出一股气力，笑了笑，低声道："你放心，我懂，姐姐一定希望我好好活着，我不会做蠢事的。我想再去看看姐姐，你带我过去。"

她若是哭闹，黎非反而会松口气，可她竟笑了，这一笑笑得黎非毛骨悚然。

百里歌林静静看了一会儿屋梁，忽地飞快坐起，快步走去门边，一把扯开了房门。黎非急忙追上："歌林？你去哪儿？"

她不答，一路走得快而急，黎非几乎要小跑才能跟上，直跟着她回到叶烨所在的那间房。唱月的尸首依旧好好地躺在床上，像睡着了一般。叶烨则是彻底丢了魂魄，坐在她身边，仿若雕塑。

纪桐周扶着额角倚在窗边，见她二人又折回，他的眉头皱得更紧，这不知死活没大没小的百里歌林又跑回来！还嫌一切不够乱？他正欲上前阻拦，谁知百里歌林动作更快，直直走到叶烨身旁，竟伸手将他狠狠拽了起来。

叶烨丝毫没有反抗，软绵绵地任由她拽着自己，这样彻彻底底颓废绝望的叶烨，每个人都是第一次见。

百里歌林看了他片刻，忽然狠狠抽了他一耳光，直将他揍得一个趔趄。她一面冷笑，一面开口道："我姐姐已经死了，你身为一个男人，失魂落魄到这会儿也该够了！难不成还想跟她一起死吗？！你别忘了，她死前叫你好好照顾我的！你想叫她死了也不安心？"

"你说什么？！"纪桐周登时怒不可遏，要不是她自己失去音讯数个月，这件惨事或许也不会发生。她竟在这里趾高气扬地斥骂叶烨！凭什么？！

百里歌林没有理会他，只盯着叶烨惨白的脸，厉声道："你太弱！保护不了姐姐！所以她死了！你不痛悔，不反省，只会发呆？是啊，仇人已死，没有可报之仇，你就继续放任自流，打算就这样去见我姐？你想得美！叶烨我告诉你，我会活着，一直活着！你还要保护我！我要是出了什么意外，你拿什么去见我姐？你还愣着？还不回去修行？！我可看不上你这软弱的样子！你给我变厉害些，厉害到没人敢动我！这样你才有资格死后和姐姐团聚！"

纪桐周再也听不下去，上前便要将她扯开，黎非拽住他，摇了摇头。

叶烨有求死之心，他们也不可能一直陪着他。歌林的话刻薄尖锐，刀刀见血，却是要挽回他。

叶烨面色苍白如纸，散漫的目光渐渐凝聚，变得似刀一般锋利，他冷冷望着百里歌林，挥手将她推开，转身又坐在百里唱月身边，指尖轻触她冰冷的面颊。过了良久，他终于开口了，声音沙哑干涩："我替唱月问你，为何数月没有音讯？"

替唱月问，意指他自己并不在意答案，唱月之死与歌林脱不开干系，他心底实是恨极了她，再也无法像曾经那样把她当作自己的亲妹妹一般对待。

百里歌林淡淡道："海派有些秘密的试炼，我也不能够说清楚，我并非有心。"

叶烨笑了一声："并非有心……唱月临死也挂念着你，你一眼都不看她吗？你一直是这样，说走就走，说断了音讯便断了音讯，你不是有心，你根本就没有过心。"

百里歌林嘴唇颤了两下，退了数步，步伐有些踉跄，她狠狠别过脑袋，低声道："她是我姐，我与她血脉相连，你的指责毫无道理。"

叶烨还是笑："血脉相连，不错，你是她在这世上最后一个亲人，我不会叫她死也难安，你放心就是，我这一生都会护着你。"

他最后几个字说得冰冷决绝，令人心中悚然。百里歌林却不为所动，只道："你知道就好。"

她缓缓走去百里唱月身旁，低头凝视她平静的睡颜。许久，她忽然伸出手，手指略微有些颤抖，缓缓落在她脸上。冰冷的触感令她飞快地缩回手，窗外哭号的狂风像是一瞬间都降临在这个房间里，她被飓风拉扯得几乎无法站立，身体上所有血肉都被扯碎了，只留一副骨架，与胸膛里孤零零的一颗心。

百里歌林紧紧抿唇，面色苍白地倒退数步，逃命般转身飞快地逃离这座民宅。黎非立即追上去，见她纤细的身影在风雪中茕茕孑立，她不禁叫道："歌林！难受就哭吧！我会陪着你！我在这里！"

百里歌林没有回头，她的声音飘忽不定："我……要走了。"

黎非急道："你去哪里？！唱月的尸首还没有火化！你不陪她到最后吗？"

百里歌林道："我不能看……黎非，我不能陪她，我看不了……只要我不看她被烧成灰，姐姐就还是活着的，不然我活不下去。"

黎非上前两步："你要去哪儿？"

百里歌林低声道："回万仙会，明天还要继续修行。"

这个时候还想着修行？！她的姐姐死在这里，她竟可以这样飞快离开，说回去修行？黎非只觉无法理解。

百里歌林忽然转身，定定地看着她："不然你说我该怎么办？抱着姐姐哭得死去活来，然后要死不活地过许多年？黎非，拜托你，让我走，我撑不下去了。"

黎非到嘴边的话哽在喉咙里，只听她又道："黎非，你是不是有心事？抱歉，现在我没法劝慰你，下次我一定好好跟你说话。你保重，你们都保重。"

说罢，歌林向前狂奔而去。黎非下意识追了一阵，可她对这里并不熟悉，加上风雪肆虐，没一会儿便再也看不见百里歌林的身影。

黎非愣愣地在风雪中站了好久，心里总有种预感，仿佛百里歌林这一去，就永远都见不到她了。

她疲惫地垂下双肩，颓然回到民宅。叶烨还坐在原地，纪桐周低头不知与他低声说着什么，见她回来了，他道："百里歌林呢？"

黎非有些难以启齿，隔了半晌才道："她……回万仙会了。"

纪桐周看上去很是恼怒，强自压抑怒火，低声道："百里唱月的尸首留在这里也不好，要火化了，她竟就这样回去？"

黎非摇了摇头，她不想听纪桐周指责什么，索性走到百里唱月身边，又望了她一眼。这一趟来东海，叫人痛彻心扉，可无论怎么悲恸，一切都不可挽回，终是要直面以后的日子。

"唱月的骨灰，是送回高卢吗？"她轻声问叶烨，"我们一起。"

叶烨缓缓摇头，他弯腰将百里唱月打横抱起，痴痴地又看了很久，最后终于长叹一声。明亮的离火拔地而起，笼罩她与他，他将心爱之人亲手焚烧在怀中。

唱月的骨灰被装在一只瓷坛中，叶烨双手捧着，他的脸色苍白依旧，目光却不再散漫，然而曾经翩翩佳公子般的如玉温润却再也不见，整个人看上去显得冷厉而凄然。他道："不必了，我们就在这里告别吧，日后山高水远，却不知何日能再相聚，只盼到时仍可一醉方休。"

纪桐周见他说走就走，不由急急开口："叶烨，你……"

叶烨回头朝他笑了笑，淡淡道："桐周，保重，莫要被心中的饕餮牵着鼻子走。"

心中的饕餮？纪桐周竟怔住了。

叶烨又望向黎非："修远还是没有来吗？"

冷不丁听他提到雷修远，不知为何黎非忽然想到在悬崖上一闪即逝的那个金色人影，她勉强笑道："他大约在闭关修行吧。"

叶烨道："修远为人缜密，从不吐露心事，但他绝非坏心之人。你的心事，何不找他诉说，至少一直以来，他待你真心真意。"

语毕，他也不等黎非和纪桐周有何反应，推开窗腾云疾飞而去，眨眼便没了踪影。

黎非出了一会儿神，这里只剩她跟纪桐周两个人了。期待了六年的相会，成了这般局面，他们这几个从小到大的朋友，死的死，走的走，再也回不到从前了。

她也想离开，悬崖上的一切都已被烧毁，她的心悬着，要立刻去白边之崖的异民墓看个究竟。可是好累，真的好疲倦，不光是灵气干涸的疲倦，还有精神上的。

她轻叹一声，推门走了出去，身后的纪桐周低声道：“你去哪儿？”

黎非没有回头：“我也要走了。”

脚步声急急响起，紧跟着她的身体被他从后面紧紧抱住，纪桐周的脸埋在她的秀发中，声音在微微颤抖：“别走，陪着我，陪我。”

百里唱月惨死，叶烨痛失所爱，百里歌林惨淡离去，这些事对他们两人的打击是一样的，也让平日里爱摆高傲姿态的小王爷再一次露出脆弱的模样。

黎非已经没有气力去反抗他，拒绝他，任由他抱着自己。他身上有着与雷修远截然不同的气味与热度，她排斥，觉得陌生，只有闭上眼不去想。

不知过了多久，她不知不觉竟沉沉睡去。

昏昏沉沉，黎非觉得自己在一片深邃的黑暗中下坠，下坠。忽然，浓黑中出现一团雪白的巨大身影，那是一只沉睡的狐妖，他背上的血色封印变得比往日淡了许多，随着呼吸起伏，它也在明灭闪烁。

是日炎吗？黎非意念一动，人已落在他身边，双手插入他丰盈柔顺的皮毛中。

狐狸的大耳朵晃了晃，惨绿色的眼睛慢慢睁开，盯着她看了一会儿，他的声音听起来很是恼火：“你这蠢货又跑来我意识里做什么？！老子的好梦被你吵醒了！”

黎非也盯着他，低声道：“日炎，我师父是青城仙人吗？是那个在异民墓里的人吗？”

日炎的眼睛微微眯起，她看不出里面藏着怎样的想法，他的语气也没有一丝波动：“是又怎样？不是又怎样？”

是又怎样？黎非只觉胸膛中一阵撕裂般的剧痛，痛得她用手狠狠按住，颤声道：“是他的话……我、我会……”

“会怎样？”日炎步步紧逼。

黎非恨道：“我会杀光无月廷的仙人！”

日炎竟冷笑起来：“你能吗？瞧瞧你这蠢货犹豫不决的样子！人就是这么可笑！一切只凭毫无理由的感情做主！一念生情，便是万般不舍！一念生恨，就是恨不能生啖其肉！我不与你谈这些，毫无意义！”

他闭上眼，打算继续睡。

黎非急道：“日炎！到底是不是他？！”

他不耐烦了，厉声道：“不是！你爱信不信！快滚出去！”

九条长尾似鞭子般重重抽打在她的身体上，黎非只觉被抽得腾空而起，黑暗似潮水般退去。一瞬间，变成了斑斓的夕阳霞光，她有些诧异地四处张望——这里是震云子试图炼制她的那个悬崖，尚未被烧毁，落日熔金，悬崖下东海万里，开阔的景致令人眼前一亮。

是梦？还是幻觉？黎非微微蹙眉，她的意识潜入日炎的意识，又被强行赶出，按理说应该醒过来才对，怎会回到这里？

风声泠泠，这里没有一个人，黎非转头望向崖边的巨石，上面字迹斑斑，她心中忽地一动，不禁走过去仰头细看。可不管怎样眯眼凝神，她无论如何也看不清那些字迹，正惊疑时，忽觉身侧多了个人影。她立即警惕地转身，便见震云子满身鲜血地立在崖边。

奇异的是，他并没有看她，而是背着手望向山崖下方茫茫沧海。良久，他喟叹一声："修行一生，前半顺遂，后半多舛，我为九尾狐所误太久，然而死后亦不得安宁，我悔，我悔啊……世间众生，无悔者更有何人？"

阴魂作祟？听闻生前执念太强之人，即便是死了，也会有阴魂盘旋不散。震云子心有不甘之恨，夜来潜入她梦中试图惊扰？

黎非定定地望着他，没有说话。过得片刻，震云子复又转身，目光灼灼地看着她，神情迷惑而又狂热，低声道："你……到底是什么？"

黎非淡淡道："我什么也不是，只是个普通人。"

震云子冷笑数声，身影如青烟般缓缓散开，声音也渐渐散开："獠牙只要露出过一次便再也藏不住，你做得了普通人吗？"

獠牙？黎非不由默然。或许他说得没错，她第一次露出自己的獠牙，毫不留情地撕碎面前的敌人。

她甚至因此感到理所当然，第一次杀人，第一次吸取灵气，她却并未感到不适，这一切在她的潜意识里都是那么顺理成章，仿佛她早就该这么做了。

黎非慢慢走向崖边，凝视无边无际的沧海。在这片海的尽头，是她的来处，却不知是不是她的归处。

天方初亮，黎非睁开眼，望见的便是透过薄薄窗纸的幽蓝晨曦，她人躺在床上，身上还盖着被子，身边还有一双眼凝视自己。

黎非眨了眨眼，推开被子翻身坐起，低头整理睡皱的衣服，不慌，不乱。

纪桐周俯在床边盯着她，他眼里满是血丝，想是一夜没睡，光忙着看她了。他定定地看着她整理衣服，然后将凌乱的发辫拆开，用手指缓缓梳理。

看了半晌，他忽道："姜黎非，和我回端涂。"

黎非停下动作，道：“去端涂做什么？”

“去我的王府。”他还是盯着她，“那里安全，震云子被杀的事不会查到那边，有我在，谁都动不了你。”

黎非微微一笑，将发髻绾好，衣衫整齐，弯腰穿好鞋，起身倒了杯茶浅啜。过了一会儿，她才道：“纪桐周，悬崖上的事你从头看到尾，你该知道，我是个异类。你是王爷，又是修行天才，我们两个云泥之别，不是一路人。”

纪桐周淡淡道：“那又如何？我的心是我自己的，我爱喜欢谁，就喜欢谁。”

黎非低头不语。纪桐周握住她的手腕，坐在床边仰头凝视她，低声道：“和我走，雷修远能给你的，我只会给得更多。”

百里唱月的惨死令叶烨生不如死，他忽然就醒悟了——生死无常，何况她还与旁人不同，加上杀了震云子，一旦被发现绝对是死路一条。他不想让自己变成叶烨那样，人在眼前，他一定要抓紧她。

黎非望了他一眼，轻轻挣开他的手，道：“我有事要做，不会去端涂。”

她顿了顿，又道：“你对我的心意，我知道了，像我这种异类，能被你喜欢，是我的幸运。不过，抱歉，我什么也给不了你，就此分道扬镳是最好。你有大好的前程，将来万里江山，如花美眷，何愁今日的一点儿小小遗憾。”

她转身便走。纪桐周厉声道：“姜黎非！到现在你还是这么毫不留情要离开？！”

饕餮腹内为她耗干灵气，万针凿身之痛他尝过；东海悬崖为她不惜与仙人搏命，利刃穿身之伤他也受过。他为她做了自己能做的一切，她竟还是毫不留恋要离开他！

“你的心是铁做的吗？！”他怒吼。

黎非咬紧下唇，合上眼深深吸了一口气，道：“我没有求你为我做这些，是你自己一厢情愿，这世上没有人规定被一个人喜欢就一定要用喜欢去回报。你喜欢我，是你自己的事。但你的恩情我铭记于心，他日一定报答。”

她刻薄的话比刀还锐利，一刀刀像是割在他的五脏六腑上，原来世上真有比利器杀人还可怕的东西，就是她的冷漠。纪桐周一把抓住她的胳膊，五指紧扣，几乎要捏碎她的臂骨，他的声音在发抖：“之前……是我不对，求你、求你给我一次机会。”

放下所有的尊严与骄傲，他第一次真正地乞求她。

她胳膊上忽然传来古怪的吸力，纪桐周只觉体内的灵气在滔滔不绝地外泻，无论如何也控制不住，他又是大惊，又是恍然大悟。在悬崖上，她就是用这一招吸干了震云子的灵气？！

他死死看着她，她倔强的不肯回头的背影，纤细的肩膀和脖子，无情而优美的下巴弧度，睫毛在她面颊上投注了浓厚的阴影——她竟这样无情。

他不顾一切费尽所有力气拽着她，不要走，不许走，他已经放下一切骄傲，为何连一次回顾也不给他？

灵气在疯狂地外泻，他的手渐渐失去气力，人也缓缓瘫软下去，手指还不甘地勾着她的袖子，倔强地不肯坠落。

黎非轻轻将他的手指掰开，低声道："我走了，保重。"

她直直望着远处不知名的地方，一步步坚决地离开了房间。纪桐周的身体沉沉地落在地板上，那声响像是在心底砸下一块巨石。眼前好像有点模糊，她不难受，也不痛，既然要走，就要走得利落干净，既然什么都给不了，索性一丝一毫也不给。

这世间唯有利刃一刀最快，最迅速。

清晨的东海一半天空阴云密布，一半却是晴朗星稀，黎非动了动僵硬的胳膊，翻身跃上兕之角，毫不犹豫地离开了这里。

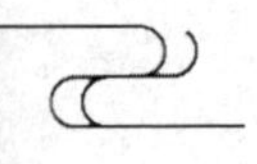

# 第四十三章 夜叉

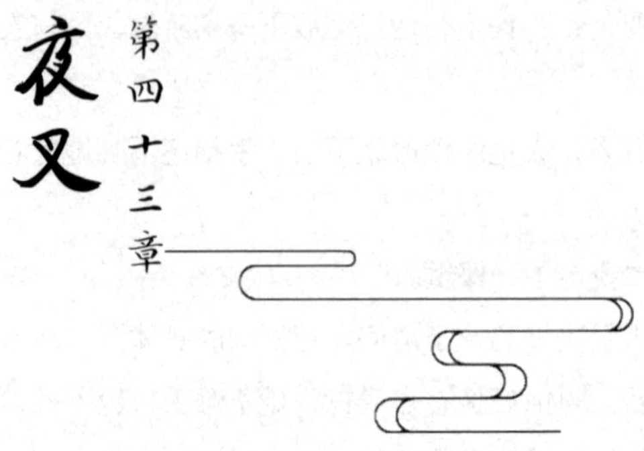

天边一轮弯月，夜风呼啸，无数或玲珑或巨大的岛屿悬浮在空中。凄清的月色下，最高的藏书塔反射出苍白的光辉。

黎非坐在兕之角上安静地望着这多年不见的景色，清凉的风带来金桂的香气，隐隐约约，让她想起多年前在这里修行的自己。夜来花香袭人，一觉好梦，那些懵懂修行的岁月，或许才是最幸福的时光。

一晃眼，六七年过去了。

书院内有数道强悍至极的仙人灵气盘踞不动，如果说，在这甲修行时尚不能体会真正仙人的强大，现在她终于明白，当日在禁地为何日炎会少见地称赞几位书院创立者。在磅礴如大海的仙人灵气前，她那点儿微弱的灵气漫溢，简直如同虚幻萤火。

很快，有一道诡异的灵气波动向自己这里疾驰而来，黎非跳下兕之角，垂手恭立。只觉眼前一花，一个通体披着黑纱的女子踩着黑剑落在崖边。

见着黎非，黑纱女好像并不怎么讶然，抱拳道：“深夜来访书院，不知为了何事？”

黎非拱手还礼：“我来找胡嘉平先生，还请通报一声。”

黑纱女声音平静：“平少曾交代，若是你来寻他，一概不见。”

不见？黎非心底怒火冷然旋起，皱眉道：“这是刻意回避我？”

从知晓他的大师兄身份后，他便一直有意无意地回避她。以前她太弱，明白自己就算知道师父的事情也根本帮不上任何忙，只会拖后腿。但现在不一样，从师父的身份呼之欲出开始，她再也无法等待，她要知道答案！就是现在！

黑纱女道："平少不愿见你必然有他的理由，我不会做忤逆平少心愿的事，你走吧。"

黎非冷冷地扫她一眼，她没心情和这固执的器灵争执，心念忽地一动，兕之角已强行越过她，蹿入了书院之中。黑纱女急忙追上，谁知黎非的兕之角竟比自己飞得快多了，她居然赶不上。黑纱女忽地化作一股黑烟，紧跟着黑烟又凝聚成一柄黑色的剑，剑尖虽然折断，却依旧寒光璀璨，疾若流星般几下飞蹿至黎非身边，剑身一横，朝她身上削去。

黑纱女无意伤人，旨在阻拦，谁知黎非不躲也不避，忽然张开手，一把握住了剑身。黎非身上的土主护身在夜色下散发出微弱的橘色光芒，黑纱女试着挣了两下，居然无法挣脱她那只纤细的手掌，心中不由又惊又骇。

黎非脸上微微一笑，眼里却全无笑意，淡淡道："你在我这边，胡嘉平想必躲不了多久。"

黑纱女心中惊讶更甚，砺锋忽然发出清脆的鸣声，在黎非掌中震颤不休，土主护身的光辉迅速被它熄灭。黎非正欲再唤出土主护身，忽觉身后风声呼啸，她一把放开砺锋，回身行礼："弟子姜黎非，拜见左丘先生。"

对面的仙人白须过腰，仙风道骨，足踏一柄雪白的拂尘，正是为她取名、助她良多的左丘先生。见着黎非，他呵呵一笑，温言道："三更半夜突然跑来书院可不是什么好习惯，将砺锋握在手里，更不是好习惯。"

黎非躬身道："弟子鲁莽了，只是有急事要找胡师兄。"

左丘先生朝她身侧看了看，笑道："他这不是赶来了嘛。"

黎非扭头望了一眼，胡嘉平果然踏着小白云神色尴尬地停在十几丈外，他扭过脑袋回避她的视线。砺锋在半空一闪，又化作一个通体蒙着黑纱的女子，轻轻巧巧地落在他身后。

左丘先生又道："东海如今异动不断，天灾将至，今年开始书院暂时不收弟子了，你们这些年轻弟子更不该四处乱跑。海派已开始撤离弟子，你们也赶紧回门派吧，莫要添乱。"

黎非恭敬地答了个"是"。左丘先生凝望她片刻，这孩子似乎变了不少，是有什么心事吗？他微微一笑："既然是找嘉平，那你们便去吧。嘉平，你在书院赖了不少时日，再不回去，怕广微会跑来管我要人了，索性跟着你师妹一起回无月廷，砺锋也一并带着吧。"

胡嘉平尴尬地答应下来，等左丘先生走了，他还是没有看黎非，而是抱着胳膊望远方的无数浮空岛，就是不回头。过了半天，他才叹道：“阿慕，你替我收拾东西去，好吗？”

黑纱女一句疑问也没有，立即飞走了。胡嘉平终于慢慢回头，看了黎非一眼：“好了，你跟我来吧。”

他一路飞到最高处的藏书塔，扶着莲花池的栏杆，定定望着池中的莲花，良久才道：“你要问什么？”

黎非的心跳骤然加快，几乎要撞破胸骨，她怔怔地出了会儿神，才找到自己的声音：“我问你——师父是青城仙人吗？”

胡嘉平背对着她，看不清他的表情，他的背影沉稳如山，忽然道：“青城仙人我知道，是那位斩断夜叉角的厉害仙人……为什么这样问？”

“没有为什么！”黎非快步走到他面前，身体里有一种近乎狂热的恐惧，“给我一个准确的答案！你欠我的！”

胡嘉平反倒笑起来：“我欠你？小丫头说话真是没道理，我欠你什么？话说回来，现在海陨将临，外面乱七八糟，你不好好待在无月廷，非要乱跑，不怕出什么意外吗？”

她知道，他不会那么轻易告诉她真相。黎非疲倦地揉了揉眉心，低声道：“我已不是什么都不会的小孩子，大师兄，算我求你，告诉我师父的真相！”

胡嘉平还是笑：“你先告诉我，为什么突然这么急着要知道师父的事？之前可没见你如此急切。”

黎非道：“我去了一趟白边之崖。”

他不由一惊：“你去了白边之崖？！为了异民墓？！”

这话一出，他自己似是发觉有什么不妥之处，颇尴尬地抓了抓头发。黎非盯着他，她一提白边之崖，他立即明白她是去找异民墓，可见这个人对她的身份也是了若指掌。

“你套我话。”胡嘉平苦笑，这帮小鬼头一个两个都不得了，先是雷修远套话，如今连姜黎非都学会了这么狡猾的手段。

黎非淡淡道：“你自然知道我为了什么去异民墓。”

诸多迹象预示着青城仙人很可能是师父，从东海离开后，她当即马不停蹄前往白边之崖，她始终记挂着上次在异民墓里望见的那骨瘦如柴的人。日炎对他的死反应太激烈，令人生疑。这只狐妖平日里眼高于顶，对人根本就是不屑一顾，千年来也只有青城仙人一个知己，知己惨死，他自然癫狂愤怒。所以，那异民墓中之人，十有八九是青城仙人。

现在，她只想知道，师父究竟是不是青城仙人。

“上次我亲眼望见异民墓被翠玄仙人封印在白边之崖。”黎非道，“可这次我又去了一趟白边之崖，却未曾找到异民墓，它应当又被带去别的地方了。我找不到，只能来问你，大师兄，请告诉我真相。”

胡嘉平夸张地拍着手：“哇，你能进白边之崖？那个结界怎么破开的？中土中心遍地的妖物凶兽你不怕？”

黎非一把抓住他的衣服，压低了声音，目带寒光：“别再扯这些了，你怎会不知道我的真正身份！”

再如何厉害的仙法仙术、封印结界，究其根本都是灵气组成，用灵吸可以将它们瞬间化为乌有。没有人明白她闯入白边之崖后，几乎将里面翻了个底朝天，却没找到异民墓的心情。

是翠玄仙人对她生疑，所以又将异民墓撤出？还是什么别的缘故？日炎沉睡，无人可询，她便想到了胡嘉平。仔细回想他曾经给自己的告诫，这位大师兄一定对师父的事了然于心。她一路披星戴月，又从中土中心急急赶来雏凤书院，数日不吃不喝不睡，此时已濒临极限。

胡嘉平面上的笑意渐渐淡了，他沉声道：“你希望我回答什么？是又怎样？不是又怎样？”

又是与日炎一模一样、模棱两可的回答。

黎非怔怔地看着他，他便勾起唇角，在她脑袋上轻轻拍两下，仿佛安慰小孩子：“我说不是，你信吗？”

她愿意信，她当然比任何人都想要相信他和日炎的答案。师父远在天边也好，抛弃了她回归仙人高位也好，甚至被仇家追杀得狼狈不堪也都好，至少一切都还有希望，而不是青城仙人那样万念俱灰的结果。

“真的不是？”她喃喃问。

胡嘉平摸着她的脑袋，点头：“真的不是，但我不能告诉你他是谁。”

黎非长长吐出一口气，这些日子她全凭一个执念强撑，得到了胡嘉平否定的答复，她全身都瘫软了，一点点跌坐在地上。

胡嘉平笑吟吟地蹲下去，四处看了看，奇道：“雷修远那小子竟没跟着你？”

黎非神色变冷：“他为什么要跟着我？”

胡嘉平转了转眼珠，笑道：“你们两个不是青梅竹马两小无猜吗？怎么，闹别扭了？他不肯跌软认错？啧啧，毛头小子！”

黎非摇头：“他没做错什么，我也没闹别扭，我和他不是你们想的那种关系。”

“哎哟。”胡嘉平笑出了声，随后却颔首道，“你与他撇清关系也好，他倒比我想的要心志坚毅得多……呵呵，只不知是否真能撇清关系了。”

黎非听他这番话竟大有深意，反而疑惑起来：“什么意思？”

胡嘉平道：“没什么，不过作为师兄我也该关心你一下才对。为了自己着想，你也别跟那小子再黏糊了，不然别怪我没提醒你。”

他的意思是让她不要再接近雷修远？黎非疑惑更甚，胡嘉平虽说是她的大师兄，以前还教导过他们修行，但他们俩的关系并不亲密，还不到能说这种话的程度，他突然来这么一句，实在叫人摸不着头脑。

“那小子最近很不对劲吧？”胡嘉平笑得讥诮，“是不是变得很怪？”

黎非想起他忽冷忽热的行径，不禁默然，转而又怀疑地盯着胡嘉平，道：“你好像知道什么……”

胡嘉平伸了个懒腰，笑道：“总之听我劝，离他远些，对你对他都有好处。”

黎非别过脑袋，声音中藏了一丝厌恶：“危言耸听的告诫，却不告诉我为什么——我不需要这样的建议，免了。”

胡嘉平想不到她说得如此直接，登时瞪圆了眼睛，支吾起来：“你、你跟谁学的这么刻薄不留情面……”

她没搭腔，转身走到小岛边缘，朝下望去，夜风泠泠，浮空岛下方是深邃无比的黑暗。她看了一会儿，便听胡嘉平又道：“没事的话，我可走了，阿慕等我呢！”

黎非低声道：“大师兄，今天说的所有话，你没骗我吧？”

“当然没有。”

她点点头：“我叫了你那么多年的大师兄，你也没给我什么东西，今天能帮我个忙吗？”

胡嘉平哭笑不得：“喂！越说越难听了！你的意思是白叫我那么多年大师兄？”

黎非指向下方深邃的黑暗，轻道：“我要下去，去书院禁地，你能帮忙吗？别叫左丘先生他们发觉。”

胡嘉平愣了一下：“去禁地做什么？哦……为了金狻猊身上封印的九尾狐妖气……”话没说完，他自己先瞿然变色，立即住口。

黎非猛地转身，目光灼灼地盯着他，低声道：“你说什么？”

他竟知道她下去是为了取回日炎的妖气？一次被他猜中心事还可说是巧合，但连着两次便绝不会是巧合了。胡嘉平知道她的真正身份，也知道日炎的存在——说明什么？她的心再度开始狂跳。

胡嘉平耸了耸肩，勉强说笑：“禁地里面只有妖物，而且对如今的你来说都是十分低等的妖，就算要炼法宝也派不上用场，也就九尾狐妖的妖气十分珍贵，你是打算炼法宝，还是想取妖朱果？”

黎非一眨不眨地看着他，直看得他不自禁地回避起她的目光，她才开口道：“我要去禁地，你能帮我吗？”

她没有问他任何问题，胡嘉平悄悄松了口气，只怕跟她待得越久越要口无遮拦，他索性点头：“我可以帮你，但你要小心，许多妖气封印都被灌注了特殊仙法，不可触碰，否则立即会让封印者发觉。”

他抬手在她肩上按了一下，黎非只觉周身漫溢的灵气波动瞬间被敛入体内，一丝一毫也没有外泄，一层肉眼几乎看不见的薄薄的金光笼罩在她身上——很熟悉，熟悉的金光，熟悉的灵气内敛。她记得饕餮腹中的雷修远便是这样，隐藏所有的气息，来去如鬼魅。

这一段段看似没有联系的片段像是被一只无形的手慢慢拼凑在一处，她得以窥见其中的秘密：胡嘉平方才对雷修远的评价犹在耳边，一转眼，他又用出了雷修远用过的古怪仙术。

答案再简单不过，胡嘉平一定与雷修远有某种相似之处，才会对他这样了解。

胡嘉平硬着头皮收回手，他忽然觉得今晚见她就是个错误。他散漫了太多年，不再有曾经的警惕缜密，面对这两个小鬼，不是说错话就是做错事，真真叫人无奈。

偏偏姜黎非跟雷修远还不同，她不问，也不套话，只用眼睛直勾勾地看着他，看得他浑身发毛。她的沉默比歇斯底里追问几千个问题都叫他心虚。

“好了，你下去吧。”他退了两步，恨不得马上远离此地，“自己小心，最好一个时辰之内就出来。”

黎非跨上兕之角，迎风端立，过得片刻，她忽然低笑一声，什么也没说，径自朝下疾飞。

胡嘉平长长出了口气，心事重重地看着她消失在黑暗中，良久，目中渐渐浮现一层悲戚之意，这一向嬉皮笑脸的男人眼眶竟缓缓红了。

“师父……”他长叹一声，微弱的话语瞬间被夜风吹散，再无人听见。

书院禁地一点儿也没变样，依旧是浓稠到了极致的瘴气，所有仙法在这里一概用不上。黎非晃了晃掌中的兕之角，它像是睡着了一样，无论怎样用意念催动，都一动不动。

瘴气深处有无数双眼睛沉默又惧怕地窥视她，忽然，眼前一花，数只生得奇形怪状的妖物从她身前一晃而过，只留下地上数颗青涩的小果子。

黎非捡起一枚果子，却见它只有拇指大小，色泽青莹，明显是还未成熟的妖朱果。

左丘先生说过，因为惧怕她祓除净化的能力，所以仰仗妖气瘴气的妖物们会送上最珍贵的东西，求她离开。想是上回把熟透的妖朱果都给她了，这短短数年内，新的妖朱果还未成熟，竟也被它们摘了来送给自己。

她把妖朱果放回地上，大声道："我不要妖朱果，你们收回去吧！"

也不知这些妖物能不能听懂，黎非快步朝前走，很快便望见了当年那座山洞。洞内积尘更厚，那道石门上更是长满了青苔，显见这些年根本没人进来过。

石门一开，其内顿时传来雷鸣般的低吼声，声势比当年要惊人得多。黎非沿着密密麻麻的封印碑走了一段，那惊天动地的低吼声也渐渐大了起来，震得胸腔发闷。紧跟着，一阵地动山摇，却见一只巨大无朋的金色狻猊自黑暗深处狂奔而来，它周身璀璨的皮毛竟亮得有些刺眼。

一见着黎非，它猛然停下脚步，巨眼中流露出一丝疑惑的神情，小心翼翼地朝她靠近些，低头嗅了嗅。

黎非仰头看着它，不由笑了笑："几年不见，你竟然变这么大了，是吃了那些妖朱果的缘故？"

金狻猊警惕地盯着她，缓缓凑近，忽然举高爪子，似是打算像上回那样将她按在脚下。黎非眉头一皱，轻巧地避开，目光停留在它背上，那里竖着一座小黑塔——就是它了，封存日炎妖气的封印。

金狻猊一击不中，立即张大嘴，蓄势待发。黎非晓得它是要用狻猊吼，她飞快地从衣服上扯下一块布片，塞在耳中。她也不再是当年连剑都握不稳的小孩子，在它身下灵活地转了数圈，忽地一闪身，轻飘飘地落在了它背上。

炸雷般的狻猊吼爆发在这座巨大的封印地中，即便她耳朵里塞了布条都震得眼前发花。黎非手脚并用，爬到黑塔处，正要用出灵吸把封印的灵气吸走，忽觉肩上被人轻轻拍了一下，她这一惊非同小可，差点儿从金狻猊背上滚下去。

什么人？！黎非骤然回头，却见一道白色人影急若流星般与她擦肩而过，一抬手便将那座黑塔抓在掌中。紧跟着他回过身，但见荼白长衫，乌发垂肩，竟是雷修远！

黎非被这突如其来的变故弄得愣住，一时不知该做何反应。他怎么会来？他也是来拿日炎妖气的？为什么？

雷修远将那座黑塔攥在手中，身形一闪，落在她身边。黎非只觉领口一紧，被他揪着后领提了起来。

"走。"他只低低说了一个字，一手拿黑塔，一手提着她，似大鸟般轻飘飘地从金狻猊背上落下，几个起伏纵跃，快得惊人，一眨眼便出了石门。

黎非被他拽着领子，勒得难受至极，偏偏他动作快若鬼魅，在悬崖上跳跃攀附，她不敢动，也不敢叫嚷，生怕惊动了书院里的仙人们。眼看攀上悬崖顶，雷修远疾飞而起，化作一道金光，直飞离书院数十里之外，最后才停在一座山头。

他轻轻把黎非放下来，甫一落地，她便出手如电，抓向他手中的黑石小塔。

雷修远没有避让，任由她将黑塔夺去，他悠然地整理着长袖，低头凝望她。

黎非匆匆将黑石小塔检查一遍，确认没什么异常，这才回头，对上他漆黑的眼珠。与他对视片刻，她淡淡道："你一路一直跟着我？"

雷修远未置可否，只垂睫笑了笑。

"从东海，到这里。"黎非盯着他，神情冷肃，"秦扬灵是你杀的？"

她一直觉得不对劲，当时震云子将她和纪桐周掳走，洞里只剩下身负重伤的叶烨和百里唱月。以秦扬灵的秉性，不可能放过施虐的机会，而事实却是秦扬灵与正虚长老消失无踪，只留下地上的大片血迹。

悬崖上看到的那道金色人影，果然不是错觉，真的是他。

"你要做什么？"她索性坦然相问。

雷修远移开目光，道："方才在禁地，你只要一碰到那黑塔，下印者立即便会发觉。"

黎非挑高眉毛，反问："那现在呢？不会被发现了？"

他居然点了点头，黎非不禁好笑："你碰了，对方不会发觉。我碰了，对方反而会发觉——你是什么？难不成和我一样是个异类？"

雷修远没有回答，只道："你不是想留在中土做个普通人吗？那就别再找异民墓，拿了妖气还给那只九尾狐，从此安心修行便是。"

黎非更觉好笑了："我做什么事，需要你指手画脚？雷修远，我的事你知道不少，你的事我不清楚，现在也不想知道。我们没有任何关系，你不必因为了解我的秘密从而心生愧疚想要照顾我，没必要，我也不需要。"

不要说什么旧情难忘，也不要说什么心底记挂安危。她已不是天真少女，这一路他的一举一动，她有眼睛，都看在眼里。

雷修远漆黑的眼睛再度与她对视，清俊的典型好孩子的脸庞，现在这张脸上露出与小时候一样近乎苦恼的神情，倒好像错的人是她。

"追究下去，对你没好处。"他低声道。

"有没有好处，我自己了解，不劳烦旁人置喙。"

斩钉截铁地拒绝——雷修远眉头皱得更紧了，要怎样做，她才能露出从前那样无忧无虑真心的笑容？他只是不想见到她崩溃绝望的表情，忘掉这一切，回到无月廷，有师长关爱，有同僚诉情，为何放弃这些温暖的东西，选择孤身一人？

已经不能再与她亲密如前，他只能像个贼一样偷偷躲在暗处，卑鄙地窥视，默默为她做一些力所能及之事。可悲又可笑，明明是他自己将她推开，竟还奢望再凭一己之力护得她重展笑颜。

雷修远轻叹一声，转身便要走，黎非在后面开口道："你是不是又打算躲在暗处跟着我，做这些自以为是的事？"

自以为是吗？他苦笑。

黎非静静看着他的背影，对这个人，到现在她还是怨恨居多。从小到大，她做事都是干脆利落，合则来不合则散，可雷修远的出现打碎她所有原则。恨他狠心离弃，也恨他暗中相护，一面推着她下悬崖，一面还要拽着她。

可是，她竟还是庆幸他没有彻底放开手。

她恨得最多的其实是自己。

"你……"她斟酌着，犹豫着，"能告诉我为什么吗？"

雷修远沉默了一会儿，回头看着她，淡淡道："你太弱了。"

黎非再也想不到他的回答是这个，哪怕他假装含情脉脉来一句"因为我担心你"什么的还更能让她接受。她有些恼火："你很强吗？你有什么天大的本事？"

说到这里，她又卡住，好像他确实强得有些不可思议。秦扬灵是第四道瓶颈的修为，加上威力无穷的阴阳劫波镜，从叶烨的反应来看，他并不知道雷修远出现过。也就是说，在她和纪桐周被震云子掳走的那短短片刻内，秦扬灵便死于雷修远之手。

雷修远如今的修为也就是第三道瓶颈处，到底是怎么杀掉秦扬灵，甚至让他连个全尸都没留下的？

还有方才拿日炎的妖气，他到底是怎么做到将黑塔轻易取出而不被人发觉的？

她对雷修远的事，真的是一点点都不知道。

雷修远面上浮现一层久违的笑容，有些戏谑，有些温和："至少比你强。"

这笑容令她的心微微一颤，黎非下意识退了几步，仿佛要躲开他似的。她飞快地将黑塔塞进包袱，跨上兕之角，低声道："别再跟着我——不过这话对你也没什么用吧？那就别让我再见到你，我不想见。"

雷修远默然望着她纤瘦的身影消失在夜色中，过了半晌，他忽然开口，语调冰冷："你看了这半天，还不出来？"

树影处有人影微微一晃，一个红衣男子缓缓走出，面上带笑，正是胡嘉平。他摸着脑袋看了看雷修远，再看看黎非离开的方向，笑道："她竟能忍住不问你的身份，可见有多恨你，不打算告诉她？”

雷修远目带寒意，漆黑的眼珠内隐有金光跃动，他冷道：“为何追过来？”

胡嘉平连连摇手：“哎哎，别这样！我又不会跟你抢人！只是不放心过来看看而已。”

说罢，他含笑指向自己的脑侧，悠然道：“这里的东西早就断了，早在青城仙人斩断我的角时，诅咒就已经消失了。”

雷修远眉头微蹙，良久方道：“那根角果然是你的。”

胡嘉平眨了眨眼睛：“我只是奇怪，你什么时候想起的？既然恢复了记忆，怎么还敢留在小丫头身边？诅咒只会越来越强，你不怕自己有朝一日犯下大错？”

雷修远淡淡道：“我也想问你，既然你对自己的身份一清二楚，又怎会留在无月廷做个修行弟子，甚至甘愿做青城仙人的弟子。”

胡嘉平微微一笑：“因为我很喜欢现在的生活，被诅咒的日子我再也不想回去。青城仙人给了我新生命，至少让我活得像个人。”

雷修远讥诮地看着他：“被斩断角的夜叉，还是夜叉吗？”

胡嘉平正色道：“那你说要怎样？继续杀光中土仙家？抱歉，我没这打算。依我看，异民墓那根臂骨已经在你身上了，姜黎非那小丫头要是不放弃继续追查师父的下落，迟早也没法再待在中土。这里已经没有你想要的东西，何不乖乖回海外？”

雷修远默然不语，胡嘉平呵呵笑道：“你不肯走，因为小丫头还在。怎么，你还真的动感情了？发觉她的身份，还有感情？还是说，就近看着她，好独占她，不叫别人抢走？”

“闭嘴。”雷修远森然开口。

胡嘉平讥诮之意更浓：“别骗自己了，什么感情？不过是诅咒之苦罢了。你望见她，心跳如雷，只是因为想要独占；她的气味叫你发抖，只是因为本能的渴求。你每时每刻都会想着把她作为禁脔，想着把她撕成碎片……”

话未说完，眼前金光一闪，一只炽热的手轻轻扣住了他的喉咙。雷修远脑侧伸出两只纤细的黑角，目中金光璀璨，毫无感情地凝视他。

胡嘉平轻声道：“你自己知道，我说的总有一天会成为现实。”

“不会。”

“那你为什么只躲在暗处，不光明正大地与她站在一处？”

“……”

“你为什么又要学玉雪术？是不是想到哪天失手伤了她，还可以把她治好？”

“……”

“你对她本就不是动情，从一无所知开始，便是本能的靠近。何苦再折磨自己。”

“不是。”雷修远骤然收回手，像受伤一般，面色变得苍白，他退了两步，低声道，“我所求者，从最开始便只有这一人。”

胡嘉平淡淡道：“搏命相求，只是诅咒之力罢了。”

雷修远缓缓摇头，不是诅咒，也不是本能的渴求。这世间猜忌心太多，每一个人都在质疑他的感情，甚至包括他自己。

离他越来越远了——青丘小院的那片阳光，那些细碎的风声，还有她香甜的呼吸声。

只有他还在徒劳地想要挽留，自黑暗中竭力伸出手，想要战胜那个看不见的自己。

“你以后有何打算？”雷修远换了个话题。

胡嘉平耸耸肩膀，果然不再说这些，只道：“我只打算安心做这个胡嘉平，有心爱的女人，有师恩如海的师父，我满足得很。或许日后会找机会带着阿慕去海外寻找异火，重铸砺锋，只不知到时还能不能见着你二人。”

雷修远低低笑了一声，以后的事，谁又知道？

# 第四十四章 燎原

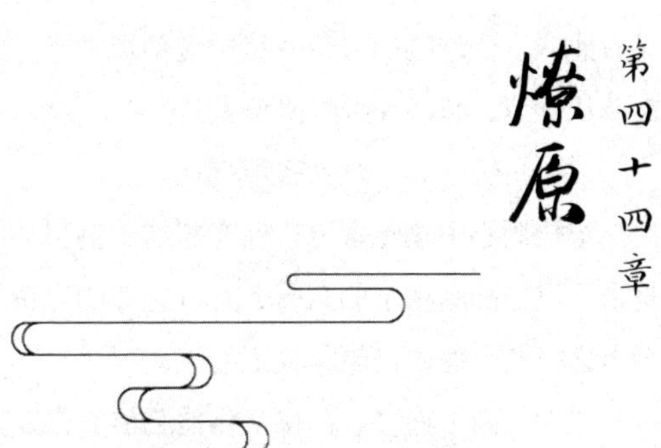

纪桐周站在英王府前，静静打量这座熟悉又奢华的王爷府邸。自去了星正馆，他差不多有六年没回来了，上一回，姜黎非也来过。

六年，记忆却像是昨天才发生过，他居然连每一丝细节都牢牢记着。

门口的侍卫早已发觉这个满身贵族气息的少年，仔细看了半天，侍卫们总算看出他跟自家的王爷好像长得一模一样，顿时慌张地跪下，齐声道：“恭迎王爷回府！”

纪桐周随意摆手，慢慢走进府邸，挥手将匆忙迎上的侍女和管家都斥退，他沿着石子小路一步步朝里走。那道门前，姜黎非看过风景；那棵柳树，姜黎非曾折了一根柳枝把玩。

一路走回自己的院落，他忽然有种无处可逃的感觉。在他自己的府邸里，每一个地方都叫他想起姜黎非，真荒谬，想忘也忘不掉。

他怔怔地在院内站了许久，有些后悔，不该回来，应当回星正馆。至少在那里，姜黎非不会这样无孔不入地存在视线内。

“王爷。”大管家的声音忽然在身后恭敬地响起，“陛下闻说王爷回来，十分欢喜，现已在前厅等候。”

纪桐周面上露出一丝笑容：“皇兄来了？我这就去。”

他一路快步走向前厅，六年不见，皇兄苍老了许多，双鬓竟然生出些许白发来。一见着他，这位越国的皇帝双目中竟隐现泪光，欣慰又喜悦地挽住了他的胳膊。他身后无数侍从守卫，瞬间哗啦啦跪倒大片。

“参见王爷。”众人齐声行礼。

纪桐周心中稍觉宽慰，他在感情上输得如同一条丧家之犬，可至少在这里，他依旧是贵不可言高高在上的王爷，九五之尊的皇帝都要恭敬地亲自来见他。万里巍峨江山，至上之权威，他才是越国真正的主人。

“你长高了许多。”皇帝将他胸前的头发拨去背后，“修行可还顺利？”

纪桐周扶着他坐下，见他短短六年竟好似老了十来岁，不由皱眉道：“先不谈我，皇兄可是有什么烦心事？”

皇帝苦笑数声，左右一看，两旁侍立之人立即退下，前厅大门被轻轻合拢，皇帝才含泪轻道：“玄山子先生修为始终未曾恢复，这几年朕日夜担忧，上回龙名座前来挑衅的事若不是有书院回护，只怕后果难以设想！桐周，实不相瞒，那吴钩近年来连连骚扰边境，大大小小吞并了几十个郡城。而我王都也时常有仙家前来挑衅打探，先前素泉先生还会偶尔前来相护，这一两年再也没见过他。这些仙门中人心中只有修行，总不能每次都靠他们。朕日日噩梦，担惊受怕，可想到你拼命修行，朕又如何忍心再苛求你什么？你可要加把劲，不知朕有生之年，能否见到你成就仙身！”

吴钩？又是龙名座！海陨临头，各大仙家都忙着应付天灾，龙名座却忙着在后面放冷箭！纪桐周想起幻象中那些叫他为之疯狂的景象，心中杀意陡现。

门前忽又响起管家的声音：“启奏陛下、王爷，玄山子先生传信，言三刻后莅临王府。”

皇帝喜出望外地吩咐诸人打扫庭院，薰香以待。

仙凡有别，纵然他贵为一国帝王，在修行者眼中也不过是一介凡人。江山万里虽然为他所有，而在中土，一个国家真正仰仗的，还是背后皇族仙人的地位与力量。皇族的仙人越多，地位越高，便越无人胆敢侵犯。这些仙人与修行者，才是国家背后真正的主导者，高高在上，超凡脱俗。

就像纪桐周，无论辈分还是身份，都要矮上一截，皇族中人对他的敬畏心却更重，只因他有灵根，是万里挑一的修行者。在这个年幼的弟弟面前，皇帝绝不会、也绝不敢拿一丝架子。

更何况这位有着越国皇族血统的玄山子先生，从辈分上来说，简直算是正儿八经的祖宗先人了。在他被凶兽混沌重伤前，一年里总还会来个三四次看一下纪桐周，伤重濒危后便再也没来过。时隔十一年，他终于又来了，难道说他的修为已经恢复了吗？

三刻后，庭中众人只觉头顶狂风呼啸，吹得人眼都睁不开，急忙纷纷垂头避让，唯有纪桐周面带惊喜，忽地御剑迎了上去。但见月光下一位青衫老者凝立，身形瘦削，飘然似仙，颌下数道清须，面容清癯，冷若玄冰，正是玄山子本人。

“弟子拜见玄山子长老。”纪桐周恭敬地躬身行礼。

玄山子冰冷的目中流露出一丝欣慰之意，细细端详他一番，便开口了，声音之冷叫人在这炽热的夏日之夜都觉浑身寒战：“你比我想的还好，无正子果然有心。”

两人落在庭院中，皇帝立即便要跪下行礼，玄山子止住，淡淡道：“我今日来此只为了桐周，你们先退下。”

皇帝却哽咽道：“玄山子先生，这些年我越国危机四伏！”

玄山子暗叹一声，龙名座诸般挑衅的事，他又怎会不知，他道：“我理会得，先退下。”

谁也不敢再多言，庭中众人当即退了个一干二净。纪桐周记得以前玄山子来端涂，身边总会跟着一两个弟子，不是素泉便是明石，今天居然只身一人出来，实在少见，他不由问道：“素泉师兄没有来吗？”

玄山子道：“他不日便要突破第六道瓶颈成就仙身，已闭关一年有余。”

说罢，他幽淡冰冷的目光停留在纪桐周身上，久久没有移开。这孩子身上的火焰气息，正是传说中的玄华之火，早先从无正子那里听说此事，他还不信，想不到竟是真的。

这举世罕见的天生黑火只有单一火属灵根的人才有机会拥有，火属灵根的人，对它又向往，又惧怕。星正馆的创始者正因拥有玄华之火，这著名的仙家门派才会分为玄门与华门两个截然不同的支流。

纪桐周六岁的时候，他便发现了这孩子藏在最深处的另一面，无止境的狂野欲望、挥霍放纵的诸般情绪。那时他便在想，有朝一日当这孩子将心底那些藏着的烈火都挖掘出来，那会是怎样？

玄山子凝视纪桐周良久，又低声道：“你已有玄华之火，不错，不错。”

他连说两个“不错”，纪桐周心中不解，不禁望向他。玄山子面上神色平淡，叫人看不出一丝端倪，心里却是暗潮汹涌。

由于被凶兽混沌重伤，他的修为久久不能恢复，昔日身居高位，一朝摔落是何等滋味也只有他自己明白。其后终于请到终南君为自己疗伤，结果却并不尽如人意，伤势痊愈，心病难医。玄门仙法须得绝情断欲，他心中有记挂与担忧，越国这些年的危机他何尝不知？绝情断欲如何断得起来？

他和震云子一样，已陷入一个死局，如今只是苦苦支撑罢了。

他的时间不多，越国的时间更不多，已容不得纪桐周一步步慢慢修行，可谁承想，这孩子竟有了玄华之火，莫非是天意？天不愿亡越国！

此火乃心魔之火，染上便无脱身之日。拥有者唯有终日苦楚难耐，所求皆不得，沉溺渴求欲海，放纵诸般狂念，玄华之火方能烈烈恢宏，一旦心满意足，它便会消失殆尽。

玄山子静静看着面前的少年，他还未到弱冠年纪，无论经受了什么打击，他的眼底始终存在着希望的火焰，他拥有人生最宝贵的希望。如今他修为尚浅，放弃了玄华之火，应当还可回头，不至于永堕苦楚之渊。

现在，是拉他一把，还是将他从悬崖一线上推下去？

玄山子目光转动，缓缓开口道："今日已晚，明日随我前往东海，海陨将临，该让你开开眼界才好。"

纪桐周回到院落的时候，却见寝室内烛火通明，青玉鼎里点了合欢香，甜而且腻。床边站着一个华服少女，肌肤白腻，身段窈窕，倒让他愣住了。

那少女见着他，脖子都羞红了，躬身站在那里动也不敢动，只低声唤他："王爷，奴婢妙青，奉管家之命，尽心侍奉王爷。"

是管家们安排的？他们从小就擅长讨他欢心，以前是送上奇珍异宝，如今他大了，送上的便是绝世美人。

纪桐周慢慢走过去，低头看她身上的宫廷华服。她露出的饱满额头，眼波流转的含羞带怯，竟让他想起了东海那场幻梦。

他想笑，心底有种说不清道不明的愤怒，愤怒这成为输者的自己，愤怒这无能为力自我欺骗的一切。可又有种无上的喜悦，皇权、江山，这里的所有都是他的，任由他支配，只要他能护得了。

纪桐周伸出手指抵在她下巴上，将她的脸抬起来，低声道："对我说抱歉。"

妙青错愕又骇然地看着他，他好像看着自己，又好像是透过她看着不知哪个人。半晌，她才颤巍巍地开口："抱、抱歉……"

纪桐周扬手挥灭了烛光，小侍女身上的华服也瞬间裂成了碎片。

多好，这放纵的一切，这苦楚又激昂的、得不到的诱惑。想要的东西有太多，得到的又太少，所以才更加食髓知味。

辰时差三刻，纪桐周步出了客栈，入目是漫天漫地的飞雪，视野中只有黑白二色。随着时间推移，东海这里的天气变化越来越突兀，昨天下午还是盛夏的骄阳似火，一夜过来，竟已成千里冰霜。

玄山子在身后轻叹一声："八月飞雪，灾祸已经很近了，怕是很快就有海中厉害的东西登岸。”

纪桐周问道：“您说的是盘踞在东海中的妖吗？不是说东海的妖并不怎么厉害？”

玄山子缓缓摇头：“天下往往越是灵气浓郁的地方，四周越是盘踞无数瘴气，所谓道高一尺魔高一丈，故而中土中心是灵气最充沛处，也是妖物盘踞最多的地方。但凶兽却不同，各有习性，东海深处有无数平日里见也没见过的厉害凶兽，加上天雷火海，便成为天险，阻绝了我中土通往海外的道路。海陨将临，天雷火海往我中土方向迁移，故而天地异变，更迫得那些海中的厉害凶兽躲向中土——凶兽、天雷火海、海外异民，等着我们的是十分可怕的祸祟。”

纪桐周不由犹豫了一下，低声道：“玄山子长老，既然祸祟如此可怕，您又尚未恢复巅峰，为何……”

他不太明白这位仙人的想法，玄山子素来以行事稳重著称，修为不曾恢复，他便在星正馆蜗居近十年，避世淡漠，不理一切外界挑衅，今次为何忽然要冒险前来东海？而且，还特意将他带上，细细想来，总有些诡异。

玄山子淡然一笑，并不回答，极目远眺了一阵，他又道：“许多仙家都已驻守阳曦城，看来凶兽登岸也就是这两天的事。”

说话间，忽见天顶一阵阵清光划过，几乎一眨眼便结成了一张密密麻麻的灵气网。玄山子长眉一挑，笑道：“开始结灵气网了，我等既然来了，便不能白白看着，你随我来。”

二人御剑而起，飞在高处，果然见偌大的阳曦城东西南北中五方各聚集了许多仙人，释放灵气编织灵气网。玄山子往东飞去，不知望见了谁，忽然御剑落在一座客栈屋顶。那里早已立了数位仙人，见玄山子走向近前，纷纷回身拱手。

玄山子含笑上前，拱手道：“原来是无月廷诸位道友，久疏问候，玄山惭愧。”

无月廷？纪桐周的心跳不由自主加快了，他抬眼望去，却见那几位仙人也正别有深意地打量自己，想是都认得他，也都记得他在端明城的事。他没来由地一阵阴郁，缓缓垂下脑袋。

当中有一位中年仙人，容貌极为普通，然而双目炯炯有神，气度十分不凡，看了纪桐周一眼，笑道：“玄山先生，东海不日将要大乱，海派都商量着撤离弟子，您反而带个弟子过来？”

玄山子道：“让小辈见识一下也非坏事。桐周，还不上前拜见？”

纪桐周上前两步，躬身行礼。那中年仙人温言道：“我记得你，无正先生的高徒，我们在端明城见过。”

他偏要提端明城，纪桐周尴尬地把头垂得更低，只答了个“是”。

玄山子又道：“这位是冲夷真人。”

纪桐周浑身一震，强忍住抬头的冲动。他记得，冲夷真人是姜黎非的师父，师父在这里，她呢？她会不会也在？

像是看出他在想什么，冲夷真人笑了笑：“可惜黎非出门远行，不然你们倒可在此处旧友重逢一叙。”

玄山子见纪桐周神色与以往大为不同，心中已微微了然。当日在端明城的事，他从无正子处有所耳闻，这孩子情烈如火，会做出冲动的事并不叫人意外，想必那玄华之火也是因情伤而起。

他心下正有度量，忽觉头顶风声呼啸，两股气势磅礴的灵气波动正在急速靠近。他立即转身，果然见不远处有两个老者乘风而来，一胖一瘦，一个面容和蔼，一个昏昏欲睡，他立即认出这二位是无月廷的老辈仙人，守中与翠玄。五百年前的海陨，他二人已是十分厉害的仙人，与那位传说中的青城仙人属同辈，想不到他二人竟会亲自赶来东海。

玄山子急忙恭敬地行礼：“玄山见过守中、翠玄二位前辈。”

翠玄仙人心情似乎不怎么好，黑着脸，眼皮耷拉着，连看也没朝这边看，只微微颔首。倒是一旁和蔼的守中仙人含笑道：“原来是星正馆的玄山道友，久疏问候了。”

翠玄仙人一听“星正馆”三字，昏昏欲睡的眼皮终于抬起一些，目中精光璀璨，犀利的眼神落在纪桐周身上，好似实质一般，令他悚然一惊。

他看了片刻，忽然开口道：“你认识姜黎非？”

谁也想不到这老辈仙人一落地，竟是问这样一个莫名其妙的问题，连纪桐周都怔了一下，点头道：“弟子确实认识。”

翠玄仙人冷笑一声：“她现在人在何处？”

他的语气与神态都十分冷厉，竟好似对姜黎非有极大的怒意。纪桐周心中惊愕，低声道：“弟子不知，不过半个月前弟子刚与她在东海分道而行。”

翠玄仙人又是一声冷笑：“哼，东海……”

他缓缓按住长袖，袖内有一柄断裂的短剑，附着其上的器灵遭到近乎致命的重创，再也不能复原，正是当日他派去偷偷跟踪姜黎非的器灵。

半个月前，他封在器灵身上的一丝神识察觉到异状，立即将其唤回无月廷。这柄短剑跟随自己近千年，器灵更是极擅隐匿，诡异多变，寻常的长老仙人都发觉不了它的存在。可它回到自己手上时，剑身已成两截，器灵更是几乎魂飞魄散，受创之重，令他惊怒交加。

而令他愤怒的不只是神兵的破损，还有找不到下手之人的挫败——半个月来他几乎每天都竭力寻找剑身上遗留的蛛丝马迹，却始终一无所获。唯一知道的，就是神兵是在东海附近被破坏，下手之人超乎想象的厉害，只一击便精准地将其折断。

种种迹象都叫翠玄仙人联想起五百年前一些极惨痛的回忆，他心中隐隐的不安越发扩散开。

他眯眼望向纪桐周，道："你与姜黎非认识多久？可曾发觉她有何与众不同的地方？"

纪桐周心跳更快，垂头轻道："弟子与她相识近十年，并未……发觉有何异常。"

翠玄仙人见他语带犹豫，耷拉的眼皮登时张开，厉声道："你想起什么了？快说！"

一旁的守中仙人摇了摇头："翠玄，莫要冲动。"

纪桐周并非无月廷的弟子，何况玄山子正在旁边，周围又那么多人，如何是细细询问的好时机？

凝神看了半日的玄山子忽然长声一笑，开口道："诸位道友，二位前辈，此子顽劣，如有得罪之处，还望诸位海涵。诸位编织灵气网，我不便多叨扰，这便告辞了。"

他带着纪桐周远远飞开，一路也不说话，不知沉思着什么心事。过了许久，他忽然道："江山美人，孰轻孰重？"

纪桐周冷不丁被问住了，一时竟说不出话。江山？美人？他从未想过要将这两个东西分开，自小便是如此，想要的东西总是很多很多，而到最后，也总是能得到满足。

玄山子笑了一笑："若时间多些，可以叫你仔细想想，可惜，怕是没什么时间容你细细思虑了。"

话音一落，忽听极远处传来一阵惊天动地的炸雷之声，震得地面都在抖，整个阳曦城的人都被惊动得跑出来观望。

但见极远的东海之畔上空乌云密布，万道闪电不断地劈打下来，天空像是被一分为二，城镇内漫天风雪，东海畔却狂风雷电暴雨大作，犹如黑夜一般。

纪桐周不禁看呆了，这难道便是传说中的天雷之灾？来得这么快？！

无数道磅礴的仙人灵气瞬间掠过长空，疾飞向东海之畔，几乎是一瞬间，无数层灵气网笼罩在了上空。沉闷绵长的号角之声响彻整个城镇，伴随着一位仙人急切而嘹亮的传音术回荡在每一个人耳侧。

"凶兽将至！修行弟子立即撤离三百里外！不得有误！"

凶兽？纪桐周在高处极目眺望，却见东海海面犹如沸腾般翻卷不休，雷云之下，海水漆黑异常。紧跟着，一双小山般巨大的白角自海底轰然而出——光是角就这么大？！

一时间城内无数仙家弟子如潮水般朝后奔逃，身后的炸雷声越来越响，灵气网几乎都撑不住这样的威势，像是随时会破损般。一阵响彻天地的号叫声骤然回荡开，弟子们被这声响震得瞬间蒙住了。只见海水忽地拔高千丈，白沫中，一只通体如牛却浑身长毛的巨大凶兽出现在众人视野中。

它挥舞着背上血红的双翅，一个晃眼，竟已飞到了阳曦城中央，灵气网被它撞得支离破碎。蛮横的妖气如巨浪般拍打着四周，弟子们被压迫得纷纷摔了下去，一动不能动。

下一刻无数仙人也追了上来，数不清的仙法光辉遮蔽了半边天空，纷纷用出最拿手的牵制法，试图将这只庞大的凶兽拽回东海之畔。

它忽然仰天长啸一声，众仙人只觉眼前一花，这凶兽消失在视线中。紧跟着它又再度出现在无数牵制仙法的范围外，拍打着翅膀，又是一个晃眼，竟已飞离了这座城镇，向中土内陆疾飞而去。

好快！这么庞大的体型，这样霸道的妖气，居然如此迅捷！更可怕的是，似是为它汹涌的妖气所感，藏匿在东海四周的无数还未迁徙的厉害妖物凶兽也开始蠢蠢欲动，密密麻麻地腾飞起来，乌云盖顶般追随在其后。

玄山子将纪桐周一扯，急道："是穷奇！跟好我，不可离开一步！"

凶兽穷奇，四凶中素来只能听见传闻，却从未有人真正见过，居然一直潜伏在东海中。它的体型竟如此庞大，比得上半个阳曦城，在这里相斗，这只凶兽要是发起疯来，这座城立即便要灰飞烟灭。

灵气网立即被密密麻麻地铺开，无数攻击仙法砸在穷奇身侧。它身体庞大，动作却快极，翅膀一振竟已高高飞起数十里。忽然间它体型缩小了许多，上下左右飘浮不定，仙法根本一丝一毫也伤不到它。

纪桐周只看得目眩神迷，诸般仙法震颤而起，周围忽明忽暗，声势惊人，成千上万的妖物与仙人们斗在一处，居然是这种景象，根本没法看清谁与谁出手。他一个小辈弟子，在滔天的妖气与灵气碰撞中，简直像一片随时会被狂风撕裂的小叶片，若非有玄山子相护，怕是早已被撞下去了。

他生平第一次见识这样的斗争，已经不能算斗法，根本是一场仙与妖的战争。刺目的光辉中，人影是那么渺小，却又能释放出威慑天地般的仙法，席卷一切。

穷奇在灵气网中左冲右突，将它们撞得支离破碎。似是因为不能遁逃，它发出愤怒的狂吼声，头顶的雷云劈下万道雷电，将阳曦城中无数房屋劈了个粉碎。后方无数仙人用仙法驱赶它，前方灵气网还在铺置，穷奇似是不甘愿被人这般驱赶，固执地想要冲破桎梏，往中土内陆的方向执着前行。

玄山子凝神闭目，忽地张口大喝一声："来！"

天音言灵大法响彻天地，磅礴的灵气如潮水般汹涌开。那只穷奇为言灵所惑，竟不由自主掉头换了个方向，往玄山子的方向振翅而去。

玄山子往东海之畔疾飞，谁知那穷奇比他快了无数倍，振翅数下便已近在眼前，虽然它体型小了许多，却依旧庞大迫人。纪桐周眼见这只传说中的凶兽呼啸而来，它身上的妖气仿佛刀剑般扎入身体，他不禁打了个寒战，却又不服输似的唤出玄华之火跃跃欲试。

玄山子一把抓住他的胳膊，将他不要命的行为止住，忽地又大喝一声："向东！"

灵气网一瞬间架设向东，穷奇身不由已转向东海之畔，被灵气网覆盖阻拦着，跌跌撞撞地振翅飞远。众仙家来不及赞叹天音言灵的霸道，齐齐追了上去。那穷奇被驱赶回了东海之畔，天音言灵的效力已过，它在灵气网中挣扎不休，像是发觉危机，体型倏地暴涨无数。铺天盖地的仙法终于结结实实地打中它一次，将它一条后腿打得灰飞烟灭，黑色的妖血溅射而出，将整片沙滩都染黑了。

它发出惊天动地的怒吼，血盆大口忽然张大，喷出无数血红的雾气。十几个仙人躲闪不及被雾气扑了个正着，连惨叫声也没叫出口，瞬间只剩衣服落在了地上。众人见它那条被打碎的后腿竟隐隐有恢复的预兆，这是在吞吃仙人的精血灵气疗伤？

眼见雾气越来越浓，飞快漫溢开，众多防御立即被架设起，那雾气却在缓慢地吞吃着防御上的灵气。仙人们立即飞起避让雾气，紧跟着又是无数攻击仙法不管不顾地丢向雾气，整个东海之畔都为这般声势颤抖起来。

玄山子面上汗水涔涔，眼前血色雾气铺天盖地而来，他拽着纪桐周急退数十里，最终落在一座荒山上，甫一落地便跌坐在地上，面色如纸。

就连纪桐周也是第一次见到玄山子使用天音言灵，这星正馆玄门第一玄术，竟有这等神效，怪不得修行方法如此苛刻。

他的声音不由自主在发抖："玄山长老……您没事吧？"

玄山子在剧烈喘息，方才那两下实乃他的极限，灵气几乎被消耗一空，他却并不急着引灵气入体，而是抬眼望向纪桐周，目光大有深意。

"方才那个问题，你想好没有？"他声音沙哑。

纪桐周只觉不可思议，为何在这个时候要问他这个问题？

玄山子面上浮现出一丝自嘲般的笑，低声道："桐周，将来不知你会怎样恨我。"

什么意思？纪桐周心中陡然升起一股不好的预感，却见玄山子忽地站起转身。后方正有数位仙人驾雾而来，当先一人身形高大肥胖，肤白如雪，一双丹凤眼凌厉至极，正是龙名座五丈山的长老宗权。其身边另一白须老者纪桐周也认识，却是龙名座三丈山的长老宗利。

龙名座的人！是故意挑玄山子虚弱的时候前来挑衅？！纪桐周心中不祥的预感越来越重，他四处张望，才发觉此处荒山十分偏僻，地势险恶，穷奇明明在不远处与无数仙家恶斗，却无一人关注这里。

宗利瞥了一眼纪桐周，又望向玄山子，当即拱手笑道："玄山先生竟也来了，方才的天音言灵真是叫我等大开眼界。不过海陨将临，玄山先生怎么还带着小辈弟子？怕是不妥吧？"

玄山子淡淡道："有礼了。想不到诸位也会前来阳曦城，宗利先生，上回东海试炼贵派受伤弟子，如今可大好了？"

一提到这个，龙名座数人面色顿时难看起来，当日无正子师徒的难听话犹在耳边，想不到一向以淡漠离世著称的玄山子居然也来挑衅。

宗利是个直肠子，当即忍不住就要发作。一旁的宗权却笑道："玄山先生有心，那几个弟子胆大妄为，吃些苦头也是应该，倒还劳烦玄山先生挂念。早先听闻玄山先生伤重，今日一见却犹胜从前，想来世间谣言，都是空穴来风而已。"

如果说宗利是把快刀子，宗权便是软刀子，话里隐藏的深意简直叫人不寒而栗。言下之意他们一直记挂着玄山子的伤势与修为，这些年对越国的诸般侵犯试探，也说明了他们的有恃无恐。

玄山子淡漠地瞥了他一眼，低声道："不敢，客气了，但应付那些只会仰仗法宝的家伙，还是绰绰有余。"

此言一出，龙名座数人又是面色巨变，方才的言语若是一根刺，如今他这话根本就是拿着大刀朝脸上砍。谁都知道龙名座最擅长炼制法宝，从长老到弟子都仰仗法宝护身斗法，玄山子明摆着是想用言语激怒他们。

宗利当即翻脸："你这话是什么意思？！今日你若不说清楚，休想离开！"

玄山子道："我倒是想问诸位，趁我体乏虚弱之际，群起围之，是什么意思？"

这话说得宗利更是暴跳如雷，其实玄山子还真是冤枉了龙名座数人。他们刚到，碰巧经过这里，因着与玄山子素日有龃龉，不过想要挑衅数句，只想不到他态度这般强硬蛮狠，反倒叫人生出杀意来。

只是诸仙家都在近处，即便心里怒火滔天，也不能轻易动手。宗利气恨地厉声道："你莫要得意！别以为充点花架子就能翻天！我倒要看看你能护着越国多久！"

玄山子长笑一声，起身冷道："一群乌合之众！和他们说话脏了我的嘴！桐周，走！"

他正要飞起，忽觉背后锐利风声骤然响起，疾若流星，一眨眼便近在咫尺，根本来不及躲。电光石火间，玄山子长袖忽地一展，硬生生将那物接下，竟是一只妖物的头骨，头角狰狞，在他掌心滴溜溜地打转。

宗权爽朗的笑声同时也在身后响起：“这可真是得罪了，一时失手，玄山先生勿怪。”

失手？玄山子微微冷笑，低头去看那法宝，却见那只头颅忽然张开大嘴，空洞的双眼与口中爆射出数道青光。他的动作微微一顿，竟没有抵抗，任由那些青光穿透自己的身体。

这位仙人面色骤然变得惨白，他手掌一推，那只妖物的头颅法宝被推出数丈，被另一只手轻轻捧住。宗权手掌一合，将这只法宝捏碎在掌心，他温言道：“过意不去了，玄山先生，你还好吗？”

“宗权！”

龙名座其他长老乍见这一幕也不由慌了。宗权素来野心勃勃，他身为吴钩皇族，一心只为拓展疆土。在他明里暗里的出手下，吴钩吞了高卢国与周边数个小国后，居然将目光放在了强盛至极的越国身上。

本来这是他私人的野心，宗权身为长老仙人，这些事仙家门派从来不问，可在这种海陨临头的时候突然出手对付别派仙人，更不用说还是星正馆玄门的长老，若是传出去，他们龙名座如何在中土立足？！

好在此刻雾气弥漫，众仙家都在数里外集中精神对付穷奇，谁也没发觉这里的异状。宗利一见四周无人，索性厉声道：“斩草除根！莫要叫他们跑了！”

事关整个龙名座，数名长老只得将心一横，霎时间，十几道法宝华光流溢，朝对面两人身上砸来。

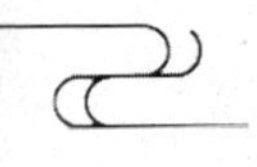

# 第四十五章 末路

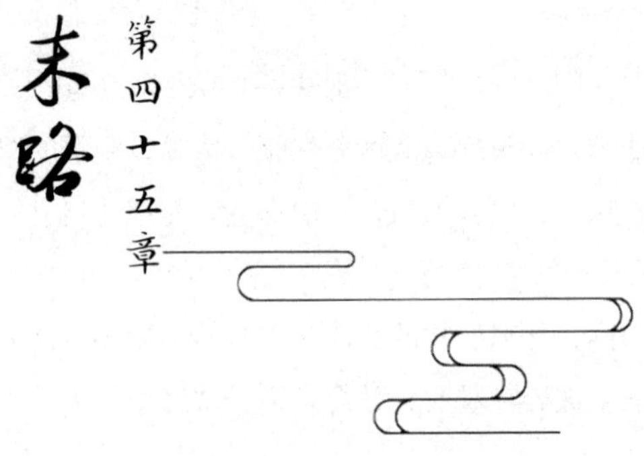

玄山子身形一晃，将纪桐周的后领口一拽，那些流光溢彩的法宝撞在他身后三尺处，犹如撞入黏稠的水中一般，忽地慢了下来。他面色惨白，陡然大喝一声："定！"

龙名座数人顿觉身体像是被什么东西束缚住了，全然不由自主，在半空中被定住了身形。

宗权眼看他二人逃得飞快，心中也不由暗惊。他这些年一直暗地里留意玄山子的动静，寻求适当的机会给予致命一击，恰逢海陨降临，天下大乱，死几万个仙人也是常见，简直是天赐良机。

玄山子被他的法宝重创，又硬生生吃了数位长老的法宝攻击，十有八九活不成，可问题在那个小鬼，听说他资质十分了得，留着他日后必成祸患。

片刻后天音言灵的束缚消失，几个长老脸都绿了——那二人是往众仙家密集的地方逃去，这会儿追上去反倒会被人发觉，倘若事情被传出，龙名座千万年的基业怕是要毁于一旦！

宗利是个暴躁脾气，当即怒发如狂："宗权！你好生乱来！自己胡搞也罢了，居然牵扯上门派！这下怎么办？！"

宗权皱眉冷道："做都做了，说这些废话有何用？穷奇未除，谁会管他们？我们顺着灵气远远追上就是。”

纪桐周此刻被玄山子拽着一路疾飞。东海之畔狂风肆卷，血色的雾气慢慢散去，无数仙人还在远处与穷奇争斗不休。这只凶兽体型忽大忽小，变幻无穷，头顶雷云笼罩，让众仙家无法近身，更兼动作迅疾至极，被逼得紧了还会吞吐雾气将仙人的血肉灵气吸入腹中用以疗伤，简直难缠到了极致，与其他三凶根本不是一个层次的东西。斗法一时僵持在那里，凶兽逃不走，仙人却也杀不掉它。

玄山子勉力飞入众仙家当中，再也支持不住，脚下的宝剑摔落在地，他被血浸透的身体也虚弱地朝下摔去。纪桐周下意识地抱住玄山子，他只觉犹在梦中，周遭发生的一切都那么不真实，怀里的身体在剧烈地发抖，滚烫的鲜血顺着他的手掌往下落，他喃喃唤了一声："玄山子长老……"

这是梦吧？突然之间竟会一切颠覆在眼前？纪桐周想过龙名座会各种挑衅，却没想过他们竟然直接动手，玄山子体内的灵气正在大量流逝，这是要死了吗？他要死了？！

"玄山长老！"纪桐周急急落在地上，架了一层治疗网，慌乱地往他体内疯狂地灌注木行灵气。不要死！这越国最强有力的支柱！他怎么能死？

周围有无数仙人，可没有一个人注意他们，即便看到了，也丝毫不会留意。与穷奇的斗争中早死了许多仙人，即便要伤感喟叹，也得留在将这凶兽除掉后。纪桐周没命地往玄山子体内灌注木行灵气，却丝毫没有用。他从未像现在这样无助甚至柔弱，威慑天地的灵气与妖气在远处碰撞交织，他像是误落其中的小蚂蚁，在罅隙中为自己世界支柱的倒塌而绝望。

玄山子忽然挣脱纪桐周的手腕，喘息数声，缓缓盘腿坐起，他的青色长衫已被血浸透，面色也苍白如死人。他双目紧闭，凝神片刻，痛楚的神情不知为何缓缓变作了释然与平淡。良久，他睁开眼，双目清澈地看着纪桐周，低声道："我身陷死局十几年，至死亦不能醒悟，放不下一切，做人的悲哀便在于此了吧？桐周，今日我推你入火海，他日你可会怪我？"

不……不要说这种话……纪桐周再一次紧紧抓住他的手腕，徒劳无功地继续灌输木行灵气。

不要死，不要死！他要怎么做才能阻止那流逝的灵气？要怎么做才能将这重创的仙人救活？他为何这么弱？为什么还是这么弱？

手腕忽然一紧，玄山子反手握住了他，五指紧扣。纪桐周迷惘地看着玄山子清澈的双眼，耳边只听他低微的声音一个字一个字地说道："你要活下去，替越国活上千万年。"

语毕，他长长吐出一口气，体内最后一丝灵气也随风而去，气息断绝，身体也渐渐虚脱干瘪，僵硬在沙地上。

纪桐周只觉一阵极致的绝望，他还在试着将木行灵气灌入玄山子体内，可玄山子的奇经八脉一瞬间便萎缩了，无论他怎样尝试，都再也救不回这逝去的仙人生命。他绝望地叫了一声，这么多人，这里有无数的人，没有一个人看他们，没有一个人救他们。

他抱着玄山子的尸体漫无目的地狂奔许久，脚下不知被什么绊了一下，狠狠跌下去，玄山子的尸身在沙地上摔出很远。无论生前多么风华绝代惊天动地的仙人，死后也不过是狼狈的一堆骨肉。他扑上去想要将玄山子抱起，身后忽然有风声呼啸，是龙名座的人追上来了吧？

他扬手放出一圈玄华之火的墙，宗利冷不防这小辈弟子居然放出古怪的黑火，衣角被火舌舔了一下，顷刻间便烧了半幅衣衫。那黑火燎在身上剧痛无比，与任何火行仙法都截然不同，春雨术居然不能将之熄灭。几个长老少见地有些狼狈，忙了好一阵才将宗利身上的黑火扑灭，堂堂仙人，竟被黑火燎得半边脸都红了。

宗利顾不上发怒，黑色火焰，莫非是传说中的玄华之火？宗利回头骇然与其他长老对望，这小鬼绝对不能留着，今日若是叫他逃脱，叫他修行有了出息，以后一定会是龙名座的心腹大患！

宗利杀心顿起，掌心中一枚法宝开始凝聚灵气，发出尖锐的鸣声。宗权却一把拽住了他的胳膊，低声道："不可鲁莽！人太多！"无论如何也不能当着众仙家的面对付一个小辈弟子。

宗权上前一步，皱眉看着这滔天的黑色火焰，周围已有仙人注意这里了，他正凝神想对策，却见隔着一道火墙，纪桐周正阴森地盯着自己。这叫人不寒而栗的眼神从每个龙名座长老的脸上划过，每望向一个人，黑色火墙便越发烈烈。渐渐地，这玄华之火竟拔地而起几十丈，缓缓向外蔓延。

宗权正欲开口，忽觉远处数道极其强劲的灵气正在接近，紧跟着两位无月廷仙人腾云立在玄华之火之上，惊讶地注视下方。宗权早已认出当先一人是无月廷老辈仙人翠玄，这两位仙人竟是辈分极高的老仙人，他心中暗觉不妙，急忙躬身行礼："见过两位老仙人，晚辈有礼了。"

翠玄一时未搭理他，他细细打量一番，昏昏欲睡的目光从玄山子的尸体上掠过，他何等眼神，自然一下便看出这仙人是死于法宝的攻击。

翠玄目光顿时变得森冷，一个个将龙名座数人望过来，忽然开口道："这是怎么回事？"

宗权勉强笑道："是晚辈的错，一时失手用法宝伤了玄山先生……"

“失手？”翠玄冷笑一声，“哼哼，天灾降临，覆巢之下无完卵，还想要这些无聊的小手段？实在可笑！”

被这老辈仙人横插一脚，纪桐周今天怕是真的除不掉了，宗权数人只得拱手告退。

翠玄仙人叹道：“一代不如一代！他日夜叉降临，杀这些东西跟杀鸡只怕也没任何区别！居然在这种时候还忙着争权夺利自相残杀！”

而且这么多仙人，居然连只穷奇都除不掉，僵持到现在。他轻飘飘地落在纪桐周身边，长袖一挥，磅礴的灵气架起灵气网，将那只不停左冲右突的穷奇困得无处可逃，身后的守中仙人也出手相助，僵持的战局终于有了一丝起色。

翠玄仙人偏头又望了纪桐周一眼，再度开口：“孩子，将尸体火化吧。修行之人肉体不归尘土，你该送他最后一程。”

他一连说了两遍，纪桐周都仿佛没听见一样。翠玄仙人回头望去，却见这孩子魂不守舍地站在那里，两眼怔怔地，整个心神都已不在这具身体里了。

不过是死了个玄门长老，他一个华门弟子何至于此？

翠玄仙人不禁陷入沉思，玄山子是越国皇族人众所周知，眼前的少年虽然跟失了魂一样，然而气质到底还是能看出与常人不同，莫非他们是同族？

周围黑火肆虐，他心中也不由暗暗赞叹，玄华之火果然不是普通的火焰所能比拟。纪桐周小小年纪便有了这福祸难测的黑火，心底必有十分大的隐忧。

他思忖片刻，心中已有一番计较，当即说道：“你一个小辈弟子此时不该留在东海，不如先随我……”

话未说完，纪桐周忽然晃了晃，一头栽倒在地，竟是急怒攻心晕了过去。

翠玄仙人摇了摇头，孩子就是孩子，太脆弱。

此时灵气网中的穷奇被迫上了穷途末路，挣扎越来越疯狂，体型也越来越大。他再也不能分心想别的东西，专心致志地将灵气网重新修补好。

连他也没遇过这么棘手的凶兽，它究竟在东海中藏了多少年？诸般牵制法都被它避开，而正虚真人又带着秦扬灵离开了无月廷，此处唯有他的阴阳劫波镜尚能发挥些作用。这小辈仙人难不成还为了个弟子跟无月廷赌气，连海陨也不管不顾？

翠玄仙人忽地“哼”了一声，纵身而起，宽大的长袍因为全身灵气的鼓动而开始猎猎作响。众仙家只觉他身上灵气磅礴不绝，十分惊人，晓得这位老辈仙人是要用厉害的仙法了，当即敬畏地纷纷避让。

璀璨的金光忽然在穷奇周围闪烁而起，可是很快又变成了夺目的火光，火光又渐渐变成柔和的清蓝水光。众仙人眼见浑厚的五行仙法之色在东海之畔变幻不绝，忽浓忽淡，时而急时而徐，这不可思议的复杂变化简直叫人心驰神迷。

忽然，所有那些纷杂的颜色与变化都静止了，化作金色的巨大围墙，将穷奇困死在其中。它惨烈的号叫声一瞬间便安静了下来，雷云也停止了劈刺炸裂。

“……是森罗大法吗？”不知是谁低低地、惊骇地问了一句，下一刻整个东海之畔的仙人们都沸腾了。

这正是五百年前只有无月廷青城仙人才能用的森罗大法！在那金色围墙中的世界，时间可以倒退回最初，也可以瞬间流逝到尽头，无论多么惊天动地的仙人凶兽，在亘古时间的长流下，也无能为力。

当年的两只夜叉正是因为被森罗大法困住了片刻，其中一个才能被青城仙人斩断角。青城离去后，此法再无人能用。想不到时隔五百年，这传说中的仙法又一次现世，又是无月廷的仙人！

翠玄仙人面上神色并不太好，森罗大法显然让他吃力至极，他的双掌微微合拢，再松开时，金色的巨大围墙忽然消失了。那叫无数仙人焦头烂额的穷奇凶兽，只剩累累白骨，时间不知流逝了多久，海风一吹，这堆巨大的白骨竟一瞬间化作了灰，吹散在海水中。

所有人都震撼地看着眼前的一切，方才喧嚣到了极致的海岸，此刻又寂静无比，每个人都看着翠玄仙人。他苍老的面上汗水涔涔，落回沙地上时竟踉跄了一下，险些摔个狗吃屎，可没有人会因此笑话他，甚至更因此而敬畏他了。

守中仙人呵呵笑道：“我还怕你不能成功地放出来，想不到这一次倒是成了。”

翠玄仙人声音虚弱至极：“青城只有一个，要是人人都能顺利用此法，何来惊才绝艳。”

纪桐周骤然睁开眼，入目却是陌生的屋梁，他飞快地翻身跳起，立即便见着对面床上的玄山子。他不顾一切地奔过去，将这位死去的仙人紧紧抱住，还在试图往他体内灌输木行灵气，绝望地进行着无用的尝试。

为什么？为什么突然要带他来东海？受伤后再也没离开过星正馆的玄山长老，为什么突然要出来？一直待在星正馆不好吗？

给他一些时间，不要让一切就这么灰飞烟灭，不要把一切希望都瞬间剥夺，让他成就仙身，他会比任何人都努力修行，将脆弱的国家庇护在自己的掌中。

“人已死，不必再试。”

一个苍老的声音自身后响起，纪桐周失魂落魄地回头，便见翠玄仙人立在窗前，目光灼灼地盯着自己。他像是抓住救命稻草般，一路膝行过去抱住了翠玄仙人的腿，嘶声道：“您是厉害的仙人，求求您……求您……”

翠玄仙人摇了摇头：“冷静些，人死如灯灭，再厉害的仙人也挽回不了逝去的生命。”

纪桐周又猛然放开他，转身再度扑向玄山子，胸口像有火在烧，有岩浆在翻滚，痛得他不能呼吸。这一切来得太快，突如其来的绝望，直到这一刻，他才发觉自己的孤立无援。

他能去哪儿，回越国吗？玄山子已经死了，他却仍那么弱小，根本无法扛起任何凄厉的风雨，还会有越国吗？还会有吗？！

身后的翠玄仙人还在说话：“龙名座与你们越国皇族的纠葛，我也略有耳闻。孩子，我可以帮你一把。”

纪桐周心中升起一星希望的火苗，布满血丝的眼睛死死盯着他。

翠玄仙人笑了笑：“我可以替你护着越国，暂时叫龙名座的人不敢来犯，不过，相应的，你得给我回报。”

纪桐周嘶声道：“您要什么？奇珍异宝，黄金万两，我越国有什么国宝都愿意双手送上！”

翠玄仙人笑得讥诮，缓缓摇头：“我要你告诉我姜黎非的事，无论大小，一件也别隐瞒。”

纪桐周的身体慢慢变得僵硬，黎非？姜黎非？

他倏地抱起玄山子的尸体，踢开房门，一言不发便要离开。

翠玄仙人又道：“我给你时间考虑，看是你的江山皇权重要，还是美人重要。”

江山美人？玄山子先前的话语忽然浮现心头，纪桐周用力将它们丢在脑后，毫不留恋地离开了客房。

星正馆正殿内，无数长老正在商讨东海异动的事。此次海派发信求助，想不到一向隐居派内的玄门长老玄山子居然自告奋勇要前往东海，谁知去便去了，至今也没个传信回来说说情况，倒是有别派的探子言说东海出现了凶兽穷奇，让无数仙家大为头疼。

“凶兽数百年为凶煞之气凝结而生一次，这只穷奇数千年都躲在东海，怕是厉害至极。”一名长老摇头叹息。

另有一位长老在担心：“玄山早些年就被混沌所伤，修为始终未曾恢复，此次还非要逞能去东海，至今未曾传信，不知眼下如何了。”

长老们议论纷纷，无正子背手而立，神色却十分凝重，他有种不好的预感。

忽然，殿外一阵喧哗，纪桐周嘶声在外狂吼不止：“让我进去！师父！师父！求求你救救玄山子长老！”

此言一出，殿内顿时哗然，下一刻纪桐周跌跌撞撞地抱着一具浑身鲜血的尸体冲进来，他面色惨白，脸上泪痕交错。无正子自收他为徒以来，从未见过他这般失魂落魄又绝望的神情，更兼他怀中那尸体竟是玄山子，他当即骇然道：“不要急，慢慢说！”

纪桐周恍若未闻，只是颤声道：“求求你救救他！他被龙名座宗权、宗利那些长老偷袭，血流不止！”

长老们更加惊骇，一时间大殿内简直炸开了锅，早有长老上前试探玄山子的尸体，果然他身上的伤处绝非妖物所伤，反倒是法宝所致，这孩子显然精神受创，竟还不信他死了。龙名座跟越国皇族那些龃龉很多人都知道，可想不到他们竟这样胆大妄为真的敢对玄门长老出手，这一代玄门长老，死得突兀而狼狈。

海陨临头，龙名座真会挑时间找麻烦，各大仙家这会儿根本不会管这种私仇恩怨，他们星正馆倘若纠结这番私怨，反倒落人口实，即便要联手孤立龙名座，那也要等海陨之后很久了。

纪桐周紧紧抓住无正子的袖子，狂热又乞求地看着他，泪如泉涌：“师父，你帮帮弟子……救一救玄山子长老！”

无正子长叹一声，将他扶起领出殿外，低声道：“人死不能复生，玄山师兄已经仙去，你冷静些。”

纪桐周嘶声道：“龙名座……”

无正子打断他：“我知道你要说什么，目前诸事繁杂，一时顾不到这么多，有何仇怨，也只能等到海陨结束后再谈。”

海陨结束？这段时间，足够吴钩去摧毁一个没有仙人庇护的国家，那时候再谈仇怨？一切都迟了！

可他现在又能做什么？回到越国为它斗争到死？还是乞求师父相助？他怔怔地望着无正子。

无正子眉头微微皱起，淡淡道：“一个国家不可能永远强盛，有灭有立再正常不过，你眼界放远些。玄山长老的事，总有一天我星正馆必然会向龙名座讨个公道。你且走吧，这里不是你该随意闯入的地方，回去好好冷静下。”

纪桐周不说话，还是怔怔地看着自己的师父，他唯一的最后的希望。

仙人们心中根本不在意凡世间的国仇家恨，连无正子都不会相助，何况那个时灵时不灵的素泉先生。天下之大，他竟是这般孤寂无助，原来他这样无能。

纪桐周忽然厉声大笑起来，无正子厉声道：“桐周！我不知道玄山师兄为了什么要给你下这剂猛药，可刺激太过反而会变成剧毒！你执念太深！自己好好想想！”

关于龙名座、吴钩、越国这些纠葛，无正子自然十分清楚，玄山子伤势经终南君相助终于痊愈，然而受伤的那些年心事太重，竟因此成了阻碍修为恢复的要因。修行者时常会遇到这样的苦痛局面，越是在意的，越是难以周全，逆天之行正是如此。

发觉一切成了死局后，玄山子的关注点索性放在了纪桐周身上，这孩子有了玄华之火的事，似乎并没有让他太过惊讶，在自己想要拉纪桐周一把的时候，这与他同族的仙人，却想着要将他往更深的火海里推。

是的，纪桐周从未真正吃过什么苦头，日夜担心越国，可玄山子还在，他始终依赖着这位仙人。玄华之火怕也是一时情迷难解才会生出，待他日后年纪大了，心结解开，此火很可能就会离他而去。

玄山子当时的话语犹在耳边：“桐周是一匹永远也不能喂饱的凶兽，必须饿着他，他才会凶猛。有我在，他就一直不懂真正的饥饿，初展露的修行心也迟早会变得迷惘。”

“我的时间不多了，迟早也会变得与震云子差不多。”玄山子自嘲一笑，“到那时，他不成，我也不成，才真正是永无出头之日了。如今海陨将临，正是个绝好的机会。他既然生出了玄华之火，便不可一生顺遂下去，这是他的命。破而后立，可惜，他将来成如何模样，我怕是见不到了。”

事情被玄山子弄到了如此局面，无正子再想将这个坠入心魔火海的孩子拉回来，又如何能拉！身后脚步声凌乱，灵气波动随着凄厉的笑声渐渐远去，他只有长叹。

纪桐周不记得自己是怎样回到端涂的，他就这样鲜血淋漓地冲进王府，吓得管家侍从们连连惊叫。

很快，他连这里也要失去了，曾经对他百般服从千般谄媚的所有人，都会背叛他。华美的庭院，满室的奇珍异宝，千万人的奉承驯服，他从来也没当一回事过，待要失去时，方觉撕心裂肺般的痛。

他的国，即将覆灭。

皇帝是在夜半三更的时候匆匆赶来英王府的，他来得太急，侍卫都没带，衣冠不整，一只脚上甚至没穿鞋。自纪桐周记事以来，从未见过如此狼狈的皇帝。皇帝一路失魂落魄地冲进庭院，在台阶处狠狠摔下去，连滚好几圈，吓坏了外面的下人们，忙不迭地来搀扶，他发了疯似的用力挥手，厉声高叫：“下去！都下去！”

庭院中的下人惶恐地退了出去，皇帝扑上前拽住纪桐周的衣服，像是要喘不上气一般，嘶声道：“桐周！玄山先生已仙去的消息……是真的？！”

纪桐周长发披散，只罩了一层薄纱外衣，面无表情地坐在窗下，淡淡瞥了他一眼，过了很久才开口道："是真的，他的尸体是我送回星正馆的。"

皇帝整个人都瘫了下去，像一团死肉，嘴里只是喃喃："怎么办……这下完了……什么都完了……"

纪桐周没有说话，只静静坐着，漠然凝望案上一点儿烛火，耳边听见皇帝粗重的喘息声，一阵阵，像凛冽的寒风，很快，喘息变成了压抑的抽泣。

"祖宗的基业，我越国皇族千百年的江山！要一朝断送了？！"皇帝号哭起来，他抱住纪桐周的腿，抖得筛糠一般，"桐周！我们怎么办？怎么办？！"

这凄厉绵长的哭声像钢针一样扎着他的脑壳，痛得叫人无可奈何。纪桐周疲惫地揉了揉眉间，竭力让自己的声音听上去沉稳些："皇兄，别哭了，很吵。"

皇帝恍若不闻，抬头死死盯着他，颤声道："桐周！只剩你了！我们只剩你了！你要保住越国！你一定要保住越国啊！千年的基业不能断送在这里！"

皇帝死灰般的眼睛里有一种濒临绝境孤注一掷的希望，这股希望被强压在纪桐周肩上，重得令他直不起身体。他只有一遍遍低声说："我会的……我会的皇兄……"

可他能做什么？以区区第三道瓶颈的修为，去和龙名座无数长老仙人们拼命吗？他连玉石俱焚的资格都没有，弱者注定被无情碾碎。

纪桐周忽然起身朝外走，惊慌失措的皇帝没命地抱住他的腿，凄声道："你去哪儿？！"

"我去守着关外。"他深深吸了一口气，目中满是血丝，"我死也不会让吴钧的大军突破越国。"

皇帝连滚带爬地死死拖住他："不能去！去了会死！你怎么能死！"

龙名座处心积虑杀了玄山子，自然对攻下越国做过十足的准备，他如何以一敌百？玄山子已经死了，纪桐周若再没命，越国便比当年的高卢还惨，永无翻身之日。

纪桐周喉中像是被什么堵住了，声音苦涩无比："皇兄，我不去，最后也还是死。"

皇帝哭得哽咽难言，只是摇头："不许去！你不能死！桐周，即便是国灭了，我们死了，你也要活着！活着夺回江山，为我们报仇！"

活着报仇？那要多少年？百年？千年？

他弯下腰，将虚脱的皇帝轻轻扶起，正欲说话，忽听外面管家们惊惶地急叫："郡主殿下？！郡主殿下！请等候传报！"

紧跟着，锐利的风声停在庭院中，久违的兰雅郡主的声音骤然响起："王爷！兰雅前来拜见！"

兰雅？也是来质问玄山子之死的吗？纪桐周心中浮现一丝近乎厌恶的疲倦，他没有理会，只将皇帝拽起，扶着坐上椅子。

兰雅等了半天不见回音，却见幽幽烛火透过窗纸，里面分明是有人影的，她心中又是焦灼又是绝望，不禁语带哽咽："王爷！玄山子长老身死的事是真的吗？！"

此言一出，下人们一阵哗然，玄山子死了？越国后面的庇护者死了？！怪不得方才皇帝跟丢了魂一样冲过来，怪不得王爷这几天一步房门也不出，因为越国要完了！

纪桐周见她这样不顾一切将死讯公布，面色登时变了，魂不守舍的皇帝却是忽然紧紧抓住他的手，低声道："桐周，郡主也是修行者，你若与她携手，将来兴许复国有望！大局为重！"

皇帝将屋门打开，便见下人们个个神色不定地在庭院外徘徊，都在窃窃私语着什么，此时屋内两人出来，他们方安静下来，神色却依旧惊疑。

兰雅郡主端立门前，目中含泪，怔怔地望着纪桐周，又问了一遍："王爷，玄山子长老的事，是真的吗？"

纪桐周眉头紧皱，最终还是默默颔首，兰雅的脸色顿时也变得灰白，目中神采顿失。

皇帝近乎讨好地上前柔声道："郡主，你自小与桐周一块儿修行，一块儿长大，情谊自然与别个不同，如今我越国遭遇此等覆顶之灾，众诸侯亦是不能幸免……桐周性子暴躁，倘若发生了什么祸事，还望郡主能多加照顾，你二人都是修行者，将来总可、总可……总有希望……"

兰雅郡主定定望着他，过了半晌，忽道："陛下的意思，是要我赵阳与越国共亡？"

皇帝大是尴尬，嗫嚅着竟不知如何回答。

兰雅只觉剧烈的心跳在渐渐平复下来，她连夜从诸侯国赵阳飞来端涂，心底还存着仅有的一丝希望，如今这希望彻底破灭了，她却似乎并没有想象中那样万念俱灭。她望向纪桐周，自认识他以来，她对他百依百顺，崇拜而又向往，但此刻不知为何，这曾经高高在上的王爷突然变得黯然失色了。

他的站姿依旧挺拔，姿态依旧傲然，不见一丝畏缩狼狈，可她就是觉得他和以前的小王爷不一样，骤然之间，他身上最吸引她叫她狂热的东西好像没了，她甚至不记得自己对他是怎样的心态，是喜欢过吗？倘若喜欢过，为何一夕之间就忘了喜欢的感情？

纪桐周的双眸与她对上，他的目光极为冰冷，她想起他说过，一个女人真正爱上人的时候，会是什么眼神。她不懂他的心，到现在还是不懂，她曾很想了解，但现在却一点儿也不想为之耗费心神了。

皇帝在对面搓着手，不知喃喃自语着什么，曾经光鲜的九五之尊，此时看来也只是个普通不过的中年人。越国要完了，在漫长历史的长河中如水泡般湮灭，遐想过的那些璀璨和辉煌都不会再有。

兰雅忽然站直了身体，这是她第一次在王爷面前挺直腰板，或许，也会是最后一次。

“陛下，”她开口，声音清冷而疏离，“赵阳只是一介小小诸侯国，国力与越国相比，不过萤火之辉，兰雅自知高攀不上王爷，也不敢存有觊觎之心。还请陛下大开隆恩，赐回兰雅少时的物事，好教兰雅保全清白之名。”

皇帝整个身体都僵住了，所谓赐回少时的物事，是指赵阳借着纪桐周成为亲传弟子为理由送来的贺礼吗？那时候的赵阳是多么殷切地期盼能够结成这门亲事！甚至兰雅郡主也放下了女子的矜持，亲自将珍珠与手绢送去给纪桐周，虽是被拒绝，她还是将东西放在了皇帝这里，盼着纪桐周有朝一日回心转意。

可眼下，她却在索回这些东西！理由为何，再愚蠢的人都明白，这行径简直是落井下石，活生生把耳光抽在他们脸上。

皇帝五内俱焚，急得哽咽起来：“郡主何出此言！桐周他……”

纪桐周不等他说完，冷道：“好，东西你拿走。”

“不！桐周！你不……”皇帝面如死灰地拽住他，最后的一点儿希望！他怎能为了那一点点仅存的脸面拒之门外！

“皇兄。”纪桐周用力扶稳摇摇欲坠的皇帝，淡淡道，“你累了，进去歇息。”

他不由分说将皇帝推进屋，皱眉凝神，立即便在自己屋内的抽屉中寻到赵阳的贺礼，由于东西是送给他的，皇帝也不敢私藏，所有的贺礼都被放在他这里。

纪桐周摊开手，抽屉内的贺礼笔直地飞了出来，稳稳落在他掌心，被他托着送到兰雅郡主面前，他还是不说话。

兰雅接过那只檀木盒，一言不发地打开看了一眼，似是确认珍珠一粒没少，这才盖好盒盖，躬身行礼，漠然道：“兰雅告退，还望陛下与王爷多保重。”

她倒退着出了院门，头也不回地走了。纪桐周静静看着她的背影，屋内又传来皇帝绝望的啜泣声，拉扯着他脑中濒临断裂的那根弦。

远处几个管家和一群家仆正窃窃私语着什么，似是打算偷偷溜走，纪桐周神色一冷，忽地如离弦的箭一般飞出，将为首的大管家提着后背心抓起，从高处狠狠丢下去。大管家扎手扎脚地摔在砖地上，抽了片刻，一摊血染红了白色方砖，渐渐地再也不动了。

所有的喧嚣顷刻间沉淀了下来，众人骇然地僵在原地。纪桐周冷冷道：“不许乱，回归原位——离开王府大门一步者，视为叛逃；若有消息泄露出去，这里所有人谁也别想活。”

树倒猢狲散，末路的獠牙，威胁得了一时，强势不了一世，他此时此刻无比深刻地体会到了这一点。

是的，现在只剩他一个人了，这世上所有人都选择背弃他，所有人都在等着看他的笑话，等着火上浇油。

世态炎凉，令人齿冷。

纪桐周从怀中摸出一张召唤令，迷蒙中，翠玄仙人的话语犹在耳边："一个越国，要庇护并不是什么难事。"

他怔怔地望着召唤令，皇兄双鬓的白发与泪光犹在眼前，整个越国也仿佛落在眼底。

他打量着这座熟悉无比的华美的院落，它们雕栏玉砌，奢靡荣华，是他的府邸。

远处端涂最高的钟楼在月光下闪闪发光，还有更远处皇宫金色的瓦片，越国广袤壮丽的河山，那些要风得风要雨得雨的得意高昂，那雄霸天下的豪情壮志……他的心里早已生出饕餮，他不能失去这些，一时一刻也不能，他不被允许做失败者，绝不能再做失败者。

他又想起姜黎非，她的音容笑貌，她几次三番的舍命相救，她曾满身鲜血地蜷缩在自己怀内，他抱着她，心里想着要永远与她在一处。

可她不属于他，永远也不属于。

此时此刻，他终于明白玄山子所说江山美人的真意了。他的心里有一只贪得无厌的饕餮，所欲所求都渴望得到满足，可倘若不能两个一起得到，那他宁愿选择无边的江山。

每个人都在等他死，等越国覆灭，可他要活下去，他要活着看越国几千年，他的无边江山，真正属于他的一切。

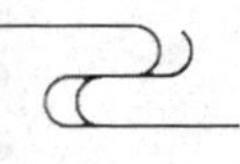

# 第四十六章 焚身以火

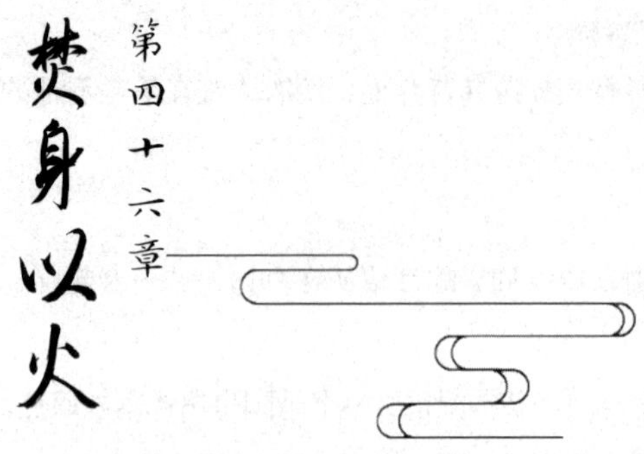

黎非扶着头顶的斗笠，仰头看了看天色，夕阳西沉，又是一天过去了，日炎依旧沉睡着，异民墓也依旧没有头绪。

她长叹一声，身下的兕之角不由飞得更快——她也不知接下来该去何处，回无月廷？还是趁着海陨来临，再度前往东海？

放眼四望，漫漫山林，今夜想必又要在外露宿，西南方的高山她倒是不陌生，此山名为横山，传闻有神兽麒麟在其间出没，在传说中也算是一块圣地。然而据说麒麟性情暴烈，从不与其他生灵亲近，故而横山灵气虽旺盛，却没有仙家在此地开辟修行洞天。

虽然只是传说，但黎非也不想平白惹麻烦，万一横山真的有神兽麒麟在，不小心冲撞了它，还不知能否全身而退。

黎非小心翼翼地绕开西南方的横山，正欲落地，忽听横山方向传来一阵惊天动地的轰雷之声，震得山中飞鸟野兽纷纷窜逃，连她也险些被浩瀚的声浪从兕之角上推下去。

她惊愕地回头，却见横山山顶雷云密布，刺目的电光似蛇一般穿梭不休，紧跟着，赤红的烈焰遍布了整座山峰，奔腾的火与雷几乎要将整座横山震碎一般——据说麒麟是性属火雷的神兽，难不成她还真的是想什么来什么，麒麟出现了？！

赤色的火焰将那一方天顶都烧成了血一般的色泽，剧烈的落雷声中，还伴随着清朗的兽吼之声，可是很快，艳红的烈焰渐渐被漆黑的火焰吞噬，隔那么远，黎非都能感觉到黑火中有一股令人毛骨悚然的十分不祥的气息。

她认识这黑火，只有一个人拥有这种奇异的黑火。

纪桐周！

一想到他的名字，黎非只觉荒谬透顶，他才什么修为？区区第三道瓶颈！多少成名的仙人见到神兽也要敬畏避让，他竟敢来挑衅？！找死吗？

想到此处，她情不自禁朝横山那里飞去。火雷肆虐，神兽的火雷结界笼罩着横山，她不敢靠太近，只得先给自己上了几层土主护身，站在兕之角上踮脚眯眼，极目眺望，但见茫茫烈焰一点点正被黑火吞噬，其内影影绰绰，依稀是有人在动，实在看不真切。

又是一阵清朗的兽啸，振聋发聩的落雷令群山震荡，黎非的胸口被震得剧痛无比，不得不运转灵气相抗。

忽然，一团黑火似箭一般从火雷结界中疾射而出，她只能依稀望见一团极小的被黑火笼罩的人影，下一刻又有一只巨大的奇异兽类穿破结界紧追不舍。黎非从未见过这种兽，它身体几乎有小半个横山那么大，周身遍布雷电与火焰，说不出的危险与彪悍。

麒麟！真的是麒麟！

黎非下意识地又靠近一些，只见方才冲出结界的那人一个旋身，手中漆黑的烈火之刃暴涨无数，在空中划出数道漂亮的弧线。那只麒麟对黑火似是十分忌惮，竟朝后缩了缩，意图避让。

它退，他进，流星般冲过去，举剑便刺。麒麟怒吼一声，天顶骤然落下一道巨大电光，那人急急避开，反身再刺。雷光一亮，黎非终于能看清他的面容，果然是纪桐周。

他快，落雷更快，眨眼间又是数道巨雷轰落，纪桐周来不及再躲，硬生生吃了几道雷劈，软绵绵地朝下摔去。

黎非本能地叫了一声："纪桐周！"

她扬手便要给他套上土主护身，谁知这突如其来的举动激怒了麒麟，它狂吼一声，忽地张大嘴猛吸一口。黎非只觉像是一只巨手抓住了自己，全然无法反抗，被它这一口吸得好似风中落叶，颠三倒四地朝火雷结界里跌落。

黎非忙不迭地给自己再套数层土主护身，眼前一花，人已跌入火雷结界，耳边只能听见阵阵可怕的雷鸣，目中所见只有奔腾的电光与烈焰交织，她身上的土主护身正以前所未有的速度迅速消散着。

她心下大惊，不得不将体内的灵气全部调动出来，一层层地给自己上土主护身，一面艰难地在四周寻找纪桐周的踪影。

“纪桐周！纪桐周？！”她厉声大叫，“你在哪里？快答应一声啊蠢货！”

没有人理她，也许方才麒麟的落雷已经将他重伤，黎非几乎忍不住想要自行逃走，可她也说过，纪桐周的救命之恩，她一定会还，此时不还，更待何时？

黎非一面从兕之角内汲取灵气，一面不停地给自己上土主护身，小心而飞快地在遍地电光中穿梭。身后再度响起麒麟的怒吼声，她急急回头，却见那只巨大而危险的神兽立在半空，目光灼灼地盯着自己，竟好似充满了敌意，甚至还带着一丝丝的戒备与畏惧。

为什么会盯着她看？！黎非来不及仔细想这个问题，麒麟忽地垂下头，头顶电光闪烁，很快生出一只巨大而尖锐的角，它前蹄猛然扬起，低着头狂吼着朝她冲来，这搏命一般的举动令她几乎僵住。

不好！土主护身绝对没法挡住麒麟角的一击！她会死！

黎非在一瞬间转过了无数念头，却找不到一个可以自保活命的，眼看那只麒麟冲到近前，她脑中顿时一片空白，只有闭目等死。

感觉像是过了一生那么漫长，预想中的撞击与死亡却没有来临，炽热的风舔舐着脸庞，明明滚烫，却又仿佛饱含着一种不祥的刺骨寒意。黎非打了个寒战，缓缓睁开眼，便见四周黑火滔天，巨大而宽阔的黑色火墙将她笼罩住。

一个身影挡在她面前，雪白的星正馆弟子服，袖口文着金边，显得华贵而雅致。只可惜这件衣服上此刻污痕斑斑，破损连连，左手的袖子还断了一截，让穿着它的人看上去很是狼狈。

黎非愣了很久，好不容易才找回自己的声音：“你……”

纪桐周没有说话，也没有转身，他的后背在剧烈起伏，身体也在剧烈地颤抖。麒麟被挡在黑色火墙之外，它对这片黑火忌惮不已，数次试图不顾一切地冲进来，最终又胆怯地避开，只能在外面愤怒地吼叫着。

巨大的火墙正在渐渐变得微弱，从黑火的威势来看，想必消耗了无数灵气，纪桐周怕是撑不了多久。

黎非快步上前握住他的手腕，一面往脉门中灌注木行灵气，一面将兕之角抛出。这只不惧五行之力的玲珑小角在空中滴溜溜地转着圈，角尖对准了火墙外暴躁不安的麒麟，开始鲸吞水般汲取灵气。

“看准时机我们就逃！”她低声说着。

她摸不准兕之角能吞噬多少灵气，是不是能像吸干震云子一样将这只神兽的灵气也吸干，无论如何，他们两个小弟子想要直面神兽，还是太不自量力，一切以保命为第一。

纪桐周还是没有回头，他低低冷笑一声：“逃？我不逃。”

黎非不由错愕，却见他抽出烈焰之刃，用力抛向空中。那柄漆黑的火刃在空中打了个旋儿，突然化作数条巨大而漆黑的火龙，穿过火墙扑向外面的麒麟。

由于兕之角在疯狂地汲取灵气，这只神兽越发不安而畏惧，它周身遍布的电光与火光似乎随着灵气被夺取而慢慢暗淡下来，它不甘地吼叫着，欲退不退。便在这露出破绽的当口，那几条火龙无声无息地缠绕在了它的身躯上。

黑火燎身，其苦楚想必难以言说，这只麒麟凄厉地大吼一声，身上不停迸发出刺目的雷与火，却对这些黑龙一点儿用也没有。神兽本就是天地间灵气凝结而生，兕之角浩浩荡荡地抢夺着它的灵气，再加上玄华之火的焚烧，即便是神兽也承受不起。

麒麟近乎疯狂地摇摆着身体，试图朝后撤退奔逃。黎非心念一动，不停旋转的兕之角渐渐停了下来，化作一道白光落在她掌心。她本来就没有想要杀死神兽的意图，虽然不知纪桐周为何要来挑衅麒麟，但此时还是先救他离开再说。

她一把抓住纪桐周的后领，正要将他拽走，谁知胳膊却突然被他甩开。他背对着她，声音沙哑：“别打扰我，就快好了。”

快好了？他真是来杀麒麟的？！黎非惊愕地看着他将手掌一翻，缠绕在麒麟身上的数条火龙忽又化作数根利刃，毫不留情地贯穿了它巨大的身体。

“起！”纪桐周清叱一声，熊熊黑火从利刃上轰然而起。这只可怜的神兽连体内也开始被玄华之火焚烧，凄凉地长啸一声，挣扎奔逃的动作渐渐停了下来，最后整个身体都被黑炎吞噬，重重地倒在地上。

火雷结界顷刻间破碎，肆虐的落雷声也霎时消失，徒留遍地焦黑，还在冒烟。黎非不可思议地望着纪桐周，他一手捂着胸口，艰难地朝麒麟的尸首走去，手一挥，焚烧在麒麟身上的黑火瞬间凝结成一柄宝剑，被他用力拔出。

麒麟的尸体开始飞快缩小，渐渐与一头普通的鹿一般大。纪桐周根本是有备而来，有条不紊地将这只神兽利落干脆地肢解，头角皮毛骨髓碧血……每样东西都被分开封印好装入蛇皮囊中，转眼间麒麟只留下一副通体火红的骨架。

他剔出最长最粗的脊椎骨，放在手中挥舞了两下，似是很满意的模样。

黎非越看越是心惊，不由奇道：“你……孤身一人来猎杀神兽麒麟？”

纪桐周终于回头瞥了她一眼，神情淡若玄水，道：“不然还有谁会帮我？”

黎非看了他一会儿，起身掸了掸身上的尘土：“是我多事了，没事也好，告辞。”

她转身欲走，他忽然在后面唤了一声：“姜黎非。”

“什么？”

“谢谢。”

这眼高于顶鼻孔朝天的小王爷居然说谢谢，黎非笑了笑，冷不丁被他袖中汹涌而出的白雾迷了眼。她鼻中嗅到一股似甜非甜的味道，顿觉一阵头晕，竟踉跄着再也站不稳。

什么情况？她措手不及，狠狠摔了下去，意识越来越模糊，眼前所有景象都开始发疯般地旋转起来。

纪桐周缓缓走到她身边，低头望着她错愕的脸，低声道："谢谢你还站在我身边。"

他对她用迷药？！黎非只来得及转过这一个念头，很快，眼前一黑，不省人事了。

似是有一双手轻轻将她的发髻拆开，浓密的长发在梳齿中穿梭，所有不顺的地方都被小心清理，一绺绺长发或编或卷，被缓慢又仔细地绾成发髻。

这双手的动作很是笨拙，即便万分小心，却依然时不时会扯断一两根头发，让她感到疼痛。黎非在头发被扯断的细微痛楚中，茫然睁开了眼。

囚龙锁暗淡的光芒闪烁在昏暗里，华丽雕花的大窗，淡蓝晨曦透过茜色的纱，色泽变得暧昧而和暖，让人昏昏欲睡。全身没有一点儿力气，灵气被封死在体内，她喉中干灼如火烧，神思恍惚，浑浑噩噩，一时想不起前因后果。

身后有个人，衣袖中弥漫出名贵香料的味道，他的手指穿梭在她头发里，偶尔一两根头发拉扯头皮，怪疼的。

终于，他似乎将发髻绾好，起身端了铜镜放在桌上。火光一闪，屋内的烛火被一齐点燃，黎非正对上铜镜中被打扮好的自己。

白裙，红花，乌发，她一贯的妆容。

一层层锁链将她牢牢锁住，甚至脖子上也套了囚龙锁的链子，她微微一动，这些锁链便仿佛活的一样蠕动绞紧，令她不能动弹。

一杯温热清香的茶水抵在她唇上，黎非静静看着蹲在自己面前的少年。纪桐周姿态优雅地捧着茶杯，烛火投注在他面上，浓密睫毛的阴影盖住他的眼底，叫人看不出里面藏了什么。

"喝水。"他说。

黎非没有做无意义的反抗，张口喝了大半杯茶，干渴的喉咙得到滋润，心神也慢慢沉淀下来。

纪桐周又拿起一支细毛笔，蘸了胭脂，将她的下巴扶起，一点点细心地为她发白的嘴唇增添一些艳色。

"我一直想有这一天。"他的声音里有一种前所未有的叫人意外的温柔，甚至可谓缠绵，"你就在我身边，住一间屋子，在一张桌子上吃饭。我可以替你挑选衣裳，替你绾发，替你梳妆。春天的时候，一起去看新绿的杨柳和桃花；夏天我们就去最高的山上看天悬银河；秋天你簪一朵菊花，我替你作一幅小像；冬天咱们围着火盆说笑话，你若喜欢出去堆雪人、打雪仗，我便陪着你，一直陪着你。”

难以想象这动人而美妙的情话竟是从纪桐周嘴里说出来，黎非几乎听傻了，她又动了动胳膊，囚龙锁立即将她捆得更牢，几乎要绞断臂骨，令她痛楚不堪——他在说笑话吗？

纪桐周又替她细细画眉，轻道：“可惜，我们的时间不多。没有机会，天不给我希望，你也不曾给过我希望。姜黎非，你觉得我是个什么样的人？”

画好眉，他放下笔，满意地端详她的仙姿玉质，就算此刻她的表情有多错愕震惊，也掩饰不了这逼人的艳光，真好看。他以前从没想过姜黎非也能这样美，精心装扮后简直叫人愿意跪下将心都掏出来献给她。

“你觉得我喜欢你，一次次地缠着你，搏命相救，就算你一次次地冷酷拒绝，我也不会放弃，百折不挠地为你付出一切？你觉得我是这样的人吗？”

黎非终于从震惊中惊醒，她倏地打断他的话：“你是个任性妄为的人！你喜欢我，我就必须对你关注？你不开心，便要让别人也不开心？心里舒服了就好脸色，不舒服就故意找碴，你以为你还是三岁小孩吗？！不要觉得每个人都该包容你的任性，至少在感情上，我对谁都问心无愧！”

纪桐周浅浅一笑：“你对我永远这么高高在上，因为我喜欢你，所以你有恃无恐？为何要帮我救我？对我施恩，好教我对你更加死心塌地？”

黎非的神情渐渐冷了下来，她定定地望着他，缓缓开口：“你迷晕我，将我用囚龙锁捆住，难道就为了向我抱怨这些？”

纪桐周替她将耳旁的碎发掠去耳后，淡淡道：“我记得，你欠我一个天大的人情，也说过会还我，对不对？”

黎非讥诮地笑了：“在你杀麒麟的时候，我便还了，现在我什么也不欠你！”

他也笑了：“那时若不是我出手救下你，你此刻还能与我斗嘴？说到底，你还是欠我太多。”

“不必废话。”黎非傲然抬起头，“你到底想做什么？痛快点！”

纪桐周的指尖轻轻在她脸颊上摩挲爱抚，似是在沉思着什么，过了许久，他方道：“你替我救下越国，作为报答，我这一生都会记着你，不敢相忘。”

黎非只觉匪夷所思：“什么救下越国？”

他是失心疯在说胡话吗？

纪桐周像是没听见她的反问，仍在一个字一个字地缓缓叙述："你知道吗？玄山子长老前些日子死了，被龙名座的人偷袭，伤重不治。我见了很多人，也求了很多人，一无所获，身边的人也一个个选择背弃。我不能让越国亡在我手里，所以我做了一个选择。"

黎非越听心越沉，玄山子死了？！他是越国背后的庇护者，无论他先前受了多重的伤，只要他还活着，就是对虎视眈眈的龙名座的一种约束。龙名座的人竟趁着海陨大乱之际，对他下杀手？他一死，越国只怕立即就会土崩瓦解。

她死死盯着纪桐周，当日在东海遭遇蜃，一场幻境就令他癫狂错乱，更何况祸事真正地降临，他是疯了，真真正正地疯了！

"你这些日子在外游荡，难道没注意城镇中张贴的仙家通缉令吗？一个震云子，一个正虚长老，一个秦扬灵——足够让你死个上百次了。"

他带着一丝恶意的话语落入耳中，黎非只觉背后的寒毛一根根竖了起来——他出卖她？他出卖了她，她曾以为这世上最不可能背叛自己的朋友，毫不犹豫地背弃了她。

不敢相信纪桐周背叛自己，不光是因为多年朋友的缘故。是的，更因为他喜欢自己，他表现出的那种绝望而祈求的爱恋，或许真的令她迷惑过。

人非草木，孰能无情。回报不了的心意，她一直心怀愧疚。

可她又错了，纪桐周并不是多情天真的公子哥儿，为了满足他的野心，他可以不择手段。

纪桐周就在眼前，那个流着泪祈求自己给一次机会的少年，那个为了自己不惜与仙人搏命的少年，那个毫不犹豫把自己出卖的少年——他们竟真的是同一人。

黎非第一次这样认真地打量他，她发觉自己好像从未认识过他。他薄而抿起的唇，看上去原来不光是任性，还有着算计；漆黑的眼，蕴含的也不光是炽热的感情，还有一些冰冷深邃的心事；总是皱起的眉头，不仅仅代表王爷的威风，更多的承载了无数欲望和野心。

像是被她过于专注的目光看得有些心虚，纪桐周回避了她的注视，只端起茶杯又喂她喝了一口。

"把我供出来，换得越国的平安吗？"她忽然低声问。

会对她这么个默默无名的小弟子感兴趣的人，除去震云子，便只有翠玄仙人了。这老辈的仙人疑心病极重，可她也不得不承认，有这位仙人坐镇越国后方，龙名座绝不敢来犯。

纪桐周淡淡道："不错，怎么，是不是又要拿出你那套正大光明的嘴脸，体谅我的恶行，希望我改邪归正？"

黎非笑了一声，冷道："你既没变坏过，也没变好过，一直都是这个样，我也从没体谅过你。"

"所以你一直用那些残忍的法子对我？"他目光灼灼地望她。

黎非神色冷静："我对你残忍？我什么也没给过你。其实你心底知道这种行径很恶心，所以一直对我故意挑刺——我高高在上，我伪善，你出卖我，想要我的命是合理而且大快人心的，心里好受些了？"

纪桐周骤然抓紧她的领口，他看上去像是要把她吃掉一样，可是很快，他又慢慢将她放开了。

"或许你说的有道理……"他的神情出奇的平静，甚至柔和，"这事很恶心，所以我一直在挑你的刺。"

他的人生是一团团大小不一、如烈焰般的欲望所拼凑，每一步都在追随着自己的念想。不可以停下，也停不下来，这世间留给他的路一半是繁花似锦，一半是万丈深渊。现在他是走上天堂，还是走进了深渊？

"在这种情况下还这么冷静地跟我斗嘴，我就是喜欢这样的姜黎非。"

他起身走至窗边，长袖一振，拂开木窗，清晨的日光照亮了这间华美的寝室，也照亮了他惨淡的脸庞。

他回头朝她笑了笑："这辈子或许再也遇不到第二个你。我会珍惜你带来的一切，我们就在这里告别了，姜黎非。"

他将黎非抱起，一步步走出房门。

王府的院落空荡而萧索，十几位无月廷仙人在半空悬浮，衣袂飘飘。众仙人一见黎非，立即纷纷落下地来，十几双精光四射的眼睛凝视着她。

"是这小丫头杀了正虚与秦扬灵？"有人见她资质普通，有些不信。

翠玄仙人呵呵一笑："人不可貌相，她的真实身份被藏得隐秘得很，青城果然狡猾，将她送到我无月廷来，令我们养虎为患，眼皮子底下叫她安生过了这许多年，其心可诛。"

众仙人不禁失色："青城仙人？他不是早已失踪？如何又与这小弟子扯上关系？"

翠玄仙人冷道："这个说来话长，日后得空再告诉你们这些小辈，眼下先不提。"

他走到黎非面前，原本昏昏欲睡的双目此刻炯炯有神，直直看着她，道："青城为人放荡不羁，与我中土仙家谦和守礼的作风截然不同，他与九尾狐私下里以友相称之事，并非无人知晓。想不到，心智混沌的妖物也有义气，青城死后，它竟一直护着你。震云子苦苦追寻你多年，正是为了那只九尾狐吧？呵呵，这么多年，我等竟一无所知！青城这招走得真是又险又毒！"

他面上浮了一层冷笑，忽又道："胡嘉平那小子呢？在哪里？"

黎非移开视线，声音平淡："我不知道你在说什么，我也不认识青城仙人。"

"还想抵赖。"翠玄仙人冷笑，"你要寻的大师兄岂不正是胡嘉平？我知道，你前些日子寻异民墓未果，还特意去书院找了他。我发了弟子召集令，他也没有回来，是躲在暗处伺机待动？想再给我中土仙家五百年前一样的打击？"

黎非还是不说话，倒是旁边另一个仙人奇道："胡嘉平？是广微的弟子？早些年不是还传出天纵奇才的传闻吗？他跟青城也有关系？"

翠玄仙人冷道："关系大着呢！也罢，眼下我只问你，青城留下的东西你藏在何处？"

他见黎非始终冷着脸不说话，也不在意，只道："青城贪恋海外未知的力量，竟与夜叉勾结，去海外带回了这丫头，诸般布局只为一己之私，幸好我们发觉得早，断了他的狂想，只可惜他留下的罪证被这丫头偷去——你不说也由得你，我自有法子炮制你。"

黎非终于有了反应，转头森然道："肚量狭小之辈，永远也不能理解何谓广阔。你的眼中非黑即白，永远只记得仇恨，永远只知道防备警惕，真是可悲！"

翠玄仙人不过一笑，旁边数位老仙人也都笑了起来，反而赞叹："哦？海外异类竟也懂这些道理，不简单。那竹卷上说绝色女子汲取山川灵气，这孩子容貌端丽，体带异香，还将震云子的灵气吸干后杀害，应当是同一种类了吧？翠玄，把她带回门派的话，只怕如上回一样招来灾难，不如带去白边之崖？"

翠玄仙人摇头，冷道："她既为异类，便该立即除掉才行。"

其他老仙人们顿时纷纷反对："怎么能杀掉？好不容易有了机会得知海外的秘密，我等盼这天盼了许多年！"

翠玄仙人大怒："你们莫非忘了白边之崖被灭门的惨事？！他们就是抱着与你们同样的心思，才会一夜被屠尽！异民墓本就毫无意义，若非四位掌门不忍，早就该将它付之一炬！"

如今无月廷中除了四位掌门，便是翠玄仙人资格最老，更兼他如今能用出森罗大法，地位自然不一般，众仙人不得不停止与他争论，无奈地沉默了。

黎非坐在地上，像是知道她身份特殊，捆住她的囚龙锁比一般的还要多许多，她的双手双脚早已麻木没了知觉。她环顾四周，仙人们用或好奇或探究，或遗憾或无奈的目光看着自己，只有一双眼睛里充满了仇恨和警惕，正是翠玄仙人。

他走到她面前，居高临下，低声道："我问你，青城留下的罪证里写了什么？你若肯回答，我许诺你，叫你死得痛快些，否则休怪我手段狠毒。"

她冷笑着把目光转向翠玄仙人，一个字一个字，说得很慢："想杀我？那也要看你有没有这个本事！”

她周身忽然迸发出柔和的白光，先时还隐隐约约，可渐渐越来越亮，一股从未有过的磅礴甚至可怕的灵气波动在王府内回荡，可是很快，那股灵气波动变成了巨大的旋涡，缓慢却坚决地吸纳着周围的灵气，包括他们体内的。

众仙人脸色顿时大变，他们竟无法阻止灵气离体！霎时间，无数道仙法的光辉闪烁起来，然而叫人更加恐惧的是，那些仙法在她身前三尺处便化为磅礴灵气，被她尽数吸纳。

漫天漫地的黑火吞噬了整座庭院，众仙人只觉无可抗拒的炽浪烧灼身体，竟连他们也感到吃不消，当即纷纷腾飞而起。

黎非的灵吸无法将那些黑火化作灵气，令人窒息的黑火将她覆盖，剧烈的痛楚令她惨叫起来，她慌乱狂热的视线到处乱扫，忽然望见了不远处的纪桐周。他周身黑火缭绕，面容都被藏在黑火后，可她却分明看得那么清楚，他幽深的双眼，那么平淡，平淡而冷酷，叫人心寒。

玄华之火在焚烧她的身躯，此种苦楚生平第一次体会。黎非用尽所有的气力与意志，几乎将嘴唇咬烂，她不允许自己发出任何叫声，绝不允许。

黑火在天地间肆虐，她甚至说不清自己是死了还是活着，痛，无一处不痛，皮肤骨肉内脏一层层被焚烧，永无止境般。

她还在固执地隔着火海望着那双曾经炙热、如今冰冷的双眼。

她给过他的所有的拒绝和痛苦，此时此刻他全部还了回来，焚身以火，这是纪桐周最残酷的报复。

“好了！”翠玄仙人大喝一声，“别弄死！还有事要问她！”

黑火慢慢散开，黎非瘫在地上，目中所见一切只有血色，视线中可以望见自己的一截手臂，漆黑焦枯，仿若一截焦木——她竟还没有被烧死，多荒谬的世界。

众仙人见她这副模样，不由都惊道：“还活着吗？！竟还有一口气在？！”

翠玄仙人双掌合拢，一道裂隙出现在掌中，他淡然道：“海外异类，怎会死得这般容易！先将她带回无月廷，由四位掌门亲自审问。”

姜黎非漆黑干枯的身体被收入小千世界中，直到小千世界的裂隙缓缓合拢，众人才真正松了一口气，一个仙人苦笑道：“只怕她出其不意有什么手段，倒是我们多想了。”

亦有人还存疑虑：“既是海外异类，如何这般孱弱？翠玄，你真不会弄错人？”

翠玄仙人没有理会众人的议论纷纷，他回头瞥了一眼纪桐周，这小子心肠倒比他想的要冷硬无数，他有些忌惮，却也有些佩服，还存着一些怜悯，当即道：“你履行了诺言，我自当回报。越国自有我替你庇护十年，十年之约，定不相忘。”

纪桐周像是没听见一样，他只静静盯着庭院中心焦黑的土地，那里有一段烧得变形的簪子，是方才他亲手替姜黎非簪上的妃红芙蓉。

不知为何，那些快要被遗忘的久远回忆此刻一一掠过脑海。他想起书院二选时那片雾气弥漫的树林，男不男女不女的小乞丐告诉他，她叫小棒槌。她又难看，又粗鲁，还有着充满叛逆的眼神。

就是这样的眼神，方才他也被这种眼神凝视。那光影交错的七年，像是虚妄的梦，从开始到现在，一切又回到了最初。

庭院里嘈杂不堪，有很多人在说话，可是很快，一切又都安静下来，天地间只剩他一个人，拯救了越国的末路英雄，孤单地站在这里。

纪桐周缓缓摸向袖子，从里面摸出一柄破旧的折了好几根梳齿的木梳，用指尖缓缓摩挲着，每一下抚摸都温柔熟练，仿佛早已摩挲过无数次。

他忽然将木梳高高抛起，黑火盘旋而上，瞬间将它吞噬，像姜黎非一样，它化成了一截截黑灰，从此再也不会出现在眼里。

永别了，最心爱的人。

# 第四十七章 明灭

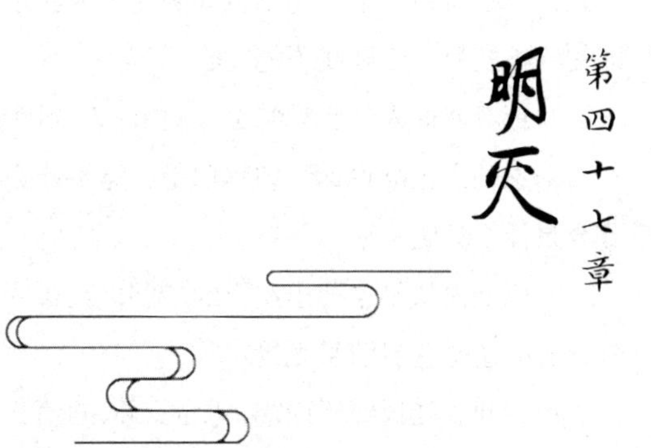

清晨近乎透明的阳光笼罩着大地，远处隐隐传来鸡鸣之声，时辰似乎尚早，可越国王都端涂却已是人潮熙来攘往，热闹非凡。

翠玄仙人立在云端，眯眼望着脚下繁华的人世，半晌不语。身后有几个仙人在感慨："要说那丫头不是海外异类，可被玄华之火烧成那样竟还有命在，果然十分不寻常。"

玄华之火比寻常火行仙法唤出的任何烈焰都有所不同，不惧水行，没有熄灭之途，个中凝结了拥有者的心魔欲念，一旦沾染，往往火毒攻心，全无疗伤余地，狠毒至极。

"那位越国王爷年纪轻轻便有了玄华之火，星正馆此后是要扬眉吐气了。"一位仙人连连赞叹。

另一人却笑道："不见得，玄华之火拥有者这上下数千年犹如凤毛麟角，罕见却未必值得羡慕，听闻拥有者大多性情乖戾，极少见长寿者。有的人在巅峰后忽然一落千丈，黑火离身而去，有的人则短短数百年便含恨而逝。那位创立星正馆的玄华仙人，岂不是有传闻说是被自己的黑火烧死的吗？依我看，此火并非祥物，这位小王爷日后纵然有所成就，也是个叫修行界头疼的人物。翠玄何苦帮他？今日帮他，将来怕是要多出个心腹大患。"

翠玄仙人淡道："我岂能失信于一个小辈，玄华之火再凶狠，他也是个人，又能翻了天？不必再说，眼下小千世界中的姜黎非才是最紧要，由掌门问出青城隐瞒之事，立即便将她处死，否则我不能安心。”

“那青城仙人到底是怎么一回事？”到底还是有人压不住好奇，连声相问。

翠玄仙人正欲说话，忽然似是察觉了什么，疑惑地四下打量，奇道：“等一下……如今是什么时辰？”

一位仙人从袖中取出小小的沙漏，凝望片刻，也露出奇怪的神情：“怪了，已过午时，怎的还是这般清晨光景？”

说话间，狂风缓缓而起，团团乌云四面八方涌来，遮蔽了晨光，一时间飞沙走石，这中土内陆的八九月天气，刮的竟是朔风，寒冷彻骨。

不过片刻工夫，天顶搓绵扯絮般落下大片大片的雪花，众仙人立时变色，剧烈的天气变化竟已蔓延到中土这么内陆的地方来了？！

更诡异的是，东方之日被乌云遮蔽，西方的天空却开始隐隐发亮，又一枚初升之日自西方天际缓缓升起，其色鲜红如血，周围乌云像被焚烧一般，都被镀上了一层红边。

天现二日！大灾难的预兆！翠玄仙人正在心惊，忽觉怀中一枚咒符在不停跳跃，他急急抽出一看，只见上面龙飞凤舞写着几个字：天雷降临，速回东海。

他当即大惊失色，急道：“不好！天雷已至！回不得无月廷了！”

天雷火海与先前那只发疯的穷奇又有不同，必须要聚集无数仙人编织更为厉害的灵气网方能扛住，否则一旦灵气网破损，让天雷火海前往中土内陆，后果不堪设想。这次的天雷为何来得如此之快？简直令人猝不及防。

好在姜黎非已被玄华之火重伤，小千世界绝无人能破，只得暂且将她放在里面，等解决了天雷再带回无月廷。

众仙人不敢耽搁，立即用尽全力向东海方向疾驰而去，少一个人便少一份灵气，越快越好。

翠玄仙人一面乘风疾飞，一面按住胸口，依附小千世界的铜镜就在怀中，他绝不会有一丝分神，青城消失的那近一百年，究竟留下了什么，他无论如何也要问个清楚。

正想得出神，忽觉眼角余光处有金光似流星般划过，他立即警觉，停在半空厉声道：“什么人？！”

众仙人也惊疑不定地跟着停下，四处张望，奇道：“怎么了？有人跟着？在哪儿？”

他们这一行十几个仙人，几乎是无月廷最精英的厉害仙人，不要说有人暗地里跟着，就算是那只穷奇再现，也有把握瞬间将其杀得灰飞烟灭，又有谁胆大包天敢跟踪？为何察觉不到一丝灵气的异样？

四处顾盼间，便见远处又是一道金光闪过，渐渐地，越来越近，竟是个金色的人影，来去如风，若隐若现，犹如鬼魅。翠玄仙人一见那金色身影，脸霎时变得惨白，惊道：“是夜叉！是夜叉！趁着天雷潜入中土的吗？！”

五百年前夜叉带给中土仙家太过惨重的回忆，“夜叉”这两个字足以令任何厉害的仙人噤若寒蝉，此时这名字从翠玄仙人口中尖厉地喊出来，众人不禁毛骨悚然。

“灵气网！结灵气网！”翠玄仙人抖着手，不顾一切地将灵气释放出来，“不能让他靠近！”

众仙人慌乱地跟着释放灵气，谁知那金色人影竟视若无睹，只抬手轻轻一挥，刚刚结成的灵气网瞬间碎开。那只夜叉身形一闪，无声无息地落在翠玄仙人面前，垂头凝视他。

“你……”翠玄仙人万般惊骇地指着他，虽然遍体笼罩淡淡的金光，可他认识这张脸！认识这个人！这不是广微的弟子雷修远吗？！他？夜叉？无月廷竟让这么多海外异类混了进来？！

雷修远淡漠的目光顺着翠玄的脸，滑落在他胸前，忽地一伸手，下一刻那面铜镜便被这个少年握在掌中。

他既不说话，也没出手攻击，只是转身再度化为金光，眨眼便遁远无踪。

众仙人犹如木雕般僵在原地，谁也不敢追，谁也不敢说话。翠玄仙人只觉浑身都在剧烈颤抖，他抬手狠狠抽了自己一巴掌，只抽得嘴角流下血来，一面嘶声道：“他是要救姜黎非！快追！绝不能叫他们逃走！”

说完，他忽又抓住守中仙人的袖子，急道：“回无月廷！把广微叫来！”

短短数十年，广微真人两个惊才绝艳的天才，竟都是海外异类！堂堂名门大派，竟落得这般狼狈局面！如何对得起那些死在海陨中的同僚？如何对得起先代的掌门人？！

“想趁着天雷火海降临逃回海外！死也不可叫他们得逞！”

焦烂的身体像是被撕碎般剧痛，五脏六腑也像不停地被焚烧，裂开，再合拢。黎非趴在地上，鲜血从身体的每一个裂缝里汹涌而出，染红了身下的草地。

小千世界中浓郁的灵气对她不再是有用的东西，她的身体再也运转不了灵气，体内的灵气也随着鲜血的涌出飞快地消散开。

她要死了吗？死在昔日好友的背叛中？死在将她视为死敌的曾经的师长手中？

昏昏沉沉，每一次要失去意识，却又被无与伦比的痛苦拉回现实，每一个瞬间都像一万年那样难熬。

这是哪里？翠玄仙人的小千世界？

黎非咬紧牙关，用尽所有的意志力，抓紧地下的青草，让身体朝前蠕动了一下，好教她模糊的视线能看清附近的景致。

隐隐约约，她依稀望见了一座大殿，两点幽蓝的长明火在殿前跳跃。

异民墓！果然又被翠玄仙人从白边之崖取出来了！是为了引诱她上钩吗？

黎非长长吐出一口气，再一次抓紧青草，一点一点艰难地朝大殿爬去。她要看到异民墓里那个人，她一直在寻找的答案……每一个人都在告诉她，师父不是青城仙人，可她还是要亲眼确认。

即便被亲近的朋友背叛，被仙人们追杀，她还是舍不得曾经的那些温暖与欢笑，执着地寻求答案，告诉她，师父还活着，不是青城仙人。她想留下，真的想留下来。她还想留在歌林身边，抚慰她受创的心；想留在叶烨身边，令他重展欢颜；想留在昭敏师姐、冲夷师父身边，努力修行，让他们自豪；留在苏菀、邓溪光身边，与他们分享每一天修行的心得。

还有青丘小院，那一块薄田，破损的水缸，粗糙的土井……她还要等师父回来，等他回来，他们一起回到青丘，像以前那样无忧无虑地生活。

这世界给过她无数美好，即便见到了它最残酷的一面，她依然不能弃。什么天下无敌，至高大道，她从来也不想要。别让她孤零零的，她在意的那些人，都还在等着她。

越来越近了，异民墓，鲜血在她爬过的地方画出鲜艳的线条，长长的一截，一路行至大殿门口。

黎非用头撞开殿门，疼痛令她神志不清，可她的心从未这样执着过。

近了，那扇帐幔，她慢慢爬进去，昏暗的光线中，只见一具枯尸倚墙坐着，他身上披着看不出颜色的袍子，身体微微蜷缩，像是倦了睡着般，花白的长发遮掩面容。

黎非喘息着，仰头去望他的脸，入目却是一张近乎骷髅的人脸。她的心跳剧烈加快，看不出轮廓，她伸出焦黑的手，紧紧握住干尸的手——师父曾经被一只厉害的狼妖咬断过右手小指，后来虽是把指头接回来，骨头却断了，再不能复原。

她颤抖地摸索着他的手指，一根根，摸到小指的时候，异样的手感令她剧烈的呼吸声忽然停了。

像是陷入一个噩梦，黎非缓缓放开他的手，忽地张嘴咬住他身上的袍子，扯下半幅——师父锁骨附近有一块十分显眼的青色胎记，形如弯月。干尸的皮肤干枯如树皮，可是锁骨处清清楚楚有一块弯月的痕迹。

她觉得自己像在往一个无法脱身的深渊里坠落，一直下坠，眼前一阵阵地发黑，心中一时感到极致的迷惘，一时又是极致的清醒。

黎非吃力地喘息，无助地四处顾盼，像是盼着一个奇迹，有个人跳出来告诉她这一切都是在做梦。浓郁的灵气挤压着她，撕扯着她的伤口，她快碎了，眼前一切都被血色笼罩。

假如身体真的可以被撕裂便好了，她可以将里面汹涌的一切都释放出来，好让她摆脱这样的痛苦。从他离开的那天，竟已是诀别，她被瞒了七年，她做了整整七年的美梦。为什么不告诉她？日炎也好，胡嘉平也好，他们都知道，却一直瞒着她，一直骗着她。

她知道原因，她太脆弱了，脆弱到面对着师父却认不出他来，脆弱到承受不起这样的惨剧。

她只有眼睁睁地看着这具干尸。那个衣衫褴褛吊儿郎当的骗子老头，那个惊才绝艳傲骨刚正的青城仙人，他已经死了，死成了干尸，就在自己面前。

她忽地大叫一声，将这具尸体紧紧抱在怀中，紧紧地，一会儿想要尖叫，一会儿又想要号哭，可喉咙里却发不出声音。

气力仿佛都耗尽了，她痛苦得找不到一丝出路，唯有用头使劲撞着墙。

世上再无青城仙人。

无边无际的黑暗中，蜷缩着一只巨大雪白的九尾狐，他背上曾经血红的封印此刻淡得几乎看不见了，像是随时随地能被冲破一样。

仿佛察觉到什么，这只狐狸忽然睁开眼，惨绿的瞳仁盯着面前的人，看了一会儿却又合上双目，苍老的声音缓缓响起：“你都知道了？”

黎非木然地望着他，犹如本能一般，她潜入了他的意识中，只想看看他，这个藏了太多秘密的狐狸。

“我和青城相识于八百年前。”日炎的语气很淡漠，藏了一丝不容易被人发觉的怀念，“他刚成仙，我刚刚得到上天赐予的名字，大战了三日，互相都被对方折服，反倒成了莫逆之交。

“他一贯是个胡来不羁的人，能与妖物结交，不以为意，这点你倒是与他很像。”

黎非愣愣地听着，只是不说话。

日炎合着双目又道：“要我说，当日中土无数仙家，惊才绝艳者不少，可心怀之大者，无人及得上他，我一直相信青城有朝一日必成大道，脱离生死轮回之关。海陨降临后，他与夜叉鏖战，伤重濒死，但并未如外界传闻的那般缠绵难愈，其实他与我在甘华之境徘徊近百年，伤势早已渐渐愈合。只是与夜叉一战，叫他对海外产生了极浓厚的兴致，收集了无数海外的传闻逸事来看。其上诸般说法杜撰猜测者居多，自然让他十分不满，他便因此生出了一个伟愿，势必要亲自去海外一探究竟。

“我二人在东海销声匿迹，搜寻打探数百年，却始终未能察觉到当日夜叉退去的灵气。夜叉这个部族很是奇异，中土仙家设置的洞天结界，对他们来说形同摆设，当真是自由来去，毫无阻碍，更能将自己的行踪隐藏到极致，所经之处，连最细微的灵气也不会残留，当日也正因为这点，才能叫两只夜叉无声无息地灭了一整个仙家门派。我们最终还是决定冒险一试，自东海曼山出发，前往海外。”

说到这里，日炎渐渐陷入回忆中，声音也变得有了起伏：“在东海飞了十日，终于遭遇天雷火海，诸般闻所未闻的天险，小命几乎丢在那里，及至终于上岸，我等还以为是在做梦。千洲万岛光怪陆离，比中土辽阔无数，我们昔日当真是坐井观天……本以为中土这里有人闯入，他们必然反应激烈，谁知竟全然没有性命之忧。你昔日在异民墓中所见尸体，不过是沧海一粟而已，海外之人形貌怪异者并不多，我二人所见与中土之人一无二样，只是个个都能驱使妖物，海派驭妖之术，确然是自海外流传而来。

“青城与我在千洲万岛的诸般见闻，他都有记载。本以为海外之人必定凶残暴虐嗜杀血腥，其实他们与中土之人并无甚区别，热情善良者有之，狡诈阴险者亦有之，芸芸众生相不外如是。海外灵气稀薄，方术玄术大行其道，青城那些歪瓜裂枣的方术都是在千洲万岛偷学来的。唉，千洲万岛诸般奇异有趣，对他也好我也罢，都是眼界上一次极大的开拓，倘若静心修行，必能精进无数，青城更是只差一步便能成就大道，可惜，可惜！”

日炎忽然猛地起身，眼中又流露出那种不解与愤懑：“在海外漂泊数十年，青城却起了归乡之意，唉！惜余年老而日衰兮，岁忽忽而不反。念我长生而久仙兮，不如反余之故乡！他挂念中土的水土故交，修行到了这一步，却逃不开这自甘堕落的愚蠢念旧之情！这是他走错的第一步。我二人决心带一件海外的物事回归中土，要从未见过的，方不枉九死一生来了一趟海外。

“那天朔风狂卷，我们随意顺风而行，忽然便至一座山中，方圆千里竟全无一人，唯有一株横贯天地间的巨树。树上只结了一颗果子，青城将果实砍下，那座山霎时便崩裂了，海上的天雷火海一瞬间便靠了过来，我们只顾得上逃命。回到曼山时，各自都受了重伤，差点儿又把命丢掉。他这次受伤比与夜叉鏖战还要重，在甘华之境养伤数十载也未能彻底痊愈，修为大减。摘回来的果子一直也没动静，只有白光笼罩，那甘华之境原本灵气并非如此浓郁，果子放了几十年，个中灵气竟郁结浓稠，与仙家门派的洞天也差不多了。我等都觉奇异，不知那是什么，直到十七年前某天，这果实忽然裂开，里面出来个女婴，就是你了。”

日炎慢慢背过身去长叹一声，轻轻道：“你身上诸多特异起初叫我们又惊又喜，可偏偏三岁后又跟普通小孩一无二样。看你每日那么调皮捣蛋，青城天天抱怨，可他看你的眼神，说起你的语气，却渐渐变了，变得像个凡人老头。他已经不能把你当作异类，而是当作了被自己养大的孩子。这是他走错的第二步！我和他提过无数次，要他传授你修行之道，他却始终拒绝。一怒之下我与他吵翻，离开了青丘。”

人总是这样，有着万物所没有的灵性，却又无比的脆弱，为情所困难以自拔，连青城也难逃此劫，差一步便成就大道，却难忘旧情，回到了中土。其后又偏偏为一个海外异类困住了心灵，悉心哺育她，照料她，将她当作真正的人来看，甚至想要让她做一辈子的普通人，什么也不会都没关系，他会好好护着。

“这个东西，你拿去。”日炎从口中吐出一本黑色的簿子，“这是青城去海外至归来后所有的记载，上回在异民墓，我见到他最后一面，他将这东西打入了我的意识。本来就是他留给你的东西，现在还给你。”

黎非捏着黑色簿子，只觉手腕在瑟瑟发抖，胸口窒闷，像是无法呼吸。许久，她方缓缓翻开簿子，其上大片墨迹，密密麻麻写满每张纸。

她眼睁睁地看着上面熟悉的瘦长字体，手一松，簿子竟摔在了地上，她整个人也慢慢蹲了下去。

泛黄的纸页上，是师父的字，上面满满的，都是他的字，写的全是海外千洲万岛的各种风情。

庚午年十二月十八，余与日炎至一处无名山，山中唯有一树，横贯天地，不知其高几何，其围几何。余等沿树腾飞，三日后方至树顶，葱葱绿叶中结一枚硕大白色果实，高三四尺，两人方得合抱。余将其砍下，霎时间地裂海啸，烈烈火海蒸腾矣！奇哉！怪哉！慌走奔逃，回归曼山已是奄奄一息，所幸果实仍在，余必穷一生，钻研此物。

其后的字迹不知为何渐渐变得圆润可喜起来，一钩一捺都十分和气，那傲骨铮铮的瘦长字迹再也不见。

甲申年十二月廿五，归至甘华之境已数十载，夜半三更，壳忽裂，化为玉色襁褓一匹，襁褓中嘤嘤一女婴，犹带羊水血痕，天下之奇竟至于此！此物生于果中，是人？非人？然不知如何哺育，其仙姿玉质，竟不饮人乳，幸果实尚可绞汁哺之。初时眉清目秀，颇有倾城之色，然半年后竟与余容颜越发相似，奇甚，奇甚！

所以她才会长得像师父吗？黎非竟然笑了两声，她的拳头渐渐捏紧，凝神继续看下去。

后面写的都是她体质上的奇异之处，最开始的两年，青丘小院附近的妖气几乎已被她净化光了，唯有日炎安然无恙，究其缘故，似乎是吃了那果实的原因。而随着年纪增长，她原本肆虐的本源灵气渐渐被收敛进了这具身体，却依旧让群妖畏惧。不能食荤，连牛乳人乳都不行。体内天生灵气充沛，三岁前会运转灵气，无须引灵气入体，其独有的灵气吐纳，被日炎取名为：灵吸灵出。

三岁后忽然变得与寻常孩童一般无异，连灵气也不能运转了，种种特异被藏在了普通的身体里，而且似乎开始渐渐调皮起来，叫青城仙人大为头疼，日炎更大呼吃不消，似是对她烦躁至极。

与人何异？与人何异？日炎言说此女日后必天下无敌，令余传授修行之道。然余所犯实乃大错，情缘已生，余不忍，以一己之私令其远离故土，种种特异必将令其一生难以安宁。大错已成，余唯倾尽所有，以一生相护。

黎非想起小时候总也学不会引灵气入体，自己急得要命，师父却摸着她的脑袋叹息："不会也罢，你没那个天赋。索性便不学了，给我当个小道童什么的挺好。女孩子家成天打打杀杀也不像话，你还是安安心心做顿红烧萝卜来吃是正经。"

从此他再也没提过修行的事，带着她天南地北地走，用方术行骗，骗吃骗喝没个正经样子，赚到钱也小气得要命，连个零嘴也不肯买给她。他那老没正经的模样，从来也没对她说过什么好听话，嘴上说她是女娃娃却将她当男孩来养，最后终于想起她是个女孩子吗？所以给她买了一条罗裙吗？那顿红烧萝卜，他可再也吃不到了。

字迹渐渐变得模糊起来，她木然的眼中渐渐泪水盈结，无处可去的痛苦再度攫住她，她忽然忍不住尖叫一声，眼泪潸潸而下，越流越多，她终于号啕大哭，那无穷无尽的痛苦都变成了眼泪，在脸上奔腾肆虐。

日炎叹息道："你也有一颗人之心，与人何异？为诸般情缘所绊，欲将何为？昔日青城情缘既生，修为再难恢复，否则以他的本事，怎可能被无月廷那几个家伙抓住。被抓前他传信于我，要我多照顾你。你这一路过来，有惊无险，运气之好连我也闻所未闻。不过好运气总有到头的一天，人心如此，一念向善，一念行恶，你昔日所遇善者，明日或许便是恶者。无月廷那帮家伙曾经还不是与青城相交匪浅！最后又如何？涉及海外，谁管你那些交情！依赖脆弱善变的人心岂能长久安宁！"

他回身紧紧盯着黎非，目中有些狂热："小丫头，你仙姿玉质，乃天所生，更兼体质特殊，灵根独一无二，本源灵气可以催生绵绵不绝的灵气，更可吸取旁人的灵气，你若善加利用，必定天下无敌！中土这些仙家门派的修行之法根本就是糟蹋了你！待我封印脱开，我可以助你战无不胜攻无不克！你可要做那天下第一人？"

黎非怔怔地看着他，什么也没说。

日炎低声道："青城已去，他一直期盼你做个常人，然而得知一切真相，你再也做不回以前的普通人。你想要什么？”

她想要什么？她只想要师父还活着！可人死如灯灭，逝去的永不可追，他再也回不来了。

或者，让她拥有无上的力量，杀了无月廷那些仙人，杀了翠玄、守中，杀了所有害死师父的人。

然后呢？回归海外，回归那一棵天地间的巨树，那是她的出生地，回归孤寂的尽头吗？这是对她最好的惩罚。

皮肤里渐渐有柔和的白光往外渗透，黎非木然望着自己的身体，耳边是日炎狂喜夹杂惊愕的叫声：“要脱壳了？！这一次是真正要脱壳！”

黎非依旧没有说话，她的身体忽然变得好轻，轻得可以马上飞上九天之外，一层层的黑暗掠过，渐渐地，一切感觉回到了四肢百骸。她睁开眼，入目却见苍穹如墨染，东海的天空像是要坠落下来一般，血红的电光在浓厚的乌云中闪烁，令人恐惧的雷声一阵接着一阵。

她被一个人抱在怀中倚树而坐，四下里寂静无声，只有他的呼吸和远方的海浪声交织起伏，他的长发随着夜风款款摇曳，丝丝缕缕擦过她的脸颊。

雷修远的手一下一下地摩挲着她的后背，过了许久，他低声道：“傻瓜，你差点儿就要死了。”

他兀自心有余悸——在书院与胡嘉平告别后，他竟一度失去了黎非的踪迹，她总还是有些本领，若当真想要藏匿行迹，一时半会儿还真的毫无头绪。

到底还是来迟了些，她竟被人伤得这么重，若是死了……这个假设的猜想令他的呼吸顿了顿，额上忽然薄薄出了一层汗，神情隐忍，好似与什么看不见的东西在竭力搏斗一般，过了很久才渐渐平复下来。

黎非还是不说话，胸口窒闷得几乎要让她死去，焦枯干裂的身体再一次剧痛难忍。她想要惨叫，可喉咙里只传出沉闷的干咳声，无法喘息。她张口欲呕，将身体蜷缩成一团，无处可躲。

雷修远紧紧抱住她，他的声音轻得犹如一缕叹息：“好好活着，别胡思乱想。”

黎非忽然想笑，胡思乱想？她倒真的宁愿一切都是胡思乱想出来的。

可……不是。师父是为了保护她才被无月廷那帮仙人害死。

他离开她近七年，这漫长的七年，他每一天都活在极致的痛苦中，而她竟一无所知。每一个天真幸福的日子，都是师父用生命换来的，而她甚至没能够见到他最后一面。

黎非的身体在剧烈发抖，布满血丝的眼中却没有一颗泪，她的泪已流干，血也已流干，只剩下铁一般的躯壳。

已经没有再可失去的了，此时此刻，她要将所有恩怨一笔算清！师父受到的所有伤害，她会加重千万倍，还给那些残酷的仙人。

黎非奋力挣扎，伤口崩裂，鲜血从枯焦黑色的皮肉里缓缓溢出，她还没有死，还能感觉到痛。

让她苏醒！让她甩脱这沉重的躯壳！

她的意识在疯狂地试图挣脱束缚，从多年的桎梏中一跃而起。

雷修远忽然在她头顶用力一拍，黎非只觉几乎飞扬欲出的另一个身体像是被人一拳打了回去，她又是愤怒，又有着无比的错愕——他竟能阻止她脱壳？

“少做这些傻事。”雷修远将她打横抱起，眉头微蹙，“至少不要在这里。”

玉雪术的光芒沁入她枯木般的身体，她身上大片焦枯的肌肤在玉雪术的灵气下渐渐恢复正常，只是没有血色，像雪一样白。她布满血丝的双眼正盯着他，眨也不眨，她从未有过这样充满杀意的眼神，暴戾而冰冷。

雷修远像是没注意她的注视，他朝前缓缓走了数步，极目眺望远方的雷云，淡淡道：“天雷火海要来了，不想死的话，就别惹事。”

黎非森然道：“这句话该我说，不想死的话，就马上放开我。”

雷修远面上浮现一层极淡的讥诮笑意，这是他一贯的神情，这种神情让别人觉得自己在他面前像蠢货一样。他慢悠悠地开口：“哦？你要杀我？杀完我是不是还打算去杀无月廷的仙人？冲夷、清乐、东阳……杀完他们，是不是还打算把苏菀和邓溪光他们都杀了？对了，还有你的昭敏师姐，想必你也能狠心下手的。”

黎非僵住了，方才在体内横冲直撞的妖异的怒火，像是突然被一扇门关上，无处发泄，团聚在胸腔，她又要被撕碎了。

他实在是问得又狠又准，她恨着翠玄仙人，恨着那些理所当然杀死师父的无月廷仙人。可是，从对他们动手的那个瞬间开始，她便成为整个无月廷的敌人，众叛亲离，重视的所有人都会站在对立面。杀光其他人，将在意的人留下吗？这样与杀了他们又有何分别？

可是她要怎么办？她的恨怎么办？师父惨不忍睹的尸体犹在眼前悬挂，他竟死得那么凄凉，尸首甚至得不到火化的资格，就这样被人随意晾在异民墓里。他们为他这个所谓的“背叛者”找了一处绝佳的墓地，把他与海外异民们放在一起，他就这样活生生地成了个异类。

“住口！”黎非嘶声低吼，以为已经流干的眼泪再一次遍布脸颊，冰冷的，“你什么也不懂……什么也……”

“你是想杀完他们，便回去海外？”

雷修远淡淡地打断她，这种时候他冷静到漠然的声线比任何刻薄的嘲讽还要残酷。黎非只觉得恨，无处发泄的恨意像毒蛇一样噬咬她，她挣扎着，毫无理智，想要将这个阻止她的人杀死。

然而不知为何，兴许是重创初愈，兴许是心绪太过激烈，她一丝一毫的灵气也运转不了，兕之角像死了一样垂在腰间，毫无灵性。她忽地尖叫一声，用头狠狠撞在他胸口，一下又一下。

没有办法，她什么也做不到，什么都做不到。

雷修远轻轻按住她的后脑勺，突如其来的狂风撩开他的长发，他漆黑淡漠的眼里溢出一丝忧郁之色，可是很快又消失无踪。

他说道：“那只九尾狐呢？到现在还没恢复妖气？你就算是想杀光那些仙人回海外，也要能回。看那边，天雷来了，即便九尾狐护着你，能跨越天雷火海去向海外的希望也十分渺茫，你自己一个人，与送死何异？”

就算是送死，那也是她的选择。

仿佛看透了她的心思，雷修远露出一个浅浅的促狭的笑来。

“我偏不让你死。”他将黎非紧紧按在怀中。

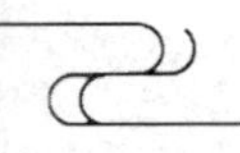

# 第四十八章 天雷火海

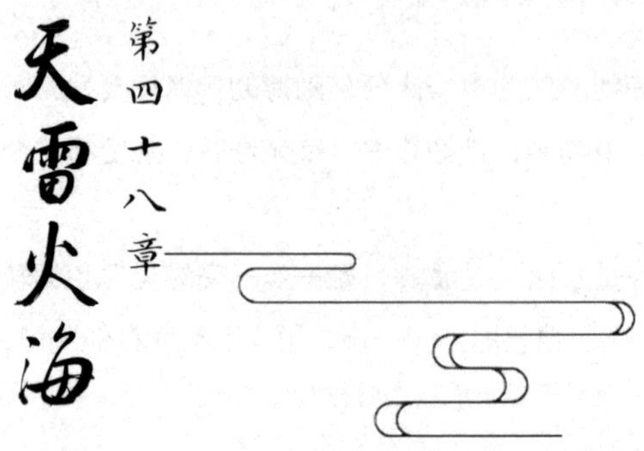

沉闷的奇异雷声缓慢地从远处传来，像是巨人的脚步声，又像万妖齐号，一阵一阵，仿佛整个天地的威势都藏在其中，与寻常雷声截然不同，叫人敬而生畏。隔了近千里，仍感觉地面在剧烈震颤，纸窗木门晃得快要掉下去，屋顶的瓦片也纷纷坠落，尘土四处飞扬。

沈先生皱眉眺望极远处东海的靠岸边际，那里整个天空都犹如墨染般浓黑，隐藏在海岸边的无数厉害妖物凶兽终于开始恐惧地逃避，妖气如针扎般叫人不舒服。

他回头望了一眼身后的白浮真人，这种时候，他竟还要提抓捕无月廷叛逃弟子的事，若非这位长老仙人是无月廷的人，他简直要大声斥责了。

“如白浮长老所见，天雷已至。”沈先生淡淡道，“如今布下灵气网以免天雷将一切摧毁方是头等紧要，白浮长老以为如何？”

白浮真人如何听不出他话中的含义，当即笑道：“沈先生误会了，并非我等分不清轻重，实在是因为此事与海陨一般重大……甚至更加重要些。”

白浮真人将姜黎非的身世细细说了一遍，一面说一面观察沈先生的神情，却见他眉头越皱越深，听到姜黎非可以汲取灵气时，他终于忍不住急道：“原来竟是真的！”

白浮真人奇道：“沈先生莫非知道什么？”

沈先生神色激动，连声道："不错！关于那古旧竹卷记载的女子，我派也有类似的古早记载，虽不知年份，但确然有过这样一个女子，连绵不绝地汲取灵气，后来赶到的仙人聚在一处将其击杀！想不到竟真有这样的海外之人！她人在何处？！"

白浮真人笑道："沈先生莫急，倘若翠玄前辈此行顺利，姜黎非必然手到擒来。可世间事不怕一万就怕万一，倘若出现意外，那么她想必也要趁着这五百年一次的天灾离开中土去向海外。而通向东海的路无论怎样走，最后都会来到此地，所以才与先生商讨应对意外的方法。"

沈先生虽激动，却仍有些踌躇，沉吟道："白浮长老的意思，我明白了。然而海外异类何等本领，众所周知，只我东海万仙会一家出面，又有何作用？"

白浮真人立即解释："非也，此事早已发信各大门派，倾中土仙家之力，必不能让姜黎非逃脱。"

沈先生终于释然，笑叹："竟有这等奇事！我中土仙家饱受海陨折磨，时至今日，终于有了解海外的契机了！"

"呵呵，说得不错。"

头顶忽然响起另一个苍老的声音，沈先生与白浮真人齐齐回身，却见空中落下数位仙风道骨的仙人，竟是雏凤书院几位创立者。因见那资格最老的桑华君竟也在其中，连白浮真人也立即行礼，笑道："劳动桑华前辈大驾，愧不敢当。"

桑华君是如今中土仙人中寿岁最长者，成仙已有近一千五百年，仅差一步便可成就大道，这些年一直避世隐居，潜心突破那最后的一步，想不到姜黎非的事传出去，居然能将他请动，实在是意外之喜。

桑华君年岁虽长，容貌却十分年轻，看着竟比沈先生还要小上一些，数道清须垂在颔下，显得清逸而脱俗，他声音亦是缥缈不可捉摸："数年前左丘问我借了双剑司命，说是护卫几个书院弟子，我忙于修行未曾过问此事。前日收到无月廷规元掌门之信，提及姜黎非，司命才与我说起当年在青丘，这孩子与震云子的纠葛，她体内还藏着九尾狐妖。若是早几年知晓，也没有今日这么多麻烦了，倒是我的疏忽。"

白浮真人含笑道："桑华前辈何须自责，现在知晓却也不迟，尚可见识一下海外之人如何汲取灵气，叫我们大开一番眼界。对了，左丘先生怎的未来？"

一旁的终南君叹了一口气："他言到不忍心来，我不懂他。"

"想不到，多少年了左丘老儿还是这么面慈心软，险些被他误了大事。"

此时又有一个渺然声音乍然出现，众人又惊又喜地回身行礼，果然见无月廷的规元与景元两位掌门也踏风而来。无月廷四位掌门竟来了两个，可见其重视程度。

终南君颔首道："当年单一土属灵根弟子一事闹得沸沸扬扬，多少双眼睛盯着姜黎非，若非左丘插了一手，也不能叫她逍遥到今日。唉，我总是不明白他，问了也不说。"

姜黎非体质诸般怪异，竟能在书院和无月廷里安生过了六七个年头，难道了解她怪异之处的仙人们竟没有一丝好奇心吗？他们这些书院创立者在收到无月廷的来信后，个个震惊，去问左丘，他却只叹息道：在我眼中，她不过是个小女孩，不至于，不忍心。

此言实在差矣，她是海外异类，汲取仙人灵气，灵根属性怪异，更有天生的叫妖物畏惧的本领，随便一个天赋被中土仙家彻底了解参透，修行界便要掀起惊涛骇浪。从她身份暴露的那天开始，姜黎非便不能再算作常人，而是人人趋之若鹜的巨大珍宝与谜团。

言谈间，又有许多仙人姗姗来迟，沈先生见来的都是山派的各大掌门人物，惊喜的同时，却也有些骇然，这些平日里避世的掌门人物齐聚在此，是为了海陨，还是单单为了姜黎非？

忽然，极远处雷声轰然炸开，铺天盖地的血色电光笼罩了整个东海，漆黑如墨染的海面天空像是有天火在焚烧，内里渗透出鲜红之色。天雷连劈三道，声势可撼天地，连这些道行深厚的仙人，也觉一颗心要被震碎了似的。

天雷还未登陆岸边，远在数百里之外便如此可怕，倘若劈在头顶，只怕方圆千里都要顷刻间化为焦土。五百年前的天雷，可不曾来得这般迅猛，更不曾有这种惊人的威势，先前所铺的灵气网竟远远不够。照这样下去，火海、异民来临的时候，怕是一团乱，倘若姜黎非再趁机偷袭窜逃，这一番心血就算是彻底白费了。

桑华君凝神眺望片刻，忽然厉声道："海水开始灌入归墟了！眼下这些灵气网远远不够，五道天雷后便要破碎，更何况还有火海，火海后更有异民们蜂拥而至！吾等立即重铺灵气网！"

诸位仙人立即开始释放灵气。远方天雷炸一声，静一会儿，黏腻的海风夹杂着大团的冰雹雪花拍打在众人身上，东海上方的天空像是乌云里藏着无数的天火，翻卷旋转燃烧。

忽然又是一道天雷劈下，听声响是近了数里，远在千里之外的东海海水无声无息地拔高数千丈，像一堵漆黑的横贯天地间的墙。众人只觉一股极大的吸力在拉扯着身体，将他们往东海方向拼命拖曳。

海水高墙在急速向后退，眨眼工夫已退了数十里，露出干涸的深渊般的海沟——海水开始迅速被归墟吞噬。许多资历尚浅的长老、仙人撑不过这可怕的拉扯之力，惊呼着倒飞出去，似小虫般狠狠撞在灵气网上。

平日里高高在上避世而居的仙人们早已不再沉默，像普通人一样叫着、乱飞着，慌乱却又迅速地将快要破碎的第一道灵气墙重新架设好。便在此时，越演越烈的天雷声也近了，像是巨大的天神已走至身前般，天地间暗沉无光，伸手不见五指，唯有头顶延绵不断的红与黑交织的雷云在翻卷盘旋。

血色的雷光霎时间照亮了这黑暗的世界，第一道天雷重重劈在上空密密麻麻的灵气网上。仙人们不由自主、如同锅里的炒豆般上下左右翻滚着，在灵气网中被撞得头破血流。

天雷连劈三道，整座大地都快要被震裂，已经没有仙人叫嚷乱跑了，就是叫嚷，也再没人听得见。无论里面有多少人是第一次真正见识天雷，此时此刻都本能地安静下来，竭尽全力向灵气网中灌注灵气，祈求天雷不要将灵气网劈碎。

三道天雷后，雷云忽地往回退去，带着震撼天地的威力，重新盘踞在东海干涸的海沟上方。所有经历过五百年前海陨的仙人们都惊呆了，沈先生望向桑华君，急道："桑华前辈，这……"

桑华君平静无波的面上也终于露出一丝惊愕："连我也未曾见过这般……"

天雷怎会退回去？他经历过两次海陨，每一次都是天雷须得花费半个月的工夫才能劈上岸，沿途被仙人们的灵气网遮挡阻拦，最终将它的威势挡在阳曦城附近，雷云会散开，其后火海来临，同样会被灵气网阻挡，尽量不让这些天灾波及大城。火海熄灭后，无数海外异民便会汹涌而至。

这期间短的要数个月，长的甚至拖了两年，足够让他们这些仙人做好各种准备，这一次的海陨是怎么回事？

正疑惑间，那些黑红交织的浓密雷云忽地迅速散开，露出被遮蔽已久的天空。却见东方苍穹明月朗朗，群星璀璨，西方的天空却是正午烈日，白光刺眼，一半白昼一半黑夜，泾渭分明。

狂风平地而起，在黑夜与白昼的罅隙间尖锐地穿梭呼啸，天顶响起一阵阵龙吟般的怪异声响，时急时徐，忽轻忽重，变幻莫测。

众仙人早已惊呆了，火海！是火海降临！天雷退回不过片刻，火海竟毫无预兆地来了！

天顶的灵气网被众人没命地撤下，换成了纵横交错竖起的灵气墙，即便冷静老成如桑华君，也不禁慌得手脚发软，能赶上吗？能赶上吗？！

龙吟般的风声越来越响，窗外的狂风不再夹杂雪花，而是带着无数炽热的火点，烫得像能把人烧起来。半边天空渐渐被火光映得发暗，东海深渊中一线推进的赤红之色越来越近。

忽然之间，风停，声静，无边无际的火海像是从天边倾倒下来一般，一瞬间吞噬了这座小小的城镇。

滔天焰浪撞击在东海沿岸整齐架设的密密麻麻的灵气墙上，被迫而拘束地尽数困在这座离东海最近的地形凹陷的万仙会小城内。几乎是一眨眼工夫，便有数道灵气墙悄无声息地被火海撞碎，将那些离得近来不及躲避的仙人一气卷走，待其他人想要相救时，早已迟了。

突如其来的大片死亡却叫人没有工夫心惊胆战，破损的灵气墙立即被重新架设。眼看火海越来越高，仙人们也只能继续慷慨地释放着灵气，将灵气墙一截截垒高，努力把无穷无尽的烈焰约束在这方囹圄之地。

正是拆了东墙补西墙，焦头烂额之际，忽见远处疾飞而来一只白纸小鸟，停在白浮真人头顶不停旋转，下一刻，翠玄仙人苍老的声音气急败坏地响起："姜黎非被夜叉抢走了！所有人警惕！兴许有夜叉混入我中土！夜叉有二人，一为胡嘉平，二为雷修远！他们必是要逃离中土！绝不可放他们过去！姜黎非身受重伤跑不了多快！应当就在东海附近隐匿，速速派人四处搜查！"

这道传音术一出，别人还尚可，无月廷的仙人们都是又吃惊又摸不着头脑。冲夷真人更是面色铁青，僵在那里。

胡嘉平？雷修远？这俩不是广微长老的亲传弟子吗？而且都有天才之名，怎么就成夜叉了？夜叉犀利无匹，犹如鬼魅，又是怎么能够隐藏身份跑来无月廷当弟子的？

想不清的问题太多，可翠玄仙人一向说话极有分量，当下众仙人不由议论纷纷，连架设灵气墙的动作都慢了下来。

桑华君忽地厉声高喝："眼下应付海陨才是第一等要事！白浮先生，就请你转告翠玄先生，此刻天雷火海怪异无比，我等自然以护全整个中土为首要，那几个海外异类的事，现在插不了手！"

他这样直截了当甚至不太客气的说法，让白浮真人不禁有些尴尬，一旁的终南君便上前打圆场："桑华，话也不可说得太死，凡间也有'放虎归山存后患'的说法，我看这火海之势比先前弱了些，想是又要退回东海，不如我带几位道友四处看看，以防万一。"

桑华君面沉如水，未置可否，见终南君邀了几位书院创立者与仙人，匆匆离开，他倒也没有阻拦，眼看火海渐渐弱下去，竟与天雷一般退回东海，他不由长叹一声："今次海陨，闻所未闻！或许唯一值得庆幸的，是天雷火海徘徊不休，那些异民大约登不了岸。可天雷火海此起彼伏，来一时退一时，却不知何时能休？"

没有人能回答他的问题，火海退去，接下来又是一轮天雷降临。仙人们疲惫又不知所措地朝灵气网中释放着灵气，灾祸循环往来，难道竟不会停下吗？

“火海退回去了？”

雷修远抱着黎非，立在半空，沉吟般望着脚下炽烈鲜红的流动的火海，磅礴的水行灵气将二人包裹，可即便如此，极致的热浪还是像要把他俩烤化一样。

东海蔚蓝而迷人的海水已尽数纳入归墟，此刻深邃的海渊中只有茫茫烈焰，浓烟与烈火交织，简直像黄泉地狱中的景象。

为何会退回去？竟像是在刻意等着什么一样，等谁？

雷修远忽又有些恍然，垂头望向怀中的黎非，等她吗？他的神色渐渐有些凝重。

黎非此刻已经不哭也不闹，像个木头人一样任由他抱着，怔怔地望着无边无际的火海，也不知想着什么。

雷修远忽然动了，化作一道金光朝东海方向疾驰数里，他的声音听起来有种异样的干涩：“闭上眼，什么都别管。”

他会把她送走的，没有人能够伤害她，包括这命中注定的天雷火海。

黎非低哑而清冷的声音忽然响起：“你是什么人？”

雷修远笑了笑：“你说呢？”

“你知道我问的是什么。”

黎非静静凝视他清俊的脸庞，她曾对这个人魂牵梦萦，把自己的秘密毫不犹豫地分享给他，他就那样坦然而沉默地聆听她，却从不说自己的事。

为什么感觉不到他的灵气波动？为什么言谈间仿佛对她的身世了若指掌？为什么又知道青城仙人就是师父？为什么？为什么？

太多的为什么，可到了现在，他还是不说。

雷修远依旧微微地笑：“我是什么不重要，顾好你自己就行。”

他不等她再说什么，再度化作一道金光，向东海那里疾飞而去，一面又道：“不要说话，别乱动，不然掉下去了可别怪我。”

东海上空的雷云似是随着他们的接近，又开始轰鸣不绝，蠢蠢欲动。雷修远微微抿着唇，神色决断，霎时间璀璨的金光遍布他的身体。黎非震骇地望着他脑侧缓缓伸出的两只纤细黑角，它们生出约有三寸多长，便柔顺地依附在耳旁，他的两只眼珠里金光流肆，显得冰冷而凛然不可犯。

是雷修远，可又不是他，这神秘令人恐惧的容相，她似是在何处见过，可一时半会儿怎么也想不起来。

“害怕吗？”雷修远金色冰冷的眼瞳瞥了她一眼，似笑非笑。忽然，他像是察觉了什么，猛地停在半空，转头朝右边望去，只听翠玄仙人怒吼一声，原来竟是与这些追兵撞上了。

“雷修远！”翠玄仙人形似狂怒，话音一落，他周身霎时灵气磅礴鼓动，竟是立即便要用森罗大法拿下，然而很快那些流肆的灵气又如烟般散开，他面如死灰，满面黯然。

他没有青城仙人的天赋，森罗大法十次里能成功放一次已经是奇迹。很显然，这一次他没遇到奇迹。

周围的无月廷仙人们也早已纷纷出手攻击，一时间仙法灵气的波动五彩斑斓，声势惊人。

雷修远面带讥诮，竟是立在半空躲也不躲，他周身被薄薄的一层金光笼罩，看起来毫无防备。可是那些犀利的仙法落在他身上，简直像微风拂过，连一块皮也没擦破。

翠玄仙人的面色更白了，夜叉！真正的夜叉！钢筋铁骨，来去如风，仙法对他们几乎不会造成任何伤害！五百年前的那场噩梦再度袭来，他耳旁仿佛又响起了同僚们临死的哀号，这一切令他浑身剧烈地颤抖。

雷修远没有给他再度发动森罗大法的机会，他忽地一挥手，清叱一声：“定！”但见无数细小的金箭朝四面八方疾射而出，一根根眨眼便黏在仙人们的衣服上，全然无法防备。

身上像是忽然多了一座山，沉重的压力令众人险些跪下去，体内灵气的流转也忽然变得缓慢无比，仙法灵气的光辉很快散去。半空中只有一群两眼发愣的仙人，动弹不得。

“与青城比起来，你们差得远。”雷修远的笑看起来饱含恶意，“可惜，他却被你们杀了。”

翠玄仙人看上去如同死人，他原以为尚有一战的余地，可想不到，过了五百年，他们这些人面对夜叉竟依然像个被玩弄的人偶。面对强大的青城，他们寥寥数人便可将其生擒，一个青城可以对付两只夜叉，为何他们却束手无策？！

或许他明白其中的道理，青城并不曾将他们这些曾经的同僚当作仇敌，所以自始至终都没有使出全力。

恍惚有一丝悔意掠过心头，翠玄仙人的心又变得冷硬起来。海陨何其惨，中土仙家当年被蹂躏的惨状犹在眼前，青城既有大功，又有大过。去向海外不是罪，然而获悉了海外的秘密却试图独自霸占，甚至藏匿当年的夜叉，更甚至将两个海外异类送来无月廷，这些才是滔天大罪。

中土仙家对海外既畏惧，却又无比向往，向往那些强大而神秘的力量，向往不用灵气便可获得的另一种极致力量，青城或许便是为这神秘的力量所惑，起了背弃中土的心思。

所以，没有杀错！

雷修远像是看穿了翠玄仙人的心思，淡道：“五百年一次海陨，究竟为何意义？面对海外异民，除了互相杀戮，还有何别的法子？既是对海外充满好奇，为何又固步不前，守旧排外？青城的真意，你们竟无一人懂？”

他这话一出，别人还好，黎非却震了一下，猛然抬头盯着他。

翠玄仙人默然片刻，忽地一声冷笑：“妖言惑众！你一个海外异类，还把自己比作青城的知己？真是贻笑大方！”

雷修远也笑了：“他是我敬佩之人，纵然败于他手，也是心悦诚服。不过不好意思，我可不会败在你们这些家伙手里，你们且静静地在这里候着，歇息片刻吧。”

他正欲继续向前飞，突然又察觉了什么似的，面色渐渐沉静下来。过了片刻，他慢慢转过头，便见远处两个仙人悬浮于空中，都是满面震骇地望着这里。

冲夷真人与广微真人。他二人的目光竟让雷修远有一丝不忍看的意味，他不由垂头避让开这目光。

广微真人此刻心底天翻地覆，对面的人脑侧生角，周身金光环绕，正是传说中穷凶极恶的夜叉！而他的面容、服饰，竟与自己心爱的弟子雷修远一模一样！先前突然收到翠玄仙人的传信，说胡嘉平与雷修远都是夜叉，他还不敢相信这一切，此时亲眼见到，方恍然大悟。

夜叉！他竟收了两个夜叉做弟子，百般爱护，悉心教导数年？

广微真人只觉体内似有雷鸣电闪般，下一刻他忽然抛出腰间宝剑，白发器灵似烟雾般凝聚，执剑快若闪电地攻了过来。器灵的动作快，雷修远却总是比他更快，似是无比轻松地躲避着他的攻击。

广微真人见他身形忽隐忽现，变幻不可捉摸，更是惊骇不已——怪不得当年夜叉可以凭二人之力屠尽一整个仙家门派，器灵非人，行动间方可如此随意轻巧，夜叉却能比他们还要迅捷，还要恣意，快得连他也看不清。

雷修远任由那只器灵不断地攻击，他丝毫不还手，只轻巧地避让。冷不丁广微真人倏地落在自己面前，手执光剑，挥手便朝自己刺过来。雷修远不躲不闪，硬生生吃了这一剑，光剑抵在他胸前，刺进半寸不到，却仿佛扎入了钢铁，再也无法前进。

“杀了他，广微！”翠玄仙人厉声高叫。

广微真人像是没听见，手中的光剑既不前进，也不后退，他只定定地看着雷修远。

天纵奇才，刚硬不屈，雷修远和胡嘉平是他有生之年收过的最合意的弟子，盼望着他们早日成长，盼望着他们有所成就，他几乎投入了全部的心血。可他们忽然成了夜叉，头上长角，周身金光缭绕，目光冰冷。

为什么？怎么会是夜叉？自己倾尽心力带出的，居然是中土仙家恨之入骨的仇人。

广微真人什么也说不出，他只有这样看着雷修远，甚至像个弱者般，在心底隐隐祈求这是一场梦。

广微真人看着雷修远缓缓拱手，看着他躬身给自己行礼，再看着他慢慢跪下，从怀中取出那柄白虎尾，一手捧着送到自己面前。

“过刚易折，刚柔并济。”雷修远声音很淡，也很低，“多谢师父教导，弟子终生不忘。弟子不肖，请师父收回馈赠。”

广微仙人忽地老泪纵横，绝不能放他走，放虎归山，便是为中土仙家再度种下噩梦的种子。

可他要怎样才能将雷修远当作心腹大患，毫不留情地斩杀？他白色的须发被连绵不绝的泪水打湿了，他竟然在为一个穷凶极恶之辈泪流不止，无论如何也停不下来。

“广微？！”翠玄仙人不可置信地连叫了数声，广微真人却依旧毫无反应，翠玄仙人嘶声道，“你也要做中土的罪人吗？！广微！妇人之仁有何用？！冲夷！将他拦下！速速告知其余仙人，将他们拦下！”

冲夷真人竟也好似没听见般，他只是静静看着雷修远，看了一会儿，又望向他怀中的黎非。她面色如雪，连嘴唇都是苍白的，面上的神情是愧疚，还是悲恸？她不敢与他对视。

冲夷真人忽然开口，低低唤了一声：“黎非。”

黎非浑身一颤，紧紧闭上眼，大颗大颗的泪水从她颤抖的睫毛中落下，她的声音微弱至极：“冲夷师父，对不起……对不起……我……”

所有的温暖幸福都被无情碾碎，她曾经最害怕自己身世的秘密暴露，怕的不是被人追杀，而是怕在乎的人用异样的眼光看着她，怕失去所爱。现在，所有的秘密都被摊开了，她能做的，竟然只有说“对不起”。

如果可以，她愿意做一个最懂事的徒弟、最听话的师妹，专心致志地修行，让师父和师姐为她自豪。可是再也没有机会了，永远也没有，她甚至将要成为他们的仇人。

冲夷真人反而笑了笑，低声道：“傻孩子，哭什么？”

说罢冲夷真人挽起广微真人的长袖，将他拽去一旁，这迟到的二位仙人竟好似全然不打算阻拦。

翠玄仙人眼睁睁看着雷修远带着姜黎非飞远，只怒得目眦欲裂，厉声道："冲夷！广微！你二人是要做中土的罪人吗？！"

冲夷二人等雷修远飞得再也看不见，这才上前以火行仙法破除众人身上的金行束缚。翠玄仙人一得自由，暴起便要将这两个叛徒毙于掌下，身后的守中仙人将他拽住，低声道："爱护弟子，人之常情，现在不是责怪他们的时候，快追上去是要紧。"

翠玄仙人恨道："妇人之仁，坏了大事！"

他长袖一拂，将那二人拂得倒退数丈，他看也不看一眼，率领众仙人急速追去。

炽热的风擦过脸庞，泪水不再冰冷。

黎非拭去泪痕，她的心竟奇迹般地平静下来，冲夷师父与广微真人的那个避让，仿佛卸去了她这么多年心头的一个重担，师父惨死的恨意也不再像方才那样苦苦折磨她。

她沉默了半晌，忽然开口："你是当年侵入中土的两只夜叉之一。"

雷修远未置可否，他望着渐渐逼近的天雷火海，反而悠然道："海外有许多有趣的地方，有空可以去靠西的厌火岛开眼界，那岛上全是会喷火的人。东面的拘缨之岛也很有意思，岛上的人豢养许多有趣的妖。对了，拘缨岛还有一种花，叫十二世，这种花十分罕见，一日内十二次荣枯，据说吃下去会在一整天之内产生已轮回十二世的幻觉，你一定喜欢。四处逛逛，不会太寂寞的。"

黎非盯着他："你呢？"

他的笑意淡淡的："中土灵气充沛，诸仙家弱如猪狗，我自然留下来称王称霸，做天下第一。"

天下第一……黎非的嘴角弯起，听起来确实像是雷修远会说的话。

她移开视线，声音平淡："师父的真意……我还不太懂，他为什么要选择救下胡嘉平，收他为徒，为什么要将我从海外带来……我愿意花时间去读懂他。你……一起去海外吗？"

她犹豫了很久，才问出最后一句话，他的心，她的心，千言万语，尽在这一句中了。

雷修远的睫毛微微一颤，他再度露出那种淡淡嘲讽的笑，轻道："那里没有我想要的。"

他想要的，这世上唯一渴求的、珍藏的，只在眼前。

黎非望着他的眼睛，问："我呢？"

他还是那样淡淡地笑，缓缓摇头，仿佛她只是个不值一提的小人物，仿佛他不是为了这个人在天雷火海的包围下远渡重洋而来，仿佛他从来不曾感谢上天让她降生。

“真的？”她从未问得这么直率。

雷修远淡淡道：“这些废话以后再说，前面人很多。”

他忽地高高跃起，眼前是密密麻麻数不尽的灵气网与灵气墙，他抬手轻而易举地将它们扯碎，在其间似一尾鱼一般灵活地穿梭。

下方的仙人们立即发觉了他们，霎时间惊呼声不绝。桑华君眼见那些灵气网被夜叉扯线似的扯碎，不禁心惊，天雷火海此时盘踞在东海内，他二人竟这么轻描淡写地出来，又轻描淡写地想走？！

桑华君忽地一抬手，一道漆黑巨门挡在两人身前，今日说什么也不能让他们这样走掉。

巨门缓缓开启，内里漆黑无光。雷修远只觉里面像是伸出无数双手，在将自己强行朝门内拉扯。想必这是桑华君的小千世界了，比翠玄仙人的要大上许多。

他周身金光乍然一亮，抬手在巨门上轻轻一拍，这座庞大的小千世界顷刻间化作万道碎屑，下雨般莹莹絮絮地坠落。

众仙人纷纷惊呼起来，一时间丢法宝的丢法宝，放仙法的放仙法，却无论如何也触不到那金光半分。夜叉的动作微妙而迅猛，在灵气碰撞的罅隙间灵活轻松地避让着，来去如风的身姿让每一个人都回想起五百年前的那场噩梦。

桑华君面如死灰，他本以为小千世界至少可以将他二人拖上一会儿，谁知这夜叉如此犀利，不知为何，竟好像比五百年前还要厉害得多。五百年前尚可一战，今次却好似兔子面对猛虎，他们这么多人，几乎都是中土仙家中的精英，一起出手都拦不下他片刻。

雷修远身形忽然一晃，只见金光一阵乱闪，叮叮当当无数声响动，数不清的法宝与神兵利器尽数被弹开，他嗤笑道：“太弱！天雷火海马上要来，不想死的赶紧离开！”

众人见雷修远如此神威，不由都暗暗惊惶，纷纷朝桑华君投去询问的目光。此处资格最老，也是修为最强者便是他，他如何不发一言？

桑华君也是踌躇难言，他们不是小弟子，到了他们这个境界，是不是高手，过个手马上便知底细。这只夜叉比五百年前还要厉害无数倍，只一瞬间便击碎了自己的小千世界，他立即明白，即便这里所有人一起出手，也难以将其擒下，眼下唯一值得庆幸的，是这只夜叉没有下杀手。

原本他们信心满满地想要生擒这两个海外异类，但现在看来绝无可能，不过对方似乎只想离开中土，并无伤人之意。桑华君心念电转，立即高声道：“退开！让他们走！”

搏命阻拦只能是势均力敌的情况，一旦差距过大，还要强行阻拦便是鸡蛋碰石头的惨事。前方天雷火海盘踞，倒不知这两人打算怎样过去，不如以静制动，先原地观望一阵。

“不许退！”后方传来翠玄仙人的厉声高喝，紧跟着，那十几位无月廷的仙人面无人色地疾飞而来。见这里那么多仙人，竟也眼睁睁看着雷修远飞走，翠玄仙人气得两手乱颤：“莫非你们都已忘了五百年前的惨事？！此时放他们逃走，难道还想五百年后再来一次？！”

桑华君眉头紧皱，语气颇不以为然：“那夜叉的能力翠玄先生也见识过了，强行阻拦，只会让五百年前的惨事重演。前方尚有天雷火海，何不静观其变？”

翠玄仙人怒气攻心，还想再争辩，忽听东海上空的雷云剧烈震撼起来，浓黑鲜红交错的雷云里，血红的电光刺目闪烁。火海也开始翻卷不休，高高旋起，犹如一只蓄势待发的猛兽。

方才一直盘旋不动的天雷火海竟然动了！惊人的威势像巨掌压在头顶，叫人喘不过气。众人眼睁睁地看着雷修远淡金色的身影冲进雷云中，被电光烈焰吞噬。

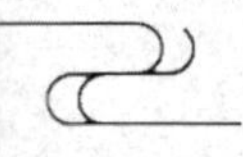

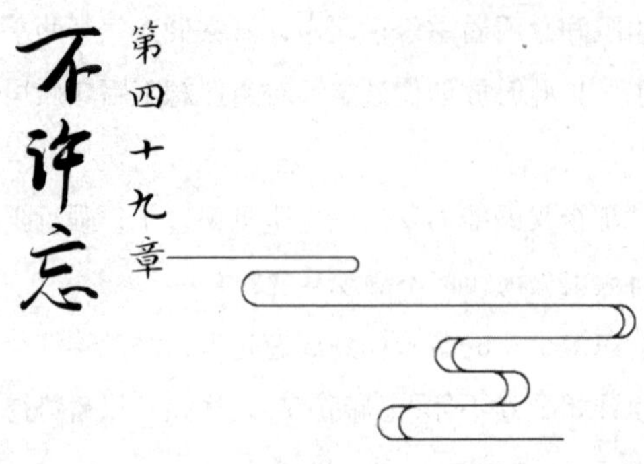

# 第四十九章 不许忘

黎非骇然睁大眼，惊愕地望着四周，血色的电光好似密密麻麻的网在身边流窜，火海席卷而来，扑打在两人身上，炽热难耐，他就这样冲进来？！

“雷修远！”她不顾一切地惊叫出声，“你疯了？！”

无数道天雷挟着天地之怒一次又一次地劈在他身上，每劈一下，他的身体便微微颤抖一下，遍布周身的金光也要淡上一分。这倔强的少年却始终沉默着，汗水很快打湿了他的脸庞，他反而弯起唇角，笑得傲然：“滋味不坏。”

黎非死死拽着他的领口，厉声道：“出去！快出去！”

雷修远竟还在语带促狭：“偏不出去。”

天雷还在一道道不停歇地劈下来，像是专门要驱逐他们两个闯入者一般，火海炙烤得浑身剧痛无比，黎非只觉眼睛都要睁不开。忽然，一只手抚在她面颊上，清凉的水行灵气灌注在她身周，雷修远低声道：“撑住。”

我会带你冲出这片天雷火海的。

金光骤然一亮，他疾飞的速度加快无数，可雷云与火海仿佛无边无际，忽然之间，血红的色泽映亮了整个天地，紧跟着连着三道巨大的天雷狠狠劈在雷修远身上。他的身子剧烈地颤抖了一下，双手反而将黎非抱得更紧。

滚烫的汗水落在黎非脸上，可是很快，汗水变成了血，像火点一样烫，一滴、两滴……无数滴，下雨般落在她身上脸上，黎非只觉自己又被一股极致的迷惘吞噬。

为什么？为什么要冲进来找死？为什么一声不吭地抗下天雷？他是想死？总是这样逞强，总是这样，无论是做修行弟子雷修远，还是夜叉雷修远，他一直都没变过，这叫人恨之入骨的习性。

黎非觉得自己在发抖，也或许发抖的人不是她，而是这个不断承受着天雷火海的少年。

她一把拽住他的领口，近乎尖叫："你给我出去！雷修远！滚出去！你想对我施恩？又像以前那样来救我？！我不会领情的！我只会恨你！恨你！我不需要你这种叫人恶心的施恩！你出不出去？！"

这个血流披面的男人竟然笑了，他紧紧抱着她，将剩余的所有金光全部灌注在她身上，她的脸在璀璨的金光中扭曲着——很难看，也很狰狞，可这样才是她。她一点儿也没变，多年前那个会出手揍自己的小丫头，正在眼前。

"正好我也不想再看你这张难看的脸。"雷修远低下头，忽然在她额上轻轻吻了一下，轻声道，"现在不是诅咒……好好活下去。"

他将她高高举起，这动作立即让她想起当年在栗烈谷，面对无数妖物凶兽，他也是这样，吻了吻她，然后将她抛出去。

她再度尖叫："雷修远！"

可是没有等她叫完，她的身体便高高飞了出去，黎非挣扎着转过头。雷修远修长的身影快要被电光与烈焰淹没，他居然在向她挥手，面上还是那种风轻云淡的笑，仿佛这一切只是件微不足道的小事。

"记着我。"他的声音染上一层不容拒绝的决断，"绝不许忘了。"

眼前豁然开朗，她竟被他抛出了天雷火海。黎非只觉脑中嗡嗡乱响，眼前一会儿黑一会儿白，她眼睁睁看着雷修远的身体从高空坠落，摔进无边无际的火海中，再无声息。

她觉得自己好像也在那个瞬间死了。

渐渐远离的雷云与火海忽然又向她追来，炽浪扑面，黎非的身体瞬间被这诡异的天雷火海吞噬。

方才焚烧着雷修远的火海，现在焚烧着她的身体，方才劈打着雷修远的天雷，现在劈打在她身上，她的身体好像裂成了无数碎片，可身体偏偏又还在，她还没有死。只是痛，撕心裂肺寸寸崩裂的痛，是她的心在痛。

为什么？为什么？不，已经没有为什么，不会再有人给她任何解释，她也已经不需要任何解释，她不想懂，什么都……

远远急追而来的仙人们惊骇地看着眼前不可思议的奇景，远处雷云凝聚，海渊中烈焰高高窜起，漆黑与血红骤然合并在一处，原本延绵不知数千里的雷云与火海在一瞬间缩小成只有数丈高的球一般的物事，里面影影绰绰，似有个人影被困在其中。

天雷火海突然变成这副模样纵然叫人惊骇万分，可依旧无人敢靠近，那震撼天地的威势仍在，令人恐惧的炸雷声一阵接一阵，只是全部劈在球中人的身上而已。火海烈烈焚烧，炽热难近，也只是全部烧在那个人身上罢了。

翠玄仙人神色惊喜地看了半日，忽然开口道："这必是天罚！惩罚海外异民的诸般恶行！"

这话说出，却应者寥寥，所谓天罚恶行都不过是脆弱人心幻想出的东西罢了，世间万事有因有果，天道未有善恶判断裁度。今日种下恶因，他日便收恶果，修行者诸般天劫都是自己种下的各种因而成。

可是，这天雷火海，却是姜黎非何时种下的因？

没有人知道，没有人舍得离开，东海沿岸其余无数驻守的仙人也都因这异象而纷纷赶来观望。

桑华君皱眉看了半日，低声叹道："若是她撑不住死在其中，该如何是好？"

话音未落，却见那团成球状的天雷火海迅速缩小，下一刻，天地变得清明而广阔，天雷火海一瞬间消失殆尽，空中只僵立着一个人——姜黎非，她面色苍白，连嘴唇都没有一丝血色，像是用冰雪堆砌而成般。

她一动也不动，低着头，两只眼愣愣地盯着脚下深邃的海沟，像失了魂一样。

翠玄仙人见她这般失魂落魄，当即便要抛出囚龙锁将她捆住，桑华君却急忙拦住，低声道："再观望片刻，莫要冲动！"

她是不是死了？身体被天雷和烈焰烧成了灰烬，只剩下一股倔强的本能在坚持着。视线里一切东西都是扭曲的，不见尽头的漆黑，让人窒息的血红。

看不见雷修远，她看不见他。

身体很烫，内里仿佛在不断地崩裂，可是不疼，除了心，她好像什么疼痛也感觉不到。肆虐可怕的天雷火海正在她体内狂乱地流窜，摧残着她伤痕累累的身体，它们没有消失，只是转移到了她身体里。

黎非忽然动了一下，众人只见她身上雪白的皮肤一块块碎裂开，下雪般地崩落，露出下面的血肉，然而很快，血肉上又再度长出新的皮肤，片刻后，新长出的肌肤又再度崩裂成碎片。

桑华君忽然奋力抛出自己的拂尘，那千万根柔丝像花一般张开，轻而易举穿透了姜黎非的身体，那些柔软的银丝倒钩般钩住了她。他轻轻一挥，她的身体毫无抵抗地被拽过来。

想不到竟会发生这种巨变，如此棘手的姜黎非，就这样被捉住了！

仙人们发出惊喜的呼声，翠玄仙人难抑激动，扬手便给她上了囚龙锁，身形一闪，落在她身前，竟是要将她立毙于掌下。

“且慢！”桑华君大喝一声，长袖轻拂，稳稳地将翠玄仙人的手托开。

翠玄仙人几次三番被他阻挠，心中早已不满，此时人已到手，如何忍得，当即转身森然道：“桑华先生！她是海外异类！今日你留她一命，来日便是断送我中土无数仙家之命！”

桑华君淡淡道：“此女身份怪异，竟能让夜叉舍命相护，想必有很大的来头，如何能轻易杀掉？我们可不是为了杀她才来的，何况她又是青城仙人自海外带来，必然有甚神秘之处，正是要从她身上了解海外的秘辛。仇恨事小，千万年来对海外的探寻才是最重要的，翠玄先生，视野狭隘，非黑即白，于修行未必是好事。”

翠玄仙人哈哈冷笑：“好个视野狭隘非黑即白！莫非你们都已忘了五百年前的惨事！你们忘了，我却不能忘！与海外异类之仇不共戴天！”

桑华君叹了一声：“弱肉强食，天经地义。正因如此，才更要了解海外的情况，倘若封闭自守，与盲人行夜路何异？俗话说，知己知彼百战百胜，若想雪耻，并不是在这里杀一个濒死海外之人就成功的。翠玄道友，你可明白？”

他不明白，也不想明白。可他的“想”已经没有意义，他四处顾盼，四周那么多仙人，没有一个人动，甚至无月廷的同僚们也在回避他的视线。这里更多的仙人是怀着对未知海外的好奇与向往，没有人站在他这一边，没有一个人。

翠玄仙人感到一种无言的愤怒，愤怒中又有着说不出的疲惫。只有他一个人记得五百年前的仇恨，自始至终仿佛只有他一人在孤军奋战。

他慢慢转身，苍老的双肩一瞬间忽然垮了下去，一言不发地远远飞开了。

仙人们在欢声雷动，无数道人影晃动，有的笑，有的感慨，有的疑惑并好奇着。异常的一边白天一边黑夜的天空正在恢复澄澈，久违的海水的气味随风而来，被吞进归墟的东海海水即将回归原位，意味着这次海陨快要彻底结束了。

与以往任何一次海陨都不同，这一次的海陨来得快而迅猛，去得也十分快，伤亡更是十分稀少，加上还抓住了姜黎非，简直可谓喜出望外。

桑华君朝脚下的海沟看了片刻，道：“那个夜叉可有找到尸首？”

早有下去寻找的仙人遗憾地摇头："找了许久，什么也没找到，夜叉又擅长隐蔽气息，实在无法……"

桑华君瞥了一眼姜黎非，她身上的皮肤崩裂的速度越来越快，已渐渐看不出正常模样。他有心替她疗伤，却又忌惮她伤好后反击，犹豫半晌，他只得摇了摇头，道："算了，那夜叉就算活着只怕也是重伤难愈，暂且不去管他。这女子先将她带回书院，诸位可有异议？"

雏凤书院地位超然，不与任何修行门派势力掺和，素来十分得到修行界推崇，加上桑华君又是资格最老的仙人，谁会反对？

众人正要欣然应允，忽听身后一个苍老的声音怒吼道："带你娘的大头鬼！都给老子滚开！"

霎时间一股张狂至极的妖气笼罩了天地间，像是一股忽然旋起的飓风，但见无数道鲜血般红艳的气流向姜黎非身边汇聚，那妖气极其可怕，如刀枪般扎入众仙人身上。

下一个瞬间，惊人的声浪像是巨手狠狠推来，将黎非周围的仙人们吹得倒飞出去。黎非只觉眼前一花，身上的囚龙锁被一口咬碎，她跌入一团丰盈馥郁的雪白皮毛中。日炎勃然大怒的声音在头顶又一次炸开："没用的东西！看老子怎么把他们杀光！"

前所未有的磅礴妖气随着飓风呼啸而来，传说中神出鬼没的九尾狐竟这样毫无预兆地出现在众人面前，更有许多仙人是有生以来第一次亲眼见识，它丰盈如雪的皮毛与身后九条曼妙摇曳的长尾，与认知中丑恶狰狞的妖物截然不同，甚至有种如梦如幻的妖魅之感。

血红的妖气在它九条长尾上似火焰般灼灼跳跃起来，吃过九尾狐苦头的几名书院创立者大惊失色地叫道："速速架起雷火结界！快！"

明亮的雷火结界一瞬间被架起数面，狐尾上的妖气之火也一团团地飞起。它张开嘴，吐出一阵白雾，雾气与妖火纠缠在一处，迅速四溢成红色的云层，淅淅沥沥的妖雨笼罩了东海上空方圆近百里的范围。

透明的雨水落在雷火结界上，好似火点洒落薄冰之上，顷刻间将它们化开，被妖雨淋到的仙人们纷纷发出惊恐的尖叫声，皮肤头发一被雨水沾上便生出一层鲜红的斑来，随着斑点的痕迹越来越扩散开，身体也开始失去知觉，再也不能控制体内灵气的运转。不过一眨眼的工夫，已有几十名长老仙人自云端跌落，摔进了汹涌的海水中。

日炎放声大笑："雷火结界？上百年过去了，还是只会用这点儿老手段对付我？哼，你们这里所有人，加在一处也及不上青城一根手指头！更何况这小丫头！真是丑陋！飞龙落在地上，被你们这群蝼蚁咬死！"

他怒吼着冲进人群，九条长尾将无数仙人狠狠甩开。仙法的耀眼光芒自四面八方砸落在他身上，却又像是被一双无形的手挡住一一推开，伤不到他分毫。

他忍了很久，先前封印未消退，他只能咬牙切齿地在她意识中看着这惨痛的一切。他看到了什么！这群蝼蚁一样的猪狗之辈非但不感激她将天雷火海吞噬，反而想趁乱生擒她！他不是人，素来不懂他们细密的心思，也不想懂，他现在只有一肚子的火要发泄出来，谁也别想阻拦他。

脑后风声锐利，日炎侧身灵敏地躲开，便见数根金光璀璨的巨矛流星般向自己刺来，脚掌下的风流动十分诡异，灵气波动也异常繁驳，他纵身而起，漂亮地打了个旋。方才经过的地方早已金光四溢，似一条悬浮在空中的金色河流，里面伸出无数条柔若无骨的金色的手，将他巨大而雪白的身体抱着缠着，无论他怎样挣扎甩动，也挣不开。

金行仙法大多刚猛凌厉，甚少见这么柔软坚韧的，日炎对这仙法并不陌生，近百年前被书院创立者们追杀，他就是栽在这仙法上，险些丢了一条命，想不到百年后又被同一招困住。

眼见无数仙法朝他狠狠释放而来，日炎忽地张开嘴狂吼一声，血红的妖气直冲云霄，声浪与妖气将那些撞向自己的仙法震碎开，那些牵制住他的柔韧的金色小手也细细碎碎地散落下去。

好厉害！与昔日大闹东海的穷奇截然不同的一种厉害。天下间能口吐人言的妖物凶兽十分稀少，这种生出灵智的大妖更是难缠千倍不止。灵智越高，本领也越强，明白有放有收，不是那些浑浑噩噩只懂得拼命释放妖气的蠢物所能比拟。

沈先生见它神勇无匹，言语暴烈，便有心用言语化解一下，朗声道："九尾狐老先生，海陨乃是天灾，与这女子更有脱不开的干系，我等生擒之也是为了中土苍生。何况这女子天生能够驭妖，您何必舍身相救？"

日炎的长尾挥退无数想要近身的星正馆仙人，厉声道："好大的高帽子！中土苍生关我屁事！又关你们屁事？！闭上你的狗嘴！想知道海外如何，自己去看！这点牺牲之心都没有，你们这些软弱的东西都死了也罢！"

沈先生还想再说，桑华君抬手止住了他："不必多说，它应当就是曾经藏匿姜黎非体内的那只九尾狐了，一并捉住就是！"

这种厉害的大妖一根毛发都可以炼制法宝，难怪震云子为它如痴如狂。九尾狐有妖气屏障护体，寻常仙法根本伤不到它，想要毫发无伤地将它擒住，只怕不可能。

桑华君转头望向其他书院创立者，众人立即明白了他目光中的深意，终南君叹道："左丘不在，这个仙法怕是不够完善。"

桑华君低声道："它若是一门心思要逃也罢，不过我看它怨气冲天，定是要杀个痛快，如此倒有破绽可循。"

他振袖一抖，身上宽大的外衣顿时脱落，翩跹着飞舞而起，溶入湛蓝天空中，下一刻衣衫忽然展开，变大无数。桑华君掌中莹莹绿光好似要滴落，被他随意涂抹在衣衫之上，磅礴的灵气如墨水般晕染开，葱郁繁茂，仿若树影。

无数仙人见他出了这一招，当即敬畏地纷纷撤后。树影在衣衫上渐渐扩散，终南君也纵身飞起，将赭色的土行灵气挥洒在树影之上。其余的书院创立者也紧随其后，一时间满空苍山绵绵，树影幢幢，百花争艳，亭台楼阁林立而起，叫人眼花缭乱。

日炎从未见过这古怪仙法，心中不敢轻视，但见那青山中灵雾缭绕，山门紧闭，雾中"当"的一声钟响，悠久浑厚，他眼前骤然一花，竟好似一瞬间被投身于这一座幻象世界，找不到一丝离开的罅隙。

他暗叫不好，周身妖气开始凝聚，那紧闭的山门忽地大开，内里光芒刺目，不可逼视。日炎只觉身体不由自主要被这扇门吸入，这是与仙人小千世界截然不同的另一种境界，他能感觉到门后磅礴尖锐的诸般灵气，只要进入怕是会粉身碎骨。

日炎怒吼一声，奋力向外奔逃，可门内的吸力越来越大，竟全然不能抵御，幻象中的规则由仙人们制定，想要他逃不掉，便必然逃不掉。背上的小丫头不知在做什么，依旧动也不动，难道竟是死了？！

半个身体都要被纳入门中，日炎咬牙转过身体，硬生生断去被吸进门内的数条长尾，鲜血四溅的瞬间，那剧痛也让他挣扎着生出一股大力，妖气激烈地震荡起来，冲撞着这座幻境，头顶响起巨大的撕裂声。一时间，山与水，花与雾都化为虚无，空中只飘落一件被撕裂的外衣，被满面疲惫的桑华君轻轻握在手中。

那只九尾狐再度落入众人眼中，身后鲜血淋漓，断了八根长尾，只余一条尾巴无力地耷拉着。

他目中满是悲愤，忽地仰天长啸一声，巨大的身体骤然缩小，变成拇指般大小，直直朝下坠去。

这只细小的白狐落在一双血肉模糊的手中，众仙人愕然看着方才不省人事的姜黎非缓缓站起，悬在半空。她全身上下血迹斑斑，没有一块完好的肌肤，鲜血顺着她的下巴一滴滴滑落，她低头看着掌中奄奄一息的狐妖，不说话，也不动。

明明她孱弱得好像马上就要死了，众人心中却不知为何忌惮起来，竟有些不敢出手降伏。

黎非忽然抬起头，将周围这成千上万凝滞的仙人们一一看过来。

其实她是幸运的，虽然对她趋之若鹜的人那么多，可里面没有一个是她在意的。冲夷师父、东阳真人、清乐真人、广微真人、左丘先生……所有关照过她、给过她种种温情的仙人都没有出现。

而她最在意的一人一妖，在千夫所指的时刻为了她挺身而出，她的人生其实非常圆满。

已经够了，她在中土的这些年，十年的小棒槌，六年的姜黎非，该让她结束在这里，正当其时。

黎非将掌中的狐狸抱在怀中，他雪白的皮毛已经被她的鲜血染红，九条狐尾断了八尾，他只怕很快便要死。

不过不要紧，什么都交给她吧。

众人只觉她身上忽然渗出一层刺目的白光，全然不可逼视，不由纷纷捂住头脸回避。可是很快，白光便迅速暗淡了下去，姜黎非赤身露体地悬浮在白光中，身周是无数一片片花瓣般雪白的皮肤。

下一刻，那些皮肤忽然飞起贴合在她赤裸的身体上，顷刻间化作了白色的衣裙。

白色的本源灵气灌入掌中九尾狐的体内，很快，他变成了一颗小光球。

黎非用剩下的最后一丝气力，将他拢入袖中，然后回头，冰冷的目光打量着眼前的无数仙人。不知深浅的众人竟纷纷后退，警惕地与她保持一段距离。

然后，他们惊骇地看着她合上眼，身体像断了线的风筝般直直朝脚下的海沟深渊坠落。被归墟释放的海水奔腾而来，瞬间将她吞没，她眼前所见，只有铺天盖地的深蓝浅蓝。

黎非昏昏沉沉，恍惚中只觉仿佛有什么东西在呼唤她、拉扯她——是黄泉吗？这就是死亡的感觉？

诸般深浅之蓝中，她好像见到了满目的白光，这是她失去意识前最后的回忆。

众仙人在附近寻了三天三夜，再也没有寻到一丝姜黎非的踪迹。有大胆者见天雷火海被姜黎非吞噬，猜测海外的诸般天险应当已经消失，又向前飞了许久，直到再度撞见重新凝聚而起的天雷火海，险些丢命，这才讪讪而归。

东海海水三日后已尽数归位，种种天地异象也再没出现过，东海又恢复了往日的祥和美丽。这次海陨来去都十分迅速，虽然也死了一些仙人，但与这种天灾一度造成的后果比起来，实在算不得什么惨重的伤亡。

天雷火海被姜黎非吞噬，那些更厉害难缠的海外异民甚至没有上岸，原本该是意外之喜，可即将到手的姜黎非和九尾狐莫名其妙地消失，仙人们难免有些意兴阑珊。

心有不甘的仙人们在东海足足盘桓了一个多月，这其中翠玄仙人是最不能放下的，他几乎每日都在东海上寻找，每天找得筋疲力尽。仙人的寿命也有终点，下一次五百年后的海陨，他们这些掌门也好老辈仙人也好，都将再也见不到，这一次未能把心头大患除去，五百年后中土仙家会遭遇什么？他不敢想。

但像他这样思虑过多的仙人毕竟稀少，更多的人回到了自己的门派，重新过上了往日宁静的修行生活。

其中最忙碌的大约算无月廷，姜黎非和雷修远在无月廷的住处被彻底封死，屋中所有东西都搬出来查了个彻底，没有任何发现，最终还是一一被封起。冲夷、广微这两位长老被翠玄仙人怒斥为叛徒，然而此次海陨后，他二人竟好似也彻底失踪了一般，再也没回过无月廷。无月廷的长老们也曾四处暗暗查访，却始终一无所获，他们就像当年的青城仙人，忽然消失，自此杳无音讯。

姜黎非与雷修远的名字，从此在无月廷中再不许提，那绝色倾城的美人，那惊才绝艳的天才，所有的一切都被尘封，仿佛他们从未出现过。

纪桐周疲惫地睁开眼，入目是熟悉的华美帐幔，其上坠着白玉的麒麟，正微微摇晃。

苍蓝的晨曦透过帐子，天还未亮，他却已了无睡意，方才似乎做了些梦，但想不起梦见了什么，只觉得不愉快，说不出是身体还是精神上的疲惫始终压迫着他，连在睡梦中都无法得到真正的休憩。

听说前几日海陨戛然而止，守在东海附近的仙人们也各自回到派内。他刻意不让自己去听在东海发生了什么事，可到底还是听到了。

雷修远是夜叉，姜黎非是海外异类，是中土仙家的仇敌，欲杀之而后快。他其实无意间做了件大好事，将隐藏中土的两个魔头揪出来了。

可他并没有想象中的兴奋与满足，他好像想不起自己以前是怎么期待这些事了，他真的期待过自己斩妖除魔快意恩仇做一个厉害有名的仙人？真的期待过见识种种新奇开阔眼界与其他人开开心心地修行一辈子？

想不起，似乎也没必要再想了。

窗外风声呼啸，冬天快要来了。纪桐周静静躺着，那一阵紧一阵松的风声听在耳内，仿佛渐渐变成了海浪声，在那片望不到尽头的海对面，姜黎非会在那里吗？

纪桐周的脑海中忽然掠过她皮开肉绽被众仙人锁在囚龙锁上的模样，心跳一下加快，甚至连胃也突然绞痛起来，冷汗密密麻麻地溢出，将薄软的中衣打湿了。

他紧紧捏住拳头，一动不动，像尊雕像。

那天中午，数月不见的兰雅郡主再一次出现在英王府的庭院内，和上一回的傲然决断不同，她看上去是那么狼狈，满头乌发甚至绾不出一个完美的形状。

纪桐周正在用膳，正眼也没看她一下。她一路膝行过去，卑微地抱住他的双脚，颤声道：“王爷，兰雅知错，求王爷原谅！求王爷放过我赵阳！”

从王府回到赵阳后，她时常能听见父王他们商讨归顺昊钩，将诸侯国的兵力联合起来，与昊钩一起攻打越国之类的事。

她没有过问，也不想过问，她对王爷这么多年的执着和迷恋，一夕之间因为越国的树倒猢狲散，也跟着散去了，有时候想到自己曾那样卑微地讨好过他，她甚至隐隐感到羞愤似的后悔。

谁知龙名座不知遇到了什么阻碍，昊钩不但退了兵，连原本派出的许多修行弟子也都撤了回去，留下他们这些计划叛变的诸侯国面面相觑，不知所措，被越国的大军一一扫荡，赵阳迟早也会被铁蹄踏平。

绝望之下她也只有再来找纪桐周求情，希望他念着昔日些许情分，能放过赵阳，还她郡主风光。

纪桐周轻轻将她踢开，可她又如坚韧的藤蔓般缠了上来，抱着他的脚婉转凄声哀求：“兰雅真的知错了！从今往后兰雅只听王爷一人的话，即便是为王爷献出性命也在所不惜！”

纪桐周瞥了她一眼，淡道：“为我死？”

兰雅哽咽道：“兰雅愿为王爷死！”

“那便自刎，现在就死。”

兰雅顿时僵住了，含泪仰头看着他。纪桐周再度将她踢开，慢慢道：“我和你说过，我不爱听这些好听话。你说为我死，那现在就去为我死，做不到的话，以后都不要再说。”

兰雅泣不成声：“王爷还在恨兰雅吗？”

“恨？”他却笑了，“你怎会这样想？”

他恨过龙名座，因为与他们有刻骨铭心的仇恨和警惕；还恨过姜黎非，他几乎付出一切，却得不到她一丝半点儿的回报；他更恨过自己，软弱的心灵，脆弱的修为，只有依赖强大力量的帮助才能苟延残喘至今。

“恨”这种感情太过强烈，不是每个人都配让他恨。

纪桐周低下头，见兰雅满面迷惘哀求地看着自己，他又笑了，足尖抵在她脸上，留下脏污的痕迹：“你不懂，你心里只有身份和风光。既然想要留住这些，就好好学学怎么哄我开心，不要一厢情愿自以为是。”

兰雅愣了半日，终于柔顺地俯下身体，额头恭敬地触在他脚尖上，再也没有说话。

纪桐周没有再搭理她，他慢慢夹菜，慢慢吃饭，一切都那么慢条斯理，仿佛此时伏在他脚上的不是一个人，而是一条狗，一只猫。

饭毕，他正取了茶啜饮，二管家忽然急匆匆地跑来，跪下道："王爷！无正仙人来了！请您快……"

"不必说了。"无正子冰冷的声音打断了管家的急语，他御剑缓缓落在庭院中，见纪桐周脚边伏着个年轻女子，竟似乎还是修行者，他的眉头不由皱得更紧。

纪桐周起身恭敬地行礼："弟子见过师父。"

"跪下！"无正子怒视他，厉声呵斥，"你这是在做什么？！为何多日不回星正馆？！"

纪桐周慢慢跪了下去，声音沙哑："弟子知错。"

无正子有许多话想要说，训斥他、教导他，可无正子也知道，无论说多少，纪桐周一个字也不能听进去。无正子甚至心中隐隐有些后悔，倘若当日答应他，替他回护越国，这孩子应该不至于出卖朋友，被翠玄仙人所利用。

无正子只想让纪桐周明白，一个国家的兴亡是正常的，没有能够永久强盛的国家，作为修行者，眼界应当比凡人宽广，不该拘泥这些凡尘皇权。可他还是自以为是了，原来在纪桐周心底藏着这么可怕的欲望，这些是这个弟子的修行心，失去修行心，修行者也废了。

为了维护越国不择手段，更加清楚地认识到自己心底所欲，这是玄山子想要给他的？他的玄华之火气息确实又强了许多，这样下去不出百年便可成仙，将来想要雄霸一方绝不是戏言。

可作为师父，他不愿看见纪桐周这样的脸色，这样的眼神。这孩子瘦了，脸颊微微凹陷，眼底有着浓厚的黑影，嘴唇微微抿着，面色苍白——这一切让纪桐周看上去阴郁而深沉，当年那个如太阳般夺目、朗声叫自己师父的小男孩，已经彻底死去。

"随我回星正馆。"无正子怔了许久，推这孩子进火海的人，也有他一个，他没有办法对这孩子说出任何斥责的话语，"你若不想被人利用，便要拼命努力，靠自己的力量回护自己的东西。"

纪桐周淡淡道："弟子谨遵师命，十年内必然成就仙身。"

十年？无正子骇然一笑，却没有反驳他的话，只长声一叹。

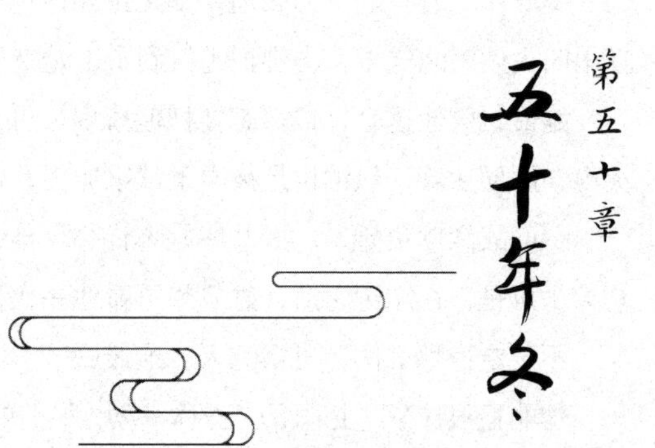

# 第五十章 五十年冬

这一片黑暗深邃而温暖，令人有种前所未有的归属与安全感，仿佛只要身处其中，便不会受到任何伤害。

是做梦吗？还是她已经死了？死后的世界竟是这般温暖祥和？既然已经死了，能不能见到师父？

像是回应她的念头，下一刻师父便含笑出现在了黑暗中，依旧是打了许多补丁的破袍子，乱糟糟的银白须发，背着个酒葫芦，总是竭力摆出仙风道骨的高人模样，却怎么看怎么猥琐。

他不说话，只是笑吟吟地望着她，可他的眼神又分明在说：傻孩子。

她情不自禁想伸出手拉住他，可是他身形忽然又如青烟般散开，最后，又有一道修长的人影出现在视野中。他背对着她，背着手，乌发垂在身后，茶白的衣衫款款摇曳，姿态悠闲，竟好似在看风景般。

黎非心中又是一阵突如其来的剧痛，她看了他很久，忽然唤了一声："修远。"

他似是听见了，转过头，含笑瞥了她一眼，又是他一贯的神情，看谁都像在看蠢货。可是她觉得自己的眼泪快要夺眶而出，她快步上前，急急地又唤一声："修远！"

他没有理她，反而转过头，快步向前走去。

黎非用尽所有的气力去追，却无论如何也追不上。他又要离开她，什么也不说，只摆出叫人生气的样子，仿佛把她气到了，她就不会那么伤心。

她最讨厌他这套，恨得想要把他揍扁。可是，就连碰也碰不到他一下了，他已坠入火海，即便活着，只怕也是被中土仙家抓住，根本不会有活路。

一面故意欺负她，一面却叫她不许忘了他，世上真有这样恶劣的人，她偏偏要把他忘掉。可是，在忘记之前，她只想再看他一次，触碰他一次。

不要走得那么快，可恨的人，连最后一点儿希望也不给她。

黎非狠狠抹了一把眼泪，身体一动，眼前的黑暗忽然寸寸皲裂，无数光线投注进来，她听见清脆的开裂声，令人安心的厚重黑暗一瞬间离开了她。双目久不见光明，突如其来的强烈光亮令她捂住了眼睛。

无数冰冷的雪花落在头顶，擦过她赤裸的身体，黎非过了很久才勉强能适应外界的光亮。入目是一片刺目的白，她竟身处白茫茫的冰天雪地之中，身后是一株超乎任何想象的、极高极粗的树，上面已经积满了冰雪。

她震惊地四处顾盼——这是……什么地方？为何让她觉得无比的熟悉亲切，却又无比的陌生？

她试着要起身，两只手却按进了一团团柔软温暖的物事中，身下软绵绵的。她是坐在一枚裂开的巨大白色果实内，壳内无数如纸片般雪白而柔软的皮，它们潮湿而温暖，正是方才令她眷恋的感觉。

黎非下意识地将身体蜷缩进裂开的巨大果实内，柔软温暖的皮再度将她包裹。几乎是本能，她用出了灵吸，雪白的果实化为一团团浓郁的灵气被她吸纳入体内，缓解了她的饥渴。

当她再度睁开眼时，裂开的果实已经消失了，体内灵气充沛而蓬勃，式样古老的白衣整整齐齐地穿在身上。冰面上遗留着数样杂物，却是她的兕之角，装了日炎妖气的黑石小塔，以及一本黑色的簿子。

这是怎么回事？她缓缓捡起那本簿子，心中疑惑不决。

身后忽然传来一个熟悉的叫声："你这蠢货！"

黎非一惊回身，便见一只巨大的白色九尾狐悬在半空瞪圆了眼睛看自己——日炎！而在他身侧站着的那个笑吟吟的男人，才真让黎非惊得瞪圆了眼睛。

"……胡嘉平？"她嗫嚅。

"被吓到了？"胡嘉平笑嘻嘻地蹲下来，上下左右毫不客气地打量她，一面啧啧赞叹，"也没怎么变啊？倒是比先前看上去更小了。现在感觉怎么样？还有哪儿疼吗？"

黎非还有些迷惘，她的记忆还停在东海那一刻，只记得自己坠入海中，然后……然后醒过来，面临的是一片陌生的冰天雪地，以及突然出现的胡嘉平。

她定了定神，低头望向自己的手，记得由于吞噬了天雷火海，她的身体承受不住那股威势，不断地崩裂，可现在眼前的这双手完好如初，浑身上下更是神清气爽，前所未有的好。

“这是哪里？”黎非姑且将这些事放一旁，抬头望向胡嘉平，“你怎么会在这里？”

“问得好。”胡嘉平伸出一根手指摇了摇，笑道，“第一，这里是海外，你出生的地方；第二，我是趁乱带着阿慕来海外的，那时候所有人都忙着对付你和雷修远那小子，没人发现我，所以我的行程出乎意料地顺利，倒还要多谢你们了。”

黎非不禁骤然变色，雷修远……雷修远……她眼前浮现出他最后那一抹促狭似的笑，无法挽回地坠落火海，他给她的最后一句话，竟然是：不许忘了我。

她猛然起身，大步朝外走去，胡嘉平急道：“哎，你去哪儿？我话还没说完呢！”

黎非像是没听见，她在光滑的冰面上跌跌撞撞地走着，渐渐又变成了小跑、狂奔……绕过最后一株冰柱似的树，她喘息着，失神地看着眼前陌生的一切——茫茫冰原，无边无际，数不清的巨大的冰山纵横交错，天地间只有单一的耀眼雪色，显得空旷而孤寂。

“这是哪儿？”她喃喃，仿若自言自语。

巨大的白色狐妖追上来，坐在她身边，没好气地开口：“不是你出生的地方吗？建木之岛啊！”

她想问的不是这些，为何醒来后身在海外？雷修远呢？短短一场梦的时间，为何什么都变了？

胡嘉平拽了拽她的袖子，清清嗓子，道：“看你什么也不知道，我就好心从头给你说一遍啊。是这样的，这里是建木之岛，看见那棵巨树没？那个就是建木，你呢就是从这棵建木上生出来的，也就是建木之实。建木之实一次只生一颗，旧的死了才会生出新的，一颗建木之实要孕育五百年方能成熟。而你被师父从树上砍下的时候，还没有完全成熟，所以外壳为了保护你，化成人之身，教你平安无事在中土过了十七年。因为你没成熟，所以吞不了天雷火海，才会遭受重创，故而被建木唤回，重新孕育。这些冰雪是为了释放你体内的天雷火海之力，由建木搞出来的，你看看，冰封了大概有几千里吧？也不知道这株建木现在是死是活……总而言之，现在五十年过去，你彻底熟透了，这才破壳而出——整个经过就是这样，明白了没？”

五十年！黎非怔怔地望着无边无际的冰原，她竟在这冰天雪地中沉睡了五十年！

一旁的日炎也有些摸不着头脑，这五十年来虽然胡嘉平时常会来探望成了果实的黎非，可这狡猾的小子总是言辞含糊，不把一切说清楚，搞得他半知半解的。他忍不住开口：“建木之实受了伤就会被建木召回重新孕育？那以前的人都怎么死的？”

胡嘉平“啧啧”两声：“都说了她还没熟，已经熟透的果实，建木怎会召回？以前可没有哪个大胆的家伙敢在建木之实没熟的时候把她砍下来！多少个夜叉盯着呢！”

他不提夜叉还好，一提到，日炎反而来火：“你小子之前就说什么夜叉夜叉！结果五十年过去老子连个鬼影都没见着！什么狗屁繁华部族？牛皮吹得太大了！”

胡嘉平面上的笑意渐渐淡下去，声音里竟有了一丝恸意：“夜叉部族已经没了，世上只剩我与雷修远二人。”

日炎不由大奇，正欲细问，冷不防黎非像被针扎了似的蹦起来，声音尖锐异常：“夜叉？你和他……你们都是夜叉？！那你为什么、为什么……？！”

她死死拽着胡嘉平的领口，用力太甚，指甲甚至泛出青白的色泽。

胡嘉平并没有回避她刀锋般的目光，只淡道：“你想质问我，为什么不早说？为什么不救他？答案很简单，因为我并不想做夜叉，我是个自私的家伙，好不容易脱离诅咒的痛苦，我只愿想着自己的事。何况夜叉纵然钢筋铁骨，近乎无敌，但你要知道，天下万物各有所长，正如我们能轻而易举地将你杀了，却碰不得天雷火海。而你，能将天雷火海吞得，在我们面前却毫无反抗余地。雷修远自己选了这条路，非要跟诅咒死磕，又不愿借助你的力量，所以他死了。”

“诅咒？什么诅咒？”黎非低声问。

胡嘉平的声音平淡得仿佛在说别人的事情：“你以为夜叉部族是怎么灭亡的？被外敌屠杀？其实是因为建木之实的诅咒。建木之实对我们来说曾是像神一样的存在，唯独她们，可以叫夜叉的力量增强无数倍。不过不知什么时候起，诅咒降临，夜叉本能地想要夺取独占建木之实，由此引发了无数的自相残杀，甚至将建木之实撕碎的惨事也是屡见不鲜。我们的族人在自相残杀中越来越少，最后，只剩我与雷修远两个新出生的。”

“还记得异民墓的那根臂骨吗？”他笑了笑，“那是先代建木之实留下的，她便是历代建木之实中运气不好的一类，惨遭夜叉争夺分尸，臂骨不知怎么回事，漂洋过海去向中土，被中土仙家收集起来。五百年前中土仙家遭遇的惨事，便是因我与雷修远前往中土寻找臂骨而起，可惜臂骨没拿到，遇到了师父那么厉害的仙人。森罗大法让我们变成了小孩子，我与雷修远失散。我的角被斩断，陷入沉睡。雷修远应当是想回海外，结果在海上被天雷火海重伤，也陷入沉睡，甚至因此失去了记忆。小丫头，你是运气好，夜叉只剩我和雷修远两个，我脱离了诅咒，而他又异想天开要跟诅咒死磕，否则，你岂能安然活到现在……”

黎非忽然抬手，她缓缓打断了他的话："不要再说了，不必再说……"

她已经什么都明白了。

明白为什么雷修远总是忽冷忽热，若即若离；明白了为什么他看着自己的眼神总是带着隐忍；明白了他一直为她拼命地挣扎，好像一场永远也停不下来的战斗；也明白了他那句"现在不是诅咒"的真正含义。

这场战争，他赢了，宁折不屈，他一直是这样的性子。

值得吗？为了她这样懦弱又死心眼的女人，不值得，不值得的。

为什么？为什么？她问自己，问天，问地。没有人给她答案。如果可以，她一定会狠狠嘲笑他，把他自以为是的隐忍用力踩在脚底，还有那些故意惹她生气的怪癖，全部揍飞。

千伶百俐的雷修远，做事永远斟酌再三力求稳妥的雷修远，心比天高，鼻孔更比天高的雷修远，竟然会做出这么愚蠢的事。她明明还什么都没告诉他，她明明已经离开他了。他还在一个人苦苦挣扎，为了她搏尽全力，世上竟有这样愚蠢的男人。

黎非的手慢慢从胡嘉平的衣服上松开，她低低笑了两声，忽然之间，泪水布满了她的脸庞。

雷修远在哪里？那个就算她说讨厌，却还是默默躲在暗处跟着自己的人，他现在在哪里？她又想看到他了，他会不会从某个阴影中忽然现身？她还没来得及把所有的心意告诉他，什么都没来得及。

日炎错愕地看着她转身连滚带爬地在冰上狂奔数步，兕之角忽然飞起，托起她的身体，像一道白色闪电，瞬间离开了他们的视野，他不由急道："你去哪儿？！喂——"

胡嘉平拦住他："小丫头要伤心，你个妖怪追上去干吗？让她哭哭就好了。"

日炎大怒："他妈的！你这没良心的小子！还敢说风凉话？！"

胡嘉平淡道："有生便有死，万事都是如此，我就算哀号千日，死去的人也回不来。我要是忙着伤心，谁给你说故事听？"

日炎记挂黎非，没心思跟他聒噪，转身高高飞起，慢慢追了一段。当日他为了救黎非，断了八尾，本以为便要命丧东海，谁知醒来后竟完好无损，甚至状态更胜从前。

他明白，如果黎非没有用本源灵气救助，他不会毫发无伤，她也不会因为身受重创外加耗光灵气而被建木召回。至少，她可以为青城报仇，甚至留下来寻找雷修远，而不是一梦五十年，醒来后面对一个陌生的世界。

顺着她留下的气味缓缓追上，日炎远远地望见她的身影，正要上前，却听她一遍遍地唤着"雷修远"三个字。她在这无边无际的冰原上没头苍蝇似的叫着雷修远，徒劳无功四处寻找他的踪迹。

日炎怔了一会儿，忽又觉不忍看，长叹一声转身又飞了回去。胡嘉平还留在建木之岛，他正摸着建木上厚厚的寒冰，见日炎回来，他像什么也没发生似的，感慨："这冰只怕再有五十年也化不完，建木这次怕是元气大伤，说不定再也生不出建木之实了。"

日炎对他十分没有好感，冷道："你要在这里耗到什么时候？不是说要替你那个器灵找异火吗？"

胡嘉平脸皮厚得城墙也自愧不如，完全没把日炎的臭脸放在眼里，只笑道："异火早已取到，愁的不过是要回中土才能重铸砺锋而已。要回中土，需要小丫头替我开辟道路。"

日炎又是大怒："怪不得给她说一堆屁话！你是存心刺激她！你这狼心狗肺的东西！青城怎么收了你这种徒弟！"

胡嘉平还是笑吟吟地："我心里可是十分敬重师父的，当然，日炎老前辈，我也很尊重你。不过你不觉得哭哭啼啼实在是没意思吗？她的伤心我们谁也没法体会，劝也劝不动，倒不如先把自己的事弄好，你说对不对？"

日炎冷哼一声，一屁股坐在地上，像生闷气似的。过了半晌，他又实在憋不住，大耳朵晃了晃，沉声道："你说要小丫头替你开辟道路是什么意思？"

胡嘉平索性也坐了下去，盘着腿，撑着下巴，一副惫懒模样："日炎老前辈怕是对海外所知甚少，这海外呢，有无数种族，跟中土大相径庭，比如……"

"老子来过！少废话！"日炎怒视他，"直接说重点！"

胡嘉平正色道："好吧，长话短说。黎非是建木之实，就算在海外也是十分奇特的一个种族，一次只生一个，旧的死了新的才会被孕育。如你所见，海外灵气稀薄无比，可建木之实却是最需要灵气的一个种族，她们的本源灵气全由汲取外界灵气所得，一旦灵气干涸，便要去中土汲取。要去中土，便要将横贯东海的天雷火海消除，一个真正成熟的建木之实，是可以将天雷火海吞噬的——不要问我为什么，我也不知原因，或许是她们天生灵气的代价。"

日炎惊道："要她替你开辟道路，就是要她把天雷火海吞了？！"

胡嘉平微微一笑："何必这样吃惊，她已是一个真正的建木之实，此事并不难做到，不会再像五十年前那样受到重创。其实对中土来说，有建木之实的存在反而是个好事，五百年一次，一旦没有建木之实吞噬天雷火海，那它们就会跑去中土，也就是成了海陨。师父将黎非带去中土的理由，我曾一直想不明白，不过现在我却懂了，他一定是想弄清海陨的缘由。"

说到这里，他却又沉吟起来：“如此说来，很久之前中土是没有海陨的，那时夜叉族还未受到诅咒，与建木之实相处尚未那般酷烈。吞噬天雷火海，去向中土汲取灵气……是什么时候开始出现海陨的？”

日炎忽然开口道：“因为某次建木之实去向中土汲取灵气，被当时的中土仙家发觉，将她杀了。”

胡嘉平吃了一惊，眼睛瞪得溜圆：“你怎么知道？”

日炎淡淡道：“青城那本黑皮簿子里有写。数万年前曾有女子乘风踏雾自东海外而来，汲取山川灵气，滔滔不绝。中土仙家恐惧她的能力，群起将她杀死，自那之后，便开始出现了五百年一次的海陨。”

胡嘉平双眼一亮，猛然击掌道：“原来如此！我懂了！建木之实无辜身死，才会让倚赖她们的夜叉族深感惶恐！此后一定是惧怕再度失去建木之实，夜叉部族便开始争夺她们，这就是所谓的诅咒！而因为夜叉的争夺，令一代又一代的建木之实惨遭杀害，无人去管天雷火海，所以中土才会有五百年一次的海陨！更有无数海外人趁着海陨前往中土掠夺灵气！前因后果竟是如此！”

日炎细细思索一番，只觉此事果然因果俱备，环环相扣，这才真正是造化弄人。他不由长叹一声：“青城啊青城！你泉下有灵，如此也可瞑目了！”

这位惊才绝艳的仙人，前半生光彩夺目，后半生惨烈无比，他曾为之深深不平。他一直不懂青城坚持回中土的深意，也不明白青城为何一定要将黎非当作一个普通人来看待，甚至收一个夜叉当徒弟，直到此刻，才恍然大悟。

他实在不愧“惊才绝艳”四字。

日炎想起与青城的过往，一时长叹，眼眶中渐渐湿润了。

胡嘉平笑道：“所有谜团都已解开，现在只等小丫头开辟道路，回去中土，将一切大白于天下了。”

日炎低声道：“那帮蠢货目光短浅，心胸狭窄，懂个屁！”

胡嘉平摇了摇头：“不在乎他们懂不懂，在乎的只是一个事实，师父的心血与辛苦，绝不能白费。”

凛冽的寒风擦过脸庞，脸颊上的泪痕已凝成了小小冰珠，天色渐渐暗沉，黎非也终于停止了无意义的呼唤，怔怔地落在一座冰峰之上。

伤心？心痛？后悔？

不，她现在只觉整个人空荡荡的，天地之大，竟无处可去。她失神地望着四周，不愿去想这是何处，是何处也好，这里不会有雷修远。

巨大的冰峰在月光下反射出一层清辉，从峰顶至峰底，每十步便生着一株从未见过的树，树上闪闪发光，缀满了明珠，整座山像披了件明珠外衣。而峰顶更是生了一株更加高大的树木，葱葱郁郁，明珠璀璨，竟未曾被冰雪吞噬。

黎非有些疲惫，缓缓朝树下走去，想要靠着歇息。谁知靠近了才发觉这株树周围建了高高的栅栏，树下冰雪中长了一片鲜红的小花，只有拇指大小，却生得十分妍媚，更奇异的是这些小小的红花正在缓缓地绽放，眼看着便从花苞变成了怒放。

她心中不由一动——她见过这些花，那是第一次去东海，在一个小摊上见到了封在琉璃球中的红花。那个摊主还告诉她，这是海外才有的花，那时她并不信，直到此刻真正亲眼看见，才明白人家没骗自己。

一天荣枯十二次，循环往复，生生不息。

原来这便是十二世花。

黎非不禁走过去，轻轻越过栅栏，弯腰想要采一朵。

身后忽然风声尖锐，她没有回身，心念一转，一道土主护身便套在了身上，紧跟着“叮叮当当”数声脆响，十几枚寒光闪闪的套着绳索的白铁倒钩从她身上弹开，摔落一地。

倒钩套着绳索，摆明了是要钩住身体、困住她的行动，好野蛮的凶器！要不是套了土主护身，这会儿她只怕全身都扎满倒钩了。

黎非回头看了看，但见峰顶满目寒冰，却没有一个人影——是海外异民吗？躲在暗处攻击，不许她碰十二世花？

正想着，眼前忽又一花，十几只形容怪异的妖物呼啸而来，前后左右头顶脚下，每一处都没有遗漏，可见藏在暗处的异民们一定时常配合，天衣无缝。

可惜妖物对她没用。

黎非轻轻一抬手，那些妖物身不由己硬生生停在半空，紧跟着又一挥手，它们反而不能自已地倒飞了回去。

峰顶山石后传来不可思议的呼声，有个人惊讶地说了声什么，下一刻数道人影闪电般落在她面前。

黎非见他们个个身材矮小，最高者也只与自己差不多，人人精瘦黝黑，无论男女头发都紧束头顶，身上穿着灰色式样怪异的短打，面容倒是与常人无异。此刻他们眼中满是敬畏和惊艳，盯着她看了半日，当中个头最高的那男子忽然开口飞快地说了一句话，听语气像是在问她什么，可她一个字也听不懂。

那人说了半天，黎非缓缓摇头，那人似是发觉她并不通语言，不由回头与一个女子低声交谈了数句，没一会儿，那女子上前，神态恭敬地开口，语调艰涩：“山神娘娘？”

山神？黎非有些想笑，她不想与这些异民纠缠，索性转身便走。谁知那女子急道：“山神、驭使、妖物！你就是！”

看起来他们是还未开化的海外部族，连话都说不利索。黎非走了数步，忽然被人轻轻拽了一下袖子，她低下头，便见那些异民跪了一地。方才那女子手里捧着一朵刚刚摘下的十二世花，毕恭毕敬地送到她面前。

“宝贵的、花！献给山神！给心爱、的人！”

黎非不由一震，慢慢拈起那朵娇嫩的十二世花，她想起雷修远的话：拘缨岛有一种花，叫十二世，你一定喜欢。

滚烫的眼泪再一次顺着脸庞流下，心爱的人，这花是送给心爱之人的。十二世，生生世世不分离。从不说出口的心意，其实他已经说了，只是她没有懂，她什么也不懂。

她的心还停在天雷火海处，那个一直在与自己较劲的少年，用毫不犹豫的死亡来赢得胜利。如果可以，她会紧紧抱住他，让人起鸡皮疙瘩也好，怎样都好，什么好听话她都可以说，什么肉麻的事她也都能做。

可是再也没有雷修远了，天上地下，再也找不到他。他狡猾地留下这些致命手段，叫她忘不了他，这一生也忘不了。

天下无敌又如何？她注定孤寂，此生郁郁。

黎非将花收入袖中，飘然而去。

回到建木之岛，已是许多天以后，冰雪仍未消融，远远地便望见日炎巨大的白色身影。他端坐在一块石头上，四处眺望，那模样有些滑稽，像一只狗。

黎非朝他飞过去，还没靠近，他便怒瞪两眼，炸雷似的吼开：“蠢货还知道回来？！以为你死外面了！”

她有些好笑，心头泛起一股暖意，他是在担心她。

“日炎，我有好东西给你。”她少见地露出一抹近乎俏皮的笑，凑到他身边，仰头看他，“你猜是什么。”

日炎两只大耳朵晃了晃，狐疑地盯着她：“少卖关子，拿出来我看！”

黎非也不忸怩，从袖中取出那座黑石小塔，送到他面前，浅笑：“还记得这个吗？”

日炎意外至极地盯着它，黎非道：“这是你被封印在书院禁地的妖气，承君一诺，幸不辱命。”

这只狐狸惨绿的眼睛死死瞪着石塔，忽又转过来死死瞪着她，半晌才少见地结巴起来：“你、你……怎么取到的……蠢材！谁叫你取的？！我、我早就忘了！”

黎非还是浅笑："是修远拿的，我转个手而已。"

"哼！封印早就解开了，多此一举！"这只狐狸好像恼羞成怒似的，反而发起脾气，张嘴一口咬碎石塔，封印术的光辉瞬间消失，石塔也碎成了碎末，被他一口气吹散，散落一地。

"痛快！那帮龟孙子，当年竟抢了老子这么多妖气！"他不知道是发怒还是高兴，以前称呼书院创立者还是"厉害的仙人"，这会儿他们在他嘴里成了"龟孙子"。

他见黎非面上笑吟吟的，并不见悲戚，然而毕竟不像从前那样直率天真，看上去显得十分内敛，甚至带着一丝忧郁。他也想不出什么安慰话，索性道："你欠我的还多着呢！老子这些年含辛茹苦，又当爹又当娘把你拉扯大，这点妖气就想打发？"

黎非不由失笑，什么又当爹又当娘？他还真敢说。

"是啊，我欠你的还多。"她也不否认，只摸了摸他毛茸茸的皮毛，柔声道，"所以再多陪我几年，等我慢慢还给你。"

她懂他的意思。

"谢谢你，日炎。"

"少废话！"日炎瞪了她一眼，"那臭小子在里面，有正事要商量，快下去！"

# 第五十一章 两件遗物

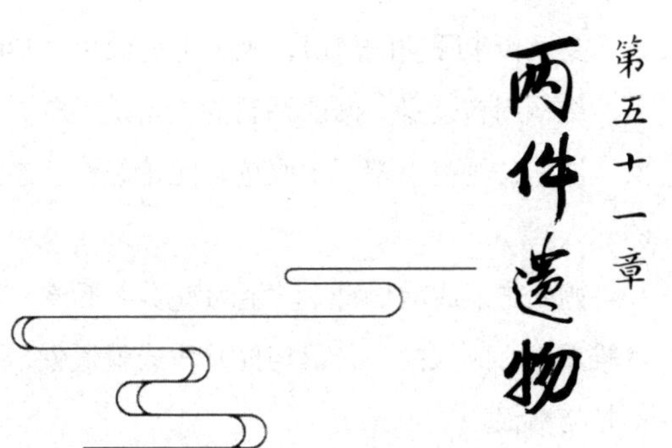

纪桐周静静望着积满了白雪的墙头，枯萎干黄的藤蔓挣扎着从雪堆里冒出一些枝干。到了炎炎夏日，不再冰封雪埋，墙头上会坠下无数串沉甸甸的紫藤花，风里香气缠绵，伴随着蝉鸣阵阵，夜来潜入少年的梦中。

他似乎忆起了十分久远的一段彩色回忆，那时候，天应当是通透的蓝，草木是鲜艳跋扈的青翠，窗台下的花色泽斑斓，一切都明快而生机勃勃。

纪桐周收起脚下的麒麟骨，织缎的华贵靴子踩在厚厚的白雪中，好像有些不习惯，快要忘记怎么在雪地中蹒跚前行了。沿着围墙慢慢走了半圈，偶有路过的书院小弟子，白衣红裙，白衣红裤，个个稚嫩而眼神明亮，好奇又带着恭敬地打量着这位白发的仙人，却没有人敢上前聒噪。

他的脚步停在一扇小小的院门前，似是顿了片刻，缓缓抬手将门上的雪抹去一些，上面的刻字清晰地落入眼中：麒麟之间、千香之间、静玄之间。

推开院门，熟悉又陌生的三间大屋，院中白雪被扫得干干净净。恍惚间，眼前仿佛出现了好几个身影，还是少年青涩的身段，几个白衣红裙的小姑娘叽叽喳喳，几个身量刚刚开始拔高的男孩子在暗地里比谁长得高。

可是又一个恍惚，所有人影都消失。此时此刻，此情此景，已经只剩他一个人站在这里，物是，人非。

身后传来呼啸的风声，来人上前数步，恭敬地垂下头："王爷，已将午时。"

纪桐周转过身，面前站着的人正是兰雅。五十年过去，她早已不是当日凤凰般的少女，岁月在她身上留下了痕迹，无论怎样姿态婉妙国色天香，她看上去依旧是年近三旬的妇人。

她尚未能成就仙身，以她的资质本不该，然而个中心结与理由，他比旁人都要清楚。兰雅素来心比天高，昔日与他几乎成就道侣，可惜一步走错，自高处摔落，她心中必有不甘与悔恨。

正是这微妙的不甘与悔恨，成了阻碍她修为更进一步的心魔。这个视旁人如尘土的高傲郡主，早已被打磨成彻底服从的下人，她越不甘，就越是无法前进，曾经傲然仰起的脑袋，在他面前越垂越低，最终彻底臣服。

纪桐周喜欢这种臣服，多年前东海一场幻梦中，他鏖战天下，意气风发，当日的畅快，今时今日，更胜千倍。

他跃上麒麟骨，一言不发地离开这座小小庭院，兰雅立即跟上，毕恭毕敬地与他保持一丈的距离，丝毫不会僭越。

书院正中浮空岛上的正殿上方早已聚集了无数仙人，两日前，书院创立者之一左丘先生合目仙逝，修行界叹声一片。

如今成名的仙人与各家长老，大多数都是当年从书院出来的，对这位仁厚的长者仙人几乎都心怀爱戴。仙人的寿命比凡人要长太多太多，可一日未成就大道，一日还是逃不脱生死轮回之关。

正殿前放着一张千年水晶床，左丘先生的尸身安然躺在其上。浮空岛上方千万仙人齐齐默然行礼，礼毕，天来之火顷刻间吞噬了左丘先生的身体。虽说修行者身体不归尘土，但左丘先生为书院倾尽毕生心血，在书院内焚化，想必也是他的心愿。

鲜红的火焰渐渐熄灭，水晶床上的尸体也化作了最细小的微尘，再也看不见。仙人们依次落下云头，向其余的书院创立者行礼招呼。纪桐周疾飞向前，一旁的仙人们一见是他，立即敬畏地纷纷避让行礼。

这位如今道号玄华子的星正馆仙人可算修行界名声最为响亮的一个，听闻他是千年难见的天才，自修行开始不过短短二十年便成就了仙身。更有甚者，谁也不知他何时杀了神兽麒麟，取来麒麟骨炼制神兵，加上拥有传说中的玄华之火，他几乎所向披靡，锐不可当。星正馆凭借他拥有之火，替他拟了道号：玄华。

玄华仙人名声大，为人也是出了名的不好相处。此人野心勃勃，在他的庇护下，越国连年吞并周边各个国家，这些国家里有许多是其他门派长老仙人所庇护的，碍于其强大难敌，更有龙名座这如今衰败不堪的门派做前车之鉴，众人只敢怒不敢言。

向数位书院创立者行过礼，纪桐周随意与他们寒暄了数句，忽听一个冷淡的女声自身后响起："这位莫非便是玄华先生？"

紧跟着，一位身穿无月廷长老服饰的中年女子款款而来，她看上去年约四旬，然而风姿绰约，容貌端丽，正是无月廷坠玉峰长老昭敏。她亦算是个十分有名的女仙人，只因成仙后不要道号，始终让人以"昭敏"这个本名来称呼自己，十分少见。

纪桐周拱手行礼，他与无月廷关系一向不好，过往太多龃龉，尤其是面前这昭敏仙人，虽然并未有过什么直接接触，可从还未成仙开始，各种或明或暗的恩怨……他与她其实并无话可说。

昭敏看了他片刻，忽然开口道："久闻玄华先生大名，今日一见，果然风采迫人，修为深厚。"

纪桐周淡道："昭敏仙人客气了。"

他不认为这女仙人特意找来是为了和自己寒暄，怕是心怀叵测居多。当年是他出卖了姜黎非，此事知道的人极少，但昭敏身为姜黎非的师姐，必定知道此事，她必是寻思什么手段来报复他。

这些年他横行霸道，对他心怀恨意的人太多，多到他已全然不会动容，甚至连心都不会动上一动。任何滔天的恨意在他强大无敌的玄华之火下，只有不甘地被焚烧殆尽，他什么也不会惧怕。

昭敏笑了笑，悠然道："昔日我闲来无事整理尘封之物，倒是翻到了一些颇为值得怀念的物事，想来对玄华先生来说，也是些有趣的东西。"

说罢，她从袖中取出一只古旧的梳妆奁，只有巴掌大小，其上的黑漆花纹破败不堪，若非以灵气维持，怕是早已腐朽。

纪桐周终于感到诧异，她便是突然出手攻击他，也能叫他理解，可这女子才用的梳妆奁是怎么回事？还有，那梳妆奁上残留的一丝丝灵气波动——好熟悉，又好陌生，竟让他多少年稳若磐石的心开始剧烈跳动起来。

昭敏慢慢打开那破旧的梳妆奁，奁分两层，上层空空如也，下层却安然放着一把灿然如新的漆木梳子，其上以金粉画出百鸟朝凤的花纹，十分精致。漆木梳旁，还有一只小巧而栩栩如生的紫玉蟋蟀，活灵活现，似是随时能蹦起来一般。

纪桐周倒抽一口凉气，他分明听见心底有一扇门被悄悄打开了。一晃眼，面前仿佛多了个白裙红花的少女，掌心捧着那只紫玉蟋蟀，朝他像个男人般地笑："借我玩两天就还你。”

玩两天？他心中暗潮汹涌，竟想大笑两声。

五十年，原来已经过了五十年，千秋一场大梦，此心所欲何为？

昭敏细细打量纪桐周的表情，那么多年过去，他也早已不是当年什么都写脸上的青涩少年了，怕是山崩于前都不会变色。

她只能盯着他的双目，他漆黑的瞳孔霍然放大，那一丝意味不明的情绪波动，到底是被她捕捉到了。

昭敏移开目光，目的达成，她却并没有想象中的喜悦。

纪桐周这些年名震寰宇，行事更是嚣张狠辣，当年仅用短短十年便成就仙身，震惊了修行界的每一个人。这年少成名的仙人，虽是五十年过去，面容却一如少年时雍容俊秀，然而那一头白发，叫人隐约可以窥见他在那十年中耗费了多少心血，怕是无法想象。

在他刚刚成就仙身时，龙名座五丈山长老宗权大约是想趁着他还未成气候，速战速决，在翠玄仙人第十年撤去护卫的时候，令吴钧大举向越国发起进攻。数十万人马在越国边境被一场天落黑火烧得无影无踪，同去的数十位龙名座修行弟子也惨死当场。

此事令纪桐周更是名噪一时，而在他成仙后的第二十年，与他有过仇怨的龙名座数位长老纷纷死在他的黑火之下。

事情到这种地步，尚可算作他的复仇，可再往后，一切都失去了控制。龙名座仙人在这五十年内被他杀得几乎成空，整个门派竟就此衰败下去。

纪桐周是一只刚出笼的野兽，或许比野兽还要可怕得多，当年他被逼上绝路，才能被翠玄仙人利用了弱点，出卖姜黎非。可被逼上过绝路的野兽一旦得回威势，必定反噬，没有例外。

昭敏想起翠玄仙人，心底又多了一丝恨意。这位老仙人逼死了黎非，可他自己大约也没想到，当初被自己搭救了一把的纪桐周，一旦得势，竟那么快反咬自己一口。

由于姜黎非生死未卜，翠玄仙人自始至终难以释怀，其后每日游荡东海，试图将她找出来，生要见人，死要见尸。十年前，徘徊东海的翠玄仙人遭遇了纪桐周，受到重创。

星正馆给出的理由是误伤，并赔了无数丸药仙草，甚至请了终南君替翠玄仙人疗伤，姿态摆得极低，令无月廷只能硬生生吞下这口恶气。

可翠玄仙人的伤终究是没能痊愈，玄华之火毕竟与别个不同，他痛苦了三日，最终黯然离世，临死前只长叹三声，一句遗言也没有留下。

对他的死，昭敏心中只有快意，若不是他与纪桐周联手，对黎非穷追不舍，他们的悠闲日子不会顷刻间灰飞烟灭。五十年来多少个夜晚，她在无人的坠玉峰下默默垂泪，黎非死了，冲夷师父不知所终，只留她一人空对雪山，万般无奈。

什么海外异类！她从来不信这些，她切切实实地与黎非生活过，黎非是什么样的人，不劳旁人定义。

随着时间流逝，昔日年轻的弟子们也一一成材，或突破瓶颈，或成就仙身做了长老。无月廷内被下过封口令，再不许提起胡嘉平、雷修远、姜黎非三人，最终也只有苏菀和邓溪光能和她聊聊当年的往事。

每每提到黎非，三人都是默然。苏菀是个火暴脾气，对纪桐周出卖好友的行为一直痛恨至极，可惜他如今如日当空，势不可当，单凭他们几个，又能怎么报仇？

倒是邓溪光颇有一套见解："我听闻拥有玄华之火的人，都是性情乖戾，有所求无所得，黑火方能熊熊不尽。那个纪桐周先前大概是为了越国覆灭的事生出了玄华之火，如今越国强盛至极，按说他的黑火应当熄灭才对，如何能更上一层楼？这里面必然有古怪。我隐约记起，以前黎非在的时候，常和我们谈她在书院的朋友，不过那次东海试炼后，就再没听她提起过纪桐周，依我看，他二人怕是有什么龃龉。令人辗转苦楚者，一是欲，二是情，这个纪桐周对黎非应当有心思。"

这些不过是推测，谁也不能妄谈真假。当年黎非屋中的所有家具、遗物都已被封入仓库，永不得再取出。昭敏忆起黎非时常与纪桐周他们通信，便打算从库中翻出那些遗物书信，看是否有发现。

然而"姜黎非"在无月廷中已成了禁语，她的东西当年是四位掌门人亲手检阅后封印的，想要取回简直难如登天。

何况，现今看守封禁仓库的人，正是当年清乐长老的得意弟子乐采岑，这女子跟他们发生过许多不愉快，求她怕是没有用。

尽管如此，苏菀到底还是硬着头皮试了一次，谁知乐采岑竟答应得十分爽快，隔日便将黎非曾经所用之物一一送来坠玉峰，连一只油灯都没少。她的举动让苏菀百思不得其解，苏菀是个直爽之人，直接就问了："你为何要帮我们？这些东西要是丢了，你也难辞其咎吧？"

乐采岑只淡然道："无他，还恩而已。姜黎非于我有救命之恩。"

众人这才想起当年秦扬灵意图侵犯乐采岑，正是黎非出手相助，才保住了她的清白。五十年过去，她竟还记得这份恩情，倒也难得。

三人在黎非的遗物中翻了好几天，那些书信早已腐朽不堪，一碰就碎了，什么也看不到。最后还是苏菀从破旧的珠宝奁中，翻出了一只紫玉蟋蟀，一把漆木梳。

这两样东西十分名贵，五十年的时光竟也未曾令它们腐坏。而黎非当年两袖清风，一派清贫，与她交好的那些个书院朋友似乎也都不是什么有钱人，雷修远更不用说了，这两个宝物实在不像是黎非能用得起的。

更何况，倘若是旧友所赠之物，又何必这样藏起来？倒像是不想看见一般。

邓溪光一见着这两东西，眼睛就亮了：“不错，我猜这两个东西是关键，找个机会把它们送到纪桐周面前，看他的反应。”

苏菀叹道：“这两个东西给他又能怎样？黎非还存着他的东西，只会叫他得意罢了。干脆趁着他看到两件宝贝心神大乱之际，我们几个一起攻击好了！”

这话一出，她自己也笑了。纪桐周现在是什么修为？他们几个又是什么修为？以卵击石，自寻死路，何况黎非已死了那么多年，他们或是长老，或濒临突破边缘，都不再是曾经的热血少年，怎可能轻易与人搏命？她也不过说说气话而已。

邓溪光双眼眯起，也有几分不确定：“这两个东西只是提供一个契机，我们不可能把他怎么样，也不能把他怎样，能乱他心神便已不错了，若运气好，兴许能折损他的修为，已是极限。”

于是昭敏趁着左丘先生火化之际，刻意找到了纪桐周。

此时此刻，望着纪桐周震惊的双眸，昭敏心中竟浮起千万般感慨，她将梳妆奁递近一些，平静地用谎言打碎他最后一丝防备：“当年黎非自东海回来后，每日都把玩这两样东西，我曾见她偷偷掉过眼泪。呵呵，人不风流枉少年，黎非既已不是我无月廷的人，这两样东西还是物归原主，还给玄华先生，也算是颇值得怀念的物事。”

她看着纪桐周愣在当场，看着他眼神又迅速恢复冰冷，看着他抬手将紫玉蟋蟀与漆木梳轻轻拿起，放在掌心低头细看，最后又若无其事地收进袖中。

“如此，多谢了。”他面不改色地道谢。

昭敏微微一笑，她能做的也只有这么多，黎非在天有灵，保佑他心魔丛生，修为大减，以惩罚他出卖之罪。

忽然，一阵清朗的钟声回荡在大殿内，众仙人都不由一愣——这是传音术？怎的送到书院来？

悬浮在半空的白色纸鸟旋转数圈，挥舞着翅膀，很快，一个焦急的声音在殿内炸开：“东海万仙会附近发现海外异类！姜黎非、胡嘉平、黑衣器灵、九尾狐出现在东海！”

一时间，众人哗然。

纪桐周的脚步定在地上，胸口像是有无数闷雷劈打——她还活着？！

姜黎非回来了！

眼前仿佛出现了波光粼粼的东海，久违的白衣少女正乘风破浪而来，她现在在这片广阔中土的哪一个角落？

他脑中忽然一阵眩晕，竟不知是喜是悲。

朝阳初升，万仙会外围的小城镇也开始了一天的欣欣向荣。

黎非拨了拨头上的花巾，她如今用变形术幻化成一个最普通不过的村姑，眼看对面几个仙人神色警惕地御剑飞过，瞅也不瞅自己一眼，她不由回头问道："为何忽然要隐瞒身份？"

先前她吞噬了天雷火海，一行人一路通行无阻地回到中土，刚上岸就被海派的仙人发现了。原本众人是不打算隐藏身份的，毕竟回到中土只是想把师父那黑色簿子里的记载公布于世，好教他的心血不至于白费。谁知胡嘉平突然又坚持必须改头换面，不叫旁人发觉他们，众人拗不过，只得依了他。黑纱女化成一柄剑，日炎缩小身形变得只有拇指大小，充作腰饰被黎非挂在腰带上晃来晃去，而胡嘉平自己则扮了个泥脚大汉，四处津津有味地看着，好像他们是来逛街似的。

见黎非发问，胡嘉平压低声音笑道："不必急在一时，我们回来的消息肯定已经传遍修行界，等人都来齐了再说，省得被有心人将此事掩盖。"

黎非皱眉看他："那干吗要这样乔装打扮？"

胡嘉平摇了摇手指，一本正经道："我很早就想扮个庄稼人逛街，这是我的心愿。"

不可理喻！黎非一抬手撤去变形术，兕之角托着她高高飞起。霎时间周围的海派仙人们纷纷惊叫起来："在这里！在这里！拦住她！"

密密麻麻的灵气网罩了下来，黎非浑不在意，只道："我四处看看，有事再叫我。"

她身上的白衣缓缓飘起，眼前密密麻麻的灵气网瞬间被灵吸汲取得一干二净，她已不是从前尚未成熟的建木之实，这点小手段对她来说毫无作用。在仙人们惊恐的叫声中，她很快便飞远了。

黑纱女化成的剑紧紧贴在胡嘉平怀中，她的声音十分低微："她去哪儿？"

胡嘉平笑了笑："是想找雷修远吧。"

黑纱女惊道："可他早已死了。"

胡嘉平叹了口气："让她找吧，不然她不会甘心的。我们先找个住的地方，不急，趁这些天把砺锋重铸，这才是我最挂心的。"

蔚蓝翻卷的海水在脚下呼啸，身后追赶的仙人们早已被甩开，黎非低头凝望这一望无际的东海，当日，雷修远就是摔落在这附近。

她亲眼看着他摔落，海渊中不是海水，而是滚滚烈焰。已经过去了五十年，即便她再找，怕是也什么都找不到。

黎非深深吸了一口气，御使兕之角钻入海水中——可她还是会找，哪怕只有一丝痕迹，她也要找到。

明亮的日光透过海水，满目生辉，海底细白的沙缓缓流动，偶有几条鱼钻出钻进，扬起一片飞沙，除此之外，这里一片死寂。

黎非心念一动，但见海底的细沙像是被一双无形的巨手拨弄似的，迅速分开，也不知惊起多少鱼。她的灵气探寻着附近最细微的波动，一粒沙也不放过。

东海里有无数大小不一的灵气团，那些十分磅礴浑厚的，想必是海派的修行地；还有些稍弱的，想必是试炼地；更有无数极小的簇拥在一处的灵气团，无人去管，它们连一座最小的洞天都开辟不了，只是最单纯的灵气。

黎非闭目凝神，一个一个地排查下去，忽然，从一团极细小的灵气中，她察觉到一股熟悉的灵气波动。她骤然睁开眼，兕之角载着她如离弦的箭一般蹿出，几乎是一眨眼便来到了这团灵气前。

她毫不犹豫潜了进去，谁知身体竟好似被阻挡排斥——有结界？这种细小的灵气团竟还有人设置结界？

她的手在空中轻轻一横，复杂无比的结界竟被她随手划开一道裂缝，兕之角轻巧无比地钻进去。眼前豁然开朗，竟是一座小小的森林，柔和的阳光洒在林间，薄雾弥漫，折射出七彩的光，十分美妙。

黎非收回兕之角，一脚踏上青翠的草地，柔软的触感令她微微一惊。她四处顾盼，但见这座林中的树木生得十分奇特，树干细而直，树皮光滑细腻，而撑开的枝干竟像一根根手指。这些树并不高大，一排排疏朗纵横，排列得并无章法，看起来就像无数只手从土中挣扎而出一般。

更奇诡的是那些树叶，雪白的，像一只只眼睛，有的合拢，有的睁开，有的笑，有的含泪。

这哪里是什么树林！分明是一种奇特的幻术！

黎非抿紧唇，缓缓朝树林深处行去，那里传来的灵气波动很熟悉，是她认识的人——那是一个黑衣男子，面容瘦削，眼睛上蒙着一条黑色丝带，似是察觉有人靠近，他的脸朝黎非这里偏了一下。

“陆……陆离！”黎非低低叫了一声，果然是他！熟悉的灵气波动。

陆离又微微动了一下，有些迟疑："你是……"

"姜黎非。"黎非慢慢靠近他，盯着他脸上的黑色丝带看了一会儿，问，"你的眼睛？"

他淡淡道："已经看不见了。你……是怎么来的？来对中土仙家复仇吗？"

黎非见他语气十分淡漠，好似对答案并不关心，心中不由暗暗称奇。她四处看了一圈，这才开口："我不是来复仇，不用担心。倒是你，为何在这个地方？这里是幻术做出来的树林？歌林呢？你没有与她一起？"

陆离低低笑了："她就在这里，我一直与她在一起。"

黎非微微一惊，只听一阵风声细细吹过，这奇诡的林中回荡起歌声般的声响，如低诉，如耳语，她心中升起一股不好的预感："什么意思？"

陆离忽然起身，走到她面前，盘腿坐下，低声道："我有一个请求，希望你答应我。"

"什么？"

他语气平淡："你是歌林最好的朋友，你有权利知道这一切。我告诉你发生的事，我只希望你听完后，给我一个了结。"

什么？！黎非不由僵住，可他没有等她回答，便已开口："歌林五十年前便已去世了，是我亲手将她火化。"

在遇见他之后，百里歌林的人生似乎没有顺遂过。

他还记得那个八月的风雪之夜，忽然消失的歌林又忽然回来了。挂上九头鸟挂坠后，她的灵气运转尽数由他决定，用不了灵气，她是用双脚走回来的。她的头发和身上积满了白雪，不知是由于寒冷，还是什么别的，她的脸上没有一丝血色，看起来像个死人。

陆离在院中等了她一夜，他曾想，这或许又是她的那些花样百出的小手段，装委屈，装可怜，或色厉内荏，或口蜜腹剑——她只是想要戏耍他而已。

百里歌林怔怔地看着他，又眼睁睁地朝他走过来，捏着脖子上的挂坠，声音抖得几乎听不清："把它取下来，把它取下来。"

他心中恼火，他早就知道，在她看似甜蜜娇俏的外表下，藏着怎样任性无情又唯我独尊的东西。

他对她简直可谓厌恶，可偏又离不开她，极度的排斥，极度的被吸引，他只能用尽手段去折磨她，也折磨自己。

陆离一言不发，凑过来将她领口毫不客气地一提，低头望向她的脖子——那根九头鸟的挂坠还在，只是上面血迹斑斑，想必她试过无数次扯得脖子都破了也没法把它取下来。

他淡然道："把脖子扯断，它也不会断，不用再试了。"

百里歌林面色如纸，她青白的嘴唇在发抖，看上去像是马上要崩溃了。他狠心置之不理，转身推开门走了进去，冷道："进来，不要让我说第二遍。"他对她素来都是这般冷酷无情的。

"我姐死了。"她忽然开口，声音在慢慢碎开，"她死了。"

陆离惊骇地瞪着她，她又扑上来，不顾尊严地拽着他："把它取下来……我要修行……我要变强……我、我得活着！不然叶烨就要死了！"

又是叶烨！陆离心中泛起一股冰冷的酸苦，他还未来得及说话，百里歌林忽然瘫了下去，晕倒在他脚边。

接下来是连续一个月的高烧不断，甚至惊动了沈先生。可是，无论怎样用水行与木行灵气安抚她，都没有任何作用。

最后，终南君被请了来。这位书院创立者之一极擅水行治疗，当年星正馆玄山子为混沌所伤，无人能医，唯有终南君替他治愈。

可终南君只用手摸了摸百里歌林的额头，便摇头道："心绪紊乱，体内灵气冲撞不休，此乃劫数之兆，无法可治。"

沈先生大吃一惊："劫数？可她修行了才短短数年！甚至连仙身都未曾成就！"

终南君叹息道："修行者千姿百态，什么人都有。这位小女道友只怕平日里便是心事过多，凡事皆用情，且深且专，这种性子最易遭遇劫数。如今她昏睡中怕是幻象不断，除了她自己没人能将她拉出来。沈先生自然也明白，情劫一事不好说，以后如何只能看她自己。"

情劫，修行者最凶险的劫数，在百里歌林修行第七个年头的时候，凶猛地降临了。

百里歌林虽是万仙会自书院要来的第一个中土弟子，可沈先生一向爱惜她的才能，这数年来朝夕相处，他心中早已将她当作女儿一般。此刻见她刚刚成就仙身便遭遇情劫，他心中实在难受，听她呓语涉及她的亲人，他便派人去探查情况，结果却令人大吃一惊。

百里唱月已死，怪不得她受到如此沉重的打击。沈先生立即吩咐陆离："你与她的那些中土朋友相熟，速速传信给他们！歌林现在情况十分不妙！须得解开心结。"

话还未说完，便听百里歌林的声音微弱地响起："不、不要。"

两人都是一惊，沈先生立即上前："你醒了？"

细细的汗水自她面上滑落，她脸色白得像纸，神情痛苦，然而目光却灼灼，定定地望着沈先生，低声道："不要通知他们，我没事，很快就好了。"

沈先生叹了一声："歌林……你可以活得更轻松一些。"

她缓缓点头，轻轻道："我知道，请别告诉他们……我会好的，很快就好，现在已经不难受了。”

陆离只是怔怔地看着她。后悔吗？这是他想看到的结果吗？如果这是他期盼的，那他已经成功了。

百里歌林彻底被他打垮，败得一塌糊涂。她不会再虚与委蛇，也不会再花蝴蝶似的穿梭于各个男人间，寻求点滴抚慰，她孤零零地躺着，呼吸细微，甚至连恸哭责骂都没有。

他想要的不是这样，百里歌林是永远打不垮折不弯的泥人儿，她没有心，所以无论怎样摧毁，都不能真正将她击碎。她只会心里冷冷地狩猎着所有人，却在脸上笑靥如花。

是他自投罗网，却又反咬一口，现在，她已被他咬得断气，即将殒落在眼前。

世上不会有比他更愚蠢的人。

陆离缓缓靠近她，他想脆弱地逃避这一切，又想跪在她脚边乞求她的原谅。他的自以为是把所有的希望都毁灭了。

起来，醒过来，用刀刃屠戮他，用最恶毒的语言斥骂他，不要死，不要死，一切都是他的错。不要原谅他，刻骨地恨着他，怎样都可以，只求她不要死，不要真正被打垮。

陆离紧紧抱住她，她身上的热度正在一点一滴地流逝，生命也随之渐渐消失。她还在苦苦撑着，好似在与看不见的敌人做殊死斗争。

眼泪顺着脸庞，落在她面上，她似是被惊动了，缓缓睁开眼，失神地看着他。那里面既没有恨，也没有爱，空空如也，她的魂魄已经化为齑粉。

“把它……取下来。”百里歌林细碎地说着，自始至终，她只有这句话。

陆离的声音在发抖：“抱歉……我不能。”

九头鸟挂坠有他和她的血，一旦戴上，除非死，再也无法取下。

她轻轻吐出一口气，又合上了双眼。过了很久，久到他以为她已经睡着，她干裂的唇忽然翕动数下，耳语一般吐出几个字：“我得活着，我得活下去……我死了，叶烨怎么办？”

她已经连恨都不会对他说了，陆离紧紧抱住她，低声道：“你会活着，我一定让你好好活下去。”

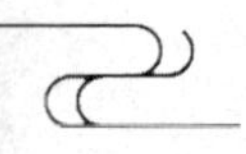

# 第五十二章 回忆之林

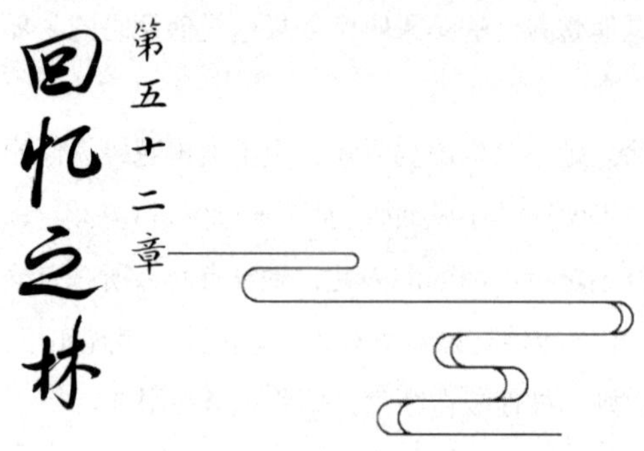

陆离在沈先生面前跪了整整三天，求他用禁术断水将歌林所有的痛苦回忆都封印。

沈先生从先时的勃然大怒，变成了彻底的无奈。他低头看着陆离，语气里满是疲惫：“陆离，你可知这禁术为何叫‘断水’？所谓抽刀断水水更流，人的心与感情不可捉摸，即便封了一时，谁也不能保证她一世都想不起。而用此禁术的代价却极大，一旦被发现，怕是要成为山海两派的众矢之的。”

陆离只是不说话，他跪了三日三夜，不吃不喝，面如死灰。

沈先生看了他许久，忽又道：“早知今日，你何必当初？”

他无言以对。人生中有很多错误是可以弥补的，而也有一些错误，再难挽回，是他亲手铸下大错，苦果便由他一人尝。

沈先生淡淡道：“‘断水’并非你想的那样灵光，且代价惨重，释放断水的代价从你身上拿，你心甘情愿？”

陆离俯首于地：“弟子心甘情愿。”

作为使用断水的代价，他失去了双眼，从此与黑暗为伍，再也望不见百里歌林的笑靥。

沈先生每三日用断水从百里歌林身上抽离一段回忆，化为一株株树木，封印在东海深处。渐渐地，它们成了一片树林，终日低吟轻唱，像是歌林心中的各种声音。

“断水”封印了她所有的痛苦回忆，她忘了姐姐，忘了叶烨，忘了过去所有的朋友，也忘了陆离。灿烂的笑靥重新回到了她脸上，虚弱的身体也一日好过一日，这结局令所有人都松了一口气。

可是这样的情况并没有持续多久，当第一缕春风吹红东海遍地桃花时，百里歌林又一次缠绵病榻，依旧是情劫征兆，这一次时好时坏，断断续续拖了近三个月。最后，沈先生也放弃了。

陆离在门外静静听着她时轻时重的呼吸声，听着她渐渐弱下去的心跳，不知为何，他的心反而安静了下来。

生无可恋，他陪着她一起走黄泉。

“谁在外面？”百里歌林虚弱的声音从屋内传来，他立即推门走了进去，远远站在窗边，蒙着黑布的脸面向她。

百里歌林痴痴望着他，她的神情很是奇异，像做梦一般，看着陆离蒙着黑布的双眼，看着他瘦削的脸庞，抿紧的双唇，她竟低低笑了。

“我认得你……”她的眼睛亮得惊人，“你是陆离，对不对？”

陆离的身体颤了一下：“我不是……你认错人了，我只是个守卫弟子。”

百里歌林双眸亮若星辰，就这么看着他，轻语道：“原来那不是梦……原来那些不是梦……”

这些天她夜夜被噩梦缠身，梦里她遭遇世间最惨痛的事，每一次醒来都像要窒息。多么庆幸，那些只是梦，她不曾刻骨地喜欢过叶烨，也不曾那么痛苦地喜欢过陆离，更不曾痛失姐姐。她的世界不曾被摧毁过，那些只是梦。

陆离喉中一阵剧痛，他嘶声道：“不，都是梦而已，不是真的！”

百里歌林还是怔怔地看着他，淡淡地笑，笑着笑着，她七窍中缓缓溢出细细的鲜血，染红了床褥。

沈先生说得对，人的心与感情是那么不可捉摸，永远不可能像祓除妖气斩除妖物那样，将回忆清除。她再一次想起了一切，就此一蹶不振，直到气绝身亡。

“陆离……”她唤他，“你来，过来。”

陆离的身体像有千斤重，艰难而缓慢地移到床边。冷不防她拽住他的衣服，力气竟出奇地大，将他拽得俯下来，她口中的热气一阵阵喷在他发梢上。

“你现在会不会很开心？”她居然还在笑，“我这种坏女人得到报应了。”

他嘴唇翕动，没有能够说出话。

百里歌林的喘息越来越剧烈，声音反而变得软下去，轻轻地：“为什么不信我？”

她喘了一阵，虚弱地躺回去，合上眼，睫毛下面滚出数颗泪珠。

陆离将她环在怀中，还是没有说话。

百里歌林吃力地抬起手，轻轻握住脖子上的九头鸟挂坠，她的生命之火即将熄灭，九头鸟眼中血红的幽然火焰也变得暗淡无比。她并没有像以前那样发疯般拽它，而是用指尖细细摩挲。

“你答应我一件事。”她忽然抬眼望向他，目光深邃。

陆离缓缓点头：“好。”

百里歌林笑了笑：“你要好好活下去，不许自杀赔罪，我祝你百年千年，身体康健，无病无灾，活到最尽头……”

他的身体剧烈颤抖起来，吃力地找回自己的声音，像是在哀求：“歌林……别……”

不要这样残忍地对他……不要。

“好好活……”她的声音渐渐轻了，轻得像一阵微风，“好好活下去，你……”

最后的一句，她没有能够说完，她的生命在十七岁的时候戛然而止，如烟般散去。

说到这里，陆离平静的叙述终于停下，他静静抬起头，被黑布蒙住的双眼对准黎非，语气中依旧没有起伏：“我亲手火化了歌林的尸体，骨灰撒在这片林中。而我守在这里，已有五十年，遵守与她的约定，我没有自裁。”

黎非只觉两只手在微微发抖，歌林死了？东海一别，竟成了诀别。那天她为什么执意要找歌林？为什么没有坚决地追上去？歌林那些强撑起来的坚强，自己没有发现……没有发现，再也没有机会挽回，她再也见不到百里歌林了。

她怔怔地望着这片郁郁葱葱的森林，每一棵树都是歌林的记忆。风拂过，它们发出浅吟低唱，这些都是她心底的声音，清脆而脆弱，琉璃般易碎。

黎非走近一株小树，抬手轻抚，像是触到了五十年前的那个百里歌林。

自己的回忆还停留在最美好的那段时光里，那时候纪桐周还是个懵懂暴躁的小王爷，歌林亦不会那么绝望，他们是从小到大的好朋友，说好了要一起成仙。

世事变幻无常，在黎非是一场梦的时间；在歌林，已经是从生到死，从绚烂到凋谢的整个过程。

黎非还想起很多事，从书院到东海，最后只定在当年通过了书院二选的那个晚上，他们五个人挤在客栈的房间里，灯火通明，喧嚣吵闹，每个孩子的眼睛都比灯火还要亮。十岁的百里歌林满面稚气，却像个大人似的说：“以后我们都要做最厉害的仙人。”

如今他们都已不在，是她抛下了他们，还是他们抛下了她？一睁眼，整个世界已变得全然陌生，她再也不认识了。

挂在腰间的日炎一直没有说话，少见地沉默着。他一向危言耸听，总爱把事情往最坏的方向说，没几次灵验过，想不到单单被他说准了百里歌林。要在平时，他肯定得意地嚷嚷几声，可她已经死了，再说什么都无益，无论如何，看着自己认识的孩子死去，绝不是愉快的事。

黎非忽地猛然转身，她已是泪流满面，嘶声道："叶烨呢？他竟没有来看她？！"

陆离淡道："有的，四十五年前，他来过一次。"

那是百里歌林死后的第五年，秋风飒飒中，一个不速之客来到了东海万仙会——叶烨。

百里唱月的死令他心如死灰，对外界一切事不闻不问，闭关了整整五年，每日只专心修行，近日出关，才听说姜黎非和雷修远成了海外异类的事。这传闻让他大吃一惊，立即便去找纪桐周，谁知纪桐周也在闭关修行，他吃了个闭门羹，只得来东海寻找百里歌林。

从他内心来说，或许也是恨着歌林的杳无音讯，正是因为如此，才间接害死了唱月。可无论如何，她终究是心爱之人的亲妹妹，唱月临死前交代了让他照顾歌林，他心中即便万般不愿，也会履行诺言。更何况，五年过去，他对歌林的恨意已变淡了许多，他始终是拿她当妹妹待的。

然而，他没有见到百里歌林，只见到这一片歌唱的小树林。似是因为他来了，林中回荡着轻柔的声音，每一片树叶都在颤抖，欢欣却又恐惧。

叶烨脸色苍白，失神地看着这片树林，过了良久方厉声道："我不信！"

他绝不会相信百里歌林已经死了，这丫头从小就胡搅蛮缠，任性妄为，满肚子鬼灵精怪，做什么事都不上心……是的，在他心里，百里歌林只爱自己，自私自利，是个游戏人间的人。

她怎可能死？怎会有情劫？她必然是躲在某个暗处，露出恶作剧的笑，想看他震惊的表情罢了。

陆离盘腿坐在他面前，淡淡道："我有罪，请你了结我这份罪孽。"

叶烨面色铁青地倒退数步，指着他，手在剧烈地发抖，一个字也说不出来。过了许久，他忽然泪如雨下，仰天长啸数声。

他从来都不知道歌林对自己的感情，只把她当作胡闹鬼。他从来都没有了解过她，甚至也没有试图去了解。她是唱月的妹妹，所以也是他的妹妹，可即便是作为一个兄长，他也没有真正尽过心，甚至对她心怀恚怒。

人已死，一切追忆都是虚幻，一切言语都是妄谈。小树林中吟唱阵阵，是她最脆弱最渴望被爱的心声。

可她从未得到过，真正爱她的只有唱月，最爱她的那个人死了，她也活不了。

“求你杀了我。”陆离的声音变得激烈，他的指甲插入沙土中，鲜血累累，“求你杀了我！给我个痛快！”

叶烨却好似没听见，他怔怔地望着这片树林，怔怔地流着泪，他原本挺拔的站姿忽然垮了下去，仿佛瞬间老了十岁。最后他什么也没说，只转身静静离开，从此再也没有出现过。

谁也不知他去了何处，谁也不知，他现在是死是活。高卢的最后一个皇子，像他的国一样，悄无声息地消失在时光长河中，渐渐被所有人遗忘。

陆离忽然弯下腰，伏在地上，露出干瘦的后颈。他的声音还是那么平静：“姜黎非，所有经过我都已告诉你，现在，我求你一件事。”

黎非失神地望着这片回忆之林，任由泪水染湿莹白的脸庞，她低声道：“你求我杀了你吗？”

陆离道：“我允诺过歌林，绝不自裁。求你了结我的生命，结束我的折磨。”

一直沉默着充当腰坠的日炎再也忍不住，厉声道：“犹豫什么？！杀掉杀掉！这种事老子简直听不下去了！速速解决！”

黎非怔了片刻，缓缓摇头，轻道：“我不杀你。”

陆离的指甲再一次插入沙土中，崩裂流血，他的声音终于带了一丝痛苦：“还要继续对我的惩罚吗？”

黎非还是摇头：“歌林喜欢你，你知道吗？”

他默然不语，他知道，只是他从未相信过她，所以这一切是他自作自受。

“她喜欢着你，所以她叫你好好活下去。”黎非转身望着他，“替她好好活下去，只要活着，什么都会过去的。”

陆离浑身大震，蒙着眼的黑布迅速被打湿，默守回忆之林五十年的他，此刻终于潸然泪下。

黎非静静听着他压抑的哭声，她的泪却渐渐停了。林中的吟唱变得轻柔和暖，阳光洒在他们身上，有歌林清甜的气息。

不知过了多久，陆离终于止住了哭泣，他起身拱手行礼，语气中有一丝坚决：“多谢你，我会去寻找叶烨，无论他在何处，我都会找到他，替歌林姐妹照顾他。”

说罢，他终于转身，五十年来第一次踏出了这片封闭的森林。

日炎见黎非还呆呆地站在原处，不由不耐烦道：“人都走了！你还发什么愣？正事要紧，你再伤感一百年，死人也活不过来！”

黎非长叹一声，抬起手，似是打算将这一片以断水禁术幻化而成的森林吸纳去，可手掌停在半空，她却又没动。这是歌林留在世间最后的一点儿痕迹，对叶烨和陆离，也对她自己来说，都是值得怀念的地方。

黎非又在林中愣了许久，这才破开结界，离开了这座回忆之林。

这里离岸边十分远，东海中潜伏着各种极厉害的凶兽，那些追她的仙人大约也是有所忌惮，所以不敢追到这里来。

黎非平复心情，继续在海底细细寻找雷修远的踪迹，这一找就是一整天，眼看天都要黑了，却一无所获。她失望至极，正欲浮上海面，忽听日炎说道：“等下，那边好像有什么动静。”

他细小的身体骤然变大，伸出尖鼻子四处嗅了嗅，又道：“是那边，西南的方向，有妖气攒动。”

黎非放出灵气搜寻了半天也没发现什么妖气，她叹道：“我从小就不知道妖气是什么样的，现在成了真正的建木之实还是不知道妖气是什么样的，这是天生还是缺陷？”

日炎的耳朵晃了晃，哼哼一笑：“废话！有老子这个天下第一厉害的大妖在身边，你能感觉到个屁！天下谁的妖气敢与老子比！”

黎非目瞪口呆地看着他：“你的意思是，我感觉不到妖气，都是因为你？那你身上的妖气我怎么感觉不到？”

日炎白了她一眼：“你忘了青城黑皮簿子上的记载了？这老小子当日拿我当试验品，非叫我尝了建木之实的果壳，后来又在你的意识中待了数年，你能感觉到才有鬼！不然你自己想想，以前你跟青城老小子出门坑蒙拐骗对付小妖的时候，一点儿感觉都没有吗？”

这样说起来的话，好像确实……黎非陷入了回忆，小时候的事她记得的实在不多，只有几个印象深的还记得而已。不过以前和师父出门，偶尔遇见货真价实的小妖，她确实能感觉到，虽然那是种十分微弱的感觉，冰冷，腥气，像针扎在皮肤上一样——那就是妖气的感觉？

“废话少说。”日炎巨大雪白的身体在海水中一跃而起，倒像一尾鱼，“先过去看看，盘踞海底的凶兽都是厉害的货色，说不定能捡个宝。”

黎非却全无兴趣：“有什么好看的？又不是来猎妖。”

“你那个兕之角，作为法宝，给之前的你用绰绰有余，但对现在的你来说，法宝器量却是太小，须得再填补些东西才好。”日炎少见地没跟她斗嘴，很是严肃，“这趟回来中土，没有刻意隐藏身份，难免还要发生冲突，最好做到万无一失。”

黎非心中又是一暖，这只狐狸是世上很关心自己的人之一。她索性扑到他背上，手脚并用抱住他的脊背，笑道：“那我们走。”

“真恶心！”日炎吼了一声，却没把她抖下去，他巨大的身体灵活无比，在海底飞一般前进，所到之处海沙滚滚，把海水搅得浑浊一片。

“近了！”飞了半个时辰，日炎忽然猛地停下，两只惨绿的眼眯起，谨慎地打量前方深邃的黑暗。黎非也看了半晌，此时天色全暗，海底更是没有一丝光亮，伸手不见五指，根本什么东西都看不到。她正欲放出离火术弄出点亮光来，却听日炎急急阻止：“不要动！有情况！”

话音未落，前方的海水骤然震荡起来，海沙被搅得狂舞。深邃的黑暗中，黎非只觉有个庞然大物自海底一跃而起，她心念一动，两道土主护身罩在了自己和日炎身上，只听簌簌一阵声响，海水中竟好似有无数锐利的小刀刮过他们的身体，土主护身橘色的光芒霎时暗了一半。

无声的凄厉呼啸回荡在海底，黎非只觉耳膜一阵剧痛，日炎突然惊道：“有人！这只凶兽正在跟人相斗！”

有人？追上来的仙人吗？黎非立即唤出离火，霎时间方圆数里亮若白昼。但见十几丈开外，一只巨大的凶兽化蛇正在海沙中剧烈挣扎，它漆黑的狰狞的身体被三根长而纤细的金色长钉钉在海底。长钉虽然细，却好似坚不可摧，无论它怎样疯狂挣扎，都徒劳无功，反而搅得海水一片浑浊，黑色的妖血跟海沙混在一处，令人作呕。

金色！黎非眉头微蹙，擅长金行仙法的仙人一向是她比较棘手的对象，倒也不是会被他们所伤，只是更难对付。更奇异的是，化蛇被钉在海底，她却一丝灵气波动都没感觉到。

突然，一股尖锐的气息直朝她疾射而来，黎非心念电转，身上的土主护身大亮，只听“当”一声，她竟被一股大力撞得朝后飘了数丈。一柄金色的光剑插在她胸前的土主护身上，推着她倒飞许久方才力竭落下。

“好厉害！”日炎大喝一声，九条长尾剧烈地晃动起来，血色妖气弥漫开，他似一支离弦的箭，朝化蛇身后狠狠撞去。下一刻，一个人影便从化蛇身后跃起，身上遍布淡淡金光，快若鬼魅，一个转身便轻飘飘地让开了日炎的攻击。

日炎本欲用长尾去捉，谁知一眼望见他的面容，竟惊得僵住了，反而被那人一脚踢在背上，滚了老远。

那人的目标显然不是他，他的身形忽然一闪，眨眼便落在黎非面前，掌中光剑一闪，毫不留情地朝她刺来。

又是“当”一声，光剑再度被土主护身挡下。黎非骤然瞪大了双眼，怔怔地看着执剑立在自己面前的年轻男子。乌发垂肩，身量修长，面容清俊，一看就是个名门正派优秀弟子的模样，可这张正经好孩子的脸上却没有一丝谦和斯文，反而面无表情，傲然至极，仿佛全天下的人在他面前都是蠢货一般。

黎非只觉每一寸肌肉都僵住了，连声音都发不出来，只干涩地低呼一声，抬手便要去抓他。

他动作快得惊人，一击不中，只微微一闪便落在她身后，抬手掐住她的后脖子，光剑抵在她喉咙前，忽然开口道：“你们是什么人？”

说完却不等回答，一剑削过黎非的喉咙，这一招简直狠辣冷酷至极，若非黎非土主护身尚在，只怕脑袋都被割了。

一剑又落空，他正欲闪身离开伺机再攻，冷不防衣服被她一把抓住，眼前陌生的白衣少女忽然张开双臂紧紧抱住他，眼泪被海水震荡得朝上飞去。

“修远！修远！”她不顾一切地大叫着，恨不能揉碎了自己潜入他身体里，“你没有死！我知道你不会死！我知道的！”

雷修远低头看了她一会儿，对面那只被他踢远的白色狐妖也狂奔而来，惨绿的眼睛瞪得好似铜铃，不可思议地看着他，声音都变了：“雷修远？！你、你活着？！”

认识他？他们是谁？雷修远没有说话，他再度低头看着紧紧抱着自己痛哭流涕的白衣少女。就算这样不顾形象地号啕大哭，眼泪鼻涕齐飞，她依然美得像幅画，她身上销魂蚀骨的异香将他团团笼罩——他确定自己不认识她。

黎非只觉一颗心要从喉咙里蹦出来了，有生以来第一次这般狂喜。她四处寻找他的一点点蛛丝马迹，心底其实并没有抱什么希望，只想或许能找到他的一片衣角，或者一点点灵气的残留，再或者一根遗骨，无论是什么，都好过空对回忆。

可是他没有死，那个付出生命代价与诅咒相抗的少年，此刻完好无损地站在自己面前，甚至长高了，变壮了一些。这让他曾经坠入火海的那一幕像一场噩梦，其实他没有死，五十年来他日夜在坠落的海底等待着她。

黎非死死抱着他，有太多的话要告诉他，那时他说不要忘了他，她没有忘，永远也不会忘。那些还没来得及说出口的情意，这一次她要认认真真地说给他听，再也不要猜忌，再也不要摇摆不定。

她的双臂忽然被人无情格开，黎非被推得倒退数步，睫毛上还挂着泪，无辜地看着他。

雷修远淡淡道：“你们认错人了。”

他转身一跃，落在化蛇身边，这只凶兽折腾了大半天，早已奄奄一息，被他轻而易举地抓起，提着尾巴便要离开。

别走！黎非急忙追上，像是察觉她追在后面，雷修远忽然化作一道金光，眨眼便消失在海底的黑暗中。要论逃跑隐遁，一百个黎非也比不上一个雷修远。她跨上兕之角追了半晌，半个人影也没见到，他身上又藏匿了灵气波动，叫人无从找起。黎非急得四处张望，两眼通红。

日炎忽然哼了一声："没走远！这小子依旧狡猾！"

他的长尾一振，血色的妖气似浪潮般荡漾开，在海水中发出一阵阵雷鸣般的震荡声响。果然下一刻前方一株珊瑚丛后，雷修远的身影晃了晃，他隐匿的气息被日炎的妖气震荡硬生生拽了出来。

黎非立即落在他身前，日炎轻飘飘地落在他身后，一前一后，将他挡住了。

"修远！"黎非太过激动，她还沉浸在得而复失的狂喜中不能自拔，又要扑上前抱住他。

雷修远默然退了一步，轻而易举地避开她的动作，光剑被横在胸前，他漆黑深邃的目中忽然流露出一丝冰冷的杀意，低声道："我说了不认识你们，让开。"

不认识？他怎会不认识她？！黎非正要说话，却听日炎冷笑一声："别说了！这死小子肯定是翻脸无情！你让开！老子来收拾他！保管叫他马上想起来！"

话还没说完，他的长尾早已无声无息地朝雷修远卷去，这一招他用了近千年，多少厉害的仙人与凶兽都败在这一招之下。他的长尾快得惊人，何况其上附着妖气，即便看见了，也被妖气拉扯，动弹不得。

谁知他快，雷修远更快，人影一闪，他已落在数丈外，周身金光一闪，无数密密麻麻的金色细小刀刃呼啸而来。日炎心中一惊，见黎非还痴痴望着他，动也不动，他一口咬住她的衣服，近乎狼狈地躲过那些金色光刃，再回头时，早已不见雷修远的踪影。

这小子比以前厉害太多，加上花样百出，实在难缠。

日炎吐出一口气，把黎非丢沙里，见着她两眼发红、眼泪乱流的模样他就来气，怒道："哭个屁啊！人又没死你哭什么！"

黎非咧嘴一笑，眼泪却掉得更凶了："是啊，他没死……他没死！"

她欢呼一声，连转了几十个圈，最后却蹲在地上，捂着脸号啕大哭，哭一会儿笑一会儿，跟疯子似的。

日炎不满地盯着她，这丫头又哭又笑，足足闹了半个多时辰，才终于安静下来。她蹲在地上用袖子擦脸，直到把眼泪鼻涕擦干净，这才抬起头，先前的颓废一扫而空，她两只眼亮得像太阳一样。

“我们去找他。”黎非这句话说得简短有力。

日炎简直无奈：“找？夜叉若不想叫人找到，天底下谁能找得到？！何况他大概脑袋被撞坏，都把你忘掉了！你去找他，不怕他下杀手？莫忘了夜叉是你的克星！”

黎非先前激荡的心神渐渐平复下来，人也恢复了理智，她说道：“他不会杀我，方才他满身金光，那是夜叉之相，可脑侧不见黑角，想必是断了。夜叉角断裂，很可能诅咒就消失，否则他方才不会独自离开，而是会带着我离开。先前他被天雷火海所伤，那些对夜叉来说都是致命伤，不要说五十年，就是五百年也未必能痊愈。可你方才看见没，他哪里像有伤的样子？所以肯定有人救了他，我会找到他的，我一定能找到他。”

日炎被她突如其来的滔滔不绝说得一愣一愣的：“你怎么找？”

黎非沉思片刻：“他既然活着，又没被中土仙家发觉，那应当一直在东海深处徘徊，这里人迹罕至，不会有人刻意寻来。东海深处灵气团极多，我慢慢找，总会找到。”

那要找到什么时候！东海里的灵气团百万千万，她打算找多久？十年？一百年？日炎本想反对，可话到嘴边又说不出来。雷修远还活着，这已经是个天大的奇迹，而茫茫东海，他们又能再一次相逢，谁说不是缘分呢？

而且他知道，不找到雷修远，黎非绝对不会放弃，这小丫头执念一起，天崩地裂也不能挽回。

他索性坐下去，任由黎非释放灵气试探东海中的灵气团。就让她找吧！十年也好，一百年也好，最终一定能找到。

不过日炎没想到，她那么快就找到了。

三天后，不吃不喝不眠的黎非终于动了，她骤然睁开眼，虽然疲惫至极，却是满面欣喜。

“找到了！跟我来！”

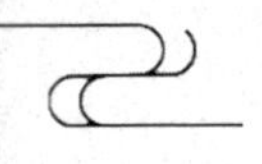

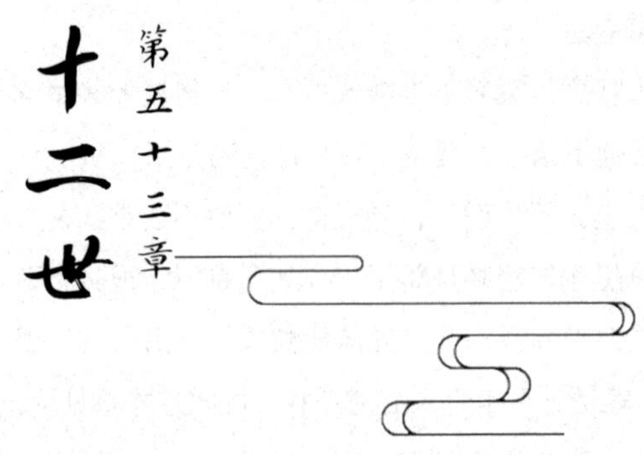

# 第五十三章 十二世

日炎眯起眼，望着前方郁郁葱葱的珊瑚林，看了一阵，他又垂下头看向黎非，疑惑道：“这个结界的灵气波动……”

黎非竭力压抑心中的激动与狂喜，点了点头，低声道：“不错，这结界是广微长老和冲夷师父设置的。”

“他俩救了雷修远？”日炎只觉不可思议，“为什么？”

黎非虽然被忌讳为海外异类，但好歹没经历过五百年前的海陨，雷修远可是货真价实杀了无数仙家的夜叉。这两个仙人是做什么？想跟青城学吗？

黎非笑了笑：“因为舍不得吧。”

人是有感情的，自己悉心教导的徒弟，亲眼看着他长大成人，如何下得了杀手？如何能眼睁睁看着他死？哪怕知道他是夜叉，可感情这种东西，不可捉摸。

“你没注意吗？修远手里那柄光剑，是白虎尾幻化出来的。”黎非手一抬，轻轻破开结界，回眸一笑，“那是广微长老以前给他的，现在，又一次给了他。”

她原本惶恐着，不敢与故人相见，她欠了他们太多——隐瞒身世，最后连一句交代也没有便回到了海外。兴许他们心里对她有着恨意，她不敢面对在意之人愤恨的眼神。

但她又错了，正如同她对他们有着深深的感情一样，他们对她也有同样的感情。人心或许可怕，一念为善，一念作恶，可有些人、有些感情是不会被磨灭的。

结界裂开一道罅隙，黎非飞快地钻了进去，只觉眼前一亮，此处是一方小小的洞天，鸟语花香，青山如醉，半山腰开满了桃花，景致竟与无月廷的尧光峰一般无二。

黎非放出灵气微一试探，面上露出一丝失落："他们不在这里。"

日炎正要说话，忽觉一阵不好的预感，他一口咬住黎非的衣服，一蹦数丈。只见方才他们站立的地方金光璀璨，密密麻麻的金色光剑自地底爆射而出，那一方泥地被扎得跟刺猬似的。

"雷修远你给老子出来！"日炎破口大骂，"不跟你打不要以为是怕你了！有话出来说清楚！"

话音刚落，便见对面树影中缓缓步出一个青衣男子，他大约还未起床，长发披散在背后，青色长衫也不过随意搭在肩头，腰上挂着白虎尾，目光冰冷地看着他们，正是雷修远。

他静静看了他们片刻，开口道："既然找到这里，我便留不得你们。有什么遗言，现在说吧。"

口中这样说，他的人却忽然一晃，化作一道金光，轻盈如鬼魅般落在日炎背上。

好快！日炎心中骇然，一口把黎非吹远，身上妖气刚蒸腾而出，却觉眼前金光一亮，背后一阵炽热。他的身体竟不知何时被几根金色的纤细长钉钉住，长钉刚好穿过他的骨头缝隙间，卡着关节，令他不至于剧痛若狂，却也动弹不得。

"你……"日炎勃然大怒，然而话还没说完，又是一阵金光，他的身体被锁在一座金色囚笼中，这笼子竟重如山峦，压得他连妖气都无法释放，不由大惊失色。

雷修远转身一跃，轻轻落在黎非身前，白虎尾在他身后放出刺目的金光，被他反手取下，一剑削过她的脖子。

黎非躲得极快，一面躲一面急道："修远！你真的不认识我了？夜叉！建木之实！诅咒！你一点儿印象都没有吗？"

雷修远不由停了下来，他漆黑的双眸盯着她莹若美玉的脸颊，低声道："建木之实？"

黎非见他意动，登时狂喜点头："是啊！我就是建木之实！我们都是海外……"

她的话语忽然断开，像是突然做了噩梦似的，低头怔怔看着刺进胸膛的光剑。雷修远手里的光剑毫不留情刺穿她的身体，他面无表情地握着剑柄，淡淡道："遗言说完了？"

日炎目眦欲裂，厉声道："雷修远！你疯了？！你杀她？！很好！老子今天要把你撕碎！"

他身上血色的妖气疯狂地涌动，那只金色囚笼渐渐支撑不住，发出清脆的哀鸣，一阵阵剧烈震动。那些困住他的长钉犹如被烈焰焚烧，瞬间化为青烟，下一刻，囚笼裂成了碎片，他张开大嘴，怒吼着冲了过来。

黎非忽然伸出手，手掌对着他，上面满是鲜血，她低声道："等一下，日炎，你等一下，先别过来。"

日炎浑身的毛发耸立，森然道："他要杀你！你还拦我？"

黎非的眼睛定定望着雷修远，再度低声道："我有话要说，请你等一下。"

"蠢货！"日炎气得大骂一声，长尾一扫，刮倒了十几棵树。

黎非轻道："我不疼，修远，那天你被天雷劈打，火海焚烧，那时候的痛楚在我千万倍之上。我欠你很多，这条命也是你三番四次救下来的，你想要，我一定把它还给你。但你可不可以等一下，你……你让我把话说完，可以吗？"

雷修远看着她苍白的脸，她唇角有血缓缓溢出，染红了白玉般的脖子，他忽觉那一抹血色十分刺目，竟不自禁地避让开，转过了脑袋。

黎非痴痴望着他，雷修远从来不是讨喜的人，从小就如此，非但不讨喜，简直叫人充满恨意，无论说话做事，都狠绝利落，不留余地，广微真人说他过于刚强，一点儿也没错。

可她就是这么喜欢他，一点儿办法也没有。

"我们两个，从小一起长大的。"她的声音有些发抖，"那时候你不知道自己是夜叉，我也不知道我是建木之实，你一向待我很好，我知道，不是因为建木之实的诅咒。"

"我很蠢，总是伤害你，不信任你，对你的痛苦一点儿都不了解。"

她苦笑了一声，又道："不过，我喜欢你，这世上我最喜欢你。"

她哽咽起来，眼眶慢慢红了，直直看着他，大声道："我喜欢你！从来没有变过！我只喜欢你一个！我……"

一旁的日炎忽然暴跳起来，长尾一扫，撞向雷修远。他的反应不知为何比先前慢了些，竟被日炎扫得倒退数步，白虎尾脱手而出。

日炎一口叼起黎非瘫软的身体，怒吼："说个屁啊！你要死了！"

一语未了，他已冲破结界，狂奔而去。这一口气直奔了有上千里，确定雷修远没追上，日炎这才将黎非放下。她胸口插着白虎尾，那小子下手阴毒，光剑正刺在要害，只要一拔出，她小命难保。

他顾不得骂她，只急道："灵吸！快用灵吸！护住心脉，我替你慢慢拔出来！"

黎非眼前阵阵发黑，她有心用灵吸，可身体有些不听使唤，她朝日炎苦笑了一下，声音虚弱："我……我歇歇……"

说完她却晕了过去，日炎气得连连大骂：“搞什么？！你是打算死在这里不成？！”

她的伤势由不得拖延，日炎凝神运转体内妖气，张开嘴，玉雪术的光芒沁入她胸口，一点点修补伤处。他咬住白虎尾，一面用玉雪术疗伤，一面缓缓将其拔出。

刚拔了一半，异变又生，后方似有十分霸道的灵气波动汹涌而来。日炎立即唤出土主护身把黎非罩住，警惕地转过身，却见一个白衣白发的男子脚下踩着一根晶莹剔透的麒麟骨，疾飞而来。

咦？这小子？日炎惊讶地看着他一头白发，是那个越国王爷？这才五十年，他竟已成仙了？！脚下踩着的是麒麟骨？他有本事杀了神兽麒麟？！

纪桐周面色苍白如雪，听到黎非出现在东海附近的消息后，他日夜兼程赶了来，不眠不休在东海找了她三日三夜，终于找到她残留的一丝灵气波动。东海深处凶兽无数，他也不知杀了多少，即便他势不可当，此时却也濒临极限。

是她！是姜黎非！

五十年了，他一次都没有梦见过她，曾以为已经忘了她，以为自己已经不在意她，可他此刻竟然不可抑止地在发抖。

这些年他已经把能够埋葬的都亲手埋葬了，他已不是当年那个脆弱到还会感到心痛的纪桐周。巍峨江山无边，鏖战天下无双，他什么都有了，还要一颗会疼痛的心做什么？

可姜黎非在毫无防备的时候突然归来了，她是他最大的因果，最大的遗憾，把他心里的饕餮唤醒，令他沉湎于过去的回忆不可自拔。

得不到她，即便天下无双，他依旧是个空壳。

江山美人，当日他选择了江山，放弃了美人，而现在他拥有了一切，竟又开始怀念什么都没有的那段青涩时光。

多么荒唐。

“把她给我。”纪桐周冷冷开口。

“给你个大头鬼！”日炎的长尾朝纪桐周扫去，他可没忘，就是这个看似深情的小王爷把黎非出卖的！怎么，还想再出卖她一次？！

相隔五十年，每个人都变了很多。雷修远比以前厉害无数，这位王爷竟也比以前厉害无数。日炎的长尾甚至没来得及挥出去，但觉炽浪扑面，四面八方忽然升起大片的黑色火墙，朝他扑过来。

玄华之火！日炎暗叫不好，他避无可避，只得放出妖气相抗，谁知那些火墙在他身前一丈处停了下来，像个笼子似的将他困在其中。

纪桐周甚至没有看日炎一眼，他的目光自始至终凝聚在他怀中的姜黎非身上。她胸口上插着一柄光剑，鲜血染红了她白色的衣服，若不尽快救治，她必然要横尸当场。

他抱着她转身疾飞而去，将日炎的种种破口大骂甩在身后。

抓到她了，抓到姜黎非了，时隔五十年，她又一次落在自己手中。上一次他身处末路，将她强行割舍，而如今他已不再是那个无助惶恐的纪桐周了，他想要的一切都已得到，只除了她。

天底下没有他得不到的东西，无论用什么手段，而姜黎非，也终究会回到他身边。

纪桐周抱着她，忽觉心情舒畅至极，竟纵声长笑起来。东海灵气团多如繁星，他随便开辟一个洞天都可将她藏匿，再也没人能找到她，再也没有。她会是他一个人的，永远是他一个人的。

胸口很疼，很闷，像是被人塞了一大把沙子进来，令她呼吸困难。

黎非吃力地睁开眼，入目是陌生的房顶，华丽的帐幔高高坠下，上面绣满了金色的牡丹，细细一看，都是用真正的金线绣成，帐幔的挂钩甚至是羊脂白玉所制，身下床褥柔软光滑，弥漫着名贵的香气。

这奢华的布置很是眼熟，她在哪儿见过。

她动了动身体，随着她的动作，耳边忽然叮叮当当数声脆响，她这才骇然发觉双手双脚和脖子的脉门处都被牢牢扣着一只黑色铁环，扣的位置如此巧妙，令她运转不了一丝灵气。

谁？！

似是听见声响，层层叠叠的华丽帐幔忽然被人掀开，一张熟悉的俊秀面容映入眼中——纪桐周。

他面上挂着一丝喜色，低声道：“醒了？你被刺中要害，虽然我用玉雪术替你治愈，但那白虎尾是纯金之力凝结，灵气仍有残留，怕是要过上一段时日才能彻底复原，你先不要动，好好躺着。”

黎非喘息着望向他的满头白发，短短五十年，他竟已是这般模样。

纪桐周将长发拨去身后，微微一笑：“我变了很多？”

黎非没有说话，她再度合上眼。

雷修远……她得去找雷修远，她还有很多话没有说完，得告诉他，把自己心里的一切都告诉他。他要杀她，再刺她一千次、一万次，她都浑不在意，他是她好不容易找回的奇迹，即便流干了身体里的血，她也不会再放手。

“姜黎非？”纪桐周滔滔不绝的声音停下来，“你有没有听我说话？”

修远……她要赶紧好起来，她要回去找他，还有冲夷师父、日炎、广微真人……

“姜黎非！”

脸颊被人狠狠扣住，她却好似全然没发觉，双眼失神地望着帐顶，不知想着什么缥缈心事。纪桐周怔怔地望着她，乍见时的狂喜已渐渐被另一种窒息般的感觉代替，他十指掐住她纤瘦的双肩，用力去摇她，像是要把她从梦中摇醒似的。

看着他，看着他！他是她的仇人，也是她曾经的挚友，他曾经那样绝望地爱恋着她，那些痛楚折磨了他五十年，他把她在心里藏了五十年！

看着他！为什么不恨他？为什么不质问他？她的这种沉默与无视比任何言语都残酷，她心里从来没有他这个人，到了这个时候，依然没有。

他知道自己生来任性，无正子曾经斥责过他唯我独尊，永远只会顺着欲望行事。

或许是吧！追逐着让自己舒畅的，有何错？可即便是这样的追逐，他还是未曾畅快过，她从不曾让他畅快过。

既然如此，为何视他如无物？她的漠视让他那么脆弱渺小，像是对着月亮狂吼的猴子，虚张声势。

纪桐周骤然放开她，他忽然抬手在胸前狠狠捶了一下，一团漆黑的鲜血从他口中喷在地上，很快又化作一团团细小的黑色火焰。

原来心被焚烧是这样的感觉，他苦苦渴求，却求而不得，心火几乎要将他吞噬。

他面上浮现一层古怪的笑，怔怔地开口：“我不会放你走，就是死，你也要死在我身边，跟我一起走黄泉。”

姜黎非还是一无反应，她似是想到了什么甜蜜的往事，苍白的面上竟有了一抹红晕，唇角翘起，隐隐带笑。

他觉得自己要疯了，忽地伸手一把撕破了她身上的白衣，她软玉般的肩头与毫无瑕疵的胸口大片肌肤就这样暴露出来。

纪桐周的手在发抖，这么多年，他早已不是那个不知人事的小少年，他见识过无数绝色美人，曼妙的身躯，激昂的欲望。可他现在却在发抖，凝视着她莹润的肌肤，心中竟是无比胆怯。

“呵呵……”姜黎非忽然发出一声轻笑，笑容甜甜的。她就那样毫不在意地躺着，甚至连手指都没有动一下，仿佛他只是个无声的影子，徒劳无功地向她嘶吼。

她听不见他，看不见他，感觉不到他，对她来说，他犹如一粒尘埃。

也或许这一切只是他的幻觉，她并没有出现，他只是震撼太过，心魔丛生，以至于竟以为自己抓回她了。

他死死盯着她的脸，想要看清她每一个轮廓，每一个最细微的表情。可是，眼前却渐渐模糊，无论他怎样努力，她的脸却好像渐渐被隐藏在了雾气后面，怎样都看不清。

看不清，他看不清她，这一切真是幻象？！

纪桐周惨笑数声，摔下帐幔转身离去。

黎非安静地躺了很久，久到胸口的窒闷渐渐被缓解，她忽然动了。

她用出最大的气力拉扯着拴住自己的铁链和铁环，手腕脚踝的皮很快就被磨破了，她却好似全无知觉，仍在拼命拉扯。

让她离开！让她去找雷修远！断手断脚也没关系，脖子被扯断了，还有一口气就好。让她看到他！让她把所有话说完！

"咔嚓"一声，右手的铁链终于被扯断，黎非跳下床，一意孤行地朝前拽，鲜血染红了地板，她依旧没有退让。

房内忽然响起一声轻轻的叹息，紧跟着人影一闪，她手脚脖子上的铁链飞快被人斩断。黎非来不及收力，狠狠朝前扑倒，摔了个狗吃屎。

"自己出去。"淡漠的声音，却让她浑身一震，抬起头，果然见雷修远倚在窗边。他手里捏着白虎尾，漆黑的双眸正看着她。

"修远！"她连滚带爬扑上去，却抱了个空。雷修远跳出窗外，带着一丝防备凝望她，低声道："洞天被你发觉，我的身份也为你所知，我留不得你。不过这次我只是取回白虎尾，你自己出去吧。"

他说完，毫不留恋地化作一道金光消失在夜色中，黎非紧随其后翻出窗外。铁链虽断，铁环却还扣在她脉门处，她情急之下哪里运转得了灵气，只跌跌撞撞地追了十几丈，人没追上，反而惊动了隔壁的纪桐周。

"想逃？"他冷笑，上前像捉野猫似的一把揪住她的后领，将她转过来面对自己。

还是看不清她的脸，雾气笼罩着她。

纪桐周将她拽着拖着往回走——她反抗得太厉害，简直毫无形象，又是踢又是打又是咬，像个疯子。他心头火起，将她狠狠一拽，她像个麻袋似的撞在墙上，发出好大的声响。

他欺身而上，将她紧紧压制，声音沙哑："你要去哪儿？找雷修远？还是找那只狐妖？他们都死了，你哪儿也别想去。"

黎非还在无力地挣扎，纪桐周掐着她的脸，再度冷笑："剥光你的衣服，看你还怎么跑。"

他抓住她破裂的领口，用力一扯，她上身的衣服几乎被彻底撕碎。月光下，她的肌肤像雪一样白，像暖玉一样柔软而温热，纪桐周情不自禁，轻轻抓住了她的肩膀。

忽然，脑后风动，纪桐周警觉地抱起黎非偏过身体，只见一柄光剑朝自己直直劈下，因他避得极快，光剑忽然中途改道，朝他肩膀斩去。纪桐周不得不放开黎非，轻飘飘地退了数步。

一只手接住了她几乎半裸的身体，又是一件青衣披在了她肩上。去而复返的雷修远面沉如水，单手把她箍着护在身后，静静望着纪桐周。

雷修远？纪桐周怔住了，他没死？还是说，这一切真的只是自己的幻觉？

他只觉头疼欲裂，却又下意识地站直了身体。

在雷修远面前，他总是下意识地将胸挺起，腰站直。

曾经，天底下他最不想输的人就是雷修远，从书院到修行门派的那些年，他也确实没输过，那时候面对雷修远，他理直气壮，心无旁骛。后来发觉姜黎非喜欢的人是雷修远，他犹豫、彷徨、痛苦，见到雷修远反而更要高傲地抬起头，仿佛他不曾败。

现在，他已是白发苍苍，心若铁石，突然出现的雷修远却和记忆里的模样一般无二，他却还是要抬头站直，这习惯竟还没忘。

"真叫人看不下去。"雷修远淡淡丢下一句话，手中的白虎尾轻轻一甩，它在空中盘旋数下，直直朝纪桐周飞去。趁着这虚晃一招的空当，他已抱着黎非跃上了房顶。

玄华之火骤然铺开，像平地忽然绽放一朵黑色的巨花般。纪桐周背上斜挎的麒麟骨骤然射出，他的人也像闪电般蹿飞而起。无数黑色的火龙在麒麟骨上盘旋缠绕，那根带着优美弧度的黑色神兽骨，挥舞间隐有风雷之势，黑火喷涌，炽烈难当。

纪桐周一剑刺向雷修远，冷不防他无视了麒麟骨上的黑火，五指张开，竟轻描淡写地握住了它。纪桐周微微一惊，雷修远已一脚踢在他胸前，他被硬生生从半空踢落在地，翻了数圈才稳住身形。

"好厉害的火……"雷修远低头看着自己的手，密密麻麻的细碎黑火在他手掌皮肤上渗透灼烧，奇痛无比，火中还带着一种叫人心烦意乱的东西，正恶毒地试图钻入皮肤下的奇经八脉。

被他逼开的白发仙人再一次攻来，漫天的黑火也随着席卷而上。雷修远见这黑火难缠，索性将黎非抱起，退让了开，谁知那人却紧紧追在后面，似是决绝地一定要分出胜负一般。

雷修远忽地化作一道金光，毫无畏惧地穿过那片黑火，出手如电，一把掐住了纪桐周的脖子，再一次将他掷在地上。衣袖被黑火点燃，他扯下半幅长衣，才避免继续为黑火烧灼。

“雷修远！”纪桐周厉声高叫，“你竟还活着！有本事别躲！和我一战！”

雷修远瞥了他一眼，却没有说话，将手一握，白虎尾化作金光回到他掌中，被他凌空一劈，这座小小的洞天霎时被劈开一道裂隙。他提着姜黎非，毫不犹豫地钻了出去。

见姜黎非与雷修远的身影渐渐远去，纪桐周不顾一切追了上去。

不要走！他还没有再好好看她一眼！她明明就在眼前，却又被雾气笼罩，像是隔着遥不可及的水域捞撷镜中花、水中月。

她毫不犹豫地抛下他，追随雷修远而去，甚至连一个字都没有和他说。

快要追上了，他的手快要触到她了。已经五十年了，能不能让他将她的倩影看得清清楚楚？能不能和他说哪怕一句话？别走，别走，就算是幻象也好，为何不给他一个痛快？

眼前人影忽然一花，鬼魅般消失，纪桐周扑了个空，指尖摸到的只有冷风。

他僵在那里，周围一片漆黑，这里是无边无际的东海海底，没有光，没有声音，没有人，也没有灵气残余，方才那一切像是一场梦。

难道真的是幻觉？

纪桐周大口喘息，没有姜黎非，也没有雷修远，他的黑火在周围无声地跳跃，无声的死寂洗刷着他近乎崩溃的魂魄。

“纪桐周。”深邃的黑暗中，忽然响起姜黎非的呼唤声，他惊喜无限地抬起头，四下里突然变得无比明亮。远处波光粼粼的东海渐渐褪去明亮的蓝色，被如血的霞光笼罩，巨大的一团团白云将夕阳藏在罅隙中，鲜艳的火之色将它们染红。绚烂的火烧云，像那一年他在东海放出的无数狂火，擦着夜与海的边缘，将风都点燃。

他怔怔地朝前走了数步，姜黎非正站在悬崖边上，背对着他，山风将她的白裙吹得拂动不休，像一朵白色的摇摇欲坠的山茶花。

她又唤了他一声：“纪桐周，我在这里呀。”

身体像是被沉重的山压住，气也喘不过来，他费尽千辛万苦，终于上前抓住了她的一片白色衣角，下一刻她的身体忽然化作了千万只白色的蝴蝶，呼啦啦，在他面前惊惶翩跹地散乱飞开。

纪桐周猛然一怔，但觉漫天漫地的蝴蝶都变成了姜黎非。她们都在看着他，每一个姜黎非都藏在雾气后，他看不清她们，永远看不清。

纪桐周大叫一声，周身玄华之火肆虐而起，黑火吞噬了所有的蝴蝶，霎时间诸般怪诞幻象都烟消云散，眼前空荡荡的，只有无边无际的黑暗和死寂。

是梦？是幻？他怔怔地望着前方，脑中嗡嗡乱响。

黎非只觉强劲的海风擦刮着身体，她的眼睛都睁不开，可她的手却死死拽着雷修远的衣服，他身上那件薄软的长衣都快被她扯坏了。

终于，他停了下来，把她往地上一放。她的手还死死拽着他的袖子，另外半幅衣服都要被扯下来。

雷修远低头看了她一会儿，轻道：“你走吧，别再找我，我对过去的事一无所知，什么也不记得了。”

他轻轻掰开她的手指，冷不防她忽又张嘴，咬住了他的袖子。

“你是狗吗？”雷修远终于露出一丝无奈的神情，伸手掐住她的下巴，轻而易举便令她松开了齿关。

数点滚烫的水滴落在他掌心，雷修远的手微微颤了一下，飞快收回，她面上的泪痕被月光映得闪闪发光。他心中有一种从未有过的柔软的东西在滋生，一时竟走不掉，迈不开腿。

他蹲下去，将她手腕脚踝和脖子上的铁环轻轻扯断，又道：“走。”

黎非用力抹去眼泪，再一次抓住他的衣服，轻声道：“让我把话说完，我还有很多话。”

雷修远淡漠道：“你对我说上一年，我也没有任何感觉，我什么都不记得了。”

黎非反而笑了笑：“你说要走，却又回来救我，你其实也想知道以前的事吧？”

雷修远一时怔住，他也不知自己为何又折返回去救她，那个白发的冷酷仙人似也认识他，或许他们几个以前真的有过纠葛，看到那人朝她出手，他像是本能一般，现身抢人。

他出了片刻神，漠然道：“即便我们以前有过什么恩恩怨怨，我也不知道，不想知道，因为一定不是什么愉快的事。既然如此，不如都忘掉，一切从头开始。”

黎非痴痴看着他，眼眶中的泪水再度凝结，这一次她没让它们落下，而是用袖子狠狠擦去，她说道：“确实不怎么愉快，你什么也不说，我什么也不知道，最后你差点儿为我送命。你说得不错，从头开始，这样最好。”

雷修远愕然看着她在衣服里一阵乱翻，最后翻出一只拳头大小的琉璃球，晶莹剔透的球中封着一朵妍媚的红花。奇异的是，这朵红花竟在琉璃球里缓缓地绽放着，片刻后，已是怒放。

黎非把琉璃球送到他面前，一个字一个字慢慢说道：“海外拘缨岛有一种花，叫十二世，是送给心爱之人的，希望可以与心爱的人生生世世永不分离。你以前说过，我会喜欢的，现在我告诉你，我真的很喜欢。你让我不要忘了你，我告诉你，我绝不会忘，死了，去了黄泉，再过十二世，也不忘。”

雷修远默默看着那朵盛极的红花，再看着眼前的少女。她发髻凌乱，衣衫不整，脖子上还有斑斑血迹，要多狼狈就有多狼狈，可她依然美得像一幅画。她雪白的脸上带着笑意，毫不回避地直视他。

从来没有人用这样的眼神注视过他，那一刻他忽觉有些窒息，竟移不开视线。

手被她轻轻握住，那枚封了红花的琉璃球被放在他掌心。黎非将他的手指握紧，包住琉璃球，朝他微微一笑：“十二世，我送给你，你就是我心爱的人。”

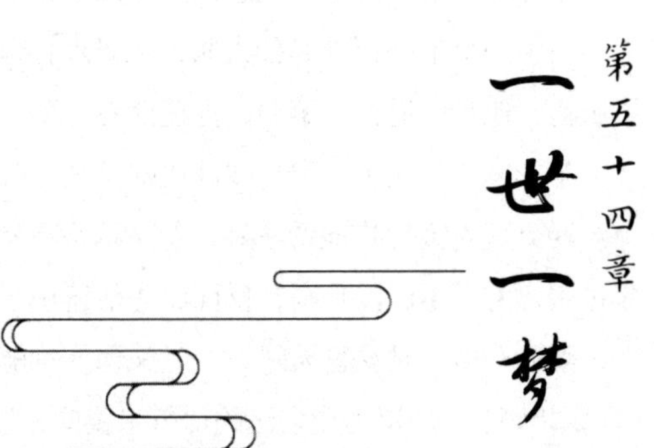

# 第五十四章 一世一梦

再次回到冲夷真人与广微真人开辟的洞天时，日炎嘴里的怒气牢骚还没发泄完。他先是被雷修远用长钉钉住，后来又是被纪桐周用黑火困住，连着两次都是因为黎非这个累赘，他堂堂九尾狐的面子不知被丢到哪里去了，连里子都没了。

“你给我小心点！”他怒视着雷修远，“迟早有天把你扯碎！”

雷修远恍若不闻，他在前引路，走了数步，忽然拉住黎非的袖子道：“跟着我的脚步，这里遍地机关，走错一步麻烦得很。”

黎非笑着点头，大方又大胆地握住了他的手。他没有拒绝，也没有避让，可也没有任何回应，只任由她拽着自己的手。

日炎怒道：“什么机关！你小子就是想占便宜！能来这里的人哪个还不会飞？！谁会踩你的鬼机关？！”

雷修远依旧对他的牢骚置若罔闻，他领着黎非穿过这片小小的树林，眼前顿时豁然开朗，这里一切房屋布置、景致安排，都与尧光峰一模一样。

黎非望向弟子房内的水井，失笑：“连那口井都没变？”

雷修远轻轻抽回自己的手。下一刻，风声呼啸，两个穿着粗布衣衫的仙人急急落在地上，见着黎非，他二人都是一愣。

黎非眼中渐渐模糊，她急忙拭去泪水，上前一步，想要说话，话语却哽在嘴边。

当中一个半旧白衣的仙人颇为惊讶地打量她，眼神渐渐从愕然变得温和，最后变成了欣喜，他柔声道："黎非，你还活着。"

黎非颤抖着唤了一声："冲夷师父……"

冲夷真人笑吟吟地看着她，忽然抬手在她脑袋上慈爱地摸了摸，声音温和："五十年过去，怎么不但没长高，反而比先前还小了？"

黎非心中一时欢喜无限，一时又愧疚难解，她曾以为自己不会被原谅。

"师父，"她竭力让自己的语气平稳些，"弟子不肖，隐瞒身世，给您添了许多麻烦。"

冲夷真人反而哈哈大笑，神态不羁，反手拍了拍一旁的广微真人，笑道："麻烦没有，倒是添了许多谜团，你若不出现，修远又忘了从前的事，这些个谜团可不知何时能解开，还不把我和广微急死？"

广微真人亦有些感慨："想不到你竟还活着，这些年都在什么地方？为何全然搜寻不到你的下落？"

黎非道："弟子被建木召回了海外建木之岛，昏睡五十年，前些日子刚刚醒转。"

话还没说完，对面两个仙人都是眼睛一亮，急道："哦？海外？快说说是什么样！建木又是什么？"

这两位仙人和当年的青城仙人一样，五十年来收集了无数关于海外的记载。奈何其中杜撰的东西太多，有些记载又十分缥缈，琢磨不透，好不容易有个黎非来了，当即顾不得其他，竟直接发问。

黎非索性将自己的身世，还有与夜叉族的纠葛，青城仙人将她带来中土的意图，以及这次回到中土的意图都说了出来。

世上有翠玄仙人那样的人，也有青城仙人那样的人，冲夷与广微两位仙人由于亲身接触过海外人，想必都经历过一番剧烈的心理挣扎，最后像青城一样，看轻种种恩怨，专注力都集中在了对海外的探索上。

各人选择不同，亦不能单纯地用对错来分，可是对黎非而言，看到世上有人做出与师父一样的选择，而且还是自己敬爱亲近的第二个师父，心中没法不高兴。

她一面说，冲夷、广微两个长老一面不停地点头，多年疑惑一朝解开，登时神清气爽。冲夷真人赞叹道："原来青城仙人竟有这般深意，不愧'惊才绝艳'四字，他实在是一位绝顶的人物。"

黎非提起师父仍有伤感："只可惜他的尸首我没有能够拿回……不知现在遗落何处。"

两位仙人相视一笑，冲夷真人道："翠玄仙人的小千世界一直放在修远那里，我们救他的时候，一并收了起来。青城仙人的尸体，早已被火化，骨灰撒进了东海，我想他一定喜欢这里。"

黎非又惊又喜，嘴唇翕动，又不知该说什么好。冲夷真人安抚地在她肩上拍了拍，含笑道："其实那天我与广微一直追在后面，广微是心情凌乱，我却是不舍。"

说到此处，雷修远忽然起身要走，黎非下意识地拽住他的袖子，他那幅可怜的袖子都要被她撕烂了。

他又有些无奈，轻道："我去倒茶。"

黎非有些尴尬地松开手，干笑两声，失而复得，她总怕他再次消失。

冲夷真人不禁笑出声，感慨道："救下修远，真好。"

其实对黎非的身世，他并非她以为的那样毫无察觉，只是他素来旷达，并不以为意，自从知晓青城仙人是去了海外后，他心底的豪情也被激发。仙人寿命多则上千年，少则数百年，与亘古的时间长河比起来，实在是渺小至极，在他看来，纠结昔日的恩怨，却不如放宽眼界，在有生的时间里，探索更加无限的东西，望见前人所望不见的，方不枉此生。

当日他追在后面，便有着趁乱将黎非救走的心思，却不想广微也一直默默跟随。这位仙人一直在流泪，雪白的胡须都被打湿大片，手里木然捧着那根白虎尾，面上还有着震惊与哀痛，很明显，他还不愿接受这个事实。

冲夷有心劝慰他，又寻不出什么言语，两人默默无言地一路跟随，又目睹了整个经过。雷修远自天雷中坠落，摔入火海的那个瞬间，一直僵立不动的广微真人突然就动了。

只怕闪电也没他那样快，一倏忽就钻入了茫茫火海中，倒让冲夷真人吃了一惊。

好在被归墟释放出的海水迅速归位，黎非也力竭摔入海中，冲夷真人趁人不备，早已潜入海水里，试图将黎非悄悄救走。谁知他明明看见她摔在那个方向的，之间间隔不过目睫交错的短短一瞬，潜入海水中却不见她的踪影。

冲夷真人悄悄在海中寻了她数日，一无所获，倒是在第三日上撞见了东海深处与凶兽缠斗的广微真人，以及他身边那个遍体鳞伤的少年，雷修远。

后来他问过广微真人，为何要救雷修远，广微真人沉默了很久，最后却摇头："我也不知，可我不能看着他死在我面前，我是他师父。"

他二人就这样将雷修远藏匿起来，在东海深处开辟了一座秘密的洞天，幻化成尧光峰的景致。雷修远虽然重伤欲死，但两个成名已久的仙人为他悉心疗伤，伤势早已痊愈，可他依旧沉睡了近十年，或许是因为他头上两只角都断裂的缘故。他们对夜叉并不了解，他不醒，他们也只能默默观望，断裂的两只角，却是说什么也没法接回去了。

雷修远在海陨结束后的第十一个年头醒了过来，醒来的时候，冲夷与广微两个长老闲来无事，正在下棋。猛然望见房门被推开，昏迷的少年茫然地走出房间，广微长老手中的棋子都摔在了地上。

雷修远失去了之前的所有记忆，可他聪明依旧，天赋也依旧，广微真人再一次收他为弟子，在这小洞天内悉心指导，白虎尾也第二次被赠给他。

虽然夜叉角断了，但夜叉的凌厉本领似乎还在，断了角对他们并没有什么影响，与他们先前以为的“夜叉角断开夜叉失去本领”的想法大有不同，可见这两只角对夜叉来说应当是有别的意义。

他们三人在东海深处的小洞天里，一待就是五十年。前几日因察觉东海附近灵气波动十分剧烈，似是有大批仙人聚集而来，冲夷、广微二人便悄悄上岸打探情况。雷修远闲着无聊出来猎杀凶兽，就这么被黎非和日炎撞上了。

冲夷真人笑道：“看来你们是故意不隐藏踪迹，就是想把中土仙家再次聚集在东海？”

黎非郑重地点头，正色道：“不错，师父将他在海外的所见所闻都留在了这本黑色簿子里，包括我的身世与海陨的由来，这是他耗费生命与心血留下的东西，我不会让它被尘封，我要把它永远留在中土。”

两位仙人颇有趣味地问道：“你打算怎么留？”

黎非但笑不语，少见地卖了个关子。

雷修远那杯茶始终没送过来，黎非记挂他，满洞天找了半日，最后却在半山腰的桃花林里望见了他。

他半躺在一方青石上，手里把玩着那枚封了十二世花的琉璃球，愣愣地出着神，连她靠近了也没发觉。

“修远。”她唤了一声，倒让他猛地一震，手里的琉璃球险些砸在石头上。

雷修远眼疾手快一把抓住它，面上飞快掠过一丝窘迫，淡淡地背过身去，开口道：“什么事？”

黎非跳上青石，轻轻坐在他身边，他没有避开，她心中微微喜悦起来。

“我能问问你，你真的对我一点儿印象都没有吗？”她抱着膝盖，轻声问他。

他缓缓摇头。

黎非没有失落，她弯起唇角，柔声道：“之前经历了一些事，让我明白，人的感情和回忆并不是那么死板的东西，我不信你真的一点点印象都没有。”

雷修远没有说话，他虽然失去了之前的记忆，可并不是变成傻子。自沉睡中醒来后，他时常会做梦，只是梦里都是一些凌乱不成章的片段，有时候是自己在演武场修行，有时候是自己悄悄追随着一个白衣的少女，始终看不见她的脸，可梦里的他却是全神贯注。

这些应当都是被遗忘的过去，可那又如何？他并不急着想起来，倘若那个过往害得他遍体鳞伤，几欲死去，还是遗忘了更好。

“过去便过去了。”雷修远忽然开口，声音低沉，“或许有一日我会想起，但不是现在，你不必强求。”

黎非笑了笑：“你说得对，我会一直等着你的。你和冲夷师父还有广微长老，你们三人和我们一起去海外吧？那里很有意思的。”

去何处，留何处，他并不在意，但见她满脸期待，他忍不住就想欺负一下，只淡淡道：“我不想去，我更喜欢这里。”

黎非四处看了看，但见枝头繁花缭乱，满目深红浅红，她不由轻道：“这里和尧光峰一模一样啊，你以前在无月廷，就是在这个地方修行。你喜欢这里？”

谈不上喜欢不喜欢，只是觉得很熟悉，很舒适。

雷修远没有说话，黎非反而自顾自说开了：“我也很想坠玉峰，虽然并不想回无月廷，但我怀念和冲夷师父还有师姐在一起的那些日子。对了，你大概也记不得坠玉峰是什么样了吧？坠玉峰是一座雪山，一年没有四季，终年不停地下雪，连晴天都很少见，我刚到那边的时候，可憋坏了。”

她说着说着就想起了在无月廷修行的那段日子，还有书院，越说越欢快，整个寂静的半山腰就听她一个人的声音银铃般回荡。

雷修远缓缓合上眼，她身上的异香将他笼罩，暖暖的和风拂面，她的声音像风一样清朗。这一幕让他感到熟悉而温暖，曾经他们一定也曾并肩坐在花林中，无忧无虑地说着话。

“对了对了，这些桃花真的和尧光峰开的一模一样。”黎非欣赏着半山碎红，又想起一件趣事，“那时候我在坠玉峰那个大雪山，一年到头也看不到点儿别的颜色，你就送了我一枝桃花，我养了好几年，可惜现在应该都不在了。”

话音刚落，身边的雷修远忽然起身，轻轻拽下一枝繁花，挑了片刻，选了开得最好的那一枝，慢慢折下，反手递给她。

“拿着玩吧。”他低声道。

黎非愣住了，风拂过两人的衣衫，眼前已成为年轻男子的人，宽大的衣袖在缓缓摇曳，他的怀中依旧有着殿堂熏香般的清冷味道，他漆黑的眉眼还是那么专注而湿润。

她眼前又浮现出许多年前尧光峰上那个瘦弱的少年，他们二人的身影此时此刻重叠在了一处。

她的眼泪忽然就流了出来，她惊慌失措地用袖子捂住眼睛，急道："没、没事……你、你稍微等一下……我、我马上……"

那枝桃花被塞进她掌心，雷修远抱着胳膊转过身背对着她，他的长发在阳光下一根根是发亮的。

"还礼。"他的声音意外地柔和，"那朵十二世花，我收下了。"

他没有靠过来，也没有再说话，却也没有离开。黎非静静看着他的背影，竟好似痴了。

和胡嘉平他们相会，是两天之后的事了。

东海万仙会这座外围小城镇又一次被密密麻麻的灵气网笼罩，除了没有天雷火海，一切都与五十年前一模一样。

无数仙人聚集在半空，戒备而略带畏惧地看着他们，没有人说话，也没有人抢先发难，每个人都沉默地警惕着。

黎非他们像是没见到漫天漫地的灵气网和仙人似的，一派其乐融融地说着话。广微真人乍见到胡嘉平，两只眼都直了，指着他半天，面色发青。

胡嘉平笑眯眯地给他行礼："师父，又见着您老人家了。"

广微真人显然没他那么镇定自若，他的声音在发抖："你还叫我师父……"

胡嘉平柔声道："师父，我的修为已经突破第五道瓶颈，很快就要突破第六道，然后成就仙身了。"

广微真人霎时间只觉百感交集，自己将这两个弟子带回无月廷，悉心教导，亲眼见着他们迅速成长，到最后发觉他们是夜叉，万念俱灰下却还舍不得下杀手，那时他再也想不到还能听见他们叫一声"师父"。

"好，好，好。"他连连点头，连说了三声"好"，目中已是泪水纵横。

胡嘉平与黑纱女相视一笑，黑纱女忽然化作一股黑烟，烟散开，胡嘉平手中多了一柄黑色的剑，他双手捧着递给广微真人："师父，当日被我任性折断的砺锋已被我寻来异火重铸，这一桩心事，弟子也算了结了。弟子信守当日承诺，将砺锋归还。"

广微真人面露讶色，一把抽出砺锋，但见秋水如泓，寒光乍现，这柄被折断的神兵，竟彻底完好如初。他指尖怀念地轻触剑身，神兵有灵，幽幽吟唱，像是欢喜与主人的再次重逢。

"好！"广微真人此时此刻才是真正的喜笑颜开，他挽了个剑花，又将砺锋放回鞘内，反手再次递给胡嘉平，望着这弟子不明所以的脸，道：“砺锋赠给你，你与阿慕情深如斯，我怎会不成全。”

胡嘉平目中流露出暖意，他接过砺锋，朝广微真人咧嘴一笑：“师父，您老人家去了海外后，只管跟我走，那边我最熟了！包管您有吃有喝，有玩有乐！”

徘徊上空的中土仙家见他们一路说一路走，竟已慢慢靠近东海，不由纷纷警觉起来。桑华君朝众人使了个眼色，数位书院创立者抢先一步飞至东海上空，灵气运转，只等他们一飞起便迎头痛击。

谁知后方忽然一阵躁动，远处急急飞来数人，也不管遍地灵气网，横冲直撞而来，一面飞一面还有人厉声高叫：“黎非！雷师弟！师父！”

黎非乍一听这声音，如遭雷击，急忙转身，却见一位中年女仙人踏云而来，她身后还跟着两个十分面熟的青年男女。三人大约赶了许久的路，个个满头大汗，气喘吁吁，一见着黎非，他们眼中登时发亮。

“黎非！”那中年女仙人目中含泪，又唤了她一声。

黎非急道：“昭敏师姐！苏菀！邓师兄！”

这三人正是昭敏、苏菀、邓溪光，在书院听闻黎非出现在东海的消息，他们便马不停蹄赶了过来。在东海附近寻了好几日，因见此地灵气网密集，这才匆匆赶来，万幸竟赶上了。

苏菀哈哈一笑：“黎非，你怎么还是老样子？一点儿都没变啊！我都不好意思了，你看我老成什么样儿啦！”

邓溪光笑道：“哪有！我看姜师妹反而比先前看着还小了些，也更漂亮了！哦，当然苏师妹你是最漂亮的，一点儿也没老……”

昭敏懒得听他废话，上前一步挽住黎非的手，上下打量她，含笑道：“你安然无恙，这便是最好。师父，您老这些年为何断了音讯？您可知弟子心中多担忧？”

冲夷真人摸着鼻子笑：“你如今已是坠玉峰长老，仙身成就，莫要再叫师父。都自立门户了，还想赖着师父不成？”

心中最在意的两人都还好好活着，昭敏原本一肚子的气话早就不知丢哪儿去了，她挽着黎非，只管与师妹询问这些年的经历，苏菀也过来叽叽喳喳地凑热闹。邓溪光看了半天，发觉自己插不进嘴，只得跑去找雷修远。

“雷师弟，你这些年又在何处？”

雷修远瞥了他一眼，像是不认识似的，又把头转过去了。这举动大大伤了邓溪光的心，他哀叫起来：“你莫非忘了你的亲亲好邓师兄？！”

胡嘉平拽了拽他，低声道："他确实忘了些事，你多嚷嚷几句，说不准他就记起来了。"

邓溪光果然很给面子地抓着雷修远不放，叽叽呱呱吵得人脑袋都要炸了。

周围那么多仙人简直又恼火又愤慨，他们这是在耍人吗？未免太过分！无月廷有几个长老沉不住气，怒道："昭敏！冲夷！广微！你们好大的胆子！竟与海外异类勾结！莫非忘了当年青城的下场？！"

他们一提及青城，黎非的面色立即沉了下去，抬手一拨，将众人挡在自己身后。她上前一步，兕之角将她高高托起，她四处环顾，向周围的仙人们一一望过来。

"我本想杀了你们——"她淡淡开口，此言一出，众人皆惊，她紧跟着又道，"可我与你们不同，青城仙人更与你们不同，我回来，是要给你们一件好东西，就是不知这份礼，你们收不收得起了。"

她脚下的兕之角忽然滴溜溜快速旋转起来，众仙人只觉体内的灵气以一种从未有过的速度倾泻而出，迫不及待地被汲取入那只旋转的角内，不由纷纷大惊失色。

漫天漫地的灵气网迅速被汲取一空，整个东海万仙会的外围城镇像是忽然被一双巨手翻卷，气流急速旋转起来。仙人们体内的灵气全然无法控制地瀑布般被抢夺，无论是惊呼，还是挣扎，都没有一点儿用。

扑通，扑通，不停有飞在半空的仙人们灵气干涸摔落在地上。昭敏沉不住气，不由低叫："黎非……"

黎非没有回头，她只是朝昭敏摇了摇手。

不过半盏茶的工夫，兕之角将此地的灵气汲取一空，灵气枯竭的仙人们惊恐而绝望地在地上仰望着黎非。日光刺眼，她白衣白裙，婉妙姿态，竟让人有种天神下凡的错觉。

她从怀中取出一本黑色簿子，淡淡道："这是我师父青城仙人历经数十年，记下的各种海外所见所闻，倘若师父还活着，应该会十分乐意将里面的东西公布出来，我遵从他的意愿，让你们看个明白。"

她右手捧着黑色簿子，左手张开，掌心向着地面。众人只觉地面一阵剧烈震颤，几乎让人无法站稳，令人无法置信的庞大的灵气波动呼啸而来。紧跟着，众人骇然发觉那磅礴的灵气像是被巨手捏出了实质的形状，犹如雪白的石头一般在地面缓缓被垒砌而起。

灵气化为实质根本听都没听说过，她方才抢夺了那么多灵气，难道竟是为了做这个？！这需要多么强大的灵气控制能力？当世无数仙人，谁人能做到？！

姜黎非脚下旋转的兕之角越来越慢，说明方才被它抢夺走的灵气即将被释放而空。

地上那被灵气捏出的雪白的东西已被垒了半人高，约有五尺来宽，看起来像尚未完成的石碑。

一切完成得很快，只听“当”一声巨响，巨大的灵气波动终于停了，一座高有四五丈的雪白的灵气之碑矗立在小城正中。

黎非面上微现疲惫之色，扫视一圈，方道：“你们想知道的海外，自己去看。”

她将黑色簿子合在掌心，众人只见那灵之碑上一笔一画飞快地现出字迹来，一撇一捺铁骨铮铮，字体凌厉非凡，正是青城仙人的笔迹。

字迹刻得极快，不一会儿小半个碑已被刻满。众人原本是带着八分的警戒心，不敢细看，谁知看了不到数行，无数仙人都已被深深吸引住，更有人甚至顾不得其他，直接腾飞而起，从碑顶看到碑底，一字不漏。

这灵气之碑像是用白石铸成，触手坚硬而光滑，虽是被灵气极致凝结而成的实质，却不能引为己用，其上关于海外的诸般记载有些与传闻相似，但又具体得多，更多的则是闻所未闻，叫人心驰神迷，仙人们且看且叹，且叹且赞。

直等簿子上的内容尽数被刻完，黎非才将黑色簿子塞入怀中，回头朝等候已久的众人微微一笑，低声道：“我们走吧，事情完成了。”

昭敏三人奇道：“走？去哪儿？”

黎非望向远方波光粼粼无边无际的东海，她面上的笑容从未如此轻松过。

“去海外，回我的故乡。”

海外有无穷无尽的未知，有无数看也没看过的风景，见也没见过的人，接下来，一定又是一场场新的风景与邂逅。

怀念与遗憾，就让它们都留在中土，这里永远会是她旧梦缠绵的地方。

昭敏怔了片刻，忽然坚决道：“我也去！”

后面的苏菀和邓溪光也乐呵呵地笑道：“没错，我们也去开开眼界好了，回来这牛皮可有得吹了。”

黎非心中感慨，轻道：“真的和我一起去吗？”

三人郑重点头，昭敏道：“我已了无牵挂，想必他二人也是，何不去海外见识一番？何况我尚有许多话没与你说。”

胡嘉平摸着鼻子笑问：“这趟去了海外，万一回不来怎么办？”

三人愣了一下，一齐望向黎非。她哈哈一笑，指向岸边高大的灵之碑，神色俏皮中带着无比的自信。

“一定能回来的！因为，再也不会有海陨了！”

纪桐周将脑袋猛然埋入冷水中，吵得他头疼欲裂的诸般喧嚣终于安静了。

不知过了多久，胸口的窒闷快要令他裂开，他又猛然抬起头，铜镜中映出一张苍白的满是水珠的脸。纪桐周怔怔地望着镜中的自己，他已记不得有多少年没有好好看过自己了，原来他现在竟然是这样的面容？

自己都快要不认得自己，曾经那个满面憧憬的少年去哪儿了？

身体明明重得再也动不了一下，魂魄却轻得仿佛可以随时轻扬而飞。窗外是如血如焚的赤色天空，漆黑的风，灰烬漫天飞舞，这里没有一个人，只有他，只有他一个。

他怔怔地看着铜镜中的自己，人影像青烟般凝聚，镜中忽然现出皇兄的模样来。他两鬓斑白，容颜苍老，双眼含泪地看着他，凄声道：“桐周！我们越国要怎么办？！你要努力修行！整个越国都在你身上！”

又是这种眼神，害怕的，把希望都强压给他的，贪婪，永无止境。

这种眼神他以前也有过，那时候，玄山子也是每天被人这样望着吗？

纪桐周心中厌恶，冷道：“别看我！回去！”

人影一晃，又变成了玄山子，他满身是血，目若寒星，严厉地瞪着他，沉声道：“你要活下去！和越国一起，活上千年万年！江山美人孰轻孰重？你还不明白吗？！越国与你共存亡！”

纪桐周只觉胸口像是被烈焰炙烤，他承受不住，张开嘴，又吐出一团黑血，落在水盆中，化为细碎的黑火。

他剧烈喘息着，这些喧嚣与幻象吵得他几乎要疯了。

他的人生仿佛没有真正快活过，巍峨江山，鏖战天下，曾经叫他憧憬的意气风发的每一天，此刻竟成了重担一般。

镜中人又变成了姜黎非，她的脸被雾气遮挡，笑声妖异而轻柔：“纪桐周，你看着我呀。”

纪桐周用力闭上眼，这一切虚妄之相令他疲惫不堪，何时才能脱身？谁能让他脱身？

一只小纸团用力砸在了他头顶，纪桐周忽地一动，睁开眼，眼前油灯晃动，他竟是在书院的北面食肆里睡着了。蜥蜴女妖在远处望着他笑，雷修远、姜黎非、百里歌林，他们都在，都坐在他周围，好笑地望着他。

“叫你抄书，你在这边睡懒觉！”胡嘉平站后面，指节在他脑袋上重重敲了一下，疼得他“哎哟”一声。

“醒了没？”胡嘉平似笑非笑地瞪他，“做个梦还会哭，叫得跟死人了似的，吓人吗？”

做梦？纪桐周茫然地四处回顾，油灯晃动，浮空岛上积雪点点，他只是在书院午休时做了一场梦吗？

“桐周！”叶烨他们那组修行完毕，满头大汗地过来吃饭，招呼了他一声，“书抄完没？”

对了，他是要抄书……纪桐周心中迷惘，抬手按住了面前的墨迹，可是很快，他又起身笑了起来。

原来，只是一场梦，他还在书院做修行弟子，朋友们都还在。他下意识朝姜黎非望去，她周身雾气缭绕，还是看不清容貌。

纪桐周怔了一下，可是很快，他又笑了，一直笑，笑得泪流满面。

一世一梦，他的一世一梦，到了最后，他最想回的地方，竟然是这里，他竟在期盼一切只是午时的一个梦。

纪桐周长声大笑，那笑声很快戛然而止，再无声息。

兰雅郡主还守在城镇客栈内，她一直在等，等她的王爷，等她的主人，一地凄冷月光映在她眼里，她想起过往那些事，怔怔地出起了神。

万籁俱寂，姜黎非他们制造的喧嚣都已被夜色洗净，昨日已逝，明日即将开始，王爷何时归来？

【正文完】

# 番外一 明镜

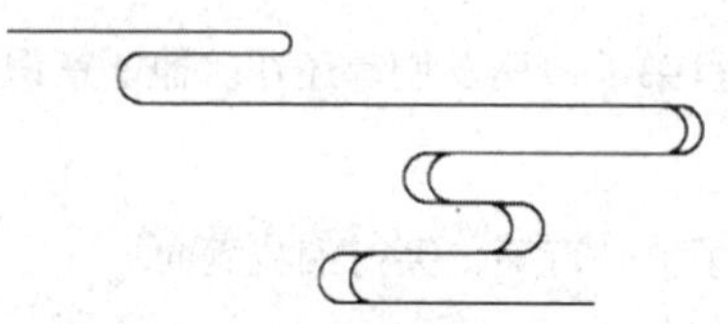

这是一座既眼熟又陌生的华美庭院。

院落周围朱红色的墙重新粉刷过，鲜艳欲滴的色彩。西面廊下种着数畦美人蕉，东面青竹篁篁。月窗下花团锦簇，风过时，幽香四溢。

天快要黑了，仆从们将王府内的灯笼全部点亮，灯火通明。晚膳时分，精致的菜肴如流水般被送进那扇半开的赭色大门内——短短十年便成就仙身的王爷如今已是越国最尊贵至高的存在，他难得回来一趟，连皇帝也要亲自来府上见他。他不愿去正厅摆宴，众人也只能不顾礼仪，将酒宴摆在他的卧房。

兰雅整个身体蜷缩在竹林的阴影中，出神地盯着月窗下的花朵，窗内偶尔会传来皇帝畅怀的笑声，美酒的香气缓缓盖过了花香。

曾几何时，她也曾是这里的座上客。

那时候她还小，穿着华丽的裙子，目不斜视地走在王府的小路上，周围的人俯下身体，不敢直视。她也曾和王爷有过温和的交谈，也曾摩挲过那面新粉刷过的墙壁，也曾欣赏过美人蕉的艳姿，心里畅想着将来成为这里的女主人，那将是多么风光，多么愉悦的体验。

一道黑影飞快地蹿过殿顶，兰雅目光如炬，立即捕捉住它——原来是一只野猫。

她松了口气，心底却有无数酸涩的味道泛滥开。她再也不是赵阳的郡主，从她选择彻底臣服纪桐周的那天开始，她就成为一个卑微的守卫，永远藏在暗处，警惕每一个随意接近的东西。

十年，她无时无刻不在问自己，为什么？

她曾以为自己衷心挚爱着纪桐周，可是当他失势后，那片深邃的迷恋一夜之间便消失殆尽；离开他之后，她曾以为自己会伤心许多个夜晚，可她只是偶尔才会想起他，心里不过是一片淡淡的涩然。

假如她不曾爱过纪桐周，那么此刻的痛苦与后悔，从何而来？

兰雅将手放在口中用力咬下，这几乎成了她的习惯动作，借着剧痛，她才能觉得好过。

那天王爷成就了仙身，破关而出，满头乌发已成银色。星正馆无数仙人目瞪口呆地看着他，他却从容不迫地拱手行礼，低声向已然双目含泪的无正子开口道："弟子不肖，花费十年才得大成，好歹没有给师父丢人。"

十年过去，他不过从青涩少年过渡到昂藏青年，却已是白发如雪，个中滋味，也只有他自己明白。

无正子悲声大作，泪水落了满脸，竟没有说一个字，转身缓缓离开。

兰雅守在暗处，痴痴看着纪桐周。她的王爷，又一次光华万丈，令她的心不能自主地狂跳，熟悉的迷恋仿佛又一次回到了体内——他竟然只用十年就成就了仙身，天纵奇才，天底下还有哪个男子能胜过他？

只有他，只有他才能配得上自己！

她的视线骤然变得炽热。似是察觉到她的目光，纪桐周转身望过来，看了半晌，露出一个意味不明的浅笑。

兰雅只觉整个身体在微微发颤，她起身，又一次拜下去，轻道："兰雅参见王爷。"

纪桐周停了很久才开口："你变了不少。"

兰雅把头深深垂下去："王爷还记得我曾经的模样吗？"

他漫不经心"嗯"了一声，再一次转过身，沿着长长的台阶一级一级走下去，一面道："跟上，以后你是我的影卫。"

她又惊又喜，却又隐隐有些失望。

影卫？她想要的，不单单只是做个影卫啊……

纪桐周十年成就仙身，震撼整座星正馆上下。当天晚上，星正馆的两位掌门便亲自前来密探。

他们说了什么，兰雅并不知道，只知道第二天，纪桐周再也不叫纪桐周，这个名字将永远被放弃在繁华旧梦中，从今往后，他被称作“玄华仙人”。

兰雅不止一次做过让她心潮澎湃的美梦，梦里她不是什么影卫，像曾经一样，她还是那个高贵温婉的兰雅郡主，不曾离弃过玄华仙人，她被天光与无数艳羡眼神包围，成为玄华仙人的道侣。

沉寂了十年的心开始蠢蠢欲动，她想，或许她默默的守候，足以让王爷宽恕她一时的鬼迷心窍。每个人年轻时都会犯错，她犯下的过错已经用十年时间偿还了，可不可以给她一些怜悯与宠爱？

月窗被轻轻拉开，声响惊动了沉思中的兰雅，她缓缓把手从口中取出，嘴里有淡淡的血腥味。她死死按住剧痛的伤口，好像这样才能抑制住自己想要冲到他面前的冲动。

窗后站着的是越国的皇帝，他鬓边的白发越来越多，脖子上也长出了皱纹，看上去老态龙钟，然而整个人神采飞扬，竟比曾经还耀眼些。

“越国有玄华仙人庇护，历代先祖九泉之下亦可含笑了。”

王爷立在他身侧，神色淡然：“皇兄何必与我这般生分。”

皇帝含笑道：“玄华仙人贵为仙人，斩断一切世俗牵绊，与我等凡夫俗子再也不是一个世界，我怎敢再做仙人的皇兄。我不过是凡间的帝王，仙人才是真正的人上之人。”

王爷无声地笑了笑。

皇帝满心感慨，静静打量着这座庭院，忽觉竹林中有一个黑影盘踞，倒把他吓了一跳，连连后退，颤声道：“什么人？！”

纪桐周朝外扫了一眼，道：“皇兄冷静，那是我的影卫，兰雅。”

“兰雅……”皇帝惊魂未定，细细咀嚼这熟悉的名字，忽地一惊，扶在窗棂上急道，“兰雅郡主？莫不是兰雅郡主？！”

兰雅款款起身，向前数步，让月光照亮自己，再盈盈下拜，恭声道：“兰雅见过陛下。”

皇帝蹙眉看了她半晌，看她眉眼身段，依稀是当年凤凰般清俊的兰雅郡主，可仔细看，却又不怎么像，他奇道：“玄华仙人，她是……”

纪桐周淡道：“皇兄，她是昔日赵阳的兰雅郡主，如今是我的影卫。”

“这……”皇帝神色复杂，百味杂陈。

他想起当年越国落难之际，兰雅郡主决绝地要求退还那盒珍珠与手绢；赵阳不听调遣，按兵不动，任由吴钩的铁骑践踏越国边境。

可世事难料，谁能想到，十年之后，吴钩不敢轻举妄动，赵阳苟延残喘，他们的郡主竟成了纪桐周的影卫？

皇帝怔忡良久，叹道：“玄华仙人，无论如何，她曾是一国郡主，做影卫……”

纪桐周将杯中酒添满，缓缓开口：“皇兄，人如何待我，我便如何待人，人心冷暖，你比我更懂。”

皇帝长叹：“不错，不错。”

语毕将月窗掩上，再不看她。

兰雅痴痴在冷风中孤立许久，方才王爷的话她听得很清楚，或许他是故意让她听清楚的。不错，人如何待他，他便如何待人，当年是她鬼迷心窍背弃他，今日便要承受蚀骨的耻辱。

可是，十年了，王爷，还不够吗？

夜色渐渐深沉，皇帝离开了王府，院门被紧锁，层层护卫守在外面，王府东西两角甚至各有一个星正馆的仙人守护。毕竟十年成就仙身的玄华仙人太过惊世骇俗，亦是星正馆的骄傲，必须将他护得周全才是。

纪桐周拉开月窗的时候，兰雅还像尊雕塑，直直站在原地，动也不动一下。

她不说话，他也不说，倚着窗棂静静眺望天边的圆月，他满头银发在月光下如霜雪一样白。

兰雅怔了许久，终于按捺不住，低低唤了一声：“王爷……”

纪桐周轻道：“你叫错了，我早已不是王爷。”

“在兰雅心中，王爷永远是王爷。”

他笑了一声：“你还做着富贵荣华高高在上的美梦吗？”

兰雅面色发白，咬了咬唇：“兰雅不敢，兰雅早已知错，甘愿一生做牛做马为王爷效劳。”

纪桐周淡道：“你心里有怨气，这片竹林也被你感染，鬼气森森。”

兰雅把嘴唇咬得泛白，渐渐渗出血丝，忽地俯身于地下，沉声道：“王爷，兰雅心中确实有怨气。王爷说人如何待你，你便如何待人，此话只怕未必出自真心。越国安然无恙，理由为何，王爷自然是明白的。”

周身忽然变得无比炽热，兰雅骇然闭嘴，怔怔望着眼前飞舞的黑色火焰。她很清楚这些玄华之火的威力，只要沾上一丁点儿，便会将沾染之物焚烧殆尽。

“说够了没？”纪桐周的声音像冰一样刺骨，“十年前我便和你说过，你该学学怎么真正讨我欢心，而不是在我面前狺狺狂吠。”

一颗颗泪珠从她眼眶里滚落在泥土上，她倔强地不肯认错，只是把额头紧紧压在手背上。

很久很久，久到兰雅以为他去睡了，却听他低低一叹，语调变得柔和："兰雅，你过来。"

她喜出望外，依旧不敢抬头，弓着身体快步走到窗下。

一只冰冷的手触在她下巴上，兰雅瑟缩着，半强迫地抬起头，痴痴看着近在咫尺的容颜。她的王爷，什么也没变，除了满头银发，一切都仿佛与十年前一模一样。高傲的眼神，睥睨众生的狂妄，她的心总是会为这样的王爷狂跳不止。

"你想要什么？"纪桐周和颜悦色地问她，"说心里话，不用怕，我绝不怪你。"

兰雅微微蹙眉，她想要什么？她想曾经的一切都没发生过，想和他在一起，想得到他的尊重，就像以前一样，她是所有人的掌上明珠，未来无限光明。

她眼眶里的泪珠又开始打转，颤声道："王爷，兰雅只想……和王爷一直在一处。"

他浅笑："我们如今不是一直在一处吗？"

兰雅合上双眼，泪水从睫毛深处滑落，她的声音低得像一句梦呓："兰雅甘愿服侍王爷，共修大道。"

纪桐周长眉微挑："你想和我双修？"

她默不作声。

他看了她一会儿，忽然转身从桌上取来一面梳妆镜，淡道："睁眼，看这里。"

兰雅睁开双目，才发觉王爷的脑袋几乎与自己凑在一处，她娇羞无限，明眸流转，望向他手中的梳妆镜，只看了一眼，便僵住了。

镜中映出的自己还是那个自己，她没有成就仙身，外貌总会随着时间的流逝而逐渐沧桑，纵然双颊依旧丰盈，双眸依旧明澈，可终究不是曾经那个少女。她其实并不老，正处于女子一生中最风华的年纪，娇艳欲滴，然而镜中的另一张脸却让她心如死灰。

王爷还是十九岁的模样，他什么都没有变，更加映衬得她沧桑松垮，容颜无味。

她一直以为自己没有变，她以为自己还是十八岁的模样，直到这一刻，她才明白，自己之前的妄想是多么可笑。

纪桐周面无表情地望着镜中的两张脸，慢慢说道："再过十年，你看着便像我的长姊，再过二十年，看着便像我的长辈，再过三十年……兰雅，我如何与你双修？"

他竟如此狠毒，摧毁她身为女人的一切自尊。

兰雅不顾一切推开那面明镜，厉声道："我已知错，王爷为何这般侮辱我？！"

纪桐周任由她将那面镜子打碎在地，发出巨大的声响。他冷冷看着她，像是看着一条狗，一只猫。

“从头到尾，你不过是想利用我成全你的欲望。”他支着下巴，声音平静，“十年已过，你的容颜变得苍老，心却依旧如昨。可惜，要是反过来的话，或许我今夜便与你双修了。”

兰雅只觉从头冷到脚，她从未体会过如此的绝望，即便是当年从赵阳赶来跪在他脚边哀求，也没有这般的绝望。

她喃喃：“王爷，我是真心爱你……真心的……”

纪桐周摇头：“你爱的人，始终只有你自己，你根本不懂什么是爱一个人。兰雅，今日我心情不错，给你一个机会。你可以恢复自由，回去继续做赵阳的郡主，回火莲观潜心修行，将来你有所大成，相逢时，还可唤你一声道友。”

“王爷！”她紧紧扯住他的袖子，焦急地看着他。

他又笑了：“要不，就继续留在我这里，做一个称职的影卫。你自己选。方才那些妄想，不要让我再听见一次。”

兰雅极慢地收回双手，她的目光还留在他身上，白发如雪，清华谪仙，他无喜无怒，从高处俯视她的挣扎与美梦。这眼神，比曾经任何一次的凝视都让她神魂俱裂，她甚至觉得内脏像是真的碎裂开，从未有过的剧痛令她要弯下腰去。

她真的弯下去了，伏跪在窗下，清楚地听见自己珍藏的所剩不多的尊严碎成齑粉的声音。

终于彻彻底底承认，如今的自己，一无是处。曾经那个年少的兰雅，尚有鲜艳的姿色足以自傲，可是时间过得太快，她想要的东西又太多，到最后，什么都没得到，什么都没。

“你选择继续做影卫？”纪桐周平淡地问。

兰雅垂下头，散了一地的明镜碎片映出她沧桑的容颜，无论怎样避让，它们都蛮横地杵在眼前，残酷地冷笑她那些痴心妄想。

她紧紧闭上眼，冰冷的泪水滑过脸庞，喉咙里发出呻吟般的哀号，嘶声道：“愿为王爷效犬马之劳。”

事到如今，她还是叫他王爷。这或许是她最后的一点儿固执。

纪桐周默许了她的固执，将月窗缓缓合上了。

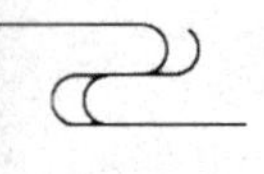

# 番外二 山鬼

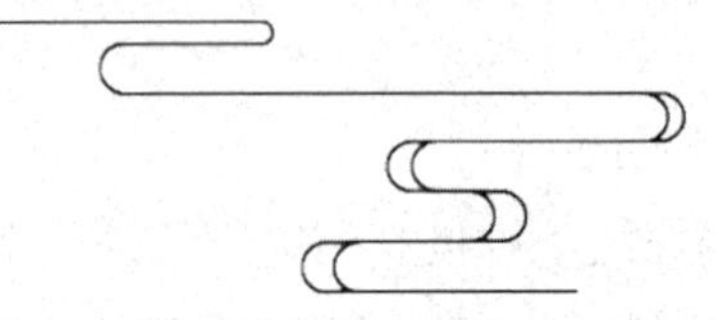

黎非是被淅淅沥沥的下雨声惊醒的。迷蒙间推开窗，只觉冰凉的水汽扑面，窗檐上的水滴刚巧落在她鼻尖上，冻得她一个激灵清醒过来。

“昨天还是绿的，今天就黄了！”

黎非有些不可思议地看着窗外的满目淡黄，她分明记得昨天夕阳西下，霞光映着林中一片苍翠，谁料一夜秋雨，短短几个时辰，树叶竟已泛黄。

早就听说拘缨之岛四季分明而变幻迅速，但也没想到竟然迅速成这样。

黎非打着呵欠，兀自有些懒洋洋。虽说修行者有灵气运转，不畏寒暑，但四季循环，气候变化还是能感觉到，春秋两季总是叫人昏昏欲睡。

尽管很想再缩回被子里睡个回笼觉，可她还是努力爬起来穿鞋，她不能迟到，不然雷修远不知要想什么法子来惩罚她。

三年前黎非带了一大帮亲朋好友回到海外，原以为大家从此开开心心聚在一处，不承想海外奇异广袤的景致首先把冲夷和广微两位仙人的眼给晃花了，没几天就跟着日炎消失，只留下一纸书信，说要与当年青城仙人一样，踏遍海外每一寸土地，开阔视界。

其后没几个月，昭敏师姐竟也留书离开。由于海外灵气稀薄，他们这些修行者没法按照中土的修行习惯来修行，昭敏偏又是个循规蹈矩的人，一板一眼地非要寻个灵气充沛的地方，她不信海外这么大，竟没有一处灵气充沛之地。

昭敏离开后不到三天，苏菀和邓溪光也前来告辞。他们两人这些年关系始终亲密，虽然谁都没捅破那层窗纸，但情谊反而比寻常爱侣来得弥坚，海外奇异的风土人情令他们感到十分新鲜有趣，便商量着远行游玩。邓溪光对那些从没见过的妖兽灵树趣味浓厚，苏菀则是想学海外方术，两人匆匆找黎非说了几句便潇洒离去。

至于胡嘉平和黑纱女，他俩从来都是神龙见首不见尾，行踪缥缈不定，谁也不知他们去了哪里，何时回来。三年来，倒是他俩偶尔会回到拘缨之岛来看看黎非和雷修远，其他人根本是杳无音讯。

明明乌泱泱带来一群人，可一眨眼，就只剩黎非和雷修远，也或许这是大家的好意。雷修远遭遇天雷火海的重创，夜叉角断裂，失去了之前的记忆，和黎非的感情也就此断开，虽是跟着一起回到了海外，但始终对黎非不冷不热。这种事外人不好插手，只能腾出地方给他们俩慢慢修复，谁也不打扰最好。

对着铜镜把珠花簪好，黎非手脚利索地整理衣领腰带。

铜镜里映出的少女比三年前看着要大了些，白裙纤尘不染，唇不点而朱，眉不画而乌，比在中土时，又成熟了许多。曾经盘踞眉梢眼角的青涩与执拗早已淡去，眉眼含笑，令人有如沐春风之感，倘若当年昭敏在坠玉峰第一眼望见的是如今这个姜黎非，一定满意至极。

让一个青涩少女真正成长的，除了时间，还有经历。

黎非提起一只小书篓，里面放着一沓白纸，有的写了字，有的没写，压在白纸上的是砚台与两支毛笔。确认了没少东西，她推开门，随手摘了一片大叶子，当作伞一般撑在头上挡雨，跨上兕之角便往山下飞去。

这座拘缨之岛正是当年她寻到十二世花的地方，回到海外后，她带着众人先去了自己的出生地建木之岛，其后众人纷纷离开，最后只剩她跟雷修远两个人。

记得当时雷修远似是也打算离开，黎非心里着急，她虽是找到了他，可他什么都不记得，她以什么身份去留他，或者跟随他？

她站在建木之岛的冰天雪地里，想了很久很久，也不知如何挽留。

雷修远只淡淡说了一句：“我走了。”

他永远说走就走，做什么事都果断而干脆，黎非看着他高高飞起，大急之下脱口而出：“你、你什么时候回来？”

雷修远停了一下，扭头静静望着她。

黎非又道："我在这里等你，有空的话……一定要回来。"

他四处张望一圈，道："在这里等我？"

这里方圆千里，除了冰就是雪，连鸟都不会飞过，她一个女子在冰原中怎么过？

黎非点头："是的，等你……你们。"

雷修远目光微微闪动，淡然道："不必了，你若待得烦了尽可离开，既然来了海外，便都是自由的，随心便是。"

她没有说话，只稍稍流露出一丝脆弱的失望，随后又笑着点了点头，轻道："你说得对，我知道了。"

雷修远深深看了她片刻，转身疾飞而去。

这一去，便是半年多的光景，或许更长，也或许更短，在茫茫冰原上，时间的流逝她算不清。天地间又只剩下她一个人，真真正正的一个人，她喜欢的人们都有想做的事、想看的风景，她却更喜欢与他们在一起。

有很多次，她都想静静离开，抑或去寻找雷修远，可她没有办法为自己找到合适的借口。

雷修远已经不是从前那个雷修远，他已经斩断了过去，成就全新的人生。在他心里，也不会将她视作比生命更重要的人。在中土的时候，她是太过狂喜，才处处追随，没有想到他的心情。

倘若换个立场，今日是她失去了过往的记忆，有个陌生男子成天缠着自己，动不动就提一些陌生的事，非要逼迫她想起以前的感情，她大约也会反感。

可是，她要怎么办？

黎非终日在建木下徘徊，这里是她出生的地方，被寒冰覆盖住的建木巨大无比，树干上残留着天雷火海的痕迹，她一个个数过来，最后在树顶的枝干上发现了一行小字，竟是师父当年留下的"青城到此一游"。

黎非看着那行熟悉的字，又伤感又好笑，外人眼中惊才绝艳的青城仙人，也是个喜欢处处留名的老顽童。

她在树下一遍一遍地读黑色簿子上的记载，到后来几乎每个字都能背了，还是没有人回来。

黎非决定离开建木之岛，她不能终日荒废在这里。海外那么大，她四处游历，倘若有缘，终有一日能与雷修远他们相遇，好过在无人的冰原中变得哀怨。

那天刮的是南风，冰原外应当是春暖花开的季节，黎非跨上兕之角，慢悠悠地逆风飞，正想着要去什么地方，便见远处一个小黑点越来越近。

不过一眨眼的工夫，黑点就到了眼前，黎非惊愕地看着停在面前的人——雷修远，他身上穿着十分华丽的黑色长衣，眉间坠着一粒泪滴般的红色宝石，衬得他面如冠玉，俊朗非凡。这遍体的贵气，简直跟以前那两袖清风的穷小子判若两人，她差点没惊掉下巴。

“你……呃，你……”黎非支吾了半天，不知道该说什么，这短短半年多的时间，他难不成当了土匪，怎么变成珠光宝气的贵公子了？

雷修远先盯着她看了一会儿，再望望周围杳无人烟的冰原，开口道：“要去哪儿？不等我了？”

黎非有点尴尬：“我……打算四处走走，看看风景。”

明明是他叫她不要等的，怎么现在搞得好像是她做错事一样？更可恨的是，她竟然也觉得心虚，每次遇到雷修远，她的脑子就一团糨糊，再也清晰不起来了。

“看风景？”雷修远微微一笑，足尖一点，轻飘飘地落在她的兕之角上，立在她身后，低声道，“正好，拘缨岛上风景不错，你应该喜欢看。”

黎非整个后背的寒毛都不由自主地竖起来，没来由地感到紧张，他靠得不近，但也不远，足够让她感到他存在的一个距离。她竭力让自己看上去平静自然点，道：“那好啊，在哪里？你指路。”

雷修远走到她身前，背对着她缓缓坐了下来。逆着风，他身上飘来一阵阵清冷而熟悉的香气，黎非又感到一阵没来由的胆怯，慢慢把头垂了下去。

她每天、每时每刻都在想着这个人，想着再见到他要说什么，想着要怎样与他亲近些。可是这一刻真的来了，还是他主动回来的，她竟怯懦得说不出一个字，像个傻子似的，只是盯着他袖子上金色的纹绣，看得目不转睛。

“你一个人在这里待了大半年？”雷修远低声问。

黎非讪讪笑了两声：“有那么久吗？我没怎么留意，倒是你……好像过得挺不错的。”

他“嗯”了一声，坦然又傲慢地承认她的说法。黎非嘴唇翕动，她有无数问题想问他，但又不敢问，怕自己的热情把他吓跑。雷修远像一只野猫，先前她不顾一切地靠近，换来的结果就是被他残酷地刺了一剑，差点死掉。

日炎曾说，他那一剑刺伤她，先前替她承受天雷火海的情分就算还给他了，他们从此两不相欠，倒也干净。

这不是她要的结果，倘若可以，她也想从容自若，将这只欲擒故纵的野猫手到擒来。然而不行，她太在乎他，太过在乎一个人的时候，无论如何都无法从容的。

那一瞬间，黎非转过了无数个念头，否决了无数个话头，正绞尽脑汁想接下来要跟他说什么，却听雷修远开口道：“海外与中土语言不通，这半年多，我勉强学了七八，你若想以后游历海外，须得先学会这里的话。”

黎非眼睛一亮，轻轻道：“你教我吗？”

雷修远回头瞥了她一眼，似笑非笑，仿佛早就看穿了她那点儿小心思，他慢悠悠地说道：“请我当教书先生，收费可不便宜。”

黎非不由失笑：“你现在还缺钱？随便拆下衣服上一个扣子，都能温饱几十年了吧？你到底从哪儿弄来的这些行头？”

过去的雷修远一直是清贫的修行弟子模样，不要说穿金戴银，就连玉佩都没半块，今天他真是开了她的眼界，没想到雷修远也有遍体贵气的时候，居然还意外地很好看。

他轻轻笑了一声，却没有回答，及至到了拘缨岛，黎非才明白这半年来他到底做了什么惊世骇俗的事。

海外千洲万岛，多如繁星，有的岛屿巨大无匹，有的岛屿娇小玲珑，拘缨岛便是这千洲万岛中的一座。这座岛幅员辽阔，地势平缓，岛屿上只有一座不算高的山峰，山中灵气比别处浓郁许多，草木动物都被灵气熏染得与别处不同，更兼十二世花唯有在拘缨岛才生长，因此拘缨岛上的人将这座山当作神一般顶礼膜拜。

黎非一眼就认出这里正是当年自己拿了十二世花的地方，虽然拘缨人都会驭妖之术，但除此之外都靠捕鱼狩猎种田为生，与中土的普通百姓并无什么区别。

拘缨人民智尚未开化，还处在将山当作神明来膜拜的阶段。半年多前雷修远突然闯入岛内，自然受到拘缨人的反抗，然而他身手犀利无匹，动作间遍体金光璀璨，无一人是他对手。众人又见他容貌端丽，气度超群，便以为他是山上神明的化身，欢天喜地地将他当主子一样供起来了。

黎非简直哭笑不得，想破脑袋也想不到，雷修远不是做土匪，他竟是做了山神。眼看他所到之处，拘缨人纷纷下跪膜拜，她一直忍着笑，差点忍到内伤。

拘缨岛的房屋样式十分别致，是建成海螺般的形状，与中土方正的房屋样式大为不同，在清一色的海螺房屋中，唯有中间那座气派的大庭院最显眼，青石砌墙，白石铺地，方方正正，完全是中土房屋的模样。

黎非笑道：“那是你住的地方吧？”

雷修远未置可否，他高声说了几句话，用的是她全然不懂的海外语言，紧跟着一挥手，跪倒在地的无数拘缨人立即起身，捕鱼的继续捕鱼，种田的继续种田，恭恭敬敬，看也不多朝这里看一眼。

“你说了什么？”黎非只觉大有趣味。

雷修远笑了笑：“想知道？自己学。”

一路跟着他进屋，黎非先四处打量一番，出乎意料，以前在书院也好，无月廷也好，他的房间几乎都是空荡荡的什么摆设都没有，可这里却不同——墙角摆了许多大书架，上面密密麻麻放了也不知多少本书，虽然书多，却纤尘不染，可见这些书他都是时常翻阅的。

沿着书架过来的另一面墙下放了几盆花，都是从未见过的种类，其中有一盆花居然大如人头，其色如墨，浓香四溢。

如今他是山神大人，所穿所用自然比往日要好无数倍，连椅子都嵌了宝石，屋里居然不是用油灯，而是在墙角点缀着明珠，床大得离谱，被子上还绣金线……黎非看了一会儿只觉眼花缭乱，索性放弃这些富贵装饰，走到书架旁看那些书。

书上的字她一个也不认得，可字体并不陌生，曾经异民墓前的石碑上刻着的就是这种字，应当是海外的文字了。

雷修远从书架上抽出两本书，下巴朝窗下的书桌指了指，道："过去坐，教你认字。"

原来他是真打算教她，不是随口说说。黎非哈哈一笑，立即凑过去坐下，摆出认真好学的模样来。

她之前也想过，念书教字，多么清雅又多么暧昧，她研墨，他写字；她写字，他手把手地指导，这期间总会发生点什么让人心动的事情吧？

她就这样满怀期待地过了三年……三年，什么都没发生。

黎非想到这里，还是忍不住要叹一口气，是他太过铁石心肠，还是她一点儿魅力都没有？这些年她简直用尽所有手段，无论是故意靠近，还是朝他吐气如兰地微笑，若有若无地勾引，雷修远通通像没看到一样。

之前胡嘉平来过一次，见他俩没什么起色，便嘲笑她："小丫头看上去千娇百媚，怎么跟个木头人一样，一点儿情趣也不懂？就算你再漂亮十倍，男人也不会上钩，何况是雷修远那种心高气傲的小鬼。"

他这话正戳到黎非的痛处，她立即还击："我是不懂什么情趣！那你说要怎么做？"

胡嘉平不怀好意地笑："这还不简单，你今天晚上赖着别走，脱光衣服钻他被窝里，我就不信你俩成不了！"

话还没说完，他就被黑纱女用力拽走了，只留下恼羞成怒的黎非，半晌不得回神。

其实，她不是没有想过这么卑微而没脸的法子，雷修远虽然将她带来拘缨岛，却没有给她安排住的地方，她便偷偷想过要与他住在一起。谁知每次教书完毕，天将黑的时候，雷修远都会催促她离开，从没提过她住何处的事。

那时候她语言还未通，跟那些拘缨人根本没法交流，也不好意思叫别人给自己专门建个房子什么的，雷修远那种不管不顾的态度，老实说，有些伤到她。

所以有一天她实在忍不住了，便问他："我总不能每天睡树上吧？你的院子这么大，可不可以……呃……"

说到一半，她已经尴尬窘迫得说不下去。

黎非毕竟不是那么放纵大胆之人，话说到这个地步，以雷修远的聪明，早就该明白，可他依旧心如铁石，只淡然道："明日我替你在山中建一座屋子。"

她的头连着三天都没抬起来过。

一是觉得窘迫，二来，她还是有种深深的挫伤。一个女子情愿献身了，男人却依旧不要，在他心里，她究竟是多么渺小？

房屋的事最后没有劳烦雷修远，那天回去，黎非一个人默默用仙法凝聚起一间木屋。

或许，她离开会比较好，沉湎过去的人是她，想要挽回感情的人也是她，然而这一切对现在的雷修远来说，都可有可无。她这样黏着他，可能更多还是为了自己，她还没有尝过两情相悦的美好，便先一步体会天人永隔的痛苦；刚刚体味了失而复得，很快又尝到一次次的失落彷徨。

离开，让她冷静一下，也给他能够回想起过去的时间，这样可能才是最好的。

黎非来到山下的时候，雨还没有停，反而下得更大了。她把小书篓抱在怀中，防止被雨水打湿，一面跳下兕之角，踩着水坑，深一脚浅一脚地朝雷修远的庭院奔过去。

风雨很大，她半边身体都湿透了，好不容易奔到院前，却见门窗都紧紧关着，想是雷修远还没起床。

这几年她也摸出规律了，早上去他院落的时候，如果门窗开着，便是他已醒了，等着她过来学写字。若是门窗关着，就是他睡了懒觉，自当上什么山神之后，他整个人也懒散了许多。

她抬手轻轻敲了敲门，里面却毫无动静。黎非唤了他好几声，依旧没人理会，她不好破门而入，只得转身慢慢离开，在院子周围乱绕圈。

勤劳的拘缨人都早早起了，冒着风雨继续忙他们的农活，见到黎非纷纷垂头行礼，在他们眼里，雷修远是山神，黎非是山鬼，都属于神明，是拿来膜拜的。

黎非足足绕了十来圈，雷修远还没起床，她无意识地四处张望，忽然在后院中见到一双被扔在泥泞中的鞋，她心中微微一惊，急忙凑过去将那双看不出颜色的鞋捞起。

雨水渐渐地将鞋上的泥泞冲干净，黎非盯着它看了许久，只觉耳朵里嗡嗡乱响，一时竟有些不知所措。

她认得这双鞋，之前雷修远偶尔提到拘缨岛的人都不穿鞋，只在脚上绑布条的衣着方式他很不习惯，她便有心记住了。小时候，她也给师父做过鞋，许多年过去，她早已不用自己动手做这些，不过雷修远这样一提，倒让她有了替他做鞋的想法。

多年不做，早已手艺生疏，这双鞋她凑了许多布，手上不知扎了多少个破口，拆拆补补无数次才勉强做出满意的一双。记得把鞋给雷修远的时候，他愣了片刻，什么也没说，却立即穿在了脚上，一面走了两步，一面朝她微微一笑："手艺不错，多谢。"

虽然没指望过他会对一双鞋爱护有加，可是，当她看见自己耗费十天心血做出的鞋被这样丢在泥泞中时，双手还是忍不住颤抖起来。

黎非丢开挡雨的大叶子，唤出春雨术将鞋上的泥泞细心地洗刷干净。

鞋很新，看来他并没有再穿过。

这当然不是他的错，他只是忘了过去，他只是把她当作普通人，他只是……没有像以前那样喜欢她。

只是这样而已。

冰冷的雨水顺着她的鼻尖落下来，这场秋雨真是冷得彻骨，她已有许多年不曾感觉过这样的寒冷。

黎非将鞋细细地擦洗干净，忽又想起什么似的，将放在一旁的小书篓拿起一看，里面的白纸墨水毛笔早就混作一团，根本看不出上面的字了。她急忙将那些白纸一张张缓缓分开，不小心撕破了几张，她的动作突然停下了。

后院的窗户被人打开，雷修远披散着长发，犹带睡意的双眸，里面藏了一片氤氲的水汽，蒙眬地望着她。

"进来吧。"他少见地打了个呵欠。

黎非就这样落汤鸡似的进了他华美的大屋，地上整洁明亮的白砖上留下一行脏兮兮的泥脚印，她不等雷修远发话，便道："我来弄干净。"

将小书篓往桌边一放，她找了抹布将地上的水迹擦干，忙完一回头，却见雷修远正皱眉翻着书篓里糊成一团的白纸，一面道："这是怎么回事？你没伞吗？"

黎非笑了笑，过去将小书篓抱起，轻轻道："我的错，明天多写三份。"

以前她学不好海外话，他罚她，她总会苦着脸摆出不情愿的模样。有时候他想看她嘟着脸的有趣模样，便会坏心眼地故意罚她。眼下她居然自己要求惩罚，雷修远不由一愣，回头盯着她看了半晌。

这位平时如仙子般漂亮优雅的姑娘，如今的模样真是叫人不敢恭维，从头到脚都湿透了，头发和衣服还在朝下滴水，水晶珠串歪在耳朵边，发髻也扁了，要多狼狈就有多狼狈。

可她的背却比平时挺得还要直，带着一丝倔强，她的脸色白得好似透明一般，眼睛含笑与他对望，明明是与以前一模一样的神色，可他就是觉得有什么不对劲。

“我这个模样太难看，今天先不学了，明天再来。”

黎非朝他点点头，转身便走。

还没走到门口，她的胳膊忽然被人抓住，雷修远低头看着她落汤鸡般的模样，眉头皱起，淡淡道：“在这里等着，不许动。”

他迅速推门而出，没一会儿又回来了，手里拿着一套拘缨女子常穿的服饰，递给她道：“去后面换上，把湿衣服脱了。”

黎非摇了摇手，身上火光忽然一闪，离火术一瞬间便烤干了身上的水迹，她笑道：“多谢你了，不过你忘了我也是修行弟子，这点儿小事根本不算什么。”

她拆下珠花，将发髻重新绾好，又是一笑：“我先走了，回去还要好好写字。”

没走两步又被他拉住，雷修远指着书桌：“就在这里写。”

黎非想了想，点头：“好。”

幽幽的墨香渐渐弥漫在屋中，雷修远坐在她身边很近的地方，缓缓磨墨，墨块擦刮在砚台上，发出沙沙的声响，像外面的雨声。

黎非面前放着一沓白纸，她提笔在纸上缓缓写字，足足写满了一张纸，她忽然轻道：“我的海外话学得差不多了，你看我能出师了吗？”

雷修远勾起唇角：“还早。”

黎非又把脸嘟起来：“我跟岛上的人说话完全没问题了。”

雷修远轻轻一笑，还是摇头：“还早。”

她垂下眼睫，低声道：“我觉得可以了，我想四处逛逛，来了海外三年多，我还没好好看看这里的风景。”

这些年由于雷修远的失而复得，令她不能自已，甘愿留在他身边。可是美丽的梦总要醒过来，他不是以前的雷修远。黎非觉得自己像是在重新认识雷修远这个人，在他还没有喜欢上她的时候，他最本色的性格正呈现在眼前，还是那样让她深陷其中，不能自拔。

她可以一遍遍重复地爱上他，只是不知他会不会第二次再那样爱上自己。

也曾有很多令她一再回味的小细节，令她在深夜辗转反侧，含笑不忍入睡，令她产生过无数美好的想象。他一次次地给她一些小小的暧昧与心悸，却又一次次残忍地破坏掉，让她患得患失，越陷越深。

在看到那双泥泞中的鞋时，她像是久醉的人突然被惊醒般。

她忘了，这些招数正是雷修远最惯常用的。或许曾经她在他心里是最特殊的一个，可是如今呢？

“我早在来海外之前，就有个愿望。”黎非一面写字，一面含笑道，“师父留下的黑色簿子你也看过吧？他记述的东西虽然多，却杂乱无章。我那时便有个心愿，替他把这些记述好好补充一下，千洲万岛，每一座岛洲上的风土人情、盛产之物，都一一归类清楚才好，最好呢还要配上图，不过我不会丹青，只能麻烦昭敏师姐了。”

提到自己想做的事，她的眼睛开始发亮，与之前那种亮截然不同的一种。雷修远迷恋这样的明亮，却又感到些许的恼怒，自己也说不明的恼怒。

他没有说话，忽然想起什么似的，丢下墨块快步走向后院，过了许久，他又快步走回来，若有所思地望着黎非，开口道：“你拿了？”

黎非有些愕然：“什么？”

雷修远慢慢坐回她身侧，又拿起墨块重新研墨，淡淡道：“我放在后院的宝贝，你拿了。”

黎非顿了片刻，终于从怀中取出那双鞋，轻轻放在桌边，柔声道：“啊，我见它脏了，就拿来洗洗。”

雷修远抓起那双鞋，指尖细细摩挲上面的纹路，片刻后，轻声道：“昨天洗干净了放在院中晾晒，没想到夜里下起雨来，是我的错。”

黎非还是微笑：“你这样爱惜，我很高兴。”

雷修远眉头皱得更深：“我不是哄你。”

黎非慢悠悠道：“我知道，你这个人，什么时候会哄人才是真的天塌了。”

从认识他开始，除了装疯卖傻那段，他从来没有和她说过什么甜言蜜语，即便是在最初他们感情最融洽的那段时光，他都没有给过她什么美好的话语。雷修远从来是只做不说的人。

她就是喜欢这样的雷修远，她最喜欢的人就是他。

可正因为如此，她才更需要清醒冷静些，一意孤行地缠着他，满足了自己，却令他厌烦不堪，那才真是本末倒置。她不是对男人手到擒来的人，所有她能用的法子，这些年她都用过了，或许她不得不挫败地承认，她没有办法让雷修远在不受建木之实诅咒的情况下，对自己产生感情。

双方各自退一步，这样应当最好。

“等我把黑色簿子里的内容都填补整理完整，还要麻烦你帮我写。”黎非有些嘲讽地看着自己歪七扭八的海外字，“你的字比我写得好看多了。”

雷修远就是不回应她这个话题，他将那双鞋摩挲良久，终于放下，却道：“四处逛逛也是不错，比住在一座岛上要有趣。靠南的海岛上有鲛人，擅长织布，一匹布等同一块黄金。靠西有个厌火岛，人人皮肤都黑如炭，而且能喷火。靠东有一座岛洲，那上面……”

说到这里，他故意停下，果然见黎非好奇地望着自己，连声问：“那上面有什么？”

雷修远笑了，扶着下巴悠然道：“你去了就知道了。”

黎非的脸再一次嘟起：“那你告诉我那座岛叫什么名字。”

雷修远望向窗外，淡淡道：“那座岛只有认识路的人能到，不认识路，到死也找不着，可惜认识路的人非常少。”

黎非了然地看他：“你的意思是——你认识路，对吧？”

他耸耸肩膀：“我没说这话。”

黎非沉默了片刻，忽地猛然抬头盯着他，轻声道：“修远，你……是不是想起什么了？”

他应当是失去了之前的所有记忆，又怎会记得海外的路？看他说得这样煞有其事，绝对不是骗人，那唯一的理由便是他想起了曾经的片段。

她的眼眶一瞬间便红了，怔怔地看着他，低低地又问一遍：“你想起过去的事了？”

雷修远默然片刻，缓缓抬起手，犹豫了一下，像是想要环抱住她，可是那双手终究只是落在她肩上，轻轻拍了拍：“抱歉，没有。”

黎非心中一阵绝顶的失落，连她自己都没想到会这样失落，她竟会这么盼着他想起过去的一切，变成从前那个雷修远。

喉中剧烈发疼，她竭力忍住，勉强笑道：“当我没问好了……我、我先回去了。”

雷修远静静凝视她，忽然道：“我对我们的过去一无所知，即便你说了，对我而言也像是另一个人的事，你盼着我想起来，只是想念被人喜欢和付出的感觉，我这个人如何，你并不在意，对吗？”

不是！黎非霍然起身，怒视他良久，凌厉的眼神又渐渐弱下去，她移开视线，咬牙忍住夺眶而出的眼泪，低声道：“我们……还没来得及两情相悦过，抱歉，我还不知道那是什么感觉。修远你……一直让我捉摸不透，我靠得近了，怕你厌恶，离得远了，又怕你怨我。”

说到一半，她的眼泪到底没忍住掉了下来，她立即用力擦干，让自己的声音听起来平静些：“其实，我能再见到你，已经满足了。我只想看着你，照顾你，让你开开心心的。”

“我想让你每天都真心地笑。”黎非顿了顿，又道，“以前你很少笑，也从不说自己想要什么。你想要什么，我都会给你，只要你活得自由自在就好。只是，我不知道你想要什么。”

雷修远怔了片刻，忽然叹了一口气，终于张开双臂，将她轻轻揽入怀中，苦笑：“傻孩子，你说的这些，是男人要做的事，轮不到你。”

又一次落入这熟悉又陌生的怀抱，黎非禁不住深深吸了一口气，他身上的气息一点儿也没变，她一时竟无法分辨他究竟是哪个雷修远，浑身禁不住微微发抖。

“我们两个，从小就认识了。”她吸了吸鼻子，声音哽咽，“我一直都喜欢你，特别喜欢，这世上我最喜欢你了……”

陆公镇与这个狡猾又聪明的男孩子初遇，那时候她再也想不到，有一天她会这么喜欢他。这世上有这么多人，可她永远第一眼就能把他从人群里找出来，雷修远让她知道了，什么叫独一无二。

她还没有来得及将自己的感情倾诉给他，许许多多的事情与细节蒙蔽了她的双眼，几乎令她悔恨终生。天可怜见，他还活着，纵然忘记了一切，可是这一次她绝不会再让自己留下遗憾，她会把所有的感情都告诉他，让他知道在自己心里，他有多重要。

“我知道。”雷修远抱紧她，渐渐地，越来越紧，几乎要勒碎她的骨头，“我知道了。”

他低下头，见黎非双眼通红，泪痕还残留颊边，不由用拇指轻轻将她的眼泪抹去，放在唇边轻轻舔了一口，紧跟着，他的唇忽然重重地落在她半张着的柔软嘴唇上，紧密地摩挲纠缠，她的气息淡幽而缠绵，销魂蚀骨。

久违的亲吻，陌生又令人回味。黎非一时有些反应不过来，僵在那里，冷不防他的手指忽然轻轻掐住她的下巴，侵入她口中，唇舌交缠摩挲，凌乱的气息一下变得炽热干燥。他滚烫的柔软的嘴唇，还有独有的雷修远的味道，像是要刺穿她封闭的世界。一瞬间她的五感中只有他一个人，她的世界像是被他取代了一样。

她鼻间情不自禁发出近乎颤抖的喘息声，充满占有的激烈的吻，这里只有他们两人，他毫不保留，像是要吃掉她，占据、吞噬她唇间每一个秘密。

“我是你一个人的。”

不知过了多久，他的唇终于缓缓落在她面颊上、额头上，声音略带沙哑。突然说出的话语，让黎非仿佛回到了许多年前的东海之畔。

她心中有千万般感慨，只是说不出来，最终闭上眼，埋在他胸前，一个字一个字低声却又坚决地说道：“我也是你一个人的。”

雷修远笑了，他的手指细细梳理她散落的秀发。

或许从她将十二世花给自己的那个瞬间，他就已经喜欢上了这个姑娘，也或许是在海底刚见到她，便心有触动。他们以前是关系暧昧的一对，他忘了一切，这个事实令他感到歉意，在知道那些过往后，他又生出些许不甘。

可能她是心怀愧疚才找来，更可能只是想找回被人宠爱的滋味。他做人，何曾吃过亏，然而在她面前，他总是情不自禁，一次次想要接近，又一次次地强迫自己放弃。

现在，他还是落在她的纤纤玉掌内，就算前尘往事都记不起，那也无关紧要，他依旧喜欢上同一个人，这足以证明她不曾错爱，他亦不是逢场作戏。

“海外很大，一起走遍天下，如何？”雷修远捏了捏她发红的耳朵，忍住想咬一口的冲动，“你那个雄心壮志，我帮你完成。”

黎非用力点头。

“明天就走。”雷修远的声音忽然低了下去，“我的床很大，多一个人也无碍，山鬼姑娘今晚可会脱光了钻我被窝？”

黎非愣了半日，突然涨红了脸，指着他瞠目结舌，半晌说不出话。

他听见了！原来上回胡嘉平跟她说的话，他听见了？！这可恶的人，竟然假装正经到今天！

雷修远见她的脸又一次嘟起，不由开怀大笑，再一次紧紧抱住她。

他的珍宝，只为他一人而来的山鬼姑娘，以后每一天，他愿意为了她而笑。

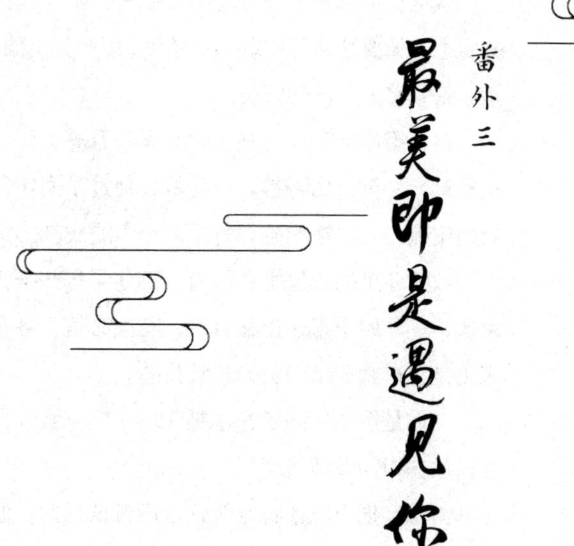

# 番外三 最美即是遇见你

黎非俯在一块青石后面，一丝大气也不敢喘。

她的双眼死死盯着对面不远处河畔上的那只从未见过的怪兽。那是一只看上去像狐狸一样的小兽，背上却长着长长的角，走起路来很是灵巧讨喜。

黎非屏住呼吸，慢慢从怀内取出一卷纸，里面还包了一支炭条。

狐狸身子，背上长角……她十分专注，一笔一画在纸上粗略地画出雏形。

“你画的什么东西？两个圈，还长了角？”

雷修远的声音骤然从背后响起，吓了她一跳。河畔的奇异小兽似是听见动静，一眨眼就跑得没影了。

黎非气坏了，扭头恶狠狠地瞪着他。这位“肇事者”满面无辜，看看她，再看看她手里歪七扭八的画，最后摊开手：“好好的乘黄瑞兽被你画成两个圈，上回看到巴蛇你就画了条弯曲的线，这样好吗？”

“这只是雏形！”黎非的脸习惯性地嘟起来了，“真正收进册子还要润色的……等下，你方才叫它乘黄？你认得？”

雷修远坐在青石上，漫不经心地开口：“是啊，那是乘黄，白民之岛独有的瑞兽，可以当马来养，跑起来比马快。”

哦哦！不愧是千洲万岛的原住民！黎非飞快地在纸上记录，“唰唰”写了好几行，最后小心翼翼地从怀中取出一沓纸，每一张上面都用炭笔记录了不同的怪兽与树木花草，她一张张筛选，仔细归类。

自从雷修远答应与她一同游千洲万岛之后，她便开始着手记录各岛的风土人情、奇花异草，乃至珍禽野兽。一晃眼，便过了两年，她的记录已然有了厚厚三四沓，从一开始的生疏，到现在的游刃有余，个中的成就感实在不是三言两语能说清的。

数绺漆黑的长发垂在眼前，挡住了那些纸张，黎非似笑非笑地叹了口气。雷修远这家伙，一开始出来还挺配合的，有问必答，各种循循善诱，时间长了便开始不耐烦，近来更是总在她记录归类的时候找碴。

“你是饿了？困了？还是无聊了？”黎非索性将纸张放下，抬手轻轻握住那几绺长发，放在指间缓缓梳理。

雷修远把下巴放在她头顶，声音低低的，像是埋怨，像是耍赖：“都有。”

“那就去睡觉。”

黎非毫不留情地用脑门狠狠撞了一下他的下巴，疼得他捂着脸半天不动弹。

“有空耍赖不如过来帮我整理。”她一点儿柔情蜜意都没有，重新开始归类记录，“嫌我画得不好看，你帮我画啊。”

雷修远不说话，斜斜地躺倒在青石上，一动不动。

黎非也不去理他，这家伙和野猫一样，她黏着他，他就想方设法躲开；她有别的事，他自己就黏过来了，简直欠揍。

午后的林间安静无比，只有细细的风声流动，阳光透过枝叶，碎金般洒在青石上。

黎非的脑袋低得久了，有些酸痛，她伸了个懒腰，伸长脖子去看雷修远，却见他竟不知什么时候真的睡着了。

好少见，他竟能在野外睡着。这家伙警惕心极高，不要说在野外睡觉，就连在外面烤东西吃，都十分小心翼翼。看样子百密必有一疏，任他再怎么小心，总会有大意的时候。

黎非玩心顿起，蹑手蹑脚地站起来，无声无息地凑近，扯下一根头发拈在手里，打算挠他痒痒。

可是雷修远睡得这么香，阳光落在他睫毛尖上，他看上去无辜极了，像个最纯洁最听话的好孩子。

黎非静静看了一会儿，恶作剧的心早没了，索性摘下一片大叶子替他撑在脑袋上，遮挡刺眼的阳光。

他发出一声轻轻的梦呓，像是叫着谁的名字，黎非弯下腰仔细去听。一双手冷不丁抱住她肩膀，大叶子哗啦一下飘远了，她的鼻子狠狠撞在他胸前，疼得半天说不出话。

“偷窥我，色女。”雷修远犹带睡意地低笑，在她面颊上轻轻弹了一下。

黎非挣了半日，怎么也挣脱不开，干脆伏在他身上也不动了。

“我的鼻梁断了。”她抱怨。

雷修远再轻轻捏了捏她的鼻子，一本正经地回复：“没断，好好的。”

“可是很疼。”她眨了眨眼睛，撒娇似的。

他双手把她的脑袋捧起来，仔细看看她漂亮的鼻子：“哎呀，好像是歪了。”

她吃惊地瞪圆了眼睛，表情十分有趣，雷修远不由笑起来，在她鼻尖上吻了吻：“亲一下就好了。”

黎非哼哼一笑，露出白牙在他鼻子上报复地用力咬一口：“咬一下才好！”

雷修远只是低低地笑，手指插入她浓密的长发里，像爱抚小猫一样缓慢轻柔地摩挲她。过了很久，他忽然柔声唤道：“非非。”

黎非这次真吃惊了，愕然抬头盯着他：“你怎么这样叫我？”

雷修远慢悠悠地说道：“方才我做了个梦，梦见一个和男孩一样粗鲁的小丫头，周围开满了红花，我叫她非非。”

黎非不由自主屏住呼吸：“然后呢？”

“然后我就醒了。”

他低头，心里忽然有些隐隐的害怕，怕见到她失落的目光，怕她故作不在意地说，想不起来也没关系。他心里盼着她开心，却又总是不自觉地做一些伤害她的事，这种恶习连他自己都无可奈何。

黎非蹙起眉头，凝神想了良久，终于灵光一闪：“我想起来了，是在书院！”

这可不是什么愉快的回忆，那会儿她跟雷修远彻底撕破脸，互相都藏着不可告人的小秘密，彼此警惕而仇视。后来遇到胡嘉平，两个人都不想暴露秘密，不得不扯下弥天大谎。“非非”这两个字，他只叫过那一次。

想起往事，黎非反倒“嗤”一声笑了，手掌贴在他脸上，轻声道：“你知不知道，你小时候可讨人厌了。”

雷修远忍着笑意故意板下脸：“你小时候也不怎么讨喜，凶巴巴的，还会打人。”

说完想了想，补充：“现在依然会打人。”

黎非扬手就打，早被他抓住手腕，强行撑到一旁。

“这是好事。”他突然低声道，“或许……很快就可以想起以前的事了。”

即便他身为夜叉，于入梦一事也做不得主，而从梦中想起过往回忆，更是虚无缥缈至极。这话说来，连他都少见地有些心虚。可他依旧盼望她此刻的笑能够存在得久一些，无论他自己的意愿是什么。也或许，她的笑容便是他的意志所在。

黎非怔了半晌，有关雷修远想起过去的事，她曾执着过，也曾困惑过，正如他所说，倘若真是刻骨铭心，又怎会忘记？

可是，这些年她才渐渐开始明白，用这些框架来要求感情，是多么幼稚的行为。她已经因为患得患失失去过他一次，难道还要重蹈覆辙吗？无论他想不想得起来，他依旧是雷修远，是她最爱的人，他还在身边，会笑，会说话，会温柔地拥抱她，她还有何求？

即便没有过往的记忆，他变成了一个陌生人，她还是会第二次深深爱上他，他也再一次放下一切追逐她而来。如果这还不是爱，上天一定会降雷劈死她的。

黎非把脑袋靠在他胸前，微微笑道："你再叫一声非非，我就夸一夸你。"

雷修远嗤之以鼻："肉麻，不叫，不听。"

"那我只好说说你的坏话了。哎呀，你以前可讨厌了，爱说谎，嘴巴毒，态度傲慢，书院里没一个人喜欢你……"

雷修远去捂她的嘴，她笑得使劲躲，差点儿从他身上翻下去。

"现在还是不会说甜言蜜语，只会说一些气我的话。"黎非学他，在他脸颊上弹了一下，不过是重重的，"我宽宏大量，不和你计较。"

雷修远又一次握住她的手，放在自己胸前，一根一根把玩她纤细的手指，半晌，忽然又一次低低唤她："非非。"

"嗯。"她大大方方应了一声。

"你怕不怕？"他问，"如果我再也想不起以前。"

黎非将他的手放在自己脸颊上，睫毛颤动，轻道："你已经是我的了，我什么也不怕。"

他们有过十分不愉快的过去，可即便如此，还是相爱了，那些不愉快便因为执着的感情而变得美丽无比，和他荒唐的邂逅都是闪闪动人的。

感谢上天，遇见你，整个世界因为你的存在而如此美丽。

河畔边忽然传来怪异的吼声，黎非一个激灵，撑着雷修远把脖子伸老长，便见又有一只生得奇形怪状的野兽俯在河边饮水。

她下意识地伸手入怀，雷修远偏要拦她，在下面低笑："非非，非非？"

"嘘。"黎非示意他噤声，跟着又摆摆手，明显是嫌他碍事叫他走开。

这铁石心肠的女人，前一刻还柔情蜜意，后一刻就翻脸不认人。

雷修远听话地挪开身体，把她捧高放在青石上，自己俯在她身侧，朝河畔怪兽看了一眼，突地讶然“咦”了一声。黎非急忙压低声音问：“你认识？叫什么？快说快说！”

雷修远摸着下巴转动眼珠，意味深长地开口：“不可说，不可说。”

黎非兴奋得眼睛都冒光了：“是什么传说中特别厉害的凶兽吗？一提起名字就会有祸祟降临？”

雷修远摇摇头，跟着俯下身体，出其不意地在她半张着的唇上轻轻啄了一下。

黎非呆住了。

“嗯，现在可以说了。”他眯起双眼，笑得开怀，“傻瓜，这哪是凶兽，不过是只多长了几根角的鹿。”

“真的？”黎非很怀疑。

“假的。”他继续笑。

“雷修远！”黎非要急死了，“别卖关子了！”

他便垂头，又在她唇上啄一口，叹道：“傻瓜，骗你的，就是鹿。”

这浑蛋！黎非张口去咬他，冷不防他重重抱紧她，又重重吻下来。她只觉天旋地转，手里的炭笔再也握不住，轻轻摔在地上，归类好的记录也散落一地。

什么河畔怪兽，她再也想不起来了。

【全书完】

图书在版编目（CIP）数据

千香引 / 十四郎著 . — 杭州 : 浙江文艺出版社，2021.3（2024.6 重印）

ISBN 978-7-5339-6408-5

Ⅰ. ①千… Ⅱ. ①十… Ⅲ. ①幻想小说—中国—当代 Ⅳ. ① I247.5

中国版本图书馆 CIP 数据核字 (2021) 第 021406 号

千香引
十四郎　著

**责任编辑**　瞿昌林
**特约编辑**　王　甜
**封面设计**　80图·小贾
**版式设计**　笛卡特

**出版发行**　浙江文艺出版社
**网　　址**　www.zjwycbs.cn
**联系电话**　0571-85152727（发行部）
**经　　销**　浙江省新华书店集团有限公司
**印　　刷**　三河市嘉科万达彩色印刷有限公司
**开　　本**　710 毫米 ×1000 毫米　1/16
**字　　数**　861 千字
**印　　张**　44.5
**版　　次**　2021 年 3 月第 1 版
**印　　次**　2024 年 6 月第 2 次印刷
**书　　号**　ISBN 978-7-5339-6408-5
**定　　价**　85.00 元（全二册）